文学的光荣

小说卷 上

羊台山作品选

总策划·杨东辉
策划·黄立敏 叶法清

总主编·范明 孙夜
本册主编·徐东 王先佑

东南大学出版社
SOUTHEAST UNIVERSITY PRESS

图书在版编目(CIP)数据

文学的光荣. 小说卷:全2册/范明,孙夜主编. —南京:东南大学出版社,2016.10
ISBN 978-7-5641-6810-0

Ⅰ.①文… Ⅱ.①范…②孙… Ⅲ.①中国文学—当代文学—作品综合集②小说集—中国—当代 Ⅳ.①I217.1

中国版本图书馆 CIP 数据核字(2016)第 247231 号

文学的光荣　小说卷(上)

出版发行	东南大学出版社
社　　址	南京市四牌楼 2 号　邮　编　210096
出 版 人	江建中
网　　址	http://www.seupress.com
电子邮箱	press@seupress.com
经　　销	全国各地新华书店
印　　刷	深圳市恒安达印刷制品实业有限公司
开　　本	787 mm×1 092 mm　1/16
印　　张	83.75
字　　数	1 050 千字
版　　次	2016 年 10 月第 1 版
印　　次	2016 年 10 月第 1 次印刷
书　　号	ISBN 978-7-5641-6810-0
定　　价	268.00 元(共 5 册)

本社图书若有印装质量问题,请直接与营销部联系。电话(传真):025-83791830。

岁月留痕,文学之旅

——《羊台山》杂志创刊十周年记

◎ 范 明

2006年4月29日,是个值得纪念的日子,深圳大浪办事处成立,从此,大浪这个相对偏僻的乡村走进了人们的视野。在整个深圳版图上,大浪也许微不足道,当年,许多人都不知道这是个什么地方,就连我在龙华工作多年,也极少涉足。今年,即2016年4月29日,大浪已度过了十个春秋。时光荏苒,许多人许多事仿佛昨日历历在目。回想刚成立之时的百废待兴,意气风发,新生事物不断,新结识的同事颇多,我们共同为大浪的发展竭力前行。数年过后,仍在脑海里浮现一张张笑脸,以及在心底留存的真诚友谊。

那一年的春天是一个不一样的春天,那一年一切似乎重新开始,眼前是一片新的天地,循着春天的脚步,那一年金秋十月,《羊台山》杂志应运而生,结出了第一颗果实。伴随着大浪的步伐,今年,《羊台山》也走进了第十个年头。十年,可以树木,《羊台山》秉持海纳百川的胸襟,依托秀丽叠翠的羊台山,到如今，已从刚刚栽种的小树苗，长成了一棵挺拔的文学小树，清爽活脱，自然生香，逐渐成为大浪的一张文学名片，在深圳文学殿堂里发光发热，在众多拥有文学情怀与梦想的人的眼里，也倍感温馨并获得诸多裨益。

我向来崇尚朴素，自认为是个朴素的人，喜欢做朴素的事，不以花哨喧哗图名，喜欢埋头尽一份职责与本分。我想，《羊台山》也具备这种气质并得到尊重。当我的双手触摸着堆起来像一座小塔似的杂志，不禁心生喜悦，这是十年岁月留下的文学痕迹，它安静地置身于办公室的书柜里，仿佛整个书柜都充满了思想、灵气，以及众多作者的文学气息与创作成果，同时，它搭建起的文学之桥，吸引的来自八方的文学目光，如同珍珠般在文学的星空中熠熠生辉。

十年，只是一段旅程，大浪，如同展翅飞翔的海鸟，继续翱翔在深圳的蓝天白云之上；十年，只是一抹岁月，一段记载，《羊台山》也将跟随着大浪前进的方向，坚守一块阵地，待下一个十年、二十年，都能留住羊台山下文学寻梦之旅的珍贵记忆。

目 录

岁月留痕，文学之旅 / 范　明

上卷

海上世界	/吴　君	001
纸船	/卫　鸦	016
清水河边的裙豆	/叶　耳	028
湿地风流	/王十月	043
格列的天空	/徐　东	055
忍不住想哭	/童　仝	062
陨石	/孙　夜	080
编外爱人	/刘静好	094
一个人的香山行	/马　季	115
麻花客	/石舒清	126
红尘	/曾楚桥	140
平安夜	/徐则臣	154
铁风筝	/毕　亮	170
北京的金山上	/张抗抗	180

爹的河卡	/凌春杰	200
巨象	/甫跃辉	213
我们能否相信爱情	/厚圃	237
痒	/郑小驴	263

下卷

变鬼记	/陈再见	273
年饭	/丁力	287
消夜	/弋铧	297
内陆河	/肖江虹	311
你为何心虚	/斯继东	330
听盐生长的声音	/王威廉	345
沉睡	/郭海鸿	364
夫妻	/娜彧	386
孤步岩的黄昏	/寒郁	401
春天里	/刘凤阳	411
女工宿舍里的潘安	/余同友	426
言午	/方方	441
洗车记	/李樯	454
小说是生命的学问	/谢有顺	464
《羊台山》十年总目录		490

海上世界

/吴君

走在著名的深南大道上，胡英利发觉自己这回又穿多了。平时每天一起床，就要隔着玻璃，去看楼下的人如何打扮。这副形象是要天天见人的，尤其是见男人。这一次是路上那些身着露背装女孩们的无声提醒。

在深圳她总是找不到感觉，甚至对天气都不敏感。

实在是热，胸前正发潮，手臂也变得沉重，刘海黏在额头上。穿着高跟鞋要走十几分钟的路，胡英利一下子后悔没有打车到酒店，而让衣服出现了一些汗酸味道。

老板就总是交代她们这些新来的广告员，记得天天洗澡，天天换衫啊，不然就别来上班。

汽油的味儿浓得刺鼻，加上看见了一个中年妇女的呕吐物，胡英利胃里突然就不舒服。吐又吐不出。她晕车了。想叫司机停下，一想到还有很长的路，看着脚下一双沉重的高跟鞋，人又泄气了。

就这样难受了不知多长时间，终于，胡英利趁司机加油的时候下了车。中巴到蛇口要五元钱，亏了一元，感觉丢了半个盒饭。

下车的时候长裙被东西刮了一下，这让胡英利顺便回了头，也顺便看了一眼车上横七竖八躺着的乘客。看得出，多数是女工。她们讲话的语气和神态让胡英利确信是自己的北方同乡，同时也确信她们和她一样正在为钱和工作而发愁。不同的是胡英利读过几年大专。可是读过大专的她却错过了闯深圳的最佳时机。

回头看了一眼，似乎是与以前的生活做一个告别。她在心里说，我和你们不一样，一点儿也不一样。

现在的她差不多已经抓住了救命稻草。这棵草，很快就可以变成房梁。到时候胡英利就不用再为找工作发愁了。

阳光刺得人睁不开眼。身上的这件绒线衣让胡英利觉得自己被一口铁锅罩严了，她只好把上衣的前两个扣子松开。走了一段路，她站住脚，把手放在眉骨上四下打量。白晃晃的太阳还是让她看不清自己到底在什么位置。这个地方是深圳的边缘，向西走的大小中巴上坐着一些晒得已经发蔫的客人。车头上有一个牌子，牌子上写的是"西乡""南头"，这些地方是深圳的关外。与这些车相反方向写着醒目的大字"火车站"。

此刻胡英利有点晕头转向。她拖着沉重的大腿和酸软的小腿，又向前走了二十分钟。直到突然看见悬挂在头顶的"海洋世界"四个天蓝色大字，心才踏实下来。

"海洋世界"是一首歌，这首歌让胡英利的老师成了名人。当然也就是这首歌让胡英利的生活又开始有了希望。

一想起要见他，胡英利晕车的感觉又回来了。她想，还是走路好，可以让自己再多等一会儿，也正好利用这个时间，想一想见面要说的话以及要做的事。

行人太多，每个人都像热锅上的蚂蚁。前后左右的行人都在拥挤着满腹心事的她。这里的治安很乱，胡英利像每个深圳女人那样用手护着身前的包。身子躲来躲去，根本就没有办法多想一下这件事。但是张爱国老师的一张白脸却像小时候看过的露天电影，一直悬挂在她的脑子里。

终于走进了一个海洋超市的地方，胡英利才停下来。她想让自己再想一想，再拖一下时间。

电梯里吞吐着各种陌生人，胡英利看得眼花缭乱。身子却还是想进去冷一会儿。刚走了两步，突然就有一个染了黄头发的女孩对着她喊，要她把身上的包存起来。胡英利看了一眼自己的包，里面有一把可以折叠的伞，一本哲学书还有三封对她意义深远的信。

那是张爱国老师写给她的励志信，这些信影响了她的成长。张爱国是胡英利马上就要见到的大学老师。看见了这些信，她想无论他多么成功也不会不理她。

刚出超市，就看见了酒店的招牌。

电话号码是他在信里留给她的，她记在了日记本里。一下子就打通了。当时胡英利惊喜得不知说什么。没想到这个电话过了这么久还没有变，真是奇迹，要知道这个城市已经翻天覆地。这样他们就联系上了。

酒店一侧，西饼屋里的面包正好出炉，散发着一种小麦的芳香。胡英利觉出了饿。这种感觉竟然引发了她的心酸和其他情绪。她站在路边发了发呆，最后竟然不由自主拐进路边小店，她打通了张爱国的手机。电话里胡英利突然没来由地生自己的气，老师，算了，我不去了吧？

张爱国是这样回答，为什么不来啊，别说傻话了，我现在就下楼去接你。你这个孩子怎么这样啊，说不来就不来呢，我说话就到楼下啊，你可别乱动了！他用的是东北话。胡英利想起当年上课的时候，他就是这样的口音。但那个时候他的语调不是这样，那时他一律用诗的语言说话。

尽管穿得很时尚，可他的背已经驼了，眼袋也浮出来，并随着说话微微抖动。

胡英利迎上去，张老师，您，您还是那么年轻、潇洒……

显然是刚吃过饭，张爱国嘴角有一小片深绿色的菠菜叶，菜叶被带动着。他说，哪里啊，不过……你可是越来越漂亮了。

胡英利想不到师生一别近十年，是在深圳见面，见面时却说出了这样的话。

客气完毕，张爱国带着胡英利进了酒店，一路上他低着头。拐了一个大弯，才闪进电梯。胡英利用余光看见了张爱国身上流出的喜悦。他说，我在这里开一个重要会议，昨天下午就过来住了。这儿的环境绝对是一流，都是一个人住。你都想不到有多好，相当于五星级。

电梯里三面都嵌了镜子。这时两双眼睛在镜子里彼此看见。第三层时胡英利看见张爱国老师脸上表现出忸怩。眼睛像一只被追赶的小老鼠，在眼眶里乱窜。到了第七层，张爱国嘴里迅速而含糊地扔出一句，等一会儿，我们一起休息吧。

后脑开始发木。

知道有一双期待的眼睛正死盯住这一部分。因为这双眼睛，胡英利定在了位置上不能动。嘴虽然关闭着，但是喉管却缓慢地推出一个发闷的声音：嗯！

房间的门半开着，两个人都很意外。张爱国老师手上的钥匙没有用上。

床是杂乱无章的，被子的四分之一掉在地上，应该放枕头的地方，放着一本天蓝色封面的小册子。可怜的枕头竟然被歪放在电视上面。顺着看下去是红蓝相间的纯毛地毯，上面有两只吸剩的烟头和一个乳白色安全套。

胡英利明显感觉到张爱国老师的紧张、慌乱和恼火。

房间的前半场上演了什么全部昭示出来。

这是一个让人难堪的场地。此时胡英利和她的老师张爱国连一个坐下来谈话的地方都没有。

老师写了一首歌颂"海洋世界"特别美的歌曲,这首歌让他在这个地区成了名人。胡英利是在报纸上知道情况的。这让胡英利对张爱国老师有了一个新的定位。能混得这么好,看来张老师还真的有才,当年他的孤芳自赏也是有理由的。胡英利觉得,当年师生间的欣赏看来也不完全算是一个耻辱。

这个地方就是喜欢有人夸它的市容市貌好,总是想方设法逼人说出这是世界上最好的地方。刚好,胡英利的老师张爱国来了,他发出了这个城方最期待的一种声音。他成功了,成功之后他对着电视镜头热泪盈眶。胡英利永远也想不到老师会在深圳变化成另外一个人,这样的人就是他当年最讨厌的那种类型。

在老家,张爱国是一个诗人,写过朦胧诗和自由诗。永远穿着立领夹克。曾经有许多女生喜欢他,可是他从来都装作不知,也很少和女老师讲什么话。几乎没有人敢去招惹和打扰这个不食人间烟火的才子。胡英利清楚地记得张爱国在学校操场上打过一个爱讲假话、爱唱高调的常务副校长。这在当时是一件最大快人心的事情。如果不是这样,也不会有那么多人为他送行。当年,胡英利就站在送行人群的最后一排。

她也暗恋他。

想不到的是,他们在异地见面,最后也要上床。

这个问题差不多在电话里就已经谈好了。

这几年胡英利不怕与人上床。不去跟人暧昧,哪有饭吃?终于,胡英利没有了那种矫情,这是游戏规则。这种规则尤其适用于没有技术的女性。胡英利毕业于师范学校,如果不当老师几乎就等于什么也没学。可是教师这个职业也让她踏破了铁鞋,还是白费了功夫。在深圳这样一个人才济济的地方,她等于没有技术。

只是这一切来得太快,这一决定太突然。其实,通过电话,他把话说得很直接了。正是这位老师当年给予她的教育,让胡英利为难了。为难之后,她默许了,不然的话,她不会来赴这个约。

只希望把事情做得优美一些,绝不是现在这样,连一个音乐的过门都没有,连上台前遮羞的幕布也没有,连一句情话也没有,他就把她带到这样的一个舞台上。

张爱国老师用的两个字是——休息。胡英利怎么能说我不想,我不会休息呢。他又没有说别的,你自作多情什么。可是在这样一张床上,他们能做到分别休息吗。胡英利一筹莫展,突然觉得这件事要比强奸来得更痛苦。

之前通过几次电话,她一下子就明白老师已经变了。这个变化让她沉默了很久不能说话。

可是这一刻来到眼前还是让人难堪。

老师对着服务员嘴里嘟出了一句:我连饭都吃完了,还没收拾好。

现在胡英利才缓回了神。她讽刺着说,看来这里的服务连内地都不如啊。胡英利表达着抱怨,主要是想看看老师的反应。

张爱国没有说话。脸上赔着笑,显然不想说太多。

她突然想,也许张老师也不算是一个什么重要人物,要真是一个有点头面的人物,人家就不会让他住这种普通客房,或者早应该把房间整理好,免得他狼狈。此刻胡英利觉得老师电话里对她的承诺也许就是信手拈来。还有一点是她不愿承认的,也许,也许他只是拿着一个所谓的名儿骗取名利罢了。电话里他说认识哪位哪位大老板的事,可能只是杜撰。毕竟这么多年没见,也不能全怪他。再说男人都有一些虚荣。

想到这一点,胡英利突然放松了。她对服务员说,喂!请你动作小一点,不要把灰尘也弄出来好不好!

胡英利黑着脸呵斥服务员,目的是想借机吵上一架,然后把今天这个荒唐的约会取消。胡英利实在不想面对这个局面。要知道，不能什么都没得，就稀里糊涂地与他有了那层关系，毕竟他是她的老师。作为师生，他们曾经那样的彼此欣赏，她不能随随便便就把这一切给毁了。

女服务员黑着脸回敬，什么灰啊？你如果觉得那是灰，我也没有办法。你们有本事自己花钱开房啦。

服务员的态度让胡英利很高兴。但是此刻她假装生气，她说，喂！你们还敢这样对他说话，你知不知道他是谁？

服务员看了看脸色已经发灰的张爱国。

仅有的一张椅子上放着将要叠放的被子。服务员冷漠的表情，还有她无所顾忌地扬出一些被子里的灰尘，根本不像星星在夜晚里那样浪漫和迷人。胡英利后悔刚才没有买一块烤面包，因为她肚子此时最想填进一些东西，饥饿使她的心跟着发慌。

他们的脸都在这一时刻故作镇静，期望避开这张席梦思大床。此刻的床只像一个演出结束后杂乱的舞台。

服务员没有表情地说，我不想知道谁是谁，我只知道要把活干完，才能有工资。再说会议在上午就已经结束，他还不走。别人都已经退了房，他却要留下他这一间来谈论艺术。当时根本也没有说过要用床，真不明白谈论艺术要床做什么呢。

想不到张爱国老师一个箭步冲到服务员身前，突然站住，人却突然成了结巴，呵，算了，不要……收拾了，快去吧！我们自己会，会收拾好的。

为什么要自己收拾啊？哪有这样的事情！胡英利并不示弱。她认为自己已经看明白了局面。

张爱国这时又退回来，用身体拦着一脸愠怒的胡英利，似乎担心胡英利和服务员真的动手打架。他说，好了，没事的，没事呵。说话的时候，他不断地向着服务员挤眼睛，好像胡英利是一个难以驯服的小孩子，需要对方的体量。

服务员翻腾了一下白眼球，用广东话骂了一句：契兴（神经）！才重重地摔门出去。

门合上了。房间里出现了寂静。胡英利看见张爱国松了一口气，嘴里嘟嘟哝哝。显然怕节外生枝，他突然从胡英利的后面把手伸过来。

你看……这不才一会儿就好了吗，你就是急。

手进入衣服里，两根细长的手指头准确地钉住了胡英利一只乳头。张爱国迅速把呼吸出来的口气对着胡英利的左耳。胡英利的身体被他这样催化之后反应却是奇特的，不仅没有一丝兴奋，而是一下子变得异常冷静。胡英利不愿回头看见身后的张爱国，以及张爱国老师已经灰白的头发。

又过了五秒，久经沙场的她又回到状态。她故意大声对着门外，知道不知道啊，他可是这个城市最著名的词作家张爱国先生，你们还有没有文化啊？还有，你们知不知道他曾经是我的老师啊，他是一个著名的诗人，他是大学的老师。走！张老师，我们不要在这里！

张爱国四分之五的脸变成灰色。这个结果是胡英利预计到的。

算了，不吵啦，我们又不是来找架吵的。他的声音已经有些发抖。

可是我们也不是要找气受的，你早就教过我们做人要有志气，你的那些事情咱们学校可是没有人不知道，作为老师，你还说过许多许多让我们永远也不能忘记的话。

沉默。

终于，张老师说话了。他看着窗外，眼睛望向远处，请你别提那些了，我早忘了。说完这句话，张爱国老师叹了一口气，不过一只手还是没有松开的意思。

胡英利说，可是我们没忘。她大着嗓门说完这一句之后，鼻子突然发酸，她有满眶的眼泪流不出。

张爱国老师的手还是停在那里。只是开始变得无力。

胡英利用手指着天花板，那里有一个纽扣一样大小的红点，老师，请你看一下那里。

哪里？张爱国紧张了。

此刻只有胡英利知道，那东西用于消防报警。不等张爱国老师细思量、细看，胡英利就把他拉出了门。不过离开房间之前他抓回床上那一本小册子。

两个人又重新回到电梯里，胡英利放下了心。她有些内疚，只是没有表现在脸上。

胡英利温和地说，你应该明白了吧？这些人没安好心……不过别理这些人，一点文化也没有。他们只知道敲诈勒索。难道说安了那个东西就能得逞吗？真是狗眼看人低！

张爱国一脸茫然，那是一个什么东西啊？

你想一想那是一个什么，这样的地方充满了阴险啊！他们用一个摄像头就想把你的名声搞臭，这不明摆着吗？……老师，其实我也看出你累了。这样吧，我也不耽误你的宝贵时间，现在呢，我也要回去上班，我的老总管得可严了，迟到两次就要被炒。我是你的学生，我还要为你争光呢，你说是不，老师。

目的显而易见，她不想让他再找借口继续挽留了，不能再让他为难，毕竟他是有自尊的，此刻她有义务为老师找一个台阶。

胡英利还没有过一次什么事都没有办成，就让一个男人白白睡的经历。哪怕他是胡英利敬爱的老师。这是一条底线，不然的话连鸡也不如了。胡英利身上的汗水已经把衣服打湿。此时她的心正难受……对不起啊，敬爱的老师，师道尊严……他妈的，他妈的好烦啊。胡英利内心出现了这样的话，想对他说，终是没有说。为了生存，现在她的心似乎也在帮她说假话了，而且那些话没头没尾。奇怪啊，这个世界，真他妈奇了怪了。胡英利觉得自己的身体和脏话像一片羽毛飘浮在半空中。

阳光下，张爱国的脸突然长了许多老人斑。两个人停下来，胡英利准备向老师挥手告别。

想不到，胡英利刚抬起手，张爱国就把一直抓在手上那本蓝色的小册子，像慢镜头一样，递给了胡英利。

是一个歌词集。封面有一艘巨大轮船。上面有一个难看的题字。胡英利知道很多外地游客都选择在这样的一个地方照相。张爱国，这三个字印在轮船上方。

第一页就是《海洋世界》这首歌。海洋世界你真美——这是歌曲的第一句。

阳光下的胡英利猛然受到了打击，因为她看见书的扉页上有一个合影。上面是张爱国老师与海洋世界的老总——电话里他提到的那个要人。

这个太要命，他为什么不早拿出来。如果当时电话里他不提这个老总，就没有现在这个约会。胡英利的老板说，如果谁能联系上这位最有来头，响当当的大人物，并请动他吃饭，即使广告的事没谈成，也要奖给谁三个月的工资作为奖励，并且马上正式聘用。当然，他说这话的时候根本不是对着胡英利，而是对着那些长得比较漂亮，人也年轻的女孩。这些女孩手上拿着一些假名片。假名片上打出"记者"这样的字眼。

胡英利所在的公司挂靠在一个报社下面，老板就愿意用新闻加广告这样的方法来做事。为此报社社长很生气，到了宣传部把胡英利的老板告了一状，说他们这样的人砸了无冕之王这个牌子。胡英利的老板也不示弱，他说，什么无冕之王啊！我看你们就是利用这个牌子为自己谋取政治和经济上的好处。你们怎么一点丑也不知呢。你真的觉得你们这些女记者与我们这些广告员有区别吗？如果真的有区别也就是你们是学新闻的，而我们这些女孩子可能是学别的或者没有什么好的学历。你们名正言顺地去拿人家钱，还伪清高。什么布波、小资，我们是低三下四、含辛茹苦，拿回一点提成才能用来吃上一餐饱饭。到底谁才是真正的骗子？这样的架吵到了宣传部长办公室门前，两个人突然就没有理由地讲和了，不再互相指责什么。再后来，胡英利名片上印着什么记者兼广告员之类的东西也就没有太多人追究了。

见到这样的一张照片，胡英利真正地生自己的气了。要知道胡英利一直就想找这位老总。都怪自己太势利，为什么不多听一下，多等一下，多看一眼呢。要知道，这样的人物对胡英利有多么重要啊。折腾了这么久，工作还是没有着落，总不能再这样试用下去啊。再耗下去，连饭都吃不到，更不知住在哪里。胡英利的工作性质就是认识有用的人，再拖下去，她这个工作也要玩完。工作没了她还能跟谁提成去啊。也许只能进工厂干活，可工厂会要她这个年纪的女性吗？胡英利再次怪自己来深圳太迟，2005年，这早已经不是一个淘金的岁月了。可是这又怪谁呢，真的要怪她受的那些教育吗？

卑鄙是卑鄙者的通行证/高尚是高尚者的墓志铭/……她不应该听他朗诵那些狗屁诗，不应该一遍遍背诵这些害人的诗歌。

卑鄙是卑鄙者的通行证/高尚是高尚者的死胡同。她早把诗改了。

人已经出了房子，不可能退回去。没能在那样的一个时间里上床还能怎么样呢。此刻还能挽回局面吗？胡英利被逼急了，胡英利很想在张老师回过头时，小声地对他说——我爱你！

她认为只有这样才能改变局面。可是她哽了半天，一句话也说不出。这三个字在这个城市是一句戏言。在这个城市如果真的生出类似的情感，也要用别的字去代替。

如果不是为了吃饭，为了有一个地方住，此刻胡英利最想说的是我不爱你，也不爱任何人，我连自己都不爱！不知道为什么，这句话，她认为眼下最最顺她的心，最最合她的意。

曾经也写过诗的胡英利眼下只爱美元和人民币，胡英利看不起那些只说假话而不做实事的人，尤其是所谓的诗人。什么才是诗人呢？胡英利和她的一些热血同学被张爱国老师带着死过一次。现在活回来的也只是身体。血冷了，变成冰。后遗症是不能忍受谁再谈论诗歌和文学的。让她想不到的是，老师换了一个城市，就去写那些肉麻的歌词了，好一个转型时期。

海洋世界好

海洋世界美

海洋世界让人醉

海洋世界让人无怨无悔

……

这是一首听起来让人要不断作呕的歌曲。经过了短暂的思考，胡英利心里想，方才已经犯了一个错误，那么从现在开始我要让自己爱听这样的歌。眼下她盯住的只是他的名气和名气带来的人际关系。

张老师……你得记着要给我上课啊。我还想跟你学一下写歌词什么的，你有时间一定要教我啊。

胡英利撒着娇把话说出去，心里才舒畅。

虽然之前她曾经想过，老师跟父母有什么两样，自己为什么这样害他，有哪个男人可以经得起她这样的诱惑，除非他没有了功能。

倚着门框胡英利一边想着心事，一边等着敬爱的、曾经受人崇敬的、在深圳这座城市混得有模有样、有名有利的张爱国老师。他们约好了再见面。

一分也不多一秒也不少，他到了。穿着短袖，有些怪里怪气。

这个院子里没人不看我的……你信不？张爱国老师气喘吁吁。

胡英利笑着，当然啦，张老师很有风度嘛！

我们跳舞吧！张爱国刚脱掉鞋，马上就提出这样的一个要求，目的就是可以尽快接触到胡英利的身体，从而进入实质问题。

胡英利说，连音乐都没有，我这里什么也没有。

你怎么忘记了，没有音乐也是可以跳的嘛。再说，我们可以唱《海洋世界》。

胡英利总以为，张爱国老师可以与她浪漫地说一会儿话，才进入情况。可是不知为什么他一刻也不想等。

你那首歌不合适跳舞的，那只是一首旅游歌，只合适在那条船上唱。一下了船，就完了。胡英利说，要不，我们看一会电视吧？

不要看电视。张爱国突然急了。

那就不看吧。胡英利出租屋里这个破旧的电视，是前任租客留下的，其实早已经放不出人影。胡英利这样说，目的是想让他不要太急切。

她说，张老师，我想问你一个事情，你和照片上那个大老板认识多久啦？

终于，张爱国的脸开始发光了。他说，那可真是一个让人难忘的事啊，我一辈子都记得。

胡英利身体终于兴奋起来。

老师……那，你快点说啊，我还真想知道呢。

我来了那个啊，很晦气的，你应该知道。正说话的时候她的头被什么磕了一下，是她翻滚的时候碰上了床边那本蓝色的小册子。

那你快把这件东西拿下来，张爱国指着胡英利脖子上一个看起来形状有点锐利的项链。

他还是这样的急切，让胡英利有些心烦。她想拖一下时间，她对着正要吻过来的嘴，胡英利软绵绵地推着，不行啊，我得了禽流感。

我可不知道那么多啊。他的嘴压住了胡英利。张老师笑了，笑出了声。好，我就喜欢这种病。这里也得病了吗。他把手伸向下面……

噢，我要看一下时间，再等一会儿，怕我老公……

你老公真的会回来吗？这时他把她拉到了床边。

不过，现在还不会的……胡英利此刻想笑，她心里想，我来深圳太晚了，没有钱，又不年轻，我上哪儿去找老公呢？她此刻不过是想这样再拖一下时间。

张爱国加快了语速，他说，那个老板，其实很平易近人。每次他都笑眯眯地和我说话，你应该看出来了，这首歌就是他让我写的。

张爱国说话的时候，胡英利已经把自己的项链取了下来，放在床头柜上。

张爱国老师开始脱下衬衣。

他对你说了些什么呢？胡英利笑眯眯地问，假装看不见他身上最后的一件底裤和叉在胸前的双手。

这个啊，真是太多了……

张爱国伸出手，快速解除胡英利最后两件衣服。

胡英利的衣服显得有些难缠。她希望能快一点，不要让这个动作停滞不前，而让太多的思想占了上风。也就是说，曾经是师生关系这个事情她希望彼此都不要想起。

我看这个大老板很关照你啊。胡英利说。

他真算是我的知己啊。第一次他就说过要给我很多很多的钱，也说了要送一个房子的事……

像喝了酒，她似乎看见了那一沓沓闪着银线的百元大钞就在眼前……在张爱国老师还没反应过来的时候，胡英利把他强有力地拉进自己的身体……

交出来的竟然是一个松软的物体，质地如棉花，如飞絮，如空气。

张爱国的泪水，终于在这一刻顺着脸的两侧流淌出来。

他拖着重重的哭腔说，一直也没有想到，直到出事的几天前，他还把我叫到办公室说话，让秘书送了两包最好的普洱茶给我。你说这样的人怎么就给人抓起来呢。说他贪污受贿了几千万，我真是不信啊。在我看来，他才真的懂艺术……可是他进去了，我的歌就再也不准唱了，你看这些人多么势利啊，就连上一次那个服务员都敢那样对我。过去，那里的老板差不多天天要求我去住，一分钱也不用我的。

势利！世风日下！我告诉你，正是那一天，他，我的恩人……进去了……要知道，过去我在那个酒店多么威风啊……

说到威风这两个字，他用了一个著名的手势，是当年在学校讲台上，他朗读自由诗用的手势。

谁都记得，这样的一个动作，曾经迷倒了无数个男学生，无数个女学生。

（《羊台山》第01期）

纸船

/卫鸦

早上的时候起了点雾，现在已经消散。李水把头伸出窗外，看到一片明净干爽的天空，像镜子一样高挂在头顶。天空下面是母亲的背影，在不远处的石码头上晃动，看上去有点苍老。李水记得母亲说过，人的一生，就像是码头下那些奔流的河水，只能往前不能往后，任谁也阻挡不住，最终会流到一个众人所看不到的地方去。

现在，那些属于母亲的时光正在不断流走，母亲在一天比一天地衰老下去。李水看到母亲的手在水里不停地搅动，河面上皱起一圈圈细密的波纹，几只黄色的纸船被波纹拥着，一点点荡向了河中央。纸船是母亲放下去的，昨天晚上就已经糊好了。在每一个晴朗的日子里，母亲总会在码头与家之间，像渡船一样飘来荡去，不是洗衣服，就是放纸船。

李水的父亲是个水手，在这条河流上声名赫赫地飘荡了很多年。槐花巷里有种叫做水婚的习俗，那些五行属水的姑娘想嫁到槐花巷里来，或者是从槐花巷里嫁出去，都必须走水路离开自己的娘家。在李水看来，父亲当年所干的那些事情可以说是微不足道。作为水手的父亲，无非就是撑着一面竹筏替人接亲送亲，然后得到两瓶白酒和一个数目可怜的红包。巷子里无嫁娶之事的时候，就带点土特产到下游的市镇上去贩卖，然后再带点其他地方的特产回来，转手卖给巷子里的人家。总之，父亲的工作就是一年四季撑着那面竹筏，在那条河流上风雨无阻地飘荡。

父亲出事的时候，李水能记住的事情不多。他记得那天父亲撑着一面筏子从码头上离去之后，便像屋顶上腾起的炊烟那样一去不返，生死存亡无人知晓。由父亲护送的那个新娘子，也跟着一起不见了。

对于父亲的失踪，巷子里流传的是一种听起来不太光彩的说法，后来就连李水也这么认为，父亲与新娘子一起私奔了。这是件令李水倍感羞耻的事情，像座大山一样，从小到大都压着他，让他人前人后直不起腰。只有母亲，对父亲失踪一事从来没发表过任何看法。有的时候，李水难以将母亲与一位柔弱的妇道人家对号入座。她从容而平静地接受了父亲离去的事实。母亲说，他是我的男人，我知道他去了哪里。母亲还说，能拥有一艘结实的船，是父亲很多年以来的愿望。所以这些年下来，母亲持续不断地糊纸船，放纸船，旁若无人，活得就像个离群索居的隐士。

在母亲的眼里，纸船也算是船。李水想起母亲放纸船的情景，母亲的手在水里一搅一搅，河水便跟着一荡一荡，纸船迟疑不决地离开码头，再缓缓向河下游漂去。母亲的眼睛追随着那几只纸船，起起伏伏地漂移到目力所不能及的地方，直到河水在远处的山脚下突然拐弯消失，母亲的目光才肯依依不舍地回头。这样的日子母亲坚持了很多年。李水知道，在那些小小的纸船里，承载着的是母亲一辈子的心事。母亲坚定不移地认为，那些纸船会随河水一起，漂到一个众人所看不到的地方去。在那里，父亲也许会看到它们。

现在，那些纸船已经三三两两地漂远了，母亲洗起了衣服，捶捶打打的声音在码头上升起来，还有皂角的香味，随河风一起缓缓飘进巷子。从李水记事起，母亲就喜欢用皂角洗衣服，把他从一个不经事的儿童，转眼间洗成了一条五大三粗的汉子。母亲的意思是皂角可以辟邪。多年下来，母亲的这一举动已经成为一种无法更改的习惯。十几年一晃就过去了，这种气味就如同母亲坚定的信仰，形影不离地跟随了李水十几年。李水觉得，皂角的气味其实就是母亲的气味，有着一种赏心悦目的芬芳。他相信，总有一天，它们也终将像母亲身上的血缘一样，不可避免地变成自己身上的一部分。

妈，李水对着母亲喊了一句。声音很浑厚，被河风送到了码头上，再沿着河面远远地扩散出去。有那么一小股声音，在水上荡两圈又折了回来，像秋千一样回荡在空悠悠的巷子里。李水很喜欢听这种余音袅袅的回音。就仿佛有一伙人站在这条巷子里，把一种声音当火把似的传来递去。

母亲回话了，声音不大，像水一样从码头上潺潺流到李水跟前。

母亲说，饭已经做好了。

李水说，回来一起吃吧。

母亲说，你先吃，我马上回来。

李水嗯了一声，不再说话。母亲加快了挥舞木槌的节奏，码头上的捶打声更加密集了，回音很坚硬，在巷子里来回晃荡。李水把半截烟头扔出窗子，披上衣服往堂屋里走。太阳已经出来了，阳光从窗子里掉进来，铺占了半间屋子。

桌上的碗筷是三副，摆放得十分整齐，这是母亲多年来的习惯，她喜欢把一切事情都做得纤尘不染。多出来的那副碗筷，是为父亲留下来的。推算起来，如果父亲真的去了那个众人所看不到的地方，那么，今天就应该是父亲的祭日。这个日子母亲从来都没有忘记过。所以今天的饭菜比往常要丰富得多。几只大碗被翻转过来，倒扣在另外几只大碗上面，一揭开，热气和香气一起升腾起来。还有香火燃起的味道，一种看不见的庄严充斥在在空气里，被烟雾缭绕起来，再一缕缕飘散开去。

　　李水擦擦眼睛，有点湿润，里面是些淡淡的暖意。他抬头往窗外望去，码头上母亲的背影已经翻转成正面，正提着木桶，从石码头上一级级升起来，身体向一侧吃力地歪着，但仍然走得四平八稳。母亲的身后是那条河流，再远一点的地方是山，山的旁边是另一座山。两座山像把钳子似的，把河流猛然扭弯，流向一个为李水所陌生地方。那里也许是个村庄，或者是个市镇，甚至有可能是座城市，反正李水从未去过。他听母亲说起过，那地方有个巨大的漩涡，是水手们最为可怕的一道关卡。在河流拐弯的地方，河中央就像是刮起了一场龙卷风，水手们撑着竹筏过去的时候，稍不小心，连人带竹筏被吸卷进去，再上来的时候，人和竹筏就成了零散的一堆碎片。

　　很小的时候，李水总想去那个地方看看，他想要是能撑着一面竹筏下去，再把远方许许多多新鲜的事物装载回来，那是件多么有意思的事情。现在，已经过去很多年了，这个愿望还是一直在折磨着他。李水认为，在那个地方，一定能找到点什么东西，或许会跟父亲有关。可母亲一直不让他去。母亲说，等你长大了再让你去。这句话在她嘴里一说就是很多年，就好像是，在母亲的眼里，李水永远都是个长不大的孩子。再说，自从父亲离去之后，巷子里也没人去撑竹筏了，在河面上来来往往的，多是些散发着柴油味的机动船只，比以前的木船和竹筏要方便得多，速度快，而且安全，现在巷子里接亲送亲全靠它们了。至于货物运输方面，因为有了更为便利的公路，这条水路基本上也就废弃了。水手这种曾经风光一时的职业，还有众多水手们所留下的故事，已经被不断进化的时代埋在了历史深处，迟早有一天会被人们所忘却。

现在，李水终于知道了长大的含义。昨天晚上的时候，母亲搬来一把椅子，在堂屋里坐了下来。母亲向李水招招手，要李水过去。李水也搬了把椅子，在母亲对面坐下了。母子俩像一对姐弟那样，面对面地聊起了天。这是件令李水感到惊讶的事情。自从父亲撑着竹筏离去之后，母亲便很少说话。随着父亲的消失，母亲的言语也被父亲带走了。母亲这样面对面地与自己交谈，在李水的记忆里，似乎从未有过。

母亲说，你已经长大了。

李水心里一抖，这句话在母亲的心里一定已经孕育了好几年，甚至是更长的一段时间，这时候突然从母亲嘴巴里说出来，有种令李水倍感震撼的效果。李水从母亲的目光里捕捉到了一丝细微的变化，那么一闪，又没了，就仿佛是流星在夜色里划出的痕迹。有一瞬间，母亲在看着他的时候，就像是很多年前她看着父亲一样。从那一刻起，李水觉得自己是真的长大了。

李水说，我早就长大了。

母亲没跟他争辩，她说，我给你订了门亲事。

李水惊讶地望着母亲，张大嘴巴半天说不出话。订下一门亲事，母亲虽然说得是那么简单，但李水可以估量出这门亲事背后的代价。对于一个残缺不全的家庭来说，那也许就是母亲一辈子的心血。父亲缺了是小事，那些来自于父亲身上的听起来不太光彩的传闻，才是致使李水至今尚未婚娶的原因。李水不知道，习惯了沉默寡言的母亲，究竟是用了什么样的办法把自己的亲事给说成了。

母亲说，姑娘是属水的。

李水点点头，明白了母亲的意思。

早饭吃得格外艰难，李水有一口没一口地扒着，一副索然无味的样子。那副空着的碗筷让李水手中的筷子有点无所适从。以前跟母亲坐在一起吃饭的时候，李水总是那么无所顾忌。有了这副多余的碗筷，气氛就截然不同了。李水恍恍惚惚地觉得，不知道什么时候，父亲已经坐到了自己的跟前，在李水拿起碗筷吃饭的时候，父亲粗犷的嚼咀声也跟着在屋子里响个不停。李水记得，父亲是个很严厉的男人，小时候吃饭的时候，他每掉出一颗饭粒在桌上，都会挨父亲一顿揍，那种皮开肉绽的疼痛感一直延续下来，至今无法消散。

李水擦擦眼睛，再去看的时候，父亲已经不见了，那副碗筷还是空在那里，没有被移动过的迹象。李水相信了母亲的话，这些年来，父亲并没有离去，他的气息始终飘荡在这间屋子里，使他看上去似乎无处不在。

母亲不知什么时候已经来到了院子里，门外是大片大片的阳光，还有湿漉漉的衣物抖动的声音。李水放下碗筷走出屋子，他看到母亲被阳光放大成肥硕的一团阴影，无比臃肿地晃动在堂屋前的地面上。母亲举着一件衣服，啪地一甩，再一甩，细碎的水珠飞了出去，在阳光下折射出彩虹的颜色。

母亲说，这么快吃完了？

李水说，吃完了。

母亲说，船已经租好了，十点钟左右出发。

李水说，我不坐船去。

母亲愣了一愣，很快又平静下来。她说，现在都是用船。

李水说，那是他们的事，我是水手的儿子，他们不是。

母亲不说话了，把一件衣服稳稳当当地晾上了绳子。李水绕过母亲往后院里走去，长长的影子在墙角拐弯的地方一闪，不见了。母亲的表情和阳光被隔在了那堵墙的后面。

家里的那把柴刀就摆在后院里，应该刚被磨过，闪亮的锋刃上散发出刺眼的青光。李水蹲下来，吸了根烟，再站起来的时候，他看到了八根粗大的竹子齐刷刷地靠在一面墙上。然后就是桐油的气息，从屋子里飘散出来，很是浓烈。这种久违的气味令李水莫名兴奋。他记起多年以前的一些事情，父亲每次离家之前，总会在后院里架起一面巨大的铁锅，李水和母亲就往锅下面添柴火。等火势渐旺的时候，桐油会在锅里翻滚起来，浓烈的香味像雾一样弥漫在屋前屋后的空间里。父亲把一捆粗大的麻绳扔进锅里，不停地煮，直到麻绳跟桐油同色，再捞出来。父亲扎筏子的时候，从来不用铁丝。父亲说，用这种浸过桐油的麻绳扎成的筏子，在浪头上抛来抛去也抛不散。父亲告诉李水，水是柔的，可以克刚，当年关羽水淹七军的时候，滔滔洪水让曹操帐下的那些金戈铁马顷刻间灰飞烟灭。李水知道，关羽是个英雄，看得出来，父亲很崇拜他，父亲的骨子里有着一股浓厚的英雄情结。

自从父亲离去之后，李水有很多年没闻过桐油的香味了，那种异常熟悉的气味，就跟那些关于父亲的记忆一样，在李水脑海里已经成为一个过早消亡的名词。时隔十几年之后，如今这种气味又扑面而来了，李水再一次恍恍惚惚地看到了父亲，他的形象在一片桐油的香味里栩栩如生地复活过来。

李水兴奋地冲进屋子，屋子里架着多年以前的那口铁锅，母亲正操起一把木柴往锅底下添。火势很旺，疯了似的舔着锅底，母亲的脸从铁锅上露出一半，脸上的表情闪闪烁烁，映在一片通红的火光之中。这些年来，母亲就像是依附在李水身上的半个大脑，李水能想到的事情，母亲也准能抢先一步想到。母亲总是在不经意间，就悄无声息地把李水想做的一切事情都做好了。

接下来的事情是扎竹筏，这是很费劲的一项体力活。八根竹子一字排开摊在地下，一股股用桐油浸过的麻绳有如蝴蝶穿花一般，在竹子之间穿来穿去，三扭两扭，把筏子捆成个雏形，这些都是母亲的工作。然后就是扎紧成筏，这需要相当大的力气，母亲从没做过。况且，即使母亲能做，父亲也不放心让母亲去做。

对一个水手来说，能否把竹筏扎得牢固，这可是件生死攸关的事情，父亲不敢造次。

李水回忆起父亲当年捆扎竹筏时的情景，那时候，父亲总是提着一瓶白酒来到院子里，仰起脖子一口气把白酒灌下去半瓶，再甩甩胳膊，像蟒蛇蜕皮似地把上衣抖落在地下，这时候的父亲就像个梁山好汉一样，一身健壮黝黑的肌肉在阳光下裸露出来。然后父亲放下酒瓶，把绳子松松垮垮地打个结，再弯下腰，脚抵在筏子上面。父亲拿起酒瓶，嘴巴一张，又是一大口酒，借着酒劲，父亲一声大喝，双手攥紧麻绳的两端一拉，双脚再用力一蹬，父亲腰就像一根绷弯的弦，猛地一下弹直了，绳子便在竹筏上扭紧成一个谁也解不开的结。

现在，这些场景穿越漫长的十几年时光，再次重现在李水面前。李水仿佛看到了父亲的影子从堂屋里穿出来，然后像头拉磨的驴子一样，在筏子四周开始了频繁的走动。父亲手脚并用，那些麻绳被吱吱嘎嘎地扭紧成结。等八根竹子变成一面竹筏摆在院子里时，李水看到母亲坐在一旁不停地擦着汗水。这时候李水才猛然清醒过来，把竹筏捆扎成形的，并不是父亲，而是看上去手无缚鸡之力的母亲。在无意之中，母亲已经把父亲所掌握的很多东西融入到骨子里去了。

出发之前照例有一场简单的仪式。在码头上点两炷香，烧些纸钱，再放几挂鞭炮，用来祭祀那些驻扎在河流上的神神鬼鬼，以保一路平安。以前父亲出门的时候，母亲总是把这项简单的工作做得无比虔诚。在李水的记忆里，母亲在码头上五体投地的跪拜姿势，是她一生之中形象最为生动的时刻。

现在轮到李水了，这项仪式被母亲举行得更加神圣庄严，只是没有了当初的隆重。以前父亲出发的时候，前来码头上送行的，总是拉拉杂杂的一大队人马。有烧纸钱的，有点香火的，有吹锣打鼓放鞭炮的，他们各就其位，使整个祭祀的场面自始至终纹丝不乱。现在码头上就母亲一个人，她七手八脚地支撑起这项仪式，可场面上还是跟以前一样，依然是纹丝不乱。忙碌中的母亲就像个千手观音，井井有条地摆弄着那些祭祀的用品。李水鼻子一酸，眼泪奔涌出来。

母亲点起一把香火，双手高举把香火送过头顶，在码头上反复跪拜起来，明灭不定的香火在空气中舞出一条不断往返的弧线。有那么一瞬间，李水认为那条弧线暗合了母亲生活的全部轨迹。父亲离去之后，母亲不停地糊纸船，放纸船。母亲的生命就那样沿着父亲给她画下的一条弧线重复着，被时光逐渐消磨。

然后是烧纸钱，几叠印满铜钱的黄纸被火苗烤得翻卷起来，青石板上腾起火光和烟雾。母亲嘴里念念有词，说着一些李水听不懂的祭词，再把纸钱一张张撒进水里，祭拜各路神仙还有大鬼小鬼。紧接着鞭炮被点燃了，河面上远远近近都是劈里啪啦的声响，就仿佛下起了一场密不透风的暴雨，母亲的脸庞被火药炸出的烟雾笼罩起来，有如雨中景物那般模模糊糊。整个仪式到这里就算是结束了。

母亲递过来两瓶酒，说，带上吧，路上的时候喝两口。

李水说，我从来没喝过酒。

母亲说，喝不喝都带上，下了水，就要有点水手的样子。

李水就收下了。他记得父亲特别喜欢喝酒，每次出门，身上都少不了带一两瓶白酒。看来，在这些年里，母亲一直是把父亲在当作尺度，用来规范着李水的一举一动。

李水操起竹竿在码头上一点，人和竹筏一起离开了码头。又是一阵更加密集的鞭炮声响起来，李水看到母亲手里拎着很长的一串鞭炮，嘴巴应和着鞭炮炸响的节奏，不停地在翕动，在说话。可是李水听不清母亲说些什么。鞭炮声把一切细小的声音都掩盖住了。

竹筏剌开水面往下游飘去。等那阵鞭炮声停歇下来，再回头看时，母亲在码头上已经缩小成模糊的一团黑影。

河水真是清凉，像一股股冷风从脚底板下吹过去。人和竹筏被水推着晃晃悠悠地往前行走，刚开始的时候，速度有点慢，竹筏不好控制，在水面上像水蛇一样扭来扭去，没法按着李水脑海里既定的那条路线行走。看来撑筏子并不是件那么简单的事情，竹竿在左右两边交替着下水，每一杆撑出的力量都必须恰到好处，否则筏子一失衡，就会像磨盘一样在河面上打圈子。

李水有种奇怪的感觉，在踏上竹筏的那一瞬间，他便猛然觉得，他的命运已经不再是自己所能掌握的了，他的命运，甚至包括他的生命，都已经完整无缺地交给了脚底下的这条河流。当他像父亲一样，漂浮在这条河流上面之时，他再也无法像以前那样，去藐视父亲的作为水手那种身份，他理解了多前年父亲心中的那份自豪。这令李水感到无比惊讶，他在这十几年里对父亲的认识，远远没有在这短短的一段时间里来得彻底。李水想起了父亲的那句话，水是柔的，柔可以克刚。小的时候，李水难以理解父亲这句话所代表的含义，父亲的每一句话，似乎都像大海一样深不见底。现在，他站在这面竹筏上，以水手的思维方式再度去揣摸父亲的言行时，他终于认可了父亲的这一说法。李水攥紧了竹竿，筏子慢慢地走直了。两岸那些为李水所熟悉的村落，像长了脚一般三三两两地从他视觉范围里退走，另一些村落又接踵而来。河流三拐两拐，把李水带入了一个陌生的世界。

很快就来到了那两座山的面前，李水从来没看到过这么高这么大的山，以前隔远看的时候还不觉得，现在两座山被近距离放大了，李水把头使劲仰起来，目光才能抵达山顶。山上的雾还没有散去，在流动，像带子一样把山腰围了一圈。在河流陡转一个弯的地方，李水看到河面像是被挤压过似的突然变窄了，两岸的景物排列成八字形向他压迫过来,水流在这里陡然加速,前面不远处的滩头上不时掀起巨大的浪花。

如果不是亲眼所见,李水难以相信,这条温顺的河流会产生如此巨大的力量。那个漩涡似乎比他想象中的还要可怕,简直就像一张硕大的血盆大口,向李水露出一嘴的獠牙。河中央仿佛是一个磁性极强的磁场,那些漂浮在水面上的大大小小的东西,先是在漩涡周边缓慢地打着圈子,在向心力的引导下,它们离漩涡越来越近,转速也越来越快,转到中央的时候,猛地一下,全部被吞噬了。李水看到一截粗大的木杆,就那样被吞卷下去,上来的时候,就像是一根被嚼咀过的甘蔗那样成了一堆破碎的渣滓。

要是人被卷进去呢?这无疑是件可怕的事情,李水眼前晃出一些血肉模糊的影子。他想起了一个与父亲有关的梦。父亲离去之后,在这十几年里,李水总是在做着同样的一个梦。梦中的父亲重复着被一种看不见的力量所吞噬,然后又吐出,父亲的面目转瞬间就变得支离破碎。这个虚幻的场景使李水十几年来一直那么忧伤而恐惧地活着。现在,这种力量是那么真实地摆在了李水的眼前。阳光下的河面就像是一个万马奔腾的战场,在发狂,在怒吼。李水突然间丧失了全部的勇气。他心里一凛,人和竹筏停了下来。

李水把筏子靠到岸边,埋头吸起了烟,一根接一根,不知不觉就把太阳抽到了山的后面。傍晚时分的河流就像一块浸染着的白布那样,被黄昏一点点地染红了。在暮色来临之前,李水回顾了父亲在他生命里所留下的短暂时光。作为水手的父亲,就那样在李水心目中焕然一新了。父亲变得高大,变得神圣起来。

李水扔掉最后一个烟头,抬起来头看到了一些黄色的纸船,三三两两地沿着水面逶迤而来。他知道母亲这时候肯定就站在码头上,源源不断地往水里放着纸船。这次的纸船比任何一次都要多,在河面上漂成一条黄色纽带,把母亲和李水一头一尾地连接起来。纸船飘到了漩涡所在的地方，一只接着一只，在河面上随水流画出圈圈圆圆的形状，越缩越紧，缩到漩涡中央的时候，纸船被猛地吸了下去。

父亲真的会看到那些纸船吗？李水心里一震，想起了母亲所说过的话。他不太愿意相信，难道这波涛怒涌的地方，竟然就是父亲的归宿。然而对于一个水手来说，又有什么样的归宿，能比这块地方更为适合呢？

李水拿出一瓶白酒，仰起脖子灌下去半瓶，一种暖意在四肢百骸间回转起来，白酒并不像他想象中的那样难喝。李水把筏子撑离岸边，往夜色中的河面驶去。母亲放出的纸船还在三三两两地漂来，一拨接着一拨，被那股漩涡风卷残云地吸卷下去，被撕碎，然后消失不见。

(《羊台山》第01期)

清水河边的裙豆

/叶耳

陈家湾在三十一区,过一条河,望到那棵开花的梨树就是了。

梨树下面有一户人家,户主姓黎。家里有个女娃,刚满十三岁,叫裙豆。裙豆见人就爱笑,一边一个酒窝。裙豆的笑就像这地里的玉米,黄澄澄的一片悦目。裙豆的歌声从玉米地里闯了出来,把鸟的翅膀打湿了:

玉米地,野花开

一朵一朵惹人爱

家乡水,河边草

爹娘把我天天吵

……

裙豆唱这首歌时,有一个人就在河的另一边竖起耳朵听。河的另外一边是三十二区。也算陈家湾,有点偏,只住了几户人家,村子里的人都把这里唤作陈家湾里。有人过三十一区来找王闲人,陈家湾的人就会这么说:"哦,你找陈家湾里那几户呀!"

听这歌的人叫半顽,是王闲人的崽。今年已满十五岁,但长得比王闲人高多了,父子俩走在一起时,半顽的身体就毫不客气把王闲人的阳光挡得干净。

半顽最爱听裙豆唱歌了。

半顽如果烦恼了，一听裙豆的歌，心里就像放了一块糖，是甜的。

半顽就看着河边梨树上的花，一朵挨一朵，都挤得只空下风在动。半顽的两只脚伸进水里，一荡一荡，把水弄得像碎了的花，飘在心上痒痒的。半顽就对着满河的水笑着自语：裙豆，裙豆。

这一条河叫清水河。说是河还不如说是一条宽阔的溪。在陈家湾人们管宽一点的溪叫河。远远地你就会听到女人的声音像这河里的水一样，从高空抛下来，打在圆滑的石头上，溅得四分五裂："哈宝哩，莫去河里洗澡。"

孩子们终究是忍不住的。于是一个个像泥鳅，在水里钻来钻去。把一条河的水也给弄活了。女人们就站在梨树下，看着光屁股的孩子们，心里既爱又恨地唠叨着：看你上来我不抽疼你几身皮喽。

往往这时，有一个人就在自家的窗口偷偷地看。看河水里光屁股的男孩子。当听到孩子们的笑声和相互嬉水的声音荡来，她的心里就像风密密地扎了一下，痒。舒服极了。

在河里的男孩子时不时会有一些古怪的举动，花样多得很。他们从水里钻出来，站在河边的石头上，排成一行。有一个人喊开始，于是大家就会争先恐后地从裤裆里把自己的小把戏掏出来，得意忘形地摆在阳光下，用力朝前射。边射边唱道：

陈家湾里有条河，

一年四季水长流；

不见牛羊来喝水，

只见和尚来洗头。

她马上用双手捂住了自己的双眼，脸上飞起了一团红晕，羞涩了起来。但还是控制不住从手指缝里去漏看。过了一会，待他们都扎进了水里，又慢慢把手移开，偷看起来。

这不是别个，正是裙豆。裙豆最爱看的是半顽，半顽的声音总是那么大，比他爹爹的声音还大。他爹爹可是个聋子。聋子说话总是以为别人也是耳背的，所以半顽的爹每一次喊半顽时，总是声嘶力竭地，像一只气急败坏的狼嗥："半顽，半顽，臭臭娘又埋到哪里去了？"等王闲人的声音射不过清水河时，半顽受到破坏地操起他非常重要的嗓子，对着王闲人百般挑剔地回道：我在床上困觉哩！半顽和王闲人的声音是陈家湾的二重唱。把原本安静的陈家湾打点得血气方刚。

王闲人是一个铁匠。王闲人不仅铁打得好，老婆也娶得好。他的铁确实打得好，硬。他的老婆确实娶得好，软。软硬兼施的王闲人在方圆几十里，名气大得很。可谁曾想到，王闲人的老婆在半顽八岁那年，突如其来的一场大病把她给夺走了。王闲人悲痛愤恨。曲着身子嗡嗡大哭，却用了音乐的动感之音，像弹琴一样地搅动了清水河深澈见底的慈悲。

"揉碎桃花红满地，玉山倾倒再难扶……"王闲人唱起了京剧《尤三姐》的唱词来。每一声都是撕心裂肺，声声断肠。王闲人已经成了京剧的主角，他现在就在舞台上与她对视，与她眉目传情。他听到尤三姐唱道："他堂堂仪表多英爽，天生就侠骨与柔肠，白首同偕倘有望，清贫到死我也何妨。"尤三姐的姐姐们劝解她，给她讲嫁给那个男人的坏处和不值，她又唱道："姐姐不必多言讲，妹此心早已许柳郎！"

王闲人的泪就滚了下来，泪滚了下来，那就让它流吧。王闲人没有去揩眼泪。在陈家湾里王闲人打铁出了名，他看戏也是出了名的。最爱看的当算京剧了。像《智取威虎山》《红灯记》《沙家浜》等等。

京剧集唱、念、做、打、舞为一体，通过表演手段叙演故事，刻画人物，表达"喜、怒、哀、乐、惊、恐、悲"思想感情。

王闲人只用了一个晚上的传奇，就双耳失了聪，成了一个聋子。这真是前世的冤孽，今生的因缘。陈家湾的人用了寂寞的嗓子张扬着王闲人这不幸的一切。

这一切，在王闲人的心头只凿了一凿，是深的，刻骨的，长的扁的，又是那么圆。很快就死了。死在活着人的心里，死在云深不知处。聋了的王闲人还是得活下去呀，还有一个孩子啊。王闲人又打起了铁来。

王闲人就又恢复了他的活性，粗野性，趣味性。

在梨树下歇息时，见了在河边浣衣的几个女人，她们像树上的鸦雀，在唧唧喊喊的，倒映在清水河里，分外的动情，如画。女人说，这天还真热哩！

另一个女人说：是有点热啊。

有女人就把外面的一层衣服脱下来，有胆大的就把上衣的紧扣也松了。风凉凉地吹来，她们觉得舒爽了，就开始浣起衣服来。天性良好的奶子就在她们胸怀里不停地晃动，王闲人在梨树下看得清楚。一下子就来了劲，忍不住总要来两句惹嘴巴子的话：

"哎呀，张嫂你的水桶里有鱼呀！"

"哪里有呀？"

"你没看见水桶里有什么在动吗？"

女人低头一看，还想说没有鱼呀，一下子就发现了自己半露的奶子映在水桶里，一下子就改口了啐道："个死聋子。短命鬼。"女人怕王闲人听不到，骂到"短命鬼"时是第四声，高音。

王闲人就笑了起来。由于没做准备，笑的速度快了些，把胸腔也给感染了，于是连着咳嗽从胸腔里"斤半斤半"地排挤而出。

于是有人说这陈家湾其实是王聋子王闲人的。

但在王聋子的儿子王半顽看来,这陈家湾并不是他的爹王闲人的,而是裙豆一个人的。半顽这么想的时候,就看到了清水河上的风把一树的梨花吹开了。白痴痴的一片,像半顽的痴了的心,也是白璧无瑕的。半顽试着在心里唱了唱裙豆的那首歌:

玉米地,野花开

一朵一朵惹人爱

家乡水,河边草

爹娘把我天天吵

……

半顽觉得很奇怪,他在裙豆的歌里面找到了另外一个人,这个人就是半顽他自己。于是,他想,哦,除了裙豆还有一个人呢?于是半顽就发现了刚才的想法也不是精确的,陈家湾也不是裙豆一个人的。陈家湾是他和裙豆两个人的。

他们两个人的。

我们两个人的。

半顽的心像家里窗口的那扇蒙尘很久的玻璃,被擦拭了一下,就发出了清亮的光,把清水河上的水也照亮了。梨花就在这擦亮的玻璃上显得少有的生动。

半顽经常在梨树下等裙豆,等裙豆背着书包从家里走出来。裙豆和半顽在同一个学校读书。裙豆看见了半顽,就喊:半顽哥。半顽就只是笑。半顽的笑比语言生动,比语言活泼。裙豆走在半顽的前面,头也不回地走,有一种说不出来的神气。半顽就在后面跟着,不说话。裙豆觉得自己每一次上学的路上都很愉快,她也说不出来为何这么愉快。裙豆就在嘴里小声地哼出了曲子。裙豆的曲子在半顽的身上长成了细胞,日久天长,每一个细胞就有了裙豆的气息。只要裙豆的嘴一动,半顽身上的细胞就欢快地跳起了舞。裙豆的歌在半顽的心里变了一棵梨树,只要风一吹,"千树万树梨花开"。裙豆觉得有半顽跟着,心里踏实。半顽呢?半顽觉得走在前头的不是裙豆,是一幅画,那是多么美的一幅画啊!

清水河边有一天来了一个骑单车的人,这对陈家湾的孩子来说是新奇的,是兴奋的,是激动人心的。因为在清水河这一带还没有哪个孩子真正见过这单车,都只是在电影里面见到过。孩子们都围拢来看,像看社戏一样入迷。骑单车的人也是一个孩子,他如鱼得水地在清水河边来回地滑翔,单车就像他身上的翅膀,他想要它飞它就飞,想要它停它就停。清水河的孩子哄堂大笑地拍手叫好,满脸鼻涕口水地笑。露出满不在乎的带黄垢的牙齿。他用他纯粹的技术赢得朴实无华的肯定和信任,赢得了清水河的喝彩,赢得了孩子们无拘无束的童真和友好。

裙豆也受到了感染。影响裙豆的不是这个人,是这个人的单车。裙豆看到那飞翔在清水河的单车,也想骑在单车上飞翔,但裙豆不能实现它。于是她想,如果我能有这么一辆单车,该多么好啊!但裙豆很快就打消了这个念头,这是不可能的,除非自己是个城里人。在陈家湾,太穷了,哪有钱去买单车啊!但裙豆真想去骑一下那个人的单车,哪怕是摸一摸也是好的。裙豆的心思也就是清水河所有孩子们的心思。他们都围着这个人转,围着他滑动的单车转。

我可以骑一下你的单车?

你叫什么名字?

我摸一下你的单车行吗?

孩子们的问题让这个人高兴了起来。不对,应该是高昂了起来。他满不在乎地说,不可以。谁也不行。他说话时只看着他的单车。

这时,裙豆小声地问了这个人。

我可以摸一下你的单车吗?

这个人看了裙豆一眼，没有直接回答她。

裙豆接着又说，我给你唱个歌听吧。裙豆试图用她的歌声来打开她幻想的门。

这个人就咧开了他的嘴来笑。但笑完之后马上严肃地回拒了她，不行。

裙豆的心情就暗了下去，淡了下去，沉了下去。那个人说，要是你答应做我老婆，我不仅给你摸还给你骑一回。裙豆没想到这个人会说出这样的话来，裙豆怔怔地站在那里，很快就"哇"的一声，吓得哭了起来。

裙豆的哭声惹起了半顽的火来，半顽早就看不惯这个满身假充的富家子弟。走了过去，狠狠地盯着这个人，你下来。那个人就从单车上下来了。半顽跑过去就是一拳头，把这个人给打懵了。怔怔地不敢说话。半顽说，你给我滚，以后别拿你的洋玩意来这里出风头。我们这里不欢迎你这样的人。那个人一下子被这突如其来的变化吓住了，扶着单车，准备走了。刚要把腿跨上单车去，半顽又把这个人叫住了，等一下。

你把单车推过来，给这个女孩摸一下。

那个人就把单车推了过来，推到裙豆的身边，裙豆的心一下子就明亮了起来，激动了起来。裙豆的手是颤抖的，不是害怕，是高兴。但裙豆却不敢把手伸出来。这个人就朝着裙豆歉意地点点头，示意她摸一下。裙豆就小心翼翼地把手伸了过去，像伸进了一个从未有过的世界。裙豆的泪水和着伸过去的手一样，涌现在了大家的面前。

这个人用颤抖而微细的声音说，对不起！

半顽在裙豆的心里长成了一棵树。

树上绿成波。裙豆的眼里就有了深厚的绿，不同的绿。仿佛这些绿是清水河潺潺的流水声填的，是半顽的嗓子填的。

裙豆在睡眠里很新鲜地露出笑来。

有一次，半顽因为生病了，没有去上学，也就没有在梨树下等裙豆，裙豆在放学的路上被几个高年级的同学欺负了，他们骂裙豆，啐裙豆，裙豆很伤心。裙豆就想到了半顽，心里一下子就明亮了，勇气了。裙豆告诉他们，等半顽哥来，他会打你们的。他们就起哄说，哦，半顽，哦，半顽。半顽是不是你男朋友呀！裙豆的脸上一下子就红了。裙豆的眼里一下子来了火，把泪水也烧出来了，裙豆把头抬得高高的，扬着下巴狠狠地动了动嘴巴：二流子，就背起书包朝着清水河飞跑，像飞翔的鸟。

裙豆第二天就告诉了半顽，半顽没有说话。

半顽哥，你怕他们吗？

我不怕。

半顽的声音真好听，很有磁性，像个男人。

那你怕啥呀？

我怕我爹。

裙豆就把他们难说的话也讲给了半顽听，裙豆说出他是她的男朋友时，心里好像住进了一只兔子，在四处窜动。裙豆看到半顽把拳头捂得紧紧的。把裙豆的心也捂热了。

裙豆觉得半顽是个不一样的男孩。不，应该是男人。

这个不一样的男孩，最终没能跟裙豆继续上学。

半顽家里不供他读书了。他爹要半顽跟他去学打铁。王闲人说，打铁比读书更重要。王闲人还说，打铁比读书更有学问。半顽知道他爹的话是靠不住的，但半顽了解他爹，爹是没有本钱没有能力供他读书了才这么说的。半顽了解了他爹说话的初衷，也就相信了他爹王闲人的话是有道理的。

存在就是合理的。

这话是谁讲的呢？半顽一下子想不起来了。不过想起来也是没有用的，因为这对半顽来说，一点也不重要了，重要的是什么呢？半顽一下子还想不明白，半顽手里正在拉着风箱，每拉一次，风就鼓足干劲把煤里的火吹宽。生病的铁就在火里面发出哧哧的声音。待火力够了,铁烧软了烧白了,他爹王闲人就从火海里捡一块铁出来,放在占子上,这里敲敲那里敲敲。然后就拉开距离地喊叫起半顽来:半顽上大锤。半顽就抡起大锤,往铁上砸锤。每一锤都发出脆响的叮当叮当的声音来。

　　王闲人是个老铁匠,耳朵听不到,眼睛却听得到。他看到半顽的锤没有落准位置,没有砸在实位上,是虚的。他爹王闲人就像拉长的风箱一样把声音也拉得老长:"打铁越没有声音才越是打得好!你看你,还没有几分钟,就汗流浃背了。这也是不对的,打铁是不能流汗的。汗越少说明你越懂得了打铁。"就是在这间昏暗的房间里,这个叫王氏铁铺的地方,半顽的理想给了从早到晚散发铁味的汗水和力气。

　　半顽和他爹王闲人在那个叫大风的镇上打了六年的铁。

　　大风镇到陈家湾不算远,但走起路来却很废功夫,要绕道要翻山越岭,所以走得快到晌午时间还能赶上午饭,走得慢就得日照西山了。

　　陈家湾里只剩下了裙豆和半顽的想念。想念里也是裙豆。

　　裙豆一下子就蹿高了,乖态了,水色好得很。裙豆站在清水河边的梨树下,陈家湾就是裙豆一个人的了。裙豆已经上了高中,学习非常用功,学习成绩也很好。裙豆读高中是在另外一个镇上,这个镇离陈家湾很近,通了公路,每天来回搭车只需十多分钟。但裙豆很少坐车,她喜欢走路。裙豆走路也爱想问题,很快高中一毕业裙豆就要上大学了。裙豆想,我就要上大学了!

　　她最后还是想到了半顽。

　　我该怎么来安慰他此刻的心情呢?裙豆确实是爱半顽的。记得半顽不止一次地从大风镇回来过,他回来就是为了看裙豆的。他每一次回来就给裙豆带回很多新奇的东西。裙豆当然知道半顽的心。裙豆每一次见到了半顽，心里就很踏实了。这种感觉真是很奇怪。

裙豆有时坐在教室里的时候也想到了半顽。她想半顽时她就真的看到了半顽在窗口看她。她是那么的吃惊和欢喜。她有说不清的欢喜！真的。让裙豆羞愧的是，裙豆正在低着头偷偷吃一颗李子呢！

裙豆觉得半顽的身上有一股别的男人没有的东西，是吃苦耐劳吗？不是。是英勇无畏吗？不是。是勤俭节约吗？不是。是什么呢？裙豆想不起来了，反正她就觉得他身上很不同的。是什么不同呢？裙豆就翻来覆去地想呀想，在床上就是睡不着。

后来裙豆发现了每一次睡不着的时候，都是因为半顽。

她躲在山谷

她站在山崖上

你不理她

她不理你

你喊她，她喊你

你骂她，她骂你

千万不要和她吵嘴

最后一声总是她的

裙豆想不到的是，这首艾青的《回声》她只朗读了一遍，半顽就背下来了，而且还把最后一句背读得让裙豆不好意思起来了。千万不要和她吵嘴，最后一声总是她的。

半顽曾在那棵梨树下问过裙豆：

半顽哥好吗？

好。

半顽哥长大了只对你一个人好。

好。

你长大了就嫁给我。

好。

可是谁能知道,他们还是吵架了。但他们没有骂出来,而是在心里闹了起来。裙豆一上高中,就与半顽疏远了。高中快读完时,他们几乎不来往了。

通红的炉火映着半顽的脸,他一直在想这个问题。可这个问题是真正难住了半顽。难住半顽的是他自卑的心啊。

裙豆那天在梨树下告诉了半顽,她娘不让她与他来往了。

清水河缓缓流淌的水,被裙豆的话搅乱了。

半顽没有问为什么,他知道自己只不过是一个打铁的人。他心里清楚得很,明朗得很。半顽听了裙豆的话,很久没有开口,然后头也不回地跑开了,朝着大风镇的路疯狂地奔跑起来。裙豆想喊一声:半顽哥。但张了张嘴,没有让声音发出来,只在心里轻轻喊了声:半顽哥。

打铁,每一锤都让半顽的心感到空洞。但每一锤都是无声而有力的,半顽荣辱共存的心、颓废沉郁的心、潸然泪下的心都成了铁,都成了锤,成了涌出的力气,成了面呈酡色的万籁寂静。半顽那一天完成了他爹王闲人的愿望,打铁的响声结实如琴。半顽一直没有流过汗。王闲人喜出望外,露出自以为是的笑来。

好好好。终于可以出师了!

好好好。终于可以出师了!

王闲人欢喜了!忍不住从嘴里压声地哼出了这样的句子:

哪个缺心眼的婆娘,

不跟我一起压床了;

烧得通红的黑夜,

哪个婆娘要打铁呀。

裙豆高三只读了一个学期便辍学回家了。

造物弄人。这话真是说到裙豆的心里去了。谁能想到呢?这样的事情却偏偏发生在了裙豆的身上。直到今天，我仍然也不相信这是真的。但它确实发生了。

裙豆现在回忆说，如果当初我不去学骑单车，不去借同学的单车骑，不从桥上跌下来……也许这一切都是命的因果吧。裙豆感叹地说道。

事情的经过是这样的。

那天裙豆刚学会了骑单车，特别兴奋，借着同学的单车在大街上飞驰。当裙豆的单车行驶到一座桥上时，裙豆抬头一看，前面有一辆汽车经过，由于车速太快，加上又紧张，猛力一转方向，哇的一声就摔到桥下面去了。好在桥不是很高，下面是一条水很浅的溪。裙豆摔得很重，腿上都流血了。送到了医院一检查，谢天谢地，幸好没有大伤，也没有摔坏腿脚。可是，怎么流血了？医生顺着她流血的地方查去，发现了一个惊人的问题，她的生殖器爆裂了。很严重，要住院动手术。

在经过医生的检查后又发现了一个惊人的问题，原来裙豆不是一个单纯的女性。她还具有男人的特征。经过手术后，裙豆明显趋向了男性的特征。裙豆的这件事在陈家湾没有一个人知道，像清水河一样的平静。裙豆回到了陈家湾，在屋子里把自己封闭了起来。裙豆已经不是以前的裙豆了。

但裙豆辍学的事情却在陈家湾传开了，在清水河传遍了。

没有人知道裙豆辍学的真正原因。很多人只道听途说地知道裙豆是被一户有钱人家看上了，叫她不用念书了，只要她原意嫁过去，她有用不完的钱。还说裙豆到了城里，还给她安排一份正式的工作，做个真正的城里人。大家都知道裙豆的母亲是个嫌贫爱富的女人，对于有钱的有身份的人总是笑眯眯地讨巧。当然陈家湾的女人都是一个样子，只不过她们没有遇到而已，如果遇到了也是一样的。何况裙豆的母亲又是个寡妇，辛辛苦苦把裙豆带大，还供她读书，靠的就是她这一双手。她容易吗？

裙豆的母亲刚嫁进来时，是个标致的女人。她嫁的男人是陈家湾惟独的一位教书先生。叫黎单元。这黎单元人好心也好，可就是好人已乘黄鹤去，黎单元为了救一个落水的孩子把自己的命给搭上了，孩子平安无恙了，自己却永远去了。就这样，轻轻的我走了，正如我轻轻的来。事后，陈家湾的人逢人就竖起一个大拇指谈起黎单元来，哎，这样的人真是少见啊，自己不会游泳你跑下水干什么嘛！

黎单元曾经是那么疼裙豆的妈。裙豆的妈一想起单元来，就要稀嘘一片。黎单元每次从学校回来，都要给裙豆和妈妈带来快乐！裙豆的妈妈每天都会给黎单元洗头，每洗完了头，黎单元就拿一根矮凳子坐到阳光下，一手抱着裙豆，一手拿着书本，晒太阳。

黎单元常教导裙豆，万般皆下品，惟有读书高。告诉她，书中自有黄金屋。黎单元常对裙豆的母亲说，我们再苦也不能苦了孩子的教育。

黎单元有时就会放下书本，双手高举裙豆在头顶，逗孩子玩耍。忽然拉着嗓子朗声悦道：

"我的佳偶，你甚美丽，你甚美丽，你的眼好像鸽子眼。"

惹得裙豆在黎单元的手里咯咯地大笑。裙豆妈也会在一旁被情不自禁地惹笑了，但又很快闭住了笑，把笑放到心里。假充地说一句：讨厌。

她的样子真是乖态。

裙豆就要嫁人了。

很快这些话像不可阻挡的风沙吹进了半顽的耳朵里。半顽的耳朵就发热了，发烧了，也发怒了。

裙豆像一个醒来的梦，在陈家湾再也找不到裙豆了。那个乖态恬静的裙豆永远属于一个梦了。这个梦对于半顽来说是不公平的，也是冒险的。现在好了，这个梦成了半顽一生的回忆。半顽的心里是恨裙豆的，裙豆为何要拒绝见我呢？裙豆为何要听她妈的话，裙豆你也看不起铁匠吗？半顽开始恨起了裙豆，恨起了这个胆怯虚荣的女人。半顽从来不喝酒的，那天却把他爹王闲人的一瓶米酒喝了个底朝天，半顽想，不行，我得去找她。我要问清楚，是你裙豆不想跟我来往，还是你妈瞧不起我这个打铁的。

半顽在一个晌午推开了裙豆家的门。门开了，却见着裙豆的母亲。

裙豆呢？我找裙豆说几句话。

裙豆她不在家。

裙豆去了哪里？

半顽边问边拿眼往屋子里张望。

你不要再来找她了。

裙豆妈一下子就生气了。裙豆妈突然加厚了嗓子说，你不要再来找裙豆了，裙豆就要嫁人了。裙豆让我转告你，裙豆已经死了。叫你不要再想着裙豆。

半顽的心就像电闪了一样，雷劈了一样。震颤得很啦。

半顽什么话也不说了。半顽透过门缝的眼神又震颤了一下，裙豆的房间里坐着一个年轻的男人。是他来娶裙豆的吗？

裙豆轻风似的飘出了半顽的心。

半顽的心里一下子就空了。大脑也是空的，到处都是空的。

半顽的泪水悄无声息地流了出来。

半顽像悄无声息的泪水一样离开了裙豆的家，离开了陈家湾，离开了清水河。半顽走得很快，走得很急，半顽要尽快离开这个地方，远远地离开，永远也不想看到她了。

半顽的心天低云浓。

不久后半顽就结婚了。他爹王闲人是越来越喜欢半顽了。打铁用功，娶媳妇也用功。不挑剔。半顽把婚礼搞得很热闹。全清河水的各个村里每户个个都得来喝喜酒,以示庆贺。半顽这么做,是想证明给裙豆看,没有你裙豆我一样可以结婚的。

裙豆她会来喝我的酒吗?

半顽等待的人一直没有来。

(《羊台山》第 01 期)

湿地风流

/王十月

　　许多的湿地消失了。就像这湿地上的鸟，飞走了，去别的地方安家生息了，它们找到了更好的家；就像这湖乡的人，打破了守着湖乡过日子的传统，像蓬松的蒲公英种子，风一吹，就散开了，飞到了天南地北，扎下了根，安下了家，就再也不回来了。但总有一些恋根的人，飞得再远，做下了再大的事业，终归是会回来的。不回来的，总有不回的理由；回来的，也终有回来的道理。湖乡人都理解。远走他乡，在城里扎了根，湖乡人认为这些人了不起，有本事，是子孙们学习的模范；回到家的，湖乡人尊敬他们，认为这些人恋根，有情有义，心像这湖乡的水一样宽广，情像这湿地上的花一样动人。

　　这湿地，你倘或要去寻找，本也是十分方便的，在长江流域的楚州段，你若是见到了一个接着一个的湖，一条接着一条的渠；你见到了水，那么多的水，明晃晃，清幽幽；见到那么多的绿，绿都是堆在水上的；棒槌草、芦蒿、苇子、三角草、水葫芦、莲、菱，高高低低，层次之丰富，种类之多样，是长江流域少有的；不用问，这是到湖乡湿地了。要是早些年，你问湖乡人湿地在哪儿，大约是没有人会告诉你的，并非湖乡人奸猾，他们根本不知道湿地为何物。他们称湿地为洲,搭锚洲、天星洲、天鹅洲、内洲、外洲……湿地这说法,是后来才传入的。当然啦,这在湿地上讨生计的人,也并非就像《桃花源记》中描写的那样忠厚。这里的人,受了水的滋养,男人俊美,女人漂亮,这是不必说的,人却都顶顶聪明,生活总有着自己的智慧。打鱼、下卡、种地,于湖乡人来说,也是艰辛无比的事情,这看似美丽的湖,风情万般的湿地,吞噬起农人的生命来,只是在一瞬间的事情。因此,农人对湿地的情感是复杂的,爱里夹杂着恨,恨里又夹杂着爱。倘若你只是过路的客人,或是植物学的爱好者,动物学的专家,或者是画家、摄影家,或者是驴行一族,你到这湿地,为的是看风景,享受自然,你看到的,自然是一派风景如画。你无法深入到湖乡人的灵魂,你也不会知道,这湿地,有时也会在一瞬间终止你所有的梦想,把痛苦与思恋留给活着的亲人。而你那消逝的生命,或者只是被这里的农人谈论上三五天,或许,你会成为一个传说,在农人口口相传中,经由岁月修改,变得凄美动人——这是湖乡人的经典。

　　湖乡人的经典,大抵与爱情有关。而我这里要说的一则故事,就是这样的传说。既然是传说,我当遵守湖乡人演绎传说的根本,你可以信,也可以不信。然而若是我湖乡的乡邻们看了这些文字,自然是会说,这一切的一切,当真是发生在这片湿地上的。遇上爱说话的,还会补充一些我不曾听说过的,不曾演绎出的故事和细节。比如那个名叫草籽的女伢,她从前的故事,她的父亲母亲的故事,她的祖父祖母的故事。再比如,那个摄影家的故事,他在城里的爱情,他的一切。这些故事,他们都说得言辞确凿,说得活灵活现。当然,这些,你在我的文字中只能看到一鳞半爪,你要去了湖乡,去了湿地,你问起这些,自然会收集到许多的传说。我说过,湖乡人都是极聪明的,他们是演绎故事的天才。倘或你读了这些文字,萌生了去湿地远足的念头,我是不鼓励你去湿地惊扰那里的植物和水鸟的。

那么多的鸟，就让它们自由地在湿地生息吧。

湿地上生息着无数的鸟。湿地的鸟，大多都有着长长的细脚杆、修长的脖子、尖而长的嘴。比如白鹭、灰鹭，它们喜欢一只脚杆立在水中，缩着脖子，像是在打盹，冷不丁，脖子蛇一样钉向水中，终归是有小鱼小虾成为了它们腹中之物；比如青桩，白天见不到青桩的影子，它们躲在了湿地的苇子深处，晚上更见不着青桩的影子，湖乡人对于青桩是只闻其声不见其鸟。青桩的声音很特别，它只在清晨或者晚上鸣叫，冷不丁的来一声"姑姑，姑姑"。关于青桩的叫声，湖乡人有许多种说法，但湖乡人更相信，青桩是鬼魂的化身，很多鸟都是鬼魂的化身。"日里青桩，夜里鬼汪"，这是湖乡人的说法。因此，青桩一叫，睡梦中的母亲，就会搂紧怀里的孩子，将温暖的乳房贴了孩子的脸。比如一种叫苦娃子的水鸟，苦娃子倒是不难见着，它们行动迅速地从一片草地钻入另一片草地，状如半大的仔鸡，只是脚杆比鸡的细长，行动比鸡要敏捷。苦娃子的话很多，一天到晚叫个不停，"苦哇苦哇，苦哇苦哇"，湖乡人形容谁话多，就会说"像个苦娃子一样"。苦娃子怎么这么多的话呢？到了深秋，就听不到苦娃子的声音了，它们都去哪里了呢？苦娃子似乎并不是候鸟的，没有人见过苦娃子迁徙，当真是怪事。还有野鸭，那么多的绿头野鸭，它们喜欢群居，落在水面上时，水面上黑压压一层，它们飞起来时，天空就出现了一片乌云。湖乡人会用鸟铳打野鸭，鸟铳装满了铁砂，铳口装在船头，船头是特制的，几乎是贴着水面。猎人将船悄悄划到离野鸭群百十米，一牵系在扳机上的细绳，"砰"！一声巨响。船箭一样的朝后射出几米，平静的湿地顿时喧哗起来，到处是惊慌失措的声音，野鸭们扑打着翅膀在天空中乱飞，一铳下去，数百只野鸭浮在了水面上，可怜！好在野鸭极机敏，有的猎人追一群野鸭，一个冬天，也未能放一铳。还有鹌鹑、豌豆巴角、鱼鹞子……湿地是鸟的天堂，鸟是湿地的灵魂。很难想象，失去了湿地的鸟会是什么样子，没有了鸟的湿地会是什么样子。

你若是到了湖乡，在清晨或者是黄昏，你独自行走在湿地的边缘，露水在你的脚下飞溅，你的鞋会被露水打湿。你顾不上这些，或者，你会觉得这种感觉很好。露水是冰凉的，湿在脚上，像小鱼在咬。空气中全是青草的味道，花的味道，这是湿地的味道。深深吸一口气，你的胸怀会宽阔许多。这时，你或许会看到一只与众不同的鸟。用不着你有什么鸟类的知识，只要一见着她，你就会惊讶起来：这是一只白鹤！在清晨，在湿地中间的一片相对空旷的沙洲上，一只鹤，或是静静地立在那里，或是迈着优雅的脚步。她的腿是那么的修长，她的脖子是那么的迷人，她的羽毛，她头上那一顶朱砂一样的艳红。别说是你，湖乡人第一次见到她，差不多都惊呆了。

一只鹤，千真万确的。从前的湖乡人，只是从画上见过。

在黄昏时，鹤低低地、孤孤地飞，修长的脖子向前微曲，长长的脚杆划过水面。有时她会鸣叫，她的叫声也是孤孤的、哀哀的。

现在说不清，是谁第一个发现她的，也说不清，是谁第一个发现她并不是一只鹤，而是草籽的。总之是，这只鹤的出现，与草籽的死有关。湖乡人认为，这只鹤是湿地上最美的鸟，草籽是湖乡最美的女孩。湖乡人说，草籽并没有死，她白天化身为鱼，在水里自由自在，到了清晨和傍晚，她又化身为鸟，在湿地孤独地舞，哀哀地鸣。

不管你认为这鸟真是草籽的化身也好，认作是湖乡人一个美好的希冀也好，湖乡人却相信了，这只鹤就是草籽。而且这是有证据的，你看她的那脖子，那长脚杆，她叫的那声音……湖乡人会说，活脱脱一个草籽。而最为紧要的是，人们是在草籽死后没几天发现那只鹤的。

草籽的父亲马三才,并不相信人死了会变成鸟的传说。在湖乡,他是少有的知识分子,他相信一切书本上得来的知识,相信人死如灯灭。可是,在黄昏、在清晨,他爱独自坐在湿地边的高坡上,望着那只鹤发呆。然后呢,他的泪就下来了。

他渴望那只鹤真是他的草籽。

几年以后,湖乡的农人们开始像鸟一样往外飞,马三才的妻子也像鸟一样地飞去了南方。有些鸟冬天飞走了,春天还会飞回来。马三才的妻子飞走了,一个春天,两个春天,三个春天,一晃,十个春天都过去了,还是没有飞回来。湖乡人再也没有见过马三才的笑声。只是在黄昏时,会见到马三才夹着二胡,坐在湿地边的高坡上拉,呜呜呀呀,二胡声就把湿地的夜幕拉下来了。而此时,那只鹤,是马三才最忠实的听众,她会随了三才的胡琴声起舞、高鸣。

马三才终于相信了,那只鹤,就是他的草籽。

来了一个人,戴着一顶古怪的帽子,脑后扎着一把长长的马尾辫,他脑后的马尾辫告诉了湖乡人,这是个城里人。他的衣服也很古怪,一件衣服上有几十个口袋,每个口袋里都鼓鼓囊囊的。他还背着个包,包里不知放着些什么宝贝。他告诉湖乡人,他叫杨离,来自省城,他是个摄影师。他给湖乡的老人、孩子免费拍了许多照片,很快就和湖乡人混熟了。他说想租一间房子,要在这里住上十天半个月。

有人对他说,那你去找马三才,他一个人住三间大屋。

湖乡人想,这个城里人是有文化的,必得一个有文化的人和他住在一起,才不至于丢了湖乡人的脸面。湖乡人还想,有个人和马三才作伴,也许能将他从失去爱女的悲痛中拉回来。毕竟这么多年过去了,毕竟,生者还要继续生活。湖乡人说,只是这个马三才,现在的性格有些怪,他不爱和人说话的。湖乡人还给杨离讲了马三才和草籽的故事。出乎湖乡人意料的是，马三才居然接纳了杨离。后来，马三才经常对人说，这个小伙子是真喜欢湿地的。喜不喜欢湿地，湖乡的农人并不关心，可是马三才变了，变得渐渐有说有笑了，这让湖乡人感到欣慰。

在马三才的带领下，本来打算拍湖景的杨离，得以深入了湿地的腹地。

天啦！太美了，简直太美了！杨离激动得除了会说"太美了，简直太美了"之外，就找不到别的语言来形容了。对于这样的美景，杨离说，任何的语言都是苍白无力的。他简直是太激动了，他一激动脸就发红，手也发抖，然后他就不停地拍，不停地拍。他的照相机就没有停过：

咔嚓咔嚓咔嚓，

咔嚓咔嚓咔嚓……

杨离对马三才说，你们是住在一个宝库里。杨离对马三才说，你知道九寨沟么？马三才划着小鸭划船，他坐在船尾，杨离蹲在船头。马三才摇了摇头。杨离说，一个摄影家发现了九寨沟。马三才说，你发现了湿地。

真有那么美么？不过是一些野花野草，不过是一些鸟，一些奔跑在湿地上的獐子，一些在水里嬉戏的鱼。湖乡人说。可是当他从杨离的镜头里去看湿地时，他也呆了。还是那些野花野草，还是那些鸟，那些奔跑的獐子，怎么被他的照相机这么一拍，就变美了呢。这真是我们一天看无数遍的湿地么（湖乡人也学会了称洲为湿地）？

杨离说，不是这湿地变美了，湿地还是那个湿地，鸟也还是那些鸟，植物也还是那些植物，就看你用什么样的眼光去看他，你用美的眼光去看它，你就能发现美。

想不想拍鹤？马三才问杨离。当时，杨离到湿地已有好些天了。天天是马三才划着小鸭划船陪着他。

鹤?! 杨离吃惊地盯着马三才,这里还有鹤么?

马三才的眼里就有了如烟如雾的东西。他想起了草籽。马三才轻轻划动着鸭划,他说,要在黄昏或者清晨才能看见。

起风了。风从芦苇尖上传过来,从水面上传过来。风在植物的叶尖上奏出了沙沙的音乐。西边的天空,残阳如血。水面上,植物的叶尖上,都镀上了一层红光。杨离差不多都要窒息了。这美让他窒息。他的相机发呆了,差不多都忘记了按下快门。晚霞的红色在渐渐变深,里面有了一些瓦蓝,一些瓦灰。天空变成了一条游动的大鱼。马三才轻轻划动着小鸭划,鸭划船的后面,拖着两行静静的水纹。

你看。在那儿。

竹篙在水中一点,小鸭划就停止了前进,后面的水纹乱成了一圈一圈。顺着马三才手指的方向,杨离看见了那只鹤。

漂亮吗?马三才压低了声音。

杨离没有回答马三才,他趴在小船里,调整着镜头的光圈,他轻轻按下了快门。咔嚓咔嚓,咔嚓咔嚓。

漂亮吗?马三才又说。

杨离抹了一把额头的汗,说,我要死了!他说完,就张大了嘴,深深地调整着呼吸。

他们都说,它是我的女儿草籽变的。让我看看你拍的镜头。

杨离打开了数码相机的镜头。杨离就呆了,他分明是从镜头里看到了鹤的,而现在,他的镜头里只沙洲、水草,不见鹤的踪影。

天就黑了下来。湿地笼罩在一层水汽里。

鸭划在水面滑行。一路上,马三才和杨离没有再说话。

这一晚,杨离和马三才喝了些湖乡人酿的烧谷酒。许是酒的缘故,这一晚,两人的话格外得多。马三才对杨离说了他的过去,说他如何带着农人垦荒,说他的女儿草籽,如果不死,现在也是二十来岁，如花的年龄。说他的一去没有音讯的妻。杨离说，你恨她吗？你的妻子。马三才摇了摇头。说，不恨，是担心。杨离说，那你为何不出去打工，去找她呢？马三才将一盏酒吱的一声倒进了喉咙，说，说说你吧。杨离于是对马三才说到了他的故事，说到了他大学毕业之后分到了一家报社，可是后来他不喜欢那里的生活，说他辞了职，说他去过的地方，他去了很多地方，他还去过遥远的西藏，他说他在去西藏的途中认识了一个女孩，他爱上了那个女孩，可是，那个女孩没能走出西藏……

下雨了么？杨离说。

是下露水。马三才说。

两人都有了浓浓的酒意。

镜头里怎么会是空的呢？马三才问。

是呀，镜头里怎么会是空的呢？杨离说。

两人都打起了呼噜。

第二天，依旧是马三才划船，杨离拍照。到了黄昏的时候，他们又到了那片沙洲。他们依旧见到了那只鹤。杨离依旧举起了手中的相机。而镜头中，依旧只有一片沙洲。杨离没有再举起手中的相机。他和马三才一直呆呆地盯着那只鹤，看着鹤渐渐地隐入了黑暗之中，看着月亮从苇尖上升起。

杨离在马三才的家里住了一个月。湖乡的农人都说，这小伙子是被这湿地迷住了。只有马三才知道，杨离是被那只鹤迷住了。每天清晨，天刚亮他就起了床，每天黄昏，他都伏在沙洲的附近，他不相信自己拍不到那只鹤。然而他失败了。他拍了上千个镜头，没有一个镜头里出现了那只鹤。

杨离离开了湿地。走的时候，他对马三才说，他还会再回到湿地的，他一定会回来的。他说，少则一个月，多则半年。他说，到时还让马三才给他当向导。他塞给马三才一千块钱，马三才死活也不要。马三才说，我把你当朋友的。记得，常回湿地来看看。

一个月过去了,杨离没有回来。两个月过去了,杨离没有回来。半年过去了,杨离没有回来。一年过去了,杨离还是没有回来。于是大家渐渐地忘记那个扎着马尾巴的小伙子了。下雪了,雪落在湿地上,湿地显出了另外的一种美。马三才想,要是杨离现在来,该拍到多少好镜头呀。杨离没有来。雪化了,各种鲜嫩的草叶在水面上招摇,马三才想,要是杨离来湿地,该有多么高兴呀。可是杨离没有来。春耕开始的时候,马三才打了个包,带着他的那柄二胡,离开了湖乡。他要出门打工了。出门之前,他在湿地边坐了一整天。他想再看看那只鹤,可是他没有看到。马三才离开了湿地,开始还有人不习惯,晚上听不到他的胡琴声,心里觉得空落落的,觉得少了些什么东西。可是时间长了,大家也习惯了,也忘记了。

许多湿地上的鸟,冬天飞走了,春天却不再飞回来了。还有许多的鸟,冬天飞走了,春天一到,又飞了回来。它们喜欢这湿地,它们离不开这湿地。马三才就是这样的一只鸟。出门打工三年,马三才走了很多的地方,深圳他去过了,上海他去过了,北京他也去过了。没有一个地方可以让他安安心心地待下去,于是他就像一只鸟,东飞飞,西飞飞。他没有挣到钱,也没有饿死。一天晚上,他突然梦到了湿地,梦见了湿地上有两只白鹤。那一刻,他开始想念湿地了。结了工资后,他夹着二胡就回到了湖乡。

三年时间,他的变化不大,湖乡却有了新的变化了。湖乡的人变得多了起来。这些人都是外地来的,他们或者背着相机,或者背着画架,还有的,不背相机也不背画架,他们只是纯粹地看风景。他们住在湖乡农人的家里。湖乡的农人,有了一份新的职业——划着小鸭划,带着这些外来的客人游湿地。这些变化,让马三才感到很新鲜,也很高兴。湖乡的乡亲,见了马三才,都笑嘻嘻地同他打招呼。问他在外面的情况。他说在外面不强，混口饭吃。乡亲们就劝他别走了，现在湖乡开发了旅游，将来是有大发展的。他笑着，点点头，说，好的，好的。他问，那个叫杨离的摄影师，又来过么。湖乡人的眼里，就有了烟云缥缈。

马三才在湖乡住了几天又走了。他现在似乎也习惯了四海为家的生活了，他不习惯划着鸭划，带着外来的客人去看湿地，不习惯为了一个客人和乡邻去争得面红耳赤。更重要的是，他对这片湿地的感情真是太复杂了。他离不开这片湿地，离开了，他在外面漂泊时，心里是空落落的。可是回到湖乡，面对湿地，他却无法承受那些啃噬他的心灵的痛苦，这片湿地，吞噬了他生命中最重要的两个人：草籽和杨离。他无法承受这样的悲痛，他只有选择逃离。

现在的湖乡人说到杨离，总是心怀感激的。是杨离的摄影，让更多的人发现了湿地的美，也是他，带来了省里的电视台，拍出了湿地的风光片。杨离就像当年的马三才一样，给湖乡人带来了幸福的生活。他们叙说着杨离的好，每个人都以和他有过交往为荣，有的人还会拿出杨离拍的照片，说，这还是他给拍的呢。他们的谈话，到了最后，都会变成一声长叹，然后，他们的目光，就会投向眼前的湿地，湿地上，两只鹤在交颈，他们发出清脆的鸣叫声。那一刻，他们会忘记这个月拉了几个客人。他们的目光里，会多了许多温情。而一个传说，就这样，渐渐开始在湖乡里流传，这个传说在流传的过程中，融入了每个湖乡人的智慧和他们的祝福。这个故事的男主角就是这个叫杨离的摄影师，而故事的女主角，是草籽。湖乡人认为，这一男一女，都是美的化身，因此，他们应该有着美好的归宿。现在，你若是到了湖乡，租一只小鸭划去游湿地，当鸭划经过那一片吞噬了草籽和杨离的泥淖时，湖乡人会对你讲起这样一个传说：

有一个姑娘，名字叫草籽。她是湖乡最漂亮的姑娘。她的眼睛像湖乡的春水一样明亮，她的嘴唇像湿地上的花一样艳红，她会唱歌，她的歌声像百灵鸟一样好听。湖乡的人都很喜欢她，都爱听她唱歌。那时候，湖乡人在她的父亲马三才的带领下，正在围湖造田。她就划着小鸭划船，给她的父亲送饭。那时她才八岁，可是她已经会做很多事情了，她划起小鸭划船又平又稳。那天中午，她划着小鸭划船给父亲送饭，她看见有一处硬地开着一簇很美的紫色的花，她从来没有见过那么美的花，她想，把这朵花摘下来送给爸爸，爸爸一定很高兴。于是她把小鸭划停了下来，然后，她下了船，她要去摘花，没想到，美丽的花朵是个陷阱，那看以坚硬的地面下，是一个无底的泥淖。草籽陷进了泥淖里，越陷越深，最后被泥淖淹没了。草籽的父亲马三才因此成为了垦荒英雄，他从县城，从省城捧回了一个又一个劳模奖章，他们父女的故事像风一样在湖乡广为流传。然而垦荒英雄却从此一蹶不振。轰轰烈烈的造湖运动结束了，湖乡又开始了退耕还湿的运动。昔日的英雄，从此只有面对着那一枚枚的章奖，在不解与失落中度过漫长的白天与黑夜。其实，马三才的女儿草籽并没有死去，她在泥淖里渐渐长大。白天，她像一条鱼一样生活在水中，到清晨和傍晚，她会从水里出来，变成一只美丽的白鹤。她还是那么的漂亮，不，她越长越漂亮。她长成了一个大姑娘。

　　湖乡来了一个摄影家，他的名字叫杨离。杨离见到了变成白鹤的草籽，他为草籽照了很多的照片，可是照片上都是一片空白，他怎么拍也拍不到那只白鹤。他不知道那只美丽的白鹤原来是草籽变化的。摄影师杨离爱上了这只白鹤，他回到城里之后，就忘不了那只白鹤。他做梦，梦里全是白鹤。他的爱感动了草籽，于是有一天，草籽对这个英俊的摄影师说，她其实并不是白鹤，她是马三才的女儿草籽。

　　摄影师又来到了湖乡，他一次又一次地去拍那只鹤，他发誓，一定要拍到那只鹤。终于，他的诚心和爱情感动了草籽，在一个清晨，草籽变回了她本来的样子，那是一个美丽无比的大姑娘，她有着长长的脖子，有着修长的腿，她穿着一件雪白的衣裳。她和摄影师隔着远远的一片水淖，她让他拍，她在沙洲上跳舞。这一次，杨离拍了很多的照片。可是照片里显现出来的，却不是那个美丽的草籽姑娘，而是一只正在翩翩起舞的白鹤（湖乡人讲到这里时，会拿出一张有着白鹤在翩翩起舞的照片给你看，以证明他们所讲的故事是千真万确的。这张照片的作者就是摄影师杨离）。

杨离沉浸在爱情的幸福中，每天的清晨和黄昏都会去那一片沙洲。只有这个时候，他才能看见草籽。有一天，他在等候草籽的时候，看见了一簇美丽的紫花，他想，草籽一定很喜欢这朵花，她戴上一定很美，于是他下了船去摘那朵花，他不知道，那朵花的下面是一个陷阱，他像多年前的草籽一样，陷入了无底的泥淖之中。

故事讲到这里时，你的心里也许会升起无限的惆怅。可是湖乡人是宽容的，是仁爱的，他会告诉你，你其实不必惆怅，故事并没有结束，杨离和草籽一样，并没有死，他和草籽生活在水下的世界里，每天的清晨和黄昏，他和草籽会变成白鹤，在沙洲上翩翩起舞，双宿双飞。湖乡人会说，如果你在黄昏和清晨来到湿地，你会看到一对白鹤，看到他们优美的舞姿。

（《羊台山》第02期）

格列的天空

/徐东

很久以前因为想要去的地方太多，以至于左脚向东，右脚向西，无法走动，格列只能在原地徘徊。他看到寺庙红墙根下的几个男人，觉得他们在那里晒太阳，就像每个人的身体里都有一个神一样，那样安闲自在，于是也成了墙根底下的一个。在那些有闲的时间里，那几个墙角下的男人基本上没有什么活动，他们彼此间也很少有什么话要说。若说人人都有一个内心，他们内心里更多的话，一定是说给他们自己的眼睛所看到的事物了，要么，是说给他们自己感觉到会说话，也会倾听的心了。在暖洋洋的太阳底下打瞌睡，或者仰观苍天，心随浮云飘游的日子里，在那几个男人中间，格列尤其喜欢欧珠。欧珠看着高个子的格列，心里也很喜欢。

格列是一个人见人爱的人。他的手脚细长，眼睛细长，笑的时候露出一口洁白的牙，没有意识到笑的时候，他的脸上也会浮现出孩子一般的笑意。他身穿深蓝色长袍，长长的头发披散在肩膀上，使爱幻想，而且又容易产生错觉的欧珠认为，格列是把圣湖里的水，以及天空的蓝穿在身上了。

有一天，手中捻动着一块石头的欧珠，对正在望天的格列说，你看到经过我们的人就想着那个人走过的路,这样他走过的路就会成为你走过的路了;你要是听到别人的谈论,你就把那些话语记在心里,那些人见过什么人,经历过什么样的事,他们见过的人就等于是你见过,他们发生的事就等于发生在你身上了。我看着你的时候,虽然你穿着一身蓝衣裳,可我觉得你的身子里头有天上的白云在飘动。

格列不是个画家,不过,但因为他看的人和风景多了,又想象了太多他从未看到过的风景,他觉得那无限的风景都在蓝色如洗的天空里。他想要画一幅画,画下自己想象的天空。在格列的感觉中,那些形形色色的树,每一棵都有着深浅不同的颜色,每一棵树都集合了很多事物的色彩。有时候他把树想象成人,想象成牛和羊,虽然树并不是人和牛羊,但是他会相信自己的心中所想。

寺庙对面是民居,那些白色的房子,在格列长久的注视下有了成千上万种色彩,而墙上的花纹也被他看成了天空中的云朵;房屋门窗上绘出的画,以及或蓝或红或绿的色块,很像房顶上五色的经幡。格列觉得风吹动经幡的时候,所有的色彩都是会念经、会说话的,因此他的心会听见很多美妙的声音。他心中收集的各种色彩都是有生命的,都是会流动的。那远处的棕色大山,虽然被格列盯着看了很久,却是他用心化不开的颜色。这困扰着格列。那重重大山使他夜不能寐,因此只好从屋子里走来,去仰观天象,借助于夜晚墨汁一般的蓝色,以及冰凌的星光来照见他心中的色彩。那亮晶晶的星星,在他长久的注视下仿佛都随着夜色流过来,凉津津地存贮在他那色彩翻腾,却又无比静谧的心里。格列觉得远处的山,以及天上的星星都融化在他的身体里了,以至于当他睡着的时候,他梦见他看到过的所有的物体,都在他的骨头上刻下了它们的形状,这使他感到心里堵塞得厉害。

格列的妻子桑娜是个漂亮而多情的女人,她非常能干活,家里外头的活几乎都被她一个人干了。她觉得自己的男人格列不应该像那些没有用的男人，也不应该因为他长得好看而不干活。她一直想让格列有点儿事做，只要他愿意，想做什么她都支持。后来桑娜听说格列有画画的想法，于是她想到那位和自己睡过的老画匠。老画匠曾经为很多人家画过洁白的云彩和花鸟虫鱼。他尤其擅长画云。因为画得太像了，人们都觉得真实的云彩都不够真实了。

老画匠虽然一生没有结过婚，可是从来不缺少女人；虽然他连家也没有，可是从来不缺少睡觉的地方。女人们都爱他，愿意用自己滚烫的身子给他绘画的灵感。女人的男人们也不会为老画匠和自己的女人睡过感到恼怒。男人们在心里把老画匠当成了一朵云彩。凡是跟老画匠睡过的女人，她们的男人都觉着自己的女人更懂风情了。

桑娜把老画匠请到家里，以自己年轻饱满的身子，和那甜似蜂蜜的笑容与话语，请求能收下格列做个徒弟。老画匠感到自己老了，也正想找个代替他的人，于是他在格列的家里住了下来。一日三餐都由桑娜来伺候。若不是考虑格列也在家里，无比崇拜老画匠的桑娜甚至愿意让老画匠抱在怀里。如果老画匠用那绘出生动白云的手抚摸她的身体，搂着她睡觉，会使她觉得自己就像一片洁白的云，就会使她认为自己的天空无比蓝。

老画匠让桑娜和格列从拉萨，从盛产各种颜料的地方买来一罐罐颜料。那些昂贵颜料使桑娜陆续卖掉了自家的牛和羊。等到家里连青稞和奶油都吃不上的时候，格列基本上学会了绘画。在调和颜料方面，格列完全胜过了老画匠。老画匠把自己掌握的所有的绘画技巧都教给了格列，而画技却是需要格列慢慢去提高，去领悟的。不久，老画匠在和桑娜云雨一翻后知趣地死去了。格列和桑娜请人为老画匠举行了葬礼。那天喇嘛吹响法号，煨起桑烟的时候，从四面八方聚集来的鹰鹫把那个设在半山腰的天葬台都落满了。每一只鹰鹫的翅膀上都沾着白云的流汁,每一只鹰鹫的眼睛里深藏着蓝天的色彩,每一只鹰鹫的心中都有一个天堂。老画匠被那些有灵的鹰鹫带进了天堂。人们都说,老画匠打坐在他画过的白云中,使所有真实的云彩感到妒忌且无地自容。

虽然学会了绘画,格列仍然无法画出他心中想要的画。他想画下一面像镜子一样的天空,那幅理想的画,可以使所有的人觉得自己就在那天空的蔚蓝和云彩的洁白中,即使没有实实在在的生活也会感到幸福无比。为此格列调动了他所有的对色彩的理解和想象,运用了各种他已掌握的调色的方法和绘画的技巧,结果他仍然画不出来。根据他的梦境,后来他跑到玛旁雍措和拉昂措这两个湖边去了,他日夜观察着水中的天空,以及自己的影子,仿佛若有所得,然而他无法把握自己心中所见的一切,依然画不出来。

老画匠活着的时候对格列曾经说过,画一片可以照见所有人的天空,这个想法正是多年前他的想法,但是他也只能把云彩画得比云彩更像云彩,却无法把想象中的整个天空画出来。在他拥着不同的女人睡觉的时候,他不知不觉地忘记了自己曾经的梦想,以至于当他感到女人身体的温存和美丽时,感到自己的欲望被敞开然后又关闭时,他忍不住流下眼泪,但他却长久不知自己为什么而流泪。是格列对绘画的梦想唤起了他的梦想,然而他已经老了,不可能再有更多的时间和精力去完成他的梦想。

县城和附近村庄里的人都以很优厚的条件来请格列为他们画画,因为考虑到妻子桑娜和自己吃饭的问题,格列只好答应下来。人们很快发现,格列的画比老画匠画的还要好,因为他画的花鸟虫鱼,比真的还真,这一点即使老画匠也不曾做到,老画匠只能把云彩画得比云彩还真实。那些多情的女人请求格列住在自己的家中,即使格列不愿意和她们睡觉,她们也愿意看着他,因为他成了梦想的象征。即使格列不愿意动笔去画她们想要的画,她们也对他百般宠爱，悉心照顾，这就像一个懂得艺术的天才到了热爱艺术的人们中间，天才就成了宠儿。

格列成了人们心中的老画匠，也成了桑娜心中的老画匠，但格列就是格列，他比老画匠更优秀，更年轻。桑娜觉得，她抱着格列睡觉的夜晚，就像抱着一团洁白的云彩，就像抱着最真实的自己的梦想在睡，因此心里别提有多美。由于格列想着自己心中的画，对于那些多情的女人也不加垂顾，这也使桑娜感到自己对英俊男人们的多情应该收敛起来。格列经常在梦到与绘画有关的事，因此半夜起床沉思或绘画的时候，桑娜也觉得格列正在完成一个她的梦，因此对格列从来没有过什么抱怨。

有一天，格列推掉了所有请他作画的约请，又走到那些在墙根底下晒太阳的人们中间。此时，所有的人都知道了现在的格列已经是著名的画师，不再是以前的格列了。因为格列重返墙根，墙根底下来了更多晒太阳的人。那些天真而好奇的人们怀着试探而且崇拜的心情，攀到松树上、柳树上，折下树枝，送给格列，请他在落满尘埃的地面上画画儿。因为在那样休闲的情况下，格列也不方便拒绝，以免破坏了别人的兴致。

人们让格列画牛，画马，虽然那些画过一段时间就被风吹来的沙土掩盖住了——但在那些有闲的人的传言中，不，以至于到后来，就连那些散布传言的人自己都相信了自己的话：格列画什么像什么，画什么立马变成真的了。

很多人在这人世间混了那么久，觉得自己越来越虚伪，因此在看见自己的内心的时刻，例如在某个心意沉沉的黎明，他们会觉得无比沉重。有这样一个人请格列画他的心。格列画了，从此那个虚伪的男人变得无比真诚和坦荡，虽然遭受到很多虚伪小人的非难与打击，但他发现找到了早已丢失的自己，因此也得到了自己想要的一切东西。

有一个青年人暗恋一个高贵优雅的漂亮女人，却因为他自己地位低微，一文不名而深感烦闷和绝望，他对格列形容了所爱女人的长相，请格列画了那个女人的画像。格列为他画出来了。不久奇迹出现了，那个女人愿意和他结婚了。

虽然很多人会深切地感受到梦想和现实之间有一道永远也迈不过去的坎儿，但是在格列这儿，所有的梦想都不再是梦想，所有的梦想都有机会变成现实。欧珠也想请格列画一幅画，他想请格列画一画他心中的远方。这一下难住了格列。

远方怎么画呢？这好像比格列自己一直想要画出的天空更加困难。手里一直摸着一块石头的欧珠把石头一次次抛在空气中，等待着格列动手去画。格列看着那块飞腾在手与空气间的石头突然说，我明白了，你的远方在你的心里，而你的心在不确定的地方，因此你只能离开这儿去寻找，才有可能找见你的远方。欧珠说，是吗？可我清楚我的心就在我的身体里，我的身体就在现在这个地方，这儿也可以是我的远方啊。

格列转身望着那面红色的寺墙，然后又扭头望着墙边几乎已被人折光了枝条的松树，又望着那寺墙对面带着彩色的窗子和有着洁白花纹的墙壁，最后把目光投射到天空中。四周很安静。有不少人屏息等待着格列画出欧珠心中的远方。后来格列说，我的远方是一幅我画不出来的画。众人都笑了，他们发现，格列也有做不到的事情，这使他们感到很开心。

过了一个季节，在一个下雪的日子里，欧珠告别了自己的妻子和孩子，带着一头头顶上有一朵莲花的牦牛走了。人们再也没有见他回到墙根下。欧珠走后不久，格列去攀登了冈仁布钦这座高大的雪山，他从冈仁布钦上下来，又登上了纳木那尼这座同样很高大的雪山。格列在雪山上仰望深不可测的蓝天，觉得天空很近，又很遥远。他又低头俯视像一面神奇的镜子一样的玛旁雍措，以及同样像一面神奇的镜子一样的拉昂措。两个圣湖，被站在雪山之上的格列看在眼里，收藏在心中。格列看到了湖中洁白的云彩，和那天空中无限深远的蓝。他感到人间没有色彩可以用来呈现他所看到的风景。

格列感到绝望，情不自禁地伸手去触摸身边的流云，他的天空中里的眼泪，好像顺着他的手指尖流了下来，而他的眼睛却是干涸的。从山上走下来时，他觉得自己只不过是天地之间的一块好吃的鲜奶酪。从此格列周游四方，没有再回家。

那些晒太阳的男人们，在墙根下依然在晒着太阳，依然在传说着神奇的格列。那几个在墙根下的男人本都有各自的家，家里的人也都做着各自要做的事情，似乎他们都是被养着的男人，根本不需要干活一样。那条有寺庙的街路再隔两条街就是县城的商业街，那里有很多商店和饭馆，格列的家就在那条街道的对面。桑娜等不来格列，只好一个人过着生活，每当想念格列的时候她便看天，那蓝蓝的天上飘浮着朵朵洁白的云彩，而她觉得每一片云都是格列变成的。

（《羊台山》第 03 期）

忍不住想哭

/童仝

一

陈卫东跑到火车西站，已经是上午十点钟了。陈卫东浑身酸痛，脸上还挂着二道伤口，它们在额头与眼睛的中间，一长一短二道，长的用白纱布贴上了，短的没有贴，里面的血迹已经干巴了，看着挺吓人的。

陈卫东到北京西站的时间是上午十点，离母亲下车的时间已经隔了八个小时。这八个小时里，陈卫东无法想象母亲经历的过程，无法想象她碰到了什么事情。一个从来没有出过门的农村老太太，带着大包小包来北京找儿子，结果儿子却不见了，她一个老太太该去哪儿？她冷吗？她吃饭了吗？她找到睡觉的地方了吗？她是不是碰到好心的工作人员，此时正在值班室里等他？她还是碰到了坏人，被抢了东西？

陈卫东在火车西站转了快一天了，也没有找到母亲。他先是大面积大范围地查找了一番，然后又像排地雷一样仔细搜查。每到一个新的地方，陈卫东都希望能看到母亲，看到母亲正焦急地站在某一个地方，等待着他到来。结果让陈卫东失望极了，他把能找的地方都找了，他把能问的地方都问了，不仅没见到母亲，连一点含有希望的消息也没有。

陈卫东开始后悔，自己根本不应该爱什么面子，想方设法地让母亲来北京过年。现在可好了，自己不仅没有接到母亲，还被人当作小偷审问了一个晚上。

陈卫东在火车站，看着来来往往的人群，悲伤、绝望在一瞬间全部涌上来了。

四年前陈卫东曾经当着亲戚朋友的面，拍着胸脯许诺在不久的将来，他一定会把母亲接到北京，去看天安门、长城、圆明园，还去看看北京地铁。

陈卫东为了实现自己的许诺，做过推销员、业务经理，还在保险公司拉过保险。在北京这个城市，博士研究生遍地都是，像陈卫东这样一个二流的专科生，找工作不是想象的那样容易。陈卫东利用业余时间学了电脑，跳到现在的公司做电脑工程师。当然这都是名片上的称呼，陈卫东真实的工作是销售，他每天揣着资料，奔波在大大小小的写字楼，为人家筹划网站，组建区域网，有时候还附带维修电脑，销售电脑什么的。

陈卫东运气好一点每个月可以拿到三千多元的薪水，运气差的时候只有一千出头。陈卫东的房子是回龙观的二室一厅，和别人合租的。一间住了一对夫妻，一间住了陈卫东和一个考研的学生。房租加水电费每月四百，陈卫东就在北京留下来了。

陈卫东把母亲接到北京的愿望随着现实的残酷一点点稀解，一点点破碎。他有时候竟然觉得，如果自己在北京混得不好，可能这辈子都没有办法把母亲接到北京来了。他的这种想法在经过了2003年最恐怖的非典之后有了改变，陈卫东觉得有必要把母亲接到北京，哪怕只有几天，哪怕只在北京过过年。要不，陈卫东悲伤地联想到，也许有一天自己或者说母亲突然出个什么事情，他后悔都来不及了。

从这点来说，陈卫东还是一个孝子。当然，你也可以完全理解为陈卫东接母亲过年是为了自己的面子。一个被村里人羡慕的大学生的母亲，怎么可能没有机会去北京看看呢？

陈卫东计划好了，如果能租到便宜点的一室一厅，他就可以把母亲接过来住了。三环以内的房子是不用考虑了，四环呢，五环呢？陈卫东翻着报纸，查找一千元以下的房子。陈卫东在一家房地产中介找到八百元的房子，上面说电器家具全有，而且不收中介费。陈卫东高兴极了，房子的条件非常合乎他的计划，一个月八百，三个月二千四，陈卫东可以用二千四百元钱，把母亲接到北京过年。

可是，那家房地产中介是一个骗子中介，他们收到陈卫东的钱后，在陈卫东去看房子的路上，就用自己的同事冒充房东找理由拒绝了陈卫东来看房子。陈卫东起初还不相信自己受骗了，他还等待着别人再打电话给他的时候，那家房地产中介就被晚报曝光了。

郁闷的陈卫东上厕所的时候，突然听到了一个好消息。住在他们隔壁的夫妇过年的时候要回老家去。陈卫东心里一动，他想如果这屋子里的人都回去过年的话，他就不用愁房子了。

夫妇是湖南人，在一家电器商场站柜台。陈卫东上厕所的时候，他们正站在厨房里做饭。厨房就在厕所的旁边，隔了一层薄薄的三合板。陈卫东经常在上厕所或者说做面条的时候，听到厨房里的切菜声或者说下水道的哗啦声。起初的时候陈卫东觉得特别不习惯，但现实残酷，有什么办法呢？

女的操着湖南方言说话，陈卫东是听不清楚的。但男的却用普通话追问了一句，过年回家？女的说对呀，过年回我家，我和家里人说好了。男的就没再吭声。女的又说我们提前一个星期走，不然路上太挤。

这句话被他们不经意抛出来，但却让陈卫东高兴了一把。他回到屋子里，准备考研的小张正在电脑前下棋。陈卫东装出不经意的样子说，真快啊，马上就要过年了，小张，你回家吗？

小张头也没回地说不回。

陈卫东失望极了，为什么？你不回家不想父母吗？

小张面无表情地看了陈卫东一眼说，我没有父母！

陈卫东不好意思地说，对不起，我不知道。

小张神情专注地盯着电脑说，我有家，但没有家可回。我也有父母，但却和没有一样。因为他们十年前就离婚了，一个出国，一个嫁人。小张停了一会又说，不过，我过年不在北京，我要去上海，看看朋友。

陈卫东讨好地说女朋友吧？什么时候走？

小张说我又不上班，想走就走了。

搞定了房子，陈卫东就可以实现把母亲接到北京过年的愿望了。陈卫东把母亲坐的车次，到站的时间写在日历上，他每天睡起后，在撕去日历的时候，他就感到了一种幸福。

小张已经离开了北京，明天一早，年轻的夫妇也要踏上回湖南的火车。陈卫东躺在房间里，感觉空落落的。他在躺的过程中，不时地把脑袋抬起来，小张睡的床上空无一人，电脑前也空无一人。

二

母亲来的那天，陈卫东向经理请了假，然后跑到市场里准备帮母亲买两套衣服。母亲的服装在北京是不能穿的，陈卫东一定要把母亲打扮得和城里的老太太一样，然后挽着她的手去看天安门、长城、故宫。市场里的衣服很多，也能讲价。陈卫东的衣服一般都是从这儿买回去的，但对于母亲的衣服，陈卫东还是拿不准儿。毕竟长这么大，他是第一次给母亲买衣服。尺寸、款式，他都摸不准。

卖衣服的是一个年轻姑娘，她拿了一条裤子问陈卫东要多大的裤腰。

陈卫东摇摇头。

姑娘说你给谁买？

陈卫东说我妈妈。

姑娘说男孩子就是粗心，不过像你这样的儿子还挺不错的。我哥那人，别说给我妈买衣服了，还给我妈要钱花呢。

陈卫东的脸马上红了。

母亲到达北京的时间是凌晨两点，陈卫东在等待母亲到来的时间内，他不仅帮母亲买了衣服，还给母亲买了一对耳环，虽然是铂金的。陈卫东记得母亲是有耳朵眼的，陈卫东还记得二婶就有一对金耳环，那是她在青岛当兵的儿媳送的。陈卫东拿着金光闪闪的耳环，心里很是激动。他在心里又一次发誓，如果有了钱，他一定给母亲买金耳环。

这一天里，陈卫东都在为母亲的到来忙碌着，奔波着。等到他收拾完坐下来的时候，手腕上的表才指上下午四点。陈卫东躺在床上，心情像一个要结婚的小伙子。他觉得时间过得太慢了，他好希望时间一下子飞到凌晨两点，他就可以看到母亲了。陈卫东已经一年多没见母亲了，她一定又老了许多吧，农村的人不经老，六十岁的人看起来像八十岁。

楼下的空地上，有一帮老太太在跳舞。她们也不嫌冷，每天晚上都要跑到这儿跳舞。陈卫东趴在阳台上看着，他感觉这里面的老太太就有自己的母亲。陈卫东想，母亲如果在城里住久了，也不会太显老的。母亲还是一个比较漂亮的女人，只是农村的日子过得太苦，脸上干巴巴没有一点肌肉。想到肌肉，陈卫东又去楼下买了两条鱼，十斤鸡蛋，还有一板鸡腿。

陈卫东拎着东西往回走的时候，手机突然响了起来。一个女人说自己的电脑坏了，能不能帮她看一下。女人怕陈卫东拒绝就说，我可以多给点钱，我现在急着用电脑。

陈卫东为了捞外快，在散发宣传单的时候也把自己的名片给散发出去了。名片上印着自己能服务的各种项目，然后留下了自己的手机。陈卫东放下电话觉得真他妈的邪门，这名片发出去不知道多少张了，别说有什么外快了，连打电话咨询的都没有。

女孩比陈卫东想象的年轻，也比想象的漂亮。在没有见女孩之前，陈卫东根据她的声音，判断是一个岁数又大，又不漂亮的女人。她让陈卫东产生这样的感觉，与她的声音有直接的关系。她的声音有点儿沙哑，还有一点儿鼻音。陈卫东不太喜欢这样的嗓子，他觉得有这样嗓子的女孩肯定丑得不堪入目。现在看来是他错了，这个女孩不仅年轻，而且漂亮，简直是他梦中的白雪公主。

女孩简单扼要地把电脑的情况说给了陈卫东，根据他的经验判断，可能是软件问题。应该在自己能搞定的范围之内。女孩见陈卫东胸有成竹，一颗心顿时放了下来，她满怀感激地看了陈卫东一眼。

陈卫东第一次被异性的目光所击倒，以至于在查看电脑的过程中，他手足无措，全身是汗。女孩焦急地盯住电脑和陈卫东，好像一移开眼睛自己就跌入失望的深渊一样。

女孩的电脑启动太慢，蓝天白云的画面启动了一阵就死机了。陈卫东果断地拿出启动盘，竟然没有像以前那样顺利过关。

这是一件很让人恼火的事情，陈卫东根据自己的经验，反反复复地启动电脑，A盘、光盘、杀毒，最后还进入了DOS查看了一番。等到陈卫东把电脑修好的时候，已经晚上十一点半了。女孩特别感动，下厨煮了咖啡，陈卫东也不好马上抬屁股走人，其实他不想这么快就走，陈卫东坐在沙发上和女孩喝起了咖啡。

女孩因为不了解IT，所以特别喜欢和做IT的人做朋友。她拿笔写下了自己的手机电话，希望能和陈卫东做个朋友。陈卫东拿着纸条，心里无比激动。陈卫东说你过年不回家吗？

女孩说想回，但不敢回。

陈卫东说为什么？

女孩反问你为什么不回？

陈卫东说一回家就得唠叨，好像不结婚是犯了什么大错一样。

女孩说做父母的都这样。你就抓紧找一个呗。

陈卫东说现在的女孩都现实得很，我要钱没钱要房没房的人，谁愿意跟啊。

陈卫东说你不回家，是不是也怕你妈催你结婚？

女孩摇摇头。

陈卫东说那你是有男朋友了？还是你条件太高了？女孩子长得漂亮，条件就高了。

女孩伤心地说不是。

陈卫东说看来你父母挺开明的对吧？不像我妈，一天到晚地唠叨。害得我都想找一个假的女朋友了。

女孩低下头说，我父母在两年前就去世了。

陈卫东忙向女孩道歉，对不起，我不知道。

陈卫东跑进小区的时候，已经到了晚上十二点。小区里静悄悄的，几个保安坐在保安室里正看电视剧。陈卫东因为兴奋而一路小跑的模样，引起了一个保安的注意。因为临近过年，小区里突然发生了多次入室盗窃案，要不他们也不会增强兵力，害得兄弟们天天睡不好觉，连倒班过年的机会也没有了。

保安走出保安室，远远地跟着陈卫东。他看到因为兴奋而走错楼门的陈卫东；他看到因为兴奋而在楼梯上摔了一跤的陈卫东；他看到站在门口在身上乱摸的陈卫东，保安越看越感觉陈卫东不是一个好东西。

陈卫东当然不知道自己屁股后面跟了保安，他也不知道正有一双眼睛在不远的地方盯着他，陈卫东怀着兴奋的心情，走错了楼门，摔了一跤，然后停在自己门口掏钥匙的时候，陈卫东才发现，自己的钥匙竟然没有了。陈卫东一阵慌张，他上下左右摸索了一番，并没有找到钥匙。

陈卫东心乱如麻的时候，突然发现自己里面的房门没有关好，露出一道细缝，从细缝里面当然看不到屋内的情况，但陈卫东因为这道细缝想到了自己把钥匙锁在房间里了。

陈卫东抓住防盗门的手，忍不住使劲摇晃。他这一摇晃不要紧，两个保安却像鬼一样出现在他的面前。

三

想想今天晚上发生的事情，陈卫东感觉自己倒霉极了。他本来怀着很兴奋的心情走进小区，但却因为钥匙忘在家里，陈卫东被保安当成了小偷，他们不仅打了他，还用非常难听的字眼来污辱他。

陈卫东站在自己的家门前，因为一连串的巧合让他有口难辩。陈卫东说自己住在这儿，但他为什么没有房门钥匙。陈卫东说自己把钥匙锁在了家里，如果不信可以问问邻居。陈卫东说的邻居是和他住在同一层楼的邻居，总共二户。一户住着一个老太太，好像没有什么儿女，一天到晚关着房门。另一户住着一对年轻的夫妻，他们有一个两岁的女孩。陈卫东曾经在上下班的时候与这对年轻的夫妻碰在楼道里，虽然没有打过招呼，但他还是相信人家会证明他就是在这个小区住的陈卫东。

年轻的夫妻拒绝了陈卫东的请求，本来男人准备出来，却被女人喝了回去。女人隔着房门说，我们经常不在家，什么事也不知道。陈卫东说大姐，我是住在你们对面的小伙子，因为钥匙锁在了家里……

没等陈卫东说完，房门像被风刮了一样突然关闭。

保安冷笑着说，人家不认识你！

陈卫东生气地说认不认识有什么关系？身正不怕影斜！

保安踢了陈卫东一脚，妈的，还不老实。你的证件呢，暂住证、身份证、工作证？

陈卫东大叫起来，妈的，我早说过了，锁在家里了。你们都不长耳朵吗？你们的眼睛都他妈的瞎了吗？我要是真正的小偷，早他妈的跑了，我还用站在这儿和你们扯淡！陈卫东因为感到委屈，所以叫喊起来如山洪暴发一样势不可挡。两个保安当然也不示弱，他们就吵起来了。语言越说越多，越说越激烈。后来，他们双方都打了对方一耳光，先是陈卫东甩了瘦保安一耳光，胖保安就甩了陈卫东一耳光。

他们把陈卫东打在地上，然后押着他往值班室走去。

陈卫东跟在保安后面，磨磨蹭蹭。

胖保安踢了陈卫东一脚骂道，该使的招你都使了，怎么样，你他妈的还想逃跑啊？

陈卫东说我为什么逃跑？我又不是小偷？

胖保安说，你他妈的不是小偷，三更半夜来小区干吗？你不会说自己梦游走错门了吧？

陈卫东叫，你他妈的才梦游，我就住在这个小区，我回家！

瘦保安冷笑着说，回家？你怎么没回家啊？

陈卫东也冷笑着说，你他妈的好人坏人都不分啊？

胖保安说坏人也没有写在脸上。

陈卫东说，好，你们就把我当坏人吧，看到时候我不告你们，你们得赔我精神损失费！

还损失费？妈的还嘴硬！再嘴硬让你坐飞机。妈的，看你穿的人模狗样的，做什么事不好？老实交代，来小区几次了，偷了几次了？

你为什么骂人？你他妈的！

胖保安又给了陈卫东一脚说，妈的，你他妈的！怎么样？我骂你怎么样？半夜三更不睡觉，跑出来偷，现在不偷了吧？

陈卫东生气地说，你他妈的才偷呢？你要对你的言语负责，当心我告你！

两个保安停下脚步，告谁？

陈卫东生气地说，告你，孙子，你，你们俩孙子！妈的你们不长眼睛，老子在小区里生活了快一年了，你们竟然不认识老子。不认识老子也没有关系，你们还打我，还污辱我，我他妈的如果不告你们不是人养的！

两个保安交换了一下眼神。

陈卫东以为保安害怕了，就说你们快放了我吧，你们现在放了我我就当什么事也没有发生。我还得去火车站接我妈妈，没有时间和你们扯皮。

瘦保安也踢了陈卫东一脚。

陈卫东喊，你们打我，我要报警！

保安说还报警？报你妈的头！

两个保安像饿虎扑食一样把陈卫东扑在地上了。他们一边扑打一边喊着有小偷。陈卫东也急了，他三拳二脚把瘦保安摔在地上，趁胖保安扶他的时候，飞一样往小区门口狂奔。陈卫东知道一时半会和保安解释不清楚，所以就想先到火车站接母亲，回来再解决这件事情。但保安们怎么会让陈卫东跑掉呢？用他们的话就是，如果他不是小偷，怎么会跑呢，而且跑得那么急，那么慌不择路，好像"911爆炸"又来了一样。

保安们不知道发生了什么事情，他们从四面八方向陈卫东包围的时候，有几个保安还因为刚从被窝里起来，洋相百出。有的扣错了扣子，有的穿错了鞋。还有几个保安拿着电棍，他们一边追一边喊着什么。陈卫东被这气势给吓倒了，没等他反应过来，一股巨大的电流涌遍了他的全身。

四

如果不是同事王健，陈卫东不会轻易地被保安放出来。当然，如果陈卫东不是为了接母亲，他宁可与保安们鱼死网破，打死一个够本，打死两个赚一个，他也不会让自己窝囊到如此地步。更不会把这件事捅到单位，让单位里的同事带着证明信来证明他不是一个坏人。

在审讯的过程中，保安们已经意识到陈卫东不是小偷，但他们为了减轻自己的失误，就给陈卫东增加了许多作案的动作和细节，让人感觉他们不是抓错了人，而是陈卫东自己太像一个小偷了。陈卫东一个人当然斗不过一群保安，何况他们还有物业在后面撑腰。陈卫东想到母亲，想到她可能背着包像讨饭的一样露宿街头时，陈卫东的心就疼起来了。所以，在保安们提出，让他单位里的人开一张证明信的时候，陈卫东也只好妥协了。

王健不知道陈卫东出了什么事情，他带着证明信来保陈卫东的时候，脑门上写满了不解与困惑。陈卫东无心和王健解释，也无心向保安们讨个说法，他一头撞出去，坐上的士直奔火车站来了。

陈卫东站在火车站里，感觉自己都要哭出来了。他开始后悔自己，为什么要跑出去修电脑，为什么会把钥匙锁在房间里，为什么要和保安吵架。这些为什么增长了陈卫东的愧疚和不安，他竟然想到，如果找不到母亲，他也不想活了。从哪个天桥跳下去，一了百了。

从深圳来的林燕小姐请注意，你的朋友在二号候车室等你。从深圳来的林燕小姐请注意，你的朋友在二号候车室等你。播音小姐的声音帮陈卫东梳清了思路，他一边拍脑袋一边向播音室跑去。当火车站回响着母亲的名字的时候，陈卫东终于安静下来，整理了一下关于母亲情况的几种可能性。

1. 母亲肯定来了北京。这是陈卫东从村支书那儿得知的。村支书大清早的就打来电话，问他母亲到了没有。村支书拍着胸脯说，我亲自把你娘送上车啦，一般的人都不让上车，我托了人，递了一包好烟。人家就让我把你母亲送上去了，还给了一个座位。

2. 母亲肯定不在火车站。如果她在火车站的话，她不可能听不到播音,为了帮他寻找母亲,火车站的几位工作人员,已经又重新寻找了一番。

3. 母亲应该没有出事。如果出了事报纸上早就报出来了。现在的报纸消息灵通得很,哪个地方刮了车,哪个地方走失了人,他们都一清二楚。

4. 母亲为什么不打他的手机?是不知道打电话,还是记不住他的手机号码?或者说是自己在和保安们纠缠的时候,她打过了,自己没有听见?

陈卫东想到这儿,马上把手机拿出来,一个号码一个号码地分析着。没有,手机上有来电时间,除了村支书打过他的手机,并没有其他的来电,包括未接电话。

陈卫东在火车站待了一天的时间,还是没有母亲的消息。工作人员看着痛苦万分的陈卫东,安慰说,你母亲不会有什么事情的,也许碰到了好心人,被人家带到了家里。

陈卫东一百个理由相信母亲没有什么事情,但有一个理由也足以让他难过不已。陈卫东从火车站出来,又去电台播了寻人启事。主持人一听也非常感动,在节目没告一段落的时候,就播了陈卫东的寻人启事。她的声音通过电波,一瞬间就传到了北京的角角落落。

听众朋友,听众朋友,现在播报一条寻人启事,孙大妮,女,六十五岁,于2004年1月17日在北京西站走失。如果孙阿姨能听到这条消息,如果听众朋友能碰到孙阿姨,请与我们栏目组联系。或拨打电话:13121336×××,与陈卫东先生联系。必有重谢!

主持人播报完毕,还说了一段特别感性的话,播完这个寻人启事,我想到了我的妈妈,收音机前的听众朋友,你们也想你们的妈妈吗?从蹒跚学步,到长大成人,妈妈给予了我们太多,太多。而我们又给妈妈什么了呢?一封信?一个电话?一件衣服?

想想，我们给予妈妈的太少太少了。下面我想把送一首歌给孙阿姨以及我的妈妈和天下所有的妈妈。

世上只有妈妈好，有妈的孩子像块宝……

五

寻人启事刚播出不久，陈卫东的手机就响了。男人Ａ说自己在火车东站看到过一个老太太，不知道是不是陈卫东的母亲。陈卫东就按照男人Ａ提供的线索，去了一趟火车东站。他怀着期待的、兴奋的心情跑到火车东站，但发现那个老太太根本不是自己的母亲。她坐在路边，面前摆着一个盛满钢蹦和角票的茶缸，每当有人经过她的面前时，老太太就会像鸡啄米一样点头，希望人们能够注意到她，并往她的茶缸里扔几个小钱。

陈卫东沮丧地转过身的时候，手机又响了。Ｂ女问陈卫东是不是在找一个七十左右的老太太？陈卫东有了这次教训，觉得自己有必要打听仔细一点。但Ｂ女很不高兴地说，是不是你过来看看不就得了？

Ｂ女说的位置在石景山地铁出口，有一个老太太。但穿什么衣服，操什么口音她都不肯说。陈卫东感觉Ｂ女说的老太太可能又像火车东站的老太太一样，坐在地铁那儿向路人乞讨。可是他又不愿意放过这么一个希望，虽然这希望看起来非常渺茫。

陈卫东坐着的士去石景山的路上，就接到了大哥打来的电话，听电话那头，好像全家的人都过来了。他们都想和到了北京的母亲说几句话。陈卫东不可能把实际情况告诉家人，就以母亲刚睡觉拒绝了。

大哥很奇怪地说，大白天睡什么觉啊？

二姐也说，快叫娘接电话？我们为了给她打电话，走了好几里公路呢。

陈卫东怕说久了自己会控制不住感情，就把电话关了。后来他又害怕错过母亲的消息，只好再把电话打开。电话刚关了一会，就有两个短消息蹦出来了，一个是电台主持人的，她给他提供了一个线索，在火车站附近有一个老太太被车撞了，现在正在医院抢救呢。另一个消息是 T 女的，她说通县这地方有一个老太太，扛着两个大包裹，饿晕在马路边了。

陈卫东无法分辨线索是真的还是假的，他只能挨个地用自己的眼睛去证实。陈卫东也顾不得心疼钱了，从这辆的士上下来，然后又跑到那辆的士上。

地铁站的出口处，是有一个和母亲差不多大的老太太，只是她的背比母亲驼得厉害，而且神智也不太清楚。看衣着可能也是刚从农村来城里不久，她冲着从地铁出来的人不断地鞠躬，我有罪，我有罪。

陈卫东心里一酸。

这不是母亲。母亲在哪儿呢？陈卫东真想大喊一声，也许母亲就会听到了。陈卫东走出地铁，一时不知该先到哪儿去。通县离这个地方多远陈卫东不是不知道，但根据他自己的判断，感觉通县的老太太是母亲的可能性大一些。可是她怎么跑到了通县？通县离火车站这么远？这样一想，陈卫东又觉得医院里的老太太有点像自己的母亲了。陈卫东站在马路边，一时拿不定主意。

马路上，一个穿着破破烂烂的老人端着一个破碗沿路乞讨，所到之处，人们都捂着鼻子厌恶地躲开。一个中年男人对陈卫东说，看看这老人，他妈的生孩子干吗呀？不如自己快乐一辈子，你说呢？兄弟。

也不知道哪儿来这么多老人，好像一夜之间遍布了城市的角角落落。天桥、马路、车站，只要有人停留的地方，就有他们的身影。就算这些老人真的像别人传说的那样，以此为生而且挣了很多钱。但作为儿女，怎么能忍心让父母这样度过晚年？

此时的母亲又在哪儿？是不是也像这些老人一样流落街头？想到这儿，陈卫东的心好像被人猛抓了一把。

陈卫东还是先去了医院，他想如果医院里的这个老太太是母亲的话，他去的时间早与晚关系着母亲的生命。现在的医院多缺德啊，没有钱根本看不了病。如果真是母亲，谁给她掏钱看病呢？也不知撞成什么样了，撞她的车跑了没有。一想到这些，陈卫东觉得这个医院里的老太太就是自己的母亲。

陈卫东心急如焚地奔到医院，那个老太太还在急救。陈卫东透出急救室小小的玻璃窗，看到床上的老太太全身被白布盖着，好几个穿着白大褂的人交头接耳地说着什么。

值班的是一个很年轻的护士，她对陈卫东没鼻子没眼睛地喊，你怎么这么晚才来？快去交手术费，押金一万！

陈卫东吓了一跳说这么贵？

护士瞪了陈卫东一眼说，是钱重要还是你妈的命重要？这么大岁数的老太太，你让她满街乱跑什么呀！

陈卫东说小姐，我不知道这一个是不是我妈，所以我想来查一下，这个老太太叫什么名字？

护士怀疑自己没有听清楚，陈卫东只好把事情的来龙去脉说了一遍，护士翻了一下登记表说，可能不是你妈，这个老太太就是北京人。

六

陈卫东为了寻找母亲，几乎跑遍了整个北京城。他根据热心听众提供的线索，坐着的士从这儿跑到那儿，然后又从那儿跑到这儿。陈卫东的钱包里因为塞满了的士车票，所以才显得他的钱包还是鼓囊囊的。要是没有这些的士车票，陈卫东也不会坐到通县的时候，才发现自己竟然没有钱付的士费。

计价器上显示的金额为168整。而陈卫东翻遍全身还不到二十元钱。的士司机起初的时候还没有那么大脾气，他很有耐心地坐在驾驶座上，看着陈卫东手忙脚乱地折腾。

对不起，我的钱不够了。陈卫东不好意思地说。

司机眨了一下眼睛,你找朋友借借。

陈卫东说我这儿没有朋友。

司机说那你找地方取钱去?你不是有银行卡嘛?往前就有一个农业银行。

陈卫东有些焦急地说,我又不会赖你这点小钱。你要不在这儿等一会儿吧,我上前面小饭店看一眼就回来。陈卫东怕司机不相信他就把自己来寻找母亲的事情简明扼要地说了一遍。

司机先是笑了笑,在笑意还浮现在脸上的时候他竟然说,拿钱你下车,拿不来钱我拉你去公安局。你这样的人我看的太多了,自己身上有没有病可能不知道,自己有没有钱不知道啊?没钱还坐什么的士?

陈卫东争辩说,我不是没有钱,我这卡里有钱。陈卫东把钱包拿出来,里面放着一排银行卡。

司机瞅了一下钱包说,别扯淡,一句话,拿钱还是去公安局?

陈卫东生气地说我又没犯罪,我为什么去公安局?你这司机也够缺德的,谁没有一个急事儿,如果你的母亲走丢了呢?你在这儿等等我,钱好说。

司机生气地说,你少来这套,我他妈的今天上午就拉了和你一样的东西。从北三医院坐到肖家河,三十块不到,他身上就摸出来一块钱。当然,如果他真的没有钱倒也罢了,实际情况是他有钱,就是想赖账。操他大爷的,我二话没说就把他送到公安局去了。

陈卫东把一张中国银行卡摔在司机的鼻梁上,你把心放到狗肚子里,这张卡押在你这儿。回头一起算怎么样?陈卫东说着拉门下车,司机的动作比陈卫东快多了,在他下车还没有站稳的时候,司机已经冲过来了,他挥起拳头,哗啦一声把陈卫东扣在鼻梁上的眼镜给打碎了。

陈卫东没有想到司机会对他动手,所以被人家一巴掌打愣了。

这时候有几个好事者就围过来了，一个人边走边喊，你这个司机为什么打人啊？

司机生气地说，他坐的士不给钱，我不打他打谁？

有人说多少钱啊？

司机白了那人一眼说，我操他大爷，168。要是十块八块的，也就算了，可是他分明就是想白坐的士。

陈卫东的鼻梁上淌出了鲜血，用手一摸，一片血红。

有人喊，出血啦！

司机也意识到自己刚才出手重了一点，他怕陈卫东还手，就拉开车门准备一走了之。他一边发动的士一边向站在路边的陈卫东喊，小子，以后看见我的车要躲，不然别怪我撞死你！

陈卫东一个箭步跃上去，一把把的士司机拖了下来。

七

陈卫东坐在桌子前，看着坦白从宽、抗拒从严八个大字发呆。他觉得自己好像在做一场梦，接母亲的喜悦好像还卡在喉咙眼里，一转眼自己竟然进了公安局。

两个警察坐在陈卫东的对面。

该答的都答了，但警察还是没有结束审讯。他们俩坐在那儿，目光威严地盯着陈卫东一动不动。他们不敢相信，这个眉清目秀的小伙子，竟然为这么简单的一件事情而把人家打伤了。

那个司机躺在医院里昏迷不醒。

根据现场围观者提供的线索来看，的确是的士司机先打了陈卫东，后来他们俩就扭到一起了。

事情已经被警察们问了 N 遍了，从陈卫东接母亲开始，到陈卫东因为去帮客户修电脑，怎么样被保安冤枉，怎么样接不到母亲等等阐述了一番。

一个警察说，你被保安冤枉的事情怎么不报案？

陈卫东说我哪有心思报案呀，我向他们妥协就是为了到火车站接母亲。

另一个警察说，你在北京没有朋友吗？你为什么不让你的朋友去接你妈妈？

陈卫东不耐烦地说，我已经回答过了。事情来的过于突然，我的脑子就像捣糨糊一样。要是有你们这么清醒的话，我也不至于接不到母亲！

司机只是暂时的昏迷，好在没有生命危险。所以，他们在警察的调解下达成和解协议。一个警察放陈卫东出来的时候，语重心长地说，小伙子，你运气好，幸亏没有出什么大事。以后做事情可得用用脑子，现在是法制社会，光冲动不行的呀！

陈卫东出来的那天，已经是大年三十了。

街头的行人已经很少了，一向拥挤的公共汽车上面变得稀稀落落的。陈卫东上了一辆公共汽车，这辆车的终点站是火车西站，陈卫东也不知道为什么坐了这辆车，他只是想去火车西站看看。

站台里人群如潮，来来往往的人们好像海中的巨浪，哗啦一拨人涌下来，哗啦一拨人退下去。陈卫东站在那儿看着，突然鼻子一酸，眼泪好像终于窝不住了，哗啦啦地淌了下来。

（《羊台山》第03期）

陨石

/孙夜

一阵急雨过后，窗前飘来艾草的香气，那是七秋和腊月，端午节前在大隐河滩采来的，母亲说插在门楣窗台，可以辟邪。经过两个月的风吹日晒，依然能闻见那特有的香味。

雨后闷热，七秋一时无法入睡，他拉亮灯，搬了躺椅，爬上厨房的屋顶。

厨房是平顶的，平时会用来晒晒粮食，或者衣服被褥，晚上也可以用来纳凉赏月。七秋在躺椅上躺了下来，七秋经常这样躺了下来，有时身边坐着腊月。七秋喜欢望着无尽的夜空沉思默想，平时话很少，许多事情在心里装着。他在校就是个安静的好学生，成绩一直领先，他是因为偶然因素没考上大学，七秋没有复读，自己去了深圳打工两年，为了腊月，他最近才回了家乡。

就在他仰望天空的时候，看到那个火球从半空中落下来，拖着一条火龙，落向了河滩方向，过后，四周仍是雨后的寂静。

不平静是从第二天下午开始的。

早上，七秋受一种模糊的意识指引，来到了河滩。他发现被雨水冲刷过的水边，淤泥里露出一节奇怪的石头样的东西，他把它挖了出来，洗干净之后，发现它黝黑发亮，表面呈蜂窝状，是一块来自天上的陨石。

他在自己的房间里把玩着那块石头，边玩边想。还没到吃晚饭的时候，女朋友腊月来找他，让他去她家吃晚饭，还说一句是她妈叫的。七秋就奇怪了，他们好了一年多，她妈妈到现在都没承认他们的恋爱关系，从没有主动叫他去过。就是偶尔去找腊月，她妈妈也是爱理不理。妈妈嫌他口吃，没钱，将来没出息。

把你那块石头带着，腊月说，我妈想看一看。

七秋想说什么又没有说出，点了点头。

七秋拿着篮子到门前院子里，看了看，葡萄还没有熟透。他又到别处，摘了一篮子丝瓜和菜葫芦。腊月看着他做这一切，她明白他的心意，腊月喜欢他这种嘴上不说，默默做事的样子，让人感到细腻和温暖。腊月妈妈爱吃葡萄和丝瓜。

一进门，腊月妈妈说，村上人都说你得了一个宝物，啥样子啊？我看看。七秋递给了她，她差点没接住，这么沉啊，人家说比黄金还要值钱，这么重，这要能卖多少钱啊？

七秋没说话，望了望腊月，腊月在低头收拾饭桌。

那块黝黑发亮的宝贝，在饭桌上转了一圈，又转了一圈。

腊月爸爸说，当年，一个火球落到一个村庄，那个村庄就出了刘邦，我们这里要出能人了。

大家都望了一下七秋，又都没有说话，低下头吃饭。

饭后，腊月和七秋要出去走一走，临出门时，妈妈又追了一句，那宝贝要是卖，卖给谁呢？换成钱才是真的。

七秋和腊月手拉着手，在夜晚的乡村路上走着，路边的植物，叶子上已带着夜露的水汽，在月色下发出油亮的光。他们喜欢这种安静，手拉着手。

我还想出去打工，我想你和我一起去。七秋说。

我妈不同意的，等等再说吧。腊月说。

本来想去河滩走走的，半路腊月肚子痛，就停下了。七秋望着腊月月光下的面庞，说怎么老会肚子痛，明天我带你去查一查。腊月说不用的，过一会就好了。

送完腊月，七秋就回家了，还没进门，就听院子里人声嘈杂。毛头的嗓门最大。

昨晚我也看到那个火球的，早上我去瓜园，看到七秋在河边挖，原来是挖这个，还是七秋读书多，精啊。七秋回来了，你说是吧，七秋，我也看到你挖那个宝贝的。

毛头刚刚30岁，已经有五个孩子，连续四个女儿，第五个终于是个儿子，违反计划生育罚款，连房梁都被抽掉卖了，是个那种难缠的人。他坐在那，怀里抱着一个，身边围着四个。

毛头说：我也看到那个火龙的，我也看到你挖的，七秋，对吧？拿出来给我们看看。

人们七嘴八舌地接话，对，给我们看看，开开眼。

人人都想亲手摸一下，毛头把宝贝抢过来，怀里的儿子还不知道摸，他就拿着儿子的小手来摸，还在儿子嫩嫩的小脸上磨一会，沾了一阵宝气。

好不容易等众人散去，一家人这才有时间围着七秋，面带欣喜。还是妈妈开口说了话。

我们家发财了，呵呵，这下秋结婚就不愁了。

妈，这只是块陨石，它的价值要专家鉴定才能知道的。

呵呵，那就鉴吧，天上来的，当然值钱。

天也不早了，一家人收拾完就睡了，爸爸妈妈的房间里灯熄了，过去很长时间还传出说话的声音。

第二天，七秋还没有起床，腊月就过来了。说我是到市里去，顺便来说个事，我妈请你爸爸妈妈去一趟，商量一下我们俩的事情。七秋说我陪你去市里，腊月说不用，在国外读书的表姐回来了，我去接她。

表姐的家在临县，那里是中国的水晶之乡，毛主席的水晶棺，就是用这里的水晶制作的。表姐的爸爸在县城里可是个名人，原来在文化馆做馆长，琴棋书画样样精通，长得又一表人才，娶了全城第一美女。当时，他只是出于观赏的角度收集水晶，新婚妻子却看出了商机，夫妻俩不动声色地四处收集。农民们却不知道有啥用处，耕田挖沟时刨出水晶，有的用来砌猪圈鸡舍，有的放门前堆着。等到水晶热来了，据内行人估计，馆长家收集到的上等水晶，起码占整个市场的百分之三十。

腊月自小就和表姐亲，馆长也把她当自己的女儿一样疼爱。出于信任，腊月还亲自帮过他家，向外地转移过水晶，馆长在好几个城市购置了房产，但他为人低调，外人是猜不出他家有多少资产的。

馆长也成了当地有名的晶石专家。

七秋把腊月的话转告给父母，父母俩就一起去了。七秋等了两个小时他们才回来，老两口满脸笑容，原来是商量七秋和腊月定亲的事，同时也选定日子，在两月后给他们完婚。七秋心里高兴，他早就想和腊月在一起，共同做点自己想做的事情。

定亲的仪式三日后在七秋家举行，摆了三桌酒席。请了两家体面的亲戚和双方族长，馆长也来了，腊月叫他表姨夫，他是那种叫人一见就肃然起敬的人，沉稳而又和蔼可亲。酒刚过三巡，腊月妈就忍不住提起了那块宝贝，说是让她表姨夫鉴定鉴定，看能值多少钱。

这是块陨石。馆长接过一看，就肯定地说。

是石头啊？腊月妈说。

它也不是石头，馆长继续解释说，它是太空中某个星体爆炸，碎块落向地球，在南极北极高寒地带较多发现，我们这样的地方很少见到，有一定的科学研究价值的。

酒桌上一片安静，众人在听，只有腊月妈神情紧张。

那能值多少钱，她姨夫？

是有一定价值的。馆长望了一下腊月妈，未置可否，接着说，不过，因为是来自天外，它的结构含量，还没有被完全搞清楚，也有可能带有辐射。

啥叫辐射啊，她姨夫？

怎么说呢，打个比方吧，孕妇透视 x 光，不小心能让胎儿畸形；要是受到核辐射，生理机能就会病变，破坏造血系统，或者致癌。

腊月妈突然站起身，把腊月从七秋的房间里喊出来，拉着就往门外走，七秋本能地拦着，叫了一声妈。

不要叫我妈。腊月妈吼了一声，推开七秋，走出门外。

腊月不走。

七秋又拦在腊月妈的面前，叫了一声，妈。腊月妈反手搧了过去，打在七秋的脸上。

突如其来的变故，让众人一片愕然，只有腊月爸心里明白，低着头坐着抽烟。

因为是在七秋家，腊月家的亲戚进退两难，走也不是，留也不是，一时间只好默默地杵在那里。馆长更是尴尬，但他修养好，仍能极有涵养地面带笑意。

可怜的是七秋的父母，拦着苦苦相劝，腊月妈说，让开，我家腊月不会嫁给你家的。说完不再理会，继续拉着腊月回家。

腊月不走。

腊月妈说，腊月你走不走？你要不怕丢人，我就在这里闹给全村人看，你走不走？

腊月满眼含泪，回头在人群中寻找一下七秋，七秋正拿着农药，背着喷雾器，向他家果园的方向走去。腊月"哇"地哭出声来，转身跟着妈妈走了。

腊月回到家就把自己关在房间里，晚饭也没起来吃，她躺在那里，心里想着七秋的无助。从小一起长大，一起上学，哪里摔破了，或者受了什么委屈，却从没听过他喊一声痛，叫一声怨，不知他此时心里是怎样的难过，他也不和人说一说。腊月想着，泪水湿了枕巾。

一直到第二天早上，腊月妈受不了了，她心疼女儿，早早地起来，做了一碗面条，端着敲女儿的房门。

腊月坚持着起来开门，她弓着腰，抱着肚子，满脸的汗水。门刚开了一条缝，腊月对妈妈说，妈，我肚子痛。说完就晕倒在地上。

妈妈扔了面条，双手扶在门上，她想推，又怕挤着女儿，不推，她的手又抱不到女儿，心里那个急，一急就号啕起来。她先伸进一只手，保护着腊月的身体，一手慢慢地推门，终于进来了，抱起女儿就往门外跑，边跑便喊人。

人们被惊动起来，村上一家解放牌货车开来了，马上送县医院，再转市医院，很快确诊：尿毒症，必须换肾的，费用要几十万。

腊月妈一听，一口气憋了过去，苏醒后她也不讲话，女儿是她的唯一，她觉得不公平，好好的女儿，怎么一下子会得这么大的病？她想啊想啊，心里难过，突然她"啊"了一声，她想明白了：都是那块晦气的石头辐射的，让她女儿的身体机能病变了。她叫腊月的爸爸在医院守着，她自己要立即回村上，找那块石头算账。

七秋家院子里站满了人，人群中心腊月妈在高声讲话，人们也听明白了：原来，七秋得的那块宝贝，不是宝贝，是块有毒的石头。它会辐射，人被辐射了，血也会坏了，五脏六腑都会坏了的。现在她家腊月被辐射了，肾坏了，看病要花几十万。人们想想也是啊，七秋和腊月谈恋爱，辐射的机会最多，病得也厉害。

那些摸过那石头的人，心里都不安起来。

七秋爸上前说，腊月妈，你就别再喊了，无论是啥情况，我都会筹钱给孩子看病的，赶紧回吧，大家一起想办法。

事情是你们家惹的，认账就行，腊月妈说完，就挤出了人群，众人也跟着散了。

七秋爸转身问七秋妈，七秋呢？

秋儿去医院了。

带钱了吗？

家里的钱全给带上了。

七秋爸"哦"了一声就没再说话，夫妻俩在院子里坐下，初秋的夜色，带着潮气，慢慢地落满了这个安静的村子。

七秋晚上没有回来。夫妻俩房间里的灯熄了，过去很长时间还传出说话的声音。

第二天起了个早，他们准备步行到邻村七秋舅舅家，借点钱，再到市里医院去，看看腊月。夫妻俩还没有出门，毛头就堵在了院门前，大声地嚷嚷，说他的儿子被辐射了，正在家发烧，还咳嗽。要七秋家拿钱看病。

儿子是我的命，我儿子有啥三长两短，我就和你们一家拼命。

七秋爸说，毛头，你不要来胡搅蛮缠，没时间和你计较，你要想得点便宜，看家里可拿的你就拿点吧，至于钱，我一分都不会给你，你要拼命也行，我奉陪你到底。

毛头不再说话，边往屋里走边四处看，这时，门前又引来了不少人，不一会，毛头出来了，怀里抱着一台电视，右手还搭挂着一塑料桶豆油，呵呵地笑了一声。

七秋爸妈都没说话，看闲的人也没说话，望着毛头出门，突然有人叫了一句：毛头，你还是人吗？

七秋又上了房顶，在躺椅上躺下，面向河滩，仰望着曾经坠落过火球的天空，这个火球是不是一种力量，引导我见到那块陨石，假如只是一块陨石，又怎么会带来这么多的事情？假如是一种冥冥之中的力量，又将会带来新的什么？

不管会带来什么，只要给我爱情，别的我就什么也不怕，七秋心里想。

他想到躺在医院里的腊月，脸色苍白的腊月，那么信任地望着他。他说，腊月，等病看好了，我们一起去打工，一起做自己的事情。说着，七秋把一张农行卡放在腊月手里，那里面有他打工挣下的一万五千块钱，腊月把卡又放回来，说，秋，还是放你这，用时再拿。

七秋把自己的手机留给腊月，说我等会再买一个，我们随时通话。

他从腊月又想到了家里，家里去年翻盖了房子，仅有的一点积蓄也用完了，果园还没开始创收，亲友也没有多少有钱的人，腊月治病的钱需要那么多，一下子从哪里来呢？

秋夜露重，七秋妈也上了房顶，给七秋盖了毛巾被，在边上坐了下来。

妈，我要娶腊月。七秋拉着妈妈的手。

妈明白，腊月是个好女孩。

我们要治好她的病，妈。

妈知道，给她治，腊月是我的儿媳妇。

泪水模糊了七秋的眼睛，他叫了一声：妈。

我和你爸商量了，把果园的那两间草房修一修，我和你爸过去住，也方便打理果园。

妈。

秋，你陪腊月去治病。可这卖房子的钱也不够啊，还缺那么多。

月光如水，静静地洒下来，夜空显得格外的清澈与辽阔。

七秋爸也上来了，拿着他的二胡，儿子，来，让你妈妈给你来段淮海戏。

我和妈妈一起唱。七秋说，今天我们唱男调，妈，你行么？

她行。秋儿，你妈当年可是宣传队的台柱子呢。七秋爸说。

妈说，唱啥呢？

爸说，就唱我儿子写的诗。

……

这是一家三口的合唱，歌声柔软的旋律，像白云一样，飘荡在村庄的上空和月色之间，充满深情地传了很远。

你们一家太过分了吧，这是什么意思啊？是腊月妈的声音，从院门前穿了上来。

我家腊月躺在医院里，你们却在这里又唱又跳，高兴啊？不是你家的孩子不心疼，小的不懂道理，老的也不是个玩意。

七秋妈听不下去，站起来回道，腊月生病大家都不好受，可你不能胡说八道，我们家都准备……

妈，你别说。七秋赶忙拦住妈妈的话。这时他已经下了梯子，打开了院门，妈，进屋吧。

谁是你的妈，都是你小子害了腊月。腊月妈说完也就走了，七秋出门送了一会，回身关了院门，村庄又安静下来。

这里的医院，各方面条件有一定的局限，难以联系到肾源。就是有了肾源，手术水平也让人不太放心，两家人商量好转院上海，七秋跟着去配血型，他要把自己的肾移植一个给腊月。

七秋收拾自己的房间，他把自己喜欢的书和几本日记，以及值得纪念的什物，打包在一个箱子里，他让妈妈把这个箱子带着就行，其他的当破烂卖了。七秋心里明白，家里正在和别人谈房子的价格，谈的也差不多了，等他从上海回来，这里就是别人的家了。想到父母将要住在野外的那两间草屋里，心里不禁一阵难受。

他拿起那块来自天上的陨石，放在手里抚摸着，看了一会，塞进自己的旅行包里。

他来到院子里，葡萄成熟了，紫色的，一串串地垂挂下来；丝瓜显出疲惫的样子，在藤梢上低调地开着一朵两朵黄花；葫芦已经收浆变硬，不过现在已经很少用来开瓢了，只是为了收获来年的种子。

他又上了厨房的屋顶，这是七秋偏爱的一个去处，这次他没有在躺椅上躺下来，他站立着四处远望，大地还是绿色的，只是颜色深重了些；他望见了河滩，望见了那条玉带一样飘过的河流。大隐河，原来叫大尹河，商代名相伊尹曾在这河边隐居，因此而得名，再往远看，漫天的秋天的云霞下，是一片七秋未知的世界。

七秋目光落到进村的路上，一辆小车正疾驰而来，近了才看清是一辆的士，却停在了自己家的门前。

是腊月，她怎么来了，七秋赶紧下来开门。

腊月叫七秋把车上的东西拿下来，自己直接进屋，躺在了七秋的床上。七秋妈跟了进去，把腊月的双腿搬到自己的腿上，一边帮腊月脱鞋子，一边说，闺女，你不是在医院里吗，怎么回来了？

腊月幸福地笑了一下，没有说话。

七秋妈说，秋儿，你来陪腊月，妈去做饭，闺女，你想吃点啥？

我想吃你包的饺子，韭菜馅的。说完，腊月在床上滚了一圈。

七秋叫了一声腊月。

腊月脸朝里，背对着他，没应。

腊月，七秋又叫一声。

腊月突然转过身来，满脸含笑，抓住七秋的手。

七秋，我们俩去打工，我决定了，我们一起去。

那怎么行，明天就去上海了，先要治好你的病。

我的病我知道，不看了。

不行，你爸你妈也不会同意的。

这次谁说也没用，我决定了。

七秋没有说话，望着腊月。

好啦，就这么定了。今晚我就睡这里，你给我讲讲你打工的事情，深圳啥样子啊？

这时，腊月妈撞了进来，她是从医院追来的。腊月是给妈妈留了条，偷偷从医院跑回来的。

七秋起身让了座，就出门去了。

一直到快吃晚饭的时候，腊月妈才出来，两眼哭得红红的。她站在院子里，叫了一声秋儿。

秋儿走上前来，叫了一声妈。

秋儿，腊月交给你了。说着又流下泪来。

妈，没事的，深圳和上海一样的，我一定把腊月的病看好。

好的，你们去，我在家里筹钱。说完，腊月妈就走了，她不在这里吃饭，她啥也吃不下，腊月的话让她心疼得要命。

晚饭后，七秋和腊月上了厨房屋顶，这次是腊月躺在躺椅上，七秋在边上陪着，七秋知道，这是最后一次上这屋顶了。他们手拉着手，望着满天星星和飘过的白云，才想起今天正好是七夕。

因为夜凉，他们早早地进屋睡了。在腊月心里，她已经认定自己是七秋的妻子，七秋就是她的丈夫，她认为自己的时间已经不多了，她心情灿烂地躺在丈夫的怀抱里，享受着柔滑的幸福时光。

明天天亮之前我们就离开村庄，不打搅乡邻。

好的。

我要你背着我走，我就喜欢你背我。

好的。

……

一觉醒来，天已经亮了。七秋本能地摸一下身边，身边是空的。七秋一惊下了床，屋里屋外地找了一圈，没有。厕所里没有，房顶上也没有，腊月不见了。

黑暗一下子淹没了七秋，把他心里所有的东西掏空，他是第一次如此地感到恐惧，他想抓住点什么，却无力地瘫了下去，七秋无助地叫了一声妈。

妈冲出来抱住七秋，七秋说腊月不见了。

还是爸冷静，他让七秋去他们俩常去的地方，妈去腊月家，自己骑自行车去车站。

七秋妈把消息带到腊月家，由此惊动了所有乡邻，安排部分人分头去亲友家，其余的对全村进行拉网式寻找，沿着沟塘河渠向村外延伸，向野外延伸。

七秋直奔河滩，一路上胡思乱想，他强制自己不要乱想，可心里还是要乱想。腊月突然回来，突然和他住在一起，突然说她的病不看了，此时想来，这些都像是在和他作最后的告别。还说和我一起去打工，还要我讲讲深圳的样子，这些都是想让我高兴。腊月，你千万千万别做傻事啊，你不知道你对我七秋多么重要，想着想着就哭出声来，七秋咬着牙想把哭声忍住，可就是忍不住。

早上的太阳照亮了河滩，照着河堤上七秋孤单的身影，谁能体会此时七秋的心呢？

全村人找了一天，不见腊月的影子；派往亲友家的人也陆续回来了，仍没带回一点腊月的消息。

七秋坐在河堤上，面向着大隐河的下游。

吃过晚饭，其实是过了吃晚饭的时间之后，因为谁都没吃晚饭，腊月回来了。

腊月一进门，七秋妈一把抱住就不再松手，接着呜呜地哭了起来，傻闺女，你哪里去了，走也不说一声，你要有个三长两短，我家秋儿也就完了。

七秋呢？腊月惊问道。

在河滩等你呢。

那我去叫他。腊月要挣脱出来。

不急，几个同学陪着他呢。七秋妈还是不放手。

正好七秋爸推着自行车回来，车子还没有放好，就听七秋妈叫道，腊月回来了，你赶快去河滩把秋儿叫回来。七秋爸几乎忘了回应一声，转身去了河滩。

七秋爸是先去了腊月家，又去河滩的，等回来的时候，已经晚上9点多了，两家人合在一起补吃了一顿晚饭。

最后商定，七秋和腊月，明天早上去深圳。

爸爸妈妈房间的灯久久地亮着，却没听到什么说话的声音。

七秋腊月的房间的灯早早熄了，却还在窃窃私语：

你去哪里了？也不说一声。

腊月只是笑，不说话。

干吗去了呢？

腊月还是笑，不说话，用手抚摸着七秋。

我想做的事情都做完了，秋，我很高兴的，从明天开始，我就一心一意地跟你去打工，你到哪，我就到哪，再也不分开了。

你出去带着那陨石干吗的啊？

呵呵，我是和那块陨石一起从天上来的，本来该回去了，我带着它回天上续假的呢。

假续好了？

嗯。

又续了多少天？

永远。

等他们起来，七秋妈把早饭已经做好了，包了水饺，韭菜馅的。七秋妈说这不叫饺子，叫弯弯（万万）顺，吃了出门，万事顺利。

临出门时，七秋的电话响了，是一个女人的声音：

喂，你叫七秋吧？

是。啥事？

听说你有一块陨石要卖？

嗯？

你知道价值多少吗？

不知道。

你是不是遇到啥事情了，需要用钱？

是的，你是谁？

你不认识我，你需要多少钱？

起码还缺20万。

这样吧，我出20万买你的那块陨石，行吗？一手交钱一手交货。

……

多少年之后，在馆长的水晶展馆里，有一块特殊的展品，表面呈蜂窝状，黝黑发亮。

(《羊台山》第05期)

编外爱人

/刘静好

一、徒然的一座空城

通过安检后,李卫再一次回过头来,对黄线外站着的申月挥挥手,说道,回去吧。申月挤出一团古怪的笑,手舞在胸前,也朝他高频率、小幅度地挥了挥,旋即转身,迈步离去。

申月乘机场大巴原道返回。她拣了二排靠窗的位子坐下。车厢内的座位很密,空间显得局促。饶是她,不胖,也不高大,坐下后,膝盖也不可避免地顶着了前座的靠背。但这一刻,她很乐意这样待着,她甚至想,最好能缩成一团。蜷曲,似乎是人类在防御侵害时最本能的姿势。而此时,并没有外力要伤害她,她要抵御的,是她自身。

她双臂互抱,目光缥缈地落在窗外。窗外的景致时时在变。蓝天、云海、起降的铁鸟、整齐划一的电缆电杆;两岸有树、花卉,有辉煌的立交裤裆一般架在头顶,有气宇轩昂的高层建筑次第闪过,还有模型般你追我赶,无言穿经视野的一台台车。而她竟然觉得,眼前的城市,什么也没有,徒然的一座空城。

最近半年,她每月接待一次李卫。相见欢,明知不过是一晌之欢,却是欲罢不能的牵引。开端是雷同的,程式是既定的,收梢是老套的。事先付出满腔的期待，事中投入饱胀的激情，事后坠入无尽的煎熬。有多少繁华就有多少折坠。不得不信，世间万物，都有阴阳两极，都乃相克相生。她掐指倒数他的到来，享受短暂的甜蜜，再含苦忍悲地把他送走。送走他后，她的心就是潮湿的，如同梅雨季节晾在檐下的一块抹布，怎么也干不透。

李卫这次来，待了三天。她觉得三天也够了，他们也玩不出新花样了，但一旦他确凿地要走，她就止不住犯心绞痛。她不知道她是在不舍他的离去，还是为他们之间不知所终的关系痛楚。

有一次，他走后，她久久不能复原。她找一个有些交往的同事聊天，也没什么聊，就反复地叹气，同事见此，建议她去看心理医生，并帮她找到一个电话。她根本不相信心理医生这门行当，她的问题不复杂，复杂的是她不能按心中所想地去解决。但有个晚上，她实在扛不过内心的波涛汹涌，下意识地就翻出那个电话。她打电话也不是本着请人指教的心，她只是想找个人排遣一下情绪而已。她由此认识了阿蒙。

初次问诊发生在电话里。申月以忧伤唯美的叙述基调，避重就轻地道出了自己的故事概要。只说两人很相爱，却不能结合。阿蒙可不管她开了个什么头，走上来就为这一事件定了性。

阿蒙说，姑娘，我很难相信你的爱情。申月说，无论如何，我的确爱他，不然……阿蒙说，婚外恋？申月说，是的，各有婚姻……原本。阿蒙说，我跟你讲姑娘，婚外恋是你一个人的事，对男人而言，不过是婚外性。申月一下子就被击晕了，思维不得不跟着强悍的阿蒙转动起来。婚外性？她顿时觉得，没错呵，李卫热衷的，不正是与她交流身体么？

这样的定性对申月来讲并不愉快，相当于对她个人魅力的当头一闷棍。她很快放下电话，并决定不再打这电话。但隔天夜晚，她和李卫通了几条短信后又悲伤又愤怒，骂了几百个去他妈的，问候了李卫家的祖宗八代，情况仍无好转，电光火花一闪，她想到阿蒙，她马上就兴奋了，她要找阿蒙合作，把李卫分析推定成这世上最卑污猥琐的无耻人渣以绝后爱。结果她没能如愿以偿。阿蒙用一句话就打发了她。阿蒙说，姑娘，你不如离开他吧，你离开他，你也好受，他也好受。

上海宾馆有没有下？申月忽然听到乘务员在叫，马上从冥想中回过神来。阿蒙的家就在上海宾馆附近。申月想也没想就站起身来，仓促地叫了一声，有下。

大约一个月前，阿蒙和申月互相确认了朋友的地位。这里面有个可笑的误会值得一提。申月的同事当时是把阿蒙的电话当成心理专家的电话报给她的，所以申月理所当然地以为阿蒙是个心理医生。申月第一次通过电话联系摸上门来找阿蒙时非常惊奇，忍不住问道，呵，你就在这儿接待你的病人呀？

阿蒙一头雾水的样子，病人？什么病人？这儿是我的家呀，我就住这儿。

找心理医生看病的也叫病人吧？申月以为只是定义上出现差池。她之前打的那些电话，她一锤定音地想，一个心理医生的热线电话，收费肯定是声讯价吧。

阿蒙了解情况后大笑不止。她说谁他妈是心理医生啊，哀家自己还是个病人呢，还要看心理医生呢。我写专栏，情感类的，最欢迎情感困兽们找过来提问，这样我才有文章可做。我跟你们是互相利用的关系，打我小灵通收的是全城统一的话价。哈哈，看来我以后就算不写稿子也还有活路。

申月眼里，阿蒙无异人精，洒脱不羁，却又深谙世道人心，名牌院校金融系毕业，得自家亲戚扶持，挺进令人眼热的银行系统学以致用，她却不耐钱庄生活的繁复沉闷，不出两年就起身离席，扬长而去。目前，申月与阿蒙的认识不能算深入，但是，好感已经在各自心里明显种下了。

申月下车后沿路走了一段，拐进一条生活气息浓厚的小巷，路面油腻,一望而可知是条食街。她迷路了,不知道这是个什么地方。她继续前行,看到一个岔口,内心仍然悬疑万分,拐是去哪里,不拐又将去哪里?她终于掏出手机,拨通阿蒙的电话。很快她理清了方向,并与阿蒙敲定了见面的地点。

半小时后,她们在绿野仙踪坐下。

放下包,阿蒙就问,把你的爱人送走了?

申月扁扁嘴,有些难为情地说,是啊。

又不痛快了吧?阿蒙问,边掏出烟盒,自顾自点上一支。

是啊,申月说,所以赶过来送给你做心理辅导。

哈哈,阿蒙大笑,说,别迷信我,我们可以互导,我活得也不就那么明白的。

申月关切地看着阿蒙。

阿蒙被她看得不自在了,掸着烟灰连连摆手说,哎呀,这世上谁没一肚子苦水呵,谁不是被现实给压迫病了?都是病人,正常的我就没见过。

申月有些不知所措。

说你吧,阿蒙拿烟手指着她,发出邀请,说你想怎么办?你的编外爱人走了,你的城也空了,你也不能老这么病着,得想个治病的方案。

我想离开他,申月认真地说,犹如在旗帜下宣誓,一脸庄严肃穆,彻底遗忘。

二、原本是一盘好菜

对李卫而言,想起与申月初次见面时的情景,是饶有趣味的事。具体时日已经模糊不辨,但从相关当事人的着装可以推断,应该是个隆冬季节。那日晚,江北小城南通,著名的人民路上,一间云蒸霞蔚的火锅店大堂,所有桌面都在投入地打着边炉,空气里弥漫着浓烈呛人的麻辣热气。蒋小辉带着申月出现在他面前。蒋小辉着一件深蓝呢外套。李卫记得那件外套的袖口很阔,因为尚没有坐下,蒋小辉就撩起他阔大的袖口,探出缩在里面不事稼穑的雪白嫩手,指着一旁的申月说,这是我爱人。

其时的李卫,浸淫商海数年,对爱人一词久违已久,本能不适,稍一愣怔后便大笑起来,边笑边举手邀请当时的贤伉俪入席,说,请坐请坐,说,对对对,共产党人称自己的另一半都称爱人。

其时的蒋小辉,确系是一名共产党员,城区某局税吏,年轻有为的国家干部。国家干部也是人,也需要娶妻生子交朋友的,对吧?追究起来,李卫与蒋小辉的建交,走的正是现下社会最具代表性的路子。可用,或可留待后用,往往是男人跟男人走向饭店包间的主要动机,也是男人社交链越拉越长的基本驱动力。李老板认识张三,张三认识李四,李四又认识蒋公务员,某个七拼八凑的饭局上,二人得遇,几杯下肚,义干云天地拍着肩膀认了兄弟。一段合作胜利闭幕后,两人也就自然地疏了往来,也可能他们自此就要在对方生活里消失了,这时候申月适时地介入进来。

李卫犹记得那天的申月,一袭黑棉袄长至腿弯,围一条鹅黄绒线围巾,同色尖顶帽子,浑身就露出巴掌大一块脸孔,裹得跟坐月子的女人一样严实。李卫事后得知,当时的申月,也的确是刚坐完月子不久。

那是李卫首次见过申月。没有不良印象,也没有眼前一亮。申月言语不多,他和蒋小辉聊,她充当听客,要了一个易拉罐的露露,不时呡一下。蒋小辉在火锅里发现牛蛙腿,就会夹给她,她也一律接受,默默地吃掉。由此李卫知道,蒋小辉的爱人申月,是一个牛蛙腿肉的爱好者。

这一幕过去后大约一年半时间——为何是一年半时间而不是一个整数时间,李卫自有记住它的理由。这第二次得见,申月才真正引起了李卫的注意。他上次光知道她热爱吃牛蛙腿肉,而再次得见,他着实小小一震,并当即思忖,难道真的是吃什么补什么,他发现她,确凿地具备了一双修长健美的蛙腿。

初次见是个冬天，申月全副武装，曼妙的身材就如一个老奸巨猾的特务，隐匿甚深。而再次见却是初夏，姑娘们才刚刚开始露胳膊暴腿，男人们的眼睛也经过了整整一个冬季的薄待，非常需要滋养，也容易得到慰藉，何况申月的双腿，无论造型还是色泽，可谓越挑剔越认可。申月当时穿一条牛仔短裙，平底短靴，中间一截藕腿，匀称笔直，性感青春，透着玉的光滑润泽。李卫一看之下神思就受到干扰。

大凡人都有一颗骚心，区别仅在于有的人闷骚，有的人明骚。一个不懂得欣赏女人之美的男人，可以想见他的乏味无趣。李卫从来就不是这样的男人，他的太太沈红霞当年就是如花美眷。他追她时，并无财力相佐，凭的是勇气，拼的是脸皮，最后他赢了，这一胜利令他意气风发，骁勇倍增，他由此而成为一个更加自信的人。沈红霞是他的收山之作，娶了她后，他从情场淡出，宛若武林高手厌倦江湖之争，飘然隐退。

李卫不再追逐美女不代表戒了欣赏美女的爱好。第二次得见蒋小辉的爱人申月，他为她的美腿折服，也暗叹蒋小辉的艳福。但是，也就仅此而已。

此番之后半年，传来李卫将南下深圳办厂的消息，蒋小辉求证后得到确认，于是电话里约定设宴为他壮行。这是两家人首度聚到一起，蒋小辉携申月做东，李卫携沈红霞准时赴约。酒宴最后以两个男人的酩酊大醉收场。李卫事后说，他不记得当晚开第二瓶茅台后的任何细节，却唯独记得申月替他戴上玉观音的那一幕。他每次说起这个，申月就会忍不住眼眶发热。

申月年轻时爱过诗。席慕蓉风靡大陆的时候，她读中学，心情激荡地加入进粉丝团，把一本钢笔字帖的诗选翻得稀巴烂。那本诗选的第一首诗叫作《一棵开花的树》，那里面的句子她相信她不用回忆就可以一辈子不忘。

……

佛于是把我化作一棵树
长在你必经的路旁
阳光下慎重地开满了花
朵朵都是我前世的盼望
……

她有时候会开玩笑地问李卫，我们谁是谁的树，到底是你是长在我路旁的树，还是我是长在你路旁的树呢？李卫就会似笑非笑地反问她，这有区别么？

家庭首聚之后，申月和沈红霞一度还成了往来密切的朋友。两对夫妻，两男两女，男人和男人做哥们，女人和女人做闺蜜，这本是相当完美的结合，结合之初还曾举办过联谊活动，一次自驾游，一次公园烧烤，其融洽愉快令旁观者羡慕不已。此外两家还分别育有一个儿子，相差不到五岁，在双方父母的撮合下，很像那么回事地认了兄弟。然而，就是这么一盘好菜，一盘本来是作为供菜陈列着的精致美肴，有些不信邪的人，有些胃口大开的人，终于扛不住食欲的诱惑，率先向其下箸了。

三、是谁搞坏了这盘菜

裤衩、袜子、衬衣、长裤、剃须刀、相机、相机充电器、手机充电器、保济丸，沈红霞逐一清点过后，放心地合上箱盖。李卫从卫生间出来，挎上随身的背包，拎上箱子，准备出发。沈红霞送他到玄关处，微笑地说，我要不要学学人家有思想觉悟的太太，先生出门前，体贴主动地送上小礼一份？

李卫一时没能会意，停身问道，什么小礼？

沈红霞笑意更深了，把他往外推，边说，不知道就算了，看来你很纯洁啊，你有那么纯洁么？

李卫想了想，试探地问，说的什么，小雨衣？

沈红霞一本正经地问，要么，要就给你备上？

李卫转身把沈红霞抱了抱，道，不用备那个，有机会带上你才是，看什么时候你放假，带你去出差，一起去玩玩。

　　李卫走了，独自去机场，上天落地，同样的一身装备，出现在深圳某高层公寓的某单元前。门铃响过，应声而出的是申月，她欣喜地把李卫迎至屋内，迅速地关上门。

　　扔掉行李，节目永远是传统的，拥抱，热吻，无须矜持地跨上卧榻。快到顶点时，她低声叫道，不要停，不要停。他心领神会，以更为猛烈的攻势，接近完美地把二人一同推向高潮。

　　事毕，李卫留在床上小憩，申月简单地收拾过现场后也在一旁躺下。她摸摸他的耳朵，亲亲他的脸蛋，暗中叹一口气，她原谅了自己的摇摆不定。他那么吸引她，离开他，谈何容易？

　　上次，她对阿蒙表明了分手的决心，可是，她并没有通知他。她想，做就好了，做到了再说。因为她知道，她未必做到。果然，这次，他下来，和她一说，她就开始期待。她跟自己说，这是最后一次，最后一次接待他，最后一次水乳交融，最后一顿大餐。事实上，她渐渐也知道了，只要他不主动中止，要她先撤，可能比蜀道还难十倍。以前的诗人说，蜀道难，难于上青天，现在上青天早不难了，一张机票就能上。她却不能与时俱进，潇洒地离开他。

　　每次一见到他，她就思维搁浅，抛开全盘的疑虑、自制、不甘和想要撤退的决心，奋不顾身地迎合应接他，而一旦下床，她的那些自尊、理智就开始恢复。原本还以为自己是个性冷淡的，怎么转眼就变成一个体操爱好者了？在她和李卫的纠缠不清里，性和爱，究竟是谁成全了谁，还是彼此促进，共同提高？她无数次地介意和追问过。

　　回视来路，申月感到，自己性意识的觉醒是个缓慢的过程。少女时是不懂性的，注重的是精神爱恋。结婚后，仍然是不懂享受性的，不过是配合丈夫，尽法定义务。现在和李卫，她仍然觉得他是她感情中男女私情那部分的全部指向，可她也从与他的鱼水之欢中获得了意外的渴慕与惊喜。她的灵与肉,历史性地达到了同步,但一贯的道德定势仍让她摆脱不了羞耻感,她是在享受性爱么,她怎么能沦为肉欲的俘虏呢?

李卫在床心沉沉睡去,申月望着他,目光飘忽地再次堕入往事。

今年初春,申月离婚了。她勇敢地抛夫弃子,摇身一变,成了李卫的专职情妇。情妇是她自称的,李卫叫她编外妻,她不屑这种花好月圆的自欺,坚持说,情妇就是情妇,不用替我难堪,做都做了,还怕一个称号么?

申月在离婚时表现得相当果敢干脆,房子儿子家当她一样不要,净身出户(当然,她还是分得了部分存款)——这一般是已婚男人在为家庭以外的真爱附体后才做得出的壮举。申月作为一介女流,难能可贵地做到了。

离婚不易。首先她得有打破旧体制的决心,其次她要为革命理想付出艰苦努力。宛若跳水皇后的夺冠一跃,她身手利落地完成了以上要件。事实上她只要开个头,往后就是被革命的潮水推动着向前的。她唯有英勇向前,一切已经由不得她来掌控,遑论撤退。

离婚后,申月在租来的房子里逗留了三个月,这三个月如同炼狱,差点把她熬干。儿子、情人,她最爱的两个男人,她统统无法任意接近。她无法不怀疑她自身存在的意义。为了缓解内心的悲伤焦虑,她尝试过复习考研,并身体力行地买了参考书,伟大的计划勉强推进了半个月,她就明白了她不是那块料,记忆力不行,心境不行,果断放弃。然后有一天,她接到李卫从深圳打来的电话,一个大胆的决策诞生了。

半年前,传说中的深圳,平生第一次敞开在申月面前。那么华丽现代,那么包容热忱。申月很快就在人才市场找了份工作,说是做采购,并没有话事权,实际就是个跟单文员。李卫替她租下这套公寓，缴了一年的房租。未来，毫无疑问是茫然的；李卫，毫无疑问是有重大瑕疵的。想到此处，她用力甩甩头，强迫自己从混乱的思绪里退出。她捡起手机看时间，傍晚了，她下床步出，去厨房做饭。

李卫一觉醒来，申月做好晚饭，坐在沙发上看电视等他。从进门开始，到办完第一要务，到现在，他们几乎没有语言交流。申月期待能在吃饭时，和他尽兴聊一聊。跟他讲想分手么？不，她舍不得，要讲也只能等他离去后，她不能破坏眼前的和谐气氛，他能属于她的时间太短，机会太少。

申月摆好饭菜碗筷，李卫满意地坐下，爱怜地抚抚她的头，一如从前他们竭力抗拒牵引，想出以兄妹相待时的惯有礼节一样。

她问他，要不要喝点酒？

算了，他说，你又不喝。

她笑，我喜欢喝事前酒。

他也笑，拱手作揖，道，拜托，我不是二十岁的小伙子了。

她手一挥，轻轻赏了他一个爆栗子，说，不错了，比二十岁的没得差。

你偷着吃过了？他狐疑地望着她，似笑非笑地问。

你才偷着吃过了呢，她迅速反驳，又说，我说错了，你不用偷，你们都是体制内的。

他知道她在说什么，一脸悻悻的样子，不作争辩，不予安慰。

两个人默默地吃饭夹菜喝汤。李卫很快就吃完了，放下碗筷开始打电话，向各路神仙通报自己的到来。

李卫和另外二个朋友合伙在深圳开了一间电子厂，专门生产一种叫作咪头的扬声器配件。李卫并不精通这一行，他的能耐就在于会忽悠，能接单，有启动资金，所以他是股东之一。但他并不介入具体生产和日常管理，只每个月来一次检查工作，看看财务报表，请客户吃吃饭，而已。申月南下后，看申月也就成了主要项目之一，即便工作上无须务必亲临，他也是要来的。

见李卫啖毕，申月也不再有胃口继续吃，搁下餐具，垂手坐在一旁看李卫打电话。李卫在约人出来喝酒，申月内心的委屈又开始滋生蔓延扩张。她想他连一个晚上都不肯好好陪她，而她为着他，是做出了捏毙一个社会细胞的壮举的。这么一想，她忽然就止不住地悲从中来。她站起身，转进书房上网，事实上她只是怕自己会当场落下眼泪。她开始刻意去想儿子，这一想就如发动机接上电源，对儿子的思念，迅速以排山倒海之势将她淹没，她的眼泪瞬间落了一脸。

李卫走了进来，从后侧按住她的肩，忽然发现她在哭，顿时紧张。

怎么了？他把她从座位里拖起身，扳向他，抱住，柔声问道。

她不出声，勾住他的脖子任泪水肆意横流。少顷，她发现他肩头的衣服脏了，遂松开手臂，挣脱他的环抱，去卫生间洗脸，又拿了湿毛巾出来，在他肩头擦了擦。

怎么了？他再次问。

没什么，她道，想我儿子。

李卫明显一怔，表情即刻变得莫测起来，半晌方道，那，回去看看他？

申月又涌出了新的眼泪，深深地叹口气说，我不知道，回去了也不一定能见到他。

十一长假，申月刚回去过，处境之尴尬令她始料不及，也令她大受其伤，这伤害至今难以愈合。作为一个离婚女人，婆家她是回不去的，而娘家人，虽没有明白表示，但离了婚的女儿回家面对街坊总是个难堪，她能感觉到兄嫂乃至母亲，恨不得把她关在家里不出半步的焦急心理。

及至申月收住了眼泪，情绪也渐趋平稳，李卫征求她的意见说，去唱歌，好不好？袁刚在圣保罗订了K房，伟华、妖怪，还有几个人都去。

申月心里不反对去唱歌，唱歌是她喜欢的，但她还是作势推了推，李卫仿佛就要依着她了，结果那边兄弟又来电话催，申月于是装作顾全大局的样子，说，去吧，我陪你。

申月很快收拾好头脸，换了身既体现身材又不失端庄的衣服，跟着李卫出发了。

追根溯源，李卫与申月的编外合作，正是KTV包间给酿造的。作为商人的李卫，是K房常客，但作为灯泡厂会计的申月，只有单位偶尔搞活动才有机会一展歌喉。蒋小辉与朋友吃饭会叫上她，唱歌却不肯带，他说女人家去那儿容易学坏。蒋小辉一语成谶，申月果真从那里出发，一回首已是百年身。

万事都有第一次。李卫第一次请申月唱歌也是偶然，他本来要请的是蒋小辉，蒋小辉手机接不通，他转而打他家里的电话，接电话的是申月，问明情况后，申月说蒋小辉外地出差去了。李卫哦了一声，之后又礼节性地问说弟妹在家忙什么。申月说没忙什么，网上听歌。李卫闻言受到启发，刚好那次他要招待的是一名女客，而他的太太沈红霞素来不爱在那些场合出现，于是他问申月，愿不愿意出来唱歌。包厢作为培植基地的故事由此拉开帷幕。

作为一名K房拥趸，李卫惊喜地发现了人才，申月原来那么爱唱歌又那么会唱歌。往常，他想来个情歌合唱都苦于找不到对手，而申月，无论合唱独唱，老调新曲，简直就没有她不会的。除了会，唱得也好，况且现在的助唱设备，只要是会咳的就能唱。有了这样的开端，再约就成了轻松愉快、一拍即合的事。时间递增次数递增，眼里的别样意味也随着示意图的曲线一路攀升。酒精松懈理智，而头顶的射灯，自诞生起，即被赋予了制造暧昧的纲守职要。某次，某个不经意的瞬间，宛如青蛙舔食飞蛾，李卫一俯身，一甩脑袋，就把肘子旁申月的双唇给叼住了。

这样的回忆，在申月来讲是甜蜜美好的，也是痛楚的。她一直希望李卫能够更爱她一点，而她一直就觉得李卫对她热度不够。李卫却既不承认也不否认，逼急了就说自己不会花言巧语的那一套。阿蒙就问过她，你究竟爱这个男人什么呢？申月稍加思索后回答说，可能是他一贯的冷酷无情和偶尔的温柔多情。阿蒙就竖起大拇指夸了她一个字，贱。

李卫带着申月在K房坐下。与K人员基本都是申月认识的。申月不得不感叹男人之间的友谊，在桃色事件上作为攻守同盟的义气，那种理解互助的体恤情怀。申月与李卫好了这么几年，几年来从来没有回避过朋友的耳目。申月的存在和存在的方式，他的朋友圈里人尽皆知，却没有一个喉舌发痒地去捅给他夫人沈红霞的。他与她的交往并不私密，对沈红霞而言却一直是个天大的秘密。

李卫帮自己和申月点了首合唱，《好人好梦》。这一举动迅速安抚了申月的失意。她喜欢这首歌，她尤其喜欢其中的两句歌词——就算是人间有风情万种，我依然是情有独钟——她多么希望她和李卫的爱情就是这样的。一曲终了，申月的爱如潮水涌来，她想她不能提分手，她根本分不了手。她爱他。她离不开这个男人。有了这样的认识，直到再把李卫送去机场，她都表现得欢欢喜喜的。

送走李卫，她又顺趟去找了阿蒙。阿蒙在家里接待了她。她到时，阿蒙正拎着一只开水壶，把滚热的水往几只螃蟹身上浇，那几只张牙舞爪的活物，转眼就见了阎王。申月看得惊心动魄，问她干吗？她轻描淡写地说，给你做海鲜粥吃，它们那么凶，谁敢杀呀，只好先烫死它们算了。

一面吃粥时，申月说，我想和他分手。

我知道，阿蒙头也不抬地回答，呼哧呼哧地对付着她的烫口鲜粥。

我这次是真的，申月说。

你哪次不是真的了？阿蒙仍然头也不抬。

分不了就不要分吧，阿蒙又说，你一个人在这头瞎折腾，人家可是四平八稳地过着太平日子。你苦自己做什么呢？

阿蒙，申月由衷地问，你怎么总那么料事如神呢？你说得一点没错，我一遍遍地瞎折腾，弄伤的只是我自己，与人家一点关碍都没有。我的问题不在于我不知道如何做，而是我想请教你，我如何才能做到心中所想的？我不想再和这个男人纠缠了，我觉得自己太亏了。

你亏什么了？阿蒙终于抬起头来问。

多了，申月摇头，一言难尽，最不甘的还是感情上的，我已经感觉不到他对我的在意。

人类的恋爱大抵都是这样的，阿蒙说，一方潇洒了一方就难以潇洒，怪你自己命不好，没有当成潇洒的一方。

我命不好我承认，申月说，我不玩了，我撤退总可以吧？你那么聪明，你教我个法子，怎么撤？

谈个新男朋友，和他上床，新人自然就替换旧人了。阿蒙说。

你这法子别人也许行，我肯定不行，申月说，我现在根本接受不了别的男人。再说在上床这件事上，我一贯有自己的主张，我觉得女人还是少睡一个是一个，一个女人身上不宜留下太多男人的气味。

阿蒙盯着申月看了一会。

狭隘导致偏执，阿蒙说，你看你，所以你掉进去了就出不来。不过，我还是要表扬，说明你仍然是珍惜自己的。有些男人本质来讲就是病毒，病毒的作用就是通过软件来搞坏硬件，不慎沾上，系统就会大乱。病毒男人，他跑出城外来溜达，唯一的诉求就是搞。他通过身体让女人为他倾倒疯狂，但他绝不言爱，不泄露内心，他的心是紧紧关合着的，他存在意义就是让女人放纵、痛苦、斯文扫地、一反常态、绝望、堕落甚至自毁。你的编外爱人仿佛也有一点这样的倾向。

申月闻言深受打击,螃蟹粥是一口也吃不下去的了。良久,她叹气,缓缓说,他也有过柔情的时候,想当初,他也是一只婉转的百灵,关进我的笼子后就失声了。也许真的是我们玩得太久了,他开始腻味了。可我为什么就不腻味呢?

这方面女人通常都不及男人出息,阿蒙说,不幸你又是妇女中的杰出代表。

四、我们都回不去了

下班后,申月去买了一双新鞋,路经麦当劳,就顺便把晚饭吃了。吃着吃着,对面的一对母子吸引了她的目光。孩子很小,一岁多一点的样子,自己用勺子挖土豆泥吃,吃得一嘴一脸的,年轻的妈妈就不停地用纸巾替他擦拭,一面擦拭一面替孩子纠正,用右手拿勺子不要用左手。申月看入了神,许久才发现自己忘记了吃。年轻的妈妈也注意到她,指着她让孩子叫姨,孩子果然叫了,申月情绪激动,提出再去买点什么来请孩子吃,但年轻的妈妈说不用了,他太小,一个土豆泥都吃不完的。

回到住所,申月放下包就直扑电话。她把电话打去蒋家,接电话的是蒋家新妇,她早有心理准备,因而声音非常沉着地对话筒说,我找龙龙。那边仿佛是放下电话找人去了,她耐心等着,等了两三分钟,电波转变成短促的忙音。

这种情况她已经数次领教,以至于不会再有愤怒。她面容平静地放下电话,回身转到书房。她顶着书桌站靠着,几分钟后拨开椅子坐下。她抬起手不经意地抚了下脸颊,竟然是凉湿的。这一发现令她顿时堕入自伤,但她使劲把脖子往后仰。她不能做自己讨厌的人。她讨厌女人眼泪流不干的样子,真蠢,真傻,活脱脱一个弃妇。

她不能算是弃妇吧,婚是她要离的。她坚决地离了婚,为了从速，她甚至不计较她应得的财产缩了水。她那么急于腾出空间来，腾出空间后又如何呢？她虽然不必再弄虚作假、欺上瞒下，但是也并没能心想事成。最让她始料不及的是，她十月怀胎冒死诞下的儿子，随着一纸判决书的生效，和她从此成了两家人。

儿子得来不易。她和蒋小辉完婚后并没有似大多数年轻夫妻那样迅速地搞出人命。第一年，他们随遇而安；第二年，也只略为奇怪了一下；第三年才觉得是个问题，开始跑医院、跑特色门诊，情急之下，甚至电线杆上的老中医，都怀着侥幸心理偷摸着跑去问诊过。也说不清谁的问题，就是怀不上。后来终于怀上了。苦求得来的果实，总是让人加倍欣喜与珍惜的。

仿佛是为了洗涮个人魅力失败的耻辱，蒋小辉在离婚后迅速另结姻缘，娶了个卫校刚毕业的女学生。申月不得不感叹现如今女孩儿的魄力。据说蒋家这名新妇，年龄尚不满二十岁，然而其言其行之大胆泼辣，让申月都几回回无语凝噎。

申月打电话去第一次撞上她接，申月也不关心她是谁，直奔主题地说我找龙龙，对方中气十足地反问她，我是他妈，你有什么事？后来新夫人能识别申月的声音了，要么一句硬邦邦的他不在，要么搁下电话装得跟去找似的，一会儿电话却成了忙音。有一次申月实在气不过了，逮着蒋小辉提意见，让他劝劝新夫人适可而止。然蒋小辉已经洗心革面重新做人了，和新夫人是一派的，倒反口劝说申月不要老打电话找龙龙，这样影响孩子跟新妈妈建立感情。

申月思想过激了一阵后，放弃争吵纠缠，无言让步。她没能力把儿子带在身边。一个是她确实没能力，她要上班，时间不允许，精力顾不上；另一个是她的私心，她得为李卫的造访保留空间。她不得不承认，为着李卫，她伤害了儿子的权益。她一直在牺牲他。她是个无耻下作的母亲。如果她下场惨淡，那也是咎由自取，她想。若要问她有没有后悔过离婚，钟摆代表她的心。

感谢蒋小辉适时娶了个厉害角色，感谢蒋小辉面对强权垂首待命、完全不抵抗的态度，这些看似给她添堵的因素，实际却是她迷离失所的心灵的安慰剂——她果真不用后悔，蒋小辉凉薄至此，她所幸没有跟他厮守一生。然而，她可以骗过任何人，却骗不了她自己，她时时都在动摇，时时都在自问，她奋力争得的一切果真有意义么？她对了么？她错了么？她没有过上想要的生活，却明明白白地失去了儿子。

离婚后，申月没有获得如释重负的预期快感，倒是实实在在地明白了什么叫作一无所有。这种一无所有和年轻时的一无所有无法并论，年轻时的一无所有完全构不成压力，那是普遍现象，而年过而立，再从一切拥有回到一无所有，那种荒凉感是常人无法想象的。而她不是要想象，而是要适应、接受。

谁人说过，人生就是由大痛苦和小快乐构成的。申月无比赞同这句话。她的痛苦是暂时克服不了的，她唯有先放下。她对她的人生并无确切规划，也规划不了。李卫说，我暂时还不能娶你，儿子就快上初中了，说懂事又不懂事，说不懂事又什么都懂，这时候遭受刺激，后果怕会很严重。

申月无言以对。她的内心并不为他的理由说服。她也有儿子，她儿子就不重要么？但她什么都没有说，自尊心不允许她为此去同李卫争辩。她想，如果他足够爱她，一切的理由就均不能成为理由。

想到此处，申月体内突然冒出一股神勇。她抓起一旁的手机，快速地输入一行字，发送给了李卫。等了十来分钟，手机没有动静，再等，仍然是一片死寂。她不等了，去冲凉，洗衣，拖地，地拖到一半，寓所的电话铃响了。

怎么了，出什么事了么？李卫在电话里问，声音极平静。

没有，申月回答。

那你怎么了？李卫问。

就想离开你,申月说,语气冷漠而坚定,因为你完全不值得。

那头陷入沉默。申月静待了半分钟,扣了话筒。

申月的心里一阵快慰,一鼓作气地把地拖完了,把衣服晾了。她想,她就要新生了。她清唱了两句《跟往事干杯》,热了一大杯牛奶喝下,蒙头大睡。

可是,这种故作的轻松,仅仅维持了两天,她就焦躁起来。李卫没给她打过一次电话,发过一条短信。她变得高度警惕,时时都在留意手机的动静,但它没有一次是因了李卫的请求叫起来的。她变得愤怒而悲伤。她发给他最后那条短信就几个字,我们分手吧。而他竟然真的就同意了,除了一个求证的电话,没有一句追问挽留。这样的男人,她还倾家荡产地爱了,何其可怜可悲?

申月又跑去找了阿蒙。阿蒙正要去医院,说有人心脏上开了天窗,医生要替他搭个桥修补,她去看看。这么不幸的大事,申月立马觉得自己的问题不算问题,支持她撇下自己先去看要在心脏上施工的人。阿蒙说不着急,人家的问题她解决不了,申月的问题她或许还能提供点参考意见。

从阿蒙家出来后,申月在街上徘徊良久。阿蒙说,你不如回老家看看,弄清楚你的编外爱人和他的编内妻在怎么生活。如果等待是有希望的,无妨等;如果等待是一眼塌陷的煤窑,你的青春也耗不起了,你应该对此有个了断。

申月留连到广场,又是孩子的身影牵住了她的视线,对龙龙的思念不可遏制地袭来。她陡然平添勇气,回家,对,回家看孩子,回家搞清真相。她迅速去订了返乡的机票。

下午到达南通,四点半,她在幼儿园门口顺利堵到龙龙。孩子奶奶来接孩子下学,开恩地让她领走。怜子之心得到抚慰后,她想到约见沈红霞。

申月和沈红霞几年前有过往来,但友谊终究是浮于表皮的,是作为两家男人的附庸建交的。她没有她的电话。但沈红霞在本市最大的商场上班，贵为老总秘书，她轻易就可以找到她。

和沈红霞比，申月是不自信的，造物主没把她造好，她觉得她一辈子也活不成沈红霞那一款式。申月眼里，沈红霞一直是滴水不漏的，她理性、坚定，却又锋芒不露，看似笑容可亲，随意且不拘小节，然只有谙熟她的人才知，她是如何的通透了得，眼波流转处，仿佛扫描仪，细枝末节，尽收眼底。据说李卫当年追她颇为不易，惨死了大量的脑细胞和肾激素。

带着这样的压力和心理落差，申月一连两天在商场转悠，也没勇气去找她，她希望能在她下班时装作与她不期而遇。结果她没能如愿。第三天是周末，她想她再不抓紧时机可能就要拖延到下周了，她跟深圳那边的公司也就请了一周的假。一着急，她倒生出急智，胆气也随之一壮。她咨询了门房保安，看电梯的阿叔，径自找去了沈红霞的办公室。

沈红霞热情接待了她，看得出是真热情。沈红霞承诺，申月要找的电器她一定尽快帮她联络，如果有，她一定设法帮她拿到公司内部价。申月表示感谢，顺势提出请她喝咖啡。沈红霞也非常乐意，连说我请我请。沈红霞打了几个电话，随后拎上坤包，和申月一起去了商场旁边的慕尼黑咖啡厅。

和沈红霞笑容满面地分手后，一转身，申月就觉得自己是一头五内俱焚的怪兽，一头想横扫一切，涤荡一切的冲动怪兽。一刻钟前，李卫的编内妻，沈红霞女士，一边抚着自己左手臂上的一根金属链子，一边并无蓄意地说，我睡眠不好，他去美国给我带回来这根链子，花了600美金，我说你是不是被人骗了呀，这不就是一根表带子么？他说这根链子是用人体所需要的稀有金属制成的，有多种保健功效，可以助睡眠，防辐射，提高免疫力，促进血液循环，还有什么的，戴上这根链子我怕是要长生不老了，呵呵。

申月不允许自己哭，但还是有些固执的眼泪水自行地溢了出来,好在不多,冷风一吹,就干在了脸上,使得她的脸皮发生紧绷。她很快掉头往她下榻的招待所赶。她在招待所楼下看到儿子龙龙,旁边是她的前任婆婆。儿子衣着极不协调,上衣像麻袋一样松垮,裤脚却有些吊,看上去也不很干净。她不由分说地冲过去,一把抱住儿子,止不住地呜咽起来。

申月再次返回深圳,着手清理这里的一切,准备告别。

那天,前任婆婆到招待所来找她是有话要说的。前任婆婆说,蒋家又要添后了,新媳妇不肯再带着龙龙过,要把龙龙甩给她,她是愿意带龙龙的,就是年老体迈了,怕带不好,教不了孩子做作业,看申月的意思。

阿蒙来到申月的寓所,帮她一起收拾箱包。

阿蒙说真舍不得你走。阿蒙说回去的方案都定好了吧?

申月说都安排好了。申月说我亏欠儿子的太多,我已经委托我哥哥帮我找房,买一套小户型的二手房,以后就带着儿子过。

申月说,阿蒙,来深圳最大的收获就是认识了你,你有空要去看我,我也会常打电话给你的。

阿蒙回说好。阿蒙再说真舍不得你走。阿蒙又问,他后来没再联系你吧?

通过几条短信,申月冷笑地说,表情不觉狠了起来,他问我好不好,我说很好。他说我提出分手也许是对的,他不应该再耽误我。我真想问问他什么叫耽误我,但转念一想就放弃了,一切都已经毫无意义。

你恨他么?阿蒙问。

申月正在逐一检查一堆纸片单据,该留的留,该扔的扔,忽然掉出来一张照片,李卫立在一幢大楼前举着手机打电话的样子。申月抄起手边上的剪刀当场给他开肠破肚,边干边说,我希望他被汽车撞死,被乱刀砍死,我咒他断子绝孙。

申月——阿蒙惊恐地叫住她,居然莫名其妙地淌出了眼泪。

如果你不是真心想他死,你就不要咒他,人是可以被咒死的。

哪有那么容易?申月继续把照片剪成碎片,又把碎片扫进垃圾桶,他活得要多威风有多威风,死不了的,老天才不会那么帮我呢。

申月,你还记得我那个心脏要搭桥的朋友么?阿蒙问。

对了,他怎么样了?申月停住手,转脸看阿蒙。

他死了。阿蒙泪如雨下。他曾经是我最爱的男人,我得不到他,我就诅咒他,我咒他早死,咒他全家死,我咒他生儿子没屁眼,现在,他真的死了。

瞬间,空气有如凝住,屋宇静到极致,两个女人冰雕一般矗着,仿佛头顶三尺,真的有神明在注视着她们。

(《羊台山》第 06 期)

一个人的香山行

/马季

一

　　韩月萍喜欢在初冬时节去爬香山,她喜欢"爬"这个字,有动感也很形象。她为这事跟人争执过,别人说那叫登山,是健身运动。韩月萍鼻子一哼,山是随便登的吗?上珠峰那叫登山,我们这些凡夫俗子就该叫爬山。她还顺带教育了一下那些持反对意见的朋友,什么叫生活,经常爬山就叫生活,一天到晚待在家,那不白活了吗?尽管韩月萍身段已经明显发福,胳臂腿儿还是能一甩老高的。

　　今年又到这季节了,韩月萍给几个小姐妹发短信:今年虽然是股市大年,别光惦记挣钱,下周六咱们去爬山吧。一来二去,连她自己在内约齐了五个人。时间定在下周六早晨八点,香山脚下老地点。这也是为了照顾秦雅琴,现在就她一个人还在职,位置坐到了公司的副总经理。当年她们几个小姑娘从技校毕业,一批进的"向阳"汽车修理厂,一晃都快三十年了。年龄最小的卢芳今年也四十七了。这个年龄的女人,在激流勇进的社会大潮里已经是一堆泡沫,只能在浪花中原地打旋儿,即便一时半会儿不沉到水底,但终究没有了动力,也失去了方向。

早几年，单位开始吹风准备改制，一个个人心惶惶的，她们都已年过四十，按照行情应当属于"一刀切"的行列。聚在一起的时候，已经没有心情去讨论男人，而是多了几句感叹，是啊，孩子们都到了工作的年龄了，我们就等着抱孙子吧。惟有韩月萍胸有成竹地唱反调，你们就这么蔫菜了？我可没折腾够呢。大伙和她打趣，你打算怎么折腾？再生个小二子？你们家老顾已经五十出头了，快抓住他青春的尾巴啊！话题一回到男人身上，一个个就来了劲。韩月萍没搭她们的话茬，用手梳理一下她那头乱稻草一样的头发，说，好做的事情多着呢，我准备退养。退养，她这不是在胡说嘛，哪有自告奋勇退养的？有病啊！大家一下子就没了兴趣。韩月萍说到还真做到了，没等公司找她，她自己却送上门去了。

那天，韩月萍在当时的总经办主任秦雅琴引见下踏进了总经理办公室。一前一后站着的两个女人，年龄相当，气质迥异。秦雅琴穿职业套裙，梳着发髻，韩月萍牛仔裤耐克鞋，头发蓬乱。总经理是知道她们关系的，因此态度很和蔼，抽着烟，面带笑容。韩月萍只是短暂地笑了一声，也不打招呼就不折不扣地单刀直入——两只手一左一右递上两份材料。一份是自己的退养报告，一份是替丈夫老顾递交的承包驾校的报告。总经理晃着脑袋瞅两份报告，再瞅眼前这个雄赳赳气昂昂的女人，一时不知道该说什么，心情显然是复杂的。韩月萍主动要求退养当然是好事，而且是件大好事，他正为这事犯愁呢，上面要求一年之内男50岁女40岁全部退养，为推行改制做好准备。韩月萍的报告可谓是兔子撞在这棵树上了。可老顾承包驾校的报告就有点让他犯难了。办驾校不是个小事情，公司一直是有这个打算的，报告打上去好几年了也没个答复。当然，公司也没去催。为什么呢？一是没有适合的人选去负责，二是需要一笔不小的投入，至少得一百万吧。没有个得力的人顶着，这事还真不能去做。好了，现在人自己跳出来了，怎么办吧？总经理不得不承认，眼前这个看上去不精干的女人其实也不简单。两份报告，一根是棒子，一根是胡萝卜。

看总经理抬起头来，韩月萍说，人和单位一样总要改变的，迟改不如早改。这话仿佛暗器一样射中了对方的神经。总经理低下头去，手掌心压在报告上，用耳语般的声音悄悄问了一句，投资怎么办？这好办。韩月萍居然一脸轻松，我知道公司资金紧张，可以到银行去贷款啊，我用家里的房子抵押。既然是承包，就得担点风险，是不？总经理的手在报告上轻轻揉了揉，裂开嘴巴笑了。秦雅琴在后面轻轻推了韩月萍一下，韩月萍转过身去看到秦雅琴在朝她眨眼睛，意思是让她不用再说什么了，言多必失啊。

二

韩月萍选择初冬去爬香山自有她的道理，一开始多数人不能接受她的建议，但去了之后，都觉得这是个不错的选择。进入十二月，马蜂一般观赏红叶的人迹已经淡去，香山犹如一位应酬缠身的名士，得以从纷扰中抽身而出，褪去铅华粉饰，显露出雅致与清秀。到后来，大家反而早早来提醒她了，不过具体哪天去还是由她来定，她总能说出一堆理由来的，你说不出就得听她的了。

巧得很，就在预约的前一天（周五），天上竟然飘起了雪花，算是点缀了一下气氛，空气是清洌的，含氧量比平时高出许多。第二天天还没亮，韩月萍就起床了，给老顾和儿子小顾做早饭。平时她是很乐意干这活的，尤其是看着儿子一天天大了，处了对象，她的劲头就更足了。但今天她多少有点不乐意。几天前他和老顾透露了一下爬山这件事，意思是希望他今年务必去参加一回。老顾哼哼了几声，未置可否。韩月萍当场就摔了手上的锅子，没有好气地说，头两年你刚搞那个破驾校，身体累，还有个说道，现在驾校转给别人承包了，你还累？人家都是一家子去，我这个发起人，反而是独来独往……老顾掀了掀耷拉着的眼皮，瓮声瓮气地说，去去去，好了吧。可是，事到临头，他又变卦了，其实韩月萍就猜到他会变，不变才怪了！但是你变总得有个说法吧。老顾的说法很简单，我们两个人都出去，儿子中午吃什么？我得做饭，还有，要是小许来了怎么办？他说的小许是他们未来的儿媳妇，一般休息天都会过来。韩月萍睨了对方一眼说，正好啊，就让他们自己忙活自己享受嘛。老顾没接话茬，干脆连眼皮都没有掀一下。我知道你在想什么……韩月萍话到嘴边，只说了一半，突然就觉得自己这样挺没劲的，有什么意思呢？就咽住没往下说。股票套进去大半个月了，这两天还在继续走低。是的，老顾一直不赞同她炒股，说什么炒股就是扔钱等等刺激她的话，但赚钱的时候，他不也乐呵呵的吗？再说，她现在也不算亏啊，总账算下来，今年她还赚了七八万呢，干吗就不能去爬山？她要去。她要彻底放松一下身心，周一继续到股票大厅里鏖战！

做完早饭，赶紧吃了几口，看时间还早，韩月萍就坐下来给约好的几个人发短信。没想到，收到的第一个回复就让她的心凉了半截。是卢芳回的：昨天和老头子吵架，股票跌惨了，实在没心情，下次再去吧。过了几分钟严美芳也回了：你还有这个雅兴？我和你买的同一支啊，周一是不是割掉算了？韩月萍粗粗喘了口气，站起来给自己倒了杯水。只剩下秦雅琴没回了，她难道也有问题？韩月萍又给她追加了一条短信。秦雅琴的回复像个恹恹的病人：我在单位做准备工作，改制了，明天开股东大会，最后一岗，我得站好。理解。

真是气不打一处来啊！韩月萍握着杯子的手不由抖了两下。算了，一个个都这样半死不活的，去了也没什么意思。韩月萍把手机从震动调回鸣叫状态，反正不会再有电话来了。妈的，你们不去拉倒，我一个人去！韩月萍自己跟自己嘀咕了一句。她开始穿衣服，想了想，又到橱柜里倒腾了一阵，把那条沉睡了几年的大红围巾翻了出来。她围上围巾对着镜子走了几步，又换了一种围法，才觉得满意。弯腰换鞋子的时候，手机又嘀嘀嘀叫了几声。韩月萍心头一热，以为谁又改主意决定去了呢。打开短信一看，有点发蒙，是儿子的号码。"妈，我开车送你去吧，等我一会儿。"韩月萍的心里扑腾了一下。这个臭小子啊！

不一会儿子穿戴整齐从自己屋里出来了，韩月萍摘下大红围巾缠在儿子脖子上，看了两眼，转身进了厨房。儿子在外面一脸灿烂地笑道："妈，我怎么没看你围过这围巾啊，比香山的红叶还艳丽呢。"韩月萍就说："快刷牙洗脸吃早饭，时间来不及了。"儿子抖了抖手上的围巾，进了卫生间。

儿子小顾初中时成绩不大好，没兴趣学习，正好那年他们准备承包驾校，就让儿子上了汽车技校，毕业后自然就进了驾校上班。小顾帮老子老顾做助手，很快就发现老子是个不善经营的人，于是悄悄告诉他妈妈，说这驾校必须转包出去，拿在手上就是个烫山芋。其实韩月萍心中是有数的，她是想多给点机会给丈夫，让丈夫活出个男人样子来，但人民币不同意啊！要说搞汽车修理，老顾在公司里那是一把好手，无人能敌，但上了管理位子马上就显得寒碜了，畏畏缩缩的，不像那么回事，就连自己也觉得滋味不大好受。听儿子一说，韩月萍心里就拿了主张，决定趁早把驾校转包出去。等老顾明白过来，已经是在酒桌上双方谈转包价格的时候了。驾校在他们手上一进一出，不仅不赔钱，一年还有5万块钱的净得，纵使老顾脸色不好看，也毫无理由阻止这个结果。这一档子事情过去之后，爷儿俩都丢了工作，可性质不一样，一个是主动的另一个是被动的，两人之间的关系从此进入了低温阶段。老子帮儿子干活从不吱声，儿子有事也不招呼老子。韩月萍是看出苗头来了，看出来她也没办法，再说她还要忙着炒股养家呢，还要准备张罗替儿子娶媳妇的事呢。

三

转包驾校的时候,韩月萍坚持把那辆"领导"专用的雅阁3.0留了下来,她早就想好了,儿子下岗之后就做她的专职司机,没必要出去打工了。小顾当然求之不得,给妈妈和对象轮番当司机,哪有吃亏的理呢?

去香山对小顾来讲可以说是熟门熟路,一个月前,他和对象小许还来玩了一趟。在回头的路上,他一再叮嘱小许,到了家里千万别提到香山游玩这件事。

小顾说:"我妈脑子真是有问题,每年都是冬天来爬香山。你说那么冷的天,有什么好玩的啊?"

小许想了想说:"这个不好说,说不定你不知道,她年轻的时候发生过一段小故事呢。"

"哪里来的什么故事啊,她是下岗之后突发奇想了,不按常理出招,我看八成是到了更年期。"小顾笑呵呵地说。

"别瞎说了,你妈怪不容易的,"小许轻轻推了小顾一下说,"她可是为你们两个男人全部牺牲了。告诉你啊,别指望我也那样,我可不干。"

小顾还是笑呵呵的,说:"你要干我还不乐意呢,也不看我媳妇多水灵?"

"你少贫啊。"小许喜上眉梢。

想到这些,开着车子的小顾就忍不住咧开嘴乐了。当然,把老妈安全送到目的地,也是一项光荣且不艰巨的任务,牺牲一个懒觉是值得的。

车子在车流里缓慢滑行,速度提不上去,这时已经进入北京交通的早高峰了。鳞次栉比的高层建筑,在宽阔的道路上投射下绚丽的光束;非机动车道上密密匝匝、滚滚不息的自行车队,在慷慨而博大的城市胸怀中似乎微微起伏着,充满了旺盛而神奇的生命力。昨天下了入冬后的第一场小雪,看上去只是在一些建筑的夹缝里镶了几道白边，没有足够的抚拂，城市还是骚动的喧闹的，抵达不了寂静。韩月萍望着车窗外呼呼闪动的光与影，觉得这个触手可及的世界离她总是有一段距离，她没法融化在其中。她是在北京大杂院里长大的孩子，性格上有点咋咋呼呼的，但她内心却是渴望宁静的，她一直想化解自己身上的这个矛盾，偏偏有一股力量支撑在其间。

简单点说吧，她对儿子是有一份柔情的，就是表达不好，她对丈夫也是有浓情的，就是倒不出来。她几乎不流眼泪，是没那个习惯，从小就没有。她也怀疑自己，女人总得有软弱的时候啊，自己怎么总是雄赳赳气昂昂的呢？不对。不对就改吧。可是，怎么改啊。

儿子开口了，在等待一个漫长的红绿灯时，儿子问她今天都有哪几个阿姨参加活动。儿子问得很随意，好像她不回答也可以似的。

"就是你认识的那几个阿姨，以前经常来家里的，四五个吧。"韩月萍说。

儿子说："妈，我今天陪你上山吧。"

韩月萍没想到儿子会提出这个建议，有好几次，是怎么拉他也不去，怎么今年倒主动起来了呢？这臭小子也知道安慰人啦！可是今天用的不是时候。"今天周末，你还是回去陪陪小许吧，妈又不是一个人。"

"我马上打个电话给她，告诉她一声。"儿子说着就到口袋里摸手机，看样子还动起真格的来了。

"别，送到那你就回去，天怪冷的呢。"韩月萍有点心慌。

儿子笑起来了，说："你们一帮老太太真有勇气，年年如此。怎么就不怕冷的呢？"

韩月萍打趣道："我们小时候挨冻挨惯了，哪像你们是温室里的花朵啊。"

没等儿子接住话茬,她赶忙把话头岔开了,说:"儿子,小许家父母是什么态度,有没有跟你提过什么要求啊?"

"没有啊,就是随便问过一次,问我有没有自己的房子。"儿子说,"不急的,早着呢。"

韩月萍抬了一下身子,说:"儿子,房子没问题,我早就考虑好了,就在小许单位附近的小区买一套。"

"什么?那个地方很贵啊,你知不知道?"儿子有点诧异,"我爸会同意吗?"

"该买的,就不存在贵与不贵。"韩月萍说,"你爸这人你还不知道?这事不需要和他商量,和他商量他也不会有任何态度。"

儿子摇摇头。

车速突然就上来了,眼前越来越开阔,母子俩渐渐远离了城市中心。

四

到了香山脚下,韩月萍还是把儿子打发回去了。她的理由很简单,今天是几个老姐妹聚会,没有年轻人参加,夹你一个小伙子在中间,你会不自在的吧?儿子想想也是,陪一帮老太太上山,那份罪可不好受,也就打了退堂鼓。走之前儿主动替妈妈系好大红围巾,竖起食指和中指做了个胜利的姿势,笑道:"OK!妈,你多拍几张照片回头给我们欣赏吧。"

终于独自一人了,韩月萍仰头望着香山苦笑了两声,决定一个人爬上去。她们不来没有错,我来了也没错。上山的时候,韩月萍这样想。

清灰色的石道明净爽洁,空气中的丝丝寒气,沁入肺腑。整个香山是安详的,看不见几个人影。远处残雪点点的山坡,衬映着灰青的山色,一片空茫。静翠湖像一面硕大的镜子,在阳光里泛起红与蓝的绚丽,那光线的色彩仿佛童话里折射出来的。香山的这一种美,是另一种境界,韩月萍能感受到却说不出滋味来,她每来一次，都像一只小狗一样嗅东嗅西的，但似乎又没找到什么肉骨头，于是就对下一次充满了神往。

不一会儿身上就热乎起来，韩月萍只好走走停停，停下来就四处转着看，然后继续往深处前进。前面是一丛杂树群，枝蔓横生，地质松软，韩月萍纵身钻了进去，进去不多远却见前面有个男人半蹲在那，背朝着她，中间还隔着几棵树。韩月萍故意扒拉树枝，发出的响动立刻惊动了对方。男人一转身，韩月萍就明白了，原来是个摄影家在找镜头呢。韩月萍朝那人挥了挥手上的红围巾。那男人也挥了一下手，手上好像握着一截树枝呢。韩月萍于是朝那个男人那边探了过去。

接近男人的时候，韩月萍模仿电视剧上人物的口吻说："你是在搞创作呢吗？对不起，我没打搅你吧。"

男人笑笑说："香山又不是我家开的，我没吓着你就已经不错了。平时尽是人，也捕不到好镜头，没想到这个季节来，还真有了收获呢。"

韩月萍说："我每年都是这个季节来爬山，空气又好，又不吵闹，清净。"

"你也该约个伴儿啊，"男人说，"总得有个说话的人。"

韩月萍说："你不是也一个人吗？"

男人指指手上的相机说："喏，它就是我的伴儿嘛，有它就够我忙乎了。"

韩月萍点点头，心想：也是啊，人家来是有目的的，我呢？我大老远的一个人跑来干吗的呢？

男人忽然想到什么，说："你看，这个角度很好，我给你拍两张吧。"

韩月萍走过去看了一眼，从这个角度看，景色的确不错，可要是不经他提醒，自己恐怕就一走而过了，根本发现不了什么。摄影家目光就是敏锐，能在普普通通的夹缝里找出几分独特。

"把围巾围上，才显示出这个季节的风味。"男人倒退了几步开始取景。

男人一会儿蹲一会儿站，一会儿又让她"往左挪""往右挪"的，折腾了半天还没有拍成一张。韩月萍头上汗都出来了，说："就随便拍两张吧，没那么多讲究。"

男人一边捯着碎步一边说："就好了，就好了。"说着，手中的相机喀嚓喀嚓响了起来。

看样子男人很满意，连连说："这张片子，没得挑了，没得挑了，景和人完全融合在一起了。"又说："你看，枯枝和你的大红围巾形成了强烈的对比，光线又和远处的青岩形成了鲜明的对照……你看，远近都有景，都形成对比，才是风景照的上品。"

男人已是满头汗了，眼睛却放着光。那样子立即让韩月萍想起了当年的老顾。每当老顾修完一辆车子，从车底爬出来的时候，不也是这样的吗？韩月萍眺望远处的青岩，目光不免有点走神。

"这照片怎么给你呢？"男人说。

"就是啊，真不好意思了。"韩月萍说。

男人说："我这是数码相机，可以发电子邮件给你的，你有电子信箱吗？"

"我没有，我们家儿子有。"韩月萍说，"他一天尽在家捣鼓电脑了。"

男人笑了，说："现在的年轻人不玩电脑倒奇怪了，你记得他的信箱吗？"

韩月萍手一摊，说："我哪记得住这个啊，实在不行就算了。"

"这样也行，我把我的信箱给你，你回去让你儿子发个邮件给我。"男人说着在摄影包里取出个小本子，写了起来。

韩月萍没弄懂男人给他纸条究竟是什么意思。她把纸条塞进了口袋，笑笑，又挥挥手上的围巾，出了树丛。

　　站在香炉峰上，耳畔风声呼呼作响。韩月萍用围巾包住头，眼前是一片红彤彤的暗色。她使劲眨着眼睛。她不相信眼睛是湿润的。

　　山头上就她一个人。

（《羊台山》第 06 期）

麻花客

/石舒清

干爷

　　干爷有一个绰号,叫麻花客。这是因为一段时间,干爷做点心和麻花到街上卖,于是就有了这么一个名字。干爷的口才是很好的,会说古书,譬如三国什么的。干爷的点心车在街边摆开的时候,干爷就会用说书的方式,兜售他的点心麻花一类。父亲说他正是从干爷卖麻花的说辞里听到姜子牙、关云长等名字,知道了桃园结义刘备托孤等等一些事情。爷爷在银川劳改的时候,干爷每年都要准备一口袋点心酥馍麻花之类,让父亲骑自行车给几百公里外的爷爷送去。

　　除了做点心,干爷还喜欢种花。我那时候去干爷家时,总是会看到满院的鲜花,似乎整个春天都集中在这里了。干爷有时会坐在花旁的矮竹凳上看一本旧书。多时候都是拿着酒壶,给一朵朵花上面洒水。满院的蜂鸣声,很容易使人恍惚莫名。我总觉得干爷麻花客的得名,倒更多是与他的喜欢种花有关。

　　干爷的脾性是有些古怪的,他虽然和爷爷结拜了弟兄,但实际上他是一个疏于往来的人,素来处于一个半隐居的状态。他几乎没有什么人情往来。谁家有红白事,干爷是不去的。干爷家有事情也不需要别人来。爷爷在这一点上很是佩服干爷，却说只有高人才能做到这样的，一般人学不来。爷爷也是疏于人情往来的，不好交朋友，不爱凑热闹，但他不能做到决绝与彻底，有些人家办事情，碍于情面，爷爷还是要去去的。只是去了，匆匆打一个照面即回，像是在其中不能久耽搁似的。但爷爷到干爷家去，却可以待一天。干爷偶尔也会到我家来，但实在是为数不多。实际上我家住的房子，是干爷的。干爷的光阴过得不错，有着好几处院子，就把一处院落让给了我们住着。但爷爷从劳改队回来后，还是拆了房子，把椽子在河里洗干净，还回了干爷。

　　干爷这一生的大事是要当皇上，一生最大的憾事是没当上皇上。一个会掐算的人给干爷掐算过，说干爷有着四十天的江山可坐。四十天不是太短了么？但命里若有推不脱，命里没有莫强求，说到底也只有四十天江山的天命。这么几天江山，那么坐它不坐呢？还是要坐的。干爷是有一些家底的，暗暗地做起了准备。一些品行纯良、赤胆忠心的人也悄悄会聚到了干爷四围。干爷说一旦事成，就封他们为一字并肩王。这其中也有着爷爷的。但这事最后是没有成。一切都是策划于密室之内，没有什么大的动静。也没有引来什么乱子。干爷临去世的时候，我们都去看他。干爷躺在床上，盖着黄缎的被子。我后来知道的世事多些，联想到那床黄缎被，才觉到其中是有意味的。干爷躺在床上看着一个个围在床侧的人。干爷的脸是有些古奇之相的。我从来没有见到过人的脸会清峻到那个程度，像千年的槐根雕成那样。弥留之际的干爷和爷爷执手相语的样子给我留下了极深的印象，我后来看到左伯桃和羊角哀的故事，就很自然地想起干爷和爷爷来，觉得说的正像是他们两个。干爷和爷爷是怎样结为兄弟的呢？说是那时候干爷家的光阴大，事情多，爷爷去帮工，渐渐两人就结为了兄弟。我觉得朋友之间，能到干爷和爷爷那个程度，可谓高山仰止。干爷归真后，爷爷跟着大病一场，几乎追随而去。干爷的大儿子是一个中医，哭着说一个老人没了，再不能没掉一个了，要剩下一个啊，于是将爷爷接到自己家里去诊治调养，这样绵延了三个月之久，爷爷才渐渐好转了过来。

就我来看，干爷的确是当皇上的材料。

给干爷做预言的那个人还活着的，已是老态龙钟，睡在炕上给蜂拥而至的人们道破着隐情，指点着迷津，是一方水土上极孚声望不可或缺的人。他也许知道干爷没当上皇上的隐由，只是不便轻言罢了。听说他是常到干爷那里去的，去总是要行大礼，说他们之间这是君臣规矩，马虎不得的。不知道爷爷对着干爷，行过君臣大礼没有，我跟着爷爷去干爷家时，爷爷也只是弯腰向干爷道"色俩目"，并不曾有过一次下跪的，而且爷爷弯了腰道"色俩目"时，也一条线牵扯了两个人那样，使得干爷的腰，也同着爷爷那样要弯上一弯。

我觉得干爷那样的人，是不会去世的。干爷的去世，使我有了一个认识，看来这世上任何人都是要去世的。眼睛一旦真的闭上，就真的不能再动弹。

干爷是有一些家底的。去世后，家人遵其所嘱，将大部分家产捐给了一家清真寺。也有说干爷生前即捐了的。

就是这样的一个人，在世上活过了七十多年，带着未竟的心愿离去了。像一盏油足捻长的灯，在空屋里白白地照亮了一场似的。

干爷一生娶了两个老婆，我们称呼为大干奶奶、小干奶奶，生有儿子六个，女儿四个。和干爷高古奇清的一生相比，他的儿女们都是没有什么可说，说来倒好像是给他老人家脸上抹黑似的。

中医

他是干爷的长子，是大干奶奶所生，名叫王敬一，在县城里还是有些名气的。大干奶奶生有两个儿子，一个女儿，余皆为小干奶奶所生。

在我的印象里，王敬一一直就是在做大夫，在县城的一条主要的街巷里开着一家诊所，规模不小，西药、中药都有的。王敬一也是很有大夫风范的，沉稳老练，不苟言笑。而他开口一笑时又会使你得到许多安慰似的。他似乎般般皆能，有时看见他在用听诊器听人的肚子，或者是胸脯，把听诊器动一动，患者就会把衣服向上撩撩，这时候，王敬一的脸上显得高深莫测，大有文章的样子，似乎一切都可以了然于胸；有时看到他是在给人针灸；有时是号脉；有时是量血压；有时还会看到他用一个什么器械压住患者的舌头，然后用手电将一束光照入患者的嘴里去。

他似乎是什么病都会医的。

他也有着包治百病的自信和决心。

先是听病人陈述病情，然后是例行检查，过后总是会说，不要紧，吃几服药调一调就会好的。

但是父亲私下里说，他哪里会看什么病，看过几本药书，主要是靠着胆子大罢了，你没见他抓药的时候，总是要一边看着药书，一边才抓药。果然这样的。而且即使很小的一笔账，他也会动用了算盘来算。算盘珠儿动得很慎重，很犹豫，好像一招不慎，会全盘皆输似的。他这样算账的时候，患者会极不安，担心他这样一招一式，不知会弄出怎样一个惊人的数目来。但他报出数目时，却使人一颗揪紧的心放松下来。就觉得这样的一点小账，用不着那样算的。他抓药时也这样，像往地里面种金子似的。父亲对王敬一的医术总是轻蔑的，说他充其量不过是一个赤脚医生而已。但奇怪的是，父亲有病，总是去寻王敬一看，伸出胳膊让他号脉，由他脸上的表情猜测自己的病情，也会像别的病人那样，脱下裤子来让王敬一给他打上一针，也会吃他所开的药。这又是为什么呢？后来我有流鼻血的病，后来心脏也出了问题，这算是大病了吧，父亲还是带我去寻王敬一看，王敬一拿听诊器给我详尽地听了听，照例说不要紧，吃点药调一调就好了。父亲听得很高兴，得到了一个确诊似的，掏药钱的时候，也显得很是爽快。我就不知道对于王敬一，父亲究竟是怎样的看法。

父亲和王敬一年龄相仿，小时候都是玩友。父亲说王敬一小时候就鬼点子多，常常哄得他们莫辨南北，譬如几个孩子玩耍着，一个花盆被碰下来摔碎了，谁碰下来的呢？正是王敬一，但干爷让他们站齐了来考问时，最是王敬一装作与己无关的样子，倒使他们几个无端地慌张起来。

大概正是这一份童年记忆，影响了父亲对王敬一一生的看法。

父亲说他的药铺开到那样的规模，并不是全仗了他的医术，他起手开药铺时，规模就不小。那么他哪里来那么多的钱呢？是干爷投资的么？可以这样说，但又需要多一点解释，干爷一次往花园里埋银子时，让他的儿子王敬一看到了。他偷偷就把银子挖出来，埋到了另外的地方。等干爷无常了，他就放心地取出来开了那个药铺。

父亲是怎么知道这些细节的呢？

然而说老实话，王敬一对我家一直是不错，干爷无常后，他把有病的爷爷接到家里去诊治看护，悉心调理，完全像待自己的老人那样侍候着。每年开斋的时候，他都要带着老婆娃娃给爷爷开斋，大包小包带一大堆。我们去看病买药，他把算盘费工夫的拨上几轮，末了时总要把后面的算盘珠儿拨下一两个去，表示对我们优惠，每次都这样的。你们我就收个本钱。他说。

所以我对他的印象还是很好的，觉得他身上有着某种静气或福气，什么病到他跟前都会减弱甚至消失的。

但是不知为什么，突然一天，他不开药铺了。

这几乎成了一个新闻，为什么呢？大夫不是越老越吃香么？而且已经开了这么多年了，算一算，已经三十多年了，已经有一定的影响和名气了，已经有一些固定的患者了，就凭这些固有的影响也可以安逸一生了，为什么突然地闭门不做了呢？

其实药铺倒在的，他让他的儿子儿媳经营着，自己忽然地回家去养花了。这倒是秉承着干爷一脉。但他的种花不像干爷那样只是自娱，他还卖，到后来大家才知道王敬一的厉害，原来这个种花，里面窍道多着呢，利润竟能大过开药铺，听说一枝什么什么花，就能卖四五千，有这么贵的花么？呵呵，长见识了。

只是王敬一改作养花后，我们有病就很少去他的药铺了，好像人生的一页，已经沉甸甸地翻了过去。

鞋匠

谁能想到干爷的儿子里，有人竟会沦落到当补鞋匠。

王敬一的胞弟雅瑟就是一个补鞋的，而且和他哥哥的开药铺一样，他的补鞋摊一摆就是几十年，不但自己做鞋匠，老婆、儿子也都干了这一行。

他们一家的补鞋摊，总是摆在一起的，好像也形成了一个排列顺序，雅瑟在中间，老婆和儿子在两边。有时候在百货公司前面，有时候在广场边上，有时候在街心花园一带，但总是离不开这些地方。一家人在一起也总是有些好处的，譬如一个人如果正忙着，就可以把自己身边等着的顾客介绍过去，心里不但不因此觉得遗憾，反而会有更多的满意。而且这样一来，即使别的补鞋摊有终于闲下来的时候，他们一家大多数时候都是忙着的，都是在埋头补鞋的，这样的互相之间照应着配合着补鞋，效益明显是要好一些。后来他们的鞋摊边还有着配钥匙的家当，前面还摆有了几个打气筒，这是顺便赚一点外快，主要是补鞋。他们三人都戴有袖筒的，那做儿子的有时还会戴手套。一眼就可以看出他们是一家人，尤其雅瑟和他的儿子，从任何一个器官上都能看出他们是一对父子。至于那个女人，她的个头是不矮的，因为坐着使她显得有些别扭，腿很长，妨碍前面的补鞋机，就只好摆开来向两边去，这于女人来说是不大雅观的。然而一心补鞋，谁还管什么雅观不雅观呢？她的胳膊也长，很容易看到她腕上的镯子，轻得像锡片做成那样。他们各人板凳边都有着一只大杯子，里面是很浓的茶水。什么时候去看，杯子里的茶水都显得不一样多，说来还是雅瑟喝得最多，他喝水时总要把硬硬的双手拍上一拍，好像因此能拍掉手上的脏污似的。然后就看着远处喝水，喝几大口，将杯盖拧紧，极惬意的样子。然后像慢慢记起了似的重新补起鞋来。儿子很少喝水，有时看到儿子把自己杯子里的水给老子的杯子里倒着，一边似乎在控制着多少，他将杯子端平了看着水的多少，然后接着去倒，有时候他看过了多少再去倒时，见雅瑟的杯子已放过一边了，他就龇着牙笑笑，自语说，还生气了啊，那就给我省下。他们父子的关系似乎是极随便的，有时骂骂咧咧的，与其说像一对父子，倒不如说像江湖上的一对忘年交。一次我看到那做儿子的买了干粮馍来，自己吃着一个，一个给他父亲扔了过来，说一声，拿着，就扔了过来，雅瑟就在鞋摊上举了手接住，好像这样的动作他们父子已演练了无数次，已是很为娴熟了似的。有时候儿子买干粮馍过来，给母亲的身边放一个，自己吃着一个，另一个放在自己的工具箱上，这样的时候，大概是他们父子之间闹了什么不愉快。但雅瑟会自己伸手在儿子的工具箱上把馍馍拿过来，儿子也装作没看见的样子，噎得直打嗝，但不知为什么，总是不喝水。还是沾了年轻的好处吧，像雅瑟，就禁不得这样的噎嗝的。那女人很少当街吃干粮馍的。即使吃，也不像那父子俩的虎吃样，而是掰下一小角来吃着，像一时有所沉浸似的。我总是记得他们一直在修着鞋的。然而父亲说，他们还开过饭馆，在新疆米泉开过，在固原也开过的，但我为什么记得他们一直在修着鞋呢？想一想也能明白，我并不是一直生活在这小城里，即使生活在这里，也不会天天到他们的鞋摊上看看的啊。没有这个兴趣和必要的。

但是既然开了饭馆，为什么不好好地开着，且不说挣多挣少，听着也比补鞋好，为什么又回来补鞋了呢？

原因当然是只有一个，一定是饭馆开得不景气，因此回来弄老本行。

听说这些年雅瑟还有着一个来钱的路子，那就是常常去卖他的血，这个听着是让人心惊的。看来摆鞋摊还不足以让他过日子。但父亲不以为然，说补鞋的人也多了，也不见得是个个去卖血嘛。雅瑟说来也是父亲小时候的玩伴，父亲对他是熟悉的，父亲说他的一大爱好就是贪吃，一是吃得多，并且还要吃好的，小时候干爷家好吃的多，点心啊，酥馍啊什么的，父亲他们也是喜欢吃，但吃上几个就不想吃了，吃多了心里堵得沉得很，但雅瑟就不是这样，他常常吃得肚子要鼓出来，于是难受得在花院的地埂上捧着个肚子走来走去。干爷看着，把眼泪都笑出来了。把他叫作"碎猪娃子"，是昵称，但这么个名字正说明着他的能吃。父亲怀疑他的馆子之所以开不好，也许正是让他的一张嘴给吃败了的。馆子没有了，补鞋的钱又不够他去挥霍，想吃个满足，想吃点好的，于是就去卖血。听起来有些就像在喝自己的血。父亲断言说像他那样频频出血，肯定是活不长久，但他已经快六十岁了。

他似乎是秉承了干爷的能说会道，虽然是补着鞋，有时也会说出几句古词老调，让人摸不着头脑。而且他是很乐观的，一长绺摆摊补鞋的人，他的话是最多的，笑声也是最多的。一个除了给人补鞋就是卖自己血的人乐观着，这听来似乎比他的悲观更使人觉得沉重，也不知他是凭了什么在乐观着。

和他的哥哥王敬一不同，他很少来给爷爷开过斋，很少给爷爷拿过什么。这一点上，又好像是有些干爷的秉性。但父亲认为他的作为简直不能和干爷同日而语。却并不因此见他的过，觉得像他这样的人，即使仅拿一个干粮馍进来，也会让人觉得不安和沉重。爷爷去世后，他倒是来大放悲声地哭了一场，用他那如旧鞋底似的手擦拭着眼泪，怎么擦也擦不干净。给我们一家留下了很深的印象，都说爷爷无常后，真正哭得伤心的人，雅瑟是要算得一个。

就在前天，母亲说，他还见了雅瑟，在百货公司门口为人补鞋。他的儿子在另一个地方补着鞋，父子俩遥遥不能相闻似的。母亲和妹妹就在雅瑟跟前补了鞋。他决然地挥着手不要钱，让母亲和妹妹走。但他装钱的盒子就在前面的，妹妹估摸了一下，扔了五块钱在里面，拉着母亲快快地走掉了。听到他在后面不高兴地喊着。

我就问，他经常卖血，脸色怎么样？母亲说他那个脸，也看不来个啥脸色，原本他就是个红面目人嘛。从与母亲的闲聊中，我才得知那个在雅瑟身边补鞋的长腿女人已经去世了，去世都好几年了。

阿尤布

阿尤布是小干奶奶的第三个儿子。在县城里，他是很有些名气的。

据说他是早年投靠什么人，学就了一身武功。这使得白道黑道里面，都有着不少他的朋友。县里前些年娱乐活动还比较多的，还会举办一些竞赛活动，像摔跤、武术、气功什么的，也总是有一些选手会在那里比划比划，哼哼哈哈一番。但很少见阿尤布去的。然而据在竞赛中得了奖项的人说，阿尤布是不必去的，他们去现现眼就可以了。这就可见得阿尤布的厉害。县上还有着一个这方面的名人，叫何老五，原是一个军人，转业后做了新华书店的店员，他也有着一身功夫的，在体育馆里表演过气功，和我们常常所见的一样，或是身上放大石板啊；或是放上石板再用大锤敲啊；或是石板上立几个人啊，或是一辆摩托从上面开过去啊，等等，无非是这些，但似乎也只有何老五一人可以演的。过年过节，何老五会带着一帮子徒弟，耍社火啊舞狮子啊什么的，何老五在前面舞着流星锤开路，到各个单位的门口表演，也算是挣了一些钱的。何老五膀大腰圆，头发像发怒的刺猬那样直竖着，一看就像个武士。听说他的愿望是能和阿尤布交交手，但不知为什么，却一直耽搁了下来，他们各自的徒弟是打斗过的，也是各有胜负。有一年省体校来人在县上办了一家武馆，我们都去做过学生的，正在学蹲马步的档儿，我们的师傅忽然消失了，后来才知道师傅的逃走和阿尤布有关，说阿尤布只是攥着我们师傅的手腕问他走不走，他就说走，果然就走掉了。这件事使阿尤布名声大震。按说他这样好的本事，把我们的师傅赶走了（师傅当时收了我们每人十块钱），那么他自己开个武馆吧，学员一定不少的。那时候《少林寺》放映过不久，县城里高涨着一种习武精神，只要有人开武馆，就会有人往里走的，何况阿尤布。但不知为什么，总是迟迟不见他开武馆，他还是在公交局的门口摆他的水果摊。阿尤布很早就摆水果摊了。他这样一个人，不知为什么竟选择了摆水果摊的营生，说来也是一个秘密。父亲说，阿尤布小时候，干爷是很疼他的，阿尤布自己也机灵，干爷手里常常有两个核桃的，用来做健身用，有时干爷就会把核桃滚到远处去，看阿尤布嘎嘎笑着，摇摇晃晃去给他捡回来；再扔出去，再给捡回来，就做着这样的游戏，乐此不疲似的。那时候阿尤布也就一两岁光景。父亲说，阿尤布是长丑了，小时候他很惹人喜欢的。阿尤布确实是其貌不扬，个头小，精瘦，穿衣服也邋遢，上身松松垮垮的，总是显得长，倒像不是他的衣服；永远是一双黄球鞋，不新也不旧，像一辈子只穿这一双鞋似的；衣服也似乎常不洗。这倒罢了，他的脸也煤客子那样，黑漆漆的，像是洗或不洗没有多大区别，也不打紧的,他的头发也显得乱,像一撮枯草,永远留在了冬天似的。不知道他为什么是这个样子。他这个样子,打铁倒可以,卖果子该是有影响的吧,但是,几十年来,他一直卖着他的水果,似乎就他的那点水果卖了一辈子也卖不尽。父亲仗着兄长的身份,问他为什么不把自己收拾得干净一点,麻利一点,毕竟你还是个拳手嘛,他怎么说呢?他什么也不说,他只是笑一笑,似乎父亲不是在说着这样的话,而是说着另外的话似的。他拿起一个果子让父亲吃,见父亲挥手,他又放回去。父亲看他的手,黑瘦得像个鸡爪子,真是怀疑那样的手竟是有功夫,真是怀疑就是那样的一双手,捏住了省体校人的腕子,然后惊得他逃遁了。我身单力薄,一直是想着学武术的,也曾找过阿尤布一次,他是我的叔辈,看在两家交情的份上,他没理由不教我的。这是我上高中时候的事,不知为什么却不了了之。现在隐约记得他好像是笑着说,你不好好当你的学生,学这个干啥。父亲说阿尤布的家里有两缸沙子,是他专门用来练手劲的。可惜他的家里我一直没有去过。他的家里会是什么样子呢?在县里,阿尤布无疑是一个颇富传奇色彩的人物,但我却一次也没有见过他施展拳脚。我只是一日复一日地见到他在那里摆水果摊。给人称水果,偏了头看秤的高低,有时候一只两只果子会滚到地上,或是他拾,或是路过的人抢着给他拾起来。就会换来他的一笑。他一笑时,牙龈会出来,发青着,像鱼眼睛。但是他笑起来的时候很是好看,像用心在笑着的。我说我从来没见过阿尤布爸(这是我对他的称呼)耍过拳。父亲说,你哪里能见呢?除非他跟人干仗。但是谁敢跟他干仗呢?大概正是因为没人敢和阿尤布比拼,我才难得一见他的功夫。阿尤布自己虽然很少出拳展脚,但他的徒弟们却是好这个的。他们自称是阿尤布的徒弟,常常欺行霸市,鸡鸣狗盗。那时候不时会有公判大会,这样的时候,我们会被老师带了,排了队到广场里去听审判,只见犯人们被五花大绑或戴了手铐,在卡车上站着。就常常听得今天被审判的人里，谁谁谁是阿尤布的徒弟，还有谁谁谁，都是的，都是阿尤布的徒弟。

阿尤布他怎么教了这么些徒弟呢？

公交局临近着南门广场，公审的时候，立在公交局门前卖水果的阿尤布只要一抬头，就能看到被羁押在卡车上的他的徒弟们，徒弟们越过黑压压的人头，也能看到他这个师傅，不知那样的时候，他们各自作何感想。

但并不是说阿尤布所有的徒弟都去做了罪犯，师傅领进门，修行在个人，这个说来也是怪阿尤布不得的。

而且不管他的多少徒弟站在了卡车上去被公审，阿尤布总是日复一日守着他的水果摊，他没有一次在那里站过的。公审完了，有民警路过他的水果摊时，也是要友好地打招呼给他的。似乎他们早就认定阿尤布和他的徒弟们从来就是两码事。

这些年社会变化很快，即使是一个县，也有不少人吹气球一样富了起来，于是也就能听到谁谁谁在雇佣私人保镖的话，说谁谁谁多少多少钱要不回来，想花大价钱找人去代他讨账。

这样一些消息总是能让人想起阿尤布来，似乎他与这样一类事情天然地有着某种关系。

但是阿尤布照旧在公交局门前摆他的水果摊，这时候水果摊上还增加了他的女人。

看来他要一辈子以这个为营生了。

老娃

老娃是干爷的小儿子，算来年龄与我相仿。干爷若是地下有知，那么他的这个儿子，一定是使他不能安心休息的。

老娃是从干爷去世以后有了变化的。干爷去世后大概一周，老娃突然大哭着指责哥哥们，说干爷并没有真的咽气，干爷实际上还活着，但是却让给匆匆忙忙埋到土里头去了。他是怎么知道的呢？他说他梦见了干爷，干爷说他还活着，干爷在坟坑里坐起来了，呼喊着要出来。这不是说笑话么？家里人就觉得他们的这个小兄弟是有问题了。王敬一立即弄了几包药来给老娃吃，老娃给他扔到了院子里，他哭着骂哥哥们是忤逆子。过了几天，他突然要求哥哥们去打开坟，把干爷从坟坑里救出来。见他们不行动时，他自己便要去。他们就把他关在一个小房子里。一天夜里不见了他，一伙人赶快跑到坟上去看，见坟头已经被挖平，在黑漆漆的夜里，老娃一边挖一边大哭着。

王敬一他们动用了各种手段来看老娃的病，宁肯打了麻醉药让他昏睡。这样子折腾了不短的时间，老娃终于不再说干爷还活着的话，也不会动不动就找铁锹去挖坟了。但是他的精神却似乎已经不大正常了。他戴着孝帽总是不脱下来，干爷去世已近二十年了，他的孝帽还戴在头上，而且胡乱地长了一脸胡子，使他成了个野人的样子。他总是说出一些神神叨叨的话来。把纸裁成小片儿，上面写了字，立在街边上向人散发。来，拿上，不然招祸呢。他这样说着，把他的纸片儿散发出去。问上面写着一些什么字，父亲说老娃他是没念过书的，怎么会写字呢？他实际上写了许多谁也不认识的字。父亲和叔叔在市场上摆着布匹摊。实际上摆布匹摊的人很多，他单单向父亲或叔叔走来，脸上挂着很是神秘的笑，看来他还是认得父亲和叔叔的。他叫着他们哥，说手续还没有清呀？哥。就这么一句话，反复地说着，就搞得父亲和叔叔心里很发毛，想是否爷爷真的欠了干爷的账债。但是想问清楚时，老娃却又神秘着不愿多说。看着干爷的老儿子竟成了这样子，父亲和叔叔心里也是很难受的，但又无能为力。后来见到老娃在垃圾箱里捡着吃东西了。但他和别的精神病人似乎有着很大的不同，他一直显得很镇定，心里好像有着某种强大的自信。

他是和他的母亲，小干奶奶住在一起的，同住的还有一个姐姐。说来干爷家里的事总是有些怪，像老娃的那个姐姐，一直都没有出嫁，直到如今也还是这样。她在街上摆着一个酿皮摊，挣钱养活着一家三口。我记得爷爷是想把她娶来给叔叔当媳妇，不知怎么最后也是不了了之。这里只说老娃。一天，老娃忽然劝母亲和姐姐从院子里搬出去，不然将会发生很可怕的事情。她们由于莫名的害怕，真的搬出去了。王敬一腾出一间房子给她们母女住。从此就见老院的街门整日关紧着，像家里人尽数逃走，只剩了一个空院子似的。小干奶奶领着女儿，每天黄昏的时候，都会把一包食物从门缝下塞进去，这样有两个作用，一是老娃确实需要人提供食物给他，二来可借此看看老娃是否还活着，只要食物被拿去，就证明老娃还活着的。

但是好好的一个老娃，好好的一个小伙子，为什么突然间竟成了这样子？

没人能说得清的。

小干奶奶每天来送食物时，总要先蹲下来，脸别扭地挨贴在地上，看昨天放的食物还在不在，女儿要看，不行，她自己要看，即使女儿看过了她也要再看一看，然后才抖抖索索地把来天吃的由门下面一点点一点点塞进去。

父亲说她已经八十好几，快九十岁了，不知道她给儿子这样送吃的还能送多久。

(《羊台山》第 07 期)

红尘

/曾楚桥

山里的夜来得早。太阳一转过西山,天就开始变暗。四周的景色也渐渐变得有些模糊。晚归的鸟们在树林里吵成了一锅粥,相互比拼着谁叫得最响亮。

在往日这个时候,老人吃了晚饭后,偶尔会到林子里随处走走,静静地听鸟们在树梢上相互扯皮。那叫得急,声音既尖且细的,老人管它叫尖嗓;嗓门大而粗的是扁嘴;最难听的就是钻山哀,像喘不过气来的病人的呻吟,在深山野岭让人毛骨悚然。老人刚到山里时,只要一听到钻山哀的叫声就有点儿心惊肉跳,还好现在已经习惯了。

此刻老人实在是没有心情,她静坐在家门口,眼睛不时地四下里张望。一只小麻花落到老人的面前,在老人的脚边大摇大摆地走来走去,那样子一点儿也不把老人放在眼里。老人举手轻扬,作个打的手势,笑着骂了句:找打啊,扁毛畜生!那只鸟才拍着翅膀飞走了,扬起地上一小阵尘土。

四周越来越暗,举目四望,只能看得清大山的轮廓,身边的蚊虫多了起来。老人直了直身子,右手半握着拳头轻捶了几下腰,才返身走进了屋里。屋里有些黑,老人原本不想点灯,她觉得时候还早，能省则省，这是她长期养成的习惯。可是老人想了想，她又把唯一的一盏松油灯点着了。

　　老人从木桶里拿出一把晒干了的艾土，这些驱蚊的艾土，去年八月一直用到现在，剩下的估计用不了一个星期啦。山里的艾草有点难找，不过也难不倒她。艾草喜湿，那低矮的小山坡给艾草提供了足够的养料。不过那并不是老人乐意去的地方，山坡上零星散落着的几堆旧坟让老人不太舒服。每年的清明节前几天，就有人前来上坟。老人住到山里来已经足足五个年头了，五年来，老人习惯了独自生活，有了人反倒有些不大习惯。

　　老人留意到年年来上坟的都是两拨人。一拨人声势浩荡，每次来，整个山坡都是他们说话的声音或者是放鞭炮的巨响。相比之下，另一拨人就少得可怜，一老一幼，看起来就像是祖孙俩。他们连鞭炮也不放两响，默默地除草，然后烧上两刀纸钱就悄悄地离去了。也不知那坟里埋的是他们什么人，反正一老一幼来去匆匆，走的时候连头也不回。老人想：尘世上的事，就算埋到土里去，也未必说得清。

　　老人叹了口气，一边小心地将艾草搓成一条长绳，一边想：小三子该不会是去了坟地吧？

　　老人将艾草点燃之后，测了测风向，放在自己的左脚边。空气中弥漫着一股艾草的清香。

　　小三子还没有回来。树上的鸟儿吵得有些烦人。小三子以往出去一向没有这么晚还不回来的。屋里饭桌上已经摆好了晚饭。一小瓷碗白米饭，两条蒸熟的玉米，一碟土豆丝，一碟苦芥，简单而清淡。这些食物都是老人自己亲手种的，散发着食物自然的香气。让人一见即胃口大开。另一只碗里装着几片腊肉，用碟子盖着，是野猪的肉，也是最后几片腊肉。那是去年六月一次意外的收获：老人种的土豆和番薯常有野猪来翻吃，木栅栏拦不住，野猪一拱就倒。实在没有别的办法了，老人便花了几天的工夫挖了个一人高的陷阱。原本就没指望能捉到野猪，只想着能吓它一下，让它知难而退。不料瞎猫碰上了死耗子，居然捉到一只野猪，四十来斤重的样子。

杀野猪颇费了老人一番工夫。野猪性烈，杀它可是不容易。虽然困在陷阱里，凶起来也颇是惊人。开始老人拿它没办法，就干脆让它饿了好几天，总算把它的凶性饿矮了下去。最后老人拿把锄头，将它敲晕了，才拖上来放血。小三子围在老人的身边，馋涎欲滴。也真是委屈小三子了，长期不见荤腥，馋得小三子见了生肉也两眼放光。当天老人只是把野猪的内脏煮了，让小三子吃了个饱。剩下的老人都用盐腌了起来做成腊肉，一刀刀的猪肉挂到树林里，风一吹，一林子都是野猪肉的香气。平时老人很少吃这些腊肉，一来是爱惜小三子。二来她自己对肉类兴趣不大，觉得可有可无。一日三餐，玉米、番薯或者土豆她天天吃，怎么也吃不厌。只是腊肉一天少过一天，没办法了只有节省着吃，隔几天才给小三子吃几片解解馋。可腊肉总有吃完的一天，小三子一天没有肉就无精打采。可不是，已经是第四天没给小三子肉吃了。老人估计小三子九成是出去找野味了。

天已经彻底黑了下来。树林里鸟儿的叫声也渐渐小了下去，直至于无。灯光从屋里射到门外来，昏黄的灯光水银一样泻到屋前一小块空地上。上弦月已经挂在东边的树梢上了。地上的艾草已燃了一半。桌上的饭菜都凉了。在往日这个时候山里的好戏才刚刚开始。

老人保存着一整套单人木偶戏的道具。在这一带，单人木偶戏曾经风行过一时。可惜改革开放之后，人们的兴趣逐渐转移到电视电影那里去了。单人木偶戏便渐渐消失乃至近于绝迹了。偶有不甘寂寞的艺人技痒，搬出来要为乡里乡亲无私奉献一出木偶戏，但是观者寥寥，吃力不讨好不算还要招致人们的一顿嘲笑。

不过这不妨碍老人对木偶戏的热爱。自从搬到山里来之后，老人就觉得彻底自由了。她想什么时候唱就什么时候唱,高兴了来一段,不高兴了也来一段。反正没妨碍谁就是了。如果碰上老人心情特别好,老人会正儿八经地搬出她的所有家当,来一出《昭君出塞》或者是《三气周瑜》什么的。当然那得吃过晚饭之后,收拾停当,擦干净饭桌,她才会把她的那个宝贝木偶箱子搬出来。用现成的竹子搭成一个简易的戏架子,然后就从木偶箱里把她的生旦净丑小心地搬到戏架上来。一切停当之后,咚铮,咚铮,咚咚铮,在寂静的山林里,老人一边敲响锣鼓,一边拉长声调就唱:

老身今朝起床哎——
头懒梳,面亦懒洗。
头懒梳来成鸦雀窝,
面懒洗哎成花斑狗。

这是老夫人的开场白,显得随意一些,不押韵,也不怎么守规矩,随老人喜欢,想怎么唱就怎么唱,只要唱得有点意思,自己感觉良好就行啦,反正没人听,也没人管。唯一的观众就是小三子。每每这个时候,小三子总是听话地蹲在靠门的一角,瞪着一对大眼睛,仿佛很用心地听老人唱戏。无数的飞蛾围着灯光飞舞。暗淡的松油灯照着晃来晃去的小小木偶,在寂静的大山里,有一种奇特的热闹。

可是小三子还没有回来,晚饭还没吃,老人哪里还有心情唱戏呢?她一会担心着小三子是不是遇上了什么麻烦,一会又想着小三子会不会因为这几天没吃到肉而独自溜走,再也不回来了。

一入夜,山里的露水便重了。老人开始感觉有点冷。草丛里的蟋蟀们叫得正旺。地上的艾草被露水打湿,灭了。蚊虫像吸血的蚂蟥一样围到身边不肯走。老人把艾草移到屋里来,加上一些干草,重新点燃。老人坐到饭桌前,还是不想吃饭。自从去年一月小三子来了之后,老人就习惯了和小三子一起吃饭,老人已经把小三子当成了世上唯一的亲人啦。还是再等等吧。

时间针脚一样密走着,老人拿出中午做好的鱼钩,穿上缝衣线,然后缠在一根树枝上。老人心里其实也没有底,不知道这个鱼钩能不能派上用场。要是小三子果真不回来了,那等于白白又浪费了一根缝衣针。要知道,为了做成一个鱼钩,昨天她折断了三根缝衣针。当然,做成了鱼钩也不等于一定就能钓得到鱼。老人昨天去水库里冲凉,发现水库里那些鱼虾野蛮得很。要说钓鱼这事儿,虽然自己没钓过,但毕竟见儿时的伙伴们钓过,自然知道是怎么一回事。老人忽然想,要是每天都能钓到一两条小鱼什么的,小三子的伙食就不成问题啦。到时小三子自然就不会成天往外跑了。

然而小三子到现在还没有回来。老人在桌子旁孤坐了一回。肚子饿得咕咕作响了。老人对自己说:"你家的蛔虫叫了。吃吧。"老人习惯了称呼"自己"作"你家",比如"你家小三子",比如"你家该吃饭了"。

小三子迟迟不归让老人失去了耐心。老人想就算小三子不回了,饭也是要吃的。老人端起碗正准备盛饭,忽听得门外嗯的一声响,抬头就见小三子哼哧哼哧地跑了进来。老人正准备责备小三子两句,一瞥之下,突然发现跟在小三子后面一条红红的血迹。再看,小三子的一条后腿正在流血!老人惊叫了一声,来不及细看,就慌忙捧了松油灯到菜地里摘回一把臭草,用刀背捣碎了给小三子敷上止血。

直到这时候老人才有时间察看小三子的伤口。老人原以为小三子是跟别的野狗打架被咬伤了的。不料细看之下,那伤口似乎不像是狗咬的。老人心下狐疑,明知是问不出来,但老人还是忍不住问:"你家小三子,到底是怎么回事啊?"小三子望了望老人,一脸的委屈状。老人拍拍小三子的头,又说:"我说你家小三子呀，以后要吸取教训，不要到处乱跑啊，不就是要吃肉吗，办法自然会有的。"

当晚临睡前，因为小三子的事，老人忘记了用热水泡脚。结果，老人一夜没有睡安稳。老人支棱着耳朵躺在床上听了大半夜，结果什么也没发生，和往日一样，山里的夜照旧平静。偶有一两声钻山哀的呻吟从某个角落里传过来，显得山里的夜更加寂静了。

第二天，天刚蒙蒙亮，老人就起床了。老人起床的第一件事就是拿把锄头到地里巡查。小三子瘸着一条腿要跟着来，被老人喝了回去。老人肩扛锄头独自去了地里。然而地里并没有什么异样，绿油油的玉米长势喜人，原来布置好的陷阱也没被动过。老人站在地里闻着泥土特有的气息，悬着的一颗心这才放下来。想起昨天做好的鱼钩，便顺手在地里挖了几条蚯蚓。

老人其实对钓鱼真的没有多大的把握。吃完中饭时，又对自己说了一句："你家的，行么？"行与不行，总归要试一试的。尽管没多大把握，老人还是决定去一趟水库。

水库离家不远，走过玉米地，穿过水田，就是水库了。水库面积不大，属于天然水域。山涧里长年累月有山泉流下来，保证水库一年四季都不干涸。老人当初选择到这里来，就因为这里有个水库。至于水库叫什么名称老人没有兴趣知道，她只知道没有这个小水库，自己一个人是很难在山里生活下去。她记得初来的头一年，砍木架屋，开荒种田，全靠自己一双手，那时的日子过得一点儿也不轻松。不过老人自己喜欢，从来就没有后悔过。

有什么可后悔的呢？十几年啦，山里的日子一天天见好，从来没有人真正来打扰过自己，一年中除了清明节前那几天见到人之外，其余的日子是如此平静而快乐。更重要的是没有人会来说三道四，自己爱干什么就干什么。还有什么比这更自由呢？这就够了。想到这一层，老人就很开心，老人一开心忍不住要唱几句：

> 早早开门见青山，
> 青山青青不变颜。
> 我问青山几时老，
> 青山问我几时闲。

这是属于农家女的出场白，唱法显得稍为讲究一些，也讲点押韵什么的。反正老人一向比较喜欢。这喜欢带着某种偏爱，虽然是农家女，但是在戏里一样有着说不出的缠绵与传奇。

老人一边唱一边并未忘记下钩钓鱼，可是她钓了老半天，竟然连一只小虾也没钓上来。并不是没有鱼来吃，而是水库里的小鱼太多了，也太狡猾了，几条蚯蚓不到半天就已成为鱼儿最可口的点心。

"你家的，看来这鱼儿不好钓哩。"

这一天老人钓了个两手空空。

此后连续两天，老人只钓到一条一指宽的小鱼。水库里这种小鱼最多，也最烦，鱼钩还没有下去，用来做饵的蚯蚓已经给它们吃得差不多了。不过总算是有收获了。对老人来说已经是很不错了。在老人心中那些鱼儿也许是有灵性的。

第三天早上，老人吃过早饭，把前几天晒干的野草收到地头，准备集中到一起烧。老人每隔几天就烧一回干草，因为地里的肥料全靠那些干草烧过之后的草灰。烧这干草也有些讲究，随便点一把火，一大堆的草烧起来那可了不得，风一吹，草灰到处乱飞不算，火势还会四处蔓延，极容易造成森林火灾。所以烧草之前那得预先准备好草皮，将干草压紧一些，让火慢慢烧，慢慢地烧，那样出草灰也多些。

和往常一样，老人习惯到番薯地里铲草皮。可是老人还没到番薯地，就发现番薯地里一片狼藉。起初老人以为又是来了野猪，近看时才发现不是野猪所为。因为番薯地有人的脚印！显然是有人前来偷番薯！老人望着地里一片零乱的脚印，不由得呆住了！

好半天，老人才回过神来，老人回过神来的第一件事就是叫小三子：

"小三子，小三子！"

老人一急就忘记了称你家的，直呼小三子了。

小三子的腿伤还没有完全好，一直待在家里，没有跟随老人到地里来。这时小三子听到老人的叫声，瘸着一条后腿从家里跑出来，一直跑到老人的身边。老人扔了手上的铁铲，一把抱住了小三子，说："小三子，你看到了么？真的是人吗？是来人了吗？"说话的当儿，老人一双满是老茧的手在微微地发抖！

老人匆匆抱了小三子就回到屋里，老人走得匆忙，连地头的那一堆干草也没有烧。老人在屋里待了整整一个下午，她不停地问小三子有没有见到人。山里是不是真的来了人。是什么人，男还是女？这些人来到山里是为了什么？可是小三子只是瞪着一对大眼睛傻傻地望着她，一点儿也不晓得老人心里在想什么。小三子到底只是一只狗罢了。它哪里懂得老人心里想什么呢。

直到黄昏时分，老人才从屋里出来，是吃晚饭的时候了。可是老人一点儿胃口也没有。中午剩下些冷饭，将就着拌了点菜汁，权且做小三子的晚饭。天还没有黑，老人原想到水库里冲个凉，今天出汗太多了，全身黏糊糊的不舒服。可是老人想了想最终还是没有去。老人自己给自己想好了一个理由："你家的，晚上水库里的水太凉啦，会冲虚身子骨哩。"

老人忽然又想起那堆干草还没有烧，于是又跑到地头将干草点燃，草草铲了几块草皮压了压，就回来了。天黑下来时，那堆干草越烧越旺，火光映红了整个树林。由于草皮太少，没有将干草压紧，那些草灰被风一吹，到处乱飞。

睡到半夜时，小三子突然在门外狂吠了起来。一下子将老人惊醒了。老人急忙起床察看。地里那堆干草早就熄了。四周一片寂静。月在西天，淡淡的月色下，只见远处坟地那边有几点火光在一闪一闪。老人刚想看清楚些，但是没过多久那仅有的星星点点的火光也一下子灭了。没有了火光，小三子似乎也失去了方向，便停止了吠叫。老人的一颗心才稍稍安定了下来。这时老人开始感觉有点儿饿。喝了几口凉水，上得床来，感觉还是饥肠辘辘。没有办法，只好又起床煮了两条红薯吃了。可是吃过红薯之后，反而睡不着了。躺在床上，想唱两句，可是不知道怎么的，老人总是觉得心里堵得慌，一时间竟不知道唱什么才好。

"你家的就不唱了吧。"

"唱什么呢？"

"你家小三子，你说有什么好唱的呢？"

老人大睁着两眼，一直到天明。不过还好，小三子再也没有吠过。临天亮时，老人才沉沉睡了过去。这一睡，就睡到了日上三竿才醒过来。反正也没什么紧要的事情要做。吃过中午饭之后，老人对自己说："你家的，艾草差不多用完了，是时候去采摘了。"

这一次，老人带上了小三子，尽管小三子的伤还没有完全好。老人的用意很明显，带上小三子就是为了壮壮胆。到了坟地，一堆新坟赫然在目。难怪昨天夜里这里有火光，原来是有人夜里到山里来偷葬坟墓。自从推行火化以来，邻近大山这一带的不少农人在老人去世之后没有按规定进行火化，而是趁着月黑风高，神不知鬼不觉地将死人抬到山里来偷葬。一来是为了省下一笔火化费，二来是死人入土为安的观念根深蒂固。因为是偷葬，所以冒极大的风险，如果被发现，常常又会被挖起来，暴尸荒野。也许是这里离外面太远了，往常很少有人将死人扛到这里来偷葬，这还是第一次。

新坟因为是偷葬，所以一切从简，不但没有放鞭炮，就是火纸也没烧两刀。只有两根燃了一半的香烛斜插在泥土里，证明这泥土下有一具尸体之外，其余别的什么也没有。老人看了半响，说："死啦，死啦，死了倒好，一了百了啦。"

知道了怎么一回事之后，老人反倒安下心来采摘艾草。生老病死本是平常事。能够安安静静地入土也算是善终了，那是前世修来的福啊。老人偶尔也想想自己的身后事。老人对自己的事倒是想得开。一个人的生活，老了，身子骨虚了，没肉了。走不动了。最后就是躺在床上看着自己的灵魂慢慢在飘出体外，最后合上双眼，至此，尘世上的事就算是完了。这样的结果很自然。不出意外的话，老人认为自己的身后事就是属于这种情况。反正死就死了，管它来世做猪做狗做牛做马，一生问心无愧，就对得起天地啦，更用不着搞那么多的繁文缛节。

从坟地回来的当晚老人突然毫无征兆地发起高烧来。老人到屋前屋后摘了几把常见的退烧山草药回来，熬了两碗水喝了下去，不但不见好，反而头晕头痛了起来。老人在床上躺了不知多久，脑子里迷迷糊糊。一会儿感觉像是白天，一会儿感觉好像是在黑夜。一会好像听到小三子在吠叫，过了一会儿，那吠叫声又变成了一男一女在说话。老人清晰地听到那男人说："是时候了。"那女的说："再等一会吧。"那男的说："还等什么，去，拿一条绳子来，我勒死她。"那女的说："你下得了这狠手？"这时，那男的就开始发起牢骚来，不断在埋怨着那女的，把那女的说得一无是处。那女的倒是好脾气任由那男的数说也不回嘴，只是偶尔说一句："注意隔墙有耳哩。"那男的就高声起来说："我怕个鸟，玉皇大帝来了老子都不管，我还怕谁？"女的说："举头三尺有神明哩。"男的怒将起来，骂了一句恶毒的话，接着就啪的一声打了那女人一记清脆响亮的耳光。老人突然惊醒过来，感觉脸上热辣辣地生痛，但是脊背却一阵阵地发凉。

"小三子！"

老人叫了一声。黑暗中老人感觉到小三子在舔自己的手背，一股温热从手背上传上来，老人感觉很受用。老人想从床上撑起身子，可是身子软得像一堆面团，一点力气也没有。门倒是一直开着，淡淡的月光如水，一直照到屋里来。屋里屋外一片寂静。老人摸了摸生痛的脸，四处张望，屋里什么人也没有。只有小三子忠实地伏在床边，不时伸出舌头，舔一下老人的手背。老人感觉小三子的舌头舔得很舒服，那种感觉就像泡在热水里。

不久老人又开始迷糊起来。耳边忽然又听到一个女的在说："惠娘看来是不行了。"一个男人粗声粗气地回答："死了倒好，整天疯疯癫癫的，唱戏能顶饭吃？"那女的说："人都快死了，你就不能说句好听的话？"那男人没有回答，只听有人在不停地呻吟，像是很痛苦的样子。外面人声鼎沸，有人高声叫："棺材来啦！"那男人噔噔噔地走出去，说："嚷什么嚷，怕当官的不知道？扛到大厅上就得了。"又是一阵忙乱的声音，终于静了下来。老人听到有人走到身边来，伏下来在她耳边说："惠娘，你安心去吧，你家六婶说了，你借她的八十块钱不用还了。"正这当儿，忽听到外面有人大叫："惠娘，惠娘，小三子不见啦！"

老人一惊，又醒了过来，出了一身冷汗。老人一下子感觉好了很多，天已大亮，有阳光照到屋里来。老人翻身起床，走到屋门外，四周望了望，感觉有点不太适应，不禁自言自语地说了句："你家的，惠娘是谁啊？谁要死啦？"

太阳已经老高了。往日这个时候正是做饭的时候。老人开始觉得肚子饿了，回头又叫了一声小三子。小三子在屋内嗯了一声。可是半天不见小三子出来。老人回到屋里，见小三子还在床边躺着，饿得肚皮贴着脊背，竟是站不起来啦。老人抱起小三子，热乎乎的泪就流了满脸。

终于一切如常了，老人和平时一样也能下地干活了。两天没下地，地里的草仿佛一下子就长高啦。老人忙完地里的活，想起小三子也好久没见荤腥了。吃了两天的清水白米粥,真是难为它啦。

可是水库里的鱼却不容易钓。那得想想办法才是。老人无师自通地将吃剩的米饭捏成了饭团,扔到水库里。老人的想法很简单,就是先用饭团把大鱼引来再说。可是饭团还没扔下去,那些小鱼小虾就抢先吃了个精光,哪里引得来大鱼?经过几次的失败,老人决定到深水区里去试试,说不定能钓到大鱼呢。

俗语说,放长线才能钓大鱼。这话确实不假。可不是,这天老人跑到深水区,放长了线,半天不到,居然就钓到一条巴掌大的红鲤鱼!喜得小三子跟在老人身后,一路欢蹦乱跳。

"你家小三子,看你高兴的,不就是一条大一点的鱼么,以后有得你吃的!"老人蛮有把握地说。虽然是这样说,不过老人还是没有把一条鱼全做给小三子吃,她煮了一半,另一半她煎熟之后,留了下来,那是准备明天再给小三子吃的。因为明天能不能钓到鱼,老人自己根本就无法保证。省着点,这是老人一向的习惯。

第二天一早,老人做好饭之后就去地里挖蚯蚓。按老人原来的想法就是先钓到鱼之后再吃饭。不想,老人刚准备动身到水库去,小三子竟然跑过来咬着裤脚不让走。老人喝了一句,小三子还是不走。老人说:"你家的是为你好,不去钓鱼哪来的鱼吃?"老人只好把昨天留下的那一半鱼,拌饭给小三子吃了,不料小三子还是缠着不走,老人不高兴了,用鱼竿把小三子敲了回去。

老人觉得今天的心情特别好。昨天下午下了一场雨,地里的庄稼刚好需要灌溉。那真是一场及时雨啊!要不是,老人就得到水库里挑水灌溉啦。老人的心情一好,忍不住信口又唱了起来:

皇皇有道坐江山,

风调雨顺人人赞。
皇皇无道坐江山，
推位让国与人登。

老人唱了几句，忽然笑了起来。都什么年代啦，又不是前清，还皇皇呢？山里年年风调雨顺，岁岁丰收，还缺什么呢？顶多缺点鱼肉罢了。其实要不是小三子，老人根本就不需要肉类。老人长期素食已经成了习惯，天天吃自己的地里种出来的粮食，吃得心安理得。

老人来到水库边，正准备下钩，忽然听到小三子吠了两声，只见小三子站在屋前的空地上不断地朝老人摇着尾巴。老人笑骂了一句，没理它，很仔细地把饭团捏好，捏紧，然后扔到水里。

没有风，水库微波不兴，水天一色，蓝绿了四周的景色。忽然一片云，移来一阵阴凉。刚才太过于全神贯注了，老人不由得舒了一口气。正在这时，水里的浮标动了一下，又动了一下。老人心里一紧，忽然又听到小三子的吠叫声。老人抬头望过去，见小三子竟然向着坟地的方向跑过去，老人不禁心里生疑：小三子莫不是发现了什么吧？正分神间，浮标突然一沉，老人顺势往上拉，可是竟然一下子拉不上来，老人心里一喜，以为是大鱼，又怕拉断了鱼线，只是顺着一股力慢慢地往上拉，往上拉，终于浮出了水面——

但是那并不是老人想象中的大鱼，而是一具尸体，确切地说是一具女尸！尸体背朝天浮在水面，一头长发覆盖了上半身，下身一条紧身的牛仔裤将屁股勒得看上去马上就要分成两半。

老人暗吃了一惊，一阵慌乱过后，老人开始镇定了下来。

"你家的，这是怎么回事啊？"

老人拉了一下鱼钩，想将鱼钩从尸体上弄开，不料刚拉了一下，那尸体突然翻了个身，老人一下子就看到了那张被水泡过之后浮肿的脸。

这是一个年轻的女子，雪白的皮肤让人看得出生前是个美人。可惜脖子上一圈青黑青黑的淤痕，活像在脖子缠着一条青蛇，让人怎么看怎么不舒服。

老人扔了手里的钓竿，撒腿就往家的方向跑，一边跑一边不自觉地摸着脖子喊："别缠上我，我可没害过人！"

第二天，老人和狗就失踪了。没有人知道老人去了哪里，深山里独留下那间木屋，证明这里曾经有人住过。

（《羊台山》第 08 期）

平安夜

/徐则臣

一、菜地

平谷坐在菜地边上，脚底下一堆烟头。从中午到现在，一根接一根，嘴都抽麻了。他叼着一根新点上的烟，眼睛跟着一只脏兮兮的白塑料袋斜着往上飞，风有点大，塑料袋犹犹豫豫，终于决定落到枯得发黑的槐树枝上。它在上面原地奔跑，哗啦呼啦大声喊叫。平谷扔掉烟头，站起来，决定回家。

他不知道还要不要回来，就把值钱一点的东西都收拾好，塞进军绿色的大旅行包里。现在已经脏得变成黑色了，他对着一块泥巴拍几下，没拍掉。然后用脚把被子踢到一头，留了张纸条给同屋，说如果他不回来，被子什么的都归对方了。他背着包低头往前走，周围没有一个人。走了十分钟才来到公路上，他站在路边想，要不要等车，车很少，但他记得有一辆去火车站的中巴车经过这里，招手就停。其他的车呜呜地经过，跟他没关系。等车的时候，他转身从脚底下往前看，一条小路弯弯曲曲像蛇一样爬到那一大片菜地。一大片光秃秃的菜地，一排排塑料大棚，还有一排小屋。他隐隐约约发现自己的房门开着，忘了锁了，他摸摸口袋，钥匙不在，一定是挂到锁上了。他总是这样。七个月零六天，他有一大半时间是忘记锁门的。他跟那些在菜地里租房子的人一样，每天早上爬起来就往市区里跑，大街小巷找活儿干。这里的房租便宜，外地来的捡垃圾的都住得起。今天他们又去了，他没去。现在他要回家。他想摸根烟抽，刚拿出来中巴车就到了，一个女人伸出头来，大声说：

"快上，快上。火车站的。"

平谷把背包往上耸了耸，踏上车门的时候扔掉了烟。没有人认识他，平谷的脸一直转向车窗外，西天上有几块晚霞，病态的红，也是冰凉。但还是比旁边那个剪指甲的男人好看，平谷上车的时候他就在剪。他剪得很认真，啪的啪的细碎地响，十个指甲一直剪到火车站。一路上平谷又看了很多景物，楼房、汽车、不锈钢和玻璃，路灯亮起来，以及在风里缩着脑袋的行人。当他站在冰冷的火车站广场上，天黑下来，他陡然觉得内心里像这广场，空空荡荡。等车的人都到哪里去了？

他要等天更黑。平谷进了一家简陋的饺子店，要了三大碗饺子，看着外面的天吃了大半个小时，然后喝了一肚子热汤。他有经验，这一夜需要热量和水。吃完了，他沿着一条贴近铁轨的巷子向远处走，在微弱的光亮里找那个缺口。每次想家，他都来到这里，看着火车，抽上半包烟，然后咬咬牙又回到菜地的小屋去。缺口在一堵墙上，钻过去就是铁轨和来往的火车。七个月前，他从缺口钻过来，进了现在的这个城市才直起腰。他要钻回去，像很多次梦见的那样，在原来的城市里重新直起腰。

很多辆火车黑魆魆地站在明亮的铁轨上，这里远离车站，只有几个人打着手电在火车之间晃来晃去。平谷先在墙角蹲下来放下行李，然后躲着巡查的工作人员在很多辆火车之间来回寻找。像捉迷藏。他在一辆火车的车厢上看到写着家乡名字的白字。一辆运煤的车。

十分钟后，平谷已经躺在了一节车厢里，身上裹着准备好的黄大衣。火车开动的时候他听见了汽笛上，然后就是茫茫的黑暗，他睡着了。

二、夜火车

半夜里平谷看见一个人摇摇晃晃地走过来，火车跑得快，他的头发和衣服被大风吹起来，即使逆风也能闻到对方身上的酒气。他握着一把水果刀，因为得意地笑而使整个面部发出闪电一样明亮的光，牙却是红的。他挥舞着刀走近窝在车厢一角的平谷，说：

"给我，衣服。都脱下来，一件不能少。"

他的声音像铁钉滑过玻璃，平谷觉得后背上起了一层鸡皮疙瘩。

"脱，快脱。"

"不行，"平谷吓得声音都哆嗦了。"我也冷。"

那个人就扑上来，刀子直奔平谷的前胸。平谷本能地往旁边一滚，那人撞到了车厢上，水果刀插进煤里。刀子是银白的。那个人咕哝两声爬起来，弓着腰又向平谷刺来。他的脚有点软，上身走在身体重心的前面，所以刀子力量不大，平谷跪在煤炭上，慌忙抓住了冲过来的手腕。平谷发现自己的力气比想象的要大。他把刀子转过来，只轻轻一送，就插进了对方的肚子里，声音像切瓜。那个人闷生叫了一下，血像焰火一样喷涌出来，平谷吓坏了，没想到就这么杀了人。他吓得腿都软了，跳不起来，他看到对方的血源源不断地流出来，把黑得发亮的煤都染红了，不仅如此，血像潮水一样上升，有些煤漂起来，他的两条腿逐渐淹没在那个人的血里。平谷撕扯着衣服叫起来，身上的汗水被风一吹，冷得像块冰。

平谷被自己的叫声和冷惊醒了。又是一个梦。他蜷在车厢的一角，冷得直打抖。这样的梦他不知道做过多少了，除了杀人还是杀人。不知怎么就把别人杀了。平谷定定神，看看周围，黑亮的煤。然后是风和火车跑动的声音。四野里是黑夜。他觉得小腹发胀，扶着车厢站起来，往车厢外撒尿。他能看见水线被风拉得绵长松散，剧烈地抖了几下。火车在平旷的大地上奔跑，像条气势汹汹的长龙。他站在大地之上，但有那么一瞬，他对这条长龙的去处产生了巨大的怀疑。它要去哪？去他家乡的那个城市么？平谷突然感到一阵恐惧，迅速地躺到那个角落里，他明天就要回到自己的城市了，他觉得现在是飘浮在夜里。

然后想到了手。这是平谷的习惯，噩梦醒后总要看看自己的手。他把右手举到眼睛上方，五根手指张开来，在五指的间隙里他看到了天上的星星，竟会有那么多星星，把天空都占满了。他把手翻转一下，指向天空。就是这只指着星星的手握紧过一把水果刀，水果刀进入过一个人的身体。也是在一个夜里，他记得刀子插入那个喝多了酒的肚子里时声音很涩，他还记得喷出来的血是黑色的，溅到手上，感觉不是热的，而是冰凉。他甚至连那个人痛苦的表情都没看清楚，拔出刀撒腿就跑。他像疯了一样一直往前跑，直到现在他仍然想不起来那把水果刀被他扔到了什么地方。他只记得当时寒玉和大板的尖叫，他们的叫声把树上的鸟都惊飞了。

平谷从没想过要杀人，他的水果刀只用在水果身上。他和寒玉、大板从电影院出来买了一个西瓜，就用他的水果刀切开的。那时候西瓜离大面积上市还早，寒玉吵着要吃个新鲜。平谷就买了一个大个的。他对女朋友出手从来不吝啬。大板是他好兄弟，三个人从小就认识。在城市的东南角，几乎所有的年轻人都能成为朋友，当然成为平谷和大板这样的好朋友不多。他们在电影院不远的石凳上吃完西瓜，时间已经不早了，大板和寒玉意犹未尽，想再找个地方转转。平谷就想起来刚开张的一个小啤酒屋，叫"下一站是巴黎"。平谷喜欢这名字，其实他对巴黎没有任何概念，除了埃菲尔铁塔和凯旋门。他喜欢的是一下车就到巴黎这样的感觉，如果叫"下一站是毛里求斯"他一样喜欢。

他们就去了。寒玉喝茶，他和大板每人一扎啤酒。离开时已经凌晨一点了。因为一肚子水，他们走一段路就得去一趟厕所。他们在一条巷子里急匆匆上第四次厕所，寒玉没事，在外面等，平谷和大板钻进公共厕所。他们俩一泡尿没撒完，就听到寒玉在外面叫起来。平谷和大板赶紧刹车，拎着裤子就往外跑。

一个魁梧的男人张开双臂逼向寒玉，一只手里还提着东西。寒玉抱着胳膊往后退，小坤包在身前摇荡，系在包上的一串铃铛也跟着响。她选了一个错误的地方躲，一堵墙和一棵粗壮的玄铃木的夹角，她退到那个角里再也无路可退，剩下的只是叫。这条巷子此刻空寂无人，除了平谷和大板没有人能听见。寒玉见到平谷和大板从厕所里出来，大喊：

"快，快！流氓！"

平谷胡乱勒好裤子，对大个子男人的背影说："你干什么！"

大个子转过身，平谷看不清他的脸。附近除了厕所有盏昏黄的灯，只在很远处有盏路灯。大个子嘿嘿地笑了两声，转过去继续向寒玉逼近，嘴里说："别叫，别叫。我有砖。嘿嘿。"

平谷知道这家伙喝高了，心里就有了底。他从后面猛地扑上去，想先把砖头给下了，哪想到大个子力气大得可怕，一甩胳膊就把他扔到了一边。大个子啊地吼了一声，寒玉吓得有点呆，抱着脑袋不知道跑，大板拼命打手势她也无动于衷。平谷爬起来，要跑过去把寒玉从夹角里拽出来，大个子一把抓住他，举起砖头就砸。这砖头要下去就差不多要了平谷的命，平谷个头不高，砖头倾斜着过去正好在他的后脑勺处。这就是平谷感谢大板的地方，大板那时候正好跑上来，想把平谷推开，砖头落到了他的后背上。那一家伙着实不轻，大板当时就趴下了。大板为此在床上躺了一周。

如果不是这一砖头，平谷就拉着寒玉和大板一起跑了，也就没什么事了。现在大板趴下了，大个子还要用砖头继续砸，平谷一把推开寒玉,向大个子冲过来的时候下意识地掏出了水果刀,后来平谷一直想不明白他竟能如此迅速地打开刀,他推测就是在打开刀锋的同时刺进了那个酒鬼的肚子里。结结实实地进入了一个冰冷的地方,因为他听到刀锋上响起的干涩沙哑的声音,黑色的血溅到他手上,冰凉冰凉。大个子只说了一个字,刀,砖头就掉地上了。大板爬起来,和寒玉几乎同时叫起来,躲在悬铃木里的什么鸟终于待不住了,大叫一声飞出来。

那一刻对平谷来说,世界是静止的,有点像灵魂出窍。然后他发现他是在杀人,拔出刀撒腿就跑。他从来没有把刀子送进一个活生生的身体里的经历。一直跑啊跑,再后来在黎明时分像发了高烧一样回到家。他在家没超过十分钟,就被大哥用摩托车送到了火车站。他大哥在火车站附近工作,多少知道点铁路上的事。平谷在天亮之前被送上一辆货车。大哥说,先跑再说,越远越好。

平谷就一直跑,先是离家越来越远,然后又磨磨叽叽地一天天往回走,每次都是扒火车,大哥告诉他,这最保险。直到他在菜地边停下来。大哥和寒玉都说,不能再近了,他就租了房子住下来。

后半夜的风越来越大,平谷裹成一个球。他再也睡不着,就像很多个后半夜一样。他睁大眼看天,很多年没这么看星星了,它们被风擦得晶莹明亮。平谷的手在袖笼里不安地蠕动,就是这个东西,把星星和刀连在了一起。

三、寒玉

早上八点一刻左右,火车开始减速,平谷把旅行包扔下来,接着攀住车厢跳到地上。已经是城市的边缘。这地方他还算熟悉,过去经常骑着大哥的摩托车带寒玉过来玩。家里的风小多了,平谷把沾满煤炭的大衣扔掉,离开铁轨贴着路边走,一路看着脚尖。

当他经过一扇玻璃门时,他才发现其实根本不要躲躲闪闪,他自己都快认不出自己了。玻璃中那个和他对视的人脸上长满了胡子，如果说他离开这个城市的平谷是25岁，那么回来的这个至少已经45岁了。煤灰进了他的皱纹和胡子里，旅行包压弯了他的背，他更像一个风尘仆仆地来到陌生城市打工的人，若是把背包换成蛇皮口袋，他自己都会相信站在他对面的这个家伙是捡破烂的。平谷略略放了心，找一个小吃摊要了两碗水饺，热气腾腾的水饺吃得他眼泪鼻涕一起下来了。热乎乎的水饺吃到了心里去。

就这么回来了。他看到过去的一个朋友骑车经过小吃摊，龙头上挂着五六根油条，他看了平谷一眼，目光生硬。平谷觉得这半年多其实等于半辈子。

吃完饺子，平谷去路边的公用电话亭给寒玉打电话。

平谷说："我回来了。"

"在哪？"

"已经进了城。那人真的没死？"

"不是告诉过你了么？"寒玉的声音听起来挺高兴。"你先回家，下午我和大板去看你。"

"我想先见你。可是，"平谷说，"那人真的没死？"

"骗你有钱花？还怕？"寒玉在那边迟疑一下，"这样，我现在就去找大板，你别乱跑，我们去接你。"

他们都说那个人没死。他们说，报纸上就是这么说的。那个人抢救了三天才活过来，在医院里接受的采访，他说他喝多了，记不起捅他的人的长相，但看见了一定能认出来。他不会放过他的。他记得还有两个人和凶手在一起，一个女的，穿裙子，小包上拴一串铃铛，另一个是男的，个头大一点。就这些了。寒玉看到报纸后，立刻把铃铛扔了，包也塞到炉膛里生火了，而且再也不穿那件裙子。当时这事在城市里颇热闹了一阵，公安局的人整天跑来跑去，看起来热情挺高，但是一直没能理出个头绪，连报纸都懈怠了。

所以他们说，人没死，也没什么动静了，应该可以回来了吧。

"应该"？平谷不管了，咬咬牙决定回来。躲在外面度日如年。他坐在一个僻静的台阶上抽烟，想着寒玉的样子。她的手好看，手指很长，越往前面越细。他喜欢拿着她的手。他也喜欢摸她的耳垂，他还没见过哪个女孩的耳垂有寒玉那么大。他妈对他说，耳垂大有福。平谷搓着自己的手，想着"有福"这个词，嘿嘿地笑出声来。有福是多么好啊。亡命一样的大半年，他觉得这辈子最大的理想，就是跟寒玉待在一起好好过日子，不用整天梦见那把刀。

　　他们来了，寒玉和大板。大板开着一辆小工具车，他在帮一家超市跑运输。寒玉胖了，准确地说是丰腴了，站的时候是胸部，走起路来是屁股，有女人味了。平谷站起来，想和过去一样抱抱寒玉，但是他们俩并排站在他面前，他们的热情很客气。

　　大板呵呵地笑，说："平谷，你这胡子能养鸟了。"

　　平谷腼腆地笑一下，走过去想拉寒玉的手。寒玉抬头看看天，太阳不错，寒玉说："不早了，上车吧。大板一会儿还要拉货。"她绕过平谷去拎旅行包。

　　大板抢先把包拎上了车。

　　"家里来了几个乡下亲戚，还是去大板家方便，他家就他一人。"寒玉转过脸对坐在后座的平谷说，"你先洗个澡，好好睡一觉。"

　　平谷说："好。"车里很温暖。

　　到了大板家，平谷洗完澡穿好衣服，站在镜子前看自己。大板把他的剃须刀递给他，平谷接了，打开，犹豫了一下又放下了，"还是留着好，"他说。

　　寒玉已经把被褥收拾好了，大板在外地读书的弟弟的床。平谷坐到床上，从后面抱住寒玉，脸贴到她背上。这时候大板端着水杯走进来。

　　寒玉拨着他的手说："别，别这样。"

平谷抱得更紧了。"咱们结婚吧。"

大板把水杯放在床头柜上，说："你们聊吧，我得出车了。"

寒玉说："等一下，我也出去，搭你的车。"她松开平谷的胳膊，让他躺下，"好好睡觉，听话，我去给你买几件衣服。"

大板也说："好好睡一觉，晚上带你去神学院玩。"

"去神学院？"

"嗯，神学院，今晚平安夜嘛。有篝火晚会，不少人都要去，听说很好玩。"

四、神学院

穿上一身新衣服，平谷整个人都变样了。大板说，都这样了你还怕什么，就是在那家伙眼前晃十圈，他也认不出是你。是变了。平谷都纳闷了，这两天怎么老发现自己在变，都不像自己了。他看看寒玉，寒玉说：

"迎对面我也不认识。"

平谷不置可否。

"出去走走，放松点儿，"大板继续鼓动，"现在平安夜都流行到教堂和神学院过了。你不是一直做噩梦么，神学院上帝、基督、十字架都在，随便哪个你都可以好好忏一下悔。"

平谷就去了。步行。从大板家到神学院二十分钟的路。

神学院在马路边的一条巷子里，平谷闲逛的时候经过很多次，从来没想起来要进去看看。他觉得应该是那种庭院深深的神秘，他这样的大俗人进去有点不像话。参加晚会的人很多，校园里灯光幽暗，来往的人对面看不清相互的脸。大板和寒玉看样子来过，他们走得很熟练，平谷却深一脚浅一脚，不知道是否因为离上帝和耶稣越来越近的原因，他感到了极大的难为情和不自然。穿过黄杨和塔松掩映的小路，喧嚣声越发响亮。拐一个弯，路头明亮起来。一个半圆形的大舞台，很多人影在上面走来走去，主持人的声音说，快开始了，晚会快开始了。台下围了一堆人，像朝圣一样激动。

喇叭里响起赞美诗。有几首平谷听着耳熟,住菜地的一个邻居是基督徒,每个周末都把自己关在屋里唱赞美诗,唱完了,一个星期拉平板车都精神抖擞。平谷想,如果那位老兄来了就好了,他将听到很多人一起赞美上帝和万能的主。

的确是很多人一起唱。晚会开始了,那些在台下叽叽喳喳的人竟然都会唱,平谷很吃惊,他们深情的歌声里出现一个诞生在马槽里的婴儿。寒玉甚至都能唱上几句,她闭着眼,把手抱在胸前,随着人群左右摇晃,发梢一遍遍拂过平谷的鼻子。大板也跟着瞎哼哼。平谷觉得自己是多余的,然后想起了水果刀进入身体的声音、血的颜色和温度。他从他们身边悄悄地退出来,看着庞大的人群潮水一般缓慢起伏。

他坐在花园的矮墙上抽了两根烟,寒玉和大板过来找他了。

"你怎么跑这儿了?"大板说。

"烟瘾犯了。"

"你上瘾了?"寒玉俯下身看着他一亮一亮的烟头。"赶快戒掉。"

平谷愣了一下,赶紧把烟掐灭。"好,现在就戒。"他喜欢听寒玉用命令的口气跟他说话,这让他踏实。

寒玉把他拉起来,对大板说:"走,我们领蜡烛去。"

节目换了,现在是领着蜡烛围篝火转圈子,一边转一边唱赞美诗。篝火燃起来,火光冲天,火边的人面目通红。大家秩序井然到几个摊点上领小蜡烛,领了,点上,护着烛光渐次加入逐渐膨胀拉长的队伍里。圈子越转越大,由一圈变为两圈,然后三圈四圈。原本在一起的人,转着转着就失散了,不定转到什么时候又擦了一下肩,又不见了。平谷、寒玉和大板领了蜡烛,转眼就淹没在幸福的人流里。

如果不是小蜡烛燃尽了,平谷会一直随着人流转下去,其他人毫无疑问也会永远转下去。蜡烛熄灭之后平谷从人流出来，觉得这一段时间真是美好，几乎什么都没有想，头脑清明、无物，他似乎跟在别人后头就能把每一首赞美诗都唱完整。人群还在流动，无数的小火苗安祥地照亮冬天里的一只只手。平谷下意识地去口袋里找烟，摸到了又重新塞回去。他在一圈圈的人里找寒玉和大板。如果用神学院里的词汇，他应该分别称他们为"爱人"和"兄弟"。平谷站在一边找他的爱人和兄弟。

没找到，也看不清。那么多人。他怀疑半个城市的人都在这个晚上聚到了火堆旁。他们转得百无禁忌。过去轻狂的时候，平谷是不相信上帝和基督的存在的，当然现在他也不信，但是面对这些举火的人，信不信已经不重要，重要的是人和人之间竟能和谐、快乐地在一起，不管以什么名义。他们诚恳地手拉手，内心里满足安稳，他们的言语和笑容正大。而他大半年来却以凶手的身份和贼的心态东躲西藏。也许可以如大板所说，如果开始就不逃，现在可能什么事都没了，可以和正常人一样吃饭、睡觉，骑着摩托车到处乱跑。平谷想过，这不是不可能，但现在的问题是，他已经逃了，大半年了都是一个企图掩藏和消失的凶手。他从一开始就没能摆脱那把水果刀、刀锋的声音和刀上冰凉的血。

他们转得如此美好，平谷看得整个人变得潮湿。

平谷没找到寒玉和大板，想一个人在神学院里看看，就随便找条路走过去。哪条路上都有三两个人。他在小路上拐来拐去，在一个转弯处看到一对情侣站着抱在一起。那里的光线很差，他们在光亮和黑暗之间晃动着两张幽蓝的脸，相互寻找、磨合和遮掩。两个人痛苦地纠缠在一起，打算把对方揉进自己的身体里。平谷突然觉得呼吸变得困难，有什么梗在嗓子眼那儿，他害怕他们把脸暴露在光亮里。一个抽烟的男人经过那对情侣，只用烟头忽然发亮的一瞬就照亮了两张脸。平谷看到那女孩闭着眼，身体毫无章法地在抖。

他撒开腿就跑，绕了很多圈才到了大门口。他停下来，摸索了半天找到烟，第一口就呛着了，咳嗽得差点吐出来。

五、水饺摊

往北的路是下坡，时不时有汽车从平谷旁边经过，嗖地一辆，嗖地又一辆。行人很少，平安夜嘛。他漫无目的地走，见了红灯就闯，是绿灯就拐弯。夜晚清冷，有雾气升起来。拐了几个弯平谷看到一个路牌，指示向左是"广州路"，平谷觉得这名字有点熟，是红灯也拐了弯。走不远看到一片废墟，路边的老建筑拆掉了，平谷想起来了，有家服装店就在这条路上，他和寒玉买过两件大红色的情侣T恤。他沿路小心地向前走，边走边看路边没运干净的旧砖头。他在广州路上来回走了两趟，也没记起那家服装店具体的位置。哪个地方的废墟都一样。路上没有行人，只有一个宵夜摊子摆在这条路的中间。

第三趟的时候，有点累，平谷找一处砖头坐下来两眼发直，那家服装店到哪儿去了呢？想着想着就跑远了，想自己现在如果还在菜地边的小屋里，会干什么。几个人凑一起打牌，脸上贴满纸条，然后脚不洗就睡觉。做噩梦。醒来。眼睁到天亮。

因为想到噩梦，他决定站起来继续走。一直向西。又一次经过那个热气腾腾的宵夜摊子。还是那几个人。一个坐着，两个站着，还有一个孩子在穿大衣的男人的怀里。勒围裙的女人终于开始招呼他，她以为平谷来来回回地走，是在盘算该不该吃上一碗水饺。

"大兄弟，来碗水饺吧，热乎。"

平谷扭头看看，一个胖墩墩的男人跷着一条腿在吃，胳膊上戴着"巡察"字样的红袖章。水饺。平谷一点都不饿，但他回过头时摸到鼻尖上有一滴清水鼻涕，就说："好，来一碗。"

女人高兴地答应："就好，就好。"用围裙抹过长条板凳让他坐。平谷坐下来，看了看她的摊子，头脑里突然出现一点印象，他又站起来，走到摊子后面的废墟前。嗯，这里，就是这里。宵夜摊子把那家服装店的门给堵上了，怪不得怎么也找不到。平谷蹲下来拿起几块砖头掂了掂，又放下，坐回到板凳上。

那小孩在男人怀里哭起来，扭着身子要吃麦当劳。

男人说："人家关门了，先回家睡觉，明天才开。"

小孩说："我都睡了三天了。"

女人说："明天一定开。"两手忙着让饺子下锅。

"我不睡，我去了他们就开门了。"

男人说："明天，你妈都答应了。"

小孩干脆不说话，扯起嗓门哭。

女人烦了，对男人说："都给你惯坏了！带他回去！"

"那你呢？"

"收了摊就走，又不是找不着家。"

男人把小孩硬塞到自行车的横梁上，一声不吭地走了，小孩的哭声直到饺子上了桌才消失。

女人说："不好意思啊，小孩不懂事。慢吃。不急的。"

小孩还挺聪明。平谷看看女人，觉得应该把饺子都吃下去。对面的红袖章开始打饱嗝，鼻尖上排满了汗。寒玉不喜欢好流汗的鼻子，她称之为"水牛鼻子"。想到寒玉，平谷的肚子里剧烈地抽了一下筋，痛得他一口气差点没上来。水牛鼻子说热啊，脱掉外套接着吃。他对女人说：

"妈的，过什么日子！一个鸟人没有也要在这执勤。执个鸟勤啊！"

女人笑笑，没说话。平谷看见水牛鼻子左耳朵附近有一撮又黑又长的毛。那撮黑毛抖了几下，水牛鼻子站起来，筷子扔到桌上，一直滑到平谷的碗前面。他把大衣搭在臂弯里，又打了个饱嗝，抹着嘴离开水饺摊。女人一直看着他，见他没有转身的意思，就怯怯地说：

"哎。还下次一起？"

"嗯？"水牛鼻子缓慢地转过身，吃惊地说，"你说什么？"

女人不安地搓着围裙，"先结一点吧。"然后声音降下来，"这几天孩子去医院，买肉馅的钱有点紧。"

"哦，你说钱？下次不行？"

"手头真的紧，你看。"

水牛鼻子呵呵笑起来，到大衣口袋里找钱包，拽出来一张一百的。两根手指夹着送过去。"那好，找吧！"

女人紧张又窘迫，手伸到半路又撤回来。"太大了，给点零的吧。生意不好，找不开。"

水牛鼻子说："你看看，给钱你又不要。"他把百元大钞又向平谷抖了抖，开心地笑了。"找不开我有什么办法呢？"然后笑呵呵地继续往前走。

女人憋着脸红，不知该怎么办，只是嘴里小声地嘟哝，从来都不付钱。平谷看着水牛鼻子的大衣晃晃荡荡地越走越远，突然说："你回来！我来给你找！"他的声音让自己都吃惊。

"你？"水牛鼻子转过身，看到平谷的瘦脸，"稀罕！我又没吃你的水饺。"

"吃谁的都要付钱。"

"如果我不付呢？"水牛鼻子站住了。

"你要付。"平谷站了起来，觉得自己应该斜着眼看水牛鼻子。

"呵呵，"水牛鼻子说，重新走回水饺摊子。"我今天还就不付了！"

女人上来拉住平谷，声音还是很低："算了算了，我不要了。"

平谷把她推到旁边，筷子在长条桌上用力地顿了一下，"你一定要付！"

水牛鼻子不笑了，走到平谷对面，摸着碗边说："找茬？"

"找茬又怎么样？"平谷说。刚说完，脸上就被泼上了半碗饺子水，顺着胡子往下流。

平谷顺手把大半碗热饺子也泼到水牛鼻子的脸上，烫得水牛鼻子直叫唤。"你妈的敢搞我！"水牛鼻子叫着，大白瓷碗就砸到了平谷的头上。平谷觉得脑袋里嗡地一声飞出了一大群蜜蜂，摸一把，一手血。女人跳到一边喊起来。平谷的脸立马涨红了，血往上跑，伸手抓到了煤气灶上的长柄铁勺子，没头没脑地就往水牛鼻子头上抽。他抓的是有勺子的那一头，抽起来很不方便，才两三下就被水牛鼻子抓住了。水牛鼻子用两只手紧紧地攥着细长的勺柄，用力往下压，一直压到挺起的肚子那儿。如果不是水牛鼻子挺起的大肚子，平谷是不会想到对着勺头猛地向前一推的。他看到了他毛衣底下的圆肚子，左手一用力，尖头的勺柄就插了进去。水牛鼻子的衣服像皮肤一样容易穿透，噗，进去了。

水牛鼻子的五官突然移位，喊声堵在嗓子眼怎么也出不来，只说了一个"你"字，紧握勺柄的手开始慢慢放松。平谷把勺柄抽出来，重新插进去，他觉得第二次更有力量。然后开始转着圈搅动，水牛鼻子的肚子如同一块布被任意撕裂。血喷到平谷的手上和脸上，这一次他觉得血其实还是热的。他还看到水牛鼻子的眼睛猛然变大，死死地攥住勺柄，带着勺子和平谷一起往后倒，幸亏平谷及早撒了手，要不连桌子和人一起都被带倒了。

女人一直在捂着耳朵尖声长叫。平谷想起寒玉也这么叫过。她们只会尖叫。她们的肺活量一定都不小。平谷看着她，觉得她简直是没日没夜地叫，然后他感到有点累，想坐下来，没坐稳，和长条凳子一起摔倒在地上。摸出屁股底下硌人的碎砖头时，他通过桌底下的空当，看见水牛鼻子躺在地上，嘴角往外冒着血泡泡，双手还攥着勺子，勺头直指向天。他抬头看看夜空，雾气很重，把星星都遮住了。

平谷抹了一把脸，有东西流到眼里，世界开始变得通红，像早上朝霞满天的时候，也像黄昏夕阳将尽的时候。女人还在叫。又一天，平谷疲惫地想，他回来好像就是为了这件事似的。这是他回家的第一天，连家门还没进。

（《羊台山》第 10 期）

铁风筝

/毕亮

他们第一次见面是在穆勒咖啡馆,谈完天气,他们就谈起了骆驼。

临桌塌鼻子女人穿紫色蛋糕裙,瞅她小腿,明显患有轻度静脉曲张。不经意地瞥了眼女人,马开斜眼望玻璃门外的雨雾,他说,杨沫,小时候我就想养一头骆驼,两个驼峰那种。搅动咖啡杯里的银色羹勺,他继续说,我喜欢骆驼,你知道吗,双峰驼的驼峰能储存四十公斤脂肪,在沙漠里行走,遇到缺水缺食物,脂肪就会分解成骆驼需要的营养、水分……

双手掬头,马开眼神东躲西藏,不敢正视面前的女人杨沫。

杨沫似乎对骆驼感兴趣,又似乎没兴趣。择好两粒方糖搁进咖啡杯,她自言自语说,这场雨不知要落到什么时候!目光挪到马开脸上,她又说,我还有个六岁多快满七岁的孩子!她似乎有些不安,苍白的脸瞬间变得微红。

马开清楚杨沫为何脸红。

或许还有别的原因。他没戳穿那层纸。他说,我喜欢小孩,这两年我去过福利院好些次,想领养个孩子,最好是男孩,不要太聪明。

杨沫暗想眼前的男人挺奇怪，三十出头的人，不结婚育子，而选择去福利院领养小孩，不定性功能有障碍。面对第一次接触的陌生男人马开，她没讲出心中的猜忌，而是说，正好我家的也是个男孩。她眉头舒展，似对马开抱有好感。

暴雨珠子打在成排的榕树、椰树上。燃了根香烟，马开又迅速掐灭了，他说，我喜欢男孩。善解人意的脸堆满笑，他继续说，我很健康，婚前我可以去医院男科做检查，再把报告给你。

杨沫说，我不是那意思，听我把话讲完。

她把两只手摊在咖啡桌的茶色玻璃上，扭头，两只眼睛迷离地望着门外落成珠帘的暴雨。她眼袋极大，这在不到三十岁的女人中罕见。她想讲什么，又没开口，一副欲言又止的模样。十根手指头绞一起，终究没讲话，抿嘴，保持沉默。

望着眼前忧心忡忡的女人杨沫，马开宽她的心说，总之你放一千个一万个心，我不会亏待孩子！

临走杨沫留下了她家里的座机号码，她说，下次找我，打这个电话。遥望女人撑伞行走在雨雾里的背影，马开清楚这次相亲有戏了，能不能成得看往后的发展。

马开患有失眠症。跟其他患者不同的是，他还伴有多梦症状。一旦入眠，那位动物园里的骆驼饲养员便会闯进他的梦里，远远地朝他招手，待他看清那位饲养员惊恐的面孔，他就会携带一身虚汗从梦里惊醒过来。那一刻他被卧室无尽的黑暗吞噬。他知道，像他这样拿得起放不下的人，生活已经对他宣判了死刑。

麻城的雨落了好些日子。

四月天突然飘起鹅毛雪，反常、糟糕的天气使得马开的老鼻炎犯了，鼻子一抽一抽的。马开边翻阅报纸边从茶几上抽面巾纸擤鼻涕。鼻塞，他只得张嘴呼吸。客厅仿若深夜般安静，他听得见个人的心跳和呼吸的声音。

他感觉端坐沙发上的自己像一头临死的骆驼，苟延残喘。

点了几滴伯克纳鼻喷剂，歇息片刻，他那目光停留在报端一则凶杀案版面上，读完他将那则新闻裁剪下来。又读一遍。多年来他养成收集刑事案件新闻的习惯。他那抽屉里有一大摞类似的命案新闻，死者加起来，估计得有成百上千人。

他扫视剪下来那则新闻纸背面的女性生殖器整形广告，是余下的一截：

阴道紧缩术友情提醒：若您吸烟，术前应停止吸烟，不要服用阿司匹林等会引起出血增加的药物；阴道炎或外阴感染需治疗后再行手术；术后用1/5 000的高锰酸钾液坐浴，每天两次，共7至10天；术后6周内不要过性生活。

启开抽屉搁剪报，马开从那叠报纸里目睹狙击手瓦西里的照片。瓦西里是他的偶像，曾在二战时狙杀过数百名德军。瓦西里照片旁边是一则远程狙杀新闻的链接：

2002年，美军在阿富汗执行"水蟒行动"的作战中，一名叫罗布·弗隆的加拿大下士，使用一支美国麦克米兰公司生产的TAC-5012.7 MM狙击步枪（配用16倍瞄准镜），在2.43 KM距离上击毙一名塔利班士兵，共开了三枪，第一枪击空，第二枪击中背包，第三枪毙命，子弹飞行了2.5秒（枪口初速850米每秒）弹道轨迹垂直下落20多米……

窗外暴雪纷扬。

房门持续被敲响。马开懒得动，猜不出门外是谁。挨一会，他想可能是小区催缴水电费、管理费的管理员。蜗牛般挪步拉开门，站那里的却是前女友刘眉。

马开眼前亮了一下，瞬间又黯淡下来。

刘眉捧着双手搓揉，嘴里直呵热气。她是位魔术师。双手插进黑色羽绒服里，说，想不到是我吧？马开，时间都过去两年多你该放下了，还不去工作，你！

马开答非所问说，刘眉，你脸上蝴蝶斑好多了。

刘眉说，分手后我做了激光祛斑。

边说她边走进屋。聊了小会天，刘眉就走了。她说还得去赶一趟演出。

之后马开拉紧窗帘，将房子捂得滴水不漏，依旧感到刺骨的冷。那台老式"凯歌"牌彩色电视机正开着，显像管受潮，画面是主持人斑驳的影子。湖南卫视白天重播《快乐大本营》，马开却一点也不快乐，回想着相亲的事和梦里的骆驼饲养员，他那张脸因不安而扭曲。

接下来那个礼拜，马开跟杨沫见面两次，其中一次在咖啡馆，另一次在天虹超市门口，不是事先约好，是他有预谋的，假装碰巧遇上。

暴雪停了，地面仍有残雪未化干净，马开见杨沫拎个环保袋，露出韭菜、洋葱。走路的杨沫挺吃力，不住地呵热气。拢过去他站后面小声喊，杨沫，你家住附近么，我帮你拎！不待杨沫回答，他捞过环保袋。袋里堆满土豆。

杨沫说，我儿子爱吃土豆！

马开说，我也爱吃土豆！实际上他对土豆谈不上喜欢或不喜欢，就像他也爱吃萝卜、莴笋、菠菜、椰菜一样。

他俩走路上没再讲话，一路吐着白雾。看上去杨沫有些不自在。拐弯步行至那排陈旧的统建楼，杨沫停住脚说，马开，就送到这吧，多谢你！

马开说，都送到门口了，送你到家！

杨沫说，下次，太突然了，我担心儿子不习惯见陌生人！

马开说，那好，就下次！

杨沫捞过装菜的布袋，想开口讲话，最后憋住没讲。

她的脸又红了。走了两三步，掉回头她木然地望马开，半晌后她说，那事还是先不讲，到时你自然会明白，我给你电话，再约你来家里！

无事可做，马开选择步行回家。路过天池酒店旁那家银行，他想起前些天闹得麻城沸沸扬扬的新闻，也就是"3·19银行劫案"，5名蒙面歹徒持枪闯入银行，用爆炸装置将柜台上方的防弹玻璃炸开，拿铁锤将防弹玻璃砸落，跳入营业柜台内，将当天323万营业款装入两个编织袋后逃离现场。临走前，歹徒将保卫处两位工作人员枪杀。

定立银行门口，马开脑壳里模拟还原作案情景。那些歹徒应该是惯犯，指不定麻城两年前的银行劫案就是这伙暴徒策划，还造成人质被错杀。这个设想令马开不安，心隐隐如刀割。鼻塞症状越来越重，他昂起头，摸出衣兜里的喷鼻剂，上药。眼泪水莫名其妙涌出来，路人朝马开望，他拿手捂脸。好些从银行出来的人望他，朝他指指戳戳，像是认识马开。他将脸别到了另一边，继续用手当被子盖住那张令人难以琢磨的面孔。

夜里马开将那些剪下来收集的凶案新闻从抽屉拿出，正儿八经研究。望着他心中的偶像——狙击手瓦西里，发愣。只有他自己清楚他心里到底想什么。他的表情依旧是不安、痛苦。

不久马开接到杨沫电话，邀请他去家里做客。为表示诚意，他决定亲手为杨沫儿子做个遥控飞机。航模这东西他做学生时玩过。寻来铝片、螺丝、电线、电池、塑料壳、透明胶等材料，他又找来锯条、铁锤、螺丝刀等工具，在客厅敲打，叮叮当当响。

铝片被马开锯成许多截，铝屑落了满地，他反复改装、组合，遥控飞机变得有模有样，且能发动，却始终上不了天。估计是机身太沉，发动机马力过小，飞机只能跟汽车那样行驶在地上。马开想就这样差不多了，多少是份心意。

去杨沫家的那一天，天气好得出奇，残雪完全化了。马开将亲手制作的模型飞机精心打包。他有些莫名的激动，不是为制作的遥控飞机，而是为去杨沫家。到统建楼时，杨沫已经早早候在那。

马开尾随杨沫身后,进门,他感觉晴朗的天陡然暗下来。

两室一厅的居室,墙面已泛黄脱皮。屋里的摆设全是旧物,但却干净。显然杨沫精心收拾过屋子。走近书柜,马开发现里头有几本发黄的旧书,书名是《科学喂养骆驼的方法》《骆驼食谱》《骆驼喂养指南》,另有书籍《安徒生童话集》《十万个为什么》……像是想起什么,他突然扭头对杨沫说,你儿子呢?

杨沫说,他在他的卧房里。

喊了声"张特"。她的脸就红了,这次是涨得通红。

门咯吱一声启开。一只手摸出门,另一只手也摸出门。男孩出现在马开面前。他两只眼睛仅有眼白转动,看不到黑眼珠。

杨沫似乎整个人矮了一截。她埋头指着男孩说,我儿子张特,他得了先天性白内障,打小就失明了!他还有地中海贫血症。

马开一点也不惊讶。他说,小家伙真可爱!拆开带来的航模礼物,他将飞机递给男孩,说,张特,你猜猜看,叔叔给你带了什么礼物?

伸出双手,男孩将铝片做的飞机摸了个遍。眼眶里白翳转动,男孩说,是铁风筝!

马开说,可以说是铁风筝,它也是在天上飞的,是飞机!抱歉得很,叔叔我技术不过关,这家伙目前飞不了,只能像汽车、坦克那样在地上跑,不过你给我点时间,总有一天我能让它飞上天!

男孩说,飞机?飞机它长啥样?我只知道纸风筝,两年前我爸还在时,是春天,他带我在莲花山放过纸风筝!

男孩提起"爸爸",杨沫的脸一阵红一阵白。马开也有些尴尬,瞬间他缓过来,他说飞机很大,是个大铁壳子,能装很多人……接下来他不知该如何进一步形容飞机,他嘱杨沫拿来纸和笔,摆饭桌上。握紧男孩的手,马开教男孩画飞机的形状,边画边说,这是机身,这是机翼,也就是飞机的翅膀……

两只黑刺猬从男孩卧房窜出来，吓马开一跳。

杨沫说，这是张特养的宠物！她将刺猬往男孩卧房赶。刺猬不动，眼珠子不眨地盯看客厅里的陌生人。杨沫的脚撂到刺猬身边，它们缩成刺球。杨沫小心地将它们滚进卧房，掩紧房门。马开听到里屋刺猬的叫唤，声音似婴儿悲戚的啼哭。

视线跃过杨沫，马开盯看窗外的木棉花说，杨沫，你儿子真是与众不同！讲话时他一只手抚摩男孩柔软的头发。

杨沫说，张特他眼睛看不见，若是你有难处，就讲出来，没关系，我能理解！

马开说，我没难处，我挺喜欢他！他继续抚摩男孩的头发。

杨沫似乎不大相信，她说，你不用立马答复我，你回家再好好考虑！

马开说，没什么好考虑，我觉得你挺好，小家伙张特也挺好！

他们一起吃夜饭，仿若一家三口。饭桌上摆满了菜，干锅鸭、猪肉炖粉条、西红柿蛋汤、土豆丝……男孩并不怎么吃土豆，倒是杨沫吃得多。

可能是家里来了位亲切的客人，男孩话多，问这问那，马开都一一解答。杨沫成了"哑巴"，默默扒饭。不时地马开听到刺猬叫唤，婴儿啼哭般的声音令他难受、不安。

饭后马开再次走到书柜前，看那几本关于喂养骆驼的书。将书抽出，他一本一本翻，潦草地看。杨沫说，你也喜欢看养骆驼的书？

马开说，谈不上喜欢，就翻一翻。

杨沫说，第一次见面，你跟我讲了大半天骆驼，你说你喜欢骆驼！

这次轮到马开脸红了。他说，是的，我喜欢骆驼。不过我更喜欢枪……他似乎觉得话讲多了，打住话头，转移话题。他说，今天吃得太好了，改天我请你们到我家做客，让你们尝一尝我的厨艺!

男孩说,马叔叔,你刚才讲什么枪,你懂射击吗?

迟疑片刻,马开说,狙击枪,我打靶总是脱靶!

男孩嘿嘿笑了。

马开临走时,男孩说,马叔叔,等我的刺猬有了孩子,到时送你一只!

马开说,好,到时你教我养刺猬!

马开和杨沫走到统建楼门口。他没打算立马走。站在和缓的晚风里,他说,杨沫,以后我们得带张特去医院做手术,帮他恢复视力!

杨沫说,只怕难,也得花不少钱!

马开说,总得试试,不试就一点机会也没有!他牵起杨沫的手,杨沫没挪开,任由马开轻轻揉捏。突然马开轻柔地说,杨沫,相信我,我能照顾好你们!

杨沫望着马开,眼角湿了。

马开又说,你相信我吗?

杨沫仍然沉默。

马开继续说,你能相信我吗?

黑暗中,杨沫点了点脑壳。

回家路上马开想起站在统建楼门口那一幕,他的心比敷了热水袋还暖和。再次他路过那家遭打劫的银行,至今那起案子还未告破。他想,这可能又成了麻城一宗悬案,也可能要等到未来某一天告破。

自相亲以来,马开的失眠症好了许多。

邀请杨沫母子来他家做客之前,他专门去音响店购买了一张表演口技的影碟。他想杨沫的儿子失明了,眼睛看不见,但可以辨别声音。他还将整个屋子收拾了个遍,将摆放明处的《兔女郎》《灯草和尚》碟片,塞进碟套里;阳台上堆放的空啤酒瓶、空杀虫剂瓶、蟑螂贴、捕鼠器……全扔进垃圾桶；收拾卧房时，他还从席梦思床垫里清出一枚用过的安全套，精液结成块状，生出霉变的绿毛。安全套是他跟前女友刘眉做爱留下的。那个脸上长蝴蝶斑的女人，常在他面前表演近身魔术。回想刘眉的体贴、激情，他心里流星般滑过一丝忧伤。

又一个晴朗的日子，杨沫带儿子张特来到马开屋里。

马开将事先准备好的碟片放进DVD播放，还准备了纸和笔。他引领男孩坐到木椅子上，面前就是木桌，摆好了白纸和彩笔。电视里传来口技声音，有火车轰鸣，有轮船入海，有海鸥叫唤……

每发出一种声音，马开就握住男孩的手，教他画火车、轮船、海鸥……这些都是男孩不曾了解的事物，马开耐心地一样一样介绍给男孩。直到男孩点头，表示明白为止。

目睹马开的举动，坐在沙发上的杨沫泪流满面。

教完一遍，马开对男孩说，下次叔叔再换一张碟，教你更多另外的东西！男孩说，叔叔，我想再听一遍！于是马开替他摁下重播键。

走到杨沫身边，马开坐下来，将左腿压在右腿上，跷起二郎腿。

杨沫说，马开，我想跟你谈一谈我老公，他死了！

马开说，若不方便，你可以不说！

杨沫说，我老公是动物园的骆驼饲养员，两年前他被公安局的特警打死了，是个狙击手！

马开的脸变了形，连应了两声"哦"。他眼睛红了，像给虫子咬过。他矮下头，说，杨沫，我杀过人，你信吗？

杨沫说，马开你别开这种玩笑，我相信你是个好人，看你对张特的态度，就知道你是个好人！

瞬间杨沫整张脸变得绯红。

她将视线从马开脸上挪开,盯看电视说,马开,想了好久,我觉得还是应该告诉你这件事!吞吞吐吐,她说,我老公他……他不是个好人,他跟那帮抢银行的劫徒是……他也是为给孩子治病!

抬头,马开扭曲变形的脸逐渐恢复正常,那双眼睛依然微红。突然他黯淡、阴郁的目光,像离弦的箭戳向了电视里的口技表演者。他对杨沫嘀咕了一句什么话,声音细得连他自己都没能听清。

(《羊台山》第 11 期)

北京的金山上

/张抗抗

李大觉得自己像只螃蟹,在胡同里横着走。

他的脖子上挂了一只电饭锅,用一根塑料绳拴住锅环的两头,吊在胸前。左边的胳肢窝下,夹着一只压扁了的硬纸盒,纸盒原是装电视机的,大得像扇窗户,只能半拽半拖着一步步挪;右边的胳肢窝下,夹着一捆废报纸,绳子没系紧,走几步就得拢一拢;左手抓着一只电热水瓶,右手是一只塑料板凳;后背也没闲着,驮着一只露了个洞的编织袋,如同背了一座小山在身上,鼓鼓囊囊的直打晃。如果不是因为两只脚得用来走路,脚背上那点空地,也能派上用场。

李大恨不能生出一百只手脚,把所有能拿的东西统统都弄走。今天晚上不弄走,明天就啥也剩不下了。他身上的东西实在是太多了,黏糊糊地贴在身上,像是长出一层肥膘,一走一喘。李大曾经在马路边餐馆的玻璃水箱里,见过螃蟹横着走步。还见过垃圾袋里的螃蟹壳,一堆大脚小脚毛脚钳脚,只长脚不长肉。他把身子横了过来,一步步挪蹭,果然,大包小包都像蟹脚长回了蟹壳上,乖乖跟着他走了。他看不见身后,听着左右有响动,就得紧贴着墙根儿,把人影让过去。李大喜欢黑天,路灯亮起来的时候，这个城市就换了一副面孔，变得和善了许多。灯光照着墙角的垃圾桶，像是藏着金子，在暗里一亮一亮。

到家已是半夜了。李大怕自己的模样吓着熟睡的妮子，站在门外，把身上的东西一样一样卸下，再轻手轻脚地把东西拖回屋里去。要是留在院里，明天连根毛儿都见不着了。

这个城里不像城里、农村不像农村的犄角旮旯儿，谁弄到自家碗里就是个菜啊。

编织袋哗啦一声漏了底，弄出好大响声。屋里灯亮了，栓子揉着眼，迷糊看着散了一地的东西，说：嚙，爹发财了你啊。

李大舀起一缸凉水灌下去，插空说：正赶上有搬家的，这城里人，啥都扔。

栓子招呼他吃饭，一边扒拉着地上的东西，踢一脚，说：咋没弄个电视机回来？

李大呼哧呼哧喝粥，好容易腾出嘴来：我还想捡个手机呢，好往家打电话。

妮子醒了，跳下地，冲着一个绒毛狗熊奔去。狗熊的毛都掉了，像条癞皮狗。妮子紧紧抱在怀里，说爷爷你真行，你是个生蛋老人，每天给我好东西。

妮子来城里上学不到一年，别的没学会，学会说生蛋老人。你胡扯个啥，李大呵斥妮子。我要会生蛋，还要你爹妈干啥？睡去睡去！妮子不睡，蹲地上，一心翻拣着那堆杂物，想再找点啥。李大放下碗筷，心想今儿的辛苦真是值当得很：

一双半新的皮鞋，只是鞋尖开了线；一双旅游鞋，除了鞋帮上有个烟洞，结实着呢；一件带拉链的羽绒服，只是拉链坏了；一条毛巾被，被角上一摊污迹，洗干净了和新的一样；电饭锅怕是进了水，再不就是电源接触不好；电热壶就算真坏了，也能当个凉水壶用；那塑料板凳一条腿儿也不缺，李大坐上去使劲晃都没塌……这一件件一样样，哪个都是好东西啊，过日子的好东西，缺了哪样都过不成日子的东西，怎么说扔就扔了呢。

李大对这一天的收成很满意。撂下碗，倒下身子瞌睡就上来了。迷糊中听得栓子在问：爹，快要秋收了，你啥时候回老家嘛？七亩地的玉米，连砍带掰，少说得收上十来天，你知道凤梅在人家侍候老人，走不了，我天天在外送水请不下假，你要走，我得早几天买票……

李大不搭腔，跟着就上来了呼噜声。

其实李大很少去城里的胡同。那些老房子里的人家，日子过得精细，好容易攒下了报纸瓶子，自己就上废品收购站卖钱了，哪怕是一根钉子，也别指望老头老太会扔出门去。

李大自有李大的地盘儿，那是一片流油流蜜的上好地块。每天一大清早、一晚上去遛一趟，他从没有空着手回来过。

早半年前，李大头一回扒拉墙角边的塑料垃圾袋时，手指头抖得厉害，脑门上憋一头汗，才算把袋子解开了。袋子里头都是些菜叶烟头啥的，一股馊味呛得李大偏过脸去。李大挑出一只压瘪的易拉罐，起身要走，眼前忽然亮了亮，忍不住朝塑料袋探下头去。

菜叶下露出一只小盒儿的角角，没合上盖，亮出一截表链，银闪闪的。李大的心怦怦跳，四下张望，手哆嗦着，小心把盒子掂了出来。打开盖子，见着杏儿那么大的一块手表，嵌着一圈金边边，躺在李大的掌心里。李大把表贴在耳朵上，一点动静没有，莫非是个坏表？可手表面上好几根长针短针，刷刷走得欢实，看不出几点几分。李大愣在那里，挪不开步了——放回去？傻呢，实在不舍；拿走吧，这天上掉馅饼的好事儿，该不是有人下了个套？李大觉得自己像是捧了一块定时炸弹，一动不敢动。

这表是拣的，谁拣归谁。李大对自己说。就像在地边上拣了个萝卜、草窝里拣了个蘑菇，给谁送回去？不归自个儿归谁？那才叫撞大运呢！老话说道不拾遗，说的是人家遗落的东西不要拾，可要是人家扔掉的东西呢，你不拾也有别人拾啊，拾起来就成了好东西，不拾起来，让它留在垃圾袋里头，回头就进了垃圾场。李大把胸脯挺了挺，心里有了底气，喜滋滋低头端详那块表，顺手用袖子把表蒙子上的汗迹擦了擦。

垃圾袋跟前那栋粉黄的房子，窗户忽地打开了，一个烫发的女人探头对他喊道：喂，拣垃圾的，你弄完了可把袋子系上口啊，别弄一地脏！

李大答应一声，麻利把手表揣进了衣兜里，拔腿就跑。

这表是拣的，不是跟人要的。李大一边跑着一边对自己说。伸出手跟人要东西，就成了要饭的。李大祖祖辈辈都是种地的，不是要饭的。灾荒年才要饭，有人就是饿死也不要饭。李大进城来给儿子带孙女，顺便找点活儿干，不是来要饭的。老家的麦子都快熟了，城里的人吃不上那样的新鲜麦子。用得着进城要饭么？李大没有伸手跟城里人讨手表，是这块手表非要跟着李大走，李大想躲都躲不开呵。

从此，李大有了一块亮晃晃的大手表，空空地套在细瘦的胳膊上，时不时得往上撸一撸。李大喜欢高高地举起胳膊，在空中划上一个大圆圈，然后在眼皮子底下停住了，再低头看表。那会儿他巴望周遭的人都能看到他的表，所以把胳膊都举得酸沉了，还是看不够。李大渐渐发现，往常闲散的日子，叫一块表给管住了，人都跟着手表上的点儿走，它说到点了就该吃饭，它说到点了就该睡觉，这手表可比村长厉害多了。过了好几天，妮子从学校哭着回来，说每天上课都迟到，让老师批评了。李大才发现，原来这表走得不准，整慢了半个时辰。妮子哭着，李大笑了：果然这表是人家扔了不要的，不是李大偷来的！

就是从那以后，李大狠狠惦记上了路边的塑料垃圾袋。那个名叫"秀水花园"的小区里，一栋栋二层三层的小洋楼，一早一晚，家家都会按钟点，送出来一包包黑色的垃圾袋放在门前。不看不知道啊，有好几回，李大解开袋子，把自己吓一大跳呢。

　　李大可是有活儿干了。李大拣着手表不说，顺带着还拣了个工作。

　　这个"工作"可比李大先前的"工作"强多了。每天在小区里转悠转悠，就把"工作"干了。不明白的人呢，管这叫拣垃圾，明白的人，就知道是李大是在拣钱呢。

　　李大进城的头两个月，"工作"换了好几个。栓子给他安排的活儿，是接送妮子上下学。栓子和栓子媳妇进城打工几年，放在老家的妮子就到了上学的年龄。凤梅非要把妮子接到城里来，说这有个打工者子弟小学校，学费不加钱。栓子和凤梅租了房，让李大来给妮子做饭洗衣，城里坏人多，妮子上下学，没个人接送，说拐卖就被拐卖了。栓子的娘早几年得病死了，就靠李大守着家和地。李大原本不想进城，栓子的两个弟弟锁子和链子，娶了媳妇都生的男娃，李大不在老家抱孙子，来这带孙女，让人笑话。栓子一个劲地催，李大心里一百个不痛快。栓子电话里说，来嘛来嘛，麦子都种下了，还能干个啥？城里有的是活儿干，你来了准保就不愿走。李大这才动了心思。

　　李大坐了汽车又坐火车，下了火车又坐汽车。进了城，才知道城里的汽车不叫汽车，叫公交车。李大觉得这个名儿难听得很，让他想起春天的母猪和母牛们干的那些事儿。公交车哼哼唧唧喘着气，慢慢吞吞走一站停一停，办事儿的时间可比母猪长得多。从车窗往外看，一堆一堆的高楼都往天上堆去，高得只怕是要塌下来，看得人颈子都快断了。街上挤满了小汽车，蝗虫似的一堆一堆趴着，一会又哗地蹿出去，一辆接一辆，一个城的马路都飞着盖着蝗虫翅膀，看得人眼都花了。来接他的栓子一路上絮絮叨叨地说话，告诉他这儿那儿的名堂和来历，这儿那儿都是些惹不起的衙门。李大晕晕地想，这城里果然是个好地方，这儿那儿，街角角里、墙缝缝里,哪儿哪儿都藏着干不完的活计……

后来栓子说到了到了,李大一脚迈下车,人就傻在那里。

车站对面,立着一个铁皮做的牌牌,写着"六里庄"。牌牌下,一条高低不平的水泥路,路边的电线杆子、矮矮的红瓦房黄泥墙、院墙里的猪圈鸡窝、门前趴着的瘦狗垃圾,怎么瞧都跟老家没两样,让李大以为回到了李家庄。

这叫郊区。不住郊区,能住哪儿呢?栓子说。城里的房子一个月上千块,我和凤梅俩人一月挣的交了房钱就没饭钱了。这地儿可比城里强,你往东边儿看,凤梅就在那上班——

顺着栓子手指的方向,李大又傻了。

村子的东边,隔着一条小河,是一条长长的白栅栏,栅栏上攀着一道道绿叶,一丛丛粉红的花骨朵,开得喜气洋洋;透过栅栏的缝缝,看得见一大片一大片矮壮的菜地(麦地?)一座座两层楼三层楼的小房子,就盖在绿地中央,一座房顶紫蓝,一座房顶鲜红,一座房顶碧绿,屋顶上没有瓦块缝缝,颜色一整片一整片,家家门前都有雕花的黑铁门,水池里喷着雾一样的水柱,跟电影里的外国房子一样一样。

凤梅就在那家干活儿,蓝屋顶的那家。栓子的声音有几分喜气,忽又低下去。工钱不少,就是不让回家。爹你来了就好,我就塌心了……

李大没好气儿打断他说:你塌心我不塌心!撂着家里的麦子,上城里闲呆?有这功夫,几头猪都出栏了。还有你二弟三弟的娃呢,都说我偏心眼儿……

栓子赔着笑,把行李卷往脖子上耸了耸:那是眼气你进城呢,怕你享福来了。

李大沉着脸,跟栓子走了半里地,停在一扇歪倒的木头门前,院墙塌了半截,有妮子尖尖的笑声奔过来。李大忍不住再回头,往河那边的白栅栏处看,一大片飘在树尖的小楼屋顶,五彩祥云

北京的金山上

一般,咋看咋就不像是人住的房子,是供神仙的地儿……

那叫个啥呢?李大抬抬下巴,指着河那边的房子,冷着脸问。

那是——"秀水花园",栓子一字一句答道,那都是有钱人住的,叫个什么别墅……

李大用鼻子哼了一声:红薯、白薯,没听说还有叫别薯的呢!

那时候他可是没眼力呵。李大后来才知道,这些个别薯扔的皮儿,就能把他的屋子填满,吃不了还兜着走。

李大进城后半个月,自个儿偷着找下了第二个活计。那些天,他趁着妮子上学的功夫,远近十几里地都溜达了遍。侦查的结果,让他的绷直的腰塌下去半截。饭馆餐厅招小工刷碗端盘子、发廊招洗头妹;再就是电工水工瓦工,都是技术活,还要啥上岗证;建筑工地招挖沟运土的力工,老板看他一眼就乐了,说老爷子你来干啥?这儿不是敬老院。他在农贸市场的菜摊前站一站,摊主发话:买点儿啥?不买别挡道。听说摊主都是原来村儿里的人,搬进了政府盖的楼房,早不种地了,像他一样,成天琢磨着找活儿干。一个外来户新来乍到,在老户眼里,跟打家劫舍的匪徒没啥两样。你要能有活计,让人吃啥?天底下有人饿着才有人吃饱,这点道理李大年轻时就明白。

活计活计,别看这城里楼多车多,可门也多,能挣钱的活计,都让人关在门里头了。

李大蔫蔫地闲逛着,也不知怎么的,就绕过小河,走到"别薯"的大门口去了。

"秀水花园"的大门气派得很,牌楼一般高,圆拱门上写着烫金的字。黑漆雕花的铸铁大门前,横着一根红色的木杆,小汽车到了门口就被拦下了盘查。大门边站着个衣服上沾满油漆的中年男人,像是在等人。李大打量他,他也把李大上下打量一番,走过来问:老师傅,会筛沙子不?李大吓了一跳,一时忘了回答。

那人又问一遍，李大忙说会会会，筛沙子有谁不会呢，你让我筛金子也会。那人说一天20块，干不干？李大说干干干。那人对大门口的保安说了几句话，就让李大跟着他走。

李大头一回迈进这个叫"秀水花园"的别薯，路边上一丛丛吊钟似的黄花，晃得人眼都睁不开了。树丛里一栋栋的小房子，粉黄色的墙，不锈钢的窗栏杆阳台栏杆，一面墙一般大的玻璃窗，在太阳下就像一只只金匣子；李大的脑袋不敢乱动，觉得这秀水花园整个儿都是亮堂堂的。路面不知是用的啥样石头，亮得能映出人影儿，干净得连只蚂蚁都没有，吐口痰上去，怕都打滑呢。李大的脚步有些晃悠，走得脚后跟板筋，像是穿鞋上了饭桌，一不小心会把碗踩碎了。别薯啊别薯，这别薯真是个好东西，原来活计都在这别薯里藏着呢。

粗沙堆在一栋空房子门前的院子里，东一摊西一撮的。房子正装修，砸墙凿洞工程不小。领班对李大做了交代，李大就埋头干活。别看李大过了六十，一袋麦子上肩，甩条毛巾一样不费劲。一会儿工夫，李大就筛出了一小堆细沙子。再把粗沙归拢了，铲到院们外，清扫得整整齐齐。抽烟歇气儿时，李大坐在院子的台阶上，眯眼瞧着自己筛的那堆半人多高的沙子，小山一样冒着尖尖。太阳哗啦啦铺下来，平地起了一座金山，细细软软，金黄金黄，像是刚刚磨成的新鲜玉米面；再远些看，像场院里翻晒的麦子，一粒粒熟得实沉。一时间，李大真的弄不清那是沙子还是麦子了。他忍不住欠身抓了一把沙子，在鼻子下闻了闻，即刻松了手。沙子从他的手指缝里泄出去，变得水一样没有颜色。沙子怎么能和麦子比呢？他笑话自己。玉米面和麦子都是有香味的，那种香味，是青草麦秸鸡粪柴火还有太阳晒暖的土地、所有村子里的人味儿，搅在一起的味道。是那些饿死过去的人，闻一下就会活回来的味道。可沙子呢，啥味儿也没有，再细的沙子，捏着也磨手……

筛了两天沙子，筛得李大提心吊胆。一到中午和傍晚，李大就得像做贼一样溜出去接妮子下学，给她做完饭，自己顾不上吃就得一路小跑回来。到了第三天，一早还没开工，工头黑着脸走过来，甩给他一张50块的钞票，说沙子够用了，你不用再来了。李大接过钱，赔着笑对工头说，有啥零活儿，还找我吧。工头甩脸走开了。李大回身看着自己筛下的沙堆，土黄土黄的，像个没人烧纸钱的坟包包。

李大悻悻站起来，慢吞吞地走。这别薯既然是进来了，就不忙着出去。出去了，再进来就难。李大背着手，故意走得慢，感觉有点像村长了。不让干活了，看看还不中么？

这一看，李大就看出名堂来了，给自己找了一份没人能辞得了他的活儿。

李大牵起妮子软软的小手，懒懒趿拉着鞋跟，往村外的小学校走。离校门还有几丈远，妮子就挣开他，小鸟样欢天喜地飞进去了。李大弯腰捡起一片纸，捏在手里抖了抖，哗啦哗啦响。别小看一张纸片，成麻袋的粮食，也是一粒粒攒下的。如今李大的眼睛尖得像只老鹞子，一根皮筋儿都甭想从他眼皮子下溜过去。不过，这条路走的人多，拣东西的人也多，就像收了秋的庄稼地，剩不下几根玉米棒棒。李大的"上班"地点在秀水花园，天没亮或是天黑了才有活儿。只是几个保安像狗似的在小区来回晃荡，专逮李大这样黑天出来淘宝的人。一见是李大，保安举起电棍就揎。李大说：猫丢了，找猫呢！保安说，是找死吧？你看看我像啥，像猫不像！我就专门逮你这样的耗子！所以李大见了穿制服的保安就发怵。

不过，猫和耗子的那点把戏，李大看得多了。没过几天，李大就在白栅栏那儿寻到了一个断了一根铁条的小口，刚能钻得过一个瘦人。李大把铁条原样虚着安上，拣下了东西，把铁条一卸下，就从那个口子塞过去了。栅栏下有条小道，临着河岸，沿着河绕一个大弯儿，就到了出租屋的村口，运点儿东西，神不知鬼不觉，不是地道战也是沙家浜的水平啊。小猫就是眼再尖，也逮不着李大这样的老耗子了。有一次李大拣着一只老式半导体，回家鼓捣鼓捣，来回换了好几个拣来的电池，半导体突然哇地响了，差点没震到地上。以后李大白天没事儿就听半导体，一次听着个词儿叫商业机密，李大心想，为啥有人能拣着东西，有人拣不着，这里头也有个商业机密呢。

不出半个月，李大就把秀水花园的垃圾摸出了门道。干一行爱一行，垃圾也像庄稼地，得人用心侍候。比如有的人家喜欢在夜里往外扔东西，要是第二天一早门前干净了，第三天就接着扔。这儿的废品收购站离得远，外头收废品的板车也进不来。有的人家，用完的塑料油桶饮料瓶子、纸箱报纸，都堆在门口，等着一早保洁员来拉走。李大得趁着这个空儿，赶在保洁员之前下手。下手晚了，原本好好的东西，眼睁睁看着变成了垃圾。有一回，遇着一家门前扔了一只沙发，李大往上一坐，身子塌下去半边儿，找不着人了。再摆弄，原来是折着的，一打开就是张床，李大回家熬到半夜，拿了两根绳去了沙发那儿，一口气把沙发举起来扛在了肩上，挪到了栅栏边，用绳子把沙发绑上，吊起来，人钻到栅栏外，小心着一点点拉拽，费了牛劲把这个沙发弄出了栅栏，然后再背着驮着，愣是把沙发运回了六里庄。

如今，李大常常坐在沙发里，打开半导体，喝着暖水瓶里的凉水，眯眼养神。李大觉得城里真是好，家里缺啥，只要腿脚勤快，拣就是了。马路上拣钱不容易，拣东西可有的是；只要不嫌旧不嫌破不嫌没脸面，拣着拣着就能置上一个家，家什齐全得可比村长家海了去。

那只旧半导体，得用一只手死死按在耳朵上，才能听见响声；一时没了动静，使劲地拍一拍甩一甩，就会像村口的喇叭似的，哇地喊得人一哆嗦。

怨不得人人都想进城呢。

这会儿，李大夹着一路拣下的纸片和空塑料瓶进了村口。李大走得大模大样，手里的东西甩得招摇，像是刚从超市购物回来。李大每次进村都故意这样走，他不觉得拣垃圾有啥丢人。脸在自家脸上。自己不觉得丢人，还能把别人的脸丢了？

树下那个瘸子招呼他：又拣破烂儿那！李大心里有些不痛快，回嘴说：跟你说多少回了，这不是破烂儿，都有用！

瘸子讪笑着：嘀嘀能得你，你当你是环保局局长呢！

李大推开自家院门进屋，忘了弯腰，一抬头就撞在一只邦硬的塑料袋上，碰得脑门儿疼。这样的塑料袋有十几只，挂在一根专门搭架的竹竿上。李大闭着眼，都能摸出里头的东西。这一只袋里是各种各样的玩具，光是掉个轮子、不会动的小汽车就有十几辆，缺胳膊、歪了脑袋的娃娃就有七八个，还有能写字的塑料板、长耳朵绒毛兔子、拼图的塑料块块、秃头的彩色铅笔、戴着头盔的飞行员（瘸子说那叫奥特曼）……李大拣回来，用河水洗干净了，在太阳下晒干，跟新买的一模一样。要是都摊开在地上，一屋子都摊不下，像开了个玩具铺子。带回老家，每一样都是稀罕物，看那两个龟孙子还不抢得打架。那一只袋里是各种绳儿，长的短的、卷的直的、圆的扁的，松紧带猴皮筋塑料绳，都是过日子少不了的；有一卷花花绿绿的彩带，他亲眼看着窗子里那家人，从一大捆鲜花上解下来，转手就扔进了垃圾桶。彩带像是绸子的，光鲜滑溜，他打算带回老家，过年时走亲戚送礼，缠上几道，那礼品看着就不知有多贵重了。还有衣服，春夏秋冬都齐了，光是帽子就几十个，毛线帽皮帽凉帽布帽棉帽，能把半个村子的脑袋都罩上哩。棉袄是大件，一件撑死一个塑料袋，挂得满屋子叮当。

小屋子的那点空场，已经快填满了，有点转不开身了。除了吃饭睡觉的地方，到处都塞满了东西。不像个住家，倒像老家那个化肥厂的仓库。李大也发愁，不知怎么把这些东西搬回老家去。纸盒、报纸、塑料瓶、酒瓶、废铜烂铁，能卖的早已都卖给废品站换钱了，剩下的都是不能卖的东西。李大发现，其实不能卖钱的东西最有用。比如鞋，棉鞋、凉鞋、胶鞋、皮鞋、拖鞋、旅游鞋、男鞋、女鞋、童鞋……隔三岔五的，李大就能从别墅的垃圾袋里，拣出一两双半成新的鞋，刷净了，缝一缝，把脚伸进去就能穿。拣了半年多，大小尺码都齐备了，锁子穿不了有链子，链子穿不了有链子锁子媳妇，就连两个孙子长大了上学穿的鞋，都提前预备下了。如今栓子这租屋的床底下，塞着三只满满的编织袋，里面全是各式各样的鞋。一次李大在城里打工的一个侄子来看他，给妮子买了水果，妮子吃得高兴，当下就说：我爷爷床底下有好多鞋，我让他给你挑一双高跟儿的！李大心疼得脸色都变了。鞋不能卖钱可比卖钱更实在，农村人身上最爱坏的就是鞋，谁能舍得穿新鞋下地干活？可李大不花一分钱，就把一家人春夏秋冬的鞋全包下了，每双鞋的式样都比老家的鞋强一百倍。这后半辈子，全家人的脚都有了着落，李大枕着一床底的鞋睡觉，日日睡得安稳。

就是苦了7岁的妮子，李大叹口气。自己有了这份工作，就像上了磨的驴，整天围着秀水花园转圈儿，生怕落下了好东西，没工夫给妮子好好做过一顿有汤有菜的热饭。

忽然听瘸子在窗外喊道：李大啥时候回去秋收啊？拣破烂儿拣得孙子都不要啦？

李大不爱搭理瘸子。瘸子成天也不干活，还老下馆子抽好烟，看着不像正经人。这几天瘸子动不动就往李大家的门口凑，让李大烦得很。

瘸子把门推开一条缝，探头说：小区东南角上，有一家正换防盗窗，卸下的锈铁条在门口堆了半人高……

李大望着棚顶，眼珠子转了转，哼了一声。

瘸子又说：搞卫生的，嫌铁条太沉，小车拉不动，给我透了个信儿。

李大从床上坐起来：你咋弄得动哩你？物业干啥吃？

瘸子嘿嘿一乐，说：物业当然管运，所以到了明儿早上，你想弄也弄不成了。

李大心里琢磨，自己要是去了，少说得花上两个钟点，妮子一人在家咋办？想了一会，对瘸子说：你想弄你弄去吧，栓子今晚加班回来晚，我得在家守着妮子。

瘸子没说啥，甩给他一支烟就走了。

李大在床上发一会呆，忽然拿了定主意：怎么也得舍下几天工夫，回老家去秋收，顺便把这一屋子的东西弄回去，把屋子腾出空儿来，再接着拣就好办了。

天黑下来，妮子下学回来，吃了晚饭就趴在桌上的台灯下写作业。这只台灯也是拣的，瓷瓶托个粉纱灯罩，好看，就是灯泡忽闪忽闪的，一会儿明一会儿暗，弄得李大的心里七上八下。李大忍不住往窗外看，那堆小山似的锈铁条，在远处的暗地里一明一亮。

李大抬手看表，算上慢下的半小时，也快九点了。瘸子比李大有招，认识好几个保安。再晚一会儿，铁条就该让瘸子弄走了。

李大坐不住了。招呼妮子洗洗睡下，在外面把门反锁了，就往河边走。出门时觉得墙根下有个影子一闪，揉揉眼，一根电线杆像个人杵在那里。

到了栅栏下，李大把铁杆子卸下，麻利钻了过去。按着瘸子说的位置走，寻到那栋房子，见门前空空一片，连一根钉子都没有。房前房后来回了转了几圈，踮着脚尖往窗户上看，灯光下的不锈钢防盗窗，里外不像是新换的。再细细察看左邻右舍，谁家也没个施工的动静。李大这才明白是被瘸子耍了，死瘸子遛他开心呢，明天让栓子来收拾他。李大往地下吐口唾沫，躬身走了几步，不甘心，倒回来，避开保安常走的路线，专往清静的角落去，眼睛只管扫着小洋楼门前的垃圾袋。刚走几步，差点撞到一棵小树，急停，原来是一对男女，搂成了一个影子正亲热。李大慌忙绕开，却见旁边还有棵树，树是真的，树下有个垃圾桶。他把手伸进去，一把摸着个软包包，使劲拽出来，在路灯下打开一看，是顶蚊帐。李大夹着蚊帐喜滋滋往回走，心里的气儿消了一大半。

你说这城里人，咋不知道把坏了的家什修一修再用呢？李大在心里嘀咕。城里人就知道糟尽东西。听说这秀水花园每天往外运垃圾，一车垃圾就得交给垃圾场好几十块，这世上哪有花钱往外扔东西的呢？今儿买了件衣服，明儿不穿就扔了；买一大盒子左拆右拆折腾到最后拆出一粒屁大的东西，余下一大堆塑料泡沫，废品站都不收；人活了一辈子，白天黑夜地挣钱，就为了把钱变成垃圾？你看看那城里马路上跑的汽车，没几年都报废成废铁了；盖下的楼房旧了，一声爆破都成了碎砖烂瓦；饭店餐馆好好的鸡鸭鱼肉，一大盘一大盘地剩下，哗哗往泔水桶里倒；娶的女人生下了孩子老了丑了，男人就把女人像垃圾一样扔出去了……这个闹哄哄、乱糟糟、叫人头晕的城市，说白了就是一座专门生产垃圾的工厂，李大忿忿地想。可不像老家，再早些年，人都不知道啥叫垃圾，只要是这地里长出来的东西，都能回到地里去。麦秸玉米秸当柴火；麦皮玉米皮养猪；菜叶剩饭喂鸡；骨头喂狗；猪粪鸡粪是好肥；穿烂的衣衫，做成鞋壳壳尿布片片；就连化肥口袋都能做裤衩子。屋里扫下的那点碎渣碎土，都填灶坑烧火了……

李大一生气，只顾往前走，漏掉了好几个垃圾桶，这才把脚步放慢了。转念想一想，觉着自己刚才的想法也不全对。城里没有垃圾了，李大进城干啥工作呢？若是城里没有垃圾，城里不就得改名儿叫农村了嘛。再说城里就是比农村的生活好，好就好在城里人能把好东西变成垃圾。谁家只要敢扔垃圾，谁家的日子准保就好过得不行；你还真别小瞧这垃圾，富裕了才有垃圾，有了垃圾就富裕；越富裕垃圾越多，垃圾越多就越富裕。要是能把这城里的垃圾统统都搬回老家去，一个县的人都能受用好几辈子。你看老家的人，这几年有了点钱，垃圾就一天比一天多了，远近河沟里都是塑料袋，给树杈子都戴上了套，风一刮，满天撒纸钱儿，都富裕到天上去了。人说金山银山，李大没见过，李大只知道城里的垃圾是他的金山，挖一锹是一锹，每天挖山不止，子子孙孙是没有穷尽的。

李大胡思乱想着，忽然一脚踢着个啥，呲地溜边上去了。李大蹲下身子，用手四处摸索，一摸一手土，再摸，就摸着个凉凉的硬家伙，有烟盒一半大。李大心里一动，三两步跑到路灯下，把手里的东西举起来，照一照，妈哟，要啥有啥，果真是个手机！

真的假的呢？不会是个玩具吧？李大一时有点吃不准。掂在手心里，没点分量，银亮亮的壳儿，轻巧得很，一巴掌就握住了。他晃了晃，没啥动静；摇了摇，也没动静。李大心里盘算，要是个真手机，究竟是好的还是坏的呢？如果是好的，咋就扔在这路上了？是坏的，拣了还得花钱去修？拣下这个手机，能给谁打电话呢？还得交电话费……

他在路边的水泥牙子上坐下来，把手机在手心里翻来倒去，像拣了一只烫山芋。

冷不丁的，那只山芋在他手心里轻轻哆嗦起来，紧接着发出了响声，吓得李大差点没把它扔出去。声音越来越大，像是一只广播喇叭，扯着嗓子四处张扬。夜里的秀水花园，静得远近的蚊子叫都能听见，越发显出那响声刺着耳朵的闹。李大死死地捏住了那只小匣子，恨不能把它的声音掐死。但李大掐不死它，它只顾自己响得惊天动地，像一只会唱歌的蝈蝈。这会儿李大总算听清了，它真的是在唱歌，翻来覆去就唱着那么一句词儿：

北京的金山上，光芒照四方……北京的金山上，光芒照四方……

李大慌了神儿，不知道咋样才能把声音关上。汗都湿了手掌，也没找着个按钮。

就这么来回唱了几遍，响声总算是歇了。李大松口气，刚把手机往裤兜里揣好了，就听到有脚步声嗒嗒地跑了过来。一个方脸保安一边跑一边冲着他晃着大手电筒：喂，你，把手机交出来！

李大紧跟着就恼了：手你个鸡巴，在哪呢？你见着是我拣了？

保安拉下脸说：我都听见手机响了，还不承认？

李大也横着：听见了？这会儿它咋不响呢？你让它响个我听听！

正说着，李大的裤兜里就有了响动，好像李大身上安了个录音机：

北京的金山上，光芒照四方……

李大慌忙去捂，那保安手快，伸进李大的裤兜，一下就把手机掏出来了。那方脸小子麻利翻开盖儿，对着手机就喊：找着了，快过来，就在18栋楼东南角上。

李大有些发懵，才明白那唱歌是在报信儿。不一会儿，一阵噔噔的脚步声，一男一女气呼呼跑来。保安把手机交给他俩，问是不是这个。那男孩把手机翻过来掉过去地看一会儿，连声说是。女孩加一句：用这老歌儿做手机铃声，咱独一份儿，没错。两人都说完了，还不走，问保安是怎么找着的。保安指了指李大，说要不是手机铃声响，他还不认账。女孩冲着李大尖声嚷嚷：你这人，不知道人家丢了东西正着急那！男孩粗声大气说：谁知道是拣的还是偷的呀，刚才我就见这老头鬼鬼祟祟的转悠，从我们身边擦过……说着说着，扬起胳膊冲着李大的胸口一拳打来，李大闪身一躲，拳头打在了肩膀上。李大只觉得身上的血都开锅了，要从喉咙里喷出来，拳头攥得抽筋，朝着那小伙扑过去，却被保安一把拽住……

李大浑身哆嗦，说话都结巴了。李大说你们不能冤枉人，这手机是我在路上拣的。我天天都在小区拣东西来着……他一急，就把胳肢窝下夹着的蚊帐，掏出来在手里抖了抖。见仁人斜一眼蚊帐，都不用好眼色看他，李大进城半年，看多了这样的眼色，赶紧换个说法：你们可不敢瞎说，偷是一码事，拣又是一码事，拣的就是拣的，谁拣归谁；拣的就不是偷的，偷东西可犯法，咱就是穷死了也不偷人东西……

那男孩打断他说：坏了的东西，才能当垃圾拣，这手机是好的，你拣了就得还。不还就成了拿，说拿还是好听的，说你偷了，就你这手艺，还真抬举你。莫不如像那地铁里的乞丐，跪着伸手求人要，准保不犯法。老爷子你要真给我跪下了，我这手机就白送你！

李大憋得说不出话，浑身热得火烧一般，恨不得再给那小子两嘴巴。

那手机又开始唱歌："北京的金山上……"女孩打开手机走到一边去接电话，一时就扔下李大不管。电话说个没完，男孩赶紧凑过去，搂着女孩的腰走远了。那个方脸保安，操着和李大一样的口音，拉下脸问李大：老实说，每天你都打哪进来的？

你管！李大嗓子眼里的那股火变成了痰，他狠狠一咳，往绒毯似的草地上吐了一大口，扭头就走。保安跟上来，不紧不慢跟在他身后。李大的气儿没处撒，成心要一耍这进了城不知自己姓啥的毛孩子，围着楼房转了一圈又一圈，到底把保安跟烦跟累了，转着转着转没了人影。李大想起了家里熟睡的孙女，这才紧着往栅栏那边走。走着走着，脚下咣当一响，身子歪了歪，有硬东西撞了他的脚脖。他骂一声娘，停下细看，借着路灯的光，见脚下踩的是一只路上排水用的铁箅子,翘起一角,擦破了他脚上的皮。李大一看就明白,有人把这铁箅子的四边都撬开了,就等着半夜往外搬。李大往铁箅子上蹬了一脚,低头站了一小会,再探头小心往四周张望,夜气上来了,路灯都瞌睡了,几步外就看不清啥。李大一咬牙,弯腰把铁箅子起了,一步步拖着走,总算塞到了栅栏的缺口外头,再用蚊帐裹了,扛上了肩,一路小跑,往村里的租屋走。盘算着明天找个远处的废品站卖了,能卖好几块钱。他一边走一边嘟哝:你个小兔崽子,我让你知道知道,啥叫偷啥叫拣啥叫拿!明明是我拣的,你非赖我偷,我就偷个给你瞧!我不偷白不偷,哪天高兴了,咱还抢银行呢!

李大出一身汗,把铁箅子弄回了村里。见屋里黑着,知道儿子还没回。掏钥匙开门,没等插里头,锁头就开了。心里纳闷,轻轻推门进屋。没摸着灯绳,只觉得头顶上空空的,像是少了啥。灯亮了,李大脑袋嗡一下,懵在那里——

杆子上那一溜十几只鼓鼓的塑料袋,一只都不见了。好像电线杆上停的一群乌鸦,呼啦啦全飞走了,连一只都不剩。他愣一会,慌忙弯腰往木板床底下看,一眼扫去,床底下也全空了。那三只包得严严实实的编织袋,囫囵个儿不见了,地上只留下几道拖拽的土痕。李大再趴低些瞧,床底下真是啥也没有了,空空的能躲下好几头老母猪。

屋子一下宽敞了许多,如同栓子刚接他下火车那会儿。李大辛辛苦苦攒了多半年的好东西,一晚上全丢了。那可都是有用的东西,李大要弄回老家去,分给全家人的东西。咋的说没就没了?说拿走就拿走了?这不是拿,是偷;不是偷,是抢!抢李大拣来的东西,丧良心啊!

李大眼前晃过瘸子的影儿,又摇头。一个瘸子,咋能搬动这么些东西?

木板床上,妮子还在熟睡。李大使劲晃她也不醒,看样子打雷都打不醒。李大一生气,把床单枕头一把掀了,妮子掉在地上,总算把眼睛睁开了。李大问妮子看见什么人来过,妮子一个劲揉眼,想了一会,说梦里来了好几个生蛋老人,都说着老家那边的话……

李大追出门去,外头黑乎乎一片,连个鬼影都不见。

李大抱着脑袋蹲下来,屋子里、脑袋里全是黑乎乎一片。这村儿附近到处都有老家来的人,说是打工,谁知道都干的啥营生?那些人,就是牵走一条活牛都不带出声儿的,只能怨自己不早些提防着点儿。李大逢人总说自己拣的不是破烂儿,是好东西!还真让李大说着了。看来别薯的那点垃圾,还不够老乡们分的,还真有人比他更缺垃圾呢。此前从没听说过还有人偷垃圾的,但李大就被偷了。李大被人偷了,说明李大比老乡们都富裕;李大被人抢了,更说明李大比人富裕。李大进了城,不讨要不偷摸,闷头拣啊拣的,最后拣了个贼。李大不知自己是该生气还是高兴……

妮子爬到床上,倒头又睡着了。那些偷垃圾的老乡,看来是没动妮子一指头,算是留了一半良心。再说,亏得那些平日卖废品攒下的钱,早都交给栓子藏好了。李大这样一想,心里好受了些。

他推门出去,背着手在村里转悠。月亮从云里钻出来,小河对面的那个别薯,像是盖了一块大大的塑料薄膜。李大想起自己半年前离开李家庄的情形,前半夜他悄没声起了床,去了趟自家的麦地。月亮比他到得早,一盏大灯笼似地高悬着,把方圆十里八里的庄稼地都守住了。亮晃晃的月光下,村口的麦地也好像蒙上了大片大片的塑料薄膜,晚风一过,平展展哗啦啦地响动,眼前只一片银亮亮滑溜溜的白浪,不见白日里那麦苗翠生生的绿了。李大在地头蹲下身子,伸出一只手,去揪揪那些塑料布。一摸一手空。伸手再一撩,塑料薄膜被风吹化了,手掌里竟是满满的一把麦苗,密密匝匝地攥在手里。尖细的叶片从老汉的指缝缝里钻出来,一把把短剑似的扎手。他用手指轻轻摩挲着涩涩凉凉的叶片,只一会儿就松开了手。嫩嫩的麦苗,被他那样糙蛮的指头使劲一捏,弄不好就把化肥给捏出来了。如今的月亮也不是个正经月亮了,把麦地都弄成个塑料大棚模样了,妄骗人哩。李大嘀咕着,站起身来,心里倒有几分喜兴。他掂的不是青涩的麦苗,分明是沉沉的麦穗儿;矮壮壮肥嘟嘟的麦地麦苗,实实在在卧在他脚下,若是把耳朵贴在麦苗的根根上,能听见麦秆急急忙忙往上蹿个头的声音。眯上眼,就见金黄色的麦粒儿像小河涨水一般随处淌着,把十五的月亮都比下去了。麦熟了就收,收完麦子种玉米,半年一晃,玉米就该收了……

李大在一个土堆上坐下来,瞧着半边月亮,忽然眼眶子发酸。眼看着就要回去秋收了,可他两手空空,啥啥也没攒下,只剩下了腕上这只手表,给了锁子,链子就不干了。一块手表还能掰两半?咋办呢?只好等着秋收以后再回城里,想法儿另拣上一只手表给链子……

这么说,秋收完了还得回?他问自己。可不回城里还能去哪呢?反正这别薯的垃圾天天有,不拣白不拣。只要待在城里,金山银山,光芒万丈。李大哼哼了一声,觉着那手机上的歌儿耳熟得很,好像很多年前在哪儿听过。他费劲地想了一会,却是怎么也想不起来了。

(《羊台山》第 12 期)

爹的河卡

/凌春杰

一

爹说，河卡下雪了，起码零下十五度。爹坐在火笼边，戴着那顶呢绒军帽，边说边搓着双手，眼神一片茫然。

冬至刚过，巴王村才起了一点点风，地里刚开始挖红薯呢。我已经听见爹唠叨过十回八回河卡了。河卡是爹当兵的地方，他在那里待了九年。爹的青春，带着一个男人的青涩，留在了河卡，那个遥远的不知名的地方。

每回，爹说起河卡，我就从爹的眼神中看到一条静静的河流，里面有高大的胡桃树，光秃秃地映在河里。岸边，有几只浮水的野鸭子。爹躲在低矮的红柳丛后，一扣扳机，枪口冒出一缕青烟，野鸭子扑腾几下，就随着水流漂到了岸边。

爹是1957年的兵。那年，爹17岁。记得小些时候，爹给我讲他年轻时候的故事。爹总是歪着头说，1957年呐，部队上征兵，村里动员我去，我看见敲锣打鼓的有红花戴，就跟着去了。那个时候，家里穷啊，我和你大伯只有一条粗布的裤子，平常穿得补巴堆补巴，走亲戚都是轮流着去。爹跟着武装部的人到了公社，换上了崭新的军装，穿上一双解放鞋，顿时觉得自己要多俊气有多俊气。爹在公社和别的兵沿清江走了三天，到了县城，又坐拖拉机到了宜昌，然后上了火车，几天几夜，被拉带了格尔木。

现在，大哥也在格尔木当兵，开着大军车在青藏线上来来回回，已经超期服役转成了志愿兵。大哥现在基本上每年回家探亲一次。昆仑山他妈的高啊，大哥第一回开着车跑过青藏线后，给爹打电话说。爹满脸的兴奋，说，那是，比我们这黄柏山高多啦，还有唐古拉山啊，高得不得了。我说，我听听。爹一巴掌打我屁股上，小娃子听得懂什么，长途不要钱啊？爹还是把腰弯了下来，我就把耳朵凑近电话，听见大哥在里面说，一开始觉得有点冷，喘不过气，狗日的，挺几天就不觉得了。哎呀，大哥什么时候，学得跟爹说话一个口气了，一个模子印的。爹问，到了大柴旦没？大哥说，到了。爹又问，到了小柴旦没有？大哥说，也到了，我们就管那里的输油啊！爹说，到了河卡没呢？大哥说，什么河卡？爹说，部队不是在格尔木么？一直往西，往西啊，爹搔着脑壳，他想不起什么了。爹说，记不起几百里路了，那时候我们开拖拉机要走四五个小时的，要有时间，你去看看。大哥说，我问问。爹直起身子，对大哥说，一定要去看看，是个很漂亮的地方。大哥还是说，我找找看。爹说，好好干，争取入个党，立个功，啊？没别的什么事吧，那我挂了。爹挂了电话，妈就来了，撇着脸数落爹，说电话那么贵，总共没讲几个字，还没一句正经事，就花了十块钱，划好几角钱一个字。

后来，爹就很少打电话了。大哥是新兵，新兵信多，老兵病多。部队上的信盖着小三角章，不要邮票。大哥开始每周一信，渐渐每月一信，到后来几个月才写一封信了。大哥每回来信，邮递员老远就喊，老排长，信哦！爹听见来信了，慌手慌脚地跑到枣树下喊着问，哪来的啊？邮递员隔山喊着说，格尔木呢！爹就喜滋滋地叫我去把信拿回来。后来，邮递员来得少了，爹在枣树下伸着脖子望，精神蔫蔫的，像刚生过一场大病。在无数次失望后，爹指着我的图画本对我说，来，帮我给你大哥写封信，看他过年回不回来。在爹的口述下，我用圆珠笔歪歪扭扭地写了两页纸，爹特意到镇上的邮局，寄给了大哥。

母亲去世后，爹也就老了，老得只剩下我们三个儿子，别的，他什么都不要了。遗憾的是，他的三个儿子一个都没有结婚，爹想抱的孙子还没一点影子，儿媳妇都不知道哪家养着呢。大哥还在当志愿兵，我高中一毕业，就留在家里，帮爹打理地里的活儿，老幺刚上大学，爹指望他考个大学，好娶个城里的媳妇。

冬天闲着没事，爹喜欢坐在火笼旁，张着一双耳朵烤火，外面有个什么声音，爹就说，去看看，是不是邮递员来了。好久，邮递员没有在对面的那条山路上喊他去拿信了。爹的身体一日日消瘦下去。我们失去了母亲，不忍再让爹早早离我们而去。我就到铺子里去给大哥打电话，电话通了，连队上说大哥执行任务，去了唐古拉山。

我给老幺打了个电话，把爹的心情说给老幺听，告诉他爹的身体一日不如一日。老幺说，要不，你就跟翠花成亲吧，也好早点了爹的心愿。翠花是巴王村出去打工后，回来了再也不出去的人。她很小的时候就喜欢我，可是村里人都说她是在外面卖"黄金"的，名声不好，留在村里的男人，谁也不愿意娶她。

我说，我还想出去打工，等大哥转业回来照顾爹吧。要结婚，也是大哥先结婚才对。

没过几天，家里就收到了大哥的信。奇怪的是，信封上红三角印章旁边，还贴了一张邮票。爹把信拿在手里，看了一遍又一遍，什么话也没说。信上说，近来部队经常到外地执行任务，有时候要急行军，耽误了写信，今年过年时如果没有任务，一定回来看看。爹捏着信，好久才喃喃地说，怎么没去河卡看看呢，不说去唐古拉山了吗，路过呢！

我发现，邮票的邮戳盖的是老幺的那个城市，字迹也不很像大哥写的。爹把信折起来，小心地装进了信封。

二

大哥的连队给家里寄来了一张喜报，大哥在部队立了二等功。爹让我把喜报挂到火房的墙上。大红的喜报里，夹着一张合影照片。大哥站在中间，英姿爽爽中还是那副憨厚相。

挂好了喜报，爹坐到火笼边，对着红色的柴火苗，细细地看那张照片。来，娃子，看看，好几根杠呢，应该是个将军。爹指着大哥旁边的一个人说，怎么像在哪见过呐。看完了照片，爹把照片用薄膜封起来，放进了堂屋正中的香火台子上。爹说，娃子，给你一件衣服。

爹起身走进他的房屋，把叠在奶奶留下的那张梳妆柜上的两口樟木箱子抱下来，那是母亲当初的嫁妆。爹打开一口箱子，一股樟木的香味儿顿时弥漫出来。爹从箱子的一个角落，找出一粒红五角星，那是军帽上的五角星。爹把五角星递给我，又从里面拿出三副领章，一副是纯红色的，一副中间有一颗星，还有一副上面有两颗星，小小的，金黄色。爹说，娃子，这是爹转业时留的留念，爹在部队从士兵干到班长再干到排长。那时候，我带着车队横贯东西南北，跑遍了大半个中国啊。

我的印象中，爹在部队是开的那种履带拖拉机，爹说起他的辉煌经历的时候，我总是怀疑他开的履带拖拉机能不能去那么多那么远的地方。像爹说的那样，在沙漠里跑得尘土飞扬还可以，要是从青藏高原跑到西双版纳，那台履带拖拉机肯定要成一堆废铁。

爹从另一口箱子里拿出一叠衣服，是米黄色的军装，有上衣、裤子，还有一双解放鞋，崭新崭新的。爹把一套单衣服给我说，这套给你，留个念想。

我一下子愣住。在巴王村，拿衣服做念想的，都是人死了，活着的亲人拿一件衣服，作为对亡灵的怀念。我看着爹，发现他的额头已经刻满了纹道，像门前那棵老柿子树。

这套厚的，留给你哥。爹说，还有一套旧的，我在部队穿过的，到时候你们就给装老吧。爹说得坦然，我的心却不断地下沉。爹还在箱子里翻弄着什么，我看到了一个羊角样的东西，伸手拿了出来。

爹愣了愣，说，那是羚羊角做的烟斗，我都保存了四十年了呢。爹说的时候，脸上焕发出难得的神采，浑浊的目光渐渐清澈明亮了许多。这个我留着，爹从我手中拿过去，在手中摩挲着，像一件稀世的宝贝。然后爹从几本机械书中找出一个方巾的手帕，在面前嗅了嗅，用它把烟斗包好，重新放进了箱子。

爹，那时你不已经是军官了嘛，怎么就转业了？我吐出了心中好久的疑问。

我不转业，哪有你们三兄弟！爹说，哪有几个当一辈子兵的！

你不是军官了嘛，就是转业，也该在区里或者公社什么的，有个单位啊？

家里好，单位有什么好？爹说，脸色稍微变了变，当时安排我到供销社，你妈怕我读书少算错账赔不起，就在家里了。爹边说边拿出一张发黄的地图，地图折了几折，有几个印痕已经断开了。给你看看，那时候我就在那里驻守。爹关好箱子说。

拨弄了几下柴火，红红的火苗悄悄蹿了出来。爹把地图摊到双腿上，一折一折地展开，生怕弄重了，那张地图会变成几张碎纸。

那张地图，有些地方已经被折痕淹没。铁路线还是清晰的，公路线已经隐隐约约，分不清国道还是支线了。地图上，大片的浅黄色的山体，老师说过，那是高原，还有发灰的沙漠，只有偶尔几个地方，才有几道浅绿或淡蓝的晕圈。爹指着地图兀自在说，这是一个小湖泊，这是大沙漠，这是沙漠中一个小绿洲，这是昆仑山，这是青藏高原，我们的部队就驻在这里，格尔木，我们连队在大柴旦。爹的手按住了两个小小的字，爹说，这一片，就是我们排活动的范围。爹的目光，忽然没了刚才的灵动，呆滞在地图上。

我说，大哥应该也在那里吧。

是呢。爹说，当初征兵，说是格尔木的兵，我就放心他去了。西北锻炼人啊，值得闯一闯的。

爹沉默了一会儿，把地图递给我，说，找张新地膜，垫个纸壳子，把地图挂到板壁上。爹说过后，眼睛又变得浑浊起来。

接地图时，从爹松手的刹那，我发现爹用食指压住的地方，写着两个字：河卡。那两个字，用笔涂过，显得格外醒目。

爹忽然说，开了年，你也出去闯闯吧，见识见识世界。三几年，我还死不了的。

大哥曾经说过，要我去他那里找点活干。

三

晚上，我和爹围着火笼，两个人默默不语。其实，我心里已经很活泛，我要穿过很多城市，去格尔木了，这让我很有些期待。我还从没去过县城以外的地方。对于爹，我本来是熟悉得不能再熟悉的，他身上的烟草味道，他说话的口气，他坐在那里的不发一语，我闭着眼睛都可以感知。现在，爹忽然在我心中开始模糊起来，他伛偻在椅子上，伸出的双手象征性罩向火笼，浅蓝色的火苗映上他的脸，照出他古铜色的脸膛，雕塑一般，像蹲了很长时间的马步，神色藏在很深的黑暗后面。

那时候，我们有很多事情。爹蓦然说，革命是一块砖，哪里需要就往哪里搬。

你不是汽车兵么，还干别的事情？在我眼中，军人比较单纯，后勤兵养猪，汽车兵开车，野战兵打仗，应该各有分工。

什么兵都是军人，军人以服从命令为第一天职。爹说。有一年，我们奉命去一个村子剿匪平乱。匪徒是一小股部队，我们去了大半个团，把他们围在一个村子里。围了几天，等老百姓跑撤得差不多了，四面八方朝那个村子打，打完了，我发现我的枪管弯了，一连打完了两箱子弹。爹用平实的语调讲述了他一生中唯一参加过的一场战斗，就是在那次剿匪后不久，他就被安排转业了。

平常，爹和他的士兵开着拖拉机在草原或沙漠飞快地奔跑，运军械，运粮食，有时候还不知道是运的什么东西。他们每人都有一支步枪，压在驾驶室的座椅后面，爹另外还有一支崭新的五四手枪。有时候，爹带领他的车队在路途的河边停下来，找一些枯萎的骆驼刺或是红柳条，在避风的地方燃起篝火，爹和几个枪法好的人，躲在河边的灌木丛，一枪一枪地打野鸭子。然后，就可以嗅到烧烤的肉香在河边飘荡。

我去了格尔木，想去看看爹剿匪的地方。我忽然冒出这样一个念头，还有很漂亮的河卡，那是个什么地方？我说。

那个剿匪的地方，就是河卡。爹说。我还期待爹说得详细一点，爹却没了下文。

河卡离格尔木远么？我问。

河卡，你想象得出来，就是有一条主河流过，背面有两条小河成丁字流入，南面也是两条河流，像个丁字，村庄就在那个结上。再往西，是大柴旦，背面，是一座山，是部队补给的重要地方。爹说，好似他的脑子里挂着一张地图。

我抬头朝板壁上的地图看去，微弱的火光中，它只剩下一个轮廓。我忽然觉得，河卡是爹取的名字，那时是军事要地，不能在地图上标，现在可能已经不太起眼，已不值得在地图上标了。河卡，五条河流汇成的一个村庄，渐渐在我的心里突兀起来。我真有点想去了，去看看河卡那个地方。

自己把握好自己的婚事，我们操不上心了。爹说。

四

冬天，雪下得不大，风一直吹个不停，薄薄的一层雪，硬化在地面，大地像抹了一层亮油。

我给爹砍了柴，还买了一车煤，供爹在家取暖过冬。我隐隐觉得，开年我一走，下一个年，我未必能回到巴王村。我得给七十岁的爹备好过冬的一切。地里的葱埋上了，白菜也撒到了地里，辣椒苗在苗床长得青青绿绿的，只等开春移床了。

我开始收拾出行的东西，主要就是几件衣服，棉袄破了的，我拿出去请人补了补，外面正好套爹给我的那件军装，穿起来也很周正。爹一边准备着年货，一边帮我收拾东西。爹拿出一颗黄晶晶的子弹，递给我，说，带路上吧，感冒肚子疼什么的，用开水吃几粒，会好很多。爹把子弹头拔出来，倒出一些芝麻样的小颗粒。屁股上的引信我已经拆了。爹说着，又拿出一个小小的药瓶，瓶上贴了什么，已经看不太清楚了。这是云南白药，中药，消炎止痛的，里面有一颗暗红色的小原子，救命用的，你都带上。爹说把那些东西都一一放进了我的帆布包里。

一切都准备好了，就等过了年，再过十五，我就要出发了。年前再没什么事情，我在巴王村随便转悠，也凑巧看见翠花和人打扑克。忽然要离开生活了二十几年的家乡，心里觉得有点不舍。

那天，我从外面回来，天已经黑了，堂屋门已经从里面闩上。我在外面喊，爹，开门。爹来开了门，我闩上门转身，发现爹在堂屋的大桌上点着一盏灯，升子里装满了黄豆，黄豆中间插着一个纸令，上面歪歪扭扭写着：阿玛。一副老花牌分成两叠，爹面前一叠，升子那边一叠，中间凌乱地出了一叠。我感到惊讶，看着爹，爹是从来不玩牌的，不玩花牌也不玩扑克，他从来就只吃饭，下地干活，围着火笼低头吸着山烟，偶尔喝很浓的茶，吹几口热气，咕隆两口就喝了下去。

爹，你这是干什么，闷了？闷了就去姑妈家转转。我觉得爹可能等过年等得无聊，他不像我，喜欢在村子里瞎转，一下子没事了，时间打发不出去。

你去洗了睡！爹说，水烧好了。

我指着黄豆里插得那个纸令上的字问，爹，什么是阿玛，是个人吗？看情形，爹是在和谁打着花牌，升子里的纸令，该是一个人的替身。

爹出了一张"孔子"，又从对面抽了一张"发财"，才点点头，是个人，也许死了。

我混沌着一下子明白了什么，是个女的？

爹又出了一轮牌，忽然咧嘴笑了，双手把几处的牌收拢，哗哗地洗了一通，自言自语地说，我又输了，又输了。爹的笑容，像一滴水滴在平静的水缸里，一晕晕地展开，渐渐才恢复安静。

我坐到爹的身边，小心地问，是河卡的一个女人？

爹转过头，定定地看着我，说，没有她就没有你们，顿了顿又说，有了她也没有你们。

我一下子愣住，怎么？我们三弟兄不都是很好吗？

爹叹口气，才说，给你讲过的，那回剿匪的时候，是她救了我，她自己却被流弹打中了。

我还是没转过弯来，即使她对爹有救命之恩，巴王村和河卡，隔着几千几百里路，与我们三弟兄好像怎么都扯不上关系。

爹站起来，挥挥手说，睡吧，就站起来进了他的房屋。爹挥手的动作，很像一个将军。

五

过年前，大哥从部队打回了电话。我屁颠颠地跑步到小卖铺。菊大婶问，你不是要去了么，你爹怎的，不跟你大哥说个话？我顾不上菊大婶的热情，抓起话筒就说，大哥，是我，老二啊！

大哥说，最近中俄输油又达成了新协议，部队有任务，真的不能回来过年了。爹怎么样，身体还硬朗着？

我说好着呢，就是没什么话说。有时候说吧，老说他当兵的事，你去过爹当初当兵的那个地方吗？

你是说，那个河卡？我打听过，哪有这个地方啊？爹也真是，几十年不见，就是真的有那个地方，现在也不知道什么样子了，这些年，变化也可大了呢。大哥说。

我看了眼旁边的菊大婶，小声说，我觉得，爹是不是在那里有什么秘密，爹是不是在那里喜欢过一个女人？前几天，爹在家一个人插升子打牌，那边写的名字是阿玛，你觉得，那个阿玛会不会就是他喜欢的女人？这种问题，越来越强烈地藏在了我的心里。

你确定？爹转业前是军官，按理该可以在驻地恋爱结婚的，要真是的，他为什么又一转业就和妈结婚了呢？他转业的第二年就有了我啊！你来了，我们再一起找找。真是那样的话，不找到那个河卡，爹死了也不会闭眼睛。大哥说，语气有点沉重。

我说，那个地方，是五条河，两条两条地结成丁字，一条穿过它们，像个卡字，在西北，这样的地方，应该很好找的！

爹是因为得了病才转业，难道，那女的不要爹了？大哥推理着说。

爹还有那时候的军用地图呢，挂在板壁上，我看过，从格尔木一直往西，说有两三百里。你去打过野鸭子没，爹以前经常带着枪去打的。

大哥在那边笑了，说，我都只在新兵的时候摸过枪呢，现在是什么年代啊，我们团长都不配枪，你说我拿什么打？

连枪都没见过啊？我忽然对大哥这个兵失去了内心的崇敬，我几乎是盼咐大哥说，你记住我说的地方了，到时候带我也去看看。

我知道了。等你来了，我们抽空一起去看看。大哥说。

我和大哥说好了启程的日期，到格尔木了怎么走，他在哪接我，就挂了电话。

回到家里。爹在房屋里翻箱倒柜，不知道在找什么东西。我把和大哥的通话大致和爹说过，省略了关于爹的议论。我说，大哥没有找到河卡，也许，现在那个地方改名字了。

爹抬起头，改名字了？改名字了，地方不会改！

再说，阿玛已经不在了，你还是要找她吗？我问。

好久，爹点点头，你妈在的时候，我一直不想提那些事情，但她一直装在我的心里。阿玛是因为救我，那颗流弹打中了她。爹缓缓地说，我转业回来没安排工作，也是因为阿玛，在战斗时刻谈恋爱，带着处分。爹的脸上，露出痛苦的神色。

从爹的痛苦而甜蜜的记忆中，我知道了爹的爱情。

爹和阿玛是在河边认识的。那时，爹带着他的车队在河边休息，爹看到河里有几只鸭子，掏出手枪打了一只。阿玛在河边洗衣服，爹准备打另一处两只鸳鸯的时候，阿玛阻止了爹。他们的相识属于比较老套的故事，但是后来，他们几年的相爱，成为连队人人皆知的佳话。那年在河卡剿匪，爹带着人从河西围住村子，就是阿玛带的路，在一族灌木丛中，阿玛亲吻了爹。排枪响过，一个残余的匪徒匍匐着从河边出来，爹还沉浸在阿玛的吻中，阿玛一把推过爹，那一枪就打到了阿码的身上。战斗结束后，爹因突发结核住进了医院，阿玛也因伤被送进了医院。爹痊愈后，来不及打听阿玛的情况，就安排转业了。

我终于明白，爹说有了阿玛，就没有我们，没有阿玛，也没有我们的意思。

六

踏上西行的火车，我没有初次出远门的兴奋。我抱紧自己的帆布包，眯着眼睛想睡，脑子里却总是浮现出一个女人的身影。

我分不清她是谁，不知道她是阿玛，是翠花，还是我那已经长眠在地下的母亲。

到了郑州，才觉得自己对寒冷估计不足，风虽然不大，空气里有一股赶不走的冷瑟，冷得双腿直打哆嗦。我把包里的衣服拿出来，该加的加到身上，能搭的搭到腿上，再把爹给我的那身肥大军装套到外面，缩着身子，抱着双手靠在窗边，才渐渐温暖过来。

恍惚中，我换了一个抱胸的姿势。就在我的左手伸进右胳肢窝时，触到了一个硬状的东西。是在军衣的兜里。兜扣着，翻开衣角，还散发着一丝樟木的香味儿。我小心地解开那粒扣子，把那个硬状的东西取了出来。

那是几张纸叠在一起，里面包着一张花边的黑白小照片。照片上是一个姑娘，站在一条河边，笑得满脸灿烂。这是一个美丽的姑娘，从衣着看，应该是少数民族人，她的眼睛大而明亮，鼻子稍微突出一点，显得端庄匀称。照片的背面，写着一行小字：卓伊阿玛，照于一九六二年。

我一下子愣住。尽管我已经隐约猜到了很多，当这张照片微笑着看着我时，我顿然觉得，爹心中的河卡，就是这个美丽的姑娘了。我甚至觉得，她如果是我的母亲，我也一定会遗传到她的基因，生命中会有一些高原的英俊和沙漠的强悍。

包着照片的三张纸，是爹写给阿玛的一封信。我让自己平静了一些，才展开信纸，去读一个六十年代的男人写给他心爱姑娘的情书。这是一封朴实却炙烈的情书，透过饱含相思的语言，我看到了爹和阿玛在河卡的美好爱恋，他们的悲欢，他们的向往，他们的快乐。这些质朴的文字，像一股清泉，缓缓从我心头流过，让我欣喜，也让我有着偷窥了爹的秘密的负罪感。

信的最后，爹留下了写信的时间：一九六九年。

车窗外已是西北的风景。一些地方被雪覆盖，一些地方裸出戈壁滩，在叮当叮当的铁轨声中，爹渐渐浮现进我的脑海。妈是爹转业那年，经人介绍从田家嫁过来的。这封信，爹写了，却没有寄出去，也许，爹怕伤害另一个女人。

我把信和照片原样包好，装进衣服的里兜。我想起来，那天爹在家到处找东西，应该就是找这张照片和这封信了。也许，我应该保持一个秘密，不再穿这件军装，也装作不知道有过这些照片和信。

等我将来回到巴王村，爹看到的，还是那件叠得整整齐齐的军装。

(《羊台山》第12期)

巨象

/甫跃辉

　　巨象穿过雨林。雨林纷纷倒伏。李生感觉到脚下的地惶惶摇晃，尘土如落在敲响的鼓面，塞塞窣窣滚成均匀的扇形，身后的茅草屋也在颤动，屋檐发霉的茅草箭镞一样纷纷射下，杂乱地落了一地。李生面向巨象，大张着嘴，目光呆滞，身子往后倾，两只手慌乱地滑动着，任何可以依靠的东西都没抓住。他完全被眼前的景象镇住，连逃跑的念头都忘了。那些大象真够大的，繁茂的雨林只有它们的膝盖高，如同杂乱的灌木丛。巨象们目光沉着，一步一步从山上下来，所到之处，上百年的大树猛烈摇晃，转瞬就倒了，拽出地面的根须足足有一间房子那么大。上百种鸟儿慌乱地飞起，盘旋在它们的腰际，斑斓的羽毛烁动着黄昏湿漉漉的阳光，鸣叫淹没在它们石头一般沉重的脚步声中；还有一些没来得及飞的，被倒下的大树震得羽毛脱落，纷乱的羽毛浮在半空如五彩的迷雾。

　　李生嘴巴里啊啊着，一句话没说出。巨象渐渐逼近，他听到它们嘹亮的叫声了，看到它们门洞似的眼睛，粗糙厚实的皮肤上挂着的大颗绿色露珠了，领头的巨象脖颈上还驮着一个小小的红色包袱，若开在岩石间的一朵艳丽的虞美人。再近一些，待巨象们小旋风般的鼻息扑到脸上,他才看清,那不是什么包袱,而是一个披红雨衣的女人。他看不清她的脸,是披肩长发和苗条身段暴露了她。

一旦看清巨象驮着的是人,逃跑已来不及。巨象们加快步子,猛然撞上腐朽的茅屋,茅草受惊的鸟儿一样飞起,椽子和大梁嘎吱嘎吱响,李生眼瞅着巨象的脚掌黑夜似的压下,憋得紧紧的喉咙终于发出了声音,那是极其短促的一声:啊——

李生掀掉薄薄的被单,被单被汗水浸湿了一大片,倦倦地散发出一股汗味。他大大舒了两口气,闭上眼睛又睁开,呆呆地瞅着蚊帐顶。第二次做这个梦了。从小到大都这样,有些梦会一而再再而三地来访。第二次做巨象的梦,他醒来后隐隐感到一些不安。他觉得那些冲向他的大象隐喻着某些即将到来的事物。无论大象还是女人,肯定和她有着某种关系。

窗外的鸟叫恍若故乡密密匝匝的星星,时间不早了,他又闭着眼睛躺了一会儿,才下床洗漱,出门后想起胡子没刮,又返回住处。刮完胡子,他又是皱眉,又是咧嘴,看着镜子中的面孔变出一副副怪样。他不禁大睁了眼睛,额头立马挤出好几根粗大的皱纹。这让他有些忐忑,他知道自己离老还远着呢,两天前才刚刚过了二十九岁生日,在单位里,他还是众人眼中二十出头的小年轻,他也乐意充当众人关爱的角色。可换一个角度看,他离三十也就一根指头的距离了。耶稣三十三岁就被钉了十字架,他不知道自己三十三岁时会被钉在生活的什么地方。他恢复了平常的表情,额头还是光亮平滑的。虽然比她整整大十岁,他自信在她面前不会显老。

在此之前,他们只见过两次面,真正的约会这应该是第一次。

第一次见面是在火车上，她背着大包，拖着行李箱，气喘吁吁地在他对面坐定后，他就知道，她是新入学的学生。他那会儿离开学校四年了，见到学生，他一面觉得他们幼稚，一面也勾起一丝怀旧的心情，还有点儿矫情地想到自己已经老了。不管怎么说，他还是喜欢跟学生坐在一起的，他总能很快在他们面前表现出一种优越来。然而，那时候面对她，他并未像以往那样主动打招呼，她一点儿不好看，脸色黝黑，鼻子翘翘的，活脱脱一个农村初中生。三十多个小时的旅途，他们就那么面对面枯坐着。快到终点时，她怯怯地对他说，你能帮我打个电话吗？她摆弄着手机，黑脸透红，说，我手机没电了，我亲戚要来接我。他后来还清晰地记得，那时候她说完这句话，差点儿哭了。他虽有些不乐意，还是为她打了电话，在她连声的道谢中，他得到了不少满足，并做出对这个城市很熟悉的样子，热情地把她领出错综复杂的火车站，交给他的亲戚。他转身就走了，不愿受他的亲戚感谢。也许就是他的这种举动，给了她好的印象吧，后来他这么想。

　　她发短信给他时，他已然完全把她忘了。从短信的语气，他看得出她是个女孩子，但她一直不告诉他她是谁，她让他猜。"你猜嘛！我们不久前才认识的。"他感觉得到她撒娇的样子。那时候他正在办公桌后正襟危坐，可他心里有了几分激动，介于工作的性质，他并没有太多的机会认识女孩子，尤其是漂亮女孩。他想象着那一连串陌生号码后会是怎样可爱的一张脸，也回了一条有些暧昧的短信，"我认识那么多女孩，怎么猜得到你是谁。"并不抱什么实质性的期望，可他愿意有那么一点儿幻想。"原来你那么招女孩子喜欢。"看到回复，他又有了几分激动。他想了一下，他招女孩子喜欢吗？——怕不见得，但他喜欢她这么说，短信里那明显的醋意令他感到满足。待她告诉他，她是他在火车站帮助过的那个女孩时,他愣了好一会儿,想起来后,先前的激动霎时消散了。他对自己感到了一点儿厌恶,又有点儿恼她,干吗不早说呢。她的模样是想不大起来了,但他清楚地记得,她真是一点儿不漂亮。他草草敷衍她几句,借口在上班,不再理会她了。

之后她不时给他发一两条短信,问一些学习上的事儿。那种细微的激动再没出现,但他仍旧回复她,有一次还跟她说,找男朋友要格外小心,不要被人骗了。她说他真是个好人。原来他有那么多经验,知道那么多东西,足以让一个人崇拜的。这不由得让他想到自己的女友。在女友眼中,他是越来越无能了。

女友是城市本地人,他们从大学期间开始相处。四年多来,他不止一次和女友说过,不如领证吧。第一次说时,他正骑单车带着女友穿过梧桐树荫,女友伸出两手环住他的腰,他回头一看,女友的脸涨得红扑扑的。最近一次他再说时,女友狠狠瞪了他一眼。"结婚?怎么结?晚上睡大马路啊?"他支吾着说,住我那儿啊。"结婚住出租屋?神经病!"女友说了并没往心里去。他表面无所谓地嘻嘻坏笑,说不结拉倒,心里却盘了一丝忧伤。

又一次为经济方面的事儿和女友闹别扭,他到超市买了两瓶啤酒,回住处一个人慢慢喝光了,心里仍旧憋得慌,打开手机一遍一遍翻看通讯录,想找个人说说话,后来手指就停在了她的名字上。他给她发了条短信:"我喜欢你。"隔了好一会儿,她才回复:"你喝酒了吗?"他一怔,激起一股执拗劲儿,回说,"没有,我说的是真的。"这次她回得挺快,"你真喝酒了,你知道我们不可能的,你学校那么好,又有工作,我什么都没有。"他看完短信,带着一种复杂的心态,回复道:"这些很重要吗?喜欢很简单的,根本不需要这些,我就是纯粹的喜欢你。"短信发出去后,他才感到恶心。真恶心,他在心里骂了自己一句。她迟迟没回短信,他感到心里沸着一片热水，脑袋里白蒙蒙地腾着热气，走到阳台吸了几口夜气，望着城市远处的灯光，冷静下来了，又发了一条短信过去。"你不同意算了，算我喝醉了。"他陡然感到浑身轻松，又不禁有几分失落。一会儿，短信回回来了，"有你这样的吗？变得这么快。"心里那片水又窜出了细细的涟漪。后来好几天她总发短信问他，他那晚为什么说那样的话，他都懒懒地敷衍着，想到她的模样，他开始懊悔了，那晚自己真是恶心！

若不是他到女友家去吃饭，他相信事情会到此为止。

他和女友和好后，女友邀请他到家里吃饭。他明知女友的父亲不喜欢他这个外地人，还是对老头子表现出了足够的尊敬，不停敬酒，干杯，结果喝得吐了三次，死死地在女友家客厅沙发上睡了一觉。他软着腿跟女友一家告别时，女友撇撇嘴说，你真差劲。他想这次是真玩完了。你平常不是很能喝吗？高度白酒一斤下去都没问题，怎么今天几瓶啤酒黄酒就醉成这副德行！回去路上，他给她发了短信，说自己出来办点儿事，路过她学校附近，问她有没有空。她很快回复了，问他在哪儿。

他走出地铁站时，天色很晚了。站前是一个小型广场，广场中央的欧式喷泉旁围了一圈蓝灯，灯光射向喷泉中心的裸体女人雕塑，女人蓝幽幽的脸充满怨毒。他在小广场上转悠，许久不见她到，心想会不会有什么变故？又想起女友，这样做太对不起女友了，不如回去？他踌躇着，在喷泉边踱来踱去，或许是喷泉中间的裸体女人对他暗示了什么，他忽然朦朦胧胧意识到接下来会发生什么事了，那简直是犯罪！他心里一颤，一阵激动的细浪腾过全身。这时最后一班地铁离开了，他攥紧手机，喷泉细小的水珠零零星星溅落在他脸上，他浑身轻松，有种解脱的快感，他终于要做点儿什么了。去你妈的，他想。

她一出现，他就拉住她的手，顺势抱上去，把嘴巴扣在她的唇上。她紧紧抿着嘴唇，似咬得死死的鸭嘴钳。他伸出舌头努力突破封锁后，发现舌头被挡在了一大排森严的盾牌外面。他丝毫没感到欲望的满足，但不能放弃，不能！他就一直来来回回舔着她的牙齿。她一动不动，任凭他摆布，眼睛瞪得大大的。他总算感到无聊，把她放开了。

"接吻不是这样的。"他不无懊丧地说。

"还说！我的初吻就这么没了……你还喝酒了。"她差点儿哭了。

他仔细看了她，脸色黝黑，鼻子翘翘的，真是一点儿不好看，身上还有一股他之前没发现的怪味——仿佛火药燃烧后的浓郁气息。他有点可怜她了，更多的则是厌恶自己。

他反反复复说，开房不见得就要做那个。她一直不说话，总算开口了，问说，做哪个？他看她一眼，不明白她是假装天真，还是真的天真。他忽然脸红了红，说，就是——做爱。他听见她小声说，神经病！这三个字触怒了他。他大声反问道，怎么神经病了？那很正常啊，你是不是怕了？你怎么这么保守！她紧张地看看左右，示意他不要嚷。他拉了她非要进宾馆。她扭着身子，力气大得如一只小牛犊。他说那算了，我回去，立即拉着她回到地铁站。车早没了，怎么回去呢，只好打的了。打的回到他住处，得一百块钱左右，听到这个数字，她拉住了他。要不……她犹豫着，还是别回去了。不回去去哪儿？他逼视着她。就在广场上走走坐坐不好吗？她眼睛里闪着路灯的光亮。他随着她的视线看了看冷清的小广场，几个身份可疑的男女在走动。怎么可以？半夜得有多冷，还有蚊子，还有……那些人。

要的是单间。他打开电视机，声音开得大大的。他明白接下来要做什么，电视里的声响可以部分掩盖他的怯懦。可不管他怎么说，怎么用强，她始终板着脸，英勇不屈得像个英雄。他努力燃烧起来的那点儿欲望在一点儿一点儿消耗掉。你怎么这样保守？你都跟我进来了，怎么就不能那样？不能那样那你跟我进来做什么？他完全占了理。她紧紧并着腿，两手护在胸前，眼里泪汪汪的。你是真喜欢我吗？还是你只想跟我那样？他开始厌烦了，真喜欢，他忍住心中的厌恶，几乎是咬牙切齿地说，不喜欢的话怎么会想跟你那样。他看到她咬着嘴唇，犹豫了。给我一点时间好吗？她说，我现在……还不适应这样……我也喜欢你……只是你喝酒了，我怕你是一时冲动。他听到"喜欢"两个字，颓然放开了她。一条短信进来了，是女友的，问他回到住处没有。他关掉手机。他把脸伏在她的脸侧，喘出的气息被挡回来，那股喝了酒又吐过的味道真叫人恶心，胃里几乎再次翻上酸水。

"你还是回去吧。"他平静地说。

"我留下不行吗？你睡吧，我就坐在你旁边看电视。"

"不行。你留下我会忍不住想跟你那样的，那样对你不好。"他很坚决，一下子又找回了好人的感觉。他确实是个好人。他都有点儿后怕了，刚才多悬哪，差点儿就做错事。

"你害怕了。"他把她送进出租车前，她瞅着他说。

"我害怕什么？有什么好害怕的。我是为你好，如果我们真那样了对你不好。"他躲着她的目光，又一次脸红了。

他回到旅馆，半天才把水温调到适合，然后将喷头直直对准嘴巴冲，激烈细碎的水流冲击着麻木的舌苔，渐渐感觉到了痒和痛。他和女友在旅馆里曾经给对方这么冲过，那是一个挺不错的游戏。现在他只为了冲掉嘴里难闻的气味。许久，整个舌头又重新麻木了，因为一直强忍着，泪水几乎从眼眶溢出。他蜷在床上，今晚的事儿多莫名其妙，这旅馆住的多莫名其妙！翻来覆去睡不着，迷迷糊糊地就看到了巨象。巨象穿过雨林。雨林纷纷倒伏。他感觉到脚下和四周的世界都在摇晃，他随时会倒下，随时会葬身象脚。他呼喊着醒来时，月光正透过没拉严的窗帘照进来，窗帘在地上虚虚地摆动着，大块剪影像极了巨象厚实的身躯。

　　他记得很清楚，那是第一次梦见巨象，巨象身上没有披红雨衣的女人。

　　人民公园四周高大的建筑也和巨象类似。李生幻想了一下，它们正朝自己冲来。不过和梦里不同，现在很安全，他喜欢在安全的情况下幻想危险，好得到一点儿没有危险的刺激。他到得早，有足够的时间想想过去一个多月的事儿，并预想一下今晚的事儿。今晚的事儿……他禁不住有些激动。这次和上次不同，这次没什么顾虑了。他做什么都不再对不起女友。女友告诉他有新男友后，他困兽似的在住处转来转去，无论朝哪个方向，走不上五步，必然碰壁。他真想大吼一声，然而，站在堆满杂物的窄小的阳台，面对相隔十多米的另一幢楼房，他张大嘴，终究没喊出声。别人会误以为他是个疯子。他掏出手机，又开始翻通讯录，手指在一个个名字上跳过，每个人都有着自己的生活，跟他没关系的。他再次停留在她的名字上。那晚之后，他们联系并不多，说什么呢？现在发现只有她可以说说话。那么多朋友，只有她——严格说来还算不上朋友的一个人可以说说话，有时候事情就是这么奇怪。

　　他一次次让她设想，如果那天晚上那样了，他们会怎样。她总是想方设法转移话题，他是个持箭的猎人，她是一只惊慌失措的小鹿。在收放自如的狩猎过程中，他因为失去女友在心中造成的空洞被胡乱填充了。他又为此感到忧伤。女友在他心中不知不觉已成为这个城市的象征，和女友在一起，就等于真正进入了城市。女友的离开，被他下意识地理解为进入城市的失败。我终究是个"山里人",他忧伤地想。而她和他一样是外地人,他凭借早先进入城市的优势,很容易就会把她弄到手。她在一定程度上能够弥补他的失落,又让他怜悯和厌恶自己。我还是个好人吗?他偶尔会问自己。不,我还是个好人。在这样的年代,这本就没什么,不然就太守旧了。他正是这么说她的,你太守旧了!此时他知道这样的理由无法真正平息内心。只好尽量回避问题本身。他想适可而止,幸好上次没发生什么。一转眼,他又管不住自己了。他急切想做点儿出格的事儿。

他向四周看了看,公园被高耸的建筑物包围,建筑上方天色幽暗。也许过不多久就会落雨。闷热的天气和家乡截然不同,将近十年了,他依然没能适应。旁边的几张椅子上,情人们仍旧甜蜜地相拥。他看看就觉得难受。他闭上眼睛,身子往后靠着一棵香樟树。有东西落在脸上,他睁开眼,看到两片暗红色的落叶躺在怀中。到这个城市后他才见到这种在春天落叶的奇异树木。他拾起落叶,拈着叶柄在手中旋转,又抛落在地。他真有点儿可怜她了。已经有过一次了,她应该有所准备,做出这样的决定不能怪他。

她比约定时间晚到将近一小时。他拉下脸,责问她怎么回事。她脸红红的,说地铁乘反了,快到终点才发觉。他忘了自己刚到这个城市时也曾做过这样的事儿,说怎么这么蠢,方向都能弄颠倒。他简直怒不可遏,接连说了好几个蠢字。她低着头,承受他瓢泼大雨般的斥责,连连说,下次不会了,一定不会了。下次?他用鼻孔哼了一声,谁知道你下次要跑到什么地方才会发觉?他看到她眼里有些湿湿的,才不再说什么。

他沿着公园的小径大步往前走,她赶紧跟上。他习惯了一个人在城市里穿行,步速很快,她小跑着才能跟上。他皱着眉,漫无目的地走着,不断迎面碰上手拉手的恋人,陪同儿女散步的中年人,还有坐在轮椅里的老人。阳光斑驳,从一张张脸上晃过。他又想起那些巨象来了,阳光大片大片落在它们挂满露水的粗糙皮肤上,金色鲤鱼似地游动。他正要逃跑,手被什么东西攀住了。一激灵,猛醒过来,回头看到她气喘吁吁,拉住了自己的手。

"你怎么走这么快?都不等等我。"

"一个人走习惯了。"他淡漠地笑笑。

有一会儿,他们就那么挽着手在公园里漫步。在别人眼中,他们一定是一对恋人吧。他不由得想,或许在她眼中,他们也是恋人。他感到别扭,担心有熟人看见——会不会被女友看见?他知道这样的想法是荒谬的,又无法消除。走到人工湖边,他抽出手,趴在栏杆上面对幽暗的水面。几只橡皮船碰来碰去,鸭嘴一样伸出水面的龙头不时喷出高高的水柱,船上的女孩子便不失时机地发出一串惊叫,朝旁边的男生偎。水柱转眼间颓然落回水面,有几滴水洒在他们脸上,有着微微的腥臭。要玩儿吗?他兴奋地看着她。她并未往湖面望,脸色阴沉地望着来来往往的人。玩儿吗?他又问了一遍。不玩,她回答得很干脆。他怔怔地看她一会儿,说那算了。等走到人工湖的另一边,在租借游船处,她却停下了。我们去划船好吗?她有点儿讨好地望着他。你不是不想玩吗?他懒懒地说。我想划船,不想玩那种,她说。她告诉他,她的家就住在一条大河边,河面宽阔,水流平缓,她最喜欢坐船从这岸渡到那岸。

李生没租她说的手摇船,租的是慢型电动船。他小时候生活在山区,到这座城市后才第一次坐船。现在坐船仍旧让他兴奋。他坐在驾驶舱,不断调整方向,船头不断撞向桥基和岸边。不久他就疲乏了,船太慢,操作太简单。他和她调换位子,看着她握着方向盘兴奋得满脸通红,不时哇哇喊叫。她很兴奋地讲起小时候在大河边的事儿。他懒懒地想象着她如何在河边戏耍。她仍旧不好看，但有了一些说不出的变化。然而不多久他又感到疲累了。他总是感到疲累，左手支着船舷，望着远处泛着淡淡天光的湖面，眼皮沉沉地坠了下去。

李生拄在船舷上的手滑脱了，猛然睁开眼睛，她正微笑着瞅着他。他略略红了脸。你睡着的样子真好玩，她咯咯笑着，脸上抹了一层阳光。他也笑了笑，坐直身子，整理一下衣服。她仍旧瞅着他，咯咯笑着。他拧起眉头，斜她一眼，笑什么呀？她压低了笑声。不知什么时候，云层散了，湖面泛着夕光，恍若黄铜镜面的反光。小船停在湖心，周围一只船没有。他感到有些头痛，似乎被大块的光晃晕了。

"你见过大象吗？"他突兀地问。

"没有。怎么了？你家那儿有大象？"

"我也只在动物园里见过。"李生轻描淡写地说，目光停留在水面晃动的光上。

暮色沉沉时，他们才离开公园。他仍稍稍走在前面，她小跑着，不时拽一下他。他们在一家空荡荡的小饭馆慢慢地吃饭，偶尔说上一两句话。落地玻璃外，夜色缓缓落下。他等着她喝汤，她一小勺一小勺地喝，多么美味似的。他看到她的手指轻微地颤动着，窄长的指甲葱根似的淡白。他知道接下去会发生什么，他想她也知道，她不该相信他的所谓保证的。

她和第一晚一样，两手交叉护住胸，使劲儿缩着双腿。他压在上面，你不是说要为我过生日吗？他说，这就算给我的生日礼物了。她一定是被他凶狠的表情吓到了，眼睛里闪着泪花，几乎是哀求他，下次好吗？我答应你下次。或许是这样软性的拒绝让他停了下来，他躺在她旁边，瞅着天花板，喘息着，有点儿恍惚。她整理了一下衣服，瞅着他，又咯咯笑了。他瞪她一眼，又笑什么?她抿了抿嘴,翻身盯着他,你和上次看到的很不同。怎么不同?他说。她又笑了笑,犹豫一下,说,比上次老多了。为这句话,他再次把她压到身下。他要做点儿出格的事儿,要一些人付出代价。他只有一刹那的犹豫——她和前女友不同,在这个城市,她和他是一样的,都是飘零无根的人。

她是第一次。所遇到的阻碍和她表现出的疼痛远远超过他的想象,他盯着她扭曲的脸,有过短暂的犹豫,反愈加奋勇。她咬着嘴唇别过脸去。他以为她会哭的,她只是定定地盯着某处。他从来没这么久过,整个漫长的过程她始终扭着脸不看他。他喊了她的名字,小彦,小彦。她没答应。他有一会儿想到了前女友,心里紧了一下。他不知道她想的是什么。他把脸伏在她的颈窝,闻着那股淡了的火药味。终于,她转过脸,有点儿厌烦地问,还没完吗?他被她的目光蛰了,刷地红了脸。

李生没在小彦身下的浴巾上看到料想的景象,反倒松了口气,笑了笑,说什么也没有嘛,没事。他跟进浴室,很快,看到她的脚下积了一大层红色。他站在她旁边,红色几乎要泛滥着漫上他的脚背。红色源源不断从一个隐秘恐怖的地方流出。后来他想,那时候他一定吓晕头了,他记得和前女友第一次时——那时他什么也不懂,女友似乎比他懂得还多些,女友并未出血。他连连说,怎么会这么多,这么多。她忧伤地看看他,我怎么会知道呢。他忙说,没事的,没事的,像是安慰她,又像是安慰自己。你爱我吗?她忧伤地说。他犹豫一下,说,当然。她愈发忧伤了,说我要你说,不要你回答。他依然没说那句话,只是说,那还用说!他生硬地搂过她,很轻松地笑笑,想,自己从此再不是好人了。

早上醒来,她说他昨晚咬牙齿了,咬得咯吱响,还大喊大叫,问他是不是做什么可怕的梦了。他还是第一次知道自己睡着后会咬牙齿。前女友从未和他说起过。从来是他半夜醒来，呆呆地看女友沉沉酣睡。他略一沉思，终究没和她说巨象的事儿，怀疑地问，是吗？

她送给他的生日礼物是一条黑围巾。她告诉他，她花两星期才织好。他谢了她，趁她上卫生间，把围巾塞进了宾馆黑洞洞的鞋柜。

巨象不再像以往那样构成一个完整的梦，而是散落在不同的梦境。比如他梦见和同事一起上楼，走到顶楼时，同事转过脸来，脑袋突然涨大了，是硕大无比的巨象脑袋。他吓得转身就跑，却发现四周根本没有路。还有一次刚刚入睡，朦朦胧胧地爬一座大山，藤蔓纠缠，悬崖陡峭，费尽力气爬到山顶，脚下晃动起来，四面看看，原来自己爬上了巨象的肩胛。诸如此类的梦总能让他醒来后一身冷汗。但他发现，自从和小彦那样后，巨象驮着的披红雨衣的女人再没出现过。他有些庆幸，又有些失落。

每天梦醒，离出门上班还有一段时间，他会躺在床上睁着眼睛出一会儿神。他脸色很不好，他开始用洗面奶认真地洗脸。洗完脸，再仔细地刮干净胡子，对着镜子默默看上半天，恶作剧似的对镜子里的人龇牙咧嘴，镜子里的人以同样的方式回报他。他忽地平静了脸，镜子里的人也一脸平静。他觉得真有点意思，无论谁，人前人后都不是一个样，只有他看见过自己龇牙咧嘴的怪模样。

上班路上他总是不时地拿眼睛去瞟漂亮的女孩子。这个城市漂亮女孩真多。有一天他在路边等大学同学老姜。他看到一个女孩子在不远处徘徊，白T恤，黑短裙，苗条漂亮，眼神清纯得令人疼惜。他忍不住朝她多看几眼。女孩子就走过来了，喊他哥哥，说服务包你满意。他一愣，回道，服务？女孩子迅速回了一大串名词,"沙漠风暴""水晶之恋"等等。末了,郑重地加上一句,绝对包你满意。他明白了,感到脸热热的,又强作镇定,说多少?女孩说,全套一次三百,两次五百,包夜七百。说完充满期待地望着他。他确实心动了,他认识的所有女人,实在没这么漂亮的。他低下头,内心挣扎着。女孩看出了他的犹豫,说她就住附近,安全没问题,她一般不出来拉客的,从来只在网上找。今天有点儿无聊,出来走走就碰到他,看他是个好人。他打量了一下女孩,小巧的脸淡淡地画了眼影,反倒添了一种天真的感觉。她竟然是做那个的。他说不上是什么心情,讪笑着说,你看我像好人吗?女孩子眨巴眨巴眼睛,催促道,你去不去?

他没说去,也没说不去,红着脸说,你客人多吗?……你身体……怎样?结结巴巴的,额头沁出了汗珠,他装作整理头发,借机抹了额头,湿漉漉一手冷汗。他以为女孩会恼的,女孩非但没恼,反倒笑了,露出洁白整齐的牙齿,说哥哥放心,我又不是专门做那个的,兼职而已。如果有病,你可以不做嘛。他说对不起对不起,我没那个意思。他真有点儿动心了,但他有点儿心疼钱,更主要的,还是怕出事。听到过太多被骗的新闻了。他往附近张望,能不到你住处吗?找个旅馆。女孩瞅他一眼,断然道,不行。他厚着脸皮说为什么不行?女孩向远处望望,说不行就是不行,我从来不外出。女孩明显焦躁了,下意识地一下一下用高跟鞋底敲着柏油路面,目光凛冽地瞅着他,你到底去不去?他又感觉额头沁出了汗珠,说我在等一个朋友。他看到女孩的脸即刻冷了,低声骂道,操,浪费这么多时间,还不如去保养皮肤。女孩转身哒哒哒走了。他感到一阵难受,又很想跟上去,又定定地坐着一动不动,他望着女孩的背影,期望女孩儿回头看一眼,回头看一眼他就跟她去。女孩儿径直走了。

女孩刚走,老姜就来了。他不由得后怕,心想若不是女孩走得及时，老姜看见就不好了，要是跟着女孩去那就更不好了。然而，他心里又有些失落。

他忍不住把这事当笑话和老姜说了，老姜笑是笑了，笑的是他，说他少见多怪。到了老姜住处，老姜对他诡秘地笑笑，打开一个交友网站，点开女性交友栏，有的没照片，有的有照片，有照片的无一不清纯靓丽。老姜很有经验地说，都很漂亮吧？告诉你，有照片的，交友条件不限的，基本都是做那个的，还美其名曰"白领兼职"。他留意到那些女孩子在家乡一栏上，填写的都是外地地名，他若有所思，说，怎么能这么说呢？老姜笑笑，让他挑一个，加了女孩的QQ，发过去"你好"两个字，女孩很快回复道：全套三百，包夜八百。乘兴而来，尽兴而归。老姜冲他得意地笑笑，又点开女孩的QQ空间，十来张照片无一不水灵动人，还有一则日志，语言唯美伤感，诉说着刻骨的孤独和对爱情的执着，其中一句堪称经典："一切从精神开始，一切到肉体结束，爱情沦为一部三级片。"日志的标题却是不相干的四句话：世界黑暗，破鞋泛滥；人非圣贤，谁不爱钱。老姜看了哈哈大笑，说，操！还是个诗人！这年头真是分不清谁是良家妇女，谁是鸡婆娼妇了。

李生大概因为读了不少讲述妓女情事的古典小说，不但没看不起她们，对她们还有些同情，但他觉得别扭。他再看到漂亮女孩，总忍不住想，她是不是做那个的？然后就往那事儿上想。完了，他想，自己真不是好人了。但这并不妨碍他努力回想老姜那天打开的网站，总算找到一个类似的，他竟然对着那些女孩的照片解决了问题。完事后，他望着满书架的书，好一会儿，长吁一口气，想起好长时间没做那事了。

将近一个月，李生没和小彦联系过，她也没和他联系。他有点儿意外，他以为一个女孩和谁第一次那样了，一定会黏上那人不放，他还为此担心。她没黏上来，他不免又有些失落。这时候反倒是前女友和他联系了。前女友发来一条短信，说她失恋了。他不知道该感到高兴还是怎样，回短信安慰了她。听她抱怨那男人，怎么能因为距离就放弃？他觉得有点好笑，难道她忘了她当初怎样了？仍旧装作局外人似的安慰她。

几天后，前女友问他能不能帮她换个工作。他曾经跟她提起过，老姜请他推荐熟识的人去老姜自己开的公司工作。他和老姜打了招呼，真真假假说了前女友许多好话，老姜答应让她去公司试试。做成这样一件事，他有点兴奋。他不禁怀念起和她在一起的那些日子，怀念和她做那事儿。她总能让他兴奋不已。有一天，他忍不住给她发短信。"我们还可能做爱吗？"几分钟后，她回说：给钱就有可能。一瞬间，他就想到了那种女人。他不明白她怎么能这么说，感觉吞了苍蝇似的，可他竟然回道：哇，那得多少？

李生再次关注起前女友的信息，找到她的新博客，发现她并未"失恋"，当天的日志上还有她和男友亲密的照片。他为此很恼火，怀疑她说那样的话只是为了博得同情，好让自己给她找工作。一怒之下，他发了短信质问她，她回说，她从没说过分手的话。他怒不可遏，删掉了她的所有联系方式，但她的手机号码早印在他脑袋里，无论如何删不掉了。

生活陡然就空旷了。

李生时常趴在阳台上眺望整个城市，城市和生活一样一望无际。

偶尔，李生会想起小彦，想起她一点儿也不好看的脸，他竟然有些心动。他记得她说他是个好人。他不由得苦笑一下。他没跟她联系。对他来说，她也是陌生的，他几乎要怀疑那件事有没有发生过。有一天天突然黑下来了，白亮的闪电在灰暗的高层建筑间腾挪，暴雨打得办公室外的香樟落了一地叶子。手机响了，一看是小彦。他跑到走廊尽头才接了。小彦说，她和本地两个同学在附近逛街，同学回家了，忽然下起雨，问他能不能去接她。他匆忙和领导请了假，打车到约定地点时，没找到她，疑心病犯了，以为她骗他，或者，有什么更大的图谋？她会不会找人来跟自己算账？他心里忐忑着，这时她发来短信说，她看到他了。等了片刻，她顶着一个小巧的白色手提包，蹦跳着出现在白亮的雨幕里。

　　李生撑开伞，小彦躲进伞下，挽住他的手。他们沿着公园外围走。紧挨着公园的铁栏杆，全是高大的香樟，暗红色的叶子和细小的花朵落满了印花地砖。他不断对她说，小心别踩到水，她则对他说，你走慢一些。他尽量慢慢地走。夜很快黑透了，他们看上去真像挽扶着的一对恋人。他心里有点儿暖。到了上次住的宾馆，他们的衣服靠伞外的一半都湿了。伞上落满香樟细碎的白花儿，李生看到小彦仔细地捡起一个个花儿扔进卫生间的盥洗盆里冲走，再很仔细地把伞折叠好。他坐在椅子上注视着她做这一切，他觉得折叠得那么整齐的伞有点儿怪，他用完伞从来乱七八糟一束就行。

　　身体分开后，他们各自盖一张被子。他回忆起小彦扭曲的脸，有一点儿心疼。小彦，他轻声喊，小彦！小彦望着天花板，幽幽地说，你知道吗？我一直强忍着。李生说我知道。小彦又说，我爸妈一直教育我们兄妹，做人要清清白白，结婚前绝对不能做这些事儿。李生说，我知道，不过那是你爸妈思想守旧，现在什么年代了……小彦打断他的话，你知道我和他们的想法是一样的吗？我为了你才改变的。有时想想就觉得恍惚，怎么就这样了。我一直是爸妈眼中的乖乖女，他们要是知道我这样，不知道怎么想。好一会儿，李生才说，我知道。小彦说，你爱我吗？我要你说。

这次李生没说"我知道",有点儿厌烦地想,多幼稚哪!那三个字他和女友不知道相互说过多少次,无论多少次,加起来还是等于零。

李生特意要的上次的房间,他偷偷摸过鞋柜,黑围巾不知哪儿去了。手在四壁的空旷里抓寻半天,他开始嘲笑自己,你个傻子!

以后两到三星期,他们就会在一起住上一夜。李生工作很忙,小彦进的虽说是个挺差的学校,学校管理却很严,没办法逃课。所以他们每次见面,都是下班或放学以后。他们一起吃饭,说话,早的话就到人民公园走走,不然就穿过长长一条冷寂的弄堂,径直到那家旅馆开房,结束之后相拥着,再找一些话说——他们并没太多的话说。多半是他说,她听。

小彦靠着枕头,侧过脸微笑着看着他,听他说家乡的草木风土,说童年趣事,有时小彦也会说给他听家乡的事儿。他们总在这样的谈话过后静静地仰望天花板好一阵子,各自想着一个遥远的地方。他还会给她讲自己中学时成绩如何好,顺带嘲笑一下她高中抱负那么大,竟然考上如此烂的学校。她似乎对此并不介意。他说得多了,她才说,你这么说我,是不是觉得很过瘾哪?他这才发觉自己确实是通过回顾自己的英雄史,同时贬低她,从而获得一种残忍的快感。后来他讲得最多的是大学读了四年的古典小说,渐渐就讲到《肉蒲团》《春闺秘史》《灯草和尚传》一路去了。李生开始讲得还有些含蓄,遇到那样的段落,他总笑笑,说他们那个了,久了就很直接,用上很多充满力量的动词。他讲得很兴奋,她反应却不大,对人物的命运倒是很关心。他本意是要以此调动起她对那事儿的积极性,不想他口中的三级片,到她耳朵里成了琼瑶剧。

有一次结束之后,她疲惫地感叹了一句,你那么有经验!他脱口而出，我和她有过啊。她沉默了。他和她说过女友的事儿，但他们从未在宾馆的房间里提起过她。宾馆的房间俨然是一个只属于他们俩的私密地带，他和她已默默达成共识。他也沉默着。他们转眼间就离得远远的，尽管分开的身体还带着彼此的温度。她抬头看了看空空荡荡的天花板，圆形日光灯散开一圈淡淡的白光，白光照出冷硬的石灰色。她长长叹一口气，说以后不要再说她的事儿行吗？我就这点要求。反正过去的事我也改变不了。

小彦和前女友不同，对他确实要求甚少。她曾要求过他给她打电话，不要老发短信——他的短信内容几乎永远和那事儿有关，他应付着打了几次，他说不喜欢她在电话里跟自己撒娇，狠狠责备了她，从此再不打了，她也不再提起。她甚至对他说过这样的话，要他不用担心，她不是不要脸的人，他说过他们是不可能的，她也同意。她从来不奢望什么，如果哪天他要离开，她会很听话地让他离开。他稍稍放心了，又感到难受。有一瞬间，他又想起那些外地来此做那行的女孩子。

小彦不高兴时，一张小小的脸更加难看了。他竟然对她有些畏惧，整晚陪着小心。第二天到地铁站时她仍绷着脸，他恼火了，说我不就说了那么一句吗？至于吗？小彦不看他，他又心虚了，说我再不说她的事儿了，我现在恨死她了。这样还不成？小彦不看他，一辆地铁驶进站台，许多人上下，她只是冷冷地站着不动。他恼道，上车呀！她扭头望向不断延伸出去的轨道，刚落雨又晴了，轨道闪着亮晶晶的光。小彦好久才说，我不是为你说起她生气，只是觉得离开了旅馆，你和我就像陌生人一样。

之后的一次见面，比往常要早上一两个小时。他们一进人民公园，他就拉住了她的手——很别扭地捏住她的手指尖。他用眼睛的余光看到，她咬着下唇，朝他狡黠地笑了一下。两年来，他们熟悉了公园的每一片人工湖，每一片草坪，每一条小径，每一条小径旁的树木花草。他们下意识地把整个公园走了个遍，仿佛要开始什么，又仿佛要悼念什么。他们踩着香樟树暗红色的落叶，在人工湖边找了一张淡蓝油漆的长椅坐下。黄昏正在到来，眼前的人工湖空旷得让人有点儿伤心，几只孤零零的水鸟飞高掠下，隐约看得见水底大片黑乎乎的苲草，金色的黄昏转眼间就要从水面逝去了。他们静静望着水面，仿佛在眺望什么，依旧拉着的手搁在两人中间。

"你有女朋友了。"小彦淡淡地说。

"你难道现在才算是我女朋友？"

李生惊了一下，又嬉笑着说。

"我是说，你遇见真正喜欢的人了。那人不是我。"小彦往湖面眺望着什么。湖面的夕阳好似深夜窗户上映着的灯光，正渐次熄灭。

李生没说话，他脑袋嗡嗡着，心想她怎么会知道？他最近两个月确实和一位大学同学走得很近。他们是在毕业六周年同学聚会上碰到的，一起读书时没什么感觉，没想到那晚在一起唱了几首歌，喝了几杯酒，彼此有了好感。他和女同学的恋情已经在朋友间公开，女同学是城市本地人，有自己的房子，年纪不小了，好几次催促他领证。他推脱着，不知道是恐惧什么，还是期待什么。他最近正发愁，不知怎么跟小彦说。

"你说过，我们是不可能的。我也这么觉得，凭我现在的能力，没法在这城市生存下去的。我只想听你说，你爱我吗？"小彦说这话时，眼睛里的黄昏快要暗淡成了夜色。

"说这个还有什么意思？是你自己遇到喜欢的人了吧？"李生反倒倒打一耙。

小彦身子弯下去，把脸埋在两臂间，小声地哭了。"是有人说喜欢我，我还没答应他，他说毕业了要带我去南方。"她瘦瘦的肩膀耸动着。李生的脑袋愈加嗡嗡作响，心里忽然有了怜惜，有了不舍，还有了一点儿嫉妒，想着，那是个什么狗男人。他想把手搁在她的肩膀，想把她揽到怀里，却捏紧了拳头。他该如何安慰她呢。两年来，他从来没说过一句爱她。他现在说还有用吗。他什么也做不了。只能听任她的哭声慢慢、慢慢浸染黄昏清冷的气息。

这是这座国际化大都市的黄昏，黄昏在逝去，春天也在逝去。

两个多月后，李生和女同学领了证，婚礼定在五一。领证后第二天晚上，李生站在逼仄的阳台上往对面望，并没有特别高兴。下个月他就要搬走了，他在这个城市真的有了自己的家，被这城市真正接纳了，按说他该高兴才是。他望了一会儿城市上空黝黑明亮的夜空，回到屋内踱来踱去，在衣柜里看到女友送的蓝色围巾，他才猛然明白自己想要干什么。自从上次分别，他们再没联系过。他想到了法律已经认可的妻子。还要不要联系？要不要联系！他的欲望突然澎湃起来。他多想再闻一闻她身上那股火药味儿似的汗味，再亲一亲她翘翘的鼻子。他终究敌不过身体里左冲右突的欲望。他竟然破天荒地给她发了她一直希望他说的那三个字。大约一刻钟后，她才回短信：老时间，老地方。

他又有点儿后悔了，立马想起妻子好听的笑声。如果去了，他还算好人吗？他竟然面朝窗口，眺望着城市璀璨的灯火解决了问题。他卑污地想，他要强奸这个城市，就像这个城市强奸他。他颤抖着，感到一阵难以抵挡的疲惫，浑身的热血一点一点冷却了。他到卫生间去洗冷水脸，好让本已冷却的血再冷一些。他凝视着镜子中的自己，眨眼之间，他怀疑鬓角有了白发。细看才知是灯光的反光。他习惯性地对镜子一阵龇牙咧嘴，忽想起一句话：年轻的时候，我们常常冲着镜子做鬼脸；年老的时候，镜子算是扯平了。他无奈地笑了。洗完冷水脸，他后悔了。他不能对不起妻子。但他没立即发短信取消明天的约会。

　　李生躺在床上，怀着一种伤感的情绪回想起三十年来的往事。多么不容易的三十年啊。他真想哭一声，又哭不出来。猛然间，窗外传来咚咚的巨响，屋子开始摇晃，心想地震了，一骨碌翻起，脚步趔趄着，要往门外跑。偶然扫到一眼窗外的景象，跑不动了。城市空旷的夜空下，一群巨象脚步沉稳，目光阴沉，正朝他的屋子走来，领头的巨象肩上骑着披红雨衣的女人。他拼命喊叫，却一声也发不出。急得要命，又跑不动。恍恍惚惚的，只觉得整个城市只剩下了身处的这一幢孤零零的楼房，房里只剩下他一个人。知道没命了。喉咙里哽了一下，只来得及想，我的房子……身子就飘了起来，随即被沉甸甸的水泥块砸下，落在一头巨象额前，微微弹起，又继续坠落，他看到披红雨衣的女人回头了。然而，让他大吃一惊的是那并不是女人，只是一面带长柄的镜子，椭圆镜面刚好让斗篷兜住。他看到镜子里自己正龇牙咧嘴，他的脸从未做出过如此高难度的表情。

　　李生从惊叫声中醒来，浑身冷汗淋漓。他看看屋子，又看看窗外，一切安然无恙。看了手表，才睡过去一个小时。他长长呼出一口气。他许久没梦到过巨象，没梦到那披红雨衣的人了——他几乎完全忘记了它们。怎么今晚又梦见了，那人竟然是一面镜子！镜子里是他自己！想起第二天的约会，直觉告诉他，两件事之间必然有着某种联系。他真后悔了，欲望在恐惧后完全消退。他拿过手机，发了一条短信过去，说刚接到单位通知，明天有事，约会只能取消。他有那么一点儿可怜她，但心安了，可以睡个安稳觉了。谁料得到电话铃声会突然响起呢。是小彦的号码。她会不会不依不饶？电话铃响了三下后，他还是接了，听到的是一个陌生男人沙哑悲伤的声音。

"你是李生吗?"

"您是……"

"我是小彦的哥哥,你这个混蛋!就是你把小彦害死的!"

李生头大如斗,才几个小时,小彦怎么就……他没法相信。

"小彦……她……怎么死的?"

小彦的哥哥抛下强悍的外表,小声哭了起来,他哭泣的方式和小彦很像。

"上吊自杀的,用她织的黑围巾。"

那黑围巾活似一条黝黑的毒蛇,瞬间从李生眼前游过。

"死了差不多两年了,我舍不得呀,一直留着她的号码。她死前对我说过,她要等一个人的一句重要的话。她说她等不了了。你知道吗,那个人就是你!"男人放开了哭声,两年来他肯定从未这样哭过。"那个人就是你。"男人哭泣着重复道。

李生浑身开始战栗,攥着手机的手抵到墙上,战栗仍然难以止住。手机敲在墙上嗒嗒响,哭声不断从手机里渗出。突然,李生听出那并不是小彦的哥哥,就是小彦。小彦坐在湖边的长椅,把头埋进臂弯,小声地哭泣。她的身影投向寂静辽阔的湖面,湖面上燃烧的夕光正迅速暗淡。李生茫然一时,啪地关掉电话,朝墙连击两拳,又狠劲扇了自己一耳光。这确实不是梦。是冰冷坚硬、令人疼痛的现实。就在这时,李生听到关掉的电话里又传出小彦的哭声,低低的哭声薄雾似的迷漫在整间屋子。他瞪大恐惧的眼睛,回头望向窗外,城市仍旧灯火璀璨。他念叨着"老时间,老地方",颤巍巍地朝阳台走去,他想,他真是老了。他还能完成生命中唯一的、最后的飞翔吗?

意外的是,李生从阳台纵身而下,呼啸着竟落到了床上。他晕乎乎睁开眼睛,才发现刚刚那一切不过是又一个梦。他抹一把冰凉的额头,手掌汗涔涔的,来不及吁一口气,就看到了床头的手机。稍作对峙，他一把抓过手机。他想，他确实不该去赴约了，经过这一夜折腾，他也不想再去赴约了。他鬼使神差地照着梦里的意思写好短信，略一迟疑，发了出去。他浑身一抖，陡然感到了恐惧。他静静等待着。他竟然在等待！果然，电话铃声响了。是小彦的号码。响了一声，两声……三声。

（《羊台山》第 13 期）

我们能否相信爱情

/厚圃

一

好好坏坏，我跟了李向生三年。老李是我的老板，人长得不丑，高高大大，方脸壳，颧骨酒红，两只眼睛不大但很有神，说话时露出一嘴整齐结实的白牙，感觉自信、正派而且厚道。在那段漫长而又短暂的日子里，我们上床前总要重复这么一段对白：

你什么时候跟她离？

快了。

有多快？

很快！

老李温和而坚定的口气让你不容置疑。

我一直在鼓起勇气对自己说不，对老李说不，可到底还是拦不住，我真没用，只要他像条狗凑到我身上嗅来嗅去，我就垮成一摊烂肉。我一直怀疑，潜伏在他身上的某种特有的气味在不断地迷惑着我，它类似于白粉渗进我的血液流遍身体每个角落，勾起了毒瘾般疯狂的欲望。拒绝很容易，我已经拒绝过他无数次了。久而久之，我们都清楚"拒绝"不过是餐前开胃的小吃催戏的锣鼓，这种共识使我们不约而同地陷入于渴望和兴奋之中。事后，我用充满着倦意和愤慨的目光死盯着他，他显得又无辜又诚恳，那受伤般的眼神让你生气不起来。我清楚我们的关系就如一支燃起的烟，迟早要化成灰。

也就在两个月前的一天，我骗他说身上来了脏东西，他说要检查，我不让，他把我摁倒在办公室的长沙发上。这时彩铃不合时宜地响起，那不折不挠的劲头有点像老板娘何红梅。老李在我身上颤栗了一下，抓起手机压在耳朵上。这种奇异而别扭的情景唤醒了蛰伏在我身体里的那头猛兽，他不动，我还在动，屁股一拱一拱的像在匍匐前进。对方的声音犹如颤动的电流嗡嗡地响着，我还没听清，老李的声音就炸开来，阿龟，你好好给我待着，别动，我叫个人去带你。看得出他有多恼火，我就更恼火了，一种比饿汉还心慌的心慌搅得我十分难受。我嘟嘟囔囔地咒骂那个该死的阿龟，有种预感，他将给我们的生活带来变化。

阿龟是老李的堂弟，三十年前，老李把他从牛背上掀下来，刚好被后面跟上的牛踩中了脊梁骨，后背便长出个罗锅来。半年前，阿龟结了婚，很快又离了，原因是老婆给他戴了绿帽。乡里人就给他起了个更难听的绰号"青头龟"。眼看着在家里待不住，他就想到了他的堂哥。在曲河乡，谁不知道老李在深圳当快餐店老板？可阿龟没有直接找他，而是找他的爹，一把鼻涕一把泪，把瘫在床上的老头子给说动了，立即给儿子来个电话。老李暗暗叫苦，身边添了个亲戚就像多了个盯梢的，我和他的地下工作还怎么开展？可他又不好拒绝，只能装作不停地咳嗽。老头子是个精明人，感觉得出儿子有点不乐意，语调马上变得沉重而严厉起来，向生啊，做人可要讲良心，要不是你，阿龟就不会这么惨，你现在当老板了，可要扶人家一把啊。老李只好停止咳嗽，换了种口气说，爹，我晓得。

很快，阿龟就被店里的小弟用电动车驮回来，由我领到老李楼上的办公室去。我瞟了一眼长沙发偷偷地笑，那里凹下一大块，像母猪拱出来的泥坑。老李也会心地笑，嘴里说坐坐坐坐。阿龟的屁股才朝那个大坑坐下去，我抑制不住地笑出声来。阿龟转过脸来用惊奇的目光打量着我。老李拿起烟盒说，庆生，抽烟。抖出一根递给他。阿龟小心翼翼地接住衔在嘴里，摸出打火机埋头点上。

说说看，你能干点什么？老李坐在办公桌上，左手夹在右腋窝下，右手举烟，蹙着眉头，嘴角浮出几分讥讽的表情。其实他早就想好了，叫这家伙送外卖腿脚不灵便，当服务员呢？光他那丑样就能把客人吓跑。阿龟把目光从我的脸移开，怯怯了瞟了老李一眼吞吞吐吐地说，哥，你看着办。老李弹了下烟灰说，到厨房淘淘菜洗洗碗吧，包吃包住，每月千二。阿龟站起来不停地鞠躬，好的好的好的。背起旅行包走到门口，又回过头很深地看了我一眼，看得我手足无措，心里有种说不来的恐惧。望着他下楼的背影，老李笑眯眯地说，人家一来，魂就让你勾走了。

那天老李还想继续给我做检查，手刚伸过来就被我狠狠地拍掉。我的满脑子尽是阿龟那怪怪的眼神。他还以为我在开玩笑，笑嘻嘻地扑过来，我闪身躲过，大叫起来，不要啊！

笑容从老李的脸上和眼睛里消失殆尽，他瞪大眼睛看着我，一副不敢相信的样子。事后我以为会内疚老半天，没想到一阵无比的快意掠过全身。值得庆幸的是，他还没有腻烦我。在他没有腻烦我之前，我必须跟他断掉。假如说以前我不知从何说起，那么阿龟的到来正好成为我的借口。我对自己说，你不能再犯傻了。

第二天早上，太阳很好，老李的脸却是阴的。他双手叉腰，粗粗壮壮的呼吸声一进一出跟刮台风似的。我知道，他要发飙了。像往常一样，我们站成一排等着他训话。他的目光亮晃晃的好似照妖镜，朝我们逐个照过来，照得我们毛骨悚然虚汗淋漓。我们在等待一次爆炸，药信子已经点上了。老李的嘴唇徐徐张开，我们的嘴巴也跟着张开，像要去接住他的话，又像是对他刻意的模仿。他把嘴巴张到最大,忽地一下闭上,有股气很冲地从他鼻孔噗地喷出来。我们也赶紧把嘴巴抿紧,生怕吃进去蚊子似的。他不停地摇头,想要让我们明白,事情已经到了忍无可忍的地步。

最近有些人对工作缺乏热情,办事拖拖拉拉,对客人爱理不理……他的声音夹着一股饱经沧桑的苍凉,不急,却很重,锤子般一下下地敲在我们的心坎上。我把积了老半天的口水咕嘟地咽下去,还没来得及念阿弥陀佛,他的嗓门就陡然大起来,特别是某个人,在这里我要提出严厉批评,别以为干出点成绩来就老子天下第一,还嫩着点呢,就在这我还把她当个宝,不听话的,统统给我滚蛋。

我像被什么击中,愣住了,一股寒意嗖地蹿上脊梁骨,疾速地向四肢游走扩张。仿佛有无数的目光聚焦到我脸上,照得我原形毕露无处逃遁。我死咬住下唇,把冲出嗓子眼的东西硬生生地咽回去,但眼睛已经模糊了,闪烁着针尖麦芒。

晚上十一点,该下班了,我还坐在收银台前对账,一副忍辱负重、兢兢业业的样子。

老李无声地绕到我背后,气息哈在我细白光洁的脖子上,又烫又痒。我的心颤悠了一下,装作不知道,却拿眼角的余光打量着右侧的落地玻璃,我俩的影子正映在上面,一红一白灿然夺目。他怕冷似地凑得更近,涎着脸说,他们全回家了。我抬起头,望着玻璃墙外几个勾肩搭背、涂抹着路灯微光的背影,兜上心来的某个念头竟那么的强烈。我心跳加快,双肩微微颤抖,身体挺得直僵僵的,像要经受什么有力的一击。他的那双大手如熨斗在我的后背暖烘烘地熨烫来熨烫去。要在以前,我准会表现出不卑不亢,半推半就,由他顺藤摸瓜。可这回不一样,一想到他早上的嘴脸我就来气,心就硬起来,奋力挣掉他的手,声音变得又冷又冲,别碰我!

老李还装傻,手熟门熟路地伸进我的衣襟。我果断地摁住它。

老李开头并不相信，十根指头努力了一阵子，终于明白我使的是死劲，便耷拉着脸说，别生气了，生气伤身。

老李比我大十八岁，有时说话的口气像个父亲，有时又特别的孩子气。我冷若冰霜地说，少来，你已经有老婆，我也要有老公。

我很快就跟她离了。老李讪讪地笑。我眯着眼做出一副把他看透的样子，不耐烦地问，很快是什么时候？

老李低下头想了想答，暑假。

这是迄今以为老李在这问题上给我做出的最明确的回答，明确得让我不敢相信。好在我了解老李，他是个凡事深思熟虑、言出必行的人。我听到自己的心脏很响地跳了一下，悬在那儿。这两个字分量重极了，掉到地上都能砸出个坑来。我的嗓子眼像被热乎乎的什么东西堵住，只能竭力忍住眼泪，许久才回了一句，好吧。那语气是不上心的，就像对方跟自己开了个玩笑。

男人这东西我算是看透了，你越容易上手，他就越不把你当回事。所以你对付他们的最好办法就是：先不把他们当回事。不过话说回来，要想马儿跑，就要偶尔喂喂草。这个分寸要是没有拿捏好，煮熟的鸭子也会飞走的。

如果我同意，老李就会放开手脚，把我挟持到楼上的办公室。那是一间用三合板隔开的小房间，里面只容得下一张长沙发和一张办公桌，还有挂在墙上的相框。乍一看，相框像个窗口，探进来三张表情各异的脸，老李一如既往板着张脸，像在对员工训话。何红梅眼睛瞪得老大，似乎对什么感到吃惊。只有他十岁的儿子咧着嘴开心地笑。我对这里太熟悉了，每进来一回就有种旧地重游的感觉，又亲切又惆怅。我的第一次就是在这里给了老李的。那是我到快餐店上班的第三个月，由于地面太滑，我的脚崴到了，老李把我扶到这里。那是个秋天的下午，明亮，干爽，看得见微尘在一缕金色的阳光里飞扬。我坐在长沙发上，门虚掩着，他蹲下来帮我脱鞋,还有袜子。从他那夹杂着几根银丝、又粗又硬的短发里,我闻到一股阳光的味道。他察看完伤势,从枕头底下摸出瓶活络油,撒在我的脚背上、踝骨上,刚开始还是一片清凉,在他那双大手慢慢的揉搓下,就一点点地热起来,最后以燎原之势席卷全身。活络着活络着,他就不动了,因为有大滴冰凉砸在他的手背上。他抬起头,看见我红扑扑的脸早已湿成一片,反射出明亮的光。

孙婷婷,还疼吗?他的声音温柔得像个陷阱。其实我的脚已经不疼了,是心在疼,就在几天前,我的男友跟我的姐妹好上了。我用力摇了摇头。老李蹙着眉说,要不再揉揉吧?我说,不疼了。老李看了看自己的手,又抬起头看我,不敢相信地说,没那么灵验吧?我扑噗地笑出声来。老李把一根手指举到嘴边,嘘了一长声,那样子十分滑稽,像在给孩子催尿。我再也忍不住,索性放开地笑,那声音如一头小鹿,欢快,跳跃,刹那间便蹿出好远。老李吓得急忙去捂我的嘴,那股油味熏得我喘不过气来,还没明白怎么回事,人便被他卷进了身子底下。奇怪,我这么单薄的身子骨,不但没被他那山一样的身体压垮,相反还举重若轻。很快,我觉得自己像是失去了重量,如果不抓住点东西,怕要轻飘飘地飞上天去了。

那天晚上我失眠了。我竭力在想到底发生了什么,结果绕进去却绕不出来。第二天老李把我叫去坐收银台,还给我涨了工资。我问他为啥?他哼哈了老半天说,没想到你还没做过那事。我立刻拉下脸来说,做过怎么样?没做过又怎么样?反正我是自愿的,你放心好啦,我不要你负责。我的一番直言把老李窘得脸红耳赤。

床笫之事,开始第一次便有无数次。每回老李像个孩子迫不及待地撕扯我的衣服时,我都会静静地躺着,像一只温顺的猎物。他动作娴熟目标精准,生意的蒸蒸日上给他平添了一股敢为天下先的霸气。在我身上,他像个悲伤的骑手颠簸着,发出痛苦的呜咽。慢慢的，我听清他一直在喊着我的名字，就像要分清这种快乐来源于一个俏丽的姑娘而不是家里的那个黄脸婆。每当这个时候，我就会把迷离的目光移到墙上，何红梅像躲在窗口偷窥，她那一脸的吃惊如同一束强光照亮了我，也灼痛了我，扭曲的快感宛若鞭子狠狠地抽在我身上，那股颤栗刹那间挫进灵魂深处。我死过去又活过来，听到自己使劲地叫唤，声音如猫，峭拔恣肆如泣如诉，声音如鸟，在狭窄的空间飞来飞去四处碰壁。

　　何红梅远水解不了老李的近渴，只有我触手可及随叫随到，把他滋润得像挂在他脖子上的那块羊脂玉。每回事毕，老李总要推心置腹地向我诉说内心的苦闷，以此作为对我的信任或嘉奖。他抽着烟，眼睛似闭非闭，说着说着，口气便凝重了。他一个劲儿地埋怨何红梅，是她眼红村里人，催命逼他来深圳打工。他本来可以安分地当个工人，偏偏何红梅又生出野心来，跑过来跟他一起创业。遭了好几年的罪，快餐厅像女人的肚子总算搞大了。他正想松口气，老爹又中风卧床不起，何红梅不得不带着孩子回去照料他。分开两地，感情日渐疏远，有一度他俩关系紧张恶语相向，就差把婚姻当垃圾一样扔掉。老李说他和何红梅总说不到一处，挂在她嘴边的永远是钞票和孩子。仅有一次我反问老李，你不喜欢她还娶她？老李说，当时喜欢。我追问说，现在呢，还喜欢吗？他沉吟片刻狡猾地说，不像结婚时那么喜欢。

　　生活中有太多的不如意，正因为如此，老李渴望能和一个爱他并且他爱的人待在一块，让残留在体内的激情死灰复燃，让某些东西失而复得。譬如有了我，他就会产生一种古怪的幻觉，有股力量又奇迹般地回来，身体重返强壮、挺拔而年轻。

　　我柔若无骨地偎在老李怀里，眨巴着眼睛，像是对他的话很感兴趣，其实那点破事我早就听得耳朵起茧了。老李说他烦何红梅，但我觉得更多的是怕。她经常打他的手机，遥控他，指挥他。要是我在旁边，他就会做贼似的躲到一边，态度和蔼声音恳切。

依我看来，朝阳门就好比一台大彩电，老李只不过是何红梅手里的一个遥控器，她想转哪个台就转哪个台。打完电话，见我一脸无动于衷的神情，他又开始拿何红梅开涮，就像他遇上她是件倒了八辈子霉的事。

二

金朝阳快餐厅就在白石洲。白石洲原先只是个小村落，不知道从哪天起，农民房变成了出租屋，小摊大店鳞次栉比，到了夜里更是灯火辉煌人来人往。哪怕是凌晨三四点，只要肚子饿，随时可以下来要碗酸辣粉或者沙锅粥。金朝阳每天从早上十点开始营业，一直到晚上十一点。它的主打是快餐外卖，兼做小炒、火锅生意。这两年，老街重新规划，改成了步行街。金朝阳正好借这股东风，改头换面，把两层楼的外墙刷成了红黄两色。重新设计的霓虹招牌在夜间活泼地律动、闪烁，十分招摇。

几年前，我从技校毕业来到深圳，人才市场的滚滚人潮把我吓呆了。当我从金朝阳经过时，看到门口的招工广告就毫不犹豫地进去了。这一进去便成了老李的员工。新来乍到，我的背后常蛰伏着一股股目光，蠢蠢欲动。这些目光，有同事给的，也有顾客给的。我的左一别右一扭，把他们的眼眶撑得一跳一跳的，尤其是老李，我轻微的一个摆动都能让他的眼睛刷拉地直了，气也出不匀了。

坐到收银台之后，顾客老把我当老板娘喊，同事也跟着瞎起哄，就为这事，我哭过好几回。慢慢的，听习惯了，也没觉得有多别扭，有时没人叫，心里反倒空落落的。在金朝阳，我不是老板娘，却胜似老板娘，同事们都看我的眼色办事，他们隐约知道，我和老板的关系非同一般。在这些人中，只有厨师小伍对我不太服气，他比我早来了半年，听说我上班后他就像换了个人，工作勤力有说有笑。在我生日那天，他不敢给我送花，就送了个三磅的蛋糕，让用奶油精雕细刻的红玫瑰绽放在蛋糕之上，栩栩如生。

同事们都说他爱上我了，可我怎么会喜欢上这个袖口发亮、头发散发出油烟味的家伙呢？后来他不知道听到了什么，看我的眼神都变了，夹着一种鄙视与怜悯。

金朝阳的真正老板娘我们都见过，去年春节后，老李从家乡回深，她也随车过来。何红梅比相片里还要瘦，挑染过的短头发，穿一件夹棉的墨绿袄子，表情冷冷的。她在快餐厅停留了不到十分钟就匆匆离开，听说她要过香港给她家公买药。当时我正坐在收银台上数钱，她的目光从我的脸上一掠而过，兜了一圈又重新回来。我装出不认识她，站起来很职业地点了下头说，您好！有什么可以帮到你？心里却充满了敌意。何红梅双手交叉抱在胸前，眼睛直勾勾地盯着我问，你叫什么名字？我说我叫孙婷婷。一丝似有若无的、冷冷的笑意浮现在她的嘴角，我听到她意味深长地说，果然不错。老李赶紧上前，用疏远的口气给我俩做介绍。我瞥见何红梅的脸上飘过一片阴影，眼睑沉重地垂下去，像要把我从眼前撵走。她的嘴角带着悲戚的皱纹，深得像是刻出来。看得出来，她感觉到什么，只是不想说，全闷在心里头。

可以说，一开始我只是觉得老李对我好，我也要对他好，他对我更好，我要对他好上加好。我从没想过哪天要夺权篡位将何红梅取而代之。可以说，我当老板娘的野心是别人给喊出来的。谎言重复千遍便是"真理"，而我偏偏又是个执着追求"真理"的人。我知道我上心了，静下时老爱瞎琢磨，结婚对我意味着什么？一开始我只是固执地认为，我其实需要的并不是老李，而是结婚。有许多人比老李更适合我，譬如厨师小伍，譬如对面卖报亭的那个潮汕帅哥，可是他们除了能给我爱，还有什么？能给我富足、舒适、稳定的生活吗？这么一想，老李又马上成为首选。

我被这荒唐、不光彩的想法迷住了心窍，不停地拿何红梅跟自己作比较，心里生出无尽的委屈和不平来。我相信要是自己当上老板娘，一定比何红梅更具活力，更有头脑，也更解风情。一句话，别人喊出了我的希望，何红梅比出了我的信心。还有一句话，只要锄头舞得好，哪有墙头挖不倒？

不过自从店里来了个阿龟，老李老实多了，不敢明目张胆地跟我调笑。悄无声息的阿龟就像躲在暗处的枪口，稍有风吹草动就会朝我们扣动扳机。隐隐约约，我觉得何红梅像股潮水悄悄地渗进我和老李之间的缝隙里，然后漫开，给我们划出楚河汉界来。尽管我们竭力回避，但还是不得不承认，有股无形的压力压得我们透不过气来。有些事情表面看似简单，处理起来却相当棘手，我倒是找到了解决的办法，把阿龟撵走，可是老李不肯。我想他是不敢。我无法掩饰对他深深的失望，有天夜里独自跑去酒吧喝酒，在嘈杂的音乐和说话声中，跟他断了的念头特别地强烈，我生怕自己反悔似地给老李发了个短信，里面只有三个字"分手吧"，然后迅速关机。第二天上班，老李远远地站在个大门口，脸色铁青眼泡浮肿，激动、愤怒和难受交织在他湿润的目光里。我低下眼睛，惴惴不安地从他身边穿过，他的大手一把钳住我的胳膊，哑着声说，到我办公室来一下。我摇摇头说，我不。老李涎着脸说，婷婷，别这样。他可怜兮兮的样子有一刹那使我觉得再也坚持不下去，眼光都变柔和了。他以为我给他台阶下，急吼吼地把手探至收银台下面掐我的屁股。我的屁股结实，有弹性，他曾经对它评价很高，说把何红梅比到哪儿去了。我的屁股是只打足气球，拍拍很"弹手"，而何红梅的屁股却块豆腐，一戳一个洞。我突然意识到这只手还碰过他的老婆，一种倒肠翻胃的恶心汹涌而至。我严厉地制止他，有话就说，别动手动脚的。

快到中午，老李又凑过来，恳切地说，上楼去，咱们谈谈。我冷冷地答，忙着呢，没空。老李咧着嘴说，我准你的假。我说那我就下班回家。

这时送外卖的小弟满头大汗地跑来拿附近公司的订单，我故意哗哗哗地翻了一阵才抽出来。他拿着单子往脸上扇了扇，想要扇出点凉风来。阿龟从厨房跑出来，帮他把盒饭装进一只塑料筐，抬到外面去。阿龟边走着边拿眼睛的余光偷偷地打量我们。老李望着来来往往的员工和客人，偷偷地扯了扯我的衣裾。我恶狠狠地说，你再碰我，我要喊人了。老李的手就只好停在那里，色厉内荏地说，喊呀，喊呀，怎么不喊？我昂起头面带笑容，你扯我就喊。有个客人过来交钱，老李不敢贴得那么紧了，待他走开后又不服气地说，你喊我就扯。

李向生，我不想给你当二奶，我不想当你的发泄工具，懂吗？远远地我朝阿龟大方地点了下头，微笑着，声音却是一字一顿，像从牙缝里抠出来。

婷婷，你不是二奶，也不是什么发泄工具——老李的话还没说完就被我急急地打断，我剁肉馅似地说，那我们就是上下级的关系、老板和员工的关系、公民和公民的关系啰。

老李想把手伸过来，见我扫了一眼，又烫到了似地缩回去，都不是，我们是爱人。见他唇上急出一圈汗珠，手背微微地颤抖，我还真有点于心不忍。

我早就说过，你要么离开她，要么离开我。两种选择，你只能挑一种。我咬钉嚼铁地说。他站在那里半天没动，眼睛湿湿的，如果没有旁人，我相信他会哭出来。

到了晚上，他跑来哀求我，婷婷，等会儿你别急走，我要好好补偿你。我面无表情，双唇紧闭。有一股烈焰在我胸膛里焦灼地冲撞，燃烧。我变得心烦意乱软弱无助，又生怕被他一眼看穿，所以做事丢三落四漏洞百出，不是找错钱就是记错账，不是碰倒水杯便是撞到客人。下班时间一到，我以最快的速度将早就收拾好的皮包背上，穿插在几个姐妹之间。老李窘迫地看着我有说有笑地冲出大门。外面黑暗沉得压人，我听到自己的笑声空洞、沉闷，怪里怪气的。不用看我就知道，此刻的老李如一截木桩傻乎乎地戳在大门口，目光灼灼逼人，恨不得一口将我吞下。他一定知道我是笑给他听的——我要告诉他我不在乎他,我要告诉他我不愿意在一棵树上吊死,我还要告诉他,如果他离开何红梅,我还是勉强、有点、似乎愿意跟着他的。

差不多又过了四天,这四天冗长、沉闷,生不如死。我装作不去看老李,实际上他哪怕是一个最轻微的动作都像连着我的筋脉让我牵肠挂肚。他老偷偷地朝我望来,却不敢靠近,就好像我身边埋了地雷。不过他比我老练,比我深沉,干什么事情依然慢条斯理,滴水不漏,偶尔需要交代点什么,他不再绕到我的背后,而是站在我对面用双手扶住收银台,口气透出一种形同陌路的淡然。让我心疼的是,他瘦得厉害,脸颊瘪了下去,颧骨水落石出浮了上来。脸色阴沉,平静,疲倦,就像这几天历经了多少沧桑。随着时间的推移,我的心一点一点地沉下去,在何红梅和我之间,我猜他已经做出了选择。

就在昨晚打烊后,老李没再叫我,是我主动留下来的,看得出他有好多话要跟我说。可是我错了,他半句话也没说就把我掀翻在沙发上。我大口大口地喘着气,还没来得及做出反应,他的手已经滑进我的乳罩。我抓住他的手腕,嘴里叫嚷着不要啊,他却置之不理,把我朝着一侧摁倒,腾出另一只手去扯掉我的裙子和裤衩。我反过来紧紧地抱住他,像要压进他的身体里。我听到自己在尖叫,明亮而又脆薄,艳丽而又性感,那感觉宛若高脚杯和猩红的葡萄酒跌落在光洁的大理石上,绽开着一个个的花儿。我的身体好似沉睡的土地被春风春雨花团锦簇地唤醒,闹起来,飘起来。在摇摇欲坠的瞬间,在不忍别离的瞬间,我真愿意拿一生去交换去延长这疯狂的滑行,跟着这个男人一起堕落,一起魂飞魄散。

这一回比以往任何一次都猛烈,都尽兴,把老李快活疯了。我转过身去,把脸藏起来。他紧紧地贴上来,用双腿将我夹住,像要夹住我往后的岁月。他轻轻地唤着我的名字,见没回应,把我扳过来，看到我一脸的泪。

怎么了？他关切地问。我摇摇头，目光移向别处。

暑假了，你老婆要带孩子过来，我怎么办啊？我瞪着一双泪眼，凄楚无助。他嘿嘿地笑，有点局促不安。我拼命地捶打他，直至他再次把我紧紧搂入怀里，用大手摩挲着我乌黑绵长的秀发。我不干，我要天天和你在一起。我撅起嘴说。他吻了吻我，像父亲一样慈祥，没事的，就几天，就几天。

不行，这次你再不跟她摊牌，咱们这就结束。我大声嚷嚷。在老李眼里，我的蛮横有时更像一种撒娇。可是这次，他知道我是认真的，我能说到做到。

我想有个家，过一种正常生活。我继续说下去，譬如下班回家，和老公一起做饭，一家人出去散步或者看看电视，你说，我这样要求过分吗？

老李还算老实，说一点都不过分。

那就看你的了，想清楚了，别再一脚踏两条船。

我说完胡乱套上衣服，以最快的速度奔下楼去。他追下来送我，我已经穿过往来车子的空当跑到街对面。躲在暗处，我看见老李在那边站了好一会儿，然后勾着头走了。

第二天我没上班，打老李的手机请假。他生气地问，孙婷婷，你想干什么？我说我病了，头疼得厉害。他还想说什么，我就掐了线，想想干脆把手机关了，然后想象着老李慌了阵脚的样子，悲伤而又满足。下午四点多，楼下的门铃声响了好几遍，我才懒懒地跑去接听，是老李，给他开了门又赶紧跳回床上去。这套农民房是我们几个女同事合租的，老李从没来过。从指缝里我看见他站在卧室门口，整个身子塞满了门框，目光没精打采地在我逼窄的房间转了一圈：书桌上堆满了女孩子用的瓶瓶罐罐，椅子上丢着几件换洗的衣服，有件胸罩搭在椅背上，鞋子东一只西一只，角落里的那个用塑料布做成的简易衣橱摇摇欲坠……

我蜷曲着身子一动不动，像受了多重的伤，连呼吸都变纤弱了。我不发一言，却吐出不绝如缕的幽怨，那股无形的力量像要把老李逼入死角。这是屡试不爽的招数，今天好像也开始奏效了，老李的脸渐渐地红起来，像个做错事的孩子。我正暗自得意，就听到他说，我老婆来看你了。那声音如一缕轻烟，却宛如一盆冷水夹头夹脑地浇过来，惊得我一下坐起来。

何红梅今天打扮得很洋气，不细看还以为是城里的时髦女郎。她穿一件浅色细花的无袖旗袍，齐肩的头发刚烫过，飞檐似向两侧翘起，脸上抹得红红白白，一双眉被描画得又细又挑。

刚到深圳，听说你病了，就叫老李带路过来看看你。她亲热地说。老李把一袋沉甸甸的水果空降在满是杂物的桌面，东挪挪西挤挤，硬腾出个空间来。我狼狈不堪地下床，迭声说您请坐，您请坐。把椅子上的衣服揽到臂弯，又捡起掉到地上的胸罩，一并塞进衣橱里。

多俊的人儿。何红梅边端详着我放在桌上的相片边发出响响的咂舌声，要什么样的男孩才配得上你呀。我羞得连头都抬不起来，心突突地乱跳，脸上泛起阵阵潮红。她的眼珠子开始骨碌碌地跟着我转，接过我递给的杯子说，老李在我面前夸过你好几次，说店里大事小事，多亏了你操心。

应该的，应该的，就是能力不够，前几天还挨李总批评呢。我像个服务员一样垂手而立，结结巴巴地说。

你到底得了啥病？她哗啦啦地翻着我床头的一本时尚杂志，那口气像是话中有话。我不知道老李跟她说了什么，就拢了拢散在脸上的发绺朝门外瞥了一眼，他正在厅里焦躁不安地踱着步，嘴里吐出的烟雾快要把他湮没了。

没什么，可能是中暑吧。我故作轻松地说。何红梅一下拉住我的手说，婷婷，这几天你好好养病，等哪天好了到我家来，我给你做几道拿手好菜。

何红梅的友好和信任把我搅得鼻头酸酸的，有那么一阵子，我觉得挺对不起她的。

三

阿龟气喘吁吁地爬上我们七楼，给我拎来一袋红艳艳的海棠果。他坐在客厅的那张旧沙发上，两条腿靠得很紧，神情极其严肃。我穿着睡裙，头发蓬松睡眼迷离地坐在他对面。他眨了眨眼，用哀伤的神情望着我说，你真的病了？我没好气地说，病还有假啊？他垂下头，缓缓地说，我看你是得了心病。我笑了笑，感到心里有种令人不安的平静，就像台风前那沉闷的片刻。

老李猜得没错，阿龟是何红梅派来的卧底，我们的一举一动早就处于他的监视之中。我的语气充满了敌意，你算得可真准！他站起身来尴尬地清了清嗓子说，要是这样，我可就要劝劝你，别傻了，最终吃亏的是你。他站着差不多跟我坐着一样高。我冷笑说，原来你不是来看我病好了没有，你是来看我死的。

婷婷，他有什么好？值得你为他这样？阿龟掏出盒烟说。我怒气冲冲地瞪着他，挑衅地说，不跟他，难道跟你？阿龟收敛了笑容，涨红着脸嚅嚅地说，深圳那么多帅哥，那么多有钱人，你随便找个都比他强。

我问你，我的声音听起来有些激动，是不是你把何红梅给请来的？

阿龟默默地抽着烟，看着窗外，过了好一会儿才黯然地说，如果你知道他俩是怎样走过来的，你就不会去拆散他们。我不吭声，站在他的背后听着他继续说下去。

为了开这个店，我堂哥差点去卖血，我堂嫂怀着孩子还拼命干活，结果站在椅子上摔下来，第一个孩子掉了，还落下一身病……

看得出他很同情何红梅，他的眼神就是这个意思。我站起来俯视着他，反驳他，可是你堂哥并不爱她。阿龟腼腆地垂下眼睑说，那是因为——我堂哥他……他不是人！

好吧阿龟，如果你堂哥不要我，你要我吗？我的话让阿龟大吃一惊，他的目光亮了一层，又迅速地灰暗下去，身子微微战栗起来。有一丝微笑浮在他的嘴角，辛酸而又生硬，我……我哪配得上你……我狠狠地拍打着大腿纵声大笑，笑得眼泪都冒出来。阿龟边惶恐地盯着我边后退，直到屁股嘭地撞到门背后才醒过来一般，像只皮球从门缝滚了出去。

没去上班，我整个人如掉进时间那大片的水泊里茫茫然，不知朝哪个方向才能靠岸。我变得躁动不安，感觉到心里有东西慢慢地萎缩、枯干，濒临死亡。我的目光却是活的，它穿过落地玻璃，沿着街边的灯火一个个地跳过，一个恍惚，脑子里立刻浮现这么一幅画面：老李坐在他家的餐桌前，厅里灯光明亮，厨房烟遮雾罩，那个叫何红梅的女人两头奔走，时而尖着嘴嗯噜地尝着汤水的味道，时而对着桌子忙碌地擦拭……

我急忙闭上眼睛，就好像他们就坐在我的面前，就好像他们故意冲着我大秀恩爱。夜渐深，我躺在床上听着外面风吹衣架发出的碰撞的声响。我的血液激荡翻腾，那种心旌摇曳的渴望尤其强烈。我凶狠地掐着自己，指甲很深地抠进肉里，泪水从脸上淌下来。我为自己的无耻感到愤怒，也为老李的懦弱感到悲哀。

辞职，这个决定吓了我一跳。

我知道老李是爱我的，如果他失去我，会痛不欲生的，会对生活失去所有的乐趣，会觉得虚掷光阴茫茫然不知所措。我把自己的感受强加到他身上，当我想象他读完辞职报告后那副吃惊的神情时，心头不由掠过一丝消愁解恨的快意。老天呀，我顺着自己的思路不断逶迤深入，如不法商人幻想着用假货来获取丰厚但又充满着风险的利润。

我睡不着。只要屏住呼吸便能听到老李一家的朗朗笑声，它们长驱直入，比病人的呻吟更加刺耳，像要把整个世界涨满。我多么希望这只是一种错觉，多么希望记忆中的过去能像玻璃上的污垢一抹便掉。可是，一阵紧似一阵的痛楚却向我袭来，告诉我现在与过去并没有一刀两断，而是血脉相连……我忍不住哭了，边哭边爬起来铺开纸写辞职报告，我的手抖得快要握不住笔。唰唰唰，两页瞬间写就，读了一遍，实在读不下去，心咚咚地乱跳，脸上像放了把火烧着。一点也不像辞职报告，倒像是情书。一股屈辱和愤怒在我心头迅速蔓延，我把它揉成一团掷进纸篓里。重写一遍，这一回言辞严肃、态度冷峻，如握着一把亮闪闪的解剖刀对着老李开膛破肚。写完后我坚强地读了一遍，这回不像情书，但那义正词严的口气让人觉得像是一篇檄文。我跑到洗手间洗了把脸，好让发烫的脑瓜清醒清醒。在弥漫着青白灯光的镜子里，我看到自己像个鬼，乱发披垂脸色纸白，两颊窝了进去，那双空茫失神、大而无当的眼睛里充满着湮没一切的悲哀。我从没见过自己这么憔悴过，一阵猛烈的抽搐像从身体深处传递过来，喉腔里不由自主地发出一阵喑哑的呜咽。我把头探进马桶，身体像把冲击钻不停地震荡，除了口水，没吐出任何东西。我上气不接下气地抽泣着，涕泪交加。好在同事都睡得很沉。我刚走了两步又站住了，眼珠子僵在眼眶里，一个问题陡然从脑海里冒出来，身上的脏东西怎么好久没来了？我颤颤巍巍地倒回去，摸索着扳了一下，轰的一声巨响，水箱里发出嘶嘶的咆哮，好像要吞下什么。

　　那一夜，老李一家的笑声和马桶那割断喉管似的呜咽声在我的意识里盘旋不去。何红梅以强悍姿态一次次地闯入我的梦境，却具有强烈的真实感。她清醒着，我却迷糊了，她明亮的目光犹如流星，在我梦里划过一道道显而易见却又无踪可寻的轨迹……

　　不知什么时候，窗外汽车的报警器叫醒了我，楼下隐约传来了说话声，我摸出放在枕头底下的手表看了看，上午九点多了。我把它冰凉地贴在胸口，感觉像医生的听诊器。过了一会儿才懒懒起来，哗地拉开又脏又厚的窗帘，一柱夺目的金光捅进来，整个房间豁然亮起来。我眯缝着眼,站在窗前俯瞰着白石洲冷清的街巷,年轻人都出去干活了,只有老年人在带孩子闲逛、买菜。他们互相打着招呼,说几句闲话。在我们楼下对面有个修鞋的摊子,摊主不停地拍着嘴巴打哈欠。有个中年妇女拿一只鞋要他补,看样子像在讨价还价。

我趿着拖鞋到楼下一家私人医院做检查。生意不错,长凳坐了好几个一脸茫然的姑娘,手术室里不时传来毛骨悚然的惨叫声。看见验孕纸呈红色,我发热的脑袋犹如淬水的铁块嗞的一声冷却了。医生没说恭喜你,而是瞟了我一眼漠然地问,做药流还是手术?我朝她凄然一笑,还没考虑好。她转过身去忙别的,丢下一句话,那你就慢慢考虑吧。回到宿舍,我的内心已经平静了好多,拿起笔来第三次写辞职报告,这回可是言简意赅,不卑不亢。我没有提到我肚子里的孩子,我还没下作到拿未出生的孩子来要挟他。不过我知道,辞职是我最后的赌注了。

中午时分,我把辞职书亲手递给老李。我全身绷紧屏住呼吸,尽量不去看他。我以为他会又惊又傻,或者面有愧色,赶紧说些好话求我留下。出乎意料的是,他像看报纸上的广告一样平静。假如以前我还有所犹豫的话,那么现在,就在这一刻,我铁了心要离开金朝阳,离开李向生。这个山一样高壮的男人,我一直寄予厚望,以为可以托付终身,如今,我却要离开他,不为别的,只为他的绝情。

街上行人稀少,偶尔有摩托车飞快地驶过,热风阵阵袭来,烘得行人燥热难耐。走着走着,我的泪水就不知不觉地淌了下来。想想过去,每个场景每个细节都纤毫毕现,我没法不哭。回到宿舍,我一屁股坐在床沿上,不想动,连站起来倒杯水的力气都没有。我的脑子空空如也,过去如凝结成一块石头,冷冰冰地堵在我的胸口。我意识到心中有什么东西死了。我扯了截纸巾捂住鼻子,怔了好一会儿才想起要干什么。找出个旅行袋,拍掉上面的灰尘，哗地拉开，把有用的东西统统塞进去。我时不时凄凉一笑，摇摇头，像在向过去告别，又像要把往事也装进去带走。三年了，这事算是走到头了，可问题是我还没有想好，该从哪里开始新的生活。

老李什么时候进来我并不知道。他宽阔的肩膀如一扇门，严严实实地把我关在里面。他瞪着血红的双眼，那直愣愣的眼神把我镇住了。

你他妈想干什么？他哑着嗓子吼，腮上的肌肉一凹一凸地被牵扯着。我以拒人千里的口气淡然地说，我不想再给你添麻烦了。他呼哧呼哧地喘气，胸脯一鼓一胀的，孙婷婷，你走了，我怎么办？我把飘荡在眼前的长发捋至后头，咬咬牙说，你有老婆孩子，我呢？我什么也没有。他冲过来一下抱住我。我尖叫了一声，人已经横在他的肩膀上。我朝着他的后背猛擂猛打，你痴性啊你发疯啊……老李说老子就是痴性就是发疯，他把我扔在席梦思上，自己也站不稳地跟着栽下来。长发水一般地淹过我的脸，我那笨拙的样子犹如溺水者在恐慌中张开四肢胡乱拍打。他喘着气，死死地压住我，他说婷婷，我爱你，我是真心的。我用膝盖顶住他的软腹，一手撩开覆盖住脸庞的发绺，眼睛先是愤怒，然后是忧郁地望着他，我发现这一刻，忧郁比愤怒更具杀伤力。我软软地说，你不爱我，阿龟比你更爱我。他说你不可能喜欢阿龟。我胸脯波浪般地起伏着，一个结实的声音给了老李当头一棒，我要跟他结婚。

不可能，怎么可能？老李激昂的声音在房间里回荡。我一字一顿地说，他是真心喜欢我，他是真心为我好，而你呢？只是拿钱买我。我的话如火上浇油，烧得他彻底失去了理智原形毕露，他变得从未有过的刻薄，你一次卖多少钱，我再买一次。我的目光狠狠地撞在他脸上，说，这回你出不起。他沮丧地爬起来，抖抖索索地掏出支烟叼在嘴里。我还躺着，用手抹去一脸的乱发，盯着天花板直愣愣地看。空气似乎凝固了，四周静谧如夜，他的呼吸扑哧扑哧的犹如野外的风。不知什么时候，他的泪水已经溢出来，闪着玻璃碴般刺目的光。我说老李，你如果真的想要就来吧，我都给你当了三年鸡婆了，不在乎多这么一次。老李用舌头舔着干燥的唇不停地摇头，摇得我的心都碎了。他说婷婷，对不起啊。他又说婷婷，亏我们交往了这么久，你还是不了解我……当他走到楼梯拐弯处，我还能听到他沉重的叹息声。

过了好一会儿，我正要关门，就有脚步声从昏暗的楼道急急地传来。老李又一次站在我面前，他把一只手插进裤兜里，眼睛看着别处，好像还沉湎在哀伤之中。我还没回过神来，就有一串银色的钥匙变戏法似的在我的面前晃动，发出一阵细碎而悦耳的碰撞声。

孙婷婷，你比我狠！他咧了咧嘴，想笑，泪水却夺眶而出。

一秒钟之前，整个世界似乎还乱作一团，现在它又恢复原来，井然有序春暖花开。一阵舒爽的清风吹进我心窝，无声地鼓荡着。我呜地一下哭起来，就像承受了极大的悲恸后的一次释放，又委屈又无辜，特别的遭人怜惜。老李一把将我搂入怀里，他那双粗大的手摩挲着我的脸，我的胳膊，我身体的其他部位，然后他的唇有力地贴上来。刚开始我还抿紧着，可他的舌头像把刀，一下撬开我的唇。我就喜欢他这种生猛霸气的样子，我真的好喜欢。

四

整个下午，我能感到老李的吻在我唇上灼烧。

我开始搬家了。房子就在附近的胜景园小区里，老李为我租的，两室一厅，有个朝南的阳台，明亮，阳光充沛。从一个地方搬到另一个地方，对我来说并没有多开心，我真正开心的是它具有某种隐晦的含义，我离目标已经近在咫尺，顺利的话，它将变成了"家"。

何红梅今晚就要走了，老李和我约好，待他们母子上了夜行长途客车，他就跑来跟我会合。我估算了一下，何红梅的车是晚上八点，老李从罗湖汽车站赶回来，至多也不会超过九点。

　　堆在我宿舍的那些烂东西，其实只要在楼下随便找几个民工帮忙就可以了。可是我还是郑重其事地请了"搬家公司"，我发现对"家"有种病态般的狂热和痴迷。老李租的房半新不旧，墙上留着好几个清晰的相框印痕，地上铺着复合木地板，窗户又宽又大，配着粉绿色的窗帘，家具、电器、煤气灶一应俱全。看着那泛着橘黄色光的壁柜，还有厅里擦拭得锃亮的乳白色吊灯，你就猜得到这家人才搬走不久。我跑前跑后，指挥着那几个男人把大件的东西挪到我要的位置，就把换洗的衣服一股脑地塞进洗衣机，摁下开关，洗衣机就轰隆地运转起来。我又跑去阳台，那里摆着几盆三角梅，叶子因为失水而卷曲着，地上有小堆暗红的花瓣和黄叶，在风中哗啦哗啦无序地移动，瑟缩。我把衣架挂到晾晒的绳子上，顺手给花浇上了水。

　　离阳台不远，是小区的儿童游乐场，那些色彩鲜明、造型夸张的器具伏在浓稠的树荫下，像在期待孩子们过来玩。或许哪一天，我的孩子也会在这滑梯上爬上爬下，钻着那些山洞似的彩色大管道，发出如铃般的笑声。想着想着，我不禁脸红耳赤，心驰神往。

　　不知道哪来的力气，我又翻天覆地搞起卫生，上上下下，嘴里还哼着小曲，声音像珠子般又脆又亮地滚向房间的各个角落。从床底下、门后，我不断地扫出一些发夹、纽扣、钥匙扣之类的小东西，还有絮状的灰尘和头发。到了四点多钟，房间变得焕然一新。我舒舒服服地泡了个温水澡，然后穿上那条老李给我买的丝绸裙子，到附近的市场去买菜。风已经没那么烫人，我看见路上有好些人回过头来看我，他们要不是觉得我陌生就是被我光彩照人的样子吸引住了。老李爱吃螃蟹，我买了两只，准备给他做个拿手的香辣蟹。他还喜欢鲜鱿，我要了一斤，准备白灼后蘸酱油芥末吃。有个小贩在卖走地鸡,我毫不犹豫地买了一只,拿来煲汤用。我本来可以给他买瓶白酒,又生怕他喝多伤身,临时改变了主意,买了瓶96年的长城红,外加两只高脚杯。回到家,我从冰箱里取出一只塑料"冰格",灌上凉开水,放到急冻区冻成冰块。

　　天黑下来了,我伫立在厨房,看着窗外一片薄薄的幽暗,鸟群贴着草皮从一边飞到另一边,对面楼房的灯火一点点地亮起来,温馨而又感人。空气中开始充溢着饭菜的香味,我发现自己忙碌了大半天,肚子有点饿了,就把煲汤的煤气灶调成文火,淘洗其他的菜。有一阵子,我把手从水龙头下抽了出来,怔怔地看着水珠从指尖坠入不锈钢的水槽里。我在想老李的来与何红梅的去在冥冥中到底存着什么样的关联?他是如何向何红梅开口的?对方又会作出多大的反应?有多大的反应其实都不过分,两人结婚十几年,不是说断就马上能断得了的。按老李的说法,他会在路上跟何红梅说清楚,两个人缘分已尽,再过下去没啥意思了,还是离了好。何红梅开头肯定不答应。但老李说出的话就是泼出的水,收不回了。打心底里,老李觉得对不住她,他说过快餐厅就给何红梅了,他和我还可以从头再来。他征求过我的意见,我虽然心疼,但还是回答得比想象中要爽快。我发现自己喜欢的已经不是当个"老板娘",而是成为李太。我大度地拍板,给就给吧,毕竟她还要养你俩的孩子。老李又犹犹豫豫地说,何红梅很可能会说回去考虑考虑,然后拖时间。我说你总得给人家一点时间吧?要拖了再说。我的通情达理无疑给老李以最有力的支持,他的脸上洋溢着感激的热情,看得出来,他对我的表现相当满意。不过很快他又愁容满面地说,我最担心的倒不是何红梅不答应,而是我家老头子。我说你爹瘫在床上,能拿你咋样?一种莫名的激动逼得老李周身发抖,他横了我一眼凶巴巴地说,我娘在我五岁那年就去世了,我爹怕找个后娘对我不好,坚决不再娶,你说他容易吗？我只好细声细气地安慰他，你爹那么疼你，何红梅又只是个外人，怕什么？

大概是在八点四十分，我估计老李就要回来了，就换了件吊带裙，把细白浑圆的双肩裸露在外，好给他一种浴后清爽的感觉。我踱到客厅，将一个碟子塞进CD机里，音乐行云流水地铺展开来，布下了柔情脉脉的天罗地网。老李就像一只鸟，正振翅朝我飞来。我不仅要给他一个家庭主妇的贤淑与务实，还要给他一个情人的温馨与浪漫。何红梅能给他的，我要给，何红梅不能给他的，我也要给。在未来的生活里，我要把老公塑造成一个稳重、自信而且懂音乐爱红酒的男人。在音乐声中，我的心情变得舒畅起来，脚步也跟着变得轻快，热汤被端上桌面，肉菜也井然有序地铺开。我坐在餐桌前，汤、菜被明亮的光圈低低地罩住，呈现出油亮鲜明的色泽，特别是高脚杯里的液体，恍若一枚正在融化的红宝石，美得让人眩晕。我捏起一块冰投进去，立即荡起细细的涟漪。厅里其他的地方，由于灯光照射不到，那些器物恍若点彩派画家的作品，影影绰绰模棱两可。我等着老李，心扑扑地跳，像在等待一个答案。那种患得患失的感受让人终生难忘。

我是不是出于虚荣，而不是被老李吸引而跟他的？我的脑海里有时会闪过这样的疑问，但立刻就被自己否定掉。我坚信自己是清醒的，这于我于他极其重要。我对自己说，从第一眼我就喜欢这个男人，只是后来经历了挫折颠倒了黑白，特别是阿龟的到来，才搅得两股热情化成了怨恨，才多了彷徨、不安和猜忌。我母亲说过，这世上迷信的人分两种，一种是事业有成者，害怕得而复失；另一种便是挫折者，希望失而复得。我并不迷信，但我还是不停地责问自己，自己这么做到底算不算无耻？会不会遭到报应？或许哪天我老了，也有姑娘利用她的美貌和青春来和我争抢老公，我是坐以待毙还是奋起还击？谁没有年轻过？何红梅曾经是老李的一部分，他们彼此深爱过，当我把他从她身边夺走时，我还能否相信爱情？即使有天我和老李能在一起，会不会有悲凉和不安从内心的某个角落时时泛起？

我知道我即使能够摆脱了何红梅，也无法摆脱自己。可是已经走到这一步，还能怎样呢？

这时楼下发出一阵沙沙响，似乎是一辆汽车很重地压过路面。不出意外，就是老李的那辆大别克。我能听见我的心跳，我能听见他的心跳，我还听见他奔跑上楼的脚步声。我赶紧起身，摁了下开关，把楼下的大门打开，又将房子的门也打开，外面立即涌进一阵新鲜的晚风和大人孩童快乐的嬉笑声。我的心乱极了，躲在门后捂住胸口，听着那脚步声由远及近，眼神一下活跃而热烈起来。我要给他一个惊喜，一个奖励，调动一下他刚失去亲人时那种低落的情绪。就在我听到衣服摩挲着门框的那一刻，我像只兔子欢快地跳出来。

站在我面前的不是老李，而是他的老婆何红梅。就像迎头撞在一堵硬墙上，我脑子里刹那间一片空白。何红梅平静地看着我，黑亮亮的眼睛里看不出有半点的怨恨，孙婷婷，你想要什么？告诉我。我恨不得立刻从她面前消失，一秒也不愿待。可是我的双腿仿佛折断了一般，挪也挪不动。

他不适合你，真的，如果倒退二十年，我也像你一样，不知道什么人适合自己。她的脸上浮出一丝怯态，好像说这话有多么的别扭。她的声音并不大，却在这寂寞的屋子里不停地回荡，鼓动着我的耳膜，振聋发聩。

我缩成一团，紧绷着苍白的脸一动不动地听着，目光涣散，肌肉僵硬。我不知道到底发生了什么，反正在最后一刻，老李倒戈了。

何红梅举起一只金光闪闪的手表塞到我的手里。那可是我买给老李的，现在它就搁在我的掌心里，那种令人震颤的冰凉一点点地扩展到我的全身。

我是个乡下人，不会说好听的，我只知道，粮食是种出来的，不是收割出来的。

这个女人，留给我最后的记忆是平和、冷静和宽容，还有脸上那种令人舒坦的疲倦。我似乎朝她笑了笑，想要让她放心一样。她走了好久，我才想起什么，从沙发上弹起来赤着脚跑下去，跑到住宅区外面，大路上热浪滚滚车水马龙，那些炽白的大灯照得你睁不开眼，哪还能分出哪辆是老李的大别克？我瘫坐在小区大门前的石阶上，感到自己和老李的感情犹如风雨飘摇中的蛛网，正一丝一缕地断了，再也连接不起来。我的嘴里轻轻地念叨着老李的名字，好像这是个奇怪而又陌生的名字，我正努力去记住它，把它留在心底，一刻也不让它逃掉。这是一次生离死别，和一个名字诀别，它苍白、空洞，我却死死地抱住它，就像抱住了希望抱住了梦想，抱住了美丽而冰冷的瞬间。

不知过了多久，一个怯怯的声音传进我的耳朵里，开始还以为是幻觉，睁眼一看，前面有双拖鞋，两条粗粗的小腿。我的目光沿着双腿攀爬，爬到那平圆的脸上，又飞快地跌下来，碎了一地。

婷婷，你没事吧？阿龟关切地问。我有气无力地反问，有什么事？天塌不下来。他压低声音说，别怪我堂哥，我劝过他，他不听，我只好把他家老头子搬出来。

我惨笑着对阿龟说，谢谢你啊，阿龟，要不要我嫁给你？阿龟吓得缩成一团不敢作声。我直起嗓门厉声吼，把老李剁了，我就嫁给你！

经过漫长的炎夏，初秋头几天的凉快让人神清气爽，我一个人去了医院，把肚子里的孩子拿掉。到了冬天，我成为了33路大巴的售票员。我们的路线是从罗湖汽车站到蛇口码头，白石洲就是中间的一站。每当从那里经过，我就透过宽大的窗户往里面的街巷深处瞭望，白石洲尘土飞扬，人流涌动。大巴靠站了，稍作停留，有一拨人下去，又有一拨人上来，然后像船只一样离开喧闹的码头。白石洲渐渐地淡出我的视线，可是，我对金朝阳快餐厅仍然保留着清晰无比的印象。有好几次，我都有下去看看的冲动，但始终没有动，只是从前的片断像录像般飞快地在脑海里放映：我们在办公室缠绵、在植物园温室里拍照留念、在小梅沙的沙滩和大海之间奔跑、在玖玖龙火锅城涕泪交加、在东门老街抢购外贸服装、他背我走上圆岭天桥、我们在迪厅垂死挣扎……

我逐渐学会在喧闹中沉静下来，就像沉入碧蓝的深水里，让乱糟糟的声音和景物随时消失。不再有什么萦绕心怀的东西了。我暂时忘掉了一切，觉得一个人过也挺好的，没有吵闹没有争执也没有牵挂，身子轻如白云，这是一种挣脱命运、凌驾于命运之上的空灵，我高高在上，像天使般睥睨着这个既美丽又丑陋、让人爱恨交加的世俗生活，满眼的阳光绿盈盈的如夏天蔓延的草，像春天漾开的水。我感受着那种自由，那种清凉透骨的惬意。

阿龟说得在理，婚姻可不像套在手指上的那个金圈圈，想什么时候退出来就退出来。婚姻是什么？我至今还没有找到答案。

偶尔，我会想起李向生，那是一种无痛的缅怀。我想象着他开着大别克，奔跑在连接着家乡与异乡、农村与城市的高速公路上。阳光雪花般被风大片大片地刮到后头。他的脸上充满着幸福、温暖的笑容。我又记得他把钥匙交到我手上的那天，他的眼神带着悲伤与怯懦，像个知错的孩子。我止不住地笑起来，有泪水从眼窝里流下来，伤疤一样明亮。

（《羊台山》第14期）

痒

/郑小驴

　　站在街角抬头往上看，天空是个三角形，像是被刀劈过似的，菱角分明。立夏过后，南方的天气渐渐热起来，可以穿短袖了。街道上的妙龄女子纷纷换上了新近广东流行的短裙，裸露出一截藕色的玉腿。天气越热，姑娘们穿得也理所当然起来，夏天是属于姑娘们的。胡少坐在一家快餐店的台阶上，斜睨着前方慢慢走来的女人，然后再目送她们远去。她们中的一半人，文胸的颜色是肉色的，余下的则是黑色。黑色明骚，肉色暗贱。胡少如此奇怪地冥想、发笑。他感觉到自己的屁股像块巨大的磁铁，紧紧地吸附在发烫的铁皮上。火辣辣的，是一种欲罢不能的痛。

　　头上是一块大运摩托车广告牌，太阳照到了一半，另一半像是浸在血里。骑摩托车的女人是一个艳照门里的明星，穿着一身黑色紧身皮衣。有一个小孩站在阴影里，他站一会，便跑到阳光底下晒，眼睛死死往太阳望去，直到睁不开眼，败下阵来，妈妈在旁边奚落他说，要晒成非洲土著吗！

　　长途汽车从快餐店旁边不远的大门口进出。操着各种方言的人，匆匆塞进巨大的车身，有湖南口音的、四川的、潮州的，像一锅八宝粥。这是他第一回来到南方，也是第一回看到密匝的厂区和汹涌的人潮。和他之前的想象差不多,又有些说不上来的差异。各种口音飘荡在湿润的南方空气里,他们按部就班地淹没在如蚁巢般的工厂中。胡少想,小骚是不是这蚁群中的一员呢?

几分钟后,小骚出现在他面前。他吻了她一下。抱了抱,又松开了。

小骚说,在医院躺了一个星期,快要崩溃了,昨晚出来的。她的声音太轻了,让人不放心。头发刚染过不久,酡红色的,和她雪白的肌肤很相衬。他看她的眼睛里有血丝,眼皮是浮肿的,像是许久没有睡过觉了。三天前,胡少突然接到小骚的电话。小骚幽幽地说,你太没良心了,我病了,你也不过来看我。胡少说,不知道你什么时候病的。赶紧安慰她。他们平时很少打电话,小骚的工作非常忙,常常加班加得一塌糊涂。他听她一说,料想她肯定病得还不轻。那天他们在电话里聊了许久,胡少问她什么病,她不肯说。只是说睡不着觉,精神状况不大好。

"我一直在等下一个声音,它一直不响,悬在我嗓子眼里,堵得让人发疯。"

她带他回到宿舍。小骚住在公司的宿舍,两居室,里面各摆了两张上下铺的单人床。小骚说,人多的时候,这套房子里可以住十六个人。不过现在只住她和一个同事了,她伸伸舌头笑着对他说。客厅很小,东边通向阳台和洗手间。角落里摆着一台旧电视和冰箱,玻璃茶几上有一些报纸,他看了看,原来是码报。报纸印刷粗糙,一看上去便知是地下出版物,白小姐袒胸露乳让人看了欲罢不能,上面还有很多黄色笑话,极端低级,但是的确很搞笑,比故事会上的笑话厉害多了。他想这么多年了,她一直还保留着这个爱好。

你同事哪的人?他说。她和我不在一条线,我们住了一年多了,几乎没碰过几次面,所以到现在都还不熟。小骚说。

小骚的宿舍收拾得非常干净。小小的书桌上摆满了码报。用订书机装订起来，比书籍还整齐。你每期都买吗？嗯，她说。她喜欢猫，墙壁上挂着各种造型的猫咪照。阳光从窗户照了进来，整个房间都很热。胡少走到窗台前，楼下是一个简陋的篮球场。正午的阳光很刺眼，阴凉处有一个小孩正笨拙地拍着篮球练习投篮动作。南方的植物很茂盛，水分充足，色泽鲜亮，令人赏心悦目。小骚指着不远处低矮的建筑说，那是她们的厂区。

"这一大片都是我们的。我们的厂区是这个城市最大的，有十万人呢。"

胡少听了有些吃惊。小骚又说，"这栋楼全部都是我们的宿舍，三十九层。隔壁那一片也是。"

"这是多少层？"胡少说。

"十八。"

菜提前就买好了。看得出，小骚早已准备好了。胡少走到洗手间冲了一个凉，然后帮她择菜。就说，你为什么不养一只猫呢？你不是很喜欢养猫的么？

没时间陪它，会寂寞死的。她抬头直直望着他，说。

你一个人过吗？胡少说。

她嗯了一声。你呢？和女友分了？

分了。胡少放下手里的青菜说。

为什么要分？

……原因很复杂。

小骚轻轻叹了口气，走过去打开电视机。他们一边看着电视，偶尔闲聊几句。菜择好了，小骚让胡少看会儿电视，她转身去了厨房。沙发已经很破了，中间有个拳头大的破洞，不知怎么捅出来的。那是一台21英寸的破康佳，和他在北京郊区租的房里的那台一模一样。胡少痴痴地望着康佳的商标，不知它为什么要搞得像个诺基亚。他走到厨房，发现插不上手，小骚说，你去看电视吧。

吃完饭，小骚问他要不要休息一会儿。胡少说不用。小骚说，热吗？胡少就说，热。胡少将手搭在她肩上，轻轻说，我给你按摩一会儿。胡少的手感很好，他以前跟人学过一阵子。小骚一副很享用的样子，胡少的手便有些不老实起来。小骚挣扎说，这样不好，对面会看到的。胡少抬头飞快地望了眼对面说没事。他们在那张破沙发上做了起来。小骚又说，同事回来就不好办了。胡少没再搭理，径直地进去了。

小骚躺在胡少的怀里，破沙发经受了一番考验后，又伤筋动骨了一回。电视里正在播放着动物世界，弱肉强食，适者生存。小骚说，这有嘛意思。胡少说，那是真的，还有体育节目，也可能是真的。那其他的呢？新闻啊开会啊表扬啊，小骚说。都可能是假的，是做给人看的，就像A片。胡少嘻嘻地笑。小骚说，你真坏。

穿好衣服，小骚又回到了之前的样子。说，这一年多来，我一直睡不好。

是因为夜班吗？他说。

说不上，反正躺下去越久，头脑越清醒。我一直在等下一个声音的出现，它堵在我心里，我都快疯了。她将手插在头发里，痛苦地摇了摇头说，脑袋仿佛不受我控制，长在另外一个人身上。

医生怎么说？

开了一大堆药，其实吃了和没吃一样。一点用都没有。

是什么声音？

就是嘣的一声。——从楼上掉下去的声音。她指了指楼上说。我等了快一个月了，这几十个夜晚几乎没好好睡过，奇怪，它再也没响过了……

她抖着将手放下。我的脑子里……仿佛有一台高速旋转的机器，我怎么也不能使它停下来。一闭上眼，就是闹钟声、刷卡声和流水线上的嘈杂声，我做梦都在贴商标……就是没有人说话的声音。这个世界真安静啊，我等嘣的一声等得要疯了。

能换份工作吗？

我以前试过。不管用的……前天我又梦到我妈了，她好像死了，被车撞死的。我连车牌号都记得，是一辆尼桑车，一个长着巨大的光头撞死的，他下车看了一眼然后就开车跑了。真是奇怪。你还记得我妈妈吗？她抬头望了一眼他说。

胡少没有作声，深深地吸了一口烟。浓烟弥散在他的眼前，除了乳白色的烟雾，他什么也看不见。

他问家里有没有烟灰缸。

没有。她说。哦，她像是想起来说等会。她进去拿来一只很小的水晶烟灰缸，里面有两只抽完的"520"牌女式香烟。这是朋友抽完的。她解释说。

她带他逛到晚上才回来。看了一场电影，看《阿凡达》。完了去逛街，在地王大厦附近的商业街，他陪她买了一套打半折的护肤用品和一件四折处理的火红色的连衣裙。

"这里是市中心，最昂贵的地段。繁华吗？"她问。

他点了点头。

"可惜这是别人的城市。"她说。

她穿上这身如火一般的衣物问他，好看吗？胡少不知道小骚为什么要买这么惹眼的颜色，说了两个字，好看。一天后当他在楼下的水泥地上看到小骚时，她的鲜血和这身如火一般的衣裳在慢慢地燃烧。

回去的路上，小骚让胡少拉着她的手。她的手有些冷，有些陌生。胡少已经记不得少年时期拉小骚的手是什么感觉了。但是肯定不冷。如果冷，他一定会记得的。

他以为小骚再也不会联系他的，自从她去了南方后，从此音讯全无。胡少以为就此将彻底忘掉小骚时，她又冒了出来，一把将他带回了过去。那曾是最纯真的初恋。都将彼此伤得很深，爱得很烈。尽管后来他回想那段青涩的经历,并不能判断出懵懂的好感还是热烈的爱恋哪个更多一些。大学四年,他认真地和一个北方女孩恋了一场爱,并履行了恋爱中应该做的一切:约会、牵手、接吻、做爱、同居、分手。这四年,胡少只知道小骚在南方的一些工厂里打工,其他的一无所知。

华灯初上,南方的夜充满了热烈和奔放的气息,这是一个年轻的城市,平均年龄还不到三十岁。四处涌溢着暧昧的情绪,香车宝马,美女进进出出。小骚指着一辆从宝马车出来的一年轻女子说,她是一只鸡,你信不信?胡少说,你别瞎说。小骚吃吃地笑了几声,矜持地说,你不信?这个鬼地方就是这样的。

在路边吃宵夜,喝了很多支啤酒。胡少说,你少喝点行不行,小骚说,真八婆,管我那么多,啤酒又不醉。吃完回去时已经很晚了,客厅漆黑一片。你的室友还没回来吗?他说。她摇了摇头,她好久没回来过了,兴许辞工了。她睡觉从不关灯的,所以一回来我就知道。她回不回来,和我没什么关系,反正都没说过话。

两人躺在床上开始做爱,他想起小骚还没吃药。她肯定是忘记了。做完爱,他提醒她吃药,小骚应了一声,说已经吃过了。

他想不起来她什么时候吃过药。她看了下当天的码报,皱着眉说,他妈的。胡少说,你平时买得多吗?小骚将码报揉成一团,打开窗户扔了出去。这一年真背时,遇到鬼一样,做什么都不顺,像给鬼缠上了。小骚披着一件大号T恤,光着脚在地上走来走去说。

胡少说,睡吧。小骚钻进他怀里,让他抱着睡。他捏了捏她乳头,两人又说了会闲话,就睡了。后半夜的时候,他醒了,发现小骚不见了。他去上厕所,看到阳台上站在一个披着头发的女人在抽烟,吓了一跳。看清楚原来是小骚。她坐在阳台上,背靠着墙壁,火红的烟头在她脸上闪烁。那时已经是凌晨三点了。他说你还好吧？小骚抽烟的手支在膝盖上，微微颔首地朝他说道，没事，我睡不着，出来透透气。

胡少上完厕所，陪着小骚一起坐在阳台上抽烟。之前他从未见她抽过烟。"520"牌香烟细长，胡少抽不惯这种女式烟。四年前的小骚，还扎着马尾辫，喜欢穿运动鞋，热衷收集明星的花边新闻。那时她不抽烟，笑起来很甜，有一个小小的酒窝，很少沉默。她说最大的理想是当一个娱乐记者。

你看到前面那些还亮着灯的地方吗？那里都是在加班的厂区。小骚说道。胡少朝着她指的方向望去，橘黄色的路灯不远处，便是密集的工厂区。雪白的日光灯透过玻璃窗户，像一艘巨大的深夜航行在茫茫大海面的游轮。

往下面俯瞰，依稀可以看到一个中年保安手里拿着一根橡胶警棍在马路边上慢慢地巡逻，他从东走到西，然后又折转往回走，一个来回刚好一支烟。

"这个人是四川江油的，上个星期他女儿从这栋楼跳了下去。就住我上面的。"小骚说。"才十九岁，是个90后。她爸爸看着她死去。"

"她为什么要自杀呢？"

"据说是失恋了，也有人说是忧郁症。具体我也不知道，反正这已经是第五起了。"她将烟灭了，立刻又点燃一支。"我们这栋楼两个月内已经有五起了，可怕吧？嘣的一声！"他发觉她的眼光突然增亮了许多，看上去有些可怕。

"之前我也想不明白，好死不如赖活着嘛，后来我又觉得自己想明白了，其实人活着也就是受辱，互相受辱，胡少你说是不？我倒佩服这女孩子，这么果断，立马就结束掉了，一了百了。"

"可别光顾着死。"他惘然地说。他不知什么时候已经抓着了小骚的手，紧紧地握在手心里，似乎一松开，她就将变成一只蝴蝶一样飘落而去。

"你还喝酒吗？陪我喝酒好不好？"

他跟她进了客厅，冰箱里存放了许多瓶北京二锅头和哈尔滨啤酒。塞得满满的，让他目瞪口呆。他发现了几包猫粮，有一包已经打开。

"你平时也喝酒吗？"他说。

"睡不着的时候，我就喝一点。喝醉了才能睡得着，睡着了我就不怕那嘣的声响了。"

他开了一瓶啤酒，两人开始对饮。月光越过窗台，淡淡地挥洒在阳台上。夜晚很湿润，有南方独特植被散发出来的气息。夜静得让人忘了白天的喧哗与浮躁，仿佛白天没有存在过。小骚靠着胡少的肩膀，坐在阳台上，微微的夜风吹拂而过，伴随着银白色的月色，有些醉人。

没来这里之前，我曾以为城里是没有月光的。胡少，有时我特傻逼，以为只有我们家乡才有这么好的月色。可我已经不喜欢家乡了，越来越不喜欢。越来越没有当年那种感觉了，被城市榨得干瘪丑陋无比，像个弃妇。那年我拖着一个巨大的旅行箱，把所有能带上的东西全带上了，再也不愿回去了。这么多年来，我依旧没找到家乡的感觉，反而丢失了以前的……社会那么务实，大家都忙于挣钱，连谈下心的空闲都没有。我刚来的时候，经常听耳边很多人说，要在这里买个房子，将根立在这儿。后来这些人不知去了哪儿，来时容光焕发，去时已年华不再。飘来飘去，人就老了，很多人回家生孩子做了别人的老婆，从前的理想现在换了一茬新人，像割韭菜一样，年轻的他们激情澎湃，说要在这儿或那儿奋斗几年买个房子和车子……我听了想笑。但我没敢笑。他们毕竟还有梦想，不像我。

她伏在他的肩膀上玩弄他的头发。胡少觉得有些痒。他不知怎么安慰她。小骚已经不是几年前的小骚了。他觉得她离他已经很遥远，很陌生，却那么相像，像是同一条渡船上的陌生乘客，通往相同的目的地。

胡少说，你买六合彩输了多少了？

六万。

六万？

我把所有的本都赔光了，以前还挣了点，现在是翻身都难了。搞得地下庄家的打手经常在楼下堵我。嫌我没办法还。我总有办法还清的，我对他们说，大不了我去卖逼。他妈的。给我一支烟。

我一直在想，既然福利彩票这么扯淡的玩意都有人说中奖了，为什么六合彩还中不了呢？我们也只能靠买买彩票改变下命运了，这打工的，把这命卖给老板最终也是穷鬼一个，买房？买车？旅行？去他妈的，什么世道，我算是看穿了。胡少说，你有点喝醉了，太激动了。小骚说，我要说我没醉，你一定更加认为我醉了。可我真的没醉。就是，就是，哎，真睡不着嗨。我倒也不是担心欠他们的六万块钱，这抵不了什么真的，有人陪老板睡一觉都上万块钱呢，六万块在这个城市真的算不了什么。可我就是睡不着，那声音一直不响，在跟我较着劲儿呢。

"嗨，已经一个月没听见这声音了，下一个该轮到谁了呢……"

"是在公司太压抑了吗？新闻报道了吗？"

"报了又有什么用？这个世道变了，大家都渴望着一夜暴富，安分拿工资的人都该死。好像人天生就该如此，没有别的选择，理所当然就该活得这么绝望和纠结。"

"每到夜里我就感到害怕。手机里储存的联系录从头翻到尾，又从尾翻到头，没有一个可以谈心的人。"他劝她少喝点，她点了点头。很乖顺地依靠着他的肩膀。她又说，你变得比高中帅气些了，稳重了。可我依旧喜欢高中时期的你。不知怎的，我想起你的时候，永远记得的是那时的样子。我那时太不懂事了，对不起你。胡少说，那时我也不懂事，更应该对不起的应该是我。小骚说，要是那个傍晚我们不要在学校门口闹成这样，兴许我也考上大学了呢。胡少揉了揉她肩膀，没再说话。那是过去的事了，再也无法挽回，胡少想。

小骚说，你帮我背后挠一挠，痒。胡少将手伸进她衣服，问是这里吗，小骚咯咯地笑，说对了。小骚又说，那边好像也有一点痒了。过了一会儿，又咯咯地笑起来，说再那一边也痒起来了。"痒，好痒！"小骚咯咯地笑。

"你挠我这儿的时候，那儿又痒了。"

"我好像全身也痒痒起来。"

"嗯？"她反过来轻轻在他腿上挠了一下。"痒……痒起来了。这儿，用点力。"

他觉得越挠越痒，越痒，越想用力挠，乃至抓破皮肤血肉模糊，非得让自己痛起来。

（《羊台山》第 17 期）

羊台山作品选

小说卷下

文学的光荣

总策划·杨东辉　策划·黄立敏　叶法清

总主编·范明　孙夜
本册主编·徐东　王先佑

东南大学出版社
SOUTHEAST UNIVERSITY PRESS

图书在版编目(CIP)数据

文学的光荣. 小说卷：全 2 册/范明，孙夜主编. —南京：东南大学出版社，2016.10
 ISBN 978-7-5641-6810-0

Ⅰ.①文… Ⅱ.①范…②孙… Ⅲ.①中国文学—当代文学—作品综合集②小说集—中国—当代 Ⅳ.①I217.1

中国版本图书馆 CIP 数据核字(2016)第 247231 号

文学的光荣　小说卷(下)

出版发行	东南大学出版社
社　　址	南京市四牌楼 2 号　邮　编　210096
出 版 人	江建中
网　　址	http://www.seupress.com
电子邮箱	press@seupress.com
经　　销	全国各地新华书店
印　　刷	深圳市恒安达印刷制品实业有限公司
开　　本	787 mm×1 092 mm　1/16
印　　张	83.75
字　　数	1 050 千字
版　　次	2016 年 10 月第 1 版
印　　次	2016 年 10 月第 1 次印刷
书　　号	ISBN 978-7-5641-6810-0
定　　价	268.00 元 (共 5 册)

本社图书若有印装质量问题，请直接与营销部联系。电话(传真)：025-83791830。

目 录

岁月留痕，文学之旅 / 范　明

上卷

海上世界	/吴　君	001
纸船	/卫　鸦	016
清水河边的裙豆	/叶　耳	028
湿地风流	/王十月	043
格列的天空	/徐　东	055
忍不住想哭	/童　仝	062
陨石	/孙　夜	080
编外爱人	/刘静好	094
一个人的香山行	/马　季	115
麻花客	/石舒清	126
红尘	/曾楚桥	140
平安夜	/徐则臣	154
铁风筝	/毕　亮	170
北京的金山上	/张抗抗	180

爹的河卡	/凌春杰	200
巨象	/甫跃辉	213
我们能否相信爱情	/厚圊	237
痒	/郑小驴	263

下卷

变鬼记	/陈再见	273
年饭	/丁 力	287
消夜	/弋 铧	297
内陆河	/肖江虹	311
你为何心虚	/斯继东	330
听盐生长的声音	/王威廉	345
沉睡	/郭海鸿	364
夫妻	/娜 彧	386
孤步岩的黄昏	/寒 郁	401
春天里	/刘凤阳	411
女工宿舍里的潘安	/余同友	426
言午	/方 方	441
洗车记	/李 樯	454
小说是生命的学问	/谢有顺	464
《羊台山》十年总目录		490

变鬼记

/陈再见

银剩说她就要变成一只鬼了。她说这话时是在一个寒冷的冬天，我们一起在一堵老墙下玩过家家。和我们一起玩的还是金枪和国雄。金枪和国雄凑一家子，我和银剩凑一家子——我总占这样的便宜，金枪和国雄也乐意把银剩让给我，在他们看来，我和银剩迟早是一家的，我和她早已经玩过拜堂了，拜了天地，拜了土地爷，然后入了洞房。——记忆中那些天有些冷，那么冷的天我们还坚持出来玩过家家，足见我们是几个意志力坚强的孩子，也颇让各自的父母操心。

我笑。我说，你见过鬼吗？你连鬼都没见过，你怎么变啊？

银剩那时也就是十岁左右的样子，她那样子当然没见过鬼，我那时都没见过，我都已经十三岁了，所以我也铁定她是没见过鬼的。我认为一个人只有长到一定的年纪了才可以见着鬼，并与之遭遇的鬼地位同等，平起平坐，甚至还能说上话，交上好朋友——甚至还不只是好朋友，最后还结婚了，入洞房，生孩子了。我之所以这么认为是有根据的：母亲爱听潮剧《李老三》，而李老三最后就是和鬼结婚的。这是其一。还有村里放电影——《倩女幽魂》，那人也是和鬼好。照那样看来，鬼一点都不可怕。母亲每次听《李老三》都会为女鬼莫二娘打抱不平而泪流满面，尽管她是一个心肠很硬的妇人；我们几个聚在一起看电影，也感觉《倩女幽魂》里的鬼比人还好、还要好看。

我知道银剩为什么要告诉我她就要变成一只鬼，她是想博我的欢心，让我继续喜欢她。其实她多虑了，我一直是喜欢她的，就算她前不久在门楼睡觉，半夜被不牢固的门板在额头上砸出了一个窟窿，最后留下一个深褐色的疤，我都不曾有半点变心。现在想来，让我吃惊的是十三岁的我对待感情却已经是如此专一。只是我们之间有着一些误会。那天金枪跑来叫我，说过了年咱学校要来一个新老师，女的。我一下来劲了，因为之前我们学校的老师都是男的，且都是老的，脸上的皱纹比后山的树皮还要交错。走，去看看。金枪说。我说，啊，都来啦，还没开学呢！金枪说，来了，就今早上，不来我还费这么大的劲跑来唤你啊。我说，那好，唤国雄一起。好。金枪欢快地去领路。其实去学校的路哪用得着他领啊，这足以证明金枪当时比我还激动。

问题就出在去唤国雄的路上。国雄家在村西，去他家得穿过大半个湖村，唯一必经之路就是银剩她家的巷子。我和金枪彼此心照不宣，认为看女老师这样不太正经的事是不能唤上银剩一起的，所以路过她家门口时，大气都不敢多喘一声，脚步放轻了也放快了，和做贼没什么两样。过去时总算顺利，银剩没出现在门楼。可唤了国雄往回走了，银剩却像只鬼一样出现在了我们眼前。去干吗啊？都不叫我。银剩说，脸上是那种受人冷落的委屈，可怜楚楚的。那时候湖村的男女之间还不敢明目张胆地黏糊在一起，能像银剩这样主动找我们茬的不多，足见她当时是多么的不要脸。我故作镇定，呼呼咧咧地，装作没事人一样。不料国雄却抢了先，说我们要去看新来的女老师。国雄这话一出口，我都恨不得朝他的猪脑袋上猛磕几下手指儿。我们一溜烟跑掉时，银剩还站在原地傻傻地望着我们。

之后，我们和银剩几天没在一起玩，直到有一天晚上村里放电影，我们三人在放映机旁边碰到了银剩。我叫了她，并把一小段刚从一个我一直看不顺眼的小孩手中夺来的电影胶卷送给了她，说，《倩女幽魂》的，不信你对着灯照一下。银剩接过我送的礼物，真对着眼前的银幕照了起来。她笑了。银幕上放着的也是《倩女幽魂》，我们都看了十几遍了，下一幕该干什么都了然于心。

可以肯定，银剩想变成一只鬼一定是受了那晚《倩女幽魂》的影响。可我认为那是不可能的事，银剩还小，就算真有人要变成一只鬼，那也应该是学校新来的女老师，她叫黄唯唯。

黄唯唯长着一张大脸，那张大脸于我当时的审美标准来说明显过大，不过并不妨碍她的美。后来仔细一看，她的美都是用大来表现的，除了一张大脸，她还长了一大头乌黑的毛发，两只大胳膊，一个大屁股和两段大腿——当然了，按金枪的说法还长了两个大奶子。我这样来叙述当时的记忆并不说明当年的我要比金枪斯文，实际上恰恰相反，相反的意思是金枪从小就属于那种敢说不敢做的，所以在湖村自然落下了一个坏名声，而我比他稍聪明，比较会装逼，在老师啊大人们面前，我可以装得挺听话挺郁闷挺没有主见，一旦脱离了他们的视线，我就变了一个人，阴险毕现，简直就可以占山为王，恨不得拉一个民女当起压寨夫人。就这种小孩，挺恐怖的。——所以当时感觉，黄唯唯老师就像是一座大山，矗立在眼前那三尺讲台上，其气场足以让我们全班同学都噤若寒蝉，连在老师面前最喜欢张牙舞爪的金枪也得到了人生中难得的片刻宁静。

我当时的品位比较超前，我喜欢大女人，或者说是长大了的女人，所以对黄老师的喜欢也正是在那时开始像河的暗流一样，慢慢地涌动了。我的品位和金枪、国雄都产生了差异，在他们看来，黄老师一看还行，再看就晕了，简直没法看了。我说你们放他妈的狗屁,她长得多好啊,看着就舒服,笑起来也好看。金枪和国雄别过头,暗暗发笑。这两小子平生第一次以这样的态度对我,足见当时立场的坚定。最后我们闹到了银剩那里,金枪和国雄想找银剩做个公平裁决。他们认为一个女人看一个女人,其丑美的判断应该接近公正。结果银剩却一言不发,拿眼瞪了我们半天,我们弄不清咋回事,催她快说,她终于脱口而出:就没见过这么丑的。金枪和国雄当时笑开了,朝我做胜利的手势。我不认输,我坚决认为银剩之所以那样说完全是出自嫉妒。

然而冤家路窄,银剩所嫉妒的黄老师当上了我们的语文老师,也就是说,银剩注定要和黄老师有瓜葛,因为银剩的语文成绩是全班最好的,这地位的捍卫比她以美貌充当全班之最还要牢固。才第一节课,黄老师就点了银剩的名,让她继续当语文课代表,当着我们的面又表扬了银剩几句,这样的表扬对银剩来说已经习以为常,她几乎是以古代美女一样的傲慢神情把黄老师视如无物的。

我、金枪和国雄都热衷于听"鬼古",我们那儿管鬼故事叫"鬼古"。而整个湖村"鬼古"最多的、讲得最好的,无疑是我的二叔。我二叔是个很矮的男人,外人家的小孩都管我二叔叫老矮子。客观来说这个称谓很贴切,因为我二叔就年龄来说确实老了,脸上的皱纹又黑又韧,可是他整个身体看起来却是小巧的,穿的衣服也是大一点的孩子的衣服。说实在话我没办法从形象上喜欢上我的二叔,他太不像一个大男人了。但作为我二叔的侄子,我有义务和那些唤他老矮子的孩子干一架,这样的架干多了,就几乎成了一种习惯,仿佛人们不是唤我二叔,而是直接唤我了。所以有时候两帮孩子在野外对阵,对方骂我时不骂我父母的名,而是直接骂"老矮子"——这样一来,倒让我的父母得到了所有湖村父母都难得的待遇,从来没被孩子们挂在嘴上骂过。在打架的时候,我充当起我二叔的儿子,这成了我整个童年的分内事,谁叫二叔没儿子呢！他不但没儿子，老婆也没有。也可以理解，那么矮小的人哪个女人会喜欢呢？就连我都不喜欢，每次因为二叔而跟别的孩子打完架后，抚摸着自己伤痕累累的身子，我都会陷入一种类似文艺青年的迷茫当中，深深地质疑我那么做到底有什么意义。

当然，只有在听二叔讲"鬼古"的时候，我才感觉一切都是充满意义的。吃了晚饭，二叔就来我家了，他自己舍不得点灯，也舍不得泡茶，几乎天天晚上跑我家喝茶，喝足了才回屋睡觉。喝茶这个过程他也感觉不好意思，他还得不时看我妈的眼色，有时还要看他哥的眼色。为了让自己不至于白喝，二叔就唤：大伟啊，过来过来，二叔讲个"鬼古"给你听听。我当然高兴啦，就等着他说这话呢，我说那你等等，我去叫金枪叫国雄来。二叔说，好吧去叫吧二叔等你们。二叔冲我的背影说这话时语气显得自然、自信。慢慢地，每到晚上，我就事先叫好金枪国雄到我家候着，候到二叔来了，再缠着他讲"鬼古"。二叔当然乐意，他终于可以不看他哥他嫂的眼色了，就看我的眼色就够了。他的"鬼古"真多，几乎每个晚上都能讲好几个，而且大多都是他亲眼看见的、亲自经历的。我信以为真。妈妈却愤愤地说，鬼啊，那都是你二叔编出来哄你们的，就知道来咱家喝茶，耗咱家灯油。

我觉得妈妈的话有些不近情理了。我说，妈你要是没见着鬼你就别嫉妒二叔见着鬼，你没见着鬼是你没本事，二叔见着鬼了而且见了那么多，所以说二叔的本事比你大多了。我妈当时脸就绿了，说你才见鬼了呢。我妈说错了。我也没见着鬼，所以感觉缺点什么，我对见着鬼的人充满天生的敬意，这也是全湖村都不喜欢我二叔而我却表现出对他的崇敬的缘由。当然，金枪和国雄作为我言听计从的小跟随，其想法应该和我保持一致。

其实现在想来，二叔当年所讲的"鬼古"大都大同小异，基本上算是一个套路，换汤不换药，情形就如当下的电视连续剧，不是一个富足家族里兄弟姐妹之间为了争夺财产钩心斗角、尔虞我诈，最后好人一生平安，就是一对年轻男女你死我活地相爱，结果那女的却是那男的老爸当年风流之后留在世上的私生女。当时的我们却为其痴迷，像现在追着看韩剧的家庭主妇一样天天晚上追着二叔讲"鬼古"。有些夜晚，屋外阴风淫雨的，听了"鬼古"，金枪和国雄都不敢回家了，我们三人只好蜷缩在我的床板上过夜，有时窗外一声猫叫都把我们吓得浑身哆嗦。为了转移注意力，我总是挑起话题，当然我们那时都是学校里的烂泥，所谈的自然不可能是李大钊和闻一多之辈。我们谈女人，不过谈到最后，就剩下银剩和黄老师了。金枪认为银剩长大后一定比黄老师漂亮，他说大伟你有福了，老婆这么漂亮。金枪说银剩是我老婆时我一点都没觉得他是在揶揄我，坦然地接受着这一事实，我只是表达了我不一样的观点：银剩长大了可能比黄老师漂亮，但一定没黄老师大。什么大？是奶子吗？金枪这么说着还一边腾出双手在被子上面抓起两块棉坨。我们都笑了。金枪这么说黄老师我一点都不生气，反倒感觉挺刺激的。我转头问国雄，你认为呢？国雄说，我不知道。猪脑。我骂了一句，伸脚把他踢下了木板床。

　　果然不出我所料，银剩这个语文课代表一点都不配合黄唯唯老师的工作，这不但让黄老师苦恼，也让全校的老师纳闷，怎么之前好好的一个女孩子，突然变了样？谁也猜不透这其中的缘由，我倒是看透一切，置之事外坐山观虎斗。其实也没斗，银剩还没大到可以跟一个老师斗的时候，她只是冷淡，凡事都冷淡，黄老师叫我们把作文本交到银剩那里，我们真去交了，银剩冷冷地说，交我这干吗？放讲台上。黄老师一来，看一讲台撒满了凌乱的作文本，脸色就变了，问银剩怎么回事？银剩又冷冷回了一句：关我什么事？黄老师一下来气，说你是课代表，不关你事关谁事？银剩还是冷冷的：谁让你选我啦？——看，这整个场景看下来，我们都屏住了呼吸，银剩真她妈的牛，四两拨千斤，竟然都把黄老师牛一样的身体给气得跳了起来,可她跳起来不是像牛一样扑向银剩,而是扭头奔出了教室,抹泪去找校长去了。我们哇的一声喊了起来。不过我心里想,银剩这丫头实在有点过分了,得找机会教训一下她。

按我的想法,我未来的老婆过分了,我就有义务批评她,让其改正或者收敛。

那天是个星期天,三月的天已经不怎么冷了,我们都穿得比较单薄,本来约好要到老墙下过家家的,后来感觉过家家没意思了,不如去野外走走,刚好国雄家的老牛新生了一只牛崽,交给了国雄去照顾。那天我们就一起陪着国雄出去放牛,说是放牛,其实只是幌子,我们真正的目的是出去烧番薯。银剩很乐意跟我们到野外玩,但有时我们并不怎么喜欢带她,原因是她挺麻烦的,到野外见啥都一惊一乍的,表现得挺幼稚,而关键时刻——比如我们偷邻村的荷兰豆或者甘蔗——她又总是拖我们后腿。有一次我为了救她就差点被一个满脸胡须的邻村人逮住,每次想起都感觉后怕。所以银剩要跟我们同往,她必须得带一样东西,那就是火柴。到野外万事都用得着火柴,但我们男孩爸妈管得严,家里的火柴通常都是被锁在抽屉里的,怕我们哪一天心血来潮把别人家的屋给点着了;而银剩家情况比较好,她家就她最大,剩下的弟妹爬的爬,吃奶的吃奶,根本还不明白这个世界已经文明到有火这样一种能让人怦然心动的东西。银剩身上要带走一盒火柴,是很简单的事。

那天我们事先已经把工作落实好了,金枪负责偷挖番薯,国雄负责捡柴草和干牛粪块,我则负责挖土窑炉——别看我的工作简单,那可是一项技术活,烧番薯的成败完全取决于土窑炉挖得好坏。当然了,银剩就负责提供火柴,如果还有的话就是负责吃。

我在一个坡地上煞有介事地挖土窑炉时,银剩没事干,就坐在我旁边。她没说话,我也故意不说话。这比较反常,通常我们在一起时话挺多的。我是故意冷落银剩，我觉得她至少应该得到我这样的惩罚。

银剩说：大伟快看，这只蚂蚱好大哦，它的腿都可以烤来吃了，像黄老师的腿。

我看都没看她一眼，继续挖土窑炉。

银剩说：大伟，你今天挖的土窑炉比以前都好看，月湖来的泥匠师傅起的房子都没你挖的好看。

我一声不吭，继续挖土窑炉。

过了一大会，银剩又说：大伟，你说我真变成了一只鬼，你会怎么办？

我看了她一眼，说：你变不了鬼，就是真变成一只鬼了，也是一只恶鬼，不是《倩女幽魂》里那只好鬼。

我这话当真把银剩给打击了，一直到我挖好土窑炉，架好柴草干牛粪块，放好新鲜的番薯，她都不再说话，就看着我们忙碌。忙好一切，我们向她要火柴时，她还是一言不发，死活不肯拿出火柴。我来气，说银剩你怎么啦？当真鬼上身啦？你究竟带了火柴没有啊？看我气了，金枪和国雄都站在一边看热闹。我说银剩你要是不拿出火柴你信不信我们以后就不带你一起出来玩了？我又说银剩你信不信我揍你？还不把火柴拿出来，我知道你是带了的……

最后我把她给骂哭了，她掏出火柴，扔到我的面前，喊：我再也不和你玩了。转身哭哭啼啼走回了村里。

那次烧番薯一点气氛也没有，最后番薯也没烧熟，我们每人只是啃了一点黑皮，剩下的全都扔到湖塘里喂鱼了。回来时，我又把金枪和国雄骂了一顿。我得承认，那时的我脾气比现在大多了，现在老婆再怎么骂我都是笑吟吟地面对——当然我现在的老婆不是银剩。

我和银剩闹翻后，银剩就当真不和我们玩了。刚开始我以为她是一时赌气,不和我们玩跟谁玩呢?她最后还是会跟我玩的。可是事情有了转折性的发展:黄老师再也忍受不了银剩的不配合,把她的语文课代表撤了。撤了语文课代表,银剩的语文成绩还是全班最好,这让黄老师很尴尬,恨不得银剩的成绩能像其他走向歧途的学生那样一落千丈,对我们也有恨铁不成钢的意思。没了课代表,有些事总得有人做,那时的老师挺懒的,动不动就丢给课代表一本册子叫其把上面的题抄上黑板让同学们抄下来带回家去做。而我却鬼使神差地在黄老师面前表现得乖巧积极,黄老师一时激动,就把抄习题收作业的事交给了我——当然我不是课代表。不过这已经足够我牛逼的了。

按银剩当时对同学们的说法我当上了黄老师的狗腿子之后,银剩就公开的和另一伙人玩了。那一伙人我有必要说明一下:那一伙人也是班里的烂泥,也是三五个人,他们和我们这一伙就曾经因为我二叔干过几次架,一直是对立的两伙人,大多时候也是井水不犯河水。银剩不跟我们玩我没什么,说我是黄老师的狗腿子我也没什么,但她公开跟他们那一伙人玩,就让我绝望了。我跟金枪国雄说过,银剩臭屁,谁不找却找他们玩去。绝交!金枪国雄口里应着,脸上却一片茫然。当时的情形对我们比较有利,因为我的勤快,颇得黄老师喜爱,因而我们几人在黄老师眼里虽然是烂泥却总归是听话的孩子;而他们那伙人就真的是烂泥了,还时不时给黄老师找事做——当然这都是银剩和他们玩以后发生的事,比如往黄老师的粉笔盒里放蚯蚓和水蛭,或者趁黄老师转身不注意朝她后面贴纸条……事虽然是他们做的,但我敢肯定主意一定是银剩出的。

四月的时候,我家发生了一件大事。我的二叔得了一场怪病,不久就死掉了。二叔病后就没再过来喝我家的茶,耗我家的灯油了,这让我爸我妈一度眉开眼笑。我也没敢往二叔的小屋跑,他的小屋又黑又矮,像是一个大一点的土窑炉。二叔初病,还会起来做饭吃，病一重，就连床都爬不起来了。族里的汉旺老爷找我爸谈话，说你弟没病时自己能给自己刨碗饭吃，现在病了连床都起不来了，你这个做哥的虽然平时不怎么对付，这时候也得照顾一下啊，看样子他也是活不了多久的了，听拍桌神婆麻姨说他一辈子没娶是让外面的女鬼缠上了被招驸马了……听得我爸浑身起鸡皮疙瘩，怯怯地说，他自己身体好时耕了地多出来的粮都卖了钱喝酒吃肉，没给我一分半角，如今病了倒要我来承担了，这算什么理啊？这是……汉旺老爷说，你怎么说这么的鬼话？这打虎还亲兄弟上阵父子兵，现在你弟不行了，难道要我来照看么？就算我真的照看了，你脸上挂得住脸色么？就不怕整个湖村人今后拿你当话说啊……

我爸嘴硬，只是为了发泄一点对二叔的气，其实就算汉旺老爷不来说，我爸最终还是会照看二叔的。照看二叔又不用我爸自己，他就直接让我来做了。我爸说想想你二叔给你讲了不少"鬼古"，如今你就报答一下啦。听爸这么说，我就意识到二叔将不久于人世，顿时心中有种很难受的感觉，心想二叔真可怜，会讲那么多"鬼古"临死了却没一个人照顾。我那其实不算照顾，我也不会照顾，就负责把我妈弄好的饭菜往二叔的小屋送，再往他的床头放就行了。我甚至不敢去看二叔的脸，他的脸已经瘦得不成人样了，就像一只猴子的脸，他的身体盖着被单，小得一只狗的身体都比他大。我看着总是感觉恐怖。再说二叔的木板床上吊着红蚊帐，那时不时轻微摇曳的蚊帐总让我联想到里面的二叔已经变成一只鬼了。在这之前我对鬼是充满向往的，真意识到它的存在时，向往就夹杂着害怕，每次进二叔的小屋就总是一惊一乍，既想看见什么，好作为自己见识的资源，又害怕真的看见了会被吓得屁滚尿流。为了让自己更坦然，我总是邀金枪国雄一起壮胆。他们两人不敢进屋，就守在门口。我骂他们胆小，他们小声跟我说：拍桌神婆麻姨说了你二叔是让女鬼招驸马了，那女鬼可厉害了。我说不就是《李老三》和《倩女幽魂》里的女鬼吗？她们可是好鬼。他们说那可不一样，你二叔遇上的女鬼是个恶鬼要不怎么会要你二叔的命呢？我想也是，二叔可能真让恶鬼缠上了，他一辈子见了不少鬼，和鬼打过不少交道。据他跟我讲的，他有一年夏天去下坑田里守稻谷还跟老鬼睡在一起，半夜还一起坐起来抽烟呢……可到头来，跟鬼最熟悉的人却让鬼给要了命……

半个月后，二叔死了。二叔死后，连同他的被单和几件粗布衣服一起被埋进了后山。后来湖村人就开始广为流传二叔的死因了。据人们所说，二叔是个阴阳眼，老能见到鬼，一辈子就跟鬼有缘，几乎能和鬼打成一片，这也是他怎么就长了那么一个不人不鬼的身体并且从小到大跟人都合不来的原因。人们又说，那天黄昏我二叔拉着板车从面前埂口地往村走，拐过一道弯时，突然感觉身后的板车摇晃了一下，接着拉起来就显得沉了。凭多年来的直觉二叔意识到了什么，他不敢往回看，一股劲地往村里拉，拉到巷口的老井旁边，往常二叔是要停下来洗一洗板车顺便洗一洗身子的，可那天他什么也不洗了，直接就往自己的小屋拉去，突然迎面遇到一个小毛孩，小毛孩一脸惊奇，冲着我二叔喊：嘿，你板车上坐着一个穿红衣服的女阿姨哩。二叔也没理，直接就回了屋，接着就病了……按湖村懂点鬼神的人的说法，我二叔那天虽说是让红衣女鬼迷了心窍，可根据二叔对鬼的熟悉，他完全知道只要半途停下来，点根烟，冲着板车上的女鬼吹几口，那女鬼马上就会夺路而逃——据说鬼是怕香烟的——可二叔没么做，还把女鬼拉回了家，这样一来他就有了故意的意思。我二叔是不是一辈子娶不到老婆，感觉活得真累，好不容易遇到一个愿意跟他回家的女人——管她是人是鬼——就不想因此而错过了？

村里人对二叔的死因众说纷纭，简直都可以编成一出戏了，但大多数人是认同以上的说法的，包括我、我爸我妈。我记得二叔病的那会儿，有一次我送饭过去，二叔就曾指着红蚊帐外喃喃自语：来，你先吃吧。我当时以为是叫我，后来得知，二叔应该是在叫红衣阿姨——他的红颜知己。时至如今，十几年过去了，我还是认同二叔的死不是普通意义上的死，而是和红衣阿姨过上了另一种生活。

二叔的死，曾一度让我们湖村蒙上一层阴云，稍晚一点收工回家的人们都脚步匆匆，怕被哪个女鬼跟上了。我倒不怎么害怕，对村子陷入这样的状态兴奋不已，我还曾邀了金枪国雄一起守在村前埠口地里等女鬼的出现，整个过程那真叫人惊心动魄。

不久，村里又闹鬼了。闹鬼的地方竟然是学校。我们村的学校是一栋老楼，老楼以前是村里的地主石靖的宅院，土改后老楼充当过公社食堂、炼钢厂、批斗场、村委会，最后才成了湖村小学，这期间一路走来，风风雨雨，也不知道有多少人命死在老楼里了。没事时，人们没兴趣去想起那些陈年旧事，一旦有事了，相应的往事和缘由就浪潮一样铺盖在了每一个湖村老人的心上：是啊，想当年，石靖的二房老婆就是在楼上用一截粗布望高死的（我们那儿管上吊叫望高）……而黄唯唯老师所看见的鬼确实是个女的，看样子也确实是吊死鬼，煞白脸，还吐舌头。

村里一下沸腾了，茶余饭后谈的都是那个女吊死鬼。同学们上课也没了心思，眼神朝着老楼的每个角落瞅，希望能看出一点蛛丝马迹。我们这些烂泥更是表现出格外的兴奋，通常趁着大伙静悄悄的时候，突然猫在某个女生的背后一吼：鬼啊。那女生大叫一声，保证哭给我们看。我们以此为乐。校长和老师们却为此担忧不已，因为那时已经是学期末了，期末考试就要开始了，如果那样子下去，我们学校的期末考就考不出一个好成绩，到时就没办法跟邻村的学校比，到了镇上校长的脸上也就无光了。为了平息风波，校长开会说，同学们，你们是读书人，是祖国的花朵、社会主义的接班人，你们应该相信科学，不能搞迷信，这个世上是不可能有鬼的……校长说了很多，最后还拉出黄唯唯老师来澄清事实，黄老师说：那天晚上我可能是累着了，做了个噩梦，就以为是自己见到鬼了，没影的事，就如我们校长说，这个世上怎么可能有鬼呢？那是迷信。

然而就在黄老师说出这话的当天晚上，她又见到鬼了，仿佛那鬼不服气，是来推翻她白天的说法的。可黄老师再也不敢声张，可怜的她吓得脸都青了，趁我去交作业本时，她突然叫住了我，我问老师你还有事？黄老师笑着说今晚我想去你家坐会，当是做个家访，你最近表现真的很好。我顿时乐了，黄老师要到我家去坐会，哇，这可是其他同学所没有的待遇啊。当天放学后我就直奔回家，跟我妈说黄老师要来咱家，要来咱家吃饭呢。黄老师真的来我家吃饭了。吃了饭，黄老师一边帮我妈绕毛线球一边说着话，却丝毫不提我的事。我在旁边有些失望。很晚了，我都等到迷迷糊糊半睡着了，才依稀听到黄老师跟我妈说想在我妈这借宿几晚，学校也快放暑假了，放假了就赶紧回家。我妈一下理解了，说好啊，你又看见啦？黄老师点了点头：嗯。我妈说，佛祖保佑，阿弥陀佛，这怎么是好……

我突然再也没心思睡下去了，像个战场的英雄那样浑身充满了随时就义的勇气。我想去学校看看那个吊死鬼，真的，我当时就是这么想的，勇气十足，颇为悲壮，仿佛电影里那些站在女主角身前为她挡下刀剑的热血英雄——我真的要为黄老师做点事了——我偷偷溜了出来，朝学校一步步猫过去，我起初是想叫上金枪国雄的，后来想算了，叫上他们我就显不出我的英雄气概了。

那是一个月色柔美的夏夜，如果不是去看鬼，那晚的夜色简直让人陶醉。月色像鸡蛋清一样罩住了整个湖村，包括村里的瓦屋、树木和稻田。稻田已经开始熟穗了，金黄色的稻子和皎洁的月色融在一起，有了豆花加上黄糖的模样，看了让人感觉舒适。可我哪顾得上这些，我像个夜行侠，机灵地闪进学校的老楼上层，躲在黄老师宿舍门口的一张破书桌底下——我为什么会躲在那里？

是因为我听黄老师说,那鬼最开始的举动是敲她的门,然后就是趴上她的窗口,脸色煞白,吐舌头……

静悄悄的,湖村人大都已经入睡了。我等着实在有些不耐烦,好几次都在书桌底下打起了瞌睡,想着今晚的鬼是不会来了,还是回家算了。正想着起身,木质楼梯上突然响起了脚步声,窸窸窣窣的,显得很小心的样子。我的心跳加速,重新猫下身子,一心恨自己怎么做出这样一个决定,一心又给自己打劲——我是一个抓鬼英雄……

鬼果然出现了。我当时差点晕倒,不敢抬头看,只看见一双脚从眼前踮着脚尖走过,接着我就闭上眼睛了。果真那鬼先是敲了敲黄老师的房门,然后趴到旁边的窗户上,扑通了几下,听声音她跳得不高,每次都挺吃力的,可见这个鬼身体比较矮小。

鬼扑通最后一下时,突然把窗台上的一个什么东西弄掉在了地板上,砰的一声突兀地在寂静的夜里响了起来。随着这声响,我再也控制不住了,哗啦一声站起来,把身上的书桌都顶到了一边,然后哇哇大叫着跑下了楼梯。我当时生怕鬼会朝我身后飞过来追我,所以一边跑一边还往后望,奇怪的是那鬼并没有追我,她显然也叫了一下,似乎也很害怕的样子,然后朝我相反的方向跑了……

可我当时懵掉了的头脑还清楚,我相反的方向就是阳台了,阳台过去,就是楼下。我没顾上这么多了,心想真遇上鬼了,都朝阳台那飞走了。

那晚我怎么样也睡不着,一夜抖到天亮。

第二天听见外面乱糟糟的,起来问我妈什么事,我妈颤抖着声音说:佛祖保佑啊,这怎么是好……银剩那孩子在老楼摔死了,脸上抹了一脸白面粉,咱村可真是闹鬼了啊,阿弥陀佛——

(《羊台山》第19期)

年饭

/丁力

老婆回贵阳了，余本年一个人留在深圳过年。本应该和老婆一起去的，但一想到岳母，算了。

岳母也没什么不好，只是习惯把姐夫挂在嘴边，令余本年不爽。

其实是老婆的姐夫，也就是余本年的连襟或者"一担挑"，但"连襟"和"一担挑"是对别人说的，当面喊不出口，所以，余本年随老婆称姐夫。

姐夫是领导，这就让岳母很自豪。大年初三请亲戚朋友在甲秀楼吃饭，开了两瓶好酒，岳母说："大女婿从深圳带回来的。大女婿工作忙，每年春节上面都有人来深圳或香港，他要亲自接待，回不来，就让菲菲把酒带回来了。"此时，亲戚朋友中往往会有一个人接着话头问："大姑爷又高升了吧？"岳母摆出一副不在乎和不经意的样子回答："也算不上提拔。从副局到正局，算扶正吧。"于是，反应慢的亲朋好友也清醒过来，马上起身敬酒，说"祝贺""祝贺""您老好福气"等等，搞得余本年站也不是，坐也不是，屁股悬在那里，陪着脸一起受罪。

其实，余本年也是公务员，但级别不高，部门没权，因此说话不响，不值得岳母拿出来炫耀罢了。

老婆回到贵阳之后，打来电话，报平安，也让余本年和岳父岳母说说话，以弥补不能回来过年的缺憾。余本年很懂礼节，在问候岳父岳母大人之后，没忘记顺便问候一下姐姐姐夫。

"他们今年没回来。"老婆说。

"没回来？"余本年问。随口一问，没有什么特别的意义，并没有打探姐姐姐夫动向的意思，更没有指责姐姐姐夫的意思，他自己都没回去，哪里有资格要求别人。

"是，"老婆说，"我姐夫回昆明了，姐姐一个人在深圳。"

姐夫回昆明是应该的。他是昆明人，老父亲还健在，上面来的领导要接待，自己的父亲也要陪伴，可以先回去陪老父亲过完春节再回深圳迎接上面来人嘛。毕竟，上面的领导或领导夫人们也不会大年三十或年初一来深圳或香港的。可是，姐姐为什么不跟着姐夫去昆明呢？既然不跟着去昆明，怎么不回贵阳呢？

这不是余本年该问的问题，也不是他该管的事。经验证明，对老婆娘家的事情，少问为好，少管为妙，只要注意自己不失礼就行了。那么，余本年想，既然姐夫回昆明了，姐姐一个人留在深圳，我是不是该请她吃年饭呢？

姐姐姐夫和余本年夫妇一样，都只有一个孩子，而且，孩子大了之后，都送到了国外。这不是相互攀比，而是适应风气。深圳主流社会都这样，余本年也只能随大流。所不同的是，姐姐姐夫的孩子在英国，余本年夫妇的孩子在澳大利亚。两个孩子留学地生活水准的差异，基本上反映了两个家庭社会地位和经济条件的差异。这不是关键，关键是，孩子在国外，配偶回老家，余本年和姐姐各自放单留在深圳，按照礼节，他应该请姐姐吃年饭。当然，如果姐夫也留在深圳，则情况倒过来，是姐姐姐夫请他吃年饭，他们是老大嘛。可是，姐夫回昆明了，只留下姐姐在深圳，余本年就应该请姐姐吃年饭。毕竟，他是男人。

当然只能在外面吃，不能请来家里吃。一来余本年没有能力在这么短的时间内张罗出一顿像样的年饭，二来也似乎不方便，毕竟，"姐姐"只是口头称呼，其实她是余本年的大姨子，虽然自古至今，姐夫与小姨子之间的故事不少，妹夫与大姨子之间的传说不多，但传说不多不表示可以毫不忌讳，况且，这是年饭，吃的时间可能比较长，还可能要饮酒，中途要上洗手间，等等，孤男寡女在一起似乎不妥。所以，还是在外面公共场所共进晚餐比较可行和符合礼节。可是，已经腊月二十八了，只剩两天的时间，这个时候还能订到年饭吗？

余本年没有把握，所以先不说，悄悄地订，实在订不到了，就只好装糊涂，假装不知道姐姐一个人在深圳。

确实不好订。在深圳做餐饮的基本上都是内地人，即便老板是广东人，大厨和服务员肯定是内地人，他们也是爹娘生的，一年忙到头，春节也需要回去与父母团圆，所以，深圳的绝大部分餐馆春节停业。况且，好不容易轮到一次余本年做东的机会，又是春节，档次肯定不能低，再怎么说姐姐也是官太太啊，而高档场所更加紧俏，这就给余本年订年饭计划增加了难度。

余本年开始打电话。给朋友打。但朋友大部分回到外地，都在和自己的父母团圆，谁能通过遥控给他订年饭？留在深圳的，也肯定遇到了特殊原因，忙得不可开交，谁有闲情逸致为他操心？个别关系特别好的，还拿余本年开涮，说："腊月二十八你才想起来订年饭，还要求档次高，这不是三十晚上找人家借锅嘛！"

朋友说的有道理，余本年这时候麻烦人家订年饭确实有些不近情理。

那么，余本年是不是就该放弃了呢？或者说，他是不是就该装糊涂呢？假装自己根本就不知道姐姐一个人在深圳过年呢？

不行。装不成。这件事情老婆不说，岳母肯定要说。余本年晓得，姐姐和岳母通电话，一通一个小时，好话坏话想起来的话和想不起来的话都要说，说着说着就会把余本年给他们打电话拜年并且老婆告诉他姐姐一个人在深圳过年的事情说出来。所以，余本年不能装糊涂，必须继续想办法订年饭。

这次余本年改变策略，不找朋友，找熟人，具体地说，就是找那些求余本年办事的人。

余本年虽然级别不如姐夫，任职的部门也不像姐夫管的部门那么重要，但只要是政府部门，就有分管的范围，只要是公务员，就有自己的权限，所以，求余本年办事的单位和个人还是有的，因此，他也有这样的"熟人"。

余本年开始给这些"熟人"打电话。先是假意问候，说担心年三十线路忙，怕电话打不通，所以提前拜年，等等。"熟人"接到这样的电话很意外，受宠若惊，不敢相信自己的耳朵，怀疑太阳从西面出来了，都不知道该说什么了。趁他们惊诧之际，余本年话题一转，说因为特殊原因，自己急需订一桌年饭，是招待上级领导的，所以档次不能低，可惜时间晚了，比较麻烦，问对方是不是有门路帮忙解决。这时候，对方刚刚从惊诧之中回过神来，想都没想，马上就说：好，没问题，我这就去办。

实践再次证明，群众的力量是无穷的，在余本年看来几乎是不可能完成的任务，他们居然能超额完成。余本年总共打了五个电话，结果他们为余本年订了五桌。而且，五桌都说不要钱，是他们单位"正好订多了"的，如果余本年不找他们，也是浪费了，等等。

钱是肯定要给的。余本年不想贪这点小便宜。找"熟人"订年饭已经够麻烦别人了，如果再不给钱，性质就变了，所以，余本年一再强调，钱是要给的，并且谎称是接待上级领导，公家报销等等。问题是，他只需要一桌，他该推掉哪四桌呢？

余本年以朋友为参照系，低估了"熟人"的力量。早知如此，他给其中的一个打电话就足够了，干吗要打五个电话呢？可是，天下没有后悔药，既然已经打了，现在就必须退掉四桌。让余本年略微感到安慰的是，他相信这四桌年饭推掉也不会给对方造成任何损失，因为他心里清楚，这五桌年饭根本不是对方"正好订多了"，而是对方把他们自己的年饭让出来给他的，现在余本年说不需要了，正好可以物归原主，不至于造成经济损失。

竞争很激烈。五个"熟人"都争着要余本年去他们那里吃年饭。理由都很充分，态度都十分诚恳。那意思，仿佛余本年去他们那里，就是对他们最大的信任，而不去那里，就是瞧不起他们甚至以后会为难他们一样。这就给余本年出了难题，他发觉自己推掉哪一桌都是对"熟人"的伤害，都觉得对不起人。可是，他实在不能一下子再编出四个大姨子来，实在享用不了五份年饭。有那么一刻，余本年甚至想把他们五个聚到一起，实行现场竞标。当然，这想法只是一闪而过，近乎自己内心搞笑，苦中作乐，不可能真这么做，如果真这么做，没准五个"熟人"之间相互打起来。大过年的，为了自己的一桌年饭，让人家打架斗殴，肯定不行。最后，余本年当断则断，果断地推掉另外四家，只保留圣庭院凤凰楼那一桌。

最后的抉择基于两项考虑。第一，凤凰楼档次高。他记得，前年女儿出国留学前夕，姐夫做东，请他们一家吃饭，地点就是这里，所以，今年他请姐姐吃年饭，选择同样的地点，应该不失礼。第二，提供该年饭的"熟人"单位所申报的项目年后就上局务会，并且他已经从"一哥"的口气中听出倾向性，所以，余本年选择他们提供的地方，基本上没有人情负担和压力。唯一的缺点是价钱有点贵，8888元，加上服务费，过万。说实话，如果不是为了请大姨子，而是他自己一个人，或者老婆没有回贵阳，他们夫妻二人吃年饭，甚至宝贝女儿从澳大利亚回来，一家三口吃年饭，余本年都不会选择这么昂贵场所的。不过，男人不能小气，这点钱余本年花得起，难得请姐姐一次，又是年饭，花万把块值得。

一切搞定，已经是大年三十的下午。余本年第一时间给老婆打电话。直接打老婆的手机，而不是岳母家的座机。关于自己请姐姐吃年饭的事情，余本年希望岳母从姐姐的嘴巴里获悉，而不是从他这里知道。

手机打通，余本年把情况简单一说，老婆立刻觉得余本年做得对，考虑的周到，给予的评价是："你总算干了一件好事！"

结束与老婆的通话，余本年怀着大功告成的喜悦心情打大姨子的手机。

"大姐呀，你好，我是本年啊。听说你今年一个人在深圳过年？"

"啊？啊。你没回合肥？"

明知故问。余本年想。

余本年一直把大姨子当领导，所以，他从来不计较大姨子的诚实度，并且，他知道凡是领导都比较忙，没时间听他废话，有什么话赶紧说，不要惹领导不耐烦。因此，这时候余本年绕过对方关于他是不是回合肥的问题，而是赶紧说："你在哪里？我过来接你，请你吃年饭。我已经订好了。"

余本年故意没说地点，一来节省时间，二来反正要去接，说不说无所谓，不如给她一个悬念和小小的惊喜。

"啊？哦。这个呀。我…我们已经安排好了呀。"

姐姐吞吞吐吐，旁边好像有人。

可不是有人嘛，没听她说"我们"吗？

余本年心里一惊，立刻意识到自己可能犯了一个错误，或者说，是无意中触碰到一个不该触碰的秘密。

我怎么这么傻啊？余本年懊恼地想，一再提醒自己不要自作聪明，尤其在领导面前，千万不要自作聪明，怎么最终还是自作聪明！既然姐夫回昆明了，姐姐既不跟姐夫回昆明，也不回贵阳的娘家，就一定有她的特殊安排，自己这样自作多情地请姐姐吃年饭，不仅劳而无功，而且还让姐姐难堪，没准还触碰到一个不该触碰的秘密。余本年忽然意识到，说不定姐姐对姐夫谎称她回贵阳了呢。

是。肯定是。要不然姐姐刚才为什么说话吞吞吐吐，好像旁边还有另外一个人似的。

对。确实有另外一个人。

谁？肯定不是姐夫。姐夫已经回昆明了。倘若姐夫还在深圳，就该他们请余本年了，就不会发生前面这一连串的事情了。

那么，这"另外一个人"是谁呢？余本年又想。如果是女人，好办，我把她们一起接到凤凰楼吃年饭就是。加一个人，更好，反正两个人也吃不了一大桌，顺便做一个人情，还避免妹夫和大姨子单独吃年饭的尴尬。可是，万一对方是个男的呢？

不是万一，而是肯定，要不然，姐姐干吗吞吞吐吐呢？干吗在说到"我们"的时候还十分勉强，非常犹豫呢？

深圳是个宽容的城市，宽容到男人在外面有一个女朋友很正常，女人在外面有一个男朋友也很正常。对于前者，余本年自己就有体会。比如有"熟人"找他办事，如果他不收礼，对方反而担心余本年收了别人的礼，所以要打算为难他们了；相反，余本年收了礼，对方倒觉得安心了，觉得余本年肯定会帮他们，即使将来事情万一没办成，也不会怀疑是余本年从中作梗。至于后者，则不用举例，时代不同了，男女都一样，广东省规定男人不允许包二奶，深圳立刻加了一条，女人包二爷同样不允许，充分体现深圳作为先锋城市在男女平等方面的先进性。既然如此，余本年想，姐姐在外面有一个男朋友有什么不正常？问题是，这种事情做得说不得啊，更不能让他这样的亲戚知道。

想到这里，余本年立刻说："啊，没事。那就算了。"说完，赶紧掐线，生怕言多必失，再惹出什么是非出来。

余本年心里怦怦跳，仿佛自己做了一个十分见不得人的事情却恰恰被自己的大姨子看见了。或者倒过来，是大姨子做了什么事情让他看见了。幸好，他没"看见"，只是"听见"，耳听为虚眼见为实，没看见，就可以当做根本没发生。

余本年几乎本能地想再打一个电话给老婆，汇报刚刚发生的一切。因为这一切太惊心动魄了，太有戏曲性了，太值得向老婆汇报了。但是，他克制住了。他没有打。余本年知道这个电话不能打。男人，不能太随性，不能什么事情都向老婆汇报，特别是涉及老婆家里人的不雅秘密，最好的办法是"忘记"。

现在的问题是，已经订好的年饭怎么办？推掉肯定不合适。眼看就到年饭的时间了，这个时候推掉已经订好的年饭，不等于讹人吗？

认了。不就是一万块钱嘛。

虽然决定认了，可一个人吃一桌子年饭实在也太夸张了吧！

余本年又开始给朋友打电话。这次打电话不是请对方订年饭，而是请朋友吃年饭。可是，电话刚刚拨出去一半，就立刻意识到不妥。第一，绝大部分朋友回内地了，并不在深圳；第二，深圳与内地不一样，内地或许还有办不成事假装能办成骗吃骗喝的情况，深圳没有，起码在余本年的朋友圈子里没有，他们谁也不在乎一顿饭，别说大年三十，就是平常，余本年要请朋友吃饭，别人来了是给他面子，而不是他给别人面子。至于今天，大过年的，余本年要是存心请人家吃年饭，早就约定了，能等到这个时候吗？到这个时候再发出邀请，朋友不但不会领情，说不定还要余本年搭人情，被朋友怀疑目的不纯甚至以为他脑子出了问题也说不定。所以，余本年想了想，这个时候能请来吃年饭的，除了他自己，还是他自己。

一个人也要吃啊。没有订了年饭又不去吃的道理。

因为请不到人，余本年也不用去接大姨子了，所以时间比较充裕，赶到圣庭院凤凰楼的时候就有点早。

由于年饭紧俏，凤凰楼的年饭不得不分时间段。同一间包房，大年三十那一天要连续开三桌。"熟人"帮余本年订的是中间时间段那一席，等"头席"吃完了，里面的人撤出来，服务员进去重新收拾房间，重新摆台，再迎接他，他吃完了，后面还有一桌。但是，因为最初不是他自己订的，这个情况余本年并不知道，"熟人"也没有特意告诉他这个情况，而且，因为余本年去得比较早，并且他是一个人，所以，迎宾小姐也没在意。当余本年按图索骥找到自己的包房时，门一推开，吓了一跳，里面居然有人在吃饭，而且迎面看到的，竟然正是自己的大姨子！

难道是大姨子自己来了？

不可能啊，我没告诉她具体地址啊。

并且，大姨子果然和一个男人在一起。虽然余本年看到的只是背影，可明显是男人的背影。

完了！完啦！这下不仅"听见"了，而且亲眼"看见"了！余本年看到了自己最不该看到的场景，触碰到最不该触碰的秘密。真真切切，想装作没看见都不行。

比余本年更紧张的是大姨子。

这个余本年能理解。换位思考，假设自己和另外一个女人单独在包房里面共进年饭，碰巧被大姨子看到了，余本年也肯定比大姨子更紧张。

这时候，大姨子像目睹了日本沉没，瞪着大眼，惶恐地看着余本年，又看看那个男人，紧张快速地小幅度摇头，仿佛是在极力争辩或否认什么。

余本年想解释一下，说自己不是故意打扰他们的，更不是来"捉奸"的，可是，此时任何语言都显得苍白，余本年唯一想做的，就是找个地洞钻进去。无奈凤凰楼的设计没有考虑这种事情发生，这里根本没有地洞，令余本年无洞可钻。

"对不起，我走错了。"余本年想以这句话结束惊骇与难堪，然后迅速转身离开。可是，已经晚了。

这时候，那个男人已经转过身来，并且立刻就站了起来。

让余本年万万没有想到的是，此人居然是姐夫，也就是他的连襟，或者叫"一担挑"。

(《羊台山》第21期)

消夜

/弋铧

　　这条街不是繁华的商业路段，四周林林总总的建筑里，都是一些居民住户。白日里，路上往来的多是悠闲的提了菜篮的老人，推着婴儿车慢腾腾行进着的小阿姨，在上下学的高峰时段里，是穿着市里统一发放校服的学生，淡蓝色带白横道的是小学生，深蓝色带黑横道的是中学生。所以那些临街的铺面，也是不尽热闹的，带了一点老年人的休闲和养福，在白日太阳斜斜射过来的浓烈的阳光里，有点懒洋洋地半开半张着了。如果是日头当照的午后，高楼上顶着的是大朵大朵团团厚厚的白云，很浓很稠的厚度，像小时候欣喜举着的棉花糖，不动不移的，有点固执地悬在碧蓝的天空。远处是敲打着砖瓦的嗒嗒声，是哪一片花园重新再垒泥重塑了？不是噪音，而是一种有节奏的催眠，合着那敲击的声音，一下一下地或紧或慢地，人的眼皮就不由自主地随着这催眠曲调耷拉着了。啁啾的鸟儿有时候也来到了敞着的阳台，唧唧唧地，不避人地，大模大样地，快乐地鸣叫着。穿过那些高大的泡桐树洒到地面的阳光，斑斑驳驳地透过密密匝匝的佛手般的树叶，再落到地上，就碎成了一地聒噪的蝉鸣。

　　是宁静的光阴，一百年一万年成就的光阴。

太阳落山的时候，这种宁静就被生生地打碎了。坐着公交车、开着私家小车的主人、主妇们全回来了，拿着或大或小的皮包和手袋，带着一天的疲惫和困顿，愁眉苦脸地移动着身子，无精打采地全回来了。所有的声音就显示出了一种高亢的激奋，一种卖力的喧哗，家家户户的窗子里就传来了锅碗瓢盆交响曲，合着浓郁的菜香，有时候是糖醋排骨，有时候是爆炒腰花，有时候就是鱼香肉丝了，激撞着人的肠胃，是对一家之主最浓厚的款待和致礼了。还有孩子哭闹的声音，好像是在白日里学校犯过的错，拿到晚上来受教训了，一点白日心存的侥幸全在声嘶力竭的嚎哭中全军覆没，是痛苦的绝望。夫妻两口子刚在一张桌上安定下来，昨儿晚上抑或今儿早上残留的一点争执，非要在摆上桌的菜肴前来争个你高我低了，过不了一会儿，就是碗筷掼到地上的声音，破碎的瓷器声冲撞着人的耳膜，有一种歇斯底里的嚣叫。

男主人就很生气地出来了，走的时候，还把门"咣"地带了一下，用门伤筋动骨制造的嚣叫来显示自己的愤慨。在门边等了一下，摸出一盒烟来，缓缓地点上，吸着，脸上有点厌恶的表情，慢慢酝酿着，是准备对付家里那位女主人对他的再次发威，抑或是嘟囔着他去享用做好的晚餐。可是，这个时候，楼上就下来了一位相熟的邻居，也不是交情很深的，只是平常点个头的，出来是到楼下的小超市里买一瓶陈醋。互相点着头的工夫，家里的女主人就把门猛地拉开了，三个人一照面，便多少有点尴尬，那一位下着楼的，可能就看出了这一对的龃龉，自己倒像有点讪不搭搭的，躲着走了。男主人迟疑一下，也随着楼上的那位下去了，身子骨是趾高气扬的，留下了背后女主人气愤而不能发作的脸。

这个时候快有七点了，男人在小区的门口处歇息了一下，逗了逗推进院里躺在婴儿车上的孩子。婴儿的头大得出奇，满脑袋上没有一根头发，用两只手交替地吮着手指，有涎液跟着流了下来。男人不自觉地把孩子和自己的儿子比较了一下。他记得的，儿子小时候是不流涎液的，也是不吮手指的，儿子天生就是干净而大气的，有一种贵相。车上的婴儿很困盹地看了看男人，男人被看着招架不住的时候，婴孩就打了一个巨大的有点惊世骇俗的哈欠，很委顿地把眼神又移向了别处。推着婴儿车的小阿姨，一直在东家的嘱托下有点回避抽烟的人，这时候得了机会，终于很自然地把车推走了。那个买陈醋的男人已经吃完了晚饭，悠闲地甩着手趿拉着拖鞋出来了，看见他，还是又打了招呼，这回人家是去买西瓜的，晚餐后的消食，点点头，又过去了。男人只好出了小区。

　　七点一刻的时候，刚才还是雪白的天，突然一下子就暗了。这座城市在夏季的时候，夜晚的降临是相当突兀的，好像还没有防备，劈头盖脸的暗就压了下来。路灯开始一齐明亮了，虽然是白炽的灯泡，有一点昏黄的浊，可是细细碎碎地照下来，就有了一种聚沙成塔般的明澄。远处高楼上架着的那副云，也灰了下来，带一点乌漆的滓。

　　在这种夜晚来临的热闹的光阴里，那白日里闭着的门脸就露了出来。这是一座临街的档口，因为是十字路口的拐角处，当初城市规划的时候，它的大厦这边的壁垒就为了美观的原因，修成了弧形，四面的建筑就顺着行车的拐度，成了透迤的扇面，很优雅的内敛，没有大开大阖直愣愣的突兀，也少了一点新兴城市大兴土木时的霸气——其实是一种顾后不瞻前的匪气，直突突地显现高楼大厦的林立，却不想这种悬崖峭壁似的笔陡，实是一种逼仄的窒息了。而这种带了一点圆弧的处理，便透出一种温绵的情愫，在过于快捷节奏的这座城市里，就有些令人温馨的缓冲。

　　一个十八九岁的小姑娘，趿拉着一双拖鞋，穿着快要露出三角内裤的铁锈红色的牛仔裙，一件黑色的T恤，梳着一根马尾辫，那辫子是乱糟糟的，才睡醒起床还未梳理过的模样，蹲在地上,摸索着打开了封得很严实的铝合金拉闸门,用手提一下门把手,用力地朝上掼去,"咣啷咣啷"的声音,里面就洞开了一片天地。她懒懒洋洋地搬挪了一下里面的几张小桌子,都是那种折叠好了的简易桌,生拉硬拽着推到门前的过道上来,又散散漫漫地扯过里面的几把椅子,也是那种简易折叠椅,拿到桌子的四面,铺陈开来。有几把椅子或者桌子的脚上的磨皮已经掉了,金属管和水泥地面磨擦的声音袭击着人的耳朵,真是一种令人作呕的噪音。一会儿,小店的老板老板娘也推着黄鱼车过来了,呼着小姑娘,一起搬运车上的铅桶、塑料板里装的各式菜色,多是活生的海鲜,梭子蟹、麻虾、花甲、青口,也有时鲜的蔬菜,油麦菜、竹叶菜、黄瓜,甚至还有装在特制板篮里的豌豆苗,有点萎靡的样子,耷拉着豆绿的杆,垂着青绿的腰,已经是不新鲜的菜蔬了。小姑娘不是很乐意的样子,拿着菜板的手,拎着铅桶的手,都有点不耐烦了,磕磕碰碰的,有时候就用脚去推一下铅桶,摆弄一下它未放正着的位置,里面的鱼和虾受了惊,就有点生猛地上蹿下跳起来,有一只虾还跳进了隔邻的那只鲫鱼桶里,不知是否还未进客人的肚皮,就已经香消玉殒了?老板娘就吆喝了一声,说的是潮汕话,不是太好懂,只知道她的面相是斥责女孩子的粗鲁,女孩子仍旧不吭一声,可是行动上还是我行我素的样子。

男人的肚皮有点饿了,家家户户饭菜的飘香早已接近尾声,是洗净了碗开始吃着水果看长篇电视连续剧的时光。他有点后悔自己的莽撞,在这街上溜达,坐不是,站不是,辛苦了一天的身子终是有些乏了,而且胃又是那样不争气,总是记挂着刚才饭桌上的那一些好菜,是儿子的外婆给拾掇的,白斩鸡、香糟面筋、蒜泥白肉,全是自己老家下江人的风味,还有什么,大概还有一碗莺红柳绿的汤,可是全被一些鸡毛蒜皮的小事搅糟蹋了。男人这个时候已经有点向自己的妻子妥协了,最主要的还是那被饿得痉挛的胃。中午在公司的饭堂里凑合着吃了半碗快餐,还没吃完,就接了一通电话，饭堂的通话效果不好，他出去打了一会儿，再进来，那个餐盘就被勤快的服务员收走了。他窝了一肚子的火，可是总不能为了半餐饭去与人计较。到了晚上，偏是老婆在吃饭前找茬，当着岳母的面与他争个你高我下。

他走上台阶。小店还没有完全准备好，这种小店是供应夜宵儿的，时间尚早。可是老板还是不失时机地招呼他。您要吃什么？口音是带着浓重南方腔的普通话。他看一看店里的菜，又看一看店所占的铺面，是两爿门脸儿，一爿是一道弧，只占了半间门脸儿，里面是烧火做锅的灶间，另一爿才是一间正式的方方正正的房，也不大，最里面是一张条桌，上着锁，是收钱的地方，也是下了工，把桌椅拾掇进去的地方。这两间房都是不能待客的，此地的规矩，消夜的其实也就是食摊子，不是正经吃饭的地方，桌子置在外间走道上就可以了，总是夏季，尚可纳纳凉。他就又看了看菜，很仔细的。炒菜，粥，都可以的。您来点什么？老板还是热情地问。他停下来，粥？什么粥？我一个人的粥能做吗？老板娘也过来了，这是今儿晚上第一笔生意，由不得不重视，此地人都重开张的彩头。虾粥、鸡粥、黄鳝粥，都有。老板娘有点谄媚地笑。他顿了一顿，有点隐隐地奸笑了一下。黄鳝粥？你们哪里来的黄鳝？他戏谑地问。老板娘踢了一个铅桶，有鳝鱼的头像蛇一样地窜出来，一条条尖利地竖着身子，蠢蠢欲动。他嘲笑地哼了一声。这是鳝鱼，哪是黄鳝？你们总是连鳝鱼和黄鳝也搅不清的。老板娘很执拗地说，这就是黄鳝！我们都叫它黄鳝的。他摇摇头，用手比划了一下。喏，黄鳝只有这么长的，两头还有鳍的。老板也接了茬，那不是泥鳅么？他很轻蔑地摇摇头，怎么会是泥鳅呢？黄鳝是黄鳝，鳝鱼是鳝鱼，泥鳅又是泥鳅的，唉，你们是弄不清的。那个小姑娘就交叉握了手臂在胸前，像看透了他的心思一般，很逼人地瞅着他。

他有点惶惑起来，突然就开始紧张。然后就正了正身子，还是问了，一个人的粥怎么价？老板就介绍起来，一个人的粥，麻虾、黄鳝、鸡粥，全是二十元一份的。他突然有兴趣起来，两个人的呢？老板又说，两个人的，麻虾、黄鳝、鸡粥，就算三十元一锅了。什么样的锅？他在老板的灶台上开始用眼睛巡睃起来。哎。老板用眼睛指一下，一个半大的搪瓷罐子。他摇摇头，两个人才这样小？怎么能吃饱的？老板娘忙又搭讪起来，不小不小，这样的锅，两个人可以各盛三大碗的，管够。他推推眼镜，那你的食材才放多少呢？老板说，虾都放小半斤了，鸡也全是湛江的土鸡，不是洋鸡。您是知道的，外头的虾卖多少钱？沃尔玛，一斤虾是二十九块六的，还有米，还有费的火，还有料，先生，很划算的。他还在那儿细细地看着，在心里琢磨着怎样用最少的钱来解决掉自己饿着的一餐晚饭，眼神细细地扫着菜肴，就有余光看见屋子里一直闷声不响的小姑娘。

　　小姑娘斜倚在门框上，嘴里吐着一块口香糖，啪，啪，啪，隔两三秒钟，就从她的嘴里吹出一个偌大的泡泡来，有一次消掉的泡泡皮粘在了她的小小的鼻梁上，她的舌头伶俐地一卷，像狗舌一般，就把鼻头上黏着的泡泡皮裹进了她的嘴里。还有几次，就粘在了唇的四周，用舌尖去裹进来的时候，就把嘴上的口红也带了下来，有一点猩红的刺激。她的眼神很直露地盯着男人，很小觑的模样，小小的年纪，好像就有了很多的社会阅历，是那种不把一切世事当回事的玩世不恭，很颓唐的萎靡。男人有一点自尊心的受辱，在一个未谙世事的小姑娘面前，他有点手足无措，觉得了一种侵皮蚀骨的轻视。他坐了下来，小姑娘就懒懒散散地过来，还是吐着泡泡糖，把一张透明塑料铺在了他的桌子上，转回身还替他在一次性塑料杯里蓄满了茶水。

　　就是这当口，一个高高大大的男人走了过来，重重地拍了拍他的肩。他回转头，有点惊讶地叫，咦，你怎么在这儿？坐坐坐。扯了一把椅子按了那新来的男人坐下。新来的男人腋下夹着一个公文包，好像才办完事的模样，脸上是红彤彤的，有点油光和汗渍，在昏黄的夜里，还是能看出一点脸上的明亮，是黑白分明的那种明，对比那个男人来说的。他的肩是阔的，胸膛是厚实的，吐出的口音是字正腔圆的东北口音，唯一打眼的是他的头发，过早地斑白了，而且是白多黑少的那种白，虽然理得是那种小年轻的倍显精气神儿的桩子头，一根根像出芽的豆苗一样耸立着，可还是斑斑驳驳地有雪白的毛发夹杂其间了。吃过没有？男人问。高个子男人很潇洒地摇摇脑袋，没呢。才办完事。指了一下已放在旁边一张闲凳上的公文包，里面似乎是办完事的总结。有点意气风发的样子，好像很受重用的得意。男人有点酸酸地看了看那黑皮冷酷的公文包，里面有把他隔开了的意思，他下定决心不去追问他同事的那种得意，不让他有表达自己的炫耀，在他，人家的成功就是自己的失败，哪怕这成功只是弹丸一般的大小，可是击在他的心间，就如万箭穿心般地难以忍受了。坐下来一块儿吃吧。他很热情地邀请。

　　随后他起了身，问了问老板，去了隔壁的一个公共卫生间。他总是要畅快淋漓地吃一顿晚饭的，如果只是一个人，也许会委屈自己随便将就一下，可是碰上了另一个人，就为自己的奢侈找到了一个正当的理由。他得清空一下肚子，虽然不是自助餐，吃自助餐的最高境界是，扶着墙进来，扶着墙出去。这是公司里的那个秘书小姚说的吧，很时尚的话语。现在虽然不是这种情况，可是作为一顿放纵自己的牙祭，他还是想敞开肚皮大快朵颐的。在臊气哄哄的公共厕所里，想着荷包里将要付出的钱，他突然就有了报复妻子的一种爽利的快意。

　　这当口，高个子的男人开始点菜了。他冲着小姑娘说，我就是来喝酒的。你给我张罗着两盘下酒的小菜就行。他是高亢的喉咙，说到下酒的小菜时，声调就突然绵软了下来，卡在了自己的嗓子里。他站起身来，很作势地挥了一下长长的胳膊，摆了一个幅度很大的动作，这动作有点领袖的意味，有点不拘小节的洒脱，有点在五星级酒店的咖啡吧里不动声色地只点一杯白水的雍容，可是这毕竟是一个街头的小食摊，任何华贵在这里都派不上用场，都是一种虚张声势的底气不足，人家要的就是实惠，是不虚情不矫揉的直来直往。他甩开臂膀，伸出一个手指，再一次很大嗓地强调，我就是来喝酒的，我不要荤的，我才刚吃了饭喝了酒的，到这儿是陪朋友的，消夜嘛消夜，谈谈天说说地……女孩子还在吹着泡泡糖，腮帮子一鼓一鼓地，还是放肆而且直愣愣地看着他。要不来一锅粥，很便宜的，两个人，也就三十块钱，又解暑又解饿。女孩子的音调懒洋洋的，因为她的年龄，所以她的轻慢反使人觉得不能与之一般见识。他很重视地反问了一句，粥？我们喝酒的人，再吃粥？他拍拍自己的肚腩，有点怜惜地看着她，像对着自家的女儿，女儿是得罪不得的，不像老婆，女儿是另一种意义上的情人，是血肉相连的知己。你不把我们给灌死？！女孩子就不再发表意见，用挑衅的眼神看着他，无可无不可的漠视。他吞咽了一口唾沫，这回又放低了嗓音，来一个拍黄瓜吧，你再帮着参考一个。女孩子这才又打起了精神，椒盐花甲？要不来个酱烧青蟹？醉烧鸡或者三黄鱼？鱼是新鲜的，才送过来的桂花鱼。

他已经小解回来了，洗了手，在摆着的纸桶里拽出一溜卫生纸来，揩净了双手，这才坐下插言道。什么桂花鱼？明明就是鳜鱼。广东人就是这样，河鲜是永远也说不清的。高个子的男人看看他，笑道，你是下江人，总是懂这些的，不像我，东北人，什么河鲜海鲜的，由着他们哄罢了。女孩子就把眼又朝他们睃了一遍，他们招架不住这小女孩世故的眼神，全噤了声，开始慢条斯理地翻那肮脏而破旧的胶面菜单。东北男人就说了，一碟拍黄瓜，一碟花生米，再来一个小菜，四支啤酒。女孩子问，什么小菜？东北男人看了看他，你点吧？他小模小样地说，你随便，你随便。女孩子又主动起来，要不来一个脆炒鸡杂？是很好的下酒菜。两个男人互看了一眼,如果不点上一个荤的,怕这个女孩子的眼神永远是斜着瞅他们了,他们齐叫了声好,因为太有点异口同声,反泄出了自己不足的底气,都有点惶然和尴尬了,忙岔了另外的话题去。女孩子仍旧重复了一遍菜谱,脆炒鸡杂、拍黄瓜、花生米,四支啤酒。东北男人说,对。又赶着提醒了一句,花生米不是送的小碟么?女孩子点了一下头,就此离去。

两人这才舒心下来。东北男人拿出一包烟,自己衔了一支,推过去,让他也拿一支,他摆摆手,拒绝了。他不是烟鬼子,除却偶尔心情不爽或大爽时抽它一口,他其实并不是很有烟瘾的一个人。东北男人也就不再客气,自己燃了烟,吸了一口,吐出一圈长长的雾,盘旋在他的头顶,袅娜不散。

最近你们部门怎么样?好像开始加级定薪了。东北男人问。

是吧,和绩效挂钩,早就这样说了,还不是迟迟动不了。他有点厌倦地说。

你不还行吗?总是个副经理的职。东北男人又吐了一口烟,这时有晚风吹来,裹着海边的腥气,有一点兽性的嚣张。他是自满的,总有一点两点得意的事。

他摇摇头,不置可否。你们不有个出国培训的机会吗?这次是去美国吧?

东北男人笑一笑。你消息挺灵通的。东北男人的笑里有太多的志得意满,很明显,他可能就是出国最有希望的人选。他有点懊悔自己挑起这个别人可以炫耀的话题,这下子一吹擂,今晚上难得的放纵就给别人当陪衬了,自己是舞台底下的看客,融不进台上的热闹里去,只有落寞了。

女孩子送上四支啤酒来,每手拿两个,右手还挟着一柄开瓶的起子。全开了吧?她仍旧面无表情地问。两个男人点了头。东北男人就掏出皮夹子来,吆喝了一声。嗨,小姐,买单。他愣了一下,有点急,虽然他的银两被老婆管得忒紧,而且在生活中还多少带点下江男人的琐碎气，可是他也知道，在这种场合中，理应是他来做东的。他拦了一下，小姐正在开瓶，忙不迭迭地说，吃完了再买单的，不急！他叫起来，我来，我来。两个人推推搡搡了一会儿，是真来劲了，都有点下不来台，因为太认真，所以这个时候谁的退出都显得刚才的争执有点虚情假意，可是两个大男人是谁也不肯担待这个名声的，有点面红耳赤的发急。一共四十五块。女孩子看了他们一眼，终于报出了价。他们各掏出一张五十元面额的，一个是旧版的猪肝色，一张是新版的豆沙色，桌子的上空就见猪肝和豆沙争了个高低不平，互不相让。女孩子这时终于露出了今晚的第一个笑靥，有点魔魔道道的，可是真是很妩媚的，让两个男人不免感动起来，有点受宠若惊般地，"苏小小，张好好，千金买笑，今何在玉容花貌？"在红颜面前都要争个男子汉的气焰来，越发相持不下了。

东北男人的手机这时候响了，一只手已经在接听电话的东北男人就招架不住他的双手进攻了，败下阵来。女孩子接了他的猪肝，轻飘飘地转身翩然离去了，他泄一口气，心底里有一丝落寞的失望，到底还是他赢了。东北男人接完了手机，还拿着那豆沙在空中挥舞了一下。可是已经是败下阵来的楚霸王，多少豪气也只能在乌江割头送友了。

马上要办签证，是商务签证，可能办得很快的。以往都是那些小年轻去国外，这回终于轮着我们了。东北男人喝一大口啤酒，兴高采烈地说。

你小子不错啊！终于混到可以出一趟国了。他幽幽地说，也抿了一小口啤酒。

唉，我也是排了多久的队才轮上的。幸亏这一次是去美国，像上一次，老许他们，嘿，去的波兰，谁要去那些地方啊？东北男人已经毫不掩饰自己的欢欣了，有一种得道时的飞扬之气。

这你就不懂了。要真论哪个地方好，还真是波兰，波兰是个有历史的国度,华沙是美丽而富有艺术气息的城市,而克拉科夫是不得不看的波兰中世纪古都、文化名城。历代国王都在那里的瓦维尔宫加冕,现在已经改为博物馆了,陈列着好多艺术珍品,圣檀木雕……像美国,没有一点人文历史的地方,全是现代化的堆砌,有什么真正的意义?他略带嘲讽的口气说着。哼,总是一个粗人,只晓得美国美国,这世界的经济和发展全以美国为参照了,连文化都不再需要。

哼,谁想要历史?中国的历史不更长吗?有什么意义?美国人都是来中国看历史的,牛栏猪栅,柴堆粪溷,落后的才有历史。

他叹一口气。再争下去,这一顿酒算是白喝了,出来就是找乐的,出来就是躲避家里的烦闷的。他想一想,生硬地转了话题。我儿子这次末考,英语一百,数学一百,语文九十八。他又啜了一口酒,旁边一对也是来消夜的夫妻,看模样大概是没做上晚饭的,正凝神倾听着。他得意了一下,他看出了那妻子对他儿子成绩的艳羡。有什么比孩子争气更让人值得兴奋的呢?

东北男人点了点头,笑道,是你孩子么?

他是和东北男人一个单位却并非一个部门的,平常也只是点头的交情,今天碰上了一起喝点酒,往后在单位里就多了一个知己,他犯不着为一点无关痛痒的小笑话认起真来。你没见过我孩子,他和我是一个模子里刻出来的。真的,一模一样。他画蛇添足地说了。说完了,看着那布菜的小姑娘有点若有所思地看着他,冷冷的眼光里还带着一丝笑意,再斜着眼看那一对夫妻,女人嘴里也有丝掩不住的笑意。他突然很后悔自己竟做出了这一分解释,好像真有什么似的。

东北男人摇了摇头,还是笑,两个一百,一个九十八。读几年级?四年级了,不错不错,语文大概是作文扣的分喽,真是不简单的,特别是男孩子。可是,是你孩子吗?东北男人又来一句,并不看他，还是自顾自地倒一杯酒，一仰脖，灌下肚去。真是东北人豪气的喝法。

他是自愧弗如的，而且东北男人的追问，让他有点不知所措了，他想这东北人是不是知道妻子的那一点破事儿？妻子是单位里的女强人，有点往上走的趋势，在这种世道，女人稍微出众一点，再加上有几分姿色，总是不免流于千百年的逸言。他也不是不信的，再加上他现在身体上多少有一点毛病，在日渐活得得风夺雨的妻面前有点萎缩起来，他就愈发不能不信了。真是我儿子，一样的模样。他喏嚅地说，又饮了口酒下去。也许借机喝醉了闹他一场，也是无可无不可的，他有点自暴自弃地想。小姑娘和那邻桌的妻的笑更明显了。

我是说，像你这样的脑袋瓜，你儿子能随你么？东北人又灌了一大杯，有点意兴阑珊地解释了。这一句话像一记棍子，敲打得他有点无颜了。刚才多少的画蛇添足，原来只是自己臆想的杯弓蛇影。

他有点失落地笑笑，带着很大的自嘲，不能不自嘲了。是，不像我，我的脑袋真不怎么样，儿子嘛，就是有灵气劲的。他心里揣摩了一下，像孩子妈吗？也许，很争强好胜的个性，与对手总是要拼个你死我活的，不像他，有点颟顸而不思进取的性子，得过且过，沦落到现在这步田地。我这辈子，除了得着个儿子，什么也没混到了。他愁苦地说。邻桌的丈夫看了他一眼，也意味深长地叹了口气，大概有相同的心思吧，否则，气怎么都是如出一辙呢？

东北人拍拍他。你小子少得了便宜还卖乖，知不知道我怎么样？我就一个女儿，还被老婆拐了一起嫁了人家。

他愣了一下，终于笑起来，这回是会心的笑。还是有人混得比他惨。他不再肉疼那四十五块吃夜宵的钱，有点庆祝般地，扬了扬手中的酒杯，敬了敬东北人。

旁边又陆陆续续来了客人，食摊的生意红火了起来。老板炒菜，老板娘配菜，小姑娘收钱、倒茶、上啤酒，全都忙得不亦乐乎。邻桌的夫妻俩仍在聊着天，时不时地还看他一眼。又来了三三两两的男男女女，叫了好多的菜，女的全都涂脂抹粉的，化着浓厚的妆，和分泌的油脂的颗粒混在一起，疙疙瘩瘩的。头发染成了五颜六色，全是低胸衫，露出浑白的乳沟，也全是一袭超短的热裤，到了大腿的根部。有一个还翘起了腿，不拘一点小节地，将脚搁在了坐椅上，很随便和放浪的模样。他见怪不怪地看了他们一眼，心里知道这些女人的身份，不知为什么，对这种感官上强烈的刺激，竟然一点也激不起任何非分之想了。他想他到底没救了，很沮丧地挟了一点黄瓜，细嚼慢咽起来。黄瓜里加了一点蒜，他很不适应这种佐料，还是勉强咽了下去。这种味道慢慢侵蚀了他的口腔，让他恶心起来，顺着他的食道，他觉得刚才吃下去的东西在翻涌出来，他屏住呼吸，使劲地吞了口唾沫，强咽下去。

东北男人还在那儿一个劲地唠唠叨叨，吹嘘自己到过了哪些地方，有点或多或少的醉意，还讲自己当武警的时候杀过人，不是什么特别行动，而是枪毙被判死刑的犯人。这一枪，是对准了的，一定要一枪结束死刑犯的命的，然后，再在这儿补一枪。东北男人比划着自己的脑部，那些枪击时候的部位。他看着东北男人，冲着小姑娘开始要一点米饭，他真的有点饿了，可是也没什么对胃口的菜。已经过了最忙的时段，小姑娘又懒洋洋地回到她的柜台边，打了一个哈欠，伸懒腰的时候，露出了腋下黑乎乎密匝匝的毛，他愣了一下，没有什么特别的感觉，有时候他甚至想过找心理医生，为什么在四十岁不到的年纪，他就对付不了他的妻子了？想着白日里妻对他的不满，大约和晚上他的不事是有极大的关系的。他扒拉着桌上的残菜，拣了一点花生米权且咽下。

那夫妻俩吃完了，男的开始吆喝着买单。女的这时候就站了起来,哎哟一声叫了一下。全部吃着的人都转了脸过去看她,她低了头,有点心疼地看着自己的那双腿,不知在检查什么。做丈夫的有点心不在焉地问了一下,怎么了?

袜子破了。女人答了一句,低着头还在心疼地看着自己的腿。他顺过去望,是一双很美很匀称的腿,笔直而又有弧线。这时候,女人坐下来,从随身带着的小坤包里拿出一个精美的小包,从里面掏出一只指甲瓶子,然后她褪下自己的袜子,很小心地,用手做了一个绷子,把指甲油仔细地涂了一点上去。她并不马上穿回去,有点等着指甲油干了的意思。做丈夫的有点心烦起来,大约在这种场合,女人还是应该检点些的,就叫了声,快走吧。自己就先离开了。女人等了一会儿,眼神和他的眼神正好撞上了,愣了一下,她突然对着他轻轻地笑了一声,忙低了头把捋下去的袜口重又提了上来,在裙子的膝盖处,她小心地掩着穿上去,然后起了身,很大地动作了一下,扭了扭全身的肉,就很轻快地跑掉了。

他们是最后一拨走的,东北人没喝醉,他也没喝醉。他一直不敢正视那小姑娘愣愣的眼神。女人最后的轻笑不知为什么,就像一剂万艾可一样,终于让他起来了,他裤上拉链那块儿一直鼓鼓囊囊的,沉不下去。他虽然禁不住得高兴,可是这高兴是不能言说的,而且对着女孩子,多少有点少儿不宜。

他快到家的时候望着高楼那块一直斡旋不动的云层,有点智者地想,有时候,没什么毛病是不能治的。

(《羊台山》第 22 期)

内陆河

/肖江虹

一

　　河流从西山口下来，沿着满坡的嶂峦叠翠，在庄子里羞羞答答顾盼一阵，又向着远处去了。

　　琼花蹲在河沟边，把一件清洗好的衣服扔进盆里，抬起胳膊揩了一把汗，心思就跟着流水一起淌远了。经常，她都会想，这条河经过了这些目光所及的弯弯曲曲，到底流到了哪里？跳进了更大的河？还是汇入了广阔的海？读书时地理老师讲过，所有的河流最终都融入了大海的怀抱。没错了，一定是这样的。

　　年轻婆娘们的声音脆脆的，噼噼啪啪砸落在水面上。不断有人起身，抖抖蹲得酸麻的腿，两手端起盆子，往腰上一靠，吆喝一声，顺着石板路去了。

　　侧脸就能看见站在河沿上的庄子，一溜的二层小楼，都镶着雪白的瓷砖，高高的围墙把每家每户圈成了一个独立的整体。呆呆看上一阵，琼花心里就起来一些怅然。还是过去的青砖瓦房好，没有炫目的雪白，没有高高的围墙，有的是孩子们的欢声笑语和老人们的悠然自得。和春树好上后，第一次走进这个庄子，琼花就被迷住了。经过庄子长长的甬道，每张脸都对着她笑。自己躲在堂屋的角落里，门口挤满了参观的脑袋，叼着旱烟的叔伯，系着短小围裙的姨娘，还有露出一口白牙的毛娃娃们，都一色清澈的笑。

青砖瓦房的消失也就是一眨眼的工夫。先是庄子南口的东生家，爹娘和东生媳妇泪眼婆娑着合计，钱放着反正是死的，不如盖成房子踏实。噼里啪啦放倒了老屋，没多久三层房子就立了起来。多气派呵！要掀大家掀，很快庄子的颜色就变了，安静的青变成了耀眼的白。公婆就找琼花商量，说掀了吧？琼花不吱声，公婆的脾性她知道，商不商量都得掀。本来琼花想把和春树结婚用的两间偏房留下。公公不同意，说哪有剃头剃半边的，一边新一边旧，不成阴阳头了？搬新家那天，琼花跑到河边坐了一个午后，叮叮咚咚的鞭炮声炸得她心烦意乱。

她老觉得这样对不起春树。

水声潺潺，琼花展开一件铁锈色的格子衬衫，轻描淡写地揉。揉着揉着，竟在水面揉出一张脸来。男人的脸，一点不像春树。琼花有些气短，慌忙把视线投向远处，太阳老高，不怀好意地盯着这边看，琼花也死死盯着太阳看，刺眼的光芒总算驱散了那张黏糊糊的脸。

咬咬牙，琼花又在心里骂了自己一回。

把最后一件洗好的衣服丢进盆子里，琼花索性坐下来。婆娘们都散去了，只剩下潺潺的流水声。

一抬头就能看见春树，在河对面山腰的凹口里头。庄子里三十八个男人把凹口挤得满满当当。

二

回到家，爹盘腿坐在围墙根下，一管旱烟云雾缭绕。琼花拉开门，也拉开了两道老迈的眼帘。窄窄的缝儿，斜着瞥了瞥正穿过院子的琼花，又慢慢合上了。琼花喊声爹，开始抖开衣物往两棵桂花树之间的细绳上挂。一阵摔抖，细绳成了一吊五彩的槐花串。琼花把盆里的剩水往墙根下一泼,回身往厨房去了。

把烟袋从嘴里抽出来,爸往烟雾里丢了一句话:"亮堂堂的机器硬是要活活锈烂了!"

妈在忙活午饭,一把铲子在炒锅里上下翻飞。见琼花进来,笑笑说:"还下河啊,不是有洗衣机吗?"

"用不惯!"琼花递过去一个盘子。

妈掉头看看琼花,勺子往锅沿上轻轻敲了敲,说:"你爸就是怕累着你,才爬坡过坎给弄了一台,我听说那东西老不用会坏掉的。"

琼花小声咕哝:"坏掉就坏掉。"

妈没听清,耳朵凑过来问:"说啥?"

琼花摇摇脑袋,说我啥都没说。

饭菜上了桌,琼花把着大门喊爸吃饭。春树爸把烟锅子伸到鞋底磕干净,老苗样茁壮了,咳嗽两声,往屋子这头踱过来。

把饭盛好,琼花再坐下来,端起碗刚准备夹菜,异样扑面而来。爸脸色铁青盯着妈,妈一脸焦急盯着自己。琼花愣了愣,想想才回过神来,哦了一声,慌慌地把碗丢下,跑到厨房里重新取来一副碗筷。小半碗饭,各式菜样都夹上一点。琼花低垂着头把饭碗放在神龛上,轻轻将筷子搭上碗沿。退了两步,默然片刻。刚转身准备回到座位。爸闷着声开腔了。

"添点酒吧!你不晓得他好这口?"

琼花又急急取来酒杯倒了一杯酒立在饭碗边上,那头才传来碗筷碰击声。

饭桌自然是沉闷的。好玩好耍的事儿都先揣好,神龛上还有个新鲜的亡魂呢!

洗好碗,琼花端条凳子跟妈在院子里的桂花树下拣黄豆。一片哗啦啦响,阳光也跟着豆粒儿跳跃。琼花手快,手里很快握满了细砂石,妈就笑,说:"要不有人念磕嘴经,说这钱是越多越

内陆河 313

好，年岁是越少越好，日子把眼神都跑花了，连豆子石子都分不清了！"琼花也笑。笑两声就收住了。爸端坐在屋檐下，目光和日头一样灼人。

院门推开了，大宝媳妇。跨过夏天刚好二十五，桂树芽一样的年纪。自从男人躺进了河边的山凹子，大宝媳妇就抖掉了小媳妇家家的青涩，套上了当家女人的做派，几乎就和公公婆婆平起平坐了。有时，琼花也会起来一些羡慕，但自知终究是比不过人家的。人家有娃，还是男娃，公婆眼里的宝贝疙瘩。有了这层荫庇，大宝媳妇才有了挥斥方遒的底气。

依旧是大嗓门，进门就喊："琼花，明天去集上不？听说镇东街的服装铺子来了新货。"琼花没吱声，偷偷看了一眼妈。妈似乎耳朵和眼睛一样不济事了，没能听见大宝媳妇的响动？又瞅爸，花白的脑袋落到围墙根下去了。好半天，妈才出了声，喊声侄媳妇来了。又吩咐琼花说给人搬条凳子啊！那模样，像是没有及时发现来客，内疚了似的。

琼花把凳子让出来，大宝媳妇不客气，屁股放置停当后仰着头对倚在桂花树上的琼花说："去吧！听说这批式样新，都是城里头正流行着的呢！"琼花不置可否，嘴半天才拉开一条线。"巴掌大块地头，花花绿绿的穿给谁看啊？"妈对大宝媳妇说。当然，依旧带着笑。大宝媳妇也笑："婶，按你的说法，独个一人莫不成光屁股？"妈还是笑："看这娃娃说的，抬杠能赚银钱不是？"大宝媳妇又仰头："去不？"琼花还是淡淡的笑。见捡不了结果，大宝媳妇一撇嘴，双手撑住膝盖头，一屈身起来，拍了拍琼花肩膀："说定了，明早七点我来叫你。"

大宝媳妇也不招呼，噔噔噔去了。妈看着闪出院门的背影，湿嗒嗒冷哼："没家没教，花里胡哨，男人骨头还热和着呢！"

三

三月的澹庄白日最长，六点不到，窗口就汪满了嫩黄的光亮。

琼花赶在太阳前头就起来了。在床上呆坐一会，满目的墨黑渐渐被亮白抹掉了。环顾四周，依然是心悸的死寂和冰凉。倒是有一抹红，梳妆柜上的"喜"字儿，色调还没有完全褪去，不阴不阳地冷笑着。

拉开大门，日头泊在对面的山顶，阳光把琼花的影子向后猛地扑倒，一颗细长的脑袋不偏不倚地置放在神龛面前的供桌上。

打盆水，琼花蹲在水缸边洗脸。妈起来了，站在大门口伸懒腰，嘴对着太阳的方向大大张着，喊山一般。看见琼花，妈说不用起这样老早，又不是伺候庄稼的季节，多睡些光景不打紧。

"睡不着，还不如起来摸点事情做。"

"这个时节，能寻摸出啥事情来？"

"挖空心思想呀！缝缝补补，擦擦洗洗，哪能没事？"

妈嘴张了张，没能吐出话来。脑筋再不济事也能听出儿媳妇话里头的疙瘩。往水缸这头移了两步，妈才说："大宝媳妇不是约你赶场去吗？"

琼花把一盆水往墙角的排水口一泼，说："不想和她一道，尽往衣服铺子里凑，我就想瞄一双下地的鞋，有鞋带那种，绑着牢靠，还耐磨。"说完给妈打来一盆水，脸帕搭在盆沿上。妈蹲下来，两手搅出一盆子的波光粼粼。看了一眼坐在房檐下梳头的琼花，妈把两只手从盆里抽出来，伸到腋下擦了擦说："我给你爸说去。"

绑好头发，屋子里传出来声音，声音低沉混沌。

"买双鞋子蹦跳那样远？给去的人一个尺码不就成了。"

"你就犟吧！那可是个活生生的人，不是拴在你腰上的烟袋锅子。"妈低声吼。

沉默一阵，爸说："你就惯吧！这世上可没有后悔药卖。"

一只麻雀落在院子里，来回蹦跳。琼花狠狠白了它一眼，麻雀视而不见，依旧欢快地起起落落。琼花一咬牙，手里的梳子就飞出去了。啪嗒一声,惊得小雀子挫身逃去了。

转过头,妈笑吟吟走过来,把两百块钱塞进琼花手里说:"去,放心去。"想了想又补充:"早去早回!"见琼花不吱声,妈拍了拍琼花的肩膀,说路远,妈给你下碗面去。

转回屋,琼花先愣坐了片刻。折到梳妆柜前坐下来,拉开抽屉,拿出一管口红,轻轻一旋,就是晶莹暧昧的淡红。对着镜子抿抿嘴,口红移到唇边,琼花心里忽然冒出一些稀奇古怪的想法。她先是僵在那里,慢慢脸也潮红起来,像一张被红色颜料洇湿的白纸。

"琼花,吃面了!"那头传来妈的喊声。

琼花一惊,手里的物事差点掉落。仿佛一个隐秘被揭开似的,琼花慌慌地把淡红旋进底部,盖上盖子,扔进抽屉,长长吁了一口气,轻轻拍了拍胸脯。

走到门边,脚步莫名其妙定了下来,想想,琼花又折回来,迅速拉开抽屉,将口红装进口袋,还顺便牵走了抽屉旯旮角边的一面小镜子。

面条很可口,剁碎的青椒和西红柿往油锅里一过,再加上一点肉沫,眼见八成熟了,一瓢清水进去,"滋"一声,香味就到处乱窜。等那锅汤沸腾了,抓一把自家擀的挂面扔进去,捞起来就是可口的美食,那味道,和清晨的太阳一样鲜嫩。

琼花披着一身橘黄,站在院子里呼啦啦吸完面条,大宝媳妇就在外头喊了。琼花应了一声,急急放下手里的碗,说你等等,我拿上包。

兴冲冲跳进里屋,琼花一张脸就冻上了。

窗边的柜子上放着一沓冥钱和一把香。

赶集的兴致去了一半。琼花从衣柜里懒塌塌取出包,过来把纸钱和香往包里一塞。气呼呼出来,正撞着爸在门槛边点早烟。吧嗒两口,爸说:"过垭口时去洞子边烧点纸钱吧!那是春树丢魂的地头。"

琼花不说话，大步迈过院子，合上院门，里头又扔出来一句泛着旱烟味儿的话。

"啥时候都不要忘了，手里攥着的那点钱是怎么来的！"

四

大宝媳妇话多，爬坡过坎都停不下来。一边汗流浃背爬，一边叽里呱啦说。说到兴致处，还不忘回头对着琼花手舞足蹈地比划。她一只手高高举起："凭什么让我看眼色？是你儿子不假，可死去的也是我男人！"那手又往下一切："不要以为我不懂法？我问过了，按顺序，我叫第一继承人，啥叫第一继承人你知道不？"琼花抬起袖子抹了一把汗，使劲摇了摇头。大宝媳妇看样子是急了，肥嘟嘟的身体蹦起来，在空中弯曲了一下，啪地落到琼花面前，像条从树上跌落的猪儿虫。琼花吓得往后退了一步，大宝媳妇把脸面贴上来，急痨痨吼："就是说你才有权利决定那些钱该如何使哩！"琼花说我管不了。大宝媳妇哀其不幸地叹口气，两手一摊说："买件衣服都像讨奶吃，这种日子换成我早翻天了。"琼花还是不应，大宝媳妇就一曲一展往坡上游去了，还丢一串叹气声在屁股后头。

翻过垭口，两个女人都没话了，脸色也成了难看的酱色。都不敢往山下瞅，那里埋着澹庄人的噩梦呢！

事情发生在一个傍晚。

十月的傍晚，澹庄诗情画意地揉碎在一团暮色里。该是晚饭的时候，家家户户都在锅灶边打转。忽然一个汉子远远跑来，站在庄子边喊："煤厂出事了！"

饭是吃不成了，扔掉手里的锅瓢碗盏，一庄人心慌气短地往煤厂跑去了。

澹庄人知道，煤厂出事，非死即伤，都是大事，可没想到能大齐天去。一庄壮年男人全给窖在了井里。开始听说是爆了瓦斯，后来又听说是透水，没了准信，澹庄人更乱了，漫山遍野爬满人，沉默着的，抽泣着的，还有嚎哭着遍地打滚的。很快，车来了，人来了，密密麻麻地布满了整个山沟，像一群乱了营的蚂蚁。

几台机器咣当咣当忙活了五天，三十八具烧得面目全非的遗体在空地上一字排开。琼花至今还记得那天的情景，她裹挟在一堆人群中，拼命往空地上挤，制服筑起的围墙很坚固，挤了几次没成功，就听见有人喊：都没了，澹庄的力气人都没了。

琼花胸口一阵难忍的痉挛，眼前一黑，像是一头扎进了煤堆子。

悠悠醒来，琼花好半天才弄清楚自己躺在镇医院的病房里。痴痴呆呆住了三天，琼花才凋落的黄叶一样飘回澹庄。

没几天，澹庄每家每户桌面上码了厚厚几摞钱。

对面的山坳里则整齐地码出了几排新鲜的坟茔。

两个女人站在垭口上，风撩着她们的头发，却没有一丝的凉意。脚下的煤坝子一片寂然。出事后，一支爆破队进来，轰隆隆几声，就给炸封了。三年了，触目的黑都让雨水冲刷出了些淡淡的黄。

走哪头？大宝媳妇问。

琼花指了指煤场子。大宝媳妇鼓起眼，说走不动了？琼花摇摇头，从包里摸出一沓纸钱说："爸让我去煤场子给春树点几张纸。"大宝媳妇冷哼一声说："你爸最烦人了，钱要多些，莫不是要给儿子整个水晶棺？好让你天天对着死人哭一回。"琼花说：话咋这样难听哩？他惦记儿子有错呀？大宝媳妇撇撇嘴："我就心硬，咋了？第一年，我还经常梦见大宝，第二年就稀疏了，到了今年，大宝的面容都模糊了。"琼花狠狠瞪了大宝媳妇一眼说："好吃好睡，没心没肺！"大宝媳妇咧开嘴笑了笑说："当着大宝爸妈，我倒是做得稳妥，初一、十五、清明忌日，都会抢着给大宝烧纸点香，我知道的，他们就欢喜这个。"

琼花没理她，顺着坡下去了。大宝媳妇赶忙喊：不是教你吗？还嫌裹气呀！

澹庄通往镇上以前只有一条路，爬上垭口，滑下坡，穿过煤场子，就能接上大路了。煤洞窨了人后，澹庄人就顺着山脊重新开辟了一条，远是远了许多，但澹庄人不愿走近路，触景生情，都怕勾起心痛事。

下到坡底，琼花发现这条路上开始有了大大小小的脚印。有人又开始走近道了。这个情形，难免让琼花又感慨一回。

蹲在煤场上烧完纸钱，琼花又在封得严严实实的洞子门口燃了一炷香。她往前走了两步，合上双手，闭着眼，心里念叨了一声春树，心里紧了一下。弯腰拜了三拜，琼花心里升起一些愧意。最早默念春树时的那种刺痛，好久以前就没有了。她怀疑自己是个薄情的人，可她没法子，刺痛感越来越弱，想痛也痛不起来了。现在，每次在心里默念春树的名字，她都会紧张，她怕心里那微弱的收缩有一天也会消失掉。

还好，收缩了，真真切切的。

大宝媳妇立在不远处，不耐烦了，冲着这头喊："整够没有？晚去了新款式都让人挑光了。"

琼花没吭声。

两个女人一前一后，走了一段，大宝媳妇先开腔："想男人不？"

琼花从后面拍了大宝媳妇屁股一巴掌。大宝媳妇咯咯笑，回头说："我就想，中邪了呀！晚上老梦见和男人在床上滚。"见琼花脸红，大宝媳妇更得意了，接着喊："妈妈哟！还不是同一个男人。"

琼花说那就找一个嫁了呗！

大宝媳妇稳住乱颤的身子，正色说："不嫁，你看村里头哪个寡妇敢嫁？嫁了毛毛钱都没一分，我才不做出头鸟。"顿了顿，又嬉笑着说:"你梦见过男人没有?"

琼花追上去,扬起手准备给花心婆娘一巴掌,手在半空停住了。

大宝媳妇呵呵笑:"还是想了吧!"

煤场子很快被甩在了身后,折过一道弯,就看见了从澹庄下来的那条河,悄悄摸摸从一片林子里钻出来。

"你说这条河最后流到哪里去了?"琼花问。

大宝媳妇没应声。

"这条河最后流到哪里去了?"琼花又问。

大宝媳妇定定地看着琼花,半天才说:"咸吃萝卜淡操心!"

五

黄家牛肉馆,常年的雨打风吹和烟熏火燎,招牌儿显得格外老旧。

琼花一直和招牌较着劲。她盯着招牌,招牌也盯着她,腿动了几次,都没有迈出步子。都怪春树,每次带琼花到集上,黄家牛肉馆总是第一站。几次下来,牛肉粉的味儿就在琼花心坎坎上扎根了。一到集上,不等春树招呼,琼花自己就先蹦跶进去了。她才懒得给春树省这钱呢!还有些撒娇的舒坦和得意。现在不同,每次往外掏钱,一闭眼就能见到春树血淋淋的脸。

和招牌争斗了半天,琼花最终还是败下阵来。反正中午总有一顿,哪儿都要耗钱。心安理得进来坐下,要了一个单碗。老板问要不要加肉?琼花摇头。又问要不要加粉?琼花还是摇头。细白的粉条,黄褐色的牛肉,清冽的牛肉汤,琼花先闻了闻,她特别喜欢这个味道,很猛,很冲,和家里桌上亘古不变的风和日丽相比,这碗里就是野性十足的乾坤了。再加上两勺透心辣的辣椒面和钻骨麻的花椒粉,满世界就都癫狂了。

呼啦啦一口气吃完,琼花歇了一会儿,喉咙里呼出的全是爆爆的火气,嘴唇是看不见的颤抖。

远远就能见着那人了。还是那件洗得发白的文化衫，胸前一个怪头怪脑的动画娃娃仰着头傻笑，背后印着四个字：小本生意。男人精壮，匀称，侧面就能给人很瓷实的感觉。他立在一个临时搭建的摊位后面，摊子上还是花花绿绿的一堆女人衣服。旁边是他那辆摩托车，有些旧，但保养得很好，擦得干干净净的。男人的营生很独特，叫转场汉。所谓转场汉，是指那些一辆摩托车，一捆货物满地跑的人。县里每个集镇赶集的日子，都能见到他们的影子。找个地头，搭一个简易摊位，货物往上一撒就开始放声吆喝。转场汉一般都在本县的集镇上跑，也有野心勃勃的，临近的两三个县他们也跑。这类人一般脑筋比较灵光，他们会比较，然后选择几个生意较好的地盘固定下来。

　　集上的热闹在升级，辣油泼水一般。琼花装得漫不经心往服装摊位那头移，之间还在一个卖牛角梳子的摊子面前装模作样地挑选了一番。

　　越来越近，智慧在琼花心里头枝繁叶茂。计划似乎天衣无缝，扯扯衣服下摆，琼花昂首挺胸过去，经过转场汉的摊位，琼花连看都不看。走得远了，猛然回头，哎呀呀！原来这里有个卖衣服的小摊，本来不想买啥，反正是瞎逛，受点累看看吧！脸上还要带些不屑的神情，尽量让自己看起来像个常年闲逛于集市的老油子。

　　"您看这式样，都是城里最流行的，纯棉的，不信您摸摸！"男人压低声音，像在和面前的女人诉说着某个不为人知的秘密。

　　琼花没敢抬头，手在一堆衣服上摩挲。

　　抖开一件格子衬衫，男人把脑袋从摊位后伸出来上下打量了一下琼花，舌头滚落一串惊奇："多合适啊！像是给您定做的。"

　　"颜色艳了些！"琼花说。

　　男人惊呼："这还艳啊？就你这岁数，裹块黄绿青蓝紫的花布也没人敢吐个'艳'字。"琼花心思不在这上头，坚持说艳了。男人劝了半天没结果，只得另掇起一件递过来说看看这件吧，色调素素的，怕是合你胃口。琼花接过来，翻来翻去看，嘴角浮起一层微笑。男人一看琼花的模样，只道是成了生意。拍着胸脯表态："第一次打交道，我给你八点八折。"

琼花心里掠过一丝忿然，从这里衣服都抱走一堆了，还说是第一次交道。

"我买过几次的。"琼花嗡嗡，像只虚弱的蚊子。

低下头仔细打量了一番琼花，转场汉左手一拍脑袋，喊："看我这狗记性，想起来了，想起来了，是见过几次，妹子，既然是熟客，我给你七折，这件衣服，六十块钱拿走。"

心里像是开了一朵花，但琼花嘴上依旧风平浪静："贵些了吧？"男人咬咬牙说："我这生意，靠的就是回头客，这样，给你个批发价，五十五，要赚你一分钱，我——"男人急切想找个发誓的工具。一转眼看见了摩托车，喜形于色地嚷："我骑车摔断脚杆！"

差不多翻了个遍，琼花才装着不经意地问："这生意挺累人吧？"

男人点点头，叹口气。琼花心里一阵温暖，面前的男人抹掉了生意人那张脸，叹气声也变得热乎乎的。

"来回奔忙，骑车可得小心。"琼花说完就后悔了，感觉自己实在冒失了，这句话已经超出了他们之间单纯的买卖关系。男人似乎不是太在意，呵呵笑着说："摔过几次，最厉害一次是前年冬天，掉河里去了。"他边说还边比划，做了一个从河里爬出来瑟瑟发抖的动作。琼花忍不住笑了，露出两排白净的牙齿。看男人盯着自己，发现不妥，又慌忙伸手掩住了嘴。

挨了半天，琼花才把手伸进口袋。摊位面前待的时间已经很长了，先后已经有四五拨人离开，琼花就悄悄骂自己厚脸皮。男人找完钱，又把衣服包好递过来，琼花不敢看男人的脸，接过衣服，低着头逃开了。逃出去远了，男人在后面喊："妹子，代我向老六问好。"

琼花一怔，立刻沮丧了，仿佛梦里发了大财，正抱着钱数呢！一激灵醒了过来。

老六？屁大二哥认识什么老六。生意人就是生意人，眼睛都盯着钱了，哪还能认清楚人呀？琼花心里骂一回，本想回头再看看转场汉的心思也撤销了。笔直地走出街道，琼花被难受裹成了一个胖胖的蚕茧。

步履沉重地赶到西街服装铺，大宝媳妇正在兴致勃勃地试衣服。见琼花进来，大宝媳妇跳跃着过来，扭扭肥硕的屁股问："这条牛仔裤如何？"琼花蔫苗儿样的点点头。大宝媳妇扬声对着卖衣服的喊："两件衣服和这条裤子，我全要了。"

提着几大包东西站在街口，大宝媳妇跃跃欲试地问："接下来去哪里？"

"回家！"琼花冷冷地说。

六

清明节来了，细雨纷纷，卖着力气从早落到晚。这个时节，澹庄人就把笑脸收起来了，沉痛从家家户户涌出来，汇集在一处，跟着河水一起流淌。

春树爸一大早起来就开始錾纸钱。春树妈说太费事，镇上有现成的，买回来一些就成了。春树爸就骂：集上那也叫纸钱啊？蜘蛛在你眼睛上织网了？春树才去多久，就这样马虎了，哄鬼都有罪，后妈也比你上心。春树爸一开黄腔，春树妈就不吱声，任凭他从早到晚乒乒乓乓砸得山响。

除了纸钱，需要的物事还多着呢！白蜡烛、熏香、飘纸、供果、刀头肉，爸掰着指头一样一样数给琼花听。琼花点头应承，应承完了说就是刀头肉怕不好弄，这个时节，家家都等着呢，镇子上一天能杀多少猪啊？爸脸立马就变了，站起来把椅子使劲往后一摔，说："好手好脚，不会去守啊？肉摊上不行，就到屠宰场去截，我就不信比饿饭年成填饱肚子还难。"

天蒙蒙亮琼花就出了门，赶到镇上才发现还是来晚了，几个肉摊上的猪脑袋早就给抢光了。琼花埋怨，也不知道是哪个害人精规定的，上供的刀头肉必须是猪头肉，猪身上哪块肉不比那地方好吃？

黄昏时分，爸站在屋檐下看见琼花两手空空回来，五官都移了位。呼呼喘了半天后，朝厨房里的妈喊："明早去请王屠户来，把圈里的畜生宰了。"

妈从厨房伸出脑袋说："说啥话？才三个月，还是个猪仔呢！没见哪家杀这种僵疙瘩的！"

"我说杀就杀！"爸斩钉截铁。

琼花站在院子里嗫嚅着说："要不就不用刀头肉了吧？"

春树爸双眼圆睁，猛一跺脚，吼："老的不像老的，小的不像小的，春树才去多久，反眼就不认人了？你们好好上上下下打量一下，吃的穿的，花的用的，哪样不是坟堆里的人的？一年有几个清明？祭坟图简单，那平时吃穿咋个不图简单呢？"

骂着转进屋去，骂声还在往外飘："没心没肺，书都读到狗屁股里去了。"

琼花知道，这句话说的是自己。

晚饭时分，饭桌上就琼花和妈。妈朝里屋喊了几声，屋里人不应。妈摇摇头，琼花也不敢说话，刚端起碗，妈对着神龛努了努嘴。琼花啊一声反应过来，饭和酒供上了，琼花又骂自己猪脑筋，天天提醒自己惦记着这事，关键时刻老是忘记。幸好爸不在桌上，要不又该砸碗了。

第二天一早，春树爸起来草草抹了一把脸，背着手黑着脸出门去了。

去没多久就转了回来，屁股后面跟着王屠户。

王屠户看着院子里撒欢的猪，对春树爸说："太小，杀了可惜。"

春树爸一挥手："杀！"

春树妈站在远处撩起围裙擦了一把手说："这样的嫩猪肉不好吃呢！"王屠户应声说："确实不好吃。"春树爸瞪眼看着春树妈说："我只要猪头，剩下的丢去喂狗。"

祭坟的日子，雨居然停歇了。穿过林子，入眼都是滴滴答答，忧伤从树叶上落下来，捶打着祭坟人的心坎。

看来是个好日子，山坳里头拥满了人。

燃纸、点香、飘挂，一切都在沉默中有条不紊地展开，像是揭开一个陈旧的伤疤，每张脸上都是沉痛。最打眼就是那些寡妇们，仿佛男人昨天刚刚逝去，伤痛的表情如同脚下的河水，清澈见底。

仪式做完了，春树妈摸着墓碑痛哭了一回，春树爸默默站在一边，悲戚战胜了稍早的愤怒。抹一把老泪，爸说琼花你跟春树说两句话吧。琼花跪在墓碑前，眼泪就下来了。爸说别光顾着哭，给春树说说，吃的穿的，花销用度，爹妈可曾亏欠过你？妈横起袖子拉了一把眼睛对爸说："催魂呀？人家两口子，就算有话也在心里说。"说完扯扯爸衣袖，爸点点头，两个人慢慢转开了。

琼花看一眼墓碑，花花的白。抽泣了一会，琼花在心里对春树说："春树你个万劫不复的龟儿子，我愿你上刀山，下油锅。你死了就死去了，还留下那样多烦心事给我，动不得，跳不得。那些臭钱，你一齐带了去，我不要。你有本事也把我带了去，要不换成我替你死也行。我跟你说，我不喜欢你，不喜欢你父母，不喜欢澹庄这个鬼地方，我喜欢上了别人，长得比你好看，我就喜欢他，还在梦里和他做过那种事。你晓得了吧！没听见我就多给你说几遍，我和他在梦里做过那种事了，好多次，好多次。好让你龟儿子晓得，我早忘记你了，上刀山下油锅的东西——"

内陆河

回过头，爸妈夹杂在一群老老小小中，去得很远了。琼花左右看了看，一溜寡妇整整齐齐跪倒在高高矮矮的墓碑前。

站起来，琼花往脚下看了看，那条河正婉婉转转往前跑，像一块飘向远处的绿丝帕。

七

一晃，清明就去远了。日子还是老样子，规规矩矩往前蹿。

农活密集起来了，苗壮的秧苗们成了伺候的对象。施肥、除稗、打药，得乘着雨水充沛的日子，把活儿拾掇完哩！

一家子都赶在太阳之前出门，到了田边，脱掉鞋袜，裤腿抹到膝盖上，踏着一汪柔软，开始了一天的劳作。中午日头烤人，再勤劳的庄稼人都会歇晌。折回家，咕噜噜灌上半壶凉茶；下碗油光水滑的荞面，痛痛快快把大碗翻个底朝天。最后拉把椅子，在阴凉下半闭着眼，让惬意密密实实包裹着。跨过午时，日头开始变凉。站起来，打个哈欠，赤着脚，拖着两条晒干的泥腿朝田间走去，继续着未竟的活儿。

琼花不歇。

烈日下，树叶蔫了，秧苗蔫了，爹蔫了，妈也蔫了。唯独琼花不蔫，像是南瓜下坡，歇不住了，骨碌骨碌从水田这头滚过去，折过身又滚回来。额头上密密的汗也不擦，后背湿透了，几缕头发贴在湿答答的额头上。妈心疼，直起腰喊：要不歇歇吧？琼花狠狠把几朵浮萍踩进烂泥，拔起一丛稗子，连着根部的黑泥一起甩到田坎上，咬着牙回：不歇！

春树爸艰难直起腰，一张脸累得都变了形，看见媳妇的表现，也不敢中途退朝，横着衣袖抹把汗，僵硬地开始走进下一陇秧苗。

薅完秧，爸妈松了一口气，想可以歇上一阵了。

一早春树妈就觉察出了异样。还躺在床上揉酸麻的老腿，就听见院子里有了乒乒乓乓的声响。披上衣服出来一看，琼花一身短打，拖着粪耙往猪圈拱。

"干啥呢?"妈问。

"沤粪。"琼花答。

"离给秧苗下二道肥还早呢!"妈说。

"早晚都要沤,早沤的肥劲儿足实。"琼花说。

妈折回屋,爸撑着全身酸痛的老骨头问:"搞啥呢?"

妈苦笑:"说要沤粪。"

爸眉头皱了皱,披衣起身。

"做啥?"妈问。

"奉陪到底咯!"爸咬牙说。

粪没沤完,爸就投降了。第三个沤粪日,听见外面粪耙拖动的声响,爸在床上叹口气,哆哆嗦嗦对妈说:"死活拦住她,再动,我这条老命就沤在粪堆里了。"妈为难地说:"咋拦?人家又不是干坏事。"爸摆摆手:"今天不是赶集吗,让她去。"

妈出来,直截了当:"你去集上散散吧!再这样要下去,你爸老命怕是要杵脱。"

抬头看了看妈,眼神疲倦,花白的头发在晨风中摇摇摆摆。琼花心里一紧,想起了春树出事那天,妈站在山梁上,也是这个模样。把粪耙靠在墙边,琼花转进屋。妈看琼花脸色不好,以为又有新事情,嗫嚅着问:"又是哪一出?"

琼花进了屋,往门外丢了一句话:"换衣服,赶集。"

一个人翻过垭口,站在高处往下看,煤场子被重新踏出了一条新路。琼花这次没走这条路,她走的是远路,多了三四里的路程。

又见到那条河了,河面在这里忽然变得宽阔起来,施施然摊开一片薄薄的瓦亮。琼花坐在河岸边歇气,眼睛投向更加辽阔的远处。

身后忽然一阵摩托的轰鸣声。回头一看,琼花惊奇了,转场汉搅起一片烟尘过来。看见岸边的琼花,转场汉脚下一点,摩托车停了下来。琼花看着他笑了笑。转场汉大声问：去集上？琼花点点头。转场汉招招手说：上来我带你。琼花折过去，看了看摩托车后座说："算了吧！拉着货呢！"转场汉笑笑："不怕害羞就挤一挤。"

迟疑片刻，琼花咬咬牙，腿一抬跨上了摩托车。

摩托车顺着河流淌的方向往前奔。两岸的芦苇也顺着河风往下游跑。几只白鹤忽然从苇荡里面蹿出来，振着翅，往高远的天空飞去。

一段烂路，转场汉大声喊："路不好，抓紧点。"

琼花下意识搂住了男人的腰。一股久违的汗味被迎面过来的风吹进鼻孔。琼花双手紧了紧，慢慢把胸脯贴上去，轻轻闭上眼。男人的体温越发真切了。琼花心里一荡，小腹像是钻进了一群慌张的蚂蚁，挠着，啃着；又像是激流奔过石头，涤着，荡着。慢慢地，她有些燥热了，仿佛往枯黄的玉米秆上扔了一把火。琼花在心里鼓励自己，往前些，再往前些。然后她把脸也埋进了男人的后背，起起伏伏中她想起了和春树的那些隐秘日子。

颠簸急而短，琼花的胸脯有节奏地敲击着前面的大山，琼花看不见自己潮红的脸，她只是祈祷，祈祷这段路再陡些，再长些！陡得只有起伏，长得没有边际。

"抓紧了，前面有几个大坑。"男人喊。

琼花心里开了一朵花儿，像是得了鼓励，又像是拥有了充分的理由，琼花把身子往前大幅度挪了挪，像片被风赶着的落叶一样，死死贴在男人的后背上。

起伏过去了，道路变得平缓。

琼花往后退了退。

男人似乎感觉出了撤退的迟疑。笑着说："前面还有好几段烂路呢！"

琼花没有接话，沉默一阵忽然问：你知道这条河跑到哪里去了吗?

　　转场汉没听清,大声问:你说什么?

　　"我问这条河最终跑到哪里去了?"琼花也扯着嗓子喊。

　　男人还是摇头,转过头喊:"说什么?"

　　琼花腾出一只手拍了拍男人的肩膀,低声说:"好好开车!"

(《羊台山》第 23 期)

你为何心虚

/斯继东

一

不知是谁喊了声:"到家喽——"一车子女人像蚕宝宝一样睁开眼,深深浅浅地,就望见了窗外那个熟悉的古塔。小城背山面水,破败的风水塔就建在山尾。望见塔,车就快下高速,司机适时打开了车载视频。美美地打上一盹,就要见着老公孩子,女人们的精气神又回来了。大多数人在打电话,含蓄点的是发短信,车厢内闹腾腾的。一年一度的"三八"节,学校照例组织去了趟省城。其实也就离了一天一夜,但看看女人那眉眼?

换上男人会这样吗?赵四不紧不慢喝了口水。

"嘻唰唰嘻唰唰,嘻唰唰嘻唰唰——"视屏里正在播那只叫《嘻唰唰》的歌,几个红男绿女蹦得很欢:"拿了我的给我送回来,吃了我的给我吐出来——欠了我的给我补回来,偷了我的给我交出来——"赵四听了半天也没咂出个子丑寅卯。

"也许女人天生就骨子轻。"赵四把矿泉水瓶塞回到前座后背那只网兜中。

赵四也是女人,赵四当然也想老公儿子。但不知从何时开始,她忽然就能这样身处事外地看其他女人了,好像自己不是女人。

好像她学会了分身术,可以随时把身体掰成两半:一半依然混迹于人群,另一半则跳到半空冷眼旁观。

黄皮早上打来过电话,问几点到家、要不要来车站接什么的。赵四看了看表,只有十一点多,比预计早了差不多一个小时。他忙就让他忙吧,反正叫司机顺路送一下也方便。拿出来的手机又被赵四塞回裤兜。自从前些年搞起那个领带加工厂之后,黄皮一直都很忙,经常到后半夜才拖着精疲力竭的身体回家。

大客车顺着新世纪大道驶进了市中心。大街上乱糟糟的,到处都是喇叭声。这些年私家车越来越多,都快把城市的花花肠子给挤破了。没谁礼让,大家都在抢道。

隔壁靠窗的小陈突然哇哇叫了起来。

"赵老师,快看快看,你家的车。"

女人们都脱壳鸭一样伸长脖子朝小陈指点的方向看。穷教书的,都还买不起车,看见别人的私家车难免眼馋。赵四就有点飘。

"在哪?"赵四慢腾腾地从座位上欠起身。她知道怎样把这份得意劲按捺着。其实这样问的时候,她已经看见了自家那辆白色的马自达 M6——就在大客车的左前方。

赵四拿出手机拨黄皮号码,手机通了,但没人接。再拨,还是没人接。难道黄皮没在车上?

"快,超上去。"带队的老滕自作主张地对司机说。老滕是学校里的副校长兼工会主席,车上就他与司机两大男人。

转弯过东桥时,大客车超上了马自达。

两车并肩那一刻,赵四透过窗玻璃看见了黄皮。是他驾的车。但副驾室还坐了个女人,一个比赵四年轻的女人。他们在聊天,聊得很欢。也许黄皮讲了个什么段子,女人笑得花枝乱颤。赵四的心"咯噔"了一下。

另一个赵四就笑:真是的,不就顺路载个女人吗?

司机在老滕的指挥下,踩把刹车,将车靠到路边,同时打开了车门。赵四不慌不忙地拎上行李,朝大伙挥挥手,很淑女地下了大客。

赵四绕过车头候在路口。马自达慢腾腾地迎面过来。赵四很得体地朝黄皮招手。

先看见她的应该是那个女人。女人附身朝黄皮说了一句什么。马自达提速了。赵四继续招手。近了,更近了,就到眼前了,赵四继续招手。但马自达并没有停下,它瞎了眼似的贴着赵四身子驰过。像箭一样决绝,像泥鳅一样灵活,然后像屁一样消失得无影无踪。他看见了她!那个瞬间很短,短得电光火石,但赵四确确凿凿地捕捉到了——目光与目光的瞬间交汇。

赵四像个傻瓜一样站在路中央。来来往往的车都停了下来,喇叭声咒骂声响成一片,但赵四已经听不见了。

车上的女人都目睹了这一幕。大客车摇摇晃晃刚挪开步,不得不重新停下来。老滕把光秃秃的脑袋伸出车窗,朝赵四喊:"赵老师,赵老师。"但赵四什么都没听见。

大客车的门再次打开。老滕跑过去把赵四拉到了路边。

赵四终于醒过来,听见了老滕的话。

"上车吧,大伙都等着呢。"老滕说。老滕看上去很可怜。

二

赵四是最后一个下的车。

大客车在她家的小区门口停下。老滕紧跟着下了车。"要我陪你上去吗?"老滕看上去像个闯祸的孩子。"放心吧,我没事的。"赵四说。

赵四是真的没事了,她的大脑从来没像现在这样干净过。

小区入口进去,左拐第一幢,爬上四楼,打开右边那扇盼盼牌防盗门,就是她四室两厅一厨一卫计140平方米的家。黄皮现在就坐在客厅中间那个三人沙发上,他在耐心等她回家。他已经准备好了足够的花言巧语和甜言蜜语。事实证明,他有把故事编得天衣无缝、滴水不漏的本事。当然，这一切现在都没用了。那电光火石的一瞬，已经戳穿了所有的谎言，生活由此原形毕露。除了黄皮，赵四知道那个小保姆也在等着，她有着比猎狗更灵敏的嗅觉，她已经擦干那双手，随时准备为一场好戏卖力鼓掌。

我不能回家。赵四对自己说。她的脑子清醒得就像用洗手液洗了两遍。生活是一个巨大的阴谋，它正下好套等着人朝里钻。去做那个砸东西、撕脸皮、哭哭啼啼、大打出手的泼妇吗？这样只会让黄皮的计划得逞，让保姆看成一场好戏。绝对不能回家！赵四对自己说。

于是赵四离开小区走上了大街。

但是，不回家，去哪呢？天可真热，该戴一顶太阳帽出来的。我的太阳帽呢？对了，一定是落在大客车上了。现在向左还是向右？我已经整整一天没吃东西了，也许该先去吃一碗热气腾腾的水饺，至少得先去买瓶矿泉水。我还拎着这个旅行包干嘛？无论如何都得先找一个垃圾筒。就这样一直走下去吗？春天到了，油菜花开了，我看上去一定像个花痴。

满大街是灿烂的阳光和不怀好意的笑容。赵四茫然地走在大街上，脑袋瓜就像沉甸甸的旅行包，塞满了许多不着边际的念头。

一辆车子悄无声息地停到赵四身边。

黄皮从驾驶室走了出来。白色的西装，整整齐齐的头发，一尘不染的皮鞋。一个清花水落的男人。他的目光是那么的无辜，他的表情是那么的清白。你敢说他刚刚跟另外一个女人干过，还没来得及把他的家当洗一洗吗？绝对是污蔑。没人会相信这一点的。对。夏天快到了，作为他的妻子，应该做的事情就是：给他添一些更时鲜的衣服（比如一件红色体恤、一条牛仔裤），把他的胡须剃得再干净一些（家里那把剃须刀不利索了，得换一把新的），出门前千万别忘记为他喷洒一点香水（家里缺少一瓶正宗法国产的男士专用香水），然后好好洗个热水澡，换上那条带花边的内裤，耐心地躺在床上，等他在与另一女人缠绵之后回家安抚你。

阳光灿烂。大街上人头攒动。赵四看见男人朝女人走去，并伸手接她的旅行包。赵四看见女人的手高高拎起，就像一根高尔夫球杆，在半空中划出一条无比漂亮的弧线。

耳光响亮。

三

赵四在海蓝云天等到了吴小莉。

"你的脸色怎么这么难看？出什么事了？你不是去省城了吗？"吴小莉的嘴比刀子还快。吴小莉是赵四的小姨，就大了她几个月。从换鞋，取牌子，脱衣服，拿毛巾和手机袋，到光着身子扎进热水池，赵四一直都紧闭着嘴，她不知道怎么跟她说。

她与黄皮的事吴小莉一开始就反对。"他这人看着不踏实。"吴小莉说。"你这是天鹅肉硬往癞蛤蟆嘴里塞啊。"吴小莉说。"我闭着眼帮你去大街上拎一个都比他强。"吴小莉说。"他到底哪一点让你看上了？"吴小莉说。可问题是，赵四也不知道自己看上了黄皮的哪一点。

从高中同班三年，到赵四大学毕业参加工作，黄皮一直都在赵四眼前晃。晃着晃着，黄皮就没有起初那么让人讨厌了；晃着晃着，他们开始约会，做爱，然后就是结婚。打小开始，赵四就挺把吴小莉的话当话。但这次，听着听着，事情南辕北辙了。

你到底还是知道了。吴小莉说。

除了你被蒙在鼓里，别人谁不知道啊？吴小莉说。

你还记得那次腆着大肚子回乡下我问你拿钥匙的事吗？吴小莉说。

赵四记得。黄皮说，厂子那么忙，我什么都照顾不了你，要不你回乡下去住？在车站等车时赵四碰上了吴小莉。你回乡下干吗，这个时候？你就——吴小莉咽回了后半句。那你把钥匙给我。赵四就把家里的钥匙给了她。

那天中午气象预报说有台风,我怕黄皮忘关窗门,就去了你家。开防盗锁之前我敲过门,里面没响动,我以为没人。进去发现卫生间的门关着,里面水声花花。窗门果然都开着,我就一扇扇关了。屋子里乱七八糟的,我就拿了抹布拖把开始整理。等我把屋子整理得差不多时,卫生间的门开了。我喊了声黄皮,但那边半天没反应。在卫生间门口,我傻了眼,对方也傻了眼。从卫生间出来的不是黄皮,而是一个女人——一个陌生的光着身子的女人。

浴室里正在上映一部无声电影。四周的水声喧哗声消失了,雾气腾腾中,不时有赤裸的身体像鬼魅一样闪过:面孔模糊,笑声狰狞。

四

赵四走进厨房。

吴小莉并没察觉,她正在打蛋。两个蛋扑腾着从碗沿跌进白瓷碗。黄是黄,青是青。清清爽爽,就像一对陌生的男女。

一双筷子伸进去,两个蛋被搅到了一块。"哐哐哐——"黄不再是黄,青不再是青。现在,你还能把两个蛋重新分开吗?

吴小莉回过头。

"要我帮忙吗?"赵四问。其实赵四根本帮不了什么,这么多年的快餐外卖早让她生分了锅碗瓢铲。

"不用,你去看会电视吧。"吴小莉麻利地把打匀的蛋倒进油锅,"滋——"蛋沿卷起了一圈乳黄的花边。

赵四站在旁边,觉得吴小莉变了。

原来纤手不动一个花纸里的人,现在系上块围裙,居然都敢给人做炒榨面了。

"露露不回来吃吗?"露露是吴小莉的女儿。

"她在学校吃。"

对了,露露读的是寄宿制学校。

"马拉呢？"马拉是吴小莉的先生。赵四叫惯了名字。

"饭局。"

赵四觉得有点饿。就两个人，吃点什么不成，非得这样折腾？但吴小莉一点都不急。她在摊锅里的蛋。蛋不能焦，又要摊得薄，越薄越好。"反正就那个蛋，非得摊那么薄？""摊得薄了切出的蛋丝才多。黄澄澄覆一海碗端上桌，主人显出客气，客人看着喜气。"赵四记得很多年前曾跟母亲这样一问一答过。

"我也是在气头上，现在想想，我不该跟你说那件事。"吴小莉把切好的肉丝放入油锅，开始切早已剥好的冬笋。

赵四听出来了，吴小莉在劝她。

吴小莉以前也劝过她。但以前是劝她别跟黄皮结婚。这回，在出了这样的事情后，她却开始劝自己别跟黄皮离婚。

"你说这世上有不偷腥的男人吗？"问这话时吴小莉并没有抬头，"真有，怕也只是没那个胆。就说我家马拉吧，天天在饭桌上跟形形色色的人混，你能保证他从没做过出格的事？要证实这事不难，我只要到电信局去拉一拉他的手机账单。可真要逮到个小三，我又能怎么着？这不是自己给自己出难题吗？"她在专心切那半块冬笋，看得出她的刀功很好。

"他们说，男人就像泥鳅。你得用手捧着。捏得太紧，泥鳅就会从指缝中滑走。所以女人还是不要太精明的好。老话说，糊涂是福。"冬笋入锅了，现在是豆腐干。在切开之前你很难想象内里会有这么白。

赵四看着吴小莉的背影，这身影是那么熟悉又是那么陌生。那个从来不把男人放在眼里，总给她主心骨的强悍的小姨到哪去了？

"活到一半的时候，让一切归零，重新开始？可如果这一次比上一次更糟呢？我可冒不起这样的风险。"最迟入锅的是大蒜，吴小莉把它们切得齐崭崭的，就像用油标卡尺量过一样。

这些话，怎么听着这么耳熟啊？想起来了。赵四以前也这样劝过别人。是谁？想不起来了。但肯定不止一个。

"做人不能太认真，更不能钻牛角尖，那样只会让自己没有退路。你试着想一下，如果省城回来的车子不早点，如果那个多事的同事没看见你家的车，如果那个该死的老滕不指挥车子赶超，事情会怎么样？风调雨顺，说不定这会你正跟黄皮腻在一块呢。"八成熟的霍头起锅后已盛到碗里，吴小莉把锅洗干净，重新注入色拉油，泡涨的榨面被捞了起来。

此后，直到两碗色香味俱全的炒榨面端上餐桌，整个过程穿插有致又一气呵成。不得不承认，吴小莉的手艺和妇德都经受住了考量。

五

在酒吧，赵四给老滕打了个电话。

第二天上午有两节课，赵四得请个假。

赵四是从吴小莉家溜出来的。吴小莉去主卧室铺床，赵四说，我睡露露的床。吴小莉怔了下。这么多年过来，两人凑一块总是同床。结婚后也如此。在赵四家，黄皮得让道，在吴小莉家，马拉也得滚蛋。早早上床，到底睡不着。赵四就悄悄出了门，之后又懵懵懂懂地闯进了一家酒吧。

酒吧比预想要吵。老滕在电话里问了两遍："你在哪？你在哪？"

赵四略一迟疑，就报了地点。老滕是个好人。对赵四一直特别关照，小到换课排班，大到评职称定先进，都像个长辈一样在暗地里帮衬着。不该瞒。

服务生过来，赵四点了瓶啤酒。等他下好单要走，赵四改口又加了两瓶。长夜漫漫，赵四忽然就想尝尝一个人醉酒的滋味。

手机震了震。

是个短信，黄皮的。"老婆你在哪？求求你，回家吧。我跟你解释。"

从下午开始，黄皮已经打过不下十个电话，赵四都没接。后来黄皮就改成了短信。这是第九个。

解释？赵四笑笑，灌了一大口啤酒。

酒是喜力，有点苦，但是很爽。

赵四这样笑时，对面坐下来一个人。

居然是老滕。

"我陪你喝。"老滕说。

启开啤酒的的确是老腾。晚上二门不出的老滕。平时局领导来也滴酒不陪的老滕。

"你出来领导批过吗？"赵四说。是一向以来她跟老滕说话的语气。但现在听上去怪怪的，跟酒吧的气氛很不协调。

"管他呢。喝酒。"老滕举起酒瓶，管自咕咚咕咚灌了半瓶。挺合拍，无论是跟酒吧的音乐还是灯光。但，这样的语调和动作，放在老滕身上又是古怪的。

怎么了，今天？让赵四觉得陌生的似乎并不止吴小莉一个。

说到底，也就是黄皮车上坐了个女人。外人看得出什么端倪？至于让好心肠的老滕这样悲壮吗？

"别憋在心里，想哭就哭出来吧——"老滕说。

老滕却突然哭了起来。

呜呜呜——呜呜呜——

赵四手足无措地看着老滕。老滕劝别人倒把自己给劝哭了。

老滕不哭了。他抬起头，顺手撩了撩头发。这是他的习惯动作。老滕的大半个头都秃了，左边硕果仅存的几根长头发，被梳子和摩丝很勉为其难地捋向右边，随时都得担心掉下来。

"我知道黄皮跟那女人的事，很早就知道了，其实我们学校的老师都知道——"老滕说。

赵四觉得很冷，像被塞进了一只冰柜。她想象得出，女同事们在厕所里议论这种事时的神情。但她不难过。真的，一点都不。一块石头落了地。作为观众，她似乎等到了一个担心而又期待的答案。

"可是老滕你哭什么啊？"赵四说。是啊，该哭的人是赵四不是老滕。

"我老婆，我老婆在外面也有了人，我也是最后一个知道——"老滕又女人一样"呜呜呜"地哭了起来。

噢，原来如此。赵四现在知道老滕平日为何那么关照自己了。又一个包袱抖了出来。作为观众，挺过瘾的。

"我们都是受害者——"老滕忽地抬起头，撂了撂头发。

"？"

"我们可以联合起来——报复他们！"老滕又灌了半瓶酒，他的眼里发出斗士才有的迷人光芒。

"联合？报复？"赵四觉得自己也要被感染了。她的身份开始由观众变成演员。女一号。至少也是女二号。

老滕的计划说具体点，就是去开房间。老滕早已成竹在胸，他甚至连谁付房费的细节都考虑到了。

"你付——不成，我付——也不成。这事还必须得是——AA制。"老滕说。赵四都快笑出声了，但她立马控制住自己。酒早上了老滕的脸，他的表情很严肃，容不得半点亵渎。

这个时候，服务生走了过来。一个眉清目秀的小伙子——赵四刚才没注意到。激情燃烧的老滕不得不打住了话头。

房间最终没有开成。

就在他们准备离开的当儿，来了个电话。酒吧挺闹，赵四就躲进了卫生间。

等她接好电话，顺便解个手出来，老滕不见了。

赵四唤服务员。

"刚才那位男士已经买了单，他说有急事先走一步。"服务生说。还是刚才那位帅气的男生。鼻梁高高的，焗黄的头发中夹杂着几缕彩色。赵四还瞥见他的右耳上戴了个银色的耳环。

要说计划，喜力啤酒应该也算其中的一部分吧？不是说 AA 制吗？

赵四拦了一辆的士。在车里，老滕的短信过来了："明天的课我已帮你调好。"之前那个慈祥的老滕又回来了。也许老滕也接了个电话，于是酒就醒了。

六

电话是赵四的母亲打来的。其实晶晶并没发烧，他早已美美地进入了梦乡。是母亲骗了赵四。

卧室里只亮了一盏台灯，母亲坐在床前的小凳子上抽泣。

站在门口，看到这一幕，赵四的心软了一下。

母亲从来都不哭。赵四十岁那年，父亲离家出走，母亲都没哭。"我就不信离了男人天会塌。"母亲笑着对邻居说。此后，母亲种桑养蚕、开杂货店、贩卖长毛兔，果真只手撑起了一个家。自懂事起，别家孩子有的，赵四和弟弟们一样都没缺过。母亲不但拉扯大了姐弟仨，还把他们一个个送进了大学。

"是黄皮来过了？"这是赵四的第一反应。但是，就算黄皮来过，他也不会说什么的，顶多提到吵架。

"你可别傻啊，赵四。"母亲说。

"我好好的，你哭什么啊？是小姨来过电话？她说了什么？"赵四说。也不像，吴小莉要打电话也不会先给母亲打。

"男人再大，也还是孩子，总会时不时地犯糊涂。这个时候你得拉他一把，他头脑一激灵身体就回来了。"

"你听到了什么？"可是谁会告诉她黄皮跟那女人的事呢？

"你别瞒我了，其实我早就知道了。你怀孕那会黄皮在外面就有了人。"

赵四的身体晃了一晃。

赵四想起来了。在她怀孕住娘家的日子，母亲曾经接过一个很长很长的电话。问谁，说是小姨。问什么事，说是没什么事。之后，母亲变得有点异样，目光躲躲闪闪，一个人时就忧心忡忡。赵四觉得有点蹊跷，但当时一门心思都在孩子身上，哪里会往深处想？

"你以为别人不知道吗？连晶晶都知道。"

"你瞧见桌上那架遥控飞机了吗？"母亲转过身指给她看。

赵四进门时就瞧见了。那会它还泊在新世纪商城的柜架上，把晶晶勾得掉了魂。有好几次经过时，赵四都想出手，可看看标签上那个数字，到底不是该需该用的东西。之后她去省城培训了半个月，回来时，遥控飞机已经降落到了晶晶的床头。还用问吗，当然是黄皮买的。

"不是黄皮买的，是那个女人。"母亲说。

母亲还在说："看晶晶那么宝贝，我有次就随口问，爸爸买的还是妈妈买的？晶晶挺神秘地把嘴放到我耳边说，这是个秘密，不能告诉妈妈。然后他告诉我说，是一个漂亮的阿姨送他的。那个神奇的阿姨总在妈妈不在的时候出现——"

赵四感觉自己正往一个巨大的黑洞里掉。她想呼救，但是出不了声。四周围满了人，每一张面孔都很熟悉，其中有吴小莉，有母亲，有年轻时的父亲，甚至还有她四岁的儿子晶晶。大家都神情肃穆，仿佛在参加一个葬礼。

没有人伸出手来。

七

赵四跨进家门时，手里还拎着那只包。

那个家是你的，不是那个婊子的。就算你明天跟他离婚，但今晚上还是你的，至少一半是你的。为什么不回家呢？你有什么好心虚的？该心虚的是那对贼人。另一个赵四说。

赵四真的硬着头皮回了家。不吵，不说话，明天一早去街道办离婚。这些赵四都想好了。赵四没想好的是，如果黄皮已经睡在床上，她该怎么样。去睡沙发或打地铺？倒变成他有理了？那么把他从床上轰下来？黄皮不会那么听话的，中间免不了要大动干戈。

但黄皮没在床上，他坐在沙发上抽烟。赵四松了口气。

"我知道你会回家的。"黄皮笑嘻嘻地过来接她的包。他的目光还是那么的无辜，他的表情还是那么的清白。仿佛什么都没发生。仿佛被赵四抽耳光的是另外一个男人。

赵四打开了他的手。赵四没吭声。

赵四拎着包进了卧室。

黄皮跟了进来："你下手可真狠，我的眼睛到现在还蹦五角星。"

赵四开始扯床上的被单、枕套、枕巾、床罩。

"我知道我错了。"黄皮说。

拉链撕拉撕拉的响，赵四没响。

赵四把掷到地上的东西用脚拢成一团，抱出了卧室。

"我真是昏了头。"黄皮说。

赵四从旅行包出翻出那套六件装的夏季床上用品，一只床罩，一个被套，一对枕套，两个靠垫套。天蓝色。像夏日天空那样凉爽的那种蓝。现在换上去还早了点。但这个不重要，重要的是它是新的，干净的。床罩顺顺当当地罩住了床。丝棉被顺顺当当地套进了被套。但是枕套有一对。赵四呆了一下，这是她没想到的。

黄皮忽然从背后拦腰抱住了她。好像他一动不动站在旁边这么久就是为了等这个机会。

赵四一个指头一个指头地扳开了黄皮的手。

"脏。"赵四说。说好不吭声的，到底还是吐了一个词。

"你说得对。"黄皮自言自语着，走出了卧室。一个死皮赖脸的人就这样轻易放手？让赵四觉得意外。但这一次毕竟不同以往。

赵四走过去锁了门。黄铜的门把不知什么时候已经生了锈。新房搬进来后这么多年，这门一直开着，从来没有真正关过一次。一夫一妻，在自己家里，没有什么事是需要先把卧室的门锁上再做的。

拉上窗帘，打开台灯，关掉日光灯，脱光衣服，赵四躺到了被窝里。房间空荡得就像一个孤岛。生活中充满了隐喻。开了这么多年的门，现在终于关上了。一扇门都有权利嘲讽。赵四坐在被窝里又笑了一下。

"喀嚓"一声，房门重新开了。

门当然被赵四锁死了，但她忘了拔那串钥匙。一把钥匙开一把锁。从他们住进来的那天起，那串钥匙就一直挂在门把上。

像往常一样。黄皮把自己洗干净了。黄皮一丝不挂地从卫生间走进了卧室。

赵四死死地攥住被角，全身的鸡皮疙瘩都竖了起来。不是害怕，而是心虚。

她心虚什么呢？该心虚的是他。但现在心虚的偏偏是她。

他一步一步地朝她走去。他早已不是以前那个黄皮，但他依然是黄皮。赤裸的身体，一丝不挂的身体，它是那么的真实，并没有因为背叛而变得陌生。

"你是拦不住我的。我要把你虚伪的面目揭穿。"她心里有个声音说。她的身体因这句话变得面团一样柔软。

"其实你一直都在骗自己。你所谓的离婚仅仅是做给别人看的，是做给自己那点可怜兮兮的自尊看的。"那个声音说。赵四的眼前忽然晃过一张脸。一张面容模糊的脸。她最早背叛的手臂已水草一样舒展。

"你是个同谋者。"那个声音说。

"同谋！同谋！！同谋！！！"那个声音越来越歇斯底里。

赵四的耳边响起了另外一种声音："嘻唰唰嘻唰唰，嘻唰唰嘻唰唰——"

是那首赵四一直听不出所以然的《嘻唰唰》,"…伤啊伤…晃啊晃…装啊装…多可惜…哦…想啊想…藏啊藏…嚷啊嚷——"

在浮浮沉沉的歌声中,可耻的快感不可篡改地跟着高潮如期而至。

(《羊台山》第 23 期)

听盐生长的声音

/王威廉

午后四点,我从厂房里走出来,看着白花花的盐碱地一直铺展到天边,我就想哭。这股冲动最近越来越频繁了。我刚刚接了个电话,是小汀打来的,他说他去西藏,路过这里,想见见我。从来没有人是专程为我而来的,都是路过这里,顺便见见我。我早已习惯了。这个地方,即便只是路过,都够你受的。我走到化验室门口的台阶前坐下,听到房顶的高音大喇叭里宣读着安全生产的细则,夏玲的声音不再像我们刚认识那会儿动听了,她的嗓音充满了干涩与生硬,和我们在厨房吵架时一模一样。

我不知道夏玲在念这些东西的时候,是种什么样的心情,虽然那件事已经过去一个月了,可我还是无法接受。原本嗜酒如命的我,竟然不再喝酒。我不是改过自新主动戒酒,而是不敢碰酒了,一碰酒就会想起老赵的那张脸。那晚我们喝多了,老赵掉进了卤水湖里,等到有人发现的时候,老赵满脸都析出了盐花,眼珠上面蒙着一层细密的白色,仿佛那些盐获得了诡异的生命。我只看了一眼,就把喝了一晚的酒全都吐了出来,直到胸口火辣辣地烧痛。那些秽物向盐碱地的深层慢慢渗去,形成了一个脏兮兮的凹坑,像是怪兽的嘴巴,就那么凶狠地大张着。我不敢再看,我觉得它会扑上来，吃了我。

现在，小汀要来看我了。他略带兴奋地说，想看看传说中的盐湖。我看了看白花花的四周，不知道这里有什么好看的。当然，这么多年了，能再次见到小汀，我还是很高兴的。小汀是我的高中同学，我们俩的学习成绩一个比一个差，被班主任安排在教室的最后一排，我们上课的时候龟缩着脖子，属于永远被遗忘的那几位。说起来，我的驼背就是那时落下的。小汀的性格比我好，他从不自卑，对待冷落也不以为意，上课的时候不是发呆就是画画，记得他把一位女生的侧脸画得栩栩如生，可惜，我忘记那位女生的名字了，小汀应该是暗恋过她的。就在小汀画画的时候，我躲在一边构思着我的歌词。我略懂一点儿简谱，心里哼哼着旋律，然后寻找着合适的词句，经常才写了一两句就下课了，这时大家跑来跑去，吵吵嚷嚷，我的构思只得停止了。因此，我对安静的课堂充满了向往。

多年以后，我对着空旷的盐碱地，有了整天整夜的寂静，却写不出一句歌词来。我的悲剧就是这样注定的。当我发现内心连一点儿旋律都没有的时候，我就开始了酗酒。老赵就是那个带我入门的人，只要他敲敲我家的窗户，不管多晚，我都会穿上衣服和他跑出去。我们喝十元一瓶的青稞酒，经常也没什么下酒菜，一人一瓶就那么碰着喝着，一瓶喝完，基本上就失去意识了。第二天我发现自己躺在家里床上的时候，我总感到很惊奇。我不记得自己是怎么走回来的，但我的一双鞋整整齐齐地放在床下，鞋尖对外，像是在港湾整装待发的军舰编队。刚开始我以为是夏玲帮我整理的，但后来我发现即便夏玲回了娘家，我的鞋依然如此整齐，我这才信了别人说我喝不醉的话。其实，我早已喝醉，只是别人和自己都分辨不出罢了。有时想想这样也很恐怖，好像自己的体内还有另外一个人，自己只是代替那个人活着，当这个自己丧失意识的时候，另外一个人就出来掌控生命了。

我不再喝酒，但生活并没有因此而有什么好转，我和夏玲的冷战变得越来越难以忍受。我们常常半躺在卧室的床上，瞪眼，拌嘴，然后各自发呆，客厅里电视兀自响着，那声音空荡荡的，和我的生活一样。我们在客厅里倒是很少吵架，因为大家都在看电视。以前喝酒，我从不用担心睡眠的问题，我最长一次睡了一天一夜才醒来。可停酒后我竟然会失眠，不管白天怎么劳累，晚上躺在床上，非得翻来覆去几个小时才能睡去。有一晚我熬不住了，去厕所撒完尿后，走进厨房把一整瓶料酒灌了下去，然后躺在床上昏昏睡去。早上的时候我就被噩梦给惊醒了，我梦见老赵站在盐碱地上，空中还飘着雪，天地间白茫茫一片透着刺骨的寒意。老赵说："兄弟，干杯！"白色的盐碱或是雪花从他的脸上剥落，露出里边腐烂的黑色。整整一周我都吃不下饭，脑袋的深处有种撕裂的疼痛。我宁愿失眠，也不想再做噩梦了。

再说一遍，小汀来看我，我还是高兴的。而且，我越想越高兴。我决定请几天假，一直待在城里，和他好好玩几天。小汀让我帮他买后天去拉萨的车票，我站在火车站的售票窗口，迟疑了一下，买了五天后的车票。我打电话告诉小汀："后天的车票卖完了，你得在我这儿多住几天了。"小汀倒也干脆，说："那也好，我们兄弟正好多聚聚。"我把家里清扫了一遍，腾出了客房，准备好了卧具。小汀说他们两个人，我听得出来，另外一个是女人，就没再多问。

夏玲对我的表现感到好奇，她问了我好几次："小汀是你很好的朋友吗？怎么以前没听你提起过呢？"我说："你也没听我提起过其他人吧？除了那些同事。"夏玲点点头，脸上又不高兴了，说："你什么时候才能把什么都告诉我呢？你一点也不信任我。"我说："这和信任有什么关系啊？我自己都很少想起他。"夏玲摇摇头，说："你这个人真是无情无义。"我没再吭声。我知道自己并不是无情无义的人。

"这个小汀是干什么的？"夏玲突然警觉起来。

"听说在家乡的煤矿里。"我和小汀已经很久没联系了，很久以前似乎是这样的。

"挖煤？"

"不至于吧，应该是干些文职工作。"这个是我想象出来的。连我都能混个技术人员，何况小汀呢？

"看来你这个朋友混得也不怎么样。"夏玲撇撇嘴，去市场买菜了。

夏玲是我们厂最漂亮的女人，这样说的时候我没有半点骄傲，因为我们厂只有十个女人。我无法忘记第一次见到夏玲的样子，她拖着笨重的行李箱，从中巴车上下来，脸蛋红扑扑的，像是在周围的荒凉中突然升起的太阳。我立刻就爱上她了，这种爱饱含着功利的成分，我渴望不计一切地得到她，和她结婚生子。因为在这里能认识一个好女孩的机会与发现一小块绿色植物的机会一样渺茫。也许是缘分，她被分到了我所在的工作组，我们得以有更多机会交往。可从一开始，我就知道她是很难追到手的。她的大眼睛总是充满了忧郁，即使小孙、小李他们嬉皮笑脸说笑话的时候，她依然是忧心忡忡的样子。她甚至都没认真看过我一眼。我理解她的心思，我当年也是一样的，那些盐碱地的白光让我的眼睛生疼，我的泪水经常会失控，我一时弄不清自己是否真的在伤心难过。老赵对我说："春天到了就好了，到时风沙就把白色盖住了。"当春天的风沙真的到来的时候，我躲在被窝里认真哭了一场。妈的，我从没有见过这样的春天，那些褐黄色的沙尘暴把这里变成了地狱。

小汀打电话来，说已经到了，我赶紧下楼去接他。即使多年不见，我还是一眼就认出了他，那圆圆的胖脸上还是挂着淡淡的笑容。他的身边站着一个穿黑色短裙的女人，那女人披着长头发，戴着墨镜，看不清她的模样，感觉倒是很好。小汀和我热情拥抱了下，然后他介绍那个女人叫金静，是他的女朋友。"你还没结婚呀？"我脱口问道。他笑着说："是的，还没有。"他的笑容意味深长，让我深感自己的生活乏味不堪。我带着他们向家走去，在楼梯口遇见了买菜回来的夏玲，我对小汀说："这是我老婆，夏玲。"小汀热情地抢过夏玲手中的菜，叫道："嫂子，这次麻烦你们了。"夏玲表现得很得体，说："哪里麻烦，就怕你们不来。"

进了房间，小汀他们逐个参观了房间，发出客套的啧啧声，然后在沙发上坐定。金静随手把墨镜摘下来了，她的美如一柄锋利的匕首，在出鞘的瞬间就把我刺伤了。我有些慌张地给他们倒茶，然后坐在小汀旁边。我看了看自己的房子，觉得好不容易收拾像样的一切变得黯淡起来。

"好久没联系了，你……不在煤矿那里做了吧？"我忍不住问道。

"是的，我受不了了，跑出来了。"小汀说得很平淡。

"那你现在做什么？"我好奇起来。

"我画画。"小汀看着我微笑起来，说："记得吗？我一直喜欢画画。"

我使劲点着头，说："当然记得。"

小汀眯缝起眼睛，陷入了回忆的诉说："我在煤矿干活的时候，那种黑能把人憋死！大白天的却要一直待在黑咕隆咚的地下，夜里回到地上，又是一片漆黑，我有时怀疑自己的眼睛是不是快瞎了。有一天，我重新开始画画了，我看到五彩斑斓的色彩就像是快要渴死的人喝了一大杯水！我用最鲜艳的颜料画画，要画出最鲜艳的画。在几百米的地下，只要一休息我就画，我画出的画艳丽无比，工友们看到都兴奋得要命，比平日里他们谈论女人还兴奋。"

小汀噼里啪啦说了一大堆，整个人神采飞扬起来，屋子里的气氛也变得活跃了，真正有了老友重逢的欢快感。

"这么说……当时你还真的挖煤啊!"我感叹道,对他的画画却不知如何回应。

"是的,真挖。我爸当了一辈子煤矿工人,他的肺早就坏掉了,可还是叫我去挖。在我爸眼里别的什么我都干不了。"

"幸亏你会画画。"

"是啊,幸亏我会画画。"

谈话到了这里,有了一个短暂的停顿。小汀感怀起了过去,而我则对自己目前的生活感到了更深的绝望。夏玲炒好了第一盘菜,端了过来,让我们先吃。金静站起来说:"我来帮忙吧。"夏玲连连摆手,却拗不过金静,于是她们一起走进了厨房。我盯着她们的背影,替夏玲感到自卑起来,我第一次意识到,不知道从什么时候起,夏玲已经不修边幅了,她的背影如此臃肿不堪,像是一位进城务工的保姆。这让我感到疼痛和尴尬。我不敢看小汀的表情,径直走到客厅的柜子前,取出一瓶酒来,对小汀说:"难得重逢,咱们兄弟好好喝一场。"小汀皱了一下眉头,眼神里掠过一丝阴影,他还是点头说:"好。"

两个明显不愿意喝酒的人,硬要喝酒的确匪夷所思,但我心中有个执拗的声音,要求我不得不如此。夏玲和金静几乎同时往这边投来关切的眼光,但我和小汀还是硬着头皮,带着僵硬的微笑,将第一杯酒喝下了肚。她们收回了目光,什么话也没有说。

饭后,我安排他们去午休。我自己坐在沙发上看电视,夏玲在厨房里收拾着残局。不知怎么回事,我想起了我们的孩子,那个来不及出世的孩子。就是这样一个午后,夏玲在厨房里洗碗,突然说下腹痛,我赶紧扶着她往楼下走,然后叫了辆出租车赶到医院,还是来不及了。流产,我直观地体验到了这个词。这是一次看不见的死亡,一次突然的袭击。夏玲哭了,她哭得那么难看,却没有声音,我的心都要碎掉了。后来,夏玲咬牙切齿说:"一定是那该死的盐碱地害的。"我说："你找到什么依据了？"她说："还用找吗，那方圆十里还有其他生命吗？除了他妈的我们。"他妈的，夏玲居然说"他妈的"，我不习惯她说脏话，可我觉得她说得很有道理。

这时客房的门忽然开了，小汀走了出来。他打着哈欠说："睡不着。"我问："怎么了？"他看了一眼窗外，说："太亮了，怎么这么亮啊？"我说："这里海拔三千多米，能不亮吗？"小汀颓然坐在沙发上，说："我原来痛恨黑暗，可等到我逃离煤矿之后，我却像鼹鼠一样怀念黑暗。我的房间大白天也拉着窗帘，我待在黑暗中画画。"我笑了，说："欢迎你来到我的世界，一个过分光明的世界。"

小汀闭着眼睛在笑，浑身像触电一样颤抖。我走过去把客厅的窗帘拉上了，房间里暗了下来，但那强烈的光依然从缝隙里钻进来。一年到头待在黑暗里，那是种什么样的感觉？我无法想象。

"听说你所在的盐矿是全国最大的？"小汀问。

"何止，或许是全世界最大的。"我自嘲道。

"带我去看看。"小汀突然来精神了。

"你是说……现在？"

小汀点点头，抬手看了看表，说："还早，不远的吧？"

"要坐车过去，一个多小时呢。"我真的不想去，我上午才坐车从那里回来，但我不好说出来，尤其看到他满脸的期待。

"你每天都来回一趟？"

"不，有时太累就住厂里了，那边有宿舍。"

"很辛苦吧？"

"还好，我做技术的。"

"记得当年你化学还不错。"小汀笑着说。

"是吗？"我真的不记得了，我只记得我各科成绩都不怎么样，最后考试运气不错，考上了一所大专。而小汀在高考前夕就离校了。他告诉我，他已经完全失去了信心。原来，在他波澜不惊的外表下，内部早已是断壁残垣了……这些往事，今天没必要再提了吧？

"我们再喝点？"小汀居然主动提议。

刚才我们喝了三杯就停下来了，这让两个女人都很放心。现在她们都在休息，还真是个喝酒的好时机。我拿出酒瓶，我们又喝了起来，聊了很多中学时候的事情。我并不怀旧，不觉得那时候有多好，但那时候作为一个话题可以这么慢慢聊着，还是挺温暖的。其实我一直想问问关于金静的事情，这么漂亮的女人小汀是怎么找到的？可我无法率先说出口，我不想暴露男人的那点心思。喝着喝着，我感觉到困意浓重了起来，终于我和小汀就那么半躺在沙发上昏昏睡去。毫无意外，我又梦见了老赵，他说："兄弟，干杯！"他满脸都是白色的盐碱，坐在采盐船的甲板前，水面上没有他的影子。我说："老赵，有个朋友来看我了。"他说："和你朋友多喝几杯。"我说："他混得不错。"老赵裂开空洞的嘴笑了："你混得也不错。"我惊醒了，看到夏玲和金静坐在阳台上窃窃私语，仿佛她们才是多年未见的老朋友。而小汀，正半躺在我的身边，很响地打着呼噜。我重新把眼睛闭上了，尽管睡意全无，却装作熟睡一般。我有些后悔擅自买晚了几天的票，我根本就没想好多出来的这几天该如何处理。

晚上，我们随便吃了点中午的剩饭，然后夏玲提议，大家去楼下散步。我们来到街上，此时虽是盛夏，可太阳的威力已经随着白天结束了，凉风从旷野的深处吹来，让人有些微微发冷。小汀感叹道："好凉快，真舒服啊！"金静附和道："是啊，真好。"我的目光在她漂亮的脸上稍作停留，然后滑了过去，跌落进幽深的夜色中，我看到街道的尽头有几个醉汉摇摇晃晃走了过去。这座冷落的小城，让我暗自忧伤，而金静带着她惊人的美貌，像一道过于明亮的闪电，让我忧伤的阴影愈加浓厚了。

"你还写歌词吗？"小汀忽然问道。金静和夏玲都扭过头来看着我。我写词的事情从来都没有对夏玲说过，夏玲的眼睛瞪得老大，我笑了起来，打着小汀的肩膀说："你这家伙胡说什么啊！"小汀说："虽然你从来没对我说过写歌词的事情，但我早就发现了，我还听见你嗓子里哼哼唧唧地唱着那些词。"我难为情地摆着手说："都是闹着玩的。"小汀说："什么不是闹着玩的？我画画也是闹着玩的，人活着也是闹着玩的。"我没再说什么，我在心里说："可有的人玩不下去了。"

　　第二天，我考虑是不是该带他们去盐湖参观了，但是参观完后怎么办呢？我在犹豫中又度过了一天。这一天阳光灿烂，一切东西的边缘都散发着明亮的光晕，我们龟缩在房间里，无所事事地消磨着时间，直到黄昏后，才去美食城里吃了烧烤。他们对这里的羊肉赞不绝口，这让我稍感欣慰。吃烧烤的时候，金静正好坐在我对面，我便多看了她几眼，我发现她很少笑，眼睛里深藏着看不透的忧郁。而且她和小汀之间也谈不上多么亲密，不过我转念一想，夏玲不也是忧郁的嘛，我和夏玲看上去也没多么亲密吧。

　　几打肉串下肚后，大家似乎有了心满意足的情绪，聊天的气氛再次热乎起来。夏玲笑着问："小汀，你怎么追到金静的？给我们讲讲。"没想到夏玲替我问出来了。

　　小汀嘿嘿笑了起来，说："这可是个秘密。"

　　我说："你别卖关子啦，讲吧。"

　　小汀看了金静一眼。金静说："其实也没什么秘密，我是他的顾客，我们是在画像的时候认识的。"

　　"嗯，是这样的，"小汀说，"我从煤矿里跑出来后，一直靠给人画像为生，有一天就遇见了金静。我对她说，我不收你的钱，但你能不能让我多画几张？没想到，她同意了。"

　　金静望着我说："主要是他画得那么认真，我第一次看到有人那么专注地看着我。"我回视着她，我们对视了最多一秒钟，我就装作低头吃东西，躲开了她的美。也许只有画家可以借着艺术的盾牌与那种美直视。

小汀说："那我画得好不好？"

金静说："你画得很好。但那不是我。"

小汀吃惊得张大了嘴巴："不是你，那是谁？"

金静微笑着说："是你的梦想。"

我和夏玲笑了起来，我看着金静说："虽然艺术家创造的都是自己心中的梦想，但这个梦想也是你给他的。"

"就是，就是！"小汀连连点头，喝下去一大口啤酒。

金静扭头看着小汀说："能把我给你的梦想还给我吗？"我们都愣了一下，然后笑了起来。原来金静开了一个冷笑话。金静的微笑像流星，一闪而过，这个女人身上有种说不出的神秘，她既深深吸引着我，又让我感到恐惧。我无法摆脱对她的好奇。

小汀嬉笑着说："不止这个，把我自己全部给你都行！"

大家又笑了起来。夏玲突然叹口气，说："看你们这么开心，真好。"

"你们难道不开心吗？"小汀问道。

我无言以对，但又必须有所表示，便只好呵呵笑了笑。

"兄弟，我敬你！"小汀端着一满杯啤酒一饮而尽，然后他擦着嘴巴说："其实我不能喝酒的，但我们久别重逢，我很高兴。这件事我和金静说过的，有一次我摆摊的时候，被城管打破了肝，在医院缝了几十针，才保住这条小命，呵呵。"

小汀的脸上浮着微笑，眼窝陷在阴影中，我看不清楚。尽管他只是三言两语，但这意味着什么，我懂。我也倒了一满杯酒，敬了他，一饮而尽。

"明天我们去盐湖吧？"小汀突然朝我嚷嚷道。

这个家伙，为了避免再谈下去的尴尬，在这个时候说起这个来。我扭头,发现金静看着我,眼睛里充满了期待的意味。

"好吧,明天带你们去。"我举起酒杯说。

这就是盐湖了。

坐了一个小时的通勤车,走过一栋栋呆板的厂房,一转弯,眼前就是盐湖。小汀大张着嘴巴,喃喃说:"真是奇妙的景色啊……"他的表情与我想象中的一模一样,这个场景我在脑中早已预演很多遍了。只不过我没想到夏玲也来了,我原以为她不会来的。以前有朋友来,我每次都拉她一起去当盐湖的"导游",她总是严词拒绝,她说:"那个破地方能少去一次就少去一次。"这次我干脆没叫她,她不去的话我在面对金静时会更轻松呢。可是,当金静要她作陪时,她居然毫不犹豫就一口应承了。一个漂亮女人的魅力是同性也难以抵挡的吗?此刻,她站在金静的旁边,挽着金静的胳膊,风同时吹乱了她们的头发,有一瞬间我觉得她们像是亲姐妹。

我们往湖边走去,板结的盐粒在脚下发出咯吱咯吱的声音,像是踩在雪上。周围寸草不生,也看不见一只飞鸟。尽管天空湛蓝,但是湖水依然是沉郁的墨绿色,湖心的部分还混杂着青色与黄色,像一张饱含心事的阴沉沉的脸。金静说:"来到这里,像是冬天突然来了。"我搭腔道:"你知道这种感觉叫什么吗?"金静看着我,想了想说:"是荒凉吗?"我觉得她的话像一枚精准的子弹,穿透了我心中那个预备好的答案。我叹息说:"没错,是的。荒凉。"夏玲的脸色被风吹得很难看,她说:"所以我很怕来这个地方。"这时,走在最前面的小汀回过头来说:"不会啊,我觉得这里非常美!"

当然,这里当然有它独特的美。湖边那积雪一般纯净的盐层,以及湖水里沉淀出来的盐花,都堪称难得一见的奇迹,一个画家对这些风景不可能无动于衷。但是,正如火星的风景也有其独特的美,却没人愿意在那里生活。说来不幸的是,我和夏玲就属于被迫滞留的"火星人"了……我打起精神，对小汀半开玩笑说："你一定要画画这里的风景，绝对会震撼世人的。"小汀蹲下来，把手泡进盐水里，说："一定会的。我要好好感受下。"我说："小汀你有脚气的话，泡泡脚吧，会好的。"他听了我的话，当真脱了鞋袜，走进了盐水中。金静对他喊道："你在做盐焗猪脚吗？"我们哈哈大笑起来。

不远处有一艘蓝色的采盐船在工作，它发现我们后，朝我们驶了过来。那应该是小马了，我认识的人当中只有小马是开船的。

果然是小马，他把脑袋探出驾驶舱，朝我挥着手。我也挥挥手。小汀很兴奋，说："我们上船去好吗？"说着他就已经朝船走了过去。"这个傻瓜！"我骂道。小汀说："这里和死海一样，是淹不死人的。"他干脆一个鱼跃，整个人扑进了湖里，向船游了过去。我和夏玲带着金静向不远处的简易码头走去，等我们走到的时候，小马已经捞起了变成落汤鸡的小汀，朝我们驶了过来。小汀站在船头上，依然兴奋不减，举起双臂朝我们快乐地呼喊着。

我们上了船，小马很高兴，说："你这朋友真逗啊！"我说："可以理解。你猜他干吗的？"小马摇摇头。小汀笑着说："在几百米的地下，黑洞洞的，一年到头不见阳光。"小马说："挖煤的啊！怪不得！我们这里光明太多了！看来，我们真是两个世界的人啊！"大家大笑了起来。小马把船开到了湖中心，说是湖中心，其实只是这一大片卤水池的中心。为了便于管理，巨大的盐湖像稻田一样，被分成了一块块的。

"我带你们参观下盐湖的夕阳，你绝对一辈子都忘不掉。"小马胸有成竹地说。

"是吗？"小汀瞪大了眼睛，向西边望去。

我无数次看过那样的风景，夕阳像是破裂的肝脏一般，鲜红的血流满了白色的绷带。我觉得有门看不见的大炮在向太阳轰击，就像有挺看不见的机枪在向我的生活扫射，我和夕阳一样血红一片……这样的伤口欣赏起来也是很美的，即便这伤口疼在自己身上。夕阳无限好，只是近黄昏，太美的东西离死亡都太近了。我看着金静，晚霞落在她的身上，将她变成了光彩四射的仙女。她坐在那里，望着远处的风景。看上去，她对自己的美无动于衷。小汀似乎完全沉浸在盐湖的风景当中，忘记了对金静的陪伴。

"来，喝起来！"小马从船舱里拿出了一瓶青稞酒。

在这里，没有不酗酒的男人。

同样，这里的酗酒邀请是不容拒绝的。

我们三个男人围坐在甲板上，金静站在船栏前，只剩下夏玲忙前忙后给我们倒酒，她还去船舱里找出了一袋花生米，给我们当下酒菜。小马对我感慨道："你小子有福气啊！"我看着夏玲，点点头说："喂，小马一直喜欢你。"夏玲白了我一眼，怒气冲冲地说："有这么拿自己老婆开玩笑的嘛！"我说："这证明我老婆好。""切！"她一转身进了船舱，再也没有出来。她应该是看电视去了，她无法再欣赏眼前的这些"美景"，这对她已经是一种折磨。啊，想当年，我和小马同时追夏玲，最终还是我成功了。我靠的就是我那唯一的爱好：写歌词。不过我没法把歌词唱出来，只好当做一首诗送给夏玲。在这个没有生命痕迹的地方，一首诗的浪漫比其他的东西都顶用，第二天，我收到了夏玲给我的回信，里边有这样的话："是你的诗，让我发现了这里的美，也许只有这个让我有勇气待下来。"我觉得她的这些话，比我的诗强多了，很长一段时间里都深深打动着我，让我看着她的时候，几乎满心都充满了看着一个小女孩时的悲悯。我们曾经这么彼此温暖着走来，可是，终究被这旷古的荒凉给打败了，我们都变成了这荒凉的一部分，然后彼此为敌。

几杯烈酒下肚，傍晚的凉风迎面吹来，我不禁有些眩晕。看到小马被灼伤的紫黑色的脸膛，那仿佛是一面镜子，映照出了我自己的脸，我的眼泪不受控制地流了下来。小汀见状十分吃惊，可我已经来不及拭去泪水了。

"没事,没事,呛的。"我又敬了小汀一杯酒。然后又对小马说:"好好招呼我这个兄弟,他没喝好就是你招呼不周了。"小马听我这么说,更是频繁地对小汀展开了劝酒的攻势。几个回合下来,小汀的眼神就有些迷离了。小汀不甘示弱,又反过来劝我的酒,我又一连和他喝了三杯。我感到心间的恐惧在蠢蠢欲动,不能喝了,我对自己说。

"老赵的事情不怪你,真的。"小马突然这么来了一句,我感到胸腔里涌出一股血腥味,让我说不出话来。

"不……"我想解释自己流泪的原因,可如何解释得清楚呢?

"什么事?"小汀拉着小马非要问清楚。小马看着我,满是懊悔的神色。

"没事,小马你告诉他。"我摆摆手,扭过头去。

我发现金静在看我,我们的眼光交汇在了一起。就在这时,夕阳落了下去,因为旷野的缘故,显得非常突兀,地平线上的那一片惨白转瞬就变成了一片漆黑。这种黑在天空深处的微亮反衬下更加密实,像是某种沉重的金属。我一时看不清金静的脸了,不知道为什么,我突然很想看到她的脸,我并非酒后怀有不可告人的欲念,而只是单纯地向往,仿佛那是某种在我生活中从来难得一见的希望,不不,是一种比希望还美的梦幻。

小汀在黑暗中痛哭失声,也许老赵的故事伤到他了,也许,他只是为了自己而哭。我早已习惯了男人的哭泣,我说的不光是自己,还包括每一个待在这里的男人。小马继续向哭泣的小汀劝酒,他很有经验,一般遇到这样的情况,再多喝几杯,人不但不哭了,反而就开始笑了,止不住地笑。我站起身来,走到船栏处,站在金静旁边。这样我就能重新看清她的模样了。金静那睫毛浓密的眼睛里似乎闪着波光,像不远处的湖水一般,我受到了不可阻挡的诱惑。和这样的女人在一起生活会是怎样的感觉呢?我忍不住遐想了起来，把夏玲替换为金静，自己的生活究竟会有什么样的不同？我一时有些迷惑，不由叹息起来。

"怎么了？"金静终于开口问我了。

"你爱小汀吗？"我突兀地问道，出乎自己的意料。

"我不知道，应该不爱吧。"金静的回答倒是果断，没有丝毫迟疑。

"那你还和他在一起？"

"我也不爱自己，还不是要和自己待着。"

"你不爱自己？"

"嗯。"

"为什么？你那么美！"

"因为我是个逃犯，我杀了人……"

我不敢相信自己听到的，由于过度惊惧，酒醒了大半。金静的神情却依旧平常，仿佛说的是家常话。但她的泪水流了下来，这让我确信她讲的是真的。

"小汀知道吗？"我感到嗓子干痒，咳嗽了起来。

金静摇摇头，说："他从没问过。"停了一会儿她又说："问的话，我会说的。"

"那就不要说了吧。"我叹口气。

"尽管那个人罪有应得，但我知道自己罪孽深重，我从没想苟活下去，我四处游荡，走到哪里算哪里。"

"我什么都不知道。"是的，我一点追根究底的兴趣都没有，仿佛金静给我讲述的是一部电视剧里的故事。

"只要有人问我都会说的，可从来没人问我。只有你问了，你问了我为什么不爱自己，我很感动。很多人都爱我的美貌，但很少有人问我爱不爱自己。"

"我理解。"

"你真的理解吗？"

"真的。刚才他们说老赵的事情你知道的吧?"

"夏玲和我说了。"

"老赵死的那天,只有我和他两个人。我常常怀疑自己,是不是自己害了他。"

"那天你喝醉了?"

"是的,我喝醉了。但奇怪的是,我喝醉后还可以像正常人一样行动,他们都误以为我酒量好,其实不是的,我经常酒醒后完全不知道自己做过些什么。"

"我想知道的是,你为什么会怀疑是自己……"金静紧紧攥住我致命的线索,逼着我说出来。

我想了想,看着不远处厂房里亮起的灯光说:"其实,我很喜欢老赵这个人,我们在一起喝酒谈天说地,时间过得很快,日子也好过些。但我讨厌这种生活,想反抗这种生活,而老赵就是这种生活的代表……所以,我才有这样的想法。不过,自从老赵走后,我的生活更苦了。"

"那你就认为自己杀的老赵好了。这样想,你会舒服些。"金静轻声说着,往我这边挪了挪,用胳膊紧紧挨住我。

我感到了她的慰藉,但还是喃喃说道:"会吗?"

"你都不知道我多羡慕你现在的生活。假如你真的是一个杀人犯,待在这个荒凉的地方岂不是一种心安理得的赎罪?你还有个那么爱你的女人,她一直想给你生个孩子。"

"她告诉你的?"

"当然。"金静说完笑了起来,她的笑容在昏黄的灯光里有着圣洁的光晕,我几乎被她融化了。

"喂!你们聊什么呢?快来喝酒呀!"小汀朝我们这边吼了起来,他已经醉了,像个傻子一样幸福地大笑着。

那天后来的事情我不记得了,因为我和小马,还有金静,我们三个人继续喝了起来,我喝醉了。奇怪的是,那天晚上我没有梦见老赵。不过我还是做了一个梦：我一个人走在夜晚的盐湖边，黑暗压得我喘不过气来，我绝望地闭上眼睛，却听见周围充满了细碎的声音，像是什么东西在生长，我害怕极了。早上醒来，我想到，那不就是盐生长的声音吗？在这里，盐是会生长的，那些美丽的盐花会不断地开放。这样说来，这里除了我们，还有别的生命，盐就是没有生命的一种生命吧。在造物面前，我们和盐真的有本质的不同吗？我们和盐都是生长与衰败着的一种变化罢了。

小汀他们走后，大概两个多月后，我收到了一个挺大的包裹，看它的形状，应该是一幅画。打开后，与我猜想的一样，是一幅钉好边框的油画，是小汀以盐湖为题材创作的。这幅画中的盐湖与盐花十分怪异，初一看上去，像是外星的风光，或是超现实主义的风格，不过看得久了，却发现这其中的变形夸张正是凸显了盐湖最重要的特点。我放在客厅里，等夏玲回来后，我让她欣赏，可她只看了一眼，就惊呼了起来："快收起来，我再也不想看第二眼！""为什么啊？"我大感不解。夏玲说："和我梦中的盐湖一模一样，吓死我了！"这的确太诡异了，我只好将画包好，放起来了。也许在盐湖以外地方重新拿出来看，应该会别有一番风味。

我给小汀回了一封信，对他的画表示感谢，告诉他我会珍藏起来的。我一句也没有提及金静，我想，他也不乐意我提吧。我不再羡慕小汀，也许是因为金静并不爱他，也许是因为自己认可了自己的罪孽，从而也发现了自己的幸福，我打算老老实实待在这里。小汀没有再回我的信，他就这样消失了，像盐湖飘走的一粒盐，消失在了一场大雨里。

生活就这么重新平静下来了，那段涟漪逐渐恢复了平静。我不再酗酒，倒不是因为怕梦见老赵（偶尔还会梦见），而是为了"封山育林"的孕前保健。夏玲有了身孕后，就停薪留职，去了省城的姑妈家里。我们分隔两地，争吵少了，感情慢慢修复了，我已经无法想象自己和别的女人一起生活的景象。在第二年的秋季，她顺利产下了一个健康的男孩。当了父亲后，我还在盐湖的厂子里上班，期间也曾想过辞职，但奇怪是，当我一个人待在无垠的盐碱地上，心情反而逐渐平静了下来，离开的念头变得不是特别迫切。我走在盐湖边上，看着这外星一般奇异的景色时，经常会想起小汀的画，想起金静的美貌。那种感觉很恍惚，仿佛我从没在现实中见过他们，而是在某个奇幻的梦中。

冬季来临的时候，刮了一场罕见的北风，我发现盐湖表面居然结了一层薄薄的冰，与晶莹的盐层混在一起。这种景观很罕见，盐湖可是很少结冰的。我专门去看了厂里的温度计，最低气温达到了零下二十五度。可头疼的是，这样奇寒的冬天，却一直没有落雪，干燥得要命，每天早上起来嗓子里都火辣辣的。一天，我早上起来后，收到了一封信。好像是寄自国外的，我用有限的英语水平分辨了半天，应该是尼泊尔。我猜到十有八九是金静的，一封来自梦中的信？我一时怀疑自己是不是真的醒来了。

金静的字和她的人一样漂亮，她在信里告诉我，她一切都好，给我写这封信是因为在加德满都的博达纳特大佛塔前忏悔的时候想起我了。佛塔的塔基上绘满了无数的佛眼，那些慈悲的眼睛注视着她，让她终于不再惧怕死亡。她说加德满都很漂亮，四周青山环绕，鲜花常盛不败，希望以后有机会我也能去看看，那是和盐湖截然不同的一种风景。她还告诉我小汀的下落，他去深圳开了一家画廊，据说经营得还不错。最后，她说，以后死亡来临的时候，她会选择死在盐湖那样的地方，与万古洪荒融为一体。她查了资料，知道世界上最大的盐湖不是我这里，而是在南美洲玻利维亚西南部的高原上，叫做乌尤尼盐湖。她说她以后会把乌尤尼盐湖作为自己的葬身之地。她不厌其烦地罗列了些数据：

"……那里的海拔在3000米以上，绵延一万两千五百平方公里。每年冬季，盐湖都会被雨水注满，形成一个浅湖；而到了夏季，湖水干涸，便留下一层以盐为主的矿物硬壳。那里的盐层很多地方都超过 10 米厚，总储量约 650 亿吨，够全世界人吃几千年。当地人利用旱季湖面结成的坚硬盐层，加工成厚厚的盐砖盖房子。房子除屋顶和门窗外，墙壁和里面的摆设包括床、桌、椅等家具都是用盐块做成的。"

我在给她的回信里写道："将乌尤尼盐湖的几个数据降低一点，再把季节换成北半球的，与我这里就没什么区别了。在给你写这封信的时候，我就趴在盐砖垒成的桌子上面，盐砖上面铺着玻璃板，玻璃板上还铺着温暖的蓝色丝绒，给人温暖厚实的感觉。我抚摸着这样的桌子，它们的构成尽管很奇特，但与一张普通的桌子其实并没有什么不同……"

我再也没收到过她的信，时间一久，我觉得就连收到的那封信也像是虚幻的臆想一般，因为没有了物证——我怕夏玲看到，看完就烧掉了。春天来临的时候，夏玲又来电话了，催我回去看看孩子，顺便去面试，说是某个亲戚帮我留意了一份新的工作机会。我收拾行李的时候想道：也许，从来就没什么人来这里看过我，只有那不停生长的盐陪着我。——啊，是的，现在即使在喧嚣的白天，我也能分辨出那种细碎的声音。我抬头看了看窗外惨白的盐碱地，不知道自己还会不会回来。

（《羊台山》第 24 期）

沉睡

/郭海鸿

一

张秉生把摩托车从停车棚推出来，摇了摇车身，感觉油箱差不多见底了，于是在苦楝树下支好脚架，到农机站站长那里要了小半桶汽油。自从他跟高桥头的马六较上劲以后，就再也没到他那里加油了，油老板马六不稀罕他这点生意，他也懒得跟他多说半句话。

"秉生，怎么搞的，脸色那么差？"张秉生灌好了油，把空桶送回来，站长抬眼看看他，问道。"昨晚没睡好。"张秉生从桌上抓过抹布，擦着手答道。"那就别下乡了，你一天不监察，河唇镇的土地不至于流失干净。"站长是土生土长的本地人，对张秉生这种扎了根的外地干部心怀好感。"心底里闷。"张秉生皮笑肉没笑道。"闷？又跟老婆吵架了？"站长道。"也不算吵，就那回事。"张秉生掀开竹帘走了出去。大部分时候只要他说到心底里闷，站长都基本能够估摸到他是跟家里那口斗气了，这回也不例外。虽然平时绝少跟人吐露自己的苦水，相处久了，身边几个贴近的人总能够关心到你的心底，所以在这个院子里，张秉生也从来没感到孤单，并不像他老婆讥讽他的那样，"像田螺一样待在自个的死角里,直到臭掉吧。"

如果不是昨晚老婆打来电话,张秉生今天应该回县城去了的,他已经两个月没有休假回家了,算是巧合,过两天正好是老婆的生日。可昨晚老婆在电话里和过去的大部分时候一样,光发火数落,不欢而散。今天早上他还试图打回去再说两句,尽量缓和缓和。"现在你可以不回来,到哪天得了大病,爬不动了,那就别回来了。"没说几句,老婆那边就不耐烦了。"即使死在河唇街我也不回去了!"电话是张秉生先挂掉的,他不想再扯来扯去。老婆说的"回去",指的是要张秉生考虑把工作关系调回县城,"最起码到附城乡镇"。张秉生家在县城,从农校毕业分配到河唇镇,一待就是12年,在乡镇干部中确实不多见。从8年前结婚开始,老婆就没停止念叨"回去"的事,特别是张秉生在国土员的岗位上遭遇几次大的风波后,她更是自作主张,四下替他拉关系找接收单位,"把男人要回来,别在山里待傻了"。如果说一开始还有"回去"的想法,被老婆搅来搅去,他反而越来越不想这事了。

"跟你一批到乡镇的同学,还有几个待在原地不动?有几个早已进了机关,有几个早已是一把手二把手,你自个想想……"张秉生最不喜欢的就是女人跟他念这些玩意,称扬别人本事,意味着贬低自己。虽然河唇街相隔县城60公里,毕竟不是西伯利亚,外地干部除了每个月可以休假五天,月中开会、办事少不了要往返几次县城,加上间杂家属利用假期"互访"到镇上来,来来往往,其实跟在县城附城没什么太大的差别。"就是干那事,数量上我们也不比人家差多少吧?"夫妻俩还能说些轻松话题的时候,张秉生跟老婆打了个"荤比方"。"一个家庭,一对夫妻,仅仅就是关灯搞这个事吗?"老婆回应他。当然,他们之间已经好多年没有这样说过话了。说张秉生"田螺一样越待越傻",不但他老婆这样说,同事里有人这样说,河唇街上也有人这样说,这点张秉生心知肚明。刚开始那些年,他还在意,也谋求过变动,只是后来慢慢就淡化了。"人跟人，人跟地方，人跟工作岗位都是讲缘分的。"张秉生坚持这个信条。当年作为分配下基层的农校生，他亲手把一棵病歪歪的苦楝树苗栽种在镇政府院子中央新砌的小花池里，12年后这树已经蹿高过了三层的宿舍楼，两人才能合抱过来，树荫覆盖了差不多整个院子。他不会说我今生今世爱上了河唇镇的一草一木，这有点肉麻，但说跟这株苦楝树有那么点感情，倒是一点不矫情的。

只在树下停放几分钟，摩托车身上就贴满了苦楝树枯黄的落叶，张秉生仰头一望，整棵树差不多秃了。这些天伙房的师傅一天要清扫几遍叶子，一畚箕一畚箕拎回厨房生火。张秉生不自觉地耸了耸肩膀，仿佛秋天瞬间过去，冬天转眼就来了，原本只穿一件长袖秋衣就够了的，跟老婆一吵架，感到浑身凉飕飕的，特意在外面加了件外套。"恐怕日头一热就得脱掉。"张秉生骑上摩托车出了大门，进入了河唇街。入秋的早上，河唇街的人影显得稀稀落落，山地里的人们都忙秋忙冬，没事少来街上闲逛。没出院子的时候，张秉生的心里还像结满蜘蛛网一样，现在一闻到四处弥漫的河唇街气息，蛛网自然散落了，一脑袋的不舒服也像院子里的落叶一样被清扫干净。镇政府大院与河唇街从来都不是互相独立，而是融为一体的，每天里只要看到河唇街上那一张张表情丰富的脸孔，听到一家家门面里传来熟悉的声音，张秉生就感觉到自己跟河唇街有着无限绵长的关系。

"张国土，下乡啊？"

"随便走走。"

"秉生，今天到哪里监察啊？"

"嘿嘿，嘿嘿，上你家去，行不行？"

他有意把摩托车骑得很慢，左看看右看看，除了应对各式各样的招呼，也加以留意有没有自己的熟人，比如从村里上来的干部或自己的私人交道，在这里待了十二年，即使再傻里傻气的人也多少有自己的私交。

"黄院长，吃早餐啊？"路过贵生肉丸店门口，正好看见卫生院的黄院长剔着牙一脚跨下檐阶，张秉生把车停下，一脚支地等他过来。黄院长是河唇镇人的院长，不是他的私交，只是黄院长对任何一个河唇镇人都像私交一样亲切。张秉生等他过来的目的，是想等他的一句回话。

"秉生，"黄院长把牙签从嘴里抽出，顺手扔到旁边的垃圾篮里，然后才庄重地上前，把手掌轻轻搭在张秉生的肩膀上，上下看了他一遍，说，"哟，你脸色很不好啊。"

"昨晚没睡好，"张秉生答道，"不要紧。"

"是吗？注意休息，"黄院长不相信似的，又上下看了一遍，道，"有空到我那里喝茶，我给你顺便量量血压。"

"谢谢院长。"见黄院长没有正面给他回话的意思，张秉生想算了，改天我专门问你去。正准备动身，黄院长绕过车头，从他的左边走到右边，压低声音说："我家四平昨天回我话了，说他想通了，听张国土的，不那样干了。"院长边说边四下张望，生怕走漏机密似的。

"四平想得对，叫他改天来找我，我教他重新写个申请。"张秉生笑道，这一笑，心里就宽阔了。四平是院长的舅子，岳父岳母去得早，院长把舅子的家事全管了起来，最近四平张罗盖房的事，本来盖房就盖房吧，偏跟邻居闹起了宅基纠葛，还纠集了亲戚准备抢建，没听张秉生的劝阻，反而在大庭广众中把他激将了一顿。黄院长是个多明事理的人，听到消息马上把舅子批评了一顿，然后放下架子，专门找张秉生说明情况，算是代舅子道了个歉，答应负责把四平的工作做通，放弃原有的强占计划，重新申请宅基地。

"秉生，注意休息！你现在要到哪里去？"黄院长关切地问。

"看看郭果岭家的生态农场。"经院长一问，张秉生才临时确定今天出门的目的地，刚才还真的没目标，准备随便兜兜。实际上，山区老百姓盖房整地随机性大，很多问题也总是在平时的随便兜兜中发现的。

到了高桥头，张秉生特意在桥栏边上停了一下，呈俯瞰状望向当头岸边的一排房子，那是河唇邮电支局的宿舍，朝桥头的那面红砖墙体上，一个大大的红色"拆"字，在刚刚照过来的阳光下显得格外扎眼，这是张秉生亲自用排笔刷上去的，风吹日晒五个月了，字还没有褪色的意思。"马六，我不担心你不拆，就这样跟我抗吧，我让你好意思。"张秉生成竹在胸似的笑了一下，然后打火出发。

二

"哟，"郭果岭握住张秉生伸过来的右手，由重而缓地摇晃着，同时看了看他的脸，道，"张国土！有事只管通知我一声，我到河唇街去就是！让你亲自上门，叫我哪里好意思！你的脸色不好，老毛病？"说完似乎觉得不妥，身子夸张地后仰了一下，咧嘴笑了笑，说："不过，倒是比上次来胖了。"

张秉生道："老毛病不要紧了，昨晚没睡好。"他的老毛病就是胃痛，曾经痛得晕倒过一次，因此差不多全河唇街人都知道。

"昨晚嫂子探你来了？"郭果岭放开他的手，打趣他。

"废话！走，参观参观去。"张秉生没进郭果岭的小屋，要在农场转一转。

"老样子，没什么好看的，屋里喝喝茶，别太累了。"郭果岭是个聪明人，当然明白他说参观的真实用意，连忙道。无事不登门，张秉生不会对他家的沙田柚、板栗、桃李感兴趣，他是来盯防他的。

"不累！"张秉生兀自从门前的机耕道走了过去，直奔前方山脚的稻田。路面显然刚刚整修过，铺上了一层新鲜的牛肝土，他的脚步被土坷垃拌得歪歪扭扭的。此时，郭果岭家的老黄狗仿佛闻到了张秉生的气息，从山上的果园里连滚带翻地冲将下来，一口咬住他的裤管拖扯了两下，然后吐出来，见张秉生没有驱赶它的意思，接着埋头在他两个腿肚子间来回拱了起来，随着舌头伸缩一口口呵出湿湿的热气，撒腿拱头间，还放了一串狗屁。"哟！哟！乱来了！"张秉生躲闪着它，哭笑不得。这条黄狗郭果岭家养了至少也得六七年了，三年前他们关了豆腐店离开河唇街，把慢慢变老的黄狗也带了来。当年张秉生和河唇街上的居民们都熟悉还是小狗崽的它，此刻，看到它臀部那块光溜溜的疤痕，他还能够想起那个惨痛的情景：那天上午，豆腐店隔壁打肉丸的贵生正要泼一盆涮锅的烫水，黄狗正好蹿到脚下，一时失手，满盆烫水泼到黄狗的身上，满条街的人们都听到了那惨烈的叫声……带着伤痕成长的狗崽，当然也承载了河唇街更多的关怀与爱护。黄狗不记仇，跟贵生一家依然如故，据说郭果岭家搬走后，老黄狗还时不时自个回到河唇街，在贵生店里待一待，享受一碗代表河唇街最高水平的手打肉丸。

老黄狗闹够了，很快就安静下来，乖乖地跟在张秉生的后面，踏着一地土坷垃往山沟里走。这是一处两山夹沟中呈梯级分布的稻田，由于水源充足，据说过去分田时是户户首抢的优质地，可惜这些年能干活的主要劳力都往外面跑，往城里钻，不愿意种地，再好的稻田都一块块丢荒了。眼前这处山坑田几乎荒了一半，靠近大路光照足一点的还在勉强耕种，这会刚收割过，稻秆茬在阳光下黄白黄白地泛亮，而越往里走，几乎都多年没人耕作，地里的杂草荣荣枯枯，自己都懒得长了。"既然荒在那里长草，我把它利用起来，不是变废为宝？"两个月前，郭果岭开始在田里做手脚，张秉生接到反映，赶到农场制止了他。郭果岭假装糊涂，找这样的理由对他说。"你利用它种菜没问题，利用它挖基砌石盖猪栏，那不行。"张秉生严正提醒他，"这叫改变土地用途，政策不允许。"郭果岭还算听话，让那台蠢蠢欲动的小型钩土机熄了火。

张秉生这是第四次前来探风,他直奔那里,要看看有没有新动作,钩机撤走没有。郭果岭快步从后面跑上来,几乎就在张秉生看见钩机的那一下追上了他,绕到他的前面,笑嘻嘻道:"机主没找到新工地,甘愿让钩机烂在我这里,不过你放一百个心,绝对没再继续挖半寸,我敢不听你的?"

"知道你不敢,"张秉生停下脚步,认认真真巡视了一遍眼前的地,确实没看见什么新的苗头,道,"兄弟,我真的批不了,即使我装糊涂,上面也不会批。"他心知肚明,尽管郭果岭没敢再动作,但绝对没死心,他这是在观望,"镇长支持你开发农场,可这批地的事,他说了也没用。"打蛇打七寸,张秉生补上一句。

"张国土!别提镇长,我没这个意思,你不让我搞,我保证停住,可你也得替我想想,我一个劲种果种树种竹子,全是远期的,两公婆入山熬三年了,谁见到一分钱出息?要不赶紧转变思路,上短期项目,我就得撤回河唇街卖豆腐去,十几万贷款扔山上了,我再卖三代人的豆腐也偿还不了……"郭果岭道。

说郭果岭脾气好一点没错,那副笑脸也许是娘胎里带出来的,也许是在河唇街卖十几年豆腐磨砺出来的,即使现在和张秉生直面交涉如此尖锐的话题,他还是笑口盈盈,当门那颗白锡假牙在阳光下一闪一闪地净化他的笑意。伸手不打笑面人,张秉生是来说政策,不是来吵架的,他爱看郭果岭的笑容,这样的笑容可以让他把人情世故跟政策执行自然分开,而不是对立起来。他马上还郭果岭一副笑脸,道:"你还回河唇街?想把一条街买下?"

"别笑话我这个劳碌命。"

"河唇街没人不知道你的脑袋好使,你的办法还少?为什么非得养猪?即使养猪,也不一定就要在田里动念头,你这农场还有足够空间。"张秉生环视四野,嘿嘿笑道,他的右脚正踩在一块松动的牛肝土上,脚底轻轻旋转了半圈,土块碾碎为一堆红粉,"你会算计成本,不过,一定得记住,水田的便宜是沾不得的。"

"今天不谈这个,回屋里坐。"郭果岭不由分说,拉过张秉生的手往小屋子里走,"你说我何苦,河唇街的好房子不住,非来这里住茅棚喂蚊子!我老婆说,你是被镇上骗了,搞什么生态农场,最后自己一家都没生态了!"边说边自个笑得不行。

自从郭果岭成为他的盯防对象的两个月里,张秉生这是第四次前来,他有耐心再来十次八次,直到郭果岭放弃计划为止,"绝对不能开这个口子,到时一家跟着一家学样,那还了得。"作为河唇镇国土员,张秉生自认为在"严防死守"上他是做到了的。郭果岭说,即使稻田不丢荒长草,我用起来发展养猪,不比一年两造辛辛苦苦种稻子要强百倍?张秉生赞成他念的账,这不是他一个人想到的,大部分老百姓都这么念,可稻田就是稻田,是保命资源,不是你想改变用途就随便可以改变的,今天荒在那里,明天呢?以后子孙没有田地耕作了找谁去?"我还在这个位置上一天,不论谁扶持的点,我就要盯防一天,"第二次来的时候,他巧妙地提示过郭果岭,"当然,明天把我处理了,那另当别论。"郭果岭一听就笑了:"至于这么严重吗?要是因为我郭果岭挖了两下地,导致你张国土受处分,我下辈子也不会安生!"这就是郭果岭的性格,他不跟你对着死扛,温和地等待你给他机会。

"张国土都来四次了,还没吃过一顿饭呢,"郭果岭两口子轮番做张秉生工作,要他留下吃午饭,张秉生不答应,他没这个打算。两口子喝一壶茶问一次,问着问着就到了吃饭时间了。

"吃就吃吧,除了工作,不就是吃饭?"张秉生终于放弃坚持,他自己感觉饿了,两口子也饿得直翻眼白。郭果岭摊着两手说,"张国土,你这个决定下得太迟,我现在鸡来不及杀,鱼来不及钓,怎么搞?"呵呵,张秉生答应吃饭,要的就是这个效果,"煮点米粉,下两个鸡蛋就是了,越快越好,我还得赶回去,说不定下午镇里要开会。""开什么会,就在这开!听你的,中午随便吃点,吃完休息一会,晚上我再杀只鸡,钓两条鱼。"郭果岭一面示意老婆赶紧起火,一面抓紧机会要跟张国土讨论一番。

张秉生经得起讨论,在河唇镇当了八年国土员,有人翻着书用法律条文跟他讨论,有人眨着红眼挥着拳头跟他讨论,无论哪一种方式的讨论,他只有一个目的,那就是说服对方履行政策为止。郭果岭把山脚下这两块水田规划进自己的农场,而且要大兴土木开挖搭建猪栏,这是行不通的,"没有讨论的余地",第一次来他就亮出了底线,让郭果岭明确此路不通。

热气腾腾的米粉端上来了,两个煎蛋像两顶金黄的草帽盖在上面,张秉生也不客气,趁热就吃将起来。他喜欢河唇街的米粉,粗实、耐嚼、有劲道,只是后来胃病闹得厉害,有老常识提醒他米粉既寒又斋,对胃不利,能少吃就少吃。张秉生是少吃了,但偶尔还是熬不住自己的口味,特别是下乡赶时间,或自己熬夜,弄米粉吃既省时又解馋。

"再来一碗。"张秉生啪啦啪啦吃完了,刚放下筷子,郭果岭老婆就把空碗抢了过去。

张秉生站起身,好不容易才把碗夺回来,搓了搓手,有点羞涩道:"确实饱了。"

"张国土这点不好,肚子一吃饱嘴巴就不要了。"郭果岭故作抱怨,这是河唇街特色的幽默。

张秉生和郭果岭老婆都笑了起来。张秉生道:"是的是的,吃饱就不要了,我还得马上走,你们记住,下次回河唇街我请客。"

"说什么话!"郭果岭道,"喝壶茶再走,一会我也要到河唇街拉肥料,可以一道走。"

说不吃饭最后还是吃了,茶可不能再喝,一坐下来等于被郭果岭拖住,半个下午说不完。郭果岭是决意非用这两块稻田不可的,只是他的性格好,偏给笑脸,似乎准备来一场持久战,看谁笑到最后。"那好,就看谁笑到最后吧。"张秉生心下道,朝他笑了笑,然后起身出门。他的摩托车就停在路坎下,走几步就到了。

一碗米粉吃下去，张秉生感到周身热了起来，便脱了外套，搭在车头上。似乎不愿意让他走开，老黄狗"嗯嗯嗯"个不停，在他的身边打转，"去去去。"张秉生跨上摩托车，一边扭钥匙，一边轻轻在它的脖子上撩了一下。

"你可给我面子啊，果岭！"张秉生仰望着立在坎上的郭果岭喊道，一边发动了摩托，屁股喷出一股浓墨似的黑烟，把猝不及防的老黄狗呛得哇哇乱叫。

"不谈这个！"郭果岭在高坎上半俯着身子，道，"张国土，回去好好休息，你的脸色不好！"

"多谢了！不要紧的！"张秉生应答道，同时下意识地拨了拨右边的后视镜，使自己的脸反映在布满灰尘的镜面上。

三

摩托车好像不小心扎进了沙堆，车头忽然晃了几下，而车轮下是一条刚刚清洗过似的水泥马路，哪来的沙堆？紧接着车身发出"卟！卟！卟！"的闷声，一连五下，由强而弱，声音好像发自油箱，又像发自马达，让张秉生不由得心里一紧，收起油门，将车子往边上靠。屁股下这辆嘉陵70跟随他第八个年头了，就近大半年来没少折腾他，好几回没有任何先兆地抛锚在半路，前不着村后不着寨的，至于临出门时打不着火，那是家常便饭了，你急它不急，真是气死人。

也真的难怪，一坨老化的锈铁，好比一个上岁数的人，一旦病了个开头，就再难停歇下来了。"车子一文不值，就这块牌子还值得两个钱"，河唇街市场管理员阿七评价这部老款摩托，张秉生承认车子不再值钱，而说这块牌子的价值，当然不是用多少钱可以衡量的，牌子上"国土监察"四个字是国土尊严、法规权威问题。"张国土，赶紧换车吧！你把'国土监察'摘下来换到新车上不就得了？"——修车的郭亚志不下十次动员他换车，甚至扬言再不换车就拒绝维修，张秉生只有"嘿嘿"对付他，也对付自己：

换车那么容易吗？镇里不爽快，说县国土资源局大把经费，找县里去，可县局对更新装备有严格的手续，"我张秉生不喜欢求爷爷告奶奶的事，还能骑一天就算一天。"这就是他愿意与接近报废的摩托车继续做伴的理由。当然，只要他真家伙开个口，镇里县里没有不支持的道理，像他一样当八年国土员，一年省先进，一年市先进，连续六年县先进的毕竟不多。

张秉生尽量把车子往路边靠，滑行了百来米，渐渐感觉到有些不太对劲，似乎车子本身的麻烦没来，而是自己身体上的麻烦来了，他感到肚子开始作疼，额头上有汗冒出来，主要是双手有些虚，两个胳肢窝像夹着棉花，快抓不稳把手了，"这可怎么搞？"他心里叫道，这几个月肚子没怎么痛，出门他都没再带药，以为好得差不多了。此刻，他脑海里唯有一个念头：尽快赶回河唇街去，回房间躺一躺。从这里转个弯，再上一道坡，就是高桥头，加一把油门，直接就穿过河唇街，冲进镇政府大院……他这么想，事情发展却不是这么听他的，他试图放松离合，可不知是车子失灵还是他的手不听使唤，车子没有加快，反而马上要侧翻的样子，他的右脚下意识往地上蹭去——这一蹭下去不要紧，仿佛电影里的慢镜头，人和车子同时倒在了地上。还好，张秉生的意识是清楚的，这不是翻车，而是自己的身体没劲，对付不了这坨烂铁。事后，河唇街上流传说"张国土"那天是摩托车故障，人被车子压在底下，这与事实不符，甚至车子也没有怎么压着他，一条腿正好从两个轮子中间穿过，这留给他很大的活动空间，他就是依靠这条腿的灵活支持，挣扎着坐了起来。坐在地上的他几乎浑身湿透，也许是肚子痛得过于剧烈，似乎麻醉了一样，反而不再有痛感了，剩下的就是无力、发虚，魂魄好像迫不及待要挣脱自己到别处去。

张秉生现在唯一能够做到的不是让自己站起来，而是这么坐着，就像一宗被保护的车祸现场，当然，他坐着不是保护现场，而是要保持体力，努力让自己不至于虚脱甚至昏迷，留下足够的气力等待救援。这是他作为胃病患者的第六个年头，类似的情况有过一次，不过那次是在镇政府院子里，很快就获得了抢救机会。虽然是席地而坐，但他的一只手必须顶住压在腿上的摩托车，尽量不让车身覆盖过来，另一只手像支架一样从屁股后撑着地，不让自己往后倒去。"口水救命"可是老经验，每当身体出现异常或极度疲乏的时候，张秉生都会提醒自己赶紧上下磕巴牙齿，迅速人工制造唾沫进行补给。此刻，他频繁地吞着口水，可整个口腔就像一口枯井，频繁叩击的牙齿已经制造不出多少液体。他一边吞着来之不易的口水，时不时转动脖子，看着、听着公路两端的动静，只要有人路过，事情就好办了，此时他比任何时候都期待人影的出现。当然，他最希望第一个出现的是一部车，能够快速把他送回河唇街。

秋风吹过，公路上下的灌木丛发出"窸窸窣窣"的阵阵声响，每响一阵，张秉生都以为是来人的动静。这是下午一点多钟的光景，在这个闽粤两省交界之处的小镇公路上，往来的人还真不会很多，更别说来一部车。这就是乡村跟城市、边远山区与开阔地界的差别。"比起高原哨所，河唇街已经很不错了，我们别说见个人影，就是要看到一只鸟也没那么容易。"张秉生一个当兵的同学曾经这样对他说。不过埋怨河唇街是十二年前的事，那时张秉生刚分配到这里，只用了一年光景，他就不抱怨了，喜欢上了这个"与世隔绝"的小镇，甚至连县城口音都变得差不多了，一张口就是河唇街的味道。

张秉生到河唇街十二年，在国土部门干已是第八个年头，毫不夸张地说，作为河唇镇的国土员，他走遍了这里的每一寸土地，就像一把梳子，理顺过每一根头发。三年前，新的镇委书记不知出于何种目的，一到任就想把张秉生换掉，张秉生在干部大会上说，别跟我谈河唇镇的面积有多大，河唇街的历史有多长，在座各位有谁数得出全镇有多少个土地神坛？这个奇怪的问题一出，全体干部都傻了，都以为张国土脑子突然出了问题。张秉生接着说，"总共186座。"谁也不知道这个数字是真是假，恐怕全中国也没有一个人会这样去计算老百姓随处安设在山间河岸的神坛，但奇人张秉生说出来了，"186个土地爷也不一定管得好的乡镇，我张秉生管了多少年，流失过一寸土地没有？"张秉生说出这句最具备杀伤力的话，全场皆惊，书记当场收回决定，并表示对张国土的无限赞叹。

此刻，奇人张国土连人带车倒在乡间公路上，无助地等待救援。"张国土，你脸色不好"想起从早上出门，农机站长、黄院长和郭果岭三人前前后后的叮嘱，他感到特别的慌乱，"可谁知道呢？上次昏倒不也是没任何先兆吗？要是自己有感觉，今天绝对不会出门。"

"嘀嘀……"张秉生听到两声喇叭声的同时，一眼看到了快步奔跑而来的郭果岭家的老黄狗，看到老黄狗，张秉生像注射了一枚强心针，精神顿时被提振起来，他知道，准是郭果岭从后面来了。果然，还没眨眼郭果岭那辆草绿色的小四轮摇晃着进入了他的视野。

老黄狗惊恐地在张秉生跟前停下脚步，看看他，在地上嗅一嗅，然后又仰起脖子看他一眼，前后左右打转，俨然一个现场勘查高手，它肯定无法明白，怎么这个张国土刚才好好地在农场吃粉，这会却脸无血色地瘫倒在路上。其实，要是它张口问他，张秉生自己也答不上来。他暂时失去了梳理和排查自己身体预警的能力，他只想赶快获得救援，回到河唇街上去。

郭果岭老远就把头从驾驶室伸了出来，喊道："张国土！张国土！"

张秉生向他软绵绵地挥了挥手，因为有那么点距离，他没有足够的力气回答他。老黄狗听到郭果岭的声音，转身朝他跑去，似乎要向主人汇报先期勘查的结果。

等郭果岭将车停稳，跳了下来，张秉生已经自己从车底下抽出脚，使劲站立起来，人站在秋风里，微弓着背，显得可怜兮兮。郭果岭冲将过来伸手就要扶他，被他挡住了，他朝摩托车努了努嘴，道："我没事，把它弄起来。"

"别管车，人要紧！"郭果岭着急道。

"没伤，是这里。"张秉生拍拍肚子，示意他跟车没关系。

"老毛病？"郭果岭脸色一阵惊恐，好像无端被人家赖上了，条件反射似的说，"不可能吧？"说着不由推辞地拉过张秉生，硬是把他弄上了自己的小四轮。

"回镇政府，"张秉生左手捂在腹部，右手扫了一把额头的汗珠，望着躺在地上的摩托车，道，"这下麻烦了，这个烂家伙怎么弄回去？"

"有我家的狗帮你看着，没人敢动。"郭果岭道，随着他扭动车钥匙的频率加大，可以预感到更大的麻烦来了——刚刚还豹子一样奔突的小四轮，这下怎么也打不着了，"真他妈见鬼！"

"一定是油管塞了，"张秉生有气无力地参与故障诊断。

郭果岭把钥匙拔出来，有点气急败坏地打开车门，准备跳下去，停顿了一下，对张秉生说："张国土，你坐车上不动，坚持一下！我骑你的车到河唇街找马六，他的车顶力，我让他直接送你出县城，到人民医院去！"

"果岭，你别找马六，"张秉生拉了拉郭果岭的衣角，道，"别找他！"

"张国土，现在由不得你，"郭果岭跳了下去，回头对张秉生说，"你不想跟马六说话，这个我理解，可这是另外一码事，河唇街人有这个境界！"郭果岭说完，把车门用力带上，上前两步，弯腰将摩托车从地上拉起来，跨了上去，一脚油门冲了开去，转眼拐了弯，留下一道黑烟。

张秉生双手抱紧前胸，像被人强行抽掉了几根肋骨，表情显得异常痛苦。腹部的痛感并没有特别加剧，尚在他的忍受限度内，因为郭果岭自作主张要把马六扯进来，造成了新的刺激源。其实，他怎么会怪郭果岭呢？谁让小四轮偏偏此刻也坏掉了？谁怪河唇街上只有马六才有部像样的车呢？又谁怪自己偏要跟这个马六较上劲呢？一连串的叹息和着额头细密的汗珠不停地冒出来。

四

张秉生并不想跟马六较劲，马六也不是喜欢跟人较劲的人，要怪就怪端午那场大水，要不是这场龙舟水把邮电支局的宿舍楼冲塌，他们之间什么事都不会发生，他会像往常一样，摩托车没油到马六那里加，跟他笑脸相迎，甚至少不了偶尔一块打次牌，凑份子喝顿小酒。可惜，这一切眼下都不复存在了。

马六不是邮局的职工，却住在支局里面，这都是因为老局长王木。马六初中毕业没考上高中，到县城的石油公司做了两年推油桶的临工，后来回到河唇街，在高桥头山崖边搭了个小棚子，搞起临时加油点。马六家住镇政府背后的老粮站，白天把油桶滚出来，晚上把油桶滚回去，非常不方便，于是，后来有了跟老王木的交道。邮电支局是高桥头数过来第一座临河的建筑，所谓的职工宿舍，就是邮局机房后背靠河的那排砖矮房，有五个房间，几个职工都是本地人，所谓宿舍基本空着，王木大方地借了两间给马六。马六拿一间做油库，一间住人，自己趁机从家里搬了出来，算是宣告独立了。其实，在河唇街素有三大天王之称的老王木难道那么善道，随手就把房子给了这个屁大点的小孩？半年后，河唇街人都晓得了答案——王木把老家山里那个左眼有点偏的侄女带到了河唇街，安置在邮局做炊事员，而且住到了宿舍房，跟马六做了邻居，不做饭的时候就给马六做帮手，早上把油桶滚出去，晚上把油桶滚回来，最后两个家伙终于如王木所愿滚到一张床上去了。王木敦促他们把结婚证一扯回来，立刻顺理成章明确三间房子给他们使用。转年生了孩子,不用河唇街人猜想,剩下两间也全部归拢到马六手上了。王木有权给他们住,但没办法把房子产权弄给他们,他的能力到此为止了。不过,等王木退休的时候,马六在河唇街上已经算是有办法的人了,影响力成倍扩大,河唇街上的许多事务,渐渐少不了他的参与。新的支局长上任没几天,马六很顺利就将宿舍全部归到自己名下,并且全部推倒重建,盖起了新式的钢筋红砖房——不过,这都是张秉生转到国土所之前的事。张秉生转到国土后,见马六干了一件更大的事,就是出钱将邮局用了几十年的老服务厅和机房调整了一下位置,大小做了重新安排,填出了半爿门面,装了另外一道门,挂上"马六加油"的牌子,从此有了正式店铺,不再天天滚动油桶。"实在太厉害了!"看着马六长大、发迹的河唇街人如此赞叹。

　　河唇街上除了镇政府,还有工商、财税、粮油、供销、邮局食品等等公字号的单位,这些年撤并的撤并,人员压缩的压缩,许多部门的公房也开始由公转私,比如供销社的二十几间门市,几乎全部由老主任周恭和疏通给了各路关系户。实话说,这些沿河的房子都是老建筑,光线弱,背后的河水几近干涸,河床被垃圾堆蚕食,气味难闻,之所以有人削尖了脑袋要弄到手,除了通常意义上的商业价值外,这都是河唇街势力分布的需要。比如马六将邮局部分的公房拿下,宣示的是王木仍然拥有作为河唇街三大天王的不可动摇地位。张秉生这个外来干部在河唇街生活了十二年,对河唇街的风情当然知道得不少,但他跟大部分人都没有具体的交集,点头之交而已。比如郭果岭两口子在河唇街卖豆腐的时候,张秉生仅限于偶尔自己开私伙时到他们家买两块豆腐,并没有特别交道,要不是他们退了豆腐坊,贷了款去搞什么生态农场,而且准备动用稻田盖猪栏,他张秉生还不会跟他有深入的接触。和马六的关系要熟络一点,是因为摩托车要加油。河唇街上除了镇政府的一辆破小车外,就是几部摩托车,公家的车自己在县城加油，加满了带点回来，私人的摩托处于打游击状态，往往都是自备，下面村子的摩托车拖拉机大都是这种做法。马六在河唇街历史上第一次开启了加油服务这个概念，确实便利了大家。因为加油，张秉生与马六有了小交道，偶尔也混在一块打打牌，喝喝酒。

五月初三一天一夜的暴雨，让河唇街人见到了久违的"发大河"，干枯的河道突然暴涨起来，汹涌的河水摧枯拉朽，垃圾杂物从上游而下，横冲直撞。河唇街的防洪高坎至少管用了一百年，不论发多大的水，只要不漫上街来，几乎不用丝毫担心。可这场至少十五年未遇的大水，拉不动百年高坎，却轻而易举地将马六后来翻新的邮局宿舍带滑了两间。所幸的是那靠边两间房子，马六用来堆空油桶，而头两天刚集中将油桶运走，因此，除了空房塌了半边外没什么损失。端午一过，马六就开始动工修房子，这一动工不要紧，立刻把张秉生的注意力吸引过去——好他个马六，不是修复受损的两间，而是向外扩展，准备再加两间。说实话，开始张秉生是一心要为他好的，试图在房子的来龙去脉上找到一些方便，让他合情合理地完备手续。但马六就是不干，一家伙就把脸撕破了。马六认为在河岸上稍微扩展巴掌大点的面积，盖个厕所和冲凉房，"完全不必那么认真，你一认真呢，就伤感情了。""感情我伤得起，认真两个字不能随便，"张秉生提醒马六，"不符合政策的事，怎么说都不通。"

马六自己把脸撕破了，私底下却没少委托人来说，老王木放下架子，拎着烟酒出面了，现任的支局长也出面了，张秉生都没给面子。他坚持一条，"理不能到自己这里用歪了"——马六不愿意走程序，是因为整个房产的转移上就存在问题，再追溯上去，盖这一溜宿舍，在过去县镇交辖真空中也存在手续不全的问题，后来又经过了改建，他们拿不出说得通的东西。"过去的不归我管，现在我管这事，除了管好，没有别的办法。"对替马六说情的人,张秉生只有这么一句话。马六不想跟他拖,坚决要上马,而且很快就盖起了毛坯。张秉生拎了红油漆,当着马六两口子和一帮泥水工的面,用排笔在加建的两间外墙上刷了两个"拆"字,从高桥头和对岸的田坎上看去,特别扎眼。

这几笔下去果然管用,马六停止了加建部分的施工,但亲自把一套白瓷厕所蹲盆、弯管、洗手盆拉到镇政府大院,摆在张秉生的房门口。"哪天同意我盖,我自己拉回去,要是建不成,这套家伙就转让给你张国土了。"马六出这一招,让张秉生哭笑不得,也让整个河唇街的人哭笑不得。"好,我买下,拉回县城去,家里用得着。"张秉生落实了价钱,紧了紧口袋,把钱送到了马六的手里。

几个月来,墙体上的两个"拆"字和张秉生房门口的一套厕具,一直是河唇街人关于"教条主义"的争论样本。有的人偏向于支持马六,认为张国土实在是教条得很,盖两间仅用于拉屎的小屋,该没犯大法,没必要大张旗鼓吧。而支持张国土的也为数不少,这类观点认为既然是国家政策,落实到河唇街上,就应该一视同仁,马六可以随便加盖一间厕所,大家同样也可以,一条河唇街加盖四五十间,那还像话吗?不过更多的人不赞成任何一边,他们相信时间会改变一切,会让张秉生和马六重归于好,握手言欢。

这个良好的愿望真的在秋天里变成了现实。

"这的确是另外一码事。"郭果岭要去找马六的车,张秉生显然阻止不了,换了任何人,也会第一时间想到马六。大前年,马六把运油的昌河小四轮卖了,鸟枪换炮,弄了一部丰田面包,除了拉点货,对外宣称凡是河唇镇境内的居民,急事难事、伤病抢救、产妇送院等等,一个招呼,全免费送达。这家伙发了心,也做到了,一坚持就是三年,去年还上了市里的报纸,连人带车印在上面,张秉生还记得报道的标题:"山区小老板,公益大爱心"。

"叫就叫吧，我从来没看低过他，加盖厕所跟人品没有关系，"张秉生努力使自己坐得舒服一点，对自己的身体状况将会如何发展，他不敢预料，也掌控不了，不论叫谁来，他最大的愿望就是快一点儿把他回去，"对于马六这个人，也要从两个角度看，总之，我张秉生不是来河唇街结仇的。"他不习惯小四轮的空间和座椅，感觉就像被绑架进来似的，越来越难于动弹。

在等待的过程中，路上"嗖嗖"地过了三辆摩托车和几个踩单车的人，他们都以为是郭果岭没心没肺地把车胡乱停在这里，喊："郭果岭！郭果岭！你娘的不把车停好，交警来了收拾你！"河唇街式的人际幽默，让张秉生听了想笑，可他感觉自己连笑的力气都没有了，额头上的汗也被风吹干，他特别想睡上一觉，睡意来得比任何时候都要强烈。

老黄狗在小四轮的周围兜着圈子，有时举起爪子刮一下车身，仿佛它也要上来陪张国土坐一坐，有时好奇似的追着地上打转的落叶跑几步。头顶上的桉树叶子不停地掉下来，秋风一吹，一撮一撮陀螺似的在路心转，看来够它追逐上几天几夜。

五

"秉生！秉生……"

迷糊间张秉生听到了卫生院黄院长的声音，而且分明感受到他那张带着卷烟味道的手掌在自己的额头上轻轻摸了一遍，这是一张河唇街人都熟悉的手掌，今天早上，它还关切地搭在他的肩膀上。他想睁开眼看看黄院长，跟他打个招呼，说声"我没事"，可他没有这份力气，他的眼皮似乎高度黏合在了一起，不再具备开合的功能。

"今早碰见他，一眼看到脸色不好，我看八成不是胃的问题，估计是肝，或者是胰腺，这比胃要麻烦，"黄院长接着说，"还好，他现在不完全属于昏迷状态，果岭你的决策是对的，即使把他弄回河唇街，我们卫生院也处理不了，设备太落后了。"

"哎！这个张国土，身体怎不像性子那般硬呢？"一声"哎"就知道是马六的声音，吐字急促，说快了发出哧溜哧溜的余音，好像嘴里含了半口糖水，边说边流了出来，得赶紧把它吸回去，"你们在那边顶住我的车门，我抱他过去，看住了！"张秉生感觉到，一只手从自己的屁股下抄了进来，另一只手从背部绕到手腋下，两只手合力把自己从座位上抱了起来。

从狭窄的小四轮车里把一个大人抱出来，显然不是那么便捷，张秉生感觉马六把自己抱在手上，小心翼翼，左右琢磨，他多想自己配合一下，可除了意识还在，耳朵还能够听，身体其他部分几乎都不属于自己的了。

"马六的力气够大！"郭果岭的声音。

"开玩笑，我滚油桶滚了多少年？哎！张国土看上去有副人架子，重量却可怜！110斤有不？"

"那只有他老婆才知道。"

"这个恐怕难问，张国土常常是三几个月不回家。"

"现在不强制他回家了？"

"还开玩笑！你们把他放好，我先给挂上吊瓶输液，立马开车，不要耽误。李主任！李主任！你们镇里得叫人跟县医院对接好，带足钱，人一到就可以安排病房……"黄院长的声音很快占了主导位置，张秉生感觉自己像被抱上了一张席梦思床，顿时全身松软，同时他感到手腕上一阵沁凉，黄院长把吊针给插进了他的血管。

"你们先出发，拜托拜托了，我们的人随后就赶来，黄院长，你老人家带队了！"镇政府办公室的李主任道，"果岭，你别跑啊，辛苦一下，配合黄院长和马六一道把人送到，到时我给你们开误工补助。"

"主任，你说的是什么话？黑话？把我们说成什么人了？"郭果岭道。

"就是！"马六把车开动了，"出发了！"

"院长，哎，你是河唇街的老革命，你平心说说，是我孬了还是张国土他孬了？是我不对呢还是他太教条主义了？"马六道，"刚才果岭一说张国土出事，我老婆眼泪就出来了，骂我做得太过分，把身上的、抽屉里的钱都抓了给我，要我赶紧还给张国土。"

"啥钱？"

"就是抵押厕所蹲盆洁具的钱啊，是不是过分了？院长？"

"说真话？那好！单说你把蹲盆弄到张国土房间这件事，你是没理的，河唇街人背后自有评论，至于加盖两间房子的合法性，那不好说，我外行。"

车厢里一段沉默，仿佛全车人都虚心起来。

"马六，都说你这是破车，我看一点也不破呀，力气足得很！"过了许久，郭果岭说话了，兴许是为了打破沉默，"头一回坐，不好意思。"

"那是，要你老婆再生一个儿子，我包免费送到县妇幼医院，"马六没好气道，"哎，你小子快别顾说鬼话，帮院长换换手，举举吊瓶，这玩意可累人的。"

"一时半刻还不要紧，再走一段就得换手了，"院长道，"呵呵，马六送乡亲们三年了，有经验，知道体恤医生了。"

"院长亲自护送病人，这是很少见的，"马六道，"我今天可被你感动了。"

"秉生他也不容易，干国土这差事，在城里可能是美差，在河唇街吧，绝对是得罪人的活。"

"院长，张国土这是昏迷呢还是……到底要紧不？"郭果岭问院长。

"这个不好说，有一种情况与沉睡类似，就是深度的睡眠状态……它没有生命危险。"黄院长回答得很小心，"我希望秉生现在是这种情况。"

"哎，如果没有生命危险，那就让他好好睡一觉吧。"马六道。

"天，你们看，我家的狗，我家的狗，一路追来了，天！"郭果岭扯大嗓门往外喊，"死老狗！死老狗！快给我滚回去！追什么追！看我下来打断你的腿！"

"死老狗！死老狗！……"张秉生的耳畔一直萦绕着这个声音，仿佛一声久违的呼唤，从云端流泻下来，从山谷破雾而出，从水底袅袅升起，轻盈盈、暖暖的，他甚至感觉到自己正随着这声呼唤而奔跑在路上，那条老黄狗就跟在他屁股后面，他们穿过河唇街，跃上高桥头，然后朝着县城的方向奔袭，他时不时回头看一眼紧追不舍的老黄狗，每一次回头，总是看到它身后那块旧时的伤痕。

（《羊台山》第 25 期）

夫妻

/娜彧

王建把车拐进站里，倒到自己的位置，停下，打开车门，乘客一个个有序地下车，和从前争先恐后挤得人仰马翻的确有些不一样了。这一点王建感觉很明显，自从不能半路带人，乘者有其位，真是文明了；可用王建的话说，一个个都人模狗样了。这东西到底和什么有关？好像也没几年，有些人王建还觉得有些面熟，只是总觉得哪儿不一样了。

这一条线，王建和另外一个同事开了有四五年吧。

平时也就上午一个来回，下午一个。长假的时候多一点，最可怕的是一进入腊月中旬，眼见着人像蝗虫一样地涌出来，你根本不知道后面到底还有多少人。反正，上满了就发车。

今天已经是第三个来回了，如果没有意外，显然还有第四个，第五个也说不定。

几年前，也就是人们争先恐后的那些年，王建是蛮喜欢春运的，因为每跑一个来回，他兜里就多出一两百元的大小票子来。回家掏出来让老婆数，老婆数得神采飞扬。他一杯白酒咂咂有声，满足和幸福很快就把他送进甜美的梦乡。老婆有时候数完钱想跟他说会儿话、撒撒娇，可能还想慰劳他，但怎么摇都摇不醒，鼾声此起彼伏。太累了！那时候，一个春运，他除了奖金工资，还能多挣至少三个月工资的外快。现在不允许超载，谁路上带人被交警抓到扣谁的工资。站里似乎也知道他们的损失，春运这一个月多补两个月的工资，代价就是无穷尽的加班，让你发车你就得发。加班倒也无所谓，但和从前相比，经济是有损失的，王建不喜欢。但有人喜欢，比如他老婆，老婆说，这样好，这样多文明，你想想以前你那车厢里塞的哪里是人，都跟罐头鱼一样，一股子怪味。回来跟人说句话的力气都没有，这样好，我可不稀罕你多挣那几个钱。

人都在进步，就你，挪半步都觉得烦。老婆最后还上纲上线了。

点钱的时候你就不觉得我烦了。王建说。

一说什么总是钱，你以为谁都像你似的就认识钱？老婆说。

实际上，老婆不知道，王建不讨厌从前的形式，倒也不全是因为钱。那时候，他开车不仅仅看路，他得看路边，人都在路边招手。男的女的老的少的，情侣、父子、母女，各种关系和各种关系后面的人情冷暖，猜人伦是王建春运时在路上最喜欢的开小差。

他们是父子吧？瞧这父亲，一脸父亲样子，儿子大了，他说话不那么算话了，唯一剩下的就是父亲的样子，端得不那么稳也得端着；儿子是那种跳出农门小有成就的儿子，曾经神一样的父亲如今暗地里倒常常看儿子的脸色眼神行事了，而儿子却比仰望父亲的时候更加小心翼翼了。父子关系大都这样，表面抗着内心牵着。嗯，这对情侣一看就是刚结婚，是给老丈人拜年？还是女方见公婆呢？看男人那不得不的表情，一准是去女方家，那老丈人不是个好伺候的主。哟，这俩有点奇怪，父女？不像，小三？也不会吧，谁把小三带回来过年？老夫少妻？可有这资本的谁过年坐大巴？哦，这女孩被这男的带出去打工，后来因为朝夕相处有了关系，过年回家不知道怎么好，女孩正闹别扭呢。这男人想安慰这女孩但找不到有用的理由；而这女孩，她心中完全没底的表情中时时流露出对男人的依赖和欲迎还拒。这个年，对她来说，充满了不确定和不安。王建想：不管怎么掩饰，人的眼神和一些小动作根本骗不了人，关系么，也在这些点滴中猜个八九不离十。

一般情况下，王建猜得还是比较准的，如果有疑问的，他会在他们上车后收钱的时候再观察他们表情和眼神，他有一定要弄清楚关系的强迫心理。同时，这种强迫会给他整个春运带来满足和乐趣。哪里仅仅是少了几个钱的缘故。

但他也知道老婆的意思，老婆黏人，真是黏人：哎王建，陪我去看场电影吧？王建，市中心那最大的商场开张了，前三天都打折，你陪我去看看吧？王建，旅行社最近有个特优惠的两日游，我们周末一起去玩玩？王建，广场上一大堆人在跳舞呢，天天都跳，我们也去？

刚结婚那阵子，王建有求必应，但并不大喜欢，纯粹是为了让老婆开心。一爷们不去挣钱，天天跟老婆瞎转悠，算哪门子事儿？后来他不肯去了，一次两次三次，老婆急了，急了也没用，王建就是不去。有一次老婆居然跑他们车站去了，那时候快要下班了，她是来接王建去外面吃饭的，那天是王建生日。王建说，啥生日，又不是整生日，还真亏你记得住。我从小到大就过过三次生日，十岁、二十岁、三十岁。等我过四十岁再说吧。

你真不去？

不去！夫妻俩还去外面吃饭，这不是烧钱吗？王建态度坚决。

老婆说，我今晚没做饭。

王建说，没事儿，我们院外面的炒粉又好吃又不贵，三块五一碗，我去买两份来，你也就在这吃了再走吧，我回头还有点事儿。

老婆说，啥事儿？

王建说，几把牌，小输赢，你放心。

老婆说，王建，怎么我叫你干啥你都不愿意呢？

王建说，你自己去吧，我不反对，但别拉着我，我腻味那些，吃不饱，还烧钱。

老婆说，王建，你以为我非得去花那钱？但我觉得吧，我们这辈子人不能像我娘他们那辈子人，光知道劳碌，光看着钱高兴，咱也得让日子过得有点情趣吧？

王建说，那就叫情趣吗？

老婆说，难不成你一回家脚也不洗上床就呼才是情趣？

王建说，我累啊，你不知道我累吗？

老婆说，我知道你累，才想让你放松放松嘛。

那叫放松？还不如让我打牌睡觉呢。王建说。

老婆看着他，看了一会儿，走到他面前，要他抱。

我靠，这大白天的，抱什么抱？晚上再说，啊？

老婆抱住了他，老婆说，王建，你想想你多少天没跟俺那个了？王建赶紧看了下四周，还好没人。你先放手，放手，这又不是在家里，让人笑话。老婆放手了，但还是要他回答这个问题。

我这不是累吗？

你累还有劲打牌？

打牌费什么劲？再说了，我要多了还怕你嫌我烦呢。

我啥时说你烦了？你想想我们刚结婚的那阵子多好。

王建想想，那阵子是好。可那阵子精力没处花，都花老婆身上了，当然好。说实话，这个老婆在床上还真没让王建失望过。王建还跟老婆开玩笑过：你一个人抵得上三宫六院了，叫寡人怎么吃得消？老婆咯咯咯地笑，细胳膊细腿地缠着他还挺有劲。老婆是真的喜欢王建，王建能感觉到，尤其在床上。可这东西也不能当饭吃啊，尤其是长假和春运期间，王建回到家小酒一喝倒床就睡，他哪里还有精力想其他的？一大早还得披星戴月地起来，方向盘一握就是十几个小时，除了路边招手停下来那一瞬间猜个人伦，连开小差的时间都没有，车里三四十条命呢。就算闲时，他还想打打牌吹吹牛，这才是他们的消遣放松娱乐。要不其他司机也会取笑他，这么早回去？当心肾亏啊。谁都知道他娶了个俊俏老婆。

刚结婚那阵子，一单位的人都夸，这两人站在一起，金童玉女，怎么看怎么夫妻，谁都拆散不了，王建自己觉得也是。可没过多久，王建就觉得老婆怎么别扭，怎么跟他闹，都过日子的人，哪来那么多华而不实的想法？

渐渐地，老婆好像知道她改变不了王建了，或者在王建看来也就是个新鲜劲儿吧。老婆开始真的像王建的老婆了，该睡就睡，该吃就吃，家里收拾得也颇有条理。再也不见她要去广场跳舞、去西城看电影了，横竖有看不完的电视剧。有时候王建回来还讲给王建听，王建照例没听完就呼噜了，她也不恼。那个，也变得非常正常，忙时顾不上她也不会纠缠不休了；站里闲时，王建明显精力有点过剩了，自然也会想。小伙子的时候，没有女人，王建对这个特别感兴趣，把自己一个人关在黑屋子里看毛片，恨不得那片子里的女人都是自己的；后来结婚了，老婆一点也不比毛片里的差，王建反而还真不是特别感兴趣。尤其是每次结束之后，他都累得要死了，老婆还唧唧歪歪地撒娇，人家还要人家还要。她不知道那时候王建只当她是堆肉，吃饱了谁还要吃肉呢？现在不了，现在王建想要才做，做完了大家睡觉。老婆再不会费尽心思地暗示他了。老婆终于知道了，他忙一天下来，怎么暗示都没用。说实话老婆也真是个好老婆，尤其是生了儿子之后，老婆跟之前那个常常跟他要情趣的女人完全不一样了，她忙儿子忙家务还得忙着工作，终于开始知道生活的艰辛了。工作并不是什么好工作，常常换，有时候在服装店打工，服装店生意不好，有时候又帮人卖鞋子去了，但都没空着，好歹补贴点家用。只是她不但人没空着，脑子也不空着，不知道哪来的那么多想法。她居然跟王建说，感觉自己懂得太少了，以后得学点东西，要不都是人家可要可不要的工作。王建说，你一女人工作不就图挣点小钱吗？我指望你养家糊口？她不但没听进去，还跟王建提出买电脑，理由还是那个，她要学点东西。王建不乐意，王建说，你买电脑还不跟瞎子看书似的？老婆当时就哭了，老婆说，连你都看不起我？王建说，我不是看不起你，我的意思是电脑也不便宜，你买了有什么用呢？你就算多买几件喜欢的衣服也好啊。

现在，老婆在王建的干妈那里帮忙做水果生意。干妈自己也有一儿子，也就是王建的干弟弟，二本毕业暂时找不到合适的工作，在自家店里先干着。干妈水果店扩展了，老婆去帮忙，就被干妈留下了。

给你弟弟做个照应吧，这孩子细心，自家人，放心；而且，真会做生意。王建，你老婆在我这儿帮忙，干妈亏不了你。

王建笑，看您说的，干妈，她就您儿媳妇，您说白干也该的嘛。

干弟弟比王建和老婆小十来岁，自己还是个孩子，而且心思根本不在做水果生意上，朋友多，女朋友也多，约会聚会的每天都有，有时候小小的水果店里一屋子的帅哥美女。他自己两三种苹果就弄不清楚价格了，何况除了苹果还有橘子、龙眼、火龙果、车厘子。的确是需要个照应的。

老婆在干妈的水果店做了两年多，没任何差错。干弟弟不叫她嫂子，叫姐姐。他有时找王建喝酒，说，哥哥，我敬你，这两年有姐姐帮忙，不知道省心多少，我出去约个会相个亲啥的，也不用老惦记着店里生意。

你姐姐也就会做那点事儿，一女人家嘛。

哥，您还别说，我姐挺有能耐的，喜欢新鲜的东西。一开始连电脑怎么开都不知道，现在她玩得贼溜，每天的营业利润啥的人都用电子数据，一打开，清清爽爽。我也没见她怎么学啊，每天店里都忙的啥似的，但人家就是一点一点地懂了。

你可别让她动你那电脑，她懂什么，瞎蒙，万一弄坏了。王建不以为然。

哥，你可小看我姐了。我同学都说她又漂亮又能干，我一哥们开始不明就里的，乱献殷勤把我姐吓的。那小子让我给他介绍我姐做对象呢。笑死了。

她有这么大能耐？王建夹一五花肉放嘴里，美得很。

那是。我们同学都说我姐漂亮，我也骄傲不是？干弟弟一副没肝没肺的样子。

有时候老婆回来也跟他说干弟弟，这孩子你说他粗心吧，对人挺细心；你说他细心吧，算个钱还老错。他不在店里还好些，他在店里我更乱，什么都问，什么都不记。那女朋友，老换，其实看着都是挺不错的姑娘。今儿这个腿长，明儿又换一更长的，还得问我意见，真是花心。

王建那时候就特别得意，你以为谁都像你男人一样吊死一棵树上？

老婆说，但这孩子看得出感情细腻，不管成不成，对姑娘都特好，我看那些姑娘们都喜欢他。不像你，啥情趣也没有，就知道吃饭挺尸。

王建说，那不好？要是喜欢我的人也多你不麻烦？

老婆哼了一声，你就算了吧，你那死气沉沉的，连我都嫌你老了。

王建说，就是啊，人家年轻嘛，年轻时候搞对象不都这样？

老婆说，不是年龄的问题，我们也不老啊，不才过了三十嘛，我咋觉得你和他们隔着一世纪一样。

王建听出来了，老婆又犯病了。难不成这些年一直忍着，这不看人家恋爱又爆发了。他用眼睛看老婆，这老婆还真是俊俏，只是成了他老婆之后习以为常了。好了好了，我这样的老公起码很安心，对不对？王建破天荒地主动用手来把老婆揽过来，揽进了怀里。老婆没有反对，没有挣扎，但也没有反应，很安静地把头埋进王建的怀里。过了一会儿，王建觉得有点异样，他把老婆的头硬是从怀里拿出来，却看到老婆一脸泪水。

你怎么啦？到底怎么啦？王建不知道发生什么事情了，很紧张。

没怎么，真没啥。老婆擦擦眼泪，吸了吸鼻子，还咧嘴笑了笑。

我靠，你们女人，真是麻烦。多大的人了，又没欺侮你哭什么哭？

老婆又吸吸鼻子说，没事儿，你上班去吧，我刚想起我娘来了。

好好的怎么就想起你娘来了？

我娘这辈子不知道有没有做过女人——算了算了，你走吧，说了你也不懂。

王建就走了，他真没工夫听那些没用的东西。

实际上，老婆还真看走眼了，王建长得很男人，身材魁梧、五官硬朗，不常常笑，倒比那些玩笑开得很荤的司机更得站里检票女性的欢迎。但王建家有仙妻大家都知道，最多无聊的时候大家开开玩笑，王建在站里没什么绯闻。最近有些不一样，最近分来个姑娘，这姑娘对王建有点一见如故的意思，常常有事儿没事儿找王建说话，其实也没什么话。自己带来的菜专拣那肉往王建碗里夹，说自己怕胖，要王建帮忙。王建是个过来的男人啊，他看得出来姑娘喜欢自己，被人喜欢的感觉当然也不错，再说那姑娘长一张他喜欢的娃娃脸，他一点也不反感她的热情，倒常常喜欢和姑娘说说话，若姑娘有什么委屈，总是他第一个知道并适当地安慰她。刚工作嘛，总有点做得不周到的地方，好多次都是王建担待了。王建对姑娘说可以当自己大哥，但他的确又有点回到当初和老婆恋爱的感觉，那种心有灵犀、那种说不出口但总感觉两人关系亲密的默契。有时候，眼神撞到一起了，王建还有些慌乱。

也不知道是不是王建心虚，总之，他觉得老婆有所觉察。有一天，王建正在喝酒，老婆突然问他，你最近有心思吧？王建吓一大跳，做出了非常夸张的惊奇表情，我有什么事儿？这整天忙得睡觉的时间都不够，还会有事儿？

老婆看了他一会儿，说，唉，我倒是真希望你有点啥事儿，我这看着你每天除了喝酒就是睡觉，还不如有点事儿，我还能看到你现出点活泛劲儿来。

王建暗地里松了口气，但装作生气的样子说，你到底什么意思吗？你是不是想让我有点事儿，你好名正言顺地有事儿？

老婆愣了愣，说，我要有事儿，干吗还得等你有事儿？你没事儿我才有事儿。

王建心里有鬼，连连点头，好好，你有事儿吧。真是，这好好的日子不过，老是作，天作有雨，人作有祸。好了，你别气我了，今晚咱们那个。

老婆破天荒地扭过头，你说来就来？我还不愿意呢！

晚上，也不知道是不是为了证明自己没事儿，他情绪激昂地要了老婆，而抱着老婆的时候，他眼前分明一张年轻的娃娃脸。

事儿不对啊，可是，他也没干什么啊。他和那姑娘，的确是什么事儿也没有，最出格的一次是两天前，姑娘帮他打扫车厢，他过意不去，要去抢姑娘手里的拖把，姑娘不让，两人没站稳，都跌倒在最后一排座椅上。他当时脑子里什么念头也没有，就是羞耻和惧怕，跟捉奸在床一样慌慌张张地站起来，下车了。他下车了人家姑娘没事儿一样把头伸出车窗外叫他,建哥,你还去哪儿?就快到你出车的点儿了。这姑娘还真大方,但他也不能就乱来啊,毕竟人家是个姑娘,万一有个什么事儿,他要负责任的。但他这样下去,天知道会不会有事儿。其实,王建知道,这年代人伦都乱了,乱的,人家都活得跟没事儿似的,他没乱,反这么大惊小怪,好像已经有了天大的事儿。

但没事儿的王建的确有了心思,王建有了心思,所以对老婆损他贬他没有多大的反应,反觉得老婆啥也不知道,还好。眼见着要春运了,王建想,人他妈的闲着就是会来事儿,还是忙点好。的确,春运下来一星期了,他的确少了很多无聊的心思,姑娘的影子越来越少地出现在他脑海里了。姑娘也忙,他们这一星期几乎没说几句话。他估摸着,这一趟春运下来,他那点被激起的火也该熄灭了。

今天是老婆的生日,老婆早上说过了,要是不忙的话,早点回来,她做点好吃的把儿子从爷爷奶奶那里接回来。他说,你想得出来,什么时候?怎么可能不忙?咱各管各吧。老婆看了他一眼,什么也没再说。

老婆的这种眼神最近常常出现,一闪而过的失望,过后风平浪静。应该没什么,但这次,横亘在王建的脑海里。

跑了三个来回之后,王建有点想回家了。他脑子里始终闪现老婆最后的眼神,似乎她明了一切,她是不是知道些什么呢?王建虽然没做什么对不起老婆的事儿,但心里面总觉得似乎已经做了。那么,就是最近自己对老婆太不好了,让她产生怀疑?他闭着眼睛想了想,春运下来半个月,他每天根本就不知道老婆啥时上床的,他们俩每天像俩房客一样,都回来睡觉,虽然是一张床,但各睡各的,似乎全不相干。一忙起来,王建真的一点人的欲望都没有,回来就是为了睡个好觉,明天继续上班。好吧,今天早点回去给她过个生日,而且,他突然觉得自己的确有点对不起老婆，多好的老婆，自己的脑海里怎么老是出现娃娃脸呢？会不会因为娃娃脸，他对老婆少了兴趣呢？王建咬咬牙，少拿一趟奖金，请了个假，在三个来回结束后回家了。

可是，王建到家的时候，老婆还没回来，家里冷锅冰灶，什么吃的也没有。王建有点不高兴，他想打个电话给老婆，恰好电话响了。他看号码，是站里的。难道没找到代班的，又要叫他回去出车？他想不接，但电话持续不断地响，他只好接起来。

建哥，你在哪儿？是娃娃脸的姑娘。

哦，我回家了。怎么啦？王建问。

你你你回家了？姑娘的声音听起来非常失望。

你有啥事儿？王建本来在家，不该管的，但他还是忍不住过问。

我，我早上忙，忘了跟你说，刚才他们说你没出车先走了，你家有事儿？

没事儿，没事儿，你早上要说什么？

没啥事儿，你吃过了吗？建哥。

哦，还没。老婆还没回来，正准备出去吃。王建说。

啊，那太好了，你过来吧，过来我请你吃饭，边吃边说。我在东出口再往东那个十字路口等你。

什么事儿？王建犹豫地问。

你来了就知道什么事儿了，反正不是坏事。不见不散啊。姑娘挂了电话。

老婆反正还没回来，王建经过激烈的思想斗争，还是决定去一趟。又不是去开房，没啥好紧张的。

王建老远就看到姑娘在十字路口东张西望，走近了一看，姑娘手里还拎一盒六寸大小刚好够两人吃的蛋糕。

建哥，走，我请你吃饭。今儿是我生日。姑娘落落大方，姑娘一直落落大方。

王建愣住了，天下竟然有这么巧的事情。他想告诉姑娘，今天也是他老婆的生日，但他张了张口，说，啊，生日快乐啊！

走啊，建哥。姑娘看他在原地发呆，过来拉他。

去，去哪儿？王建问。

去我家吧，酒我都准备好了，在小区门口买两凉菜，我们那小区的凉菜可好吃了。然后我再炒两个小炒，很快的，冰箱里现成的材料。姑娘一边说一边比划，她似乎完全把王建当她男朋友了。

王建在原地还是不走，他在回去还是跟姑娘走之间煎熬。他是想回去的，但是他怕伤害姑娘。

建哥，你别多想，这不，今天是我来咱站里第一个生日，我来了快一年了，幸亏建哥照顾我，要不说不定人家都不要我这么笨的人了。姑娘似乎看出了他的心思，笑着解释。

噢，我也没做啥。这样吧，我们在附近找个饭馆，你过生日嘛，当然我请你。这是王建想出来的唯一两全的办法。

可是，姑娘说，建哥，我知道你在想啥，你放心，我那屋子是和另外一姑娘合租的，厨房餐厅卫生间都是公用的，咱俩不算男女共处一室。

王建还有些犹豫，姑娘已经拦下了出租车。

姑娘果然准备了一瓶好酒，王建那晚喝多了，一来他馋酒，看到好酒馋虫就上来了，二来那天姑娘的同房回来很迟，他单独对着姑娘的确不知道说什么好，只能一杯一杯地喝，那一瓶好酒，全让他喝了。喝多了头昏，但心里很清楚他是在姑娘家里，他甚至知道他必须得回去。姑娘让他躺会儿，要给他煮点醒酒茶，他说不行不行，我老婆得担心我，我回，回去。

姑娘扶着他下楼，楼梯有点黑，他心里有些咯噔，但姑娘不乱，挽着他胳膊，不断地提醒他脚下。出租车开动的时候，他松了口气，他是他老婆的老公，这真不能乱，乱了麻烦太多。那姑娘，只是不停地劝他喝酒吃菜，似乎也没有他以为的那种意思，只是最后，姑娘扶着他的时候身体靠得太近。他在车上脑子里突然出现一个奇怪的景象：他开着车看到他和姑娘站在路边拦车，这俩到底是啥关系？兄妹？好吧，最好是兄妹，最好是兄妹，最好是——

王建回到家的时候，家里还是一片漆黑，老婆还没回来，但王建总觉得老婆回来过，难道老婆去找他了吗？不管了，头昏，过一会儿找不到他，她还是会回来的。王建连着衣服，倒在床上，头一歪，睡着了。

王建做梦了，做到刚结婚那会儿的老婆，小鸟依人地靠在他怀里；老婆给他开一瓶冰可乐，他正口渴着呢；还做到老婆给他买了件皮夹克，他嫌贵，老婆生气地扔了——

王建是被电话叫醒的，持续不断地响。王建睁开眼，天已经大亮了，他一个激灵从床上跳起来，坏了，睡过了。他接了站里的电话才发现，老婆不在床上，也不在家里。老婆一夜未归。王建先是怒了，后来急了，最后慌了。

王建至今也不知道老婆为什么连儿子都不要，去了他怎么也找不到的地方。他有些怀疑，老婆看到了他和姑娘，但是，老婆没说起这个。她在给王建的最后一封短信里说：我想出去走走，如果半年没回来，可能就不回来了，你重新找个老婆过你喜欢的日子。儿子是你家的，我不带走，祝好！（另，我可能爱上了另外一个人）

王建一看这短信，当时就晕了，这哪是他老婆？他不断地回忆，就是想不起来生活中点滴他可以猜出来的细节。当然，如果她真的爱上了谁，那王建倒也无话可说，骚货一个能怎么办？她说可能，她自己都不确定，怎么就抛家弃子地离开了呢？

干妈的水果店失去了姐姐的帮忙，非常不顺利。干弟弟向王建回忆姐姐在店里的最后一天：那天是她生日，你又加班，她一开始看起来不大高兴。我出去买了束花和一盒小蛋糕给她在店里过生日，她当时情绪还可以。我看她高兴，就去买了瓶红酒，我姐喝了有半瓶吧。她是不是平时不大会喝酒？好像感觉喝多了，不知道怎么笑起来了，然后笑得停不下来了，我可从没见我姐那样过。我扶她上出租车的时候她腿是飘的，站不稳，但还在笑。我说送她，她死活不要。我就没送，不过后来我打电话给她了，她说到家了。我听她那声音，比离开的时候清醒。

你咋不打电话给我呢？王建问。

我姐不让打，她说我要打她以后就不来店里上班了。早知道这样还是打了，唉！

干妈亲自跑来向王建发火：你老婆跟人跑了你都不知道，你怎么就这么愚蠢？你想想，她平时都和谁在一起？王建想了半天，想不起来，老婆欲望强他知道，老婆爱唧歪他知道，但没见她和其他男人特别随便，这个随便不随便平时也是能看出来的。干妈痛心疾首地说，真是看不出来，这娃虽然长得俊俏，但怎么看也不像个轻浮的孩子。你们夫妻，唉，那不是平时感情挺好的嘛。

如今，事情过去大半年了，王建没能继续坚持下去，他和娃娃脸姑娘不再是兄妹关系了。他发现他和姑娘，比当初和老婆更加心有灵犀，他们俩没经过尴尬和纠结，某一天黄昏，在王建的家里，自然而然地超越了兄妹的关系。此后，每次总是他主动，不需要暗示，也不需要勾引，他和姑娘和谐得恰到好处。他时时地想要了，他在床上变得游刃有余了，但他少了从前和老婆在一起的那种彻底的疲倦，他常常还能够在那之后紧紧地搂着姑娘，而不是从前死猪一样立即睡去。倒是姑娘在他怀里，安心而踏实地沉沉睡去。那时，总会让他油然地升起怜惜的感觉，他发现，他的确是喜欢姑娘的，似乎，并不亚于当时对老婆。

但是，王建一直不知道老婆喜欢上了谁或者可能喜欢上了谁，现在虽然不允许在半路上带客,但是偶尔,路边看到和老婆差不多年龄和身量的女人,王建总要看看女人身边的男人,他会是老婆喜欢的男人吗?他们看起来更像夫妻吗?

那条短信一直还在王建的手机里,有时候他拿出来看,他总觉得,这根本不是他老婆发给他的。但有时候这个短信,又让王建觉得,也许他老婆还是会回来的。

(《羊台山》第 26 期)

孤步岩的黄昏

/寒郁

一

他说,再往前走,转个弯就是孤步岩了。

不过何老师又抬眼看了看,对巧祯说,累了就歇歇,眼看着近,往上的路其实还很远,我们尽量走慢点。怕她不解,复说,上山,走慢点,脚下稳,才能走得远。

巧祯点点头,应一声,嗯。攒好身上的力气,随着何老师上山。

何老师转身对巧祯笑笑,是鼓励,也是疼惜。

已是日暮时分,这时的夕阳打在他安静的侧脸上,镀出一个温暖的弧线。巧祯看了一眼,又眯眼看一眼,凭空想起一本不相干的小说的名字:《灿烂千阳》,霞光满天,想想大概也就是这样的场面。

往上走了一段,也没有多远,巧祯看看四周,触目都是杂花绿树,看不见幸福的影子,她还是站在一块大的突出的岩石前,忍不住把双手环护在口边,又喊:幸福,幸福——一声声喊出去,像辞枝飘落的叶子,回荡来的只是山谷的徐徐回音,还拖带着颤抖的焦灼尾音。

他们上山是寻找幸福。

何老师也依次喊了几声，安慰巧祯，你别急，隔着这座小山头做的屏障，我们喊怕她也听不见，往前再走走。何老师说，以前我也上山找过她几次，大约总不出这山里，她比你我更懂得这山上一石一木的脾气，所以不急，不妨徐行，看看这沿途的风景。

巧祯其实也知道，幸福可以对话万物，她有这个灵性，上至日月星辰，下至一草一木，再加上飞鸟虫兽，她都可以和它们欢喜私语，说着旁人不解或大或小的秘密。其他人都说幸福冷僻、孤独，巧祯想你们哪里知道她的心有多么的丰富、多彩。

所以巧祯也稍稍放下心来，一边上山，一边看落晖弥漫中白桦般挺立的孤步岩。巧祯看见软金子一样的霞光从西天一路流溢下来，柔柔地铺满了整面山坡，风一吹，树叶就动，落霞的光线组成的水面也就随着涌动、流淌、起波浪……人置其中，心情也变得柔和、饱满，又静美、轻盈。

此时山风吹来，不惹半点尘埃，至多也就是稍微晃动了一下天边云彩，何老师迎面不禁道一声，嗬，好凉风！

巧祯看他天真神气，她眼睛里也涡了一点默契的笑意。桃花源小学所有的老师里，巧祯最欣赏的是何老师，因他有魅力。这是经历岁月打磨过的男人，散发有一种安静从容的芳香。

风虽快哉，之后，随风吹上来的是山下旅游项目工程施工的断续嘈杂声，何老师微叹一口气，望望落照，面色苍然，继续前行。

二

老三说入海我兄，你又何必这么固执，放弃这大好的财富功名，非把自己弄得像个苦行僧。何苦如此？

老三说信仰和原则必须是在一个合理的环境下顺理成章坚持的事，众人欢宴之时，就算明他们知盘中是蛆，不过说几句敷衍之辞，你又何必忿忿然拂袖而去，到最后弄得都大不开心。

老三说你以为这样躲在破山谷里教几个孩子你就可以逃避了？你以为这样就能彰显你清白无污的灵魂？你以为你教他们一点可怜的知识就可以改变他们的命运？这就是你以前说的兼济之心，这就是你今后的责任？

老三在何入海的耳边一连串的洒下这些咄咄逼人的问号，甚至老三已经发福的身体都顾不上喘息，说完了这才呼吸了一口气。这些问号像是施加肥料，老三希望可以唤醒、催生出何入海心里那棵摇摆的入世之苗。老三说完坐在凳子上抽烟，抽烟之前老三从兜里拍出两万块钱，这是我对学校的一点捐款。

老三的意思明显不过，与其在这里清苦地教几个学生死守着被人误解的清白，反不如尔虞我诈红尘中捞取功名利禄再随手捐几个"希望小学"的慈善来得更快、更潇洒。

老三甚至加大火力地收束了一句，老大，你我学了半辈子法律，别人从你手里抢走的东西你竟也甘心？！退一步说，就算是为了一些当年的理想，你也应该重振士气，把失去的再收复回来！

老三吐出一口烟气，顿一顿，又吐出四个字，包括嫂子。

阳光穿过房顶光明的窟窿，探进来，照在何入海手里罐头玻璃瓶子做的大茶杯上，茶水里几片山上采来的茶叶，得了山泉的浸养，正悠然碧绿浮漾。总之，老三说来说去，何入海在低矮的简陋到破烂的泥质住房里并不言语。

最后，何入海对他昔日的大学室友老三曾经的律师事务合伙人现在的多家上市公司法律顾问胡不平先生，说，过去的就过去了，我何入海抗争过、努力了。不说了。老三，像大学时你我秋日郊外登高望远那样，我再来不合时宜的给你读一首诗歌，想来这也是最后一次了。

老三曾经的老大此时缓慢读到：

我们头顶美丽干净的天空
　　那些一直向上生长的年轻
　　眼睛里一朵云慢慢移动
　　它是那样洁白无瑕
　　就像爱情
　　而只要你从心底相信
　　它就会一直在你身边
　　……

　　我已过够了作伪证为权门奔走钻营打赢官司的日子，何入海说，我不会再同你合作，你不必再劝。我现在很好，心就像初恋一样丰盈、干净，每天看到的是孩子们葵花般的笑容，我又开始读诗歌，也写。入夜，我可以仰面看星，看云朵、月亮，这些简单美好的事情都需要仰望的。

　　他还想问老三一句，你有多久没有仰望了。这个姿势，我们都快忘了。但他没有说出来，怕老三不耐烦。

　　就这，老三简直气急败坏，懒得再说他，一口一口地抽烟，从头至尾把半盒烟翻译成一片深蓝。

　　可是过了几天，老三又兴奋前来，商机，老大，商机！老三喝醉了一样红光满面地说，我仔细观察了一下，这个叫桃花源的小山村完全可以开发成一个绝佳的旅游景点，这山，这水，这民情，还有后山逢春开放的漫山桃花，这组合的太好了，还有前山的寺庙我也仔细看了，周围是一个向阳的开阔坡地，寺庙修葺一下，完全可以在周围开辟出一片高级墓园，名字我都想好了，就叫它"世外桃源"……

　　老三还在那里和盘托出他意外的惊喜发现和准备联合开发商打造的雄心计划，何入海看着他因激动的欲望而散发出类似于金属光芒的笑脸,心里一声长叹,过不了多长时间,这里就会水不是水、山不是山,哪里还会有什么"桃花源"?

三

和巧祯一起来这里支教的还有常青以及一个男生。这是她们师范学校的一个为期三个月的实习任务。男生待了不到十天,嫌苦,动用了一点家庭关系转到市里的学校实习去了。从来到这里的那一天,吃第一顿饭,常青就后悔了,常青也多次想转,但她是学校的学生干部,平时一副不知真假兴兴头头的积极模样,毕业后想留校,所以现在也不好向系里开口诉苦。当初一看名字"桃花源小学",以为多好呢。可惜的是,一开始,我们总是容易受骗于纸上的铅字。

巧祯倒觉得挺好,是真的挺好,她是那种随遇而安的性格,比如菊花,笑容柔和,却暗含风骨。

白天,她按时开心地上课,怎么能不开心呢?看着那一双双充满渴望漆黑闪动的眼睛望着你,巧祯只想把自己所有知道的东西都分享给他们,他们的眼睛清澈如水,流过巧祯的心,巧祯的眼神就好像绽放的落日余晖,满满的,都是对孩子们的柔情和抚慰。

她甚至觉得不公平,这些美好的孩子得到实在是太少了,比如他们不知道什么是过山车,比如他们从来没有喝过可乐,这些物质的窘迫是现实的;可巧祯想他们也有属于他们自己的快乐,比如上山摘野果子,比如玩抓石子,方式不同,快乐是相同的,这样想的时候巧祯心里才会好过些。

课堂上,巧祯没有办法让他们看见,只有用语言去为他们描绘他们不曾看过的那些场面。这时的巧祯心里最甜蜜也最心酸,甜蜜的是她可以在他们心里种下美好的种子,心酸的是他们不知道哪一天才会亲自体验到。不管怎样,巧祯还是要告诉他们,有那样一份更为辽阔的生活和更为高远的天空,即使不能到达,也要让他们知道还有风景在那儿。这是巧祯最朴素的想法。

何老师也是如此。他用温暖的声音给孩子们讲童话，教他们认识美，教他们认识在这世界上，那些是眼泪，那些是污水。

尽管有时候他也很难分得清楚。

在讲安徒生、《小王子》《一千零一夜》到一个段落时，他还会给孩子们读上几首泰戈尔。巧祯听他的声音出口如雪，是暖的雪，落下来，在巧祯心里、在孩子心里却长出了花朵，他字字入心地说，尊严是我们的生命之盐，而诗歌是灵魂里的香甜……说得认真且纯净，他相信孩子们的心，会听懂。

在这个美被践踏和作弄的时代背景里，她听惯了灌输着腐烂的美德，教养着死去的学说的课堂，再听他的课，不知道为什么，巧祯往往会有流泪的柔软冲动。

而这些，常青只唇红齿白一句："神经病！"

常青给巧祯私下里说吃饱了撑的，好好的钱你不大把大把地去挣，窝在这破山沟里教几个鼻涕泡的学生，吃着乌黑的馒头啃个咸菜，还天天对着他们瞎抒情，脑子肯定坏掉了，有病！

常青又对巧祯说这个社会就是丛林法则，物竞天择适者生存，有能耐的呼风唤雨，没本事的凉风也没的你喝，要我说你那个什么何老师就是在社会上混不下去，没有周旋适应的能力，才跑到这破学校里逃避，这样的男人你还何老师长何老师短地喊，有什么可尊敬的？

巧祯只有听着，望着窗外飘过的云，谁对谁错，还能说什么？她笑一笑而已。

所以可想而知，常青才不会给这些穷山沟里拖着鼻涕的孩子认真地代课，捏着鼻子敷衍过去几天，周末赶快回到城里呼吸一下繁华的空气，埋怨，请假，装病……但是因为她对村长笑得好看，嘴甜，到时候属于村长兼校长所管的实习证明也不会差了。

这一天，巧祯想请她给上几节正规的音乐课，常青学的专业是声乐。谁知道刚一说常青就一口回绝，冷笑一声，撇着嘴说，又没有钢琴，怎么上课？说完了又追加一句，就算有琴，也不看是弹给这帮子破衣烂衫流鼻涕的野孩子听的吗？

巧祯也气了，你不教我教，你别说这样的混账话！

身后常青瓜子皮一样吐一个字，切！

巧祯只懂一点，勉强会唱几首曲子，但巧祯还是教了，她学过一段时间的手语，教孩子们用眼睛和手指唱《心愿》，也很有趣：

湖水是你的眼神
梦想满天星辰……

刚唱了一遍，他闻声抱着一把吉，他出来了，说，后山的桃花开了，我们去那里唱吧。

过了许多年，巧祯都记得那一天，山上的桃花开得正灿烂，孩子们在风中盛开着明亮的笑脸，鸟衔着欢快的歌声在阳光里四处播种……这一刻，都忘了贫穷，忘了烦忧，只乘着歌声在时光里飞行。

唱完了，他刚说，孩子们，你们心里要装着音乐，即便很苦的时候……幸福就扑闪着眼睛说，都装上了音乐，那其他的东西装在哪里呢？她的眼睛很大，一眨一眨，像极了蝴蝶扇动的翅膀。

他笑了，有了音乐心就更辽阔了，天空、大地、山，还有河、花草和云朵，都装得下。

幸福也笑了，她不用担心她大眼睛里的东西没有地方盛下了。

四

妻来找他的那天，他正坐河边钓鱼，或者说鱼把岸上人钓了一个下午。

看到了妻，他没有惊讶，时隔几年，只是忽然发现她老了。

妻的容颜像是搁浅在岸上的旧船，青春的水分一旦耗尽，眼角已有深浅的裂纹。

他甚至都没有起身。

妻显然不快，质问，见面你就这样对我吗？

他晃动鱼竿的浮子，静静回说，我被诬陷身陷囹圄的时候，你走进别人怀抱不也没有和我打个招呼吗？

妻叹一口气，你还恨我。又幽幽地说，要说也不能全怪我，你只顾自己一腔正义地出风头，遭人忌恨，我还想在单位里挣个前程呢。

他淡淡说一句，都过去了。

妻的脸上布满疲倦，是颠簸几个小时路程的结果，他不招呼，妻只有自己在旁边就地坐下来。

妻刚要坐下，他把上衣扔过去，说，垫上，石头上，凉。就这一句话，妻的眼泪忽然地溢满眼眶，继而抱着肩膀，失去黑亮光泽的长发在哭泣中微微抖动……后来妻逐渐平静，终于说，他不要我了。

妻还想提醒他说一句欲言又止的：我们……但妻也觉太突兀，到底没有说出口。

他继续摇动水面上的浮子，往水里扔钓饵，把要衔钩的鱼也吓走了，他根本钓不到鱼。他怕鱼咬钩，会疼。

妻隐隐厌恶他没有态度的沉默，你是在教学生还是用学生来治疗你？你总不能逃一辈子，等到这里成了旅游点，和外面世界不一样的吵闹，你还能往哪里逃？

他收了钓线，我哪里也不去逃，我被你们在进化中淘汰掉。

妻在身后和老三一样气急败坏喊他的名字，何入海、何入海——

想来也是，海已经脏了，他不入了，就用心浇灌着这些无人问津的野花野草，也挺好。

五

幸福走了，不知道藏到了哪里去。

一只蝴蝶飞进窗户，幸福的眼睛就迷了路，不再看黑板，并且为这只蝴蝶的翩跹舞蹈而欢欣鼓舞。

常青在上面愤怒，不屑地说，就你，破破烂烂的也敢叫幸福，你给我出去，站外边！

幸福就出去了。幸福就不见了。

何老师知道了，对常青说，幸福非得要绚丽的外衣吗，破破烂烂怎么就不能是幸福了？他招呼巧祯，巧祯，走，我们上山。

已经是下午，也可能下山的时候天色就黑了，但是寻找幸福要紧。何老师拿了把手电筒，怕下山的时候用。他们就上山了。

……

他们翻过了那座屏障山，再盘旋而上，就是孤步岩，顾名思义，也就是往上的路，极窄，仅容一只脚的意思。但到了岩上，锋面忽又阔大了起来。说起来，和人生倒有点相像。

何老师不断地提醒巧祯，踩稳石阶。到了角度较陡的山路，有他搀扶，巧祯并不觉得辛苦，倒是她一直想上峰顶看看而苦于没有机会，此行，正遂了心。巧祯问，听说岩上罅隙里长有月亮草，真有吗？

何老师说，我也没有上去过，我们正好去看看。

月亮草可以治疗人的眼睛，是此地的民间传言。

这时的太阳是一天中最迷人的，娇羞染了半边天，染得触目都是柔和的酡红。巧祯想，不知道摇一辆纺车顺手把这些柔软的光线织成一匹红缎，该会是怎样的好看。

上行约有一二百米，但实际盘旋走了将近一公里，始到孤步岩跟前，和何老师对望一眼，巧祯似觉得还有许多话没有说完，一时立在那里，俯看晚霞满天，万语千言其实都不必说它了。

孤步岩上有薄薄的雾霭缠绕过来,黄昏照耀,一切都如此温柔、灿烂。

一转眼,巧祯还没有喊出声,就看见幸福盈盈笑着在不远处的岩壁前站着,因为和岩壁这样贴近,她的笑容好像是从岩石中生长出来的,那她也就是一枝花了。

但是幸福竖起手指立在唇边,说,嘘——

指给他们看,噢,原来是一棵月亮草正在黄昏中披着晚霞开放新花,幸福怕他们惊吓了它。

他们就在附近的石头上轻轻坐下,屏住呼吸,和幸福一步之遥,眼睛一起注视着月亮草寂静含笑吐花,并且他们要等到黄昏消隐之后,星月升起之时,采集月亮草花叶上的露水,老辈人说这是普天下最干净的水,可以让人的眼睛变得明亮深美。他们要采一些来,给那些眼中欲望滚滚尘埃累累的人。

(《羊台山》第 27 期)

春天里

/刘凤阳

一

穿灰色运动套装的短发男人走出小区大门。单车道的入口和出口分设两侧，当中有个小岗亭。换岗的人迟迟不来，苦熬了一个通宵的年轻保安面色焦躁。男人刷了业主卡，那扇失修的铁栅门在他身后咣当一声弹了回去。

大雾推迟了天亮的时间。晦暗深重的光线下，马路显得很脏。短发的中年男人在路口迟疑了片刻。往前五百米，是一个公园，公园疏朗清简，唯有一池塘好水，参差的垂杨柳和四季桂沿塘边生长。桂花开过了一季，香味已经散了；从遥远北方迁徙过来的柳树则刚刚冒出嫩叶。每天清晨，寇建洲都会闷声不响地锁上家门，来水塘边散步。老婆有时醒了，有时被他扰醒。等他不紧不慢走一圈回到家，早饭已经端上桌，白粥，榨菜，超市买的袋装小馒头，令人乏味的老三样，一家大小闷声不响吃完。

小区建在城乡结合部，往左和往右，都是荒地，被附近的村民临时圈起来种了菜，甚至还种了一小片香蕉林。菜地刚泼过粪，有新鲜的臭味一阵阵袭来。远近偶尔有行走的人，身体都悬浮在雾中，只见移动，不辨脚步，有一种异常和森然。

大多数情况下，寇建洲觉得辛小琦是在佯睡。他知道她的睡眠特别"浅"，半夜里翻个身，动作稍稍大一点，就会吵到她。所以他每天早晨起床时尽量放轻手脚。他知道她还是醒了，他感觉到她的身体在悄悄绷紧，呼吸也憋住了。她这样的表现可能只是为了减轻他的负担，反过来，也不必接受他的好意。婚姻到了后来，不是礼让和体贴，最要紧的是忽略。这些年他背着她做过的一些事情，她不可能毫无察觉。就算她察觉了，也会佯装没有察觉，给"隐私"留出一道生长的缝隙。缝隙里生长的隐私，又有多大的存活能力？所以它们长着长着就自行枯萎了，像一棵小草，迟早会被婚姻的大树"歇"死。

昨天下午临下班前，他上了一趟厕所，回到座位上发现 QQ 在闪动："在吗?"是叶丽怡。他连忙回了一句："在。"但是她好像已经不在线了。他接连发了几个"?"过去，都没有回复，她的头像一直暗着。估计她出差回来了。他有心发一条手机短信，又怕显得自己多事，有可能人家就是那么一问。QQ 上聊天，都是没话找话，不能太较真。再说，下班时间里他们不打手机，早已成为一个默契。天大的事情，也等到第二天再说吧。但是他的睡眠明显受到了影响，他比往常提早半个小时出了家门。

寇建洲沿荒地走了几步，又返身退回老路，进了公园大门。今年的雾霾天已经持续了一周，平时晨练的熟面孔少了许多。寇建洲只是来走上一圈，脸不红、气不喘，汗也没有一星儿，难言"晨练"。起初只是为了控制体重，婚后的八年里，他胖了三十斤。都老男人了，他也从来不是"外貌协会"的，减肥这件事之于他，实在可有可无。到后来，就只为一种习惯，也是除了睡眠之外唯一的独处时间。

二

第一次见到叶丽怡，寇建洲在心里叹一句：这女人好丑！矮、瘦，还黑，别的女人拼命把皮相往白里捯饬，她倒好，顶着大太阳，一览无余的脸上冒出油光，像上了一层彩釉；唯一可看的是身材，属于小规模、微缩版的前凸后翘，倒也货真价实。嗓门却大，透着绝无后顾之忧的坚决。她的一双热切的眼睛定定地罩着你，浑身上下像一锅烧开的水，鼓着泡、冒着气儿，隔一丈远也担心溅上了身，又仿佛，被她热乎乎一口含在了嘴里。

她是"跑业务"的。这时节，"跑业务"是个奇异的职业，谁都懂得其中的那点暧昧和含混。跑业务的，且是个女人，不但内心强悍，体力也得充沛无比，如果再加上容貌姣好，一定成为奇葩。可容貌姣好的，谁肯"跑业务"？这样说来，她也不能算丑，她的妙处偏于实用，一般的年轻人难以领略，须寇建洲这样年近不惑、有了"阅人"经验的"老男人"才懂得评品——就是网上说的，那种"重口味"。

和寇建洲之间的"业务"，可能只占她各种业务的一小部分。可她就有这份能耐和黏糊劲，也可以说是一种才华，哪怕白跑腿，态度永远是谦恭备至的，让日常在上司面前低头哈腰的小白领如寇建洲，受用一下做"上帝"的滋味。初次见面，她恭恭敬敬地叫他"寇工"，可那恭敬之下，已经按捺不住一股子"自来熟"的主动；再一次见，就改叫一口甜软的"寇哥"了。

寇建洲在这个大型民营企业里，摸爬滚打了近十年，才坐稳了现在的岗位。他的岗位叫做"供应链管理"，透着一股教科书般的严肃，但其实就是个采购员。若是在小厂里，采购员也就等同于"跑业务的"，得靠人眼色吃饭。企业一大，理所当然占据了供求关系中主导的一方，"供应链管理"立马成为肥差，主要是，从此有了"腐败"的机会，有人请吃，有人送礼，业务量大的，就有"红包"收，这些早已成了人尽皆知的规则。那些几十人几百人的小厂，散布在大企业周围，如一群衍生物，专为他们做配套小零件，诸如电源线、电源指示灯之类，甚或一颗小小的螺钉，大企业的一张订单就够养活他们半年。也只有那些小厂，经营上早已贯通了见风使舵的原则,方能造就出叶丽怡这样出得厅堂、入得厨房,又皮实又娇憨的人,像老电影里十里洋场的交际花——最红的交际花,恰恰都不是最漂亮的。

去年夏末的某个中午,寇建洲趴在办公桌上小憩时,接到公司门卫打来的电话,称有人来访,请他出来一下。一台红色两厢"POLO"隔了一段距离停在一处空地上,他刚走出大门,叶丽怡从车里"嗖"地钻出来,"寇工,寇工,"她叫喊着,一边笑盈盈地挥动双臂,"是我,我在这儿呢!"

寇建洲慢慢走过去,还没从方才的迷糊中醒过神。他看了她一眼,纳闷着不知打哪儿冒出来这样一个陌生的丑女人,平白搅了他的午休。

"我叫叶丽怡,"她双手递上早已准备好的名片,"叫我丽丽好了——大家都这么叫!"

名片上赫然印着"业务经理"几个大字,寇建洲马上明白了对方的来意。

"寇工,你好靓仔呀!我早就听说过你了!"本地话里,"靓仔"是个宽泛之极的口头语,可以用来赞美一个中学生,即使你七十岁了,也同样可以用。

丽丽!大家都这么叫!——多像一个"艺名"!那些坐台小姐的最爱。寇建洲憋不住在心里玩味了一下这种"条件反射","你找我有什么事吗?"

"没事,没事,就是想认识认识,交个朋友,嘻嘻……"她柔软而骨感的小手攀援而来,"耽误你一分钟时间,就耽误你一分钟!"

寇建洲握住那只手,并不急着松开。这就叫一不做二不休。"哎哟——"她马上做出了回应,夸张地、轻轻地呻吟了一下,好像浑身都软了。"丑"女人的好处是,她永远不会故作矜持。

"我们公司就在双桥镇内,"她报了个地址,其实名片上也有。

"改天再专程请寇工去考察考察!"

"嗯。再说吧,再说吧。"他惜墨如金。也可以说,他饶有兴致。

"我们公司很小,不过很有'实力'的!"她忽然抬起手,拿手指肚熟练地戳了戳他的肩胛骨,"真的不骗你哟!"仿佛这个举动已经完美地概括了整个会面,她恰逢其时地告辞了。

然后,又过了几天,她的电话打来了,这次直接打了他手机。他咂摸一下自己,好像也一直在等着这个电话。他的肩胛骨还记得她的手指肚:"它"的恰到好处的力道、热度和停留的时长。"老男人"是经不起撩拨的,因为底线很低,又识得风情,只要有一点点新鲜感,都会照单全收。何况,真要发生点什么事,责任全在她——从头到尾,他可什么也没打算做。

这次她开了一辆"凌志"来——"是问朋友借来的"——"来接寇哥,哪敢开我那个破'POLO'"——"我们可是小公司,委屈寇哥你了。不过,我们很讲信誉的,寇哥你去看看就知道了!"——她再次强调了"小"。

"小,也有小的好处嘛!"他脱口而出,带着一脸的严肃。但是她笑了,笑得浑身乱颤、不可开交;他只好跟着她笑,到最后,两个人都忘了笑什么、有什么好笑。他得承认,这一笑,让他们的关系贴近了许多。这是"丑"女人的好处之二:她给你机会,却不着痕迹。

所谓"考察",说复杂很复杂,说简单也很简单。至少,他需要实地看看,有没有这家公司、情况是不是那么回事。按照她提供给他的材料,各种注册手续、认证资料倒都齐全,生产的又是这种没有任何科技含量的产品,对他们而言,其他方面都好说,唯一的难题就是如何从众多"同质化"小厂中脱颖而出,"傍"上一两家大公司。——更重要的是,他需要正面地、近距离地"接触"她一下。

车子驶离寇建洲所在的工业区，拐上了一个窄窄的河堤。她的右手松松地搭在变速杆上，离他的大腿只有几公分；她颤巍巍的乳峰悬挂在方向盘上方，像一双多余的注脚。他看出了她的紧张。连他也有些紧张——仿佛他们都已进入了临战状态，要动真格的。这微微的、适度的紧张给了他一种说不清的兴奋，甚至，还有一点宽心和感激。真正风月场上的女人，他又不是没有见识过，那种没有任何铺垫和过渡的勾当，跟撒泡尿有什么区别？她是个"尤物"，不是"鸡"，既直截了当，又曲折迂回，这样擅长风情的女人真是越来越稀有了。

她抬起了右手，在虚空里停顿了一下，仿佛要去抓握什么，随即落下来，关掉了空调，把车窗开出一道小缝隙。河水和青草的气息陡然灌进来，瞬间改变了车内的空间感和方位感。也好。寇建洲把头颅和后背松松地靠上座椅背，开始眯着眼假寐。

这个绿色的河堤，曲折而又狭窄，像一条漫长的甬道，像一道黑暗深邃的走廊。在一眼望不到尽头的沙石小路上，没有行人，也容不下过往的车辆。没有风，河水在低处无声流淌。叶丽怡一言不发，盯紧了前方的道路。

终于，车子驶过一座桥，拐进了镇上的另一个村居。

三

双桥镇毗邻广州城，是个日渐"新兴"的工业小镇，所属九个村居里，总共分布着大大小小不下二十个"工业园"，真正形成规模的企业，就只有数得着的那几家。叶丽怡上班的那家工厂，像一个农家小院，掩映在一片杂树林中。大门没有设保安哨位，竟拴了一条皮毛黑亮、小牛犊子一般高壮的狼狗。院里的"主屋"是生产车间，一溜"偏厦"则是老板和管理人员办公的地方。老板是土生土长的本地人，说"国语"就像要他的老命，偏偏寇建洲又听不来"白话"，相互敷衍了几句，老板赶紧抽身闪人，吩咐叶丽怡留下来招待客人。

从走进厂子开始，叶丽怡就像换了一个人。她的热情还在，殷勤也还在，可看上去就是不一样。对自己工厂的各种生产流程、技术参数、财务指标，她倒背如流，是一个冷静称职的管理人员。寇建洲心里一动。先前种种的轻薄念头，虽然暂时都缩了回去，更大的兴致却秘密丛生。

快到中午的时候，寇建洲抢先告辞，也没让叶丽怡开车送。因为，转了一圈他才发现，这个厂竟然就在他住的小区附近。

叶丽怡也没有执意留他。"吃请"这件事，对很多人其实是个负担，她拿出一个早已备好的礼盒：两罐"信阳毛尖"，两条"芙蓉王"香烟，外加一张面值伍佰元的超市购物卡，不算太重，也绝不算寒酸。一般的厂家，都是"不见兔子不撒鹰"，甭管礼物轻重，都在成事之后，像这种八字没一撇就"破费"的，要么出于一种超强的自信，要么就是业务员自己先垫上的。寇建洲自然也没有什么好推辞的。叶丽怡提着礼盒，把寇建洲送到了厂门外。她站在那里，微笑着目送他走远，亲切坦率得像个女校友。

好吧，寇建洲心说，这才是刚刚开始呢。

不过，这个小厂离他住的小区这么近，还是令他感到有些不悦。幸亏他来了一趟。兔子不吃窝边草——又是兔子！

从他每天早上散步的公园侧门走出去，有一间废弃的石料厂，沉重斑驳的铁皮门上常年挂着一把锈锁，没见到过有人出入，也没见到过招租的告示。门外随处丢弃的石材边角余料，使那条路显得一派嶙峋，偶尔从那里走过，那些黑色的、红色的、灰色的大理石和花岗岩碎屑咯得脚生疼。再往前不到一公里，就是叶丽怡那个厂。说不定，每天清晨他昏昏欲睡的、委顿、闷头走路的样子，早已被她看了个正着。

从那一刻起，他对她身体真正有了欲望——隐约的，却是真切而浓烈的，像一阵花香，开在腐败的枝叶间，因而又带着些许挥之不去的、令人不适的异味。这种欲望里夹杂着一丝男性的怜惜，为了她的黑，她的丑（老实说，只要对上眼，她真心不丑！），她在大太阳底下的动荡和奔波。他的脑海里蓦地冒出了那个老板的样子，还有那条皮毛闪着亮光的恶狗。她和他有一腿吗？他会先向她下手吗？当然，这些不关他的什么事。对于他，她唯一的顾虑是她的"业务"能否谈成——这一点是绕不开的，他怎会不理解呢？终归还是那句话，不见兔子不撒鹰。好吧。

国庆长假之后，寇建洲按照常规开始着手新一季的供应商"招标"。电话通知叶丽怡参加招标会议时，他刻意用了一种"官腔"，听得出她很感激，也很知足。年底是销售旺季，工厂里要提前备货，配套件的采购自然有一个增量。满足老客户之余，随便拨一笔，对叶丽怡那种小厂就算一张大单了。流程自然要走，手续也必得齐备，这些其实都是过场，关键还是寇建洲的一句话。叶丽怡没有落空。

她发了一条手机短信："多谢寇哥！"

寇建洲直接拨了回去："你现在在哪里？已经回到厂里了吗？"

"没有呢寇哥，我还在回去的路上！"

"调头，往回开，我们找个地方坐坐去！"

"……呃，"她迟疑了两秒钟，"行，我马上调头。"

期间，他打电话订好了一间茶室的小包间。女服务员手脚麻利地泡好茶，依照吩咐退了出去。茶几上摆好了一碟绿茶瓜子、一碟五香花生。竹制窗帘卷了一半、留了一半，吊灯却开着。寇建洲脱下外套扔在长沙发上，一屁股坐下，摊开手脚。"累死我了！"他抱怨道。"每次招标，你不知道我要应酬多少人……服务员！服务员！"

一个穿着绿旗袍的女孩影子般闪了进来，"先生您还需要点什么？"

"开空调！把空调打开！"他皱着眉头，挥一挥手。叶丽怡连忙端起茶盅，递了过去。"寇哥，先喝茶！"然后抽空悄悄去了一趟服务台，先埋了单。

寇建洲叉开双腿坐在那里，眯着眼，中年发福的大肚皮微微鼓凸着，一副深思熟虑的样子。眼下正值上班，一个危险而正确的时间；茶室，情调略有些暧昧，但也可以理解得光明正大——可不就是谈"业务"的好去处，所以，也是一个危险而正确的地点；剩下的，就是要做一件危险而正确的事情。所有的危险都是为了通向正确。她懂的。他当然不能太迫切——那不是他的做派，也不是他要的结果，而且在他这个年龄，一定很荒唐。甚至，一开始，如果她太主动，他应该佯装拒绝——婉拒，他要表明自己的态度，他今天很累，出来喝喝茶，放松一下——如此而已。他必须申明：此事与招标无关。那么还是由他主动吧！他压根就不喜欢太主动的女人。她也许会推脱一下，但那只是一种美妙的延宕，她绝对不会让他太费"纠缠"的。没办法，所谓"情不自禁"，他也不能表现得太随便，那样会显得不"尊重"，就连他自己也连带被贬损了呢。唯一的悬念是，她因地制宜、因陋就简的功夫究竟如何。"口活"这个词，从一进包间就开始在他热烘烘的脑袋里打转转。

叶丽怡的手脚一刻也没有闲下来。她端坐在茶盘前，面色沉稳，手法娴熟。电水壶咕咕响着，电源开关"啪"的一声跳起来，她立刻抄起水壶，把滚烫的开水注入"盖碗"，再从"盖碗"注入"公道"，最后，金色的茶水带着一种"厚"和"稠"，汩汩地流进比酒盅大不了多少的茶盅。她一次次双手敬上，容不下片刻的间歇。寇建洲推托不及，一口一盅，喝出了一脑门狼狈的汗珠子。

四

雾汽越来越重了。凝结在树叶上的水珠冷不丁掉下来，滴进寇建洲的脖子里；天没有放亮，反倒更暗了。一个瘦猴样的男孩俟地从他身后蹿出来，眨眼间不见了踪影。他的腰眼被撞了一下。"小兔崽子！"他骂了一声，很想一把揪住那男孩的脖子，打他一顿。

招标过后，有很长一段时间，叶丽怡没再单独和他见面，QQ上倒是一直在联系。她告诉他，她被老板派到外地，需要过一段时间才能回双桥镇。她QQ上显示的地理位置是外省的一个小城市，她确实没有骗他。茶室里那场"未遂"事件，刚开始令他十分窝火，甚至动了"毁标"的念头——他随便找个理由，就能让她先前的所有努力化为乌有。但是冷静想想，也许不应该怪她。如果她刻意拖延这场戏的高潮部分，他就奉陪到底吧。说不定，这戏份还会越来越引人入胜了呢。他检讨过自己：那个茶室真的合适吗？他毕竟是第一次"操办"这种事，他不得不怀疑起自己选择地点的智商。如果由她来安排，肯定比他周全。

今天这种天气，或许真的不该出来。他的灰色运动衣吸饱了雾气中的水分，沉甸甸的，焐得他出了汗。他的脚步开始变得软绵绵的，大脑也有些眩晕。不知不觉间，他已经绕着水塘转了三圈，就像碰到了传说中的"鬼打墙"。往常，他都是从公园的正门进出，到了第四圈，他一个转身，鬼使神差往侧门的方向走了过去。

地上湿漉漉的，乌毛蕨这儿一簇、那儿一簇，伸展着爪子一样的叶片。一股浓重的霉味扑面而来。走近，才发现"侧门"根本就没有安装门，只是一处豁口，裸露的水泥砖上生满了厚厚的苔藓。在草丛和腐叶里趟了一遭，寇建洲的球鞋和袜子全都湿透了。好不容易，他手脚并用地走出了那个豁口。他看见了石料厂那个厚重的大铁门。

从这里回家，要平白地绕一个大圈子。可是，他不愿退回那个湿滑腐臭的豁口，万一踩上了什么剧毒的虫子，比如电视上报道过的"恙虫"之类，麻烦可就大了。

他没有戴手表，手机也放在家里。重重浓雾包围了他，时间在这一刻停顿。在布满碎石块的路面上，看不到一个行人。路边小叶榕树的枝丫上，垂挂着长长的、密密麻麻的根须，它们以这种非典型的方式生长着，增加了周遭的异常，令他浑身发毛，心绪无端地烦躁起来。

　　一个矮个子女人从雾霾中走出来。她戴了一副口罩，手里紧紧挽着一只红色的坤包，急匆匆地往这边走。浓雾阻滞了她的步伐，而她自身也不争气：一双高跟鞋，其实增加不了她多少高度，只会让她走起路来更加磕磕绊绊；在空无一人的小路上，她依旧顽固地、习惯性地摆动着腰肢和屁股，给空气表演她的妩媚和性感。在雾中，在昏暗的天光下，她娉婷婀娜的身子跌跌撞撞地飘移着，出尽了丑态和洋相。寇建洲心怀恶意，冷眼看着她一步步走来。

　　是叶丽怡。没错。

　　一瞬间，他仿佛嗅到了一股味道：油漆的味道，油彩的味道，烤肉的味道。夏日里阳光暴晒下干涸的河床；开水壶里厚厚的水垢。最后，才是她混合了劣质香水味道的体味——第一次在公司大门口见到她的时候，他就记住了这种既令他反感也令他兴奋的味道。她有狐臭吗？应该有。南方人普遍都有。像她这样肤色深重的矮个子女人绝对有。他的身体一阵燥热。

　　那副口罩遮住了她一大半的脸。她为什么在这里？她的两厢"POLO"呢？或者那之前每次都是借的？他知道附近有很多出租屋，租住在这里的人是开不起私家车的，哪怕是一部廉价的"POLO"。他曾经闪烁其词地套过她的口风：她的住处，她的老公（有，还是没有？），她的来历（她能说一口流利的本地"白话"，但这不能证明她就是双桥镇本土人），都被她一一岔开了话题。他理解为她自惭形秽的羞耻心，而并非对他不信任——或者，是他看错了人，这个女人只是身材有点像叶丽怡而已。他悄悄地跟了过去。

先前那个瘦猴样的男孩从马路对面的树丛中闪了出来。他比寇建洲想象的要高，也不算特别瘦。"瘦猴"的印象也许来自他畏葸的神态和举止。他晃晃荡荡地走过来，又细又长的双臂不自然地摆动着，眼睛佯装悠闲地四处打量。然后，他一阵小跑，加快了步子。

寇建洲本能地收住脚步。但是瘦猴男孩已经看见了他。有一秒钟，他们的目光远远地对接上了。首先移开目光的是寇建洲。他自认气场不足，主动败下阵来。与此同时他后退着，准备快速返回那个豁口。

男孩大跨一步，一伸手，拽住了女人的坤包。女人似乎早有防备，她弯着腰，双手捂着包，死死贴着下腹。男孩飞起一脚踢在她撅起的屁股上，她终于失去平衡倒了下去。

"有人抢劫啦……救……"她的嘴已经被男孩捂住。寇建洲吓了一哆嗦，他没听清，她喊出来的是"救"还是"寇"？难道她看见他了?!

在最关键的时刻，女人明智地松开了双手。她蹬掉高跟鞋，拔腿就跑，很快便消失在了浓雾中。

那只红色的坤包现在夹在了瘦猴男孩的腋下，断开的背带一头拖在地上。根据战利品的分量，男孩初步判断，里面起码有一部手机。最好是一部"苹果"。

寇建洲转过身，头也不回地向豁口狂奔。毫无疑问，身后正在发生一场抢劫。抢劫的事情总是会发生的，这年头一点也不新鲜。新鲜的是，他生平第一次成为了"目击者"——他几乎目睹了抢劫的全过程。但是，值得庆幸的是，他机智地逃脱了一场麻烦，也许，是一场巨大的风险：谁知道那个抢劫者——用电视上的专业术语讲，那个"犯罪嫌疑人"——手里有没有致命的凶器？地上很湿滑，石料渣咯疼了他的双脚。还好，他已经接近豁口了，翻过去，就进入了公园，进入了安全地带，这个倒霉的早晨马上就可以结束。

先是，从背后，从他的脖梗处掠过了一阵冷风。一件"钝器"——肯定是一大块花岗岩，他清楚地感觉出了它的硬和凉——重重地拍在他的太阳穴上。他同样清楚地听到了一声巨大的闷响——那个瘦猴男孩，果然有猴子般的敏捷和速度——可恶的小杂种，他下手可真重。

寇建洲一头栽下去，失去了意识和知觉。

五

当天晚上，本地电视台的金牌栏目"第一时间"播出了一条新闻——

"……本台消息：今晨七点五十五分左右，一位下班回家的某小区保安黄先生在路过双桥镇××路段时，发现路旁躺着一名昏迷的中年男子。黄先生随即拨打了报警电话。经确认，该中年男子姓寇，系居住在距事发地点约一公里处的某小区业主，就职于镇内某大型企业。接到报警后，警察迅速封锁了事发现场，并进行了周密勘察，初步断定为一起抢劫案件。在现场，警方发现了一双女式高跟鞋和一只红色的女用坤包，坤包的带子已断裂，包内的物品被掏空。警方尚未和坤包的主人取得联系，截止到记者发稿时，也没人前往认领。

"据警方提供的消息，寇某的脑部疑被钝器所伤导致深度昏迷，目前正在本市第一人民医院重症监护室接受治疗，尚未脱离危险期。另据了解，该路段行人较为稀少，属案情多发地段。警方表示，因大雾和雨水的原因，给现场勘察工作带来了一定的难度，目前尚不能完全定性这起案件的性质。警方拒绝透露进一步的具体案情。该案的详细情况和进展，本台将在随后为您追踪报道。报料人：黄先生，奖金200元。下面，请看本台记者从现场发回的报道——"

电视画面从女主播切换成了那个穿制服的年轻保安，一个长长的话筒戳在他下巴旁。"请问，您是怎么发现伤者的？"

年轻保安面露羞涩，却也掩饰不住兴奋，"今天早晨，我下了夜班回住处，路过时发现草丛里躺了一个人，就下了自行车，想看看是怎么回事，结果……"

"结果您发现了这起案件！"记者愉快地抢过了他的话，"听说您工作的地方就是伤者寇××居住的小区，作为当值保安，您认识他吗？今天值班的时候见到过他吗？"

"以前肯定见过。来来往往的业主，肯定见到过，但是谈不上认识。今天……我可就记不清了，可能见到过，也可能没见到。他们出门的时候会自己刷卡，我没有留意。"

现场明显有些混乱。一个披头散发的女人闯入画面，字幕显示：伤者妻子辛女士，某中学教师。"他是见义勇为！这是明摆着的事情！"她抢过话筒，双眼炯炯放光，有一种不依不饶的、不达目的誓不罢休的劲头，"我说过了，我的老公寇先生是一个受人尊重的企业主管，他平时敬业守法，经常做好事、行善举！我可以作证，他的公司、他的很多同事也可以作证！"

记者："您对寇先生出现在事发现场怎么看？据说那条路平时很少有人走。"

"什么叫做很少有人走？有路就有人走！很少有人走，就要纵容犯罪分子吗？很少有人走，更要加强防卫！我们的生活里绝不允许存在任何一个不安全的死角、盲区！让我来告诉你吧，我老公每天早晨去那一带散步、锻炼身体，是为了有一个好的状态投入工作！很显然，他即使在散步的时候，也没有忘记一个公民应有的责任和义务，当他看到犯罪分子企图行劫的时候，奋不顾身给予打击，才引祸上身，遭受报复的！这就是真相！这就是显而易见的真相！"

她真能讲！那个采访她的记者不合时宜地、不易觉察地笑了一下。"嗯,辛女士说得非常有道理,我们的生活里不应该有任何不安全的死角和盲区。据了解,事发路段没有安装任何监控设施,以至于警方无法调出任何可以帮助案情侦破的现场录像。记者在此呼吁有关部门,要尽快采取相关措施,保证我们的广大市民生活和出行安全!"

广告之后,女主播重新回到画面里。她祈望寇先生早日苏醒,为警方提供有效线索。同时,她再一次发出了强烈呼吁,希望有目击者或当事人、那个红色坤包的主人拿出自己的良心和勇气,勇敢地站出来协助警方,以使案情尽快得到侦破,将犯罪嫌疑人绳之以法。如果(如果!看来主播并没有全盘接受"辛女士"对案情的推理和想象),这确是一起见义勇为的行为,坤包主人就更应该早日站出来,指认罪犯,告慰我们的英雄,弘扬正义,祛除邪恶……

六

整整一天过去了,寇建洲一直躺在医院里。经过抢救,他的生命体征暂时趋于稳定,但始终没有从昏迷中醒来。据主治医生初步诊断,因脑伤过重,他有可能成为植物人。

(《羊台山》第 29 期)

女工宿舍里的潘安

/余同友

潘安在屋里闷头睡了一天。第二天一早，也就是正月初四，就一个人捡起自己的人蛇皮袋离开瓦庄，爬上去罗城的火车了。

算算，这是潘安第二十次离开瓦庄去罗城了，潘安在罗城的一家工厂当保安，他在罗城当保安已经整整十三年了，这十三年里，他大多每年都要回瓦庄两次，只有少数几个年份里才回一次。瓦庄到罗城来回两三千里，一次路费再省也要五六百元，瓦庄别的男人最多一年回家一次，主要是省下这来回的花费，但潘安舍得花这个钱，他认为，赚钱做什么，不就是养家么？而家是什么，有女人才有家，他的家，他的女人就在瓦庄，在外辛苦一年，能不回来看看家看看家里的女人么？每次回到瓦庄，潘安都要带许多东西，半人高的蛇皮袋装得满满的。在村路上，他将那蛇皮袋扛在肩头上，压得都看不见脸，但潘安自己知道，被袋子遮住的脸这个时候是骄傲的、高兴的，那袋子就是一个移动的广告牌，它告诉瓦庄别的人家的女人，那个恋家的潘安又回来了，又给他家的小红带了许多东西。而每次离开瓦庄去罗城时，潘安还带着那个巨大的蛇皮袋，不同的是，这时的袋子是瘪下去的，折叠成一个方块，夹在胳肢窝下，瓦庄的那些结了婚的大嫂子们就笑话他,潘安,你回来那一满袋子都被小红掏空了啊。潘安知道她们是在开他玩笑,他红了脸嗯啊嗯啊地应付着,低了头,很快地走出瓦庄那些大嫂子们的视线,这才回过头看一眼瓦庄,他好像看见了小红,她正在自己家的院子里,站在高高的石头门槛上朝他张望。潘安就心满意足地冲着自己想象中的小红说,回家去吧,看什么呢,又不是没看过你老公,下半年过年时我不就又回来了,到时,我给你带你要的那种红纱巾,你放心,我不会忘记的。他这样说了一通后,就大踏步地走了。

我这样写了后,你就会知道潘安大致是个什么样的人了,正如你所猜测的,潘安是个三十过了四十不到的男人,看他的名字你也不要笑,他姓潘,是"安"字辈,他父亲给他取名的时候,图省事,后面也没加个字,就成了潘安,倒不是一心要跟古代的那个叫潘安的美男子比试,瓦庄的人没那个雄心壮志。不过,潘安这个人,长得还真对得起这个名字,一个大男人,却皮肤白白的,太阳怎么晒也晒不黑,也可能因为这个原因,从小到大,潘安就被瓦庄人讥笑为小姑娘,潘安长大后就比别的男人看起来要害羞一些文静一些。在瓦庄,人人都会唱黄梅戏《女驸马》里的一段唱词:我也曾赴过琼林宴,我也曾打马御街前,人人夸我潘安貌,原来纱帽罩啊罩婵娟那……人们一唱起这段,就会打趣瓦庄的潘安,潘安哪,怎么还不去赴琼林宴呢?所以,在瓦庄,大家一致认为,一个男人长得俊,不是一件好事。但到了罗城,潘安却因为相貌优势,让很多瓦庄人非常不爽,这家伙凭色相捞到了一个好差事,他们打工的那家工厂是个台湾人开办的,台湾佬好门面,那个厂长挑选保安时,一眼就看中了长得白白净净、周周正正的潘安,并很快让他当上了保安队队长,哈哈哈,厂长还牛气地说,潘安都来给我们厂当保安了。

而且,潘安的好运并不是到此为止。潘安穿着保安制服,样子像个公家人,双手还戴着白手套,走着站着都是笔挺挺的,厂里进进出出的女工们很快都认识这个潘安一样的潘安了,尽管没有人知道古时候的潘安长得什么样,但她们私底下都认为,要是这个潘安也生在古代,一定也有那些女人扔橘子什么的给他,追着他的马车跑,可惜,这个潘安没有车子,连自行车都没有一辆。不过这也没有关系,不影响女人们喜欢潘安。

潘安的工作职责有两条,一是在厂大门口站岗,二是在厂区巡逻。一个是站着不动,一个是走个不停,潘安硬是站有站相,走有走样。厂里的管理层发现,只要潘安站岗,进出大门的女工就格外多些,有的还不厌其烦地来来回回地走,有的老是上前向他打听一些事,什么厂里的热水怎么最近不热了,什么她的厂牌弄丢了,怎么补办啦,尽是这些无油盐的事,像一群麻雀鸟围着一株颗粒饱满的稻穗。这不利于厂里的管理,最后,厂保卫部决定,潘安作为保安队长,除了代班等特殊情况,平时都以在厂区巡逻为主。这一决定就给了小红机会。

小红的家就在离瓦庄不远的窑庄,和潘安也算是老乡了,有几年坐火车到罗城他们还在一节车厢里呢。小红在这个厂里食堂打杂,时间上比车间里的女工要自由多了,至少可以在潘安巡逻到职工食堂那里时,在窗边与他照个面,说上几句话。那时候他们都还年轻嘛,年轻人心里总是很快地有了内容。有一天,小红又在食堂窗口那里喊住了潘安,她说,潘安,我有个安全方面的事情要找你。

潘安说,安全方面的事你找我就对了。

小红说,抽空你到我们女工宿舍去查查看,我们那间宿舍每天晚上都有奇怪的响动,可是怎么查都查不出原因,害得我们都睡不好,我们都怕是不是有鬼哟。

潘安知道小红住的女工宿舍在厂里的东北角,是顶头的一间,住了8个女工,窗子前有一棵大的香樟树,虽然房间暗了一点,但还是比别的房间凉快一些,会是什么东西天天晚上响呢,哪有什么鬼呢，是不是老鼠呢，他问小红。

小红说，不是的，没见到过有老鼠屎嘛。

潘安想了想说，那你现在有空吗？现在就去看看。

小红很快就从食堂里跑了出来，大概是跑步的原因，她的两腮红红的。到了女工宿舍，潘安看见走廊上晾晒了花花绿绿的衣服，特别是一个个大大小小五颜六色的乳罩晃晃荡荡，晃得眼都花了，空气中浮着一种女人特有的气息，有一丝甜，有一丝腥，有一丝香，潘安忽然出了一身的汗，口干舌渴，要窒息一般，他艰难地迈着步子，跟着小红进了女工宿舍里。

宿舍里有些暗，四张架子床占满了房子的空间，小红指着靠窗的一张床的下铺说，那就是我的床。

潘安看见那床上床单是粉红色的，像一片春天的桃林，叠得方方正正的被窝是青绿色的，像一片河滩上的草地，小红的声音仿佛是从地底冒出来似的，她说，你查查看，到底是什么响动呢？

潘安木木地走到小红的床铺前，站在小红的身旁。小红顺手打开了绿被窝，大片的草地被摊开了，鲜绿鲜绿的草地，让人忍不住想在上面打个滚。

小红说，一到晚上，我们宿舍里的人都会听到有像人走路的声音，就走在我们的被子上，可是明明被子上什么东西都没有。

在小红的鼓励下，潘安摸了摸小红的绿被窝，他感觉到有一种毛茸茸的东西在手掌心里轻轻地动弹，那东西凉凉的、软软的，可他瞪大眼睛看看，确实什么也没有。

小红说，要不，你贴在被窝上听听，白天有时候也听得到那声音呢。

潘安听话地趴下身，耳朵贴在绿被窝上，闭了眼去听，果真有嗒嗒的声音，从被窝里往外响，潘安刚要说什么，就有个东西盖在他头上，他愣了一会，才发现，是小红的长头发，接下来，是小红的声音在他的耳朵边响起，小红说，是不是狐精呢？我这房间里有没有狐精啊？

潘安不知道自己是怎么回答的，他只知道，后来，小红的嘴唇从他的耳朵移到他的鼻子下面去了。潘安就在那间有狐精的女工宿舍里完成了他人生的第一次热吻。潘安睁开眼睛时，他看见小红宿舍的天花板上有一处水渍，那水渍的形状真的像一只美丽的狐精，大眼，尖脸，凸胸，翘屁股。这时，窗外传来一阵哗哗哗的声音，潘安对小红说，我知道了，一定是风吹树叶的声音让你们害怕了，回头我请示领导，将那棵树丫砍掉吧。

后来，潘安果然砍掉了那棵树靠近宿舍方向的一股大枝丫，潘安对领导说，那棵树丫伸到女工宿舍窗子旁，要是有坏人坏心事，就可以沿着那棵树爬到女工宿舍，所以还是砍掉为好。领导表扬了他，并让他立即砍掉。

潘安本来还想对小红说说天花板上那个女狐精，后来，不知为什么，他终于没有说，他觉得那个女狐精很可爱。

潘安和小红便经常在那只狐精的注视下，躺在小红的粉红床单和绿色被窝里，做了年轻人都喜欢做的事。

故事说到这里，你会以为我要讲的就是一个工厂年轻保安和一个年轻女工的恋爱故事，其实，我说的不是一个恋爱故事，我要说的是另一个故事，另一个故事就要发生，你会发现，这是一个完全不同的故事。

潘安和小红在罗城打工的第二年，小红怀孕了，两个人就结了婚。儿子生下来后，小红就不能来罗城打工了，因为要是一家人都在罗城，生活费太贵了，而作为一个新的家庭，他们要做的事情可太多了，比如，要盖新房子，要准备儿子上学，所以，和瓦庄大多数人家一样，潘安还是在罗城当他的保安，小红则留在瓦庄家里，带带儿子，管理家里的几亩茶园几亩水田。我在前面说过了，潘安是个恋家的男人，他大多每年回家两次，上半年一次,下半年一次,上半年一次要待上十天,下半年的春节甚至要待上半个月,他舍不得离开家,离开小红。每次要离开小红的那个夜晚,他都几乎整夜不睡觉,一次次地和小红在被窝里翻滚。

等两个人消停下来后,小红问他,你在罗城,有别的女工要骚你,你怎么办?

潘安急切地表态说,怎么会?我只会跟你一个人的。

小红说,那你一个大男人,那么长时间不碰女人,你不难受?我听说瓦庄不少男人都在外面和别的女人临时打伙住在一起了,你怎么不试试呢?

潘安说,我不试,我难受时我就想你啊。

这样说着,潘安就又凑过去,骑在了小红的身上,小红就鼓励似的给予很好的配合。

这些年基本都是这样过来的,谁也没有听说过潘安在罗城和哪个女工有什么瓜葛,潘安觉得这很好。问题是,在这个春节,潘安发现有些不对劲。

这个春节,潘安照往常一样,调好了班,腊月二十四就回到了瓦庄,他计划要到初十才离开家去罗城。他在回家的火车上就想象着,在这半个月里,他要好好地享受享受和小红在一起的夜晚,这半年,可把他憋坏了。可是,和往年不一样的是,小红在床上一点也不热情,甚至不让他近身,好像潘安成了一堆烂牛屎。在潘安的不断要求下,他和小红总算有了一次,可小红从头到尾像根木头,还是根死木头,潘安分明看见小红厌恶的眼神。

潘安觉得很奇怪,他想不通小红为什么会这样,他并没有做错什么呀,他想了好久,后来他想,也许是女人到了一定的年龄,是不是没兴趣了?

潘安在罗城听同事们说起过一种药,那种药女人吃了就会对男人特别好,而潘安在这个春节是多么需要小红对他特别好啊,他需要小红和以前一样对他好,然后,他才有劲头在罗城熬上大半年没有女人的日子。于是，他就借口买年货去了县城，在一家门脸小小的店里面买到了那种药。晚上的时候，他趁小红不注意，就将那药粉倒在小红喝水的杯子里，谁知道，小红喝了一口就觉得味道不对，随后，她又在床底下找到了那包药的包装袋。

小红把一杯催情水呼啦一下全倒在了潘安的脸上，你还是个人吗？你是个畜生！小红恶狠狠地骂着，抱着被子，一个人跑到沙发上去睡了。

潘安看过许多电视剧，电视剧里的男人和女人吵架后，最后都是其中一个抱着被子去睡沙发，他没想到，这个电视剧情也会在他家上演。潘安抹了抹脸上的水，他说，为什么，到底为什么？

小红就是不理他。潘安看见小红的身子在被窝底下线条起伏，像极了那年他们在罗城的那间女工宿舍里，他看见的那个天花板上的狐精。

潘安这个春节过得特别沮丧，特别凄惨，他想不明白小红为什么会这样对他。到了正月初四，潘安闷头睡了一觉后，他和自己赌气，更是和小红赌气，他初四就要去罗城。当他像往年一样夹着大号蛇皮袋走出门时，他看了一眼小红。小红并没有挽留他，只是冷冷地看了他一眼，就像没有他这个人一样。

潘安伤心地出了门，他满心埋怨着小红，他想，就算我出了昏招，去买了那药给你吃，我还不是想让你对我好一点么，难道你就不能对我好一点？

就如我开头对你说的那样，潘安破天荒在正月初四就离开了家，低了头，穿过瓦庄，爬上了去罗城的火车。即便是正月初四，火车上还是坐满了人，而且还有瓦庄的人，他们有的和潘安一样是到罗城去的，有的是去别的城市，做的事也乱七八糟，做泥瓦工的，蒸包子馒头的，修电器的，跑传销的，渔船上捕鱼的，也有什么事也不干，就在城市里晃荡晃荡的，像是去城里走亲戚，走了一年又回家，第二年再去，就这样一年又一年，一直到老了，走不动了，最终回到瓦庄自己家的老房子里，反正，凡是能走的男人都绝不会待在瓦庄的。

瓦庄的人在火车上看到潘安，都惊奇地叫起来，潘安，你怎么也这么早走？还有一个人挤着眼睛说，潘安，你应该在家好好种地啊，你就放心小红那块肥地啊，别让别人犁翻了。

瓦庄人哈哈大笑着，全然不顾潘安白了又红红了又白的脸，他呆呆地坐在车厢过道里，垫着那个大蛇皮袋，一动不动地望着窗外。从天亮望到天黑。

天彻底黑下来时，火车也停靠在一个小站。站台上亮着昏黄的灯光，有几个小贩子推着小推车，车上的玉米棒、肉粽子、茶叶蛋冒着腾腾热气，潘安夹着他那个大蛇皮袋下了车，他的脸隐在那一团热气中，等到火车开走了，那一团热气消散了，瓦庄人发现，潘安不在车上了。这狗日的怕是没赶上车，他们说。

潘安是没上车，他转身又坐长途客车回到了瓦庄，这么多年来，第一次，他没有顶着一大蛇皮袋东西出现在瓦庄的村口。他也没有直接回到家里。

潘安在镇里的集市上买了几包榨菜，一袋馒头，还有两瓶矿泉水，他背着这些在晚上回到了瓦庄。这时候的瓦庄一片安静，潘安回村没有惊起一声响动，连狗都没有吠一声。他走到家门前，愣了一会，然后，走到横在房子左边的偏厦里，偏厦是由土砖搭成的，是摆放农具杂物的地方，他知道偏厦的门锁完全是个摆设，坏了好多年了，轻轻一拉，锁就开了，他钻了进去，爬到一堆稻草上，正月里，没有农活可干，基本上是不会有人进到偏厦来的。潘安就在偏厦的草堆上睡了一晚，虽然冻得瑟瑟发抖，他还是忍着，把整个身子裹在那个大蛇皮袋里，却把两只眼睛露在了外面，像一只猫头鹰般警觉。

潘安做了三天猫头鹰。三天里，他瞪大着眼睛，盯着自己家的大门，他看见小红几乎没出过家门，倒是念小学的儿子天天在外面玩耍，也没见他在家做作业，潘安心想，这小子原来还骗老子说天天在家写日记做数学题呢。第四天早上，潘安准备还是安心地起身到罗城去。可就在这天早上，吃过了早饭后，他看见小红打发儿子到他姑姑家去玩了，自己收拾收拾，穿上了新衣服，还戴上了一条红纱巾，正是潘安上一年从罗城给她带回来的那一条纱巾，然后锁好了门，摇摇摆摆地出了门。

等到小红走了一段路，估计不会看见自己了，潘安才脱身从蛇皮袋里钻了出来，跳下了草堆，猫着腰，远远地跟在小红身后。小红丝毫没有察觉，潘安看见她用手机打了一次电话，然后往镇上方向走去。

潘安一双眼睛睁得比猫头鹰还大，他看见小红走到通往镇上的那座大桥上时停住了，像是在等什么人。潘安加快了脚步，努力让小红的行动落在他的视线范围内。过了一会，他看见一个男人，骑着一辆摩托车到了小红的面前，车子陡地刹停，然后又漂亮地转了一个弯，屁股对着瓦庄，车头对着镇里，小红就跷起屁股坐在了车后座上，而且一只手还似乎抓住了那个男人的裤腰带，距离有点远，潘安没看清楚那男人的面孔。摩托车轰一声，喷出一股黑烟走了。

潘安觉得自己的脸也被那一股黑烟笼罩着，黑烟变成了墨汁，在他的脸上横一道竖一道地刷着。

潘安愣怔了片刻，他猛地跑了起来，小红，你停下，小红你停下，他一边追着那摩托车一边喊着，可是摩托车开得飞快，根本听不见他的呼喊。潘安一气撵了两里路，心口里砰砰地直打鼓，几天里吃的榨菜、馒头一齐涌上了喉咙口，他哇地一下吐了出来，两条腿也软得像棉花条。

故事说到这里，你可能更加失望了，搞半天，不就是一个男人被戴绿帽子的故事嘛，这种事多了去呢，可是，我请你耐心点，我觉得这个故事和别的故事不一样的地方就在后面，也就是它的结尾部分。我争取能给你一个好看的结尾。

好了，我还是接着说吧。

潘安那天拖着两条腿，回到了瓦庄自己的家中，他都不知道自己是怎么回家的。回到家后，潘安不喝不吃也不睡，他就坐在堂前像一尊土地庙里的土地公。一直等到夜里十一点左右，小红才回到家。

小红看到潘安在家里，也没有吃惊，好像潘安根本没有离开家一样，她摘下脖子上的红纱巾，转身要去厨房喝水。潘安蹭地弹跳了起来，他大喊着，小红，小红，你给我说清楚，那个骑摩托车带你的人是哪一个？你跟他做什么去了？

小红冷冷地看了一眼潘安，她说，原来，你是在监视我，我告诉你，那个人是接我去打麻将的。

那你说那个人到底是哪一个？

小红说我不知道，我不知道他的名字。

你还说不知道，潘安的脸气得变了形，他冲到小红面前，去搜小红的口袋，那你把手机给我看看，我来打那个狗男人的电话。

小红死死地扯住自己的衣服口袋，不让潘安拿走手机，潘安拉扯了几下，忽然，他一巴掌打在了小红的脸上，把小红推倒在地上，他转过身把桌上的茶杯、果盒、水瓶，拿起一件砸一件，哐哐当当，他每砸一下就骂一下，死去吧，死去吧。砸了半天，小红躺在地上不起来，耸着肩膀在抽泣。潘安停止了砸东西，他呆立在堂前，灯光在摇晃，四周突然特别寂静，静得能听到很远的田野里的一只蚯蚓的蠕动。

潘安也一下子瘫倒在地上哭了起来，这是为什么嘛，这是为什么嘛？

小红的一张脸被潘安打肿起来了，她带着怨恨跑到了窑庄她的娘家去了，家里剩下潘安一个人。潘安在第二天早上醒来，看

女工宿舍里的潘安　435

着满地的碎片，他也不去打扫，他像个疯子一样在村子里走动，一家家地去打听，他问村子里的那些大嫂子老太太，小红在家的时候到底是和谁在一起，那个开摩托车的人到底是哪一个？

瓦庄的人怎么会告诉潘安具体的人呢，莫说不知道，就是知道了也不会说的，反而是，这样一来，整个村子里的人都知道小红在外面有了人了。

潘安闹到正月十五还没有闹出个头绪，小红那边却放出话来，她要和潘安离婚。小红有个亲戚是做律师的，很快就帮小红到法院递交了离婚申请，还带着小红到医院作了伤害鉴定，律师说这是人身伤害，潘安不仅要和小红解除婚姻，还要赔钱。

潘安听到小红放出这样的话，他更生气了，他说，她有什么资格要离婚呢？要离也是老子要离！

可是，法院真的将开庭通知送来了。真的到了离婚这一步，潘安又觉得不舍得，他心里想，也可能小红真是去打麻将的。在瓦庄，打麻将也是一件正常不过的事。也许自己是真的冤枉了小红。

法院民庭的办案法官看出潘安的心事，就对他说，你想开点，去求求你老婆，看在儿子的面子上，别离婚。这样，到时候我们争取帮你调解，两口子照样过日子。

潘安想了想说，好，我同意。

到了开庭那天，办案的法官反复调解，小红终于同意只要潘安不再打她，为了孩子可以暂时不离婚。

潘安站在小红的对面，却突然又变卦了，血涨红了脸，他说，小红，当着法官的面，你给我说清楚，那个男人到底是谁？

小红说，我早就告诉你，我不知道，你要再追个不休，我们就离婚。

潘安犟着脖子，咬着牙说，离婚。

潘安离婚后，瓦庄有好心的人才告诉他说，那个人是个卖豆腐的，三天两头来瓦庄卖豆腐，后来就缠上了小红，不过，除了小红，那个人在瓦庄还有好几个相好的呢，也就是你潘安，非要搞什么跟踪，这下好了吧，人家都没事，就你搞了个鸡飞蛋打，这个事又是个多大的事呢？忍忍不就过了？你要不舒服，你在罗城也可以找一个么。

潘安离了婚后，人虽然还是怏怏的，但日子还得过，过了几天，他又到罗城厂里上班去了。

有好长时间，潘安还不适应自己是个离了婚的人，他心里有时还把小红当作自己的老婆，特别是晚上一个人睡觉，总会想到女人，一想到女人，他脑子里就只会出现小红的身体，只有小红的身体他才熟悉啊。以前，要是想小红了，他就会闭着眼，在脑子里还原和小红在一起时的情景，一边还原，一边用手给自己解决，这样，他就得到了满足，一点也不耽误第二天上班。可是，现在，只是一想到女人，一想到小红，还没有还原到一半情景，就会听到小红尖利的拒绝的嗓音，连在想象里，小红也不愿意和他在一起了，潘安立即就软了下去。可是，软了下去的潘安，心里还是不可抑止地要去想女人，想着想着，他就一个人呜咽着哭了起来。

你可能要为潘安着急，或者说，为这个故事着急，难道，这就是你说的那个精彩的结尾？别急，你还是不要急，结尾马上就来了。

潘安再怎么想女人，也还是和从前一样，他从不去那些洗头房去解决一下，也不和那些丈夫不在身边的女工们打伙过在一起，虽然有不少女工对他有这个意思。没有了解决的路径，正值壮年的潘安就越是想，越想又越没有办法。

有一天，潘安又在厂区巡逻，他走到女工宿舍前，忽然就想起了他和小红当年在一起第一次亲嘴的情形。现在，女工宿舍早就扩建了，由原先的8个人一间房改成了4个人一间房，那棵大树也早就砍掉了，那块地上也建成了房子，不过，当年小红住过的那间宿舍还在，只不过重新粉刷了一下。潘安看着那间宿舍，不由自主地就往上走，因为厂区里的人都认识这个老保安队长，所以，即便是在女工宿舍，也没有人拦住他问什么。

潘安一直走到了当年小红住过的那一层楼，他看见走廊上和以前一样晾晒了花花绿绿的衣服，特别是一个个大大小小五颜六色的乳罩晃晃荡荡，晃得眼都花了，空气中浮着一种女人特有的气息，有一丝甜，有一丝腥，有一丝香，潘安忽然出了一身的汗，口干舌燥，要窒息一般，他艰难地迈着步子，然后，他走进了当年小红住过的宿舍里。

宿舍里还是有些暗，两张架子床一边一个，他看见靠窗的一张床的下铺，床上床单是粉红色的，像一片春天的桃林，叠得方方正正的被窝是青绿色的，像一片河滩上的草地，鲜绿鲜绿的草地，让人忍不住想在上面打个滚。这和当年的情形一模一样啊，潘安有点惊讶。

潘安抬眼望了望天花板，让他更惊奇的是，那只天花板上的狐精竟然还在，那只美丽的狐精，大眼，尖脸，凸胸，翘屁股。

就在潘安使劲望着那只狐精的时候，狐精仿佛活了过来，身体一扭一扭，就从天花板上扭了下来，她扭到了床前，就变成了小红，和小红一个样子，小红的声音仿佛是从地底冒出来似的，她说，你过来呀。

潘安就走到小红的床铺前，站在小红的身旁。小红顺手打开了绿被窝，大片的草地被摊开了。小红说，一到晚上，我们宿舍里的人都会听到像人走路的声音，就走在我们的被子上，可是明明被子上什么东西都没有。

在小红的鼓励下，潘安摸了摸小红的绿被窝，他感觉到有一种毛茸茸的东西在手掌心里轻轻地动弹，那东西凉凉的，软软的，可他瞪大眼睛看看，确实什么也没有。

小红说，要不，你贴在被窝上听听，白天有时候也听得到那声音呢。

潘安听话地趴下身，耳朵贴在绿被窝上，闭了眼去听，果真有嗒嗒的声音，从被窝里往外响，潘安刚要说什么，就有个东西盖在他头上，他愣了一会，才发现，是小红的长头发，接下来，小红的嘴唇从他的耳朵移到他的鼻子下面去了。潘安就在那间女工宿舍里完成了他离婚后的第一次热吻。随后，潘安被小红一样的狐精拉到了被子底下，把问题给解决了，解决得酣畅淋漓。

潘安是被一阵下工的铃声惊醒的，他睁开眼，那只狐精又回到了天花板上，小红也离开了床，只有打开的被窝提醒他，他刚才和小红一样的狐精在一起，他又找回了和小红在一起时的快活。

潘安是在正月和小红离了婚后来到罗城的，这一年，他一次也没有回瓦庄，回瓦庄他也见不到小红了，而在罗城，他隔三差五地就会来到女工宿舍，和那只小红一样的狐精见面。那只狐精长得是那样漂亮，更怪的是，她并不固定在哪一个宿舍里，潘安推开哪个宿舍的门，她就会到哪个宿舍里去，而且，慢慢地，她也会和潘安说话了。潘安一般是到了一个女工宿舍，找一个被窝（那被窝的颜色要么是嫩绿色的，要么是粉红色的），然后，慢慢躺下来，他就会说，小红，我来了，你快过来啊。小红一样的狐精就来了，她喊着潘安的名字，他们说着亲热的话，然后搂抱在一起。

按道理，故事到这里就应该结束了，顶多加上一句：从此，潘安和狐精过上了快乐幸福的生活。

但事实上，后来发生的故事可能让你有点失望，故事的结尾有点变化。

实际情况是，一年以后的一天，潘安又想去见他的小红一样的狐精了，他像往常一样，走到一间女工宿舍里去，找到靠窗的一张床躺了下来，他闭了眼睛，嘴里在呼唤着狐精的名字，小红，小红。很快，小红应声而来，小红把她柔软的身体放在潘安的怀抱里。就在她们快乐的时候，女工宿舍原先锁好的门突然被打开了，进来了一群保安，他们猛地掀开了盖在潘安和小红身上的被子。

潘安听到小红一声尖叫，从他怀里跑了出去，只剩下他一个人傻傻地躺在床上，他抬起眼，望见狐精在天花板上，潘安笑了一下，他对她眨眨眼说，我不会说的。

保安的身后跟着一群女工，她们说，原来是他，还是保安队长呢，竟然干这样的事！

潘安听不见她们说什么，他微笑着，他一直微笑着。

好了，这个故事现在是真正到了该结束的时候了。我不知道有没有意思，如果让你失望了，我真的很抱歉。

(《羊台山》第 30 期)

言午

/方方

言午从监狱里放出来便接过了他老婆手里的垃圾车。垃圾车是用大红漆涂抹过的,很是鲜亮。言午第一眼见它时猛然一阵心惊肉跳,第二眼他就使自己习惯了。言午在大狱里待了十三年。在那里头他也不知悟出了什么东西,以至于他走出那蓝铮铮的大铁门时竟不觉出他脸上有晦气。游移不定的眼神倒仿佛比谁都轻松,比谁都满不在乎。

言午的老婆说:"看你这神气好像在里头有了相好似的。"

言午笑了笑,没说话。他老婆等了他十三年等出这么一个落拓的他,却还像十三年前一样的"醋"。

言午已从大楼里搬到了沿宿舍围墙加盖的一间平房里。这是他入狱后的第一年中机关专为安置他老婆给盖的。单砖薄顶,阴暗潮湿,但毕竟可以居住。言午的老婆就是在这里添了垃圾车和一系列清扫卫生的工具。

言午的老婆在言午出狱前就告诉言午,将来她养活他,他尽可以在家看书写文章什么的。

言午冷冷一笑,说:"我这辈子什么时候要你养过?"

一句话使言午的老婆无言以对。言午的老婆自打从她娘家的小书店嫁出来后，就没有挣过一分钱，直到言午入狱。言午是个强悍的男人，至少言午老婆一直这么想。

言午到家后差不多只吃了一顿饭，便拉着那辆大红色的板车沿门挨栋地去清垃圾了。

言午的形象使很多人吓了一跳，也使很多人感到尴尬，而更多的人则羞愧不已。

言午第一次在宿舍区露面就感觉到了这一点。那之后，他便每天上下班时将垃圾车停在路口，好似迎接和欢送那些步履匆匆的上班族。

言午永远穿着件深褐色的中山装。这件深褐色的中山装已经很破旧了，尤其衣袖口，布丝筋筋扯扯地缠了一大堆，风一吹，在太阳光下飘飘然煞是瞩目。言午的老婆每次说为他缝补，言午总是淡说一句："你懂个屁！"

言午想，我要的就是这个效果。

但凡人多热闹时，言午在路口便极其夸大了自己的猥琐、卑微和下贱。他有时伏在车帮上贪婪地翻扒垃圾中可以卖钱的废纸酒瓶系列，又有时走入路中，在来去匆匆的行人脚下拾取烟头之类。言午有一次拾烟头竟拾到研究室主任脚下了，那是主任刚扔下的一截，还燃着。言午捡起来放到嘴里使劲地吸了几口，而后追赶上去，带着极浓的讨好之意连声地说："谢谢主任，谢谢主任！"主任先是吓了一跳，定睛看言午几秒，两颊立即赤红赤红，逃也似的离开了，倒颇有落荒之举。

言午那天很愉快，晚餐时还喝了一点酒。

言午的老婆是个很贤惠也很能干的人。她在言午回来前夕，将那小平房精心地隔成了两间。分割房间的材料是布。言午的老婆自然没有经济能力去添置如墙那么大面积的布，但她却能创造。她将她从垃圾里拾来的布洗干净后，一块块地拼缝。想来言午的老婆也是个颇有艺术气质的人。她竟将那千百块布拼成了图案。

扯开后，竟如一幅现代感极强的装饰帘布。宿舍里一个学美术的大学生闻之后曾专门去看了一下，看后说言午的老婆色彩感好极了。

其实很少有人知道，言午的老婆在嫁给言午前正是学艺术的，只是婚后言午不愿叫她再继续深造，她才一条心做了家庭妇女。

言午的老婆在布帘之后为言午准备了一个尽可能考究的书房。书和书架是言午以前的。皮椅的皮已被人弄破了，言午的老婆又很精心地用皮革重新包了起来，包好后仿佛是市面上根本买不到的流行款式。笔筒里，言午的老婆照老习惯插上了削得尖尖的各式铅笔。细心至微的言午老婆估计言午的钢笔一定没有了，又将言午当初送给她的那支金笔也插在笔筒里。言午的老婆外表已粗糙衰老成一个倒垃圾的婆子，内心依然娟秀细腻如故。言午的老婆有病，没能生下一男半女，这使她对言午有一种深刻的内疚，这内疚随时间而演变成一种坚定不渝的忠诚和死心塌地的爱。

但言午的老婆觉得自己一辈子都理解不了言午。

言午对自己能有如此书房还是感到很惬意的。言午倒完垃圾回来便待在书房里，却从来不看一本书，甚至连立在他的书架前重新翻阅或浏览之意都没有。言午永远是靠在他的皮椅上，两眼直直地望着天花板，跷着的二郎腿时而晃上几晃。

言午的老婆初始以为言午如此这般是痛苦到至极又若没了痛苦的表现，后又觉得不是。言午的眼睛有时会在突然间炯炯地放出光来。那时候言午的神情给人一种可怕之感。

言午的老婆好长时间里预感着会发生什么事，心里惴惴的，无一日安神。但事实证明她多虑了。言午或她的家庭，什么事也没发生。言午每日极其有规律地出门，又极其守时地返回，如一架机器，甚至不辞辛苦地为她拾回很多可以换钱的垃圾。

只是关上家门后，言午则一如往昔地饭来张口，衣来伸手，晚间洗脚也一如往昔地由言午的老婆蹲下去干。

言午的老婆只要言午没有外遇，替他做牛做马都行。言午每天拉车出门时，她总忘不了叮嘱一句曾叮嘱过多年的话："在外面不要盯着女人看哦?!"此外还增补了一句新的："现在的女人比以前的浪多了，你没经验，要小心她们勾引你哦。"

言午每听此语都觉得好笑。来勾引他这个倒垃圾老头儿的除非是个精神病患者。言午同时又从言午老婆的话里感到一点惊讶，他在这世界上居然还有人喜欢。

言午的日子就这么过了下去，仿佛静如死水。无论是见了他吓一跳的人还是见他尴尬或羞愧的人自然都在他背后议论他。有说他可惜了，也有说他沉沦了，更有说他自我糟践。无论议论是怎样的，这些议论者大多不敢直视他，更不敢上前搭话，嘘长叹短；见了言午，或绕行或加快步子或佯装未见，个个脸上皆挂副不自在的神情。

没有人为言午提出申诉。言午自己也没去。

研究室主任的儿子有一天在家里翻阅旧照相簿时，一张照片飘在了地上。他拾起随意看了一下，见到后面龙飞凤舞写着一行字："这就是言午大博士。""大博士"三字写得极其花哨。

研究室主任的儿子说："这人好狂。"

他妈说："再狂再能不也是个倒垃圾的?"

儿子有些吃惊又有些不明白："你说什么?"

研究室主任夺过照片藏入自己的口袋，铁青着脸斥他的老婆："提他干什么?"然后又铁青着脸踱到了窗口，下意识地朝外看。

言午那一刻正在楼梯口的垃圾箱里撮铲垃圾。

儿子立即跳了起来，惊叫道："是他！是他！"

研究室主任的儿子从那天起便试图接近言午，这个年轻人是学历史的，刚从大学研究生院里毕业。

研究室主任的儿子给言午第一张笑脸时，言午就感觉到了什么。他起先不知道这个年轻人是谁，后来听年轻人自己报了家门后，言午便有了几分热情。当得知年轻人并非受其父亲旨意而是自己想认识言午时，言午的热情更加高涨了。

言午和研究室主任的儿子交往愈来愈密，有时，言午还邀请他到家里喝酒。这个年轻人对言午的谈吐和言午雅致的书房着了迷，为此更加在心里疑惑言午这个人如何这般的生存。在家里的饭桌上，他谈到言午的次数越来越多了，仿佛言午成了他家的一盘菜。

研究室主任和他老婆对言午此番做法心惊肉跳，他们实在想象不出言午到底打算干什么。

老婆问："那家伙会不会用毒药害死儿子？"

研究室主任说："不会吧……"可他心里想起一些事，又一阵阵犯怵，心想怕也难说。

研究室主任叫儿子不要理言午，儿子却不吃他那一套，反诘相问："你那么怕他干吗？难道他能吃掉我？"

父亲哑口无言。但他想告诉儿子或许他真能吃掉你，却终于没说出口。

研究室主任开始失眠。

言午每天在路口见到研究室主任日夜神经紧张得有些变形的面孔，总感到几分宽慰。

年轻人有一天在同言午聊得投机时，忽而问："你跟我父亲有什么关系？我总觉得你俩之间有种微妙的东西。"

言午从未有故弄玄虚的习惯，他淡淡地说："你父亲原先是我的助手，是我的下级，他崇拜过我。后来又把我送进了监狱。"

研究室主任的儿子惊讶地张大了嘴。他说："这中间发生了什么事？可不可以告诉我？"

言午说："没什么不可以。"

言午的老婆插嘴说:"过去的事就别提了。"然后,她用温酒壶为他们温了温酒,这酒是研究室主任的儿子带来的。

言午说:"他是学历史的。"

女人便没说什么。

言午说:"六七年,你几岁?"

研究室主任的儿子说:"三岁。"

言午叹说:"太小了。"然后便节省了些语言将一个故事说了个大概。

言午的声音很舒缓很从容,仿佛叙述一个别人的经历。

年轻人在故事的发展中脸色变得苍白如纸。他过去同言午说话时多少带有的一点居高临下感消失殆尽。他有些胆怯地说:"这么说打死柳子悦的是我父亲,他却诬陷了你?"

言午说:"我没看见你父亲打死他。你父亲只是用一个热水瓶砸了柳子悦的脑袋。柳子悦死没死我没仔细看。后来他不见了。"

年轻人说:"我父亲为什么要诬陷你呢?他照直说不行吗?"

言午说:"柳子悦那一派的人硬说是我们这派打死了他,又将他的尸体扔进了长江。他们扬言要打死我们这派五个来抵一个柳子悦。"

研究室主任的儿子说:"我父亲是五个之一?"

言午点点头。

"你呢?"

"也是。"

"于是我父亲便站出来指明你是凶手?"

言午说:"我不知道他是怎么表述的,只知道一天晚上,有人来抓我。后来便天天批判我这个杀人凶手。我怎么辩解也没用。因为你父亲说他亲眼看见我动的手。据说他当时很害怕,立即告诉了其他几个人。那几个人是我一派的,居然也都作了证。"

"你不会反过来指责我父亲吗？"

言午说："我和柳子悦在学术上是死对头，多少年不和。抓住他后，我在言词上狠狠地刺伤过他，但却没动手。"

研究室主任的儿子停了好一会儿，才说："这是不是你在狱中十几年没事干臆想出来的？以为自己是邓蒂斯？"

言午冷冷一笑："你这样以为？"

年轻人说："我不会这么轻易相信你的。"

言午说："我也没打算让你相信我。我对信任这东西早就无所谓了。"

年轻人很尴尬地站起来，缓缓转身意欲离去。

言午在他的身后说："你很像你的父亲。"

研究室主任的儿子以后就再也没找过言午。但言午知道，在一个清早，他离开了他自己的家，很久很久都没回来。

言午现在才认识到劳动人民为什么总是那么乐观那么豁达，因为整日劳作使他们不被思想所困扰。他们从不苦思苦想，也没力气在劳作之余钻牛角尖。言午原先觉得干体力活的人可怜，而这会儿，却悟出他们才是真正活得如神仙。觉得他们可怜的人倒更可怜。

言午倒了好几年垃圾，面色愈加红润起来。在路口的猥琐、卑微和下贱已成了一种日不可少的习惯。

仍然有步履匆匆的人从他身边来来去去，仍然没人搭理他。在小孩眼里，言午已是一个固定的风景。

有一天刮起了大风。这是深秋时节的大风，刮得满地树叶，也刮下了厚重的寒气。

言午仍穿着那件深褐色的中山服。出门时没料想会起大风，故而老婆没帮助他添加一件衣服。

于是言午在呼呼的风中紧缩着脖子。

一个人穿着铁灰色马裤、呢风衣出现在言午面前。这个人上前向他打听一个叫言午的先生住在哪里。

言午最先看见的是这个人的皮鞋。这是一双式样漂亮、质地极优的意大利皮鞋。言午很奇怪，居然有人像他过去一样喜欢这种款式的鞋。他于是由鞋及裤又及衣，最后看清了他的面孔。言午和那个人几乎同时惊讶地叫了起来。

言午道："柳……子悦？"

"言……午？"那人说。

言午那天破例提前回家了。

当研究室主任愁锁眉头回家时，言午和柳子悦已端坐在言午的小书房里喝起了酒。这回的酒是言午的老婆专门兴致勃勃跑到商店买的。言午自研究室主任的儿子走后几乎滴酒未沾。

言午说："你没死？你怎么没死？我是公认的打死你的凶手呀。"

柳子悦说："你没打死我，可你把我也骂了个半死。我听见你说：'打人不好，不要打他。'我总记得这个声音。"

言午说："是吗？我说过吗？"

柳子悦说："你难道不记得了？"

言午摇摇头。

"幸亏你给了我那笔钱和那张纸条我才能活到今天。言午兄，你是我的恩人啦。"

言午有些发蒙，眼睛睁得大大地望着柳子悦。言午出狱后仿佛头一次这么把眼皮张得大开。

柳子悦不解地说："这你也忘了？你掏手绢时不是扔给我一个纸包吗？里头有三百块钱和一个叫'刘小湖'的人的地址。我就是刘小湖暗中送出境的。我现在是美国公民。"

言午的老婆盈盈地送上几片水果。她听到"刘小湖"三个字时不觉愣了一愣。

言午的老婆说:"刘小湖是我的表兄呀,你怎么认识他?"

言午忽然想起什么,转向他的老婆说:"是了是了,那年丢的三百块钱原来是掉到他手上了。"

言午的老婆也恍然道:"哦,原来是这么回事。"

这倒使柳子悦也糊涂上了。

言午自己想想不觉大笑,笑完又长叹。

柳子悦说:"如何?"

言午说:"我太太让我寄三百元钱给她的表兄,也就是请刘小湖帮我买一块进口表。钱包在写有地址的纸条里,也不知道怎么给弄丢了。不料想倒帮了你,也还值得。"

柳子悦听罢连声说:"奇奇奇。"而后也叹说,"不管怎么,你是我的大恩人呀。"

言午说:"万不可如此讲。我的罪名就是杀害你的凶手。为这个,我蹲了十三年大牢。"

柳子悦吓了一跳说:"这就是你拖垃圾车的缘故?"

言午说:"也不全是。"

柳子悦第二日到机关去了。柳子悦在研究室一露脸,过去的同事都以为是在梦里或是见了鬼,以至于柳子悦连续说了三遍:"我是柳子悦。"

终于有人欢叫起来,欢叫声中夹杂着一串串的询问。

"你跑出去了?"

"你没死呀?"

"你这些年在哪里?"

研究室主任那天去得很晚,他最后一个见到柳子悦,当时他的眼睛惊慌和恐惧得几乎哭了出来。

人们在看见研究室主任的同时,想起了言午。

当年,言午的同事们为柳子悦之死差不多都狠狠地斗过言午,至少有一半以上的人对言午动过手。

这天那一半以上的人都不由自主地将手在自己的长裤上擦了又擦，而所有狠狠批斗过言午的人心里都有些隐隐作痛。

柳子悦将自己如何出走的过程和自己现在的情况认真地说了一遍。柳子悦将言午无意中弄掉钱包说成了有意。柳子悦叙述时，他看见研究室主任和那几个作假证的人额上都冒出了大汗。

柳子悦下午便将研究室主任和几个证人一起约到他下榻的饭店。柳子悦在酒吧间请他们喝咖啡。饭店的咖啡煮得分外地香，客人们却紧张得丝毫不辨咖啡之味。

柳子悦说："相逢一笑泯恩仇，过去的就算了。"

客人们一起松了口气。

柳子悦说："但是，言午的事你们要帮助安排一下。你们不能让言午背这样的黑锅，过这样的日子。"

客人们差不多异口同声说："那是，那是。"

柳子悦又同他的客人说了些别的什么，最后又说："言午这个人当年太出色、太狂傲、太自恃高明了。我也想狠狠整治他的，但却不想他成现在的样子。"

柳子悦的客人这回都以沉默做了回答。

研究室主任好长一段时间没做研究。他集中全部力量为言午平反改正，重新安排职务，重新调整住房，甚至言午的高级职称也都弄到了手。那一阵子，研究室主任一天也没失眠。

这一天，言午出车的时间还未到，正在他的小书房里仰头望天花板。

研究室主任兴奋地闯进言午屋里，以他最简洁的语言结结巴巴地告诉言午这一系列好消息。

言午的眼睛没有离开天花板，听罢说道："这些东西本来就是我的，我想要不必你帮忙也要得到，只是，"言午顿了顿又说，"现在我不想要了。"

研究室主任张了张口要说什么没说出来。他有些难堪，傻瓜似的站了几秒钟，才退了出来。

他听见言午在身后自语了一句："莫名其妙。"他想，你才莫名其妙呢。

第二天，研究室主任在上班的必经路口，很醒目地看见了言午。他的心惊跳了一下，手上的烟头在正欲脱手那一瞬又掐灭装入了口袋里。研究室主任夜里又开始失眠了。

过了一段日子，言午收到柳子悦从美国寄来的信。柳子悦说："你这种反常举动别人不明白，难道我还不明白吗？你把自己搞成一堆垃圾，黏在每个人的眼珠上。眼珠上有污秽垃圾的人，心里头能舒服吗？你就是要让他们不舒服。但是你错了，人的脸皮和良心的适应力都很强，当他们从心态到脸皮都习惯了你之后，你对他们只是一个司空见惯的景致……"

言午看了信，笑了笑。言午想，原先我倒的确想成一堆垃圾，黏在那些人眼珠上。而现在呢？现在只是一种习惯，一种不由自主。他现在就想这么过完一生，平平静静，稳稳当当。他每天都不由自主地想要重复昨天的经历。他十三年不见天日，这辆红色的垃圾车使他感到快乐。

再说，再说……

言午想，我还能同那些人为伍吗？

言午没给柳子悦回信，一则他懒得再说什么，二则言午那只粗糙僵硬的手也握不住言午的老婆视为珍宝的金笔了。言午从出狱那天签了个名起，就再也没有写过一个字。

果不出柳子悦所料，来去匆匆的人们不再为言午的过去和现在折磨自己，也不再有什么羞愧什么脸红什么绕道而行。言午也只是很多倒垃圾的老头中的一个。研究室主任连自己都不知道他从什么时候起又不失眠了。

而言午也浑然不觉什么。他从里到外都是一个地道的靠倒垃圾捡垃圾为生的劳动者。

时间可以塑造一切。

只是言午的老婆虽然对言午忠心耿耿，但自己男人如此这般毕竟不是她之所愿，于是心情抑郁。过了一些年，竟抑郁成疾，终于在一个夜里连句告别的话都没对言午说就撒手而去。

言午没为她办丧事。言午只是静静地坐在他的小书房中的皮椅上，仰头望着天花板，仿佛等他老婆来叫他吃饭，给他洗脚。

言午等了三天，竟把自己也等得没了气。

人们一连几天不见垃圾车和言午，很是不习惯。言午的不存在使人们又感到了言午的存在。

研究室主任居然又莫名地失眠。

也不知是谁第一个发现这墙边平房里的老两口双双而逝的。

言午夫妇无子女，研究室主任只好领了些人为他们办了丧事，而且还开了个追悼会。开始还觉得悼词不好写，写起来后又觉得没什么难的。

遗像是研究室主任提供的，就是背面签有"这就是言午大博士"的那张。照片上的言午很年轻很神气也很帅。新到研究室的大学生们看后竟一个个都惊奇得咂舌头。他们都见过言午拾烟头。

言午的老同事们从这相片上恍惚想起五十年代末刚刚留洋回来的言午。那个言午好狂傲，好大派，好暴躁，英姿勃发，锋芒毕露，恃才傲物，才气袭人，是整个机关最年轻的博士，最不可一世的人。

研究室主任的儿子闻讯而去了。整个追悼会上就他一个人为言午流了眼泪。

言午的房间因无人继承财产而贴上了封条。那房子一直封到现在。机关里住房虽然紧张，却无人申请要那一间。

很多人嫌那里晦气太重。

也有人打过主意，伸头探脑地从门缝和窗孔朝里张望过，说里面的东西都发霉了,只是书桌上一小盆文竹还极为葱绿茂盛,看过后也说那里住不得人了。

言午用过的那辆大红色的垃圾车停了一些日子后,便不翼而飞。

(《羊台山》第 31 期)

洗车记

/李樯

阿灿从车棚推出又脏又烂的自行车，车子的钢圈和钢条都生锈了，有的地方还卷起了一片片的锈斑；除了链条咬合处、坐垫、两只把手闪着磨损的亮光，其余部位都积着一层厚厚的尘垢。车子从买来就没冲洗过，有时阿灿会故意把它撂在雨地里，让雨水淋一淋，能除去些许灰尘。但灰尘越积越厚，逐渐板结，雨水也淋不干净了。阿灿正要骑上烂车，眼睛被一道反光刺了一下。阿灿这才看见隔壁单元的楼下原来停着一辆崭新的小轿车，宝蓝色的金属漆车身照出了他的身影，车轮的不锈钢圈锃亮锃亮的，太阳斜射在上面，反光击中阿灿的眼睛。不知怎么搞的，这一两年来，阿灿一看见小轿车就有点儿兴奋，还记住了一大堆车徽。有时坐出租车，看见前面一辆没见过的车子，就问出租司机，那车徽是什么名字。司机为了看个明白，就加大油门，追上去看个清楚，然后告诉他那是什么什么牌子的车。阿灿就很高兴，一则因他又认识了一种车，一则因司机像他一样，也对好看的车子感兴趣，在这一点上他们可以说志同道合。有时阿灿骑车或步行在大街上，并不觉得漂游在飞快车流排放的尾气中是一件难受的事情，相反，他会有意无意地放慢速度，眼睛盯着街面，看各种造型的小车在自己身边优美地飞过去。他觉得自己的身体像飞驶的车子一样轻悠。小时候他的注意力倒是经常集中在汽车尾气上……气味很好闻，现在他的注意力已经不在尾气上了。

阿灿瞥了一眼车头的牌照，是私家车，显然是四单元某户人家新买的。他跨上单车，从小轿车旁边经过时忍不住又多看了两眼。又脏又烂的自行车好像很是自惭形秽，恨不能一头扎到地下去似的，前头突然直往下栽，把阿灿摔了个狗啃屎，幸好人落在路边的草地上，没受伤。阿灿爬起来，俯身一看，原来自行车前轮的支架断了。阿灿气得骂娘，这等劣质产品，真够阴损的。阿灿朝瘫倒在地的自行车狠狠踹了一脚，又俯身抓住三角杠中的两根，想把自行车抓起来，再狠狠地往地上掼。这时四单元的防盗门叭嗒开了，一个女的走了出来，手里握着个黑色的小东西，对着小轿车一揿，轿车喔地叫了一声。那个女的看了看将掉了一只轮子的自行车抓在半空的阿灿，面无表情。她打开车门，坐到驾驶座上，发动了车子，却没有开动。那个女的隔着挡风玻璃看了看前方，又看了一眼阿灿，阿灿这才发现脱落的自行车前轮正挡在小轿车前面。阿灿将烂自行车轻轻放到地上，走到小轿车前面捡起前轮，让到路边。小轿车起动了，擦着阿灿的衣襟缓缓滑过去。阿灿目送着小轿车好看的屁股消失在另一幢居民楼的拐角，手里的自行车轮抓得更紧了。小轿车屁股的线条那么优美，那个女的的屁股也很美，阿灿都不知道自己呆呆地站在那儿，到底是在回味哪个屁股了。

到单位后阿灿做的第一件事就是取来当天的早报，翻到广告部分。好几个月来，报纸上整版整版……有时是两个整版的汽车销售广告很能引起他阅读的兴趣。看广告的时候阿灿想起那个女的面无表情的样子，忍不住嘀咕，要是老子买汽车，无论如何也得买一辆比你那个高一档次的。阿灿的脑子里又浮现出那个不知浮现了多少遍的念头，什么时候能买得起一部车呢？明年是不可能的，那么后年或者大后年呢。这个念头是去年开始出现的，今年已经是去年的明年，明年和后年就是去年的后年和大后年了；并且明年又是一个今年。而阿灿的不可能和假设一直都是针对……今年……而言的。对他来说，今年的明年总是不可能，那么今年的后年或大后年又是哪一个确切的年头呢？好在愿望离得尚远，并不会使人感到过于焦灼。况且他也还没有巴望到非要有部自己的车，没有就会难受得要死要活的份上。

　　柳春燕子宫里长了个瘤子，得割掉，住了半个月院，花了将近六千块。到年底了，阿灿本来指望着从元旦前这个月的工资、奖金、过节费里抽出三千块存起来，留个千儿八百地将就一个月，这样他就能完成本年度家庭存款达到五万块钱的指标了。柳春燕的病使阿灿的目标绊了个大跟头，就是把手头的现金都存起来，下面一个月整天吃空气喝空气，离五万块的目标也还有一大截子。阿灿干脆只存两千，手头留两千。柳春燕怕冷，阿灿买了床鸭绒被，又换了煤气，缴了水费，买了一千度电；同事的小孩过周岁请吃饭，他出了两百；大学的一个好朋友从郑州出差过来，打电话给阿灿，阿灿又约了三五个年把没见面的同学一起撮了一顿。三折腾五不折腾，还有半个月的时间又要吃空气喝空气了，阿灿只好从银行再取出来一千块。阿灿的存款数离五万的目标又拉开了一千块的距离。

　　遵医嘱，柳春燕请了一个月的病假在家休养。阿灿坐在床沿的小板凳上，看着斜靠在床上闭目养神的柳春燕叹了口气说，你说怪不怪，钱还有越存越少的呢。柳春燕唰地睁开眼皮，翻起白眼说，那我的瘤子不割!？阿灿笑了，看你想哪去了，我这不就随口说说吗？柳春燕说有什么好说的，说了还不等于没说，说着就翻过身去，把脊背和屁股扔给阿灿，自顾自地继续闭目养神去了。

按照休养以来的惯例，晚饭后，阿灿都要陪柳春燕到楼下走走，这样才能快速康复。阿灿上了一天班，总觉得腿乏，可是又不能不为柳春燕着想，惹她不开心。到了楼下，借助小区里黯淡的路灯的光线，阿灿又看到那部引人注目的小汽车。小区里静悄悄的，没什么再值得注意的东西了。擦过小汽车的车身时，阿灿伸出一根指头，在车篷顶滑了一下，然后捻了捻说，真干净，一点灰尘都没有。柳春燕却嗔怪说你瞎摸什么，脏死了。阿灿说不脏，一点也不脏，说着去搀扶柳春燕的胳膊。柳春燕像躲避一条脏兮兮的狗似的快速趔了一下胳膊，躲过阿灿的手说，脏死了脏死了，刚摸过车篷，别弄脏了我的衣服。阿灿在灰暗的光线中瞥了一眼柳春燕，心里忽然空荡荡的，像他现在的散步一样漫无目的，不着边际。阿灿转过脸，看了一眼小汽车低矮的车头，用一种叹惜般的口吻说，我们什么时候能拥有自己的车子呢。柳春燕轻微地冷笑着说，你不一直在偷偷地存钱吗，存够了你不就可以去买一辆了吗？看来柳春燕也不反对阿灿有足够资金后去买一辆属于他们自己的小汽车，这使得阿灿来了劲。肉体的阿灿是疲倦的，设想到或谈论到小汽车的阿灿则无法理解疲倦这个词了。阿灿高兴地说，靠存钱，那什么时候才买得起，不如我去抢银行吧，奶奶的，抢它一个去。柳春燕笑，要不你学电影里那一家人从自家地下室挖一个通道，挖到银行的保险库里去也成。

阿灿一拍手，对呀。阿灿还没说完马上就想到自家住的不是一楼。人家住一楼，还有地下室才好挖的，咱往哪儿挖呢？

柳春燕接着说，况且人家是住在银行对过，只隔一条街，你再看看咱家，方圆一公里范围内连个储蓄所都没有，更别说银行了。

阿灿重重地叹了口气，但这并未能覆盖他谈论小汽车的快乐的情绪。他瞅了瞅小区内四处散落地停在路边的各色小汽车，心里被什么揪了一下似的。那么多小汽车，没有一辆跟他姓，一辆辆冷冰冰地趴在那里，甚至都不屑看他一眼。阿灿伸出指头，对着那些小汽车凭空指了几下说，你，你，还有你，以后就改姓李吧，所有你们这些王八蛋，以后就都属于我的了。阿灿又指着远处一辆白色的小汽车喊道，喂，我说你傻乎乎地趴在那儿干什么呢？还不过来带我和老婆兜兜风去。柳春燕咯咯咯笑了，被阿灿感染得开心起来。阿灿越发快乐了，晕得像那头吃野葡萄吃醉了的熊。阿灿建议柳春燕和他一起把所有停在小区里的小汽车都数一遍，按照不同的车种，大约估算一下价格，再加起来。阿灿说，让我们来数一数、加一加吧，看看我们的小汽车到底一共值多少钱。柳春燕说，好，反正是散步，找个事做总比闷头瞎转悠的好。阿灿大声说，你看你，又现实起来了，虚幻一把不也挺好的吗。

　　于是两人又折回头，从自家楼下的那辆小汽车算起。阿灿搀着柳春燕的胳膊，慢悠悠地绕到小区内的每一条路上，灯光照不到的地方也不放过，一定要过去检查检查，看有没有漏网之车。如果有，阿灿就会甩掉柳春燕的胳膊，冲上去照着车屁股踢一脚，骂咧咧地说你个狗东西，趴在这儿我就逮不着你了，哼！走到原先看见的那辆白色小车跟前时，阿灿俯身看了看车屁股，是丰田佳美。阿灿拍了拍佳美的腚，回头对柳春燕说，以后咱就用它吧，那些就不要答理了，让它们成野狗去好了。阿灿每往前走一步都要轻快地蹦跳一下，肉体的疲倦居然也不见了。走到通向小区大门的路口时，大老远看见一辆小汽车正瞪着车灯开进来，另一辆则正眨巴着车灯开出去。阿灿和柳春燕正处在路灯照不完全的黯淡夜色里，离大门口也比较远。阿灿伸长了手臂，指着大门口的两辆车喊了起来，你死哪去了，怎么才回来，该趴哪儿给我趴哪儿去；还有你，黑灯瞎火地往外跑什么，小心回来我打断你的腿。

　　柳春燕已经笑得直不起腰了。她一手紧紧抓着阿灿的衣襟……即使弯着腰也不至于倒到地上，另一手捂着肚子，上气不接下气地说阿灿你别闹了，我受不了啦，快搀住我，我真的站不住了。阿灿急忙搀住柳春燕的胳肢窝，发现她的确相当虚弱，手心里微微发汗了。阿灿也终于冷静下来，心里仍然十分快乐。他抹了一把嘴角的唾沫星子说，真他妈的爽。

阿灿他们把所有小汽车的大约值加起来，一共也没多少钱。阿灿看了看他们经过的一个单元的门洞说，还没有这一个单元的十四套房子值钱呢，卖一套房子就够买一辆高档车的了。他突然甩掉柳春燕的胳膊，冲到那个单元楼的电子防盗门旁，逮着安装在防盗门上的对话器的七楼一家住户的按钮按了两下，然后说，这一个单元的房子都是我的了，限你们今天晚上就从这所房子里消失，我明天就要把它卖掉，好去买佳美。

记忆里阿灿不止一次地梦见过汽车，或者梦见自己学开汽车。最近一次梦见汽车是在上个世纪，1998年前后，五年前的一个梦了，但现在阿灿依然记得清楚。梦里面妹夫开的那辆大卡车停在农村老家院子前的空地上……尽管事实上他妹夫那时还没有车，甚至妹夫本人都还没有出现。吃过午饭，大家待在屋子里说话，阿灿一个人溜了出来。他打开笨重的车门，爬到驾驶座上。他有些惊慌，不知道自己能不能开动这个庞然大物。他下意识地把手插进裤兜掏钥匙，没掏到，却掏出一个红色的小本本。打开一看，是驾驶执照，上面贴着他的照片，还印着自己的身份证。阿灿认真看了看，是B照，也就是说他是有资格驾驶这辆大家伙的。阿灿放心了，看来原来的惊慌是多余的……他根本就会开车的呀……尽管他不知道那个小红皮本本是从哪儿冒出来的。他在方向盘周围瞅了瞅，没有发现车钥匙，甚至连插钥匙的孔都没有。阿灿记得很清楚，妹夫都是拿一把钥匙起动车子的，现在怎么可能没有了呢？他鬼使神差地从驾驶座上站起来，掀起驾驶座上的海绵坐垫，只见下面是一个面板，就像一个抽屉的面板，只是这个面板是方的,正当中的位置有个锁孔,车钥匙就插在里面呢,还露出半截钥匙柄。阿灿又好气又好笑,心里直骂这造车的人真够蠢的,钥匙插在这个鸟位置,让人家怎么开车呀。阿灿只好僵硬地半弓着身子,像一根被强行弯成了一个线条不是那么圆润的S形的铁棍。好在车子发动起来了,阿灿还是比较开心的。他向前伸着脑袋,拎起眼皮,吃力地看着车头下面的路面。就像刚学会骑自行车那会儿一样,眼睛总是紧张地看着车轮前面一点点的距离,而不是看着正前方。车子缓缓向前爬动,路面质量很差劲,车子一颠一颠的,阿灿的身子随着车子的颠簸向下挫的时候,屁眼就会被向上露出的钥匙柄碰一下。阿灿只好在腿上多用劲,好不使自己一屁股坐下去。车子缓缓前进,路过的老乡赶忙躲到路边,狐疑地看着车头里姿势怪异的阿灿。阿灿开心极了,快乐得不行,毕竟老乡狐疑的眼神之外还有几分艳羡呢。车头前面出现了一堵土墙,好像突然间从地下冒出来的,阿灿拼命转动方向盘,可是已经来不及了。车头冲着老土墙推了过去,很轻易地就把墙头推倒了。原来这是村西头张老汉家的院墙,张老汉一家老小七八口子正坐在院子里吃饭,眼看着大卡车又朝张老汉一家人推了过去。阿灿急坏了,脚下四处乱踩,可就是刹不住车。阿灿玩了命地喊起来,让开,快让开。张老汉一家人像八百年没吃过饭似的,吃的那个投入、那个香劲,连眼看就要到来的满门灭顶之灾都没放在眼里。阿灿感觉自己的喉咙都要炸开了,那七八口子倒好,什么也听不见,什么也看不见。七八口子,七八条人命哪,阿灿绝望了,嘴里叽咕着完了完了,双腿一软,一屁股坐了下去。

一想起这个梦,阿灿的屁股就禁不住一阵哆嗦,多年来一直是这样,都快成了一种毛病。最近几次他看到那个女的钻进她自己宝蓝色的小汽车里,一屁股坐到驾驶座上时,他便自然而然地回想起这个梦。阿灿很是担心她,有种冲上前去让她检查检查坐垫下面是不是也有一把他梦里的钥匙柄的冲动。但几次下来，阿灿发现那个女的都是一副神气活现的样子，还故意在坐垫上挪移了几下子，好像要找到一个最舒服的坐姿似的。看她并没有什么不适，他也就不再担心了，自己的屁股也不再哆嗦。

　　回家的路上，路过一个洗车行时，一个伙计手中的喷水管喷出的强大水流刺了阿灿一身一脸。阿灿避之不及，才被喷了一身的，衬衣湿透了，贴着皮肤，倒不是太难受。阿灿说你怎么搞的嘛，也不看着点。阿灿说着看了看那个伙计正在冲洗的小汽车，已经被洗得很干净了，像个刚淋浴过的肥妞儿，挺性感。阿灿又看了几眼肥妞傲慢地撅着的丰满的屁股，也没多计较，跨上新买的自行车走了。

　　车子骑到自家楼下时，阿灿的心里咯噔一下子。眼前的光景是他不情愿看到的。只见那辆宝蓝色的小汽车浑身上下都很脏了，尤其是底盘一带，沾满了泥巴点，车身上积着一层灰尘。阿灿忍不住嘀咕，怎么搞的嘛，这么脏，怎么可以这么脏呢。阿灿的想象里出现了自己在洗车行拿着水龙头冲洗这辆小汽车的一幕，它很快就被洗干净了。它很乖地蹲在那儿，任阿灿将清亮的水花喷洒到自己身上。它优美迷人的线条被冲洗出来，它的皮肤很快就恢复了原先的润泽和透明，还向下滴着水珠。它还是那么乖地蹲在那儿，身上的各个部位一览无余，它似乎还因为阿灿满足的色迷迷的眼神而有些害羞呢。

　　阿灿把包扔到地板上，也不理正在客厅里看电视的柳春燕，钻进书房，躺到躺椅上，点着一支烟吸了起来。柳春燕叫他，你每天回来不都要看这部电视剧的吗，今天怎么不看了？阿灿没答理，自顾自地吸着烟。不知道怎么搞的，今天那好看的电视不想看了，烟也不那么香了，吸不出味道。柳春燕喊道，快来看呀，今天大结局。阿灿从书房向客厅的电视屏幕上瞥了一眼，又收回目光，还是不打算去观赏。柳春燕说你今天是怎么了，不舒服吗？阿灿说你看你的是了，烦死了。柳春燕骂了句神经病，便不再理阿灿。

　　阿灿用力捻灭烟屁股，麻利地从躺椅上站起来，奔向卫生间。卫生间的吊橱里除了一些卫生用品，没有其他什么东西。阿灿回到客厅问柳春燕，我记得咱家有只不用的水桶放在吊橱里的，怎么没有了？柳春燕没好气地说我怎么知道，东西都是你放的，你问我我问谁去。阿灿骂了句神经病，又到其他壁橱里去翻。阿灿把壁橱门弄得啪啦咣咚地响，气得柳春燕大喊大叫，你轻点行不行，吵死了。阿灿只好放轻手脚，总算在厨房的壁橱里找到了那只红塑料水桶。阿灿找来一块擦地板的抹布，打开水龙头，将红水桶洗了一遍，又拧大水龙头往里面放水。急剧的水流发出哗哗的大声响，阿灿赶忙将水龙头拧小一些，以免柳春燕再叫。但阿灿的反常举止已经引起柳春燕怀疑了，她探头瞅着厨房里的阿灿问，你在干什么？阿灿咕哝了一声，没说出什么话来。柳春燕又问了一遍，这时阿灿已放了大半桶水，拎着水桶经过客厅时说我下去洗车子。柳春燕奇怪地问洗什么车子，怎么从来没见你这么勤快过。阿灿一瞪眼说怎么了，勤快一次就不行啊？柳春燕懒得和阿灿拌嘴，嘟囔着说神经兮兮的，发的哪门子骚，说着又将注意力集中到了电视上。阿灿换了鞋子，打开房门，回了一句说你才发骚呢，说着赶忙关上房门，拎起水桶下楼。

　　外边的阳光毒辣辣的，晒得人皮吱吱作响，丝丝地冒油。阿灿并没将这些放在心上，看着水桶里的清水，心里还有一丝凉意呢。阿灿将抹布拧干，吹着口哨，在人家的小汽车上忙活起来。每擦拭一下，小车崭亮如新的皮肤便露出一块，阿灿的心里就爽快一下子。一下一下的爽快积聚起来，阿灿心里就像吃了两大快冰镇西瓜，又凉快又甜美，在这样毒辣的太阳下，阿灿奇怪地感觉到自己根本就没流多少汗水。阿灿忍不住唱起了好一朵茉莉花，

好一朵茉莉花，茉莉花开，挡也挡不住它。阿灿一边唱一边卖力地干，还不时地自言自语，小东西，看你脏得，都不成样子了，这怎么能行呢，多不好看呀；你是不能沾上泥巴的，为什么不能，你就是不能；奶奶的，你还犟嘴是不，你犟，你犟，我让你再犟。阿灿每嘀咕一下，就在一处顽固的泥点上擦一下，泥点终于不见了，他心里就快乐得直翻筋斗。

从阿灿身边路过的邻舍都狐疑地看他，很显然，他们的印象里阿灿从来都是骑自行车的，他根本就不是这辆小车的主人。再说这大热天的，什么时候不好擦车子，也不怕中暑。阿灿全然没把这些放在眼里，直到一双粉嫩的小腿肚出现在他眼角的余光里，阿灿才猛然醒转。那个女的惊愕地看着满头大汗、衣衫湿透的阿灿，张着嘴巴子却说不出什么来了。阿灿也一下子憋住了，站在那儿不知如何是好，全身的汗毛孔突然间全部关闭上了，整个身体紧绷绷地，好像在往小处收缩。那个女的终于说话了，您不是三单元的吗，您这是……阿灿的嘴角抽动了一下，不知打哪说起，憋了好一阵子，总算镇定下来。阿灿说，这么给您说吧，我这个人吧，特别喜欢小汽车，刚才回来看见您的车子很脏，心里总是窝得慌……阿灿身上的汗毛孔又全部打开了，不但打开了，而且这会儿身上的汗毛孔好像比平时多了好几十倍，甚至连五脏六腑都长出了汗毛孔。

那个女的扑哧笑了，她眯起眼睛，温柔地看着在汗流成河的水里挣扎的阿灿说，你那么喜欢车，那么较真，早晚会有自己的车子的。那个女的的话让阿灿的鼻子一酸，心里一下子凉了大半截子。

（《羊台山》第34期）

小说是生命的学问[①]

/谢有顺

一

很多人可能都同意，中国人普遍有两个情结，一是土地情结，一是历史情结。前者使中国文学产生了大量和自然、故土、行走有关的作品，后者则直接影响了中国人的人生观——在中国，历史即人生，人生即历史，甚至文学也常常被当作历史来读，这一点，钱穆先生多有论述。

事实上，中国的小说也的确贯注着传统的历史精神。比如，《三国演义》把曹操塑造成奸雄之前，史书对曹操多有正面的评价，连朱熹也自称，他的书法曾学曹操，可见，那时朱子至少还把曹操看作是一个艺术家。然而，对曹操的人格判断之变最后由一个小说家作出，并非作者无视曹操在政治、军事、文学上的成就，而是他洞明了曹操的居心——以心论人，固然出自一种文学想象，但也未尝不是一种历史精神。好的小说本是观心之作，而心史亦为历史之一种，这种内心的真实，其实是对历史真实的有益补充。

[①] 本文是作者的课堂讲课实录，根据录音整理、修改而成。整理者为滕斌，特此感谢。

古人推崇通人，所谓通物、通史、通天地，这是大境界。小说则要通心。因为有心这个维度，它对事实、人物的描绘，更多的就遵循想象、情理的逻辑，它所呈现的生活，其实也参与对历史记忆的塑造，只不过，小说写的是活着的历史。这种历史，可能是野史、稗史，但它有细节，有温度，有血有肉，有了它的存在，历史叙事才变得如此饱满、丰盈。

中国是一个重史，同时也是一个很早就有历史感的国度。如果从《尚书》《春秋》开始算起，也就是在三千年前，中国人就有了写史的意识。这比西方要早得多，西方是几百年前才开始有比较明晰的历史意识的。但按正统的历史观念，小说家言是不可信的，小说家所创造的历史景观是一种虚构，它和重事实、物证、考据的历史观之间，有着巨大的不同，但有一个现象很有意思。比如，很多人都说，读巴尔扎克的小说，比读同一时期的历史学家的著作更能了解法国社会。恩格斯就认为，从巴尔扎克的《人间喜剧》，包括在经济细节方面（如革命的动产和不动产的重新分配）所学到的东西，要比上学时所有职业的历史学家、经济学家和统计学家那里学到的全部东西还要多。法朗士干脆称巴尔扎克是他那个时代洞察入微的"历史学家"，"他比任何人都善于使我们更好地了解从旧制度向新制度的过渡"。[1]在认识社会、了解时代这点上，文学的意义居然超过了历史。胡适也说过类似的话。他说《水浒传》"是一部奇书，在中国文学史上占的地位比《左传》《史记》还要重大的多"。[2]这当然是夸张之辞，但也由此可知，中国过去一直否认小说的地位，把小说视为小道、小技，显然是一个文学错误。假若奏折、碑铭、笔记都算文学，小说、戏曲却不算文学，以致连《红楼梦》这样的作品都不配称为文学，这种文学观肯定出了大问题。

进入二十世纪，为小说正名也就自然而然的了。

这涉及一个对史的认识问题。中国人重史，其实也就是重人世。很多人迷信历史，把史家的笔墨看得无比神圣，但对历史的真实却缺乏基本的怀疑精神，所以就有了正史与野史、正说与戏说的争议。直到现在，很多人看电影、电视剧，还为哪些是正史、哪些是戏说争论不休。可是，真的存在一个可靠的正史吗？假若《戏说乾隆》是稗史，那《雍正王朝》就一定是正史吗？电视剧里写的那些人和事，他们的对话、斗争、谋略，难道不也是作家想象的产物？一个历史人物想什么，说什么，当时有谁在场？又有谁作了记录？没有。由于中国人对文字过于迷信，对圣人、史家过于盲从，许多时候把虚构也看作是信史，所以才有那么多人把《三国演义》《水浒传》都当作是历史书来读。甚至中国文人评价一部文学作品好不好，用的表述也是"春秋笔法""史记传统"之类的话——《春秋》《史记》都是历史著作，这表明，在中国文人眼中，把文学写成了历史，才算是达到了文学的最高境界。

把历史的真实看作是最高的真实，这种观念直接影响了中国小说的写作。中国小说一直不发达，也和束缚于这种观念大有关系。只有从这种观念中解放出来，认识到虚构这种真实的意义，小说写作才能进入一个自由王国。其实从哲学意义上说，虚构的真实有时比现实的真实还更可靠。那些现实中的材料、物证，都是速朽的，经由虚构所达到的心理、精神的真实，却可以一直持续地产生影响。曹雪芹生活的痕迹早已经不在了，他的尸骨也都灰飞烟灭了，但他所创造的人物，以及这些人物所经历的幸福和痛苦，今日读起来还如在眼前，这就是文学的力量。

因此，在史学家写就的历史以外，还要有小说家所书写的历史——小说家笔下的真实，可以为历史补上许多细节和肌理。如果没有这些血肉，所谓的历史，可能就只剩下干巴巴的结论，只剩下时间、地点、事情，以及那些没有内心生活的人物。历史是人事，小说却是人生；只有人事没有人生的历史，就太单调了。历史关乎世运的兴衰，而小说呢，写的更多的是小民的生活史——这种生活，还多是俗世的生活。俗世生活是世界的肉身状态，它保存世界的气息，记录它变化、生长的模样。所以，以生活为旨归的小说，是对枯燥历史的有效补充。事实上，那些好的历史著作，也多采用文学的手法来增添历史叙事的魅力。包括《史记》，里面也有很多是文学笔法，有一些，明显就是小说叙事了。比如《史记·项羽本纪》里写到"霸王别姬"时项羽唱歌的情形，"歌数阕，美人和之；项王泣数行下，左右皆泣，莫能仰视"，这是《项羽本纪》里很著名的一段。项王哭了，怎么个哭法？眼泪是"数行下"，不是一行，是好几行往下流，旁边的将士也跟着哭，哭到什么程度呢？连脸都仰不起了。画面感多强啊，但这不是历史，而是文学，是写作者对当时情景的合理想象。

就此而言，历史叙事和小说叙事之间，有很多共同的地方；历史的真实有时需要借助文学的真实来强化。

读历史著作，可以认识很多历史人物；读文学著作，也可以结识很多文学人物。但是，到底历史人物真实还是文学人物真实？这就很难说。有一些历史人物，当时很重要，但没有文学作品对他的书写，慢慢就被世人淡忘了；相反，一些并不重要的历史人物，甚至无关历史之大势的人，因为成了文学人物，一代代相传，他反而变成了重要的历史人物。比如陶渊明，一个小官，对当时的社会进程可谓毫无影响，但因为文学，他在中国人的观念中，早已是重要的历史人物了。又如伯夷、叔齐这两人，不食周粟而饿死，他们并非什么大人物，对当时的朝代兴亡也不重要，但他们的故事太具文学性了，所以，即便《史记》，也都为之作传，他们的故事，几千年后还被传颂，知道他们的人，甚至比知道周武王的人还多。这可以说是人生即文学的最好诠释。

文学把一种历史的真实放大或再造了，即便世人知道这是文学叙事，也还是愿意把它当作信史来看。而更多的文学人物，历史上查无此人，完全出自作者的虚构，可由于他们活在文学作品里，在很多人的观念中，也就成了历史人物了。比如鲁迅笔下的祥林嫂，完全是虚拟人物，但读完《祝福》，你会觉得她比鲁迅的夫人朱安还真实。朱安是历史中实有其人的，但对多数读者而言，虚构的祥林嫂比朱安更真实。祥林嫂的悲哀和麻木，被鲁迅写得入木三分，之后我们只要在生活中遇见类似的人，自然就会想起祥林嫂，甚至会直接形容一个人"像祥林嫂似的"——此刻，祥林嫂已不再是文学人物，她也成历史人物了，她仿佛真实存在过，而且就像是我们周围所熟知的某一个人。

看《红楼梦》就更是如此了，像贾宝玉、林黛玉这样的人物，谁还会觉得他们是虚构的、不存在的人？一旦理解了他们的人生之后，你就会觉得他们在那个时代，是真实地爱过、恨过、活过和死过的人。由此可见，文学所创造的真实，已经成了我们生活中的一部分，甚至也成了我们精神中的一部分。这就是文学历史化的过程，文学不仅成了历史，而且还是活着的历史。

文学所创造的精神真实，也成了历史真实的一部分。真正的历史真实，即所谓的客观真实，它是不存在的，我们所能拥有的不过是主观的、"我"所理解的真实。真实是在变化的，也是在不断被重写的。此刻真实的，放在一个更长的时间里来看，就可能不真实了。时间一直在损毁、模糊真实。比如，今天看这张讲台桌，很真实，是木头做的，方形，摆在这里，很多人都用过，是再真实不过了，但你们想一想，三十年后，这张讲台桌会在哪里？可能它已损坏，甚至被当作柴火烧掉了，或者腐烂了。也就是说，此刻你认为的真实，三十年后可能就不真实了；此刻你认为它存在，三十年后它可能就不存在了。现实中的桌子消失了，剩下的只是我们对这张桌子的记忆。于是，记忆的真实就代替了关于这张桌子的客观真实。记忆是文学的，客观的真实是历史的，但更多的时候，文学比历史更永久。我们所追索的客观真实，许多时候，不过是一个幻象而已。

客观的真实已经趋于梦想。即便是新闻,看起来是记录客观事实的,但也可能是经过剪辑和加工的,哪怕真实的记录,因着角度不同,材料的选择不同,也可能会得出完全不同的结论。电视是可以剪辑的,文字也是可以加工的,因此,新闻的真实,很多也是被改造过后的真实。同样一个采访,把前面的话放在后面去说,把后面的话放到前面来,说话的语境变了,新闻的效果也就变了。你们都看过电影《阿甘正传》吧?里面的阿甘可以跟肯尼迪总统握手,一个是虚拟的人物,一个是已经消失了的历史人物,但好莱坞的电影技术却可以让他们握手,普通的人,肯定想不到这是特技,就会以为这是真的。如果此时你迷信自己的眼睛或耳朵,就会落到不知是真实还是幻觉的陷阱当中,就像我们看英格玛·伯格曼的电影,你永远都不知道他镜头下的人生,哪些是真实的,哪些是幻觉。

　　文学是依据自身的艺术逻辑来书写真实的,所以,文学是自由主义的,作家那些虚构和想象,不过是为了坚持个体的真理——个体的真理,是文学叙事的最高标准,也是作家认定真实的惟一依据。举一个例子。乾隆是雍正的儿子,按正史记载,是雍正和他满族的妃子所生,但像高阳、二月河这些小说家,就认为乾隆是雍正和一个宫女所生。据说雍正一次狩猎的时候,喝了鹿血,春情大发,当晚临幸了一个宫女,结果这个宫女就怀了乾隆。两种说法,到底哪个才是历史的真实呢?已无可考。每个人都可以选择自己认定的真实,真实就不再是惟一的了,而文学所敞开的,就是这种无限地接近真实的可能性。因此,文学有文学的逻辑,历史有历史的逻辑。文学的逻辑更加重视情理,即心理、精神的逻辑;比起历史所遵循的事实逻辑,精神逻辑也并非是全然不可靠的。

　　这令我想起对《红楼梦》的考证。很多作家都是《红楼梦》迷,但他们的观点往往和学者是不同的。学者多以历史材料为证据，是用考证的方法来找小说中的现实影子，而作家则更看重人物精神、性格、心理的发展，从这种情节演进的逻辑来看作者的写作用心。这是两种不同的读小说的方式。学者们普遍认为，《红楼梦》前八十回和后四十回不是同一个作者，但很多作家则坚持认为这两部分是由同一个作者所写的。据我所知，林语堂、王蒙等人，就持这种观点。林语堂、王蒙本身写小说，深知写作的奥秘——若不是同一个作者，而是由另一个人来写续书，是很难续得如此之好，也很难把前面布下的线索都收起来的。从小说的逻辑来讲，前八十回和后四十回之间，有很深的联系，一些生命的肌理、气息，包括语感，有内在的一致性，假手他人来续写，这是很难想象的。也有人提出反证，比如刘心武就说，《红楼梦》前八十回写到了很多植物，后四十回写到的植物品种要少得多，前八十回写到很多种茶，后四十回写到的茶也要少很多，等等，于是，刘心武认为，续书的人，无论是知识面还是生活积累，都赶不上前八十回的作者，他们必然是两个人。这当然只是一种推想，一个研究的角度。试想，有没有一种可能，前面八十回是作者花心血增删、修订过，而后四十回作者来不及增删、修订就去世了，所以不如前面那么丰富、精细？这种可能也是有的。

小说和历史，是两个世界，不能重合，但有时小说也起着历史教化的作用。尤其是在民间，很多人是把小说当作历史来读的，甚至认定小说所写，就是一种可以信任的真实。所以，连孙悟空、西门庆这些小说人物的故乡，前段也有不少地方政府想认领了，这当然有地方政府在旅游宣传上的苦心，只是，细究起来，似乎也和中国人对小说的态度不无关系。鲁迅先生就曾说过："我们国民的学问，大多数却实在靠着小说，甚至于还靠着从小说编出来的戏文。"[3]这是对中国社会的一种深切观察。小说和戏文写的历史，当然不可靠，但它却为很多民众所认同。玄奘在历史上是如何一个人，民众是不关心的，他们多半都照着《西游记》写的来认识这个人；诸葛亮的实际情形如何，民众也无心考证，他们相信《三国演义》里所写的就是历史真实；包括《鹿鼎记》里的韦小宝，他的历史知识也全部来自于说书和戏曲，他的英雄情怀、江湖义气，也都是从说书人那里听来的。《鹿鼎记》第二回里有这样一个情节，韦小宝帮茅十八脱险之后，茅十八从怀中摸出一只十两重的元宝，交给韦小宝，说道："小朋友，我走了，这只元宝给你。"金庸的描写很生动，说此时的韦小宝"见到这只大元宝，不禁咕嘟一声，吞了口馋涎"——可见他并不是不爱钱，但韦小宝听过不少侠义故事，知道英雄好汉只交朋友，不爱金钱，今日好容易有机会做上英雄好汉，说什么也要做到底，可不能脓包贪钱，于是就大声道："咱们只讲义气，不讲钱财。你送元宝给我，便是瞧我不起。你身上有伤，我送你一程。"[4]这两人就这样结交上了，他们的人生也由此纠结在了一起。很显然，"只讲义气，不讲钱财"这种思想，是韦小宝听戏听来的，戏曲里的人生，早已影响了他的人生——对于韦小宝来说，小说、戏曲所写的就是历史。

二

确实，小说写的是一种特殊的历史。但凡写史，自古以来无非是记言、记事、记人这几种。《春秋》是记事，《左传》则记事也记言，司马迁的《史记》最为大家所熟知，因为它的主体是记人。有人，才有事；有人，才有言，故历史是以人为中心的。只是，如果光读史书，了解的多是人事，或者多是客观现象，比如官阶、经济、人口、地方发展、文化状况，等等，这些你都可以通过史书来了解。可是，那一时代的人是怎么生活的，尤其是生活中那些细枝末节，那些生机勃勃的日常图景，正统的史书上是不太会写的，比如那个时代的人吃什么、穿什么，婚礼如何操办，葬礼怎样举行，唱什么戏，吃什么点心，穿什么衣服，衣服的褶皱有几道，上面又分别饰着什么图样的花纹，等等，这些特殊的生活细节，你惟有在小说中才能读到。小说所保存的那个时代的肉身状态，可以为我们还原出一种日常生活；有了小说，粗疏的历史记述就有了许多有质感、有温度的细节。

历史如果缺了细节，就会显得枯燥、空洞，而文学如果缺了历史的支撑，也会显得飘忽、轻浅，没有深度。你看当代小说，很多都是写个人的那点情事，出自一种私人想象，但这些情事背后，没有个体如何在历史中艰难跋涉的痕迹，没有时代感，就显得千人一面。中国的小说传统，终归脱不了历史这一大传统，小说不和历史发生对话，它就很难获得持久的影响力。很多小说，当时影响大，过后就烟消云散了，因为时代一变，写作的语境一变，那些故事、情事就显得不合时宜了，读之也乏味了。小说是在写一种活着的历史，这意味着它必须理解现实、对话社会、洞察人情。它要对时代有一种概括能力。鲁迅的小说何以有那么大的影响力，最重要的，就在于它那种对时代的概括力。鲁迅写的是当下的事情，是此时、此地发生的故事，从时间上说，它和作者靠得很近，这本来是最难写好的，但鲁迅为虚构的人物找寻了一个真实的历史背景——辛亥革命前后。底层民众和小知识分子的困苦、麻木与挣扎，一旦放在这个背景里，虚构就获得了一个真实的时代语境，小说也就成了历史讲述中的一部分，真实和虚构的界限弥合了，小说也因为有了历史的旁证，而变得更具力量。

这一点，金庸也做得极为高明。他写的武侠，纯属虚构，但他习惯把自己的侠客故事安放在一个真实的历史脉络里来展开，而且，他选择的时代背景多是乱世，多是朝代更替的年间，如宋末元初，元末明初，明末清初，这就为他的人物在江湖上行走创造了极大的空间。同时，他还善于把自己虚构的人物和真实的历史人物缝合在一起写，如郭靖与成吉思汗、张无忌与张三丰、袁承志与袁崇焕、陈家洛与乾隆、韦小宝与康熙，等等，一虚一实，亦真亦假，既有虚构，也有史实，小说和历史融为一体，最终就使读者信以为真,这其实是小说写作一个很高的境界。

好的小说家,是能把假的写成真的,如卡夫卡写人变成甲虫,明显是寓言,是假的,但你读完他的《变形记》,你会觉得那种真实触手可及。而《鹿鼎记》这样的作品,明知是虚构的,但由于作者把历史和虚构嵌合得特别严密,也使得这部武侠小说被很多人当作历史小说来读。相反,蹩脚的作家总是把真的写成假的,或者细节不合情理,或者语言的针脚不够绵密,或者精神造假,它根本无法在读者心中累积起阅读的信任感,这样的写作必然失败。

如果我们把历史理解成一种精神,一种心情,甚至一种生活的话,就能更好地理解小说是活着的历史这一观点。为什么是"活着"的?因为小说所保存的日常生活中那毛茸茸的部分,是有生命力的。生命的构成,离不开这些肉感、琐细、坚韧的细节,甚至文明的传承也常常是在这些生命的细节中完成的。钱穆说中国文化的核心是"礼",是礼就有仪式,是仪式就有细节,所以,在一些传统的婚嫁、祭祀、人情来往中,甚至在一种饮食文化中,也能感受到中国文化是如何一步步延续下来的。

小说所分享的,正是文化和历史中感性、隐蔽的部分,它存在于生命舒展的过程之中,可谓是历史的潜流,是历史这一洪流下面的泥沙和碎石——洪流是浩荡的,但洪流过后,它所留下的泥沙和碎石,才是洪流存在的真实证据。生命的痕迹,往往藏于历史这一巨大幕布的背后,小说就是要把它背后的故事说出来,把生命的痕迹从各个角落、各种细节里发掘出来,让生命构成一部属于它自己的历史。许多的时候,历史只对事实负责,却无视生命的叹息或抗议,更不会对生命的寂灭抱以同情,它把生命简化成事件和数字,安放在历史的橱柜里,这样一来,个体意义就完全消失了——而文学就是要恢复个体的意义,让每一个个体都发出声音、留下活着的痕迹。

如果触摸到这个生命层面，小说的独特价值就显现出来了。它叙述的是此时的历史，但此时所发生的故事，一旦被凝聚、被书写，它就可能是永恒的——小说所写的永恒，不在于观念和哲学，而在于日常生活。观念可以陈旧，但生活却在继续。日起日落，花开花谢，吃喝拉撒，儿女情长，这些看起来是最不起眼的俗事，但千百年来，日子都是这样过的，帝王将相，贩夫走卒，都脱不开这种日常生活的逻辑。古代和现代，昨天和今天，上演的生命故事、爱恨情仇，也大体相似，所谓"日光之下，并无新事"。历史讲的多是变道，但小说所写的其实是常道——无非是生命如何在具体的日子里展开，情感如何在一种生活里落实，它通向的往往是精神世界里最恒常不变的部分。我们今天读古代的小说，古人的诗，还会有一种亲切和共鸣，就在于我们和古人都在共享同一个生命世界。朝代可以更替，皇帝可以轮流做，但饭总是要吃的，四季是分冷暖的，人是需要爱的，身体是会死亡的——这些生命共通的部分，正是小说叙事的永恒主题。

我们读一部古代的小说，会为他们的情感悲剧落泪，说明今天的人还在和古人共享同一种情感；我们看一幅古画，能理解画中的意境、画家的心情，就表明今日的看画者和当年的画家还在共享同一个生命世界；我们参观名人故居、历史古墓，会有很多感慨，原因也在于我们和逝去的人还在共享同一种人世。"已有的事，后必再有。已行的事，后必再行。"《传道书》里的这句话，说的就是这个意思。这种人世的常道，其实也是小说在日常叙事中所发现的真理。比如，李白带着歌妓到浙江东山看谢安墓时，心有悲感，写下了著名的《东山吟》："携妓东土山，怅然悲谢安。我妓今朝如花月，他妓古坟荒草寒。"谢安已经葬在那里三百多年了，但李白当时的慨叹，我想谢安若还活着，也会有同感。李白说的"我妓"今日如花似月，可当年谢安活着的时候，身边也有妙龄女子吧，她们也如花似月吧，但"他妓"却"古坟荒草寒"

了，青春、美丽都化作了黄土一堆，这是多么令人伤怀的事情。这种在时间面前的苍凉、悲哀之感，我想，谢安在看他之前的古墓的时候会有，李白看谢安墓时也会有，今天我们若去看谢安墓、李白墓，这种感觉同样会有。

在不同的时间，我们却共享着同一个生命世界，体验着同一种生命感悟，文学的妙处正源于此。

世界是一个大生命，个体是一个小生命，小生命寄存于大生命之中。在这个过程当中，生命不断变化，也不断积存，文学记录的就是这个动态的生命史，文心通向的也是人心。人类的生命、性情，留存得最多的地方，就在文学；阅读文学，你就能知道前人是怎么活、如何想的，因为它里面隐藏着一个幽深的生命世界——文学笔下的历史，既是生活史，也是生命史，所以钱穆说，"中国文学即一种人生哲学"[5]。文学笔下的人生是活的、动态的、还在时间长河里继续展开的，读者一旦和文学世界里这些活泼泼的生命相遇，它就共享了一种别人的人生，同时也为自己的生命找到了一个确证的理由。这种对生命的独特书写，是文学的高贵之处，也是别的任何艺术门类都不能和文学相比的地方——因为生命不可重复，生命的个体形态也全然不同，这就决定了文学写作必须一直处于创造之中，作品与作品之间，连一个细节也不能相同。人物的遭遇、情感的冲突，甚至饭菜的种类、衣服的样式，每一个细部，都不能重复，这是文学写作的原则。与之不同的是，你成了书法家之后，可以天天写"厚德载物""淡泊明志"，这样的句子，书法家一生不知要重复写多少遍；你成了画家之后，可以不断地画兰花或画猫，所不同的，不过是构图上稍作变化而已；唱歌的，可以一生都唱那几首歌；跳舞的，每次表演都可以跳那几出；甚至电视剧制作，都有模式可以遵循。惟独文学，特别是小说，必须完全独创，不仅要不同于别人，还要不同于自己。这是小说独有的难度，也是小说独有的尊严。

按照西方的经典解释，小说是借力于想象和虚构的，但在中国，直到今日，还有很多人并不会自觉区分虚构与真实的界限，把小说当作信史来读的人也还大有人在。一些朋友听说我在福州读过书，总会问我，福州是不是有一个向阳巷，因为金庸在《笑傲江湖》所写的林平之的老宅就在这个巷子里；至今还有学者在考证大观园是在何方，因为在他们眼中，《红楼梦》就是作者的自传；而为了小说所写的虚拟的故事，打现实官司的事就更多了。

这似乎也是一种小说的国情。中国的小说起源于说书，而说书者的故事母本，多数是有历史背景的，这导致很多中国人的阅读心理，至今还不能完全领会虚构这一叙事权力，甚至在骨子里，中国人是蔑视虚构而崇尚自我讲述的。何以中国自古以来重诗歌而轻小说、戏曲？就在于诗歌里是有"我"的，它讲述的也多是"我"的感慨、胸襟、旨趣、抱负，读者是能从诗歌里看出诗人的精神境界的；而说书（包括小说）这种形式，惊堂木一拍，讲的是别人的故事，是无"我"，或看不出"我"的境界高下的，它当然只能居于文学的末流。

现在，这种观念已经改过来了，更多人已经知道，小说也可以是关乎生命的叙事，同时还是一部活着的历史——生命与历史的同构，是真正的小说之道。借由小说的书写，当下、此时可以成为历史的一部分，日常生活也能成为永恒的历史景观。你读懂了中国小说，以及中国人在小说中所寄寓的情思，其实就是理解了中国人的人生观和世界观，理解了他们观察世界的一种方式。

三

很多小说家都曾表示，自己读的书很杂，尤其是对那些方志、稗史、传奇、风俗读物感兴趣，甚至对植物学、地理学或者器物收藏着迷，从而一直保持着自己对世界的好奇。这些貌似平常的偏好后面，其实能说出小说家的态度：他们对一种生活的了解，对一次生命过程的展开，同样需要阅读、调查、研究和论证。好的小说，是有坚实的物质外壳的——有合身的材料，有细节的考据，有对生活本身的精深研究。这表明，小说也是关于生活、生命的学问，只不过，这种学问很特殊，它不是讲述知识或物质的学问，而是研究人，研究人的生活世界、生命情状。所以，小说家也是学问家，或者换一个词，是生活家——也就是生活的专家。

对自己所写的生活，有专门的研究，使自己对这种生活熟悉到一个地步，成为这种生活的专家，这是作为一个好小说家的基本条件。只是，一说到专家，很多人也许会想到教授、学者、学究，一丝不苟，迂腐刻板，不闻窗外事，但生活的专家，不该是这种面貌。沈从文先生对专家有一个解释，大意是说，专家就是有常识的人。你对事物或人群的认识，如果达到了专家的水准，衡量的标准就是看你对事物和人群的了解是否具有常识。常识就是对事物有直觉般的反应，一目了然，看到了就知道。如果你是一个瓷器专家，瓷器一到你手里，一看器型、包浆，你就要知道，它是官窑还是民窑，大约产于什么年代；如果你是一个木材专家，一看到木材，就要辨别出它是大红酸枝、小叶紫檀还是黄花梨；如果是黄花梨，又要知道是海南黄花梨还是越南黄花梨；若是海南黄花梨，又要知道是糠梨还是油梨，是东部料还是西部料，不同的产地，木材的花纹、密度、颜色都是不同的。你对瓷器、木材的直觉，就是常识。

同样的，小说家也要有对生活和生命的常识，他不仅要储备知识，还要对生活的情理、生命的逻辑有感知，能领会，他写的不仅是表层的记忆，也应有对人性的深度剖析，进而达到物质与精神的综合。

很多人常常称《红楼梦》这样的小说为百科全书式的小说，这一断语背后所隐含的意思，正是表明作者对那个时代的生活，包括风俗、人情、吃喝、玩乐、器物，甚至建筑，都是具有常识，了如指掌的。假若曹雪芹没有经历和研究过这种大户人家的生活，他是不可能写出《红楼梦》的。这令我想起脂砚斋的一个点评。在《红楼梦》第三回，林黛玉第一次进荣国府，有丫鬟来说，王夫人请林姑娘到那边坐。黛玉随老嬷嬷进了房，小说是这样写的："正房炕上横设一张炕桌，桌上垒着书籍茶具，靠东壁面西设着半旧的青缎靠背引枕。王夫人却坐在西边下首，亦是半旧的青缎靠背坐褥。见黛玉来了，便往东让。黛玉心中料定这是贾政之位。因见挨炕一溜三张椅子上，也搭着半旧的弹墨椅袱，黛玉便向椅上坐了。"一般的人读到这段可能都是不留意的，但脂砚斋却特意提及三个"旧"字，并说这"三字有神"："此处则一色旧的，可知前正室中亦非家常之用度也。可笑近之小说中，不论何处，则曰商彝周鼎、绣幕珠帘、孔雀屏、芙蓉褥等样字眼。"[6]确实，假若一个人，从未见识过大户人家的生活，他是绝对不敢把荣国府的垫子写旧的，他会以为大户人家的所有东西都是簇新的、高贵的，殊不知，皇宫里也有厕所，大户人家也有旧东西。这就好比没有进过皇宫、见过皇帝的人，想象起皇帝的长相、用度来，必定是不真实的，因为他根本没有这种常识。假若他要写作关于皇宫的小说，就得对此做调查、研究，甚至考证，写起来才不会隔，不会显得外行。

作家贾平凹曾经说过，他写农村生活得心应手，因为他对农村生活最熟悉。他知道自己写不来皇宫的生活。的确，一个人的青少年记忆往往是最深刻的，绝大多数作家，一生所写的题材，都和这种记忆有关。这就不难解释，像贾平凹、莫言、迟子建这样的作家，为何一直都钟情于乡村题材。但我记得，贾平凹也提到，陕西还有另外一个作家，叶广芩，她就能写好皇宫或大户人家的生活，她对这种生活，即便没有见识过，至少也听闻过。据说叶广芩是慈禧太后的侄孙女，清朝最后一位皇太后隆裕太后的亲侄女，这个家族背景，当然会影响叶广芩的写作，她的成长记忆，也必然会和这些或多或少联系在一起。

因此，小说一方面是来源于虚构，另一方面也离不开作家对生活的观察、研究。通过钻研人类的生命世界，进而写出这一生命世界的丰富性和复杂性，这未尝不是一种做学问的方式。传统的学问，探究的多是知识的谱系、历史的沿革，而小说作为生命的学问，目的却是解析人心世界的微妙和波澜。福克纳说，没有冲突就没有小说，米兰·昆德拉也说，小说的精神即复杂性，如何写出这种冲突和复杂，是大有学问在里面的。小说和诗歌不同，诗歌可以抒情，"在天愿作比翼鸟，在地愿为连理枝"，这可以是很好的诗歌，但这种题材要写成小说，就很难。鲁迅曾想把唐明皇和杨贵妃的故事写成小说，最终没写，也许正是他发现了小说与诗歌是不同的。心心相印这种感情，只能写散文或诗歌，小说的构成是要有错位、冲突，故事才会丰富、好看。贾宝玉和林黛玉之间，如果没有冲突，不使小脾气，不闹别扭，没有误会，一见面就你情我爱，那就成了抒情散文，或者爱情诗，就不是小说了。小说讲冲突，讲丰富性和复杂性。如何认识这种复杂性与丰富性，这就是学问，一种生命的学问。

那么，生命的复杂性表现在哪几个方面呢？我用三个词来概括：变化、积存、落实。

生命首先是一个变化的过程。这种变化，遵循它自身的规律。我们常说，小说的叙事，要符合情节和性格的逻辑，这就表明，生命的展开有自己的轨迹，人物性格的发展也有它的线索可循，作家并没有自由可以天马行空、肆意安排的。好的作家，都知道约束自己，知道如何贴着人物写，并跟着人物的命运走，这种写作的限制，是不可以轻易突破的。一部小说成功与否，一是要看作家有没写出生命丰富的变化，二是在变化这一动态的过程之中，作家是否为每一次的变化提供了足够充分的证据。生命的变化，说出生命具有无穷的可能性，它往哪个方向发展，人物的命运最终会走向哪里，这需要作家提供合理的逻辑，而且这个逻辑要能说服读者。

逻辑即说服力。说服力越强,小说的真实感就越强,人物就越能立得起来。不少作家藐视这一点,让他笔下的人物随意发生性格或命运的巨变,却不提供充足的理由;他说服不了读者,也就无法让人相信他所写的是真的。秘鲁作家略萨说,小说的说服力是要"缩短小说和现实之间的距离,在抹去二者界线的同时,努力让读者体验那些谎言,仿佛那些谎言就是永恒的真理,那些幻想就是对现实最坚实、可靠的描写"。[7]具有强大的写作说服力,谎言才不再是谎言,虚构才不会是任意的编造。

何以很多小说都选择成长作为主题?其实它要写的,正是一种生命的变化。成长就是生命不断地在变化,不断地从一种境遇走向另一种境遇。在这个过程当中,生命在扩展、成熟,也在不断地自我修正、自我调整。可能性越多,生命就越丰富。

举大家所熟悉的金庸小说为例。他的武侠小说,虽被定义为通俗读物,但他写得并不粗疏,尤其是在人物塑造的过程中,主人公性格变化的轨迹,金庸安排得很严密、曲折。譬如杨过,前后就有很大的变化。他本是一个流浪小儿,经历过各种挫折和苦难,内心世界自然也充满矛盾、激荡。他一直想杀了郭靖,以报父仇——他认定自己的父亲之死与郭靖、黄蓉有关,并想用郭靖的人头来换那枚救命丹药。他几次都有下手的机会,却一直犹豫,尤其是郭靖在万军之中登城墙那次,杨过要杀他很容易,结果不但没杀,反而出手救了他。杨过一生不怕别人的威吓,却受不了别人的好。他感念孙婆婆、欧阳锋、郭靖对他的好,尤其为郭靖身上的凛然正气、家国情怀所感动,最终忘记个人恩仇,臣服于家国之义。到小说的最后,杨过打死蒙古皇帝,万民向他欢呼之时,他心里想,若不是当年有郭伯伯的教诲,自己绝不会有今天,这是很真实的心理自白。这个变化的过程,可谓一波三折、惊心动魄,但金庸为杨过内心每一次的变化,提供了合理的心理依据。

小龙女对杨过的评价是："世上最好的好人，甘愿自己死了，也不肯伤害仇人。"确实，因着他父亲杨康的缘故，很多人对杨过有先入之见，总以为他的心地不好，至少黄蓉是这样认为的。事实上，细究起来，杨过固然有倔强、油滑、不守理法的一面，但他一生其实没干什么坏事，相反，他还一次次地舍命救人。他每一次矛盾的背后，其实都藏着很微妙的心事，如何写出这种微妙，正是检验小说家能力的重要标准。

因此，即便对金庸小说不作整体性的价值判断，光在塑造人物这点上，我以为他也是比很多小说家高明的。譬如黄蓉，很多人都注意到了，在《射雕英雄传》和《神雕侠侣》里，她的性格，前后似乎是断裂的。《射雕英雄传》里那个聪明、可爱的形象，到《神雕侠侣》就荡然无存了。尤其是黄蓉对杨过的冷漠、猜疑，一直持续到了最后，甚至她看自己的女儿郭襄神不守舍，也怀疑是杨过对她干了什么坏事。黄蓉这个形象一度变得可厌。很多人觉得《神雕侠侣》里黄蓉的塑造是失败的，可此时的黄蓉已是中年，她从少年的聪明、可爱，变成中年的世故、多疑，从内在逻辑上说，却有其性格上的合理性——太聪明的人，往往容易把人往坏处想，也容易猜疑，难以信任人，因为她认为自己能洞穿一切。这就好比一个受过太多苦难和挫折的人，往往有一颗软弱的心。杨过就是这样的人。即便他不喜欢黄蓉，但也受不了黄蓉偶尔流露出来的对他的好。在那次英雄大会上，黄蓉曾对杨过有一次推心置腹的长谈，杨过被感动了，当下就对黄蓉说，郭伯母，其实我有很多事情都瞒着你，我今天都给你说了。但黄蓉那时有孕在身，没精力听他说。这就是杨过的软弱，很动人。这点很像张无忌。张无忌小的时候，也经受了很多苦，所以也受不了别人对他好，甚至像朱长龄、朱九真对他的好，明显是假的，他也不易识破，因为他软弱的内心需要这些。后来，周芷若对他好，他就更没防范能力了，几乎整个人都受制于周芷若了，张无忌的命运和遭际，也可谓是这种性格逻辑在其中起作用。

　　一个人有一个人的性格，一种性格又有一种逻辑在里面。再专断的作家，也不能随意设计情节，更不能忽视细节和场面中潜藏的情理。郭靖和黄蓉的性格是不同的，他们的思想、言谈也就不同；杨过和小龙女的性格也是不同的，他们的志趣、处世也就不同。小龙女一直生活在古墓里面，之前没有进入过俗世，自然也就不必理会俗世的眼光，所以她公开说，自己要做杨过的妻子。当黄蓉告诉她，师徒结婚违反礼法，别人会因此瞧你不起时，她马上反问："别人瞧我不起，那打什么紧？"这话说得惊世骇俗，但小龙女与世隔绝，不通人情世故，说得很自然，她根本不在乎别人的看法，或者也没觉得别人的看法多么重要，她的心只专注于自己所爱的人。这是合乎情理的。可是，当她知道自己被尹志平侮辱的真相后，内心的痛苦，也是旁人无法想象的。她觉得自己已不清白，再不能像以前那样爱杨过了。这真是一件无比悲惨的事情。但她没有处世经验，即便知道坏人是尹志平，她也不知道该怎么办，只能茫然地一路跟着尹志平。后来，小龙女力战金轮法王，临危之际，尹志平用自己背脊替她硬挡了一次法王的金轮，她见尹志平为了救自己，受了致命重伤，"一刹那间，满腔憎恨之心尽化成了怜悯之意"，柔声道："你何苦如此？"这是第一次的变化。尹志平命在垂危，忽然听到这"你何苦如此"五字，不禁大喜若狂，说道："龙姑娘，我实……实在对你不起，罪不容诛，你……你原谅了我么？"小龙女一怔，想起在襄阳郭府中听到他和赵志敬的说话，以为杨过嘴上说要和郭芙成亲，原因就在于他已知道自己受辱于尹志平的真相，"这时猛地给尹志平一言提醒，心中的怜悯立时转为憎恨，愤怒之情却比先前又增了几分，一咬牙，右手长剑随即往他胸口刺落。只是她生平未杀过人，虽然满腔悲愤，这一剑刺到他胸口，竟然刺不下去"。这是第二次的变化。到后来，杨过出现，小龙女对杨过说："他舍命救我，你也别再为难他。总之,是我命苦。"这是第三次的变化。[8]从茫然、憎恨、怜悯,再到憎恨、愤怒、悲苦,这个过程,情绪变化既细腻、微妙,又合情合理,和小龙女的性格、遭遇结合得丝丝入扣。这种对生命变化的精微描绘,使小说对人心的勘探,变得生动而丰盈,它如同一次学术论证,证据绵密,逻辑谨严,生命的存在,就由此变得无可辩驳。

除了变化,生命还是一个积存的过程。有变化,也有沉淀、积存,有不变的一面。生命的积存,包含着记忆、经验、环境等等对他的影响——他并非天生就是这样的人,而是一步步成长为这样的人的。写出这种生命积存对一个人的影响,就能把生命的抉择、境况解析得更合逻辑。变化是动态的一面,积存是相对静态的,是一种累加,小说就是要写出这两者交织在一起的丰富景象。很多作家只写生命的当下状态,而忽略了每一个生命背后都拖着一条长长的影子,每一个生命本身都是一部小历史,人物塑造就会显得单薄;不明了生命是怎么走过来的,也就很难写好生命该往哪里去。

四

生命不仅是一种此在,它也是曾在和将在。此在、曾在、将在,三者的统一,才是完整的生命。

此在是曾在的积存,将在又是此在的积存。一边变化,一边积存,这就构成了生命的复杂面貌。譬如郭靖,木讷厚道,性格中有单纯透彻的一面,但他身上,同样有家族、环境、师友对他的影响。他是郭啸天的遗腹子,他的父亲虽然没有机会对他言传身教,但父亲的精神还是积存在了他的身上:一是通过他的母亲李萍,一是通过他的师傅江南七怪,他们不断地给他讲述父亲的故事,父亲那种民族气节、英雄道义,就成了他生命中的积存。江南七怪彼此之间的情义,也是一种积存,影响了郭靖重诺、重义的性格。还有,蒙古大漠这种生长环境,对郭靖也是一种生命的记忆，他的豪爽、豁达、广交朋友，作为一种积存，即便回到了江南，也未有丝毫改变。他第一次见黄蓉，就把成吉思汗赠他的四个金元宝，分了两个给黄蓉；他见黄蓉冷了，就把自己的貂皮大衣脱下来给她披上；黄蓉故意试探他，向他要汗血宝马，他也爽快地答应，他看重朋友过于一切名贵的物质——这些，可谓都是他在蒙古生活的积存。假如郭靖从小生活在秀丽的江南，就未必能够如此大方。大漠的成长背景不仅影响郭靖的性格，也影响他的体格、武功。桃花岛选婿那次，他们站在树上比武，郭靖比欧阳克后落地，就在于他摔下来要着地那一瞬间，用蒙古的摔跤术，倒钩了欧阳克一脚——在不经意间，这些成长的积存就会表现出来。这就好比韦小宝，他成长于妓院，妓院的习气、语言、思维，就自然积存在了他身上。他初进皇宫，看这好大一个院子，想到的是比扬州最大的妓院还大；他发了财，想到的也是回扬州去开妓院；他骂人，是把人比喻为婊子；他脸皮厚，也和妓院的生长环境有关。他能够在皇宫里如鱼得水，实在是得益于他在妓院的见识——就着阿谀奉承、尔虞我诈这点而言，皇宫和妓院确实有着惊人的一致。

因此，作家在处理人物的遭际、命运时，并不是兴之所至的，他要顾及人物的记忆和积存；生命的细节之间，往往有着千丝万缕的联系。一个人会如何做事，会说什么话，是由这个人的经历、性格所决定的，作家不能任意把自己的意思强加给人物。人物在小说中，发展到一定的时候，是会自己走路的；好的小说，就是要让人物直接站出来说话，并让小说中写到的细节都勾连、编织在一起——作家写什么，不写什么，要遵循艺术的逻辑，正如契诃夫所说，你开头若是写到了一把枪，后面就得让它打响，要不这把枪就没必要挂在那里。这令我想起《鹿鼎记》里，抄鳌拜的家时，韦小宝得了两件宝贝，一是防身背心，二是名贵宝剑，这两样东西，在后面的情节中多次出现，并一次次帮韦小宝死里逃生。这是很小的一个例子，但金庸处理得也不马虎。事实上，无论韦小宝说话、行事、习武，金庸都在叙事中呼应着韦小宝生命中的积存，郭靖、杨过、张无忌等人的塑造，也是如此。

这其实就是小说的针脚。针脚下得越绵密，生命就越立体、饱满，人物就越令人印象深刻。

不可否认，二十世纪以来，能让读者记住小说主人公名字的作家，以鲁迅和金庸为最。尤其是金庸的人物名，很多读者一口气就能说出几十个，这是任何一个中国现当代作家无法与之相比的。他的小说深入人心，他所创造的语言与人物形象，也都进入了读者的日常生活。小说的语言，能够成为公众日常语言的一部分，它就接近于经典了。我们经常形容一个人像猪八戒，或者像祥林嫂，但不必专门解释猪八戒和祥林嫂分别出自哪部小说，一般的人，都知道它指的是什么意思，这就是经典的魅力。当代作家中，惟有金庸所创造的人物，能被人在日常生活中大量使用。说一个人像韦小宝或岳不群，说某人与某人"华山论剑"，一般的人，也都知道它指的是什么意思。我们还经常在报纸上看到记者直接用金庸的人物名做标题，根本无须多加解释，比如，乔布斯要辞职了，报纸用的标题是"乔帮主，别走啊！"；有个魔术师表演在泰晤士河上行走，第二天报纸的标题是"魔术师泰晤士河上凌波微步"；杭州有人能在绳子上睡觉，报纸就说"杭州街头惊现'小龙女'"……没有编辑觉得需要向读者解释，"乔帮主""小龙女"是谁，也没有记者会担心"凌波微步"被人误读，这就是金庸的大众性。他的小说语言，早已渗透到了我们的日常生活之中。

甚至，在金庸的小说中，即便是次要人物，那些着墨不多的人物，也常常令人难以忘怀。比如《天龙八部》里的南海鳄神，憨直，可笑，栩栩如生，又比如阿碧，远没有阿朱重要，是小说中可有可无的一个角色，但到小说的最后，阿碧再一次出现，特别是她在慕容复的疯话中边掉眼泪边给孩子们发糖果的画面，一下就把她的痴心和伤感呈现在了我们面前。用很少的语言，或寥寥几个细节，有时就能把一个人立起来，这不是一般作家都有的能力。金庸经常把虚构与历史，主要人物与次要人物镶嵌得严丝合缝，除了他长于对话和细节的雕刻，也得力于他对生命世界的把握中，很好地平衡了变化与积存之间的关系。

有了变化和积存，生命还需要落实。所谓落实，就是要有归宿，要找寻到活着的方向和意义。如何才能获得内心的安宁？如何才能活出意义来？再喧嚣或麻木的心灵，也总会有那么一些时刻，是在追问和沉思这些问题的。有人说，连中国很多单位的门卫，都成哲学家了，一开口就问来访者：你是谁？你从哪里来？你到哪里去？——这种人类生存的根本之问，某种意义上说，每个人都需面对。应答者的声音也许永远不会出现，但生命渴望落实、渴望找到栖居地的愿望也不会消失。就像那些侠客，浪迹江湖，快意恩仇，但总有一天，都会像萧峰对阿朱所说的那样，渴望过上远离江湖，到雁门关外打猎放牧的生活，这是生命深处的吁求，也是人类无法释怀的一种梦想。

金庸的小说，也为生命的落实提供了自己的角度：归隐。退出江湖，到一个小岛，或无名之地，过上超然、有爱的生活，这几乎成了金庸笔下的主人公共同向往的归宿。他们也曾愤然于世间，也曾置生死于不顾，也曾伤心和痛苦，最终，几乎都选择了归隐。陈家洛归隐于回疆；袁承志归隐于海外；杨过、小龙女归隐于古墓；郭襄归隐于峨眉；张无忌归隐于为赵敏画眉；令狐冲、任盈盈归隐于江湖上的无名之地；就连混世魔王韦小宝，最终也带着老婆孩子归隐于江南一带。真正死于江湖或战场的，只有郭靖、萧峰等很少的几个。金庸曾说："'人在江湖，身不由己'，要退隐也不是容易的事。刘正风追求艺术上的自由，重视莫逆于心的友谊，想金盆洗手；梅庄四友盼望在孤山隐姓埋名，享受琴棋书画的乐趣；他们都无法做到，卒以身殉，因为权力斗争不容许。

对于郭靖那样舍身赴难，知其不可而为之的大侠，在道德上当有更大的肯定。"[9]确实，郭靖这种为国为民、侠之大者的精神，体现出的是典型的儒家价值观，这在金庸早期的小说中，是一种主流思想，陈家洛、袁承志和郭靖，都可称之为儒家侠。但金庸越往后写，就越倾向道家思想，道家侠的形象越来越多，如杨过、令狐冲、张无忌，都追求自由的心性和个人价值的抒发，看重个体的感情实现，也愿意为自己所爱的人付出。相比之下，感时忧国的精神就在他们的生命中，慢慢退到幕后了。

很多作家，早期尖锐，后来转向庄禅思想，其实都是这种人生哲学在起作用，像余华从《现实一种》到《活着》的转变，体现的正是这种思想路径。刘小枫把中国人和西方人的这种精神差异，概括为"拯救与逍遥"。西方有旷野呼告的精神，有约伯式的来自内心深渊的懊悔，他们拒绝与现实和解，假若没有拯救者降临，就会走向分裂或死亡。中国文化则为无法突围的生存困境，准备了遗忘或逍遥的精神逃路。

许多中国人，他们一边张扬儒家价值，一边却践行着道家思想，儒家可能是主体，但道家、佛家的思想也深深影响着中国人的人生，所谓得意的时候是儒家，失意的时候是道家，绝望的时候又成了佛家。这样的人生是立体的，有弹性的，不在一棵树上吊死，也不会一条道走到黑。有人戏言，中国文学不深刻，是因为中国作家自杀的少。中国人有自己的精神消解机制，很少走绝路，原因就在于他的人生思想是儒、道、释三位一体的，他对生活有着很强的适应力，同时也相对缺少了向存在深渊进发的勇气。年轻的时候，都想有所作为，干一番事业，是典型的儒家。到一定年龄，假若事业受挫、身体衰朽，多数的中国人又都成了道家，推崇不争，向往怡然、冲淡的人生境界，于是，开始养花、钓鱼、刻章、练字、画画、旅行，颐养性情，淡泊名利，背后未尝不是藏着对社会不同程度的厌倦和失望。假若精神危机加剧，无路可走,中国人还可选择出家,望断俗世,看空一切,使自己成为一个寂然无欲之人。

中国人的人生认识并不单一,而是复杂、多变,表面是儒家,骨子里却很可能是道家,甚至法家。金庸的小说写出了这种复杂性,他笔下那些侠客,构成了中国人生命中的不同侧面,而归隐这一主题的凸显,又为这种生命的落实,提供了一条出路。归隐未必是现实的,却暗含着中国人内心那种隐秘的梦想。冲突消解了,痛苦释怀了,一切名利争竞也都放下了,最终为自己的内心找到了一个可以安静下来的栖居的地方,这种落实感,正是文学所创造出来的生命趋于完满的幻境。

小说表达的是生命的哲学,它和现实中的人类,共享着同一个生命世界。如何把这个世界里那些精微的感受、变化解析出来,并使之成为壮观的生命景象,这是小说的使命。生命是变化、积存、落实的过程,它作为一种具体的存在,展开得越丰富、合理,这个生命世界就越具说服力、感染力。生命不是抽象的线条、结论,不是一个粗疏的流程,它的欣喜与叹息,成长与受挫,变化与积存,共同构成了生命的形状,写作既是对这一生命情状的观察、确认,也是对它的研究、描述、塑造;它以一种人性钻探另一种人性,以一个生命抚慰另一个生命,进而实现作家与人物之间的深度对话。

因此,小说既是语言的奇观,也是生命的学问。

注释:

[1] 转引自[法]巴尔扎克:《高老头·前言》,张冠尧译,人民文学出版社,2002年。

[2] 胡适:《百二十回本〈忠义水浒传〉序》,见《中国章回小说考证》,安徽教育出版社,1999年。

[3] 鲁迅:《华盖集续编·马上支日记》,《鲁迅全集》,第三卷,人民文学出版社,1981年第334页。

［4］金庸：《鹿鼎记》（一），广州出版社，2009年第41页。

［5］钱穆：《现代中国学术论衡》，生活·读书·新知三联书店，2001年第248页。

［6］曹雪芹、高鹗著，脂砚斋、王希廉点评：《红楼梦》（全二册），第三回，中华书局，2009年。

［7］［秘鲁］马里奥·巴尔加斯·略萨：《给青年小说家的信》，赵德明译，上海译文出版社，2004年第30页。

［8］参见金庸：《神雕侠侣》，第二十六回、第二十七回，生活·读书·新知三联书店，1999年。

［9］金庸：《笑傲江湖·后记》，生活·读书·新知三联书店，1999年。

（《羊台山》第29期）

《羊台山》十年总目录

第一期

创刊词
阳光·绿野·生命
——写在《羊台山》创刊之际/李勇

关注
有寄托，斯有境界，始成高格/周松芳

论坛
关注打工群体的文化权益/杨宏海
小说该在哪里驻足/南翔

阅读
海上世界/吴君
日光下并无新事/徐东
纸船/卫鸦

文坊
空手白狼/凌春杰
清水河边的裙豆/叶耳

交换/那时花开

随缘
桂香园/郭建勋

品味
食物链/柚子
海滩夜语/兰浅

视野
以热爱大地的名义/谢海生

笔谈
论戴斌的"深圳草根文学"/黄玉蓉

绿地
异国乡村散记/海雷
云南日记/朱赤

诗园
乌蒙山区的眼睛/北人
月光流向村庄（组诗）/李邵平

第二期

卷首语
回家的路/谢海生

关注

大正大刚存大意　大爱大美立大成
——北京首都师范大学教授、著名演讲家李燕杰精彩演讲片断摘录

论坛

城市，谁的城市？我们需要什么样的城市／李子刚

笔谈

点燃一盏"希望的明灯"／章武
文学要成为"国民精神的火光"
——在广东省第七届鲁迅文艺奖颁奖大会上的发言／曹征路
笔墨从一个人的胸襟里来
——以散文写作为例／谢有顺
理想和现实的滞差／徐东

阅读

记北大中文系的几位先生／陈恒舒

文坊

湿地风流／王十月
不再疼痛的翅膀／千里烟

麻花

麻花／刘阿芳

随缘

有祖坟的地方叫故乡／戴斌
长寿镇／邓荔红

宋庄笔记三则/安石榴
竹的故事/熊正红

札记
《大国崛起》的启迪/曹宇昕
都在整长篇/徐一行

乡土
羊台山狗肉/廖虹雷
一对金鸡的传说/戴福才

绿地
行走的风景/宋瑞

诗林
深圳城边/李春俊
韵一样的羊台（外一首）/艾桦
我们/宋瑞 胡少卿

杂志
关于杂志——编辑手记/范明

封二：乡村情歌之喜悦月夜/版画/罗向冰、文/李邵平
封三：乡村情歌之绸缎似的村庄/版画/罗向冰、文/李邵平

第三期

卷首语
山稔子/为民

论坛
现代化的误区：大马路/李子刚

笔谈
追问诗歌的精神来历/谢有顺
腹有气韵品自高/南翔
文体意识自觉与文体革命/汤奇云

视野
打工文学的未来流向/凌春杰

阅读
格列的天空/徐东
附：关于徐东西藏系列小说点评
海戒/王棵

文坊
忍不住想哭/童仝
阿静的爱情/谭秋红
生活的滋味（两篇）/秋妮

随缘
修安者说/安石榴

札记
茶与中国隐逸文人/知洵
身无彩凤双飞翼,心似流星照夜晨/梦杰红

乡土
观麒麟舞,说麒麟事/谢为民
羊台山下的三个把戏佬/戴福才

绿地
成都印象/苦旅

诗林
机台(外一首)/郑小琼
清明节你回乡祭祖/孙夜
主编手记/范明

第四期

卷首语
有容乃大
——写在《羊台山》杂志创刊一周年前/范明

散文
猫事/石舒清
一个人看海/兰浅
嗨,"深圳张叔"!/朱赤
虔贞学校就读记忆
——一篇新闻报道勾起的回忆/谢为民

诗歌
诗三首/梦也
每一位恋人都带走我一部分生命/谢湘南
用电子邮件发送一封秋天给你/萧萧

第五期

卷首语
感悟生活/李勇

小说
陨石/孙夜

散文
客家传统社会村落文化的现代启示
——以粤东围龙屋村为模型的思考/曾祥委
羊台山上的雕楼和山村/戴福才
印象·日本/朱赤

诗歌
中国节气：冬（六首）/吕宗林
别为我在这里等待/程学源

第六期

卷首语
幸福这个词/李春俊

论坛
办好《羊台山》杂志 倡导"新城市文学"/李勇
领悟人文情怀 畅想羊台文化/范明
大浪《羊台山》杂志创刊一周年印象与意义/汤奇云
此心安处是吾乡/赵建坤
《羊台山》创刊一周年研讨暨文学联谊会言论采撷

笔谈
自由而有重量的文体
——关于散文的随想/谢有顺

小说
编外爱人/刘静好
一个人的香山行/马季
小说六题/梦也
校园微型小说四题/萧明光

散文
鸟叫一两声（外一篇）/李敬泽
激情溅活的石头/熊育群

评论
底层需要关注的两面南翔

死亡诗社里的精神觉醒/广涛

乡土
追溯宝安七千年大历史/康少高

千年蚝乡/廖虹雷

永远忙碌的"吴大姐"
——原中共中央政治局候补委员、国务院副总理吴桂贤参观大浪服装基地侧记/朱赤

诗歌
好心人,我把孩子交给您/谢海生

铲雪是一种幸福/吕宗林

第七期

卷首语
原来,爱可以这样
——"5·12"汶川大地震感言/兰浅

笔谈
"底层文学"在新世纪的崛起
——在乌有之乡的演讲/李云雷

小说
麻花客石/舒清

山坡上的桑珠/徐东

小镇幽灵/盛慧

人日/申晨

散文
读城记/谢有顺
穿过玉米林/叶清河
又见雪飘过/李西乡
印在泥土上/游利华
秋色无边/震秀
印象 印象/李全毅
长安北去干城在——延安古今散记/谢海生
黑夜中的白马——海子逝世十九周年祭/魏德勇
故乡别来无恙/唐冬眉 申晨 孙夜

乡土
黎明前的激战——"石凹反击战"始末朱赤/谢为民
追溯宝安七千年大历史（接上期）/康少高

诗歌
祈祷奇迹/郑小琼
我要找到你/绿蚂蚁
亲爱的，请记住/范明
睡吧，孩子/李邵平
一切——写在汶川地震四天后/谢亚凡
地震不可怕/张世明
与人民在一起/吕宗林

第八期

卷首语
每个人的星光/李松璋

笔谈

苦难的书写如何才能不失重?
——我看汶川大地震后的诗歌写作热潮/谢有顺

重塑散文的文学品质——熊育群答张国龙博士

网络类型小说拓宽新世纪文学之路/马季

小说

黑洞/孙夜

爱情双实线/徐行者

彩票/韩三省

红尘/曾楚桥

散文

铅华洗尽傲春秋/南翔

那雪一样洁白的栀子花/李娟

母亲的玉手镯/曾天逸

拐弯的夏天/刘鹏凯

我的文学路/徐东

一蓑烟雨任平生——读刘小川《品中国文人》之苏轼/兰浅

故乡别来无恙/唐冬眉 申晨 孙夜

笑语羊台山/戴福才

羊台山赋/孙豪

诗歌

四月的诗（组诗）/李春俊

诗三首/卢卫平

我想去那遥远的西藏/蔡仕伟

第九期

卷首语
大家平安/兰浅

笔谈
中国文化的当下处境——一次演讲/谢有顺
一鹤凌云,智性诗人的人本情怀
——世界著名华文诗人云鹤诗歌走势及作品解读/唐成茂
格格不入,或者短篇小说/李敬泽

小说
美发史/王棵
遍地忧伤/曾野
与爱情无关/杨秀英
三人一条狗/刘小冀

散文
甘棠,甘棠/项丽敏
亡姨逸事/李娟
墙与墙的爱情/袁满才
中北欧杂咏/南翔
穿上旗袍的残酷(外一篇)/走走

乡土
回望大浪
——深圳宝安大浪村村史摘录(之一)/石舒清
旧时大浪素描/谢为民

故乡别来无恙（接上期）/唐冬眉 申晨 孙夜

诗歌
坂雪岗以西/凌春杰
白玛诗歌小辑/白玛

第十期

卷首语
编织希望和记忆/兰浅

笔谈
中国当代文学的有与无/谢有顺
一个深圳土著的改革开放史
——评谢宏的长篇小说《深圳往事》/黄玉蓉
原生态的深圳记忆——关于《深圳往事》/李跃

小说
平安夜/徐则臣
三表叔/黄永健
脏子/云亮
夜空中的白云/徐东
我曾经来过/吴小林
腊月二十九/段作文

散文
想喝一杯葡萄酒（外一篇）/千里烟
阁楼上的小丫/项丽敏
姑娘吉西/张小菊

散文五篇/李西乡
乡下的房子和城里的房子/邓红荔
走回老屋/许小玲
大师远去——北大燕南园怀想/唐冬眉
漫读《西班牙旅行笔记》/曹宇昕

乡土
回望大浪——深圳宝安大浪村村史摘录（之二）/石舒清
深圳民俗文化（两篇）/廖虹雷

诗歌
素颜歌（节选）/梦亦非
向晚（外一首）/杨列

第十一期

卷首语
开拓自己的风景/赵朝龙

小说
穿越霸王谷/赵朝龙
家人三题/阳村
宠物/梦也
铁风筝/毕亮

笔谈
文人与书法/谢有顺
郑小琼：作为一个诗人的多重含义/李少君

散文
途中与你相见之西藏印象/买超
象牙塔之美/李旭强

乡土
回望大浪
——深圳宝安大浪村村史摘录（之三）/石舒清
清末民初深圳几位爱国名人/廖虹雷

评论
盛夏里的对话——文学创作二人谈/朱赤 李邵平

诗歌
羽微微诗五首/羽微微
春的希望（组诗）/小叶
珍藏——致友人/范小月
三月杏花/冷艳

第十二期

卷首语
坚持理想，执着追求
——写在《羊台山》创刊三周年之际/杨宏海

笔谈
经济危机下的文化机遇
——在岭南大讲堂上的演讲/谢有顺
不确定性中的苍茫叩问
——评曹征路的长篇小说《问苍茫》/孟繁华

小说
北京的金山上/张抗抗
满天星/唐成茂
爹的河卡/凌春杰
走失的桑朵/徐东

散文
青海之西,高原之上(组章)/李邵平
深爱你的忧伤/叶耳
烟桥艺雨洒观澜
——春日访陈烟桥故居/郭建勋
又晤螺溪钓艇/蒋冰之
那些山路/魏德勇
途中与你相见(2)/买超

乡土
回望大浪——深圳宝安大浪村村史摘录(之四)/石舒清
考察"黄氏宗祠"忆当年/戴福才
"麒麟师傅"/谢国庆/朱赤

诗歌
风吹过叶尖(组诗节选)/旻旻
沉默的石头(外一首)/余燕双
让一弯新月留住你的笑容(外一首)/张永伦

第十三期

卷首语
关于向日葵/范明

笔谈
《朗读者》给我们的启示/南翔

文坊
逃来逃去/方晓
巨象/甫跃辉
华强北/付关军
童年/庄昌平
芒花开了/陈再见
风流乞丐陈二胡/周家兵

芳草
莲花山的一天/李雨燕
父亲和棋/徐嘉
雨中情/路勇
姐姐/兰浅
去乡村看一场雪/田辉香
母亲,来生做我最美的女儿/黄季红

采访手记
回望大浪(五)/石舒清

札记
从"梁思成的眼泪"到"马未都的收藏"/朱赤

乡土
重阳节与爬山/廖虹雷

诗林
诗三首/胖荣
转身（外一首）/李晃
Ta情组诗/李小惠
草原情歌/刘永新
风水诗（外一首）/阿翔

艺苑
《读》（组照）/赖耕云 刘光
《宏大富丽的布达拉宫》/赖耕云

封面油画：《夜晚的咖啡馆》（局部）/梵高

第十四期

卷首语
生的美好/范明

笔谈
当代人文教育的忧思/谢有顺

文坊

百姓歌谣（上）/赵朝龙

石舒清小说二题/石舒清

我们能否相信爱情/厚圃

芳草

花鸟（外一篇）/梦也

低语/庞华坚

千芳一哭/买超

乡村启示录二则/周松芳

以艺术的名义活着/朱正安

我永远是你的眼睛/方元

札记

思考·纯洁（节选）/徐东

诗林

吴疆诗歌小辑/吴疆

孙夜诗四首/孙夜

花园里的蚂蚁（外一首）/张型锋

秋思/刘满衡

诗歌王国的公主/邹本忠

冷艳诗四首/冷艳

艺苑

绿色家园（李文）/封二

远方（李文）/封三

封面图：《现代梦境》系列之一

第十五期

卷首语
执着与热爱/范明

笔谈
让历史在细节中浮现/南翔

文坊
百姓歌谣（下）/赵朝龙
黑白照片里的母亲/卫鸦
中国红/钟二毛
过年消毒/买超
网络时代/孙豪

芳草
水村纪事/子建
故乡是开在心灵的花朵/陈孝荣
一诗双适，惟有心知/吴俊忠
春去春又回/刘庆芳
大浪星空/刘学伍

札记
我在玉树的日日夜夜/朱赤
羊台山赋/颜其麟
自然美景的绘画，革命精神的赞歌/叶幼明

诗林
兰浅的诗/兰浅
走不出的村庄（组诗）（节选）/程鹏
版画村/叶通
红玫瑰（外一首）/十鼓

艺苑
《世博掠影》之一/王小可 摄（封二）
《世博掠影》之二/王小可 摄（封三）

封面图：《现代梦境》系列之二

第十六期

卷首语
《羊台山》四岁了/南翔

笔谈
文学写作的五大关系/谢有顺
从日常出发，探寻爱与真相/钟二毛

文坊
爹的存款/凌春杰
诗人街/徐东
一句话的行程/李小雪
天梯/付关军
带着姆妈上学/彭亚华
温暖/王静静

芳草
边界（六章）/梦也
书余四章/王十月
亲亲我的故乡（四章）/周大强

诗林
无法命名的时代（组诗）/世宾
村庄真美（组诗）/马娜
散淡（组诗）/偶尔
谢湘南短诗选/谢湘南
列车里只有我一人奔跑（组诗节选）/阿北
天说黑就黑了（组诗节选）/张世明
鸣慧的诗/鸣慧

艺苑
《天路》（封二）/彭鸿杰 摄
《藏地江南》（封三）/彭鸿杰 摄

封面图：《现代梦境》系列之三

第十七期

卷首语
舍不得荒废的精神生活/范明

笔谈
山高峡深，奇观胜景无穷/于浴贤
深圳诗歌的让渡主义/唐成茂

文坊

礼物/毕亮

痒/郑小驴

债事/陈文芳

一亩西瓜/温海宇

温暖的季节/张娟

七寸/唐诗

芳草

三门岛之夜（外一篇）/西篱

短文三章/王廉运

不系之舟（外二篇）/望川

遥想我的祖先/王丽

城里的树（外三篇）/黄琼喻

那些瓜儿/王先佑

札记

城市留白（外一篇）/李全毅

幸福不等于多占/曹宇昕

用身心去体会先贤/李慧

诗林

这个世界，这些日子（组诗）/张守刚

垮不掉的桥/陈朴

火焰（外一首）/郑小琼

冬天就要来（外一首）/王亮庭

未完成的诗，2010年记忆/张尔

一棵表达的树（外一首）/彭俐辉

小调十阕/秀实

中午，小憩的搬运工（外一首）/谭清友

艺苑
全国第五届"群艺杯"
——中国人的面孔摄影艺术展览作品选登
《祈福》赖耕云（封二）
《汗珠》廖志洪
《熟手》潘鲜明（封三）
《胜券在握》/刘光

封面图：《现代梦境》系列之四

第十八期

卷首语
刊首语/格非
羊台山赋/颜其麟
羊台山一瞥/范明

2011·首届"羊台山"诗歌大赛获奖作品
　一等奖：
城市的坐标——羊台山/陈再见
羊台山之约/王月华

　二等奖：
羊台山诗札/吕艳
游羊台山记（节选）/萧相风
羊台山那串笛音/刘传东
寻韵羊台山（组诗）/侯加阳
诗意羊台山（组诗）/贾旭磊

三等奖：

羊台山印象（组诗）/蒋海洋

在城市的上空呼吸/李有明

羊台山里的声音/李文毅

春天的羊台山/虞晓翔

羊台山，我心中的山（组诗）/杨从彪

行走之旅/赵燕磊

我想做一羽羊台山雀（组诗）/钟生钦

大浪，诗歌里的生活片段/子建（深圳）

坐看羊台山（组诗）/陈于晓（浙江）

羊台山高高的山上是云（组诗）/王兴伟

优秀奖：

金克巴/杜风雷/杜文瑜/李传军/李智强/陈忠龙/穆学仁/陆承/汪帆/黄秀芳/谢寿国/黄荣东/叶通/徐必常/王亚哲/孙庆丰/李民/赵洪亮/钱大全/丁济民/李文山/吕宗林/刘华明/王小荣/邱荣根/马云飞/张俊/王美英/王太勇/刘小雨/郭建贤/罗松生/施渊/曹志军/王万军/秦江波/王运用/孙豪/李剑飞/何小轩/杨超英/尹和亮/徐小明/吴基军/李江波/蒋志武/姜德生/周大强/魏鸣慧/艾华林

作品选登

在羊台山寻找夕阳的感觉（外二首）/赵朝龙

围着篝火的舞步（外一首）/周光宗

一滴露珠的光芒（组诗）（节选）/鲁绪刚

乡村音韵（节选）/王鹏

田野里还剩下最后一个人/陈亮

致沙漠（外一首）/刘京

潜回（外一首）/蔡交俊

人生（外一首）/葛云彩

农村/徐永春

老家（组诗）（节选）/路志宽
钢轧进了我的诗歌（组诗）/张永伦

深圳80后诗人诗歌方阵
陈诗哥/魏鸣慧/廖令鹏/李双鱼/张型锋/乙河/严正/胖荣/安连权/唐纳/黄浩/张培伟/程鹏/深圳红孩/钰涵/唐诗/子建/梁海洋/阿北/永州冰雨/艾华林/蒋逸冰/莞君/蒋志武/李倩/董喜阳/赖佛花/吕布布/陈再见

封面图：《现代梦境》系列之五
封二、三：第二届大浪摄影比赛金奖作品《春暖大浪》（三幅）摄影：陈奕光

第十九期

卷首语
生如夏花/范明

笔谈
金庸小说与文学的乌托邦精神/谢有顺

深圳作家
呼喊的哑巴/萧相风
变鬼记/陈再见
走不出去/程鹏
招聘儿子/李江波
清白/庄昌平
裂缝/夏子期
文学批评应该成为文学自我救赎的方式/汤奇云

文坊
港湾/走小月

芳草
往事与随想/梦也
后袁庄/温海宇
母亲（外一篇）/张华

乡土
杂谈起名/廖虹雷
清明扫墓随想/戴福才

诗林
时光的碎片（组诗）/李邵平
游韶山（外一首）/白沙
回家（组诗）/蒋逸冰
一个寓言/湘莲子
声音/晋东南

艺苑
《开拓者》/廖志洪（封二）
《层林尽染》《绽放的大地》潘鲜明（封三）

文讯
大浪大船坑舞麒麟入选国家"非遗"名录
谢宏长篇小说《纹身师》出版

封面图：现代梦境系列之六

第二十期

卷首语
音乐的心境/钟华波

笔谈
有一种鸟永远关不住/南翔
石舒清印象/马知遥

文坊
过生/徐东
愤怒/毕亮
儿子/买超
黄皮果/钟国光
双层/陈小染

芳草
穿行在唐诗里/亚男
背山神/陈孝荣
土地和父亲/平原木
少年不知读滋味/易水寒
阳湖/周铁株
乡村低语/吴基军

游记
银滩：沧桑和浪漫/庞白
走进"多彩贵州"/朱赤
面对黄河（外二篇）/郭贵成

我与凤凰的约会/陈爱军

诗宝安
王熙远的诗/王熙远
廖令鹏的诗/廖令鹏
程鹏的诗/程鹏
李双鱼的诗/李双鱼
诗宝安·宝安魂/樊子

艺苑
《苗家客栈》/刘光（封二摄影）
《多彩贵州》/刘光（封三摄影）

文讯
宝安大浪杯时尚节圆满落幕
"部落组合"获金钟奖"最佳音乐表现奖"

封面图：《现代梦境》系列之七

第二十一期

卷首语
在精神的止泊处/范明

文坊
晚了二十年/刘静好
年饭/丁力
女诗人的榆树/许艺
朝着雪山去/甫跃辉

芳草
动静之间/凌春杰
有关生活断片的记录/吴佳骏
临窗/黎杰
失重的山乡秋情/黄家双

笔谈
奔腾年代,以梦为马/蔡东
浸透着时光的歌谣/厚圃

读书
阅读年代/刘元举
博尔赫斯和我/王樽
与黑塞重逢/项丽敏
我的阅读生活(外一篇)/谢宏
指月闲话/买超
女人都爱意大利/张樯
读白居易的诗/宋唯唯

诗宝安
李晃的诗/李晃
阿北的诗/阿北
萧相风的诗/萧相风
蒋逸冰的诗/蒋逸冰
打开诗歌的现实之核/李邵平

艺苑
《八骏图》/彭鸿杰(封二)
《露》《明》/彭鸿杰(封三)

封面图:《现代梦境》系列之八

"读书与生活"增刊目录

卷首语
愉悦/范明

书林漫步
多读书,读好书/张华
风雨雷电中的命运苦旅/嘉男
听雨作为美好的姿势/凌春杰
读孙夜的诗/李云雷
孤独与存在/廖令鹏
守望者的情怀/樊子
有关语言与日常的诗/姜丰
迟子建的秘密/徐东
《罗织经》的悖论/王国华
有那么一个少年的小镇(外一篇)/叶耳
人间烟火/晋东南
零碎的印象/冷艳
我的大学——深圳图书馆/荒木崖

《浪花》两周年集锦

浪花朵朵
村庄的瓦屋顶/陈再见
刘公岛不是玩的/谢亚凡

打工故事
友谊不是玻璃/杨柳
"杯具"和"洗具"/欧卫
我想有个家/钟芳
一生的遗憾/王进明
新版农夫与蛇/罗柳
招聘趣事/胡珊珊
可爱的鸭脖子/红色流苏
初来深圳的日子/付伯承
手机伴我过个年/胡四建
租房/张年武
"黑中介"历险记/汪正东
永不删的短信/龚碧艳

故乡记忆
红烧肉/彭桂仙
童年的春天/尹合亮
沿记忆的偏旁回家/李辉
一样的桃花灿烂/李富强
像拉纤者一样活着/何剑胜
进山/郭翠翠

心灵物语
脸红/黄秀芳
品味孤独/蒋生喜
学会回头/红尘·逐梦
生命是一条河/杨林清
枕头/冯金铃

读书时间
山的那一边/谭秋红
窥书记/金学舜
借阅证/刘雄
善读才能成长/姚述章
半床明月半床书/李西乡

诗歌广场
流水线的日子/唐湘
我们的不安/陈艳
曾经的爱/吴英桥
抚摸打工/余常爱
叫我如何忘记/胡小琴
怀念爸爸/杨雅丽
过些年我已离开这里/崔绵
舟曲坚强/唐林源
写给大姐/子建
走进秋天/夏经盛
诗人的春天/余伊文
站在五楼的阳台/施渊
我是一只跳出树洞的青蛙/陈才锋
你眼里的旧时光/彭利
与子执手/樊秋萍
夜登羊台/谢先莉

艺苑
恬静/赖耕云（封二）
石拱桥下泛扁舟/赖耕云（封三）
半亩闲塘孤舟斜
江南水乡美

第二十二期

卷首语
春天里的浪花/范明

笔谈
小说写作的几个关键词/谢有顺

文坊
黑祥/李云雷
患难情侣/曾文寂/付宇
一头驴的故乡/王凤国
消夜/弋铧

芳草
灰色背景中的绚烂/黄蓓佳
丑娘/凝冰
三个夏天里的三段乐章/刘骅庆
海边人/赵骏枫

浪花
煤黑的黑/郭翠翠
绿皮火车/莫丽娟
听雨（外一篇）/蒋天予

诗版图
郭海鸿的诗/郭海鸿
郭金牛的诗/郭金牛

温木楼的诗/温木楼
徐东的诗/徐东
诗歌所给予的魅力与色彩/叶耳

艺苑
怒放（封二摄影）/廖志洪
羊台山之恋（封二摄影）/何毅
静默的山石（封三摄影）/廖志洪
封面图：《禅》

第二十三期

卷首语
与智者语/范明

笔谈
挽留不住的和难以言说的
——读北岛系列散文"城门开"/王小妮
只有理性能将幽黯照亮/艾云
底层文学：一张日益模糊的面孔/鲁太光

文坊
内陆河/肖江虹
你为何心虚/斯继东
土豆/吴攸
姐妹/陈再见
花间一壶酒/陈东娥

芳草
在开封包公祠/刘中国
孟繁华小记/魏微
深圳单行线（外一章）/朱正安
书话两则/王国华
来自乡村/晓波
夜色/徐向红

浪花
"南漂"母亲/荒木崖
我的爷爷和奶奶/子建

诗版图
眼睛（节选）/赵婧
恋海/夏子
居一的诗/居一
依尔福的诗/依尔福
梁庄的诗/梁庄
不亦的诗/不亦
诗歌的困境与顺境/李双鱼

艺苑
摄影：《夏荷》/李建华
摄影：《新月》/何毅
封面图：《广场》

第二十四期

卷首语
秋晨絮语/范明

笔谈
城乡的纠葛与启蒙话语的困境/李德南

文坊
听盐生长的声音/王威廉
握手/杨遥
长音/王棵
别问我是谁/刘浪
母鸡生了一只小鸭子/李东文
没有人看得见那摊水/毕亮

芳草
晏阳初：乡村的个人编年史/艾云
施战军：永远的少年/魏微

浪花
阿涅丝的减法——读《不朽》有感/莫丽娟

诗版图
唐成茂的诗/唐成茂
艾桦的诗/艾桦
蒋志武的诗/蒋志武
柴画的诗/柴画

2030年，深圳的现代抒情诗/廖令鹏
永远的母亲（二首）/彭俐辉
像许多人那样（外一首）/毛志刚

艺苑
封二摄影：《霭霭暮云横》/蒋冰之
封三摄影：《谧谧林间花》/蒋冰之
封面图：《山果累累》/蒋冰之

第二十五期

笔谈
胜利与奴役：文学的人道主义传统的困境/邓一光
莫言的国——关于莫言获诺贝尔文学奖的一次演讲/谢有顺

文坊
沉睡/郭海鸿
泛流河的女人/宋唯唯
有一个叫颜色的人/徐东

芳草
吴玄：生命中的几个关键词/魏微
祖宗/张舒亚
孙夜诗集《新地址》序/杨争光
云水八章/周公度

读书
男人的史诗——邓一光长篇小说《我是我的神》读后/胡野秋
早年的阅读/于爱成

纯粹的加缪灿烂的阳光/何良

黄卷青灯与我的读书岩——记大学时代我的读书生活/王熙远

看破卡夫卡/齐霁

人物两篇/王国华

浪花

会心而笑——读梭罗的《野果》随感/晓勤

一部奇异的自传/郭千漫

读费孝通的《乡土中国》/晋东南

诗版图

艾华林的诗/艾华林

袁叙田的诗/袁叙田

胖荣的诗/胖荣

拜星月慢的诗/拜星月慢

现实的沉默与诗意的爆发/阿北

艺苑

摄影：《白鹭栖大浪》/陈家芳

摄影：《放飞心情》/刘光

第二十六期

笔谈

言、象、意的挖掘与呈现
——谈韩少功的思想型写作/李德南/王威廉

文坊

月亮照我回家路/张爽

夫妻/娜彧

芳草
生活中的文学/熊育群
才子荆歌/魏微
在丽江的柔软时光里/亚男
人生不相见/李邵平

悦读
生之颤动,灵之喊叫——毛志刚诗集《拯救》序/苗雨时
历史人物二题/王国华
救赎与仁爱——观音乐剧电影《悲惨世界》随感/侯守松

史话
轰轰烈烈的土改运动/朱赤

诗版图
黑光的诗/黑光
李三林的诗/李三林
吕布布的诗/吕布布
憩园的诗/憩园
在现实和词语的一闪念之间/沙马

艺苑
封二摄影:《烟雨竹林》/廖志洪
封三摄影:《红桃闹春》/潘鲜明

第二十七期

笔谈
重新认识乡土资源/谢有顺
"新文学的终结"及相关问题/李云雷

文坊
跳舞的时装/凌春杰
沉睡者/许艺
孤步岩的黄昏/寒郁
生者与死者/高晓枫

芳草
丢失的江南/张夷
红树林啊,红树林/吴晓川
风吹杜甫(组章)/马亭华
星空/孙琦钰

书评
内在的风景,想象的远方
——评徐东短篇小说集《藏·世界》/郑上保
读舒婷的《鞋趣》/水桥

诗版图
诗二首/李清泉
谢湘南的诗/谢湘南
王长敏的诗/王长敏
晋东南的诗/晋东南

毛志刚的诗/毛志刚
让诗为生命增资扩股/李跃

艺苑
封二摄影《人间仙境》/蒋冰之
封三摄影《岁月记忆之旧铃铛》/蒋冰之

第二十八期

卷首语
看山/兰浅

笔谈
梦想的力量
——生态文学亟须的突破与超越/西篱
文学深圳：新凤发声 渐入佳境/周思明
当下80后小说的新状况/李德南

文坊
美发师/易清华
隐身/樊健军
棉织厂/王顺健
拜访郑老师/陈再见

芳草
寂寞梅关/王十月
抒情侧面：小或者更小/陈旭明
不能回家乡/黄金明
在帕米尔冰峰脚下听音乐会/刘元举

书评

在城市的旷野飙车
——读赵婧诗集《我的心也像大海》/杨青松
那些人，那些事
——《他们与她们》编辑手记/戎礼平
让"我"对另一个"我"追问
——关于蒋志武几首诗歌的粗浅分析/祝成明

诗版图

宇安的诗
太阿的诗
谢亚凡的诗
楚中剑的诗
吴依薇的诗
谁解其中味？/晋东南

艺苑

摄影《白鹭》/卢春明
摄影《音符》/何毅

第二十九期

卷首

阅读书香/兰浅

笔谈

小说是生命的学问/谢有顺
技术时代的文学叙事/王威廉

自序：不自欺，也不他欺/艾云

文坊
彼岸处/刘静好
春天里/刘凤阳
安琪的眼睛/徐东

芳草
山水行吟（散文诗八章）/刘虹
旅途时光/翠薇
金庸小说人物姓名考/杨井峰
写作、读书和稿酬/郭志安

悦读
《神巫毛拜陀》开篇的话/王熙远
孙夜：都市里的独语者
——《我需要的七》《新地址》合论/周思明
一个词的城市叫深圳
——读李邵平最新散文诗集《不惑之解》/亚男

诗版图
崔绵的诗
子建的诗
吴英桥的诗
袁华韬的诗
跨越地域意义的诗歌回响/袁叙田

艺苑
摄影：《坝上秋色》/一杰
摄影：《水墨婺源》/一杰

第三十期

卷首
我们都爱美的事物/花痕

文坊
砂子/李惊涛
女工宿舍里的潘安/余同友
丛林法则（外一则）/育邦
荷花巷/韩三省

芳草
大河美丽（外一篇）/刘元举
魏碑的光芒（外二篇）/栾承舟
札记/存朴
群山都知道/张樯
苍绿的老/武稚

悦读
书话三题/易水寒
2013闲书过眼录/买超

诗版图
春天的灵魂（诗二首）/慧儿
阿翔的诗
温经天的诗
镎啸的诗
田晓隐的诗

不能转述的隐喻，或抒情/赵且珍

艺苑
摄影：《江山如画》/舒欣
摄影：《童年时光》/舒欣

第三十一期

卷首
透过树枝/[美]雷蒙德·卡佛

笔谈
民间叙事传统与网络文学创作/吴长青
网络写作与文学阅读/马季

文坊
言午/方方
养鹰的塌鼻子/杨遥
君自故乡来/谭岩

悦读
飞翔的总在云端
——偶读陈马兴/谢冕
寻找新城市文学的生发点
——南翔小说集《绿皮车》自序/南翔
征帆，永远不沉
——《诗影》序/艾克拜尔·米吉提
只要有爱，何处不故乡？
——读潘灵中篇小说《一个人和村庄》/周明全

都市伦理的深度探询
——论徐东近期都市小说创作/郑润良

芳草
戈壁寻玉（外一篇）/刘洁
土城故事/曾立力
乡村四重奏/卢时雨
过茅山/车桂林

诗版图
葱岭诗篇/李春俊

艺苑
张优灿篆刻作品选/张优灿

第三十二期

卷首
雨中随记/兰浅

笔谈
昆德拉：大师的洞见与盲见/李德南
胡安·鲁尔福/李浩

文坊
小李还乡/石一枫
有房子的女人/曹军庆

芳草
失踪者的旅行/闫文盛

青海的蓝/亚男

峨眉金顶/向天笑

悦读
存在之困与精神之殇

——读曹军庆长篇小说《魔气》/吴佳燕

虞宵散文集《浮萍上的蜻蜓》序/孙夜

撩开市井浮华面纱，探寻人性本真特质

——徐东近期四篇城市生活题材小说给我们的启迪/周其伦

诗版图
我温情的北江初恋的北江——给 wzh/赵婧

刘虹的诗

孙海涛的诗

莫寒的诗

夏子的诗

隐喻和年轻，直白和爱情/王国华

艺苑
摄影：《清风荷韵》/冰之

摄影：《荷塘精灵》/冰之

第三十三期

卷首
过程/兰浅

笔谈

吴君的外省书——论吴君小说/王晓娜

精神家园的焦虑——马永娟散文创作论之二/李惊涛

文坊

爬行/徐东

康宁精神病院的芭蕾/郭金牛

客厅/鲁英

足迹/黄水成

芳草

我以青春荐诗歌——1987年"青春诗会"记忆/杨克

贵湖塘三日/孙夜

轩窗听雨（外一篇）/邢娟娟

还记得第一次阅读的年份吗？（外一篇）/王小二

一场雪，抱住所有的喧嚣（组章）/扎西尼玛

诗版图

王成友的诗

陈少华的诗

魏先和的诗

张三中的诗

用灵魂歌唱/白沙

艺苑

封二摄影：空灵幻化杏花雪之一/廖志洪

封二摄影：空灵幻化杏花雪之二/廖志洪

第三十四期

卷首
爱看书的花匠大叔/义国锋

笔谈
"中学西渐":重绘世界文学版图的可能性/贺绍俊
碎片时代诗歌何为——2014中国年度诗歌考察/霍俊明
为生灵而写作——南翔小说中写作伦理的新拓展/舒文治

文坊
人间正道/吴君
洗车记/李樯
演葶的爱/刘菡荟
余音/夏凯

芳草
《儒林外史》中的五行八作(外一篇)/易水寒
她的名字叫优雅(外一篇)/方方元
清明,解不开的纽结/宗如明

书话
2014闲书过眼录(一)/买超

诗版图
陈才锋的诗
林卫雄的诗
王顺健的诗

骚风的诗

诗人"抵达他的去处"/谢亚凡

徐煌辉的诗/徐煌辉

未完成的骑士像（节选）/额鲁特·珊丹

艺苑

封面：许丙屯油画《苍翠自何年》

封二：许丙屯油画作品选

封三：许丙屯油画作品选

第三十五期

卷首

六月的秘密/兰浅

笔谈

为"纯文学"祛魅/王十月

猜猜我有多爱你
——漫谈"儿童文学"/王素霞 孔子易

哲思的格调
——王威廉小说集《非法入住》序/吴义勤

精神决绝与灵魂救赎
——读诗人玉上烟诗集《玉上烟诗选》/亚男

文坊

当我看不到你目光的时候/王威廉

烧烤为什么不放糖/也古

一点儿出息都没有/王先佑

唐学慧小小说选/唐学慧

芳草
渡口（外一篇）/陈冬平
孟老的酒事/石一枫
秋风乍起争朝夕/王枣燕
陪妈去东门/蒋研

书话
2014闲书过眼录（二）/买超

诗版图
洪江的诗
卢时雨的诗
饶富强的诗
王家有的诗
诗歌是一种温暖的方式/朱巧玲
把真相搬到现场（散文诗）/陈旭明

艺苑
封面：许丙屯油画《碎影舞斜阳》
封二：阎敏版画作品选
封三：阎敏版画作品选

第三十六期

卷首
生活情愫/翟杰

笔谈

小说是发现真理的一条通道/徐东

文学批评的犀利与哲思

——读蔡东的《深圳文学：生长与展望》/周思明

诗意生活的惑与解

——读李邵平散文诗集《不惑之解》/廖令鹏

文坊

拾易拉罐的小男孩/王剑平

天下熙攘/方晓

眼睛/吕政保

九华山/饶武

芳草

走在三十六巷（外二篇）/黄启键

西部游记二题/尧子

羡鱼休唱钓鱼歌/周铁株

栀子花开（外二篇）/黎乐

仰望星空/刘乐牛

最忆家乡醪糟香/子木

父亲的稻花鱼（外一篇）/余平

田北村的桃子熟了/骆海娟

书话

对乡土宗族"网"的隐喻审视

——读《金翼：一个中国家族的史记》/林颐

《寄居，而往返于一个屋子》读蒋志武的诗歌近作

——题记：他是善良的/杨沐子

诗版图

龙华诗章·羊台山文学奖（诗歌）获奖作品
龙华，龙华/李双鱼
羊台山印象（组诗）/袁叙田
龙华诗三首/吴小林
我在龙华做普工/吴春丽
民治/刘炜
"龙华诗章·羊台山文学奖"获奖诗歌授奖词/费新乾

艺苑

封面：许丙屯油画：《秋歌》
封二：李岳油画作品选
封三：李岳油画作品选

第三十七期

卷首

灰雀/冷艳

笔谈

白石龙大营救：深圳抗战史上壮丽的史诗画卷/刘凯章
论广东地域文化的"本土化"表达/江冰/陈露
《抄家》：精神的高地与沉重的反思/赵丹
从乡土中国到城市中国
——论陈再见的小说，兼论中国当代文学的转型/李德南

文坊

在宝岛的七天七夜/赵剑云
蹲着/张伟明

提审鱼玄机日记/梁超

芳草
我走进了电影里——毕业30周年拾忆/王坤
夜宿龙羊峡/万红金
哦，青鸟/风荷

书话
"月拢沙"，一个诗意而又忧伤的名字
——读钟二毛的《旧天堂》/唐小林
参禅：现代汉语诗歌书写的可能
——夜读居一近作有感/林畅野

诗版图
（女诗人专辑）
朱巧玲的诗
张华的诗
邬霞的诗
唐诗的诗
时光流变中的诗意追寻/张型锋

艺苑
封面：许丙屯油画《秋入望乡心》
封二：《追梦女孩》作者/麦平
封三：《摄影作品二幅》摄影/赵刚；配诗/赵婧

第三十八期

卷首
岁月留痕,文学之旅
——《羊台山》杂志创刊十周年记/范明

笔谈
《大秦帝国》与历史小说写作/谢有顺
现实人生的多维透视
——2015年长篇小说一瞥/白烨
人与诗歌的双向"拯救"
——"羊台山·诗版图"读记/周思明

文坊
盛夏的旅程/弋铧
抄家伙/陈再见
骑粉红色大象/温文锦

芳草
巴黎中餐馆万花楼传奇/周松芳
我的诗歌之路/谢宏
《山村鬼话》小序(外二章)/郭建勋
草木智慧/顾晓蕊
《我的诗篇》,一部催人深思的电影/赵静

书话
2015闲书过眼录/买超

诗版图
不亦的诗
剑兰的诗
黄国焕的诗
杜劲松的诗
致敬生命的仪式
——评不亦、黄国焕、杜劲松与剑兰的诗/孙勇

艺苑
封面：朱慧敏水墨《村里村外》
封二：朱慧敏水墨作品选
封三：朱慧敏水墨作品选

第三十九期

卷首
窗前有棵柳/周灿

笔谈
深圳儿童文学研讨会专题
深圳儿童文学扫描/李国伟
在艺术世界里，做一个高贵的国王/冯臻
"城市文学"侧论三章
中国古代的城市文学的兴起/祝东
"堕落干部"的进城故事/徐刚
当下城市写作的三个问题/李德南

文坊
爱的蔚蓝色/梦也

石龙镇的外甥女/笑笑书生
科员科林/吴东祥
戴希小小说选/戴希

芳草
西安拜见陈忠实先生/齐乙霁
以文祭奠/马虹玫
枯藤之美/陈坤茂

书话
读《詹苾诗选：不必要的愚智》/蒋青林
让一切安静下来！
——走进画家朱慧敏的艺术世界/罗越

民俗
深圳山水深藏独特的风土人情/廖虹雷

诗版图
儿童诗歌专辑
龙华新区"六一"朗诵会作品选

艺苑
封面：朱慧敏水墨：《水边小镇》（局部）
封二：易芳吉花鸟作品选
封三：易芳吉花鸟作品选

羊台山作品选

散文卷 上

文学的光荣

总策划·杨东辉　策划·黄立敏　叶法清

总 主 编·范 明　孙 夜
本册主编·谢亚凡　李江波

东南大学出版社
SOUTHEAST UNIVERSITY PRESS

图书在版编目(CIP)数据

文学的光荣.散文卷:全2册/范明,孙夜主编.—南京:东南大学出版社,2016.10
ISBN 978-7-5641-6810-0

Ⅰ.①文… Ⅱ.①范…②孙… Ⅲ.①中国文学—当代文学—作品综合集②散文集—中国—当代 Ⅳ.①I217.1

中国版本图书馆 CIP 数据核字(2016)第 247230 号

文学的光荣　散文卷(上)

出版发行	东南大学出版社
社　　址	南京市四牌楼2号　邮　编　210096
出 版 人	江建中
网　　址	http://www.seupress.com
电子邮箱	press@seupress.com
经　　销	全国各地新华书店
印　　刷	深圳市恒安达印刷制品实业有限公司
开　　本	787 mm×1 092 mm　1/16
印　　张	83.75
字　　数	1 050字
版　　次	2016年10月第1版
印　　次	2016年10月第1次印刷
书　　号	ISBN 978-7-5641-6810-0
定　　价	268.00元(共5册)

本社图书若有印装质量问题,请直接与营销部联系。电话(传真):025-83791830。

岁月留痕，文学之旅

——《羊台山》杂志创刊十周年记

◎ 范 明

2006年4月29日，是个值得纪念的日子，深圳大浪办事处成立，从此，大浪这个相对偏僻的乡村走进了人们的视野。在整个深圳版图上，大浪也许微不足道，当年，许多人都不知道这是个什么地方，就连我在龙华工作多年，也极少涉足。今年，即2016年4月29日，大浪已度过了十个春秋。时光荏苒，许多人许多事仿佛昨日历历在目。回想刚成立之时的百废待兴，意气风发，新生事物不断，新结识的同事颇多，我们共同为大浪的发展竭力前行。数年过后，仍在脑海里浮现一张张笑脸，以及在心底留存的真诚友谊。

那一年的春天是一个不一样的春天，那一年一切似乎重新开始，眼前是一片新的天地，循着春天的脚步，那一年金秋十月，《羊台山》杂志应运而生，结出了第一颗果实。伴随着大浪的步伐，今年，《羊台山》也走进了第十个年头。十年，可以树木，《羊台山》秉持海纳百川的胸襟，依托秀丽叠翠的羊台山，到如今，已从刚刚栽种的小树苗，长成了一棵挺拔的文学小树，清爽活脱，自然生香，逐渐成为大浪的一张文学名片，在深圳文学殿堂里发光发热，在众多拥有文学情怀与梦想的人的眼里，也倍感温馨并获得诸多裨益。

我向来崇尚朴素，自认为是个朴素的人，喜欢做朴素的事，不以花哨喧哗图名，喜欢埋头尽一份职责与本分。我想，《羊台山》也具备这种气质并得到尊重。当我的双手触摸着堆起来像一座小塔似的杂志，不禁心生喜悦，这是十年岁月留下的文学痕迹，它安静地置身于办公室的书柜里，仿佛整个书柜都充满了思想、灵气，以及众多作者的文学气息与创作成果，同时，它搭建起的文学之桥，吸引的来自八方的文学目光，如同珍珠般在文学的星空中熠熠生辉。

十年，只是一段旅程，大浪，如同展翅飞翔的海鸟，继续翱翔在深圳的蓝天白云之上；十年，只是一抹岁月，一段记载，《羊台山》也将跟随着大浪前进的方向，坚守一块阵地，待下一个十年、二十年，都能留住羊台山下文学寻梦之旅的珍贵记忆。

目 录

岁月留痕，文学之旅 / 范　明

上卷

001　阳光·绿野·生命
　　　——写在《羊台山》创刊之际 / 李　勇
003　桂香园 / 郭建勋
009　异国乡村游记 / 海　雷
012　云南日记
　　　——普洱茶的"光荣与梦想" / 朱　赤
016　有祖坟的地方叫故乡 / 戴　斌
024　羊台山狗肉 / 廖虹雷
029　腹有气韵品自高
　　　——《前尘——民国遗事》自序 / 南　翔
033　有容乃大
　　　——写在《羊台山》杂志创刊一周年前夕 / 范　明
035　鸟叫一两声（外一篇）/ 李敬泽
039　激情溅活的石头 / 熊育群
050　穿过玉米林 / 叶清河
057　印在泥土上 / 游利华
062　甘棠，甘棠 / 项丽敏

075	我的感怀	
	——主编手记 / 范　明	
077	想喝一杯葡萄酒（外一篇）/ 千里烟	
083	走回老屋 / 许小玲	
085	青海之西　高原之上（组章）/ 李邵平	
090	深爱你的忧伤 / 叶　耳	
099	低语 / 庞华坚	
116	千芳一哭 / 买　超	
124	亲亲我的故乡（四章）/ 周大强	
133	舍不得荒废的精神生活 / 范　明	
135	宗教香，帝王香，文人香 / 西　篱	
140	那些瓜儿 / 王先佑	
148	生如夏花 / 范　明	
150	后袁庄 / 温海宇	
153	聋哑修鞋人 / 张　华	
157	背山神 / 陈孝荣	
168	土地和父亲 / 平原木	
171	动静之间 / 凌春杰	
183	有关生活断片的记录 / 吴佳骏	
191	博尔赫斯和我 / 王　樽	
197	读白居易的诗 / 宋唯唯	
206	绿皮火车 / 莫丽娟	
209	听雨（外一篇）/ 蒋天予	
213	挽留不住的和难以言说的	
	——读北岛系列散文《城门开》/ 王小妮	
221	只有理性能将幽黯照亮 / 艾　云	
229	在开封包公祠 / 刘中国	

下卷

238	人物记 / 魏 微	
249	深圳单行线（外一章）/ 朱正安	
255	"南漂"母亲 / 荒木崖	
264	祖宗 / 张舒亚	
268	云水八章 / 周公度	
275	早年的阅读 / 于爱成	
280	不能回家乡 / 黄金明	
293	札记 / 存 朴	
298	群山都知道 / 张 樯	
305	我以青春荐诗歌	
	——1987年"青春诗会"记忆 / 杨 克	
311	贵湖塘三日 / 孙 夜	
332	走在三十六巷（外二篇）/ 黄启键	
343	栀子花开（外二篇）/ 黎 乐	
351	我走进了电影里	
	——毕业30周年拾忆 / 王 坤	
368	巴黎中餐馆万花楼传奇 / 周松芳	
386	我的诗歌之路 / 谢 宏	
391	草木智慧 / 顾晓蕊	
395	刘公岛不是玩的 / 亚 凡	
398	山的那一边 / 谭秋红	
401	笔墨从一个人的胸襟里来	
	——以散文写作为例 / 谢有顺	
412	《羊台山》十年总目录	

阳光·绿野·生命
——写在《羊台山》创刊之际

◎ 李 勇

在时间的长河里，主宰地球的人类只是匆匆的过客，而作为大自然精灵的山脉，却能见证历史行进的步履。巍巍羊台山，傲然屹立于深圳西部。她重峦叠嶂，青翠欲滴，阅尽了世间沧桑，从风吹稻香、茅篱竹舍的农耕时代，走进五光十色、高楼林立的现代文明。她使我们铭记历史，她要我们珍惜现在，她更让我们思考未来。

登临山巅，极目四野，沐浴羊台山的灿灿朝霞，感受着她博大精深的胸怀，汲取着她生生不息的营养。阳光洒在满目苍翠的林海，绿野茫茫，涛声阵阵，人与自然融为一体，生命变得健康和永恒。没有什么比阳光和绿野构成的画面更加生动和精彩、更加壮美与和谐，那种透亮和鲜活，扫尽阴霾和灰暗，荡涤污浊与尘埃，把生命的涵义诠释得无以复加。尽情享受阳光和绿色，让人燃烧激情、迸发联想、激发创造，个体的人显得渺小甚至微不足道。懂得珍视生命、尊重生命，人的价值才得到放大，生命的极限才得以延伸。

阳光与绿野，是大自然所赋予人类自在欢畅地活着的菁华。然而，在这瞬息万变的信息时代，浮躁、势利、索取，掠夺了多少绿野，吞噬了多少阳光。青山绿水，春华秋实，不应该只存于文人墨客梦想的画面，应该明白的是，我们需要知识，更需要智慧；我们懂得情感，更要懂得情怀；我们拥有信心，更要拥有信仰。健康和自由是无价之宝，而阳光和绿野是承载健康和自由的自然之舟。失去阳光和绿野，生命就将失去源泉，健康和自由就会日渐枯竭。我们不能一面创造财富，一面摧毁生命。当"绿色和平组织"成员驾一叶扁舟，在蔚蓝的大海上顶风搏浪，抗议各国非法掠海者滥杀无辜，我们会从心底深处涌起敬意，那不仅是对非法之徒的正义宣战，更是对人类未来担忧的无声呐喊，他们令人敬仰、警醒和汗颜。

感谢上苍，在深圳腹地赐予我们羊台山这块风水宝地。我们有责任呵护羊台山，让她在喧嚣的都市中，静静地守卫着自己的领地，为我们留下一块心灵的家园。

2006年国庆于深圳大浪羊台山

（《羊台山》第01期）

桂 香 园

◎ 郭建勋

梁任公说："老年人常思既往。少年人常思将来。"不知怎么回事，尚是中年的我近来亦常思既往。不少的晚上，等妻儿睡着了，一个人躲进书房，在电脑里翻读过去写的文章。不少文章写的是既往的生活，搅了沉渣，又活泛了，很有点感慨系之。昨天晚上就翻了《宝安细节》，其中一段说：

"也常常到一个叫做桂香园的大排档喝喝酒的，或几个同事，或三五知己，或干脆就是一家三口。桂香园只是一个约定俗成的称呼，那几棵枝叶婆娑的树也不叫桂树。但这都是不要紧的，有树就行了。树下纵横着一排餐桌，如果是夏秋两季的话，桌面上就落满絮絮的花蕊，当真是落英缤纷。也落到鼓着泡沫的啤酒杯里，谓之'桂花酒'，一口底朝天了，好像真有一股子香沉到了腹底。已记不清楚在桂香园那个地方醉过多少次，依稀记得的是几乎每一次都酩酊而归，掀过桌子，砸过酒杯，几许快乐，也有几许失落。但不管是快乐或失落，都在这里找到了一个宣泄的缺口，让无波的生活起了几叠涟涟的波纹。离开宝安时，我请几个同事在桂香园喝了一顿酒，那一夜大家都没怎么喝，情谊深浅已不足论，毕竟在一起消磨过两年多的光阴，从此要各奔前程，还是有别样的伤怀的。一个月后,听说桂香园被拆迁了,或许这是最好的我与宝安的诀别方式。"

上引文字写于2003年,按理,叙事的几个"W"差不多都有了,再赘言已是多余,但根据现在以版面之多寡论新闻之重轻的常理,如此三言两语,是交不了桂香园的差的,况且又足了思既往的瘾,也就忍不住再多说几句,也是无妨。我在拙作《旧文化大楼》曾提过,几年前,具体说,是1900年代最后的七八年,宝安曾有过一场诗歌的盛宴,而桂香园就是摆这个宴的一个主要场地,用现在时髦的话其实是一个老掉牙的词来说,桂香园曾是宝安边缘文人的一个沙龙。我没赶上那场热闹,只能从安石榴的文字里去感受一下,老安在他的《我的深圳地理》里《宝安是多少区》里写道:

"离文化大楼不足千米之距,四周楼房遮挡与围绕之间,竟隐蔽着一片低矮的小树林,穿插着月桂、夹竹桃、番石榴、垂柳等观赏性极强的树木,小树林旁边,是一个大约两百见方的池塘,大大小小的荷叶铺满了水面,荷池中间,居然还有着一道九曲桥。这一块闹市中罕有的风水宝地,被人充分利用开了一家饭店。我来到宝安的第一个晚上,同事郭海鸿就在这里为我设宴接风,之后,这个地点理所当然是我们聚会交饮之所,成为我们工作之余一个最重要的生活舞台。饭店名曰'桂香园',不怎么形象,但也算适得其所了。夏夜的荷塘中蛙鸣阵阵,明月从枝叶细密的缝隙中洒下来,悬在枝条上的灯泡发着散淡的光,一派婉约和朦胧,我们通常就在这样的氛围中长久地饮酒,度过异乡的一个个失魂落魄的夜晚。桂香园饭店也因为我们频繁的光顾和流连而声名渐播,终至成为宝安一个私下的文化盘桓之处。想起来,我们对'桂香园'的渲染的确不遗余力,郭海鸿甚至写过一篇专门叫《桂香园饭店》的文章,在当时文化圈中影响一时的《深圳商报·文化广场周刊》刊发出来，使宝安之外的许多人都目睹聆听了桂香园的月色和蛙声！

　　桂香园带给我们的快乐是具体和有声色的，我们就像是一帮住店的酒客，每日在此专事饮酒和谈论。我眼中历历再现一个个谐趣的场面：满腮胡子、虎背熊腰的美术教师李新风，'嗖'的一声跳到树上去扮猴子；叶增从窗口爬出来想捉迷藏，一不小心'咕咚'一声跌进水里；涛平又举起酒瓶唱《潮湿的心》；郭海鸿在叶汉东的旁白中，得意洋洋地表演青蛙被水蛇追赶的叫声……1996年6月和1998年6月，诗合集《边缘》和《外遇》诗报筹划出版的第一次聚会均在这片小树林的掩映中举行，《深圳商报》1998年10月份对'外遇'诗群的追踪采访也在这个荷池边上画上句号。"

　　这有点谑而且虐，仿佛到了魏晋的时代了，显露了文人的真性情。这是诗人眼里的桂香园，难免有如周作人所说的诗的失真之处。酒鬼郭海鸿眼中的桂香园或许又不同，酒鬼虽狂，但醒了酒写的文章却是踏实的，我一直想找他的《桂花园饭店》看看，却说早丢了。写到这里时，我抱着最后的希望到网上百度了一下，还是没找着，稍微有点遗憾。倒是我送郭海鸿的一首《七古》的诗却还记得：

　　　　鲸吞磅礴大鹏湾，海鸿先生酒如狂。
　　　　右手执笔左手烟，海鸿先生文如泉。
　　　　诗意犹酣困意催，海鸿先生鼾如雷。
　　　　从古文章自寂寥，浑然不解稻粱谋。
　　　　醉笑怒骂原如此，形骸不羁心似刀。
　　　　梦里乡关有几何？飘零千里问烟波。
　　　　我欲步君学魏晋，千丝万绊比君多！

这诗写于 1999 年，其时，我的一个长篇要在《大鹏湾》杂志连载了，郭海鸿特意去龙华为我报喜信，晚上去戴斌处与他共睡一榻后的第二天写的。此前，我曾去桂香园参加了他们的一次聚会，目睹了郭氏饮酒的豪风，自愧弗如，故有"我欲步君学魏晋，千丝万绊比君多"之句。

那也是我第一次去桂香园。没有如老安笔下的好，几棵树下摆着几张桌子，远远地就闻见呼喝声，像打仗。树杈里吊着两盏日光灯，虫蚁飞舞，灯光下一张张醉醺醺的脸，郭海鸿一个个介绍，这是安石榴，这是黎志扬，等等。我那天晚上去的一个主要目的是见黎志扬，他那时在佛山《打工族》做编辑，被杨宏海誉为打工文学的五个火枪手之一，经郭海鸿介绍，我在他那里发了一个万把字的短篇小说。我的心里很有点朝拜的意思。很有火枪手的味，我举了杯，说"黎老师喝"，他喝了，我又举了杯，说"黎老师喝"，他却不喝了，跟我谈为什么要把我的小说标题"蜕"改成"男人无爱是一种病"。其实，我认为我原来的标题比他改的好，但那天晚上他说什么我都一律如鸡啄米似的点头。那次后，好像就再也没跟他见过面了，只记得 2004 年的时候他打电话给我问另一个人的电话，我告诉了他，没有一句寒暄就挂了电话，从此再无音讯。只是依稀知道他后来从《打工族》里出来了，自己承包了一个什么杂志，惨淡经营。不过，我对他改标题的事早就淡然了，自己做了蛮多年的编辑后，我是知道了，为作者改标题，是编辑的自以为是的通病，好像劁猪的，见了猪，总要先往猪胯子下瞄一眼。

应了《风波》里九斤老太太的感慨：一代不如一代。郭海鸿、安石榴等人撤离了宝安，我们到了《大鹏湾》杂志，虽然我们也仍然常去桂香园，但光景是大不如前了，一则固然是我们的人格魅力远逊于安郭，二则也是所谓的文学日衰了，好多文学青年弃暗投了明，结婚了，或做生意去了。郭海鸿倒也不时去一趟的，很多的时候就我们两个人，树下空荡荡的，相对无言，很有点黍离之悲，老板娘脸上的笑容也有了伪装的成分。

倒是有个叫小燕子的姑娘可记。在我的眼里，这个小燕子远比赵薇那个小燕子还可爱，大眼睛，长睫毛，很深很深的双眼皮，似蹙非蹙的眉，眉里挑了一丁点儿愁，落落地站在树影里，人见犹怜的样子。赵薇那个小燕子演了部《还珠格格》，红透了半边天，而桂香园的小燕子端了几年盘子却只挑了个厨师嫁了。有一天晚上，我们去喝酒，上来倒茶水的不是小燕子，我们问小燕子呢，回答说回家结婚了。那厨师也是认得的，不炒菜的时候腆着黑肚子躺在睡椅上，半眯了眼睛摸蚊子，面目可憎。后来很久，我们都在念叨着小燕子的好，故意找其他服务员的岔子，以这样的方式来怀想故人。

另有一事亦可记。有个叫夏志勇的，找工作找得焦头烂额，就写了篇《找工苦旅》投稿，我给他发了。这是他的处女作。不久，他就凭了这篇文章找了一个"记者"的工作，单位好像叫《消费导报》什么的，他还是主力。大约有报知遇之恩的意思吧，他请我们编辑部的人搓了一顿，后来我们就回请了他们，两大桌拼起来，有二三十人。那天晚上我喝醉了，第二天我才知道，我泼了他们主编一脸的啤酒。那个报后来垮了，夏进了《深圳法制报》广告部，腰包越来越鼓了，请我喝过几次酒，言谈中有拯救我的意思，叫我不要写那些鬼东西了，写软文，来钱。《深圳法制报》停了，有天我忽然想起他来，打他手机，关机了，不知道他现在去了哪里。

上文所引拙文《宝安细节》里有说，那次离开宝安我是怀了诀别的心理的，谁知文章"墨迹未干"，我又杀回了宝安。桂香园是拆了，连那些树都拔掉了，盖了些楼。那老板把饭店搬到了邻近的建安路上的一个铺面里，改成了叫"鸿强酒店"，但郭海鸿还非得叫桂香园。我记得我一共就去了两次，第一次是我、郭海鸿和安石榴，老安那次改了形象，把长头发长胡子剃了，成了光头，但手里头多了一柄烟斗，不一会就捏坨烟丝按进去，不用打火机，要用火柴点，好像其时他正在拍一个叫什么《自行车》的试验剧，或许烟斗也是试验剧的一部分，不知道后来那个试验剧有没有试验成功，这两年跟老安见面才几次，每次都想问，但每次都没有问。第二次就我跟郭海鸿，那时，我供职的《大鹏湾》杂志停刊了，静等文化局的"善后处理"，郭海鸿的工作也出了漏子，两个愁人，茫茫然不知何去何从，苦笋煲更觉其苦。当然，更苦的还是桂香园的老板，大约是做惯了原来不讲服务的江湖酒店的生意，搬到规规矩矩的房子里碍了手脚，生意挺差，服务员比食客还多，老板一个裤腿高一个裤腿低跑进跑出，也跑不进来几个客。

今年4月份第三次到宝安，看到连那个"鸿强酒店"也关门了，玻璃外贴了"招租"二字，纸字均已黯然。

（《羊台山》第 01 期）

异国乡村游记

◎ 海 雷

9月6日，利用课余时间，在同学的吆喝下，我们骑车前往瑞士旅游局推荐的乡村游玩。

早上7点，睁着睡意蒙眬的眼睛，我们一行四人乘上3路车前往日内瓦湖边。不到半小时，晨曦笼罩着的日内瓦湖映入眼帘，一股清新的空气扑面而来，令人顿时心旷神怡。湖面上薄薄的雾气如少女在轻纱曼舞，一群群洁白的天鹅在自在地游弋，时而欢快地展翅拍击水面飞掠而过；三五成群的水鸭忽而嬉戏追逐，忽而潜入水中。天空中，漫天的水鸟和鸽子，在欢快地歌唱。湖边，白帆点点，整整齐齐地停泊着一艘艘游船。不经意间，一艘快艇飞驰而过，后面拉着一位冲浪的人，左冲右突，溅起朵朵浪花。

办好手续，借到免费山地自行车后，我们一声呐喊，呼啸着依次飞车出发。沿湖向东北方向骑车近一个小时后，日内瓦城便落在我们后面，呈现在我们眼前的是美丽的乡村，一幅幅如诗如画的风景。

右边，是一望无际的葡萄园，一垄垄葡萄树上挂满黝黑晶亮的成熟果子，远处是翠绿的山，山腰上飘着白云，像一条翩翩起舞的轻纱，山顶上则是湛蓝的天，蓝得像玉，圆润通透。左边是一片片青青的草地，镶嵌在茂密的森林中，间或可以听见远处飘来叮当的风铃声，看见一群群膘壮的奶牛，有的悠闲地吃着草，有的慵懒地躺卧着，有的一动不动地凝视着远处，仿佛一尊塑像。而不远处就是碧绿的日内瓦湖，水天一色，浑然一体。我们不禁欢呼起来，被这迷人的景色所陶醉。

过了20公里，我们到了与法国交界的瑞士边境小镇Hermance。这是个宁静的小镇，街上见不到一个行人，古老的教堂传来悠扬的钟声，仿佛告诉我们它悠久的历史。我们稍息片刻，便离开Hermance，不到3公里就进入了法国境内Messery镇，法国国旗迎风飘扬。这是个宁静而美丽的乡村，路边的咖啡店里飘来浓浓的面包香味，使饥肠辘辘的我们不禁垂涎欲滴。

我们没有停顿，继续前行。另一幅景色错落有致地迎面而来。玉米、黄豆、向日葵、苹果、桃子、草地、森林等不断变换展现，使人目不暇接。一栋栋雅致的高尚别墅点缀其间，房前屋后闪烁着锃亮的名贵靓车。幽静的森林中，还有不少用篱笆围起来的深宫宅院，我们只能看到门口盛开着的各种鲜花，透过篱笆隐现的别墅，里面偶尔传来鸟鸣和狗叫。给人印象最深的是几处庄园，有的房子像中世纪的城堡，告诉我们它曾有过的辉煌和沧桑。有的房子像教堂，尖尖的屋顶显得有点凄凉，几万平方米的草地上，游动着群群皮毛发亮的各色奶牛，脖子下挂着铃铛，铃声随风飘扬。看到我们靠近，它们会停下来，和善的目光凝视着我们，随即迈步而去。使我们诧异的是，三十多公里的旅途中，成熟的玉米、黄豆、苹果和桃子压弯了枝头，广袤的原野上竟然没有一个农民或庄主在劳作。

中午12点多钟，我们终于到达目的地——法国小镇Excenevex。Excenevex有马尔代夫的美誉，依山面湖，浩瀚的Leman湖（也即日内瓦湖）更像美丽的海湾，隐约可见的对面是奥林匹克之都洛桑。这里因其湖边像马尔代夫海滩而闻名。湖水清澈见底，鱼游浅底，鸟翔蓝天，人戏水中。进入小镇，我们被眼前的景致所吸引，迈不开脚步。处处如画，处处是景。街道整洁，房子别致，到处是娇艳欲滴的鲜花，红的，紫的，黄的，白的，姹紫嫣红。尤其令人惊叹的是，每一栋房子的房前屋后、阳台窗口甚至墙上都长满鲜花，让人如痴如醉。我们不停地拍照留影，想把这些美景带回。

回来的路上，我们经过 Yvoire。这是个中世纪建筑的村落，扼守在 Leman 湖进入日内瓦的水路要道，地理位置十分重要，十四世纪时是个军事要塞，修有许多城堡和城墙。这些古迹自1306年建成后一直保存下来，有的几经整修，有的已破落不堪，但居民一直居住与此。像其他法国人民一样，这里的居民也热爱鲜花，热爱绿色，他们匠心独运，用树、鲜花、爬墙植物，把古老而残旧的村庄装扮得古色古香，花枝招展，别具特色，成为"四季花城"，成为法国最漂亮的旅游景点之一。村口林荫蔽日，两旁古木参天，团花簇锦。前行百来米，整条街道布满鲜花，我们仿佛置身于花的世界、花的海洋。进入城门，立刻感受到这里的沧桑和历史，感受到"通径幽谷"，感受到现代文明，感受到历史的挖掘和有效利用。古老的建筑用鲜花和绿色装扮成咖啡店、工艺品店、旅馆和其他各种店铺，坐在葡萄架下品尝美味佳肴，别有一番风味。漫步村中，令人流连忘返。但由于时间关系，我们不得不依依不舍地踏上归途。

（《羊台山》第01期）

云南日记
——普洱茶的"光荣与梦想"

◎ 朱　赤

紧跟急功近利的导游小姐，来到她赞不绝口的昆明最著名的"旅游景点"——啊，这确是一个美丽的地方：迎面是巍然耸立的汉白玉牌坊，横额上飘逸着启功大师的遒劲题词——"五彩云南"；鲜花盛开、碧草葳蕤；雍容华贵的中式庭院里，雕梁画栋的五个"特色馆"就像五朵莲花一样盛开。购物气氛热烈，各地游客如织。我们可爱的小姐挥舞着三角形"团旗"，指挥我们浩大团队直奔"主攻"目标——"庆丰祥茶艺馆"，原来这里是一个购物大市场。

百年老店"庆丰祥"气派不凡，据说这里的"陈香普洱茶"堪称一绝。在导购小姐循循善诱加上滔滔不绝的口中，我们就像小学生一样认真听讲，进一步丰富了"普洱茶"的常识，加深了对不同凡响"普洱茶"的崇敬和热爱：

茶，作为世界三大主要饮料其修身养性的功效已经越来越受到各国专家的注意，而普洱更是以茶中之王而著称。

普洱茶产于云南西双版纳等地，因自古以来即在普洱县集散而得名。普洱县又叫作普洱哈尼族自治县，隶属思茅市，位于云南省南部，距昆明373公里，原称宁洱县。"普洱"为哈尼语，

"普"为寨,"洱"为水湾,意思就是"水湾寨",带有亲切的"家园"含义。由于云南常年适宜的气温及高地土壤养分富裕,故使得普洱的营养价值颇高。

普洱茶包括沱茶、饼茶、方茶、紧茶等。普洱茶的质量优良不仅表现在它的香气、滋味等饮用价值上,还在于它有可贵的药效及保健功能。因此普洱茶作为传统饮料,除能止渴生津和提神外,还被国内及海外侨胞、港澳同胞当作养生妙品。

普洱茶的历史可以追溯到东汉时期,距今已达两千年之久。民间有"武侯遗种"也就是诸葛亮留下的种子的说法。

而"庆丰祥"的"陈香普洱茶"是以云南特有的大叶种茶为原料,经传统工艺精制而成。保存时间越长,滋味越醇厚,价值越高。此茶茶汤褐红明亮,中国古代文学巨著《红楼梦》中称之为"女儿茶",就是以茶汤通红为号。"陈香普洱茶"具有独特的陈香味道,有很高的保健功效。在日本、法国,中国的香港、台湾等地又被称为"美容茶""减肥茶""长寿茶"……

为了躲开这功效齐全、必品必尝的"万能茶",我溜出了"接受再教育"的课堂,信马由缰地在"茶艺馆"里漫步。在一块残缺不全、老态龙钟的茶饼面前,我看见了这样的金字招牌:

姓名:普洱茶　　　　籍贯:云南　　　　年龄:2000余岁
性格:含蓄、坚韧　　品质:淳朴、忠厚
能力:绝对降脂减肥,片刻软化血管;
　　　挑战肿瘤癌症,坚决抵抗辐射;
　　　持久排毒利尿,确保瘦身养颜;
　　　精心养护肠胃,包你返老还童。
亮点:生态又保健,越老越吃香,价格逐年涨,投资兼收藏。有人做普洱茶生意累计赚得十几亿,也有人买一克普洱茶花去数万元。

焕然一新的"庆丰祥"里虽然满目皆是古色古香,但仍难掩浓烈的铜钱气息。到处"明码实价""童叟无欺"的标示怎么隐约有"此地无银三百两"的味道?一间间"课室"里面,坐满了来自全国各地待宰的"水鱼",只等待他们巧取加豪夺了,百年老店恍如现代"钱庄"。旅游商店谁不知道货价就是要比外面贵?导游眼巴巴盯着的不就是我们的购物回扣吗?这几年"普洱茶"在国内外迅速走红,就像"超女"一样,风头盖过了曾经响当当的"龙井""碧螺春""毛尖"与"冻顶"。站在"百年普洱茶"珍藏柜前,我百思不得其解、十分奇怪:是人们发掘了被掩埋千年的瑰宝,还是炒作带来的"敛财新发现"?是真的"普洱茶"有如此神奇、包治百病的功效,还是迎合时尚、揣摩潮流以便对症下迷药?要知道为了开发旅游招财进宝,各地政府是把吃奶的力气都使上了!

啊,普洱普洱,你曾有的光荣是谁把它擦亮?你的梦想真的会地久天长?你会不会和这个浮躁的世界上很多被"炒"、被"秀"乃至被"PK"的东西一样,昙花一现后迅即凋零,"速朽"了——想当年,东北不是曾有大炒"君子兰"的狂潮吗?一盆上品兰花被炒到了几万元、几十万元、上百万元,可到了今天,它们就像狗年的股票一样不值几文。

而目前,我们的云南同胞还在热火朝天地大炒"普洱茶",据说思茅市马上就要改名叫"普洱市"啦,已经得到国务院的批准啦——形势一片大好。

我目睹过一位高人的妙论:"喝过一种年份久远的普洱茶,这种静藏了半辈子人生的顶级老茶,冲泡出来的茶汤有着醉人的深琥珀色,汤色通透明亮。轻嗅之,无香,轻呷之,无味,但无味之间又觉口感滑润。茶的主人告诉我:'年份久了,茶的生涩已消,茶香茶味在岁月的翻揉下和(胡)了,定了,透了,此乃普洱的至高境界——无味之味。'"

好一个"无味之味"！我们俗人喝"普洱茶"，的确觉得没有什么味道。一个茶，放了这么多年，风吹日晒了，寒来暑往了，该糟的糟，该朽的朽，该蒸发、散发的都没了。就是木头，放了这么多年，也应该只剩下木渣了。木渣泡水好喝吗？何况是茶渣！

其实，普洱茶就是普洱茶，就像中国这个茶之王国中的家庭成员一样，是几十种、几百种能喝的、好喝的茶中的一种，是玫瑰园中万紫千红、异彩纷呈中的一朵玫瑰；没有特异功能，决不包治百病；至于收藏、投资云云更是"贵族"行为，与爱品一缕清香的"喝茶人"不搭界！爱喝的人、喝惯了的人自可以大喝特喝，不爱喝的、品之无味的咱们就不喝，你越说它值钱我还越不爱喝！"青菜萝卜，各人所爱"——这个"潮流"，我反定了。

我们要走了，很多人带着价格不菲、大包小包、形形色色的"普洱茶"，从"庆丰祥"瘦身而退；"五彩云南"里还有四个"特色馆"就留待下次吧，导游小姐已经盆满钵满啦——就是这一个"小高地"，她已经大获全胜！

（《羊台山》第01期）

有祖坟的地方叫故乡

◎ 戴　斌

1

二十岁的时候，我从长寿街到忘私桥去，堂弟纳新去担水，我跟着去玩。井还是我离开前的那口井，三面用青石砌起，顶上盖着一块大青石板，给井做了一个青石棚子，小时候，我们常站在井棚子上面，望远、发呆或者等人。担水的方法也是一样的，一个桶先下去，将桶底在水中捅两下，让粘连在桶底沿上的泥尘缓缓坠入井底，接着左一拨，右一拨，拨开水面上的青苔和浮屑，也将井里的小小的鱼虾、水甲等活物赶开藏起，然后水桶斜入水中，舀提一桶井水上来，另一只桶重复着前面的动作，又取出一桶水上来。这样的动作，在我不知重复做过多少次了。

我童年做得最多的事情，莫过于上山砍柴和到井边担水。最先担水时，是到桥背山脚的井里担水，要过一座由一棵树剖成两半搭成的桥，走在桥上，桥会上下跳动，惊心动魄的好玩，当然女孩子们是不敢在桥上玩的，看到有调皮鬼走近，便会麻雀般地惊飞而去。

不知什么原因，后来便有了这口有井棚的水井。它在一片水田中间，不要过桥，同时也离居住了一个生产队三四百号人的老屋近了许多。

堂弟到井边去取水时，我站在井棚青石盖子上，抬头看四处的田野与青山。

这时正是隆冬时节，失去庄稼的田野，像是褪了肉的水蜜桃，桃核般的瘦削与谨慎，在一片薄霜的敷衍下，瑟缩发抖；那条通过田野的大路，此时像是一根遗弃的琴弦，屈弓着身子，安静得像是冬眠中的瘦蛇；挨着田野一路行走的是绵延的浅草山坡，坡上是梯田似的层层而上的茶蔸，和一些稀疏的油茶子树，表情呆滞，了无生气；而山边下那条童年记忆中波澜壮阔的江，水浅得只有脚背深的模样，让我反复怀疑自己是否记错了。

事实上，我反复怀疑自己记错了的，不仅是那条江，而是整个忘私桥，阔别了近八年的忘私桥，怎么一下子变得那么的瘦小了！如一件童年遗落在这里的旧衣，怎么看着，怎么也不敢相信，当年自己怎么就穿得下这么一件小衣？

我正看着想着，堂弟将水放一边，也一个箭步跃上井盖，笑着对我念了那首著名的诗：

> 少小离家老大回，
> 乡音无改鬓毛衰。
> 儿童相见不相识，
> 笑问客从何处来。

堂弟念完，笑说，这次回到故乡，有什么感想？

"故乡"这个词，就在这时伴随着堂弟灿烂的笑容，闪入我的脑海，说是"闪入"，并不是说我脑海里从没有过这个词，事实上它一直存在着，有时也勾起过我对故乡的思考。我当时的思考结果，是我的故乡应该在长寿街。因为我是在长寿街出生的。三岁时，随母亲下放在这里，然后在十二岁时，因落实政策而回到长寿街。虽然这里是我父亲的老家（我父亲是在长寿街工作时，和在长寿街土生土长的我的母亲结婚的），但我不喜欢这里，我认为我的出生地才是我的故乡！

在我年少的思维里，"生"是一切的开始，没有生，就没有任何其他；同时，"生"也是一系列的机缘巧合，在那个时间与空间交汇的结果，让我们念念不忘的，却是那个时间，年年岁岁都会惦记着，我们称之为生日的日子，从而忘记出生时的空间，也就是说我们的出生地。二十岁的我，觉得这是不公平的，我应该把出生地当作故乡。

当然，这也不仅仅是我在那里出生，事实上除了在忘私桥的九年多，我其他时间都生活在长寿街，我的稚嫩的少年时光、我的朋友、我的初恋与梦想，都与长寿街头西溪桥边的景物一起，桃红柳绿、莺飞草长着。而且，奇怪的是，不论我在哪，说起长寿街，在我印象中，总是春天的景象，小河旁桃红柳绿，街巷边蒸笼里的包子冒着腾腾热气，少女们热情大方、笑靥如花……

然而，现在站在水井上，看着这冬日里的田野，面对堂弟的问题，有那么一瞬间的恍惚，"故乡"这个词所散发的气息，跟这片寒山寒水是那么契合，我差点就要说这是故乡了，然后就在话出口的一刻，我又改变了，将语言改变成笑声。

我用笑声回答了我的堂弟。

二十岁的时候，我的世界只有一个县。

2

我最终确认故乡是忘私桥，是因为母亲的去世。

在母亲病重时，我脑中也有过闪念，我想就在县城附近的山上，买一块地，安葬母亲。在我的感觉中，买坟地与买房子应该是差不多的，此前我已在县城买了一套很好的商品房给母亲住。但这时父亲已动手了。他在忘私桥我二伯父的油茶树山上，看好了一块地，并请阴阳对着"八字"与方向仔细掐算过了，人与地绝对相合，是一块很好的风水地。这块地本来我二伯父先看中，要留着自己百年之后用的，可惜的是，他的"八字"与地不合，因此给了我父亲。

父亲立即请人着手"打生基"，所谓打生基，即是人活着时，为自己建成死后安睡的墓屋。按家乡风俗，棺材是不埋入地下的，而是挖平地后，在地面上用金砖、石灰或水泥砌起拱门似的、比棺材略长的巷道，这巷道在家乡叫"炕"，跟北方睡觉的"炕"一个音，形状也有一些相似处，不同的是，北方的炕上面睡人，下面塞入生火的柴煤，而我们老家的则是，下面塞入棺材，上面则垒土成堆。当然，一旦有人进去，那便不叫炕了，叫坟。一座坟一般有两个炕道，刚好安葬一对夫妻。

家乡的老人，一般在年龄稍大时，便由自己，有时也由子女，在山上选好位置，打好生基，等待自己归山时居住。我母亲由于才五十多岁，所以没有打生基，父亲匆忙打好生基后，半夜在山下过路的人，听到生基处有人哭有人笑，吵作一团，便知道我母亲真的不久人世了。这些声音是表示有新人即将到来，如果生基打成，四处安安静静的，则说明那个将会在那里居住的人，没到来的时候，还得耐心等待。

果然，在生基打好才干没几天，母亲去世了。

忘私桥我的族人以前所未有的热情迎接了我母亲的灵柩，这样的热情大大超出了我的预想，因为我母亲和父亲已离婚好几年，父亲也再娶了，但我伯父他们说了，在戴家生了子女，就永远是戴家的祖婆，理应隆重风光地安葬在戴家的祖坟山上。

我去过那油茶树山上后，才知道那山上星星点点地葬满了坟，都是戴家各支的先人。我看着堂兄弟们在炕道里铺上两块竹篾，将我母亲安睡着的棺材放在竹篾上，从头至脚慢慢塞入炕道中，然后封了道口，便算是安葬了。有那么一刻，我感到特别奇怪，我为什么要把我的母亲放在这个山坡上？她真的就这样永远地离我而去了吗？我甚至还有些感到莫名其妙，一个来自二百里外的长寿镇的女人，怎么就安睡在忘私桥这个陌生的山坡上呢？

我觉得我就是一个极不负责任的男人，把我的母亲，把一个来自二百里外的女人，丢在这山坡上，自己转身走了……

这样想着，我感到特别愧疚，我怎么可以这样对待我母亲呢？我为此惴惴不安好些时候，有一会忽然想到，其实我母亲并不孤独，因为那山上，有我的许多祖先，并且有一些是我母亲认识或者认识我母亲的，他们见证过当年，我父亲是如何的把我母亲娶进门；他们也明白，我母亲是如何的在戴家生儿育女，传宗接代，在人世延续着他们的血脉，这个外来的女子，她不是外人，她也是戴家的祖婆，在这山上，应该有她的一把椅子、一个座位啊！

我是把我的母亲托付给了我的祖先们，他们一定会照顾好她的。这样想着我便感到安心了，同时，我还感到安心的有，虽然我在两千里外的深圳生活，一年回去不了一次，但山坡上我母亲的坟，也是不要操心的，因为在家乡的堂兄弟们，会照看好祖坟山上的每一座坟，逢年过节祭祖、挂山，他们也不会漏了我母亲……

想清楚这些事，我同时也明白了，这——就是我的故乡！

一个会照顾我逝去的母亲、有我的祖坟的地方，才是我的故乡！

3

找到了故乡的所在，便也就找到了自己的语言所在，再去长寿街时，我理直气壮地讲忘私桥话了。而此前，我在长寿街讲长寿街话，在忘私桥讲忘私桥的话，是以我堂弟纳新要站在井盖上说我"乡音未改"。长寿街和忘私桥同一个县，讲两种不同的话，差别不是十分大，但面对熟人忽然变了一种话，还是挺刺耳的，朋友们就有意见了，我解释说那忘私桥是我老家嘛！是的，毕竟同一个县，要说那是故乡，未免有些小题大做了。说来奇怪，随着话语的改变，我印象中春花般鲜艳的长寿街，也慢慢地蒙上了一层薄雾，淡了些，灰了些，一种走亲戚的感觉，就布满在我去长寿街的路上。

找到了故乡的所在，我也常想，如果我的堂弟纳新再次站在井盖上，对我朗诵那首著名的诗时，我将不再以笑容来搪塞他。因为此时的我，不再是当时二十岁的毛头小伙，眨眼间，十八年的光阴过去了，三十八岁的我，在深圳混了十三年，迫于生活的压力，我已是头发灰白，两鬓早衰了。同时，堂弟纳新也在广州打工十几载，这么多年来，我们只在广州见过一面，他虽然头发未白，但脱发，头顶植被日趋稀疏，额头像岩石似的突显出来。

我和堂弟纳新那次广州见面，除了感叹时间易逝、人生无常外，没有就故乡这话题进行交谈，毕竟我们不再是二十岁的毛头小伙，急着要对一些事情表明自己的态度。然而，故乡像是秋日河底的沙石，随着时间和距离的渐行渐远，她也渐趋清晰，直至浮出水面来，在某个特定的时刻，长成人们心底的一棵望乡树。

现在的我，就常在这棵树上徘徊，这倒不是说，我现在就急着想要落叶归根，只是面对这个似乎是忽然明白的"故乡"这个词汇，自然而然地要生出诸多感慨。

我从母亲的安葬中，悟到了一片土地对一个人的意义，比方说我母亲的躯体、我母亲的灵魂，也许只有在那一片油茶树山坡上，才能了无牵挂地安息，而我也不再为她担心，可以了无牵挂地工作和生活着。这两个"了无牵挂"，让我为拥有这一片土地而感到幸运，为没有这样一片土地的人惋惜。

过去读唐诗，让我泪流满面的，只有一句："可怜无定河边骨，犹是春闺梦里人"。茫茫风沙，渺渺寒露，可怜的人啊，你可曾听到呼唤？你为什么不再回家？在我们老家，没有回到故乡的灵魂，叫游魂，是要招魂的：

　　……西极流沙，
　　昆仑葱岭路途奢，
　　春风常不度，
　　玉门关外夕阳斜，
　　如今休作公侯梦，
　　定远谁夸？
　　魂兮归来，
　　莫迷烟柳路三叉。
　　……中央德黄，
　　黍油麦秀是吾乡，
　　春水桃花矶可钓，
　　秋阴桐影月尤凉，
　　悦亲戚之情话，
　　鸡黍乐无忧。
　　魂兮归来，
　　应许梦里诉衷肠。

是的，我们要把远离故乡的游魂招回来，让他们在祖坟山上，找到自己的位置，让他们落叶归根，认祖归宗，让他们在熟悉的土地中，彻底安息。

在我们生生不息、无休无止的生命的链条中，"我"这一环，不是单独存在的，并不是死了就完了，就灰飞烟灭了，它既有来龙，也有去脉。而此中的"去脉"，对我们人生的意义，也许更加重要，因此，故乡也就是我们活着时，应该为死后找到的那块土地。

（《羊台山》第02期）

羊台山狗肉

◎ 廖虹雷

我老家深圳羊台山下有句俗话:"夏至狗,没处走。"不是说夏天酷热,狗没处避暑,而是夏天都没停止过吃狗肉,家家宰,天天宰,狗没处藏身。

有没有搞错,夏天吃狗肉不怕上火?怪,羊台山下石岩、龙华、观澜等几个镇的人,长年吃狗肉,没听说上火、牙痛、长疮,甚至青春痘也不多长几粒。个中原因,盖因喝羊台山的水,饮羊台山茶。羊台山水性寒,天天喝,年年喝,长年累月地喝,是座火山都会被浇灭。我就是这样被搞得没底子了,在男人中讪笑自己"老柴头没火"。难怪乡下人说"卖了棉被吃狗肉",说的是吃了狗肉,全身暖洋洋,晚上不用盖棉被。

年年吃狗肉,四季不断狗肉,嘿嘿,就吃出个"石岩狗肉""观澜狗肉""龙华狗肉"品牌,远近出名。我常有朋友搭着肩膀:"什么时间去你老家吃狗肉?"我当然不能推辞,"舍命陪君子"吃个够。这狗肉,不仅当地人爱吃,附近的平湖、布吉、公明、西乡、南头人爱吃,甚至深圳、横岗、龙岗、葵冲,连东莞的凤岗、天堂围、樟木头人也爱吃。有人专门开车去吃,有人托亲朋去打包回来吃,我开车送客人去宝安机场乘机后,也要抄近路到石岩吃个痛快，然后再买几斤打包回来和朋友喝几杯。

狗肉，有人称为香肉。老话说，"狗肉滚三滚，神仙站不稳"。这形容红炆狗肉的香气，下巷炆，上巷香，村头炆，村尾香。谁家煮狗肉，村里见者有份，男人们闻到香味，自动坐下来吃，一边喝酒、吃狗肉，一边说着村里趣闻，夹着男人们爱说的几句黄段子，一大锅狗肉，从中午吃到下午，从下午吃到晚上，走了一拨，又来一拨。乡下把这种吃法，叫做"打豆敆"。

石岩狗肉、观澜狗肉、龙华狗肉有什么特别呢？一是选狗，上好是20来斤的小狗牯，老狗、雌狗次之。宰了狗的血千万别倒掉，留作煮好时起锅前"埋胶"。二是宰好的狗要用"禾秆草"或松树针叶，点火烧掉狗身上的细茸毛，因为吃了带茸毛的狗会"痫狗痫"；被烧过的狗皮金黄金黄的，炆煮起来很香，"弹牙"有嚼头。三是讲究炒功。油锅烧红后，倒进沥干了水斩成一块块的狗肉，反复翻炒，炒至水干了，重新倒水浸至狗肉面上，加小茴、八角、生姜、柠檬叶，大火红烧10多分钟，改中火文火慢慢煮至肉软。再放生盐、老抽、红糖调味，倒狗血"埋胶"起锅。

深圳有一间小吃店，打有"石岩狗肉"招牌吸引吃客。我心中一喜，约上两三位朋友，带壶靓糯米酒，去吃顿家乡狗肉。吃狗肉，再吃鱼虾蟹会无味道。所以只点了主菜3斤狗肉，外叫一碟青菜、一锅萝卜猪骨汤就够了。坐将下来，狗肉上桌，果然香气诱人。我筷子一下去，吃了第一块狗肉，说这不是正宗石岩狗肉。朋友问我怎会不是，我说这狗肉放了"南乳"（红豆腐乳），石岩、观澜、龙华狗肉是不放"南乳"的，这"南乳"夺狗肉原味。我第二筷子下去，说师傅没放柠檬叶，朋友问我怎么吃出来，我说这狗肉少了柠檬叶的香气。我第三筷子下去，说这狗是一条母狗，不是上好的"狗牯仔"。我这一说，惊动了店老板，他说是"狗牯"，不是母狗。我坚持说是母狗，店老板说煮熟了狗肉，你怎么吃得出？我卖了个关子，说你先进厨房问过师傅，是母狗了我才告诉你。店老板将信将疑，一会从厨房出来说给我说对了。他谦虚地问我诀窍在哪，我夹起一块狗肉示意老板说，如果是"狗牯仔"煮熟的肉，肉饱满、结实，狗皮缩成一点点；这块母狗煮熟的肉，狗皮几乎包着肉，肉不结实，且肉少。店老板经我这一点拨，当即说开店以来，碰到第一位狗肉吃客高手，连忙嚷道："打个八折，打个八折！"

说我是高手，不敢当；说我吃得多，这就不谦让了。记得我小时候，家乡有间很地道的"同福狗肉店"。上世纪50年代初，家里穷，想吃碗狗肉饭都想疯了。好不容易跟我爹要到了一毫子，去"同福狗肉店"买了一碗只有狗肉汁的饭；饭面上要带有几块狗肉的，可就要多加一毫为两毫子一碗呢。

后来长大工作了，下乡到客家地区的布吉、平湖、龙岗、坪地一带，想在饭店吃狗肉，由于众所周知的原因，吃饭凭粮票，吃肉就难得一求。怎么办？朋友就买条狗回来自己宰，自己炆，"打豆豉"解馋。改革开放后，小吃店如雨后春笋，狗肉店也多起来，但是只有冬天才有狗肉卖；一年四季有狗肉卖，偌大深圳恐怕只有石岩、观澜两地了。

后来到广州、湛江，吃过雷州狗肉，那是白切狗肉，沾酱料吃，不是红烧狗肉。有一年我去了趟牡丹江，朝鲜族乡亲热情欢迎来自全国各省的会议代表，支起四口大锅，忙乎了一天，做起朝鲜族特色的狗肉，皮跟肉分开煮，也挺香。据说在寒冷的牡丹江，朝鲜族朋友也酷爱吃狗肉。我吃朝鲜族风味的狗肉，印象中跟雷州狗肉差不多，还是没红烧。近年，深圳雷州狗肉火锅店多起来，但吃起来，没石岩狗肉香、够味、过瘾。

香港没有回归前，英国人颁布不准杀狗、吃狗。他们大概以为狗都是宠物狗。宠物狗我们也不吃。香港人也是我们宝安人，宝安人嗜好狗肉。那时,香港人想吃狗肉,非得过来深圳不可,吃的人多了,还有人专门组织吃狗肉旅游团。后来,深圳藉的华侨、台湾同胞也喜欢回来吃家乡狗肉,聊解乡愁。

深圳家乡狗肉越吃越出名。不仅享誉香港、台湾同胞之间,而且东南亚、英国、法国、牙买加、荷兰等地深圳藉华侨,也无不知晓。甚至谁也想不到,65年前"深圳石岩狗肉"竟也与中国文化大名人有缘,还上了报,拍了电视,进了博物馆,有诗词传下为证。

话说1941年12月,日本侵略者占领了香港,暂居在香港沦陷区的何香凝、邹韬奋、茅盾、胡风、乔冠华、柳亚子、廖沫沙等著名文化人和民主人士,处境非常危险。党中央和周恩来通过八路军驻香港办事处廖承志,指示东江抗日纵队秘密营救这批文化人。1942年元旦开始秘密大营救,历时200多天,通过水陆两路从虎口成功解救了这600多位文化精英,然后再转送延安解放区。1月13日晚首批文化名人10多人,由东纵秘密护送越过敌人封锁线,经新界元朗过深圳河走梅林坳到达宝安阳台山脚下的白石龙村。他们在山村受到东纵司令员曾生、政委尹林平、副司令员王作尧的热情接待,吃了一顿客家炆狗肉。经过一段惊险的路程劳累,到了游击区后方欢聚一堂,吃狗肉,喝烧酒,文化人高兴异常,酒酣耳热,唱起抗日革命歌曲。胡绳、沈志远、张友渔、萨空了、于伶、丁聪等文化人士为东纵指战员讲授了新闻、哲学、文学等文化课。何香凝和柳亚子一家脱离虎口后赋诗一首:"水尽粮空渡海丰,敢将勇气抗时穷。时穷见节吾侪责,即死还留后世风。"柳亚子也赋诗道:"芦中亡士气犹哗,一叶扁舟逐浪花,匝岁羁魂宋台石,连宵乡梦洞庭茶。轰轰炮火惩倭寇,落落乾坤复汉家。挈妇将雏宁失计,红妆季布更清华。"茅盾于6年以后在《脱险杂记》的回忆录中,也专门记载这段脱险经历和吃狗肉逸闻,这珍贵的历史场面和吃狗肉的欢乐情景,永远流传青史,也定格在英雄羊台山人民心里。

我老家羊台山人说起这段"狗肉威水史"(自豪史),无不津津乐道。有人说狗年不吃狗肉,难道鸡年不吃鸡,牛年不吃牛肉?说狗通性,看门、狩猎、忠于主人、智救养狗人等等,只能另文叙述,本文只写当地风俗,吃狗肉。

(《羊台山》第 02 期)

腹有气韵品自高
——《前尘——民国遗事》自序

◎ 南　翔

　　民国在大陆的历史并不长，从1911年12月29日，孙中山以16票的绝对多数当选为中华民国第一任临时大总统，次年元旦，他宣誓就职，宣告中华民国成立。满打满算，首尾也只有38个年头，这其中虽然迭遭战乱、灾害、饥馑、天地人之变数频仍。所谓生灵涂炭，民不聊生，兵连祸结云云，是新时代对过去一个时代的盖棺之论。

　　文学对既往的书写，与历史教科书的臧否扬抑，着眼点不同；文学对人物的书写，尤看重的并非其端正的思想，标准照似的行止，而是被大时代话语遗忘的栩栩如生的个性。那种率真性情、俯仰自由、我行我素、癖好不遮、胸臆无碍的面目，其实任何时代都有，只不过，大时代的火车轰轰隆隆过后，路边的野菊花狗尾巴草之类，要么零落，要么被遗弃与遗忘的居多。这也是已故作家汪曾祺在上个世纪八十年代发表《受戒》《大淖记事》等小说，意在钩沉扶奇的动机。较之一本正经的文学教科书似的人物评介，类似《受戒》中青春躁动的小和尚，既非英雄，更非败类；但是这种性情人物，不为其小而色泽暗褪，相反，恰恰因其铺垫了人性的诚恳、踏实和温馨，成为文学是人学的生动注解。

香港作家董桥偏爱"旧时月色",喜说自己是"遗民",喋喋不休地回顾"上一代的事",不是他胶柱鼓瑟,心存代沟;反之,"我相信每一代都有不少带着气韵的人"。董桥只不过熟悉与心仪他同时代或上一代、上几代"带着气韵的人",所以他近年在香港牛津大学出版社每年一本的散文随笔,皆是给带着气韵的人做的小传。名气大至宋美龄、张学良、顾维钧,小则如隔壁阿伯阿奶,长则两三千字,短则三五百言,铁线银勾,神情如绘。他景仰的大玩家王世襄,"是放鸽家,是斗虫家,是驯鹰家,是养狗家,是摔跤家,是火绘家,是烹饪家,是美食家,是书法家,是诗词家,是美术史家,是文物鉴定家,是民俗学家,是漆器家,是明式家具家,是中国古典音乐史家,是中国第一玩家。"王世襄抗战胜利以后,为国家收回了上千件重要文物,1952年,"三反"时期却成了重点审查对象,最终戴上了手铐和脚镣,理由言之凿凿而不容置辩:"国民党没有不贪污的,你是国民党派出来的接收文物大员,岂有不贪污之理!"

王世襄的遭际,让我联想到另一个性情中人的大玩家张伯驹。

张伯驹是袁世凯时期大官僚张镇芳的儿子,好围棋,喜京剧,擅书法,尤精收藏,一生阅历收藏国宝级典藏无数。譬如陆机的《平复帖》是花了4万大洋从溥心畬手里买回的,溥心畬的开价是20万大洋。还有展子虔的《游春图》、李白的《上阳台帖》、杜牧的《张好好诗》、唐寅的《蜀官妓图》等。章诒和写道,张伯驹看中一副字画,见妻子潘素没答应,"先说了两句,接着索性躺倒在地。任潘素怎么拉,怎么哄,也不起来。最后潘素不得不允诺;拿出一件首饰换钱买画。有了这句,张伯驹才翻身爬起,用手拍拍沾在身上的泥土,自己回屋睡觉去了"。章诒和评价传主,是以优游态度、闲逸情调、仗义作风和散淡精神所合成的饱满个性与独立意志,对抗政治对人的品质和心灵的销蚀。张伯驹在自己的书画录里写下一句话——"予所收藏，不必终予身，为予有，但使永存吾土，世传有绪。"

就是这么一个散尽千金收国宝再献国家的民国翩翩大公子，也没逃过1957年的反右。1982年住北大医院因级别不够，不能住单间或双人房，由感冒转肺炎谢世。

气韵是性情，也是格调；是迂阔，也是散淡；是教养，也是细节。

汪曾祺回忆，金岳霖一生未娶，林徽因死后，有一年，金先生在北京饭店请了一次客，老朋友收到通知，都纳闷：老金为什么请客？到了之后，金先生才宣布："今天是徽因的生日。"

情调之旧，缅怀之深，当真要令今日之众拍拖男女羡煞！

黄苗子回忆上世纪四十年代末在沈阳《东北画报》工作的老木刻家沃查，一日出门，三个画家坐在一部吉普车上，沃查坐在司机旁边，不久便呼呼大睡，车子却开不动了，司机以为车子机件出了毛病，下车检查了半天，没发现问题，上车坐回原位，惊醒了沃查。司机一点火，车子便发动能走了。不久沃查又睡着，车子又开不动。司机又下车检查，还是发现不了毛病。司机和后座大骂车子有鬼，惊醒了沃查，他也帮着东张西望，车子又开行了。于是司机就留心到沃查，当他第三次入睡时，才看出他把脚死死踏在副刹车上，难怪开不动了！

混沌初开，一派老天真。

董桥写录上海名画家名诗人名美人周炼霞轶闻："文革"时期被造反派翻出她著名诗句："但得两心相照，无灯无月无妨。"硬斥她只要光明不要黑暗，打伤她一只眼睛，终身半瞎，她借屈原句雕了一枚闲章："目眇眇兮愁余"，董桥叹曰："真是可歌可泣。"

上面所录皆真人真事，也是沧海一粟耳。

正是一种开始朦胧后趋明亮强烈的想法,我在 10 多年前,开始了民国系列中短篇的创作,那就是为民国人物、民国物事和民国情调立传,一本 20 余万字的《前尘》,当然不同上面提及的散文、随笔与人物传记,它是小说家言。但心绪与前辈作家相若,不要让既往的一些美好的人物、情怀与故事(尽管不乏悲情与遗恨),随大时代的变迁而如同到处勃兴的建筑工地那样,随垃圾一道倒掉与埋没了。

用小说立此存照,相比散文传记,或可更从容舒展一些。比较散文传记,它失去的部分真实性,需要用更广阔的视界、更深邃的思想、更绵密的情感和更深入肌理的文字理想来追索、填充。8 个中短篇陆续发表于《上海文学》《北京文学》《芙蓉》等刊,待到结集,苦于对那一代情怀物事缠绕的各见性情的人物给一个定义,直到看见董桥一篇《一代人的气韵》,遂憬然认同。

为带着气韵、率真性情、不畏流言、从容淡定的人,从不同角度立存照,是《前尘》的主题。有气韵、品位及性情的人,相信一直会成为我们人生之旅的不可或缺。

尤其在一个变数频仍、喧阗浮嚣的时代。

注:《前尘——民国遗事》南翔著　花城出版社 2007 年 2 月出版。

(《羊台山》第 03 期)

有容乃大

——写在《羊台山》杂志创刊一周年前夕

◎ 范　明

再过一个月，即10月26日，《羊台山》杂志创刊一周年。因为杂志是季刊，到那时没有新刊出版，所以想说的话还是提前说吧。

到目前为止，《羊台山》杂志已出版了五期（包括大浪街道成立一周年的特刊）。对于一个新成立的街道办事处，肩负着城市管理体制创新改革的重任，各方面工作的压力可想而知。然而，在一个经济社会文化建设相对滞后的地区办一份文化性杂志，其良苦用心、气魄和远见是令人折服的。

一座城市的文化现象，是这座城市和生活在城市的人群精神特征的重要标志。我一直在思考这样一个问题，在拥有37.2平方公里的土地和近30万人口的街道，其文化现象和精神特征是什么呢？张岱年先生在《文化与哲学》一书中谈到，《周易》里的两句话在铸造中华民族的民族精神和促进中国文化的发展上起了重要作用，一句是"自强不息"，一句是"厚德载物"。原话是："天行健，君子以自强不息。""地势坤，君子以厚德载物。"我觉得，这两句话对于生活和工作在大浪的人群来说，同样有着深刻的启示意义。大家知道，文化的积累需要一个相当长时期的过程，应该承认的是，大浪的文化底蕴还有待积淀，地方文化的特征还有待挖掘和培育，但是中华民族的民族精神应该是根植在大浪人民的骨髓里的。那么，我们一方面要"自强不息"，加强文化建设，努力经营地方文化特征；另一方面要"厚德载物"，吸吮外来优秀文化的营养，促进文化交流和文化融合。这二者是大浪文化发展的关键所在。

学者们认为，历史已经证明，哪一个国家或哪一个时代能兼容并蓄，那里或那时文化学术就昌盛，经济就发展。所以，《羊台山》杂志在开办之初，就秉承"海纳百川，有容乃大"的理念，打破地域界限，广采优秀作品，融合四方文气，"润物细无声"般在大浪栽植一块文化绿地。蔡元培先生提倡的治学"四字诀"——宏、约、深、美，我以为，这也是《羊台山》杂志所要走的精神之路。"宏"，即有恢宏的气度，磊落的胸怀，兼收百家所长；"约"，有了一定基础之后，集中精力在别具一格上下点功夫；"深"，形成自身特色，不断地创新与进步；"美"，达到一种地方性、民族性、思想性、艺术性的理想境界。

那么，对于刚满周岁的《羊台山》杂志，正是走在"宏"这条道路上。

(《羊台山》杂志第4期)

鸟叫一两声(外一篇)

◎ 李敬泽

《诗经》开卷第一首就是《关雎》："关关雎鸠，在河之洲"，大家想必背得出，此处不念了。现在要问的是，这首诗是什么意思？

对面那女子脸儿一红，扭捏道：啥意思？相思病呗。

对，相思病，不仅是相思病，还由相思病并发失眠症："悠哉悠哉，辗转反侧。"如果有人问：中国人从何时开始失眠呢？现存最早的文字记载就是《关雎》，那至少在商朝末周朝初，而且原因正是"女人"。

当然，在《关雎》中，相思病最终痊愈，"窈窕淑女"娶回家了，"琴瑟友之""钟鼓乐之"，卡拉OK估计要唱大半夜，处处啼鸟惊不破三千年前的春梦。

然而，错啦，同学们哪，你们都错了，看看《毛诗序》里是怎么说的："《关雎》，后妃之德也。""乐得淑女以配君子，忧在进贤，不淫其色，哀窈窕，思贤才，而无伤善之心也"。

这话翻译过来就是，皇上的大老婆看见一小女子模样长得俏，然后就睡不着，就急得两手瞎抓挠（"参差荇菜，左右采之"），急什么呢？不是急着遣人把小妖精做了，而是急着怎么把她弄进宫来做小老婆，从此东宫西宫左右一心，共同辅佐皇上、治理天下。这是什么境界？是不知人间有醋的境界，真乃"后妃之德也"，真乃男人之福也！

我要是这么解说《关雎》，肯定被人啐得满脸唾沫，但这是《毛诗序》，是关于《诗经》的最权威、最正统的诠释，两千年间无数大人物、无数聪明脑袋都学，而且都信：《诗经》里怎么可能仅仅是男欢女爱呢，那不成了"私人写作"吗？这事儿没这么简单，必定是有微言大义，渭河边那两只鸟必定与朝堂风云、天下大势相联着，联不上拧巴着联，结果就弄出这么一通男性自恋狂的疯话来。

《诗经》是好的，但要看出《诗经》的好，必得把秦汉之后的诠释一概抛开，直截了当地读诗。吟出那些诗篇的人们，他们曾经真实地活着，看山就是山，看水就是水，看美女就是美女，看了美女睡不着也不会说是心忧天下，等真要为国出征的时候，他们就尽他们的责，提起弓箭去战斗、去死——那是一种不曾被各种各样大话浮辞所蒙蔽的人生。

"雎鸠"据说是鱼鹰，脖子被系住，鱼叼到嘴里咽不下去，只好再吐出来让人拿去红烧或清蒸。我见过的鱼鹰都是蔫耷耷一副厌世的样子，除了捉鱼，拒绝开口；难怪啊，一种鸟，一辈子遭束缚，叫一声还被解说得云山雾罩、离题万里，如果是我，我也懒得叫，我会暗自断定人这种动物是靠鱼和废话噪音生存，我将保持沉默。

但是我相信，在三千年前的某个夜晚，确有一只鱼鹰闲叫了一声："关！"另一只应了一声："关！"是夜月白风清，儒生、教授、记者、编辑和知识分子们都睡了，只有一个年轻男子睡不着，他听见了那两声，他的心便向渭河去——那条三千年后已经干涸，有时又泛滥成灾的古河。

与盗跖喝酒

我上初中的时候,正赶上批林批孔,由此接受了传统文化的"启蒙",身为中国人而第一次知道了孔子、孟子。不过,"启蒙"是反过来进行的,老师告诉我,世上的人有两种:一种是"坏人",一种是"好人"。坏人是孔子、孟子,好人呢?好人是商鞅,因为他让秦国人民守纪律,还有李斯,因为他帮着秦始皇灭六国、取天下,秦始皇当然是最大的好人,他做的好事很多,其中一小件是把书都烧了,把写书和看书的人都活埋了。

这就是我受的教育。这种教育好不好呢?我认为很好,它让我从此心明眼亮,看清了支配世界的根本力量是什么:拳头、力和血。这几样孔子、孟子一样都没有,所以他们是没出息的、滑稽可笑的,是"坏人",注定要失败。

显然,我少年时代所知的"好人"通常是可怕的,很难说他们令人畏惧是因为手握真理还是手握权力,在我受的教育中该两者是一码事;又正确又可怕,于是就比较无趣,很难想象你会跟商鞅、李斯、秦始皇喝酒聊天,反过来,和孔子倒是可以喝点小酒。

有趣的"好人"倒是也有一个,他不仅是好人,还是打家劫舍的好汉,人称"盗跖"。"盗"字演化至今,已经沦落到专指小偷小摸,而在那个伟大的时代,"盗"就是土匪,伙一帮兄弟啸聚山林,威风得紧。

虽然当土匪就具备了拳头、力、血这些成为"好人"的因素,但"盗跖"青史流芳主要不是因为他的土匪生涯,而因为他还是个巧舌如簧的土匪,我的老师曾经绘声绘色地讲述"盗跖"的故事:

有人问盗跖：盗亦有道乎？

盗跖一拍大腿：何止有道啊！你想，站门口一张看，就知道这家有财无财，这算是圣明吧？动手的时候，你得领着头往里冲，这是什么品质？这就是"勇"！撤退的时候，你最后一个出来，这叫"义"，时机拿捏得准，这叫"智"，得手回寨子，分赃分得匀，这就是"仁"！——"不通此五者而能成大盗者，天下无有。"

故事讲到这儿，老师曰：同学们，请看，这位古代劳动人民的代表如何机智地揭穿了孔孟之道的虚伪面具！

如今，我长大了，有了自己的主意，我反对把盗跖选为"古代劳动人民的代表"，但读了《吕氏春秋》，重温这个故事，我觉得盗跖至少是比较有趣，这个"好人"并不认为自己真理在握，尽管他的拳头硬，尽管攥着刀，但他知道拳头是一码事，真理是另外一码事，他还有兴致把拳头暂且收起来，对着真理嬉皮笑脸胡搅蛮缠。

在这个意义上说，盗跖先生的"好"是很不彻底的，他不应该对着真理讲歪理，他应该直接举起他的拳头或者掏出他的支票或者宣布自己就是真理的代表。但也正因为这种不彻底，我愿意和他喝上一壶酒，谈谈各自的时代。

（《羊台山》第06期）

激情溅活的石头

◎ 熊育群

一

石头切削变成墙体,一块块叠压着,成了巴洛克、哥特式的建筑。一条马路一条马路,横着竖着展开,平行地铺,十字架一样交叉地铺——石头的巴黎,工匠们的砌筑,几百年僵固成永恒的形状。人工打凿的痕迹,让它们获得瘠薄的历史感。所谓历史感,只是生命的陈迹。

下午,徒步巴黎街头,从巴黎圣母院,沿着塞纳河,经卢浮宫、奥赛博物馆,左拐往南,左右,石头的房屋紧逼过来,手里,一张巴黎地图,我的目标只有一个小点:罗丹博物馆。我想象着另外一种石头。那些石头也许变成心灵的语言,表达了生命的气息。

脚步在石头上橐橐叩响,一种轻浮而空荡的感受——人在石头的空间飘忽,而石头的坚硬却相连着永远。人不能永生,依赖什么,人能够把个人的感受留下呢?我这样的过客,偶然地走过,却有深刻的孤独与虚幻的人生感受。我依靠的只有文字。然而,语言在脑海回闪，心却孤立无援，无法言说内心于万一。

一百年前，罗丹走过时，同样轻浮的脚步声飘过，他的心依傍着石头，会有我同样的无望吗？或许，坚固的石头能抵近他的心灵。

克洛岱尔，一个有法兰西线条美的女子，让这个行走于巴黎的人，再也扑不灭一颗心的燃烧。来自心灵的挚爱，让他寻找汉白玉的大理石。那是他的语言，倾诉内心情感的语言。人在孤独时，需要表达；人在思念和爱时，也同样渴望倾诉。一颗心不能承载太多，更不能没有另一颗心的共鸣、慰藉，去克服人与生俱来的孤单。那场燃烧过石头的爱，罗丹会痛苦于表达吗？

他知道石头的永恒与自己走过巴黎的空虚。他把所有人的外衣都剥去，只让赤裸的身子面对钢凿，他不愿未来服装的陈旧气息表现在自己的雕塑上，而人的肉体是不会过时的。他的爱也必定是以生命作底色。他有石头让飘忽的爱永存。

二

罗丹博物馆，僻静的瓦雷纳横街，铁栅的大门，有弯曲成草木的铁花。一栋二层楼的石头房，在一片绿草地中待得安安静静。这座为罗丹向往的比隆公寓，晚年的他曾租住在这里。他向法国政府提出：把自己所有的雕塑作品及藏品无偿捐献给国家，这座国家的公寓则改名为罗丹博物馆，存放他的作品、藏品。罗丹的愿望在他生前变为了现实。

买票，入大门，再过闸入房。大厅，一组古希腊雕塑：手臂、腿、没有头和四肢的身躯……残缺的肢体，刚感受一种残忍，瞬息间——美在躯体的每个部分呈现出来——雕塑者神奇地赋予了她们生命——女性肌体诗一般的性的诱惑力。它们从死亡的形式里（人的残肢）获得了独立的生命——它们是有表情有欲望的人体的象征。

若是真实的人体，这样的场面多么残暴恐怖。但石头不会，它从冰冷的墙体活了过来。

罗丹为什么在自己的博物馆大厅摆放这些残缺的雕塑？这些雕塑也许是罗丹生前收藏的，甚至，还可能是罗丹亲手布置的。她们是否表明主人对于人体的热爱尤其是对于女人体的迷恋？"这个女人的肩膀，多么令人心醉！真是完美的曲线……你看这个女人的胸部：饱满的乳房，美妙无比，叫人怜爱。如此的优美，简直非人间所有！你看另一个女人的臀部：多么神奇的起伏！软玉温香中，肌肉多么美妙！真是令人拜倒！"罗丹的话好像就隐匿在雕塑里面。这些雕塑的"元件"，在罗丹的人生与创作中，有着非同寻常的意义，它们甚至是雕塑家创造的激情所在、生命所在！

三

曾经书中见过罗丹的《思想者》《加莱义民》《地狱之门》《青铜时代》《欧米哀尔》《施洗者约翰》，它们全被赋予了重大意义和宏大思想，雕塑最终因为抽象思想的解说而变得空洞。以致想象中，雕塑家成了一位圣人，他冥思苦想，眉头紧锁，总在思考着人类重大的命题。

然而，这完全错了。罗丹博物馆，让不了解罗丹的人震惊！

罗丹用了大量时间和精力来表现他的内心，他要表达心灵在爱情中的煎熬与沉醉，他要留住人生最美好的一刻，留住自己生命最真实的颤栗。石头，罗丹拥有了它；石头，获得了一个人的灵魂，从此不朽。

罗丹拿出了重要的展室，来展示他那场轰轰烈烈的爱情——

石头从石头上消失了，大量充满了爱与欲的男女人体诞生。他们是那样富有激情，每一块肌肉都散发出生命的梦想、期待和超越，这是爱超越于现实进入梦境般的雕塑。罗丹对于女性的迷恋与崇拜，以至于他雕像的每一个毛孔，都在因异性的触摸而颤抖，甚至手还不曾触及，每一个毛细管就已感到了电击一般的颤抖，灵魂在紧缩，一丝一缕，在洁白如玉的大理石上律动着，连呼吸都屏住了——罗丹女人体雕塑洋溢出性的激越与诗一样的沉醉，她们是色情的，又是诗意的；心灵的颤栗——肉欲里分明有强大而深沉的爱。这些冰冷的大理石第一次获得了如此鲜活的生命！石头有罗丹的呼吸，有他对于爱的深刻体验，有他创作的激情与灵感，敏锐的触觉和魔幻般的力量！

这种魔力，让石头的每个部分，都流泻出生命，让每一块肌肉都有了感人的表情：女人的手掌慢慢松开，羞涩让她的五指微微握着、卷曲着，像一张轻轻开启的唇；男人的手悄悄地、胆怯地，然而又是无比勇敢地靠过来，他的手朦胧了，正如迷乱的心被奔涌的血流冲撞得恍惚，所有的意识都集中到了大拇指尖，它轻轻碰到了她的手指，那是电击一样的时刻，千钧之力释放至全身。心灵在这一瞬融合，爱在这一刻得到了强大的共鸣。手是心灵的触角，像一声春雷带来一场豪雨，像一缕阳光，照亮一座幽深的峡谷。罗丹《情人的手》只雕了两只手。

男人左手尖轻轻放到了女人的大腿上，右手犹疑着，不敢轻易去触摸女人的背；女人坐到了男人的腿上，她俯下身，侧转身子，左手温情地抱着男人的脖子，一只脱兔般颤动的乳房露在男人的胸前，脸在慢慢靠近，如荷初张的嘴唇颤栗着，彼此已闻到了对方的气息，急迫又沉迷的气息。吻，仿佛是以身相许的一刻，这一刻表现在男女两张忘情的脸上，表现在男子颈背紧绷的肌肉和女子柔滑的腹部，甚至表现在一条小腿——男子轻轻扭转右腿触到了女子的小腿，女子的脚离地轻轻踮起……罗丹选择火山一样激情爆发前的一刻，这是灵魂出窍的一刻——雕像《吻》就这样把心灵的激情全部宣泄。

女子跪下了，双手慢慢下垂，头微微低下来了，看着靠向她胸前的男人，像一尊爱神，一动不动，凝视着他，充满着圣洁、献身的神情，这是一个正在为爱情敞开心扉放弃一切的女人；男人把双手反绞到背上，脚跪得更低，他要用脸和胸膛埋进她的身体里，他在啜饮着爱的甘露，是那样忘我、沉醉与圣洁，如同委身一片广袤的爱的大地，一片风光无限的花圃，向着爱的深处沉落……献身于爱的崇高冲动在《永恒的偶像》上洋溢！

四

罗丹内心的爱是多么强烈！我第一次相信了：石头对于心灵的直接表达原来可以胜过千言万语！相比抽象的文字，石头直接呈现了感情。

罗丹的石头是这样惊心动魄，石头上燃烧的生命，让人看得见灵魂。一场轰轰烈烈的爱在逝去一百年后，仍然让人目睹，如在现场，让鲜血在血管中偾张，让身子颤抖。那一场相爱，竟把生命变成了一条激情跌宕汹涌澎湃的大河，冲决岁月的河床，在悠远的历史中留下灾难般的遗迹——这一切都在石头中！罗丹把自己的爱表达到了极致！让人类那颗爱着的心超越了人世的沉浮变幻与生死。

博物馆里，许许多多小的双人像，他们有的甚至还埋在大理石中，只挣扎着露出手脚、臀和背，或者男女肢体纠缠在一起，但身体还没有完全从石头中脱胎而出，但他们全都表现了爱得死去活来的情与欲，欢愉的冲动与无法抑制的痛苦，像深陷泥淖，难以自拔。有一只手举着一块石头，石头里的男女双人体缠绵着。雕塑家是想表现上帝之手塑造了圣洁而炽烈的人类之爱？还是以一种距离凝视爱的神秘诞生，或者是把玩着她，企求获得某种超越？

爱的赤裸裸的表达，在罗丹的石头上获得了成功。它让所有的心灵受到震撼。人们甚至不敢面对，就像面对了自己的"隐私"。它就像一把火，烧毁一切掩饰，也烧毁一切虚伪的感情。人们无法承受，甚至诋毁其伤风败俗。

罗丹再也不顾忌了，在这座公寓，他把自己对于女人对于爱情的狂热毫无遮掩地展示出来。甚至古希腊女人肢体的雕塑也摆在了最醒目的地方，他是在为自己那些同样杰出的男女人体雕塑寻找根据、抗争一些什么——他们并非广为人知，并被普遍地欣赏。

五

卡米耶·克洛岱尔，注定要在石头中永生。她是罗丹的石头，是爱情的石头，也是自己生命的石头！她天生热爱雕塑，甚至不顾母亲激烈反对，毅然决然走向石头。她在离群索居，孤独无助的日子里，仍然打磨着她的石头，甚至为石头发疯！

她就是罗丹博物馆展出的那场爱情剧的主角。她对于罗丹的意义，远不是旁人所能想象与理解的。要燃烧这么多冷冰冰的石头，让它们全都滚烫灼人，没有深沉炽烈的爱，没有火山一样爆发的激情，是完全不可想象的。

克洛岱尔雕塑上给了罗丹以创造——她给罗丹作模特，让罗丹那双敏锐的手触摸她的胴体，直接激发雕塑家的创作欲望；她燃烧一代大师的生命，他们疯狂的爱达到如此令人销魂的境地，仿佛只有它才是人生最高的幸福，是人活着的全部目的和意义，是生命最美最辉煌的诗！

他们的爱给了罗丹雕塑以灵魂。

当你站到《吻》《沙恭达罗》《永恒的偶像》雕像前，他们就向你发出了挑战：如此痴情、疯狂的爱你有过吗？这些雕像终将使人醒悟：没有爱的生命是黯淡的！那是没有生命的人生！是石头僵死在漫漫岁月里的墙体中。

克洛岱尔对自己的爱情是这样描述的：女子的身躯弓成了S形，她已失去了力量，她沉醉在自己的爱情中，右手轻揉自己的乳房，左手仿佛不再是自己的，软绵绵垂挂在男子的右肩上，低垂的额头也由男子仰着的脸顶起——就像身体不再属于自己了，已经献给了伟大的爱神；男子双膝跪地，失去了理智，头仰成了直角，双手轻轻地抱向女子的腰，害怕碰碎似的，充满着无限的怜爱与万般的柔情，这是以一生作底蕴的深厚的爱，是两颗灵魂的融化与燃烧……克洛岱尔一寸一寸把自己无限的爱意凿进石头，让它像灵魂一样颤栗。

我并不知道这座雕塑是她创作的，偶然的机会得知它叫《沙恭达罗》时，我知道自己犯下了一个错误：这件摆放在罗丹作品中的雕塑，竟超越了罗丹所有的作品，成为最震撼我的雕像。仿佛是爱欲把石头扭曲了，它比所有雕塑表达的爱更疯狂，更像一场风暴。

是爱情使她的石头获得了生命的魔力。是爱情的一星火苗，点燃了石头的荒漠。爱情，把她与罗丹的创作交融为一体，相互影响，相互启示，你中有我，我中有你，以致分不清是谁在创作。

罗丹博物馆，那场一百年前的爱情仍然活着！雕塑家要让这场轰轰烈烈的爱永远持续下去！？

六

1883年，罗丹认识卡米耶·克洛岱尔时，她才19岁。雕塑家布歇把克洛岱尔带到罗丹面前的那一天，她的美让罗丹暗暗吃惊。从此，克洛岱尔作为罗丹的学生与助手，在罗丹的工作室待了五年。罗丹对这位有强烈个性与才情的女子大为心动，两人很快坠入爱河。他们平等地讨论问题，几乎无话不谈。罗丹说："我告诉她事物的精髓所在，而她所发现的精髓，却总是属于她自己的。"罗丹让她独立完成一些习作，并把创作中的作品如手、脚交给她去雕塑。旁人说："捏黏土这活难不倒她，她摆弄起石膏来那么驾轻就熟，凿起大理石既有劲又准确，甚至比罗丹还棒。"

1888年后，克洛岱尔从家里搬出来，住进了离罗丹的佩伊恩园很近的意大利街113号，他们在这里一起创作、相爱。克洛岱尔的脸和身体时时出现在罗丹的作品中：《沉思》《黎明》《圣乔治》《法兰西》《康复中的女病人》《达娜哀》都是以她为原型雕塑的，甚至《地狱之门》也有她的影子。《沉思》中的克洛岱尔"从汗涔涔的浓睡中缓缓苏醒的脸，晶莹明净，充满生命力"。最后，身边没有克洛岱尔，罗丹就找不到灵感与创作的热情。

克洛岱尔在给罗丹的信中写道："我晚上光着身子睡觉，好让自己觉得您就在身边。醒来时却发现不是这么回事。"克洛岱尔甚至凭着记忆塑出了罗丹像。罗丹见到这尊胸像时，激动地称克洛岱尔已是一位大师了！在举办他自己的雕塑展时，他甚至把这尊胸像放在最显要的位置。

十年里，他们在这巨大的爱的漩涡里沉浮。罗丹在圣路易岛附近他的私人工作室与克洛岱尔第一次幽会，几天后，他就在意大利广场附近找到了一间新的工作室，他们每周两天去那里幽会。

只要与克洛岱尔在一起，巴黎就变得温馨浪漫。他们观赏歌剧，去卢森堡公园看雕塑，绕城闲逛。更多时间，他们在一起进行创作。

两个人的秘密被他事实上的妻子罗丝发现，他们不得不东躲西藏。在公开场合，他们是师生，一旦进入两人世界，哪怕是在那些堆满了雕塑与大理石碎屑的工作室，哪怕全身都是石膏粉沫，他们都紧紧地拥抱在一起，抚摸着，无法克制的情欲让他们疯狂——不放过一分一秒的时间，滚烫的肉体在躺椅上、泥地上、工作间幽暗的角落里一起燃烧着。

他们一起到巴尔扎克的故乡图尔、南方雷诺阿的昂蒂布去度假，像新婚蜜月一样度过幸福而美好的时光。

那些杰出非凡的作品就在燃烧的爱情中一件件诞生了！

七

然而，美好的东西总是易碎的，她们是花，是朝露，不像石头那样有坚硬无比的品质。爱情，在悲剧到来时更显出她的绚丽、残酷和凄美！容不得一粒砂子的克洛岱尔，越来越强烈地要求罗丹抛弃罗丝，与自己结婚。罗丹不能答应，他甩不下这个多年的伴侣。终于一天，克洛岱尔一气之下离开了罗丹。

罗丹念念不忘，多次去找，都被她拒之门外。

一段时期，克洛岱尔埋头自己的创作，在沙龙展中，她展出了作品《小夏特莱娜》《圆舞曲》《窃窃私语》《浪》《克洛托女神》和《成年》，一时名声大振。但很快，她倔犟的性格，使她与外界隔绝了。她在蒂雷纳大街一间老房子里把自己关了起来，渐渐地生活陷入困境。罗丹想帮她，但遭到了拒绝。罗丹只能通过第三者悄悄进行，但对克洛岱尔作用甚微。

她脾气变得越来越乖戾，最后出现被迫害妄想症。爱无法得到只得转为恨，她指责罗丹偷了她的一件大理石作品，甚至威胁罗丹"别走近我的工作室"。他们两人作品的风格太接近了，克洛岱尔感到自己被剥夺了自成一家的权利，她的精神被罗丹汲去并滋养了他的才情。而克洛岱尔无论怎样努力，创作出了十分杰出的作品，也无法摆脱"罗丹的学生"的称号。她气馁了，并因此越来越消沉。

1905年，她的妄想症越来越重，觉得罗丹在给她设计陷阱，性情完全改变，她亲手毁掉自己的作品，有时一连数月不见人影。1913年3月10日，几位医生砸开紧闭的大门，只见克洛岱尔全身赤裸、披头散发蜷缩在一角，身边是她砸碎的塑像。她的精神已经完全失常。医生给她套上紧身衣，拉上了救护车，把她关进了埃弗拉尔精神病院。

罗丹怀着悲痛的心情去看她，克洛岱尔已不认得他了，两人形同陌路。罗丹的靠近，使她情绪失控，他不得不痛苦地退出。

随后，克洛岱尔被转到蒙德弗尔格，最后在阿维农的一家精神病院去世，一关就是30年。

她去世时，身上没有一件有任何价值的东西，甚至一件纪念品也没有留下。世人早已忘记了她的存在。一位天才至死也没有得到社会的承认。

八

一百年，只剩下了一些石头，它们在比隆冰冷的石墙里面站立着。春去秋来，石头上的爱不曾有一丝一毫的改变。

一百年，石头的影像映到了胶片里、印到了书本里，从这里出发，散发向整个世界，散发向一百年中的一个个晨昏。罗丹的名字以各种文字在世界风行，以各种声音在人们的唇齿间发出了响声，像太阳一样照耀了世界。但他的爱情被抛下了，他的杰出非凡的爱的塑像被抛下了，克洛岱尔被抛下了。只有这个小小的空间，他们用生命创造的石头雕像，把一场曾经是刻骨铭心的爱悄悄守护、永远地张扬。石头，成了爱的海枯石烂永不改变的誓词，人类在现实生活中寻觅不到的永恒之爱，石头里成为了永远。个人的感受留下来了，飘忽与坚硬、瞬间与永远的统一，在艺术中得以实现。

博物馆，四周绿树成荫，后花园里，树木成林，草地长绿，喷水池每天喷射着如雪的水珠。罗丹的雕塑《加莱义民》《巴尔扎克》《思想者》《地狱之门》静静地立于树木下。参观者三三两两，悠闲自得，边休息边观赏。与那些爱情主题的雕塑相比，它们并没有震撼人心的力量，尽管它们耗费了罗丹大量心血，让他感到疲惫、苦闷和焦躁，但它们找不到生命的体验。

仍然是石头的墙，前后左右包围着，在迷宫一样的街道行走，我的目标已失去。巴黎，这一刻，只剩下一个空空荡荡的黄昏，飘忽的不只是一个游子的心，还有空中黯淡的光线，它随我的目光洗暗了一片又一片冰冷的石头，像一个遥远的世纪被时光收去。

（《羊台山》第06期）

穿过玉米林

◎ 叶清河

突然就想起了家乡的那一片玉米林；这种记忆总是不期而至，袭在我心灵那柔软的触角上。这些日子来，街上突然同时地出现了许多卖玉米棒的摊档，仿佛它们原本就都藏在了大街的地下，这一下子却都从地下钻出来了。烧着熊熊的炭炉，铝锅里煮着带壳的玉米棒，热气缭绕清香弥漫。几块钱买一根抓在手上，有人就边走边当街吃了起来，那种毫无顾忌不避遮掩，看上去是那么幸福。

而家乡的玉米林，如果我没有记错，此刻也许才刚挂缨吧？在我的印象中，家乡的玉米林总是长得那么慢，那么慢。我看得出它们什么时候钻出了第一根芽，什么时候长出了第一片叶子；它们生长的历程，我能够分得出一个一个的阶段来。然而有时候，我却又感觉到它们长得那么迅速，仿佛在你毫无防备的时候，玉米花就爬上了顶，玉米籽就结出了壳；走近去·比试，它们早已经高出我的个头了。也就是在那个时候，放眼看去，从屋前到屋后，从山脚到山坡，漫山遍野到处都是，玉米林一大片连着一大片，实在也是山里的一大景观。

每年刚过了春节，家乡的人们就马上忙碌起来了。那时候一切都洋溢着清新的气息，天地都变得空阔起来，人们牵出闲了一冬的牛，挂上修整好的犁具，吆喝一声就开始翻地。犁铧所到的地方，翻起一轮轮的新鲜的泥土，又滚落在雪白的犁铧旁边，总是给我一种浮想联翩的美感。然后，是一系列的挖坑、下肥、点种、盖土。记得那时候我还小，可是也不肯偷懒，一直缠着母亲要到地里去。于是母亲就给我安排了最简单的"点种"，我提着装满了玉米种子的小篮，沿着母亲事先挖好的土坑的边缘走，每经过一个土坑就撒一把种子。那时候我总是很得意于这样一项美妙的工作，想象着自己这手中的一把种子，就是往后的一片玉米林，真是有些不可思议的神圣。然而我又总是患得患失，总牢记着母亲"每个坑点七八颗种子"的嘱托，相信这一句话中肯定是隐含着了某种天然的不能违抗的道理，每撒一个坑就要停下来仔细地数一数，往往就要把多点的种子捡起来，因此就慢吞吞得不可救药，要被母亲一番批评。

然后，一场春雨一夜春风，不知不觉之间，那些潜伏着的无数的生命，就钻出春泥的被子苏醒过来了。绿油油、亮晶晶地铺满了整个大地，洗涤人的眼睛，也洗涤人的心情。那时候，我看着它们还娇弱幼小的身躯，总是有些替它们战战兢兢。然而，它们却告别了一个个的黑夜，又迎着新一天的太阳长了起来，而且越来越茁壮茂密，我就惊叹于生命的倔强。母亲也照例忙碌起来了，刮草、选苗、松土、施肥、垒窝，一样一样都不能马虎。我也照例跟着去，虽然母亲因为怕我踩着玉米苗，不准我靠近去，但我坐在地头，心里却一遍遍地默念着，就像那个"拔苗助长"的人，总希望玉米苗立刻就长高长大。

等到玉米树长得齐腰高了，就是阳春三月了，和煦的太阳照着大地，玉米树也吸足了阳光雨露狠劲地生长，就像渴望成长的小孩子们。每当春风吹过，玉米树轻摇着青春的腰肢，集体跳起了舞蹈，一层一层的绿浪涌过去，由远而近，又由近而远，直到山的拐弯处，消失在山的背面。那时候我就会和小伙伴们来到玉米林的小路上，一边放着风筝一边奔跑。天是蓝的，地是绿的，我们就置身其间。看着远处劳动的人们，就仿佛掩映在绿色的海洋里；而他们从远处来看我们，我们也是掩映在绿海里的吧？如果能有那样一叶小舟，踏着绿浪的浪尖，撑着驶到绿海的深处，那该是多么美妙的啊。是的，肆无忌惮的想象就是我们的小舟，在那偏僻的大山里面，我们没有公园可去，可是我们有玉米林；我们的公园，在广袤的生机勃发的大自然里。

到了阳光更灿烂的五月，米黄色的玉米花屹立在玉米树的枝头，玉米棒吐出了浅白色的缨须，玉米林已经可以把任何一个走进去的大人淹没了。那个时候，新一轮的劳动又要开始了，除了继续刮草、施肥外，还需要防范老鼠。玉米林里的老鼠是非常猖獗的，人们辛辛苦苦像对孩子一般抚养起来的玉米树，刚结的玉米籽还没有饱满，老鼠们就先尝了鲜了；可是它们又那样的鬼祟，总在夜幕的掩饰下下手；人们往往是在第二天早上去检查，才发现啃落了一地的残渣，而那时候老鼠们可能正在洞里讨论昨天晚上的美餐呢，因此要气得人们暴跳。老鼠和人抢粮食，这是山里的人们必须承受的一场战斗。后来，人们想出了一些对付老鼠的办法，或者把一些番薯涂了药扔到地里，或者直接就在玉米棒上涂药，或者是隔三岔五地到玉米林里喷农药。虽然不能使老鼠绝迹，但算是在一定程度上压制着老鼠，尽可能地把损失降到了最低。然而，这场人和老鼠的战斗，远远还没有结束，一直到玉米收仓了，老鼠又大量地从地里涌回到村落里。而山里的人们，就是在一年一年，一代一代地和老鼠的战斗中，不停脚步地繁衍生息着的。

当玉米棒的缨须从浅白色变成深紫色，玉米籽就成熟了。那个时候，太阳光也开始变得猛烈起来，玉米树的叶子长成了深绿色，它们像舌头一般伸得长长的，彼此挨挨挤挤，仿佛走过了万水千山得以重逢的情侣，相互拥抱着接吻。暴露在地表上的根系，那样旺盛发达，预示着玉米林人生的巅峰——中年时期——已经来临。每年到了那个时候，人们就要到田地里采摘一些新结的稻穗和玉米棒回来，煮熟了摆上神台，烧着鞭炮拜祭谷神。这既是感谢过去一年谷神的眷顾，也是祈求来年风调雨顺。山里的人们，希望的不就是这样么？而到了那个时候，最兴奋的要算孩子们了。每天去放牛的时候，顺便就掰一根玉米棒，到了山上，或河边，或草地，就捡柴枝烧起一堆火，就带壳把玉米棒塞到火堆里烘烤。看着玉米棒的包壳一层一层地发焦，听着玉米棒的包壳燃烧时发出的"哔哔啵啵"的清脆响声，一边注意着牛们散落在山涧河畔埋头吃草，那真是一种比做神仙还赏心的美事。等到火势退了下去，把玉米棒从灰烬里拿出来，剥去剩下的包壳，终于就露出了金黄饱满的玉米籽，一股清醇馥郁的玉米香气就扑鼻而来。捏一颗在手，扔进嘴里，满齿流香。凭山高俯，隔河远眺，真有一种无边的骄傲，洋溢在心头。

  进入了八月初，太阳便毒起来了，炎热的盛夏酷暑真正地来了。然而这个季节，却是山里的人们最忙的时候，挖番薯收稻谷拔花生，一项一项都紧逼而来，稍微慢那么一点，就要落在后头了。玉米树经受着毒辣的太阳，头顶的玉米花已经焦干，叶子也从边缘开始往中心焦黄，玉米棒上的缨须已经变成深褐色，包壳变成枯焦的白色，采摘玉米的时节已经到了。无论大人小孩老人，全都出动了；人们顶着酷日，走进玉米林里掰玉米棒，一行一行地走过，惟恐遗留了一棵。叶子划过人的手臂和脸上，刻下一道道的血痕，再被太阳暴晒，汗水浸淫，那种痛在心里的滋味，只有山里的人们才知道；而那种因为收获而得的喜悦，也只有山里的人们才知道。然后，玉米棒采摘了回家，还要脱粒、晾晒、翻扬，同时就要选出颗粒饱满的作为种子，以备来年用。然后，就是存放玉米。看着粮食入了仓，人们一直绷紧的心情才终于可以放松了。

在家乡里，每天早上起床，家家户户都会熬一锅玉米粥，这就是白天里人们的饭食了；那时候是只有到了晚上，才能煮上一顿米饭的。要熬出一锅美味的玉米粥，也不是那么容易的。首先是拿玉米到加工厂里辗粉；在还没有加工厂的时候，人们用的是石磨。磨粉就已经是很讲究的，不能磨得太细，也不能磨得太粗；磨得太细就成了糊，磨得太粗就不粘水。当然，这还需要根据每个人的口味来搭配调整，通常就会分别磨出一些粗粒和一些细粉，然后按大致比例搅和在一起。要熬粥的时候，先用冷水把玉米粉搅拌开来；玉米粉见了水容易结成颗粒，必须用筷子用劲把颗粒打散。然后，就把搅拌好的玉米粉倒在锅里烧开的水中。然后，必须加大火势，而且还要用勺子不停地搅拌，不然玉米糊很容易胶底。特别要注意玉米粥快要烧开的时候，因为那时候会膨胀出很多的泡沫，一不小心就能满出来。当玉米粥烧开了，搅拌就可以停止下来了。然后，一直保持着沸腾的状态。要煮出美味的玉米粥，至少还要坚持熬两个钟头左右，如果时间太短当中的粗粒还不会爆开来，而只有爆开来了的玉米粥才算好吃。当然，上盆之前，还要在正沸腾的粥里浇一些碱水，以消去玉米的那种非常细微的辣味。吃的时候，可以放糖，可以放盐，也可以什么都不放；家乡里的人是喜欢放盐的。最妙的是伴着些小菜吃，比如：豆腐乳、腌菜、萝卜丝、芋头丝等。而通常来说，把玉米粥先搁放一段时间，等到有了些馊味的时候，更加妙不可言，当然馊味不能太重，太重就是变质了，这个道理，也许是跟臭豆腐的"臭"相类似的吧。我就觉得，喝一碗玉米粥，那是比朱元璋少年时的那个"翡翠白玉汤"更要美妙的。后来我就看到有些书介绍说，吃玉米粥能够舒活血气。我就恍然大悟，怪不得家乡里的女孩子们，脸色总是红扑扑的。那不是高原上的那种猩红，而是一种很健康很均匀的粉红；那样的粉红浸染在女孩子的脸上，是更加显得淳朴、水灵的。

秋天很快又来了，依然留在地里的玉米树，经过一个夏天太阳的暴晒，更加枯焦，变成了一种浅褐色。秋风吹起来了，整个玉米林发出沙沙沙的响声，像一个饱经风霜的男人坐在村子头吹笛。孩子们则有了新的玩意，有人就把玉米树上遗留的缨须采来，当作胡子贴在脸上；有人则将整杆玉米树折来，当成儿童团员站岗时握在手上的红缨枪；或者把玉米树上的头尾叶子去掉，当成是孙悟空的金箍棒，一招一式地你来我往比起武来；也有人拿小刀割出一段段杆秋，组装成小水车，拿到河边去冲浪。这个时候，我更喜欢的是到玉米林去游荡。尤其是傍晚的时候，秋天的落日映出了满天红霞，映照在整个玉米林上，有一种神圣的光，萧飒中不觉又有些凄美。那时候，我总是一个人，在玉米林里踽踽独行，直到深处。春天的一把种子，长成了一片玉米林；采摘了玉米，又是明年的种子，可以重新播种。这种反复的轮回，在我幼小而敏感的心灵里，投下了巨大的影子，我总觉得这里面一定是包含着什么秘密的。这种状况，一直到玉米树被砍掉了，挑回家去当柴火烧掉，整片大地变得光秃秃地一狼藉，冬天又来了，寒风呼啸着刮过，人们都躲进了屋子里，烤起了火堆，轻易不敢出门来，我才结束了在玉米林里的行走。可是，我心中的疑问，却一年累积一年。

后来，我渐渐长大，离开了家乡，到了县城去念书。然后，出来工作，离开玉米林是越来越远了。然而童年的那一片玉米林，却时刻地侵入梦中来。曾经听有人说，一个人的童年，会沉淀在生命的底层，就如煤矿沉淀在大地下面一样；一个写作者的一生，其实都是在挖掘童年沉淀下来的"煤矿"。我想，家乡的那一片玉米林，特别是秋天里踽踽独行的那一片玉米林，一定就是我童年沉淀下来的煤矿。如果说往后我能有什么作为，都是因为了那一片玉米林。童年里玉米林中的那个疑问，我至今没有找到答案。生活在我的面前，还是没有打开它巨大的箱子盖，我看不见里面的秘密。然而我又是多么想看见啊；于是，我从家乡的玉米林穿行而过，又必须继续地走进那片玉米林……

那天，有幸上酒店去吃饭。餐后，朋友叫了玉米粥。我当时真是惊喜交集，很久都没有吃到玉米粥了，想不到会在酒店里吃到。以我的孤陋寡闻，竟然还不知道玉米粥也上了酒店的餐牌。我记得当年，家乡的人们是多么羡慕城里人，总希望能够一天三顿都吃上米饭。到了现在，家乡里这个简单得寒碜的目标已经实现好些年了；人们如果愿意，可以一年到头都煮米饭。可是，白天的时候，家家户户还是会熬一锅玉米粥，吃玉米粥的习惯并没有改变，而是延续了下来。但也许，这并不仅仅是习惯吧，或者还有更深层的因缘。而一直居住在大山里的母亲，也许至今还不会想到，乡下人的玉米粥也登上酒店的大雅之堂了。服务员端了上来，小小的一碗，就是三块钱。要是母亲当时在场，她一定会很心痛的。我接过一碗，呷一口，只觉得寡淡，根本就没有家乡的玉米粥那股清香。朋友吃了一碗，还继续要，我却连一碗都再吃不下去了。家乡的那一片玉米林，就是在那个时候，突然地就浮上脑海来了。

(《羊台山》第07期)

印在泥土上

◎ 游利华

我从没见过我的奶奶，连照片也没有，当年妈妈过门时，奶奶已经去世六年了。

偶尔地，我会想象奶奶的模样，这个给予了我生命的人，她是个典型的农村妇女。一定像我在电视里千百次看见过的农村妇女一样，穿粗布衣裳，有糙黄的脸庞和关节粗大的双手。她们瘦弱单薄，仿佛一阵从庄稼地边上刮来的风就能扬跑她们，像扬走一粒麦粒，然后，在别的地方，继续生根发芽。

然而，爸爸和爷爷却告诉我，奶奶长得像舅公，像到了骨子里。

那不是一张美丽的脸，甚至也远远算不上清秀，倒有些像我在科普片中看到的原始人头像，颚骨高突，牙齿发达地顶起薄干的嘴唇，撑得整张脸如同我故乡连绵起伏的山岭。

半个多世纪前，我的奶奶带着这张脸进了爷爷家的门，媒妁之约，她一定还有些害羞，新婚夜里，头就快要低到尘土里去。我的爷爷，也一定紧张又迷茫，他不知道这个女人，将给他带来什么。

可是第二天，我的奶奶就脱下大红的新娘装下了地，扛着锄头，背着箩筐，一个上午下来，一块庄稼地在她手里被锄得舒展漂亮，中午，地头的爷爷还吃到了滚烫的汤饭，他长长的脸上，终于露出了一丝笑容。

一切还未开始就已结束，一切还未结束就已开始，并将永远继续。

村里人后来跟我回忆，我的奶奶平生就做了两件事，做农活，怀孕，连对面镇上的集市都没去赶过。

油灯如豆、长夜如兽，昏暗简陋的屋里，草渣和黄泥敷就的墙壁上，夜夜印着两个人的影子。队里的活计刚放下，奶奶又拿起了自家的活计，她在缝一件小衣裳，针脚绵密而细腻，油灯的光有些晃，她下意识地凑近了，觉得清晰了些，眼睛里闪的光补充了一部分油灯的不足，她必须尽快了，肚里的孩子欢腾地踢蹬着她，奶奶嗔怪地拍了拍肚皮，又望了墙角处收拾大葱的爷爷一眼，手中的花花绿绿大大小小拼凑起来的布块，安静而服帖，变戏法般成了一朵欲开的花。

乡村的夜总是宁静的，静得让人安分守己。

我不知道奶奶挺着肚子的模样。没有人向我描述，似乎那是再平常不过的事，村里的女人后来对我说："你奶奶想吃糖，身怀六甲，有一天早上，刚打完猪草回来，她突然念着想吃糖，说嘴巴苦，那个时候哪有糖啊，你爷爷狠命，有钱也不给她买。她念了两句也就不吭声了，转身进了灶房剁猪食，煮好了一个手提一大桶地出来喂猪，我们跟她说两句话，她还没答话，你爷爷就跑出来抓起扫帚追着乱抽，说她懒婆娘，就晓得日白（闲聊）。"

奶奶于是渐渐养成了沉默寡言的性格，她不爱说话，或许，她在心里说话。一个人不说话会闷死，即便是哑巴，也会在心里说话。地里的禾苗红苕小白菜越来越喜人，它们也是要说话的，于是，奶奶陪着它们说，风声雨声远远不够，它们越来越依靠奶奶，等着她温柔细碎的锄头，也等着她赤裸有力的小脚。

几个孩子也都跟奶奶一样不爱说话，生到了第三个孩子，才幸运地活了下来，紧接着，一连串的孩子也活了下来。奶奶的身后，大大小小地跟了一串，白天，他们在地里玩耍或帮忙。像某种地下的果实，奶奶一呼，他们就被破土拔起，连土带根地抱成团响应着。

我想奶奶一定累了，也倦了，她生养了七个孩子，最后，她一定提出过抗议，她不知道何时是个尽头，就像她坐在地里，歇息时也会望着远天黑豆般的鸟儿发呆，乡村的小路扭曲着伸向远方，直至无穷。这一茬一茬的庄稼，何时才能收获尽最后一颗？

她的身体，像土地一样年年孕育着种子，然后生根开花结实。但毕竟她的身体不是土地，不会越种越肥，三十几岁的人，已经老得仿佛从没年轻过，她的身体，在那个年代里，只是一个渡口。

然而庄稼活永远也忙不完，土地永远不能荒着，奶奶感觉到了无助与恐怖，除了一次次地怀孕生育，别无他法。

三十七岁的奶奶终于走上了最后的孕育之路。

那年，其实跟以往没有任何的不同，地里的庄稼在家人的侍弄下，要比往年长势稍好。爸爸回忆说，那时家里的日子在村里也不算差。米汤越来越稠不说，屋后边，还种上了数棵果树，龙眼、红柚，甚至养了一只浑身雪白的羊。兄弟姐妹们相继长大，爸爸领着他们从地里收稻谷，金黄的稻谷装了一谷仓，摘下的红柚甜甜地吃过了，奶奶便托人从集市上买来成块的廉价红糖，细心地削下红柚皮的青层，余下白瓤，拌上自家酿的玉米糖，熬陈皮糖吃。

窗外寒风依然凛冽，乡村的夜，安详而亘古，种子埋在泥土下酣睡，蔬菜掩着嫩绿的叶子沉睡。奶奶守着灶屋的一炉微火，身边围着她的孩子们，他们鸟一般叽叽喳喳了一阵仍然不肯睡去，小脸在炉火的映衬下，好看得似成熟的苹果，锅里渐渐溢出了陈皮糖诱人的香味，是那种清甜的香，伴随着一丝苦涩和麻酸，一屋子人的心都有些雀跃了，连油灯也在黑乎乎的墙上舞动着影子。

可那年的陈皮糖却成了最后的甜，爸爸说，自那以后，世上再无陈皮糖。

奶奶死了。不久后的一个漆黑的夜里，死在镇卫生所冰冷的床上。

那第八个孩子胎位不正，他也许急于来到这世上，用他的脚印下足迹，奶奶如何努力，他都不肯依顺。一阵紧似一阵的阵痛使奶奶疯狂地在床上地上打滚，号啕大哭，她不相信，生了七个孩子的她，会被这个孩子难住，就像她不相信，辛苦侍弄的庄稼，竟然结不出果实。

直到黑夜不那么深了，他还不肯出来。整整一天，奶奶终于无力打滚嚎叫，一阵恐惧浓重的阴影一样袭上她的心，她知道，天不会亮了。

但她仍不甘心。天色却越来越黑。

水，她说，虚弱至极。

水，她又说，简短清晰。

但爷爷和爸爸当机立断拒绝了她，大夫一再嘱咐，不能喝水。

水，奶奶终于忍不住了，声嘶力竭，她几乎要跳起来，但由于实在太虚弱，只能一遍遍地扯着喉咙，爸爸说，她的喉咙一定喊破了，身体不停地挣扎，他和爷爷两个男人，费了浑身的劲，仍没能止住她，她像一尾搁浅的鱼，也像一块龟裂多年的土地……口中重复地喊着那个铿锵有力的字：水。

她渐渐不再挣扎，第一缕阳光自破旧的窗口射进来时，她早已安静下来，脸上带着痛苦扭曲的表情。

十多年后，我第一次见着了我的奶奶。

那年我刚开始记事,五岁不到的年纪,临近年关,爸爸领着我去村子旁上坟。

在一片庄稼地与竹林相交的边缘,奶奶静静地躺在那里,土包堆就的坟头长满了浓密的青草。爸爸燃上两支香说,跪下,给奶奶磕头。小小的我使劲地抽了抽鼻子,真冷呵,故乡的冬天,永远阴冷潮湿,庄稼里却依然一片盎然的绿,那绿,是最浓最碧的绿,快要出油来。于是,我听话地跪下,稚嫩的膝盖一半搭在坟边,一半搭在庄稼地里。

(《羊台山》第 07 期)

甘棠，甘棠

◎ 项丽敏

一

距离太平湖18公里处有个小镇，名叫甘棠。每个周末，我会坐上前额贴着"甘棠—太平湖"标牌的蓝色公交车，半个小时后，在太平国际大酒店门前下车，穿过一条马路、一条街，拐一个弯，就到家了。

甘棠是我的"家"之所在，也是黄山区（原太平县）的区府所在。

到黄山来的外地游客总是弄不明白黄山究竟在什么位置，以为到了黄山市就是到了黄山，其实呢，到了黄山市只能说是到了徽州的心脏，这个心脏又名"屯溪"。

黄山的南大门、北大门、西大门和东大门都在黄山区的境内，游黄山的客人通常是从南大门或北大门乘索道上山，夜晚的住宿若不在山上的宾馆，就在山下的汤口镇或甘棠镇。

甘棠镇是黄山脚下一个有着千年历史的镇子，土生土长的本地人都会说一口"太平官话"，不会说的人有可能是外地移居来的了。这里的日常用语倒并不是太平官话，而是混合了方言和普通话的另一种语言——"太平普通话"。居民们使用太平普通话在菜市场购买食蔬，和邻居聊天，和同事交流。在家里，亲人间使用的通常还是太平官话。

在我家则是双语交叉使用。嫂子不是本地人，虽能听得懂太平官话，却不会说。侄儿从一出生接受的就是太平普通话，进幼儿园后，舌尖上的元音日渐纯正起来，向标准普通话靠近了。

甘棠不是我常居的地方，但那里有我的手足亲人，是我每到周末就想念的地方。

如果在周末有人问我在哪里，我会说：回家了。

如果在周一有人问我在哪里，我会说：回湖了。

二

甘棠镇的地名源于"甘棠遗爱"的故事。我知道这个故事，是从母亲的成语词典上看到的。

母亲当了几十年的教师，几十年的时光里，母亲在夜晚的姿态都是灯下伏案的样子。电灯的瓦数低，就套一个帽檐型的白纸罩，把昏黄灯光聚笼成一束。母亲一手扶着额头，一手捏着墨水笔（指尖染着红墨水迹）。案前是高过头顶的作业本，一只圆脸细脚的闹钟和两本厚厚的字典。

母亲查字典的功夫是可以上吉尼斯纪录的，只要说出一个字，她就能准确地翻到那个字所在的页码，丝毫不差。几十年，朝朝暮暮陪伴她的字典犹如一位亲密爱人，一页一页的内容都烂熟在她的心里了。

少年的我对母亲这一本领极为佩服，也常把字典翻动着，暗想着能够像她一样，那样，伙伴们和班主任也就会对我刮目相看了。

不久以后,那本军绿色封面的成语词典便像是晚秋之菊,每一页都卷了角、起了毛,面目迅速苍老。而石青色封面的新华字典还是原先的样子,只留下我几个不太明显的指纹。

每一个成语背后都有一个故事,这是我热衷翻看成语词典的原因。

我在短短的时间里熟透了那些成语和故事,并把成语铺张地、强硬地镶嵌到作文里,希望得到班主任的称赞和青睐。果然,原本对我并不看好的班主任态度大变,报喜般告诉了她的同事——我的母亲,"你女儿作文写得真好哎,会用不少成语了,是你在家辅导的吧?"

"我没辅导啊?"母亲抬起眼皮,有些诧异,又掩不住几分高兴。

"没辅导?你女儿连'甘棠遗爱'都会用了……"

"甘棠遗爱?这孩子真不得了了!"母亲的脸色一下子涨成茄子。

后来的结果是——我被母亲揪着耳朵,翻开作文本,给她读那篇堆砌着很多成语,其中也包括了"甘棠遗爱"四个字的作文。

这真是一个误会。能将新华字典熟烂于心的母亲,对成语的了解却是平平,不知道"甘棠遗爱"是一个很美好的成语。她只敏感于"遗爱"这两个字,并坚定地认为这两个字对年少的我是有毒的。

"甘棠遗爱"的故事源于《诗经·召南·甘棠》,说的是在三千年前,西周周成王即位后,因年幼,便由叔父召伯辅助其治理天下。召伯长年在民间巡行了解民情,为百姓排忧解难。每到一地,召伯只在路边的大树下搭个草棚宿夜,宁愿居住在不曾修剪的粗陋草棚里,而不去打扰当地老百姓的日常生活。

召伯去世后，老百姓长久而深情地怀念着他，对曾经为他遮阴的甘棠树也百倍地爱护起来，不忍砍伐了。百姓们编起歌谣，一代代唱颂着召伯的功德——"茂盛的甘棠树，不要剪不要砍伐它，召伯在这里露宿过；茂盛的甘棠树，不要剪不要伤害它，召伯在这里休息过；茂盛的甘棠树，不要剪不要折断它，召伯在这里暂住过。"

春秋时期，孔子也极其敬重这位先贤，就把这首歌谣收录到诗经里。因此便有了"蔽芾甘棠，勿翦勿伐，召伯所茇；蔽芾甘棠，勿翦勿拜，召伯所说。"

"我看见甘棠树就像看见了宗庙，肃然起敬。"孔子说。从此，华夏大地有了许多以"甘棠"命名的山、水、村、镇。

三

十七岁以前，我住在一个四面青山的村子里。村里的人多数姓"项"，说的都是太平官话，每家都种着茶园，住一样高的房子，穿一样款式的衣服，吃一样内容的饭菜，连女孩子们头上的蝴蝶结也是一样的，只是颜色不同。

村子里最老的老人是我的祖母，我叫她"耄耄"（太平官话的发音）。耄耄不是我的亲祖母，而是父亲的伯母。我的亲祖母在父亲还是少年的时候就离开村庄的瓦屋，移居到一座馒头模样的茶山坡上去了。这座山坡是村庄的另一个部落，祖父和更老的先人们都在这里。除了风、草、阳光、鸟虫和小兽的声音，这里再没有别的喧响，一派安静与祥和。

每天的晌午，耄耄总是坐在剥落了石灰露出黄土芯子的院墙下，和邻居的老太太叨着山上那些先人的旧事，从山上吹过来的风和阳光轻轻附在耄耄的肩上，吻着她多褶的额头，立刻，耄耄的额头有了亮光,先人的形象在耄耄的记忆里一个个起身,气息和容颜通过耄耄细碎的讲述复活过来。

"天聪的祖公在甘棠开的是药材铺子,头些年生意红火得很,买了房子扩了门面,后来也不知是中了什么邪,一头扎到烟炕(鸦片)里去了,把家产一点点败个精光……那样精壮的人,走的时候就只有一把骨头了……"

天聪是我父亲的名字,耄耄说的是我曾祖父时期的事情。

"天聪的老子从小就能写会算,十八岁就担了家,在甘棠的纸伞坊做账房先生,他办事仔细,为人和气,得东家的信任,可惜不长命,一场伤寒说倒就倒了……"

"天聪的恩姆(母亲)是个好德性的人,对家里家外的人都和善,没见她动过脾气,只是身体总不好,生小命(小孩)太多了……天聪的恩姆硬是观音土吃多了胀死的,那几年闹饥荒,她把米都省给儿女吃了,我病倒的时候还给我煮过粥端到床前……她自己舍不得吃一粒米,饿了就吃观音土……天聪的恩姆临走钳住我的手把子说,嫂姆,天聪这个末脚儿,就过继把恩(你)做儿子噢,托恩照应了……"

耄耄断断续续说到这一节的时候,总要停下,捏住衣拐抹一下眼角。

晌午的阳光昏黄暖洋,一直到傍晚才离开了耄耄的额头,翻身跃出剥落了石灰的院墙,提脚回到那座馒头型的茶山坡上,落下去,落下去。

耄耄对先人和前尘旧事的讲述从不厌倦,即便是重复的,却很少说自己的故事,似有不愿提及的苦痛。

和耄耄有关的故事我也知道一些,是从母亲那里听来的。

耄耄的娘家是在南京,开着茶行,每年的春天,四五月里,耄耄的父亲就会带着伙计到黄山,落脚在甘棠。太平猴魁和黄山毛峰是远近闻名的好茶，开茶行的商人在新茶上市的季节都会云集于此。

有一年春天，突然下起桃花雪，耄耄的父亲在来甘棠的路上受了风寒，到客店就病倒了。也是天意，我曾祖父那天刚好起了个早，洗过面后端上沏了猴魁的紫砂壶，在街上闲逛着赏雪。春雪如梦，而桃花雪就更是难得一见的好梦了。街上多数的店铺都还关着，屋前桃李初绽的树枝上托着琼瑶，屋檐下悬着冰绺子，瓦缝里缩着麻雀，青石板的街道上铺着干净的雪，踩上去咯吱咯吱地响。曾祖父饮下一口香茶，心里很惬意，觉得自己就像是这个早晨的郡王。忽然地，从街拐角走来急促的咯吱声，一个急慌慌的人进入曾祖父的视线，曾祖父叫住了他，问他有什么事，那人指手画脚说出一串外地口音的话，曾祖父很费力地听懂他的意思，知道是有人在客店生病了，需要救治。曾祖父虽不是中医，但因开着药材铺子也懂得一些医术，便跟随伙计去了客店，没一会儿又回到铺子里，配了几副中药，让铺子里的小伙计煎好送到客店。

就这样，曾祖父和耄耄的父亲认识了，结拜了干兄弟，后来又成了儿女亲家。耄耄从南京嫁过来在甘棠住了三天，后来就住在这个姓着项的盛产茶叶的村子里，再也没有去过别的地方，甚至没离开过村子。

四

1984年，我第一次听说"黄山"，是在张明敏演唱的《我的中国心》里。那时我并不知道黄山其实离我很近，近在咫尺，只要翻几座山过几条河就到了。当我唱着"黄山，黄河，长江，长城"的时候，还以为黄山像长城一样遥远。

太遥远的远方形同虚设。可以到达的远方才是可以想象和盼望的。

甘棠就是我那时盼望的远方。从甘棠买来的涤纶衣服是好看的，从甘棠捎来的蛋糕甜点是好吃的，从甘棠乘车而来的女子是洋气的，而住在甘棠的人就像是住在世界最美好的地方了。

我的姨妈就是住在那个美好的地方。

姨妈比我母亲大六岁，是母亲娘家唯一的亲人。母亲在山里教书，少有空闲出门，更别提去甘棠了。不过母亲每年还是有两次机会可以出门的，一次是暑假，一次是寒假。母亲把这两次出门当做她的重大节日，假期临近的时候就眉梢轻扬，默默地开始兴奋了。

这两次出门也是母亲暂时逃离那令她身心疲惫的生活的机会——这一点是我很久以后才领会到的。一个人在相同的环境里生活久了，会感觉那没来由又消解不掉的厌倦与疲惫，仿佛生命的源泉因受围堵而枯竭，因受压抑而窒息，渴望着离开深陷的生活泥沼，出走到一个陌生而自由的地方，一个可以改变自己角色和状态的地方。

甘棠对母亲来说就是这样一个地方。

"到甘棠去"是母亲所说的最快乐的话。母亲说这句话的时候通常穿着她平日舍不得穿的好衣服，浓密的头发梳理得一丝不乱，一侧别着一根夹针，脸上比平时也光亮了不少，搽了雪花膏的效果。母亲的手里会拎着一个细篾篮子，篮子里装着茶叶、干笋、鸡蛋、金针菇、黄豆和绿豆，这些土产是送给姨妈家的礼物。

"这是哪里去呀？"村里人问。

"到甘棠去！"

母亲去甘棠常会带着我，把哥哥留在家里，这是假期前说好的，谁的期末考试成绩好就带谁去。我的成绩在班级并不算好，和哥哥比起来从没落后过。也有一些时候母亲会一个人去甘棠，谁也不带，这种时候是母亲最渴望独自呼吸的时候吧。

我第一次看烟花是在甘棠，那究竟是哪一年呢？不记得了，只记得是正月十五，站在甘棠最高的楼上——百货大楼的楼顶。楼顶上站满了人，都是伸长了脖子看烟花的。

我的身边站着母亲和姨妈，我们仰着头，在烟花的声音里惊呼着，手舞足蹈，快乐到忘形。

姨妈说那是新中国成立以来甘棠第一次放烟花。之前是什么时候放过烟花呢？烟花总是和盛世庆典相关的，就像是一个人家富裕了以后忍不住的摆阔和铺张。

"我从南京过来，到甘棠的那天晚上，满沓（街）都放了烟花，还摆了戏台子，烟花放了三天，戏唱了三天，酒喝了三天……后头再没看过烟花了，那么好看的烟花，看过一次一世都记得，冒（忘）不掉。"当我回家把这情形夸大几倍说给耄耄的时候，耄耄瘪了瘪嘴，用那因漏风而不清的口齿说起她看过烟花。

那已是七十多年以前了呀，那时的烟花和现在的烟花一样吗？

初到甘棠的耄耄是时髦娇气的小姐，讲着一口南京话，没多久就会讲很地道的太平官话了，过了几年，成了守寡的妇人，翻过一年，又丧了儿子。1937年12月13日以后，耄耄失去了娘家所有人的音讯，后来长长的年月里，再也没有人给她捎来南京好吃的梅花糕和盐水鸭了。

五

十七岁那年我独自去了甘棠，去读书。

直到那时我才知道甘棠之所以叫甘棠，除了"甘棠遗爱"这个典故，还因为近郊的几百亩土地上遍植了梨树。

甘棠就是梨树。

我去过一次梨园，在四月微雨的周末，和班上要好的女孩一道，骑了自行车，穿街过巷，飞驰于开满油菜花的田野，半个小时后到了梨园。梨花如海，雪白芬芳的海，女孩们鱼儿一样融入海的泡沫中，张开双臂，像游又像飞，千万朵梨花和着细雨，以飞舞的姿态从树梢降落，降落，落在女孩们的发间、眉上、脸颊上……女孩们用美丽的身体承接着梨花的轻俏与芳香，年轻的欢声也像梨花一样漫天飞舞。

这些梨树是哪一朝种下的呢？种树的古人早已化作尘埃，而一代代的后人仍在品尝着果的甘美，迷于花的芳颜。

在甘棠读书的几年里，最喜欢的事情就是在周末和同学一起逛老街，在糕饼坊吃一种名叫"鞋底酥"的点心。鞋底酥有手掌一般大，模样酷似鞋底，一层层的酥皮，油黄松脆，上面镶着细碎的葱花。喜欢吃的还有新出锅的糖糕和糯米发糕，这些在乡下过年时也能吃到，而在老街是随时都可以吃到的。

老街的人家多姓崔，这一点光看门楣上的招牌就知道了——"崔家面馆""老崔理发店""小崔修理铺""崔氏中药铺"……

走在青石板的老街上，我常会在心里想象着它很久以前的样子，恍惚中，觉得我的曾祖父就在街道某处，身着青绸长衫，托着褐色的紫砂壶，漫步着。

我确实在老街遇见过曾祖父，在十八岁的秋天。

那天我穿着一件崭新的碎花泡泡袖衣衫，手里提着一个搪瓷食盒，食盒里装着热乎乎的糖糕和发糕，我买这些是带回村子给耄耄吃的，耄耄早就没有牙了，每天喝着粥和米浆，吃一些糯软的甜点，耄耄喜欢发糕的口感，"猫软猫软的，好吃。"耄耄说。

在经过"崔家面馆"的时候，里面忽然冲出一个人，狠狠撞了我一下，搪瓷食盒脱手而去，滚到路边，落进了河里。河水幽深缓慢地流着，从街头流到街尾，食盒很快沉了下去，在河底隐现白影。撞到我的人是个孩子，见自己闯了祸吓得不敢做声，我顾不上责备他，寻来一根竹枝，跪在河边努力地打捞着食盒，就在这时，我看见了清幽的河水中浮现出一个身影，穿着对襟布褂，方额长耳，慈眉善目，温和地望着我说，"小敏别捞了，你耄耄不会吃了。"我心里一动，手也禁不住颤了一下，回头看向身边，除了那个小孩和闻声而来的几个妇人，并没有所见的身影。可能是我看花了眼听错了声吧？我想。

那天是周末，也是我的生日，母亲在一周前就打招呼让我回去，说要炖乌鸡汤给我吃。我穿的碎花泡泡袖衣衫就是姨妈头天送给我的，"真快啊，小敏十八岁了，大姑娘啦！"姨妈望着我脱下旧褂试穿新衫时，感叹道。

那天我没有能够捞起食盒，河水太深了，捞不上来，而且我的心里无端地不安着，似有一个声音在催着我：快回村子里去，快回村子里去。

我重新买了一些小蛋糕，骑上自行车回村子了。来甘棠读书时，父亲特意为我买了一辆轻便自行车，在车头安了一个小车篮，里面可以装下书包和一些零碎东西。从甘棠骑车回村要三个小时，一路的田园风光总是吸引着我，诱我停下来，把车支在路边的树下，奔跑到田间，穿过一亩一亩的金黄，再穿过树林、沙滩、大桥，在白苍苍的芦苇丛里躺下来。

大桥下的河水在秋天很浅，曲折蜿蜒，露出了河心的巨石。而在春夏时节，河水会突然间汹涌而至，狂暴地吞没大桥，也吞没一些在桥中央无处可逃的人。我初中时的一位女同学就在过桥时被吞掉了，她是个很漂亮的女孩子，名字我还记得，叫"秀丽"。

那天我没有在路上停车，尽管路边的野菊花一个劲地招呼着我。"下次再来看你们吧,今天我要早些回去。"我抱歉地对菊花们说。

很久以后,当我一次次地在梦里见到耄耄时,仍然是那天下午的情形——耄耄靠在房门边,用微弱的声音喊着我,"小敏,过来给我贴膏药……肚子疼……"我走过去,接过她手里的膏药,就见她沿着门框滑下去,我一把抱住她,然后在她脸上看见一抹诡秘的、最后的笑容……

在整理耄耄的旧物时,父亲从她床头的红木箱子里翻出一些发了黄的照片,父亲说他以前也见过这些照片,"这个人就是你祖父,边上这个是伯祖父,前面坐着的是你曾祖父。"

我的目光盯着照片上坐着的曾祖父——方额长耳,慈眉善目,和我在老街的河里见过的那个身影毫无二致。

耄耄是在九十三岁时移居茶山坡的,和她早年过世的丈夫、儿子在一起了。

耄耄是这个村子里最老的一片树叶。这片树叶所经过的岁月里有战乱、有饥荒、有天灾、有人祸。风吹浮世,那些比她更厚实的树叶都纷纷地落了,而她却始终悬挂在枝头,以孤单多病的身躯穿过了悠长悠长的季节。

六

二十岁的时候,我离开了甘棠,来到18公里外的太平湖。

我在甘棠读的是旅游学校,这就意味着以后的工作将和旅游行业有关,要么去黄山当导游,要么在山上或山下的某个宾馆工作。我很想留在甘棠,希望能被临街的一家宾馆或旅行社录用,那样我就成了甘棠人了。做一个甘棠人,这是我当时的理想。只是我没有能够实现这个理想,我的工作落在了湖边,在被称做

"黄山情侣"的太平湖风景区。我成了独居于湖边的人。

已经过去很多年了。

距离我第一次在甘棠看烟花很多年。距离我在春天的梨园撒欢儿很多年。距离我在甘棠老街吃鞋底酥很多年。距离我在老街的河边遇到曾祖父很多年。

当我回想起这一切的时候，一切就像是昨天的事情。一切也像是从来没有过的事情，是我的想象，是一场梦，一部讲述时光的电影。

"时光，时光是一个谎言，时光是不存在的，我们也是不存在的，一切不能永恒的东西都如同谎言，是不存在的。"——这是我最近在一部电影里听到的台词。

我在另一部电影里也听到过和时光有关的台词——"你想进入时光隧道？当然可以，只要排除你现在生活里的一切事物，在头脑中想象那个时代的人、服饰、情景，一直想一直想，不要停止，你就能到达。"

第一段台词出自《日落时分的爱》。第二段台词出自《时光倒流七十年》。这两段话是相悖的，又都是有道理的，很有意思，我喜欢它们。

召伯存在吗？如果没有《诗经·召南·甘棠》，他是不存在的。我的曾祖父存在吗？如果耄耄从不说起他，他是不存在的。耄耄存在吗？如果我不再记得她，她是不存在的。我们只存在于和我们相关的人的记忆里。即便离开这个世界，只要有人记得就是存在的。

当和我们相关的人的记忆也消失了，又怎么证实我们存在过呢？

种梨树者用梨园证实，作书画者用书画证实，作音乐者用乐曲证实……而无法证实的存在确实像一个虚无的谎言。

萨特说，生活本是一片虚无，全靠自己赋予生活以意义。

为了确定我的存在，并给眼下的生活赋予意义，从周一到周五，我在湖边，在自己的房间里，面对日出日落缓缓书写着。就像母亲当年用纸罩聚拢昏暗灯光一样，我在用文字聚拢，聚拢那些散落于生命角落的细碎光芒，与履痕。

（《羊台山》第09期）

我的感怀
——主编手记

◎ 范 明

逝者如斯，一年即将过去，《羊台山》杂志今年四期的任务也即将完成。

今年是不平凡的一年。国家发生了许多大事、喜事，以及悲事，在我们心底里留下了难以磨灭的印象。这种大喜大悲，一生当中能遇上几回呢？我们的生命因此也刻上了时代鲜活的烙印。

在基层，在这样的一个日常工作繁冗、压力日显突出的街道，能静下心来编辑一本杂志，不是一件易事，个中滋味或许只有我一个人能体会得到。这里所指的静心，是编好一本杂志的前提。倘若不静心，杂志所表现出来的信号也将是浮躁的。然而，我深感静心的不容易，甚至有一丝的惶然。面对整天扑身于一线的同事，我所做的工作是否过于风花雪月，尽编着一些美好的抒情的想象的文字。

然而，这种想法一定是狭隘的。文化的传播是潜移默化的渗透，在安静中的渗透。同时，它也蕴藏着时代的历史瞬间，一个正在进行又行将过去的瞬间，是一部时代的心灵史。文字所表现出来的是人生的理想，理性的思考，美好的表达，是人们心中的梦和灵魂安放的地方。而这一本杂志，正慢慢地在沉淀，沉淀着街道内含的一些文化的因素，一种人文的情怀。如果从功利的角度去看，这就是它应有的功利，它的作用及价值所在。

我们有时慨叹，现在已经没有闲情逸致去思想了，紧张的忙碌，已使我们身心疲惫。在基层，高谈文学，阔论文化，似乎有些奢侈。然而，一个地方，如果没有文化的韵味，将会失去长久的生命力。那是不用张扬就能透露出来的文气，那是永不枯竭的灵动的源泉，那是一个地方的气质。同时，也会让我们清醒着，我们现在所做的一切，所付出的努力与辛苦，终究是为了什么。

试想，若干年以后，值得珍藏和久久回味的，一定是我们在工作中一起走过艰辛和欢乐的那一分真诚与真情，以及其中闪耀着的珍珠般光芒的文字。《羊台山》这样一个小小的杂志，或许并不能代表什么，但是它在朝着一个美好的方向默默前行。

在此，感谢那些理解、关心、支持和爱护这本杂志的所有朋友，并真诚祝愿一切都好！

2008年12月于深圳大浪

（《羊台山》杂志第09期）

想喝一杯葡萄酒（外一篇）

◎ 千里烟

此时此刻，在这冬夜，想喝一杯，一杯玛瑙般荡漾着丝绸华光的葡萄酒。要全汁的，有一点点苦涩，一点点甘甜，如你醉人的目光流淌进我心里。

我是干涸的，干瘪的，干瘦的营养不良的女人。需要灌溉，不仅仅只有滋润。

我是江南女子，从小，我的脚丫是印在长满浅浅茸毛的青苔上的。我的生活潮湿不堪，所以，我的每一个毛孔每一寸肌肤都渴望懒懒的、暖暖的阳光。

给我倒一杯吧，那缕躺在帅气的笔挺的酒瓶里的残阳。我一定把它一饮而尽，就像一线瀑布，从悬崖边无畏地一跃而下，玉碎，玉碎了。

你在我的对面坐下来，看着我。嘴巴不要动。我知道你想说什么。你让我静一静，静一静，静静享受一下生命中如此难得如此美妙的时光。

我这一辈子，呵，也许还没有资格这么说。反正，只要你能懂得就行。我这一辈子，喝的酒也不算少了。有米酒（如果也算酒的话）、黄酒、啤酒、白酒……当然，还有葡萄酒。

夜已经深了，现在，我冰凉的手指还在键盘上敲打，还念念不忘葡萄酒，这是为什么呢？

床头曾经放过《圣经》，里面至少有521次提及葡萄及葡萄酒，可那是很久以前的事情。现在，为什么我莫名其妙地想喝一杯葡萄酒？

我听到了乌鸦的歌唱，还有花朵枯萎的声音。尽管春天已经潜伏在黑夜中的窗台上，会在趁我不注意的某个清晨降临。我知道，妇产科的医生会穿着白大褂在手术室等着她，摇篮边上已经缀满鲜花，完全绽放的、没有那种会让人看出分娩痛苦的花骨朵。

除了葡萄酒，我又滋生了新的欲望。我渴望你的吻，还有抚摸。酒，是对我身体内部对我五脏六腑的触摸；吻，是对我外壳的碰撞。

求你，嘴巴不要动！不要对我提起尼采！狄奥尼索斯！就不能让我安静安静！

举杯——

世界上没有两种相同的葡萄酒。葡萄酒是有个性和生命的。就像人，坚硬的外表内藏着柔软至极的东西，有人说那是水，有人说那是泪，有人说那是血，还有人说那是风，那是往事和记忆，更有人说那什么都不是，那是空气。

终于，你看到我的眼泪了。我藏不住，或者说无处可藏。

酒把我点燃了。把我们这样潮湿无比的江南女子点燃了。很好，我需要生命的火种，还有燃烧的过程，虽然我知道结果是灰烬，是黑色，是尘土，是空。

因为我不喜欢阴冷的生活。

耳边恍惚响起遥远的歌声，从古希腊剧院传来的大合唱，还有史诗、雕刻、绘画、舞蹈……它们都变成歌声更近更近地飘来，我嗅到了葡萄酒的芬芳，那种雪藏多年的葡萄酒的陌生与羞涩，那种与世隔绝的生涩模样。

一个声音说:"只有作为审美现象,存在和世界才是永远合理。"

我记住了尼采的话:只有当意识到我们自己乃是一艺术品,人生不过是一场正在上演的悲剧,我们才能信心百倍地生活。

来,为了健康,干杯!看这葡萄酒在杯中旋转舞蹈,酒杯雕刻了它。

绿 豆 浆

口味堂很色。

这是我踏着墙根的残雪步出口味堂时脑子里冒出的第一句话。

这家湘菜馆敢在九头鸟的地盘上开饭馆,确实是需要底气的。走南闯北,一直认为:好吃的东西还是在家乡。每次从外地回来,拖着行李箱,一出武昌火车站,我就如同一个多年未端杯的酒鬼掉进陈年老窖,一身的疲惫在臭豆腐的香味里飘散了,或者,它们钻进了臭豆腐里,把我的慵懒洒上一勺辣椒,于是,一个激灵地清醒过来。九头鸟改名为十头鸟百头鸟恐怕更酣畅些,恨不得自己长十张嘴,把魂牵梦绕的家乡小吃一一尝遍。

现在,从社科院植物研究所植物园赏雪赏梅出来,钻进朋友的车,耳朵里于是就出现了一个口味堂。

一个怪怪的名字。

只知道朋友要把我带到那儿去吃饭,至于为什么一定要从植物园到卓刀泉去吃,我只觉得可笑。我就不信偌大的武汉三镇就不能随随便便地找一家吃的,好吃的,吃得好的。这好比有些女人爱男人,死死的偏要爱此一个而非彼一个,甚至投河上吊绝食殉情,结果塞进花轿,到第二年,一个大胖小子在怀里奶着呢,彼男人成了此男人，女孩已经小女人，一脸的幸福状。

一样的理儿。

到了卓刀泉。相传蜀国大将关羽曾驻兵于武昌伏虎山麓一带，当时部队缺乏饮水，"羽用刀卓也"，于是"水涌成泉"，故名卓刀泉。距离口味堂不远，我看到一个院子大门外写着"提高警惕保卫祖国"的标语，朋友说这里是部队。车进了口味堂所在招待所的大院停车场，竟然发现：口味堂的正门是在院子里的，根本就不在马路边。做生意，连门脸都不给人家看，你看这做生意的底气！食客怎么进来呢？一掀开帘子，才知道担心是多余的，自己也是自作多情了，人家口味堂里济济一堂，根本就没有你的座儿。想吃？等着吧！生气？那可是你自己的事儿，如果你不想尝口味堂的口味的话。

铁打的营盘流水的兵，好在里面的主子是流水，有已经吃完的，从小椅子上站起来，把经过口味堂洗礼的小嘴儿在餐巾纸上晃悠几圈。人家的结局，我们的开始。顾不得在我们后面或者同时到的陌生人，朋友抢过小桌，一屁股坐下，仿佛那屁股就是一枚公章，盖上了就是自己的。可怜可叹！此时的口味堂在朋友眼里就是一美女，朋友什么丑态都显现出来。在车里，朋友就曾回顾自己大学时代的阅美心路历程，说他与一同性同学曾于一阴雨天在一饭馆里吃饭，他与同学相对而坐（注：注视无火花碰撞）。突然，他发现离他不远处有一女孩，那种美惊得他目瞪口呆，过了好久才记起扯同学的衣袖，神秘地说：回头，你身后有一美女，嘘——别吓着她。同学不以为然，在他的劝说下回头，果然，惊为天人。朋友回忆那天的场景时说：当时光线很暗，但是，不知道为什么，那个女孩子坐在那里，整个大厅异常明亮，很多年过去，这一幕还不能从记忆的舞台退场……

我耳朵里除了一股酸溜溜的嫉妒再没有别的，想到什么玉米凉粉之类的粉丝专门用语，我脑子里把朋友定义为"堂客"。拿过菜单，想通过大的数字来发泄自己心中对朋友好色的不满。面前有一款冬令口味精品菜单推荐：张飞狗肉煲。下面如此广告词：狗肉滚三滚，神仙站不稳。闻到狗肉香，神仙也跳墙。正要点张飞这厮，朋友说：今天既然我把大家带到这口味堂来，我就要对大家负责任，今天我们既不要这俗的张飞狗肉煲，也不点那雅的雍正羊肉砂煲，我们就来壶绿豆浆、黄黄的南瓜汤、五彩笋衣，外加一盘绿莹莹的剁椒鱼头怎样？朋友见我们不吭声，说：不是我小气，要大家来吃忆苦饭，是因为我来得多，当然知道哪些好吃哪些更好吃。

　　于是，等着上菜。

　　和我们平行放着的一张桌子上大概有10个女子，清一色，在口味堂掀起一阵阵热浪。她们好像是一场同学聚会，而且是拒绝老公参加的聚会。也喝酒，把中年女人的真性情演绎得活灵活现。朋友转过身，又看，我们一帮在座的说：里面好像并无美女。朋友回过头，说：也别有一番美。

　　唉，如此坦然可爱的好色之徒！

　　最先出场的是装在玻璃瓶里的绿豆浆，浅绿的曳地长裙，缀着精致的花边，亭亭玉立站在我们面前。当她倾斜身姿舞蹈的时候，把那一泓泓清亮清凉的绿倒进我们心里。先呷一小口，把它涂在舌尖舌面，然后，敞开了胸襟去拥抱这个精灵，让她把青春永远张扬在心里。

　　我一直不明白绿豆浆的绿从何而来。蹙眉问：是否色素啊？狐朋说：看着不像。狗友点头说：对，不像。朋友也就是那位"堂客"肯定地说：不是。我哑巴哑巴嘴，也觉得是。这绿来得蹊跷，来得有点儿非同寻常；它淡淡的，淡得稍不留神，那绿就溜掉了；它酽酽的，浑厚中带着稚嫩的沧桑；它仿佛刚从油画里逃来，因为被狂放的画家鞭答，它惊恐的眼神中还饱含泪汁。

她是从江南逃来的女子，寄人篱下，在这灯红酒绿里让自己的霓裳被人消费，她飞扬的裙裾，被舌贪婪的肉欲席卷继而撕碎；她是丝绸璞玉，她把自己的坚毅凝固为一种味道，让食客的神经在若干年后能在一秒钟识别。

人声鼎沸的口味堂刹那间静寂了。

那些陆续粉墨登场的南瓜汤、五彩笋衣、剁椒鱼头……因为这个绝色女子，所以，我已经记不得它们的模样。

沉默的间隙，我们临桌又坐下两位穿运动衣的女生，头发湿漉漉的，头顶仿佛在冒热气。我们把眼光扫到朋友脸上，果然，他的视线如同抛出去的网球，已经落在了女孩子那里，只是，那网球长久躺在地上，不被他拾起。

我们也习惯了理解了的样子。侧身，天色向晚，从贴着窗花的玻璃窗看外面，岁月因为流光溢彩而抒情般流淌。

……

当时光线很暗，但是，不知道为什么，那个女孩子坐在那里，整个大厅异常明亮，很多年过去，这一幕还不能从记忆的舞台退场……

从灯影里回头看口味堂，脑子里兀自冒出这句话来。原来，朋友带我来这儿，是一场处心积虑的预谋。

雪，被人间烟火融尽，还有白天所嗅那缕梅的暗香……一切，好像根本不曾来过。然而，到底是什么照亮了我们曾经的昏暗呢？

春，来了。

(《羊台山》第 10 期)

走回老屋

◎ 许小玲

我还能回去吗?

我想,我还是要回去的。我离开太久太久了,累了,想回家了,回到属于我的老屋。

小时,总盼望着长大,长大多好。终于有一天,读到"人不长大多好"这句话时,才发现我已不再年轻,不再有梦。

离开,思念就开始。喝着异乡的水,说着故乡的话,总觉得有点别扭。慢慢地,我的思绪开始错乱,家乡话带着异乡的口音,让家乡人难以听懂。慢慢地,在家乡人眼里,我成了异乡人。往往拼命的表白都是徒劳,我唯有默认。我想,等我回到故乡,一定能够讲出纯正的家乡话,不带任何异乡口音的。家门口的那口老井,还在不断地涌出新泉,而心泉也连着这口老井,从未干竭。那是故乡在我离开的那一刻拴上井绳,好让我记得回家的路。

可我,拿什么回去呢?走时,我带着满怀的希望和信心,一头黑发,一脸自信。回时,一脸皱纹,一身风霜。故乡,还会认得我吗?儿时的玩伴,从头到脚,刻着故乡的印记,而我,拿什么证明我自己的身份,家门口的那口老井可以为我作证吗?

我不知老屋现在有多老了,只记得每回下雨时,屋里总要端个洗脸盆接雨水。灶台的红砖一天一天斑驳,灶门一日一日被稻草熏乌。而年年灶台上的神物(如香烛或竹叶或榕树枝)及门上的对联都会更换,日子就在一次次的更换中流走。

门口晒谷场边的那棵苦楝树,还开着紫白相杂的小花吗?那么细碎的绿叶间,泛着琐碎般的淡紫色的忧郁,微风过处,带来阵阵清香,那是孩童的玩物。我们总喜欢扯一段开满花朵儿的树枝,做成一顶花帽子,戴于头上,无比开心。夏天的树荫下,是晒谷时最好的休闲场所,坐在树底下,吃着红薯,就着萝卜干,就是午餐了,简单得像树上的枝条。

围墙还在吗?墙根下的污水沟还有人时时疏通吗?那溢出的脏水还会把稻谷暖暖的身子淋湿么?奶奶在太阳底下,踩着自己的影子,一步一步用她的小脚拨弄着半湿不干的稻谷,把掺在中间的些许稻草挑拣出来。顾不了满脸汗水,银色的头发被太阳晒得金黄金黄的,一眼望去,晒谷场里就是金黄的灿烂……

夏天的晚上,晒谷场就变成了我们孩童的睡床,大人们往地上泼洒井里打上来的清凉井水,让地面降温。一张草席,就可以将整个星空罩住。萤火虫总会在这时来凑热闹,与星星比谁更光更亮。躺在草席上,仿佛看到远方对我不断的呼唤和牵引。就这样,走啊走的,走出了故乡的视线。

还要走多久,才能回到故乡的老屋?

(《羊台山》第10期)

青海之西　高原之上（组章）

◎ 李邵平

我在青海湖捡走一颗石子

青海湖谦卑地欠了欠身子，高原感觉缺氧，呼吸急促。蓝，席卷水天一色，一步一步逼近，驱逐狂妄与自诩。

神秘在静谧的冰层里流动。一面毫无瑕疵的镜子，除了湛蓝还是湛蓝，甚至略感缥缈，船定格油画，上演海市蜃楼。

风醉了，而金幡醒着；湖睡了，而蔓草醒着。浅滩是唯一的抵达方式（那儿是湖裸露的心事）。碑刻学会了语言，人们虔诚祭海，掌捂一颗石子。

——如果大海没有丢失海子。
——如果海子踏上回家的路。

与牦牛的恋爱曲

谁在天空放牧白云，棉一样纯洁的爱情。散步或奔跑。
油菜花灿烂的海南，沉吟青海版江南小调。牦牛身着闪光的披肩,像一群民间歌手,低头问候时哼上两句。

在这漫无边际的草绿之上,追赶多么快乐!从未有过的冲动,对于纯粹和真实的奢望,奢望摊开双臂沉入湖底,让水过滤双眼,看清山巅那朵雪莲。

草原闯入一个蹩脚的牧人,放牧西域之恋。帐篷只是一处驿站,指点暮色中的远方。

枕着黄河的名字入眠

吸吮扎陵湖和鄂陵湖的乳汁,在贵德尕让出落成十八岁的姑娘。清晨,你听,多少个千百年过去,银铃般的笑声仍被碧绿的河水刻意模仿。

我想为黄河取一个名字,高原上对一个藏族少女的祈福。有谁心疼她的纤弱,内心的青涩和甜美,婉约和纯真。梨花舞袖,雪卷西窗帘。

今夜梨花别墅,辗转几个世纪的幻梦。河水从脚底蜂拥而来,涨过额头,拍打眉心,考问对母爱的认知——我们左手接受右手付出了什么,左臂搂紧右臂搀扶了什么,左肩卸下右肩承载了什么!一条河的人生,鞭笞人类的取舍态度。向西,向西,到最高远最清冽的地方去,感悟并自省,以大自然的名义,以历史的恒久姿态。

青海,海南,贵德。走向生命的源头。掬一把黄河水,喊一声自己的乳名。

在青藏高原放歌

最后的马蹄消失在褐色山峦背后,沙尘吞噬了铜戟,密谋散去，惟留悠长的琴声如鹰盘旋。

越是攫取满目青青，或近或远的歌声越是急促。西北风搅浑血液，铆足气量，喉结突兀，嗓音粗犷。开始扮演深沉的歌手，谁都想接唱那首苍凉悲壮的老歌。

在广袤无垠的苍穹之下，偌大的演播厅，牛羊是最忠实的听众。歌唱，把灵魂释放出去，释放一切渺小和愤懑，爱与恨。久未膨胀的心肺重获新生，不到高原，怎能感到内心的强大！

当然也包含这层意思。导游打趣：上车睡觉，下车唱歌。跑进广袤的草原，牛粪的清香消杀了久居城市的孤傲，人不也是动物，自恃思想的虚无。躯体栽入原野，无异小麦，泥土为床，繁衍生息。

倒淌河升起袅袅的乡愁

倒淌河像一枚银簪，别在唐蕃古道交织青藏公路的发髻上。遥远的大唐，人影稀疏的征途，文明起程，向雪域传递智慧的火把。

文成公主怀乡的眼泪，下自成河，蜿蜒水墨画的春愁，咸湿了整个青海湖。日月山在不远处目睹了一切。这座西海屏风，演绎季节更迭的神奇——百米不同天。日月双亭含情脉脉，渴望破镜重圆，向左爱情，向右家乡。

夕阳下的倒淌河写满了美丽与忧伤。古文明孕育的种子，和谐、安宁与富足，至今光泽如初。青藏公路承载历史使命，以坚毅西行的倒淌河为杆。可纤瘦孱弱的河水啊，窄则三四米的腰身，趟过脚踝，竟感刺骨的心痛。

或如一根发丝，蒹葭苍苍，缠足水渚上的你我，站成霜露。

夜晚穿过小城中心马路

把"热贡桥"霓虹装饰在照片右上角,靠左是我的诗歌兄弟,三张被青稞酒火燎过的脸,三块黄河石,搂的紧紧。

热汞——梦想成真的金色谷地,几个青春期出走的孩子,小声朗诵自己。停顿处问路,和气的手指,比划出两个喇嘛嘴角的惊诧。

夜晚穿过小城的中心马路,好似江南的石板路,熟悉的小巷和门牌。宁静四下散去,收集鼾声,浮游在隆务寺绘塑生动的眼。

可爱的小城,请原谅几个外乡人的乖张!在这环青海湖国际公路自行车赛段起点,我们骑上诗歌的自行车,朝着梦开始的地方,出发。

一个人能走多远

凌晨五点。西宁。返航。

四小时三千公里。一个人无牵无绊,能走多远?

南海到青海。海平面到冰山雪峰。一片混沌到一种清醒。江河入海,寻根溯源则逆水而上。

哲思在朴素的月光下苍白无力。幸福如此简单。一只蚂蚁拨开天路,蹒跚前行,有如路人的朝圣,十万次、百万次、千万次合十,摊开,祷告,五体投地。

世界这张白纸,时间之笔,跳跃着密密麻麻的路线。交织,缠绕,但不重叠。背负精神的行囊,孤独结伴执著,消灭与生俱来的恐惧。

遭遇的灯盏,点燃每一次告别与相逢。

告别,只为再见。

(《羊台山》第12期)

深爱你的忧伤

◎ 叶　耳

我越来越喜欢了安静。

哪里都不想去,在家里看看书,听听音乐,兴趣来了就写点东西。觉得这样挺好的。有时候就带着孩子去冬日的阳光下漫步。孩子刚从乡下老家接来,很快就适应了城市的生活。我牵着孩子的手,在街巷子里走着。孩子走得多欢啊!她总想挣脱我的手,她想自由地奔跑,她喊叫着,激动得直喘气。我说,宝宝慢一点,是散步不是赶路。孩子对一切事物总充满了好奇。小脑袋活泼怜见地东张西望。我忍不住蹲下去,双手把她抱在了怀里。她像一只小鸟雀,我闻到了她身上奶香的气味。我非常喜欢这种气味,让日子有了迷人的内容。我很喜欢孩子天真的眼神,她让我找到了潜伏在身体里的美好,它们让我情不自禁地想歌唱。歌唱此刻的一些路径,一些片断,一些想法。

很多时候,我都是待在房间里,从早到晚。我无法确定我生命里隐藏的孤独,是怎样触摸我的内心,以及繁杂的思想。我几乎忘记了时间对我的注视。我开始频繁地抽烟,一支接一支,一包又一包。很长一段时间,我老是失眠,内心里被一种什么东西撕咬着,折腾着。我不知道自己怎么了,我躺在沙发上,寂静得只剩下烟灰洒落的声音。

　　我在自己虚构的梦里审视光阴和年华。我的胡子逐渐粗糙起来，越刮越长。我原以我很难有胡子生长出来，在剃须刀的耐心培养下，它们多么愉悦地长了起来，呈现了岁月的成熟。它们慢慢明晰起来，而我却慢慢变得老练。很多珍贵的东西在删改着一种过程，一种方向。从来的地方来，到去的地方去。很多人就活在起步和结束的情节里，只有一小部分的人特别迷恋细节。细节见真情。我想到了跑步，我天天下午去山里跑步，每次都跑三公里，有时跑六公里。跑得大汗淋漓，把衣服都湿透了。跑步让我释放了一些偏爱，一些情绪。我不再抽烟。一支烟也不愿意再抽了。

　　孩子回到深圳已是秋天了。秋天是一个收获的季节。我出生于秋天的月光下，乡村给予了我内在的安静和温柔。秋天，秋天，我这样在心里轻唤。秋天是多么开阔和充实。我喜欢这个秋天。

　　身体是柔软的。秋天的光泽透过玻璃射向身体，这个秋天的一切也变得柔和了。但我看见的是生命在现实里散播坚韧的刺，像一些可有可无的思想，到处都是。别说出疼，我只会想到疼爱的疼。

　　在城市的异乡，在秋天的夜色里，我真想看到窗外有一棵树，真想。就像对一个人的故乡心存简单的温暖。这种简单只能属于故乡。我的故乡究竟在哪里？是那个可以回去的地方吗？可我到了家里，我还是有一种怀乡的冲动促使我继续行走在路上。我想，对于我们这种选择心灵物质财富的孩子来说，故乡是虚幻的，它只不过是我们心存在内心深处的一个梦幻。她让我们沿着她一直走下去，直到醒悟。我们的故乡在我们虚构的旅途上，我们因此一直选择了在路上。在路上，是的。我们有着一个熟悉的乡村，有着柴米油盐的炊烟，有着砖木结构的农舍。我们都在天空遗弃的山里，天蓝得让人想哭。我们背井离乡，离开了庄稼和植物。那些幸福的外乡人，他们都是这样，在路上，唱着多么心酸的歌曲。他们的调子里含蓄了无边无际的忧伤，但是这些忧伤，是向内的，是安静的，是一种哀而不伤的声调，细致地延伸，像家乡木门裂缝里生长的青草，细微地抒情。

秋天有秋天的颜色。看得见的和看不见的都在不同的心灵里蔓延……

秋天是让哲学冲动和矛盾加剧的时节，当然也是让人脆弱和柔弱的时分。街巷里有小贩的高声叫卖，有收废品的唱腔声，有小吃店炒菜的锅碗碰撞声，楼下还有打麻将的和男女吵架的声音，有小孩子的哭闹声……有很多的声音都在每天的日常里混杂，它们有时很近，有时很远。就是这样的一个地方，我不动声色地生活着，居住着。我住在这里，却干着与这个城中村背道而驰的事情，自由写作。谁能想得到呢？在这个根本不适合写作的城市工业区里，我却安安静静地写了多年。连街巷口那个补鞋的师傅都认出了我，有一天，我去补鞋，顺便把一部打印出来的小说稿拿去装订。他接过厚厚的书稿，随便翻了几页，回过头来说，原来你是一个作家啊。的确，作为一个专事写作的人，我写的作品实在太少了。我非常羡慕那些下笔如有神的小说家，他们以质量和速度在坚定不移地完成他的虚构。我虚构了自己的生活和梦想，一个想让汉语更加生动的男人在别人的城市里埋伏无根的故乡。我来到这里，是一个人，住了几年，就多了两个人，一个是我的老婆，一个是我的女儿。现在我和我的老婆，还有女儿，都住在这个叫31区的地方。我怎么也想不到，在这里一住就是四年。从一个外省的秋天到另一个外省的秋天。为了在家照顾女儿，我放弃了再去找工作的想法。我知道这么多年以来，写作生活的艰辛和难度，在很大程度上，老婆的鼓励和支持给了我坚持不懈的信心。孩子和文学都是我路途中的风景，为了抵达理想的远方，我忍受了寂寞和清贫。很多个这样的秋天，一家又一家的单位找到了我，给我打电话，想让我去工作。给出的薪水也不菲。我想到女儿和老婆，我觉得应该让他们过得更好一点，我对自己说，我是不是该去上班了？上班了意味着一切的可能。我问老婆，是去还是不去呢？老婆说，你这么多年都坚持了下来，还怕再坚持一下吗？老婆的回答，是个意外。这个小女人，这个被我忽略的平凡的小女人，却说出了一句令我动情的话。是啊，她说得真好！这么多年都过来了，还怕再坚持一下么？老婆的话让我看到了异乡的秋天有着多么清澈的蓝色。这种蓝，让我看到了秋天的高度。

这个小小的愿望让我突然想到了忧伤。

忧伤多么美好。

雨果说，他是一个被富人遗弃的孩子。这话说得多好啊！

我向往一种纯粹的方向，那里有我永无休止的梦想和追求。我活在我虚构的生活里和生活的虚构里。我向往回到古代，那时我想自己一定是个书生。我的要求是那么的简单：有我心爱的书童和我一起经历红尘的河山，赶一辆马车一路吟诗作画。书童是个知性的女子。书童终生未嫁，和我的青春红颜白发。"纵浪大化中，不喜亦不惧。"她时常会在我无比疲惫的时候，对我说：先生，你该歇息了。我作的诗词，书童甚是喜欢。她会在静静的清晨朗诵给我听，书童是懂我的，她的每一粒微笑都落到了我的心灵的深处。

房间里的孤独是永远未知的疼痛。想想自己，想想这不可言说的现在和未来，生活在秋天里变得无比悲伤起来。

这种充满纯真的时光，它弥漫我时，我的眼泪一定有一种别致的碎。

你是那碎裂的花朵吗？

我看见的这个秋天是那么高，那么空阔，像触摸不到的故乡，在母亲的身后永远是那么的陌生。这个与泥土一样深厚的名字终究有一天会隐埋我脆弱的疼痛。

行走在城市的旅途上，我无法预知到一些事情的发生。在客里山，那拥有着许多像男人的双手的女人，有一个便是我的母亲。客里山的阳光和雨水都很欣赏这个女人，它们很多的时间里都是与母亲在一起。母亲在劳动中的微笑是阳光的，母亲在雨水里忙碌的身影是忧愁的。客里山的泥土是健康温馨的，母亲喜欢打着赤脚在庄稼地里走来走去，步履轻盈。小时候，我喜欢跟着母亲去地里干活，我从来都爱偷懒，母亲却从来不会讨嫌我。我没挖几锄，没挖好宽的面积就累得受不住了。我就把锄头一扔，坐在地里看母亲挖锄。母亲就笑话我，说我一点苦也吃不了，只怕将来难娶媳妇哩。母亲一锄又一锄地耕耘着地里的庄稼，全神贯注的样子使我有了感动。现在想起来，母亲在劳动中给予我的细节，竟然让我有了幸福里的感觉：劳动真好！

母亲叫黄元淑，这个名字朴素大方，有着永远的贤惠和聪慧。我很少想到母亲的名字，在我眼里，母亲就是母亲。母亲的名字藏在了我遗弃的乡村，我差不多忘了这个名字。直到有一天，在病历单上，医生写下黄元淑这三个字时，我的泪水一下子就涌了出来。我从来都不敢去触摸这几个亲密的汉字，母亲一辈子不懂得汉字，但这几个字与母亲有着天才般的灵感，她居然能够唤出声来。医生问，谁是黄元淑？母亲口音很朗地说，我叫黄元淑。

母亲有着一双多么男人的手。这是因为劳动锻炼出来的。母亲的手粗糙有力。血管也是粗糙的，一根根暴露在皮肤里，非常充沛。我喜欢看母亲劈柴砍树，母亲的手可以拒绝一切柴丛中的荆棘，发挥是那么自如。每一次我小心翼翼地把柴草弄好时，我就叫母亲帮我把柴捆绑上，好挑回家去，母亲放下手里的刀，吐两口唾液在手里，三下两下就把我的柴给捆绑好了。用扦担帮我扦好，用手试了试重量，便放到我的肩上。我就把柴草担回家去。有时候，我几乎是去担柴的，而不是去砍柴的。母亲在树林与草丛里不停地忙着，我就坐在母亲旁边一边观赏一边说话。我有说不完的话，总是围着母亲转来转去，母亲就会说，你要是不读书读出来，你以后怎么过啊。现在才知道母亲的勤俭持家和吃苦耐劳是因为什么。这个上了年纪的母亲。有一天，我特别看了看她的那双手，到处是粗糙裂痕，手掌如木板，除了手心的温度是柔软的，其他的都是坚硬的，我很难去找出一些词语来准确地形容她。但当我的双手和母亲的双手握在一起时，我的手给吓疼了。

不知道该怎么去面对这个矮小的女人，我给予她的是一生的伤痛。包括那永远穷尽的回去的路。

天空之下，到处奔跑着拥挤的孤独。这个忧伤的时代，谁可以忽略与大地交谈的内心。

你和你的世界，再也没办法藏身了。

这么多年，我一直和秋天在路上漂泊。而家乡的秋已经老去，连同老去的还有地里的庄稼和植物。我一直害怕在深夜醒来，怕醒来后听到落在暗处的泪水。

凌晨的31区，巷子里还是醒着的。有哭泣声、打架声，还有麻将和炒菜的声音。那高低不平的喊叫声时常把我从凌晨的睡眠里惊醒，从这种声音我感到了生命的惶恐。这种让心灵加压的带着哭腔的声音，长长地从巷子里传来，就像碎裂的玻璃划开了我的心。

我总是那么脆弱地想到了死亡。

我想到的首先是我的父亲和母亲。这两个让我担心受惊的老人，在裂缝重重的矮土砖屋里一直住着，他们也许会住到死。多么可怜的人啊。他们的生命让我感到了永生的悲伤。每一次我房间里的电话响起时，我一看是家里的号码时，我的心里就会有几丝紧张和不安。我什么时候变成了这样？是因为我看到太多的人在我意想不到的时刻去了，是那么突然和不可预知。何况这两个身体越来越瘦弱的老人，他们单薄的身子叫人多么难受。一阵风，可以把我的整个故乡吹得悄无声息。

父亲真的老了。瘦得只剩下了骨头，像一块铁。家乡的阳光晒着他，我想起了趁热打铁这个词语。父亲的一生，像一滴眼泪，流淌在母亲眼睛的光线里。光阴是线，在父亲和母亲之间缝补着生活的不幸和磨难。他们穷尽了自己的青春和理想，养活了我们的青春和理想。父亲是一个苦孩子。他是不幸的，他吃过太多的苦。他又是有幸的，他在吃过的苦里尝到了生命的恩赐，他八十五岁了，还健康地活着。他打牌讲笑话还是那么精神。他活在了自己的趣味里，这种趣味一定是精神的源头。

父亲真的老了。母亲说，他吃的东西越来越少了，有时候每天就只喝一小口米酒，什么菜也不想尝一口。就在前几天的一个晚上，母亲打电话给我，说父亲病重。这次只怕要倒下了。母亲说，父亲已经几天没吃东西了，连酒也不喝了，喝一点点水也会噎着喉咙，天天在床上呻吟。母亲急得在电话那头要哭了。母亲说，你爹想让你们回来，他想见见你们。他怕过不了这个年。母亲的话，让我忍不住哭出了声。其实，我一直害怕这样的时刻到来，我也知道这样的时刻迟早是会来临的。每个人都会在这个世界上老去，生老病死是人的宿命，这是逃避不了的现实。父亲是一个已经熟透了的果子，果子熟透了就会自然从树上掉落下来，这是自然的规律。尽管我心里明白得很，可我还是无法面对这样的时刻，面对一种生命的悲伤。

我们兄弟几个商量，决定带父亲去医院全身检查一番，我们想得很简单，只要有可能，我们想让父亲再多活几年。活着，父亲和我们的世界就不会丢失。

活着，意味着世界的辽阔。

在 31 区，我经历了两个秋天。一个是我的少年，在 2005 年之前；一个是我的成年，在 2005 年之后。2005 年之前的秋天我还是个孩子，而 2005 年之后的秋天我已经是个孩子的父亲了，我结了婚，很快也有了孩子，成了孩子的父亲。那个浪漫的青春从此不再有了，秋天露出一身的蓝色。这种蓝让我起了许多的人和事。

过去的一些秋天里，我常常做一些天马行空的梦。梦想自己如果有一天成为世界级的优秀作家，我的作品给我赢来了很多财富，我第一件要做的事情就是出钱承包一列长长的火车，让所有爱好文学的梦想者乘上这列火车，每列车厢安排两到三个大师给大家讲述梦想。列车将沿着祖国的大好河山行驶，行程一周。本次列车全程免费。列车上所有人的费用全由我一个人支付。

梦想让我在整个秋天变得恬静。

那些秋天里，我还想到若干年以后自己一定要有个女儿。我会好好爱她，疼爱她。

我会让她看到母亲的另外一张脸，像母亲一样动人。她是个让生命骄傲的人，这种骄傲是一种方向，是一种纯净和阳光交替的道路，是一个男人内心的全部颜色。

没想到，几年以后秋天过去不久的冬天里，我真的有了一个女儿。这是多么神奇的事情！我抱着她，亲了又亲，想起了她就是我的生命时，内心里有着多么激动的情感。

2005 年的某个秋天里，我看见一些年轻人的幸福是那么单纯和简单。

两个刚从工厂打卡下了班的男人，在 31 区的一条巷子里窥见了那个时尚的女孩。女孩洁白的胸口里耸动的奶波让两个男人的眼神变得轻柔而优美。这个秋天里,我想到了我亲爱的三哥,那个曾几次出现在我的诗歌里的曾德葵,他的爱情以及他善良孤独的内心。这个曾经拿着铁棒和菜刀敢在流氓中挺身而出的英雄;这个曾经让许多女孩亲近的有性格的年轻人,如今他去了哪里?三哥在一个大型的木器厂里一干就是多年,与一些上了年纪的男人们一样安分守己,吃苦耐劳。这个眼神里充满爱和温情的年轻人,却一直没有结婚。说来不怕你笑话,连一个女朋友也没有。这些年,三哥的内心一定被一种孤独弄疼了。我从来没有看到过他的眼泪,但我每一次想起我亲爱的三哥,我的泪水就会在心灵深处汹涌起伏。有一次,家里给他介绍了一个姑娘,他回到家乡,姑娘没谈成,把工作却给搞没了。他只好又从这个厂跳到那个厂,做的仍然是木工的活。只是厂名换了,原来的叫椿昇,现在的叫何群。

这个秋天,我为三哥许下了一个愿望。祝一切如愿。

几年以后,我在另外一个秋天遇见了一个姑娘,知道她还没结婚,她人很好。我马上想到了介绍给三哥。因为我的牵线搭桥,三哥和这个姑娘走到了一起,他们结了婚,生了一个白白胖胖的儿子。这是我一生当中惟一的一次做媒,没想到是给自己的亲哥哥做的媒。这使我想到了2005年的秋天,想到了我在秋天里给三哥许下的愿望。那个秋天接近一个人的高度。不再回头地越来越远。越来越深。

像个秘密进入了我的身体。

我想到了家乡的秋天为何那么安详和宁静,那么干净和晴朗?

因为在家乡,每一个生命都孕育着泥土和植物的清香,他们散发着善良的气息,这气息沉浸在朴素的幸福里,让人想起了忧伤。

(《羊台山》第12期)

低 语

◎ 庞华坚

一

人生是一场阴谋，或者是一个陷阱。阴谋或者陷阱，都是前世就设计好了的，我们没办法选择。

为什么生在南方，为什么生在南方这个叫乾江的小镇，为什么生在乾江姓庞人的家里，为什么他们会是我的父亲、母亲、弟弟和亲人，为什么多年过去，小镇的土地埋葬了那么多亲人，而我却对它始终无法怀恨在心？

我没办法对自己说出满意的答复。

老家就像纠缠不清的梦。有时是喜欢的、甜蜜的梦，有时是莫名其妙、不知所云的梦，有时甚至还是噩梦，让心中的惊恐久久不能平息……随着年龄的增长，这些梦让家的概念多义起来，因多义而渐渐模糊……

我二十年前离开老家到北海读书，之后在北海工作。开始逢年过节，甚至周末都会踩着单车回去。北海的住处更像一个临时的休息点，家还是在乾江小镇。母亲对我的归家习以为常，如果我周末不回去，就会有剩饭。也记不清从什么时候开始，回家的次数渐渐减少了。尤其是母亲和弟弟搬到县城住之后，回小镇的次数更是屈指可数。那个叫乾江的小镇似乎成了一个与我关系日渐生疏的地方。

我曾在一篇文章里写过这样的情节：

年前，带几位朋友去乾江小镇。其中一位籍贯黑龙江，生于广西，长在四川，现在广西做电台主持人的朋友站在我老家门口，双手扒在已经八十余年日月的木门板上饱含泪水仰天长叹：有这样一个家，福气！良久他才又说一句话，问我们更问天：谁能告诉我，我的故乡在哪里！

有家。而且家那么好！我也一直以此为傲。

但是，近来常常有这样一个念头，像有一片光亮的冰冷从心里掠过：老屋真的是你的家，你的根，你此生灵魂永远安放的地方吗？

应该是吧。人走远了，走累了，受伤了，回不来了，会想到故乡。故乡土地上那间破旧的老屋给过游子多少温暖和安慰，给过多少无家可归的人希望和信心。故乡是无法选择的抚慰。所有人不都是这样认为的吗？

老家的存在和重要值得怀疑？但是不怀疑就证明它在灵魂里根深蒂固而且举足轻重了？这个问题近来总在纠缠着我，甚至像一根通灵的棍子，去到内心深处搅划——

我在小镇的卫生所出生，一直在小镇生活到1986年秋天才离开。1986年春天父亲在老屋里去世，是我和亲人以及他的学生、朋友把他送到小镇东的钓鱼岭上去。老屋二楼，供着祖宗神位，祖宗神位上安放着父亲手抄的家谱，家谱上记载着我们庞家在这个小镇上生活二百余年了。我和弟弟两人垒砌的后院围墙如今已爬满苔藓，藤蔓交织。后院里栽种的番石榴、芍药已根深蒂固，且高且大，只是少了妩媚之姿，多了壮实之态。离开家时堂兄那几个还在地上爬滚的儿女一个个与我比肩了，他们有些不好意思都叫我叔公。在北海见到乾江老街坊，彼此也都还认得出，他们邀我多回去走走。母亲虽住县城，仍不时带来小镇的消息，谁谁出嫁，谁谁死去，谁谁家的儿子考上大学，谁谁家的女儿生了孩子。母亲每个月总会回小镇一二趟，她的兄弟姐妹及其兄弟姐妹的后辈散布在小镇和小镇四周的村落，大姨、大舅相继离世后，母亲排行最大，他们常请她帮忙抓主意……

即便如此，还是感觉到老家正在离我而去。这种感觉让我感到不安。我一直没有想过自己会是一个没有故乡的人。或者说，从来没有想到过自己和老家的距离会越来越远。它不是路途产生的距离感，而是成长中情感的流散过程里，内心涌起一堵虚空却又分明高大、难以逾越的墙。事实上，我居住的城市离老家仅区区数十公里。甚至可以说，老家是我所居住的城市的郊区。也许正因为如此，这种近在咫尺却又远在天涯，反过来又让我更加感觉到这种流散的速度越来越快。

流散中，内心无助而悲凉！

后来在这种无助和悲凉中，又体会到另一种况味：童年对死亡的恐惧和对老家的依恋竟是融为一体！

对于我来说，没有什么比面对死亡更恐惧的了。十六岁以前，我常做这样一个梦：梦见自己站在一行送殡队伍的不远处，看着他们从老街某个门口开始，缓缓去到小镇东的牌坊下。但是在梦里我永远只看到他们在牌坊处拐弯跪拜，从来不曾看到他们站立起来返回小镇。送殡的人每次好像都是跪下然后就像一股烟一样消散了。这样的梦让我在老街的夜晚行走时，深怀恐惧。老街是清末民初的建筑，近百年过去，几乎每一幢房子的墙壁都已凹凸不平，每一扇门都已斑驳残旧。这样的老房子里，哪一家没死过人，哪一家门前没摆过棺木，没出现过送殡的队伍？在小镇中学读书，上罢晚自修，须经过偌长的大街，然后穿过七弯八拐的小巷。小镇人家九点多几乎都关门闭户了。长长的街道上，空空荡荡。那时还没有路灯，只有偶尔从漏风的门扇中透射出来的些许昏黄的煤油灯的光线，摇摇晃晃，支离破碎地映照到青砖路面。走过老街，脚步声在漆黑中显得特别清晰而且经久不息。这些门口前曾发生的与死亡有关的事情不由自主在想象中重现。那些摆过棺木，燃过"引路"的火堆，这些东西所摆放的位置，在破碎的光线中好像仍然存在；在背后，某些早已不在人世的一些人即将出现，一些无法意料的事会突然发生。脚步于是不由自主凌乱起来，最后几乎都是踉跄地脚步踩过这些破碎的灯光。推开家门，头也不敢回，用脚反踢门板把门掩起来，然后才敢扭转身关上门闩，扑扑狂跳的心才会慢慢缓和下来。

这样的夜晚持续了差不多三年。

但是我不再恐惧死亡也源于死亡。

1986年3月18日凌晨。母亲惨烈地呼叫，惊醒了我和弟弟。从那一瞬开始，我们失去了父亲。我对父亲的死没有任何思想准备，在渐渐发白的天色中，抱着渐渐冷去的父亲，抚摸他紧闭的双眼，紧紧抓着他手，惊恐而悲痛地叫唤着他。我拒绝任何人让我躺一会的建议。我相信他没死，他才四十八岁，他只是睡着了。我坚信在我持续的叫唤中，他会突然张开眼睛，站起来，对我们说：我睡了一觉！直到两个舅舅把父亲送到他长眠的那块土地中去。当我跪着高举双手，把黄土撒向那暗红的棺木时，我终于不得不承认，父亲已离开我们，去到另外一个世界了。

从那时起，对死亡的恐惧一下荡然无存。

父亲去世后，我们家的生活轨迹发生了根本性的变化，当民办老师的母亲一个人的工资难以支持我和弟弟两个人的读书费用，于是我只好上了几乎不用交学费的海运学校。离开小镇，离开老家时，我十六岁。从此一个人在外飘游，独自面对世态炎凉。也从那个时候开始，少年时与老家依存相伴的感觉一下子远去了！

二

1989年5月，我第一次出海远游，是毕业前随船航海实习。事实上所谓的远游并没有多远，也就千余公里。实习时已知道分配单位，船上的船员日后都将成为同事。这本该是一趟愉快之旅，但是对于一个十多年没离开过老街生活的人来说，千余公里是多么遥远的距离，简直可以说是比天还远！船上有二十几个男人，生活在船舶逼仄的空间。在机器单调的轰鸣声中，波涛声，麻将声，汗酸味，烧酒味……破旧的老船，像一片树叶在海里飘摇。从南中国海的防城港开始，台风好像成心跟我们过不去，一场末了一场又起，往北千余公里的海路，因需避风，足足颠簸了十余天。往返的时间不到一个月，但思乡的情绪，几乎是从一出发就开始滋生了。随着航程的延长，最后竟浓得几乎不可自制。现在想起来，那时的思念，说是思念不如说是害怕远离。对远方不可知缺少把握，对大海深远和不可测的敬畏，对渺茫前途的灰心以及初涉社会不知所措的沮丧……一下子扑面而来，幼稚的肩膀，哪能从容扛起！

于是，有母亲在的家成了唯一可供选择躲藏和逃避的去所。

航行返回到北海港，我提着包袱二话没说，就搭车回家了。远远望到老屋，不争气的眼泪一下子涌了出来。虽然满腹委屈，但是很快又被自己抹掉，在家不能泪眼面对寡母和幼弟，这一点我从十六岁起就意识到了。也只能如此。

现在回想起来，那满腹委屈只是初涉世尘，"少年不识愁滋味",与以后的遭遇和委屈比起来,那点因远离而引起的惆怅不过是"为赋新辞强说愁"罢了。但老家曾给了忧伤少年多大的安慰和勇气!

随着涉世日久,深谙很多事情,即使最委屈,头绪最乱,也得自己坦然面对和清醒梳理。独立而不寄希望于逃避,抗争而不选择隐藏,于事于人,似乎是好事。然而这好事的表面下不也包含着抛弃和淡忘?

老家,在抛弃和淡忘中不知不觉向后退,退到了不远不近,不声不响的地方。

虽然有时觉得好像不是这样或者不应该这样,但是又不得不承认这已经存在的事实。人的成长有时多么功利,迈进的每一步,都在摒弃走过的点点滴滴。这种功利如大水般,淹没和覆盖我们生活的每一个细节,把性格中的棱角磨平,把青春艳亮中的颜色涤净,把奔放激情如沙流泻,回忆如雨后的伞逐一收起……人像机器一样麻木地运转。作为机器硬件的眼睛、手掌、鼻子……机器润滑系统的思考、嗅觉、感觉……全成了按部就班的规律和收缩视野的习惯。

这台机器什么时候停止转动,天知道!

这个时候,置身老家之外,想得更多的不再是思念和惆怅,而是眼观六路,耳听八方,是观察和融入。

人得活命啊!

近两年,我经常出差到外地去,几乎每个月都会有一两次离开居住地的机会。北京、武汉、广州、深圳、大连、青岛、烟台、海口……这一次或者另一次会去到多远已基本不作考虑,这座城市和另一座城市有多大的区别也基本不作比较。只是偶尔火车车窗外一晃而过的景物和飞机巨大的机翼下变幻无常的云彩提醒着深睡多时的惆怅、忧伤和思念,隐隐而出。纵然如此,抵达之后,白天办事，晚上倒头便睡。惆怅什么？忧伤什么？思念什么？其实并没有深究，漂泊的麻木，已把他乡当故乡！

故乡、小镇、老屋……这个时候，我和它们的距离岂止遥远两个字可以形容！

记得第一次随船远航，到了目的港，上岸后做的第一件事是找邮局寄明信片。寄给母亲、弟弟、同学、朋友……告诉他们，自己现在在哪里。仿佛万水千山，仿佛遥遥无期，仿佛满腔思恋会使明信片太沉慢行，延缓了他们通过明信片知道自己活着的消息，而只敢在明信片上聊作表达，便赶快塞进邮筒！

现在还有几个人寄明信片呢？逢年过节或者离乡背井，彼此想起了，打个电话，一秒钟就听到声音。明信片和信件一样，已退出人和人联系、问候主要手段的位置。想到这个，并不是替邮政惋惜，毕竟科技进步为人与人之间的联系提供了更便捷的方式和方法，但隐隐中心里会萌发不安和惆怅。人与人之间的联系几乎再没机会期待和等待，没有机会揪心揪肺和牵肠挂肚，没有机会坐卧不安和失魂落魄……一些电话成了垃圾电话，一些关系成了快餐关系，一些接触成了蜻蜓点水，一些举动成了形式和作秀……

这两年到过哪里，如果不借助在电脑里翻找照片（我有到外乱拍照的喜好）寻找佐证回忆回忆，甚至连自己也说不清曾去过哪里。想想这两年，出门在外时，几次想起家里，想起小镇，想起小镇自己少时住过的老屋呢？

有，但少，很少。

常想起老母亲了吗？想起弟弟了吗？想起……了吗？

有，但少，很少。

想到这个问题，突然记起庞余亮的散文《半个父亲在疼》。父亲在世的时候，并没真正意识到父亲的重要，父亲去世后，才知道没有父亲可叫是多么心酸的事情！

现在父亲在老家。他在小镇东那个叫钓鱼岭的山坡上。母亲和弟弟在县城，亲戚和少时的朋友们散布在乾江小镇四周……

三

如果回小镇乾江，一定要到老屋看看，坐坐。否则我会觉得白回了，会几天都不安心、不踏实。但是上个月回乾江，就没有进老屋。因为没有时间。

那天应电视台朋友之邀领他们到小镇拍专题片。小镇是个有着一千多年历史的小镇。据文史、地志专家考证，小镇的港口就是中国海上丝绸之路始发港之一。但是他们这次不是去考究历史，而是要去拍小镇的民俗风情。我被他们抓去客串临时导游。

我给摄影组拟了他们认为有史以来最少字数的拍摄提纲：乾江、水星街、乾江中学。本来我还想写上"水星街24号"的。但最后还是没有写，我怕他们说我假公济私。"水星街24号"是我家门牌号。去年我出过一本诗集，也是以这个门牌号为书名。

朋友们问，二十分钟片子，就这几个字？

我说，足够了。

乾　　江

"乾，上出也——《说文》。自有文字以后，乃用为卦名，而孔子释之曰健也。健之义生于上出，上出为乾，下注则为湿，故乾与湿相对，俗别其音，古无是也。"这是我在网上查到的一段话。原来好奇想找"乾"字的解释。想不到得到这么详细的注解，这样的解释已比我需要的全面得多。

乾——江。干——湿。上——下。

没有人对乾江这个地名的来由真正说出服众的子丑辛卯,也没听谁说过为什么要用分别表达上下、干湿意思相反的两个字搭配到一起组成地名,甚至乾江有多少年历史,至今还是迷。但据《新唐书》等典籍记载,千把年是肯定有的。一个偏远小镇,有千把年历史,对于本地地方志撰编者来说,无疑是幸运的,一千多年历史的小镇,足够他们书写了。但是对于和个人的关联来说,千余年这个时间概念只会光闪一样在睡梦中晃过然后消失,会在不经意打开小比例地图发现它的时候让内心微微震动然后平静,会在偶尔抬头透过新的旧的不规则的窗外散发出的亮时感觉到点点迷茫然后坦然。

一千多年的乾江,对于我正是这样。但不管什么名字,乾江从来就不是一个乾、干、上的地方。它与江、湿、下有关。这是让我至今感到非常怪异的事情。

"自日南障塞、徐闻、合浦船行可五月,有都元国;又船行可四月,有邑卢没国;又船行可二十余日,有谌离国;步行可十余日,有夫甘都卢国。自夫甘都卢国,船行可二月余,有黄支国,民俗略与珠崖相类……"

这段话出自《汉书》卷二十八《地理志》,是海上丝绸之路最早最详细的文献记载。它指出合浦是海上丝绸之路始发港之一。那么合浦的出海口在哪里?《合浦县志》记载:

"乾体海口,是廉州门户,扼江海之交,秦汉至明朝,此港是中国对外交通贸易要地。"

乾体,是合浦(古称廉州)的出海口。乾体,即现在合浦县乾江。

面对这些记载,我没多少感觉,历史属于历史,而感觉不是。我老家在乾江,乾江对于我,有家的感觉,而那些文字看起来明白,其实遥不可及。

每个人对于自己的出生地总会萌发深沉的、复杂的怀想。如果能在出生的地方接受过教育，度过童年、少年，然后才离开。这样的怀想更会随着年龄的增长，日渐浓重。我和南方小镇乾江就是这样的关系。但是这个小镇，到底有什么值得怀想、眷恋？我只能说，这是一种无法言传的感受、体验。

　　伯父去台湾四十余年第一次返老家，天天在小镇上转来转去，瞧东望西，老在念叨：都没变，都没变！他说小镇的每一段老街，每一棵树，甚至哪些叫不出名字的面孔，都是旧时模样。我们家的老屋，甚至每一块砖，都在原来的位置存放。

　　也有些人被小镇人讽刺为"假西洋"的，他们回到小镇，动不动大嘴一抿："太落后了，几十年没变，没法住！"

　　没法住就搬出小镇吧，没人挽留。近十几二十年，离开小镇，到县城安家立业的人没有一千也有三五百。小镇挽留过谁？小镇是破旧了，破败了，是落后了……但小镇千百年来就那样破旧、破败、落后地安静着。小镇有小镇自己的活法。

　　最近我在反复读一篇叫《乾江述古》的文章，希望能从其中读出乾江的由来。这篇文章是一个叫苏立圣的人写的。

　　苏立圣家和我们家相隔几间屋子。苏家有一个大院，里面种了很多番桃树。小时候我和伙伴曾多次攀高墙翻房顶进苏家偷番桃。爬在树上，也曾好奇地观察大院。大院里的房子一间挨一间，延伸到目光抵达不到的地方。大院里到底有多少间房子？这是我一直好奇的问题。这个问题直到今年回小镇过年才有了答案。那天好奇，敲开苏家大门。开门的是一个年逾六旬的老人。他是苏家后人，现和老伴、五岁的孙子住在偌大的大院里，冷落、孤寂。苏立圣是他叔，已去世若干年了。童年时偷过的番桃树如今只剩下光秃秃的树根。光秃秃的树根边有一口老井，听说里面淹死过几个人。绕过老井，走过天井，就是一间挨一间的房子了。二三十间房子现在只有一间住人,一间存放杂物,其余的都空荡荡。房子保护得较好,只是一间挨一间,空荡荡的,让人看着心里有些气堵。

《乾江述古》是我读过关于乾江的最完整的文字材料。苏立圣详细地描述了乾江自秦汉以来的历史、地理、风土人情、经济、科教,虽然趣味不足,文采倒也顺畅,关键是基本满足了我对自己的出生地更多的了解。这篇文章至少读过十次以上了,但每次重读总会有新感觉。字里行间的每一个典故、地名、人物……常让我禁不住掩卷傻笑、回想。

苏立圣在文章里也没有说明小镇乾江的名字来源,文章的第一句话是这样交代:"合浦乾江,即古之乾体。乾体港为合浦门户……"

我估计他也不知道,就像我虽然翻过无数本合浦地方志也寻找不到答案一样。

水 星 街

水星街是乾江镇最古老的街道。虽然在最近四五十年里,随着时代变迁也曾改名为二街、小新街等等,但时代的变迁仿似只是一阵风,跟它擦肩而过,出门在外的人寄东西回家或者少小离家老大回的,都称老街为水星街。街道上的房子建筑年份普遍在100—200年间。我们家老屋建于上世纪二十年代。算来也有近百年历史了。老屋是一幢二层高的楼房。当年是乾江第一高楼——那时全小镇都没有二层以上的建筑!

差不多一百年前,在小镇上建楼,是让小镇人"仰望的壮举"。我不知道当年爷爷建好楼之后,是不是经常站在他亲手建造的高大建筑上捂着嘴偷笑。反正我现在站在老家楼上的大窗口前眺望,乾江街一览无遗,心里会涌起丝丝豪情快意,对爷爷当年的"壮举"颇为钦佩。

每次回小镇，临近老屋时，总要站在离老屋不远处，打量一下我们家那幢依然鹤立青砖平房之中的二层楼。那么多年的日晒雨淋，它痕迹斑斑的表面早已失去原来的颜色。原来是什么颜色？灰？白？还是其他？现在主要是白、黑相间，白和黑之外，还有青的苔和绿的小树……现在老屋的颜色肯定不是其初始的颜色，但肯定是近百年时间磨洗的颜色。

对门人家是北部湾地区最出名的中医世家。他们家的房子可以用"连绵"来形容，几乎半条乾江街的青砖瓦房都是他们家的。青砖瓦房连成S形，隐约像古代兵阵，甚是威风。这家数代富足，读书人出得多，北部湾地区第一个留洋的人出自他们家，合浦县第一个同盟会会员出自他们家，他们家人还主持修建过大陆通往香港的淡水输送工程……这家人有足够的理由在小镇人面前显耀。父亲说，爷爷白手起家，后来虽然不愁吃住，但在人家对门看来只是小儿科。也可以这样说，对门人家一直在嘲笑爷爷的小打小闹。怎么办？爷爷于是穷尽全部积蓄建起这幢楼。你们家房子多，但我们家的房子比你们家房子高！这是爷爷建一幢楼的初衷。爷爷真是一个有意思的家伙！

站在家门口，左顾右盼，石板路扭扭捏捏延伸。石板路两边，偶尔有门半开，更多的门闭着。寂寞，斑驳。一扇接一扇。门像老人，老了，对外界已失却当初的激情和向往。他们更乐于彼此保持一定距离，靠着岁月，无视光阴从间缝中流逝。一年，二年，更长的时间……

在这无尽的岁月中，爷爷他们去到土地深处，和老家的土地融在一起。他们活在我心里，而我生活在老家之外的地方。

乾江中学

从水星街24号出发，往东，约一里半，便是合浦五中。合浦五中之前叫乾江中学，乾江中学之前叫乾体学堂，成立于1901年，是全县最早的学校。

前些日子和朋友一起回学校拍摄一个专题片，发现学校很多地方都改变了模样，但有两样景物至今仍大致保持不变：一是位于校门左右的东、西楼；二是操场那棵谁也说不清生长了多少年的三四十人合抱不过的大榕树。

东、西楼是乾江的象征，谁也不会冒当地之大不韪改变或者拆除。

大榕树下则筑了保护围栏。榕树绿叶茂盛，枝繁根壮，比我读书的时候显得更加青翠。榕树虽然易生长，生命力强盛而且张扬，但在乾江小镇一带，和桉树、马尾松等不一样，榕树不能说是一种阳气、开朗、随意的树种。乾江人对榕树有一种无法言说的敬畏。榕——容，榕树是要敬重、纵容的。乾江小镇附近的村子祠堂前面，一般都会有一株榕树，榕树下常常香火兴旺。

大榕树站立在学校中央，高达三十余米，婆娑枝叶覆盖了学校数百平方米的天空。学校的操场跑道没有选择，只能围着榕树修建。我1982年进入这家学校读书，初一开始便是学校田径队队员。每天早上，我和其他田径队的同学得围着大榕树得跑上二十圈。父亲也曾在这里读书，他当年也是田径队队员，只是我不知道他每天早上要跑多少圈。但知道他考上县城高中后，每天早上从乾江跑八公里路程到县城的廉州中学上学，晚上再跑回家。每天十六公里的长跑，使父亲后来被授予国家二级运动员称号。

在乾江中学读书的时候，课间或者晚上下自修课，我们常三五成群来到榕树下乘凉、聊天。有时，风吹过，头顶上榕树的某处会沙沙作响。大家哎呀一声，开玩笑说，兔精树怪出来了。有胆小的会被吓得撒腿就跑。关于大榕树，有很多传说。传说谁谁见过白衣少女在树洞、树梢中出没；谁谁从树下走过，听到树顶浓荫里女声情歌袅袅；谁谁见过……这些当然都是传说，但是，在上个世纪六十年代那场劫难中，多名老师被学生殴打，遇难于大榕树下，倒是真的。

回乾江中学校一般会敲开在学校任职的老同学家门，到他简陋、清静的家里讨杯水喝。然后我们会到校园里走走。学校里已没有我读书时认识的老师、校工了。从身边经过的是陌生的面孔，幼稚的笑声，但操场、树木、教室、菜地、鱼塘……它们隐约还有旧时模样，好像在等候什么。

四

从来没有算过自己到底有多少亲戚。今年大年初四的时候，在外当领导的姨夫回老家过年，召集了姨家能召集到的亲戚一起吃饭。饭局设在合浦县城一家酒店。那晚吃饭的人整整坐了五桌。还有一些老的、残的、小的、外出的……没来。来了的，我也认不全，有一些见都没见过，甚至有一些常见，但不知道他也是亲戚。这还是姨这一方的，至于姨夫那一方的亲戚相信有多无少。

人一生到底有多少亲人，算不清楚。

我的亲人们大部分分布在乾江小镇及其四周：东坡、叶屋、盐坡尾、插龙、南坡、深坭、更楼、禁山、穿牛鼻、淡水塘……廉州、北海、钦州、广州……

我没见过爷爷、奶奶。爷爷在父亲小的时候就死了，奶奶在我出生的前两年也死了。爷爷和奶奶共有六个孩子。大姑七十年前嫁给北海街一个富商，如今老太太满头银发，性格爽朗，年逾九旬仍健步如常。二伯父在1949年国民党兵败，退走合浦时被拉差到台湾，九十年代解禁后返回北海居住。三姑六十年前经大姑介绍也嫁到了北海，现安度晚年。四伯父曾是中国人民志愿军，后落户广东湛江。五伯父曾是解放军，退伍后当了我初中时的英语老师，在他的调教下，我的英语考试从来没有及格过，现也退休。我父亲排行最小，生前最后的公职是乾江小学副校长。姑姑、伯伯们的儿女们，有一些和他们一起居住，有一些居住在他们从来没有去过的远方。

外公、外婆是前几年才以逾九旬的高龄相继辞世的。外公和外婆生了十个孩子，活下来六个，我母亲排行老五。除了七姨远居广州，其他的都生活在外公外婆生活了一辈子的盐坡尾村附近。

我在外公外婆家生活到七岁，才被接回乾江读小学，是真正的"外婆仔"。父母都是老师，没时间看管我和弟弟，由还没成家的姨、舅舅带看。他们如果要去插秧、耕田、放牛、种菜，就会把我们扔在树荫下随便玩耍，只有等到他们干活累了到树荫下歇歇时，才顺便看看我们，是在打架还是晒晕了，或者睡着了。

外婆先外公而去。外婆病后，母亲和姨、舅他们连夜把她送到县医院，但才住了几天，外婆就坚持一定要回盐坡尾。在第四军医读临床医学研究生的表妹偷偷告诉大家，外婆是得回村了。果然回村没几天，外婆就去世了。外婆去世的时候，外公安静地坐在她身边，像往日一样，不说话。他们一起生活了七十多年！外公在外婆辞世两年后也平静地走了。他们两个人的岁数加起来差不多有二百岁了。先外公外婆而死的是三姨，她的一生是辛苦的一生。三姨夫死得早，她为三个孩子看大了儿女，自己也累病了，积累成疾的身体已不经医治。大舅是去年过世的。大舅在某天早上起床后发现脖子上肿起一个包，开始以为是夜里被虫蚊叮咬所致，并不在意。后来那包迅速长大，没几天脖子上就像贴了二斤肥肉，这才意识到不妥。大舅在北海治疗的那段时间，我几乎每天晚上都去陪他说说话。我发现，大舅的室友每隔一两个星期就会换人，我隐约感觉有死亡的阴影像乌云一样笼罩着他。不过三个月的时间，大舅也去到盐坡尾的泥土里了。

前些天，年过七旬的五伯父电话和我聊天，没聊几句就聊到了已故的亲人。五伯父对生死的态度比较淡然。他说，生生死死是规律，过好每一天才不枉世间走一趟。我不太明白五伯父为什么要对我说这些，但我知道他虽然退休了，除了抱抱孙子，有空就会阅读一些英语刊物。他说，习惯了，阅读是享受，体会到享受才算此生不虚！

五

曾有一段时间，我以为自己如果离开了故乡那片土地，把老家那幢房子抛到背后，会心慌，会活得没有根基，会过得茫然和没有退路。

也曾有一段时间，我以为自己已与故乡和老屋相去甚远。不管造成这种关系是有意还是无意，我曾以为自己再也接不上与童年相连着的那根线了。

但是，我与生养过自己的土地的关系，就像无数次欺骗过我的世事和我的关系一样，很多变化和想法自己根本把握不准。这种变化和想法就像一场绵延的戏，我是这场戏里完全入戏的演员，分辨不出自己什么时候是观众，什么时候是演员。

2008年清明节，我回了老家。

老家的墙壁日愈伤损，大门的门板隐褪了年份，后院的花木败落不堪，一家人住过的房间空着，父亲亲手修补的窗户仍完好，母亲带领我们搓鞭炮做烟花的工具倚在墙角，我和弟弟在墙上挖的洞结上了蛛网……

不知道怎么了，一个人站在老屋中央，有股热流从内心深处，突如其来，汹涌而出。那一瞬间，竟感觉自己像个孤独、脆弱、无助的孩子，承受不住满房子弥漫着的既熟悉又陌生的气息！

　　父亲去世的时候是 1986 年，现在已是 2008 年。期间相隔了二十二年。二十二年后，又一次在老屋突然泪流满面，那么不可自制，那么自然而然。

（《羊台山》第 14 期）

千芳一哭

◎ 买　超

一

日月山海拔 3520 米，以绝对高度论，五岳最高处尚不及其肩，黄山最高峰莲花峰海拔 1860 米，只到其腰，如果千里迢迢到面前只为一览巍峨的尊容，却注定扫兴而归。以日月如此大的名目，却丝毫见不到日月般的威威赫赫，高度只有百米，不过是一座碌碌的小丘。原以为要费一番登攀的力气，却发现从车上下来，只要几十级台阶就到了山顶。在青藏高原随便找一个土丘，它的海拔都是令人惊诧的，人类欣赏的所谓高大，其实只是相对的超拔，绝不是物理意义上的高度。

不过你千万不要因此而小看了这座小山丘，它之所以名声在外，很大程度上缘自特殊的地理位置。血缘上，它属于祁连山的支脉，自有其高贵的家族血统；位置上，它横亘于西宁入藏的必经之路，过去很长时间内是中原进入西藏的唯一通路，自有其一夫当关，万夫莫开的气势。从地理的概念上讲，这里是青海农业区和牧业区的分界线，是黄土高原和青藏高原的分界线，季风性气候和非季风性气候的分界线。在历史上，这里曾是大唐王朝和吐蕃的国境线，验证了大唐与吐蕃的恩怨。吐蕃的战马滚滚而来，大唐的铁甲浩浩而去，中间有多少攻戮杀伐，多少血流如注，多少马革裹尸，山岳自知，而一言不发，足可以见其饱经风霜后的练达与沉稳。当你了解到这个坐标所代表的意义，它在你心目中的地位还仅仅是一个低矮的土堆吗？

日月山山顶两边高而中间低，状如驼峰，在两个高点上是一对相貌相同的小亭，看起来不像什么古物，估计是今人的效颦之做。在天高地阔、四顾茫茫的青藏高原的雄浑背景之上，伫立着这么一对茕茕孑立的小亭，显得突兀而孤单。楼台亭榭是有太多人间味道的东西，应当是在花团锦簇、柳丝弄晴的地方幽雅而婀娜的伫立，而在高原天风吹拂下，在广袤无人的阒寂里，这样的情景只觉怪异中又有一点落寞，仿佛一个红妆艳态的少女，独对无际的虚无苍凉。

登上山顶，四顾眺望，前方是芊绵的芳草直达天穹，背后是黄土高原的千沟万壑，想古时西去吐蕃的人们，故国的万里江山已在身后，目的地似乎在天穹之上，登临此地应是高处不胜寒吧。李白诗"总为浮云能蔽日，长安不见使人愁"，虽不是同样的情境，却有相似的心境。

远处的玛尼堆上，以碧蓝的天空青色的草原为背景，经幡在随风飘荡。虔诚的藏民们相信印在幡上的经文会随风飘散，传播四方，不知道这来自天穹的梵音，是否可以化解人世的恩怨和忧伤。

二

去日月山时山下正在修葺一个巨型塑像，高度几可与日月山争荣。塑像大体已完工，可见一个古代少女，衣带飘飘，面含春风，手捧哈达，面朝东方做迎宾状。那是文成公主的造像。

中国似乎有一种传统，风景名胜一定要有人文的背景才更加彰显厚重，如果没有帝王的驻足封禅，至少也要有墨客骚人的履痕诗句。日月山地域偏远，风景荒凉，既不能吸引帝王的目光，也不曾引发诗人的雅兴，不知道是谁搜肠刮肚，终于找到一个可以沾上边的贵胄——文成公主。既然唐代入藏，这里是必经之路，又是唐蕃边界，文成公主怎么可能和日月山没有一点联系呢？文成公主是日月山的品牌代言人，因此造型类似黄山迎客松也顺理成章。

传说文成公主入藏，经过日月山，将一面唐太宗赠与她的日月镜抛于此处，因而山以此名。至于文成公主为什么把一面镜子抛在地上，则衍生出两种说法。第一种是说唐太宗告诉她思念家乡的时候，看一看这面宝镜，便能望见长安城中的情景，而当公主拿出宝镜的时候，镜中却只有自己消瘦的脸，便绝望地抛下宝镜。另一种说法则完全不同，说文成公主为了显示自己不再眷念故国，一心维护唐蕃团结，故而将宝镜丢下，大义凛然地西去。

传说终究是传说，若从人情的角度来衡量，倒是前一种说法更为可信。一个遥远的异国，一副荒瀚的风景，一个别家去国的红颜，独自面对一面故国的明镜潸然泪落。也许还有一声叹息吧，叹息命运的操纵与戏弄。似曾相识的故事，隐藏着历史的恢弘与无情。朱雀门外的斜阳，霸桥的烟柳，燕子的翅膀再阔，也飞不过昆仑，只有在日月山边踯躅。

另外一个传说是关于一条河流，文成公主思乡的泪水汇聚成一条潺潺河水，与所有的河流逆道而驰，由东至西流淌，这条河就在日月山的附近，叫倒淌河。

对一个旅行者来说,每一个地方杜撰记载的或真或假的故事也许很快就会被遗忘,直到另一次旅行,让我重新想起日月山。

三

深秋的塞外,风中已充满寒意,令草原枯朽,令青山黯然,我到呼和浩特的郊外去凭吊一个曾经倾城倾国的女人。她的坟茔就在呼和浩特的郊外,其实那并不是她的埋骨之所,不过是后人为凭吊而设的一个衣冠冢。然而,凭着这一点遗迹,不散的一缕香魂,就足以惊世骇俗了。据说当塞外秋风瑟瑟,遍地枯黄的时候,她的坟茔之上仍是一片绿草萋萋。呼和浩特,蒙古语的意思是"青色的城",她的墓叫"青冢"。

可惜当我到达的时候,坟上早已枯草漫漫,萧瑟于塞外无遮拦的风中。坟茔高大,更像一个土丘,绝对高度恐怕比日月山还要高。同样高大的塑像立于坟前,不过是两个人,于马上并辔而行,同样的面带春风,只不过双目对视中多了脉脉含情。其中一个配角是她的丈夫呼韩邪单于,她则是千古吟诵的出塞故事中的女主角——王昭君。

王昭君和文成公主一样,远行的起点都是长安,不过她要比文成公主早动身将近七百年。唐太宗没有舍得把自己的亲生女儿远嫁异邦,而选择了一个据说是自己族弟的女儿文成公主,唐太宗也明白这样的远嫁并不是多么美好的事情。汉元帝则干脆找一个宫女冒充自己的女儿,去担负安抚蛮夷的使命。意料之外,这位埋没于深宫的宫女竟然天香国色,如今将要拱手送与他人,汉元帝后悔了,但是一言既出,以九五至尊,岂能言而无信。贵为一国之君而身不由己,元帝也只能把满腔怨愤发泄到倒霉的画匠毛延寿身上。王安石的《明妃曲》道出个中缘由:

低徊顾影无颜色，尚得君王不自持。

归来却怪丹青手，入眼平生几曾有。

意态由来画不成，当时枉杀毛延寿。

也许是离别故土远赴异乡的前夕，那一点梨花带雨的意态打动了帝王的心，假若昭君一生在宫廷之内，只怕红衰色残，也未必得到君王的侧目。昭君自愿选择远嫁，不愿让青春在寂寞宫闱之内虚耗，宁可在塞外荒原忍受朔风的锤打，恐怕也是绝望中的选择。即使昭君真的得到君王的宠幸，又何尝便是幸福，中国宫廷之中妃嫔争宠攻讦，引发的血淋淋的故事早已耳熟能详。赵飞燕相比王昭君，究竟谁更加不幸？

然而塞外终究不是故乡，虽然贵为阏氏，也就是匈奴的王后，王昭君仍无法掌握自己的命运。呼韩邪单于死后，不得不按照匈奴的习俗嫁给呼韩邪的儿子。而塞外苦寒，几十年异乡的生活，对于家在秭归的南方女子，究竟是如何适应的，我们从典籍中已经无从了解。也许从《李陵答苏武书》这段文字里，可以约略窥见一点当时的情景：

韦韝毳幕，以御风雨；膻肉酪浆，以充饥渴；举目言笑，谁与为欢？胡地玄冰，边土惨裂，但闻悲风萧条之声。凉秋九月，境外草衰，夜不能寐，侧耳远听，胡笳互动，牧马悲鸣，吟啸成群，边声四起。晨坐听之，不觉泪下。嗟乎，子卿！陵独此心，能不悲哉！

经考证，这是后人伪托李陵名义写的一篇文章，但词句中的塞外生活，一派荒寂凄凉，却是写实的笔触，我们不难想象昭君在异邦的情境。

穹庐之内，轻轻抚弄琵琶，寒天冻地，霜河冷落，一曲终了，帐外胡笳声起，女子的心中是否漾起故乡的春水呢？还是在梦衾的余温里，望见老屋后鲜妍的桃花？

王昭君何时离开人世，埋骨于何方，无人知晓，青冢之上，只有一方石碑，王昭君的造像，独自于塞外的风中。大青山在北面，汉家的旧地在南方，一个寂寞女子的灵魂将归于何地？

四

殷商的覆亡归罪于妲己，西周的破败始于千金一笑的褒姒，满清入主中原，大明江山易手的缘起也可以找到陈圆圆与吴三桂的关系，中国的史官对于红颜祸水的想象力登峰造极。而对于和亲这种似乎有损大国尊严的事情，照例是轻描淡写，一带而过。为我们熟知的，也不过是文成公主和王昭君的故事。其实在历史发黄的卷册里，我们可以在很多不经意被人遗忘的角落，找到这类的注脚。

仅以汉初为例，和亲政策曾是很长时间内汉朝对付匈奴的方法。刘邦定鼎之后，曾雄心勃勃亲率三军讨伐匈奴，却在白登一战，被围七日七夜。最后如何脱困，史书语焉不详，只记载听从了陈平的计策。野史有一种说法，说陈平以大量财物珍宝贿赂阏氏，并伪称将把一美貌女子献于单于以求匈奴罢兵。阏氏担心自己失宠，故劝单于网开一面，放刘邦逃遁。这种说法的可信性并不高，以如此拙劣的手段也可以退却匈奴的四十万雄兵，未免近于儿戏。但从那以后，刘邦以和亲的策略笼络匈奴，求得汉初的和平，却是不争的事实。此种策略文帝景帝一直延续，直至武帝，才令卫青、霍去病与匈奴开战，消除边患。

中国历史上汉唐皆为盛世，可说雄踞海内，睥睨四方，是中华强盛壮大的年代。以刘邦威加海内的气魄，李世民贞观盛世的国力，仍旧要以和亲来弥平边患，究竟是何种原因呢？

和亲的策略是否让边患消弭于无形呢？汉代自刘邦开始和亲，

直至武帝，匈奴对于汉朝边疆的滋扰从未停止，促使文景不得不一直使用和亲的政策。文成公主入藏不到二十年，松赞干布去世，他的孙子芒松芒赞继承王位，唐蕃开战，尚在人世的文成公主只有眼睁睁看着父母之邦与终身托寄之国冰刃相见，却无法制止。

汉文帝或是唐太宗，都不会不知道以史为鉴的道理，却甘于让历史的悲剧轮回。对于男性主宰的社会而言，女人只是政治角逐中的一个棋子，强者股掌中的玩偶。用之弃之奉之贬之，女人都要用娇柔的躯体承受，那不是命运的手指，那是男人的意志。用一个女人的幸福来换取荣华富贵声名权位，甚至江山社稷，即使是镜花水月，哪个男人不愿意一试呢？专诸为刺王僚，以酬答知己之恩，可以让别人杀死自己的妻子，唐太宗只是让自己的亲戚远嫁，已算人道的作为了。

悲剧注定要重新演绎，在另一个时间，另一个地点，用另一个女人的青春和幸福，而后在历史的浓墨重彩里成了一块小小的留白，欲言又止。《红楼梦》中有一种茶叫"千芳一窟"，有一种酒叫"万艳同杯"，千芳一哭，万艳同悲之意。也许曹雪芹真的听到传自历史深处的哭声，才把深深庭院里的生死悲泪，铺衍成一部千古绝唱。

五

陈寅恪曾为柳如是做传，柳如是不过是秦淮河畔的烟花女子，如此的身份背景历来是不入文人骚客的法眼，最多不过是野史鄙闻，聊做谈资而已。但其夫大儒钱谦益的作为，却令柳如是的形貌在陈寅恪的笔下骤显高洁。钱谦益号称当时士林领袖，著作等身，满口忠义仁孝之辈，而一旦异族入侵，山河破碎，却为了苟延性命，委身事敌，还妄谈什么操守气节。倒是一个章台女子，尚知廉耻，愿意与自己的丈夫共赴国难，以身相殉，然而她所眷恋依托的男人，却怯懦地退缩。托付一生的人，竟会是如此模样，柳如是想是有所托非人之慨，但既知又能如何，只能和自己的丈夫共同忍受清流之士鄙夷的眼神。《桃花扇》里的李香君只有青灯古佛，了度余生，舆论漩涡中的陈圆圆，当吴三桂举兵反清事败之后，究竟归于何处，至今仍是一个谜。可叹"十四万人齐卸甲，宁无一个是男儿"！浮萍随水，如果流水无法承载落叶，御苑的红叶也只有落寞于秋风。

  想起文成公主在日月山下抛下宝镜的刹那，轻轻松开纤弱的双手，似乎不胜重累，玲珑的明镜缓缓坠落，砰然粉碎，镜中的山河与容颜一同支离破碎，一抛之间的千古寂寞，谁能做黑暗中倾听的人？

  幽怨的出塞曲，余音仍在，似一颗无声的泪滴，堕入黑暗的古潭，惊起一只夜鸟，扑簌着，飞向遥远的星天。

（《羊台山》第14期）

亲亲我的故乡（四章）

◎ 周大强

父亲的颜色

父亲50岁以后，一天天黑瘦下去，皮肤都成了泥土的颜色。而我刚过30岁，也开始按着父亲的模样生长。父亲说，你这一身颜色，全村找不出第二个来，有你这样的一个儿子，我无愧祖宗了。

母亲说，父亲是在夸我。我说，他是看上了我这一身能犁地、打场、拉大车的硬肉了，他是在夸儿子身上的肉好呢。母亲反问，男人要是没有这一身肉，怎么干农活？你父亲是方圆十几里的劳动把式，如果你不会这些农活，谁还信你是他的儿子呢？

和母亲话不投机，我便扛着木犁，赶着牛去犁春地。我跟在壮实的牛屁股后头，像牛的影子；父亲跟在我壮实的屁股后头，像我的影子。到了地头，父亲将烟袋杆朝我嘴里一塞说，今天让你瞧瞧我种地的手艺。父亲便扬起鞭，朝牛屁股上一抽，牛皮下便隆起了块块硬肉。父亲扶着犁子，犁开了那块土地。黑腻的泥土顺着雪白的犁头，波浪般地倒下去。父亲扭过头对我说："我就凭这侍弄泥土的手艺，丰衣足食了几十年，只要你学好这手艺，泥土便不会薄待你。"说完，父亲又一扬鞭，牛便拖着他跑。两个都跑得气喘吁吁，满脸满身都是汗。

我像牛一样，一头扎进了父亲的土地里。父亲则蹲在地头守着我。我从地里出来后，父亲替我拍打掉头发、眉毛及耳后根的土末。父亲爱牛一样地爱儿子，又爱儿子一样地爱牛。我一边做父亲的儿子，一边做父亲的牛，接受了父亲对儿子与对牛的双重的爱，也承担着做儿子与做牛的双重责任。

这年收高粱时，父亲说我脸黑红得像高粱穗；收山芋的时候，父亲说我脸糙红得像山芋皮。父亲说："你身上的颜色越重，我心里就越踏实，这是咱们庄稼人祖传的颜色。我把土地交给你了，你要好好地对它，像对待你妈那样才行。"

我控制着自己的颜色，一天天向父亲靠拢。可我与村里的同龄人越来越不同了。村里的年轻人大多离开了土地，到城市谋生活去了，像我们这样在泥土里刨日子的人越来越少。我说，我们也出去挣钱吧？父亲黑着脸说："不管他们，只要种好我们的地，就有你吃的和你想要的。"

母亲问我想要什么，我看着人家的媳妇支支吾吾地红了脸。母亲说："不就一个白白胖胖的媳妇吗？会有的。当年你父亲就是先有的土地，才有的我。"我便低着头，弓腰拉着一车大粪去庄稼地了。

这年秋收完毕，父亲坐在粮食堆里说："你黑得可以塞进灶里当煤饼烧。"我真有那么黑吗？手指头在墙上的日历上一划，果真就留下了一道黑黑的指印。我对母亲说，还是找个颜色黑点的媳妇吧，白的一碰就脏了。父亲说，黑的好，看着舒服，不扎眼。

我接过话，那就给你生个黑色孙子吧。父亲大笑，脸上的肌肉朝不同的方向游动，动着动着就停止了，从他的眼眶里滚下几颗硕大油黑的泪来。母亲说:"这是什么鬼风气,有了好地,有了比牛还结实的汉子,竟讨不到一个媳妇来。"

到了年关,在外地打工的年轻人回了乡。我和他们聚在一块儿,他们说我一身都是泥土的味儿、庄稼的味儿、牛粪的味儿,闻不惯,一闻就要打喷嚏。可父亲说:"我就爱闻这些味儿,不闻就很不舒服,很不习惯。"我也是对少了这些气味的环境不习惯。父亲问,继承了他的颜色,后不后悔?我说,不后悔,我应该和你,和身后的泥土保持一致。

日子一年一年地过着,父亲慢慢地老了。这一年初秋,父亲早早地把一件粗布棉衣穿在了身上。父亲说,穿粗布衣服就如同披了一层泥土在身上。我去摸那衣服,果真摸到了一种类似于泥土的粗糙。父亲说:"人到了我这个年纪,只有把泥土披在身上,心里才踏实。"父亲又说:"我走后,你只要在泥土里刨一个坑,用被子那么厚的泥土把我盖住,我就满足了。"

到那时,父亲和泥土便融合为一,父亲的颜色和泥土的颜色也融合为一了。如果我想父亲,只要将身体伏在土地上,听那泥土深处的声音便听到了父亲的声音;只要看一眼泥土的颜色,便看到父亲的颜色了。

鱼的纪念

故乡的鱼是一些老实巴交、胸无大志的鱼,一辈子都活在一汪潭水里,是些见到湖泊那么多水便要紧张,游到海洋里便会淹死的鱼。我和父亲曾养过这么一些脾气的鱼。它们幼时天真活泼,性格明快,长成后整天寻寻觅觅,若有所思,老来便沉默寡言,性格古怪。

我们和这些鱼相识在二十年前的夏天。那天我和父亲挑水浇山芋，一些扁身圆脑袋的小鱼和水一起被浇到土地里。父亲用一个葫芦瓢把它们带回了家，放到门前的池塘里。我在塘里放了些水草，在塘边植了些桑麻，便算是给鱼安了家。

因为住进了新居，鱼们格外兴奋，整天浮在水的表层，露着淡青色的脊背，屁股后头拖着一尾浪来了又去了，像鼠标的箭头，从某个角落一下弹射到水的中央，而后戛然而止，身子一翻，便向另一个方向射去。我们用藤筐把它们从水里捞起，它们紧张地跳动着，柳叶形、刺槐叶形以及银杏叶形的身体，像薄银片在太阳下闪闪发亮。待你放它们入水，它们一抖尾巴便游出了十几米，躲在水草丛里，回头朝你看。

那些鱼后来长得阔嘴鼓腮，像我父亲的样子。它们终日贴着水底趴着，不言不语。稍有一点不顺心，便要发脾气，身体像鱼雷一样冲来撞去。父亲从地里回来时，把背回的青草撒下去，它们便慢悠悠地浮到水面上，张着杯口那么大的嘴肆无忌惮地吃着，声音响得如牛吃草。父亲爱端着碗稀饭坐在桑树下看鱼。他只要一咳嗽，鱼们便愣头愣脑地朝着父亲看。父亲把碗里的山芋片一片片地扔给鱼吃。那些鱼便快乐而幸福地抢食。

那几年我们正穷着，起先每天还能吃山芋片，后来竟穷到了吃草。家里的猪羊相继都被卖被杀，日子实在撑不下去了，父亲把猪羊的相同命运给了鱼。那天鱼听到了父亲的咳嗽声，浮着水面等父亲喂食。父亲给鱼倒了一碗粮食，然后撒下了网。鱼在网里挣扎着，最终是挣扎着死了。鲜活的生命成了几锅腥气逼人的汤。父亲母亲喝了它们的汤，我和姐姐吃了它们的肉，狗吃了它们的骨头，于是鱼这一辈子就这么完了。我们忘掉了鱼给我们的快乐，因为我们实在是太饥饿。

当饥饿过去，吃饱饭不再是问题的时候，为了表达我对整个鱼类的忏悔，便在客厅的玻璃缸里供养了一条鱼。一条从鱼市上捡回来的，极小极丑极其瘦弱的鱼。我给它最好的面包和最纯净的水，但一直没能让它快活起来。它隔着玻璃朝我们的世界里看，一看就是一个下午，一脸的抑郁，满眼的忧伤。我以为抑郁是这个时代动物的共同特点，便没有理会，依旧给它我最好的感情，直到它死。我很悲伤，托一只猫把它带到一个我见不到的地方去。后来去海上，见到那么多追逐着浪花的快乐鱼群，才恍然想起那条心事重重的鱼。原来它的理想并不是一鱼缸的水，而是整个海洋。

我丢下老婆孩子，去看故乡的鱼。到家后见父亲已老，池塘已干。父亲坐在桑树桩上，抽烟不停，咳嗽不止。那池塘早已为泥所淤积，存不住一滴水，我问父亲那池塘还养过鱼吗？父亲说：养过，只是再也没有鱼愿意住下来。那天午饭时，我和父亲对天地洒几杯水酒，纪念鱼。因为我们太对不住那些给过我们快乐和幸福的鱼了，而且我们再也得不到鱼们的宽恕与体谅。

那块平原的滋味

友人生活在平原的深处，家前屋后都是一望无际的大平原。那天友人夜不能寐，夜里打来电话：春正在他那儿发生，村里村外、麦地里麦地外到处都是，不看可惜。听他的声音就知道，春天也没有将他的身体遗忘。

我猜想，那时他正站在平原深处，风在手机里的吼叫声，让人觉得他已经被春风高高地托起。在风声的底层有零碎的狗叫与鸡鸣。他一定站在村口解开了衣襟对着平原，衣袖里灌满了风。我也不能入睡了，推窗见窗外的城市还是冬天的样子，可风已经是春天的风了，风从友人的那平原吹过来，带着十六岁男孩那样的萌动之气。

去看他的平原。他和几棵正萌发的树木站在春光里等我，阳光洒了他一脸。金子颜色的阳光和久违的笑脸，带着恰如其分的春意迎面拂来。他的第一句话就是：春天刚好，不看就迟了。

那是一块被麦子占满的平原，麦子浩浩荡荡向天边铺展，村庄像画布上一抹褚黄的色斑，随时都有可能被泛滥起来的绿色淹没。我们从一处废弃的村庄进入平原，然后沿着一条潜伏在麦地里的河流走下去，要走到什么地方、去干什么，我们都没有想。走了两个小时的路，到了一块湿地，那里的春天正破土而出，到处都是新鲜的苇芽儿，叫人无法下脚。那些尖尖的，美人指尖一样的苇芽，激起了我们对土地的好奇。用手指去挖泥土，才知道那里春天早已经来过。

芦苇地的泥土有股鱼腥味，友人说我们所站的位置是平原的腹地，每年夏天平原里多余的雨水都汇流到这里，丰富的水生植物使得这里成为鱼儿短暂的天堂。我顺着来时的路回望过去，才知道我们已处在平原的最低点。湖泊在我们的身边，麦子生长在我们的腰部，而遥远处的村庄被雾气虚化成蜃景，飘浮在天顶。刚才穿越的那块平原，已经悄无声息地隆起了一个巨大的坟包，堆在我们的头顶。

我们在身后那块高地里看到了一些坟，虽是清明但却没有人祭扫，那都是些荒坟。坟上的枯草远远高过我们的身体。友人说这些坟除了占据它的那个人外，一直鲜有人驻足，坟上保持平原最原始的生态，土质是原始的土质，植被也是最原始的植被。我们在那些地方找到了很多已从大平原里消失的植物，它们拥挤在一处，保持着旺盛的生命力。

友人给我们一一介绍起了那些植物，有野黄豆、野秧苗还有野蒜。这是一些没有经过人工选择与进化的植物，它们保存着它们祖先的原始脾气和容貌。比如说，野蒜，那是蒜的原始样子，像野草一样，纤巧瘦弱，簇拥而生。我们拔起一些野蒜，并品尝了它的球形根，一股陌生的辣味，顷刻间从舌尖袭遍全身。

在友人的家吃了午饭，冬瓜干、豆角干，还有一些被去年阳光风干的植物茎蔓与果实，这些都是来自那块平原，来自友人和他爱人一年来的辛苦收藏。饭后的茶水也是来自这块平原，带着那块土地的特有的淤泥腥味。酒足饭饱后，那块平原便被我们完整地带了回来。

不久后的一天，我在城市的某间温室里吃饭，突然吃出了那块平原的味道来，准确一点说是吃到了野蒜的味道。我打电话给友人，我说那些躲进坟上的野菜，最终还是没有躲开人类，走上了城里人的餐桌了。友人说，你替我尝一下，是不是真的是野蒜。我说：尝过了，还真辣，你瞧我都被辣出了眼泪。

母爱如诗

当阳光的颜色一点点渗入庄稼的身体，母亲的心便不在村庄里了，她在那些陆续成熟的庄稼地间来回奔走。从油菜开始黄壳到麦子成熟，母亲已经有一个多月没怎么沾家了。

我们按着麦子的成熟顺序，到那些分散在平原深处的庄稼地里给母亲送饭。我们对着那些可能淹没母亲的麦地喊，只喊一声，麦地里便会站出很多位母亲。她们或深或浅地分散在那些成熟的庄稼地里；她们都是母亲，其中也许有我的母亲，也许没有，更多的时候是没有。母亲正在另一块与此相似的庄稼地里，成熟的庄稼将她深深地掩埋在平原的深处。

我们找到母亲时，看到母亲通常是这样：她拿镰刀的那只手叉着腰，另一只手在眼前搭起了凉棚，眼睛朝着声音发出的方向张望。母亲在观察喊母亲的是不是她的孩子。我们将饭送到母亲的面前。母亲在吃饭前，又一鼓作气地割完很大一片麦子，然后她直起腰朝着麦地前后两个方向张望。母亲坐在麦堆上吃饭，她说："我在天黑前能将这块麦子全部割完，你信不信？"我说不信。母亲吃完饭，将碗丢在麦茬地里，又扑到了麦子跟前，母亲说："你等着瞧。"

　　母亲割麦子的速度很快，刀在母亲的手里是不停的，而且每次刀口都恰好切在麦子距土地上方四指处的位置；麦子齐刷刷地倒在母亲的怀里，看上去温顺、臣服。不大一会儿，母亲和我之间的麦地便空出了一大块来。母亲抹着汗水问我："你信了吧？"有时候母亲在那头拼命。母亲割到了我的身边，又让我站到下一个站点，再数一千五百下，一个程序在麦地里、在母亲的身上重复着。母亲割到我的身边往往是上气不接下气，她还笑着问我，到一千五百下了吗？太阳很闪眼，风儿很烫，我的鼻子很酸、喉咙很干，所以说不出话来，只是狠狠地点头。

　　这是母亲的游戏。即使我不在麦地里，我的姐姐和妹妹也不在麦地里，这样的游戏也会继续的。那时，麦地前方的某棵瘦高的燕麦就代替了我成了母亲的目标，母亲就这样一个目标、一个目标地向着麦地的尽头冲刺。母亲到了终点，汗水早已从头湿到脚。母亲抱着水瓶喝水，她的头仰得很高，水瓶的底儿对着太阳，水瓶的嘴对着母亲的嘴。水瓶里发出咕噜咕噜的声响，那水流到母亲的身体里时，我看到母亲那仿佛哺乳期女人一样的胸口，朝前方狠狠地鼓了一下。那时的母亲真年轻。

　　麦子集中在了打谷场上，父亲开着拖拉机带着石磙子，像祭祀一样在上面绕起了圈。三个小时过后，从麦秸秆上脱离的麦子，囤积成打谷场中央一个坟形的粮食堆。母亲从粮食堆前经过时，有时会弯腰捧起一把麦子，有时是侧身捏起几粒，有时则是用扫把将一些走失的麦子拢入集体的怀抱。当几乎所有关于麦收的后续工作都进行完毕后,母亲的话题便落在了麦子的身上。

母亲捧起一把麦子,父亲在时就捧在父亲的面前,我在时就捧在我的面前,她自己在时就捧在她自己的面前,母亲说:

"今年麦子没受亏,你看这胖头胖脑的,像'拥护'家的那个小胖墩似的。"

"你看这两瓣这么对称呀,像'启轩'那孩子的小屁股一样。"

在收获的季节里,在那些饱满的麦子面前,不识字的母亲想象力丰富,说话文绉绉得像一位诗人。

(《羊台山》第 16 期)

舍不得荒废的精神生活

◎ 范　明

冬日的阳光暖暖地照在南国大地上，我似乎已经听到新年的钟声了。

每一年，我们是不是都有同样的一个感受，年头时满怀憧憬，好像需要做的事有很多，到了年尾，我们细数365天的脚步，似乎走得并不远，其实，我们不需要走得太远，只是希望在一年当中，一件事一件事做好，一个脚步一个脚步踏实。

如果对2010年这一年中在《羊台山》杂志上所发表的作品进行回顾与总结，是十分困难的，因为大家都走在路上。

对于文学比较关注的人而言，文坛似乎显得很热闹，但如果跳出文学看文学，现实中，或许只有少部分人喜欢文学。文学需要一种磁场与氛围，建立一个平台，大家可以时常聚在一起谈论，相互学习与鼓励，然而，每个人心里都很明白，写作是个人的事，需要个体的体验和思考，挖掘自身对现实及生命的独特发现，才有可能在这条路上走得更好。

办刊也是这个道理。

然而，文学创作却与"闲居"说："'闲居'、'无事'，正是科技时代里人人都舍不得荒废的精神生活。"那么，办刊也好，搞文学创作也好，正是我们在紧张的工作与生活之余，都舍不得荒废的精神生活。然而，文学创作却与"闲居"与"无事"不能等同，它是另一种生活方式。一个有文学抱负的人，不仅仅是把写作当作业余爱好，它是一种理想，一种追求，并且专心致志地投入，甘愿去花费时间与精力。

今年获得诺贝尔文学奖的秘鲁作家略萨，在谈及他的创作时说："小说在时间里进行，而时间是无限的。"

把这个意义延伸开来，我们在办刊或阅读、写作的过程中，获得的时间仿佛也是无限的。

（《羊台山》杂志第 17 期）

宗教香，帝王香，文人香

◎ 西 篱

香文化和宗教有关，无论在东方西方，无论在佛教、道教、基督教、伊斯兰教中，凡有祭祀祈福等重要仪式，均会焚烧香木，袅袅香烟，隔绝俗尘，直达神邸，世俗中人得以传达虔诚心意，与神沟通，聆听神的教诲和旨意……

所有宗教里面，大概佛教对香料的消耗是最大的。佛教兴起伊始，释迦牟尼佛就对香十分推崇，至今两千多年，凡佛寺必求香火盛，有佛处必有香烟，即使是普通吃斋念佛的百姓之家，也要设香案香炉，每日先上香，始表达虔诚和祈求之意。

何故？

盖因为佛理认定，香不但是境界，更是证明，有香，便有圆满、有智慧、有德性。香者，气也，奇妙之香，通智怡性，与圆满的智慧相通相契。佛家认为，凡修行有成者，其肉身能够散发出特殊香气。佛经就曾经记载，有说法之佛，浑身孔窍散发异香，其香普熏十方，震动三界。该异香，就是证道者之心德所成。

在《六祖坛经》中，惠能大师以戒香、定香、慧香、解脱香、解脱知见香讲述五分法身之理；《戒德香经》记述佛陀语：持守善德的人具"戒香"，此无上之香普熏十方，虽顺风逆风也畅达无碍,非世间众香所能相比;《楞严经》记大势至菩萨阐述,修持者若能专诚地忆念佛性,则能受到佛的加持与接引,如染香人,身有香气。

此外,佛家还倡导"闻香悟道",将香引为修持之法门。《楞严经》中,香严童子的自述:"我于居处静堂养晦自修,看见比丘们烧沈水香,香气寂然,入于鼻中。我观察这个香气,并非本来就有,也不是本来就空;不是存在烟中,也非存在火中,去时无所执着,来时无所从来。我由此心竟顿销,发明无漏,证得阿罗汉果位。现在佛陀问我达到圆通所用的法门,如我所证悟者,以香的庄严为最胜。"

孙陀罗难陀也自述:"当初我出家随从佛陀入道时,虽然具足戒律,但是心却常常散动,无法证入无漏解脱。于是世尊教我观鼻端一片白,我开始定心谛观,经过二十一日,只见鼻中气息出入如烟,内在身心虚空清净如琉璃。后来,这个烟相逐渐消失,鼻息成为白色,心中开明,烦恼尽除,出入的呼吸都化为光明,遍照十方世界,由此入道,得阿罗汉果。"

无神论者,自有科学方法解释香严童子、孙陀罗难陀们的"幻觉",但有个西班牙作家说得好,宗教一出现,科学就沉默。我们且继续追踪香文化与佛教的关系吧。

"……极乐国土,有七宝池,八功德水,充满其中。池底纯以金沙布地,四边阶道,金银琉璃玻璃合成。上有楼阁,亦以金钱琉璃玻璃石车石乐赤珠玛瑙而严饰之。池中莲华,大如车轮,青色青光,黄色黄光,赤色赤光,白色白光,微妙香洁……又舍利弗,彼佛国土,常作天乐,黄金为地,昼夜六时雨天曼陀罗华。其土众生,常以清旦,各以衣祴,盛众妙华……彼国常有种种,奇妙杂色之鸟,白鹤,孔雀,鹦鹉……昼夜六时,出和雅音……"

不仅池中莲华,微妙香洁,在佛家描述的极乐世界,有"众香国",此国之佛为"香积如来",以香开示众生,天人坐于香树下,闻妙香即可获圆满之功德。

由是,佛教中,香沟通凡圣,是最殊胜之供养。香为佛使,凡佛事,必定要焚香上香,并伴以恭敬郑重之礼仪,诵念赞偈礼敬,"供养十方无量佛,闻香普熏证寂灭"。佛事用香,修持也要用香,因为芬芳之香使人心喜悦,助人到达沉静、空净、灵动之境界,于心旷神怡之中,正定修道。僧人打坐烧一炷香,曰"坐香";围佛像"绕佛"三圈或七圈或更多,曰"行香";跑步绕佛,曰"跑香";修持者犯错罚跪,曰"跪香"……

香文化和宫廷有关。

最早的焚香,是春秋时期的诸侯王朝仪。到汉代,丝绸之路将外域香料源源输入,焚香成为贵族生活的重要细节。皇室爱香,礼敬先祖燃香,宴饮、占卜熏香,祭祀、沐浴焚香……大唐时期,王朝与西域各国往来密切,西域香成为宫廷奢侈品,王公贵族以香为风雅。依仗国家的经济实力,无论高宗、武则天、玄宗,一应宫廷礼仪均要燃香焚竹,彰显皇室气派、身份尊贵。甚至于皇帝经行处也"以龙脑、郁金铺地",其奢靡极致,成为盛世宫廷文化景观。

史料记载的唐代宫廷礼制中,规定朝会之日,御座之前置香案,奏事官员须面对香案而立。

据说,唐玄宗时,玉环得宠,其族兄杨国忠也飞黄腾达,升任宰相,成为朝廷的重臣,还得玄宗赐名。他生活上极为奢靡,筑有"四香阁",用沉香为阁,檀香为栏,以麝香、乳香和为泥饰壁,其奢华远超皇宫中的沉香亭。

唐中宗时,曾经举办过一次高雅的比香大会,皇亲国戚权臣各携名香莅会,比试优劣,是著名的"斗香"。由于皇帝偶会将香料赐予臣下,由宫廷到贵族阶层,香随皇恩绵延,王族权贵,争相用藏，焚香薰衣成为贵族风尚。流风所及，贵族们的公堂居室，香烟袅袅，上层社会的士大夫、贵公子讲求名香熏衣，香汤沐浴。沐浴的水中加了香料，衣橱悬挂香囊，身上散发着香味，所到之处，幽香扑鼻，闻香识人，名贵而时髦。比时光更虚无的香，勾勒的却是帝国王族之风尚与景象。

香由宫廷礼仪、宗教法事传向民间。百姓用香，多为防病治病、驱虫辟秽。文人爱香，才令香文化生动饱满，得诗文诵传。"博山虽冷香尤存"，文学哲学共一境。文人焚香静心始读书，嗅香而获灵感，神思随香而悠远。

魏晋之后，文人雅士不可无香；唐宋时期，诗词无不与香相伴。高山流水，清香一缕，幽微晓梦，漏尽香残。香，与思与梦与镜，难解难分。

古之文人写香，诗词歌赋，不计其数。我最为喜爱的李后主、李商隐、苏东坡、李清照等等，均留下佳作。

最最喜爱李清照的《醉花阴》，小时跟父亲学了这支古曲，或独处或同学相聚，我会不由自主地吟唱给寂静听，给知音听——

> 薄雾浓云愁永昼，瑞脑消金兽。
> 佳节又重阳，玉枕纱厨，半夜凉初透。
> 东篱把酒黄昏后，有暗香盈袖。
> 莫道不消魂，帘卷西风，人比黄花瘦。

词中的"瑞脑"，是龙脑香，"金兽"，则是兽形铜香炉。

香于文人，是灵感，是境界，是情操，是品性，是禅意，是觉悟和追求。

经济时代，求名谋利，讲究谋略，文化往往被拿来"穿衣戴帽"。利益集团，地方政府，总要寻一个粘得上钩得着的大帽子，做成品牌。有了牌子和由头，才能够将人聚集拢来，将资本整合起来，将 GDP 拉升起来……

文化产业，应将传承文化、贡献文明为己任。若只为利益目的，再漂亮的帽子再华丽的外套，都有破旧的时候。

我爱香，爱香文化。我时刻沉湎于中国文化华夏文明的博大精深绚烂瑰丽中，嗅其香，迷其香，心怀欢喜，才思泉涌，激情充沛。随一炷清香，一缕轻烟，抵达灵感之芳草地……

(《羊台山》第 17 期)

那些瓜儿

◎ 王先佑

　　大凡在乡村长大的孩子，没有几个不认得瓜，不懂得瓜的。春天里，瓜籽儿们被母亲点到地里，像是一个个刚睡醒的孩子，懵懵懂懂地从土里拱出来，睡眼惺忪地打量着满世界的花花草草；夏天，瓜儿们穿上了绿色的衣裙，还开出一些鲜艳的花朵，吸引了无数来自远方的蜜蜂和蝴蝶；接着，蜜蜂走了，蝴蝶飞了，花儿谢了，瓜仔们降生了；秋天里，瓜儿们慢慢老去，在渐凉的秋风中，满腹心思地缅怀着各自的花样年华……从小到大，乡村的孩子们看着这些瓜儿长大，也吃着这些瓜儿长大，在某个夜深人静的夜晚，这些瓜儿总会在他们的心灵深处，温暖着那些有关乡村的记忆。

　　瓜儿当中，个头最大的是南瓜和冬瓜。这是最常见，最易种植的两种瓜，也是庄户人最离不了，而同时也是最容易被庄稼人忽视的瓜，用乡下人的说法就是，它们命最贱。春天在院子里随便找个角落播下种，等到嫩芽长到差不多小指长了，再把它们移栽到坡头，地角，甚至田埂。不要说好田好地轮不到它们去霸占，就是那些缺肥少水的田地也难以成为这哥儿俩的安身之处。种下去前三天，每天给它俩浇点水，过后，主人就可以做甩手掌柜了。

这样过上几十天，哪天不小心走到地边一看，哇，它们已经长得很有了些模样，粗壮的藤蔓和卷须已经把很大的一块地盘都占在了自己的名下，还得意地开出黄色或白色的硕大花朵。要不了几日，花儿谢了，一些小瓜仔露出头来，没日没夜，没人疼没人怜地疯长。起初，它们的瓜皮都是青绿色的，慢慢的，南瓜的瓜皮开始转黄，而冬瓜的瓜皮却变得灰白。秋天，瓜儿们都长足了，在瓜皮上结出一些白粉。这些白粉就像老人头上的白发，仿佛在告诉人们，我熟了，该摘了。

往往，一株南瓜或冬瓜会结出一箩筐的收成。收瓜的日子，乡村的男人嘿呀嘿呀地挑了一担又一担的瓜儿回家，他家的小孩屁颠屁颠地跟在身后，看着大人把一筐又一筐的瓜儿在房间的空地上堆码成小山。冬瓜像炕上的枕头，南瓜像元宵的花灯，堆起来都不费事。这两种瓜儿又是最耐贮藏的，它们作为乡村秋冬两季的主打蔬菜，可以从头年夏天一直吃到来年春天。冬瓜常是炒着吃，而南瓜则宜炒宜蒸。将南瓜切成片，放在煮好的饭米边一起蒸，饭熟了，瓜也熟了。将瓜片盛起，拌了油盐，就是一道佐餐的菜肴。可怜的孩子们，他们对于吃瓜的兴趣远不及摘瓜那般浓厚，一日三餐，这些瓜，在他们的口中一餐比一餐无味。无味也得忍受，秋冬两季，可供食用的菜蔬本来就不多。鱼肉不是月月能吃的，所以，就没有几户庄稼人会去集上买菜。不单是穷，还有一个面子的问题。种地连菜都不够吃，这还算是庄稼人么？

瓜儿里面，比较不让人省心的是黄瓜。黄瓜秧要栽到肥足水好的菜地里，隔三差五要给它浇水，还得时常给它浇些茅厕里的粪液。照顾得不好，它就弄出一副面黄肌瘦病恹恹的样子。它还容易招虫子，夏天的早上，往往会有一些萤火虫样的虫子，匍匐在刚刚开始爬蔓的瓜苗上面啃食它的叶片。庄稼人对付这种虫子最常用也是最有效的办法，就是趁着清晨露水未干时，在它的叶面上撒上细细的柴灰，虫子们一口下去，满嘴的柴灰就会让它们乘兴而来，败兴而归。夏天的早晨，你往往可以看到那些被母亲呵斥着早起的孩子，一边揉着眼睛一边提着一钵从灶膛里挖来的草木灰，睡意蒙眬地行走在通往菜园的阡陌之上。

黄瓜这种瓜儿，生熟都可以吃，庄户人家的孩子便对它又恨又爱。恨的是它使得他们被父母剥夺了一些早睡的时间去为它驱虫，爱它是因为它是他们最容易得到的零食。一年里，瓜儿们和庄稼人的会面，最早也是由黄瓜来带领着来完成的。每年里，稻子下大田的时节，瓜园里第一茬的黄瓜也差不多长大了。已经枯萎的顶花刚刚脱落，身上那层嫩嫩的粉刺还硬硬的，它们还没做好准备呢，就被小孩儿们从茂密的瓜叶下面给揪了出来，轻轻从瓜蔓上摘下，再把它郑重地交给大人。通常，第一茬的嫩瓜，大人们是不允许孩子们生吃的，他们要以一种近乎隆重的方式，用它们来做一餐午饭。从菜地里摘回两把同样鲜嫩的韭菜，把黄瓜切成薄薄的片儿。切瓜的时候，少不了有馋嘴的孩子坐在灶前的烧火凳上，眼巴巴地看着母亲在灶台上忙乎。母亲看在眼里，手上悄悄变了动作，砧板上就多出了几截黄瓜段。母亲唤了孩子，放一段到他嘴里，再放几段到他手上。那孩子捧着黄瓜，像是得了宝物一般，边美滋滋地吃着，边把灶膛里的火烧得旺旺的。待得铁锅烧得热了，母亲会在锅里比平时多放些油，把韭菜和黄瓜片儿一起下锅炒了，立时，韭菜炒黄瓜的香味儿会被风鼓荡着飘进好几家邻居的厨房。这一顿午饭，不管是大人还是小孩儿，都会多吃上一碗米饭。

丝瓜和瓠瓜享受的待遇，在南瓜和冬瓜之上，黄瓜之下。丝瓜基本上是不用栽种到菜园里的，就在庭院的窗前，或者是在屋后檐下的空地，点上那么几粒种子，用竹篱围了，以防猪鸡狗之类的家畜糟蹋。瓜苗开始爬蔓了，也不用搭架，它自会绕着窗前的那株苦楝树，或是屋后的房檐攀缘而上，并且一路开出像黄瓜一样的黄色小花，然后一路挂满细长嫩绿的果实。丝瓜只能趁嫩做菜，通常是被用来清炒，命运好一些的，就是和鸡蛋一起被用来做一道美味的丝瓜蛋花汤。再老一些，瓜瓤里的纤维既粗且硬，变得无法食用。吃不完的丝瓜，大人们并不急于把它摘下来，而是任由它继续变老，直到老得不能再老了，就在冬天的冷风将要把它们从已经枯死的藤蔓上刮下时，才把它们扯下来，把表面的那层老皮剥掉，拿到厨房，用做洗锅刷碗的天然抹布。直到现在，你随便走进一户农家的厨房，他们使用的抹布大多数还是那种多少年一直用着的丝瓜瓤。

瓠瓜呢，也用不着庄稼人在它身上花费太多的心思，随便在菜地的边边角角栽上一两株，到了开花的时节，它自然会开出白色的花朵，到了结果的时节，它也自然会结出淡绿的果实，果实上还会挂满一层细细的绒毛。瓠瓜的果实长而圆，像是丰满女人温软的胳膊。而它的孪生兄弟葫芦，则是另一种我们熟知的模样了。瓠瓜通常是在七八月份，乡下最热的时节走上庄户人家的餐桌。天气热，庄户人不想在做饭这件事情上花费太多的时间，晚上，他们用早上发下的面在锅里蒸粑粑，粑粑沿锅边贴了一圈，锅底放上少许水，把瓠瓜切成厚片下到锅底，放进油盐佐料，再在灶膛里煨上文火，盖上锅盖，让粑粑在锅里蒸，让瓠瓜在锅里煮。待到粑粑的香味从锅盖下面溢出，瓠瓜也熟了。用粗大的海碗把瓠瓜盛了，端到摆放到屋外的饭桌或凉床上，大人和小孩一边抓只白面粑粑，一边用筷子在海碗里夹些肥厚的瓠瓜片，简简单单的一顿夏夜的晚餐就正式开始了。

像丝瓜一样，老去的葫芦也有着它特别的用途。庄户人会把它对半剖开，掏净内瓤，把它当作厨房的水瓢。或者在它蒂部的顶端开一个小洞，用作储藏作物种子的容器。小的时候，我总喜欢看着父亲用自来水笔一笔一画地在拾掇好的葫芦上写上诸如"白菜""萝卜""莴笋"之类的字样,然后把一些种子装进相应的葫芦,再把它们高高地挂上堂屋墙上的木楔,或是杂物间的横梁。用现代的眼光来看,这种储藏方式防潮防腐防虫,而且环保经济,真不比当今任何一种科学贮存的方法落后。如果某一天你来到乡村,看到乡村人家墙上挂着葫芦,你就应该知道,那只葫芦,已经不再只是葫芦。

毫无疑问,那些只供人们生食的瓜,比如西瓜,是瓜儿当中的贵族,也最容易招到孩子们的宠爱。只是,西瓜的栽种可不像黄瓜和冬瓜们那么简单,压蔓,打顶,防病,这里面处处都透着学问,在那些年头,并没有多少庄稼人有这份闲心去钻研这些技术。种西瓜,不光是栽培和管理起来很麻烦,到瓜儿成熟的时候,还得有专人对它们进行看护,防止一些牲畜和小贼对它们造成破坏。所以,家里如果没有多余劳力,想要种西瓜也是一件比较困难的事情。因为这些,在乡村,西瓜远不像黄瓜那样随处可见,唾手可得。乡下人始终只是把西瓜当作了一种经济作物来种植,它们最终的去处就是街上的集市和商店的柜台,偶尔也有一些货郎担了它们,在乡村的露天电影场上摆一个瓜摊,或者是走村串巷的叫卖。没有哪户人家奢侈到只是把它当作自家的零食来精心侍弄。

西瓜不止味道甘甜,更能生津止渴。行走在夏天的乡村,如果你觉得累了渴了,不妨留心一下四周的田野,如果远远的某处突兀地立起一坐草棚,那么恭喜你,请你奔着它去吧,棚子下面一定有你想要的西瓜。我上小学的那几年,伯父家开始种上了西瓜,每年都会在后山的砂地里搭起一座瓜棚。我当然清楚这件事情可以给我带来的好处,所以在伯父把西瓜苗种上后山那两亩坡地的几天里,我比谁都开心。我似乎比堂哥更关心那些瓜苗的长势，并且经常积极地去为他们义务帮工，甚至在小便来袭时放着好好的茅厕不上，一路小跑到伯父家的瓜地里，对着一株瓜苗就是一通痛痛快快的好尿。可是有一次伯父发现了我的这种行为，不仅没有对我进行嘉奖，还说尿尿太多会烧苗，我这是在帮倒忙。我不懂什么烧苗不烧苗的，所以觉得很委屈。这委屈一到西瓜成熟的时节，就全让兴奋给替代了，因为伯父授权，我可以在晚上和堂哥一起看守西瓜地。在伯父家状如阁楼的瓜棚里，我和堂哥一人抱上一个大西瓜，直到撑得肚子再也装不下了，才心满意足地沐浴着皎洁的月光和夏夜的晚风，再对着天上的星星沉沉睡去。

还有一些只供生食的瓜儿，比如香瓜和菜瓜。也有人种，但是面积小，普及程度在西瓜之上，黄瓜之下。菜瓜甜，香瓜香，夏天，吃厌了黄瓜，吃不上西瓜，孩子们的眼睛就多半是盯了这两样瓜儿去，都指着它们来给自己解解馋，所以，香瓜园和菜瓜园，往往是偷盗事故的高发地。夏天的清晨和黄昏，经常会看到某个妇人在她家的瓜地指天顿地地骂上一通，问也不用问，肯定是她家的瓜被哪个毛娃娃给偷了去。

从生物学的角度来看，菜瓜和香瓜都只是黄瓜的变种，所以，这兄弟俩，不管是种子、花朵还是藤蔓都像极了黄瓜，栽种方式也与黄瓜大同小异，只是果实的形状和颜色有所不同。菜瓜的果皮是绿色的，就像粗了几号的黄瓜，肥厚多肉；香瓜有着金黄色的果皮，形状像是小了几号的腌菜坛子，瓜香诱人。利用了它们的这一特性，大人们常常会在自家的黄瓜地里有意无意地栽上几株菜瓜，这样，黄瓜的花叶和藤蔓就成了菜瓜们的天然伪装，别家的孩子如果不仔细找，是找不到这些宝贝儿的。

每年菜瓜下种的那一天，大人总会在孩子们心里种下希望。他们满心喜悦地等待着，每天都要跑去园子里看看它长得怎样。等到瓜儿们结出嫩条了，就更是眼巴巴地盼着瓜熟蒂落那一天的到来。他们不关心自家稻田里稗草太多,也不操心自家地里的庄稼太瘦,只是祈盼着这些瓜苗要好好地活,瓜仔要快快地长。园子里的瓜吃完罢园了,有时,他们也会突然得到一些惊喜:有那么一天,大人不知又从哪里抱回几条皮儿薄薄的,浑身散发着甜香味儿的大菜瓜。孩子们雀跃着吃完了瓜,少不了要缠着大人问这瓜哪来的。大人们笑着不肯说,总要到被缠不过时,才会说,这是棉花地里野生的瓜。孩子立马就跑了出去,钻到自家的棉花地里,南山北坡地满世界找。终于在一块地里找着了,却发现一些更大的惊喜:就在那些棉花棵子下面,还有好几株菜瓜,还卧了好些条瓜儿。年年吃瓜,年年园子里的瓜吃完了,就接着吃棉花地里的瓜,大人年年总说棉花地里的那些瓜是野生的。嗬,到底是不是野生的,谁知道呢。

  这些瓜儿,多好啊。可是,我小的时候,可没少做对不起这些瓜儿的缺德事儿。比方说,我曾经伙同村里的二虎和狗剩,在三伏天中午的毒日头下到三坏家的香瓜园里偷过一回香瓜。因为做贼心虚,偷瓜的时候生熟不辨,结果等我们把瓜儿抱到西山的旮旯里分食时,才发现偷来的瓜儿都是半生不熟的,根本吃不出那种香喷喷的味道,以至于我们生气得把那些瓜儿在西山的大石头上甩成了许多瓣。我们心里都很悔,当然后悔多过忏悔:偷瓜的时候,为什么就没有多挑挑呢?

  不得不说的是,我还曾经冒充过一回医生,用小刀对隔壁二姐家种在北山坡的南瓜地里那只最老最大的南瓜实施过手术。我那时还小,脑子里没有微型雕刻和行为艺术这些比较高尚的概念,我的想法很简单,我只知道我要报仇。二姐的爸懒而且奸,有一次放牛时纵容他家的那头大水牯偷吃掉了我家一块黄豆地里的半边豆苗,父亲找他去理论,他却抵死不肯认账,这就是我要复仇的理由。我把那只南瓜掏了一个小洞,然后坐在南瓜上面,相当精准地对着那只小洞拉进去一泡大便,再把掏出来的那一部分原样填上去,调整了一下南瓜的姿势,让动过手术的那一部分既不朝天,也不朝地,这样既可防雨又可防漏。当这一切都收拾妥当,我在傍晚的夕阳下朝四周瞄了几眼,擦了一把头上的汗,很有成就感地离开了现场。

白云苍狗,许多年以后,我竟然鬼使神差般地喜欢上了隔壁的二妞,当年那个鼻孔下面老是拖着两道鼻涕的黄毛丫头,如今成为亭亭玉立风采撩人的大姑娘。当然,顺便我也原谅了二妞老爸当年的过失。为了向她表达我的爱意,我甚至对她坦白了当年我与她家那只南瓜之间的秘密。然而,最终她并没有成为我的媳妇,而是选择了嫁入豪门,做了一个身价不菲的富商的阔太太。我一直弄不明白的是,她之所以离开我,到底是因为我没有房子和票子,还是因为她一直在恶心着当年的那只南瓜?

……

四季轮回,瓜儿还是那些瓜儿,可人已经不复是当年的人了。当年的小孩儿一个个地长大了,他们陆续地离开了土地,离开了那些瓜儿,来到瓜儿的藤蔓无处落脚的城市。偶尔在超市里与它们相遇,从它们熟悉的长相和风尘仆仆的表情,他们一下子就猜出了它们的来历。想象着它们也像自己一样忍受了一路的汽车和火车的颠簸,他们忽然有些心酸,有些同是天涯沦落人的伤感。用一个购物袋和几张钞票,他们把它请回了家里,用舌头来和它们聊天叙旧。瓜儿的香甜之味在唇齿之间荡溢开来,乡村那些吹了几千年的带着土腥味儿的风立刻钻进了喉管,还扯着哨子,像是在吹着无人响应的集结号……

(《羊台山》第17期)

生 如 夏 花

◎ 范　明

每逢盛夏来临，就会想到印度诗人泰戈尔《飞鸟集》中"生如夏花"这个耳熟能详的诗句，相信许多人都喜欢这样的生命状态："使生如夏花之绚烂"。

六七月份，骄阳似火，太阳释放着饱满而强劲的力，如展翅的大鸟在天地间翱翔，仿佛昭示人的生命达到了最光辉灿烂的季节，奔驰，跳跃，绚丽，夺目。这个季节，不像春天那样缠绵，不像秋天那样肃静，也不像冬天那样清寒。仿佛一个人从青年成长为壮年，历经学识滋养与生活洗礼，日渐成熟，热切地希望把全身心的爱奉献出来，体现生之美好，生之价值所在。

适逢本期在盛夏推出，我同样怀着"生如夏花"的情愫，表达一种激动与喜爱。是啊，事实上每一期的推出，又何尝不蕴含着这样的情感呢！尽管它安静地生长在郁郁葱葱的羊台山脚下，尽管它朴素无华，或者名不见经传，但是谁能否认它的秀美、俊逸、包容、宽广，就像四季常青的羊台山，饱含着无限的生机和延绵不断的希望与未来。

美丽的大浪，是个百业蓬勃兴起的城市，时尚与生态，孕育出了大浪崭新的魅力，创新与特色，正是大浪的一种生生不息的人文精神。我们把这种精神也融入到了杂志中。

继今年3月举办了首届"羊台山诗歌大赛"后,我们出版了一期诗歌专号,并首次推出深圳80后诗歌方阵。本期又集中推出几位深圳作家的小说,并邀请专家评点,旨在提供一个平台,为当地作家的作品集中展示创造条件。这是初步的尝试,也是编辑的责任。虽然概念化的东西,并不对真正意义上的创作带来些许的益处,但对于写作者而言无疑是有帮助的。对于读者而言,也有利于鉴赏与辨别。

创作需要源源不断的激情,也需要甘于寂寞的思省。都说文学是精神的圣殿,爱文学爱阅读爱写作的人都会从这个精神的圣殿里获得喜悦与慰藉。就让《羊台山》的文学之花,在这个"生如夏花"的时节,尽情绽放吧!

(《羊台山》杂志第19期)

后 袁 庄

◎ 温海宇

  我的童年和少年有相当的时间在姥姥家度过，几乎每个寒暑假都会去那个叫后袁的庄子，那个庄子和皖北所有的村子一样并无特别之处，绿树成荫，村河交错。若说特别，就要数那一片茂密的竹园了，它大大增加了后袁的绿化密度，加之树木繁多，远远看去，乌黑一片。我家离后袁村五里路，中间要经过两个村庄，它们分别是崔谷堆和袁桥，袁桥的确有一座桥，这是一个充满诗意的村名，而后袁之所以叫后袁也是因为它在袁桥的正北，南为前、北为后自然不悖常理。那时爱去姥姥家不仅是因为路近，还有就是能享受到走亲戚的优越感，姥爷那时在城里当供销社的主任，家境算好的，我这个小小的外孙自然要去"沾光"的，说沾光其实无非就体现在伙食茶饭上而已。姥爷兄弟三人，外孙这一辈当然不止我一个，每到假期后袁庄总是热闹的。

  二姥爷门前有棵杏树，杏树结果时，我总是喜欢拿竹竿敲落一些下来，有的还是没成熟的青蛋子，我则不管不顾地吃起来，酸得人五官错位，直吸溜小嘴。和我一起打杏子的不光有我一帮表兄弟，还有一个比我年长两岁的军艇小舅，军艇是我三姥爷最小的也是唯一的儿子，三姥爷五个闺女只有这么一个儿子，自然有些娇惯的。我和他在一个班上过学，我们也干过仗，都互不服气。我想我们当年的"纠纷"也不过是那些尚未成熟的杏子罢了。二姥是一个极为和善的人，对于我们这帮"孩崽子"在杏树上胡作非为绝不加以干涉，只有和军艇有争执或者眼看要打起来的时候，二姥才会训斥军艇，说军艇是当舅的人，比我们大还不懂事，跟我们争抢，不像话。我们每次去后袁，二姥都热情地乖呀孩呀地喊唤我们，让我们很受用。二姥热情而善良，这些外孙们都打心眼里喜欢她，然而我这个二姥在她那一辈人当中却走得最早，实在令人惋惜。

　　相比二姥的和善，我姥姥就显得生硬严厉多了，当然那时候我们都太调皮，需要严加管教。我们那时肆无忌惮地下河洗澡，上树掏鸟蛋，去竹园捅马蜂窝，可以说"坏事"做尽。这时姥姥就会管教我们，姥姥通常是脑门一皱，就知道那便是她发火的前兆，我们就会有所收敛。姥姥的箱子里总是放着好吃的，我们总能隔三差五从姥姥手里吃到一个苹果、一个梨子、几块冰糖什么的，那种感觉现在想来真是美妙。姥爷退休后也回到了后袁安度晚年，姥爷在竹园前面盖了几间房子，和我姥姥住在那里。姥爷是个爱操心的人，虽说退了下来，但五个子女的家事他都要过问，哪一个孩子过不好他都放心不下。我家和二姨家在经济上那几年是困难的，姥爷背后总是给我妈和二姨一些数额不多的钱，并不许她们声张，怕大妗子知道生气。姥爷不但管子女们的家事，就连兄弟姊妹和整个家族的事他也要管的。姥爷有个特点，喜欢生人气，谁做的事令他不满意，他就生谁的气，比如我父亲、我姨夫等等，都曾被姥爷狠狠地气过。他也生过我的气，那一年我才十七岁，我二姨给我介绍个女朋友，家人和亲戚都很满意，唯独我死活不同意。为此，姥爷和我很是交流了一番，姥爷的和风细雨，姥爷的循循善诱都没能让我对那门亲事最终点头，姥爷就生了我的气。但我是理解姥爷的。姥爷能为一个人生气,说明姥爷多么在乎那个人,多么慈爱那个人。

年少时,姥爷给予我很高的厚望,希望我能在学业上出人头地,我却没有达成。随着我的长大,去后袁的次数也一次比一次少了,我知道去后袁的路仅仅只是经过两个村庄而已,它们依旧是崔谷堆和袁桥,那条路我不知该有多熟悉,闭着眼睛都能走到。但我去得少了,因为我长大了,那些顽皮淘气的因子正在我身上渐渐退去。

后来,我当了兵。退伍后又南下打工,回家的机会是越来越少,去后袁更是少而又少。今天的后袁已和记忆中的后袁大相径庭了,先是二姥生病去世,三姥因一件小事想不开喝农药去世,如今姥爷也不在了。想想这十来年过得真快呀,在后袁发生了多少人事变故,一些人渐渐老去,一些人又悄然诞生。小舅军艇早就结婚生子了,每年都去城里建筑工地干活,人又瘦又黑,早年争抢杏子的那份活泼和霸道早已不复存在。大舅和大妗子也都去合肥打工了,年轻人都外出去了,后袁便多了些破败和荒凉,只有老年人如我二姥爷和三姥爷之类在守望着晚年的残景,安闲度日。

多年之后,后袁将会和我变得越来越陌生,我和它再也没有千丝万缕的联系了。杏子树没有了。竹园消失了。当亲人们都离开了这个世界的时候,剩下的就唯有记忆了,那斑斓多姿温情浸润的记忆会像星星一样点缀我生命的天空,闪着永恒的光亮。

(《羊台山》第 19 期)

聋哑修鞋人

◎ 张 华

气温骤降，寒从足起。我翻出靴子，发现上面的装饰皮链脱线了，有点影响美观。靴子是在华强贸业买的，送回专卖店修太远，于是用袋子装了那只靴子下楼寻找修鞋师傅。

即便是在温暖的南方，进入一月后，你依然感觉到寒意逼人，风扫过脸庞，像贴着刀子。在人群密集的白石洲，这样的冬夜里，大街上显然少了许多行人，一些小贩也早早收了摊。

走了老远，才发现路边有一台修鞋机器，修鞋匠躲在近旁的杂货店门口看电视。他拿着我的靴子端详了一会儿，摇头说："我的针脚比较窄，这里无法进线。再说，我也没有这种颜色的线。"

"那么，请问您知道还有哪儿能帮我修鞋吗？"问出这句话，我就感觉到有些多余，谁会把生意推给他的同行或者说竞争对手呢？哪怕是他做不了的。可出乎我意料的是，那修鞋老板毫不犹豫地告诉我："你去哑巴那里修吧，他的机器好，应该可以的。"

哦，是的，我想起来了，在这条大街上曾经有个聋哑修鞋师傅，那年，我常听宿舍里的姐妹们说："鞋坏了呀？找哑巴修去啊！"他们"哑巴""哑巴"地说着，没有丝毫歧视的意思，语气里流露出的是一种善意的亲切。

我也曾找"哑巴"修过两次鞋，可是后来很少在街边看到他，再加上极少修鞋，在深圳行色匆匆的生活里，渐渐地，"哑巴"淡出了我的视线，也淡出了我的记忆。

"聋哑师傅的修鞋摊搬去哪里了呢？"我赶紧问道。修鞋老板把手往前一指，说："顺着这条街往前走几个巷子就是了。"

我接回靴子高高兴兴地按对方指引的方向走去。这是一个不小的城中村，街的两端分布着数不清的巷子，每条巷子都是那么相似。走了一个巷口不是，走了两个巷口不是，第三个、第四个……我有点沉不住气了，跺着脚，拐进路旁的水果店，抱着试试的态度问里面的大姐："您知道那个聋哑修鞋师傅在哪里吗？""哦，你再往前面走几个路口就是了。"水果店的大姐很热心，看来哑巴的口碑真是不错。

我接着往前走，依然没有看到哑巴的鞋摊，但我知道，我离他很近了。再次走进街边一家小店询问，店主说："再往前面走两个路口，他就在金穗超市旁边的那个巷子里修鞋。"

果然，他就在那里，拉开了一道塑料布挡风，摊前绑了根灯管，照着"聋哑修鞋"四个红字，摊上摆满了各种工具和材料，旁边有两个女孩在等着取鞋。

哑巴戴着帽子，帽檐下的半张脸庞上有种刚毅，我猜测，他年轻时应该是很英俊的。他系着围裙，带着袖套，正专心地上鞋底线。他的手上沾满了油污，手上布满了老茧和细纹。

我把鞋上的皮链指给他看，用手指着需踩线的部位绕了一圈。他冲我点点头，意思是他可以修好。然后又冲我点点头，示意我等等。

我不禁想起了第一次见到哑巴的情景。

大约是在两年前，也是这样一个冬夜，那一次，哑巴的爱人也在（她也是个聋哑人），她正在上鞋帮，灯光下的她身躯娇小，娴静美好；他则在旁边磨鞋垫，脸上洋溢着劳动的喜悦。在无声的世界里，他们有着说不出的默契。

他仔细看了看我的鞋，比划着告诉我：鞋帮脱胶的地方要上一道线；鞋底也要补补。我点头。他伸出手指比给我看：上线三元、补鞋底六元。我再点头，觉得收费很公道，拿过他们摊上的小本写道："什么时候可以过来取？"他掏出手表，用手指在表面上转了大半圈，告诉我大概需四十五分钟。

一小时后，哑巴的摊前挤满了等着修鞋的人，因为生意很好，我的鞋放在旁边还没完工，见我来了，他抱歉地笑笑，赶紧把我的鞋拿过来继续补。我的鞋底是因为两只脚负重不均匀，被磨得一边高一边低，只要把磨平的一端用同色鞋底稍稍垫一下就可以了。可哑巴发现我的鞋底被什么尖利物锥了个小孔，摇了一下，好像鞋根里有什么东西（我听到了声响，而哑巴大概是靠震动感觉到的），他较起了真，左摇摇，右晃晃，里面的东西就是不出来。哑巴找出锥子，想把小眼挑开，他咬着牙，费了好半天劲，终于抖出了一颗尖头的小石子，哑巴举着"战利品"开心地笑了。然后他又把鞋反复摇了摇，并示意我听听，确认鞋根里没有异物了，他才开始补了起来。十五分钟后，那双原本差点被我抛弃的鞋在哑巴手里起死回生。

不知什么时候，排队修鞋的两个女孩已经离开了，哑巴乐呵呵地把修好的靴子拿给我看，我这才回过神来，看到链子两端已被细细的针脚缝得妥妥帖帖。我从兜里掏出零钱来，有几张一元的、一张五元的、一张十元的和一张二十元的，让哑巴自己拿，他拿起我的零钱抖了抖，从中抽出一张一块钱的，冲我点点头，像是在说："可以了。"

我朝他弯了弯拇指，做了个谢谢的手势。哑巴憨厚地笑了。

后来我还去找哑巴修过一次鞋。那天傍晚，他的鞋摊旁聚集了好几个聋哑人，男的，女的，年少的，中年的都有。在等待取鞋的时间里，我在旁边安静地看着他们用手势热烈地"交谈"，脸上的表情写满了快乐，写满了对生活的知足与热爱，令人肃然起敬。那一刻，我仿佛与他们置换了角色，好像自己所处的才是一个无声的世界，而他们的交谈唤醒了我的听觉和感知。我的心里被一种朴实而坚韧的情感悄无声息地打动着……

夜已深，哑巴摊位前的白炽灯依旧明亮，照着寒风中那安静的身影，照着简陋的鞋摊，也照着"聋哑修鞋"四个大字。而我，悄悄记住了那个下白石沙河医院社康中心对面，金穗超市旁的巷口。

（《羊台山》第19期）

背 山 神

◎ 陈孝荣

一

> 山套山，雾压雾，
> 猴子岩，老虎路，
> 山里人走险峰岭。
> 丁字打杵篾背篓，
> 早晨背出晚背进，
> 空肚背回空背篓。
> 爹把儿子背成人，
> 儿子把爹背下土。

这是流行在我们鄂西土家地区的《背篓歌》，也是写在历史深处的颂歌，更是刻在岁月里的丰碑。

鄂西山大。那些连绵的群山一座连着一座，尽管平日里都是一副平静、深邃、不动声色的模样，但它却有着狠毒的心肠，不仅挡住了通往山外的道路，而且吸干了山里一代又一代人的汗水和心血。住在山里的人，从一出生开始就注定得爬坡上岭。一旦长大，就与肩挑背驮结了亲。因而在大山里，男人便是一个家庭中的脊梁。那些为一家人的生存而在山里肩挑背驮的男人，被称之为"背山神"。

我父亲就是那样的背山神。他的一生与肩挑背驮结下了不解之缘。背篓、背架、打杵找上了他，几乎不让他放下。

年轻的时候，他在中南冶金地质勘探公司601队当搬运工人，把笨重的机器从这个山坳搬到那个山岭，又从那个山岭搬到另一个山坳。花出大把的力气与汗水，结果也只是换得了机器的行走，却留下了永久的疲劳。

后来因为碰上饥荒，越负荷的劳动却因为吃不饱，拿着钱也购不到粮食，就毅然地放弃国家工人身份，自愿回乡当了农民。也就是从这里开始，他就与背篓、背架、打杵结成了朋友，背柴、背草、背庄稼、背桔秆、背石头、背木料、背木炭等等。如一蜗牛，爬行在大山之间、田野与农舍之间，爬落了日头又迎来了星星。日复一日，年复一年。

记忆里最深刻，也最撼动我的，则是他长达十多年背货的经历。

那是上个世纪七十年代至八十年代的事情。当时，山里还没有通公路，山里人所需的日常用品得靠人力从山外运来，然后由供销社供应给农民。山里的粮食和农副产品也需要靠人力运到山外，换成钞票用于流通。但因为当时拖着大集体，各地的供销社并没有安排专人搬运货物，都由当地的农民利用劳动之余搬运，然后从中赚回那点可怜的力钱。这样，山里就自然形成了一个新的行业：背货。那些背货的人在当地就叫背脚佬。

父亲为了换回那点可怜的零用钱来补贴家用，就当上了那样的背脚佬。

因为是业余搬运，父亲就得把时间拧出水来，想方设法地挤时间去背货。时间往往是劳动一天之后，当最后一抹余晖挂在东边的山尖，生产队长刚刚一喊收工，父亲就将手头的锄头交给母亲："你把挖锄带回去，我得马上走了。"

说过，也不等母亲回话，就顺手拿起早已放在崁头上的脚背篓背上，大步朝杨家桥供销社奔去。

杨家桥属于另一个村，距我们家也是十多里山路，且全是上坡。父亲一路小跑，矮小的身影穿越树丛、翻越山坳、爬上岩墩，赶到杨家桥供销社时，正好太阳被群山彻底吃下。供销社门前还有三三两两的人正在走来走去。营业员们也正在做关门的准备。

"领回货。"父亲一步迈进柜台，就对营业员说。

营业员看了父亲一眼："跟我来吧"，就领着父亲朝那边山货仓库里走去。

父亲长期与他们打交道，彼此很熟。他们知道父亲来领货的时间。而且供销社主任向宗安正好是我们子娘园村支书的儿子，所以无论多晚，他们都得赶紧给父亲点货。即使是已经关了门，或是正在干别的事，也得赶紧放下那些事情给父亲发货、点货。直到把父亲打发走了，才能再干别的。原因就在于供销社需要这些人力给他们供应货物。他们的力气也实际上等于他们的饭碗。

走进仓库，给父亲点了货。父亲就把那些山货搬出来，放到磅秤上过秤。秤好，再把那些货物一一搬出来，摆到门外的阶沿上，然后靠好脚背子，把那些货物一一码好，再捆牢实，父亲就背着朝家里赶去。这个时候，夜幕已经统治了乡村，正张开大嘴朝父亲扑来。

父亲回到家，天早已闭上眼睛，开始朝梦境里沉去了。各家各户的灯光也早已睁开眼睛，看着人们在灯光下忙碌生活。白天热闹的乡村安静下来，在夜幕下掩护下默默地守候传统。

母亲则在灯下做饭，或是喂猪。我们则在灯下做作业，或是给母亲帮忙。宁静就紧紧地围绕着我们。

就在这时,屋外传来了打杵碰击石板发出的声响。

"快,给你爹支亮去。"母亲吩咐的声音随即就从屋里传了过来。

我和弟弟就赶紧拿上煤油灯,从火垅,或是灶屋里出来,朝堂屋里走去。

走到堂屋,果真是父亲回来了。他的身影已到了门口,身后就是他背着的那脚山货。山货高高地堆着,就是一座山。只是那是些什么山货,因为黑暗挡住了我们的眼睛,我们看不清。

接着父亲迈进堂屋,我们就赶紧搬把椅子,或是板凳放到墙边。父亲直接就朝我们放好的地方走去,然后将那脚山货靠下来。

这个时候我们终于看清了,那是一些药材、棕片,或是去桃山区社换煤油的油鼓子什么的,很霸气地堆在脚背篓上。

随着父亲靠下,脚背篓和那些货物也发出了轻微的叹息。这个时候,父亲才从背篓系里钻出身子,一边擦汗,一边默默地朝灶屋走去。或是问一声:"饭熟没有?"

母亲的声音又从那边传过来:"熟了。"

一家人便走上桌子吃饭。

吃过饭,母亲则把准备好的苞谷粑粑用一个包袱包好,交给父亲。父亲接过,又默默地放进脚背篓中,然后就洗澡上床睡觉。

二

第二天,当新的一天又摆到我们面前时,父亲并没有背着昨天领回的那回山货送往区社。吃过早饭,他照样扛着锄头,与母亲一起朝队里走去。因为队里的工不能误。我们则挎了书包朝学校走去。

这个时候，太阳已经在东山上露出了微笑。乡村在新的一天里又开始着新的梦想。

这样在队里劳动一天，当太阳再次落下西山时，父亲就得赶紧赶回家，打开门，背上那捆山货朝桃山区社赶去。

桃山区社距我们家有三十多里山路，尽管多数为下坡和平路，但那些山路的心肠比毒蛇都狠毒。因为这段山路中有长达二十多里全是大沙坝水渠。

大沙坝水渠是条从半岩里劈出的一条水渠，岩上与岩下均是万丈深渊。下面的深渊深不见底，莫测高深。上面的悬岩飞扬跋扈，抬头只能看见一线天。

那是一条从山里引水，到桃山电厂用于发电的水渠。弯弯曲曲地不知转过了多少弯道。水渠里，泉水不知忧愁地流淌着，守护它的堤坝则狭窄得只能容一人通过。有些地方甚至只能放下一只脚。倘若碰上山上崩山，或是暴雨季节，堤坝常常毁于一旦。

而修这条水渠的时候，也不知有多少阴魂给丢失了在这里。那些山湾里、泉水涌动处，似乎就有阴魂随时守护在那里，寻找着替身。

但这是一条通往桃山集镇的近道。

我们子娘园村出山只有两条道路可以选择，一条就是走这条险道。另一条则是通过一个叫柿贝的地方。但那条道在给人平安的同时，却又多出了十多里路程。所以赶时间的父亲必须选择这条近道。

父亲背着百十斤重的货物从家里出来，还没有走出村庄，天就黑了，不愿意再给他提供一点光亮。天边的星星无力地眨着眼睛，爱莫能助。父亲只得点燃火把，或是拿出手电照亮。便走下龙子岭，拐上大沙坝水渠，向着桃山区社赶去。

峡谷里荒无人烟，寂静比铁还重。惟一活着的只有父亲的脚步声和他粗重的喘息声。恐怖则无处不在，既蹲在下面的万丈深渊里，也悬在头顶的悬崖处。父亲一个人无声地、小心翼翼地走着，随时都得提防落下深渊，或是头顶有石头坠落。身边也只有黑夜与寂静包围着他，世界一律看不见。只有微弱的火把，或是微弱的手电光可怜他，环绕在他身边。

然而身上的货物却越来越狠心，一点一点榨出父亲的汗水。很快，父亲的衣服就全湿透了。豆大的汗珠一瓣一瓣摔下，叭唧叭唧落到地上。但父亲顾不上这些，只得一个劲地往前赶。直到脸上的汗水多得影响了视线，他才从背篓系上拧起毛巾抹一把汗。那条毛巾是提前就系好的，早已被汗水浸透。

就这样，父亲艰难地向前走着。每走上一段，累了，就用打杵歇下休息一会儿，然后又继续向前。也就这样，一段段险路就被他无言地甩到了身后，让它们在黑夜里自讨没趣。

实在累了，父亲就找一个岩墩靠下山货，然后从背篓系里钻出来，再拿出母亲为他准备的吃食，坐在某个岩板上吃着。苞谷粑粑尽管便于携带，但早已冷过性，干瘪，难于下咽。父亲慢慢嚼着，一口口吞下，直到吃饱了，便扑到水渠堤上喝口水渠里的凉水，然后又背上山货继续赶路。

这样赶到桃山就是下半夜时分，集镇还在酣睡。父亲就将那捆山货靠在区供销社门口，然后找个背风的地方坐下，打个盹，等着天亮的到来。

三

天边还没有露出晨曦，集镇就醒来了。赶路的、卖菜的、开门的、做早餐的等等，已经掀开了集镇的平静，各种声音在集镇里充斥起来。

父亲被这些声音弄醒，不能再睡了，只得继续坐供销社的阶沿上等着区社营业员们来上班。因为区社的营业员们长满了虚荣心，他们不到上班的时候是不会来开门的。即使父亲心里急得长出了手，也不可能去敲他们的门。他只能坐在风口和人们注视的目光里，继续等待。

这样等到八点，太阳爬上东山，把区社的房屋、大门一一照透，区社营业员才一一从宿舍楼出来，父亲就赶紧站起来，从背篓里拿出票据递给营业员。

营业员用没有睡醒的眼睛看过票据，就让父亲把山货背到后面的仓库里，一一照着票据验了货，发现斤数和件数无一差错，就又将他领到百货仓库里，指了百货："那里，食盐一袋。白布二匹……"

父亲就按照营业员的指点，把那些百货搬到磅秤前，一一让营业员验货，过秤。

因为父亲领回的百货，也都是杨家桥供销社营业员开出的货物，区社的营业员也只能照单发货。那些货物都是山里急需的日常用品，包括食盐、煤油、布匹、火柴等等什么的。

验了货，过了秤，再打成一个一个包裹。父亲就把那些包裹搬出来，再绑到脚背篓上，然后带着它们朝家里赶回。

回程的路程就更加艰难了。那些弯弯曲曲的道路似乎长了一口尖利的牙齿，一点点咬住父亲的速度，并把他的力气、汗水大口大口吞下。因为回程的路程大多数是上坡，父亲付出的力气更多，喘息也更加粗重。背在身后的百货尽管没有了山货那么夸张，矮小了许多，但它们却更加娇贵，需要找父亲讨更多的力气。

这样父亲的打杵使用频率就更高了，每每走上二三十来步，就得歇上一歇。

"嗨哟——"

每一次歇下，父亲就喊一声号子。

这是一声劳动号子，能唤起更多的精神与力量。每一次把心里的气呼出，体内的力量就回来不少，精神也长大不少。同时它们也长着翅膀，每一声喊完，它们就穿越峡谷，朝着山顶飞去，直插云霄。

实在累了，父亲就找个岩墩将货物靠下，然后坐在货物前的岩墩上擦过汗，一边补充食物一边歇息。

吃食依旧是昨天从家里出发的时候，母亲给他准备的那些苞谷粑，全是昨天吃剩的。尽管父亲背货物是为了换回更多的力钱，但父亲从来都舍不得花那些钱。从集镇上过了一次又一次，没一次吃过集镇上的食品。他所吃的，也不过就是那些饭馆里飘出的饭香。

水照样是水渠里的那些水。

那是从山里流出来的清澈泉水。就从我家门前的那条叫纸厂溪里流过。然后在大沙坝汇集，流入水渠里。没有污染。

这样歇好了，父亲就背上百货再次出发。一点点把那些讨厌的山路、山峰、岩壁、险路甩到身后。

将那些百货背回村子，正午的太阳已经悬在头顶望着村庄、山岭和农人。半天时间已经过去。

这个时候，母亲多半从队里回了家。打开的大门，望着他一步步走来。在屋里做饭的母亲，则早把炊烟赶上屋顶，让它们缠绕、向着天空奔去。饭香则从屋里飘出来，一点点塞满空间。

若是母亲没有回来，父亲则靠下百货，再掏出钥匙打开门，然后把百货背进堂屋靠好。便走进灶屋，点燃灶里的火，把炊烟升起来，开始做饭。

吃过午饭之后，父亲则不敢再背着百货去杨家桥供销社交货了。而是扛着锄头从屋里出来，与母亲一起朝队里走去。

"你到哪里去了?"刚一出现,队长向宗道总要黑着面孔问他。

"家里有点事。"

每一次,父亲总是找各种理由搪塞。因为背货误队里的工是当时的政策所不允许的。这种私人行为叫"资本主义尾巴",是必须割除的。

"家里有事总得请个假吧。"

"唉,唉。"

父亲赶紧回答。因为在我们生产队,父亲长期背货是人人皆知的事实,队长这样过问不过是借坡下驴,推脱责任。

尽管如此,父亲还是得冒这样的风险。因为背一次货的劳动所得远远高于队里的半天工分,背一回山货每百斤可挣一块五毛钱,而在队里劳动一天,顶多值五毛钱。我们家家大口阔,生存的压力推动父亲必须那样做。

所以父亲的内心深处就特别盼望下雨天。因为每逢阴雨天,队里就要放假。这个时候,他的脸上反倒晒出了太阳,吃过早饭,背上脚背篓坦然地朝杨家桥供销社走去。那每一步踏下去,都是踏出的从容。身影一点点被树丛、山岭拉入怀抱,再也看不见在队里劳动后去背货的那种匆忙、奔跑的样子了。

但这样的时候不多,更多的时候,老天总是收起它的阴天雨,露出一张灿烂的笑脸。父亲就只得像过去那样,把时间一点点挤出水来,连夜赶跑,把一个男人的责任扛成一架架大山。

四

在队里劳动了半天后,第二天吃过早饭,父亲依旧没有把那捆百货送往杨家桥供销社,而是又到队里又劳动一天,直到夕阳收去了最后的尾巴,队长喊一声"收工",父亲才扛着锄头回家,然后赶紧背着那捆百货朝杨家桥供销社爬去。

爬到杨家桥供销社，天没给父亲机会，合下了它的眼帘。这个时候的营业员们已经吃过晚饭，或站，或蹲在屋檐下、阶沿上说着笑话。

父亲的到来自然打碎了他们的快乐，他们得赶紧派人进屋验收百货。

父亲背着百货走进柜台，先是将那回百货靠下，再卸下来，然后拿出票据递给营业员。

营业员接过，照着票据一一验收后，就在灯光下拨拉算盘，然后报出数字："一上一下，总共二百六十五斤，一共是三块九角七毛五分。"

"唉。"父亲这样回答。眼睛则长出了钩子，直直地钩着那把沉默的算盘。因为父亲不太会算账，尤其是数字复杂的时候，他就没能力整理清楚了。所以营业员说多少就是多少。

营业员没再说话，而是打开钱柜，找出一把零钱给父亲递了过来。

父亲接过，数也没数就装进上衣口袋，然后问："下货背什么？"

"跟我来吧。"营业员说过，便拿了灯把父亲领到后边的仓库里，给父亲点了山货。那些山货也依旧是一成不变的药材、棕片等山货土产。

父亲再将那些山货搬出来，又过完秤，就捆好背着朝家里赶去。

就是这样，父亲背负着一个男人的责任，在那些崎岖的山路上来回地奔走着，也不知道磨坏了多少衣裤、披肩，背坏了多少背篓，用坏了多少打杵，流过了多少汗水，付出了多少心血，背过的货物也成了看不见的连绵群山。

那些用他巨大的付出换回的一点可怜力钱，就用于家庭开销，购买食盐、火柴、布匹等日常用品，让一家人的生活在时光里正常地朝前走去。

另外就是给我们付学费。尽管那时学费并不贵，一个学期也就几块钱，或是十多块钱。但那每一分钱都是用父亲的血与汗铸造的，比黄金还贵。它们被我一年年花掉，让我所学的每一个字都浸透着父亲的血与汗。也正是这样，他那种巨大的付出撼动了我的心灵，让我在成长的路上一点点将他那种锲而不舍的精神收藏进了灵魂深处，并让我在以后的人生路上大获收益。

（《羊台山》第 20 期）

土地和父亲

◎ 平原木

父亲并不是故意把泥土带到城里来的。父亲在进城之前,在镇里的浴池里洗了澡、搓了背。可是在父亲从乡镇赶往城市的路上,泥土又来到了他的身上,并随他一起进了城。

父亲走在城市的路上,身后拖着一串长长的脚印。环卫同志喊:"你的脚怎么那么脏!"父亲低头看到了脚上的泥巴。原来,在农村农民赖以生存的泥土,到了城市就一下子失去了原有的高贵与尊严,变得肮脏、受人鄙视起来。

父亲遭到那人的训斥后,走路变得蹑手蹑脚的,有如履薄冰之感,像被城里的路面烫了脚。那些泥巴脚印一直跟踪父亲到了我的家门口。父亲用眼瞪着那些脚印,又朝上面跺了几脚,一副要把脚印赶回老家的样子。父亲对空荡荡的屋子说:"我来的时候是洗过澡的。"可惜我的妻子不在家,屋子便以回声的形式把原话还给了父亲。

父亲的确是洗过澡的,他的原始味道被香皂的粗糙香味取而代之。父亲的原始味道其实就是泥土的味道。我母亲在嗅觉敏锐的年轻时代,能从父亲身上的味道来判断他一天的行踪,就像现在我妻子能从我衣服的气味上,分辨出我今天的空气中有没有其他女性一样。我姐姐在成人后,也具备了母亲的这项本领。姐姐说:"每一块地都和人一样,有自己的味道,有的地有庄稼的香,有的地有淤泥的腥,味道差别那么大,你怎么就闻不出来?"

父亲从口袋里摸出一盒烟,抖了几抖,烟没出来,泥土先落在了地上。那些土只能算是泥土的碎屑,它们怀着重返大地怀抱的心情急切下落,结果却重重地跌在水泥地上,碎成了更为细小的粉尘。泥土们当然不知道,城市的地面和农村的地面截然不同:农村房屋的地面是泥土,只要你有恒心朝下挖,就能挖成井,挖出水来;可城市的地面是坚硬的,而且通常与真实的地面隔着足以将一个活人摔死的距离。

父亲按城里人的样子,过了几天走路轻手轻脚,说话细声慢语,吃饭轻描淡写的生活。终于,父亲对失掉了个性的生活变得烦躁起来,他拉我陪他出去闲逛。父亲在大街上频繁扇动着鼻子,就像沙漠里的骆驼在寻找水源一样,父亲在楼宇的间隙处找到一块裸露的土地。在接下来的几天里,父亲主动为那块土地的主人浇菜摘菜,他的要求是,如果有翻地的机会一定还让他来,不能叫别人抢了活。

这样泥土便跟着父亲来了家,起先只是一小撮,后来演变成大规模的迁徙。按照这个速度,不足半年只需在客厅和父亲的卧室里稍稍整地,就可以播种种菜了。不知道父亲为什么会对泥土有这么大的吸引力,使得那些泥土通过黏在父亲的脚上、腿上,钻进父亲的鞋子、口袋里,甚至偷偷地潜伏在父亲皱纹、头发里的方式跟着父亲回了家。

父亲偷偷朝家转移泥土的活动,得到我妻子的大力支持。妻子把卧室也贡献了出来,她搬回了娘家居住。妻子住在娘家的第八天,天气闷热潮湿。她打电话回来问我,家具上的木耳和沙发腿上的蘑菇有没有到采摘期,如果丰收的话,不妨送一篮子过去。

父亲是个明白人。他将屋子里的泥巴收集起来，装到一只花盆里，然后问我附近哪儿有浴池，他想去洗澡。我与父亲同去。父亲将一浴缸水洗成了黄河的颜色，换水后，又洗出了一浴缸的黄河。我不敢再给父亲放水了，我觉得父亲是一个泥巴捏的人，我怕水把父亲给洗没了。

父亲在城里过了一晚，第二天一早便执意要回老家。父亲没有说原因，但我知道他是过不惯这种没有泥土的生活。在车站，即将回到泥土深处的父亲眼眉舒展，他伏在车窗上对我说："你随便在哪只花盆里种点什么吧，也算是给那些泥土一个交代。"

（《羊台山》第 20 期）

动静之间

◎ 凌春杰

月　色

家里的房子朝向正南北，阳台朝南，大门向北，无意应了朋友口中一点风水的玄性，曰坐南朝北，长治久安。

太阳从东边出，打西边落，阳台暴露在阳光之下，白天好晾晒衣物，却不是和好友喝茶聊天的去处。到了傍晚，或可站在阳台，随意张望，吹吹晚风，待忙碌的心情稍稍静安，然后用饭，喝半杯红酒，看一段新闻，再在网上杀几盘象棋，这一天工作的尾巴上，便有了世俗生活的韵味。

很长时间，没有看过星星，也没有看过月亮。满天繁星，满地月光，犹存于乡下的记忆，偶在满耳的虫鸣中或隐或现。城市的夜空，星星是有的，月亮也是有的，只是繁华都市，常常自称少有空闲，也就难得有一份闲情，将要有的时候，自己已被困意和第二天紧张的工作压住，不得不关灯睡觉。

就有了这么一个机缘。父亲在老家病重，情况很是危急。我想象得出，他白天黑夜地躺在床上，多半在深夜，也睁着眼睛看着恍惚的天花板,他的世界,渐渐由坚强充满无奈。自从父亲手术之后,我就知道,他在掰着指头熬日子,他活着,是因为我们,是因为我们心灵上始终需要有一个来自血缘的父亲。那一阵,我感到莫名的无助,平静的面神下是心的隐痛。我常在半夜醒来,再也无法入睡,一个人在阳台上独坐发呆,回想一些关于父亲和故乡的旧事,忍不住泪流满面。

月光就在午夜而来。透过阳台的栅栏,泻进客厅,弥漫着宁静的气息。我叹口气,朝月亮看去。天空一片深蓝,月亮盈盈地,正缓缓穿过蝉翼般的薄云,不知道是天空在旋转,还是阳台在摇动。向上看,只看得见几缕云团和圆圆的月亮,向远看,只看得见逐渐肃穆的远山和洇着白气的月光。这样的夜晚,蓦地除却了城市的喧嚣,真实地静卧在眼前。偶有车声呼啸而过,带着大地浑厚的足音,渐渐而近,又渐渐而远。

我想起了高中课文《荷塘月色》,朱自清先生在荷塘月色中变得通灵,那种美妙,似乎只属于那一片心之宁静。即使是在清华的校园里,也流露出江南采莲的乡野之风,这样的月色,属于大地。而此时的阳台月色,似只属于城市,少了疏叶的对照,也缺了水边的蛙鸣,风只从脸膛拂过,也没有摇曳的动感,这样的月色,属于天空。

凌晨的天空,有着西北的高远,有着深海的澄蓝,和大地的肃穆与突兀保持着某种内在的联结。这样的天空中的云朵,是丝丝缕缕的,断断续续的,以极少的透明或乳白装饰着天空的存在。天空中的风或许不算是风吧,那风没有人的衬托与感受,或者本只算是气流的互动而已。而她推动了云的变幻与移动,印证了月在空间的川流不息,风便也有了意义。月光与月亮是一体的,月色又与天与地是一体的。看月亮,那是一颗有着古老故事的、澄亮的、虽不晶莹却有着剔透感的夜之眼神,只有把目光从天空移到大地，才知道那种澄亮的眼神就是属于母本的月光，有着宁静的力量。这样的月光，有着与人有关的神性，她的光芒，从容不迫，保持着始自的率真与纯粹。天空正看着大地，她看到了阳台上的我，是否，也从另一个地方，循着李白的诗句，从病榻前窗口轻轻而入，曾看到过我睁着眼睛的父亲？

这样的月光，这样的月色，躺在城市里的病床上的父亲没有看到，而在他回到大地怀抱之后，面对着四季天空，吸天地日月精华，感受着规律的轮回，会不会在某个时刻，与我有着神性的交融？

南　风

如果说日月有阴阳，那么风是有着南北之分的。不说东风，都知道东风是什么。我也不说西风。西边是山，极少生风。我现在说的，是南风。

北风之凌厉，我在黄土高原上有过感受。风来了，大地呜咽，飞沙走石，尘世虽然真实存在，也迫人紧闭了眼，看不到这个世界正在发生什么。起北风时，走在路上，脸上生疼，感觉像刀子削。跟我一起到西北的人说，北风不是吹的，它张狂起来，简直要把人一把掠起，重重地丢出去。夜里，北风抓不到人，先是在屋外打打口哨，再像鬼疯狂号叫，把躲避的屋子围个严严实实，甚至天亮也不肯撤去。北风来时，总是挟裹着寒流的由头，扯着云的把戏，把明净的天空遮蔽，让原野中的生物躲藏，让田野中的绿草干枯。北风以屈服之姿，把乌云转换成白雪，覆盖这个世界。然后，北风才显出些微的安静。

北风于我，是间或态，是以能在欣赏和猎奇中有所感受。南风则不，南风于我是常态。夜幕降临，忽然窗帘动了，再一动，然后帘卷了起来，偶尔嘶叫一声，这就是南风了。女人说，是不是下雨了。我说不，是起风。女人转身睡去。我再听一遍风声，轻轻起身，将阳台上晾着的衣物收下来，一间房一间房地关好每一扇开着的窗，拿块毛巾将风涌动的门卡紧，又轻轻回到床上，听南风在外的作弄。

  风开始是试探的。一阵一阵，窗前榕树把风声拦住，发出一阵一阵的呼呼声。旁边有一棵桂花树，虽然瘦弱，已满是绿叶。再往外，是一棵高大的霸王椰，亭亭玉立的。它们该也受得住这风吧。试探的风有了点愤怒，鼻息渐渐变得粗重，风声低沉起来，远远的，有轰隆隆的风声传来。而屋外的风，依然保持着绅士的风度，理性的，节制的，商量性的。窗上有树影摇曳，一左一右，又一高一低地，投在玻璃上的影子，或粗疏，或散乱，或细密，或轻柔，风潜起自己的形骸，却遗漏在这影里。这样的风，有点像奏鸣曲，远远的鼓，近近的琴，中间的笛，四面八方而来，风的演奏，带着海的咸腥，隐含着被礁石狙击的愤怒。

  风将什么吹落到了地上，啪的一声，风开始又一乐章的节奏。榕树的叶子，忽然贴近了窗口，刷到了窗玻璃上，沙沙有声。风鼓足了劲，迈出了脚，伸出了掌，作出摧毁的姿态。高楼的灯亮了一阵，又暗了下去。世界顿然安静下来，只有一路风声。小孩不吵闹了，老人从跳舞的广场上撤退了，风带了粗大的雨点，疏疏的，东一点，西一点，击打在树叶上，在地上，在玻璃上，在墙体上，风的声音，带着雨的强劲节奏，像一段青春的街舞。这个时候或之前，有人已经给风预设了一个好听的名字，听起来像一个柔美的域外女人，或者像一只酣态可爱的小动物，比如娜莎，比如浣熊。这样的风，充满耳的蛊惑。

  风和雨交织在一起，便更恣肆癫狂了。雨本来可以柔顺一点，因了这风，平添出许多激越。嘭嘭嘭，哗哗哗，雨斜过来击打在窗上,又顺着窗飞泻而下。风猛劲地摇动树,风声雨声汇集在一起,世界顷刻静伏起来,只留一只眼窥视着这风这雨。只剩下这风声这雨声了,犹如天籁之作。这样的风声,听听那雨声,就知道是湿漉漉的,有点阴郁的,有点小脾气的,而雨过天就晴了,像小女人。

南风吹在身上,冷而不疼,却会将衣服吹贴到身上,不像北风,把衣服吹鼓起来,透心地凉。南风吹在屋上,会在墙角打出口哨,告诉你海上的浪在怎样翻滚咆哮,有着怎样音域的宽广。这样的风,也会吹折几根树枝,吹落几片已经腐锈的招牌,告诉你风来过,免得风走后,那些酣睡的人毫无戒备,对世界发生过什么一脸的茫然。作为大海之子,南风不仅通过岸与我们联结,通过海里的鱼与我们亲密,还因这风,翻山越岭,腾云携雨,昭示天地一笼统的境界。

早晨起来,看见榕树依旧,桂花依旧,那棵号称霸王的椰树,宽宽的叶子却成为更细的条状,顿觉空气中有一股淡淡的椰风气息。

细　　雨

南国有细雨,也是很难得的。往往是,风急雨骤,大雨倾盆,雨声淹没了世界千奇百怪的声响,雨幕挡住了多姿多彩的世界。我曾在午夜刻意倾听过雷电交加的暴雨声,往往误以为,世界的原点与自己同在,可以忽略身外一切,茫然,发呆,恍惚,随心所欲。

细雨有多细?一个细字,背负着不同的语境。在长沙一带,小孩子多叫细娃子,这细,只能与人生数十年的岁月相对,细得极是可爱。又形容某物,曰细如发丝,这细则撇开了时间,单从程度上描摹。细雨是属于心理的，在细雨和小雨之间，谁也说不清清晰的界限，只因了每个人承受的、每个人的感受不同，雨也便细出千姿百态。而在南方沿海，细雨迷蒙，烟雾缭绕，隐隐约约，湿湿漉漉，细雨又是另种境界。

最近就有了这么一场细雨。我素不很关心天气，出门但逢无雨，绝不晴带雨伞。我知道，我乡下的亲人每天都看南方的气象消息。此前，我也常看老家的天气预报，自从我以为，靠天吃饭没有什么出路之后，就再也不看天气预报了。细雨是在我出门之后几分钟，无意感受到的。或许，细雨在我未出门之前，便已隐隐约约地在飘，我在匆忙中忽略了它的存在。及至到了站台，站在那里等公车，看看尽头的马路，再仰头看看天空，那雨便浸到眼里，落在睫毛上，这才觉得，有雨呢。这雨，若有若无的，却分明存在，你看，那簕杜鹃的花上，洇了一片湿的光亮，那小石子，也渐渐失去了自己的颜色。怎么来比喻这雨好呢，深深呼吸一下，这细细的雨，就如碰到了妖魔的法瓶，转着弯划着弧线，全然进了肺腑，那个畅快，顿然觉出一个爽字了得。

我不知道，从科学的角度，这雨的颗粒可以小到多小，是不是比空气中的尘埃更为细腻，是不是已经超越了眼睛的极限。在我的老家，常粗犷地将很小的雨称为毛毛雨，当属于淅沥之下的状态，淅沥之上，或可成为小雨了。南方的细雨，似乎比毛毛雨更细小一些，像山岚间的云烟，飘忽而缓落，缭绕而湿润，在这雨下站久了，也觉得衣服潮湿了一般，而发尖已然有了一层细密的水珠。

车一时没来，时间还早，于是去另一个车站，顺便就着这细雨走走。曾几何时，雨中漫步属于浪漫之事，该有可人儿相伴，该有柔嫩的手相牵，该有绵绵不断的情浓软语，最好是越走越远，纵然已经湿身，也是人生乐事。细雨则适合独行。细雨无声，也无形骸。细雨传递的,只是一种联想般的感受,真实而不虚幻。这样的细雨中,有人匆匆而走。看着他影子般闪烁的双腿,我很有点为他遗憾。这样的雨,值得缓慢地行走,值得边走边与它好好缱绻一翻。细雨如轻烟,走在细雨中,思绪也就轻烟般飞扬起来。我一会儿想到洗手间的马桶上放着书报,一会儿又想起走路时在心里喊着口令唱着无声的老歌,转而又想起了故乡门前的那棵老枣树虬龙般的枯枝,想起江南车窗边忽忽拉拉闪过的绿油油的稻田……便生出许多的从容不迫来,便吟出一两句歪诗来,便生心旷神怡之感,直觉得自然与人的天造地作,这么点细雨,实则是与人的一次神灵交融。

　　无端地,我想到一个问题。人类在初始的时候,是怎么养育自己需要好几年贴心照顾的孩子的呢?远古时代,自然界有着比今天更多更凶猛的动物。即使在今天,人在自然中也显得是那么渺小,人究竟是怎么与其他肉食动物完成博弈图存并日益强大起来?这样的问题,似与细雨无关,有点跑题了。然则我想,所谓的走神,往往是对惯性和规则的突破,旁逸斜出的念头,也并不算罪过,就当这缭绕的细雨给予我的一种暗示吧。上得车去,看车窗外已经一片迷蒙,却没有垂落的水珠。细雨,保持了她优美的姿态。

　　晚上回家,我给女儿出这样一道题:已知细雨,人在雨中,求未知。不属于语文,也不属于算术,全凭她自己去发挥。

枣　　树

　　关于一棵树,有很多蝉意的解读,而看树不是树又看树还是树的说法,包含了人对时间在同一空间的哲学化思考。这样的树,已然褪了枝叶,需要以时空为背景而去仰视,偌大的田野中,这棵树可以与人无关，不需要更多的人文渲染，渐渐高大而静美。

枣树则不同。我现在说的这棵枣树尤其不同。老家的路口，原本就有一棵枣树的。这棵枣树，因为我在青春岁月中不断地离开又回来，而显得别有深意。树有七八米高，高出了那栋青瓦屋的脊。年少的时候，夏天爬上去捉知了，秋天爬上去摘红枣，却忽视了秋冬中它的存在。秋天了，起几场凉风，那拇指肚般的枣叶，便蓦地由青转黄，在风声中沙沙飘零，飞到田野，飞到人的脸上。这时的枣树，很有些像梅的枝条，虬龙般的细枝突兀着伸向天空，秋风再来，一动不动。我记忆中定格的枣树，就是这样一棵了无生机，落光树叶的形象。这样的枣树，一派褚褐，是仰望的姿态，是静默的神情，是老道的风度。回想起来，对于一棵光秃秃的枣树，哪怕它就在眼前，哪怕天天开门就可以相见，我也没有去攀爬。冥冥之中，觉得这棵树像一个时光老人，我记事开始，它就站在那里。

想起那棵枣树，我会联想到十九世纪印象派画家塞尚的静物系列画作。塞尚的静，呈现在桌布和杯盘的背景之间，它们的静中有着鲜活，有着生命之美，是动中之静。而这棵枣树，天空是它的背景，炊烟是它的陪衬，农家是它的独白，山村是它的灵魂，它虽然保持着静默，却透露着时间的芬芳，呈现着老到的智慧。这棵枣树的静，是岁月静止，是日月静好，是时光静美，是静中之永恒的动。从塞尚的画中，我看到的是某种人文的力量，从这棵枣树，我体味到的是人格的美好。这种美好，已然脱离了人文，带着与生俱来的使命。如同人之出生，一开始体验到的，是爱与责任，只能也必须将这种爱与责任进行无限的传递。这棵枣树，我更愿意相信它是代表时光站在那里，如果有一天它不再发芽开花结果，它就会在秋风瑟瑟中走向时间的永恒，永恒地守望着这个世界。

忽然有一天，枣树就成了父亲藏匿的地方。我离开了花屋场后，并不经常回家。每次回去住几天，便又匆匆离开。而有一次，我决定要在长沙去定居了。对于我这一决定，父母在心里是不愿意的。走的时候，母亲送我出门，她交代了又交代，父亲在旁边忙着自己的事情，他什么也没有说，甚至没有看我一眼。从那棵枣树下去，绕过一个之字拐后，我就将脱离家的视线。这时，我回了一次头，眼里满是泪水。回头之间，我看到了父亲，他在那棵枣树的枝丫间隐现，远远地注视着我。一直到父亲去世，我始终没有问过父亲这事。后来，我在长沙终究只待了一阵，就再次回到了花屋场。回想起来，父亲那时和枣树站在一起，我回望着他在玉米的青秆间或隐或现的探视，他们时而叠合，时而分开。我无以揣摩父亲那时的心情，但一定，他的心中有着无奈和不愿。但他没有表达，始终没有对我表达。我的那一回头，依然是仰视的，仰视枣树，仰视父亲，他们一起，成为我心灵中不尽的一幕悸动。或许，是在这个时候，这棵枣树逐渐脱离了童年的快乐，进入人格化的记忆，成为一种精神家园的指代。

然而，我想起这棵枣树的时候，更多的想到的是天空。这样平凡的一棵树，成为我的借代和所指，不仅是因为它生在我的家门口，也不单因为父亲与它相同的守望。阔远的天空下，只有枣树虬龙般指向它，有着蓝天下庄严般的静穆，而它突起的枝节间又包含着某种圆润，我可以用它来指代一座村庄，指代村庄里的朴实的父老乡亲，也可以赋予它一种水墨般的美学意蕴，最终脱离了树本身，写意般的神似，我欣赏着这样一种美好。

遗憾的是，这棵枣树在几年前我家修房子的时候，因为根部附近长久地堆放石灰，竟然不再发芽开花，也不能为它的儿孙结出暗红的枣了。好在，它依然站在那里；好在，它一直站在我的心中。

人怎么都显得有限，树老了依然享有着无限的时光。

樱　　花

　　樱花似乎是日本的才算出名，开满京都与富士山相映，确也别有一番韵味。中国的樱花也不错，到了春天，武昌东湖就成了一片樱花的世界，尔后落英缤纷，煞是有些伤感。东京的樱花也罢，东湖的樱花也好，恣肆倒是恣肆，终究是耐不住寂寞，得意于游人的鉴赏，一阵风雨之后，便只剩下可以传染的伤感。

　　淤沙子槽是花屋场一个极小的去处，那里也有樱花，野的樱花。往往在二月，山上还覆着一层薄薄的雪，正所谓春寒料峭，山野间显露出植物的垂直分布。山脚的雪已融化，油菜绿油油的，鲜嫩的苔上打出了花骨朵。山腰呢，背阴的地方偶见一片厚实的白雪，大多数地方，雪呈丝絮状，盖不住原野的底色。山顶上，还一片严寒，纵然有阳光巡过，依然保持着大雪压青松的姿态。淤沙子槽就在山腰，那里的樱花，是东一棵西一树，零星的，完全是自然纯生状态，自生自灭的。这样的时节，樱花就最先绽放，而常常被人忽视或遗忘。山里人对于花草，他们是另一种情感，不同于城里人的把玩。樱花长在山野林间，它的花骨朵从无人注意，等到在雪中悄然开放，又缘了那层薄雪，也少有人投向惊羡的目光。

　　樱花似因春雪而开，又似因雪而落。这样的樱花，只有三五树，并不是全部。还有一些樱花，不知什么原因，要开得晚一些。或者，是地气之不同，也或者是树的品性有异，如同人在青少年的成熟，也有着或早或晚。那些提前开放的樱花，大约就算早熟吧。因了这早熟，就只有落花，落花之后，没有青涩的果实一路向红。然而，我却极喜欢这先开的几树樱花。那一带的人家，饮用的水就源自樱花附近的石灰岩之间，不少地方呈石笋状。引水的塑管时间一长，容易生出一层水垢，堵塞水管。借了去看水的机会，我拨开一丛丛草，推开一棵棵树，碰落一簇簇雪，终于站在了一棵樱花树前。

这棵樱花树不大，主干上还没有长出厚而粗糙的皮来，摸上去，冰凉中有着光滑。樱花树自然地伸展着枝条，因为向阳而有点外倾。洁白的小花绽放在枝头嫩芽间，仔细看去，花瓣竟然有着温润，暗闪着一层柔和的光芒，似是记忆中谁的眼神。没有风。树不动，花也不动。我站在樱花之下，静静地仰视。樱花以攀缘之姿，缀满在鹅绿的嫩芽间。粉红的花萼，洁白的花瓣，它们的组合，是这青山之间早春的讯息，却常常遭到忽视。压下一根细枝，那白里带红的细管上，托起一族金黄的花蕊，顿时有暗香扑鼻。一朵完整的樱花呈现在眼前，丝毫不会觉得它是小小的，似乎被它们散发的光芒包围住，只敢深深地一次一次呼吸。啊，这一呼吸之间，冬天的寒冷进了肺腑，春天的生机也进了肺腑，它们在淡淡的暗香中荡气回肠。樱花的世界，似只属于这一自然，无关乎人，甚至连空气、阳光、水分和土地都没有刻意的选择，它只静静地昭示。花间无蝶，也没有蜜蜂，它们还潜伏于冬的包裹之中。我轻轻地松手，细柔的枝条弹了回去，没有一片花瓣坠落。我知道，樱花一定要在等一场风，一场春雨，然后和落雪一同化去。尔后，整个山野便山花烂漫了，一派蝶舞蜂鸣。这个时候，人们才以为春天真的来了。

很多年来，我只远远地站在屋前向淤沙子槽眺望，却再也不近到它的跟前。我知道，樱花只可远观，不可亵玩。它的静美，是无论多远，都可以传递的。而此后多年，无论我在何处，只要想起樱花，我都能感受它温润的光芒。樱花于我，超越了时间和空间，而我，却始终没有超越对樱花的回忆与念想。有时候我会这样揣想，樱花作为自然之子，实也和人有着很多的相似。不知道是樱花拟人，还是人在模拟这花。人活在这个世界，一样的山水，一样的土地，一样的环境，有的人先知先觉，有的人盲目跟风，有的人跟着起哄，有的人后知后觉却自此坚定不移。人类的今天，总是发轫于思想之光，这光，很有些像太阳，不仅照到了世人的白天，还照亮了世界的黑夜。这样的思想家，比如欧洲的马克思，比如中国的孔丘，又如近代的先贤大儒，他们并不与身某种实践，他们之后，却诞生了一大批实践家。他们作为个体，一如樱花之小，甚至需要尤其的呵护，他们实在是于自己于不顾了，正如我看到的樱花，将和春风夜雨一同陨落，而春天紧随着就来了。

樱花，这几棵野樱花，以不争不依，顺乎着自然，静静地，悄悄地，就化做了泥。

(《羊台山》第 21 期)

有关生活断片的记录

◎ 吴佳骏

局 外 人

上午八九点，时间初露端倪，阳光调适着它照临于地面上的光线的面积和角度。生活蠢蠢欲动，并凭借菜市场呈现出一天中最初的边界和秩序。

陌生的面孔映衬着约定俗成的场景，杂乱的喧嚷，混合着食物腐腥酸涩的气味。菜蔬肉食在固定的摊位上静躺安睡，一双双挑剔而尖锐的目光，在它们面前来回游动，往返逡巡，像一只只老鼠在寻找昨夜遗失掉的生活资源。

南面：土豆、西红柿、南瓜、蚕豆……像排列整齐的士兵，正在接受一个老太婆精明眼光的检阅与审视，不知道它们中的谁会最终中的，被老太婆沧桑的手捡入竹篮，成为生活的预谋。

西面：兔子、雉鸡、乳鸭、青蛙……带着虚脱的身体，在屠人寒光灵闪的锋利弯刀下做殊死挣扎，试图挣脱生活的圈套或陷阱。

北面：辣椒、青葱、大蒜、韭菜……夸张地彰显着与这个早晨的比例关系，以幻想的方式觊觎着怎样才能找到切口，锲入生活的内部。

东面：鲫鱼、鲤鱼、带鱼、鳝鱼……四下逃窜，纵横冲撞，在阳光照不到的死角等待某场命运的迁徙突变。最终被迫卡在某条黑暗甬道的咽喉处，剩下一堆骨刺，成为点缀生活的肿瘤或美人痣。

在一个清冽的早晨，在菜市场，我感到一种厌倦，在那里，我遇见了很多熟人：当教授的隔壁邻居藏起了夹在公文包里的尊严，正与一卖鸡蛋的农妇为一毛钱的差价唠叨周旋。住我楼下在电台搞主持的漂亮女人，卸下了屏幕上的严肃表情，与一卖青菜的老者讨价还价，声音高过平时在电视中几倍的音量……

恐惧再一次袭来，在菜市，我的判断力受到空前的考验。我努力改变着自己对一切事物都视而不见、熟视无睹的习惯——我企望做一个生活的热爱者。我在菜市的南面买了土豆，北面买了大蒜，西面买了兔子，东面买了带鱼。我尽量控制着自我的厌倦情绪，曾听人说，如果某人开始对菜市表现出厌烦，同时就意味着他已经对生活出现背叛。照此一说，一个人要热爱生活，得首先学会热爱菜市。不知道这是一种真理，还是一种谬论？

回家的路上，我一直在想。那刻，我俨然一个生活的局外人。

一场梦魇

七色的灯光更像生活的底色，与天空的繁星遥相辉映——夜，在清风的陪护下——降临了。

蚂蚁般密集的人群开始向广场中心聚拢，生活的另一种姿态在月色的笼罩下无拘束地呈现。现场复活了，时间失却刻度，沉默着。生活的影片相继在一个广场上放映。此刻，我模糊了自己的角色——到底是一个叙述者，还是观察者，抑或参与者。

　　一曲曲充满怀旧情绪且又透射出节奏感的音乐，伴随着一群老年伙伴轻健而舒展的舞姿，填补了广场因空旷而产生的虚幻。加之某个僻幽角隅，正在上演的一部过去时代革命加爱情的电影，制造出一种时光倒退的错觉，将现时的场景引入了历史的纵深。电影的名字叫《林海雪原》，放映的目的带有政府的指令性——专为纪念某次重大历史事件而演。画面斑驳闪跳，像业已褪色的那个特殊年代的生活。历史就像一场梦魇，对习惯健忘的现代人早已失去诱惑力。如果不是几个踩三轮车的车夫和赤膀挽裤的民工还看得如痴如醉，成为该片的忠实观众外，很可能这部在过去年代的经典影片就会成为一种可笑的摆设。电影的银幕后方，两个打扮时尚的青年男女相拥而依，爱情的秘密花朵在两张炽唇的触碰间热情绽放，用荒诞的方式上演着一场跨越时空的恋情。

　　暮色越来越重，广场上聚集的人越来越多，像一些生活的出逃者，在夜色的掩蔽下释放着自由的梦想。牵着宠物狗散步的妇女潇洒而行。在人缝间撒野的孩子像一条条顽皮的金鱼，颠覆着成长的童话。我混迹在闲散的人群之中，嘴上叼着一支香烟，浑浑噩噩地走着。突然，我感到莫可名状的孤独和忧伤。世界在我眼里变得陌生起来，惊恐像喧闹的人声将我覆盖。银幕上的黑白电影已经谢幕，而另一场更为现实的电影却在广场上刚刚上演，且角色众多，剧情复杂，主题错综，像是这个时代的缩影，预示着我们的生活。

　　一场突如其来的暴雨伴随惊雷从远处压滚而来，人群四下逃散，刚才还闹腾的广场一下子沉寂下来，像我的笔曾描绘过的场景，变得空洞而虚幻。

第二天的报纸上，赫然刊登着一条骇人的消息：昨晚，一场罕见的特大雷雨袭击本城，一个五岁小孩因受惊吓，不慎掉在XX广场的喷泉池里，溺水而亡。

搭错车的人

早晨或黄昏，两个最易使人灵魂出窍，并怂恿身体游荡或行走的时候，注定了一些生命的秘密事件必然将在车站发生，像一个预谋已久的计划终于找到付诸行动的窗口。

售票大厅内灯光幽暗，像正在候车的人深不可测的内心。一张张疲惫的面孔，一双双焦灼的目光，预示着接下去将会发生的某种命运的转承或迁徙。

我总是将车站想象成无数生活故事的发源地，那么多南来北往的人在此不期然而遇，其间的偶然性多多少少会发展成日后某些必然的尘缘。这是一种冥冥中的邂逅，像人生中的诸多奇遇，充满说不清道不明的神秘力量。

现在，我像许多耐心候车的人一样，手中提着旅行包，心中掂量着将搭载自己远行的那辆车何时能够起程，来一次彻底的放逐，去收获一个遥远的故事。

等待使时间变得静止，每个人都沉默无语，有的胡乱地翻看着报纸，有的双目微闭做假寐状，有的东瞅西望，如坐针毡。检票窗口的工作人员永远那样繁忙，喇叭声中话务员清脆的普通话一直在提醒旅客乘车的时间及班次。我的思绪仍在虚构着通过车站可能促成的故事：那位头戴鸭舌帽，眼戴黑框眼镜，形象颇具诗人气质的老者，左手拄拐杖，右手提着沉沉皮箱是去完成一次精神的回归，还是演绎另一版本的老年托尔斯泰的出走？那位看上去年龄仅十二三岁的男孩,轻装简行,是去寻找人生的第一个梦想,还是仅仅为了体验某种冒险的刺激?那对相依相偎然而神色仓皇的热恋男女,是去远方享受蜜月的幸福,还是逃避现实的凄凉……

  我突然感到一阵忧伤,在车站。我假想了许多别人的故事,那么,我呢?我只不过是一个搭错车的人,在另一个陌生而又熟悉的车站寻找下一站点的方向而已。

  车子终于起程了,候车间在一阵短暂的躁动之后很快又平静了下来。我的遐思与假想不得不在车子快速的奔跑中被瓦解、破碎。

  车站,又一次完成了它的使命:载走了一些人的梦想,留下了一些人的遗憾;改变了一些人的命运,助长了一些人的背叛。

隐者的态度

  很长一段时间,我迷恋上了逛商场。这对于一个像我这样成天躲在书房里深居简出,靠虚构和幻想过活的人,无疑是对生活态度或生存理念的一种莫大考验。它使一个习惯思考的人退出了内心的秘密花园,深入到日常生活的现场,感受着另一种更加真实的刺激与心跳。

  大多时候,我的进入随意而散漫,不带任何目的,这符合我一贯慵懒而邋遢的个性。商场永远都是一所物质的迷宫,琳琅满目的商品加之强烈的生活气息总是满足了无数人对物质占有的欲望。起初,我老是惊异于为什么在每天的任何一个时候,商场里都会聚集大量的人群,他们不上班,不做别的事情,仿佛他们活着的意义就在于拥有逛商场的权利。很多次,我看见一些人推着购物车围着商场循环地选购自己觉得应该买的物品,当他们选满了一小车自己钟爱的东西后,略作思索,似乎又发觉有些东西是不急需买的,或可买可不买。于是又将车内物品取出重新放回货架,继续选择其他的物品。如是再三,半天时间倏忽而逝。最后在他们去收银台结账时,自己真正购买的就只有一包洗衣粉,或者一瓶洗发液。甚至有人什么也没有买,像来时一样,空手而去。但他们的表情无疑都是幸福的,一种隐藏在过程中的快感深藏不露。

一次,一直处于商场闲荡者或旁观者的我,终于控制不住众多购物者情绪的感染,过了一回疯狂式的购物瘾。将自己认为喜欢的或有用的东西,统统买下,几圈逛下来,手里提了满满七八包沉甸甸的物品,心里怀着美妙的情愫畅然归家。几个星期后,我的房间里隐隐散发出一股腐腥的味道,四处查寻,却发现味源来自于那些在商场里所购之物品,自我买回它们后,就一直抛置在那里,不曾开动。我这才觉得,一些当时看来对我很有用的东西,经过一段时间后,却居然未能产生丝毫的用途。生命的需求原本只是极其简单的东西,拖累我们肉身及心灵的也许就只是欲望而已。于是乎,为确保室内清洁,我只能将之打包后,扔进了楼下的垃圾桶。

从那以后,我对逛商场缺发了热情,我重新将自己封闭了起来,成了一个生活的隐者。每当再有朋友拉我逛商场或偶尔从商场经过,目睹里面疯狂购物的人们时,不知怎么,心里总会泛起隐隐的恐惧。

酒 饭 之 徒

我尾随一队闹哄哄的人群鱼贯而入,像是争抢着去共赴一个免费的酒宴。我本来手头正做着重要的事情,但这次会议更重要,领导说了，任何事情都可以先放一放，会议一定得参加，缺席后果不堪设想。至于到底是一次什么级别什么主题的会议，我不得而知。反正一叫开会，你就只有洗耳恭听的义务，而没有对会议拥有任何发问的权利。否则，那就叫"犯忌"，其后果可能比不参加会议更为严重。况且，这么多人都去赴会了，我没有丝毫不去的理由。

会场不大，但布置得精当温馨，主席台鲜花簇拥，四壁标语夺目，音乐舒缓明快。片刻躁动之后，在一片热烈的掌声中会议正式开始了。首先是主任宣读上级文件内容，深刻、犀利的语调通过麦克风高亢的音量传达出一种权威的力量。继而是主要领导做补充强调，归纳起来有这样几点：一、必须重视文件精神；二、必须领悟文件精神；三、必须贯彻文件精神。领导的说话儒雅风趣，生动机智，博得掌声阵阵。场内气氛肃静，很多人都在埋头挥笔疾书，惟恐漏掉只言片语，有损领导讲话的完整性。记者手中的照相机镁光灯闪烁不停，以最快的速度抓拍着可能成为明日重要新闻资源的精彩画面。最后是上级领导做指示，内容如下：一、必须高度重视文件精神；二、必须高度领悟文件精神；三、必须高度贯彻文件精神。其中第一大点又分一、二小点，第二大点又分一、二、三小点，第三大点又分一、二、三、四小点。讲话姿态高屋建瓴，内容旁征博引，风格点面结合。此时会场已由先前的肃静变得略显浮躁，有人发愣，有人发手机短信，有人掏耳朵，有人昏昏欲睡……

时间已近正午，好不容易在又一次热烈的掌声之中，主持人手持麦克风，对刚才的领导讲话作了一番溢美颂扬之后，大声宣布：散会，会后请同志们在××酒楼聚餐。会场重又人头攒动，前呼后拥。肚皮早已饿得打鼓的我，一听会餐，免不了三步并作两步走跑，跟随人流箭步蹿出会场。在就餐的路上，我突然想起自己竟把记录着重要会议精神的笔记本忘在了会场里，心中不免自责：我到底乃一介凡夫俗子，酒饭之徒而已。一边想一边就笑出了声儿来，但没有人知道我在笑什么。

(《羊台山》第 21 期)

博尔赫斯和我

◎ 王 樽

一

上世纪八十年代初，博尔赫斯的名字在中国还十分陌生。我从《外国文艺》杂志上看到名为《玫瑰色街角的人》，在有些疙疙瘩瘩的译文里，嗅到来自遥远南美洲某种难以言说的气息——没有背景，没有时间，几乎是猝不及防，就将阅读者卷进了一场原始谋杀。我想可以借用该小说的开头切入对博尔赫斯的叙述——想想看，你走过来，在所有人的中间，独独向我打听已故的豪尔赫·路易斯·博尔赫斯的名字。是的，我认识他，尽管他不是这一带的人。他的地盘在南美，如今，在中国遍布着他盲者的幽魂。

最早看到博尔赫斯，我是怀着猎奇、疑惑，还有些同情，那本纸张低廉的中译本小说集摆放在不起眼的角落。我觉得他是被遗弃的，籍籍无名，像个文坛新锐，有光芒但缺少被关注的力量。

那时很少见到南美洲的书，阿根廷的似乎就这么一本。就在那本书里，我第一次看到《另一个我》，内容是两个博尔赫斯的相遇，切磋，争辩，诡异而神奇。后来我又看到类似的篇章，有的叫《另一个人》,有的叫《博尔赫斯和我》,我以为它们都是同一篇文字,某天我心血来潮将其进行逐段比照,才发现内容虽然相近,却是不同时期的不同篇章。

在纸张已严重变黄的《另一个我》的空白处,有我当年阅读时顺手写下的"眉批"——此类文字,人的一生可以写数篇,篇篇不同,衍生出无数个"另我",如同孙行者的七十二变,人之一生最奇妙的体验,就是与几个"另我"的想象邂逅。

那时的博尔赫斯还活着,如果不是迟钝和疏懒,差点就会有些信和礼物的交集。

二

像所有买书人常犯的毛病,《博尔赫斯短篇小说集》买了以后放在我的书橱里,很久没看。大约两年后,从美国人编的《小说鉴赏》里读到博尔赫斯的短篇小说《相遇》,我才惊觉,不应错过这片绮丽而绝妙的风景。好在他的著作不多,很快便将几部篇目多有重复的译本读尽(多年后国内出版了他的文集,我都分别买了精装和平装两种版本)。在巨匠辈出的二十世纪文坛,博尔赫斯创造了以少胜多的奇迹。他以数量不多且篇幅大多较短的小说、散文跻身于世界级文学大师行列。我认为,只凭《相遇》《沙之书》《博尔赫斯和我》《交叉小径的花园》等寥寥几个短篇小作,就足以确定其大师地位。他以珍珠般精湛而闪亮的语言营造了一片浩渺而奇异的星空,将小说、神话、诗歌、散文的边界打破,人物的个性也被最大限度地消弭。用真实与魔幻构筑成一个充满自我的迷宫,圈套连缀着圈套,镜像叠印着镜像,若有若无,如真如梦,令人留恋,沉醉不知归路。

博尔赫斯喜欢将现实世界一分为二或一分为三或更多,真伪莫辨，意象多重，即使再短小的作品，也往往能滋生重重内涵，犹如多维的立体画，富有变异的扩张性。《相遇》里写了两个不该交恶的人——尤里阿特和邓肯，进行了一场身不由己的殊死决斗。两个当事人从酒吧的陈列柜里各自取了一把短剑和腰刀，于是，这场不可思议的决斗便无可抑制地进行下去了。小说最后揭示了决斗的原因，两人手持的刀剑隶属于古代两个势不两立的敌手，"那刀和剑在陈列柜里并排沉睡了多年之后开始苏醒了"，不是两个活人的恩恩怨怨，而是古代的两个敌手跨过岁月之河以各自的武器，通过活人之手在较量。"使用过它们的两个草原牧人业已化成灰烬，但刀和剑——是刀和剑，不是人，人只是刀和剑的工具而已——却依然懂得如何进行格斗"。"我"亲眼目睹了这一切，"我"疑惑当时看到的很可能"是另一个故事，一个古老得多的故事的结局"。

这篇译成中文仅有五千多字的《相遇》，写的波澜壮阔，神奇诡丽，蕴蓄着深刻的现代观——在物质至上的时代，人正在被异化成物的奴隶。但博尔赫斯绝不去简单批判，甚至没有结论性字眼，他只提供情节或画面，以及由此延伸出的文外之文。将时空的交错，古今的融通，以及思虑重重的恩怨人生，含蓄而恬淡地呈现。

三

在我看来，所有的大家都有着稚子之心，从面貌到心灵，都该有着某种儿童的纯真和通透。想到博尔赫斯，就想到在海滩上堆沙堡的孩童——他的沉迷，可掬的童心，丰富的幻想如入无人之境。

在1975年出版的《沙之书》前言里，他说："我并非是为少数精选的读者而写作,这种人对我毫无意义。我也并非是为了谄媚的柏拉图式的整体,他们被称为'群众'。我并不相信这两种抽象的东西,它们只为煽动家们所喜欢。我写作,是为了我自己和我的朋友们;我写作,是为了让光阴的流逝使我安心。"我也曾常常自问为何写作?并读过世界百位作家对此答问的书。博尔赫斯的上述表述最引我共鸣,它简洁而深刻地传达了我内心所想。

我想再说说《博尔赫斯和我》,这是个译成中文仅有五百多字的短篇,其文体难以界定,可以是小说,可以是散文,可以是哲学随笔,可以是文学评论,甚至可以是作者简介。都可以是,又都不很确切,是什么都是又什么都不是的文字。也许正因为如此,它才另类,别致,极为迷人。博尔赫斯在文中虚拟了生活中另外一个博尔赫斯,以另一个人的心理对其进行意味深长的审视。简短的文字里,将人在抗拒自我时的挣扎与无奈表现得淋漓尽致,"我必须在博尔赫斯,而不是在我自己身上活下去","我试图摆脱他,从郊区的神话转向时间与无限的游戏,然而这些游戏如今都归博尔赫斯所有,我只得另打主意。我的一生都是逃避,我失去了一切,一切都已遗忘,或者属于另外的那个人"。文章最后说,"我不知道这些话是我们两人中间哪一个写的"。

我曾反复诵读这个短篇,在两个博尔赫斯的徘徊中,我想可以发现第三个,那就是我自己。

四

自从读了博尔赫斯,便如被施了魔法。在我狭隘的个人空间里,他的蛊惑如影随形。我曾试图竭力反抗,但常常难遂心愿。在博尔赫斯的光环中,我看到很多个博尔赫斯和我。而在当红的一些作家作品里,也往往总能捕捉到博尔赫斯诡秘的魂灵。

现在，我提到《博尔赫斯和我》这篇短文，并不是想介绍它，也自知难以说尽其中的况味。我只是借用这篇文字，它的内容和标题，讲已故的博尔赫斯，置身度外的他和我在阅读中化身成书里的他，以及脱离开书本的我自己。

1990年末，我在风雨飘摇的海南孤岛上，在早出晚归的新闻采访间隙，读完了1983年上海译文版的《博尔赫斯短篇小说集》。知道这位住在布宜诺斯艾利斯的老作家读过老子、庄子的著作，并非常热爱中国古老文化。在此书的前言里，译者说，博尔赫斯经常双手摩挲着在纽约唐人街买到的中国竹制手杖的弯柄，表示着他对中国的向往之情。我错误地将这本已经出版多年的书当成了新书，以为这个形象就是博尔赫斯的现在时。读后的第二天，我到海口的五公祠买了书写着苏轼《前赤壁赋》的全文竹刻，附写的短函还请人译成了西班牙文，找到当时阿根廷在海南的一家独资公司老板，想让他回国时捎给博尔赫斯。这位老板近商业而远文学，却知道博尔赫斯其人。他瞪大眼睛看着我，无奈地摊开双手说，博尔赫斯已经死了。

我清楚记得，当时我有些意外甚至不解，骑着自行车独自怏怏而回。在秀英浴场的沙滩边，将铭刻着《前赤壁赋》的竹刻使劲朝大海深处丢去。下意识里想到，这权当一个中国青年对海那边的杰出作家的无声祭奠。

后来，经过查找，我在一本旧外国文学杂志上看到确切消息——1986年6月14日博尔赫斯因肝癌去世，享年八十七岁。我对他一厢情愿的问候，迟了整整四年。博尔赫斯一生与图书打交道，晚年双目失明后，老人被委任为阿根廷国家图书馆的馆长。多年来，我曾买过多种版本的他的传记，但都只是翻翻，一本都没仔细读完。我自认谙熟他的习性，觉得他太像自己，敏感，纤弱，耽于幻想，沉迷书本，逃避现实。除早年的游历和中年因反政府签名被革职外,他几乎没有离开书斋。他是世界作家群中罕见的被称为"作家中的作家",他不是靠多彩的世俗生活来写作,而是靠阅读,靠纸上的文字加对历史和现实的想象。他孤僻的个性和审美趣味,都与自己有某些方面的类似或契合。

　　他的职业,甚至就是我少年时的追求。在没读博尔赫斯之前,有人问我最理想的工作时,我曾不假思索地回答:当图书馆的馆长。这个理想至今没有实现,我当然清楚,即使实现也与博尔赫斯没有关系。世界上的图书馆馆长千千万万,而博尔赫斯只有一个,大师是独一无二的,大师不可复制。写这篇博尔赫斯和我的文字,并不是想借博尔赫斯抬高自己,只是想说,我们喜欢的作家和我们喜欢的人一样,在很大程度上是因为他们像自己。

(《羊台山》第21期)

读白居易的诗

◎ 宋唯唯

一、永远艳，永远魅

古冢狐

古冢狐，妖且老，化为妇人颜色好。头变云鬟面变妆，大尾曳作长红裳。徐徐行傍荒村路，日欲暮时人静处。或歌或舞或悲啼，翠眉不举花颜低。忽然一笑千万态，见者十人八九迷。假色迷人犹若是，真色迷人应过此。彼真此假俱迷人，人心恶假贵重真。狐假女妖害犹浅，一朝一夕迷人眼。女为狐媚害即深，日长月增溺人心。何况褒妲之色善蛊惑，能丧人家覆人国。君看为害浅深间，岂将假色同真色。

这是一首令我过目不忘的诗。一整本白香山，春风翻书地无心意，一目十行间扫过这首《古冢狐》，便忘不了。那艳冶的气氛力透纸背，千年蛊惑。它仿佛伸展着一副深绿背景的画，暮色苍茫，芳草萋萋，葱茏地铺到天尽头，远去的小径间是狐仙那腰身窈窕、朱衣鲜红的背影。在我心里的白居易，是最具写实能力的诗人，他写一棵树，一株花，一次酒宴，细节总是历历在目地呈现。而写这一只传说中的狐仙，许是他也不曾亲身见识过的女子，下笔时，他对伊魅惑形象的想象："头变云鬟面变妆，大尾曳作长红裳。徐徐行傍荒村路，日欲暮时人静处。或歌或舞或悲啼，翠眉不举花颜低。忽然一笑千万态。"夕阳犹如一个夜灯笼，挂在地平线的略高处，郁郁莽莽的原野是天地之间为她的大舞台，她将大尾巴幻化成朱红的裙衫，将慧黠幽深的狐眼化为翠眉细目，将面颊化了花颜，在舞台上曼歌轻舞，徐徐前行里偶尔回眸一笑。她笑给路途上的行人，笑给村落里不解伊风情的农人，亦笑那正在伏案喻讽，语重心长写下"女为狐媚害即深，日长月增溺人心。何况褒妲之色善蛊惑，能丧人家覆人国"的诗人。她的笑容在他的脑海里浮现出来：中原的原野，千里苍茫的暮色，文明在这样的暮色里仿佛绝了迹，是这红衣妖妇的恣意歌舞的大场地。她回过脸来，向他一笑，这一笑惊魂动魄。令他提笔写下"古冢狐，妖且老"，然而，背后是他的不能忘情。

天地是这样"日欲暮时人静处"的寂寞、乏味，而狐狸是这样的一袭妖娆地歌过舞过，行过踏过。她是这人世的异类，颜色娇媚，没有人心，不顾忌纲常人伦，然而她若是认真地美起来，艳绝千年，她认真地在这人生演起戏来，更是顾盼里便引得人世间狼烟烽火，没心没肝地一笑之间，便给天下苍生带来倾国倾城的祸。够那些写诗的，写史的，忙上千年。

然而，愈是这样寻常的说教，愈发凸显一袭红衣的狐仙，伊的妖娆万方、人间万万千千不能及的颜色。

美艳真是一件盛大的，需要正视的事，隔了千年，轮到我来读她，依然不肯多看一眼白居易那些凛然说教，对褒姒、妲己那一路倾国倾城的尤物的笔伐鞭挞，我只是径直地，被这古冢之狐出没的魅惑、美艳所袭击。

二、今春看花别花来

游赵村杏花

赵村红杏每年开，十五年来看几回？
七十三岁难再到，今春看花别花来。

这是一首温敦的诗。是一个老者对这冷暖人世，抽身离去时，柔和的打量，恋栈的不舍。

赵村的红杏每年开在春天里，灿烂似锦，花香芳馥。是洛阳城郊的一个村落罢，老年的白居易，每个踏青时节，都会来到赵村，欣赏初绽的杏花。杏花的红色是酽酽、郁郁的一种红色，比鲜红浓郁，比朱红沉静，比桃红深切，她是春天的精魄，花色里渗了一种酽，浸在水里，会染红一匹白缎子的那一种浓郁、绚烂，艳得你伤心。

杏花一朵一朵，开满枝头，开满树梢，如锦如缎漫漫地在艳阳丽日里起伏，是云蒸霞蔚的景象。白居易与友人们坐在花下，春风浩荡，杏花吹满头。

这是美好的光景，在化雪、破冰、苦寒料峭的早春之后，在炎炎苦夏里为五谷的劳作，朔风横吹、万山空寂的季候之前，这是一年里最美好的时光。赵村杏花盛开的季节是人世的春天，春水在河床上潋滟地流淌，桃花、李花开得有红有白，一如我们在唐诗里常见的。

油菜花在古代的中原，一定也是在土地里长熟了的农作物，此时正忠厚老实地开那一季，黄灿灿的，直铺到天尽头。而时常侵袭着我们的，置身于天地之悠悠的时间场中的虚无感，在这样泼洒灿烂的春光中，丰足的色彩光影里，有了某一种弥补和安抚。

这一年，白居易为赵村杏花写诗的春天，是他七十三岁的晚景里。他说，每年春天，花开的时候我都会来到，来探望你们，今年我又来了，来看你们开花的样子，花真是好啊，然而，我这回来，是来向你们道别的。我已经老了很久啦，也许很快就要死了，等我死了，你们再开花的时候，我就来不了啦……

这真是遗憾的，花开灿烂，春深似海，然而，知音将再也不能来到，如花美眷、似水流年里，一个春天与另一个春天之间的光阴之间，亦有年迈体孱的人，无能如约抵达——这真是心酸的事。

在唐朝的赵村，做一株杏花多么美好啊。我曾在每年的春天，繁花满枝地，挡在白居易经过的地方……

三、所得惟元君

白居易为元稹写下的那一首《赠元稹》，追溯了他们的相识相知的缘分："自我从宦游，七年在长安。所得唯元君，乃知定交难。"

他们相识时，是长安城里丰神俊朗的白衣书生，一同登科，金榜题名。是春风得意，长安看花的荣华光景。起初的情谊，亦是少年人的鲜衣怒马，风华正茂的恣意，"花下鞍马游，雪中杯酒欢。衡门相逢迎，不具带与冠。春风日高睡，秋月夜深看。"他们一起在朝中为官，一年四季的花开雪落，春花秋月，都是他们互相探访，饮酒作诗的好时节。

元稹被贬江陵的那年八月十五夜，白居易在长安的禁中翰林院里值夜，面对佳节时的深蓝星空，皎洁夜月，思念起元稹，写下"三五夜中新月色，二千里外故人心"。挚友的离去令他心灵寂寰，中秋夜的新月色，洒遍翰林院宁静、深弘的楼阁，"渚宫东面烟波冷，浴殿西头钟漏深。"他担忧地势卑湿的南蛮之地江陵，不同于金风浩荡、气候清冽的长安城，今天晚上元稹抬头望见的中秋夜，也许天空不够一清如水，也许月亮为云翳所遮蔽，"犹恐清光不同见，江陵卑湿足秋阴"。

即便远隔江湖，他亦求得与他相濡以沫。

四、桐花诗

元稹作诗《三月二十四日宿曾峰馆，夜对桐花，寄乐天》，白居易酬答《初与元九别后忽梦见之。及寤而书适至，兼寄》。这首桐花诗，是他们沉浮里一生辗转南北的序篇。它开在商山北的驿站，是开在山长水阔的漂泊路上的第一株花。"微月照桐花，月微花漠漠……叶新阴影细，露重枝条弱。夜久春恨多，风清暗香薄。"这孱弱、忧伤的一树桐花，是漂泊诗卷的第一个信使。

"悠悠蓝田路，自去无消息。计君食宿程，已过商山北。"是白居易的牵挂，他计算着元稹从长安城里出发，去往江陵的路途，今夜投宿在何处。他在梦里才梦见他，醒来则见到元九在驿路上寄来的书信，"我在山馆中，满地桐花落。"这一树月下的紫桐花，婆娑、黯淡、清香弥漫，在夜路上叫人感怀，于是，元稹写在诗里与挚友分享。

他无限哀怜地想到他的朋友"夜深作书毕，山月向西斜"的情景。而山馆的景物又何等的凋敝——"月下何所有，一树紫桐花。"数年后，白居易亦经过这株桐花树，《商山路驿桐树，昔与微之前后题名处》，他戏谑地写道：与君前后多迁谪，五度经过此路隅。笑问中庭老桐树，这回归去免来无？

人生南北，他们各自行走在去往下一站官邸的旅途上，白居易常常在驿站和旅馆的墙壁上，读到元稹经过时题写的诗文。"每到驿亭先下马，循墙绕柱觅君诗。""蓝桥春雪君归日，秦岭秋风我去时。"春雪漫天时元稹踏雪归家，而秋风飒飒，吹遍山头红叶，河涧寒水时，又吹送着白居易萧萧离开长安，去远方赴任的身影。

"忆君我正泊行舟，望我君应上郡楼。万里月明同此夜，黄河东面海西头。"茫茫的大水，汹涌激荡，从黄河的东头漫过无数的滩头，无数的河谷，直到海西头，这万里明月同此夜的大写意里，写实的是山水的迢迢，离别的契阔。

看看白居易的诗名中的地点：蓝桥驿、西陵驿，河阴夜泊、感化寺、韩公堆、武关南、早春西湖、泛舟太湖……夜泊过的河、打马经过的路，皆是人世的风霜际遇。而他在行舟的水上，读元九的诗。"把君诗卷灯前读，诗尽灯残天未明。眼痛灭灯犹暗坐，逆风吹浪打船声。"这首诗，充满了人生中年的况味。不再是灯烛辉煌，不再是把酒言欢，茫茫的大水上夜泊的孤舟，浮游在沉寂的黑夜之中，江湖之中，唯有逆吹的大风，从水面刮起一波一波的浪花，拍打着船舷，夜半舱外，天地间落下萧萧寒霜，冷意入骨，夜鸟在白雾里掠过，江风吹得灯烛明灭，这冷清的，担当着无限忧患的情景，读来只觉得阵阵扑面的霜寒之气……

"沣水店头春尽日，送君上马谪通川；夷陵峡口明月夜，此处逢君是偶然。一别五年方见面，相携三宿未回船。"这首诗叙述的是他们离开长安后，仕途辗转里相逢的惊喜情景，依然是在舟中，相对三日，无数的话要说，无数的遭际要彼此详述，无数的沧桑感怀，要一起分享，也许话语都已经不重要，只是面对面的声息相闻，这两张在风霜里渐渐老却的面孔，可慰藉分离时彼此心心念念，醒来梦里的牵挂。

回望长安，昔日文朋诗友、书生意气的岁月，他们生出"往事渺茫都似梦，旧游流落半归泉"的吁叹，"分手各抛沧海畔，折腰俱老绿衫中。"纵然是帆在水上，烛在案头，也是一幅艰难世事里的意兴阑珊。

五、哭微之

元稹病逝于武昌任所。初闻噩耗，白居易急痛里写下悼诗：今在岂有相逢日，未死应无暂忘时。从此三篇收泪后，终身无复更吟诗。

世间再无元稹，再无知音，他曾起意从此不再写诗。时光总是往前的，而八年后的那一首《梦微之》，读来，更是沧海桑田的沉痛：夜来携手梦同游，晨起盈巾泪莫收。漳浦老身三度病，咸阳草树八回秋。君埋泉下泥销骨，我寄人间雪满头。阿卫韩郎相次去，夜台茫昧得知不。

元稹死后，咸阳的草木已经历经了八度寒暑，那些曾经打马看花的岁月，在漳浦老病缠身的迟暮时光里，回过头去回望，恍惚得如一场太美好的梦，在梦里，他们都曾经面如冠玉，满怀江山社稷的抱负，而今，元稹坟头的草枯草黄，令人迟疑是否真的曾经身历过那样的富丽往事。阿卫，元稹的幼子，韩郎，元稹的女婿，相次死去。不知在那昏晦的地府，元稹可否认得在世间曾经的骨肉。幸或者不幸，活着还是死亡，已经不复是一件伤筋动骨、捶胸顿足、痛心疾首的大事了。谁知道，活着的人，是不是在一个更广义的惩罚里呢？

"君埋泉下泥销骨，我寄人间雪满头。"不过是黄土侵蚀你已然无知觉的骨骸，不过是人世的风霜染白我的青丝，炎凉磨蚀我的情怀。不过是曾经的你和我，如今各在一个阴阳阻隔的大梦两端。

曾经，他们对岁月，有那么多指望，指望在人生的晚景里，卸了官印，嫁了女儿，再无人世的拖累，老友可以重聚，共对青山，再续前缘。白居易对人生的铺排，温暖踏实："待君女嫁后，及我官满时；稍无骨肉累，粗有渔樵资，岁晚青山路，白首期同归。"而元稹于五十岁壮年，猝死于武昌任所，白居易结庐庐山，结庐洛阳，回首想起元稹，是年复一年里故人坟头苍苍的松柏林，春天的风吹过，冬天的雪落下……

白居易是一个性情温柔，情深意长的人，他一生有很多很多的知交，僧人、道士、花农，同时代的张籍、裴度皆和他情谊笃好，我曾经统计过白居易的刘姓朋友，看吧，他曾赠诗给刘八，刘十三，刘十九……晚年亦有大诗人刘禹锡与他一唱一和。惟其那么多，那么多的知交朋友，元稹与他的那份深情，在丝竹管弦、江湖流离、结庐归隐、床头案头，任何时候的心心相依，不能忘却，更是别有一番情味。他给元稹寄去无尽的诗卷，寄去竹枕，也将元稹捎来的衣料，欢欢喜喜地做了新衣衫，详细地写诗叙述着装效果。元稹在江陵卧病，他赶紧谋医问药，寄去大通中散、碧腴垂云膏。二人一个在越州，一个在杭州做官的时期，在江南的婆娑山水、修竹长路之间来回传递的诗筒，是世人所记得的那些风流、华美的篇章。然而，在他们彼此，一世的情谊是对彼此甘苦的深知。是元稹驿站受辱时，白居易在朝廷上的激愤上书；是彼此在流离途中关于疾病、贫苦的牵挂和尽力的周济；是荒山路途、客舟寂寞之中的互相思念，为家小儿女忧戚时，油然的诉苦和得到的实打实的抚慰；在元白诗篇天下知的嘹亮长歌的背后，是他们的颠沛流离、唇齿相依、不离不弃的一生情意。有这个人在世上，人生才是不那么寂寞的。

"君埋泉下泥销骨，我寄人间雪满头"，人世间的最哀伤，最沉痛，莫过于此。这欢悦情谊落幕之境。每年春天的花开满枝，原是有这个人在,才会有的光华。和这个人在世间的这一趟,曾一同徜徉过山水明月,世间的牢固物原本是无情,然而,因为有他的存在,万物花开都含情,天地间原本无戏台,只是因了我们的意念,那么深切的牵挂,搭了千里的长蓬,做一个终生的戏台。渡口的木船,驿站的桐花,秋风里的一枝紫薇,都是情谊的信使。

(《羊台山》第 21 期)

绿 皮 火 车

◎ 莫丽娟

  新千年第一个十年的尽头，我坐上了久违的绿皮火车，终点是南方一个不知名的小镇，我的老家。

  一上车，熟悉的气息再次袭来。在逼仄的空间里，男人女人变得寡言、木然，有限的旅程成为一场集体的酝酿，下一刻，投入爱人的怀抱，或远离这个世界，与贾樟柯慢镜头下那些卑微如尘的生命如此相似。孩子们刚好相反，有他们的地方，空气都闹腾不安，偶尔有旅客在通道里往来，引得他们好奇地张望几眼。

  在这样的空气里，我常不自觉地想起一个人。他背着一把琴，挂着一根盲杖，像候鸟穿越地球的经纬线，独自行走在京沪线上，一路向南。用盲杖划出东边一小块版图之后，时隔三年，他再次将行吟的诗意延伸至西，银川，兰州，西宁，格尔木，直到西藏。那是一个以诗意为口号的时代，在这列时代的火车上，那么多人无法抑制内心的嚎叫，他们一边抓着虱子，一边讨论形而上学。而他，只喜欢竖起耳朵，坐在一旁静听，在大脑里绘制出一张天南地北的人文地图。他是周云蓬。

  在《夜行者说》里，他说，长年的飘荡令火车成为我梦中常有的意象。有时是买票，或走过车厢连接处寻找座位；有时在一个冷清的小站下车，坐在刚被雨淋过的长椅上，等着下一班火车的到来。

物质贫乏的时候，他为什么没有仰仗幻觉，底气十足地在精神上高蹈长歌，而是那么安静地接过命运交到他手里的真相，不管它是否扭曲。在属于盲人的影院里，他只顾着收集周围的各种声音，来拼成他想要的画面。于是在他的诗歌里，我们看到了红肚带和雪花白，跳舞的石头还有忙于结婚的水草。我们长着明亮的眼睛却看不到的东西，他用文字指给我们看。

我在想，是不是所有的行者都有歌者的灵魂，比如周云蓬，比如海子。

2006年的3月25日，刚满20岁的我与两个闺蜜，一起登上开往武汉的绿皮火车，为赴一场盛大的花事。在满目的绚烂中，哪有闲暇去想起17年前的这天，北方的一个小站发生了什么。诗人行走到山海关，也许还来不及记下最后的灵感，就被死亡的未知力量深深诱惑。他用铁轨终结了自己25年的无名，赢得了时代象征的标签。有人眼红了：怎么让这小子玩了头一把？仿佛海子不仅抢走了他大放异彩的机会，还霸占了所有人的死亡。

说到霸占，我感觉有些难以分清到底是谁在霸占谁的死亡。只知道，每逢3月26日，上至学术殿堂，下至民间广场，都会有人张罗着集体朗诵海子的诗歌，大批的诗歌爱好者跑到他的家乡去祭奠，还有人试图收藏医生对他自杀的诊断书，全国各地的火车迷们，因此打着"传递铁路信息，弘扬火车文化"的口号，成立了海子铁路网。也许从最开始，人们在迷恋的就不是他的诗歌，而是他的死亡，以及自己的幻觉，以及由这二者构成的关于死亡的神话。

那一年的海子差一点就踏进了90年代的门口。但是他没有。他躺在开往春天的绿皮火车下，身体与大地连在一起。三月的小麦刚从土地里苏醒,策谋着一场关于生长的起义,不知道他有没有听见。

我唯一能确认的是,他一定会听见那辆火车驶过每一根枕木、每一块石头、每一个时代的声音。那声音与我现在听到的并不一样。

(《羊台山》第 22 期)

听雨（外一篇）

◎ 蒋天予

> 帘外芭蕉惹骤雨门环惹铜绿，
> 而我路过那江南小镇惹了你……
> ——《青花瓷》

北国的雪，向来没有化作过晶莹的柔软的清凉的雨滴。博识的人觉得他不幸，他自己也认为不幸否耶？北方的雨，可谓是冷酷孤独之至了，像一位不屈的斗士的鲜血，像一名孤独求败者的泪水。江南的雨则不然。春雨如油，滋润万物；夏雨如浴，让人分外清爽；秋雨如泪，让人倍感萧索踌躇；就算是冬雨吧，也绝不化成冰凉地令人窒息的冰雪，暗自降落，湿润了一个足肤皲裂的干燥的冬天。

有些人对雨持否定态度，一遇到下雨天就垂头丧气；有些人则以雨为浪漫纯洁的象征，还作诗歌颂说"最美的不是下雨天，是曾与你躲过雨的屋檐……"；有些人则不以为然，好像雨是可有可无的，也无非是自然现象的一种，何必大惊小怪。而雨，在古今诗词作家中则备受珍爱，饱含讴歌，我一直对此心驰神往，终于在一个寄托了我的期待的雨天——

那是一年的春季，我因病在家休息，心情烦闷，在屋内四处轻悠，却无以为乐。不久，我听到一阵淅沥的雨声，心里顿时茅塞顿开，赶忙跑到窗边静坐端详。雨像根根银线，直直地坠落下去，仿佛一层织好的绸缎，犹抱琵琶半遮面地遮掩了万物。在雨中忽隐忽现的房屋，绿映红的花草树木，似乎都在摇曳，都在跳舞。在雨的滋润下，都绽开了笑脸，嫣然地好像在说："谢谢春雨滋润了我们！"我心襟旷达，思想着雨的精神，不知不觉有了新的体会。正是"踏破铁鞋无觅处，得来全不费工夫"。我一边想，一边感慨万千。

诚然，雨是滋润的。正如杜甫所说，"随风潜入夜，润物细无声"。她用自身的每一个分子，融入土壤，给养植物，造成了一个姹紫嫣红的世界。雨是无私奉献的，她把自己的全部献给别人，却不夺走别人的一针一线。她绝不贪图回报，一心付出，至少仍未有过雨水吸走东西的事件发生。

我又联想到了耶稣和孔子，他们一个说要爱人如己，一个说要仁者爱人。雨不也是博爱的象征吗？万物生灵，不论贫富贵贱，她都带来滋养；一切的土地，不论贫瘠肥沃，她都带来湿润。她不因品行败坏而拒绝某人的雨水享受权，也不因日本屠城、德国集中营而不降落在这两个国家。她只知道一视同仁，平等看待；她更希望浪子回头，而不是一味赶尽杀绝。

我又望望窗外，雨下得更加猛烈了。狂风开始轰鸣，小树开始弯腰，大街开始水漫金山了。我又想，雨是大自然的一把利刃，是公义而坚忍的。古语有云，"滴水穿石，非一日之功"。雨就是如此的执著，她一点一滴地磨炼着岩石，只求质量，不求速度；坚持不懈，死而后已。久之，岩石成了细砂，棱角变得圆润；一场场雨前仆后继，只为了一个共同的目标。我又想起长江的洪水，人类无节制地乱砍滥伐，破坏大自然，最后遭到报应。雨是义不容辞地对人类开始报复，她不摒弃博爱之名，只为了维护正义，平衡自然的规律。这种对生物的迫害，不过是一种善意的警示。

　　这时，我仿佛看见狂风暴雨，电闪雷鸣；长江滔滔，波浪漫天。我颤栗着继续看着这一切，洪水侵蚀了一切，正义地洗刷着所有罪孽；江河与大海联为一体，汪洋一片……

　　倚栏听雨，我从雨中的滋润与浪漫，发现了雨的坚忍与正义。雨也是一把双刃剑，在你安守本分的时候，她会博爱；在你误入歧途的时候，她会警示你。她是仁者之始祖，也是正义之升华。

关爱生命

身是菩提树，心若明镜台
时时勤拂拭，勿使惹尘埃
——神秀大师

　　我不敢说生命是什么，我只敢说生命像什么。在我的眼里，生命是一条奔腾不息、浩浩荡荡的大河；他也许能在一马平川的平原上澎湃奔驰，也许会在高山夹岸的险境中逼狭地流过，也许就发源于微不足道的一股清泉。——他可以如大山般高大，也可以如尘土般卑微。但不论是一帆风顺，还是坎坷崎岖，这条道路都会一直延续下去，直到死——这一切都会失足坠落的悬崖。

　　生命对每个人来说都非同小可，当然要认真对待。当你有惊无险过完一生时，你又会回眸一笑，低声喟叹过去的酸甜苦辣。而当你遇见了困境、挫折甚至于不幸这些拦路虎时，是否就会萎靡不振了呢？当然不会。事实上，爱是一缕金色的阳光，他从你的亲人、你的朋友、你的师长等灿烂的太阳上向你扑来，在你的体内灌输勇气，坦然面对一切的勇气、力量、动力与信念。他是一位飘逸脱俗的剑客，轻舞长剑，如丝般柔软地斩断了一切的苦难，保卫你无惧地前进。爱就是如此的具有出神入化的魔力，他也许无时无刻不萦绕着你，也可能与你擦肩而过。

因此，我们不仅需要爱，更需要关爱其他的生命——让他们也享受到世间的温暖。你首先应当学会自爱，爱护自己的生命，珍重自己的生命。在人生的障碍面前，也许你能咬紧牙关突破它；在人生的选择面前，也许你能走上一条更有意义的路；在人生的态度面前，也许你会开创事业而不是庸碌无为：这就够了。毫无疑问，关爱他人也是一种心理需要，让你仁慈的本性充分释放。我们可以轰轰烈烈地投身于一番席卷全球的关爱运动，也可以在细微之处让别人体味到所谓被关爱的幸福。关爱是一朵花，慷慨的捐助是怒放的玫瑰，而无私的奉献是淡雅的梅花；简短的叮咛是昙花一现，热心的鼓励是纯洁的莲花。一个人、一只鸟，甚至一只小蚂蚁也是生命的体现，也是自由与追求的化身。你倘若落脚时注意脚下的蚂蚁，玩枪时注意栖息的鸟儿，这也是一种关爱，发自心底的对生命的关爱，对生命的尊重。

这就是我为何征引佛门玄奥的偈诗的目的了。生命本出于乌有，以毫无污点之身来到尘世。你是选择做一个冷酷无情的人呢，还是做一个拥有爱的人？所以，我们应当"时时勤拂拭"，让自己的心灵因爱而受洗，而变得无比清澈。万事万物都渴望博得尊重与关爱，这种珍贵的力量，就发自我们每个人的心里。

耶稣基督降生后，四处宣扬的就是博爱的思想。他大胆推翻了先人摩西的诫命，说不要"以牙还牙，以眼还眼"。而且当他知道弟子要出卖他、不认他时，依旧从容不迫，若无其事地举办了"最后的晚餐"，然后为世人而受愚弄，被钉十字架，死后三日复活、升天。他是为了世人的罪做了赎价，教导我们因信称义，要爱仇敌，为敌人祝福。他看重的不是作为救世主的荣耀，而是宣扬关爱的使命，他还教导他的信徒，也是教导了所有人：

"要爱人如己"！

（《羊台山》第 22 期）

挽留不住的和难以言说的
——读北岛系列散文《城门开》

◎ 王小妮

读到北岛的系列散文《城门开》,原本是带着松弛和散漫。整本书拿在手上,起初是喜欢它封面青砖似的质感和窄开本的轻灵,没想到读着读着,不能不正襟危坐,最后看得心惊肉跳了。

这不只是一组旧事钩沉的文字,它的记叙从几十年前起始,延续渗透至今,引得能领会其意的读者一步步进入作者垒造的一座深重的城池。

一、共有的童年

城门城门几丈高?
三十六丈高!
上的什么锁?
金刚大铁锁!

《城门开》以街巷间随口传唱的儿歌开篇,起势舒缓,叙述从容,似乎只是追忆远去的童年轶事。

从作者八十年代末离国到 2001 年回国,这中间一隔 13 年,这期间,世道景观和大环境的疾速变化,早超出了我们所有身在其中者的想象力，更何况整整13年后忽然降落在故土的诗人，他的感触当然激烈敏锐。从他追想藏宝图一样对儿时北京的描述，定格了这种连根拔去的丢失：一眼望去，几乎什么都变了，味道、街声、光影，得以残留的只有能落在纸上的娓娓的哀歌。

在作者的记忆里，许多细微的瞬间都还生鲜着，还活蹦乱跳如在面前：饥饿年代里寻找一切能吃的，被味精的"鲜"诱惑，"索性"一下吃了半瓶，中毒晕眩。买几块桂皮藏着，在课堂偷偷取出来，舔它解馋。高度的警觉使当年的孩子感到满大街的人都形迹可疑，人人都像潜在的敌人。深夜的胡同里响起毛驴们的蹄子声，那是赶着去动物园喂豺狼虎豹的赴死的牲灵。一位小学老师向学生们描绘银翘解毒丸的品质如何优良，如何的"蜜"制"蜡"封，引得学生去买了一粒郑重地品尝。

从小人书店到玻璃球游戏，到听见游泳池特有声浪的亢奋，从饲养小动物，到家里出现军人的荣耀，作者淡然的讲述，让每个同时代的过来者都能从中复活一个童年的自己。

读过这组散文的前半部，让我惊异的是这么辽阔的国度，这么众多的民众，同代人居然有几乎相同的经历。饥饿年代，街巷间的游戏，朗朗上口的儿歌，长腔短调的叫卖，甚至为验证对革命理想的忠诚度，用门缝夹手指，测试自己是否能在经受考验的关头忍受疼痛不做叛徒……经过作者不急不躁的记述，久远沉淀的细微形影又重新复活游走在眼前。

曾经有那样一个时代，地域和族群差异能轻易被忽略，只要当时你生活在中国的某个城市中，人人都会因为经历过于相似，而超越时空，感同身受。那高度辖制下的一致，那辖制的极强覆盖力，仅靠个体的生命根本无从抵抗，人们能享用的只是被其笼罩之下的最微小琐细的乐趣，而就是这些微小琐细延续和支撑着人们，依赖着比金属还坚韧百倍的生命本能，才各不相同地存活到了纷杂的今天。

当我们每个人回看童年的自己,谁不是"红旗下的蛋"?而一个蛋的自我感觉常常是无知而愉快的,头顶和内心都有阳光灿烂,那种灿烂绝不会再现。

二、历史漩涡中

我以为,北岛的系列散文《城门开》,从"北京四中"一节起,才进入了它真正重要的段落。

今天的学生们如果对北京四中有耳闻,一定会说它是名校,多年来为"千军万马过独木桥"不断贡献着权威的高考模拟试卷。而他们可能完全不知道的是,1966年发生在中国的"文化大革命",北京四中曾经身处革命漩涡中心。作为一个京城名校,它在不同时代享有着完全不同的符号含义。

在《城门开》的"北京四中"一节中,作者回忆了1966年的6月1日,当《横扫一切牛鬼蛇神》社论一发表,北京四中最先宣布停课,这消息使"我和同学们一起在教室里欢呼雀跃",当时还只有17岁的北岛,在心里默念的是:毛主席可别改了主意啊。

按今天的司法定义,17岁还属于未成年人,在革命骤起的年代,正是众多心智未成熟的青少年承担了凭空陡降的"革命先锋"的重任。虽然北京四中处于大动荡的激流旋涡中,作为亲历者的北岛却没有感到过多的异样,他的叙述平静节制,生活看起来并不怪诞,日子一天连着一天,太阳是太阳,月亮是月亮,一切都似乎合理和正常,而事态变故正是潜伏在这些表面的平淡之后。因此,《城门开》的"北京四中"一节,无论作为文学或作为史料都有它特殊的价值:给人剃鬼头,大字报,大批判,大串联,《出身论》的发表，武斗场面，油印小册子的编写刻印，到骑车满城张贴，所有的惊心动魄在发生的当初并不显得荒诞突兀。那场革命甚至很及时地契合寄托并承载了未成年人特有的青春、冲动、英雄主义情结。

被忠实记录的日常，也势必成为传奇，可见那是怎样的非正常的年代。

三、父亲

《城门开》的最后一节是"父亲"。

作者先引用了父亲的说法："人生就是接送。"过来者的话，在浅白自然中潜藏着透彻。然而，任何生命的正常接送方式都应当流畅、美妙、自然而然，这种接送，不该伴随丝毫的饥饿、忧虑、慌乱和盲从，而这些又正是从父亲到作者本人，两代人都经受过了的。生命本应当有选择，可生命偏偏没选择。

"父亲"一节，文字不多，但它最沉重，正是这段让人读得心惊肉跳。早在1983年的春天，我去北京出差，碰巧在保险公司食堂吃饭，筷子串着馒头找座位，我的大学同学邹进把一个老人介绍给我，正是北岛的父亲，谦逊儒雅的老知识分子，和他同桌坐下聊了一会。

任何人的一生都能在几页纸中简约讲述，而亲历者本人所领受的苦难，只有他本人才最洞悉最切肤，到了人去事去，灰飞烟灭带走的正是他记忆中最鲜活的部分。

"父亲"一节有两段让人难忘：

"文革"之前，几个孩子在北京的民进办公楼内和书记徐世信打乒乓球，高手徐书记获得全胜后，"把残兵败将带到会议室，关上门……没几句就进入正题，原来想了解父亲们在家的言行……

再三叮嘱，这次会面一定要保密，今后有事和他联系"，在这段突如其来的谈话之后，懵懵懂懂的孩子都被告知可以回家了，这位徐书记单独留下北岛，再次掩上门，问他是否有支钢笔手枪。当然，那是讹传，一个孩子哪来的手枪。紧接着，徐书记再一次关注北岛父亲在家中的言行。由于正处于叛逆期的少年心中积压了对父亲的不满，北岛向这位书记抱怨了几句就回家了，正是这怪异的"关门私语"，使回到家后的北岛感受到了内心的不安，他不敢与父亲对视。

"父亲"一节的末尾段落，记叙的是多年之后，在异国他乡的一个平常晚上，母亲睡了，父子两个隔着餐桌对坐，北岛因为白天的几句话而等待父亲对自己说点什么，父亲并不轻松地告诉北岛：自己任职民进期间"另有使命"，在定期向民进宣传部长谢冰心汇报工作以后，作为副部长的父亲要把谈话内容整理成报告上交组织。"父亲回忆说，大多数知识分子是主动接受思想改造的，把双方私下谈心的内容向组织汇报，在当时几乎是天经地义的"。虽然作者的这段讲述惜字如金，我们依然能感受到那个远离中国的特殊夜晚中异样的凝重压抑。随后，作者劝父亲把这段经历写出来，对历史有个交代。文中后来没有提到老人是否留下了相关的文字。

历史总有奇妙的巧合，与父亲的"使命"时隔十几年后，上世纪70年代末，年轻的诗人北岛拿着自己的作品上门求教于文学前辈冰心，老人热情接待了他，还写了一首给北岛的唱和诗《我们还年轻》。

我强调《城门开》中的"父亲"一节的重要，恰恰在于它对那个时代知识分子生存状态心理状态的描绘，使得这一节成为全书最具张力和复杂性的部分。

四、语言垒造的城池

《城门开》并不很长,据作者本人说,写得很慢,特别是在写进入上世纪 60 年代中期的后部分。它的语言风格遵从作者一贯的平静理性和淡然。文中,他特别提到,为准确无误地记录,他专门向当年的朋友求证和订正了一些细节。可见,作者的愿望是给自己也给读者一个曾经的真实,起码是最贴近的真实,而非留下一些有记忆色彩的美文。

在美文浩荡,不断自我复制和被人克隆的时代,我们身边遍布文字填塞物或者叫文字垃圾,这些虚幻浮华空洞的东西正侵蚀着我们后面的"80 后","90 后"。这也显得,在今天,干净利落质朴的文字尤为重要,它不只在对历史的实证和可信赖度上是前者不可比拟的,更在于它对现实的贴近,在于它把汉语中的大而无当冲涤过滤掉,现在已经有越来越多的写作者意识到了这点。

我在读《城门开》的同时,随手列出一个人物表:在这组散文中,作者提到的非正常死亡者有 17 人,除一人死于 1957 年的运动,其余 16 人都在"文革"中猝然失去生命。这 16 个生命在文章中都没有过多的渲染,甚至只是寥寥几字,一带而过,而其中蕴含的力道却丝毫没因为文字的简练而失去。和那些铺天盖地呼天抢人的文化大散文比,冷静和节制更具有力量。合上书,我想,不知不觉中的残酷才是残酷之最。那场人人参与其中的运动,许多人还能从它的某些片刻中享受到激情快乐的运动,潜伏和透射着多少人类本性中的狂热和孱弱。

五、散文的担当

在网络时代,每天发生在我们身边的真切现实,时刻挑战着写作者的承受力和想象力，挑战着一切虚构和杜撰，堆砌优美炫目的辞藻和陈腐僵化的文字，必然让位给具有突然性甚至荒诞性的当下现实。面对后者，无关痛痒自满自得的文字早就丧失了生命力，虚构的文体已经到了一触即垮的临界，只有寻求到新的意识高度它才可能得救，我们现在满眼看到的都是低劣的形而下"故事"。

终究，我们承受了那么多，我们有无尽的东西可供回忆书写。恰恰在这个时候，我们需要记录性的文字。

如果散文还是一个活着的，饱含力量的文体，它就不能逃脱对现实的担当。《城门开》的意义，恰恰在于它对远去的无可挽回的哀歌之外，还错杂交织着那些难以言说的部分。这些部分不是被讲述得太多了，它还潜伏得不错，还暗藏着它的杀伤力。

真正的现实是，我们挽留不住该挽留的，也遏止不住该遏止的。一座城的面貌难以找寻了，曾经在城中盛大上演的"戏"，依旧保持着萌动的可能，比起一砖一石的消失，后者的顽强潴留潜行却常常被人忽视。

散文的生命力要想延续，它无可逃避，它有责任获取跨越时空的穿透力，让旧日时光的细碎颗粒映射于今天和未来。

以我的个人经历为例，2010年秋天，我在大学里讲当代诗歌课，从所谓的"朦胧诗"开始讲起，这自然要先涉及这些诗歌产生的背景，在"有图有真相"的时代，教室里的"90后"们看到大批判大串联武斗，看到雕有"清华园"的清华校门被砸毁，个个表情惊愕，他们问我：发生过这事吗？那时候的人都疯了？

和这些心灵轻盈的后来者在一起，更觉得不能忘却的重要，它让我们警醒，我们是从哪儿来的，准备往哪儿去。

《城门开》从歌谣开始，到父亲离去的沉重结尾，儿歌里的城张嘴就能进，我们心里的筑城，实在城门太重，城池太深，砖砾锈蚀，实在不好进。为了未来，让我们把这儿歌续完：

> 城门城门开不开？
> 不开不开！
> 大刀砍？也不开！
> 大斧砍？也不开！
> 好，看我一手打得城门开，
> 哗！开了锁，开了门
> 大摇大摆进了城。

（《羊台山》第 23 期）

只有理性能将幽黯照亮

◎艾 云

在这个阴雨绵绵的春天,我对写作,愈发觉得虚无。一次次这样,陷入虚无,又同时挣脱着它迷雾般令人窒息的笼罩。雨水正白,晶莹的线条落在地上就流走了,这正如同我们所写的密密麻麻的文字。

阳光不在,把窗帘也拉上,只开一盏灯。世界更小,内心更大。这种幽隅的虚无,显然又是合心意的。至少在这暗中的隐匿形式里,我们选择着去过创造性的生活。之于女人,在所有的创造性活动中,考虑性别之间的关系,几乎贯穿了她们大部分的智力活动。方方所写的,也是两性间性别关系,只是她把主人公生活的背景放在低地去描写而已。

其实当你有能力考虑性别关系时,实际上是将虚无推远,让自己进入语境的某种起兴里。看过史铁生《信与问》一书,史铁生绝非病残之躯,他是那样明达通透,他根本不是羞羞答答地说什么性别关系,直接上来讨论的就是性爱关系。他说"从来不仅仅是性,那是上帝给人的一种语言,一种极端的表达方式。但是,这方式是不能滥用的,滥用的语言将无以言说。"

智者:史铁生。

写下这个人的名字，心里一阵酸痛。史铁生，他已于2010年的最后一天，绝尘而去。去过他沉思的德性生活。阿维罗伊说过这么一句话："人在此世的生活不能没有政治的技艺，而在彼世的生活，方才少不了沉思的德性。"

我记述下这句话，宁愿相信那些已逝的，却是曾经为语言活过的写作者，是去彼岸过更从容的沉思的德性生活了。史铁生，他是太懂语言微妙的发生学了。他为女性写作者细腻隐曲的情感表达，提供了充足理由，让她们觉得心里有底，又觉得非常温暖。

我在这个雨雾涟涟的春天，尽量克服虚无任由自己的思绪像雨水一样发散开来，并且自问自答，随意写出一些文字，试着触及女性思维的内核。

放不下那些相遇的细节。止不住想他，拿起电话，又放下。焦灼、失落、不安、思念，种种的活思想。怎么挨过这难挨的时辰，只有书写。书写起兴于两性经验，无以言说的傍晚，这是让人不太困难就进入的语境。女人在书写那些复杂的感受。

相见，然后分开。分开以后，不是思念，而是烦躁。比如这一次，她见他脚蹬廉价力士球鞋，身着运动短裤和背心，一脸苍苍，看出的全是他的贫贱。这让她噤口，心里不是滋味。他的贫贱，与她隆重的气质是不匹配的，他匹配的应该是更朴素一些的女人。多少次，她都会因为这男人的寒伧感心生失落，在他离开以后，连同对这场关系的质疑。但是又必须隐忍，因为只有那秘密的光芒，才可以穿越黑夜，让她进入语境。

害怕轰毁，如果轰毁了，就找不到附着于这故事之上的种种感受了。没有了切己的感受，对人生、世界，对制度的理性安排等公共空间的兴趣都打了折扣。一直不能理解那些在外部世界的关心中有不衰热情的人。他们怎么能坚持那么久？她不能够。她只能从热爱男人入手，然后才能热爱别的。她因此害怕肉身的凋残，如果凋残了，她就将收不到这个世界向她发出的种种神秘讯息，她就没有敏感的反馈，也就没有言说的冲动了。她必须要有生命诉求中的微妙，才可以保证写作的进行。她始终无法理解一个人可以靠功名利禄作为书写的动力，甚至那些煞有介事的公共空间的发言。如果对人性深处的东西不了解，对制度设计的荒谬或合理，都不见得尽通要领。许多具有左翼倾向的知识分子，言必人格、无邪、操守、道义、担当，仿佛只有自己是揽天地于一身的道德家。他们的文字，也多是气势宏大，璀璨耀眼的大词，堆砌在不言自明的优越悬空。那里没有冷风袭来时人抖瑟肩膀的寂寥，没有脆弱和呜咽。

　　背景只有壮烈。

　　但是现在，大词何补？豪言何用？中国多少年来，并不缺豪言壮语，这些不触及个人疼痛冷暖的大词大句，将生命的感受一点点剥离掉、麻木掉，并将阻塞住身体和真理之间的秘密通道。

　　却又是谁能这么振振有词地说？除非你拿出了由身体通往真理的实绩。

　　曾经是有人这么做过，那是荷尔德林、尼采、卡夫卡、普鲁斯特等人，他们将身体的残破当成了语言的传送带；将自己的病理学特征，当成了伺养真理的肥沃腐殖地。他们以悲剧性神学，凿穿着身体和真理之间的通道。

　　曾经也有人这么做过，那是杜拉斯。她已经过了接受观念和立场的阶段，已经可以独立思考，不需要移植，她现在只要故事和经验提供的启示。谁能让她魂不守舍，让她的大脑在想入非非中异常活跃，她就随了他。在午夜，她听到欲望像蛇一样在周身穿越的声响。这声响帮助她原创。这是欲望化诗学，将身体作为图腾，供奉最后的真理。

　　我们有谁能做到这些？在女性惯常的写作中，比较容易去注意男男女女的那些花肠子之事，这没什么不好，先前已经引述过史铁生的话了，"那是上帝给人的一种语言，一种极端的表达方式"。只是我们不要滥用这语言，这表达。比如，你唧唧嚷嚷的那些感觉，可以写成日记留给自己欣赏把玩，那是你个人的私事，如果没有转换成具有题旨性的文字，谁有耐心听你的絮叨？你如果凭借文坛的一些江湖地位可以将这些絮叨得以发表，也不过是给已经那么多的文字垃圾再多添几片纸屑而已。

文章千古事，超不出历来已定的"风、雅、颂"之功能。

这风，是红炉古灶春日醇酒之蕙风；

这雅，是凉阶月悬花间细语之雅蕴；

这颂，是黄钟大吕雄浑豪迈之颂沉。

如果写作，大都有离不了这境界。女性的写作也不能例外。

她躲开人群，躲进内心，欲罢不能的情感倾诉，可以作为起兴，写出心头所想，保证了出神和冥想的可能性。接下来的则是，她越是在欲望中，越是要有严肃的事物伴随。越是沸腾，就越该平静，这样才是一种平衡。

接下来，关于美学生活的要义就一步步展开了。首先，它要求一种严肃的思考方式。

清晨起来，她就要和自己的无耻作斗争。她将去读史，唐史、宋史、古希腊罗马史；她将和那些伟大的心灵照面，他们是康德、费希特、哈耶克、韦伯和福柯。当她对严肃重大的事物充满热情，再将身体的堂奥引出，让恣意过后的人承担对历史课题的探究，这场秘密穿行就可能是对的。

她在阅读中又往往会走神。在当下，很少有人会像古典主义知识分子那样以殉道为担当的使命了。现代性中，人明白了，人生只有一世草木只有一秋，知道命如琴弦无常莫测。哎，想到此，就知道什么是最需要拯救的了。辗转反侧，终于发现，情欲将针对问题，而问题又比情欲重要。但凡一个人说出话来是可以依赖，这人就是踩着坚实的地面走，而不是悬在半空中飞。这人的生活方式里面，总有隐匿，在其中的沟隙缝穴，隐藏着最初和最终的真理。

她在走神，恍惚中记忆起，是那呼吸太粗重了，山间燃起的野火，烧乱了心性。魂不守舍，在撕掳与反抗自身时，把自己当成了一本书来读。要有更严肃更踏实的劳作，否则，人何德何能，竟有宴享生命欢悦的特权，有这轻而易举得到的道德豁免权？

接下来，她又找到了美学生活的另一个要素，那就是，内省与追问的展开。

在某种意义上来说，当女人不再关心性别之事，她可能就老了。当然，这里似局限于女性主义书写的情感发生学问题，别的话题不在讨论范围。如果她关心性别，就总会遇上烦心之事，就比如先前提到的盛可以《道德颂》中的旨邑。比较可喜的是，她学会了不安与愧疚，这是两性经验描写中的重要一笔，即她们不再是记仇、怨恨，而是学会了内省与追问。

西方哲人奥特说，思是追问，在路上，无有终止，只有风。只有问，才有思；不问了，思即停。

女性作家无论怎样开始追问的，只要有问，思才可以展开。男性对女性理性能力的不信任，是觉得她们赌气、任性，与之无法沟通。当她有了内省和追问，就足以令人信任。又比如先前写到的女人的烦，她看见一个男人的寒伧时的烦。如果她有追问，她将接下来去问：这样的男人，你可以离开他吗？如果不能，那是因为自己的需要，她将继续交往下去，这交往中的感受，又让她的内心始终是跳荡的、活跃的。这正是汉娜·阿伦特去做的。她一生都与海德格尔有不解的恩怨。海德格尔在纳粹时期成了海德堡大学的校长，而她则因反纳粹的理论著作《论极权主义的起源》而蜚声世界。海德格尔对她的成就故意不睬，而她则尽可能找机会去见他。哪怕在他们交谈时，门缝里是海德格尔妻子的那双窥测监视的眼。

女人不能中断和男人的交往。内心一片死寂，那就只有疯长怨恨的蒿草了。汉娜·阿伦特何等的冰雪聪明，她必须要保持与一个男人的联系，而不是推远，无论怎样的酸楚和幸运，她因真实的体验，而开启着对世界言说的秘密通道。她说了那么多足以令世界震撼的重大命题，她自己手执批判的武器，在撬动那些坚硬的问题的石块，谁都帮不上她的忙，她只有自己靠自己。她擦了擦额头上的汗，依旧柔情地向着白桦林掩映的木屋，向着那个沉郁顿挫的男人的方向眺望。她不管他有多少被人诟病的地方，她即使有疼痛，必须被考验自己的承受力，她都认了。她在性别关系中的敏感，隐忍与大度，使她的思维总显得那样生机勃勃。起码，她不会陷在一片荒芜中。当她思考那些严肃问题时，一是不会被负值情绪所干扰，再就是，那些毛茸茸感受的质料，正是她研究人性隐匿处极为准确的依据。

她写道："有史以来，直至我们这个时代，需要隐匿于私下的东西一直都是人类存在中身体的部分。"她又说："整部女性史就是被隐匿的历史。隐匿物所构成的领域在隐私条件下是多么地丰富多彩。"

很多女性的追问，恐怕不会有汉娜·阿伦特那么宏大。没关系，即使是对细微之事发问，仍然会有重要发现。比如前边写到的一个女人的烦，她厌烦了那个男人的寒伧。如果她随后有追问，她该问自己，可以掉头离去，从此不再与他交往吗？如果不能，那么是她自己需要一个男人将她拽出时间的深渊。一个学会追问的女人，她的想法会非常实际。她与男人相遇，在生命的有效期，未雨绸缪，去为自己寻找一个合适的伙伴。她把这事做得天衣无缝。这做法，根本上说，还不是为了自己有什么惬意的享受，而是为了保证有叙说的起兴、冲动和借力。

追问中，她的想法越实际，就越是隐曲、复杂，不可能像倚靠在一堵厚重牢固的美德大墙上，有天生的优越和理直气壮。想法实际的女人，她会设身处地去想别人，同时也知道自己需要什么，不需要什么。这就又要说到张洁《无字》了。男女主人公相恋了一辈子，老了，走进婚姻却是反目为仇，这真不值得。按照实际情况，吴为她本该知道，胡秉宸已是耄耋之人，他退休下来，因为不甘，闹出一个轰动效应，与一个著名的女作家结婚，让人们的视线仍然投向他。这其实活给别人看的想法，吴为大可不必配合。她也不该对他日后生出那么多枝枝蔓蔓，越缠那么多的矛盾。如果她明达，她得平和与仁慈，即使为那段自己的不曾遗忘的历史，她可能在有距离的地方，互相帮衬和鼓励，别的就不必强求了。男人已经那么老了，他过去再耀眼的光环，再强悍的意志，再高超的政治斡旋能力，再让人敬佩的行政手腕，随着他从社会舞台撤离，一切都没办法展示了。他还原成一个上了年纪的老头，不时发作心脏病，腰身开始伛偻，腿脚不那么灵便，还有血压血脂高等症。她遥望中，对他体恤才是。

更要紧的是，人上了年纪，主管脑神经快乐腺素的激素分泌得越来越少，人常常会不快乐。而快乐是何其难觅。人越发找不到让自己感兴趣，让自己快乐的东西了。原先的朋友聚会，曾是那样欢天喜地前往；现在则是觉得兴趣不大。过去认为非常使人兴奋有益的精神交流，比如一起谈谈读书体会，对西方一个著名作家议论一番，或者找一个命题各抒己见，这曾经让人眼神发亮的形而上召唤，如今都恍然隔世。人变得虚无时，就干不动什么了。这就是真正老了。

如果洞明了世事，知晓了人性，吴为又何必去气哼哼恼怒，那么较真？如果知道对方和自己生命的有效期已过，身体不再骚乱，她与旧时情人，遥遥想望，不时依偎，便已足矣，干吗再派生出那么多的不快？放别人一马。人在悲悯中，学会善待自己也善待别人，有爱，有自由精神，写作方面才会传递出具有生长性的美妙健康的气息。现代人是不会遵循折磨自己也折磨别人的处事逻辑的。如果把问题想清楚了，不再一根筋，那文字岂不是更有狂狷飘逸之意趣？

如果女人妖姬般想事，反倒她下笔慎重。心里的复杂隐曲，是羞于直鲁鲁端出的，这不是善，也不是美德的念头，必须得借助转喻。这不是虚伪，而是因追问内省而害羞。如果文字有了转喻，一些莫名的感觉融入人性内核的共同经验之中，或许能够提供些建设性意见。

幽隅中，与现实的伦理学生活拉开距离。沉潜在这晦暝无定的傍晚，进入创造。如果召唤来严肃的事物，追问和内省以及转喻能力，这一道道理性光束将照亮幽黯。此时女性写作者的美学生活可否到来？

（《羊台山》第 23 期）

在开封包公祠

◎ 刘中国

1973年秋里收罢大豆,爹被人家赶下了讲台,一家老少十口,一天到晚垂头丧气的。奶奶自言自语道:这世上,到底有没有个天理王法呢?包青天包老爷,您怎么不出个面呀?那段时间里,奶奶经常念叨包青天。

第二年春上割罢麦子,爹又回到学校里,继续写黑板。奶奶对几个孙子孙女说:开封府有个包公祠,你们长大了,谁要是有个出息,买得起车票,到了开封府,一定要去拜拜包老爷!你们要是有"闲钱"发,一定要掏出几个,救济救济那些拜包青天的穷苦人。

1985年夏天去开封,开会暇余,与分配到河大的吴木营等几位校友,骑上自行车,看黄河,写过一组文字,节录如下:

一

黄河岸边,一孔孔塌陷的窑洞宛若流干泪水的眼窝,默默地注视着我。弯腰捡起一块陶片,陶片上柔美的金色线条在风中轻快地飞动,仿佛是一则没有开头也没有结尾的神话,在我的脑海里缠绕不息。

揣摩着黄河岸边的陶片，遥想一孔孔浓烟滚滚的窑洞，我仿佛看到衣不遮体的陶工。他们不想按照某个人的意志烧制陶器，于是陶器上有了线条、画图。捧着这些陶器，粗糙的手指轻轻拨弹，陶器里的黄河水轻轻荡漾，他们的心中该是涨满幸福的潮……

后来，一孔孔窑洞倒塌了，一夜之间，粗糙的陶片流成了河，千载万载，默默流过。

走在这块贫瘠的土地上，捧着先人烧出的陶器碎片，我觉得自己像个被通缉的逃犯——我们究竟怎样才能够上不愧对先人，下不愧对子孙？

二

对于泡桐树，我有一股特别的感情。由于对一个人的崇敬，这些树也成了美好的化身。

黄河岸边，栽了一排排泡桐树，它们的枝柯一律向南弯曲，越是靠近岸边，树干和枝柯越是弯曲得厉害，弯得像一张拉满的弓。旷日持久地和风沙抗衡，风的形象被泡桐树固定在自己的姿势里。

那些最伟岸的生命往往要经受剧烈的斫伤，那些最伟大的人格往往要接受巨大的挑战，那些最优秀的民族往往要饱受无数次毁灭性的摧残。但是，他们坚韧不拔地挺过来了，带着累累创伤，坚定地挺着，决不偃伏，像黄河岸边弯曲的泡桐树。

泡桐树蔑视语言的泡沫，只是以坚定的姿势站着，像一排排蔑视死亡的士兵，它们组成一个无法摧毁的方阵，坚守着脚下的每一寸黄土地。

三

坐在黄河古渡口，一位诗人在我耳边絮絮低语，说她喝过黄河水煮的米粥，而我望着那轮摇摇欲坠的夕阳，夕阳缓缓地跌入宽阔的大河，把浑浊的河水染得金灿灿的。

就在夕阳跌落黄河的瞬间，我感到一个个朝代，从眼前呼啸而过，浪头一个个涌来，把那些朝代渐推渐远。我心里一涌一涌地，仿佛有火焰喷薄而出，吐出来的却是覃子豪被篡改的章句——"长河的落日/悲壮得像英雄的感叹"！

四

层层叠叠黄色的波浪，把这个黄昏推到我面前，晚霞褪却红痕的西天上，黄昏星闪着微弱的光芒。

风吹拂着衣襟，吹拂着岸边密集的芦苇。

黄河滔滔，无语东流。黄昏里弥漫起一股难于诉说的感伤。"人不过是一株芦苇"，巴斯卡尔，你曾经这样对我说，但是，那些会思想的芦苇是痛苦的，在崇山峻岭轰烈倒塌、参天大树砍伐殆尽之后，是那些芦苇，用自己瘦削的躯干支撑天空。

多少坚韧的芦苇被风吹折啊，巴斯卡尔！但是，谁也奈何不了扎入河岸的苇根，它们每年春天都要掀开泥土，拔地而起，像剑像戈又像戟。

黄昏的阴影越来越浓，划一根火柴烧不破这层黑纱，我们唯有静静地坐着，坐在黄河岸边，听各自沉稳的心跳，均匀的呼吸。

那次没去拜包公，因为，我当时愚顽的认定：天下贪官污吏多如牛毛，无法伸冤的平头百姓比比皆是，就是因为这样，人们才创造出"包青天"这么一个人物，抚慰受难者的心灵，规劝当道者给自己留条后路（有个家伙更加愚蠢而且"反动"，他当时就说，选定一个脸蛋儿英俊的小家伙，慢慢培养成"英雄人物"，被培养的人，天天笑眯眯的，感觉特好，等到塑造得差不多尽善尽美高大全了，让他"咕咚"一声及时"挂菜"，然后号召学习，用他的"英雄事迹"教育人、启发人、鼓舞人等等)。听奶奶说，包大人的龙头铡是用纯金铸的，虎头铡是用纯银铸的，狗头铡则是用生铁铸的。但在我看来，这些铡刀，充其量只是戏台上的道具罢了。

对于铡刀，农家子并不陌生。我们很小就学会用铡刀了，铡稻草，喂牛，喂驴。包青天的龙头铡，铡过皇子皇孙么（陈世美驸马充其量算个"皇亲国戚"，"铡美案"一过，公主哭啼啼一阵子，立马嫁人。因为《左传·桓公十五年》早有先训："厉公四年，祭仲专国政。厉公患之，阴使其婿雍纠欲杀祭仲。纠妻，祭仲女也，知之，谓其母曰：'父与夫孰亲？'母曰：'父一而已，人尽夫也。'女乃告祭仲，祭仲反杀雍纠，戮之于市。"这场"政治婚姻"了结后，祭仲之女哭罢，嫁人，自古就是"皇帝的女儿不愁嫁"嘛)？包龙图的虎头铡，铡过封疆大吏么？那把狗头铡，铡过贪官污吏也就是那帮"狗官"的狗头么？铡人，也要讲究个等级森严，让他们死的意义各自不同，这种事儿……这就很难办。

奶奶得知孙子去了一趟开封府，打心眼里高兴；知道了孙子没去拜包公，很是生气。我当即满口答应，下次去开封府，一定要拜包公，了却奶奶的一桩心愿。而她，却等不及"下次"了。

奶奶去世后，我又几次出差开封，只是再也没有心绪去拜包公。

这次开会，休会期间安排开封游。二十几年过去了，城市变化真大，处处高楼大厦，处处花红柳绿，处处莺歌燕舞。

清明上河园是我们参观的第一站，这是一座以《清明上河图》为蓝本打造的大型宋文化主题公园。检过票进了门，忽然听到铁栅栏门外，有个人唱豫剧，就停了下来，让同行者先走。

听了几句，好像她并不属于那种所谓"藏艺于民"的"豫剧发烧友"，或者更准确些说，唱者多年前就发过烧，而且发烧过了头。您听听她唱的、念的——毛主席呀，他犯了朝纲，犯下死罪，老乌鸦，军法执行，开刀问斩，统统捉拿……对着想象中大声喝彩的观众，她频频鞠躬，在想象的锣鼓声中轻移莲步，鞠躬谢幕，刚刚谢罢幕，又在臆想的锣鼓声、喝彩声里匆匆登场，开唱——犯了朝纲，军法执行，开刀问斩，统统捉拿！

我一屁股坐到地上，闭目听着（五月的鲜花已经开败，开败的花朵甜丝丝的，很是腻人，阳光晒得头皮子发麻），木然良久，心想：这个神经多少有点问题的女人，衣着端正，要是不开腔，谁也不会认为她脑子有毛病。她怎么会犯上这种病呢？怎么就没人过问一声呢……突然想到，我不也是个大活人么？睁开眼睛一看，那人不见了踪影。我就起身，找同行的队伍。

园里游人如织，商家清一色的宋人装束，游客亦可换作宋装，卖茶醋，打酱油，抛绣球，接绣球。走累了，我们坐上马车，"得得得"刚走了几步，前面来了几个扮"金莲妆"的，她们招招手，叫停，马车夫就停了下来。原来，她们发现，马睫毛很长，很美，羡慕不已。那匹三岁的母马，好像听懂人家夸赞它，忽闪着长睫毛，与"金莲"们合影留念。

文化是根，文化是魂，文化要不断发展创新。您看看，园区按《清明上河图》的原始布局，集中展现汴梁城诸如酒楼、茶肆、当铺、汴绣、官瓷、年画等现场制作；汇集民间游艺、杂耍、击鼓、算命、博彩、斗鸡、斗狗等京都风情。此外，还设立了"宋代科技馆""宋代名人馆""宋代犹太文化馆"和"张择端纪念馆"。根据宋代历史故事，创编了"包公巡案""梁山好汉劫囚车""武松路救兄嫂""王员外招婿"和"李师师艺会青公子"等剧目定时演出。听导游说，为展现宋代文化艺术之辉煌，商家打造的大型晚会"东京梦华魂"，把帝都汴梁的舞蹈、音乐、服饰融于一体，让游客能够全身心体味宋代艺术之美妙绝伦，宋代文化之神韵悠长。

有两位团友，居然失散了，失散在熙熙攘攘的汴梁某条街上。趁导游人海里"捞人"的当儿，与两个着宋装、看园子的老汉攀谈起来。一个老汉说："咦——！59年！咦——！60年！咦——！我日他妈——！开封城墙根，死人成堆，没人埋！咦——！人走着走着，咦——！'咕咚'倒地，死了！咦——！谁有力气埋死人！？"一个老汉扯下块柳树皮，说道："这柳树皮，掺上野草捣碎，咦——！可以饱肚子！咦——！能够找到树皮吃，那就是有本事……咦——！我日他奶奶的！咦——！我孙子，不相信，说爷爷尽是编瞎话！咦——！我日他妈的！"

两个着宋装的老汉，左一个"咦——！我日他妈！"右一个"咦——！我日他奶奶的！"这就让我无端端地想到梁鸿的《五噫歌》："陟彼北芒兮，噫——！顾瞻帝京兮，噫——！宫阙崔嵬兮，噫——！民之劬劳兮，噫——！辽辽未央兮，噫——！"据说，这位举案齐眉的男主角，当年过洛阳，登邙山，观宫阙之华丽，见世族之豪奢，感百姓之疾苦，遂作此诗，歌以言志。

失散的团友终于归了队，我们集合出发，去下一站，包公祠。

这次参拜包公祠，才发现三把铡刀，全部是镀金的！这就说明，建设"社会公平"有了明显进步；这就说明，法律面前人人平等，也就是说"王子犯法与庶民同罪"。在另一座大殿里，看到有人跪拜包公，絮絮叨叨；那人一走，我也在包公面前跪了下来，闭上眼睛，一声不吭，脑袋里白花花的一片空白。就这样跪着，跪了许久，忽然间泪流满面。

跪拜罢包公，回头看见几个老婆婆，背靠着墙，席地而坐，望着包公，念叨着包老爷，口齿含混不清。于是，又想起奶奶当年的那番念叨。

半蹲半跪在两个老婆婆身边，一问，才知道是从巩义来的！

我的老天爷，不经意间，"时空跨越"就这样开始了！上世纪80年代中期，河南科学院生物所崔波兄，陪我去过一次巩义。北宋皇陵分布在巩义，占地面积很大。除了著名"文化皇帝"宋徽宗及其接班人钦宗，被金兵掳去，客死异地外，其余七个皇帝及赵弘殷，均葬在巩义，俗称"七帝八陵"，加上后妃和宗室亲王、王孙以及寇准、包拯、杨六郎、赵普等名勋名将，共有陵墓近千座。公元960年，宋太祖赵匡胤"陈桥兵变"，黄袍加身，三年后看看摊子稳住了，便开始营建陵墓。他的子子孙孙，前前后后营造陵墓达160余年之久，形成了一个规模庞大、气势雄伟的皇家陵墓群。等他们把陵墓营造得差不多了，一个王朝也就呼啦啦土崩瓦解了。

我们那次去，正是麦收季节，金灿灿的麦田里，尽是翁仲、石马，没有找到包拯墓，随便照了几张相。很想去"诗圣"血地看上一眼，终因时间关系，未能遂愿。

巩义来的这两个老婆婆，都80多岁了，"巩义好么？"我问，话一出口，就感到问得十分愚蠢（这都是跟电影上学来的——"乡亲们，人民公社好么？大集体好么？""好好好！好极了！吃得饱穿得好，明年就戴大手表！"），引起的却是来自心底的声音："大兄弟，俺们巩义好，巩义好！"（有道是："儿不嫌母丑，狗不嫌家贫"，有唱是："一座座青山紧相连，一朵朵白云绕山间，一片片梯田一层层绿，一阵阵歌声随风传，哎——谁不说咱家乡好，得儿哟依儿哟，一阵阵歌声随风传……"）有个老婆婆问："大兄弟，你是记者不？"我笑笑说不是，她们就自说自话似的讲起"大跃进"……还有个70多岁的老婆婆，从信阳来的，是我的同乡。她说，自己年纪大了，临死前发个狠，买张车票，拜拜老包公，许个愿。奶奶当年对几个孙子、孙女说：开封府有个包公祠，你们长大了，谁要是有个出息，买得起车票，到了开封府，一定要去拜拜包老爷！你们要是有"闲钱"发，一定要掏出几个，救济救济那些拜包青天的穷苦人。于是，我就摸出"闲钱"，她们不要，坚决不要（两支瘦骨嶙峋、青筋裸露的老手，居然那样有力），"俺不要！俺不能拿！……"我哽咽着，近乎哀求似的说："老婆婆，拿着吧，就当是子孙送的路费……"放下那几个"闲钱"，我就灰溜溜地走了。

走出大殿，心里难受，点上一支烟，刚抽了几口，两个古稀之年的老婆婆，一步一挪走过来，放下各自的布口袋，一个拉着我的衣角，一个半蹲半跪着，在口袋里翻来翻去，说是："大兄弟，俺们不认识你，拿了大兄弟给的路费，俺们给你几个馍馍，大兄弟，你好路上饿了吃……"我搂着两个和自家老奶奶一样衣衫褴褛、瘦骨伶仃的老婆婆，噙着泪，扭过头，走了……很想接过她们递来的馍馍，嚼上几口，我只是怕自己噎死了。奶奶当年说过：抢穷人的饭吃，子子孙孙没个好结果，早晚会有噎死的那一天……

回去的路上直后悔：怎么没有仔细问问，古稀之年，日薄西山，朝不保夕，她们为何而来？她们问："你是记者不？"莫非找不到个地方擂"登闻鼓"，只好到包公祠里"上访"不成？……恐怕不是的。我只是听她们说，1959年冬天、1960年春上，巩义饿死了多少人，榆树皮都剥光了，认字的人，打信给毛主席，不几天就被抓了，毛主席也没打个音信儿来。村里人饿死了一半，毛主席才收到信，发粮食，发救济，救人要紧……而我小时候听奶奶说，毛主席发下的粮食，有大米白面，有高粱大豆，邻村里有户人家，饿得发了疯，来不及煮一煮，老人孩子，抓起大豆，大口大口地嚼，大口大口地咽，喝了一瓢凉水，过了一会儿，肠子炸了，一家人就这样死了……前几年见到个"父母官"，讲起"豫南事件"，"父母官"居然说，咱们豫南农民风格高、品格高，"黄麻起义"后，妻子送郎当红军；抗战爆发后，妹妹送哥打东洋；"豫南事件"饿死了那么多人，没有一个人出头抢粮仓，宁愿饿死，不犯国法，这叫怎么回事儿呀？这就叫"讲政治"，那就叫"顾大局"，总而言之，咱们老苏区人民"政治觉悟就是高"……在官话连篇的"父母官"面前，咱们能说些什么呐？咱们敢当场"操你个八辈子祖奶奶的"嘛？不敢，当然不敢。咱们这辈子，没有吃过狮子心、豹子胆，没有啃过红烧熊瞎子脚底板，没有喝过虎鞭酒，也没有服用过金枪不倒丸，想操一把这位"父母官"八辈子祖奶奶的，咱们哪里有那个底气、力气、胆子呀！

……

离开包公祠很远很远了，有个同行者才很委婉地提醒：你个老同志呀，这世道儿，复杂着呀，什么样的骗子没有呀？我耳朵本来就背，装着没听见。他就提高声量说：我看你这个老同志呀，这一次呀，你大概上当受骗啦！这年头儿呀，还有谁信包公呀？我闭着眼睛，不吭一声，只是在心里对奶奶说：奶奶您看，今年是您百岁冥诞，孙子、孙女们没时间回去，跪拜您的土堆子，毕竟，我们还记得您当年说的那番话……奶奶，如果您愿意，我从现在开始，相信"铁脸包青天"真有其人其事；我还相信，那三个古稀之年的老婆婆，只是大老远的来许个愿，也许是来还个愿……

(《羊台山》第 23 期)

文学的光荣

散文卷 下

羊台山作品选

总主编·范 明 孙 夜
本册主编·谢亚凡 李江波

总策划·杨东辉　策划·黄立敏　叶法清

东南大学出版社
SOUTHEAST UNIVERSITY PRESS

图书在版编目(CIP)数据

文学的光荣.散文卷:全2册/范明,孙夜主编.—南京:东南大学出版社,2016.10
ISBN 978-7-5641-6810-0

Ⅰ.①文… Ⅱ.①范…②孙… Ⅲ.①中国文学—当代文学—作品综合集②散文集—中国—当代 Ⅳ.①I217.1

中国版本图书馆CIP数据核字(2016)第247230号

文学的光荣　散文卷(下)

出版发行	东南大学出版社
社　　址	南京市四牌楼2号　邮　编　210096
出 版 人	江建中
网　　址	http://www.seupress.com
电子邮箱	press@seupress.com
经　　销	全国各地新华书店
印　　刷	深圳市恒安达印刷制品实业有限公司
开　　本	787 mm×1 092 mm　1/16
印　　张	83.75
字　　数	1 050字
版　　次	2016年10月第1版
印　　次	2016年10月第1次印刷
书　　号	ISBN 978-7-5641-6810-0
定　　价	268.00元(共5册)

本社图书若有印装质量问题,请直接与营销部联系。电话(传真):025-83791830。

目 录

岁月留痕，文学之旅 / 范　明

上卷

001　阳光·绿野·生命
　　　——写在《羊台山》创刊之际 / 李　勇
003　桂香园 / 郭建勋
009　异国乡村游记 / 海　雷
012　云南日记
　　　——普洱茶的"光荣与梦想" / 朱　赤
016　有祖坟的地方叫故乡 / 戴　斌
024　羊台山狗肉 / 廖虹雷
029　腹有气韵品自高
　　　——《前尘——民国遗事》自序 / 南　翔
033　有容乃大
　　　——写在《羊台山》杂志创刊一周年前夕 / 范　明
035　鸟叫一两声（外一篇）/ 李敬泽
039　激情溅活的石头 / 熊育群
050　穿过玉米林 / 叶清河
057　印在泥土上 / 游利华
062　甘棠，甘棠 / 项丽敏

075	我的感怀
	——主编手记 / 范　明
077	想喝一杯葡萄酒（外一篇）/ 千里烟
083	走回老屋 / 许小玲
085	青海之西　高原之上（组章）/ 李邵平
090	深爱你的忧伤 / 叶　耳
099	低语 / 庞华坚
116	千芳一哭 / 买　超
124	亲亲我的故乡（四章）/ 周大强
133	舍不得荒废的精神生活 / 范　明
135	宗教香，帝王香，文人香 / 西　篱
140	那些瓜儿 / 王先佑
148	生如夏花 / 范　明
150	后袁庄 / 温海宇
153	聋哑修鞋人 / 张　华
157	背山神 / 陈孝荣
168	土地和父亲 / 平原木
171	动静之间 / 凌春杰
183	有关生活断片的记录 / 吴佳骏
191	博尔赫斯和我 / 王　樽
197	读白居易的诗 / 宋唯唯
206	绿皮火车 / 莫丽娟
209	听雨（外一篇）/ 蒋天予
213	挽留不住的和难以言说的
	——读北岛系列散文《城门开》/ 王小妮
221	只有理性能将幽黯照亮 / 艾　云
229	在开封包公祠 / 刘中国

下卷

- 238　人物记／魏　微
- 249　深圳单行线（外一章）／朱正安
- 255　"南漂"母亲／荒木崖
- 264　祖宗／张舒亚
- 268　云水八章／周公度
- 275　早年的阅读／于爱成
- 280　不能回家乡／黄金明
- 293　札记／存　朴
- 298　群山都知道／张　樯
- 305　我以青春荐诗歌
  　　　——1987年"青春诗会"记忆／杨　克
- 311　贵湖塘三日／孙　夜
- 332　走在三十六巷（外二篇）／黄启键
- 343　栀子花开（外二篇）／黎　乐
- 351　我走进了电影里
  　　　——毕业30周年拾忆／王　坤
- 368　巴黎中餐馆万花楼传奇／周松芳
- 386　我的诗歌之路／谢　宏
- 391　草木智慧／顾晓蕊
- 395　刘公岛不是玩的／亚　凡
- 398　山的那一边／谭秋红
- 401　笔墨从一个人的胸襟里来
  　　　——以散文写作为例／谢有顺
- 412　《羊台山》十年总目录

人 物 记

◎ 魏 微

孟繁华小记

老孟这人,我可能写不太好,因为他太生动了,以至于有很多约束。他本名叫孟繁华,文学评论家,沈师大教授;朋友圈里都叫他老孟。

在认识他之前,我就听到过许多他的趣闻轶事,诸如他如何可爱、风趣,如何好玩,听得多了,难免有些好奇,心里想,有机会可以认识一下,看看是何方来的"妖怪"。我们第一次见面,是在2002年夏天的一次饭局上,那天中午,一群人聚会看世界杯——中国队对巴西队;那天老孟也来了,一本正经地坐在席间,话不多,戴着眼镜,举止斯文,堪称一个风度翩翩的儒生形象。然而我还是有点失望,私下里跟戴来说:好像不好玩嘛,正常人一个。

戴来说:他需要喝点儿酒。

我不知道那天老孟为什么没喝酒,也许他正在戒酒?也许饭桌上没酒?总之,我是后来才知道,老孟喜欢喝两口。——酒之于老孟,那就像水之于鱼,更准确地说,就像漂亮女人之于一个情种,明知道沾上了会有很多麻烦,却身不由己,以一种飞蛾扑火的精神扑上前去。关于老孟的酒事,我不能写太多,他嘱咐过我,第一,他的师友们早已写过,我再写纯属多余;第二,他主要怕太太看了不高兴——她既管不了他的喝酒,总可以限制他酒名远播吧。

于是我便问他,那可不可以写点八卦呢,据听说他是很讨女生喜欢的那类教授。

老孟断然否认,他从来就不是招蜂引蝶的人,他眼里只有老婆。

所以,我这篇文章就很难写,我不是写给一般的读者,这读者里既有他的老婆,也有他的学生——泛泛而言,这是两股微妙相抵的力量——要想哄得各方读者都开心,还要托出老孟的高大形象,确实不是件容易的事。然而在这里,我还是要说真话,虽然老孟限制多多,他是逼着我在钢丝绳上跳舞。

我要说的第一句真话是,老孟夫妻和睦,情投意合;他太太是有名的美女,我虽不认识,却在一本杂志上目睹过她的芳容——那是随老孟参加某个笔会的旅行途中——生得风姿绰约,气质超群,衬得旁边的老孟形容卑微,只配做她的随从。老孟常把太太随身携带,有一次应我们要求,拿出照片来让我们观摩,在众口一词的夸赞声中,老孟并没有昏了头,反而很谦虚,嘴里嚷着"就那样""一般般",直令我们乐不可支,因为他那副神气活现的神态,俨然把太太当成他家里的一件私藏!

老孟天性开朗,说话诙谐,是典型的乐天派,据说他在家里也是这样,常常开玩笑,笑得他们家保姆不能擦地干活。他得意地说,我们家总是欢声笑语。

也正是因为这样的性格,老孟人缘极好,有他在的场合,我们总笑个不停；倘若有一天他突然变端庄了，我们便怅然若失，端庄的老孟还是老孟吗？当然是！只是风趣的老孟更使我们感到亲切。老孟是亦庄亦谐，亦张亦弛，属于那种老少咸宜型的人物。

然而我们喜欢跟他相处，并不全因为他会逗趣，更因为他的单纯、透亮，少心机，无城府，他对人不设防，很少伤及无辜，却容易被无辜所伤，——他会介怀吗？也许；不过很快就忘了。这与其说是他的宽容，不如说是他的憨性。某种意义上，他是一个未长熟的大顽童，但他顽皮得恰到好处，顽皮得使人莞尔、喷饭，却不使人头疼、难堪。

其实熟人圈里，像老孟这样的愉快人物总有一些，伶牙俐齿，活色生香，但老孟的不同在于他的适度，他知道场合，这里头有分寸的掌握，我不认为这分寸是老孟度量出来的结果，这是他的天性和本能。据我所知，他很少臧否人物，也极少言语刻薄，当面是这样，背后也是这样，这不是世故，这是他的温柔敦厚。还有就是，老孟很懂得"承让"，倘若聚会中另有一个伶牙俐齿的人物，那么老孟便宁愿当听众，和我们一起咯咯傻笑。我们问他，你为什么不表现一下呢？他朗声回答：红花也需绿叶扶。

老孟就是这样一个人，机敏、善良、谦逊……品格上堪称君子。我前面拿他和女学生开玩笑，其实是冤死他了；有一次他跟我们聊天，聊起现在颇为流行的师生恋，老孟义正词严地加以痛斥，他认为这是教育行业的底线之一，这事碰都碰不得！我不知道老孟在学生心中是怎样的形象，心想若是这副脸孔，女学生是很难对他有想象力的。

其实关于老孟，还可以写上很多，但因为篇幅的关系就此打住。我们平时只念记他的乐天、风趣，却不知他和我们一样，也有很多困苦烦愁，他不能解开这烦愁，只有对酒当歌，人生几何！他跟我们一起相处，只给我们想要的，——我们要的是花团锦簇，欢声笑语；倘若有一天我们心有所感，想跟他聊点"虚空"，他自然很配合的，先点上一支烟，架着腿坐在椅子上，神情真诚而庄重；他说着说着，我们不知为什么又想笑了，老孟很茫然的，拿手摸了摸后脑勺，他知道这话题是谈不下去了，随之神情一变，一脸生动活泼。

可爱的老孟，问好！

（《羊台山》第 23 期）

施战军：永远的少年

战军身材颀长，面目清秀，在作家圈里称得上是偶像级人物。他任教于某名牌大学中文系，有一次，我读到他一个学生写的文章，才知"小施老师"的魅力并不限于文学圈，而是波及他所任教的整个大学。那篇文章写得很生动，听口气像一女生，毕业已有一些年头，有一天突然想起了她的学生时代：男生，暑假，文学梦，还有小施老师。

小施老师上课很精彩，我能想象他拿着讲义走进教室的样子，那一定也是施施然的。他穿着白衬衫或是圆领 T 恤，那袖子一定是挽起来的。他站在讲台上，把讲义一搁，放眼前方，或许他先咳嗽了一声，或许呢，连他自己也不知道他怎么就抿嘴微笑了起来。他那微笑完全是无意识的，却能在刹那间把底下的年轻人照亮；这就是偶像的神奇所在。换句话说，偶像就是无条件的、不论何时何地、或笑或颦，哪怕他随便打一个喷嚏，也会使人心疼感动，欢喜莫名！

那天他上的是"文学赏析课"，说老实话，这类课在有些教授非常难讲，在小施老师却是驾轻就熟。因为他深谙文字之美，他亦懂得，一切美的事物都是不可言说的，所以他干脆一不做二不休,把"文学"给直接念了出来,他挑了一些名篇名章如《金蔷薇》等,用他那清朗的声音、抑扬顿挫的语气,他的神情一定平静之极,这不是说他不用感情,他只是要深藏住这感情,让"文学"从他的声音里自然而然地呈现。他大概很少跟学生说些什么,只是在诵读的间歇,偶尔会停下来,告诉他们什么是好的,好在哪里——我能想象,多年前那个炎热的下午,小施老师就是这样和他的学生在一起,在那短短的两课时里,身和心突然分离,他们的视线跃过窗外的树木、阳光,直看到一个很远的地方去了……感谢小施老师,在文学渐被冷落的今天,他动用偶像的号召力,使文字重回人心,至少在那个夏天、那间教室里,他使文学找回了尊严。

文学也馈赠小施老师以活力,当然,他一向是有活力的,但是活力到在课堂上一展歌喉的地步,却是其他教授不可比拟的。小施老师天生一副好嗓子,却说那天他刚念完文学,便又有学生请他唱歌,他是那样好心肠的一个人,还不知道怎样拒绝人。他把眼睛略低了低,突然笑了,他笑得那样腼腆,简直有损偶像的尊严!偶像怎能有求必应呢?可是小施老师管不了那么多了……大概在他引吭高歌的那一刻,他甚至忘了他的教授身份,他把自己当成全体学生的兄长,他身上那一种邻家气息,像是和他们一起生活了很多年。

作为教授的施战军,我了解得并不多,我未能有幸做他的学生,却好歹和他成了同行。对于像我这个年龄段的作家来说,战军也像我们的兄长。这十多年来,他其实是见证了我们这一代人的成长,从写作到生活,这其间发生的种种变化,内心的世故沧桑,人和事层峦叠嶂……这一切的一切,他未必都了解,可是他一定能懂得。他懂得了,却一句话也不说,在我们面前总是微笑。他较我们年长四五岁,单纯,面嫩,看上去像青年,心思却很少年，有他罩着，我们便常常沉浸在一种幻觉里，似乎这是很多年前，我们正待长成，四肢舒展，额头光洁，偶尔会眯缝起眼睛，那眯着的眼睛里是人生的空荡荡。

说来奇怪，我和战军算是很熟的朋友了，认识近十年，这中间总有五六次见面，却从未认真谈过些什么；自以为相互了解，真正观照却又显得面目模糊；私交很好，但极少联系。我记得这十年中，我们只通过两三次电话，其中一次是我刚调来广州，有一天打电话给他，他接听了，非常高兴，我也很高兴，为自己在这个时候总能想到他。还有一次，是我去普陀，他得知了，委托当地的一个作家朋友杨怡芬接待我，那天他忙坏了，电话在怡芬和我之间不停流转，他是那样细心的一个人，他希望我和怡芬能做朋友。

战军生于1966年，现在正处于他一生中的正午。他挺拔、明朗、内秀、纯良，倘若我称他为偶像，他一定以为这是开玩笑，然而这是真的。女作家群体里，他的粉丝极多，只不过因为谦逊，到末了他把她们看作了偶像。

(《羊台山》第24期)

吴玄：生命中的几个关键词

吴玄是温州人，温州是富庶之乡，吴玄却是一穷人。他甘愿做一个穷人，我猜想，并不是为了文学，而只是因为穷本身。在这世界的极少部分人群里，穷是个太迷人的字眼，具有某种抽象的意义，可以上升为一种精神。吴玄也是这样的人。这些年来，他大概是和穷恋爱上了，主动委身追求它，他得手了，很为自己骄傲，私下里常会窃笑两声。

这是一种疯狂的状态，自然也是一种下滑的状态。下滑能带来快感，下滑是轻的，又是痛的，又是虚无的，又是莫名其妙的。较之下滑的快感，飞翔的快感简直算不了什么。我看过一则新闻，一个美国富翁锦衣玉食过了一辈子，待到年老的某一天，突然捐赠了所有的财产，穿着破衣烂衫沿街行乞去了。他遭人唾弃，一年年地老了，有一天清晨，他被发现躺在街头的垃圾箱旁，他已经死了。

这是什么？我的解释是，这是人性里的一条幽深小径，这小径里有诗意。这世上总有一部分人，他们固执、沉迷，他们把生命当作一件作品来经营，——这作品里有狂想。吴玄也有过类似的狂想，他希望自己有一天老了，也穷困潦倒了，就坐在街头晒太阳，然后头一歪，哐当一声就死了。以吴玄目前的状态看，他很有可能实现这一狂想。我们且看这些年他是怎样努力的，他怀抱一种狂热的献身精神，一步步地往这条道上走。他先是从市委办的秘书，一纵成为电视台的一个小记者，再一纵跑到北京，成为一个京漂。这滑落是如此之大，他没有归属感，妻女都在远方，好像他还说过，他亦没有故乡——这世上少有什么地方、什么人和他是有关系的，这是他的理想。

用一句时髦话说，他这是自我放逐。他采取主动的，几乎是任性的方式，让自己迅速地往下掉，现在他不能再掉了，因为他已经掉到底了，他成功了。对一个成功者来说，吴玄以为，他下面要做的事情就是等死。

吴玄有一句口头禅叫"好玩"，我们可以这样猜测，在他往下掉的过程中，他一定觉得这也是好玩的。在精神上，吴玄继承了加缪那一路的西方传统，《局外人》是他最喜欢的小说，他们对这世界的终极解释是荒谬和虚无。他们待一切都无动于衷，无爱，亦无恨，生命有如一场游戏，这游戏中的每个人都是行尸走肉。

然而吴玄又是中国人，他身上的某根神经和源远流长的"东方"是一脉相承的,这是他精神上的一个重要分支。倘若我说,吴玄身上有古典情怀,肯定会有人笑出声来。谁会相信他是"古典"的?多年来,此人热衷扮演一个浪荡子的角色,他惯于信口开河,胡说八道,然而以我对他的了解,他实在是个君子,一个正派人。他之所以要去扮演一个浪荡子——他扮得很像——我的猜测是,他对身体里的另一个自己很不耐烦,有嫌鄙之心。他突然一分为二了,从身体里跳出来,指着那个人破口大骂,朝他吐唾沫。

两个自己不能统一,常指桑骂槐,这是吴玄的矛盾,我以为,这也是现代中国人的矛盾。一方面,我们受着传统的教育,胸怀某种田园的梦想;另一方面,这时代有很多东西正在毁坏,待我们抓进手里,新的已经变成旧的了。什么都不是我们的,一切都在失去,所以现代中国人的虚无感是有根可寻的,并不像某些人所言,是学西方赶时髦得来的。

吴玄还有一个口头禅是"无聊"。他在北大有过一次演讲,中心内容说的是他和无聊的关系,他就是无聊,无聊就是他。他把无聊当作一种精神追求,所以我们说,这是个有信仰的人,他正以身作则,要将无聊贯穿生命的始终。他生活的常态就是一个人呆坐着,脑子里空洞无物,他也不玄想,这其间做了些什么,他亦不记得……他肯定做过些什么,谁知道呢?或许他偶尔灵光一闪,脑子里布满了密如蛛网的难堪的小心思——然而这些全不重要了。无聊不是无为,无为是一种姿态,无聊什么也不是。人在他自己的世界里突然变小了,小如蚁虫……意义就这样消失了。

几年前,写作圈里曾流行过一本小册子,图森的《浴室　先生　照相机》,我想借此来说说吴玄的写作。有一次我跟吴玄说,《浴室》里的那个人有点像你。《浴室》当然写的是图森自己——暂且这么说吧——可是在中国,我所认识的作家当中,没有哪个人比吴玄更接近图森的精神状态。这是一篇关于"无聊"的小说，看得出吴玄有点喜欢，我则是迷得不行，1998年就模仿它写过一篇《校长、汗毛和蚂蚁》，现在简直不敢看。

因为我偶尔也无聊的，所以《浴室》里的意思我全懂，于我有着"切肤之感"。然而女作家往往是这样，一件事物于她们，只是事物本身，上升不到形而上的意义，所以我在这里对吴玄寄予期待，希望他能写出另外一部"浴室"，充满他自己的生命体验，很"中国化"的佳作。

吴玄是一个值得期待的作家。他这两年声誉鹊起，在评论界颇受好评，然而这还不够，远远不够。以我对他的了解，他的野心没这么小，他有能力走得更远。我们对他的期待不是让他成为一个名作家，"名作家"是什么，不说也罢。他是有点"艺高人胆大"的，放眼文坛，少有几个他瞧得上的，当然他也瞧不起自己。

他惯于自嘲，他对写作严厉近于苛刻，他的小说少而精，《西地》和《发廊》是其中的名篇，我忍不住就会向别人推荐。然而我以为吴玄的才能并不止于此，他还会写出比这更好的小说来。吴玄的障碍是来自他自己，他注定是个苦吟作家，这两年，他几乎没怎么写作，他在干什么呢？他忙于游戏，沉醉在无聊里不能自拔。然而我以为，他一直在"写作"里，从来不曾离开过。

这才是一个作家的真实状态，他游离，困惑，焦虑；写作不是写字，写作已成为他生命的一部分，与他自身合二为一了。不知为什么，我只对这一类作家充满迷信，我以为，他们或许就是文学的希望所在。他们长久地沉默着，"不在沉默中爆发，就在沉默中死亡"，吴玄的问题就在于，这两种情形他都有可能。

吴玄看到这句话，或许会笑起来，不以为然地说，死就死吧，我无所谓。"无所谓"也是吴玄的口头禅，他大概很珍爱这个词，常把它挂在嘴边。无所谓，用吴玄自己的话说，就是"游戏精神"，游戏在吴玄的字典里，应该是个重要词汇，他视它如人生哲学，曾专门撰文解析，在此不再赘述。我想说的是，游戏和无聊，是吴玄这一生的两个关键词，成为解释此人的重要注脚，理解了吴玄是怎样无聊的，就明白他为什么会去游戏，这两者是一种同宗关系。

我已经说得够多了，私下里以为，我对吴玄的揣测不算太离谱。

（《羊台山》第25期）

才子荆歌

荆歌是我见过的作家里最有趣的人之一，他机智、风趣、多愁善感；他又特别爱说话，不拘什么场合，他只要坐下来，腿一架，就东说一句，西说一句，脑子特别的"意识流"，他的说话多没有逻辑，也未见得有多大意义，是所谓"精致的废话"；荆歌排斥意义，追求趣味，这是南方文人的特点，所以概括荆歌，像"才子气""名士派"这一类的用词都比较合适。

南方文人的特点，就是拒绝枯燥，所以即便是一本正经的研讨会，或是什么领导的发言，荆歌总不忘插科打诨，荆歌的话多是一针见血，人家拿他一点办法都没有，因为他说了真话，他又把真话说出了效果，造成会场上下一片欢声笑语。他好比《皇帝的新衣》里那个不懂事的小孩子，三两句话就剥了人的衣裳，自己却显得很无辜。

可是天晓得，荆歌的本意并不是为了"剥衣裳"，他只是个单纯的孩子，不喜欢乏味，又装不来正经，他要不时地搞搞笑，给生活带来欢乐；他因一时"贪欢"，难免会得罪一些人，可是他全不在乎，因为他脑子里向来没有尊卑观念，只有男女之分。

泛泛而言，荆歌是个"女性爱好者"，他人性的最大弱点，就是很容易被这类物种吸引，他善于发现女性身上的一切优点，并不吝言辞赞美；荆歌的赞美多是由衷的，他不太会弄虚作假，他为人单纯透明，心里若是有什么花花肠子，那外人一眼就能看出来的。不能说荆歌对女性就没有觊觎心，然而以我对他的了解，他的"热爱女性"大多还是精神上的，少有什么功利目的；况且，他身上多多少少有点贾宝玉情结，就是见了宝姐姐的好，难免就忘了林妹妹的好，顾此失彼原是一般男人的通病。本来嘛，女人的好有很多种，以荆歌那样的审美趣味，把眼光只盯着一个，而忽略了其他的，这对于荆歌和女性来说，都是资源浪费。

我私下里揣测，荆歌之所以有女人缘，大概因为他性格里有一些东西是和女人相通的，比如说他敏感、脆弱、细致、善良……所以女人愿意和他做朋友；他扮演的角色又很丰富，既是男性的，又是兄长的，又是朋友的。对于女性来说，还有什么比这样的关系更久长的呢？

最后我要说的是，荆歌身上的丰富性我还远远没有写出来，此篇着眼于他和女性的友情，其实是局限了他，因为在家里，他也照样是个好丈夫、好父亲，不过因为篇幅关系，我也就不再赘述了。

(《羊台山》第26期)

深圳单行线（外一章）

◎ 朱正安

深圳经济特区是改革开放的前沿阵地，无论商业经济还是文化艺术都站在一个全球化的先锋位置，备具高瞻远瞩的姿态，这个城市竞争激烈，各路英才汇聚，是个充满活力却没有硝烟的战场，这里才有适宜我生长的土壤，适宜栽种我梦想的种子。再一次远离故土，又一次踏上征途，挥别一份清淡寡味的生活，来到深圳，只想离梦想近一点，离彼岸近一些。

城市是催生欲望的产物，况且又生活在深圳这样一个重物欲的城市，想拥有一份安逸闲适的理想生活，对我这种有着执著的梦想，又不愿对现实有丝毫妥协的人而言，只能是痴心妄想。游走在这座城市的边缘，默默地行走在自己设计的孤单轨道上，茫然着自己的茫然，痛苦着自己的痛苦，依然还能挺立着自己倔强的身姿，依然还会展现一丝柔弱疲惫的笑容，让自己看起来更坚强更有力量一些。

生活千头万绪，现实千疮百孔。生存的压力永远是第一位的，当我的精神会感到饥饿之外，我的身体也会饿。好在有一技傍身，不必为了生存在缝隙里求得存活，还可以保持自己的个性和尊严，始终能让我获得精神的愉悦，活得安心活得自我。像我现在喜欢并珍惜的这份编辑工作,因为融入了自己的兴趣爱好,绘画与写作,跟我追求的艺术理想也一致,自由的工作时间正合乎我散漫的性格,但这份工作只能保障我最基本的生存,保障我还有追梦的力气。

文学与艺术从来就和贫穷牢牢捆绑在一起的,许多蜚声中外的艺术家大都生前穷困潦倒,死后才获殊荣,如凡高、波洛克、爱伦坡、曹雪芹、蒲松龄等的经历常常让人潸然泪下。有些事,明知艰辛不可为,却一直前行着,因为喜爱而执著,习惯失落而不去计较得失。走近文学走近艺术,并以此为梦想为职业,注定走的是一条清贫艰辛之路,是一个湛蓝色忧郁的梦。

对于这个城市,有时我感觉是如此的陌生,又是如此的熟悉。感情与金钱两大主题总是人生最大的困扰,感情总是会摧毁着我们的生活,金钱总是会让我们烦恼,这就是不完美的人生。在这个城市辛勤工作生活近十年,我依然是这个城市的三无人员,无房无车无老公,频频搬家居无定所,为了生存必须奔波之外,我更愿意整天蛰居在仅仅二十多平方米的巢穴里。想睡倒头就睡,让睡眠温柔的棉被,遮盖所有的失落,饿了就胡乱吃点什么充饥。然而我的睡眠极度不好,常常直挺挺躺在床上,睁大眼睛瞪着天花板,任各种思绪乱飞,太多混沌迷离的尘缘心事困扰着我,直至整个人昏昏沉沉疲惫睡去,我才能彻底卸下生活的悲伤。

一觉醒来,要来临的明天就让它来临吧,我又将无处可逃,梳理好妆容迎接透亮的今天,今天是我始终要面对的现实真相。大多数时间我靠胡思乱想打发日子,兴致来了画个梦境,触动了心底某根弦就在电脑前敲打些文字,梳理记载一下自己的思索与迷茫。常常离群索居,偶尔靓衣彩裳出行会友,只想证明我还没有完全脱离这个红尘俗世,也能嬉笑怒骂融入芸芸众生。

只是夜晚会对着镜子里的自己黯然神伤,看渐渐爬上眼角的细密皱纹，表情落寞孤寂，叹婉没人读懂我，没人怜惜。一个人逛街的时候，偷偷打量橱窗反光里的孤单身影，在闹市的人群里漫无目的游荡，孤单着自己的孤单，寂寞着自己的寂寞；像一个孤独的灵魂穿梭在深圳的水泥丛林，穿越于现实与梦想的边界，游走在这个有着糜烂气息的繁华都市。

我还是需要说太多的话，见太多的人，做太多的事，走太多的路，用自己的人格修养及能力，身体力行去证明自己的生存价值，求得最基本的生活物质需求。虽然被视为异类，却谨记着荀子说过的：适者生存。尽管内心还会听得到一个梦接着一个梦跌破碎裂的声音。梦想，一次次沦陷在现实里，掉进深潭里，灰飞烟灭，但我还是会不断在现实里调整自己的坐标，紧趋世俗的步伐又不失去自我，努力融入这个城市，这个冷酷的社会。

好在我对物质生活要求向来不高，从无华服锦裳的奢求，够一瓢饮一瓮粥，有一栖身之地即可。唯有寄情文学与艺术，可以让我暂忘现实的纷扰，可以让我经常诘问自己，寻找自己，审视自己，尔后发现自己，最终了悟人生的真谛，不让自己的灵魂迷失方向，为实现自己的理想在现实中构筑一道桥梁。这个城市不过是提供了一个舞台，常常把自己做的白日梦，画在纸上，书写在字里行间，她们融入了我的血脉浓浆，我的生命体悟，却甚少有人读得懂，这些关于生与死与梦，这些神秘的密码、符号和图案。

四季递嬗，岁月轮回，任一轮金色的光辉，温润柔和地泼洒一身，行走在深圳漫长的夏季里。天涯羁旅，孑然一身，遥想故乡的胜景亲友，旧情惘惘，系念依依。今夕何夕，恍然若梦，我何故站在此地此方，走在深圳的街头，行走在自己设计的单行线上，忘了来时的路，忘了从哪里出发，又将往哪里去，好在我还能找得到回家的路。生活漫无边际，没有终点，唯有向前，向前走，就会离梦想的彼岸近一些。

深南路上的行走

这是怎样的一个城市？我一直用行走的方式去观察她，认识她，了解她，进入到她本质的精神内核。

来到这个城市近十年，我喜欢在深圳的街头一个人四处游荡。甚少坐地铁，因为地铁下只有摩肩接踵熙熙攘攘的人流，还是地面有人有物的风景更丰富，所以有时多半我会坐巴士，或步行去到她的角角落落。孤独行走在路上的感觉非常棒，在喧嚣的人群里我的心反而会有莫名的宁静，我主观地让心隔绝于嘈杂的生活之外。行走中，脑子里会有着伍尔芙式的絮叨，有着王家卫般闪动的电影画面，不时咀嚼着村上春树式的灰暗寂寥，还会默念着茨威格的诗，一个人走在去咖啡馆的路上，一个人落寞地在星巴克喝一杯拿铁或者卡布奇诺。其实更多的时候，喜欢一个人在家冲泡各种口感的茶喝，一个人喝着现磨现泡的苦咖啡，享受着生活别有一番苦涩的滋味。

我常常茫然行走在宽阔地深南路上，喜欢走的一段路从西走向东，从上海宾馆到万象城，也可以从东走向西，从万象城到上海宾馆。一路晃晃悠悠一路胡思乱想，有时莫明其妙就过了天桥进入燕南路，拐到总是概念模糊不清的振兴路、振华路两条街上，好像要经过华发路才能到华强路。而华强路上的景观就太壮观，只能另当别论，我想去的是茂业百货后面的外贸服装城或者女人世界。让我们再回到深南路上来吧，一路直线走下去，就经过了中信广场，经过有着拓荒牛雕塑的市委，经过博物馆，不多远就到了深圳书城。仰望对面的地王大厦，看它两支针筒一般的建筑直插云霄，以地王大厦为坐标的深南路上，是商贸金融中心的集聚地。至于装修时尚具现代感的万象城只当是个好的散步场所，从来只有看看逛逛的份，里面所有的商品对我而言都太昂贵，激不起我一丝消费欲念。一路过来银行多过米铺，大型豪华商场高档写字楼居多，行走在被公文包与写字楼、电脑与数码产品包装的生活中，真是别有一番生动的景象，这里一年四季都呈现着一派花团锦簇的繁华。

就这样走走停停，一个人站在人行天桥上看看天、看看地、看看身边流动的风景，看天上流云的莫测变幻，看脚下的车水马龙，听到闹市的电视墙在歌唱。继续在街上晃荡，看迎面走过来的脸和离去的背影，有神情憔悴的脸，有阳光朝气的脸，更多的脸忧心忡忡。每一张面孔分明都布满了心思，写满了欲望，眼神里透着掩饰不住的贪婪，每一个毛孔都张扬着激情，每一个背影都疲惫不堪，步伐沉重，偶露的微笑也有些虚弱乏力。想想要在深圳这样高消费高成本的城市生存，压力何其巨大，想象着他们心中藏匿着怎样的苦痛哀愁。

信步而行，不需要方向。或许会不知不觉来到荔枝公园，在兄长朱正文题写的"揽月桥"上稍作憩息，触摸一下汉白玉石头上镌刻的这三个字，书写老辣苍劲，融入了他个人的使命感和沧桑感，触摸着它的凹凸不平，同时感受着同样生活在这个城市的兄长，栖居在这个城市已经有十七个年头了，和我一样，除了梦想在这个城市别无其他，他的心有多苦，我知道。

如果还有力气的话，坐几站巴士再流连于八卦二路的工业区，逛逛那里的服装与图书批发市场，思量着带走一两件换季打折的时装，抑或思忖着把多丽丝·莱辛、尼古拉斯·斯帕克思或者卡尔维诺的书带走两三本，实在找不到合适的书，找找王樽最新出版的电影随笔也行。关于奇门遁甲、关于风水命理的书也要翻上一翻，对于神秘的玄学我向来有着特别强烈的求知欲，然后再看自己的心情来决定要不要买走。口袋里永远没有多余的钱让我做没有底线的选择，一切打上价格条码的物品都觉得是昂贵的。

当我身心交瘁的时候，总是希望从书中能寻找到一些力量，更多活下去的勇气和理由，最终发现书还是只能把我引向更大更远的虚无之中。反而是在行走中，不断思考，让我渐渐洞悉到生命的本质，有了大彻大悟的坦然，坦然地在有限的选择范围内作出自己的决定，坦然地在无形的安排下，尽可能快乐地欣赏生命的奇观。

（《羊台山》第 23 期）

"南漂"母亲

◎ 荒木崖

一

母亲到广东打工去了,这事来得太突然,以至于父亲对我讲的时候,我一时难以接受,竟然对父亲大加指责。刚开始的时候,父亲还"幸灾乐祸",这回沉默得像只羔羊。不过,在我问到母亲去了哪里的时候,父亲还是吞吞吐吐说了。

到江门去了。

去那里干什么?

说是扫地,具体做什么,我也不太清楚。

她一个人去的吗?

没有,和她一起的还有村里的七八个人。

不会吧?

我甚感吃惊,从小到大,母亲和村里的妇女从未出过远门,这次出去,一窝一窝的,像赶闹子似的,我禁不住笑了起来。

好多钱一个月?

八百,说是试用期过后加到一千。

这年是2010年，这是母亲人生中的第四十四个年头。母亲一身多病，类风湿性关节炎、颈椎病、骨质增生等像影子一样跟随着她。她在江门一天，我的心里就不安一天。自从接到父亲电话之后，我开始整夜整夜地睡不着觉，我担心城市里的母亲，一不会讲普通话，二是文化程度不高，万一走丢了怎么办？城市的街道七横八竖，一样的马路，一样的楼房，她如何走出迷茫，寻找到家的方向？那天，我接到了母亲的电话，母亲说，莫担心，我在这边过得蛮好，老板也很体谅我们，他知道我身体不好，还想方设法照顾我，有空的时候叫按摩师给我按摩，说这样对身体有好处。母亲的话让我感到安慰，可我又何尝不知道这些话的背后暗含的另一种无声的语言——出门在外，我们总是把痛苦换成幸福告诉亲爱的人，而那些生活的不幸常常被我们隐藏在生活的深处，哪怕再苦再累也不说疼。

母亲是用公共电话打给我的，和她同行的陈阿姨比母亲稍有一点文化，可当我问到她们在哪里的时候，没有一个人能够说清她们的具体位置，只说在一个盲人按摩院扫地。我不停地在网上检索"江门盲人按摩院"和"康体按摩中心"，可在网上搜到的东西让我大失所望，最后还是她们老板出面帮她们解了围。

从福永车站到江门总站，一个半小时就到了。我坐摩的到了他们说的指定地点，不久，一位陌生的中年男人进入我的视线：

你就是过来看你母亲的，是不是？

是。

他接着说：你母亲的病情很严重，你今天最好陪她去医院看看，检查结果出来之后听医生吩咐，医生说工作就工作，医生说休息就要好好休息。我不认识这个陌生男人，但他的话却让我铭记于心。其实，就是他不说，我已经知道该怎么做了，这次过来的意思就是接母亲回深圳。早在家的时候，母亲一直念叨着深圳。

她想来深圳治病。陈阿姨的颈椎病就是她女儿陪她在沙井医院治好的。母亲听后，心里有了一个盼头。我无数次想为母亲圆梦，然而，梦归梦，现实总让人无奈。

跟着那陌生男人走上盲人按摩院的时候，母亲和陈阿姨正在洗手间打扫卫生。看到母亲，我的心里有一股说不出的酸涩与难言。她正躬着腰清洗便盆上的脏物。可能这里大多数住着一些盲人的原因，便盆面沿上脏得不像样子。母亲一边清洗，一边不停地打干呕。我站在门外喊，姆妈，母亲回过头来看了我一眼，似乎有一些慌乱，整个身子微微颤了一下，待回过神来，母亲笑了。可我却在母亲脸上读出了一阵尴尬。

瞧妈这一身！儿子，妈现在没得空陪你，你先在外面等一下，等我忙完了再来陪你。

知道啦，妈，没关系，我就在这里。

我看着母亲和陈阿姨把厕所清扫完，接着又去清扫按摩房的卫生。

母亲一边拖地，一边和我聊天。母亲知道我是好不容易才请了假过来后，就怪罪我说：没时间就不要过来了，看，我们在这里很好。

我不知道怎么去说。母亲是一个爱干净的人，平日自己家里弄得整整齐齐，就是旮旯之处也不放过，而这里——母亲刚才在清扫厕所的时候，不停地干呕，她几乎是捏着鼻子扫下去的。我为母亲的处境感到难过，更为我的现在而深深自责。

我劝母亲：妈，回去吧！

母亲当作不理解的样子，回去？做得好好的，干吗要回去！

妈，我们不缺那几百块钱。

莫劝我了，趁着我现在还能动两年，能赚几个钱就多赚几个钱吧！

我以为陈阿姨可以帮我劝劝母亲的，可陈阿姨却说，我屋里海华也像你这么说，可我就是不服气，出来路费花了三四百块，我要把路费赚回去再说。

我实在哑口无言了。

来了这么久，我没有看到村里其他几个人，连忙问：

你们不是一起出来了好几个吗？人呢？

母亲看了看门外，小心地对我说，快莫讲了，这个老板小气得要命，本来说好八百块的，来了之后只有七百块。这还算了，还抠门得要死……

陈阿姨接着母亲的话说，我和你妈分到这里还好一点，我们村里其他五个人分到另外一个地方，她们做了一周才给了一百五十块，伙食那么差还扣我们三块钱一餐，我们做了一个月连块肉都没有看到。我和你妈天天跑到外面去买东西吃。

我听了之后，心里非常难过。

工资这么低，你们还做什么？我控制不住自己的情绪，竟对母亲和陈阿姨凶了起来。

母亲好像和陈阿姨一条心似的，这样空手回去多让人笑话。

谁笑你？我有点生气地说，我把我爸骂了一顿。

不怪你阿爸噢，是我自己要出来的。

不怪他怪哪个？

……

二

从江门回深圳不到十天，我接到了陈阿姨的短信：你快来接你母亲回去，她待不下去了。

这下把我急坏了，我不知母亲出什么事了。当时还在上班，又不能随意打电话，我害怕母亲的病又犯了，不然她不会轻易离开那里的。母亲的病——想到这里，我的脑袋都是痛的，我根本无法想象母亲病痛之后的样子。好不容易熬到下班，打电话给陈阿姨才知道，母亲受委屈了。老板知道母亲的病很严重，怕将来在公司出事，不准母亲在公司里待了。

母亲是个眼窝很浅的人，她哪能受得了这样的刺激？她一定躲在某个地方哭泣。啊，母亲，不要哭，儿子就要过来了。我恨不能立刻飞到母亲身边，带她离开那里。当时已经下午，去江门的班车没有了，我度日如年地等到第二天到来。第二天去江门的路上，经过虎门大桥，远望大海，给人一种美丽的感觉，可我却无心欣赏，我只想快点见到母亲。

母亲在盲人按摩院大门的一座桥上接到了我。与上次相比，母亲好像变矮了似的，整个人缩了一截。走近母亲，母亲忧伤的神态让我心头一紧，眼泪不由自主地崩了出来。

儿子，你来了就好，妈把东西都收拾好了。

母亲叹了一口气，接着用手指着她的后背，这个腰呀，不知怎么搞的，又犯疼了。老板怕我真的瘫痪，说什么也不要我做了。我心疼她说，妈，不做了最好，咱们回家。不，先到深圳去，我陪你去医院看病。母亲发出了少有的笑声，但说到老板时，母亲的脸又突然乌黑起来。她非常生气地说，那个贼日的呀，比土匪还过火，你看，做了这个把月才给了我多少工资……我安慰母亲，这个老板已经不错了，你还没有遇到更黑的呢！

陈阿姨走了过来，她大声地说，厚铭，陪你妈妈去医院看看，你妈这个病呀，不看不行喽。

你放心吧，阿姨。

莫理他们，没事！母亲说。

莫蠢了，都什么时候了，还舍不得两个钱，难道到了棺材里的时候，你才舍得？

陈阿姨的话让我胸口发疼，我不知该说些什么，脑袋有一阵眩晕的感觉。

母亲的行李很简单，她早就拿下来放在楼梯口。母亲走在前面，我这才发现母亲的背是驮的，它弯曲的形态酷似一张弓。她的步子迈得非常小，但却极其灵活。母亲的脚是走出来的。她坐车晕车，无论是敞篷的客车，还是封闭的面包车，坐在上面，就仿佛这个世界在发神经似的乱转。每次赶闹子，村里的妇女都坐着慢慢悠去镇上，母亲一个人挎着饲料袋沿着那条很少有人再去的山路绕到镇上。去外公家更不消说，小时候，我总跟着母亲翻山越岭地走。无论走多少山路，母亲都不怕，但要是多坐一分钟客车，就仿佛要了她命似的。但我究竟还是没有弄懂勤劳多病晕车的母亲为何有了如此大的决心与勇气敢于冲破生命的禁区，从农村抵达一座城市——年轻的时候没有，结婚的时候没有，年纪大了反而愈加冲动起来。

母亲的南下成了我心中解不开的谜。

三

母亲到了福永之后，大哥大嫂也闻讯从东莞赶来。大哥是请假过来的，下午就要回东莞去。而我的上班时间是中午十二点到次日零点，这意味着我们重合的时间只有短暂的半个上午。在电话中，我和大哥商量了上午的日程安排。

我恨不能让时间停止，一家人好好相聚，敞开心扉地闲聊，那将是一件多么快乐而幸福的事情。母亲还不知道凤凰山有多高，她只是在山脚和我们转了一下，拍了几张合影，就匆忙地离开——我马上就要上班去了，大哥下午也要回东莞，母亲又将是独自一人在出租屋内度过。家里没有电视，母亲又不会使用电脑，我无法想象母亲在一个陌生房间里那份压抑孤独。她渴望儿子在她的身边陪伴，陪她去医院看病，去公园散步，去深圳的角角落落游玩。然而，人在江湖，身不由己。当我次日零点回到出租屋，母亲站在窗边俯瞰塘尾的夜色，我看到了母亲的失落与难言。母亲看到我回来，马上笑了，这么晚才下班，饿了吧？菜还在电饭煲里热着呢，快点吃吧。母亲好像累了似的，两只手撑着腰，深一脚浅一脚地走向床边。我心里十分难受，我很想请几天假陪陪母亲，可公司请假比登天还难。我陷入了一种极度的自责和难过。

妈，吃了饭没有？

吃了。

说罢，母亲就要帮我盛饭。我抢过母亲手中的碗筷，妈，让我自己来吧。

母亲没有吃饭，电饭煲里的饭菜没有动。不知道为什么，我的心里像有什么东西堵着，特别难受。我像一个做错了事的孩子，跪在母亲身边，等待着惩罚。

妈，对不起。我伏在母亲的膝盖上哭了。

母亲抚摸着我的头，傻孩子……

第二天清晨起来，我就陪母亲去沙井医院。在去沙井医院的车上，我看到了母亲少有的坚强。沙井医院寄托着母亲的希望。母亲是慕名而来的，她希望自己能在这里寻找到一片属于自己的阳光。

上次在江门为母亲做磁共振没有做成，这次想在深圳试试。我以为医院可以刷卡，准备交钱的时候无故得来了收银员一阵白脸。我蔫了下来。当时我身上只有大哥留下的五百块钱，除此之外就是一张可以透支的信用卡。然而……我不知道该如何面对母亲，母亲也看到了我的尴尬，她拉我走到院外一个偏僻的角落，把一扎皱巴巴的零钱递给我。那一刻，不知道为什么，我再也控制不住自己的情感，那股潜藏在心底的眼泪在扑上母亲肩头一刹那汹涌澎湃地泄了出来，这是我二十年来第一次伏在母亲肩头哭泣，也是一个男人懂得如何去保护自己的母亲，却发现自己无能为力时绝望的哭泣。

母亲把钱硬塞在我的手中。

我紧握拳头，死不肯要。

这钱我不能要，妈，我要了你的钱就等于拿起你的手打我的嘴巴。儿子长大了，儿子有权保护你。

我知道你长大了，可你在母亲眼中永远都是一个孩子。

不，我大声地说，妈，这钱我无论如何也不能要，你等下，我去打个电话。

母亲拦住了我，大声对我吼道：你逞什么能！你真以为母亲是个傻子，什么也不知道？你不要忘了，我是你的母亲。

母亲好像不想看到我失落的样子，她更不愿意因为她的病而让我四处奔波，她用手捂住鼻子、嘴巴，朝着医院大门走去。待我反应过来时，母亲已走出了我的视野。我追上母亲，母亲始终把脸背向我。她在无声地饮泣。

我不看病了，你送我回去吧？

母亲的抽泣声越来越长，她好像有些承受不住似的，蹲了下来。

我用手使劲地抓住自己的头发，用力拉扯，牙齿不停地在嘴里磨梭，发出下雨时哗啦啦的声响。空气好像凝固了似的，我和母亲出现了长久的对峙。那一刻，好像有千万把尖刀刺向我的心脏，我快要死了……

妈——妈——我——我答应你——我艰难地说出了违背自己心愿的话。

母亲无论如何也不做磁共振,她听了医生的话,选择了康复治疗。康复治疗每天都要去医院,每天都要"烧钱",母亲接连去了四天医院之后,她有些失望地说。

这没有一点效果,我不去了。

神丹妙药也没有这么灵呀!

难麻烦你呀我的儿子!

妈,你越说越远了,我还是你儿子吗?

每天早上,我六点钟起床,七点钟到外面等车,八点上下到了医院。医院里人多,一来二去两个小时就过去了。把母亲送回家时刚好十点半,下楼买菜做饭,这吩咐那嘱托之后,顾不上吃饭,就急急忙忙骑着自行车上班去了。

母亲看在眼里,疼在心里。

晚上下班回来,母亲很认真地对我说:妈实在待不下去了,你送我回去吧?

我没空。

然而——

母亲像个老顽固似的,她听不进我的任何劝解,仍然一意孤行。

要是你再留我,我叫你爸打钱过来?

我一时无语。

……

母亲回去了。

晚上回来的时候,我在书底下看到一张字条,上面写着:

儿子,不要怪妈,我和村里其他人之所以出来又走了,其实,都是为了来远方看看这长年累月在南方打工的儿女……

(《羊台山》第23期)

祖 宗

◎ 张舒亚

我的祖宗是谁，他们从哪里来，又要到哪里去？说句掏心窝子的话，我对这些问题基本上没有兴趣。我并非数典忘祖，而是无典可数，也无祖可祭。上世纪六十年代，一场"文革"荡平了我家的祖坟。我记得清清楚楚，那是围成弧形的连续十六座坟茔，上至始迁祖，下至曾祖父，大致相当于爱新觉罗家族的努尔哈赤到溥仪，世系不乱，薪火相传，蔚为壮观。因为旱改水，一个下午就把一个地下家族彻底解决了。从那时起，祖宗的概念便在我的心中淡化了。我的祖宗好像去了另外一个星球，与我们毫不相干。恕我说一句不孝的话，那年头温饱是个大问题，基本上是吃上顿没下顿，活人都顾不了，还有心思去顾死人吗？再说了，那些躺在祖坟里的祖宗，我既没见过他们的面，也不知道他们的名，一个个灰头土脸的，要是被我撞上非把我吓死不可。虽然我身上流着他们的血脉，毕竟年代久远阴阳相隔，真的是很难培养感情了。

我恢复对祖宗的感情是从参与修撰张氏族谱开始的。我在大学里读了两年史地专科，毕业后教了几年初中历史。虽说没什么大学问，可在同族老少爷们的眼里也算个文化人了。两年前，"太和堂"张氏家族修撰族谱，自然就找到了我。其实，我对谱牒学一窍不通，几经推辞最终还是接受了。如今有了一个机会，我终于可以认识认识我的老祖宗了。

如果非要说起我的祖宗，就不能不说黄帝；说起黄帝，就不能不说他的儿子少昊；说起少昊，就不能不说他的儿子张挥；张挥，就是张氏家族的始祖。

挥公为张氏开宗立姓之始祖，这一点确信无疑。可还是遗留一个疑问让我们感到纠结。唐代林宝《元和姓纂》云：

"黄帝第五子少昊青阳生挥，为弓正，观弧星，始制弓矢，因姓张氏。"

而欧阳修《新唐书·宰相世系表》则说：

"张氏出自姬姓。黄帝子少昊青阳氏第五子挥为弓正，始制弓矢，子孙赐姓张。"

这就产生一个疑问：到底少昊是黄帝的第五子，还是张挥是少昊的第五子？上来就是一笔历史糊涂账。我估计，就是使用世界上最先进的电子计算机，这笔账也是算不清了。不过，这并不影响我们这些后人的骄傲与自豪。张氏家族的谱系是明摆着的，与任何一部别姓族谱相比都毫不逊色。若论血缘，一世为黄帝，二世为少昊，三世为张挥。若论开宗立姓，一世为张挥，X世为张良，Y世为张九龄，Z世为张载，N世为张居正，H世为张学良，S世为张君秋……

到我这一辈该是第几世了？我说不清，假若非要搞清楚，只能是剪不断理还乱。别说我这个史地专科生，就连我们国家搞的夏商周断代工程，集中了一大批名流学者搞了十几年，最后公布的《夏商周年表》，很多地方都是连蒙带猜，语焉不详，更何况我们这个小小的"太和堂"了。不过不要紧，现在国内"模糊史学"非常流行，无论你需要什么，都是有办法研究出来的。比如说我们的始祖张挥,是靠研究发明弓箭起家的。张者,长弓之谓也,张氏得姓,缘于弓箭。听说张氏家族的另一支(恕我不方便披露堂号)已经有人撰写了一部五十万字的《张挥传》,更有人在策划拍八十集电视连续剧《汉卿张良》。一提起历史上的张氏家族,的确让人振奋。就像大街上老汉扛在肩膀的一团糖球,每一个位置都有人。别说文臣武将鸿儒雅士代有人出,就是名伶巨商三教九流也是层出不穷。特别是张姓人口总数一度名列全国第一,每十个中国人,就有一个姓张的。走到全国各地,随便搭上一辆小车,围上一张茶桌,在火车上睡个卧铺,或是排队买票时不小心踩上别人的脚,都会遇上姓张的。

在"文革"前,我们张家藏有一本纸面发黄的族谱。听我祖父说,我们这一支是北宋理学家张载的后人。说起张载,祖父情不自禁地背诵他的四句格言:

为天地立心,为生民立命,为往圣继绝学,为万世开太平。

祖父问我:你知道这四句格言是谁说的吗?

我那时上小学三年级,哪里知道是谁说的。祖父很满意孙子的无知,自己回答说,是张载啊!一说张载,我马上想起来了,巷子西边有家宰羊的,老板姓张,人高马大的,左邻右舍都管他叫张宰。我迫不及待地脱口而出,我知道张宰是谁了,就是西边那家宰羊的大胖子!祖父气得干瞪眼,抄起鸡毛掸子追着来抽我,张开嗓门吼道,混账东西,就会瞎胡扯!祖父把我打跑了,还是不甘心,又把我叫回来。祖父语气变得和缓了,又继续问我:张家的堂号叫"太和堂",你知道是怎么来的吗?

这更像地球人与火星人的对话,我摇摇头,再也不敢瞎说了。

祖父吊高嗓门说:与张载有关啊!张载是咱"太和堂"张氏家族的始祖。张载了不起啊,中国历史上有名的思想家,北宋理学大师,关学一派的创建人。他写的书可多了,一头牛车都拉不了，这就叫汗牛充栋。他最有名的著作是《正蒙·太和》，我们张家的堂号就是这么来的。你记住了，天下九王十八张，各张不一样，咱家是太——和——堂！

祖父对我说：张载的后人，也就是我们的先人，最早栖息在关中一带。在元朝末年，张氏族人为了逃避战乱迁徙到徽州定居，这一住就是三百年。在顺治年间，我们的先人中有一位叫张翰林的，举家迁往苏北太平镇，在太平镇修建了一座远近闻名的客栈——徽州会馆。接着他的后人开设一座"清和茶庄"，在此专门经销黄山云雾茶。又过了一百多年，你曾祖父的祖父，一位叫张兆基的先人花巨资修建了现在的张家大院，并开创了"张春隆酱园"。兆基公膝下无子，在六十岁那年将近房的一个侄孙张庆邦过继为嗣。你知道庆邦公是谁吗？就是我的父亲，也就是你爸爸的祖父，你该喊他老太爷了。

从此，我就记住了：

张翰林，我们这一支张氏家族的始迁祖，徽州会馆的创建者。

张兆基，张家大院的奠基人，"张春隆酱园"的创业者。

张庆邦，张家大院的继承人，是我的曾祖父。

(《羊台山》第25期)

云 水 八 章

◎ 周公度

陈　　茶

陈茶记着旧梦。是顶好的册页本子，有水的饱柔道地，却没有水的泅痕波声。又是上佳的碧玉簪子，老苍里透着晴润，暖色间藏着苦凉。

少女采摘的春芽，秀口含引着今时晨间的风声，接着惊蛰以来的雨水。然后，摇青摊置，迎日通阳。焙而复之，去寒存真。轻捻包揉，纳心入内。

工序的繁复，要求盛置的妥帖。欲喝新摘，则为玻璃盖盏，白瓷瓜瓶。欲品陈放，则为木浆纯器，翡翠玉皿。

新茶气息昂扬，如夏日雨后。陈茶清澈，又得隔年的节气，如少女得遇良人，心忽然而静，而后心花倏然满开。陈茶之贵，全在此微静之一刹那。

去年的春茶就是去年的人。前年的明前，恍如隔夜的云端，鲜亮里潜散着睡意；好像飞过窗口的候鸟，不恋慕此间的一切消息，却带着去年的消息。

莲　实

夏之中，吃西瓜最是畅快。不过如若有美人在，还是吃莲子好。莲子入心养静，可以少发厥词。西瓜是个坏东西，水多声响大，越大越坏，吃一口，像啃了小姑娘，心中跳跃。为什么骂人常说"大傻瓜"呢？它藏不住心事。

食莲子的首要乐事，当然数剥莲蓬。剥莲蓬需在水上，最差也要在岸边。不如此，便不能体悟"鱼戏莲叶"之"东西南北"为何是一首情诗。哪里有比反复想着一首情诗，一边剥莲蓬更好的事情？左边开始，还是右边？心事全在其间。最后从中间开始。

中间的莲实形状若卵，并不好看，且莲心较旁近味苦。好看的莲在莲蓬裙边；嫩莲小腹饱满，有紫晕，老莲修秀坚涩，色苍然。嫩莲有汁液，其香清逸；老莲煲汤，绵沙回甘。若嫩莲之美在如浆，如少女，如春日。则老莲之美在于麻烦，是苦瓜，是少妇，是冬初。

春日生莲花，冬初吃新藕。莲实真是可叹。以前的我去菜市场，是只看鲜鱼小虾的，现在啊，我只是看到覆叶子的，兜篮子的，便要想到夏日湖边，有人划船游水，便按捺不住，惟恐他们狼吞虎咽地折了我的当季"明前茶"。

食　气

小麦、高粱、糯米等发酵后，可成为酒。酒入坛器，香氛成团状。所以，好酒滑口；纵饮之人，元神便为颠倒。肉食则否，经日腐烂，生污浊气。此气委地下沉，人皆避之不及。

肉食之难以烹饪，在于不知该命息何时已走。"鸭炖""鱼汤""鸡煲""牛煎"，火候的要求，正为用餐的良机。"过期不候"；过期取用，于己身不利，于彼身，命息早已杳走；此物之肉身，真是被火攻得无理、无谓。

鱼命在水，出水无以相寄。清蒸鱼，把底置笼，鱼弃家宅，藏毒最多；入辣椒，佐酸菜，水煮鱼混乱之极，最为惨烈。羊所食唯草，化血成奶，营气续命；故而，羊有角，以化其刚，性情至柔，所发之声，宛若有羽。

以羊身置鱼腹，外敷酱蜜，闭路封径，得鲜为第一。其因，不缘鱼身，不由羊身，只在鱼食水气，其魄内聚，羊以肉身，只择细草，草气至刚，绵散不绝。世间菜谱，千万以数，然而张弛并得，天地交泰，方有此佳构。

上古食器，尊天礼地，所以，形制纷然。欲得天之气，则敞口仰天；欲得地之气，则束颈阔腹。食器名目之繁多，足以成秩。食之秩序，即是气之时分；时分不同，食器则异。食器之材质、形制、大小，即便八方位列，也关乎食气之纳入。

白菜小雪贮藏，冬瓜秋分即食；春分喜拌椿芽，雨后快剪新韭。蔬菜切时，深微而妙，籽芽根茎，各存心息。得逢其时，恰用其器，则倍得其气之八九。

《神仙传》诸仙，居山处林，乃为餐风饮露。《神农本草经》，是主尝百草，而非大烹百兽。松露，清风；明月，春梦。饮食之外，节气亦是如是。

鸟　羽

鸟卵之中有羽。羽有十万八千之属。羽之所凭之风，迎逆分类，倍而加之。众风万数，其别尽在鸟卵壳纹。

千鸟之动,水波微兴;万鸟之翔,云移树影。一鸟之所翔,亿鸟而心知;一羽之所浮,八风贯天地。风生而鸟随,辨风则知羽。

鸟羽之膈,气漫盈中,混沌通于心息。心气补纳,其浊为鳞爪,其清为毛羽。羽之日翔,膈之日长。巨鸟之翅,与风神同。

枣 核

枣树之美,贵过樱桃树。因为,找出枣核上纹路的那一端为开始,模拓成图,以此索骥,是找到地下水晶,即古之晶邺矿藏的关键。

其树多爱偏僻土壤。凡有恶劣的山石,其他树木畏为绝境,枣树却自然绿叶茂密。根茎拘束,谨慎;如此,树叶上的纹路也就更为真实。

水土肥沃之地,于树型华丽有利,却不益于内核的生成。枣树叶脉夸张,枣核则纹路松散,木质则水平清脆,难于确切判断所摹地图的指向。

枣木密实,以气通息。其气之微细锐利,好像枣核之两端。枣核之内仍有果肉;该果肉气劲混沌,独有宇宙。民间所说"好屎养枣",即是此理。

道家以核桃之形与枣果相比。枣核既通世俗宝藏,又可导引天地呼吸;核桃虽富,然而,其秘密哪有枣果这样隐蔽众多呢。

痒 痒

痒痒没有什么可称道的地方,一般都在双手所不及之处,专一为难人而已。所以,够得着的痒,大多让人不耐烦;够不着的痒呢，当然也不会让人愉快。

古代的国画山水里，弹琴、下棋、临水、看山的处士佳人居多。至于竹林七贤的题材，却从未有人画过挠痒图，总归不完美。那么爱在竹林间、青草地上席地而坐、而卧的几个乱七八糟人，怎么可能没有人对虫子有些许看法？

如痒在百劳、夹脊，曲手可搔。再下，可用簪子。为什么女人手指秀长就是美好？即便灵台、譩譆，也是轻松可挠。若痒痒争气，由此再下，自督俞下行，脊中、意舍之上，需用如意。当此之时，女人过肩搔，形影优美，男人隔腰挠，草率龌龊。

如意百数，金银玉角牙，翡翠珊瑚与竹木。以玉质为上。铜有铜臭，珊瑚有鱼动，如果是象牙，多么可怕。悬枢在腰侧，如意以温玉为质；厥阴俞，乃心之外卫，如意材质又何妨全用冷翡翠。然而，如意之在人身，不过蜻蜓点水，哪里又需要如此繁复的顾忌。

有部戏的唱词说，"我隔窗听雨，却闻斯人茕茕"。茕茕者，忧心无依之状。蛩声急促，孤单落寞，仿佛寂静足音。如果你听雨之时，我正听虫。我说，某个部位有痒，你便努了嘴唇来咬，位置恰好，时间恰好。真是无上美妙。

鱼　　鳞

鱼在水中，人在陆上，那么谁在石头里面？松柏为什么最喜山石，它们爱山石之内的什么？山峰之上的那棵是不是它们的心？焚烧松柏，以使石头成灰，和泥拌草，涂于墙上，是不是整个房间都会有石头的呼吸？

树木以地气得生；那使水死掉的部分，是不是就是鱼之所需？污泥之中的鳝与鳅，是不是比普通的鱼更有耐心？以鲸为食如果可以像鲸一样庞大，那海洋中的小鱼是不是都有一个凶恶、贪婪的梦想？荒僻河流之中的虾米鱼豆，是不是根本不知道鲸之间会谈论什么？

水中的一切都熟悉珍珠，那么木也应该熟悉钻石。榕树在水边，柳树在水边，江中之树有谁见过？海洋之中的树有谁见过？海上有山，皆通天地；如果飞鸟飞过海上之山，落于海上之树，它会想什么？如果去小岛垂钓，定然是个仙人。

草　　露

春天的露水怎么能喝茶呢？

春露得地之生气，晨光熹微中，翠叶端头，水形圆润、晶莹如处子。处子弱而无防，但其心势茁壮，不可侵凌。如若以此冲茶，如沐春日阳光，春阳无力，却入人肌肤，而至骨骼。好风即是吹过春露之风，春阳即是春心，春困即是春思。

惊蛰之后，可看春露于私家花园、路边草木、市郊花圃、田间农舍，但最好的是校园。校园上空有稚幼之气，春露亦有知觉，择时与地而现喜悦。农舍旁的露水有谷米气，城市花木的露水有车尘气，私家园林的露水有贪欲，僻静深山的露水，无聊无赖，随云随风。

秋露得风之金气，如锦衣夜行，如虎尾敛迹。虎尾者何？威风尽在一尾之上，上钩是追逐，下钩是怒啸，平垂是拿云，盘尾乃是颐养心目。颐养心目者，莫过秋露。秋露是中年药，是线装书，是苔衣之下的石刻，是惟有少年才最爱的秋日阳光的老。

处暑之后，即看秋露于柏树林，于菖蒲丛中，于傍晚的寺院。秋露水重，如若燥气在身，触之则凉粘。秋露亦有心，薄衫之人，过凌晨的林中，如有矮泥院落，又或落叶铺溪，此时之露，均具洗净的人间气味。落暮时刻的露水，极难收集，难到畏惧夕阳与风吹。

秋露畏惧什么呢？有人浆洗他人的粗棉衣服。

(《羊台山》第 25 期)

早年的阅读

◎ 于爱成

忝为文人，当忆起成长中读了多少书的时候，确实汗颜得很。生为乡村孩子，而且还是1970年出生的乡村孩子，真可谓先天不足，后天不良。除了贫乏，就是匮乏。7岁之前不多的文学教育，仅仅来源于母辈的"瞎话"，父辈的"故事"，几部红色电影和几出莫言先生作品中也反复提到的茂（猫）腔地方戏，此外，就几乎没有什么文化记忆了。当然，这种乡土教育也有它的好处，就是培育了一种天然的乡土情感，直接影响了自己后来的人生选择，二十多年后，自己走上文学研究和民俗学道路，相信与此不无关系。但这算是事后诸葛亮了。在乡村，尤其是我这种出身、年龄的孩子，没有人能够预计自己以后会是什么样子，就像是一棵草，一粒种子，它的发芽和生长都是凌乱而随意的，没有规划，没有设计，长到哪是哪。

还是说到阅读。我一直在努力回忆，在我生长的道路上，我读过什么书，不同的书对我起到过什么样的影响？算来算去，如果说小学、初中、高中和大学作为划分阶段的话，那么，前两个阶段读书的总和，相信不会超过30部（如果一本文学期刊也算是一部书的话）。我所能记得住的书的名字，经典名著是《红楼梦》，是在初中二年级暑期看的，花了三天时间，看的有些累，看了一半，就没有了继续看完的兴趣，因为都说是名著，也就勉强看完了，但看完了也就看完了，没有太多记忆。《西游记》看的是个非常老的本子，从叔叔手里借来的，繁体，竖排，书纸发黄，现在想来说不定是民间保存下来的民国本子。当时我在小学四年级，繁体字看得半懂非懂，读得没有耐心，所谓影响就寥寥了。《水浒》《三国》《隋唐演义》《红旗谱》《红日》等等看的都是小人书。外国名著一部未有接触。记忆最深刻的是《岳飞传》，看了几个本子，几乎能够说出每个章节的故事，以至于家里来人，父亲总会让我给说上几段。我还以岳云自我标榜，没人的时候，夜深人静的时候，独自舞枪弄棒，做十百人敌的英雄梦。直到小学四年级，三门功课两门考试不及格，差点被老爹取消读书资格，才玩性始改。

不过，我的作文拿当时乡村同学的普遍水准比较，好像一直名列前茅。写作对我不太费劲，尽管写天空无非"万里无云"，写环境尽是"鸟语花香"，写一个人沉思反复都是"眉宇间皱起了一个小山峰"，结尾每每是"我一定好好学习，天天向上，做共产主义接班人"，但老师把我的作文当作范文，在班上朗读确是家常便饭的事。

如果说我的作文在当时算是有一点突出，我事后总结，首先是自己的一种文学情感。这种情感的养成，首先又受父母亲对乡间文艺的爱好和故乡说鬼扒瞎话的传统的影响。我的童年，还是一个讲故事的时代，一个无字、无纸、无现代媒体的时代。除了孩子们的书本，家乡基本找不出其他书籍，看不到一张报纸的纸片；除了广播喇叭，找不出几家有收音机，当然更不可能见到电视机。这样一个闭塞的社会，她的乡土传统的传承和文化教育，主要是通过地方戏和民间故事承担，也包括每月会有一次放映队下来演的电影，这真是文化大餐了。孩子不会喜欢地方戏，看电影也是难得的奢侈，唯一耳熟能详的就是父辈母辈乡里乡亲口口相传的故事了。父亲喜欢讲家族历史、乡邦旧事，母亲喜欢讲奇奇怪怪她从小听闻来的妖狐鬼怪，有鼻子有眼，如同真实发生的——也可能就是真实发生的。乡间总不乏故事篓子，每到晚上，总能找到地方听他们开讲形形色色的古怪故事，当然大抵总是鬼怪。很奇怪，我的家乡高密，民间故事总是在谈神说怪，万物有灵，而充满讽喻和劝诫。家乡是以这样的乡土教育，进行着她的伦理教育和审美教育。这是我的文学情感的源头。

现实里讲，我想自己的文学情感，还要归功于我的姐姐。我姐姐长我两岁，高我两级，好像她也没有多看多少书，可能有些文学天赋——正如袁枚先生所说的，"书到今生读已迟"，这话就远了，也玄奥了——她买了一本写作辞典之类的书，人物表情、肖像、动作、环境、心理描写等等分门别类，各选一些段落，这些不同名家的只言片语，反而给她，后来也给我打开了一扇窗。同时，我还有意识地模仿姐姐的作文，有时会做文抄公，把她作文精彩部分挪为己用。几年后，大概是1983年，因为家庭困难，13元学费交不起，姐姐被迫辍学。我的模仿时代结束。

此外，我对文学有一定兴趣也是喜欢作文的一个动因，我记得自己当时将家中惟一的奢侈品——一部小收音机据为己有，听评书、相声，听诗词等文学欣赏，也会听听音乐，天天晚上抱着睡觉；我也清楚记得初三中考结束，幸运地在一个同学家借了一大摞《当代》《十月》，辍学务农在家的姐姐，不知道从哪里弄来连续几年获全国中短篇小说奖的集子，这些都基本打捞全了当时的文学名家的精髓。我犹记得那时读到了《没有航标的河流》，读到了王蒙先生的意识流，还有莫言《透明的红萝卜》等，第一次知道原来文学是这个样子，文学如此驳杂，世界又是如此丰富。

16 岁之前，阅读在我的成长记忆中，是一个模糊的剪影。好书当然如同良师益友，所谓"读好书的过程就是与高尚的心灵交流的过程"也没错。但贫穷的乡村孩子，没有条件买书、订报，也没有多少可能借到书。成长，大抵依靠的只是一种乡村传统，乡土社会千百年来流传至今未因历次政治革命而丧失殆尽的传统。道德伦理资源、人际交往方式、国家社会知识，大抵从家庭长辈、学校老师而来。如果说这也算是一种阅读的话，那么，可以说贫穷与艰难，贫穷与艰难中透过生存的缝隙对知识的渴求，父老乡亲在贫穷与艰难中对道德良知的坚持，充当了我和我的乡土伙伴的人生教材和文化经典。

16 岁后，我到被乡下人想象为天堂的县城读高中。终于有机会看到了多一些的书籍报刊。高中时光，学业竞争的残酷与青春期的烦恼，自是不堪回首。好在少年情怀多愁善感，对于阅读有着天然的期待，也具备了对社会人生的初步见解和一定审美判断力。阅读有了一定自觉，范围也扩大不少。《古文观止》《唐诗三百首》《宋词三百首》《千家诗》《鲁迅全集》《家》《南行记》《班主任》《红高粱家族》《复活》《一个孤独散步者的遐思》《外国优秀微型小说选》《七剑下天山》《天龙八部》《聚散两依依》《梦里花落知多少》……现在犹记一长串书单名字。现代名著、当代小说、古代经典、蒙学教材，以及流行读物，一下子涌现到我面前。尽管多是借阅，走马观花，好歹也算是开了眼界，种下了文学的种子。《鲁迅全集》改变了我的文风；唐诗宋词和现代诗培养了我尝试写诗的兴趣；《红高粱家族》给我的震撼是，原来小说还可以这样写，破坏了我心中一度成型的一些价值，也激活了灵魂深处一些潜伏的东西。

至今还记得自己高中时期对文字一度充满迷恋。每个中午，我都会步行三里路到县图书馆门口的阅报栏看当天的《人民日报》

《大众日报》，主要是看副刊版登载的散文随笔，反复地看，努力地记，恨不得立刻背下来。这个习惯养成了，很难改变，以至于培养出了一种文字崇拜，只要看到一份报纸，我就会直奔它的副刊，无论其文章如何，都反反复复看几遍。当然，后来自己有条件订报纸了，报纸如汪洋大海了，这种阅读兴趣也已消失了。

高中毕业后，我如愿进了大学的中文系。图书馆里有的是书，阅读之旅正式扬帆起航。大学四年一句话就是读书读到疯狂。甚至没有太多兴趣听教授们在课堂上侃侃而谈，他们谈他们的，我自看我感兴趣的书。当然我在大学只喜欢文学，我用了整整两年时间泡图书馆，翻阅了馆里几乎全部的当代文学作品、几乎全部的西方现代派文学著作。学着写了十来篇小说、上百首诗歌——这些作品，后来都因为毕业离校行李托运，几番辗转，不知去向，想来有些可惜，但这也宿命——我初步发现自己并没有小说创作的足够的想象力和诗歌写作的玄思妙想，倒是做学问符合自己的天性。1996年3月，当我从山东曲阜师范大学，走进中山大学现当代文学研究生面试考场的时候，面对提问信心十足。从导师们的笑容里，我得到了肯定。我的没有目的的阅读之旅终于有了一个明确的方向，我的人生选择也在一时间豁然开朗。

(《羊台山》第25期)

不能回家乡

◎ 黄金明

　　跟中国南部无数个村庄的命运相似，村庄十室九空，人都进城了。去城市找生计，或干脆迁至城镇定居。溪流、田垌、森林、庄稼、祠堂、井台、戏台、池塘、屋巷、房舍、牛棚和猪栏，人、鸡和狗，野生的草木，野兽、蛇蛙、鸟雀和各式各样的昆虫……这一切在流失和消逝。不用多少年，人们远走他乡，村庄只剩下墓地及遗址。三十年前，尽管遭遇了难以计数的天灾人祸，村庄仍生机勃勃，一度在20世纪80年代中后期达到了史上的繁荣。中国南部有无数个村庄跟凤凰村有相似的命运。这一切只活在我的记忆中，但也不断遭到磨损、削减并最终坠入遗忘。我在纸上建筑另一个村庄的妄想显得徒劳，但对抗遗忘的想法让人安慰。

　　每年三四月间，莺飞草长，春暖花开，我都返回村庄看一看。每一次，我都发现村庄少了一些东西。上次是戏台坍塌了，这次是井壁倾圮了。最让我忧惧的是，人气越来越淡了，只剩下几个老人和小孩，难得听到鸡鸣和狗吠。河流逐渐枯缺、萎缩，它干涸到几乎断流了。凭吊的意味越来越浓。我一个人在空荡荡的村巷上行走，风从远处的荒山吹来，从黑屋子的角落吹来，夹着荒寂的滋味。我走到山间和田野，那种"生"的、荒凉的感觉愈来愈浓，在过去，山坡和田亩因为有人侍弄，有六畜的走动和人气养着，就显得很"熟"。每一陇柴火都有人用镰刀去割取，每一株青草都有牛羊去啃食，每一株野果树都有人在攀摘。即使是一些杂树野木，也有孩子在攀折或挨擦，染上了人间的气息。那是一种家园的气息，而这种气息已丧失殆尽。村庄以及村边四周的山野，显得越来越生了。那种"生"的感觉，像石头郁积在我的心上，硌得我不舒服。很难说清楚，村庄是从哪一刻走向生的，当我发现村庄在不可避免地崩溃时，却悚然一惊。也正在那一刻，我才清楚它在心中的分量。我对它的了解，太过肤浅及模糊。我对村庄的历史毫无头绪，我对村名"凤凰村"之由来乃至"凤凰树"一无所知。当我想到要写它时，已是写作十八年后的事了，这也是我离开村庄的时间。在十八岁之前，"走出故乡就是最大的胜利"（叶赛宁语）成了我的信念，我不知道外面的世界是好是坏，但我知道这个地方不值得留恋，不会有比这个村庄更糟糕的了。

随着年岁增长，我发现人是无法离开出生地的。你的躯体离开了，你的心仍留在那里。你会通过各式各样的路径无数次地返回那里。坐汽车是一种方式，倒提皮鞋跋涉在泥泞的小径是一种方式，做梦肯定是最常见也最直接的方式。在少年时代，我无数次通过梦境的魔法逃离村庄；有朝一日成了城里人，却一次次通过梦境回到故乡的每一寸土地。当你以为你离开了，其实你是将故乡带在身上，你到了哪里，故乡也跟着到了哪儿。你通过某种神奇的方法，将故乡折叠在身体的某处，每到夜深人静的时刻，尤其是半梦半醒之际，在烟雾缭绕之间，故乡就如卷轴在你的眼前展开，山水、草木、人畜，以及相关的一切。它既是一个梦幻般的画面，也是真实的图景。你走在村庄的小路上，跟来往的人说说话，也跟路过的鸡和狗打招呼。你有点兴奋，有点怅然。你就这样一次次沉湎于故乡的风与物而无力自拔。

每一个人都是出生地所孕育和养大的。这个意义对于乡村长大的人愈加凸显。尤其是在乡村长大的诗人、画家和音乐家。我朋友中就有这些人。他们跟乡村的关系恐怕更夹缠不清。他们中的任何一个，就像一棵在出生地长大的树木，无论成年后走到哪里，都无法带走树根。一个成年人，就像是一件家具的成品，涂上油漆，用砂纸打磨，看上去神气活现，并在嘈杂的市场被买主慧眼识珠，继而在岁月中遭受漫长的磨损而最终报废。所有的家具都曾经是木头，它即使被斧砍，被锯开，被刨削，被抛光，最终不可能遗忘掉树根的记忆，不可能忘掉身上开出的小花。枝头掉落的果子，不会忘掉掠过绿叶的鸟鸣和风；更不可能忘掉源源不断地通过树根施送的汁液以及星空隐秘的召唤。那是生命的根基，也是自由的全部。生命在于运动。树木的生命在于一动不动。也许，人终究不是树，而更像蒲公英，它成熟了就到处飞。但是，乡村的孩子要飞出去、飞到城里去，他必须脱胎换骨。这就是树木变成家具的秘密。大多数的树木都想成为雕像，但结果只能成为家具。只有少数的树木想成为煤炭。一个家具想返回树木，树木想返回种子，种子就沉睡在黑暗而混沌的泥土中。它从未萌芽，也就不必担心砍伐，但它从没有放弃生长的想法。光是这种拱出地面、抽出嫩芽的想法，就让人情不自禁了。种子迟早长成小苗，除非它已窒息。我宁愿相信，即使一棵被肢解并制造成家具的树木，也梦想回到家乡，何况是一个乡下人。

但是，你真回得去吗？

我不是没有动过回去定居的念头。我在城市住腻了。我在付出巨大代价之后，在南方最大的城市里定居，并获取了一份稳定工作，娶妻生子。我终于发现，我终究是自然主义者，我喜欢山野溪流，喜欢泥土及草木之气，喜欢树林里的鸟虫以及林间的清风,喜欢无遮无拦的天空,它空无一物或挤满奇异的云朵并不重要……我不喜欢城市。城里人也让我觉得市侩。他们喜欢用金钱权衡一切,乃至幸福与自由,纯净水可以用金钱换取,清新的空气却无法凭钞票购买。我终究是误入此地的乡下人啊。近十年来,我没有一天不想过逃离。我心目中的净士,一定要有山与水,最好是某个山中小镇,不能有太多的污染,旅游区也太嘈杂,又不能太寒冷。这说来简单,实已近于苛刻。我想过去海南文昌(2010年楼价疯长,将我此念扼杀了)、广西桂林的郊外(诗人安石榴一再向我推荐)、云南边陲乃至移民海外。我既异想天开,也一本正经。总之,我不喜欢任何一个大城市。我还没有赚够生活费,但对工作也没什么留恋。我从未渴望过建功立业,况且一个小职员能有什么功业?我对成功有迥异于种种流行成功学的理解。我想得最多的就是返回出生地,不回凤凰村,那么在化州郊外也行啊。考虑到在村庄度过的复杂岁月(快乐的童年、懂事之后饱受屈辱的少年时代,成年后在村民卑躬而惶恐的目光里,我也算是衣锦还乡了),我的念头略感动摇。我将怎样跟村民们相处呢?尤其是那些数十年来欺凌我们的人,尽管我从无"复仇"之心(邻里之间的恃强凌弱,在乡村太普遍了。本不值得牢记心头,童年时遭受的屈辱却不可磨灭,不是要刻意记取,实际上已化为成长的养料),他们却不可能忘记。村庄荒废了,河水断流了,田地饱受污染。我无须再以耕种为生,在村子却无法找到乐趣了。我像那些在乡村长大而误入城市的人,没有回头路走了。我暂居在广州城郊的边缘之地,距市中心有数小时之遥,暂时打消了返乡定居的念头。

那个夏末的黄昏,彩霞像熔掉的黄金从天上缓慢而黏稠地滴落,奇异而灿烂的光芒笼罩着村庄低矮的屋顶及山野,仿佛在给村庄镀金。那是我第一次跟黄昏遭遇。我没有记忆。在粤西乡间,几乎每个夏日在晴天都有这种辉煌的晚霞。在某间泥砖屋舍里，粗通术数的主人因为一个男婴的诞生而将当天的霞光赋予了某种美好的色彩。彩霞将他的笑容染上了金色。在乡村，没有比添丁更让人高兴的了，何况是长子。

少年时，我无数次在山冈、河畔或庭院中目睹过村庄的黄昏，云霞太耀眼了，太美了，太辽阔了。那种金色为主并交织着橙色、红色、紫色等种种光彩的云霞，像彩帛承托并缭绕着火球般的落日。落日掠过山冈，像烧红的石头急速地向暮色中的树林坠去。那种辽阔的美像浩荡的江水涌入我的心底，我感到了大自然的震撼。那时我不知道上天在将一个重要的启示一次次地显示于我。黄昏或落日不仅是自然的事物，也是重要的隐喻。我看到了这个喻体而懵然无知。一个乡村少年要屈服于大自然的壮美并不难，要从中领悟到某些奥秘或道理，且跟自身的命运相联系，却必须通过某些契机或桥梁。那二十年，我一直待在村庄，从婴孩步入成年的这段时光，我无法看到旭日初升以及正午的凤凰村，那是属于父辈以及祖先的光阴，但我目睹了村庄的黄昏。在十几二十年间，村庄从生产队时期的奄奄一息到开放年代的起死回生并达到了史上的繁荣，进入九十年代之后却犹如落日急遽衰落。当我意识到那种黄昏的巨大辉煌及绝望跟我多次观看晚霞的感觉毫无二致，已是离开村庄多年后的事了。

某个夏日黄昏，我从求学的广州回到村庄，我躺在彩霞照耀的山坡上，从裤袋掏出一本叫《偶像的黄昏》的小册子。我望着天空、云霞、落日和远山，暮色愈来愈浓，村庄的屋舍略显模糊，有的房子透出了灰暗的灯光。我第一次意识到，黄昏的具象与抽象，黄昏的符号与实质，黄昏的光芒对应着转瞬即至的黑暗，黄昏的厚重与华美也将转眼即成记忆。至少，它有着多重的含意，而不仅是我所目睹的东西。

多年之后，当我回忆那个黄昏、那本书以及我当时阅读的情景与思绪，我似乎领悟了那个启示——我有责任将凤凰村在暮色完全笼罩之前，将天上巨大的辉煌和大地的安详呈现出来，使之成为相对固定的记忆——之后，是不可避免的黑暗像铁锅倒扣下来——像果壳的内部，像灶膛的灰堆，那是乡村的夜晚，连星光都在揭示这是真正的漆黑。

人无法说清楚他的来路。这本来并不复杂，但时间一长，就变得无法辨认了，像无人涉足的小径，迅即被荒草掩盖及尘土湮没。关于历史，我们能记得多少，又有多少靠得住呢？回溯乃至猜测自己的来路，现在却成了我无法拒绝的诱惑。我刚涉足写作时，从未动过写村庄的念头。我不认为那有什么好写的。我迫不及待要写的是那些梦境中出现的奇异之地，以及一些匪夷所思的事，有一堆华而不实的词汇在等着描绘它们。

我发现对凤凰树一无所知。凤凰村（又名凤凰垌。垌，即田垌，田地，多用于地名，典型的粤方言）这三个字，是我最早学会的几个词汇之一。母亲津津乐道的是，我仅两岁时，就在舅公的考问下，完整地说出了包括县镇在内的复杂住址，从而赢得舅公手上的一个大苹果。但我对凤凰树说不出什么来。

二〇一一年三月，我打电话问父亲。父亲说："那是一种树木，可以长到二三十米，树皮粗糙，灰褐色，树形为广阔伞形，分枝多而舒展。在夏日开出密密匝匝的花朵，灿若红霞，在秋天结出镰刀状的荚果，在冬天叶落如雪。你小时候还能零星见到细小的凤凰树呀。"我全忘了。我在百度搜了一下，父亲说得虽粗略，大体特征还是说到了。

凤凰村开村逾三百年。全是黄姓人。一世祖从黄塘村搬来，由一人繁衍至两三千人。关于一世祖的事迹，我问过村中老人及翻阅族谱，多语焉不详。至于一世祖搬来此地，有故事代代相传，兹录于此：本族黄姓人大约在五六百年前从福建迁入化邑，在中火嶂北坡山脚下的黄塘开村，有两百人。有一黄姓男子娶邻村马姓姑娘，夫妻不和。马姓妇人某夜偷黄姓田契事败，双方拉撕之下，被黄姓男子误杀。马姓乃当地望族，当夜倾巢而出，派人把守黄塘村各出口，并放火焚村，全村男女老少两百多口无路可逃，被活活烧死。只剩下三个男丁幸存，一是教书先生，另两人在地里看守番薯。三人逃亡，一个搬去新安镇马留浮，一个搬去凤凰村东南处数公里的谢省村。谢省位于一座山脚下，该山靠近中火嶂，从凤凰村高处如门星岭望去，状如大象，象鼻、象身、象耳栩栩如生。一人即觅了蟹地容身。一世祖迁居此地时，漫山遍野皆是高大凤凰树，花香浓郁，鸟雀和鸣，五六座山丘首尾相接，呈蟹伏地之状，有蟹地之称（螃蟹善于繁殖，寓子孙繁多，故'蟹地'在风水上乃吉地）。

　　山边一道小河清澈见底，游鱼、彩石历历可见，宛若桃源。因凤凰树繁茂，又得蟹地繁衍，寓意大吉，遂定居此地。后繁衍至今，世人称曰凤凰村。新中国成立前已逾千人，乃石湾水一带有数的几个大村庄之一。能说清楚的祖先，就是三世祖应龙公了。应龙公育二子，一定周，一定邦。定邦公生子正瑞公，却又从母村搬出，从蟹地之顶搬到蛇地之坡，新开一小村，母村人蔑称之为"子村"。所谓蛇地，乃指一山由北向南如蛇蜿蜒而来，那坡地恰如蛇舌掠出。

　　凤凰村全貌如蟹，子村地又恰似蟹钳。蟹钳乃蟹身上最有力之部位，故子村近百年间，人丁兴旺，出了不少人才。定邦公子正瑞公因在母村受族人歧视及欺凌，遂从"蟹身"搬到"蟹钳"栖息，遂有子村子嗣绵延至今。他发迹的经过颇具传奇性，据说年轻时穷困艰辛，但为人仗义。某日他到石湾墟趁街，见算命先生李瞎子摊档倾覆于地，人趴在地上，口鼻流血，奄奄一息。竟是遭到街上流氓殴打勒索,瞎子拒不屈服。正瑞公心生恻隐,遂将瞎子背去问医,瞎子终究伤重不治。瞎子临终前跟正瑞公说,我李某人孤家寡人,跟你相识也是缘分一场。你至石湾河石拱桥下游三里处,有一棵大菠萝蜜树,树心中空,你趁夜深时挖掘,休教人知晓,自有道理。正瑞公找到该处,发现藏了满满一包白银,怕有三二百两之多。

  从此正瑞公售田娶妻,风生水起,膝下数子,子又生子,枝繁叶茂,又历"天""如""忠""声""大"五辈一百多年,传到我父大海,我是"振"字辈,也曾起个带"振"之名。下一辈是"文"字辈,往后又传有一至二代。目前搬离村庄的人十有八九,对辈分也不太讲究了。子村的小祠堂乃正瑞公时建筑,二十世纪八十年代重修,供正瑞公子孙祭祀先人,历年香火不断。

  有喜欢谈论风水的好事者对凤凰村的地理津津乐道。除了名声在外的蟹地,该村东有一山门星岭如青龙,西有一山园山如白虎,白虎伤人,本非好事,却偏有一河相隔,就不同凡响了。这条小河从母村(算是村头)流到子村(村尾),共九曲十八湾,其著名者有长滩、荷包袋、米缸窝等,皆寓意吉祥,确实也带给村民诸多福祉。河中鱼虾蟹贝,异常丰茂。河湾芦苇遍生,两岸长满了高大盘曲的水翁树,每到春季,满树繁花,香气缭绕,数里可闻。待秋日来临,树上水翁果挂满枝头,清甜多汁,口感极好。我求学广州时在校园也见过水翁树及其果实,大有见故人之感。有同学说其家乡称之为"蒲桃",有同学称之为"莲雾",莲雾树广州小洲村随处可见,却跟水翁树迥异。水翁树高大者三二人亦合抱不过,我父亲年轻时仍无人损坏,在大炼钢铁时全被砍伐殆尽。当时被砍伐的村中巨木老树无数,计有樟树、白玉香、荔枝树、橄榄树等,不乏古树名木。余生也晚,对村中的水翁树及凤凰树是无缘相识了。

这条小河没有名字，在地图上也不会标示，这是一切小河的命运。它太细小了，没资格被地理学家命名，而最终被另一条河流吞掉。它蜿蜒往东弯曲流下，在石湾汇入石湾河，再注入罗江，罗江是化州有数的大河之一，罗江在化州城区跟粤西境内最大的河流鉴江交汇并流入南海。凤凰村人称之为"江"，此乃江河的通称，并无特殊之意，正如本地人称小孩为"细侬"。

小河呈环状环抱着子村流过，子村对岸一山有两翼，如鹰隼展翅，山名"鬼落"。子村有如长蛇吐舌咬鹰之势，鹰则伸翅扑翼。按风水师的说法，有蛇有鹰，方为好地。蛇无鹰不发威。所谓蛇地又有龟地之说。在"白虎山"作势欲奔之侧，旁边的鬼落山又往东北向探出一截来，状如毛笔，故又合"白虎叼笔"之说，寓书香缭绕，主出读书人。村人无人中举，倒也出过若干秀才，譬如我高祖如拭公就中得禀生，还当过化州城的催粮官。我二伯父金振作为二十世纪六十年代稀罕的大学生，当时是轰动石湾一带的事件，后来二伯父在京工作，做到了师级干部。金振子万伟作为博士定居加拿大，是目前凤凰村出国的惟一读书人。我当年考上大学，也被人称之为家有书种，即指二伯父考上大学事。我以写作为生，还有不少人拿此景说事。

江水向东流，往下数百米，就相继是荷包袋及米缸窝了。江水再往下流去，西岸有一山名曰"马园"，马园山跟门星岭及蛇笼山相连接，堪称本村名山。山较高，站在山顶，极目远眺，可望至近十里开外，胸中开阔，神清气爽，一无障碍，略具王者气。其山势如骏马，山嘴如马低头饮水，有不少古人传说及遗迹。东岸有一山朝向村口，状如屏风，又如案台，主大吉。最奇妙的是，该山跟猪娘山一起，跟马园山相连接，而江水从中穿越流过，此为"神山交牙"。有的风水师夸张地说，这就有几分洞天福地的意味了。凤凰村人天性善良，世代安分，战乱时无人为匪或投军，甘于务农，后来出了个敢于作反的奇人黄应国，据说就是所谓的地灵人杰。这些都是关于凤凰村主要是子村的传闻，我不谙风水，不知其中究竟。子村称得上山水秀美，风光如画，也是早年的事了。

据闻这黄应国应是明末时人。其人身高体长，豹头环眼，声若洪钟，日吃斗米，膂力无穷，他又爱舞枪弄棍，在村人的讲述中，乃是张飞、鲁达一类的猛将。据说，他所用的锄头，重近百斤，开荒时一锄下去，山崩地裂，若掘进田里，锄头柄竖在那里，常人无法摇撼。他平时所用的棍棒亦如巨橼，有人将其弃置的旧棍棒劈开，可以制造寻常棍棒二十四根。

明朝末年，民不聊生，官逼民反，南北义军蜂起。黄应国素怀大志，岂甘作池中物？他暗中招兵买马，冶炼兵器，只待时机成熟则举义旗。当时也有一两百人，啸聚于马园山密林深处，养马，练兵，并私铸铜钱。有个风水先生见马园地有王者气，慕名来投奔，愿为应国军师，共图大业。惜乎当时应国外出，先生受应国副手冷遇，竟怀恨在心，故意跟副手说，此马园山有王者气象，能出天子，可惜就差了那么一点。副手忙问，却又差了什么。先生答曰，此马园山风水奇佳，形如骏马，远望作势欲奔，近观作昂头嘶鸣状，气势非凡。只是可惜江流纤弱，应筑一土坝，将江水蓄积成库，此乃"蓄池养龙"之法，他日大事可成。龙腾飞上天之时，就是应国黄袍加身之日。风水先生走后，副手以风水师计献应国。应国大喜，遂于马园山前筑土为坝，宽可走马，长逾数里，壮观异常，长滩至马园江段，宛若平湖，水面浩渺，果有汪洋之感。时至今日，仍留有土坝遗址，算是凤凰村人最雄伟的工程了。

谁知，这就种下了祸根。不久黄应国事败，部属被击溃，他在猪娘山旁侧的竹箕山挖了个地洞匿身，开头官兵无从侦察，又得邻村一老妪告发，官兵用长矛一路捅插过来，直至见血方才罢手。黄应国竟被乱矛插死在地洞中。石头田旁边的山岭仍有黄应国的白坟。后来风水师都爱说，马园山乃骏马腾飞之地，现在建了一条大坝，正如给马装上笼头和辔绳，马就被制服了，哪还能逐鹿中原？有人又说风水师实乃官府密探，故设此毒计。

村庄多为丘陵，约有三十多座大小山岭，无甚名山，但草木繁茂，鸟兽甚多，野果丰盛。为村民提供了不少柴火、木材、野物及果子，倒也亲切。每山又是墓地的候选之所，几乎每座山岭都有坟地。山脚每有坡地，栽种薯类、豆类及黄麻、甘蔗诸作物。两山之间的田垌，多是肥沃良田，水源充足，是种植水稻的最佳处。

村庄东南向，有一高山巍然耸起，山势起伏，数峰并峙，远眺之，该山呈青黛色，除了林木外，颇多花岗岩，此乃化邑名山中火嶂（嶂，在粤语中乃大山之意），连绵五六平方公里，主峰海拔近三百五十米。登山远望，东面大河如带，南面水天相接，西面烟波万顷，北面群山起伏。高山脚下分布着数十条村庄。中火嶂虽不属凤凰村，但村庄有各山环绕，一律向其俯首称臣，俨然是中火嶂余脉，诸方面对村庄影响甚巨。除了马园山等地，子村的重要山岭还有马自山，该山呈圆柱状耸起，雄伟如城堡，登高望远，神清气爽，松树、桉树密布，是为林业山。

村边的小河，有数条重要溪流陆续注入。在上游有一溪绕过土地庙，注入长滩。在村庄旁侧河段有三处溪流，一条经江竹垌流出，贴着鬼落山，注入过江埠下面的河湾（碑头）。子村北面村口处有一"裂坑"（粤语小溪流之意），从母村沿着门口垌流出，经荷包袋流入小河。在下游石头垌处，米缸窝下游两百米，一溪贴着猪娘山旁侧轰然流下，溪水汹涌。诸溪平时清澈平静，有鱼虾，每逢山洪骤发，罗江上的大鱼必经石湾河上溯产卵，鱼群密集。春水涨之时，正乃捕鱼之良机。

子村重要的田垌有十余处，均为稻米丰产田，如牛洼、石头垌、紫薇坡、门口垌、石头田诸处。据村中一老妪尝言，她刚嫁入凤凰村，还能见到紫薇坡上有断墙残垣，原来是一个古村遗址，如今均为坡地覆盖，种以花生、大豆及蔬果诸物，往日村落情景，踪迹全无。我幼时见人在花生地挖出多个坛坛罐罐，据说是挖银来着，也不知挖到了没有。倒是糟蹋了一大片花生。牛洼及石头垌据说也曾有村子，百年前已湮灭无踪。村庄民居主要是泥砖屋，墙脚有几层火砖，就算不错了。屋顶盖以灰瓦或红瓦，装有几面明瓦以采光，门口两扇厚木门，墙上有木格子窗，台风袭时门窗易关闭。

重要的建筑物有大祠堂，在大跃进时代曾改为食堂；二十世纪七十年代拆除了一半，用砖石在长滩岸上建水轮机房，在水上筑一坝，蓄水碾米。在八十年代又改为乡村小学，我在此读了四年小学。后来坍塌又集资重建，至今仍在使用。土地庙在水轮机房对面。庙旁古木参天。也只有土地庙仍存几株巨木了。庙后曾有一处繁茂桑林。后来村民在祠堂旁侧建一文武庙，供奉诸神。水轮机房将河流拦腰砍断，淤泥堆积，乃破坏生态之罪魁祸首，投入使用不过数年，机器损坏，不堪再用。待八十年代初村庄通电后，改用电动磨具。如今机房夷为平地，生满杂草乱树，跟旁边的坡禾林连接在一起。黄栌山在河边，乃蟹地之一侧，坡上曾有泥房数间，供村集体做蚕桑屋搞副业之用，如今亦无踪影。在鬼落山跟猪娘山交界处，有一座先师庙。

子村在生产队时期，还建了若干座三级粪池，每座分为三级，首截以供拉撒，中部用来发酵粪肥，末端蓄积粪水，供浇淋庄稼。村子在长滩、过江埠及经鬼落山河床上，各有一座水泥桥梁，亦为村庄重要建筑。母村有数处雕楼，上设枪眼，供防盗防匪之用，已脱离子村范围，不去说它。戏台是重要舞台，逢年过节，上演木偶戏，偶尔亦演大戏（即粤剧）给神灵观赏，人神共乐，山上建有若干砖窑及石灰窑，乃村民烧制红砖及石灰之用，一律以木柴焚烧。

乡村的作物，主要是水稻、豆类、薯类及各式瓜果，偶尔也种植黄麻、甘蔗之类兼营经济。四季有社，做社时分猪肉，清明前后祭祖扫墓，一年有若干社日及节日。年例为最重大节庆，比过年、春节及元宵还重要，届时家家户户大摆筵席，款待各路来宾；并有摆醮、游神等活动，后来亦添加演戏、舞狮及放电影等娱乐节目，乃粤西地区所独有。

（《羊台山》第 26 期）

札 记

◎ 存 朴

一

觅一块石头坐下来,身体隐在绿草丛中。身前身后,很静谧。时在农历五月十二日酉时。东天,月亮半圆,挂在天幕;西天,一轮夏阳正缓缓下沉。此时此刻,坐在地球某个微点上,看月亮与太阳交响投射出各自的光芒,一个初升似婴儿,一个西垂如老人;一个冷清皎洁,一个余晖苍茫。此时此刻,自转与公转之间,时光渐去。人既渺小,肉眼无法看清太多真相,只有月亮,只有太阳,一东一西地,在我们头顶,上演着迎来送往的戏剧——天与地,人与自然,就是梦想存在的国度。凝望着,心怀大言,而无言;心有翅翼,蝶一样扇动,向幽深的时空飞去。

一只夜鹭悄然飞过,拍打着灰白色翅膀。前方,高楼傲岸,人车如潮,它要飞过去?它真的要飞入灯海人丛中?不会吧。犹疑着,嘿,它在半空绕出一个弧线,折身向东边的坡谷,一转眼,隐没于树林。那里是家园,是栖息所。鸟投林,非无情,非悲曲。恋的是,清风,朗月,树巢好,独立枝间有平宁。对面坡上,山色黛青，山脊被天光映衬出曲折的线条。黛色下，所有的植物沉默如仪，鸟也好，兽也罢，小如蚁虫，就这样融入沉默如仪的气息中，甘苦自知，生死自度。

　　黑暗中的大地显出原初迹象，静美，厚朴，春秋恒远。月亮越升越高，林中路依旧分明，恍若通往辽阔之境。走在上面，脚步声清晰地传递着内心的节拍，音乐般舒缓。

　　棕榈树在黑夜里沉默着，从落在棕榈树上的光色明暗变化，可以领略到时间的移动。薇依说："两种力量主宰着宇宙：光和重负。"在扎根泥土的一株棕榈树上，薇依的说法得到印证。观察一株棕榈树在光里的色调变化，比吟咏李义山的诗句"永忆江湖归白发，欲回天地入扁舟"更契合内心；想象一株棕榈树扎根厚土的命运，是在时间的轨迹上寻找同伴。我的梦境会否有一株树的影子，已经不太重要了。

二

　　黄昏下的野地是一幅古典风格的油画，透出静穆的暗色，一丝似有若无的忧伤感飘浮在空气中，万物挥洒着最后的余晖，让人遐思连绵。一个远去的背影仿佛就在眼前，那是米勒带来的感应。一百四十多年后，米勒的《晚祷》依旧震撼人心：黄昏体现出大地的别样品格：暮色下，物质披上朴素的暖意，一抹天光投射出安然与静穆。置身其间，生活的砥砺如地平线上的青雾，轻淡如风，暗自散去。而纯真向往和亲切感怀，渐次萦回于心；该是点燃生活灯火的时辰了，劳作的手满握眷念，把土地馈赠的土豆收拢，裹藏在粗朴的麻袋里，放到手推车上。远处，教堂的尖顶那么醒目，安妥着疲惫而麻木的灵魂；越过广阔的田野，钟声响起。钟声在大地上清澈地响起，像某种召唤。皈依的钟声，一下又一下，敲出生命的高贵与洁净，一切都停留在低头祷告的刹那……时间的斑点被谦卑之身抹去。

——在命运的深处，生活那么清贫，精神却那么虔诚，令端详的神情无限动容。面对一幅色调庄肃的布面油画，语言失去了最初的魅力。他的画，从《晚祷》《播种者》《牧羊女》《拾稻穗的人》到《劳作归来》，倾注着艺术之爱，是对大地与麦田的朝圣典礼。

"我生来是一个农民，我至死也是个农民。"哦，米勒，米勒，你首先是基督徒，然后才是艺术家，是一个地道的身怀信仰之光的农民之子。在你最为潦倒窘迫的日子里，巴黎近郊的巴比松村将你救赎。由此上溯几百年，文艺复兴时代米开朗基罗的伟大灵魂在你的绘画语言下复活，那些线条、轮廓与色彩组成的一幅幅画面，曾经照亮过另一位同时代的圣徒——文森特·梵高——黯淡的目光，这是信仰与艺术双重结合后的力量所在。"虽然悲伤，然而快乐"，先知圣保罗这句格言，恰似你们的心灵印证。

三

果园种荔枝、龙眼。大部分是荔枝，有三个品种：糯米糍、桂味、妃子笑。只有果农才分得清它们的细微差异，我们外行人，眼里只是荔枝。果树沿着坡地上升，老远看，像一朵朵椭圆状的绿云。

秋天，果园的事情很多。除草、整枝、施肥、松土。果农戴一顶草帽，早起晚眠，像哺育孩子，精心侍弄每一株果树。整个冬季，果园沉浸在寂寞里，连来去的风，都是寂寞的。很多天，不见果农的影子。

交春后，天气回暖，果园活泛起来，荔枝梢头，衔结着一串串的花蕾，细小、饱满。几场细雨下来，花苞开裂，爆出一盏盏细丝般的花瓣，金黄色，暗香。远看，树上像长了金箔。养蜂人坐在树下，看自家的蜜蜂在花海里飞来飞去，耳听嗡嗡的闹声，满意地从竹制长烟杆里吸一口烟，那烟雾，青蓝色，飘在空气里。鸟雀们在果园举办 party，显摆着各自的嗓子。风一阵，雨一阵，云也一缕缕，轻烟般，柔软地挽系在果树上。

荔枝，花开时开始挂果。每天长一点，圆鼓鼓像喝足了琼浆，撕开果皮，乳色的果肉确如凝脂般的琼浆，清甜，糯香，爽滑。难怪，大唐那个妃子如此贪恋，马蹄踏过长安宫阙，无人识一骑红尘，只有杜牧看得分明。一枚小小南方佳果，自古以来，书载多端，惹得苏轼不辞岭南，惹得乐天为之作序，也算修成正果。

岭南荔枝中，"三月红"最早上市，挂绿和糯米滋品相最好、滋味最佳。端午前后，果农忙得分身乏术，睡醒都是荔枝的香甜味。今年是小年，果园的荔枝没有往年那么丰硕、价高。从树下经过，花三块钱购得一斤，味道新鲜。此果适合初尝，多吃上火，大啖无益，也无味。

龙眼别名"桂圆"，很吉祥的名字。开花比荔枝晚，七月果熟。花乳白色，细小若散丝。核大，果肉薄，属滋补品。小时候，乡里的妇人生孩子，总要吃龙眼汤，补血。将龙眼干放在锡壶里煮，等一缕清香雾气从壶口飘出来，就可以了。眼下，同是果园里的东西，龙眼比荔枝金贵，价格高出很多，焙干的龙眼肉更贵。命运这件事，真是各有分别，果树如此，人复如此。

龙眼树很高大，几十年的龙眼，树高可达三丈。曾在惠州山区见过一株百年龙眼树，树干嶙峋，枝叶婆娑，年年准时开花结果。那不是树了，简直是"精怪"吧？

每次去看荔枝龙眼，自然地，就想起奥地利诗人里尔克的《果园》——

地球从未像在你的枝叶中
那么真实，呵，金色的
果园，也没像在草坪上
你阴影下的花边那么飘逸。

四

　　天气一下子冷了。不等觉察，季节便遽然滑向下一站。头天散步还穿单衣薄裤，次日晨起，吹过坡地的冷风，成为一种提醒。在岭南，季节没有过渡性，从天色、植物到……土地。设若你很久没有亲近土地，就是一个阔别故乡多年的人。

　　不记得多久没有见到一场雪花了。雪花像个不速之客，总在故乡的冬夜悄然到达。记忆中的夜雪有如此意象——

　　冬夜，惊醒我的不是落雪，是瓦片上的光。窗前只有一片屋瓦，低矮，粗拙；隔着它，看不到外面辽阔的雪夜。江南的落雪太过抒情，高蹈之后，声息悄然，你甚至感受不出时间的纹理。只能看见窗前这片屋瓦，以及敷在瓦片上的光。陈年的瓦片被厚雪覆盖，覆盖成轻柔而素净的白色，就像远行者突然走进一扇朴素的门扉，最先闯入他内心的，是那道单纯而温情的灯光。像灯光一样的雪光，比灯光纯洁；散射在瓦片上，凝视起来，隐隐有原初时代那种蓝色火苗的色调，让眼睛暖和起来，明澈起来。瓦片上的光，把贫寒而沉闷的乡村映照得格外生动。有雪的荫庇，屋瓦的尊严上升到另一种境界，本来的粗粝面目，被细腻与丰满消解，朴素的底子赋予高贵与柔和。

（《羊台山》第 30 期）

群山都知道

◎ 张 樯

见过许多形形色色的山,有鲁迅笔下那形似兽脊的山,有越南北部鬼魅般狰狞的山,也有如囫囵一块巨石的华山,也有漂浮在云海中若隐若现的黄山,但在我梦中萦绕着的却总是小时候所熟悉的新窑的山峦。

新窑,世上少有人知晓的一个地方,地处西北角的一隅,四周别无长物,却尽是连绵起伏的山峦。"我的家四面环山,头顶一片蓝天"是我们生活天地活脱脱的写照。那时我家坐落于矿区,密集的房屋和长长的围墙将我们与重峦叠嶂阻隔,矿区安卧于青山怀抱之中,大山成为我们生活场景的一部分、呼吸的一部分。清晨一骨碌爬起,抬眼就与窗外群山四目交睫,撞个满怀,吐纳的是来自山野才有的清冽空气。有几年我们住在一幢砖窑的最西头,直接与大山相邻,虽有一堵高墙,但山野的风毫无阻隔地吹来,夜晚还常有野兽出没,有一晚我听见一只怪物摸到我家窗前,发出仿佛婴儿般的恸哭。翌日,大人们说是狼。这是正常的,我们的房前屋后,每当清晨常常看见一块块的石灰般的块状物,那是狼的粪便,也是来自山野最直接的物证。

新窑这个偏僻的山沟,仅有一条长不过百米的街道,街道上是稀稀拉拉的几排房屋。无处可去,我们常常走进山中盘桓,采野果、捉迷藏,有时是毫无目的地游荡。

同学李健、温生奎,平时喜欢摆弄相机,有一天召集大家合影留念,没有以堂皇气派的矿区办公大楼作为背景,而是爬上矿区办公大楼对面的山峰,让我们在草地上,连绵的群山间大摆甫士。我至今珍藏着一张那时的旧照,我趴在草地上迷茫地眺望远方,嘴角上还极其矫情地衔着一根草茎……

记得一个夏日清晨,我逃学了,不敢回家又无处可去,便"躲"进矿区办公大楼对面的山上。阳光普照,露水深重,漫山遍野升腾着金黄色的山岚,沿着羊肠小道,在一面斜坡上,我蓦然发现一树红彤彤的樱桃,闪烁着晶莹的光泽。于是心中一阵狂喜,赶忙奔过来,贪婪地摘下一颗又一颗,仿佛生怕会被别人发现。红红的樱桃慰藉了我在这个早晨因逃学而带来的惶恐,我不但吃个半饱,还摘了满满两大口袋——我要带回家,给妈妈分享。

大山总是给我们意外的惊喜。一年到头,就像一个巨大的天然果园,不间断地供给着各种野果:野草莓、酸杏、山梨、山葡萄……就是偶尔撞进山中,也会有意外的发现。每当邂逅一只长着五彩斑斓羽毛的鸟雀,我确信就是传说中的神鸟,明知它会很快飞走,无影无踪,也要在树林中狂追;我们还会拾起吼娃娃,使劲吼上一气——世人只晓贝壳能发出海涛的喧响,岂不知吼娃娃这种囫囵一块的山间石头,也能传达大山的回音。只要握起呼喊,过上一阵放在耳旁这块石头就会响起娃娃般的应和。

那些探险书里,总少不了有关珍宝埋藏大山深处的描述,谁能相信,我们居然遇到了。某年一个夏日的午后,我和姐姐在山中游玩,头顶忽然淅淅沥沥下起太阳雨,于是赶忙跑到洞口躲雨,无事可做,在土中一阵乱刨,居然刨到一只陶罐,小心翼翼地打开,一只青蛙跳了出来——不是真的,是一只银制的,拇指般大小，趴在一只篮子上。镂刻地如此精细，惟妙惟肖，它被何人藏入山中？又是哪个年代的物品？不知道。后来，带回家中，却被爸爸没收了，陈放于家中客厅沙发旁最显眼的位置，每当家中来了客人爸爸总不忘炫耀一番。终于，有一天不知被谁顺手牵羊窃走，再也不知所终。

我不讳言，在给我们庇护的同时，大山也有着隐秘神秘、不可捉摸的一面。每当夜幕落下，群山那黑黝黝的影子仿佛总在蠢蠢欲动，随时扑压过来。小学时代放学早，我们可以躲着这些巨大的山影，可是到了中学就要上晚自习了，躲也躲不掉了。晚自习结束后，往往夜已深，从学校到家足有三四里路，我害怕行走这段路。一到夜里，这段路必是黑黝黝静悄悄的，少有人走。我有时赶不上其他同学，或者被同学们有意落下，就要踽踽独行。一路上，没有路灯，没有人家，也很少遇到行人，与我相伴的唯有怪兽般狰狞的山峦和自己的心跳了。往往走到路程的一半——陈石沟一带，我的心就提到了嗓子眼。陈石沟那巨大黝黑的山沟像巨兽的大口，随时准备着吞下途经于此的每一个人⋯⋯

其实，与其他同学和老师相比，我回家的这段路根本不算什么，而且很快就到了灯火灿烂的矿区。同学张林平的家在一座叫平墩山的窑洞里，他每天都要爬来爬去下山上山。教我们语文的任老师的家就更远了，我常常都能看见他孤独的身影，大步流星，来往于回家和赶往学校的路上。他的家我曾经路过，那是坐落于矿区背后通往后河山上一座孤零零的土屋。我常常想问他，每天翻山越岭，走这么长的路，累吗？尤其是否感到害怕？看到他威严的面孔，我自然不敢去问，但在心里常常为他捏了一把汗。

山中的毒蛇固然叫我们不寒而栗，但在我们这些孩子的心目中，更为恐惧的则是那些与大山有关的灵异传说了。有一年，暑假来临，我们欣喜若狂，终于可以睡懒觉疯玩了，可是我和姐姐却听信了同学司存贝哥哥的谎话。司存贝哥哥是附近生产队的队长，他这样诓骗我们，只要我们为生产队拾麦穗一个暑假，到时候我们每人就能得到一支大钢笔的奖励。就为了他的承诺那支大钢笔，整个暑假我和姐姐起早贪黑，走进山中，跟在那些割麦人的屁股后面，去拾撒落地里七零八落的麦穗。一天午后，我们听到了割麦人相传着这样一个故事——

喜荣是煤矿的一名矿工，他曾娶了一个十分漂亮贤惠的妻子，却在几年后患病死去。此后许多年，喜荣都没有再娶媳妇，可他一直忘不了那个漂亮贤惠的媳妇。有一年麦子黄熟，人们正在地里收麦子，忽然发现山上走下一个女人——山里怎么会走出这么一个妖冶的女人？人们好生奇怪，走近了看，却发现几分诡异，大热的天，她居然身着红棉袄绿毛裤，再看看她的眼神，似乎发出异样的光。不过，有人却感到她的模样似曾相识，想起来了，她不正是喜荣死去多年的媳妇吗？人们四散逃去，也飞快下山将消息告诉了喜荣。于是喜荣从此就一天天往山里跑，却从没有遇见她的那个媳妇……

那年忙完整个暑假，我们没有得到那支幻想中的钢笔，那个寒意森森的故事却深埋心里，一想起，就禁不住打一个寒颤。

类似的传闻不少，皆是有鼻子有眼。还有一则是与关大师有关的。

提起关大师，可是响当当的人物，整个矿区他的厨艺无人可比，可是不知他犯了什么错误，被发配去看管库房。库房里堆满炸药，为安全考虑，被安置在远离矿区的陈石沟。荒山野岭之中，常常只有关大师一个人。一天夜里，他刚刚睡下，就听见一阵敲门声，他没有理会。心想这么晚怎么有人。结果敲门声又起，于是他下床打开门来，却空无一人。怪了？他关上门，敲门声又起，一声比一声响亮，一声比一声急促。于是他放胆又打开门，依旧空无一人。关大师被折腾了足足一夜。到底那夜遇到了什么，虽然关大师说不出个究竟，但后来各种说法却在矿区不胫而走，有的说敲门的是一头怪兽，有的则索性说半夜是鬼来敲的门。种种传闻都难有定论，关大师却最终找了领导，坚决要求调回矿区，说什么也不愿住进那个偏僻的陈石沟了。

翻过几座山，钻进遮天蔽日的老林里，我敢说，山里的可怕绝不是遇到大虫或野狼，而是那种不时扩散蔓延的不祥而又神秘的气息。常常不知从何处传来的怪鸟的声音，叫人不寒而栗。

多年来，我虽然常常上山，但大都与同学或矿工们结伴而来，从未有过迷路或是堪称恐惧的经历。有一次我却迷失在了山中，孤身面对幽深的林子和连绵的群山。经过是这样的，那时劳动是学校的主课，我们三天两头都要离开课堂，外出"战天斗地"。那天我们班级被安排去后河的深山采草药。后河的大山很远，那日一早我们全班出发，经过数小时跋涉，直到中午才钻进茂密的林中，我们要采摘的是山定子，一种红色小浆果，长在高高的树上。班长下达指令，每人要完成一定数量的任务。他同时安排每两人一组，自由组合。自然两人相互配合，一人上树砍下结满果实的枝条，一人在树下摘果，这样能高效率地完成任务。很快同学们各自找到了自己的合作伙伴，唯有我是孤家寡人一个。这在意料之中，那时我在全班是被孤立打击的对象，那些同学总是千方百计制造机会给我难堪，今天他们总算达到目的了。他们不但不与我结成一组，甚至一看到我靠近他们站立的树下，就赶忙跑开，远远躲起。知趣的我只好独自往山林深处走去，仔细搜寻，却发现山定子不少，我一人虽无帮手，但爬上树折下一些树枝，再下来采摘，不多时，篮中的果实已经可观。这棵树摘完，我又开始寻找下一个目标。渐渐的，同学们的嬉笑声变得遥远。我忽然惊觉，时候已经不早了。

该回家了，却无法判断太阳是否已经落山，因为山林里遮天蔽日，黯淡无光。我大声地叫喊，山林报以怪鸟的回声，接着就是更为长久的寂静。可以肯定，同学们早已偷偷跑了，他们有意瞒着不告诉我离开的消息。

一阵恐怖的气息笼罩在林中，也充溢我的内心。怎么办？别说是来时的路无法认识，就是全班集合的那道山梁我也无法找到。这时，眼前依次浮现出同学们那一张张得意狞笑的脸，我暗暗下了决心，一定要找到回家的路。忽然想到，我只要沿着山坡往下走，也许就不会迷路了。我蹬着一双那时矿工井下作业穿的大雨鞋，也不管有没有路，就往草丛中钻。也许冥冥之中，群山在指引着我，一直往下走，走呵走，居然下了山，我认出了进出后河的一条大路。沿着这条路，一直走下去，我回到了家……

对了，我差点忘了，纵横数百公里的陇东，别处皆是连绵不断的濯濯童山，独独新窑林木繁盛、一派葱茏，一到盛夏，就是绿海天涯。也许久居于此，并无特别的感受，可一旦分离再回到这里，就会体味到别处少有的寂静和安宁。有一年在久违多年后，我走进后河的山中，驻足于绿意森森的山野深处，听到远处牛铃叮叮当当的声音，竟恍若置身于天外，仿佛那一刻连钟表也停止了摆动……

平缓、浑圆的坡度，宛若一只只兀立的馒头，上面还有一些圆圆的像眼睛般的窑洞点缀其间——据说是"大跃进"时大炼钢铁留下的遗迹——这就是新窑的山峦。

新窑的山峦远远谈不上巍峨，也大都没有名字，人们称呼起来，也往往与所处的位置混为一谈，例如陈石沟、雨原子、后河，人们提及这些地名，其实往往也包含了这些地方的山岭。

不过，新窑也有一座遐迩闻名的山：唐帽山。何以得名？据说，与唐代名僧玄奘有关。玄奘西天取经途中，一日走得人困马乏，来到一座大山，但见林木葱茏，鸟语花香，于是就下马歇息。这时一阵风吹来，吹落了玄奘头上的帽子。他起身再度出发，却忘记捡起吹落林中的帽子。于是那顶帽子长久地遗留山中——唐帽山因此得名。

那年正是初中毕业不久，整天涂鸦写作的我，忽然在某杂志看到一则"可爱的故乡"征文启事。征文除了要求描写家乡的人和事外，还特别要求有知识性和趣味性。我立刻想起了唐帽山。花了数日，我洋洋洒洒草就了一篇唐帽山的文章，并用复写纸誊写了一式两份，自留一份存底，另外一份投了出去。

后来这篇幼稚的征文投稿自然被编辑扔进了废纸篓，但我还是为此洋洋得意了很久，因为我首次写就一篇文章，向世人介绍了新窑的山峦。

(《羊台山》第 30 期)

我以青春荐诗歌
——1987年"青春诗会"记忆

◎ 杨 克

如果说中国诗歌在1980年代闪耀着无比璀璨的光芒，青春则是一抹最绚烂的色彩。提及"青春诗会"，还是先得说说诗文本。《某种状态》是我发表在《诗刊》1987年11期"第7届青春诗会"小辑上的诗之一，如今回过头去看，这首诗很明显带有那个年月"第三代"写作的某些特征：口语化；反讽、调侃的口气；嘲弄他者与自嘲。然而似乎一开始我的诗也具备了个人写作的某些特征，那就是关乎世态人生，不那么私人化、琐碎化。"一直执着于对中国本土性的生活经验与生命体验进行审视，既有效地整合了这个时代的全息图景，最大限度地保留了生活现场的鲜活与丰富，又在内在价值观念上显示出高度的历史理性。"（赵思运语）这也就是王国维在《人间词话》手定稿六中提到的写"真感情"，亦要写"真景物"。后来，大约是1994年，一个美国诗人问我，"KEYANG是你吧？"我方听说这首诗早就被收进在美国出版的一本中国诗歌英译选集中，迄今我尚不认识那个译者。2005年11月，我第二次赴日本参加国际诗会，某天与汉学家佐佐木久春聊天，他突然想起很早前就翻译过我的这首诗。于此说来，它应该是我第一首被西方汉学家翻译为英语和日语的诗，借助了"青春诗会"这个当时广被注视的平台。

"青春诗会"风风雨雨，如今已进入第三十届。但被人称为"梦幻""黄金组合"的屈指可数，被公认的是上世纪80年代的先后三届，那就是顾城、舒婷、梁小斌、江河、王小妮、徐敬亚、叶延滨、杨牧、梅绍静等参加的第一届；于坚、韩东、翟永明、吉狄马加、宋琳、车前子、潞潞、晓桦、张锐锋，阿吾、伊甸等参加的第六届；再就是我们第七届，我参加的这届有西川、欧阳江河、陈东东、张子选、简宁、程宝林、郭力家、力虹等诗人。巧合的是，第一届和第七届都在秦皇岛举办，近在咫尺的北戴河颇具象征意义。硕果累累的这三届与当时自由碰撞的宽松大气候当然有关，但《诗刊》社主事者个人诗学立场亦不应忽视，那就是第一届的邵燕祥和第六、第七届的刘湛秋，他们能够接纳作品带刺且敢于探索的"先锋派"青年诗人。而好多届"青春诗会"之所以不够"显山露水"，在我看来过多挑选了沉稳、温情、中规中矩的"好诗"。其实从北岛开始，中国诗歌与世界文学是一致的，那就是个人的原创精神，与他人不一样的元素。而小说主流，从莫言、格非、余华、阎连科、苏童、毕飞宇，包括虹影、林白，到王安忆、韩少功、阿来、方方这些作协主席们，都是有艺术精神的。这就是80年代读者认同诗歌，如今还认同主流小说家，而不认同主流诗歌的原因——因为体制内主流诗歌写作，非政治层面仅就艺术层面而言，往往也是安全性的，有意忽略狂飙突进的探索精神。"冒犯俗世几乎是艺术家的天然特权。"（萧瀚语）后者恰恰才是一个优秀青年诗人的根本。

从南方乘坐1987年的火车到达北京，需要30个小时，转车再到秦皇岛，已是三更半夜。下车后找水龙头抹了一把脸，我没有丝毫睡意，车站外黑咕隆咚的，出去瞅了一眼，要天亮后才有公共汽车。于是就在候车大厅里瞎晃悠。写诗或许就是一种精神病，那年头患病的人一个个都很有精神，在人来人往中显得跟其他人哪里总有点不同，直觉认定有个旅客行迹很像同道，大胆上前一问，果然是来参加青春诗会的，他就是欧阳江河，交谈中说起前不久出版的《诗选刊》我俩的诗选在同一期，彼此有印象，立即结伴同行。80年代《诗选刊》十分火爆，是雁北和阿古拉泰在内蒙古办的公开刊物，青年而先锋。我被选的诗出自《青年文学》，当时发行量60万。后来该组诗在1989年夏天获了"第二届青年文学创作奖"，获奖的小说有史铁生的《我的遥远的清平湾》、王朔的《橡皮人》、张炜的《秋天的愤怒》等，诗人有李晓桦、廖亦武等。很微薄的奖金是香港庄重文给的港币，那年头港币很吃香。获奖作品也并不都出自《青年文学》，比如张炜那篇小说好像出自《当代》。颁奖会因故没有如期举行。去年在黄山，遇到去国多年返归的晓桦，特意与这位高大的汉子合影，以志纪念诗歌的青葱岁月。晓桦离开太久，90年代以后进入诗坛的可能很多人不了解他了，他可是80年代最火的军旅诗人，《收获》是几乎从不发诗歌的刊物，在晓桦返归时破例发了他的长诗。

天亮后和欧阳江河一起去吃早点，然后转了几路车前往指定的招待所报到，被安排同屋。直到写这篇文字的2014年秋天，与欧阳江河在一个诗人的书画展见面，他开口就说："哈，青春诗会我们'同居'十几天"。

诗会期间我交往最多的是简宁和老木，编《新诗潮诗选》暴得大名的北大老木毕业后在《文艺报》工作，他是报社派来采访这届"青春诗会"的。我们三人嘴馋，常一起去宵夜。在海边的排档，边大嚼螃蟹边喝着啤酒，大赞海鲜在这地界实在是便宜。渤海的螃蟹跟南海的品种不太相同，在这里我还平生第一次吃了驴肉。诗歌加吃喝的友谊高雅而接地气，自然天长地久。在两年后的纷乱日子里，我收到老木寄给我他的油印个人诗集，其后他就消失了。之后20年间,简宁是全国所有诗人中接待过我最多的了,他是个热心肠的厚道人。我去北京很多时候都是住他家,或空政招待所。简宁在空政创作室供职,这招待所一则便宜,二则离他家很近。我也多次去他开的"黄亭子酒吧"免费吃喝,这位仁兄是恢复高考后首届中国科技大学毕业的,那一批学生备受关注,大多毕业后留学深造,如今在美国名校当教授。学飞机热物理的简宁可能是唯一成了诗人的例外,因为是军人,也许他至今未出过国门,也不知人生选择是对是错。1998年有次我到京城,他特意叫了西川、欧阳江河几个人一起小聚,美其名曰"同学聚会",这是1987年后我参加过的唯一以"青春诗会"名义的回望。

当时《诗刊》来了三位编辑,副主编刘湛秋主持工作,他比较随意,对诗人要求甚少,经过一个球场的围墙,他会爬上去往里面瞅一眼,郭力家经常与他开玩笑,说开舞会的话要跟他抢舞伴。诗会住的招待所啤酒尽可喝,王燕生常显醉态,他喜欢跟我们说起首届青春诗会如何发现农民诗人才树莲。王家新则是诗刊社聘用的编辑,他说的则是面包中乌云翻滚一类的诗句。

东北来的郭力家,这个以一首美国电影"特种兵——第一滴血"为题的诗扬名的家伙是真正的"莽汉",讨论诗歌时老是找茬和挑衅,对主张"知识分子写作"的欧阳江河他没什么举动,却老跟西川过不去。给西川起了一个绰号"庞德秘书",因为西川发言时常引用西方大师的话。他还叫程宝林"地主孙子",因为程宝林的简介开头第一句就是"我祖父是个地主"。程宝林是大学生在校时就出诗集了的,80年代可谓全国头一个。十年后他先是去美国读书,再全家移民,都是到广州美领馆签证,我给找的住处。张子选是个很有故事的人,在西北漂泊的他似乎发生过很多爱情,在诗会上好像也有绯闻,夜里与女诗人穿过玉米地去看海。我一直觉得他的诗很好,还有一个没有参加我们诗会的郑单衣,他们俩确实是不该被当下的诗歌界忽略的诗人。诗会后我们跟张子选都失去了联络,我编《中国新诗年鉴》,曾特地到网上找来他的《藏地诗篇》。力虹几个江浙的常凑在一起,他的样子斯文而高挑。其后他的人生十分坎坷,到广东找工作的日子,似乎带话让我帮忙,却没了下文,他过世时,我在新浪微博的消息上跟帖了悼念字样,祭奠一代人消逝的青春。

欧阳江河常在屋里念他的诗给我等人听,给我留下深刻印象的是用拆字法写的《手枪》:"手枪可以拆开 / 拆作两件不相关的东西 / 一件是手,一件是枪/枪变长可以成为一个党 / 手涂黑可以成为另外一个党"如此巧妙的嵌入西方"长枪党"和"黑手党",令人赞叹。这样的诗《诗刊》当然无法通过,幸亏没过关,他必须重写新作。上午我们全体诗人参观了耀华玻璃厂,晚上我先睡了,凌晨3点我醒来,见他还在吭哧吭哧写诗,问写好了没有,他说差不多了。这就是他的代表作《玻璃工厂》。可见哪怕直到今天评奖,要是因为某首诗你未能通过,我觉得可以祝贺你,也许那恰恰是杰作。

我拍摄了与王家新和欧阳江河等参观耀华玻璃厂的照片,也保存了全体诗会人员在南戴河沙滩上的留影。十几年前《诗刊》出纪念专辑,让我提供照片,拿去发表了。我要求诗刊社必须归还我的照片,记得他们也给我寄回来了的,我却不知放在家里那个角落了,尚未翻箱倒柜查找。

每天要经过一大片高粱地、玉米地才能到达海边。西川喜欢独自望着大海沉思。那片一望无际的田野让我这个南方人很震撼,写下了一首诗《北方田野》。据说之前参加"青春诗会"的诗人中有当编辑者,承诺回去后在自己编的刊物发与会诗人一个小辑却没有兑现,我立誓一定发出《诗刊》之外另一个"青春诗会"特辑。回去我在《广西文学》上编发了,除了全体与会诗人,还有欧阳江河另外给我推荐的钟鸣。我那首《北方田野》就发在这个小辑里。

　　这个小辑能发出来，我特别要借此小文感谢《广西文学》当年的副主编张辛，他一当诗歌编辑我就能在《广西文学》上编发西川、阿吾、陶天真等在校大学生的处女作，还有任洪渊《东方智慧》、吉狄马加《一个彝人的梦想》等他们的代表名篇，包括他让人编发林白等人那些探索性的小说，和我的诗歌《走向花山》。《广西文学》短暂的辉煌完全依赖于张辛。他是我的恩师。他让我很早就明白，别光拿体制作借口，同一本刊物，同样的体制，在不同的人主持下，完全可能是另一个面目。

　　2014年10月1日夜至2日凌晨写于广州

（《羊台山》第33期）

贵湖塘三日

◎ 孙 夜

傍晚到达观澜，为了明天方便，提前请人带路，熟悉一下去贵湖塘的路径。

途中车堵得厉害，到处是行人和爬行的车辆，以及周末的城市的喧嚣；在灯火辉煌之中，在渐深的暮色之中，车拐进一个巷道，四周渐渐地安静下来，色彩也变得暗淡，模糊中呈现出一个高大的牌坊，这就是贵湖塘了。

第一日

贵湖塘坐落在观澜桂花社区，在城区里算是一个偏僻的处所，穿过那道高大的甚至显得夸张的门楼，就能看到一个两层炮楼，和围墙连接在一起，围墙表面斑驳、腐蚀，那些老去的岁月，好像是要不停地从墙上掉下来；炮楼的底层，宽敞而破败，还能看出一些当年防御性的构造。这里同时也是贵湖塘围屋的出口，过道地面虽然不平，骑摩托车出门的，可以直接开出去，人不用下来。

进了门，迎面就是一排黑瓦老屋，屋前的场院很宽绰，有三个男人坐在陈家祠堂门前抽烟说话，我走过去，笑着散烟，他们不笑，把烟接了继续说他们的话，我拿了一张矮凳子坐下，想等机会插话打个招呼。可他们说完话就散去了，也不看一下我这个陌生人。

正是上午八点多钟的时候，站在阳光下，会感觉到一种地气在滋润上升，让人心生愉悦。

一群女人孩子，或坐或站地围在一个小商店门前，不时传出一阵阵笑声。从边上走过去，就会看到一个在自家门前洗衣服的中年男人，我打了招呼，他朝我望一下，面目和善，我蹲了下来，把烟送上去，他迟疑了一下，还是把嘴巴前伸，含住了烟，我给他上了火。

他姓邓，四川南充人。

老邓洗好了衣服，可还没有漂洗，因为水没有了，说要到外面井里担水。我说我跟你一块去，出大门右拐不远就有一口大水井，井沿布满绿色的青苔，砖缝里生长着嫩绿的青草；井台四周，用水泥铺出一个宽阔的平台，平台上六七个妇女赤着脚、高挽袖口在洗衣服，热热闹闹。一只黄色的狗安静地坐在一边。

我说这些都是住在贵湖塘的人吗？老邓说是的，我想老邓会和妇女们开两句玩笑的，可老邓是个老实人，他一句话也没说，取了水就担了回来。路上我问一句他搭一句，不多话的。他说他就一个女儿，和她妈妈都在观澜一个塑胶厂打工，住厂里，半个月能回到贵湖塘一家人聚一次。我说进你家屋里看看行吗？他说：看吧。

这是贵湖塘一个典型的住户格局，一间房隔成两部分，里面一半是卧室，卧室也是隔成两层，上面一层住一户，下面住一户；外面一半算是厅，是两家人共同做饭吃饭说话做事的地方。这种户型没有自来水，没有卫生间；墙面破旧，墙角挂着蛛网，什物被炒菜的油烟熏得发黑。我说老邓，你老婆孩子回来怎么住呢？他说临时在厅里搭个床。

老邓在给人送货，属于散工一类的，每月能挣个900到1 000元，用于一家人生活费用，把老婆和女儿的工资存起来，准备回老家修房子，因为只有一个女儿，希望将来招一个女婿上门，把孩子将来的生活过好了，自己就满足了。

老邓不到50岁的人，头发已经花白了。

从老邓家出来，看到一个40多岁的男人坐在小商店前抽烟，很安静少语的样子。我敬他烟，他忙掏出半包烟来，我说还是抽我的，点燃了烟，话也就自然地聊起来。

他叫朱运军，四川南充人，一家3口都在观澜打工，他是1992年来的，刚来时每月才几百块钱，加班费一元钱一个钟，办一个暂住证要120元，舍不得花那个钱，夜里为了躲避检查，带着一床棉胎躲到山上，在坟地里睡觉，一连多日晚上不敢回贵湖塘。他说，一想起当时的情景，心里就感到心酸，有时躺在坟地里，夜里睡不着，连烟都不敢抽，望着空空荡荡的夜空，觉得自己都不如身边坟墓里的死人睡得踏实。

现在相对稳定了，他和他姐姐家共租一间房子，和其他人家一般的格局，姐姐家在上层住，他家在下层。因为住的时间长了，他自己花钱在厅里打了一个井，用水是方便了，可是还没有厕所。原来在围屋外有一个公厕，后来被拆掉了。有的人早上急急地跑去厂里，不是为了怕迟到，而是为了去厂里厕所方便；实在来不及的，就到有厕所的人家借用一下。那些所谓家里有厕所的，也就是在自己的厅里，建一个简易的厕所。在贵湖塘，条件比较好的，就是一间房子里两户人家，在厅里做饭吃饭，在厅里自己打一口井，再自己建一个厕所，当然，这些自建费用是两家分摊的。

我说外界没为你们做点什么，比如改建一些公共设施？他说，除了来收房租的，也有来看老围屋的，没见什么来关心的人，也许有来的，但我没看见。我们都是外来打工的，这里只需要我们做事出力，别的什么事，谁会想到来关心？刚听说要来打院子里的地平，不知什么时间来。

事实上，自来水是通到贵湖塘的，因为容量和费用等问题，好多户并没有连接到家里，而宁愿去担水用或用井水，自己打的井深度在七米左右，有时收废品的冲洗废品的水多了，流到阴沟里，井里的水就不能用了。

朱师傅身材高而瘦，目光专注而诚恳，也许因为经历过的委屈和艰难，感觉到他总是以善良的愿望待人；他说他没有过多的奢望，只是希望多一点公平。

公平。

贵湖塘离他上班的厂有八公里，骑自行车也来不及，他省吃俭用地买了辆电单车，但也会遭遇涉嫌非法营运的执法，逮住就要罚款600元，他一个月的工资1100元，罚款是月工资的一大半。打工的人哪里舍得丢掉这么多血汗钱，所以一遇到检查的就拼命地跑，执法的治安仔开着摩托车在后面追。一次一起逃跑的同事摔倒了，腿上流着血，治安仔有了恻隐之心，对躺在地上的同事说：这次你给200元就放你走。

我说这么远，你为什么不在厂里住呢？

原来是住厂里的，后来老板把员工赶了出来，将宿舍锁起来空着，中饭后无处可去，只能在厂外的马路上待着，马路边树小，只有锅盖大的荫凉，有时荫凉被别人占了，就只好在马路上溜达。正午的太阳烤得水泥路面无法站人，就只好在马路上不停地溜达，那样会显得凉快些。

他向老板提出：你不让员工住厂里，那提供中午休息的地方也行啊？老板说不。

所以,他只好继续提心吊胆地骑着电单车,在工厂和贵湖塘之间,来回抢时间。

他不打牌不好酒不玩麻将,没事的时候大多在家看看电视,他家的电视是用钢筋焊在墙壁上的,小偷想偷也偷不走了。贵湖塘住户大多被小偷光顾过,他家也被偷过,当时报了案,警察来了,看看说没办法,以后自己多注意,就走了。

他相信生活会越来越好些,公平的事也会越来越多些。国家已经出了新的劳动法,外来工的实际待遇一定会有所改善。

他说:社会上还是好人多。

说到这里,他想起了以前打工过的一家家私厂,那是他来贵湖塘居住后,进的第一个厂,老板姓郑,厂里管理好,待员工公平,他在那里一干就是九年。后来因为一些原因工厂倒闭了,郑姓老板在遣散员工时给每个人以补偿,他对老板说:你的厂都这样了,这个钱我们不要了。老板说,不行的,这是你们应该得到的。他说,那我们也不要这么多。老板说,不行,你们更不容易。

后来有一次,他在街上偶尔遇到这位郑姓老板,问他在哪里做,他说没找到合适的厂,在做苦力。郑老板说他怎么这么瘦,说着掏出1 000块钱,让他拿回去补补身子。

说完,他眼睛红红的,看着远处。

朱师傅是一个知道感恩、内心藏着温暖的人。

我的中午饭是在罗仕达家吃的,我在和别人聊天的时候,罗也站在边上,总是面带笑容,抽着烟,偶尔插上两句。他30岁左右的样子,有个漂亮的妻子,姓王。

快中午的时候,他说,中饭在我家吃吧,我说好吧。我要给他钱,他说这是绝对不可能的;我要上街,他说菜已经买了;我就骗他说,我想喝瓶啤酒,你陪我去买好吗?我买了些食品,一个邻家小男孩也跟着来的,我又买了些果冻给孩子。

等回来的时候,他爱人小王已经做好了饭,煲好了汤,小王迎面对小罗说,就等你炒菜了,转脸对我笑了笑,带点羞涩地说:他炒菜好吃。

他家设施算是比较齐全的,他在介绍的时候甚至带着优越感。门是从中间向两边开的,右边门后,是用碎砖和水泥砌起来的厕所,到人的肩膀高,一块黑色的布做的门帘;厕所后边,是自己花钱打的压水井,边上随意地摆着杂物,以及两个可以交换使用的红色塑料桶;水井后面就是上楼的木梯了,楼上是专门用来睡觉的地方。

左边门后,两张桌子靠墙排成90度角,上面分别排着两个煤气灶等两家人的灶具,灶上再放锅,就显得高了些,炒菜要架起手臂;餐具都是放在桌子下面的,灶台和房门之间是张小铁床,来客用的,平时也当凳子;床的边上是一张吃饭用的小方桌。

小罗朝妻子笑了笑,感觉他总是笑着的,他放下东西做菜去了。

我出门转转,看到那个男孩子,在一群女人堆里穿来穿去,他手里的果冻只剩半袋子了,果冻的形状是做成小猪的、兔子的、萝卜的、葫芦的,都是农村容易见到的动物和植物。小男孩要抢一个女人手里的两个果冻,女人说:你还有那么多,这两个留给妹妹。

时间不长,小罗来喊我吃饭。我们在方桌边坐下来,边吃边聊。小罗的手艺真是不错,一个萝卜烧蹄膀,一个炒青菜,外加两个冷盘,这是招待客人才有的饭菜。

小罗一定要去买瓶啤酒,要请我喝一杯。

他关心着一件事情,说国家新的劳动法出来了,像他这样的,在一个厂工作了十年以上,会不会有一些规定,工厂会对他们有所补偿?

他十几岁来观澜就住进了贵湖塘，在一家家私厂做就没离开过。在这里开始了恋爱、结婚、生孩子，十多年过去了，夫妻俩把最美好的年龄，留在了这里。

然而，命运并没有发生根本性的改变，他们不能像200年前客家人南迁，依靠自己的勤劳和汗水，就能改变土地的模样，并从土地里汲取能量，慢慢地改变自己外乡人的命运。

像小罗他们，在贵湖塘属于相对年轻的一代，读了些书，他们对生活，对将来，还有着自己的想法，不想就此认命，满足于现有的打工生活。他们都有一个目的，就是要通过自己的努力，改变下一代的命运。

他认为农民从本质上看，已经失去了对土地的依附。土地，已经无法让他们取得正常生活的保障，以及对将来的信心。来到外地打工，依然没有归属感，无人注意到他们内心深处的担忧，以及担忧之后的疼痛。

小罗说，他已经和爱人商量好了，下个月他就辞工，回老家去。他说他在这个厂，连续工作11年，工资一直是1100块，没有增长过，厂方没为他买过任何保险；一是觉得心冷，二是感到这样下去没有前途，和自己想要的还差得很远。他说回家首先去考个驾驶执照，掌握一门技术后，也许还会再回来，希望能自己买车跑货运，他对给工厂打工，不抱幻想了。

幻想。

他的爱人小王说，他们的女儿聪明伶俐，又漂亮，现在是外婆外公带着，她想自己带在身边，早晚也好教育孩子学习。

小罗还是那样笑着说：我是要生个儿子的，我老家房子已经修好了，超生一胎罚款17 000元，我先要把生儿子的罚款挣来，还要挣来抚养孩子的全部费用。

哦，罚款要交的，再多也要交，不交孩子户口落不上，没户口就没办法上学，我所做的一切，就是为了将来孩子能上学，上大学，出国留学，再也不要像我一样出来打工了。

贵湖塘的夜晚一如乡村般安静，墙头外面的万千灯火和喧嚣，改变不了这里从故乡带来的节奏，这是下班之后或者节假日里被恢复了的节奏，悠闲、散淡，带着乡里乡亲的泥土味道。

小商店门前拉出一盏电灯，坐着一圈男人在抽烟聊天。这里是贵湖塘唯一的公共休闲场所，这也是店主故意营造的，聚集了人气，有助于他的生意。

上午，买了菜的女人们，会聚在这里整理各自手里的菜，交流着各家中午吃的是什么，各家喜欢吃什么，为什么这样吃。家长里短，打情骂俏，热热闹闹；也有的做着从厂里接的手工活，边做边快乐。

接近中午的时候，暂时安静下来，因为都各自回家做饭了。有的人家的饭还没有吃完，这里又人声嘈杂起来，喜欢打麻将的女人就坐不住了，急急地洗刷完锅碗瓢盆，抓紧时间来赶场。等声音小了，那就是麻将开始了，三张麻将桌交错排在小商店的门前，都是女人们在打，她们放弃了故乡的那种打法，打的是广东麻将。

晚上，就是男人们的天下了，今晚在座的，说的依然是做工方面的事情，但并不热烈，有时甚至是沉默，也许过多的有关生计的话留在心里，无法说出或者不想说出，只是来这里坐坐，消磨一下睡不着的时光。

第二日

有一个女人是不打麻将的，她是小商店的女主人，在工厂里，她是个拿固定工资的管理人员。这个商店主要由她丈夫打理，生意并不是很好，贵湖塘里面的消费能力本来就有限，之所以让商店继续开着，一是丈夫能有个事情做，再则住在贵湖塘的，大多来自一个地方，乡里乡亲的，看着他们在门前热闹，心里也暖和。她叫何辉琼，四川南充人。

她说：我们来贵湖塘的人，来了就基本没离开过，除了回家不干的，因为都是老乡，风俗习性相通，不管原来认识不认识，见面便有一番亲近，相互间都有个照应，遇事大家一起商量，就像在故乡一样，是一个大家庭。就是在外面受到些委屈，回到贵湖塘也就消解了。比那些搬来搬去的打工人，要强得多了。

她来观澜快20年了，贵湖塘留存着他们的青春和爱情，那时，工厂里做工虽然辛苦，但贵湖塘却是温暖的。

她说：后来厂里已经包吃包住了，我们依然不想把贵湖塘的房子退掉，我们在节假日回到这里，像回家一样，不加班的时候我们也回来，回来干什么呢？也不干什么，两人在一起就高兴，没有电视看，我们也不想看电视，我俩都喜欢看书，其实大多是看些杂志。看《江门文艺》，每期都看，那是本我们打工的人喜欢的杂志。新的一期来了，我把杂志拆开，我看这几页，我丈夫看那几页，看完了再交换，一口气看完了才甘心。

看到那些经历感受相同的，就感动，就流泪，觉得自己心里的辛苦和委屈被人说出来了。有时也觉得，这么多的打工者，怎么总是被人看轻？老板怎么会这么刻薄和心狠？说到底，是我们没有像人家那样的工会，没有为我们撑腰说话的人。

哦，杂志都是我们自己掏钱买的，我们舍不得买几个水果吃，但我们舍得买杂志。

杂志看完了，我再把它装订好，拿去和别人交换其他书来看；不是每个人都会去买《江门文艺》，我还要给姐妹们讲杂志上写的东西，每期看完了我都讲，因为她们都爱听。

那时我曾多次冲动,想把自己的事情、自己心里想的,写下来,也给杂志投稿,可是最终也没敢,认为自己不行,没有信心,当时要是有人鼓励一下,也许就成了呢。呵,都过去了,如花似玉的青春年龄也没了,不过,回忆起来还是觉得挺美好的。

现在,我已经好几年不上机了,在车间里巡视指导,每月拿固定工资,我在这个厂干了16年,每月工资1 200块,还没有操作的工人多,因为计件工资涨了,固定工资没有涨,我属于管理人员,加班和工人一起加,但是没有加班费的。

就是这样,工厂还想方设法,希望我们这些10年以上工龄的主动辞工,厂方也不明说,挤对我们,具体原因也说不上,好像是说国家出了新的劳动法,对我们打工超过10年的,有什么新的规定,厂方害怕自己的利益受损失,希望我们能自己离开。

其实已经没有依据,来证明我是超过10年以上的打工者了,我们的话语权已经被控制,从去年开始,厂方在一年结束时,给我们清算了所有工资,然后逼着我们写辞工书,然后再签进厂合同,签的是一年,一年之后再签一年,这样,就永远都是新工人了。

就不谈合理不合理了,我就希望他们有点良心。

良心。

在厂里这么多年了,厂方只给我们买了工伤保险,其余的都没买。现在我年龄大了,手生疏了,再上机也不行了,在一个厂里干了16年,辛苦也罢,快乐也罢,总是有些感情了,一时间哪里舍得离开呢?离开了又往哪里去?我都这么大了,对再找新单位,真是没啥信心。

这是我儿子,说着,她把手怜爱地搭在身边的一个青年肩上,小伙子英俊帅气,安静甚至显得腼腆,他在边上一直没说话,妈妈介绍他的时候,他大方地笑了笑,没说话。

她继续说：今年儿子拿了驾驶证之后，也叫他过来了，一家人在一起。现在他在一家工厂里开车送货。我没能让儿子好好地上学呢。

一直沉默的儿子插话了，他说：我在小学时成绩一直是很好的，到初中时跟错了人，其实我真的不是那种混的人。

说到这，母亲的眼睛湿润了：孩子一直放在老家，是老人带大的，我为了打工，没能亲自带孩子，把孩子给耽误了，要不我儿子一定能上大学的。

儿子拍了拍母亲，站起身离开了。

我对不起儿子，心里一直内疚。母亲说。

我现在最大的愿望就是补偿儿子，希望他过得好，能找到一个合得来的对象，和和美美地过日子。等他们结婚了，我再给他们带孩子。

我说：你给他们带孩子，等他们的孩子长大了，他们会不会也对自己的孩子内疚呢？像你一样的没能亲自带孩子。

她说：我不知道，我只想他们过得好。

我说真看不出你已经有这么大的儿子了，你看上去很年轻。

她笑了起来：我儿子19岁了。我们那的人，结婚都比较早。她指着坐在边上的一个姑娘说：你看她有多大？已经是两个孩子的妈了。

姑娘脸红红地笑了笑。

24了。她为姑娘回答了，姑娘姓唐，是她的侄儿媳妇。她说小唐也喜欢看书，还喜欢写。小唐脸红了，点了点头。

小唐用很低的声音问我，一般给杂志投稿怎么投，我回答的时候，小唐抬眼望了望众人，感觉到她不想让更多的人知道，那是她自己的内心的一个秘密和向往。

经常插话的是杨燕，四岁了，一个大眼睛的漂亮小姑娘。她的头型像是男孩子的发型,好像是剃了光头后长出来的,长长地包着。我是坐在桌边床上的,她依偎在我身边,拿着我的相机在玩,其实是拿在手里看,别的小朋友要来拿,她不让,说会弄坏的。她把相机放进我口袋里,就出去了,一会儿回来,在我的手里放了三粒瓜子,说叔叔你吃。她的小手胖乎乎的,像棉花似的,我扳开她的另一只手,小小的手心里放着两粒瓜子,她一共有五粒瓜子。我把那三粒瓜子放回了她的手心。

她在边上吃着瓜子,一片瓜子皮掉在我的衣服上,她用手指弄掉它,那瓜子皮又掉在我的鞋子上,她转身从床上爬下去,蹲下身再把它弄到地上。

叔叔,我叫杨燕。

噢,我知道。

我爸爸叫杨伟。

噢。

我妈妈叫胡小花,我妈妈跑了,我三爸打她的,她就跑了;我爸爸也打她,我爸打她她没跑。

杨燕的妈妈走了一年多,杳无音信。一次她爸爸妈妈吵架,由于她妈的语言涉及了上辈人,杨燕的三叔打了她妈一个耳光,事后杨燕的外婆就来把她妈带走了。

杨燕的爸爸带着她四处寻找,至今不知下落,一点消息都没有。

她爸爸原来喜欢玩,老婆走后,为了生活,买了一辆摩托车跑摩的,摩托车被查收后,听说又去工厂打工了。

当听到别人说她爸爸好玩不做事,杨燕马上反驳说:我爸上班了。别人问在哪里上班,她说在深圳,在厂里,她跟她爸爸去过的。

又问她爸爸具体做什么工作,她说在下面,肉肉的小手指着地面：在下面做。

想妈妈吗？

不想。

我不想我妈妈，我不喜欢她，她要打我，她跑掉了，我很恨她的。

我恨不得踢她一脚。

我问小姑娘这些话是你自己想说的，还是别人叫你说的？

我爸爸。

杨燕的爸爸在外面做事，一般不回来，杨燕养在她的三爸家。她三爸有一辆面包车，帮别人跑货，一般也比较忙。大多由她的三婶照顾她。

想上学吗？

想。

认识字吗？

认识。

我顺手拿起一本杂志，指着一个"大"字，她读"1"；我又指着一个"人"字，她读"2"。

我把孩子抱在了怀里。

有人说：燕，这位叔叔做你爸爸吧，他会给你上学，教你认字，还有好东西吃，漂亮衣服穿。杨燕说：不，我有爸爸。

贵湖塘的孩子并不多，因为大多数人家的孩子，都被放在老家由老人帮着带，成为留守儿童，在老家的学校里上学；少数在这里读书的，读完小学就送回老家上初中，因为没有户口，就是入学了，学校的费用也太高，花不起那钱；要是为了在这里上学，而花很多的钱，就不如不来打工了，所以没必要来这里上学；再则，附近也没有外来工子弟学校。

带来贵湖塘的孩子，没够上学年龄的，平时就在院子里玩耍，没有上幼儿园，农民家的孩子，吃饱喝足就行了。我看到两个3岁左右的男孩子，因为打架被商店老板叫过来，一个是店老板的侄儿，一个是邻居家的孩子，店老板手里拿着一个带着叶子的树枝，喝令他俩跪下，他俩就双双跪了下来，叫他俩伸出手，他俩就伸出手，树枝在他们的小手心捞了两下：

以后打不打了？

不打了。

好吧，起来吧。

两个孩子又一起玩去了。

但也有一个孩子是例外的，那就是我的"向导"顾豪。

顾豪，14岁了，因为在老家学校里成绩不好，不上学了，跟爸爸妈妈住在贵湖塘，爸爸妈妈在工厂打工，他的身份证年龄已经改成17岁，工作已经说好，将在一个加工厂上班。

顾豪白白净净的，个子不矮，但一看就知道是个孩子。我问这样的孩子工厂也敢用吗？边上人说，有要的，这样的情况不少呢。

这时正好房东来收房租，房东是一个高个子胖胖的中年女人，很严肃的样子。她把踏板车停在一家门口，拿出票据，各家租户就陆续走过来，每间房子200元，是两家分摊的，水电一般30元左右，也是两家分摊。

电表是装在外面墙上的，有一家可能在电表下面烧炉子了，电表上熏上了一层烟灰，房东就不高兴了，大声地说：这是谁干的啊，怎么能在电表下面烧火，这是很危险的。一个女人讪讪地从屋里走出来，房东变了口气：不能这样做的，把电表给我擦干净了。

我问房东有多少家租户，她望望我说：你是谁，我干吗要告诉你？

我又问社区有登记吗？她说我的房子要他们登记干什么。

这时，边上一个师傅说：算了，别问她了，等会自己数数就知道了。

说这话的师傅叫秦光红，也是南充人，27岁了，有一个女儿放在老家，妻子在润田电子厂上班，自己在观澜医院做清洁工，每月810元工资，这个月才调到850元；每月工作26天，每天晚上12点上班第二天早上8点下班。老婆每月工资1 000多一点，不加班的时候只有700多。每月要省吃俭用多存点钱，因为家里修房子欠的钱还没有还清；还想生个儿子又不敢生，二胎罚款要17 000，这笔钱对他来说数目是太大了；他是上门女婿，要负担4个老人的一些费用。

我说：你们长年在外打工，也不回去住，为什么都是急着建房子呢？他说，不修房子怎么在村上立足呢？我们农村人，第一件大事就是自己修房子，修了房子，你才能算是一个撑门立户的男人，就是不回去住，也要千方百计把房子修好，何况我们最终是要回去的，在这里我们扎不了根，我们的根在老家。

他说：我原来是在一家私厂上班的，去年才到观澜医院，在那个厂，由于各种油漆化学品的刺激，落下了严重的鼻炎，两次回老家医院开刀做手术，都没彻底治疗好。家乡的医院医疗设施和医术水平都有限，可毕竟费用要少得多。现在鼻炎又复发了，而且更严重，医生说不能再开刀了，经常开刀就破坏了其他神经，会带来其他的病痛，我都不知道该怎么办了，每天被折磨着。来观澜医院，就是想方便咨询和得到些预防指导，加上这里给外来工买了医疗保险，治疗费用多少能报销点。

他停顿了一会儿，接着说：这里工资低啊，那么多地方需要钱，我都不想再看病浪费钱了，我想抓紧时间多挣些钱。前些时候，弟弟来电话叫过去，弟弟在苏州的一个殡仪馆打工，在那里制作骨灰盒和棺材，还是属于木器厂一类，油漆味大，灰尘大，木屑多，医生说你不能再去那些地方，可是那里的工资高啊，弟弟每月能拿到5 000元工资。

我是个没有多少能力的人，只能做苦力，本钱就是自己的身体，算是个弱者吧，我老会幻想什么时候会遇到好人能给我点帮助，可总是遇不到的，很多的时候会感到很无助。

无助。

我14岁，弟弟10岁的时候，父亲去世了，当年我就退学跟人出去打工了，跟的是村上的一个包工头，每天四块五毛钱，跟他干了五年，欠了我7 000多元工资，至今我手里只有欠条，拿不到这工钱也找不到人，你说我怎么办呢？我怎么样才能要回我的工钱？

他话停了，捏着自己的鼻子，他是不停地捏自己的鼻子，他说他向单位请假两天去看病的，一时也看不好，只能保守治疗，他想提前一天去上班，领导说假已经批了，你就休息一天吧，今晚也不用去上班了。

今年六月份，小偷又来洗劫一次，家里虽然没啥值钱的可偷，可内弟家的电动车和手机都被偷了，警察来看看就走了，偷就偷了，没有办法的。

天色已晚，他说他回去吃药了，再把饭做好，等老婆下班回来一起吃饭。

第三日

今天是周一，贵湖塘显得空荡荡的，人们都去上班了，只见几个孩子在店门口玩耍，偶尔一两个妇女，也是在自己的房子里收拾。还有两家收废品的，在门前给收来的废品分类。

我想这里见不到什么人，就去社区看看吧，贵湖塘属于桂花社区，这里的租户大多居住了十几年以上，对他们的情况，也许社区会有更深更全面的了解，我问了一下贵湖塘的人，说社区就在贵湖塘对面，去很方便的。

没想到社区已经搬了新地方，新的社区办公大楼离贵湖塘更远了。我按别人的指引，一路问过去，半小时后终于走进了桂花社区大门，大门很阔气。

我走进左边的一个办公室，一个很肥胖的中年男人仰躺在沙发上，我向他打了招呼，说不知道社区办公室搬了，一路走过来的，他说：哎呀，我们安排了人和车在那里，你应该让他们开车送你过来。说完后，也许他觉得自己这样挖苦我很幽默，于是自己哈哈大笑起来。我也笑了笑，向后面的办公大楼走去。

进了一个办公室，大班台前，坐着一个胖胖的30多岁的男人，应该是个领导。我说想了解一下贵湖塘的情况，他说你是什么人，我说是街道办让来的，他说我们怎么没接到通知，我说我把街道办电话打通了，你接一下好吗？他不耐烦了，说：你来办事，我接什么电话？我说就是请你接个电话而已，他最终还是接了，继续不耐烦。

我又步行回了贵湖塘，途中顺便吃了中午饭。

贵湖塘很安静，好在我的"向导"顾豪在，他陪着我在院子里，一家一户地数，贵湖塘主体是前后两排，40多间房子，两边的房子原来是用来堆放粮草杂物和住养牲口的，现在也住满了人，总共加起来有110户，近200人。绝大多数是四川南充地区人，少数几户分别是来自河南、安徽和广西的。

在前后两排之间，是一块高出地面半人高的平台，上面种满了各种蔬菜，绿油油的很是旺盛，他们说这蔬菜不上化肥不打农药，靠自己精心护理，是真正的绿色食品。

顾豪陪着我，转到东北角的那五层炮楼前，底层的门锁着，从门缝里看到，只是一个空荡荡的楼壳，顾豪说炮楼的木制楼梯和楼层都早已烂掉了，上不去的。虽然是空的，但从远处看，炮楼仍然显得雄壮，像一个直立的当年的勇士，足以保护自己身后的贵湖塘。

转到陈家祠堂门前，大门平时是锁着的，每季只开一次和过年、八月十五各开一次，到时陈姓家族聚齐，在祠堂里祭祀祖先，感谢祖先的功德和庆祝迁徙的成功。这里也是贵湖塘主人的标志。

拍了几组照片，天色就见晚了。经过一家门前，一个男人主动和我打了招呼。他说他叫邓富才，也是南充人。他说：听罗仕达介绍过你，说你是个好人，要不，外面来的陌生人，贵湖塘里的人一般是不信任的。

我在他的门前坐了下来，他指着边上的一个妇女说，那是我老婆，怀里抱着的，是我孙子。我只有一个女儿，招了一个女婿上门，今年刚生了个孩子。

顺着他的指向，一对小夫妻正在吃饭。我说他们俩也和你们住在一起？他说是的，女婿的工作刚说妥，明天就要上班了。我每月能挣个一千多，都用在家里生活和孩子身上，老家的房子也修好了，一个孩子也结了婚，还给我生了个孙子，随了我的姓，我满意了。

他问我叫啥名字，我告诉了他，他借着屋里照出的灯光，在纸上算着我名字的笔画，说你的名字不错，克天不克地，意思是说，别人想干扰你做事干扰不了，反而给自己带来干扰。

他继续说：我是看易经的，一般没文化的人我不和他说，听不懂，你能听懂我的话吧？你的手机号多少，我看看，你的号码也不错，手机号码数加起来要是这几个数字才好：25、34、35、

43，我的手机号码数就是35。

今晚就在我家吃饭，我家里有酒，我们喝两杯。我喜欢和你们这些文化人聊。你记下我的号码，有时间打我电话，过来找我玩。

不，你要记我的号码，就要记在本子的第一页，记第一个。我们喝两杯？

我婉谢他的好意，起身告辞。他让他女婿出来按快门，给我和他合了一张影，照片里他笑得很是灿烂。

分手时他对我说：人要知道自己的命，把自己的命过好，就会很快乐，当官做老板很光彩，但那不是我们的命，过起来也不会快乐。

贵湖塘老围，属于陈姓族人所有，他们的先人，跋山涉水，从远方迁徙而来，或开荒，或扛长工，或购田置屋，开基立业，这块陌生的土地一定给过他们温暖的帮助。原来这里居住的本土的陈姓后人，陆续走出了围墙，在城区里都有了新的居所，空下的老围屋出租给那些打工的人，成为外乡人一时相对稳定的家园。有人居住，也是对这些古迹最好的保护，不然会破败得更厉害。一二十年来，在这里租住的，大多是四川南充人，也有少数来自河南、安徽、湖北。他们最早的是1989年来的，大多是1991、1992年，来了就没有再离开。开始他们农民在城市的生活，打工、恋爱、娶妻生子，在古老的庭院里升起炊烟，迅速发展的城市也就有了他们的呼吸和声音。

岁月从老围屋的上空流过，人与人之间总该有些不变的东西存在。

我出了贵湖塘，外面城区灯火辉煌，映照着贵湖塘高大的门楼，门楼上几个字，显得模糊，看不清楚。

陈氏家族和贵湖塘客家老围村

陈氏家族

陈氏家族是这样开始了他们的南迁之旅。

大约是公元1449年（明朝正统十四年），从福建上杭南山迁居到长乐县横陂大亨洞开基，公元1751年（乾隆十六年），松元厦的先祖振能公乘清初迁海复界的契机，南迁至新安县卜居松元厦。

离开世代生息的故土，不管是自愿还是被迫，都是走向"开放"的第一步。当祖宗的牌位还抱在妻子的怀中，祖父的骨殖还担在肩上，他们的目光已经变得开阔和辽远，在不断的迁徙中，振能公对他的子弟说："往外走，走得越远越好，偏僻的山乡非久居之地。"也许原话他不是这么说的，但在他那富有开拓精神的鼓励下，如今他的17 000多子孙在海外的就有13 000多人，而且大多是事业有成。

与振能公一起迁来的还有他的妻子曾氏，儿子俊儒、俊仕、俊科，长工叶满叔，振能公的胞弟振琼，堂兄弟振芹、振玖、振威，堂侄俊扬、俊亮等共计十三人。他们在迁徙过程中，先到东莞塘厦新三驳，后到香港新界，这两个地方，已有大量人口居住，到新界后，他们又向北折回，最后放下行李于松元厦。其他的宗亲定居地都在观澜境内。

如今，我们仍可以从"松元厦"这地名来考究当时的地理文化。当年振能公选中的这个地方，正是观澜河的支流松元河的一侧，而这河两侧以及山坡上尚有大片荒滩可以开垦，山上松林浓密，远道而来的这一家人遂在背夫山上建一茅寮，筑厦而居。

在松元厦居住下来后，振能公励精图治、兢兢业业、广垦荒地、购置田舍、发展教育培育后代。他们人丁渐盛，教育逐渐发达，在人口、经济、教育等方面逐渐超过原居民，并在邻近区域形成一定的影响。

可以说，在观澜境内的陈姓人氏（散布在十几个村落里）是观澜初期开发的最主要力量。

（《羊台山》第 33 期）

走在三十六巷（外二篇）

◎ 黄启键

"三十六条巷，巷巷都一样"，从古至今，人们这样形容广东大埔县百侯镇侯南古村落。

巷道由鹅卵石铺成，路中的石头稍大些，排得很齐整，路石向两边斜拱着铺至排水明沟。巷道两侧的墙体也很有特色，下方约1米开外是石头砌成，石墙上的墙体有些是青砖，有些是夯实的土墙。人字巷、十八段……正是这些互通互联、风格相同的三十六条巷道，把古村落的各类宅子和祠堂连贯在一起，形成村庄奇妙的建筑布局。

走在这古朴的小巷，阳光透过高大的芒果树洒在青砖黛瓦上，洒在圆润的鹅卵石上，熠熠生辉，斑驳多姿。石缝里、墙隙间探出小草的绿意仿佛告诉我，时光已穿越历史在今天展示着生命的光泽。保存完好的有120多座官厅式古民居，这些大部分为土木结构的老房子把侯南村明清以来的客家历史文化聚合在一起。恭励公祠是候南杨姓十一世祖恭励公裔孙建于乾隆年间，坐北向南、三进二横堂横屋，占地近2 000平方米，建筑面积逾千平方米，是开国少将原北京军区工程兵政委杨永松将军祖居。位于侯南下村的永庆堂，建于清雍正年间，采用殿堂式布局，三进院落，"永庆堂"匾为进士杨成梧于乾隆十年所题，是原广东省委常委、省政协副主席杨应彬祖居。在德星堂这座二进二横堂横屋前驻足，经了解得知，这座建于乾隆年间、门楼上书写着"鳣瑞流徽"四字的古屋，是现任中国科学院杨文采院士的祖居。附近同样占地约600平方米的古民居州司马第，是现任一名少将军官的祖居。再往下走，縠似堂、绍裔堂、三乐堂、永思堂、百忍楼、继志堂、企南轩、海源楼、植槐堂、清白世守、兴庆遗芳、关西衍派、文明毓秀……每一栋房子都不难发现其人才辈出的过往和当今。

有两座占地超3 000平方米的古建筑尤为引人注目。一座是通议大夫第，是"一腹三翰林"长兄陕西按察使杨缵绪告老还乡时朝廷赐建的九厅十八井府第式大院。该建筑气势恢宏，雕梁画栋，古朴幽雅。其故主杨缵绪与其弟杨黼时、杨演时，在清康熙、雍正、乾隆年间，先后考取了进士，而且都成为翰林院大学士。260多年前的传奇故事根植在其数千子孙血脉中，传扬在城乡读书人的精神世界里。这座古民居至今仍散发着极强的人文感染力。

不亲临其境，体会不到肇庆堂中西合璧客家民居的建筑魅力。上世纪初叶，屋主杨荫垣在汕头经营药材生意，致富后斥资8万光洋（据估算约合现在的人民币1亿元），兴建了这座占地3 280平方米、建筑面积1 951平方米，主体由厅堂和横屋构成的客家府第式民居和两层西式回字结构洋房构成的大宅。中式土木结构和西式混凝土结构的建筑，展现了石雕、泥雕、木雕和瓷雕四大类雕塑中透雕、圆雕和浮雕的精湛工艺。用从意大利采购的玻璃制作的屏风至今能让人从四种颜色中联想春夏秋冬的变化。左右和中间屏风门上方刻凿着"忠孝廉节""福缘善庆"八个大字，镶嵌着儒家文化的深刻烙印。做洋楼时据说还专门从国外请来洋人工匠监理，圆拱造型、几何线条、混凝土浇筑成型的动物浮雕和螺旋式楼梯，充分说明主人开放思维和对世界文明的兼容并蓄。

或许是饱经颠沛流离之苦，客家人特别注重对先人的追思和纪念。百侯古村落大小祠堂可谓星罗棋布，如南麓公祠、敬造公祠、杨氏家庙、恭励公祠、杨氏大家祠、李屋祠、陈屋祠、黄屋祠等等。同时，许多古屋在后人继续居住使用的同时，也成为纪念先人的祠堂。据不完全统计，百侯古建筑里七成以上是祠堂或成为祠堂的老屋。这些祠堂屋，摆有神龛和祖先灵位，是宗族聚会、操办红白喜事、祭祀、祈福的场所，古时候也是私塾施教之地。从墙体的颜色差别到雕梁画栋的新旧不一，从堂号的命名到门槛的制作，无不透出修缮的痕迹，修旧如旧寄托了一代又一代后人对先祖人文的传承、家族的归依和念祖的情结。

侯南村至今仍流传"借种"的故事。话说邻县饶平石井村有一刘姓财主，羡慕百侯人文蔚起，决定到百侯寻找德才兼备的姑娘作儿媳妇以"改良基因"。听说翰林杨黼时最小女儿满姑未嫁，便鼓起勇气上门提亲。杨家出于礼节不好拒绝，便用委婉办法出难题给刘财主，说如能第二天挑100箕甜粄订婚便答应，以达到不辞而退目的。哪知刘财主马上答应，在回家的路上一路布置沿途农家连夜做甜粄，用高价订购。第二天早上，即派儿子送100箕甜粄至杨府。杨家见随行而来的刘公子相貌出众、谈吐得体，便答应了婚事。满姑嫁到饶平后生下两子，从小便教其识字又送至百侯外公家读书。果然兄弟同时考中举人，轰动当地，传为佳话。百侯镇自古崇文重教，明清时期科甲显赫，高中进士举人有139人，占全县总数四成，"兄弟七进士""一腹三翰林""一同怀四魁"等典故流传至今。

古时候，百侯各房姓均有学堂、私塾、书院，这些教学场所有的设在祠堂，有的是专为读书而设的，如大书斋、书房里、兰台书室等。上世纪三四十年代，在国民党中将参议员杨德昭先生努力下，教育家陶行知先生派员到百侯推行生活教育运动，整合乡村教学资源，建立起从幼儿园、小学、初中到高中的教学体系。创办于1936年的百侯幼儿园是中国农村最早建立的幼儿园之一。有着深厚的文化底蕴的百侯通过播种行知教育思想，更焕发出人文光彩，一批求知若渴的学子，正如陶行知先生称赞的那样"竖起几根穷骨头兮顶天立地"。

与侯南村一河之隔的侯北沙岗尾千年古榕旁，至今仍保留着一株"培才龙眼"树。这棵参天大树是上世纪初农户杨氏所种，杨氏家境贫寒但重视教育，幸有此龙眼树每年果实丰硕，杨氏卖果换钱，先后供两代子孙求学深造，子孙勤奋好学终成有用之才。类似这样克勤克俭、千方百计供奉子孙读书的事例不胜枚举。百侯人以其特有的刻苦精神、励志民风，铸造着人文气质、积淀着文明情愫。如今，百侯已荣膺"中国历史文化名镇"。

一样的巷道，不见袅袅炊烟，但见客家人自强不息的人文精神如薪火代代相传。

一样的巷道，不见昔日繁华，但见寻根的游子和探寻的游客，把无以复加的崇文重教思想远扬。

人生能得几清明

晨曦、薄雾，穿行在泥泞的山路。一夜的春雨，把整个山谷漫山遍野的绿叶洗刷得透出绿色的亮光，清洁而明净。错落有致的柚子树静默地肃立在山坡地上，一排排，一列列。而点缀在其枝叶间白色的花朵散发出的幽幽的、温润的清香，弥漫着、洋溢着，沁人心脾。

这是2014年的清明时节。乘着浩荡的春风，来到祖母的坟墓祭祀。杂草的铲除和墓碑的填写在几天前就由堂兄弟做好。在墓碑前的供台上，奉上精心准备的禽畜鱼构成的"五牲"和糖饼水果，然后点烛烧香。同时给后土龙神和前朝福德老人（墓地修建时周边发现的无主坟，进行重新安葬）敬香烛。然后上茶、上酒、上祭品。家乡的习俗是先四次跪拜，接着才诵读祭文。

祭祀的仪式大体遵循古时的章法，而祭文也是传承于叔公老秀才教的格式。以前用毛笔写在红纸上，现在用打印机印在粉红色的纸上。竖排格式，从右到左。告知祭祀时间后再告知前来坟堂祭拜和表达心意的亲属，然后念"谨以牲礼酒果、香烛纸帛之仪，敢昭告于显祖妣勤操孺人杨双墓前言曰"。

祭祀正文用四言体诗的格式写成。"梅潭河水，源远流长。追慕祖母，夙夜难忘。仰维祖德，奕世流芳……"读着祭文，思绪万千。祭文追忆祖母杨双，音容仿佛浮现在眼前。祖母出生于1906年，农历丙午马年。她幼儿时期就从出生地百侯镇侯南村来到湖寮镇黎家坪坳背这个小山村，成为童养媳。在长达92年的岁月里操守着祖辈的家业。祖母离开人世已有16年了，直至今日，我仍无法习惯这样的分离，以至每年除夕的家祭和清明墓祭，内心久久无法平静。

祖母杨双勤俭刻苦。祖母一生勤劳，操劳在田头地尾，灶头锅尾。已是古稀之年，还坚持要在河边沙滩打竹头开荒种番薯、花生。年近八十的时候，还坚持要自己挑水做饭。祖母平时话不多，但勤奋劳作的习惯在儿孙面前树立了楷模。祖母的克己精神也是令我们感怀不已的。为儿孙读书，她勒紧腰带、省吃俭用。七十年代中期，最令我难忘的是早餐的"一粥三吃"。早餐煮的粥，先捞起一碗，米粒较多的、稠一些的给长孙吃，因为我要步行到4公里外的村小附中读书，再捞一碗相对稀一些的，给近些读书的次孙吃，到最后祖母喝的是剩下的粥汤，她可还要进行上午强体力劳动啊。这只是留在记忆中的一个小细节，但这个细节一直让我刻骨铭心，每想起此事，我都心潮澎湃。这种精神，成为激励我奋斗拼搏、创造美好人生回报祖母的一种强大动力。

祖母杨双敦厚善良。祖母为人特别真诚，乐善好施，谦和待人。在家庭内部，祖母对子和女一个样，对子和女婿一个样，对孙和外孙一个样，这种胸怀和坦诚至今被后人津津乐道。在与村里人相处中，她一直是慈悲为怀，不争不吵，忍让包容。她的为人，赢得了村里人的尊重。在经历生活困难和坎坷时，得到了村里众人的帮助。

祖母杨双品格刚强。也许是秉承了客家人南迁饱经沧桑而形成的意志品格，祖母在挫折面前表现得异常坚强。祖母在经受了中年丧夫的打击后，又在67岁这一年遭遇了晚年丧子的巨大不幸，但都坚强地挺过来了。祖母深信自己不能倒下，还有不满七岁和两岁的孙子要照顾抚育，还有晚年人生的篇章要续写。老祖母的坚强、执着，影响着我们以不屈不挠的自信，去实现人生梦想。

祖母杨双眼光远长。祖母从小没读过书，在我印象中，她仅认得自己的名字。但目不识丁的老祖母却特别注重儿孙的教育。祖母靠苦力上山砍柴，挑柴到湖寮老街卖，供儿子读上同济医科大学。在五十年代举国上下最艰苦的时期，当女儿表明宁愿穿旧衣过年也要读书的决心时，祖母毅然挨家挨户借钱，供女儿读书，并成就女儿的教师梦。儿孙外出求学工作，祖母叮嘱的话就是：要身体好、学习好、工作好。不说她有什么战略眼光，但起码可以说明的是，祖母思想与时俱进，遵循了人类学习进步的原理，是很有眼光的。

祖母杨双洁净分明。祖母一生爱干净，坚持做到"三不、两勤"：不吃未经煮熟的食物、不吃药、不吃零食，勤洗手、勤梳头。为了取得洁净的饮用水，七十多岁了，还凌晨5点多起床，来到山溪上游挑她认为最纯净的水，这无疑表明她对生活非常热爱，对健康尤为重视。这也许是她的长寿之道吧。祖母爱整洁，家居场所收拾得井井有条，事无遗算，物无遁形。祖母还有一个特点是头脑精密、事理分明。阐述事情表达道理，逻辑极强，直至无疾而终前的弥留之际，分辨人和物都非常地清晰。

祭文末尾：追本思源，数典不忘。荐此精诚，高奉心香。修心积德，励志图强。遵循大道，科学发展。心想事成，福寿安康。最后敬请，后土之神，福德老人，合食尚飨。读完祭文再次四跪四拜后，焚烧天国银行的冥钱、金银宝锭等。青烟和纸灰随风而起，爆竹也应声响彻山野。

拜祭完祖母后，顺着山路，我还要"薄陈牲礼"踊登祖父和父亲的坟堂。

清明节，慎终追远，已成为我这20年来每年不可或缺的"规定动作"和修炼修为，且乐此不疲。今年，3月29日，为免路途拥堵而赶在清明前夕回乡扫墓祭祖。4月4日，又参加了庄严、肃穆、隆重、节俭的纪念东江纵队抗日先烈的公祭。在家与国共祭中，深深感受到哀与乐并存、敬与畏同在的精神力量。

又是一年清明时，祭念死者，也是为生者祈福。清明的春风，抚慰着虔诚的赤子心。清明的春雨，洗涤着后人崇敬的心灵。

醉过方知酒浓

翻开酒的历史，可发现酒与人类文明相伴已达5 000多年之久。酒从最初的食物（酒酿）、药物、祭祀用品、保健品，发展成为当今人类不可或缺、无处不在的饮品。吃饭上酒楼、旅途住酒店，生日、婚庆、丧葬等场合是无酒不成宴，交流的、营商的、公关的、人情的、礼仪的饭局更是少不了酒。

宋人在一千多年前发明了蒸馏法生产白酒，改写中国三千多年前从商周时代开始用发酵法酿制黄酒的历史,从此白酒大行其道,成为主流。白酒从香型、风味、色泽以及年份、浓度、产地融入了中华文化气象万千,包容多元的要素。五花八门的洋酒、红酒随着改革开放和全球一体化的大潮,也涌进了生活的方方面面。酒精依托着酒的品质、品牌在日常生活中彰显了其文化光彩。

酒,当然是好的,故有美酒之称。酒,美在其不仅仅是色、香、味俱美的食品,美在其承载的文化。以食物为基础原料经酿造而成的酒,其生产的过程从加工工艺、储藏包装、品牌定位等均注入文化元素。酒的成分也因原料制作、地理环境、存储时间诸多因素决定酒质差异。其柔绵醇和、芳香悠长、优雅细腻、甘润浓郁等诸多特性,超越了其主要成分乙醇酒精。

酒,更加美好的方面是其给人在精神方面带来的愉悦。唐宋时期的诗人把喝酒与文学创作推到了极致。"李白斗酒诗百篇"著称的"诗仙",用"烹羊宰牛且为乐,会须一饮三百杯"表达了饮酒为乐的豪情,抒发了"古来圣贤皆寂寞,唯有饮酒留其名"的精神境界。被郭沫若先生谥为酒豪的杜甫先生在"醉里从为客,诗成觉有神"的意境中慨叹"应须美酒送生涯"。苏轼也是"俯仰各有志,得酒诗自成"。唐朝书法家张旭三杯过后"挥毫落笔如云烟"成为"草圣"。"书圣"王羲之醉而创作《兰亭序》,"遒媚劲健,绝代所无"。怀素那神鬼皆惊的《自叙帖》是出自其酒后即兴泼墨。郑板桥曾写诗自嘲"笑他缣素求书辈,又要先生烂醉时"。由此可见,不管是文人骚客还是书画大家,均在酒中获得创作灵感,留下传世佳作,正是"杯小乾坤大,壶中日月长"。

酒还有许多奇妙的功能。西汉马王堆出土的《养生方》中就有药酒生产工艺的记载。唐代孙思邈有道:少饮,和血益气、壮身御寒、辟邪延秽。《黄帝内经·汤液醪醴论》论述了酒在疾病中的药用价值。李时珍的《本草纲目》里专列了逾千个药酒处方。

我曾在一个课堂里听一位专事研究养生之道的高人讲解酒的养生功效。他说，人随着年龄的增长，身体阳气渐消，阴气渐增，气血逐步凝滞，酒是从植物果实中提炼出来的精华，阳气实足，适量喝酒可使阳增阴消，气血畅旺，达到保健功效。是啊，疲劳困顿的时候，酒可解乏。待人接物，酒可以成为畅开言路、沟通感情的工具。酒还是表达礼节的助手，寄托情感的载体。当情绪消沉、悲哀感伤之时，酒可以宣泄负面情绪，提振胆量和志气。三国曹操曾在"壮士暮年"，写诗"何以解忧，唯有杜康"。

正如许多事物有好必有坏、有正必有负，酒有美好的一面，也有丑恶的一面。东晋著名归隐田园的诗人陶渊明，自述"但恨在世时，饮酒不得足"，嗜酒如命，不顾生计、贫困潦倒，长期酗酒以致5个儿子中2个儿子智力平庸、3个儿子先天痴呆，晚年其对此追悔莫及。从古至今，因酒滋事引发杀身之祸、因醉而伤亡、因酒贻误事业之事不胜枚举。商纣王酗酒成性，还发明了"酒池肉林"的荒淫喝法，终导致众叛亲离、国破家亡。西汉时期，刚直而好酒的灌夫在丞相田蚡的婚宴上借酒骂坐，不但自己被杀，还连累了营救他的窦婴。在物质生活日益丰富的当下，酒后醉卧不醒的不计其数，"因公"陪酒致死的大有人在，每到节假日醉酒而入院抢救的时有发生，还有许许多多酒后醉驾危害社会的悲惨教训。

德国科学家研究表明，通常情况下，人在饮酒后6分钟，酒精就进入脑细胞并发生作用。酒席中，酒过三巡，饮者便可进入兴奋期。此时开始频频碰杯，语速加快，语调提升，情绪兴奋高涨。随后可能进入急性酒精中毒的麻痹期，大脑控制力渐差，开始胡言乱语，甚至酒后乱性、胡作非为。再喝下去，进入急性酒精中毒睡眠期，可以不分场合、地点和衣而眠、倒头就睡。

饮酒不当的危害是显而易见的。对个体而言，饮酒首先是伤害中枢神经系统，其次是肝脏消化系统、泌尿生殖系统等五脏六腑。同时，习惯性的酗酒可形成酒瘾，成为嗜好。"不去不去又去了，不喝不喝又喝了，喝着喝着又多了"，是瘾君子的真实写照。更有甚者，逢喝必醉，醉后撒酒疯，染上恶酒癖。我观察发现，长期酗酒者，神情萎靡而呆滞，不喝酒提不起精神，思维依赖酒精，脸色昏暗、情绪波动、手脚震颤。据医术界统计，长期酗酒者的平均寿命仅 51 岁。充分认识酒的危害的古人，实行过酒禁：为强国而禁、为节约谷物而禁、为专卖而禁、因酗酒肇事而禁。当今饮酒日盛，习俗日普，禁酒只能对特定的人员和时间而言。

酒醉的感觉是令人难忘的。曾几何时，夜班过后在啤酒厂附近草地边"叹"刚刚出厂的鲜啤，那真叫山喝海饮。打圈法、对垒法的酒宴，连轴转的敬酒喝酒，白酒、红酒、黄酒"三中全会"，直喝得天旋地转。有些场合，饮者变着法子喝酒，洋酒杯架在另一酒杯上倒酒叫"打炮"，在啤酒里放一小杯白酒叫"深水炸弹"，还有猜色盅、行酒令，花样层出不穷。醉酒第二天，仿佛头颅扎了针一般，疼痛欲裂。翻江倒海清算腹中之物后，浑身酸软无力。惨醉一次，几天后看到酒瓶子身体器官还会产生痉挛式的反应，发怵恶心。从醺醺然飘飘欲仙，到狂躁、麻木甚至短暂失忆，酒精在体内不会屈从于仅有的理智，直至酒精被机体化解。醉后的痛楚直叫人追悔、自责和反省。那酒精度高低不一的酒，归结为一个字：浓，浓得醉人。

每次醉酒，每每发誓戒酒，却发现人不可能生活在滴酒不沾的真空。连那寂寞的天宫月球上，吴刚还有桂花酒呢。但是，酒绝对是可以控制的。远离酒醉的日子已有两年，不给自己找借口，也无需理由，就是不能喝多，就是不能"买醉"，就是不能失控。为什么不能让美酒保持其供人们分享的魅力？为什么不能在聚会品酒前重温物极必反、乐极生悲的哲理？为什么不能在清醒的状态下，在任何有酒的场合都把控理智的"总开关"？

酒在一念之间，非醉与醉，一个天上，一个地下。

(《羊台山》第 36 期)

栀子花开（外二篇）

◎ 黎 乐

六月，快乐而悲伤的一个月，记起的，是离别；是来不及期待，来不及失望，12年的寒窗，不管如何，成不成熟都要一同收割的季节。

有没有几个人会清醒地意识到，即将告别的是校园还是太多的同学，已经是一个段落。这样的一场同窗，这样的一场苦读的相遇，有谁会在意是缘是劫。此时有的，只是一段苦命拼搏之后不明所以的空白。

这个季节的故乡，葱葱的绿，在记忆里，故乡是要忘记的，故乡的伤痛，如同那些地里可能有的绿，在风里恍。

这个六月，同学们左问右询，终于找到线索，就想策划一场隔着许多年月的相聚。那些人，在的，大家都还在。

这一夜，突然地闻到了淡淡的暗香，沁人肺腑却不浓烈的张扬，就像某个故人，让人喜爱却不失尊敬的味道。及至梦里，轻易地回到了少年，在家乡的那些路上，有栀子花如雪的洁白，有高歌清唱，而且，有一个少年的和音。梦的完美与纯净，让人望尘莫及。

多多少少有一些好奇，对于故乡压抑的想念，梦里的少年。

恍惚中我仿佛感悟到了栀子花开的寓意：栀子花开，离别上演。怪不得，再次找回来的日子，依然在六月。

想到花的记忆，就将家乡的这些零散的碎片连成了一幅幅的画面。一路一路地陷，到底是没能走出那个少年眼眸的海。

栀子花有淡淡的香，原本就像一场邂逅吧。那时的自己，清汤挂面。而那个少年，明媚的是一道风景。终是隔着山高水长的距离，便也从此后，可以听太多人说及的初恋，说起的少年情怀，风光旖旎。而自己，守在一朵花的故事里，极不自信地，想那样的美好从来不是自己的。自己的世界里，没有童年，没有少年。

能够漂泊的时候，就已经有了类似于漂泊的流浪，到一些似曾相识的地方，进行一段不与人相处的游走，暂时和喧嚣的世界隔开距离。这个世界纷杂而多变，不可能跟得上的，只有祈求自己安静下来。于是，也只求心灵一直的澄澈。想这样子，一直这样子下去。

忘记了回头。

一日有友人发来图片，说正吃花。花儿好吃。一个吃着花朵儿的女子，说着花事的时候，就真的想趴在她的唇边，闻听她吐气如兰。女子说："栀子性苦、寒、无毒；气微，味微酸而苦；入心、肝、肺、胃经。"

"该有一个栀子花般的人在那里。"

闲闲地听她的花语，她的纯洁，她的家乡的那个人，那一段是友谊的烂漫。听她说在家乡采了栀子花儿，就水里捞了出来，放点歧油、姜丝，美味而清爽，有甜有香，都是淡淡的。试想了想，花的纯洁，家乡的淳朴，友谊的真谛，若还有，两个人的烂漫，大致，已经是青春的全部。那么，自己梦里的人呢？

恰同学少年，便是烂漫的新始。《本草纲目》称其"悦颜色"，大意外。这栀子花，一点点香，那么干净的，竟然称为悦颜色。

是最本真的那一种，整理衣冠、妩媚敛眉、羞儿理发丝少年诺诺不知语的这一种吧。绝对不可能懂得波澜壮阔的妆容的。

便是会心会意。

对于聚，已经是向往。轮到终究的聚，所有的红尘往事一一回放，也平常也生动。恰巧是栀子花的时候，就让一枚浮在瓷盘上，白的瓣，绿的梗叶，羞的怯，暗香涌动。是多年来等待的一刻，六月的热铺天盖地，想去找回往事和记忆的念头，像盘中的花蕊，轻咬一口，就要做成那个美如晨梦的女子。

有过已经是美好，不管自己记得不记得，他们知道不知道，依然是好。隔着多年光阴的距离，知道那一段，原来没有过空白，原来一直在心底温暖着，嘴角微微的笑意中得到了全部的诠释。于是，感动在心的依然是岁月留下的嫣然，微微泛起的嘴角流淌过的那些爱，时光会记得。

再后来，才明白，栀子花的花语：坚强、永恒的爱、一生的守候。

玉

我的朋友，送了幅"瀛洲玉雨"的横幅与我。风流倜傥的隶书倒也写得圆润而余味。我好好地裱了置于书室。

来我书室的人，朋友的朋友，家里的朋友，不是我的朋友的朋友，总是太多。于是，有太多的人，包括老中青，会问："瀛洲王雨"？为什么是"王"呢？然后还要搞得特别考究："有什么典故吗？"

我说是"玉"，那是个"玉"字。人家又再哦哦地，"原来是写错了"。一笑释之。竟然遇到过写毛笔字的货色。

愕然！

不想糟蹋了玉的质，玉，有玉树临风，有玉似的人。男男女女，阴阴阳阳，内里乾坤都是玉的传说。所以，不说玉。我说书法。书法为什么好？书法因为可以从象形字开始。甲骨上那一堆图，是字。而玉的由来，缘于书法一说，也是从一堆的象形甚至更久远而来。

美石为玉，这个玉，你会写吗？玉是石头的精华，佛道雅称为大地舍利子，是具有祛邪避凶的灵石，这样的一块东西，你懂吗？

玉，来自于远古的大地。华夏民族在有文化的时候开始，他们就将人文注入玉文化中。玉的文化，在800年前，周易之学，赋予了玉文化的哲学体系，是为易。

易，周易，阴阳两种元素的对立与统一，玉为石，石为土，对应着天与人，去描述世间万物的变化。在儒道未形成之前，玉文化的哲学根系依附上了易。

易化了的石，那种人与自然相融的美妙之感，经了精雕细镂，无穷美妙。那么，人们用什么字什么样的笔画来代表这一种石头文化与人文文化的相融呢？

在书法之中，古"玉"字为三横一竖。最早的象形文字"玉"用一个长长的线，从中将三横贯穿并维系。玉的原始本意，三横为三阳爻，代表天、人、地三才，中间一竖代表沟通。

说到这里，我不知道大家会想及什么。天、地、人、沟通。

玉质的物，在当时，就是一种沟通。而沟通的上与下，是天与地。那么连贯起来的意思，就是人通过玉，连贯沟通起了天与地。这元素里的其中一个元——人，在远古时期，到底会是一个什么样的人物呢？我很意外地想到了巫师。

玉，在最早的文化期里，是为巫师资质的人物者所持，玉石是作为一种巫师与上天沟通的灵异媒介。从而，古人用各种纹饰雕琢成的媒介，也就是玉。玉的信息，作为与天地祖先的沟通，形成了玉的文化，才有了符号，继之记数与标识，直至语言与文字的产生。

那时候的民风，远不是用拙与朴、纯与净来表达。只能说是玉的一群品质的先祖，用玉的本质，做成了玉似的人。

这样的人类，当然是没有欺压与算计的，有的是天道的方圆与规矩，巫师是最神圣的仙人级人物。其他的人，是仙。君子谦谦温润如玉的年代。这样的地方，当然没有王的出现。那时候的玉字，简单地写成了我们现在认为的"王"字。

后来，社会变更，石器时代的过去式，人物权力欲望的出现，红尘滚滚地发展，不避免地出现了领头似的就要高人一等的人物——王。于是，王为了表达对于玉的尊崇，就王字上面加上去的一点，被定性为玉字。

"玉"，成了王者之仪。

所以，玉字的由来，不过是因为王的出现而已。玉依旧为玉，只是于远古之前，多了一份人为的私欲。

书法，是毛笔字。书法，实在不是一门艺术，但是，可以艺术地写毛笔字，升华为书法。书法里，从甲骨文、金文演变而为大篆、小篆、隶书。隶书基本是由篆书演化来的，主要将篆书圆转的笔画改为方折，图的，也不过就是书写的速度能够更快。当时，在木简上用漆写字，很难画出圆转的笔画。所以，隶书也叫"隶字""古书"。后面至定型于东汉、魏、晋的草书、楷书、行书诸体，等等，不必累叙，太多太多的细节，书法一直散发着艺术的魅力。而隶书的玉的写法，从而延续了古书的玉字，即为王的写法。

古字的玉字和王字，虽说都是三横一竖，但玉字三横的距离相等，而王字上面的两横距离较近，下面的一横距离较远。再后来金文的玉字两边各有一燕尾的长撇。直到楷书时才真正地变成一点。而在书法过程中，一些细微的在笔势上的讲究，不过是为了艺术地创作平衡了一种美，但改不了玉字的万变不离其宗。

还有，《本草纲目》中记载，玉有安五脏、安心神、止惊悸、除邪气等保健功效。但是，古玉并非今人手中的籽料翡翠，它是具有浓厚的文化底蕴的石子。中国词汇中有玄机一说，玄机的由来即璇玑，指中国古人对自然之道运行规律的理解。而璇玑，一眼即明了，全由玉的根由而来。

是以，瀛洲玉雨，即王为玉。至于瀛洲玉雨的意思，就自己去读书吧。

竹音·听风

一日，有风，太阳尚未完全西山，月已上了枝头，漫步竹林。

有袅袅炊烟近，缭绕着的四周，看到细竹围拢的篱笆，攀爬的藤，有一种道不明的氤氲，会韧着一股子气儿往上蹿了去。立于柴门，静听落叶的声音。

有小鸟，潜进了一片绿。绿竹深处，该是所有风云的变幻。听到小鸟的唤，听不明是召唤着小家伙的归来，还是找寻姆妈的小声儿唧唧。或者，等待归家的呢喃，那么情深，甚而羞涩到那样地怕人听到。

竹林的边缘，安静地横着一些落花流水的消息，是时节的故事，竹子却不管不顾。春天猛猛地要一日千里的豪气；夏天只负责枝繁叶茂；秋天却是衬着蓝天的一幅幅水墨；冬天，就显示着那种苍凉的骨节。

隐在竹林的院落，也隐着人间的烟火，缠绕在草庐上，可以想象得到五线谱的韵，就等了人去弹奏，忽远了，却是清晰；忽近了，却也是走进不了。缥缈着，薄薄的，可以用手去快速地拂，拂成想象中立体的形象。是求而不得遇而巧的章节，高深而莫名。

风，栖落在叶上了。竹叶换上了长长的水袖，可以甩手而去的兮兮，可以往怀里去的嗦嗦。想起了那个在戏台上独自沉沦的某个剧情，水袖轻拂，爱恨都在一念间。所有的缘由，都是戏里的解说，像笔墨之中的泅与染，一笔下去，笔笔是风情。

竹林深处，尘烟已远。一点声响，那是竹儿整个身子随风起舞的模样，有一圈一圈的涟漪，漫天漫地，此起彼伏，起伏着大海的波浪，柔柔细细，说不出的律。

是十里埋伏。

残阳已如血，染成天空为幕，色是朱砂的笔，画成了风里的竹，一片看不到尽头的汪洋。极暖。山风吹拂摇曳，竹叶婆娑如浪波波相接。一股清新湿润的味道，是竹子本来的香，草木的香，飘过来，那就深呼吸，深深地呼吸吧。

远近林中鸟鸣声声，呼吸声与穿竹林弹拨叶片的软声细语，看到隐隐的屋檐，一切的一切，都只是为了与那烟火的人间遥相呼应。再之后，无风有浪的气势，一涛一涛地来，人仰马嘶声、兵刃相击声、马蹄声、呐喊声，朦胧而惊心动魄。

不知道十里埋伏着的，是多少红尘的烟火，会不会在夜色岚气里，隐约出那一座城池，是正史或者野史情形中的四面楚歌。只是，没有楚歌多好，太平的盛世。

有直刺蓝天的高挺，是人生的模样，一节一节张开着耸上云天，青罗盖里会筛下丝丝缕缕的光，衬着明媚里的骨与节。高些的地，或许最幽深的山谷里，有着青衣的女子，有着布服的男子，扔得下所有的前尘。从此守得这竹林间的风，天上的月。再看那边，闲置了一把琴，一杯茗，纱帐低垂。

落日终究沦陷了，月亮起来了。有隐约的琴音传来，是故乡的声音,游子的吟唱。有如那水的思绪,相思会冲过这丛丛叠嶂的竹林,瞬间溢满故乡的边城。竹林便懂得了这一声一声的轻声叹息,附和着思归的人儿心上的酒杯,都是一口一口地叮咛。这行歌的吟者,就是日日里要翻过的线装日历。

一把竹箫该来应和。幽悠的牵引,飞过一株一株的竹,去飞越一些竹林之上的心窗,横拖着千里之外的云朵,不负这销魂的时刻。

疑真似幻,听取了一些晨光,要闻鸡起舞,要踏着暮色而归。于是住行坐卧、一思一念,遵行着一种道法自然的清规戒律,静观沉下来的心。或许,那个人,亦然隐没在飞梁绕柱的钟磬之声中,尘缘俗虑渐渐消淡。

风流,风在流动,层层叠叠的竹叶,流动成了一片迷蒙,是懂得的知音,千年不醒地摇着一个清凉的梦。

(《羊台山》第36期)

我走进了电影里
——毕业30周年拾忆

◎ 王 坤

一

1981年12月30日,三班以小组为单位迎接元旦,我们三组包饺子吃。大家在一起,个个动手,热热闹闹,节日的喜庆四处洋溢。一说起这种机会只剩下一次了,诗人王佳平还挺伤感的,提议明年春天,小组搞搞春游,毕业前多欢聚几次。

一组上次元旦包过饺子,这次便换了一样:杀鸡吃。头天就买回几只鸡放在宿舍里。没承想,到了五更天鸡就开始报晓了,把宿舍的人吵得睡不着。不知是谁终于忍不住,悄悄把鸡笼拎到门外来……

报晓的那家伙不仅是公鸡里面的战斗鸡,可能提前吃过转基因饲料,更是升级为战斗鸡里面的轰炸鸡兼滑翔鸡,报晓声时而高亢嘹亮,时而低回婉转,高低远近,上下左右,在楼道里往复回旋,无休无止!大家都被吵醒了,又气又恼,但在那个喜庆的日子里,气也气不得,恼也恼不得,于是几乎所有人都一致作出了最不应该的反应,像奥布浪斯基那样:《安娜·卡列尼娜》中安娜的哥哥奥布浪斯基,当他妻子杜丽手拿透露他与家庭女教师有暧昧关系的信件,当面质问他的时候,他做出了一个最不应该的反应——笑了。也就是在那时,令人真切地体验到托尔斯泰的高超与精妙!开始大家都还只是捂在被子里笑,都想掩饰自己的最不应该,不知是谁没忍住,掀开了被子,立马引发了一场"大合笑"。那升级版的多功能战斗鸡以为听众在鼓掌呢,更来劲了。于是人鸡互动,高潮迭起。古人留下了"大珠小珠落玉盘"的经典名句,那天晚上我们三班男生演绎的"鸡鸣人笑震壁板",估计也会向着经典前进的。

这是入学后最靠近电影的经验之一,但与入学时的情景相比,就逊色多了。

1979年北师大新生报到时间为9月10号至11号。我是9月8号到的,提前了两天。当时从南门进来,脚一踏进院内,便觉得置身于神往已久、陌生而又亲切的氛围之中,温馨、安谧而又热烈、神圣。我们毕业以后过了好多年被拆掉的主楼,赫然耸立,十分巍峨。屏住气,一边抬头向上张望,一边登上台阶,穿过主楼大堂往前走,眼前大亮:我到电影里面来了!对面是图书馆,主楼与图书馆之间,好大的一个广场,广场中间一个大大的长方形花圃,里面的花儿长得崭崭齐齐,鲜红得耀眼无比!跟样板戏《海港》里面的景色几乎一模一样!跟纪录片里清华大学的景色几乎一模一样。

在农村的时候,看电影是碰到什么就看什么,看过之后,总会有一些画面印象深刻,死死地烙在脑海里。看过《海港》后,港口大道两旁的整片红花时不时就会在眼前晃动着。电影正式放映前,一般都会加放一个短一点的纪录片,与形势有关。有一次加放的纪录短片是关于革命教育的,其中一个长长的镜头,拍的是清华大学:一队精神抖擞、意气风发、整整齐齐的大学生,从一栋非常气派的大楼走出来，走向楼前的广场。那场景、那气氛，让人除了羡慕和向往，就是揪心揪肺似的难忘！

后来才知道，北京人管那花儿叫"串儿红"，正规一点的叫法是"百日红"；清华大学的那栋大楼，就是他们的主楼。在第一学期还专门同老乡一起去那栋大楼前逛了逛。

我居然走进电影里面来了！这就是我上大学第一天的第一印象。

上大学之前，在湖北蕲春老家当农民；当农民之前，在公社上小学；再之前，也即1966年8月之前，在武汉，上幼儿园，上小学。1979年我们公社还有一位应届高中生考上了北京医学院（现在改为北大医学部了），那家人觉得我年纪大一些，又有城市经验，就要求我与他们家孩子同上北京报到。而北医的报到时间比北师大早两天，所以我就提前到了。

如果是按时到的，可能第一印象就会是别的什么了；一个人站在那儿静静地（别人看来也许是傻傻地）体味走进电影的感受，也许就是在其他的什么日子了。这是后来才意识到的。

从电影里出来之后，问过路人，径上六楼中文系办公室报到，很快便被引到辅导员骆增秀老师面前。她带着我走了几个地方，三五下就办好了几乎所有的手续，直到我住进西南楼（现为学7楼）宿舍，她才离开。望着骆老师下楼的背影，我意识到离开了农村老家，来到了北师大新家。直到现在，这种感觉仍旧萦绕在心间。与朋友聊天时，一般都不说"回母校看看"，而是说"回去看看老巢"。

当时感觉特别棒的，现在说出来有点点特没出息的味儿：骆老师带我到食堂领了9月份一个月的餐券：整整一大版，花花绿绿的，标明了日期和早餐、中餐、晚餐，一次撕下一小张，到食堂递给窗口里面的师傅，人家就打饭、打菜，菜里有肉，真是吃个饱，吃个好。在农村，这就是神仙过的日子了！

还有更棒的在后头呢：因为来自农村，享受甲等助学金，每月18元生活费，4元助学金，共计22元。那时家乡县城里的工人，每月的工资还不到这个数呢！有书读，又没有后顾之忧，这日子过得多滋润呀。

不光如此。大学的温暖与传递中的温馨交融在一起，令人印象格外深刻。

同宿舍的张旭，他爸在故宫工作，开学的第一个周末，张旭拿来故宫参观券，全宿舍逛故宫，好不开心！

第一学期期末考试前，1980年元月7日下午全年级大会，骆老师宣布了现代文学、现代汉语、文学概论、英语这四门课的考试时间，交代了考试纪律以及复习期间要注意锻炼身体等等，最后还特别强调了一句：伙食不能节约，要把十八元的生活费全用在吃上，不能节约用来买书。直到现在，一想起那句强调，心里就涌起一股暖意。

1979年11月26日的日记中还有一段记载：

"今天班长张文澍把补助的十元钱又送给我了。上次是寒衣费十五元，加上这次生活费，共补了二十五元了。班长还从女生那里拿了四斤粮票给我。在这里生活，时时处处都令人真心感动。要是不用心学习，不学出名堂来，真是问心有愧。努力！"

记得那时班上除了班委，还有团支部。女生的粮票之事，估计就是曹慧、王晓娜、吴伟凡她们这些班委、团委操持的。

当时张文澍给我最深的印象，就是四个字：像个班长。我们家乡评价干部的最朴实、也最高的标准就是这样的：如果大家在背后说某书记像个书记、某队长像个队长，那么这个人就一定是真正的好书记、好队长。张文澍一直以本性行事，而不是用心计行事，做不做班长，他都是那样：专业学习十分优秀，为大家服务十分真诚，像亲兄长那样关照同学；我们今天所赞美的坚守底线，在他身上不是体现为刻意的，而是一种自然的存在。也正是这个原因，直到现在，同学聚会时大家都无一例外地称他为老班长。

蔡姓是三班的大姓之一。一女蔡蔡丹丹，时下在欧洲；二男蔡当时与我同一宿舍：老蔡蔡建华，小蔡蔡向东。小蔡时下任职总政，当年是应届生，在我们这些人眼里，就是小孩了。小孩的特点就是听话，小蔡当时不知是听了谁的话，反正总见他下了课就去拿报纸信件，乐呵呵地挨个儿宿舍分发。小蔡至今依然听话，每每同学聚会，他都是具体操持者，给天南海北的同学分发"信件"。当然，今天的小蔡升格了，除了听话，他的发话对我们来说往往就是最具吸引力的召唤。

老蔡与我，当初是西南楼302宿舍室友，现在则是广州市市友。他在我的印象里，也是四个字：像个汉子。而且，相处越久，就越能看到他身上刚毅之中的友善、温和与真诚。1982年4月21日晚，赵廷昌来宿舍约稿：为迎接校团委举办的"五四"诗歌朗诵会，次日下午班上要搞个青春诗歌朗诵会。去会场看热闹肯定没问题，但说到交稿，大家都磨磨唧唧，懒得动手写。老蔡笑眯眯地说："王坤，你平常不写小说吗？那写诗更不在话下了。你要是写了，朗诵就是我的事。"喔！喔！室友们都拍手称赞这个方案，我也就乐呵呵地不再推辞了，写了一首《家乡的月亮》。朗诵会上，老蔡在语言方面的素养和功底小露锋芒，像点石成金那样，把分行排列的几句散文朗诵得十分出彩。现场的效果，还不是那种礼节性的好评：第二天徐承敏见到我，很真诚地索要原稿；毕业留言本上，王晓娜专门提到"家乡的月亮"。

当时，业余创作的风气比较盛行，写诗或小说的比较普遍。我们班诗写得好的，印象中就有王佳平、郭辉图等；李惊涛的小说写得不错，我也一度试写农村题材的小说。回想起来非常难得的是：大家都很真诚地请同学批评自己的作品或应邀批评别人的作品。杜一力和一班的李丽，她们的文学理论学得好，提出的意见深刻、到位，极富启发性；虽然小说和批评都没有正式刊出，但与我四年间听过的课、看过的书、做过的作业一样，都融入了逐渐积累的学识之中，其价值远在发表之上。

记得我有一篇小说曾"发表"在教2楼我们班的墙报上，以自己的经验论，也许会有人扫一眼吧，但万没想到有一天老蔡很正式地对我说：你的小说语言要加强提炼，写生活不等于把农村那些粗俗的语言照搬到作品里来。啊哈，他居然认认真真地看完了墙报上我的作品！

二

写小说毕竟是业余之事，专业学习才是正业。我们79级赶上了好时机：第一学期刚过，中文系的教学改革就正式启动了。

1980年4月19日下午，系里在新二教室召开年级大会，宣布新的培养方案：大一、大二集中上专业基础课，大三、大四分开上专业选修课。全部专业选修课分为五个专门组：古代汉语组六门课；现代汉语组六门课；古典文学组四门课以上；文学理论组四门课；现代文学组三门课。这只是77、78级的专门组分类，到了我们79级，还要增加，至于具体的分组办法，则是在老师的指导下自愿报名，每人三个志愿，最后根据老师掌握的情况决定。

当时在讲台上讲话的老师，给我们的印象是数学不太好：因为专业基础课的课时和专业选修课的课时，都是两位数，那么全部培养方案一共是多少课时呢？"两个数字相加就是……"，他迟疑了一会儿，"就是两个数字之和吧。"下面顿时一片笑声：原来中文系学生的数学不好其来有自呀。会后才知道，那是童庆炳老师。他没给79级开课，但后来我硕士论文答辩，童老师是主席；博士论文答辩，童老师是论文评审专家。

每门专业基础课至少要学两个学期，每周两次。比如现代汉语、古代汉语和文学理论等；还有要学四个学期的，比如古代文学和英语。说到英语，这是令我汗颜的软肋。1979年的高考，开始增设外语科目，但是成绩只按10%计入总分，像我这样压根不懂也没考英语的人士，班上不止一个呢！我与韦云翔就是难兄难弟，进的是慢班，从26个字母开始。我俩还找过教英语的檀峥老师在周末补课，她非常耐心地为我们补发音、补语法。

那时的老师，补课、辅导、布置作业、批改作业、讲评作业是常态。我在武大时，开过一门全校公选课，批改作业后，一位图书馆系的学生十分激动地说："谢谢老师！我在高中时老师都没有像您这样给我批改作业。"其实，这只是延续了老师的做法而已。用家乡话说，不过"屋檐水滴现凼"（"现凼"即屋檐下位置始终不变的那个现成的小坑）罢了。十分惭愧的是，这依葫芦画瓢已经走样，打了不少折扣，到现在，只保留了一招：凡是学年课，第二学期首先讲解上学期的试卷。

专业选修课的课时则没有统一。我选的文学理论组，《古代文论选》上两个学期，大三开始，第一学期黄安祯老师上课，在教2楼203教室，每周两节；第二学期李壮鹰老师上课，在教2楼307教室，每周四节。课程结束时，李老师还发给大家一份材料：他自编的《古代文论梗概歌》。

《经典文论选读》也是大三开始，两个学期，第一学期刘庆福老师上课，在数学楼207教室；第二学期齐大卫老师上课，在教2楼307教室，不过第一次课是刘老师来总结上学期的内容。大四时刘老师指导我的本科毕业论文，题目是"马克思恩格斯的典型理论"。当时是由学生先报选题,然后系里根据题目确定指导老师。

在上专业基础课时,记忆中笑声最多的课堂,是张之强老师的《古代汉语》和杨敏茹老师的"建安文学"与"两晋文学"。张老师讲到古汉语中的"使动"用法时,总是面带微笑,嘴角稍微一咧,右手肘微抬,手掌作使锥子钻眼状:"就……就使动一下。"无论词语多么古奥难懂、多么佶屈聱牙,到了张老师那里,都明白如话,且多谐趣。

杨老师讲课,真正是抑扬顿挫,尽显古代诗歌的音乐之美,而且时不时还会夹杂一句"but""only",拖着长长的音调念出来,以表示词意的转折等。经常是转折还没结束,一阵阵笑声就轰然而起了。

杨老师还给我们开过两次讲座:《漫谈唐诗宋词》,1981 年 12 月 2 日晚,新二教室;《稼轩词》,1982 年 3 月 10 日下午,新一教室。她特严谨、特幽默,第一次讲座,上来就纠正题目:"我讲的题目是'学点唐诗宋词',不是'漫谈',不然就不知要'漫'到几点钟。"

启功先生开的讲座也有两次:《工具书和自学方法》,1980 年 4 月 5 日下午,新二教室;《香港之行》,1982 年 4 月 29 日,教 2 楼 108 教室。第一次开讲,先生首先作三点说明:"原来的题目不合逻辑,改为'自学方法和工具书';仅限于古典文学范围内,因为我是在古典文学教研组工作的;不超过四点半,今天是星期六,故不耽误大家回家,讲不完的可留在下回讲。"

启功先生特别注重授课问题:"凡是告诉人而人听不懂的,那就是自己也没有搞懂。"他并不认可苏联专家的"教学法":"任何课都没有单纯的,不能把课分成什么'分析课''组织课''提问课'等什么的。"先生特地讲到苏联专家如何示范上提问课:整整一堂课，专家都在那儿不断地、反复地用稍微变化的句式质疑小英雄雨来死了没有。把大家笑得个不亦乐乎。

除了课程设置本身，中文系对学生的要求，真正体现了爱之深、责之切。1981年4月2日上午第二节课后，总支书记龙老师趁大家都集中的机会来传达中央9号文件。传达之后，龙老师很郑重地希望大家把精力都放在学习上："想要做出成绩来，不下苦功是不行的；当然，要想就这样过去，也就算了。"1982年6月17号上午的课结束后，给我们上"元明清文学"的李修生老师讲考试复习的问题，最后专门针对个别同学不学习光瞎玩的现象，予以严厉的批评："寄生虫哪朝哪代都有，在北京更有。我们今天的生活条件，不是那些人创造的。同样，无论哪朝哪代，都有奋斗的人。对于寄生虫式的人，不论处于何地位，都可以鄙视他们。只剩下最后一年了，如何努力，有前三年的经验、基础，可以取得长足的进步；如果混，这一年也非常容易过去。总之，最后的一年是关键的一年，只要努力，能够夺魁！"

李老师还根据上次课堂作业情况，对全年级同学的水平下了一个评判：比较一致。"最好的比头两届中最好的要差，最差的比头两届中最差的要好。"说得同学们都笑起来了。"只要努力，差的可以赶上好的；如不努力，好的可以落伍。关键就在于谁能下决心努力。"

李老师的讲话，充满激情和号召力，在同学当中产生了相当大的震动，尤其是在女生中间，据说课后有人回到宿舍哭起来了。

过了好一阵才知道，原来李老师当时兼着副主任，难怪由他出面讲这话。说来不好意思的是，大学四年，竟然不知道系里的主任是谁。当时学校和系里根本没有向学生传递这方面的信息，我们知道的，除了老师、同学和课程，就是辅导员和书记。

四年受教，终身受益。我的特别幸运，就是在工作单位见到当年上课的老师，重又亲聆謦欬，蒙幸厚赐。

毕业后见到的第一位老师，是郭预衡先生。

1983年7月，我毕业分配到湖北教育学院（现在的湖北第二师范学院）。第二学期开学不久，郭先生因路过武汉，被学院请来讲学，题目是"中国散文史的几个阶段"，我自然被派去陪侍左右。当时高兴坏了，但又不敢要先生的字，只是在吃饭时，拿出一个笔记本，先生题的字是：

行远必自迩，登高必自卑。题赠王坤同志，1984年3月18日。

由于没有凑手的笔，还是用圆珠笔写的。

在学校时，郭先生给我们开过选修课《六朝文研究》，第一次课是在1983年5月6日上午，教8楼207教室，共讲了七次。在我们毕业前夕，系里安排了好几门这样的热火课。现在想想，真是难得之极、珍贵之至！

在第一节课上，郭先生首先问大家：手里有没有《文选》？我等都摇摇头。老先生有点生气似的说："手里不备一套《文选》，那还叫中文系学生吗？"当即脸红得不行，后来特地去琉璃厂买了一套。老先生的板书堪称天下一绝，我们这些听课的学生，多有呆呆地凝视着他的板书的。这也许是另一种意义上的买椟还珠吧？

78级的老乡李卓文，分配在宜昌的一所高校，后来出差到武汉，交谈间得知我听过这门课，还有聂石樵老师的《李义山诗研究》，十分恳切地想借这两门课的笔记，我们平常交情不错的，自然应允。当时，这位读书时的学长兼兄长，竟然对我这个学弟千恩万谢起来！事后也非常郑重地完璧归赵。

郭先生当即就被接到湖北大学去了，学院隔天又让我去送讲课酬金。这里还有一个小小的插曲：本来应该在郭先生离开时就呈上的，但学院不知道规矩，是到武大、华师等校打听后才决定的。到了先生房间，我不知怎么开口。幸好与先生同行的是龚兆吉老师，我选修了他的《〈水浒〉评论研究》，便小声问龚老师该如何说。先生正在伏案题词，听到有人来，抬头望了望我，非常和蔼又非常诙谐地说："你是来给我送束脩的吧？"大家都笑了，我的怯意与拘谨也一扫而光。

2005年11月15日下午，北师大中文系任洪渊老师路过广州，应邀到中山大学中文系作讲座："重新发现汉语"。与任老师闲谈间，提及对郭先生的仰慕；任老师说与郭先生较熟，别的没多讲。不想回去后，任老师居然寄来郭先生的一幅字，陆游的《剑门道中遇微雨》：

衣上征尘杂酒痕，远游无处不销魂。此身合是诗人未，细雨骑驴入剑门。

我当时那个激动呀！

但是题款有点不大好意思在这里说，说出来会出事的——我惭愧得要死，你惊诧得要死：王坤同研嘱书。

毕业后两次见到李修生老师。

中大中文系有个不定期讲座计划：延请学界权威莅临康乐园，泽被后学。最后的定名采纳了我的建议："名师讲坛"。李修生老师是"名师讲坛"第八讲主讲专家，题目为"十三世纪中国文学"，时间是2003年9月15日上午。

毕业后20年，作为学生，我肯定是记得李老师的；后来晚上陪同李老师吃饭，他细看了我一眼："想起来了，你当时听课是坐在前面的，对吧？"那一刻真是开心！

第二次见到李老师，是在2006年3月25-26日，中大中文系举办"纪念王季思、董每戡百年诞辰暨中国传统戏曲国际研讨会"，我参与会务。第一天会议终场，在电梯口碰到李老师，他小声对我说："还是要抓紧时间，做好学问。"

这轻飘飘的一句话，对我的震动，与李老师当年对个别同学的批评相比，已是远远超出了，因为当时我属于用功学习的，自以为不在批评对象之列。内心深处，我把这提醒当作及时的鞭策；如果说现在自身还有动力的话，老师的点化就是其中的重要成分。

1982年2月春节过后，系里安排叶嘉莹先生给我们79级开了一门《唐诗研究》，在教2楼208教室，每周两次：周二与周六（那时还没有双休日这一说），有时周六的课也在周四上。头一次见到有人记忆力如此超强，整首整首的唐诗宋词，张口就来，一点都不打哽。

2006年2月21日晚7点，叶嘉莹先生在中大怀士堂为全校师生作专题演讲："从几首词例讲词的弱德之美"。当时是由历史系与中文系共同接待，我有幸当了一回"车夫"，载着叶先生去参观陈家祠等处。提及北师大的讲学，她连说记得记得，"我去过不止一次呢！"的确，有一次讲座，她与杨敏茹老师同台主讲，听人说她俩当年是辅仁同学。

回想起来，北师大一直注重延请校外名师，施惠在校学子。四年读书期间，听过不少讲座，有正式笔记的超过40个，平均每月一个吧。没想到的是，主讲专家中还有日后工作单位的权威。比如1982年6月3日下午，主讲"论音义关系"的武大周大璞先生；1982年7月1日上午，主讲"宋元戏曲"的中大王季思先生。当时只知道他们有名，后来才知道他们远不只是一般的有名。

在工作单位还见到当年讲座的专家，比如作家王蒙。

在北师大听过王蒙的两次讲座：第一次是北京图书馆主办"王蒙小说报告"，1981年6月20日在物质局礼堂，学校组织前往，讲的是"小说创作漫谈"；第二次是1983年4月27晚，在新二教室，王蒙讲"当代小说"。当晚的主持人是李惊涛，好像那时已经决定他留系任教了。我们三班的那一批应届生，个个都是靓仔，李惊涛应是当日的靓仔帮轮值帮主，用小说语言描述，那叫"帅得惊动了党中央"，他主持得有声有色，十分出彩地衬托了主讲嘉宾。

2005年4月6日下午，王蒙做客中文系"名师讲坛"，面向全校主讲"文学的挑战与和解"。次日上午，王蒙想看看陈寅恪故居，我当向导。他对"独立之精神，自由之思想"颇有感慨；我也大着胆子问了一个问题，他笑着点点头，表示认可；但对当年在北师大的讲座，只是微笑，估计记不大清了。

三

上大学不仅走进了电影，更有两次真刀真枪地参与拍电影，回想起来，真是过瘾！

第二次是北影拍《武林志》，1983年元月底，连续几个晚上去北太平庄那里，扮演擂台观众。虽然好玩，但精彩程度远不及第一次。

1981年6月6号周日，中文系79、80两个年级全体出动，装扮《知音》中反袁游行的大学生。到了国子监那里，先是换装，穿上民国时的长袍后，大家彼此对视：换了模样耶，认不出来了！一个个除了笑还是笑。咔嚓咔嚓，拍了很多照片。以后的年级聚会，拿出来把玩的照片，肯定少不了那次拍摄的，它们已然成为大学生活中的经典记忆了。

骑马赶来镇压学生的警察，是换了装的解放军战士。前几次试拍，马上马下的战士与学生都忍不住乐，导演急坏了，嗓子几乎喊破了。后来就越拍越像，个别学生用手上的小旗杆戳警察的力道大了一些，挨上的马棒也有比较实在的。

我当时想到了一个问题：据史料记载，中国直到五四时期，才有北京高校的女生第一次冲出校门，走上街头游行的。所以，反袁的游行队伍里不应该出现女生（79、80两个年级的女生估计占三分之一左右吧），与历史不符呀！现场的工作人员说，这事你得去问问那边的几个导演，我还真过去了。那个看上去副一点的导演很正视这个问题，说事先求证过现代历史研究所；但那个看上去正一点的导演只是斜了我一眼，便不再看我了。

后来想想，我有点傻：中文系的学生怎么去问一个历史系的问题呢？那么大的场面，如果重新来过无异于另起炉灶，不可能的嘛。还是文学理论没学好啊！

上大学之前，心里就一直想着要找到父亲的遗骨，运回老家重新安放。上大学后，这个念头更加强烈了。父亲生前是语文老师，就职单位的全称为"湖北省委干部文化学校"，校址在武汉市武昌区大东门工农街。"文革"初起时，他还是单位"社教"（社会主义教育运动）工作队队员，远在湖北宜昌地区当阳县下面的一个公社参加"社教"运动。工作队受命就地参加"文革"，至1966年8月，父亲受牵连含冤而死，草草葬于当地。我们全家随即以反革命家属的身份，被遣送回原籍农村。1979年我考上大学，湖北省委组织部为父亲平反的发文也下来了。

上大学后的第二个暑假，也就是1981年7月，我去系里开了介绍信，又借当阳籍老乡的学生证，以学生票乘坐从武汉至当阳区间的火车。因事先写信联系过，一切都办得比较顺利。那介绍信至今还夹在我的日记本里，属于我个人的珍贵文物。

父亲毕业于武汉大学中文系，是抗战胜利武大从四川回迁后招收的第一批学生。我1995年博士毕业也去了武大中文系，主要就是想追寻父亲的足迹。在武大档案馆，还真找到了父亲入学时的报到证、宿舍登记表、班级照等珍贵资料。

四年大学，暑假只有三个。第一个暑假留校平平静静地读书，第三个暑假也没有回家，竟于无意中碰上了一件值得乐呵好久好久的事情：参加第一届大学生运动会开幕式仪仗队。

整个仪仗队分两部分：清华的任务是在开幕式上抬会徽，由女生花队簇拥，走在前面；北师大组成一个60人的旗队，紧随在后。大家当时笑言：工科的人劲大，让他们干苦力吧。我们每人举一杆旗，轻飘飘的，省力。一共训练了16次，其间张卓玉也被我"发展"进来了。体育老师见我训练比较认真，预演前就把我从第二排调到了第一排。

提前两天彩排，结束时发生了一件小小的"不光彩"。大家到了后台休息室，见到那里放着几箱汽水，一拥而上。我脚下慢了一点点，没抢着。在我前面的小伙子，是校武术队队长，平时认识的，他见我落空了，很友好地晃了晃手中的汽水瓶，愿意与我分享，我连忙拱手辞谢。回来后总结时，无论喝了还是没喝，全体被体育老师批了一通：仪仗队的大学生觉悟不高，居然把给军乐团准备的汽水喝掉了，不像话！

1982年8月10号晚7点40，开幕式在首都体育馆正式举行。仪仗队出色完成任务，体育老师又把大家好好夸了一通。时至今日，在网上搜索1982年8月11号的《人民日报》头版，照片上还可看到自己的模糊轮廓：第一排四个旗手中高度最低的那个，嘿嘿。

大学期间的班级活动，印象最深的，首推1980年4月20号，周日，全班游览八达岭。听班长张文澍他们说过，很早就计划搞一次春游，联系专车，一天跑两个地方：八达岭和十三陵；后来变了，因为专车不愿去八达岭，担心翻车，喔喔。于是就决定去西直门坐火车上八达岭，十三陵先放一放。全班44人，去了30，除了后来拍毕业照，这是人数最整齐的一次班级活动了。说印象深，当然因为"不到长城非好汉"；还有一层意思：那几天，直到周六下午，都是漫天风沙，可到了周日，就只有风而无沙了，真叫一个吉祥啊！不用说，那天的照片也是日后的经典记忆。

至于十三陵，后来列入了毕业前的告别计划，主要是在1983年的5月间实施的。那个时候分配方案尚未出台，没课时就外出放松放松。与吴传俊去看了大钟寺（可惜正在整修）、潭柘寺、戒台寺，到美术馆参观了毕加索的画展；与龙思谋去看了地质博物馆；与老蔡跑了思陵、昭陵，不巧那天热极了，累得够呛。独自也看了几个地方，定陵、长陵（可惜不开放，只好绕陵一周了事）、卢沟桥、八宝山，还在历史博物馆里待了一整天。

四年间学校组织的各种活动多多，1982年5月4日晚，有个全校"青春诗歌朗诵会"，我原只想进去看看中文系的入选节目如何，没想到尽管中文系的节目没入选，却从头看到尾。

开场第一个节目，是外语系79级俄语专业的集体朗诵，那个男领诵的声音，厚实、雄壮、圆润，简直就是一级播音员，他一开口就把全场震住了。也有差一些的，主要是朗诵没有感情，硬邦邦的，我们几个人在下面讥讽为"葛雷硬"。但是我没明白"葛雷硬"是啥来历，也许是由吝啬鬼葛朗台而来，也许是阿星上海话中的一个形容词。节目是哪个系的呢？不好说的，反正是理科的吧。

历史系的那个节目"现场效果"比较热闹。他们朗诵的是《炎黄子孙颂》，十来个人一字排开，轮到谁了，就上前两步，对着扩音器开口就是。但其中的一位在轮到自己时，竟然不敢迈步，同伴扭头用眼神逼他，他竟然微微低头躬身，那架势是要往后退呀！还有两位一上台就窘得不行，手脚都不知往哪儿放。台下的观众于是就笑，笑着笑着，台上的演员也自嘲地笑了，并在笑声中放松了。

获得全场最热烈掌声的节目，是教育系78级的，男的姓杜，女的姓陈，不仅声音好，更有激情，有深度，让人久久难忘。

他们朗诵的是屠格涅夫的《门槛》。

当时全校78级都在等待分配方案的出台，79级一年后也会如此。大家的激情、勇气与豪气，在那一刻全被激发出来了。他俩的朗诵结束时，掌声持续了很长时间。

不久，78级分配方案公布，宿舍里议论纷纷，老蔡优哉游哉地说了一句名言："看来重点大学没有白上。"

毕业离校那天，我与二班的老乡李道荣，同坐从北京开往武汉的37次特快，前往现在的湖北第二师范学院和中南财经政法大学报到。在站台上与送行的同学话别时，大家都显得很平静，其实感伤远远超过了即将跨越"门槛"的兴奋，迎接人生新历程的第一道"坎"，竟是面对告别，内心涩涩的。

此后的一切，都是从北师大开始的，那里的同学和老师，那里的一切，都是生命中的一部分：好好珍惜。

列车开动的时刻——1983年7月16日18点15分。

（《羊台山》第37期）

巴黎中餐馆万花楼传奇

◎ 周松芳

一、天天万花楼

清季以迄民国的海外中餐馆，可以说是广东人的强项甚至专项；巴黎的中餐馆业，虽非广东人始创，然而也要等到广东人进来才弄得出声响，立得起标杆。后来者提及或忆及的有代表性的两家——中华楼和万花楼——到后来皆是粤人的产业。《宇宙旬刊》1935 年第 11 期王奇生《留法十五年鳞爪》说："在巴黎方面，有十数家商店，有两家大饭店，装饰华丽，一名'万花楼'，一名'中华饭店'，前者是广东人开的，后者是福建人开的。"显然有误。中华楼系李石曾所开，谁都知道，只是一战爆发后倒闭了，至战后的 1919 年冬，是一个广东人与一个比利时人合伙，使用同一店名在第五区学校街（RUE DES ECOLES）使其重出江湖。（刘志侠、卢岚《青年梁宗岱》，华东师范大学出版社 2014 年版，第 156 页）但终不如全新开张的万花楼风头强劲，乃至成为巴黎的一个重要文化和社交舞台。

在万花楼这个舞台上，最重要的人物当属梁宗岱——一方面他在巴黎期间几乎是天天万花楼（吃饭）；另一方面，他有钱邀请各路"高手"聚食万花楼。梁宗岱研究专家刘志侠、卢岚在《青年梁宗岱》里说："留欧七年，他按时收到充裕的汇款，一直住在舒适的私人旅舍里，每天到最好的中国餐馆开饭。"这最好的饭馆，万花酒楼，"法文名 RESTAURANT LE LOTUS，直译'莲花饭店'，在 1920 年冬出现，位于第五区医院街 2 号，离开索帮大学（即巴黎大学）不到五分钟路程。东主张楠也是广东人，哥哥张材在伦敦经营大饭店"。（刘志侠、卢岚《青年梁宗岱》华东师范大学出版社 2014 年版，第 29 页）李明欢的《欧洲华侨华人史》也说：一战后再度崛起的高档中餐馆是万花楼（RESTAURANT LE LOTUS），坐落于巴黎医学院街 2 号（2，RUE DE L'ECOLE DE MEDECINE），（中国华侨出版社 2002 年版，第 193 页）不过关于万花酒楼的法文名，诸家恐均有误，因为在《坦途》1928 年第 5 期秣陵生《巴黎之中国饭馆》中，作者其留学巴黎的弟弟寄回的菜单显示，万花酒楼法文名为 RESTAURANT PASCAL。在最早的梁宗岱先生的综合传记中，对万花楼的来历也有过一个交代，因为作者是梁先生的学生，且一起共事数十年，耳闻之间，当颇可信："'万花楼'是广东的一位爱国华侨在巴黎开设的中餐饭店，其牌号是依据中国清代一部小说《万花楼》而来，颇有中国文化品位，所以旅居法国的中国学子都愿意到此一聚。"（黄建华、赵守仁《梁宗岱》，广东人民出版社 2004 年版，第 45 页）详理，这也很有可能。《万花楼》全称《万花楼杨包狄演义》，又名《大宋杨家将文武曲星包公狄青初传》，作者李雨堂，写杨宗保、包拯、狄青等忠臣良将抗击外侮、斥佞除奸、忠君报国的故事。其续编为《五虎征西》，全称《五虎平西珍珠旗演义狄青全传》，是对社会影响极大的通俗小说，其主题也很契合海外华人漂泊受屈思得伸张的心理需要。

万花楼如何高档豪华呢？李明欢教授的著作里说其装潢甚于中华饭店，漆、银器具均自中国，供应中式菜肴兼营西式酒店歌舞厅，员工也是中法兼顾，有五六十人。价格也数倍于租金相对低廉的拉丁区的小餐馆。比如万花楼一餐15法郎，老华工的协和饭店只要4法郎。（李朋欢《欧洲华侨华人史》中国华侨出版社2002年版，第193页）《青年梁宗岱》说是效仿伦敦广东餐馆探花楼的路线：

布置很特别，门前金字招牌，并印有金色古画，这种装饰，在中国不算新奇，在法国不多见了。其中的布置，也非常讲究，歌女奏曲，堂倌往还，很像中国的官座，所用的器具，是中国的古器。（引北京《晨报》1921年4月3-8日Ⅴ女士《华人在法经营之各种组织》）

民国时秣陵生《巴黎之中国饭馆》提供的万花楼菜单，详列了其日常所供之菜品，颇为难得，殊堪珍视：

顿饭：炒肚丝、火腿白菜、红烧牛肉、拌生菜；

特别菜：虾仁会豆腐、鲜炒干贝、炒虾仁、鲜磨烧肉、红烧蹄子、会粉丝、熘排骨、酱汁鸡、洋粉拌鸡丝、冬笋肉片、蘑菇肉片、辣椒肉丝、火腿炒蛋、黄花肉丝、醋熘白菜、什锦素、炒牛肉丝、蛋花汤、白菜肉片汤。

虽然较之广州的粤菜馆逊色不少，但在巴黎，已属难得，较之美国杂碎，已是相当正宗地道了；较之并录的北方风味的萌日饭店，也是特点鲜明："顿饭：长葱炒排骨、红烧排骨、红烧鱼、白菜炒肉丝；特别菜：蛋花汤、火腿白菜汤、春不老肉丝汤、三丝汤、醋熘活鲤鱼、鲜炒虾仁、炒鱼片、肉丝炒游鱼、乾炸虾仁、红烧鱼肚、燻鱼、蘑菇烧鸡、炒鸡片、熘鸡丁、炸八块、炒鸡杂、红烧鸡素、红烧元蹄、蘑菇烧肉、熘排骨、熘里脊、炒腰花、冬笋肉片、木耳肉片、炸春卷、炒杂碎、包牛肉、辣椒豆腐、豆腐干炒、春饼肉丝、素炒白菜、伊府面、鸡丝炒面、炸酱面、酱萝卜。"看起来要比万花还丰富,但因为菜单"逐日更换",或仅此日菜单比万花楼丰富而已民。

因为万花楼的排场,所以"在此进膳者,衣履修整,绅士派头。日人与西人来照顾者亦多。伙计也是最漂亮。"1927年春上,自巴黎大学留学归国的陈衡恪(1919年前往),应邀在梁实秋主编的上海《时事新报》"青光"副刊以陈春随的笔名,连载描写法国留学生活的《留西外史》,因为梁的去职而未竟,亦随即由新月书店结集出版。书中有两处对话很能显示万花楼的地位。第76页写道:"胡乐园指着书包问道:'你一定又是从书店里买了什么书来了,难道我说巴黎到处都是书店,原来天生你们这些傻子,有钱不晓得用。一面说一面拍着小龙衣袋道,还剩多少,不如留着请我吃万花楼,别再寿头寿脑的往书店里送。'"可见上万花楼是一般留学生的奢望。因此,第102页又写道:"孙希哲接口道:'中国馆子吗!万花楼算是巴黎第一家中国最阔的菜馆。'吴又和道:'万花楼!贵得很。'"

在梁宗岱的鼓动之下,1935年他的弟弟梁宗恒也来到巴黎,则记下了哥哥的万花楼轶事:

1920年代,我的哥哥写信给我们,他每天到那里吃饭,把我父亲气得大发脾气:"什么!他每天去妓寨!"事实上,在中文里万花楼模棱两可。直译是"一万朵花",但在中国,"花"有时表示妓女,正经的生意不会以"万花"为名的。(《青年梁宗岱》第156-157页引梁宗恒《花都华人》)

因为哥哥的影响,梁宗恒不仅天天中餐馆,而且先是投资中餐馆,后来经营中餐馆,诚可谓万花楼遗响:

后来适逢二次大战结束,中西交通恢复,他(梁宗恒)计划返国。但是在此之前,必须处理一件重要事情。他在战前收到家庭汇来一笔数目可观的款项,投资在一家中国餐馆的物业上,要取回这笔钱必须出售餐馆,但是买家不是一朝一夕能找到,因此迟迟未能成行。在等待这段时间里,他认识了中国大使馆一位官员,他是餐馆的常客。经他介绍,梁宗恒进入大使馆工作……1974年,巴黎第十区一家中国餐馆东主退休,主动向他出让生意,他接手后改名岭南饭店(LE RESTAURANT LINGNAM),勤恳经营,度过了十多个安定的年头。(刘志侠、卢岚《青年梁宗岱》华东师范大学出版社2014年版,第25页)

梁宗岱天天万花楼,颇引人侧目,并笔之于书。《旅行杂志》1929年第4期浣南《巴黎之中国饭店》在介绍完高大上的万花楼后说:"西人多往就食,而万花且于楼下设座招待西人……中国诗人梁宗岱常衣翻领衬衫就食于是。"诚翩翩佳公子也。

梁宗岱的天天万花楼生活,也成了现代史上诸多风流人物聚首巴黎的舞台。他在这里邀请过许多大咖,文献有记载的,有郑振铎(下文详说)、朱光潜、胡适、傅斯年等等,欲知详情,且待下文。

二、人人万花楼:郑振铎、徐霞村、
袁昌英、郑毓秀……

万花渐欲迷人眼。梁宗岱固是天天万花楼,其他旅居或经行巴黎的众名流,也几无不涉足万花楼,诚有所谓人人万花楼之盛。光与梁宗岱同席万花楼的,就记不胜记。这其中,郑振铎记得最详细,同时也引出了一众万花楼的常客,以及"天天万花楼"的主儿。

1927年"4·12"事变,郑振铎因领衔在报纸上公开发表信抗议,一时陷于险境。他的岳父,商务印书馆元老高梦旦先生便坚决要他出国避难，遂于1927年5月21日，抛妻别子，远赴法国。同行的有徐元度、袁中道、魏兆淇及陈学昭。以郑的地位、家世（主要是其妻家），到巴黎自然离不了万花楼。据上海良友图书公司1934年10月版的郑振铎的《欧行日记》，1927年6月26日，郑氏甫抵巴黎，"休息了一会，同到万花楼吃饭，这是一个中国菜馆，一位广东人开的。一个多月没有吃中国饭菜了，现在又看见融解炒肉丝，蛋花汤，虽然味儿未必好，却很高兴……晚饭也在万花楼吃。"同伴北京大学的徐霞村则记得更详细："万花酒楼离旅馆并不远，只穿过一条大街就可以看见它的大匾。虽然房子是西式的，里面却很带中国的味道，朱红的色彩和东方的图案充满了全厅，成堆的中国学生聚在桌子上，间或也杂着一两个西洋的男女。当一个说北方话的中国侍者走过来时，高（元）君便把菜的号数告诉他，不一会，菜就来了。我们每人面前有一个盘子，一切的菜都是先用匙子拨到盘子里，然后再用筷子吃。"（徐霞村《巴黎游记》，光明书局1931年版）徐霞村归国后，历任北京大学、厦门大学等校中文系、外文系教授，成为著名的作家、翻译家和辞典学家，系外国文学名著《鲁滨逊漂流记》的译者。

这第一顿，没有遇见梁宗岱，却遇见另一个"天天万花楼"的袁昌英女士（杨太太）——"她是天天在万花楼吃饭的"。袁昌英，湖南省醴陵人，1894年生。她早在1916年已自费到英国爱丁堡大学学习英国文学并获文学硕士学位。期间于1926年短期回国任教并与经济学家杨端六结婚，旋入巴黎大学继续深造，1928年回国后先后任上海中国公学、武汉大学教授，并创作了大量的文学作品；新中国成立后还将毛泽东诗词翻译传播于海外，最终仍不免于迫害，1973年惨逝于故里。郑氏附注的杨太太之杨，即杨瑞六。杨也是湖南人，1885年出生，1906年赴日本留学，留日期间加入中国同盟会。1913年又到英国伦敦大学政治经济学院攻读货币银行专业，1920年回国后，在吴淞中国公学兼任经济学、会计学教授，在商务印书馆担任会计主任，对商务印书馆的会计制度进行了改革，被称为中国商业会计学的奠基人。1926年与袁昌英结婚时，担任中央研究院经济研究所所长、社会科学研究所研究员。因此，杨婚后赴法，自是可以"天天万花楼"了。时隔不久，7月2日晚她还请郑振铎和朱光潜、吴颂皋等吃了一顿高档的"万花楼"——菜特别的好，因为是预先点定的。入乡随俗，万花楼也不可能成日做地道的广东菜，要想地道，只有预定，多年以后，仍是如此。《旅行杂志》1929年第4期浣南《巴黎之中国饭店》也说两家必须"先期定菜"，才"可得甚佳之广东菜"，不过"其价特昂耳"！

日记所见，第二天，即6月27日，午饭仍在万花楼吃，当然遇见梁宗岱了；不遇才是偶然的。还遇见了吴颂皋和敬隐渔。吴、敬二位也都是牛人。吴1898年生，江苏吴县人，著名政客，曾任汪伪上海市政府秘书长，1945年又任南京国民政府第六任司法行政部部长。此际则由复旦毕业留学巴黎大学法科。敬则苦逼些，1901年生，1930年即因长年性病等原因，投水自尽。他的性病，大约染自巴黎，罗曼·罗兰曾资助其自治；他是第一个将其名著《约翰·克利斯朵夫》翻译成中文的人，刊登于《小说月报》1926年第17卷的头几期，当时写作"若望克利司朵夫"。而早在1924年的7月，他即获得罗曼·罗兰的亲笔复函，即可真是牛逼，立即被影印译登《小说月报》上。藉此渊源，他又把鲁迅的文章翻译成法语，发表在由罗曼·罗兰创立的《欧罗巴》杂志上；《阿Q正传》就是他首译的。因此，他是牛逼的。因此，中午郑氏见了他，晚上还倒请他在万花楼吃饭。当然也遇见了梁宗岱，并一同到他家坐了一会儿；梁宗岱还对他说，他的生命便是恋爱与艺术，而近来有所恋，心里很快活。所恋者谁？传记作家们至今也没有交代。

或许因为这种快活，梁宗岱多有请郑振铎等吃万花楼。郑氏7月16日日记："宗岱又请我和光潜吃饭，仍在万花楼。"八月十日记："（高）元来，同到万花楼吃晚饭。"8月19日日记："宗岱来，把我叫醒……元和蔡医生亦来，同去万花楼吃晚饭。"8月25日日记："蔡医生和宗岱来，同到万花楼吃晚饭。"当然，万花楼这种好地方，没人请，自个儿也去。如7月4日记："在万花楼吃饭。"8月15日记："七时回，到万花楼吃饭。"有朋友来则领着一块去："（8月30日）蔡医生来，同到万花楼吃（晚）饭。"

其实，无论天天万花楼的梁宗岱，抑或人人万花楼的诸牛人，终比不上开"巴黎客厅"（相较于林徽因北京的"太太客厅"）女博士郑毓秀，人家可是"家庖尤精"："郑为中国女子留法大学毕业第一人，攻法律学，现为博士候补者，家本殷富，人复开通，所居结构绝佳，家庖尤精，座客常满，各界多有往还，人目为社交之花，或称为使馆第二，华人游法京者，无不啧啧道郑女士也。"（《东方杂志》1922年第19卷第3期江亢虎《游法感想记》第103页）这话当靠谱，因为说的人是江亢虎，1911年即组建中国第一个以"党"命名的政治团体中国社会党，多少风流人物皆出其麾下：李大钊为其天津支部干事；陈翼龙为其苏州支部总务干事，顾颉刚、叶圣陶、王伯祥则为成员；就在这一年，他还在上海创办南方大学并出任首任校长。

惜江亢虎未能阐明郑毓秀"家庖尤精"的精义所在——粤味也！郑氏乃地道广东人，出生于广州新安（今属深圳）。祖父因香港开埠成为富商，父亲则以功名成为清廷户部官员，真是既富且贵，又当"食在广州"享誉寰中之际，家庖焉能不精！再则，以郑氏当日之地位，其巴黎客厅足可佳肴宴嘉宾，远非林氏的北京客厅可比。郑氏1908年即在东京加入同盟会，其1914年留学巴黎大学，乃因"革命事业"突出，见忌于袁世凯，避祸而来。其间，1918年，还获广州军政府外交委员会委派，在法国进行国民外交工作。此际，则为留学勤工俭学运动重要领袖。如此，则其家厨在巴黎的影响，当有甚于李石曾之家厨了。

三、胡适的万花楼

胡适海外留学多年，回国后又多次因公外访，包括出任驻美大使（当然后来移居美国不在此论），从其日记（曹伯言整理，安徽教育出版社2001年版《胡适日记全编》）看，对上中餐馆吃饭的记录不多，事实上也去得不多。如1913年9月5日"至春田（SPRINGFIELD），入一中国饭馆午餐，久不尝祖国风味矣"。（《胡适日记全编》第一册《波士顿游记》第450页）看来他在康奈尔真是不上中餐馆的。而波士顿的留学生，可是多上中餐馆的："至上海楼晚餐，遇中国学生无数。"或许受此"刺激"，第二天（九月六日），他又记录了一次上中餐馆："出图书馆（波士顿公家藏书馆），至上海楼午餐。"（《胡适日记全编》第一册《波士顿游记》第452页）

但是，到了1926年8月至12月，因处理英国庚款事宜游历欧陆期间，尤其是在法国，其日记中则多有上中餐馆的记录，而上得最多，也最有"故事"的，当然是万花楼了。他第一次上中餐馆是8月5日在伦敦，"使馆陈代办请我与兆熙吃便饭，在探花楼。此为出国后第一次吃中国菜。"这探花楼，是广东馆子，前已有述。（《胡适日记全编》第四册第241页）胡适从英国东行法、德等国再返回伦敦，又有去探花楼等中餐馆。如12月12日记："下午四点到探花楼，赴'旅英各界华人会'的茶会，我略演说。"（《胡适日记全编》第461页）这也可见万花楼在当地华人中的地位和影响。也有去其他中餐馆。如 10 月 1 日记:"庄士敦邀我与兆熙吃茶,茶后我邀他们去杏花楼吃饭。"(《胡适日记全编》第 368 页) 11 月 19 日记:"到上海楼吃饭,许多时不吃中国饭了。"(《胡适日记全编》第 430 页) 这是因为他离开法国后,返回英国前,几乎没有上过中餐馆;日记中也确实没有在德国等地上中餐馆的记录(德国期间几不记饭馆事) 12 月 9 日又有记:"米尔邀我到上海楼吃饭,会见有名的格伦费尔博士。"(《胡适日记全编》第 459 页) 上述几家,均系广东馆子。

8 月 23 日到达巴黎,因为有公干,也是使馆请客,也是去的广东馆子,即万花楼也:"傍晚去使馆……与显章、(林)小松(使馆代办)同去万花楼吃饭。"万花楼真乃贵介云集之地,上文郑振铎席上碰见不少"高人",胡适更不例外:"碰见姚锡先夫妇,他们邀我们加入同餐。遇见沈篲基秘书夫妇。姚是张学良派来的,与张学良很亲密。"(《胡适日记全编》第 256 页) 次日晚,又在席上见了赵颂南:"晚间显章约我吃饭,会见巴黎总领事赵颂南先生……一八九七年来法国留学,与吴稚晖、李石曾最相知。此君是一个怪人,最近于稚晖先生,见解几乎是一个吴稚晖第二。"(《胡适日记全编》第 257 页) 8 月 29 日又有记:"在万花楼吃午饭遇见李显章夫妇,陈天逸及其未婚妻叶女士。"(《胡适日记全编》第 264 页)

另两次万花楼东主张楠请客的记录,颇有意味了。第一次是 8 月 30 日:"万花楼主人张南请我吃饭,此人是国民党,很有爱国心。他颇瞧不起驻欧的各公使。我真不怪他。"(《胡适日记全编》第 266 页) 要知道,此前不久的 7 月 9 日,国民党已经在广州誓师北伐,而胡适正是北伐的对象北洋政府所派,公使们当然也是北洋政府所派——上头在开战,下面在请客。呵呵!那第二次就更有意味。这一次究竟是哪一天至今学术界尚无定准,只是他在1926年9月18日日记后夹了一张《警告旅欧华侨同胞》传单："请注意孙传芳走狗胡适博士来欧的行动！……此次胡氏来欧，假名办理退还英国庚子赔款事，实衔了孙传芳的命令，来与英国、法国等帝国政府协商勾结阴谋……"落款是"中国旅欧巴黎国民党支部启"。胡适1930年12月30日才补记说：

  这一张"传单"是有人在巴黎万花楼上散发的。有一天晚上我同孟真等约了在万花楼吃晚饭，我偶然被一件事耽误了，去得很迟。我在门口碰着万花楼老板张南，他低声说："楼上有人发传单骂你。我特为站在门口等你。你不要进去了吧？"我大笑，说："不要紧，我要吃饭，也要看看传单。"我上了楼，孟真等人都在候我吃饭……

  大约是国民党北伐势头正盛，故远在海外亦敢造次，然亦属造次，不然那么爱党的张楠（胡适写作南）不会热情接待胡适，因此胡适也不以为意："当时我每天写几千字的读书日记，没有工夫记此等事。今天翻开此册，补记于此。"胡博士不以为意之处我们当留意的是，巴黎的中餐馆，与国内政治涉入之深。

四、雁行万花楼

  因为是在法国这个烹饪强国，所以巴黎的中餐馆都不算弱，较之英德等地，那是强多了，可谓以万花楼为首席，雁行而矫健。对于巴黎中餐馆的总体印象，北京《晨报》1925年第33期的《巴黎岁暮通信》记录的1925的观察是：

  中国的饭馆，在巴黎市中共有四家，却（都）在拉丁区。最上等的是万花酒楼，去吃的都是东方往来的阔人，或是英美的资本家，请席客，千把佛朗（合中币百余元），是平常的事。次一等的是中华饭店，去的人是日本商家教习和暹罗缅甸安南的小贵族。

一顿饭稍微阔点，总得三四十佛郎。他们店内的装饰，皆是广东式，菜的口味，也是广派，因为他的主人皆是粤人。再次的就是共和、双兴两家。这两处是北方工人已经赚了几个钱的。他们店中，房屋狭小，饭食粗糙，一顿饭也要五个佛郎。这是中国一般学生大嚼之处，最穷的学生，还是不最问津呢。其外在巴黎附近的哥鲁布及比阳谷两个地方，也有二三处中国饭店，那都是工人的俱乐部了。

这"共和、双兴两家"，不详是否就是杨步伟、郑振铎等都曾光顾的山东、保定馆子。至于保定馆子，从宽泛意义上讲，中华饭店也算得上，因为首任老板李石曾乃保定高阳人；巴黎豆腐公司鼎盛时期160名工人中，高阳即占60名，其中部分后来服务于中华饭店，至于后来有否另开饭馆，尚无考证。

或许1925年后有发展，1927年郑振铎到巴黎时，除了万花楼和中华楼，就还时时光顾另外几家不错的中国餐馆，尤其是北京饭店。据其《欧行日记》所载（良友图书公司1934年10月版）六月三十日："晚饭在北京饭店吃，这也是一家中国饭店。"八月五日："晚饭，独自一人在北京饭店吃，要了一碗紫菜汤一盘炒牙芽，都很好，价共十一佛。"八月十六日晚餐吃完后，还将其与万花楼作了一番比较，认为在某些方面有过之而无不及："晚饭与元及一位珠宝商陈先生同在北京饭馆吃，北京饭店的菜，比万花楼为新鲜，价亦较廉，惟座位不大好。她的炒鱼片，又鲜嫩，又有味，到巴黎后，没有吃到那么好的鱼过；万花楼的鱼总是冰冻得如木头一样，一点鲜味也没有。"此后，仍多有去吃。八月二十日："晚饭在北京饭店吃。"八月二十四："独自到北京饭店吃（午）饭。"八月二十六："与蔡医生同在北京饭店吃饭。"

有一则陈学昭的轶事也说明北京饭店的大众化程度。话说陈学昭与郑振铎一块到了法国后，在《新女性》发表了一组《旅法通信》等法国观察文章，其中对留学生中吃喝嫖赌不学无术等现象也多有揭露，便有巴黎的留学生放话说："如果在拉丁区碰见，就要揍陈学昭，如果在巴黎的北京饭店见到陈学昭，也要揍她。"（钟桂松《天涯归客——陈学昭传》，河南人民出版社2000年版，第74页）

除北京饭店外，郑振铎还去过东方和萌日。七月一日："我们五个同船的旅客各自分散之前，应该再同桌吃一回饭。我们同到东方饭店去，这也是一家中国菜馆。我们在那里吃到了炸酱面。至少有五六年吃不到这样好东西了。甚喜！"七月三日："（外游）归后，已在晚餐之时，同到东方饭店吃炸酱面。"八月十一日："晚饭在东方饭店吃，吃的是炸酱面。"七月二十二："晚餐与冈及蔡医生在萌日饭店吃。萌日亦中国饭店，在孟兹路（RUE MONGO）有炸春卷，燻鱼等菜，为他处所没有。"七月二十四："晚饭在萌日饭店吃。"观其所嗜，则东方与萌日，偏于北方口味了。

到了三十年代，在时人的观察记录中，又多了几家："中国饭馆在巴黎城里就有七家之多，生意还很好，外国人吃的很多。七家的名字是，万花酒楼，上海楼，北京饭店，天津饭店，东方饭店，萌日饭店。就中以上海，万花两家的装修最为美丽，其余次之。菜的口味，万花是广东口味，北京，天津，东方，萌日都是北方口味，上海，中华，南方口味。"（章熊《留法琐记》，《新民月刊》1930年第15期，第110页）陈里特1932年所刊的《旅法华商生活鸟瞰》，则不仅细列了巴黎的中餐馆的分区名录：第五区有中华饭店、上海楼、树声楼、天津饭店、东方饭店、北京饭店、萌日饭店（时已停业），第六区有万花楼、南京饭店（时已停业），第十二区有省□饭店、玉山饭店，还述及法国其他各地的中餐馆：古落梅（CORMEILES ENPARISIS）有吉人馆、浙江点店，阿状斗（ARGENTENIL）有明轩饭店，里昂有中国饭店，平央古

(BILLANCOURT)有中国饭店，杜城（TOULONSE）有学生馆，比央古（BILL NCOURT）有工业饭店。（《华侨半月刊》1932年第12期，第18页）

丁作韶1935年所刊的《巴黎中国留学生生活漫谈》也说："巴黎中国饭馆也很多，单在大学附近，就有北京饭店，上海楼，南京楼，东方饭店。再远一点，还有美花酒楼，天津饭店等等。他们的价钱，也都很高，至少与外国的定价饭相等。"（《教与学》1935年1卷1期，第261页）此时，丁氏已是厦门大学教授。早前，当他在巴黎大学攻读博士学位时，兼任《时事月报》驻欧特约通讯员，也曾发回过相关通讯：

在一个小小的第五区，中国饭店，共有七家之多。试举其名：（一）万化（花）酒楼；（二）中华饭店；（三）天津饭店；（四）北京饭店；（五）东方饭店；（六）上海酒楼；（七）萌日饭店。以地址论，都在鲁森堡公园之东南方，距离他最近的，是东方饭店。再远着，紧贴着巴黎大学文科教室的一条东西街，居仁街上，有两家：上海酒楼与北京饭店。居仁街西头为国葬院，照着国葬院向南走接连着又有两家：中华饭店与天津饭店。天津饭店之南为萌日饭店，其东为万花酒楼。

以新旧论，中华饭店、万花酒楼为最老，其次是北京萌日东方，再其次是天津，最近的是上海酒楼。讲起规模，自然是万花楼居头，上海次之，北京东方中华再次之，最跛脚的是天津萌日。

生意方面，最活动的是北京万花，上海酒楼东方天津萌日平常，最清淡的是中华饭店。

文章还特别抄录了上海酒楼和万花楼的门联。上海酒楼的是："上海文物既从商鼎盘铭传到巴丽；海外哲人未试尧汤舜羹盍登斯楼。"万花楼的是："云（疑有误，当为万）方云集，花径酒香。"殊可宝贵。（丁作韶《巴黎鲫鱼般的中国饭店》，《时事月报》1930

年第 2 卷第 1 期，第 34 页）

上面说了巴黎中餐馆的大概，这篇就具体说说各家的情形。

关于萌日饭店，《东省经济月刊》1929 年第 4 期《巴黎之中国饭店》说："萌日店主系昔日随曾文正出使而留居于是者"，来头也很不小。而据《坦途》1928 年第 5 期秣陵生《巴黎之中国饭馆》："'北京'与'萌日'为一家分开。'北京'位巴黎大学之旁，附近旅馆极多，地势冲要，故生意兴隆。点菜常较'萌日'贵十分之一二。但每届餐时，门外之候补吃饭员仍不乏人。""'萌日'菜价较廉，地偏客略稀。经济简省者喜临之。每餐少有超过十方（方即佛郎）之阔客。且多系包餐，且偶有中国工人入内谋一饱。"该文也谈到了萌日饭店的"来头"——作者先抄了一段小说《留西外史》：

二人同了门，走到圣米屑街巴黎大学前拐弯，在大学后身一条小巷子里面，一座大木门的屋子推门进去，一直上楼，一间小厅，排列作九张铺白布的桌子，都坐满了人，尽是些中国青年，并几个白粉脸胭脂嘴的法国妇人，也是他们带来的。笑语声，筷子敲碗碟声，高声叫喊声，充满了一屋子。一条大汉穿纯白衬衣，系一条蓝布围裙，站在门口，两手叉腰，浓眉直竖，双眼圆睁，骤然望去，酷似张勋一般的面貌，只差脑后一条辫子。这位是萧家饭店老板萧景鸿先生。前清时代，官居把总之职。二十多年前，随着一位钦差大臣出洋，辞官为商，开了一家饮铺，生意兴隆，家道小康……

然后解说道："此处所指之萧家饭店，即'萌日'饭馆也。萧老板之神气活现，写得好。原来是武大哥，改官面商，尤不易。四弟书云，萧老板为南京人，先在万花楼，后乃独立经营。"之所以了解得这么详细，因为是老乡："萧老板岂特中国之奇男子，亦吾乡之伟人哉！"因此更加是可信的。小说作者陈春随即巴黎大学毕业的陈寅恪之弟陈登恪,写得还是很靠谱的。《留西外史》另有一段描写,既写出了其中国式的地道与热闹,也反衬出其与万花楼的距离:

今天是礼拜日,老萧饭馆里每逢星期日有烫面饺子吃,我本来最讨厌老萧饭店里的人太杂,平日总不大愿意去,前星期又和硬拉了同去吃了一顿饺子,虽然远不及我们成都的,然而在巴黎居然有这些东西,总不能不去吃他一吃,我已有三年没尝此味了。(新月书店1928年10月版,第106页)

后来有史家将萌日与中华并置为巴黎早期两家高档中餐馆,并径称萌日老板姓萧,是否所据小说,不得而知:巴黎两家高档中餐馆,一家老板姓萧,设在巴黎第五区豪耶歌拉街7号(7 RUE ROYER-COLLARD),另一家是"中华饭店",坐落在巴黎第六区的蒙伯拿丝大道163号(163, BD. MONTPARNASSE)二楼。(李明欢《欧洲华侨华人史》,中国华侨出版社2002年版,第192页)

天津饭店的前老板,也姓萧,而且名气非常大,"差不多留学欧洲的学生,没有人不认识他,不知道他,他因为开饭店赚了很多钱,但结果都被法国女人拿去了,同他离了婚,自己后来再去别家饭铺当厨子"。所以天津饭店的主人,在这篇写于1933年的文章里,老板便成为那位法国女人,老萧的前妻。(不署撰人《中国饭店》,《厦门周报》1933年第5卷第2期,第6页)

此外,作为一战华工重要来源地的山东,理应有山东饭馆才对,惜人多不记之,赖刘志侠教授发掘出宝贵材料。如其述及梁宗岱的弟弟梁宗恒初到巴黎时,就每天都到山东饭店午餐和晚餐。(刘志侠《巴黎唐人街》,载《巴黎寄语》香港《百姓》半月刊1983年版,第150-157页)再如尝谓"人生只合巴黎死"的萧石君更是数十年如一日地寄食山东饭馆:"莹妹问我是否依然在山馆吃伙食，使我发生感慨。现在法国物价高涨，山东馆每餐须美金一元。我们二十年前在山东馆吃饭的时候，那是唐虞三代之盛。"（《钱歌川散文集·石君遗札》第984页，中国友谊出版社1984年版）

上海楼的故事，则在于它一度成为复旦等留法同学会的聚会之处（英国的中餐馆也常常承担这一功能，后叙）：巴黎复旦同学，在八月二十六日，举行本年度第二次聚餐会，地点仍在拉丁区中国饭店上海楼的地下一层。伏在地窖中的我们，吃的是价贵而物不美的豆腐烧肉片，想到上海同学总会在华安大楼居高大嚼的豪情，不免使我们泪涎交流……"（何德鹤《巴黎聚餐记》，《复旦大学校刊》1934年12月24日第3版）

再后来，关于巴黎中餐馆的记述越来越少，大约与其整体经济与消费能力下降有较大关系。盛成1936年的观察就颇能说明问题："从前的巴黎中央菜场，从半夜起，那是最热闹也是最有趣味的地方。这次我很失望，鱼鸟仍旧非常之多，却没有人过问，从前是叫着，卖着，喊着，买着；偌大的巴黎，一天不知消化了多少企鹅、海鸠、绵凫、鲣鸟、鹌鹑以及各种各色的水族海产。现在因为巴黎人，肚子小了，消化不强，不能吃了，许多号称美味珍馐的小吃馆，现在都是门闪冷落车马稀。"（盛成《欧游杂感之一：菜色的巴黎》，《新中华》1936年第4卷第1期，第148页）盛成的观察当然值得重视。他是"辛亥三童子"之一，1911年年仅12岁的他即参加了南京光复的战斗，1920年初留学巴黎，1928年又讲学巴黎大学，对巴黎的了解当然深刻。

再往后，更是每况愈下，包括文献记录；德占时期几乎没有，法国解放后，见到《旅行杂志》1949年第2期沈殁《巴黎杂碎》说："巴黎就有中国菜馆十来家，店主大半是第一次大战时来此的华工或华侨，这些菜馆的生意不差，价钱比较贵，菜味却分不出是广式、川式还是平津筵席，尽管有的叫上海楼，有的叫山东饭馆，有的叫金龙餐室，所有的菜都是差不多的！那里有白米饭，也有蛋炒饭，还有些国内所称的'热炒'。倘你真的要像在国内吃一桌筵席，那就难了！好在外国人想吃的也只就是这种'中国菜'，尤其是想试用一下中国的"筷子"而已。在巴黎的里昂车站附近，还有几家中国面馆，那里有炒面，汤面，混吞，水饺一类的面食，门面和装璜很坏，座位也很马虎，不过还有点中国味道，同时价钱也便宜得多，所以中国学生去的不少，可惜地点离拉丁区和大学城都很远，来去得坐半小时的地下车或公共汽车。中国面馆的老板一见了中国来的同学，老爱问长问短的问着他二十年未见的祖国，有时他还会告诉你这二三十年来的经过，说到后来，往往是：'将来死一定要死到中国去的！可愁的是祖国目前还是满天烽火！'"早期那些系出名门的高大上的中餐馆已经消失殆尽。可恨的法斯西！

尽管如此，在战后的凋零时世中，中餐馆的行情已属不易。著名铁道学家（曾获首届中央研究院院士提名）1947年7月重访巴黎时，发现"学生世界之拉丁区……以前供应学生之无数小饭馆，仅售1.20佛郎者，皆不复见。我等初到之日深以觅食为苦，PRINCE DE GALLE 虽属头等旅馆，但早餐仅有杂粮制成之面包两薄片，苦咖啡一杯，与些少果酱而已。午晚两餐，亦有限制，非有配给证，尚不能尝此杂粮制成之面包。"（洪观涛《欧行杂记·下》，《世界交通月刊》1948年第1卷第8期，第44页）洪氏1906年起留学巴黎，1914年秋欧战初起时归国。

（《羊台山》第38期）

我的诗歌之路

◎ 谢 宏

我高一时去韶关做小手术,住在我表哥铁路局的宿舍,偶尔翻看一本杂志,上有一组朦胧诗的专辑,是北岛等人的诗,当时对诗歌不甚了解,依稀记得有"白帆像是裹尸布"这么一句比喻,年代久远,印象模糊,但我与诗歌发生关系,肯定是从那一刻开始的。

我就读深圳中学时,参加过诗刊社的函授学习,读到过不少诗歌,后向暗恋的女生以诗言情,又有幸在《深圳青年报》发表,算是与诗歌结下不解之缘。

进入华东师大后,新鲜事物让人眼花缭乱,校园的布告栏上,贴满了学生社团招收新会员的启事。其中最让我心动的,就是夏雨诗社,我立刻报名了。第一次收到开会通知,心情很是激动,虽新人为数不多,但大家充满期待,听了诗社过往的盛况,对《夏雨岛》诗刊,更抱有神圣之感,总希望自己的诗作,能尽快发表在上面。

诗刊出版并不如我们想象的那么快,但诗社的活动还是蛮多的,不时有成名的诗人来学校做讲座,通常我们早早就去了文史楼的大教室占座位,看师哥师姐们忙着整理扩音设备和安排座位,然后是热烈的致词和充满激情的演讲。偶尔，还配以小型朗诵会助兴。

张建华朗诵过《捕风的汉子》，宋强朗诵《让我告诉你什么是探戈》，用的是四川话，声情并茂，让人回味无穷。诗社搞的"五月诗会"，更是相当轰动，到会的还有上海各高校的诗社同仁，热闹而让人激动。这些大小的活动结束后，师姐师哥们，会带我们去后门的餐馆或丽娃咖啡馆小酌庆功，他们在高谈阔论，我安静地聆听，受益匪浅。

我不是个爱读书的人，但喜欢从闲聊中学习，我总觉得夏雨诗社的同仁，做人为文，各具风格，语言功底深厚，骨子里有股骄傲。他们的诗歌言语，既有学院的严谨诗意，又有俗世市井的不羁和潇洒，这一点很影响到我后来的文学创作观，我认为好的文学语言，既要有学院的优雅诗意，又要有俗世的放荡不羁。

大学四年，既丰富又寂寞，我的专业是国际金融，并非我所喜欢的，而诗歌充实了我的日常生活，写作诗歌也成为我逃避郁闷表达感情的手段。我写诗的速度很慢，却很有耐心，写一首诗歌得要一个月，还常打了手电在被窝里修改。除了写诗，在校园走访夏雨诗友，是我重要的日常活动。

陈进坚是化学系的，性格温厚，我常去他宿舍玩，他毕业后，我还去厦门探访过他，住宿是他替我安排的；外语系的张建华，是广播站的播音员，朗诵是他的看家本领，我十分喜欢他的朗诵；宋强有点蔫，但充满激情，用四川话朗诵诗歌棒极了，这家伙爱抽烟，抽过我不少万宝路香烟；王立新则相反，同是四川人，性格火暴，他给我班的女生写情诗，还去她的宿舍朗诵，至今仍被我班女生谈起；宋琳是大名鼎鼎的诗人了，常有外地名诗人来拜访他，我有幸聆听他们的交谈，并不都懂，但感觉愉悦；王晓丹则像个大姐，待人温和，笑容可掬。

最让我激动的，还是诗歌朗诵会，其盛况虽不能说万人空巷，但也是校园的大事，如果在大教室搞，门口一定都挤满人，如果是在学校的电影院举办，肯定早早就把票抢光了。声情并茂的朗诵，加上变幻莫测的舞台灯光效果，常让听众如痴如醉。夏雨诗人都希望自己的诗歌能登上这个舞台与爱诗者分享。

我的诗歌由同学向欣宇朗诵，也有幸登上这舞台与人分享，并获得很大的成功，我也成为校园知名诗人。在那个年代，诗歌朗诵会是个很好的分享平台。我印象中，在电影院举办过个人作品专场朗诵会的，此前是王晓丹大姐，之后是我，在1988年举办过"光阴的故事"个人诗歌作品朗诵会。

当时朋友们十分帮忙，还动用了录像设备，可惜毕业回深圳前，我因为要去旅游，录像带交托给上海同学保管，没想到他叔叔以为是空白盒带，用来录制香港的"劲歌金曲"节目，将盒带上的信息都洗掉了，让我遗憾至今。

校报的编辑告诉过我，除了我，再没一个诗人在校报上大规模发表诗作的。那个时期我的诗歌作品，常常刊登在校报的副刊上，至今我还保留着这些校报，偶尔翻看，仍为那个年代所激动。

在诗社的日常事务中，师哥们除了接待外地诗人来访，组织讲座，举办朗诵会，在食堂门口摆卖《夏雨岛》诗刊，到校外参加交流等；另一个重要的任务，就是编辑出版《夏雨岛》诗刊。当年知道自己的诗歌被选编进新会员专辑，我的心情很激动，整天盼望诗刊快点出版，常跑去主编陈进坚那询问进展。一首首诗歌手稿，被他编辑好，送进丽娃河边的夏雨岛打字室，打印成蜡纸，然后交到油印厂，油印装订成册，裁切好。

我几乎目睹了整个过程，这对我以后做主编的工作十分有帮助。而我做了夏雨诗社副社长兼主编后，得益于校学生会主席尹广汉对诗社提供的有力支持，使得诗社举办的各项活动和编辑出版工作，都进行得十分顺利。

当年宋琳和李长青选编的《再生》诗选集，由于封面设计和书名与校领导的喜好相异，几经改动，即使清样已经校好，也无法付印，直到李长青毕业离开，诗集清样还搁在校印刷厂。我利用编辑《大学城》杂志与印刷厂打交道的机会，不断从旁做工作，常常有事没事就跑印刷厂催促，尹广汉也为此费心协调，终于赶在我们毕业离校前，把夏雨诗社这第二本铅字印刷的诗歌选集印了出来。

大学毕业后，我将有关夏雨诗社的资料带回深圳，有《夏雨岛》诗刊、诗人的自选集、《再生》、我个人诗歌朗诵会的照片等，都放在书架和书柜里，偶尔有空，我会拿出来浏览回味。它们是我生命中一段好时光的记录。诗歌带给我的，不仅仅是虚荣和名气，更是我生命中的一段段感悟，这些光辉一直照耀我的情感和生活之路。

那时对自己的字不满意，常常在诗歌定稿后，请宿舍里字写得好的同学誊抄在笔记本上，更有意思的是，我看上一个女生，却为如何套近乎而发愁，是同学阿宝出主意，借口要搞活动，请她帮忙抄写诗歌，遗憾的是，我们交往了一段时间，却没有成事。而现在我的夫人，也是因为诗歌认识而相知的。

我参加工作后，因夏雨诗社的背景，被选为蛇口半岛诗社的社长和主编，主持诗社日常工作和活动多年。有那么一个时期，诗人并不受待见，但我没有因此而怠慢，相反因诗歌让自己的生活变得多姿多彩，也因真诚结交了许多朋友，诗歌对我的气质培养起到了很重要的作用。

现在回想起来，夏雨诗社是我人生中，特别是写作生涯中，很重要的一站，许多种子都是在那时撒下的，多年之后生根开花结果，我随手采摘的果子，都有从前的花香。即使后来我从诗歌写作转向了小说创作，但诗歌的历练给我留下的宝贵财富，我至今还在享用着。

本来我以为，众位诗仙各奔前程后，就难再碰面，没想到，自从有了网络，有了微博，这些散落各方的神仙们，居然又有机会聚拢在一起。当初在网络上遇见张建华，就让我惊喜万分。他说和宋强一起呢，还打趣说，"从前他借你的二十元，该让他把本息都还了"。这句玩笑话，瞬间把我的记忆激活，夏雨诗歌的前尘往事，又复活了。

（《羊台山》第 38 期）

草木智慧

◎ 顾晓蕊

下了大巴车,沿着一条清幽的小路向前走,两边芳草萋萋,空气中飘荡着草叶的青涩和花朵的馨香气息。我在一片白桦林处停下,几乎是奔跑着冲进树林中。这里距被称为"中国第一村"的图瓦人村落禾木村不远,与那些原始古朴的木楞房屋,隔着一条碧波湍流的禾木河。

从布尔津出发前往禾木村的路上,不时看到夹在云杉、冷杉、雪松间的白桦树,它那挺拔光洁的"林中少女"身姿,岁月印刻在树干上深情的"眼睛",轻触着我的心,但隔着车窗一晃而过,让我着急又浮想不断。跨过木桥,来到这片宽阔处,与美丽的天使树迎面相逢,让我陡然间心生欢喜。

进到白桦林中,我被一双双幽潭般的眼睛吸引,深深地迷醉了。

那些黑色的弯形节疤,如好看的丹凤眼,眼角微上挑,嵌在光洁直挺的躯干上。那是些怎样的眼神啊?或深邃忧伤,或温柔沉静,或坚忍笃定……每一丛目光都纯真、澄澈。树叶翠亮,鸟儿啼啭,阳光从镶翠的树梢上筛落下来。一弯浅溪从林中缓缓穿过,倒映出树的倩影,好一个秀美、多情的临水照花人。

林中的白桦树有几十或上百年树龄，却依然身形如少女，有着不老的容颜。它们之所以被时光遗忘，相传与爱情有关。成吉思汗西征路上，大军休整时，一位士兵在白桦林中遇到美丽的牧羊姑娘，两人一见倾情。誓言还没来得及说出口，战士却战死沙场。姑娘把思念刻在白桦树上，一双双眼睛是她永远的守望。

　　悲伤的故事令人心碎，可在我看来，刻在白桦树上的思念，已超越爱情，是比爱情更宽广的爱。桦树皮晒干后是中药材，祛除百病，连它忧伤的眼泪，也被称为"森林饮料"。它深情缱绻的眼睛，望向更远的远方，与世人的目光接壤，悲伤的泪，化作一汪柔情。

　　一树攒动的绿，是一树无声的歌啊！白桦树的宽厚与博大，使它将伤痛深掩于时光背后，以一种优雅的生命姿态，越过寂寞、苦寒与萧瑟，成为不老的神话。我更愿相信，是爱，让它的眼波永远清洌灵透，一如少女。

　　如果说白桦树无私的爱，濯洗着我的心灵，让我感受到凄美中那充满希望的等待，那么见到豪迈粗犷的"大漠硬汉"胡杨树的刹那，带给我的是另一种震撼和惊叹。

　　在克拉玛依的乌尔禾区，一片荒凉的戈壁滩上，我第一次见到胡杨林。远看一棵棵胡杨树，虬结盘曲，苍劲古朴，伫立于天地间。它们变幻成各种形态，如龙、如马、如虎、如狼……像活物般朝你奔涌过来，奔涌过来。

　　从汉唐以来，一支支骆驼商队曾行走在这条偏远的丝路上，伴着叮当的铃铛声，近了，远了。驼背上的人早已化为一抔黄沙，而被肆虐的狂风吹打撕裂的胡杨，依然屹立在荒野，将枝干努力地向上延展，伸向空阔的苍宇。人注定只是匆匆的过客，它们才是这片大地上的主人。

　　我轻轻地走近，用目光摩挲着刻满岁月沧桑的树干，细细地，一寸寸地看着，越看越心惊。你看，这一株胡杨原已干枯，树皮干瘪、粗糙，树的一侧却长出新枝，挂满鲜绿的叶子。那株雕像一般的胡杨，拦腰而断，树枝被剥离一光，露出白骨般的树干。它却死而不倒，挺起一身硬骨，留住最后的尊严。

再往里走，有几株枝叶青郁的胡杨。细看一棵树上竟有三种叶子，有的狭长如柳，有的圆润如杨，有的清逸如枫，分别意味着少年、中年和老年。刚才还眉眼纤细的少年，斜倚春风笑，一转身，便是隔世相望，尘霜扑满面。

胡杨树耐旱、耐寒、耐盐碱、耐风沙，是悲壮大漠中的英雄树。我一次次地抚摸着它们，指尖滑过树干，仿佛触到大地的脉搏，倾听到久远的呼唤。有一种力量蔓延而来，传遍我的全身，不由感叹自然界中生命的顽强、坚韧，以及永不放弃的爱。

在戈壁与沙漠中行走，我的目光还不时被一些低矮的植物牵动，它们是随处可见的骆驼草和红柳。在连绵起伏的沙丘上，一蓬蓬的骆驼草，根连着根，叶牵着叶，形成散落或密集的草团。那点点苍绿，在空茫的戈壁中，显得格外醒目和壮观。

骆驼草又名希望草，钢的茎，剑的叶，倔强地向空中舒展着。外表看起来如此纤弱的植株，它从哪里积攒这么大的力量？原来骆驼草根系发达，在黑暗中逶迤着，水有多深，根就扎多深。它们既生于斯，长于斯，便从不气馁，亦无怨怼，智慧而从容地活着。

在戈壁荒原上，如果你看到一团团燃烧的"焰火"，那就是妩媚的红柳了。清朝才子纪晓岚曾写诗赞道：依依红柳满滩沙，颜色何曾似绛霞。一簇簇红褐色或粉红色的花，米粒般大小，开得细碎而稠密。它们在青碧的枝头上摇曳着，跳跃着，似红雾涌动，又绚如落霞。

风吹来，花如潮水般起伏起来，这才知什么叫"花潮"，有潮的那种气势。若在公园或河边见到这般景致，倒也寻常，可这是极度干旱的荒漠之地，怎不叫人钦佩称奇呢？

　　红柳的根须蜿蜒于地下，最深可达二三十米，能防风固沙，是沙地中的"铁娘子"，它的枝叶还可入药。红柳的坚毅与淡然，让我想起那么一群人。在寂寥的旷野中，总会遇见许多白色的"大风车"，不知倦怠地旋转着，它的背后是无私坚守的电力人，他们也是扮靓戈壁的"红柳"。

　　我发现与这里的草木对视，需要一些勇气，每次遥望凝思，都是一次对心灵的叩问。草木是有思想，有大智慧的，在黄沙漫卷的荒野大漠，它们懂得顺应自然，随遇而安，并竭力将根扎深扎牢，尽现生命极致之美。由此而想，在草木面前，人显得那么庸常渺小，理应谦卑些，再谦卑些。

（《羊台山》第38期）

刘公岛不是玩的

◎ 亚 凡

岛者,四周环水之地也。因与大块陆地隔离,有飘零、浮游之态,所以有"孤岛"一词。

年少时找工作闯荡各地,曾去海南。返程赶轮渡,一提大包小包的旅客搭讪:"老弟,也回大陆吗?"听这句话,似有一股寒凉之气突袭心窝:是啊,我在一个岛上啊。此时立于码头,望海望天,茫然无语,对岸其实很近,孤独的心境却是渺远的了。

有人说,到岛上旅游就不会有孤独落寞的感觉,有相好的同伴,有从容的安排,尽可以放松,尽可以玩乐。是啊,岛因其特殊的地理条件以及特别的风土人情,往往成为旅游佳处。海南每日游人如织,那里正建设国际旅游度假岛;台湾随两岸关系的改善,也成越来越多大陆客观光的地方;福建鼓浪屿的文艺涵养、浙江舟山的佛陀踪迹、上海崇明岛的渔乡情调,等等,都颇让人心仪。但我以为也有例外——在中国,有一个岛是不好玩的:位于黄海上的属于山东威海市的刘公岛。

那番,从威海市区乘船去刘公岛,充满浪漫气息的漂亮迷人的海岸线渐渐退去,心情像被海水浸泡过似的,变得酸涩起来。船上的广播不停歇地介绍着景区,用心虽好,但嫌聒噪。这是片不寻常的海域啊，威海卫乃清朝北洋海军驻所，百余年前的中日甲午海战中，多少中国士兵英勇对敌，血染波涛，葬身于斯！安静点好吗？别吵闹了他们，别吵闹了那些魂灵。

　　刘公岛距威海港仅2.1海里，远远看到海面上的铁码头，就知道快到了。那铁码头正是当年北洋海军舰船靠岸落锚之处。它犹如手臂从岛上伸出来，像是历史深处发出的某种呼叫，告诉人们别忘掉那段时间那些事情，那些舰只那些旗帜，那些炮火那些怒吼，那些挣扎那些屈辱。登岛，寻访北洋海军提督署旧址，参观甲午战争博物馆陈列馆以及炮台、操场等军事遗迹，平常旅游中的欢笑和打趣听不到了。这无疑是一次痛苦的回味和追忆，谁还笑得出来呢？这里设有甲午战争电子声光演示，从丰岛海战到黄海海战再到威海卫基地保卫战，号称亚洲第一的北洋水师历经艰苦鏖战，最终灰飞烟灭。看罢，一位同伴对我说："太窝囊了。真想重战一回。""重战一回"当然只是激愤之语，而"知耻""不屈""奋起"的精神是正当和必需的。此一役，经明治维新后日益精进的"蕞尔小国"日本，给了腐朽没落而夜郎自大的清王朝最重大一击。愚昧的政治加无能的指挥招致惨败。一时间，罢战求和，割地赔款，朝野同哭，国将不国。巨大的屈辱也激起大批仁人志士变法图强，或揭竿抗争，拯救中华。梁启超先生有言："唤起吾国千年之大梦，实自甲午一役始也。"

　　刘公岛本是个美丽动人的地方。这里有多姿多彩的传说，其中最著名的一则是：数百年前，渔民刘氏夫妇搭救一艘遭风暴袭击后漂泊来岛的商船。被救者叩拜，尊称其刘公、刘母。后凡有船遇险，均得刘氏接济、指航而渡过难关。岛中阳坡建有祠庙，内有刘公、刘母塑像，刘公岛名号由此得来。这里有别致、幽美的自然环境：地势北高南低，避风朝阳；气候温和，夏凉秋暖；植被茂盛，林间野生动物穿梭，水中种种鱼虾跳跃。可是，这些都显得不重要了。这个仅 3 平方公里多的小岛积淀了太沉重的往事，承载了太深切的伤痛，登上它时心中一段历史就铺天盖地地弥散开来，炮火连绵，桅樯飘摇，喊声如雷，血泪如雨。壮烈之后是肃穆。百年后的海风穿过黑松、龙柏、杉树、银杏，那种低沉的"呼呼"的声音，怎么听都还像是悲泣。岛上黄鹂、斑鸠、百灵、燕子、布谷的鸣唱，难道不是对殉国勇士（他们也是腐败王朝的牺牲品）的祭奠？

刘公岛上立有北洋海军忠魂碑，但我以为这还不够，此地还可以竖起一面"国耻碑"，以警后世，以策后人。

（《羊台山》读书与生活增刊）

山的那一边

◎ 谭秋红

我似乎只记得父亲的字写得很好。当村里有人办喜事或者新年贴对联的时候,都会或长或短地拿些红艳艳的纸过来,我蹲在涂着红漆的平头椅前,看父亲一笔一画地在那些红艳艳的纸上写满字。那时,我有着说不出的骄傲与满足感。

我所有的骄傲与好奇,全部来自于父亲,而我却是一个不爱学语文的孩子。

父亲的对联经常受到乡亲们的夸赞,那些美妙的文字组合,总是被他信手拈来。我只能惊讶地张大嘴巴,像看天书一般。我一直觉得,父亲应该是爱书如命的,他一定喜欢学语文。然而,父亲的书架却很空,没有几本,那少有的几本书,也透着寒酸。

父亲却依然骄傲,把我带到他的书架前,说,孩子,有时间读读书吧,语文世界是一个丰富奇妙、美轮美奂的世界,你会爱上她们。我嘟着小嘴,那些破旧的书,在我看来,是如此的丑陋。

所有的改变缘于那场青春的萌动,当我第一次说出想多读几本书的时候,父亲的眼里透着惊喜,然后,我们双双走进了县城的新华书店。书店,在山的另一边,需要翻过那座高山。琳琅满目的书籍让我应接不暇,我坐在地上,父亲站在书架前,他专心地翻阅着一本厚书，喜怒皆不露于色，安静地，镇定地，我看清了，那是屠格涅夫的《猎人笔记》。屠格涅夫这个名字，我记了好久。

我拿了《校园散文》，父亲却空了手，我大为不解，他惯有地沉默。直到多年后我才明白，拮据的家庭条件，我和哥哥年年愈高的学费，不允许爱书的父亲购买太多的书籍。然后，我们又双双走在了回家的路上，我抚摸着柔软清香的书，想象着，我也会像父亲一样，写行云流水般的诗句；想象着，那个男孩惊喜的表情。

可是，一本单薄的校园杂志并没有给我带来多大的力量，枯燥的文字与拗口的诗句也没有让我的笔端开出绚丽的花朵，青春期的慌乱让我心如焦灼。苦恼的时候，是父亲开导了我：

"写作从来不是一朝一夕的事情，舒缓融洽，年月沉淀，才是上策，否则我也不必为那么多村民作对联了。"

于是，山的那一边，再次成为我希望的绿洲。父亲带着我翻越那座高山，去县城的新华书店查阅资料，往返不疲……

我开始读懂了一些文字，父亲眼中那丰富奇妙、美轮美奂的语文世界，开始一点点照亮我，我渐渐爱上了文字。当我拿起一两本书的时候，父亲总是微笑，他站在书架前，手中的书换了很多次，可是他却从来没有带走过任何一本书。

待到我的笔端终于生长出一些美丽的文字时，我毕业了，那些青春的萌动，最终也幻化成一种孩子似的鼓励与美好的情愫。文字，美化了我的生活，增添了生命的厚度，我以文字为乐，也以此为荣。

毕业后，我依然保持着阅读的习惯，阅读丰富了我的生命，改写了我的人生。沉淀的，是淡泊，是坚强，是面对生活的坦然与理性。等到我终于能够用自己的钱买书的时候，父亲却已经老了，他的书架上，依然摆着那几本老书，那些繁体字的版本，有一本，是《诗经》。

我偶尔利用业余时间给杂志社码一些文字，唯美而灵动的，然后，用攒来的稿费，为父亲买下了屠格涅夫的《猎人笔记》，还送了他鲁迅的《野草》、陈忠实的《白鹿原》、路遥的《平凡的世界》。收到书的父亲，深深地陶醉了，他那花白的头发，在灯光下闪动。是的，父亲老了，他需要戴老花眼镜了，这些书，也许他早在当年家乡的"山的那一边"，站在县城新华书店的书架前读完，但我依然固执地为他买了回来。也许，这是父亲无言的心结，他想用自己的方式，传承他的学术，教育女儿做一个爱读书的人。而我，也是用这样的方式来告诉父亲，我解了他的心结。

随着阅历的增长，一个人在异乡漂泊多年，无论何种孤独，内心始终温润。文字注入了我的血液，阅读，也渐渐地成为我生命中不可或缺的一部分，它深深地植根于我生命的最深处。我浓烈地爱着父亲给予我的这一传承，它将是我生命中最重要、最恒久、最厚实的一笔财富。它从山的那一边，延续到了山的每一边，从山中，来到了城市，走近大海，蔓延到了我生活的每一个角落，也将带给我的后代，带给更多渴望阅读的人们……

(《羊台山》读书与生活增刊)

笔墨从一个人的胸襟里来
——以散文写作为例

◎ 谢有顺

最近又有人在谈散文革命,朋友来问我的看法,我说,任何的文学革命,其实都是为了让文学能够更好地到达人心、发现灵魂。正如任何的社会革命,都是为了让人生活得更好。此外,革命不过是一种口号而已,毫无实质的意义。如果把文学革命限定在文体和修辞的层面,小说和诗歌或许还大有可为,惟独对于散文,却难以下手。我也知道有一些新锐的散文家,正在实践一种新的话语方式,他们希望由此获得对散文新的认识和重构。这样的努力值得期许。只是,如果把散文革命只等同于使散文的语言更加奇崛、意象更加晦涩、隐喻更加丰富、结构更加复杂(事实上,有一些新锐的作者正是这么做的),而在人心的探索、灵魂的叙事、意义的追问上却毫无进展的话,最终它只会沦为话语泡沫。散文是一种反对装饰、漠视修辞的文体,它最高的境界,往往是走向平实和淡定,它传递给读者的,永远不会是华丽的辞藻或迷途般的结构,而只会是那颗真实、淳朴的心。散文的后面站着一个人,一个成熟、健旺的人,他在思想、在行动,并通过一种朴素的话语来见证这个思想着、行动着的人,这便是散文写作之所以感人的真实原因。

确实，散文最好的篇章，无一不是质朴、清澈的。写散文的人，大抵也是为了表达自己的人生感受和自由心性，并没有哪个人，端着写作的架子而能把散文写好的。散文作为一种自由主义的文体，是最做不得假，最能照见写作者容貌和心思的。梁实秋在《论散文》里有一段话，说的就是这个意思："散文是没有一定的格式的，是最自由的，同时也是最不容易处置，因为一个人的人格思想，在散文里绝无隐饰的可能，提起笔便把作者的整个性格纤毫毕现地表现出来。"确实，一是自由，二是真实，这构成了散文的核心价值。正是在这个意义上，林语堂提倡写散文时"不说别人的话"（《插论语丝的文体》），因为在他看来，"小品文即在人生途上小憩谈天，意本闲适，故亦容易谈出人生味道来"。（《又与陶亢德书》）——"人生味道"四字，其实说的正是散文的味道。散文往往是娓娓道来的，他是一个人心迹的真实流露。一个散文家，如果对人生没有觉悟，对世界没有观察和思索，他的文字里，就传达不出味道来，语言也必定是寡淡的。以前读汪曾祺的散文，读着读着就会停下来，因为心里总有一种惊讶：他那么朴白的语言里，原来藏着那么深的感情和想法！——我停下来，就是为了体会他文字里那种人生的味道。汪曾祺的散文，有一种高明，那就是在亲切中，不知不觉地让你分享了他的人生。没有一点压力，更不会强迫别人接受他的看法，可以随时拿起来读，也可以随时放下，这样的散文，就是有境界的了。

当代散文的困境，主要问题还是规范太多，不够自由，也不够诚恳。什么是自由？用胡适的话说，"'自由'在中国古文里的意思是：'由于自己'，就是不由于外力，是'自己作主'。在欧洲文字里，'自由'含有'解放'之意，是从外力裁制之下解放出来，才能'自己作主'。"（《不朽》）这用来形容散文是很贴切的。今天的散文要的就是"解放"，就是"自己作主"。自己作主了，就自由了；自由了，才有为文的资格。只是，这话说起来容易，真落实到写作实践中，就难了。就像当代散文，数量庞大得惊人，可属于自己的话太少，附着在流行话语或者习惯性话语这一层面上的散文作家太多，架子拉得很大，真切的东西踪迹难寻。为什么会这样？说到底，还是散文背后的那个人不成熟、不超拔。郁达夫说："五四运动的最大的成功，第一要算'个人'的发现。"他这话是在给《中国新文学大系·散文二集》写导言时说的，意思是，以前的人，要么为君而存在，要么为道而存在，直到现在，才懂得什么叫为自我而存在了。可见，散文里是有一个自我的，这个自我，需要散文家去发现。只有这个"自我"、这个"个人"被发现了，写作才能说自己的话，才能谈自己的人生感受。我认为这是散文的根本问题——背后是不是站着一个人？是不是站着一个真实、自由、健旺、有赤子之心的人？散文的写作，背后如果没有人，或者背后的人不成熟，文辞再优美，都是俗的，失败的。

关于这一点，我喜欢举《红楼梦》第四十八回里写的例子。香菱姑娘想学作诗，向林黛玉请教时说："我只爱陆放翁的诗'重帘不卷留香久，古砚微凹聚墨多'，说的真有趣！"林黛玉听了，就告诫她："断不可学这样的诗。你们因不知诗，所以见了这浅近的就爱，一入了这个格局，再学不出来的。"后来，林黛玉向香菱推荐了《王摩诘全集》，以及李白、杜甫的诗，让她先以这三个人的诗"作底子"。林黛玉的诗写得好，对诗词她也有自己独到的看法，是一个心气高、才气足的奇女子。以前读《红楼梦》，到这里，总是有点不明白，何以陆放翁的诗"重帘不卷留香久，古砚微凹聚墨多"是不可学的，初看起来，对仗很是工整啊，但林黛玉说"断不可学这样的诗"，至于为何不可学，她在书中没有作进一步解释。这个疑问，直到最近读了钱穆先生的《谈诗》一文，才算有了答案。钱穆先生是这样解释的:"放翁这两句诗,对得很工整。其实则只是字面上的堆砌,而背后没有人。若说它完全没有人,也不尽然,到底该有个人在里面。这个人,在书房里烧了一炉香,帘子不挂起来,香就不出去了。他在那里写字,或作诗。有很好的砚台,磨了墨,还没用。则是此诗背后原是有一人,但这人却教什么人来当都可,因此人并不见有特殊的意境,与特殊的情趣。无意境,无情趣,也只是一俗人。尽有人买一件古玩,烧一炉香,自己以为很高雅,其实还是俗。因为在这坏境中,换进别一个人来,不见有什么不同,这就算做俗。高雅的人则不然,应有他一番特殊的情趣和意境。"寥寥几句,令人豁然开朗。陆放翁这句诗的问题,就出在"背后没有人"。修辞是精到的,可假若一种文字里,看不到一个人的胸襟和旨趣,这样的文字,如何感染人?又如何不俗?

笔墨是从一个人的胸襟里来的。胸襟小,笔墨里的气象就小;旨趣俗,文字里的味道也俗。诗歌写作是这样,散文写作就更是如此了。所以梁实秋说,"有一个人便有一种散文"(《论散文》)。而余光中在《散文的知性与感性》一文中也说:"在一切文体之中,散文是最亲切、最平实、最透明的言谈,不像诗可以破空而来,绝尘而去,也不像小说可以戴上人物的假面具,事件的隐身衣。散文家理当维持与读者对话的形态,所以其人品尽在文中,伪装不得。"今天的散文,境界一直上不去,问题就出在人身上。人的胸襟窄小、旨趣庸俗,再加上虚假的伪装,散文的精神命脉就断了。因此,我从来提倡,散文家要把自己的姿态尽可能地放得低一些,不要被知识和史料吓傻了,更不能落入潮流之中,还是要说自己熟悉的话,自己喜欢说的话。张爱玲说,散文是读者的邻居。这话说得好。和邻居你能说些什么呢?无非是家长里短,或者关于生活和人生的杂乱想法,但无论说什么,一定都是亲切的，真实的。

　　周作人也将自己的写作，比作"寻求想象中的友人，请他们听我的百无聊赖的闲谈"（《自己的园地·序》）。——写作不仅是"闲谈"，还是"百无聊赖的闲谈"，这个时候，怕是装不了假了，因为对面坐着的是"友人"，是你的知己。我不止听一个散文家说过，他们在写作时，总是设想有一个读者，在倾听自己的说话。这个人，很可能是自己身边熟悉的人。这一点，是散文和小说不同的地方。小说家也有假想的读者，但那个读者，更多的是看戏的人，可以是陌生的；散文的读者呢，只能是自己熟悉的人，因为你所说的，往往是你真实的人生。作者可以隐藏在小说的背后，但在散文中，要隐藏得不见痕迹，总是难的。即便是一些比较知性的文字，也是可以看出作者的性情的。我读周作人的散文时就常有这种感觉。他当年给《亦报》《大报》写的随笔小品，篇幅都很短小，每篇也就五六百字吧，虽然也有"文思枯窘""不是乏味便多生凑"（周作人自语）的时候，但绝大多数篇章，应该说，周作人都写得自然从容，情趣盎然，达到了散文随笔这一文体的极高水准。对于这些文字，周作人自道："原以识小为职，固然有时也不妨大发议论，但其主要的还是在记述个人的见闻，不怕琐屑，只要真实，不人云亦云，他的价值就有了。"（《关于身边琐事》）一九二二年，胡适在《五十年来中国之文学》中论述晚清至"五四"前后的文学变化时，认为周作人等人的"小品散文"，"用平淡的谈话，包藏着深刻的意味，有时很像笨拙，其实却是滑稽。这一类作品的成功，就可彻底打破那'美文不能用白话'的迷信了。"胡适这话，是指着白话文的发展而说的，但在某个程度上，也道出了周作人这样一类散文最重要的特点。我记得周作人在谈到自己的写作时，自定了两个写作标准："一是有意思，二是有意义，换句话说也即是有趣与有用。"（《拿手戏》）——周作人的很多散文,如《故乡的野菜》《喝茶》《鸟声》《乌篷船》,大约都是有趣也有用的篇章,文字也并不难读,面对这样的散文,如果批评家硬要用微言大义去阐释它,恐怕纯属多此一举。

有一种散文是只适合阅读、回味和享受的,它并不适合阐释。朱自清、梁实秋、周作人、沈从文、汪曾祺等人的散文就是这样。我们都知道它好,但很难说清楚它好在哪里。周作人的散文尤其如此。不是有人说他的散文是闲适的吗?但周作人自己却说:"拙作貌似闲适,往往误人,唯一二旧友知其苦味……"(《药味集·序》)貌似闲适实为苦涩,这可能才是周作人散文的真谛。可是,谁能够读出周氏散文中的"苦味"?有时并不是批评家,而是读者——那些以孤独的心体认世界、以朴素的眼光感受美的读者。批评家要想对散文进行有效的发言,我想,他就必须重新成为一个用心的读者。许多的时候,散文里的心灵秘密,是用另一颗心解读出来的。好的散文里,是有情怀、有心境的,它需要另一种情怀和心境的回应——散文的阅读契约正是建基于此。

人心的呢喃,智慧的警觉,语言的美感,这大约称得上是散文写作的话语伦理。理解这三点,无论对于散文的写作还是阅读,都大有助益。作为一种古老的文体,散文最初肯定起源于说话,既然是说话,就必定是为了表情和达意。情发于心,而意通智慧。怎样才能表好情、达好意呢?这就有了语言和修辞的讲究。"修辞立其诚",诚者,心也,关乎真实和诚挚——归根到底还是讲背后那个人。我想起胡适还有一篇文章,直接就叫《什么是文学》,是为"答钱玄同"而作的,他明确提出,"文学有三个要件:第一要明白清楚,第二要有力能动人,第三要美"。论述的过程中,胡适举了不少古人的诗文为例,旨在说明很多写作为何失败,无不因为写得不明白,不动人,不美。我相信,胡适写作此文时,暗中所想的,肯定是散文。他自己的散文,实践的就是明白、动人和美的主张。什么是"明白清楚"？就是要"使人懂得，使人容易懂得，使人决不会误解"；什么是"有力能动人"？就是"懂得了，还要人不能不相信，不能不感动。我要他高兴，他不能不高兴；我要他哭，他不能不哭，我要他崇拜我，他不能不崇拜我，我要他爱我，他不能不爱我。这是'有力'。这个，我可以叫他做'逼人性'"；什么是"美"？不存在孤立的美，"美就是'懂得性'（明白）与'逼人性'（有力）二者加起来自然生的结果。"这个道理，今天看来，还是适用的。经过了近一个世纪，考验散文写作成功与否的标志，仍旧可以用胡适这三个词：明白、有力和美。为什么今天散文在数量上繁盛了，品质却依旧低迷？不在于知识不够、文化匮乏，而恰恰是在这样一些最简单的问题上疏忽和漠视了。前些年，散文界一度盛行"文化大散文"，目的就是想补上知识和文化的课，以为有了文化，散文就会前进，实际情况如何呢？我看是造就了一批新的八股文，散文也由此进入了一个新的公共写作的时代：无论从经验的类型，还是话语的方式上，都有点千人一面，无非就是历史考据和人文山水。这场最初发端于余秋雨的散文革命，一旦被诸多平庸者所模仿，顿时变成了一场盛大的文化撒娇和集体出游——淳朴的有感而发，这原本属于散文独有的话语方式，反而不太受人重视了。

　　明白、有力、美的散文，仍旧是缺少的。这里面固然有散文革命上的误区，但也有批评家的责任在里面。我知道，很长一段时间来，散文的写作是受批评家影响的。而多数的批评家，他们的阅读兴趣，包括他们乐意进行阐释的，大多集中在那些意义结构比较复杂的散文上。以鲁迅的散文为例，他的杂文随笔，特别是《野草》，充满着精神的迷途结构，多义而庞杂，每一个人，都能从中读出不同的感悟来，这样的散文，自然适合阐释了。他的一句"在我的后园，可以看见墙外有两株树，一株是枣树，还有一株也是枣树"（《秋夜》），我们就可从中读出无穷的孤独和意味来；他的一篇《女吊》，篇幅并不长，里面的灰暗和绝望却着实令人惊心动魄。鲁迅这种思想个性鲜明、语言充满隐喻的散文，确实是适合阐释的（哪怕是误读）；或者说，他的许多散文，只有被充分阐释之后，才能为一般读者所理解。以致鲁迅的这种散文传统，在当代已被简化为意义型的写作，成了革命时期的精神象征。可是，散文如果只有关乎革命、意义一类的文字，就显然过于单调了。散文的魅力和价值，也许就在于它的文体的丰富（叶圣陶在《关于散文写作》中说，"除去小说、诗歌、戏剧之外，都是散文"）和内容的广阔（林语堂在《人间世》的"发刊词"中说，"包括一切，宇宙之大，苍蝇之微，皆可取材"）。因此，我喜欢鲁迅的尖锐与沉重，但我也重视轻松、有趣的闲笔文字，我觉得从这里更能看出一个作家的心性。试想，如果《鲁迅全集》没有《朝花夕拾》里那些涉笔成趣的篇章，作为"战士"的鲁迅形象岂不是要比现在坚硬许多？

鲁迅的散文，具有精神和时代语境上的不可重复性，这决定了他的话语方式是不可模仿的。他的文字，比如《野草》，大约算得上是散文中的异端。当然，鲁迅也有很多淳朴的文字，记述自己童年生活的那些，尤为动人、感人，只是，这些文字的阐释空间远不如其他一些散文杂文大，容易被忽视。拿当代来说，很多的批评家，更愿意去阐释余秋雨、王小波、张承志、史铁生、韩少功、刘亮程等人的散文——这些人的散文，都是优秀的，更重要的是，它们都事关一些大的精神话题，这样，批评家在他们身上很容易就能找到用武之地。可另外一些散文呢，比如沈从文、汪曾祺、于坚、陈冠学等人的散文，他们的文字多为大白话，在这样的文字里，你总结不出大的散文话题，但作者的心境、想法、对语言的讲究等秘密却蕴含在一字一句里了。汪曾祺在《小说的散文化》一文中说，散文具有"大事化小"的功能，这表明，有一类散文所深入的是个人情趣和个人琐事的世界之中，它不像那些革命性散文或思想性散文那样，一眼就能让批评家识别出作者在散文里的话语追求——许多的散文好像是没有多大追求的，它们仅仅是为了呈现个体的状态，个体那微不足道的情趣。汪曾祺自己的散文就是这样。事无论大小，情无论深浅，在他的散文里都慢慢道来，不动声色，文辞朴白，却韵味悠长，那种闲心和风度，确实不是一般人所能学得到的。

这个时候，批评家还有什么用？他还能找出怎样的理论语言来阐释这样的散文？一切的阐释都是多余的，面对这样的散文，惟一需要的是阅读，是用心去体认，用智慧去分享。当代散文界实在是"批评家"太多，"读者"太少了；"阐释"散文的人太多，"读"散文的人太少了。这样的局面，今天应该改变了：我们都需要重新做一个散文读者。

——这话同样也适合散文作家。做不了好的散文读者，也成不了好的散文家。这是常识。如果散文读者要求用心和智慧来感受美，来洞悉文字里的情怀，散文写作者就更要扩展自己的胸襟，提升自己的旨趣，并学习在真实和信念里，让心有所行动。真的背面是假，心的背面是僵死的知识，而散文所有的努力，其实不过是要让灵魂在这个世界上发出独立、有力的声音。这个声音要让人看得懂，这个声音要感人，这个声音要富有美感，这就是散文的话语容量：广大、无限、喧嚣，但有着坚定的心灵指向和精神坐标；并非它没有欢乐和游戏的权利，而是出发的前提，必须服从于那颗淳朴的心。在众多的文体中，我一直倾向于认为，散文是对人心最忠诚的守护。它的话语边界可以广博，但精神的通道却极其狭小；它所描绘的实感世界可以庞杂，但它对心灵的注释却往往清澈见底——因为它的"逼人性"，排斥一切虚假、夸张和装腔作势。

从这个意义上说，我甚至认为，散文的话语方式，在本质上应是优雅和富有美感的。周作人在给俞平伯的散文集《燕知草》作跋时，称赞俞平伯的散文是"最有文学意味的一种"。他把这种文学意味概括为"雅"："我说雅，这只是说自然，大方的风度，并不要禁忌什么字句，或者装出乡绅的架子。"自然，大方的风度，指的是人心，也是话语，是散文特有的松弛和本真，是一种写作的状态，是人心和文心的合一。王统照则在《纯散文》中说，有一种散文，"没有诗歌那样的神趣，没有短篇小说那样的风格与事实，又缺少戏剧的结构"，但能够"使人阅之自生美感"。这种美感的生成，同样关乎一个人心世界的展示，而不仅仅是一种修辞的风格。散文由于最大限度地承担了对自我世界的塑造，它就不能像小说家那样，以虚构和想象为能事，相反，它需要向我们出示更多的真实和确信。也就是说，只有当我们在伦理上确认了一个散文家所说的和他的内心有着某种一致性，我们才能开始一种有信任感的阅读——这样的阅读，正是为了证实一个在俗世里活跃的心灵有着怎样的趣味、行动、困惑、理想和未来。这是散文独特的话语权利。

因此，一个好的散文家，一定得有一颗世俗心。他必须能够在世俗里安妥自己的心灵，必须对实感世界有切身的了解，他才能写出有心灵质量的好散文——所谓的好，就是要从俗世里来，到灵魂里去；所谓的文雅和美感，就是来自灵魂对俗世的觉悟。散文的语言，往往服从于写作者的心对这个世界的领会——在散文中，一个人的语言往往会描述出他心灵的形状。比如，鲁迅的语言是锐利、冰冷而峻急的，这说明他的内心隐藏着巨大的沉痛、悲哀和绝望；而沈从文的文字是唯美、温润的，这说明在他的心里，相信人性里还有美，生命里还有纯朴与庄严，所以他曾说自己的写作只是希望建造一座希腊小庙，这个庙里供奉的是人性。沈从文是一个对人性存有希望的作家，而鲁迅更多的却是绝望，这从他们的语言风格中，就可以看出来。

由此可见，散文所有问题，归结起来说，都是心的问题。如果没有一个淳朴而广大、敏锐而深刻的心，所有关于散文的梦想，就都不可能在话语中被真实地践行。心的失血，导致散文日益变得苍白、无力；心的歧途，导致散文的意义形态变得紊乱、轻浮。现在，有关散文的一切外在谈论都可以终止了，我们所能做、所需做的，不过是尊灵魂、养心力，从而使自己生命气息的流转能够更加健旺、发达，以此来对抗这个心灵衰败的时代。我相信，这是使今天的散文再次生出美感、获得力量的秘密所在。

（《羊台山》第 02 期）

《羊台山》十年总目录

第一期

创刊词
阳光·绿野·生命
——写在《羊台山》创刊之际/李勇

关注
有寄托,斯有境界,始成高格/周松芳

论坛
关注打工群体的文化权益/杨宏海
小说该在哪里驻足/南翔

阅读
海上世界/吴君
日光下并无新事/徐东
纸船/卫鸦

文坊
空手白狼/凌春杰
清水河边的裙豆/叶耳

交换/那时花开

随缘
桂香园/郭建勋

品味
食物链/柚子
海滩夜语/兰浅

视野
以热爱大地的名义/谢海生

笔谈
论戴斌的"深圳草根文学"/黄玉蓉

绿地
异国乡村散记/海雷
云南日记/朱赤

诗园
乌蒙山区的眼睛/北人
月光流向村庄（组诗）/李邵平

第二期

卷首语
回家的路/谢海生

关注
大正大刚存大意　大爱大美立大成
——北京首都师范大学教授、著名演讲家李燕杰
精彩演讲片断摘录

论坛
城市，谁的城市？我们需要什么样的城市/李子刚

笔谈
点燃一盏"希望的明灯"/章武
文学要成为"国民精神的火光"
——在广东省第七届鲁迅文艺奖颁奖大会上的发言/曹征路
笔墨从一个人的胸襟里来
——以散文写作为例/谢有顺
理想和现实的滞差/徐东

阅读
记北大中文系的几位先生/陈恒舒

文坊
湿地风流/王十月
不再疼痛的翅膀/千里烟

麻花
麻花/刘阿芳

随缘
有祖坟的地方叫故乡/戴斌
长寿镇/邓荔红

宋庄笔记三则/安石榴
竹的故事/熊正红

札记
《大国崛起》的启迪/曹宇昕
都在整长篇/徐一行

乡土
羊台山狗肉/廖虹雷
一对金鸡的传说/戴福才

绿地
行走的风景/宋瑞

诗林
深圳城边/李春俊
韵一样的羊台（外一首）/艾桦
我们/宋瑞/胡少卿

杂志
关于杂志——编辑手记/范明

封二：乡村情歌之喜悦月夜/版画/罗向冰、文/李邵平
封三：乡村情歌之绸缎似的村庄/版画/罗向冰、文/李邵平

第三期

卷首语
山稔子/为民

论坛
现代化的误区：大马路/李子刚

笔谈
追问诗歌的精神来历/谢有顺
腹有气韵品自高/南翔
文体意识自觉与文体革命/汤奇云

视野
打工文学的未来流向/凌春杰

阅读
格列的天空/徐东
附：关于徐东西藏系列小说点评
海戒/王棵

文坊
忍不住想哭/童仝
阿静的爱情/谭秋红
生活的滋味（两篇）/秋妮

随缘
修安者说/安石榴

札记
茶与中国隐逸文人/知洵
身无彩凤双飞翼，心似流星照夜晨/梦杰红

乡土
观麒麟舞，说麒麟事/谢为民
羊台山下的三个把戏佬/戴福才

绿地
成都印象/苦旅

诗林
机台（外一首）/郑小琼
清明节你回乡祭祖/孙夜
主编手记/范明

第四期

卷首语
有容乃大
——写在《羊台山》杂志创刊一周年前/范明

散文
猫事/石舒清
一个人看海/兰浅
嗨，"深圳张叔"！/朱赤
虔贞学校就读记忆
——一篇新闻报道勾起的回忆/谢为民

诗歌
诗三首/梦也
每一位恋人都带走我一部分生命/谢湘南
用电子邮件发送一封秋天给你/萧萧

第五期

卷首语
感悟生活/李勇

小说
陨石/孙夜

散文
客家传统社会村落文化的现代启示
——以粤东围龙屋村为模型的思考/曾祥委
羊台山上的雕楼和山村/戴福才
印象·日本/朱赤

诗歌
中国节气：冬（六首）/吕宗林
别为我在这里等待/程学源

第六期

卷首语
幸福这个词/李春俊

论坛
办好《羊台山》杂志 倡导"新城市文学"/李勇
领悟人文情怀 畅想羊台文化/范明
大浪《羊台山》杂志创刊一周年印象与意义/汤奇云
此心安处是吾乡/赵建坤
《羊台山》创刊一周年研讨暨文学联谊会言论采撷

笔谈
自由而有重量的文体
——关于散文的随想/谢有顺

小说
编外爱人/刘静好
一个人的香山行/马季
小说六题/梦也
校园微型小说四题/萧明光

散文
鸟叫一两声（外一篇）/李敬泽
激情溅活的石头/熊育群

评论
底层需要关注的两面南翔

死亡诗社里的精神觉醒/广涛

乡土
追溯宝安七千年大历史/康少高

千年蚝乡/廖虹雷

永远忙碌的"吴大姐"
——原中共中央政治局候补委员、国务院副总理吴桂贤参观大浪服装
　基地侧记/朱赤

诗歌
好心人,我把孩子交给您/谢海生

铲雪是一种幸福/吕宗林

第七期

卷首语
原来,爱可以这样
——"5·12"汶川大地震感言/兰浅

笔谈
"底层文学"在新世纪的崛起
——在乌有之乡的演讲/李云雷

小说
麻花客石/舒清

山坡上的桑珠/徐东

小镇幽灵/盛慧

人日/申晨

散文
读城记/谢有顺
穿过玉米林/叶清河
又见雪飘过/李西乡
印在泥土上/游利华
秋色无边/震秀
印象印象/李全毅
长安北去干城在——延安古今散记/谢海生
黑夜中的白马——海子逝世十九周年祭/魏德勇
故乡别来无恙/唐冬眉 申晨 孙夜

乡土
黎明前的激战——"石凹反击战"始末朱赤/谢为民
追溯宝安七千年大历史(接上期)/康少高

诗歌
祈祷奇迹/郑小琼
我要找到你/绿蚂蚁
亲爱的,请记住/范明
睡吧,孩子/李邵平
一切——写在汶川地震四天后/谢亚凡
地震不可怕/张世明
与人民在一起/吕宗林

第八期

卷首语
每个人的星光/李松璋

笔谈

苦难的书写如何才能不失重？
——我看汶川大地震后的诗歌写作热潮/谢有顺
重塑散文的文学品质——熊育群答张国龙博士
网络类型小说拓宽新世纪文学之路/马季

小说

黑洞/孙夜
爱情双实线/徐行者
彩票/韩三省
红尘/曾楚桥

散文

铅华洗尽傲春秋/南翔
那雪一样洁白的栀子花/李娟
母亲的玉手镯/曾天逸
拐弯的夏天/刘鹏凯
我的文学路/徐东
一蓑烟雨任平生——读刘小川《品中国文人》之苏轼/兰浅
故乡别来无恙/唐冬眉 申晨 孙夜
笑语羊台山/戴福才
羊台山赋/孙豪

诗歌

四月的诗（组诗）/李春俊
诗三首/卢卫平
我想去那遥远的西藏/蔡仕伟

第九期

卷首语
大家平安/兰浅

笔谈
中国文化的当下处境——一次演讲/谢有顺
一鹤凌云,智性诗人的人本情怀
——世界著名华文诗人云鹤诗歌走势及作品解读/唐成茂
格格不入,或者短篇小说/李敬泽

小说
美发史/王棵
遍地忧伤/曾野
与爱情无关/杨秀英
三人一条狗/刘小冀

散文
甘棠,甘棠/项丽敏
亡姨逸事/李娟
墙与墙的爱情/袁满才
中北欧杂咏/南翔
穿上旗袍的残酷(外一篇)/走走

乡土
回望大浪
——深圳宝安大浪村村史摘录(之一)/石舒清
旧时大浪素描/谢为民

故乡别来无恙（接上期）/唐冬眉 申晨 孙夜

诗歌
坂雪岗以西/凌春杰
白玛诗歌小辑/白玛

第十期

卷首语
编织希望和记忆/兰浅

笔谈
中国当代文学的有与无/谢有顺
一个深圳土著的改革开放史
——评谢宏的长篇小说《深圳往事》/黄玉蓉
原生态的深圳记忆——关于《深圳往事》/李跃

小说
平安夜/徐则臣
三表叔/黄永健
脏子/云亮
夜空中的白云/徐东
我曾经来过/吴小林
腊月二十九/段作文

散文
想喝一杯葡萄酒（外一篇）/千里烟
阁楼上的小丫/项丽敏
姑娘吉西/张小菊

散文五篇/李西乡
乡下的房子和城里的房子/邓红荔
走回老屋/许小玲
大师远去——北大燕南园怀想/唐冬眉
漫读《西班牙旅行笔记》/曹宇昕

乡土
回望大浪——深圳宝安大浪村村史摘录（之二）/石舒清
深圳民俗文化（两篇）/廖虹雷

诗歌
素颜歌（节选）/梦亦非
向晚（外一首）/杨列

第十一期

卷首语
开拓自己的风景/赵朝龙

小说
穿越霸王谷/赵朝龙
家人三题/阳村
宠物/梦也
铁风筝/毕亮

笔谈
文人与书法/谢有顺
郑小琼：作为一个诗人的多重含义/李少君

散文
途中与你相见之西藏印象/买超
象牙塔之美/李旭强

乡土
回望大浪
——深圳宝安大浪村村史摘录（之三）/石舒清
清末民初深圳几位爱国名人/廖虹雷

评论
盛夏里的对话——文学创作二人谈/朱赤 李邵平

诗歌
羽微微诗五首/羽微微
春的希望（组诗）/小叶
珍藏——致友人/范小月
三月杏花/冷艳

第十二期

卷首语
坚持理想，执着追求
——写在《羊台山》创刊三周年之际/杨宏海

笔谈
经济危机下的文化机遇
——在岭南大讲堂上的演讲/谢有顺
不确定性中的苍茫叩问
——评曹征路的长篇小说《问苍茫》/孟繁华

小说

北京的金山上 / 张抗抗

满天星 / 唐成茂

爹的河卡 / 凌春杰

走失的桑朵 / 徐东

散文

青海之西，高原之上（组章）/ 李邵平

深爱你的忧伤 / 叶耳

烟桥艺雨洒观澜
——春日访陈烟桥故居 / 郭建勋

又晤螺溪钓艇 / 蒋冰之

那些山路 / 魏德勇

途中与你相见（2）/ 买超

乡土

回望大浪——深圳宝安大浪村村史摘录（之四）/ 石舒清

考察"黄氏宗祠"忆当年 / 戴福才

"麒麟师傅" / 谢国庆 / 朱赤

诗歌

风吹过叶尖（组诗节选）/ 旻旻

沉默的石头（外一首）/ 余燕双

让一弯新月留住你的笑容（外一首）/ 张永伦

第十三期

卷首语
关于向日葵/范明

笔谈
《朗读者》给我们的启示/南翔

文坊
逃来逃去/方晓
巨象/甫跃辉
华强北/付关军
童年/庄昌平
芒花开了/陈再见
风流乞丐陈二胡/周家兵

芳草
莲花山的一天/李雨燕
父亲和棋/徐嘉
雨中情/路勇
姐姐/兰浅
去乡村看一场雪/田辉香
母亲,来生做我最美的女儿/黄季红

采访手记
回望大浪(五)/石舒清

札记
从"梁思成的眼泪"到"马未都的收藏"/朱赤

乡土
重阳节与爬山/廖虹雷

诗林
诗三首/胖荣
转身(外一首)/李晃
Ta情组诗/李小惠
草原情歌/刘永新
风水诗(外一首)/阿翔

艺苑
《读》(组照)/赖耕云 刘光
《宏大富丽的布达拉宫》/赖耕云

封面油画:《夜晚的咖啡馆》(局部)/梵高

第十四期

卷首语
生的美好/范明

笔谈
当代人文教育的忧思/谢有顺

文坊

百姓歌谣（上）/赵朝龙

石舒清小说二题/石舒清

我们能否相信爱情/厚圃

芳草

花鸟（外一篇）/梦也

低语/庞华坚

千芳一哭/买超

乡村启示录二则/周松芳

以艺术的名义活着/朱正安

我永远是你的眼睛/方元

札记

思考·纯洁（节选）/徐东

诗林

吴疆诗歌小辑/吴疆

孙夜诗四首/孙夜

花园里的蚂蚁（外一首）/张型锋

秋思/刘满衡

诗歌王国的公主/邹本忠

冷艳诗四首/冷艳

艺苑

绿色家园（李文）/封二

远方（李文）/封三

封面图：《现代梦境》系列之一

第十五期

卷首语
执着与热爱/范明

笔谈
让历史在细节中浮现/南翔

文坊
百姓歌谣(下)/赵朝龙
黑白照片里的母亲/卫鸦
中国红/钟二毛
过年消毒/买超
网络时代/孙豪

芳草
水村纪事/子建
故乡是开在心灵的花朵/陈孝荣
一诗双适,惟有心知/吴俊忠
春去春又回/刘庆芳
大浪星空/刘学伍

札记
我在玉树的日日夜夜/朱赤
羊台山赋/颜其麟
自然美景的绘画,革命精神的赞歌/叶幼明

诗林
兰浅的诗/兰浅
走不出的村庄（组诗）（节选）/程鹏
版画村/叶通
红玫瑰（外一首）/十鼓

艺苑
《世博掠影》之一/王小可 摄（封二）
《世博掠影》之二/王小可 摄（封三）

封面图：《现代梦境》系列之二

第十六期

卷首语
《羊台山》四岁了/南翔

笔谈
文学写作的五大关系/谢有顺
从日常出发，探寻爱与真相/钟二毛

文坊
爹的存款/凌春杰
诗人街/徐东
一句话的行程/李小雪
天梯/付关军
带着姆妈上学/彭亚华
温暖/王静静

芳草
边界（六章）/梦也
书余四章/王十月
亲亲我的故乡（四章）/周大强

诗林
无法命名的时代（组诗）/世宾
村庄真美（组诗）/马娜
散淡（组诗）/偶尔
谢湘南短诗选/谢湘南
列车里只有我一人奔跑（组诗节选）/阿北
天说黑就黑了（组诗节选）/张世明
鸣慧的诗/鸣慧

艺苑
《天路》（封二）/彭鸿杰 摄
《藏地江南》（封三）/彭鸿杰 摄

封面图：《现代梦境》系列之三

第十七期

卷首语
舍不得荒废的精神生活/范明

笔谈
山高峡深，奇观胜景无穷/于浴贤
深圳诗歌的让渡主义/唐成茂

文坊

礼物/毕亮

痒/郑小驴

债事/陈文芳

一亩西瓜/温海宇

温暖的季节/张娟

七寸/唐诗

芳草

三门岛之夜（外一篇）/西篱

短文三章/王廉运

不系之舟（外二篇）/望川

遥想我的祖先/王丽

城里的树（外三篇）/黄琼喻

那些瓜儿/王先佑

札记

城市留白（外一篇）/李全毅

幸福不等于多占/曹宇昕

用身心去体会先贤/李慧

诗林

这个世界，这些日子（组诗）/张守刚

垮不掉的桥/陈朴

火焰（外一首）/郑小琼

冬天就要来（外一首）/王亮庭

未完成的诗，2010年记忆/张尔

一棵表达的树（外一首）/彭俐辉

小调十阕/秀实

中午，小憩的搬运工（外一首）/谭清友

艺苑

全国第五届"群艺杯"
——中国人的面孔摄影艺术展览作品选登
《祈福》赖耕云（封二）
《汗珠》廖志洪
《熟手》潘鲜明（封三）
《胜券在握》/刘光

封面图：《现代梦境》系列之四

第十八期

卷首语
刊首语/格非
羊台山赋/颜其麟
羊台山一瞥/范明

2011·首届"羊台山"诗歌大赛获奖作品
一等奖：
城市的坐标——羊台山/陈再见
羊台山之约/王月华

二等奖：
羊台山诗札/吕艳
游羊台山记（节选）/萧相风
羊台山那串笛音/刘传东
寻韵羊台山（组诗）/侯加阳
诗意羊台山（组诗）/贾旭磊

三等奖：

羊台山印象（组诗）/蒋海洋

在城市的上空呼吸/李有明

羊台山里的声音/李文毅

春天的羊台山/虞晓翔

羊台山，我心中的山（组诗）/杨从彪

行走之旅/赵燕磊

我想做一羽羊台山雀（组诗）/钟生钦

大浪，诗歌里的生活片段/子建（深圳）

坐看羊台山（组诗）/陈于晓（浙江）

羊台山高高的山上是云（组诗）/王兴伟

优秀奖：

金克巴/杜凤雷/杜文瑜/李传军/李智强/陈忠龙/穆学仁/陆承/汪帆/黄秀芳/谢寿国/黄荣东/叶通/徐必常/王亚哲/孙庆丰/李民/赵洪亮/钱大全/丁济民/李文山/吕宗林/刘华明/王小荣/邱荣根/马云飞/张俊/王美英/王太勇/刘小雨/郭建贤/罗松生/施渊/曹志军/王万军/秦江波/王运用/孙豪/李剑飞/何小轩/杨超英/尹和亮/徐小明/吴基军/李江波/蒋志武/姜德生/周大强/魏鸣慧/艾华林

作品选登

在羊台山寻找夕阳的感觉（外二首）/赵朝龙

围着篝火的舞步（外一首）/周光宗

一滴露珠的光芒（组诗）（节选）/鲁绪刚

乡村音韵（节选）/王鹏

田野里还剩下最后一个人/陈亮

致沙漠（外一首）/刘京

潜回（外一首）/蔡交俊

人生（外一首）/葛云彩

农村/徐永春

老家（组诗）（节选）/路志宽
钢轧进了我的诗歌（组诗）/张永伦

深圳80后诗人诗歌方阵
陈诗哥/魏鸣慧/廖令鹏/李双鱼/张型锋/乙河/严正/胖荣/安连权/唐纳/黄浩/张培伟/程鹏/深圳红孩/钰涵/唐诗/子建/梁海洋/阿北/永州冰雨/艾华林/蒋逸冰/莞君/蒋志武/李倩/董喜阳/赖佛花/吕布布/陈再见

封面图：《现代梦境》系列之五
封二、三：第二届大浪摄影比赛金奖作品《春暖大浪》（三幅）摄影：陈奕光

第十九期

卷首语
生如夏花/范明

笔谈
金庸小说与文学的乌托邦精神/谢有顺

深圳作家
呼喊的哑巴/萧相风
变鬼记/陈再见
走不出去/程鹏
招聘儿子/李江波
清白/庄昌平
裂缝/夏子期
文学批评应该成为文学自我救赎的方式/汤奇云

文坊
港湾/走小月

芳草
往事与随想/梦也

后袁庄/温海宇

母亲（外一篇）/张华

乡土
杂谈起名/廖虹雷

清明扫墓随想/戴福才

诗林
时光的碎片（组诗）/李邵平

游韶山（外一首）/白沙

回家（组诗）/蒋逸冰

一个寓言/湘莲子

声音/晋东南

艺苑
《开拓者》/廖志洪（封二）

《层林尽染》《绽放的大地》潘鲜明（封三）

文讯
大浪大船坑舞麒麟入选国家"非遗"名录

谢宏长篇小说《纹身师》出版

封面图：现代梦境系列之六

第二十期

卷首语
音乐的心境/钟华波

笔谈
有一种鸟永远关不住/南翔
石舒清印象/马知遥

文坊
过生/徐东
愤怒/毕亮
儿子/买超
黄皮果/钟国光
双层/陈小染

芳草
穿行在唐诗里/亚男
背山神/陈孝荣
土地和父亲/平原木
少年不知读滋味/易水寒
阳湖/周铁株
乡村低语/吴基军

游记
银滩：沧桑和浪漫/庞白
走进"多彩贵州"/朱赤
面对黄河（外二篇）/郭贵成

我与凤凰的约会/陈爱军

诗宝安
王熙远的诗/王熙远
廖令鹏的诗/廖令鹏
程鹏的诗/程鹏
李双鱼的诗/李双鱼
诗宝安·宝安魂/樊子

艺苑
《苗家客栈》/刘光（封二摄影）
《多彩贵州》/刘光（封三摄影）

文讯
宝安大浪杯时尚节圆满落幕
"部落组合"获金钟奖"最佳音乐表现奖"

封面图：《现代梦境》系列之七

第二十一期

卷首语
在精神的止泊处/范明

文坊
晚了二十年/刘静好
年饭/丁力
女诗人的榆树/许艺
朝着雪山去/甫跃辉

芳草
动静之间/凌春杰
有关生活断片的记录/吴佳骏
临窗/黎杰
失重的山乡秋情/黄家双

笔谈
奔腾年代,以梦为马/蔡东
浸透着时光的歌谣/厚圃

读书
阅读年代/刘元举
博尔赫斯和我/王樽
与黑塞重逢/项丽敏
我的阅读生活(外一篇)/谢宏
指月闲话/买超
女人都爱意大利/张榣
读白居易的诗/宋唯唯

诗宝安
李晃的诗/李晃
阿北的诗/阿北
萧相风的诗/萧相风
蒋逸冰的诗/蒋逸冰
打开诗歌的现实之核/李邵平

艺苑
《八骏图》/彭鸿杰(封二)
《露》《明》/彭鸿杰(封三)

封面图：《现代梦境》系列之八

"读书与生活"增刊目录

卷首语
愉悦/范明

书林漫步
多读书，读好书/张华
风雨雷电中的命运苦旅/嘉男
听雨作为美好的姿势/凌春杰
读孙夜的诗/李云雷
孤独与存在/廖令鹏
守望者的情怀/樊子
有关语言与日常的诗/姜丰
迟子建的秘密/徐东
《罗织经》的悖论/王国华
有那么一个少年的小镇（外一篇）/叶耳
人间烟火/晋东南
零碎的印象/冷艳
我的大学——深圳图书馆/荒木崖

《浪花》两周年集锦

浪花朵朵
村庄的瓦屋顶/陈再见
刘公岛不是玩的/谢亚凡

打工故事
友谊不是玻璃/杨柳
"杯具"和"洗具"/欧卫
我想有个家/钟芳
一生的遗憾/王进明
新版农夫与蛇/罗柳
招聘趣事/胡珊珊
可爱的鸭脖子/红色流苏
初来深圳的日子/付伯承
手机伴我过个年/胡四建
租房/张年武
"黑中介"历险记/汪正东
永不删的短信/龚碧艳

故乡记忆
红烧肉/彭桂仙
童年的春天/尹合亮
沿记忆的偏旁回家/李辉
一样的桃花灿烂/李富强
像拉纤者一样活着/何剑胜
进山/郭翠翠

心灵物语
脸红/黄秀芳
品味孤独/蒋生喜
学会回头/红尘·逐梦
生命是一条河/杨林清
枕头/冯金铃

读书时间

山的那一边/谭秋红

窥书记/金学舜

借阅证/刘雄

善读才能成长/姚述章

半床明月半床书/李西乡

诗歌广场

流水线的日子/唐湘

我们的不安/陈艳

曾经的爱/吴英桥

抚摸打工/余常爱

叫我如何忘记/胡小琴

怀念爸爸/杨雅丽

过些年我已离开这里/崔绵

舟曲坚强/唐林源

写给大姐/子建

走进秋天/夏经盛

诗人的春天/余伊文

站在五楼的阳台/施渊

我是一只跳出树洞的青蛙/陈才锋

你眼里的旧时光/彭利

与子执手/樊秋萍

夜登羊台/谢先莉

艺苑

恬静/赖耕云（封二）

石拱桥下泛扁舟/赖耕云（封三）

半亩闲塘孤舟斜

江南水乡美

第二十二期

卷首语
春天里的浪花/范明

笔谈
小说写作的几个关键词/谢有顺

文坊
黑祥/李云雷
患难情侣/曾文寂 付宇
一头驴的故乡/王凤国
消夜/弋铧

芳草
灰色背景中的绚烂/黄蓓佳
丑娘/凝冰
三个夏天里的三段乐章/刘骅庆
海边人/赵骏枫

浪花
煤黑的黑/郭翠翠
绿皮火车/莫丽娟
听雨（外一篇）/蒋天予

诗版图
郭海鸿的诗/郭海鸿
郭金牛的诗/郭金牛

温木楼的诗/温木楼

徐东的诗/徐东

诗歌所给予的魅力与色彩/叶耳

艺苑

怒放（封二摄影）/廖志洪

羊台山之恋（封二摄影）/何毅

静默的山石（封三摄影）/廖志洪

封面图：《禅》

第二十三期

卷首语

与智者语/范明

笔谈

挽留不住的和难以言说的

——读北岛系列散文"城门开"/王小妮

只有理性能将幽黯照亮/艾云

底层文学：一张日益模糊的面孔/鲁太光

文坊

内陆河/肖江虹

你为何心虚/斯继东

土豆/吴攸

姐妹/陈再见

花间一壶酒/陈东城

芳草

在开封包公祠/刘中国

孟繁华小记/魏微

深圳单行线（外一章）/朱正安

书话两则/王国华

来自乡村/晓波

夜色/徐向红

浪花

"南漂"母亲/荒木崖

我的爷爷和奶奶/子建

诗版图

眼睛（节选）/赵婧

恋海/夏子

居一的诗/居一

依尔福的诗/依尔福

梁庄的诗/梁庄

不亦的诗/不亦

诗歌的困境与顺境/李双鱼

艺苑

摄影：《夏荷》/李建华

摄影：《新月》/何毅

封面图：《广场》

第二十四期

卷首语
秋晨絮语/范明

笔谈
城乡的纠葛与启蒙话语的困境/李德南

文坊
听盐生长的声音/王威廉
握手/杨遥
长音/王棵
别问我是谁/刘浪
母鸡生了一只小鸭子/李东文
没有人看得见那摊水/毕亮

芳草
晏阳初：乡村的个人编年史/艾云
施战军：永远的少年/魏微

浪花
阿涅丝的减法——读《不朽》有感/莫丽娟

诗版图
唐成茂的诗/唐成茂
艾桦的诗/艾桦
蒋志武的诗/蒋志武
柴画的诗/柴画

2030年，深圳的现代抒情诗/廖令鹏
永远的母亲（二首）/彭俐辉
像许多人那样（外一首）/毛志刚

艺苑
封二摄影：《霭霭暮云横》/蒋冰之
封三摄影：《谧谧林间花》/蒋冰之
封面图：《山果累累》/蒋冰之

第二十五期

笔谈
胜利与奴役：文学的人道主义传统的困境/邓一光
莫言的国——关于莫言获诺贝尔文学奖的一次演讲/谢有顺

文坊
沉睡/郭海鸿
泛流河的女人/宋唯唯
有一个叫颜色的人/徐东

芳草
吴玄：生命中的几个关键词/魏微
祖宗/张舒亚
孙夜诗集《新地址》序/杨争光
云水八章/周公度

读书
男人的史诗——邓一光长篇小说《我是我的神》读后/胡野秋
早年的阅读/于爱成

纯粹的加缪灿烂的阳光/何良
黄卷青灯与我的读书岩——记大学时代我的读书生活/王熙远
看破卡夫卡/齐霁
人物两篇/王国华

浪花
会心而笑——读梭罗的《野果》随感/晓勤
一部奇异的自传/郭千漫
读费孝通的《乡土中国》/晋东南

诗版图
艾华林的诗/艾华林
袁叙田的诗/袁叙田
胖荣的诗/胖荣
拜星月慢的诗/拜星月慢
现实的沉默与诗意的爆发/阿北

艺苑
摄影:《白鹭栖大浪》/陈家芳
摄影:《放飞心情》/刘光

第二十六期

笔谈
言、象、意的挖掘与呈现
——谈韩少功的思想型写作/李德南/王威廉

文坊
月亮照我回家路/张爽

夫妻/娜彧

芳草
生活中的文学/熊育群
才子荆歌/魏微
在丽江的柔软时光里/亚男
人生不相见/李邵平

悦读
生之颤动，灵之喊叫——毛志刚诗集《拯救》序/苗雨时
历史人物二题/王国华
救赎与仁爱——观音乐剧电影《悲惨世界》随感/侯守松

史话
轰轰烈烈的土改运动/朱赤

诗版图
黑光的诗/黑光
李三林的诗/李三林
吕布布的诗/吕布布
憩园的诗/憩园
在现实和词语的一闪念之间/沙马

艺苑
封二摄影：《烟雨竹林》/廖志洪
封三摄影：《红桃闹春》/潘鲜明

第二十七期

笔谈
重新认识乡土资源/谢有顺
"新文学的终结"及相关问题/李云雷

文坊
跳舞的时装/凌春杰
沉睡者/许艺
孤步岩的黄昏/寒郁
生者与死者/高晓枫

芳草
丢失的江南/张夷
红树林啊,红树林/吴晓川
风吹杜甫(组章)/马亭华
星空/孙琦钰

书评
内在的风景,想象的远方
——评徐东短篇小说集《藏·世界》/郑上保
读舒婷的《鞋趣》/水桥

诗版图
诗二首/李清泉
谢湘南的诗/谢湘南
王长敏的诗/王长敏
晋东南的诗/晋东南

毛志刚的诗/毛志刚
让诗为生命增资扩股/李跃

艺苑
封二摄影《人间仙境》/蒋冰之
封三摄影《岁月记忆之旧铃铛》/蒋冰之

第二十八期

卷首语
看山/兰浅

笔谈
梦想的力量
——生态文学亟须的突破与超越/西篱
文学深圳：新凤发声 渐入佳境/周思明
当下80后小说的新状况/李德南

文坊
美发师/易清华
隐身/樊健军
棉织厂/王顺健
拜访郑老师/陈再见

芳草
寂寞梅关/王十月
抒情侧面：小或者更小/陈旭明
不能回家乡/黄金明
在帕米尔冰峰脚下听音乐会/刘元举

书评

在城市的旷野飙车
——读赵婧诗集《我的心也像大海》/杨青松
那些人,那些事
——《他们与她们》编辑手记/戎礼平
让"我"对另一个"我"追问
——关于蒋志武几首诗歌的粗浅分析/祝成明

诗版图

宇安的诗
太阿的诗
谢亚凡的诗
楚中剑的诗
吴依薇的诗
谁解其中味?/晋东南

艺苑

摄影《白鹭》/卢春明
摄影《音符》/何毅

第二十九期

卷首

阅读书香/兰浅

笔谈

小说是生命的学问/谢有顺
技术时代的文学叙事/王威廉

自序：不自欺，也不他欺/艾云

文坊
彼岸处/刘静好

春天里/刘凤阳

安琪的眼睛/徐东

芳草
山水行吟（散文诗八章）/刘虹

旅途时光/翠薇

金庸小说人物姓名考/杨井峰

写作、读书和稿酬/郭志安

悦读
《神巫毛拜陀》开篇的话/王熙远

孙夜：都市里的独语者

——《我需要的七》《新地址》合论/周思明

一个词的城市叫深圳

——读李邵平最新散文诗集《不惑之解》/亚男

诗版图
崔绵的诗

子建的诗

吴英桥的诗

袁华韬的诗

跨越地域意义的诗歌回响/袁叙田

艺苑
摄影：《坝上秋色》/一杰

摄影：《水墨婺源》/一杰

第三十期

卷首
我们都爱美的事物/花痕

文坊
砂子/李惊涛
女工宿舍里的潘安/余同友
丛林法则（外一则）/育邦
荷花巷/韩三省

芳草
大河美丽（外一篇）/刘元举
魏碑的光芒（外二篇）/栾承舟
札记/存朴
群山都知道/张樯
苍绿的老/武稚

悦读
书话三题/易水寒
2013闲书过眼录/买超

诗版图
春天的灵魂（诗二首）/慧儿
阿翔的诗
温经天的诗
鳞啸的诗
田晓隐的诗

不能转述的隐喻，或抒情/赵且珍

艺苑
摄影：《江山如画》/舒欣
摄影：《童年时光》/舒欣

第三十一期

卷首
透过树枝/[美]雷蒙德·卡佛

笔谈
民间叙事传统与网络文学创作/吴长青
网络写作与文学阅读/马季

文坊
言午/方方
养鹰的塌鼻子/杨遥
君自故乡来/谭岩

悦读
飞翔的总在云端
——偶读陈马兴/谢冕
寻找新城市文学的生发点
——南翔小说集《绿皮车》自序/南翔
征帆，永远不沉
——《诗影》序/艾克拜尔·米吉提
只要有爱，何处不故乡？
——读潘灵中篇小说《一个人和村庄》/周明全

都市伦理的深度探询
——论徐东近期都市小说创作/郑润良

芳草
戈壁寻玉（外一篇）/刘洁
土城故事/曾立力
乡村四重奏/卢时雨
过茅山/车桂林

诗版图
葱岭诗篇/李春俊

艺苑
张优灿篆刻作品选/张优灿

第三十二期

卷首
雨中随记/兰浅

笔谈
昆德拉：大师的洞见与盲见/李德南
胡安·鲁尔福/李浩

文坊
小李还乡/石一枫
有房子的女人/曹军庆

芳草
失踪者的旅行/闫文盛

青海的蓝/亚男

峨眉金顶/向天笑

悦读
存在之困与精神之殇

——读曹军庆长篇小说《魔气》/吴佳燕

虞宵散文集《浮萍上的蜻蜓》序/孙夜

撩开市井浮华面纱，探寻人性本真特质

——徐东近期四篇城市生活题材小说给我们的启迪/周其伦

诗版图
我温情的北江初恋的北江——给 wzh/赵婧

刘虹的诗

孙海涛的诗

莫寒的诗

夏子的诗

隐喻和年轻，直白和爱情/王国华

艺苑
摄影：《清风荷韵》/冰之

摄影：《荷塘精灵》/冰之

第三十三期

卷首
过程/兰浅

笔谈

吴君的外省书——论吴君小说/王晓娜

精神家园的焦虑——马永娟散文创作论之二/李惊涛

文坊

爬行/徐东

康宁精神病院的芭蕾/郭金牛

客厅/鲁英

足迹/黄水成

芳草

我以青春荐诗歌——1987年"青春诗会"记忆/杨克

贵湖塘三日/孙夜

轩窗听雨（外一篇）/邢娟娟

还记得第一次阅读的年份吗？（外一篇）/王小二

一场雪，抱住所有的喧嚣（组章）/扎西尼玛

诗版图

王成友的诗

陈少华的诗

魏先和的诗

张三中的诗

用灵魂歌唱/白沙

艺苑

封二摄影：空灵幻化杏花雪之一/廖志洪

封二摄影：空灵幻化杏花雪之二/廖志洪

第三十四期

卷首
爱看书的花匠大叔/义国锋

笔谈
"中学西渐":重绘世界文学版图的可能性/贺绍俊
碎片时代诗歌何为——2014中国年度诗歌考察/霍俊明
为生灵而写作——南翔小说中写作伦理的新拓展/舒文治

文坊
人间正道/吴君
洗车记/李樯
演艼的爱/刘蒟苕
余音/夏凯

芳草
《儒林外史》中的五行八作(外一篇)/易水寒
她的名字叫优雅(外一篇)/方方元
清明,解不开的纽结/宗如明

书话
2014闲书过眼录(一)/买超

诗版图
陈才锋的诗
林卫雄的诗
王顺健的诗

骚风的诗

诗人"抵达他的去处"/谢亚凡

徐煌辉的诗/徐煌辉

未完成的骑士像（节选）/额鲁特·珊丹

艺苑

封面：许丙屯油画《苍翠自何年》

封二：许丙屯油画作品选

封三：许丙屯油画作品选

第三十五期

卷首

六月的秘密/兰浅

笔谈

为"纯文学"祛魅/王十月

猜猜我有多爱你

——漫谈"儿童文学"/王素霞 孔子易

哲思的格调

——王威廉小说集《非法入住》序/吴义勤

精神决绝与灵魂救赎

——读诗人玉上烟诗集《玉上烟诗选》/亚男

文坊

当我看不到你目光的时候/王威廉

烧烤为什么不放糖/也古

一点儿出息都没有/王先佑

唐学慧小小说选/唐学慧

芳草
渡口（外一篇）/陈冬平
孟老的酒事/石一枫
秋风乍起争朝夕/王枣燕
陪妈去东门/蒋研

书话
2014 闲书过眼录（二）/买超

诗版图
洪江的诗
卢时雨的诗
饶富强的诗
王家有的诗
诗歌是一种温暖的方式/朱巧玲
把真相搬到现场（散文诗）/陈旭明

艺苑
封面：许丙屯油画《碎影舞斜阳》
封二：阎敏版画作品选
封三：阎敏版画作品选

第三十六期

卷首
生活情愫/翟杰

笔谈

小说是发现真理的一条通道/徐东

文学批评的犀利与哲思

——读蔡东的《深圳文学：生长与展望》/周思明

诗意生活的惑与解

——读李邵平散文诗集《不惑之解》/廖令鹏

文坊

拾易拉罐的小男孩/王剑平

天下熙攘/方晓

眼睛/吕政保

九华山/饶武

芳草

走在三十六巷（外二篇）/黄启键

西部游记二题/尧子

羡鱼休唱钓鱼歌/周铁株

栀子花开（外二篇）/黎乐

仰望星空/刘乐牛

最忆家乡醪糟香/子木

父亲的稻花鱼（外一篇）/余平

田北村的桃子熟了/骆海娟

书话

对乡土宗族"网"的隐喻审视

——读《金翼：一个中国家族的史记》/林颐

《寄居，而往返于一个屋子》读蒋志武的诗歌近作

——题记：他是善良的/杨沐子

诗版图
龙华诗章·羊台山文学奖（诗歌）获奖作品
龙华，龙华/李双鱼
羊台山印象（组诗）/袁叙田
龙华诗三首/吴小林
我在龙华做普工/吴春丽
民治/刘炜
"龙华诗章·羊台山文学奖"获奖诗歌授奖词/费新乾

艺苑
封面：许丙屯油画：《秋歌》
封二：李岳油画作品选
封三：李岳油画作品选

第三十七期

卷首
灰雀/冷艳

笔谈
白石龙大营救：深圳抗战史上壮丽的史诗画卷/刘凯章
论广东地域文化的"本土化"表达/江冰/陈露
《抄家》：精神的高地与沉重的反思/赵丹
从乡土中国到城市中国
——论陈再见的小说，兼论中国当代文学的转型/李德南

文坊
在宝岛的七天七夜/赵剑云
蹲着/张伟明

提审鱼玄机日记/梁超

芳草
我走进了电影里——毕业 30 周年拾忆/王坤
夜宿龙羊峡/万红金
哦，青鸟/风荷

书话
"月拢沙"，一个诗意而又忧伤的名字
——读钟二毛的《旧天堂》/唐小林
参禅：现代汉语诗歌书写的可能
——夜读居一近作有感/林畅野

诗版图
（女诗人专辑）
朱巧玲的诗
张华的诗
邬霞的诗
唐诗的诗
时光流变中的诗意追寻/张型锋

艺苑
封面：许丙屯油画《秋入望乡心》
封二：《追梦女孩》作者/麦平
封三：《摄影作品二幅》摄影/赵刚；配诗/赵婧

第三十八期

卷首
岁月留痕,文学之旅
——《羊台山》杂志创刊十周年记/范明

笔谈
《大秦帝国》与历史小说写作/谢有顺
现实人生的多维透视
——2015年长篇小说一瞥/白烨
人与诗歌的双向"拯救"
——"羊台山·诗版图"读记/周思明

文坊
盛夏的旅程/弋铧
抄家伙/陈再见
骑粉红色大象/温文锦

芳草
巴黎中餐馆万花楼传奇/周松芳
我的诗歌之路/谢宏
《山村鬼话》小序(外二章)/郭建勋
草木智慧/顾晓蕊
《我的诗篇》,一部催人深思的电影/赵静

书话
2015闲书过眼录/买超

诗版图
不亦的诗
剑兰的诗
黄国焕的诗
杜劲松的诗
致敬生命的仪式
——评不亦、黄国焕、杜劲松与剑兰的诗/孙勇

艺苑
封面：朱慧敏水墨《村里村外》
封二：朱慧敏水墨作品选
封三：朱慧敏水墨作品选

第三十九期

卷首
窗前有棵柳/周灿

笔谈
深圳儿童文学研讨会专题
深圳儿童文学扫描/李国伟
在艺术世界里，做一个高贵的国王/冯臻
"城市文学"侧论三章
中国古代的城市文学的兴起/祝东
"堕落干部"的进城故事/徐刚
当下城市写作的三个问题/李德南

文坊
爱的蔚蓝色/梦也

石龙镇的外甥女/笑笑书生
科员科林/吴东祥
戴希小小说选/戴希

芳草
西安拜见陈忠实先生/齐乙霁
以文祭奠/马虹玫
枯藤之美/陈坤茂

书话
读《詹苾诗选：不必要的愚智》/蒋青林
让一切安静下来！
——走进画家朱慧敏的艺术世界/罗越

民俗
深圳山水深藏独特的风土人情/廖虹雷

诗版图
儿童诗歌专辑
龙华新区"六一"朗诵会作品选

艺苑
封面：朱慧敏水墨：《水边小镇》（局部）
封二：易芳吉花鸟作品选
封三：易芳吉花鸟作品选

文学的光荣

诗歌卷

羊台山作品选

总策划·杨东辉　策划·黄立敏　叶法清

总主编·范明　孙夜
本册主编·李邵平　袁叙田

东南大学出版社

图书在版编目(CIP)数据

　　文学的光荣.诗歌卷/范明,孙夜主编.—南京:东南大学出版社,2016.10
　　ISBN 978-7-5641-6810-0

　　Ⅰ.①文… Ⅱ.①范…②孙… Ⅲ.①中国文学—当代文学—作品综合集②诗集—中国—当代 Ⅳ.①I217.1

　　中国版本图书馆CIP数据核字(2016)第247233号

文学的光荣　诗歌卷

出版发行	东南大学出版社		
社　　址	南京市四牌楼2号	邮　　编	210096
出 版 人	江建中		
网　　址	http://www.seupress.com		
电子邮箱	press@seupress.com		
经　　销	全国各地新华书店		
印　　刷	深圳市恒安达印刷制品实业有限公司		
开　　本	787 mm×1 092 mm　1/16		
印　　张	83.75		
字　　数	1 050千字		
版　　次	2016年10月第1版		
印　　次	2016年10月第1次印刷		
书　　号	ISBN 978-7-5641-6810-0		
定　　价	268.00元(共5册)		

本社图书若有印装质量问题,请直接与营销部联系。电话(传真):025-83791830。

岁月留痕，文学之旅

——《羊台山》杂志创刊十周年记

◎ 范 明

  2006年4月29日，是个值得纪念的日子，深圳大浪办事处成立，从此，大浪这个相对偏僻的乡村走进了人们的视野。在整个深圳版图上，大浪也许微不足道，当年，许多人都不知道这是个什么地方，就连我在龙华工作多年，也极少涉足。今年，即2016年4月29日，大浪已度过了十个春秋。时光荏苒，许多人许多事仿佛昨日历历在目。回想刚成立之时的百废待兴，意气风发，新生事物不断，新结识的同事颇多，我们共同为大浪的发展竭力前行。数年过后，仍在脑海里浮现一张张笑脸，以及在心底留存的真诚友谊。

  那一年的春天是一个不一样的春天，那一年一切似乎重新开始，眼前是一片新的天地，循着春天的脚步，那一年金秋十月，《羊台山》杂志应运而生，结出了第一颗果实。伴随着大浪的步伐，今年，《羊台山》也走进了第十个年头。十年，可以树木，《羊台山》秉持海纳百川的胸襟，依托秀丽叠翠的羊台山，到如今，已从刚刚栽种的小树苗，长成了一棵挺拔的文学小树，清爽活脱，自然生香，逐渐成为大浪的一张文学名片，在深圳文学殿堂里发光发热，在众多拥有文学情怀与梦想的人的眼里，也倍感温馨并获得诸多裨益。

我向来崇尚朴素，自认为是个朴素的人，喜欢做朴素的事，不以花哨喧哗图名，喜欢埋头尽一份职责与本分。我想，《羊台山》也具备这种气质并得到尊重。当我的双手触摸着堆起来像一座小塔似的杂志，不禁心生喜悦，这是十年岁月留下的文学痕迹，它安静地置身于办公室的书柜里，仿佛整个书柜都充满了思想、灵气，以及众多作者的文学气息与创作成果，同时，它搭建起的文学之桥，吸引的来自八方的文学目光，如同珍珠般在文学的星空中熠熠生辉。

十年，只是一段旅程，大浪，如同展翅飞翔的海鸟，继续翱翔在深圳的蓝天白云之上；十年，只是一抹岁月，一段记载，《羊台山》也将跟随着大浪前进的方向，坚守一块阵地，待下一个十年、二十年，都能留住羊台山下文学寻梦之旅的珍贵记忆。

目录

岁月留痕，文学之旅 / 范　明

李邵平的诗（6首）
001　月光流向村庄（组诗）
003　认识一棵树
004　2001年8月7日

郑小琼的诗（4首）
005　机台
006　生活
007　火焰
007　星空

谢湘南的诗（4首）
009　每一位恋人都带走我一部分生命
010　通通风，透透气……
011　故纸
012　嫩芽

李春俊的诗（4首）
　　——四月的诗（组诗）
013　将食指交给你
014　从阳台看过去的世界
015　黄昏时分我推着婴儿车
015　辽阔的还有你的眼睛

卢卫平的诗（3首）
017　父亲的火车
018　玻璃杯里的蚂蚁
019　邻居

凌春杰的诗（1首）
020　坂雪岗以西

白玛的诗（4首）
022　温暖
022　蓝天
023　玛雅和白玛
023　绝唱

梦亦非的诗（长诗节选）
024　素颜歌（节选）

羽微微的诗（5首）
030　花房姑娘
030　约等于蓝
031　一个中年人

031　喜悦
032　前往某地方

旻旻的诗（组诗节选）
033　风吹过叶尖（组诗节选）

阿翔的诗（2首）
036　风水诗——再给父亲
037　古纸诗，与友人津渡有关

孙夜的诗（2首）
038　提刀而立
038　我只能穿过的那座小镇

张型锋的诗（2首）
040　花园里的蚂蚁
041　总有一些花朵在春天重逢

冷艳的诗（2首）
042　夏日小景
042　孩子们

兰浅的诗（4首）
044　苹果
045　鸟
046　风与树
047　采茶

程鹏的诗（2首）
048　黎明
049　村庄的味道

叶通的诗（1首）
052　版画村

世宾的诗（2首）
054　小洲村记事
055　天空

马娜的诗（2首）
056　好觉
056　水缸满了

阿北的诗（2首）
058　听一支熟悉的旋律
058　我梦到周围有人走来走去

张守刚的诗（3首）
060　二手房
060　在街上
061　怀念

张尔的诗（1首）
062　未完成的诗，2010年记忆

秀实的诗（1首）
065　小调十阕

谭清友的诗（1首）
068　中午，小憩的搬运工

王月华的诗（1首）
069　羊台山之约

陈诗哥的诗（2 首）
072 天堂旧书店
072 祷歌

乙河的诗（1 首）
075 昆明湖上泛舟想起宫女

严正的诗（1 首）
077 某个半夜：她

胖荣的诗（2 首）
079 我们从时间经过
079 摄氏十七度

子建的诗（1 首）
081 冬至

艾华林的诗（3 首）
083 红牌工业区
084 阶梯
084 月光山色

莞君的诗（2 首）
086 时光敲碎了多少屋檐上的瓦片
087 给母亲

董喜阳的诗（2 首）
088 掏空
088 三月

湘莲子的诗（1 首）
090 一个寓言

廖令鹏的诗（2 首）
092 钢筋
092 我想

李双鱼的诗（2 首）
093 岁月流转
093 南瓜诗

李晃的诗（2 首）
095 浪子的悲歌
096 广庄的月光
　　——赠曾社红、马晖晖

萧相风的诗（2 首）
097 重登长城
098 收割

蒋逸冰的诗（2 首）
100 大雨倾盆
101 清明，凭吊一座山

郭海鸿的诗（2 首）
102 劝说
103 道路两旁

郭金牛的诗（2 首）
104 许·白纱裙
105 许·旧照

温木楼的诗（1首）
107　明天，我有一个短暂的旅行

徐东的诗（3首）
109　这样的夜晚
109　远处那片树林多么安静
110　石子

居一的诗（1首）
111　自度

依尔福的诗（1首）
113　对柏拉图《蒂迈欧篇》合乎逻辑的一种解释

梁庄的诗（2首）
115　蝉蜕
116　永逝

唐成茂的诗（1首）
117　种满谷物的日记本

艾桦的诗（2首）
120　我还想去江南
120　衡山西街口

蒋志武的诗（2首）
122　故乡，摸不着的情人
123　我站在树下

柴画的诗（2首）
124　碑
125　桔

袁叙田的诗（2首）
126　立冬
127　靠近

拜星月慢的诗（1首）
128　无法停止一种疼痛

黑光的诗（2首）
131　渐渐老去
131　没完没了

李三林的诗（2首）
133　桃子
135　晚餐之后

吕布布的诗（2首）
136　在乌镇
137　公差途中

憩园的诗（1首）
139　如果有人进来

太阿的诗（3首）
140　父亲，或散步记
141　一个端午足够，轻松或沉重
142　过凤凰，一片烟雨

谢亚凡的诗（3首）
144　这双手
145　云之南
147　一默如雷

楚中剑的诗（1首）
149　把秋关在门外

吴依薇的诗（2首）
151　发现
152　给我起个名字

崔绵的诗（2首）
153　去元芬的路上
154　上横朗，我是一个动词

阿翔的诗（2首）
155　剧场，黄皮书诗
156　剧场，幼稚诗

温经天的诗（2首）
158　老梧桐
158　冬日书

辚啸的诗（3首）
160　那个人
160　大雪
160　蝴蝶斑

田晓隐的诗（2首）
162　去西藏登最高的山

162　我在民间反复演绎的动作

赵婧的诗（1首）
164　我温情的北江初恋的北江
　　　——给 wzh

孙海涛的诗（2首）
169　说话
170　阳光

莫寒的诗（2首）
172　远观
172　一户人家

魏先和的诗（2首）
174　玉龙雪山
175　秋天怀乡

陈才锋的诗（2首）
176　生长的声音
176　或许

林卫雄的诗（1首）
178　群体与个体

王顺健的诗（2首）
179　保安小糖蛋
181　如果有相机

骚风的诗（1首）
183　城里的月亮

洪江的诗（2首）
184　田园的高度
185　村庄

卢时雨的诗（1首）
187　虚构一场雪

王家有的诗（2首）
188　又回到东莞
189　谜

吴春丽的诗（1首）
190　我在龙华做普工

刘炜的诗（2首）
194　横岭五区的那轮月亮
195　深圳北站

朱巧玲的诗（2首）
196　镜子
197　闪电

张华的诗（2首）
198　走吧
198　回乡的路如此漫长

邬霞的诗（4首）
200　舞
200　安静下来的时光
201　生命之花

202　合欢树

唐诗的诗（2首）
203　便利帖
203　怕光

不亦的诗（4首）
205　春节诗
205　乡下拜年
206　开始
207　因此

黄国焕的诗（4首）
208　蝴蝶记
209　高脚杯
210　在春天：雨花西餐厅记事
211　安静如斯

姜二嫚的诗（1首）
213　夜行列车

姜馨贺的诗（1首）
214　天黑了

216　**人与诗歌的双向"拯救"**
　　——"羊台山·诗版图"
　　读记

225　《羊台山》十年总目录

李邵平的诗（6首）

月光流向村庄（组诗）

　　　　一

　　只有月光
　　和我的诗歌一样轻柔
　　缓缓地追赶着村庄

　　滚动在大地的石子
　　风是流浪的伙伴
　　明月当空　银
　　滑过抚笛人的唇
　　笛声向西　怀想向西

　　谁到村头踱了一会儿
　　槐树下的井眼便湿湿了
　　影子拴紧辘轳
　　任乡愁　越拉越长

　　　　二

　　大黄朝湖面吠了两句
　　而后呆立　傻

　　田野盖上薄薄的霜被

一朵欲放的白莲
莲下　深浅了脚印
大黄一声不吭　叼回
昨夜黄花

思念让人不懂得孤独
内心的透明
似不曾相识的萤火虫
被夜色轻易捕捉

三

每个人都有一片
小小的月光
不被挤压　贩卖
不被无情的岁月染色

你看　他们静静地盘坐摩崖
聆听山形树影的心事
以石刻的方式祈祷
河流见证了爱情
洗涤太多太多的梦幻

那就打开这片月光
回到村庄的淳朴与安详
从茅屋出发
沿着芦苇疯长的路

　　　　四

春天最初的一簇野花
不停向天空表白
用淡淡的香　喃喃自语

乡村一夜之间变成城市
举着白菜的手举起钢筋
或修剪庭院的仙人掌
锄头躲在门后
开着关着就不见了

每个人的梦想
都在路上颠簸啊颠簸
醉了　哭了　累了　睡了
你知你的　我知我的

认识一棵树

我时常偷窥树的行走
他们把智慧藏于鞋底
在任意可能的季节
暗语沿着土地的经脉疯长

我学会像树一样注视
漫过的人流
一个患有小儿麻痹症的年轻人
一对穿着校服的稚气情侣

一张腿上扎满针眼的背影

车窗复制枯燥的表情
闪烁城市的冷
谁在关心
树为什么挺直腰身
把绿举过头顶

2001年8月7日

摩托载着县牌南下
开始另一段限行人生

第一张车牌令我对数字
极为感冒
手机身份证银行卡
人生剩余的公里数
轮胎时刻碾压神经
迫我回头
弥补告别的眼神

这么多年一直
重叠摩托的足印
此刻他正驶离城市
在村庄的拐角等我
踏上回家的路

(《羊台山》第19期)

郑小琼的诗（4首）

机台

　　五金厂的机台上停着我数年时光，一百米远外的仓库
两百米远银湖公园，凤凰大道的路灯照亮数百年前的
古老祠堂，荔枝林间，群鸟低低擦过我们的头顶
黄昏低过齿轮间的铁片，我目睹时光沿着切割机台的
锯齿间流逝，那些光阴，已塌陷，一年，两年，三年
它们在雨后露天场上的铁锈间或者模糊不清的图纸间

　　我把自己安放在不停运转的机台上
五金厂贫穷的黄昏，闪着白银光芒的青春
即将上升的月光与星辰，我在机台上为自己的爱情
开着一扇小小的门，二十一世纪五金厂的女工
她的爱情不需要玫瑰，从绿色开关或者白色合格单上
辨认爱情的色彩，声音与气味，鸟儿从窗口飞过
我的生活朝着向北的方向移动，马车远去，空气流动

　　五金厂，喘气的机台上摆放着我五年的生活……它们
在黄麻岭的某一个角落沉默，一直沉寂，无人认领
我曾经有过……一次又一次爱，过失，它们去了远方
不再回来，像穿过黄麻岭的河流，它们早已入海

　　我还站在五金厂的机台前，眺望有过的诺言

爱，青春，它或许会在哪一年，乘着一辆公汽来临
收拾好我留在这里的白天与黄昏，黎明，啊
那时，我将是另一个人，看朋友，渐远
看时光，沿着凤凰大道返回到泥土之中

生活

你们不知道，我的姓名隐进了一张工卡里
我的双手成为流水线的一部分，身体签给了
合同，头发正由黑变白，剩下喧哗，奔波
加班，薪水……我透过寂静的白炽灯光
看见疲倦的影子投影在机台上，它慢慢地移动
转身，弓下来，沉默如一块铸铁
啊，哑语的铁，挂满了异乡人的失望与忧伤
这些在时间中生锈的铁，在现实中颤栗的铁……
我不知道该如何保护一种无声的生活
这丧失姓名与性别的生活，这合同包养的生活
在哪里，该怎样开始，八人宿舍铁架床上的月光
照亮的乡愁，机器轰鸣声里，悄悄眉来眼去的爱情
或工资单上停靠着的青春，尘世间的浮躁如何
安慰一颗孱弱的灵魂，如果月光来自于四川
那么青春被回忆点亮，却熄灭在一周七天的流水线间
剩下的，这些图纸，铁，金属制品，或者白色的
合格单，红色的次品，在白炽灯下，我还忍耐的孤独
与疼痛，在奔波中，它热烈而漫长……

(《羊台山》第03期)

火焰

柔软的火焰压低了钢铁的枝条
又一次伸出记忆的芽　在楼群与水泥地生长
火焰照亮它紧张的敏感（红色与灰白的灵魂
褐色的乡愁遍布针孔样的思念）巨大的寂静
与你相似的器具与火焰它独特的枝条拂过
轻轻唤醒的欢乐痛苦思念……都呈现
透过脆弱的锈质
与一颗颗宁静的心灵相逢
那些突然明亮的记忆　像低垂的枝条
在我的胸口拂晓过　它们低低地叙诉着
过去的土地　村庄　与曾经有过的往事
我爱着的原野　犁具　天空　庄稼
以及高贵而宁静的夜晚
它们都被抛在远远的地方
剩下乡间的铁与我一同进城
生锈或者衰老　火焰在瞬间
照亮被时光吞噬的部分

星空

星空像水流低低地
它黝黑的声音擦亮黎明
运载着迷惘的黑夜剩下一小段
明亮的腰肢　低头取下

昨天的悲叹　星空低低地
擦过头顶　张望的人
像玻璃上的雨滴滑落
黎明推来白色的波涛
时光在纸上聚集一张少女的脸
雨燕在工业的城市寻找沦丧的家园
我们卷曲起所有的月光、白银
以及灼热乌亮的痛
剩下爱，擦过心灵

(《羊台山》第 17 期)

谢湘南的诗（4首）

每一位恋人都带走我一部分生命

我的一部分身体已被她们带走
多么奇特的分尸案
你无法想象的尸体的激情
也被她们带走

她们合谋着来爱我
从我的少年时代开始
一年一年让我赤裸着身子
将我的放任
将我的羞涩
将我的不善言词，我的夸张
合理的分担
然后将我痴迷的感官
一部分藏在冰箱里
一部分被邮包送走
一部分搁置在荒野
一部分沉入河流的底部

每一位恋人都带走我一部分生命
她们的魔术
能让我在时间里消失

通通风，透透气……

烟抽得眼睛要流泪的时候
想到开窗
打开窗
外面暴雨在下
灯光模糊晦涩
风很大

雨怎么就认路呢
老天要抽多少烟
才让自己难受成这样
雨是眼泪的兄弟
我想着办法不让眼泪出来
可它的兄弟们
回娘家一样欢呼而下

(《羊台山》第 04 期)

故纸

　　在一堆故纸中
　　发现你的形象
　　你坐在公路边
　　有如行者

　　我爱这样的肖像
　　风尘仆仆的旅人
　　背后与身前
　　都有广阔的呼吸

　　这是我们共同的旅程
　　你走到这里，被我看见
　　又潜伏在故纸里
　　用我天生的性情
　　把我打捞

　　时间让纸苍老
　　你的出现，并不是为了印证
　　我也来过
　　我们躺在同一张纸上
　　直到纸再生成浆
　　再印成纸
　　直到我们连接的体温
　　彻底交融
　　阳光，印在其上

嫩芽

一夜间,街边的树抖落身上所有的叶子
嫩绿的芽苞,从枝丫上冒出
我走在树下,像未成年的长颈鹿
伸展着脖子,任由着耳朵与眼睛
顽皮。我感觉我此刻的鼻子
像芽苞一样嫩
欢畅地吸着气,什么都忘了
什么都不用想
鼻炎也消失了
多让人心醉的嫩啊
天空也好像从未这样轻松过
——我想起你
你说过你也喜欢这样的嫩绿
喜欢这样城市的这样季节
你应该是另一只未成年的长颈鹿
我们一同走在此刻的树下
漫不经心,脖子磨蹭着脖子
看见两个紧挨在一起的芽苞
呆呆地,看着它们
迈不动步子

(《羊台山》第 27 期)

李春俊的诗（4首）
——四月的诗（组诗）

将食指交给你

将食指交给你
你攥紧它们，你被食指牵引
眼睛明亮，头后仰，小嘴也使着劲
先坐了起来，再用力，站
你站起来了！你得意自己的成功
摇晃着身子，笑，迈步
我让已经洗得干净的食指细心地，找
你与大地的平衡点
我对你的帮助
短暂而不得要领
但你信赖我，把你的前途交给我

如此喜欢蹒跚学步
站起来看
这个世界
勇敢而无畏
未满五个月的小女儿啊
你的双脚将会带你经过万物
仿佛一切都能紧攥在你那小小的手里

而我触摸到的细腻与温暖
现世的喜悦与后世的幸福
是从你出生的那一刻开始的

从阳台看过去的世界

树上鸟儿啾鸣,蛙们在池塘边断断续续地
给时间标上逗号或分号
有嘈杂的市声
但都被阳光过滤
阳光就脏脏的
只有近处树梢的叶片上
它才鲜亮、活泼
小女儿带着洞察一切的安宁看
陪小狗散步的女子
推着婴儿车的老人
从阳台下走过
燕晗山之后,群楼突兀的剪影
浸入灰霾
看不到山后的侨城东路,和更远一点的下沙
店铺一家挨着一家的小巷

从阳台看过去的世界
不完整,片面
如世界本身
而我怀抱的生命
她清澈黑眸所见

都充满善意，尽乎完美

黄昏时分我推着婴儿车

四月的阳光斜挂在树梢上
树枝太软，挂不住的
天空也要斜下来
但我并不在意这些

我的未满半岁的小女儿
正在婴儿车上咯咯地笑

——这个和平事业家
快乐创造者
一双小手抓弄着空气
仿佛在把玩生活的权杖

辽阔的还有你的眼睛

天空辽阔，辽阔的还有你的眼睛
单纯地凝望着这个世界
这个世界单纯了
如四月的风一般透明
看着你和叶子和花朵，还有数只嗡嗡飞过的蜜蜂
你们十分相似
你们相互点头致意的庄重令人肃然起敬

小女儿,这个世界
就是你们的,因你们的存在
才充满了神奇的未知
才如此重要起来

(《羊台山》第 08 期)

卢卫平的诗（3首）

父亲的火车

父亲七十岁了，一个人
住在乡下。每次打电话
我都对父亲说，年岁大了
一个人孤单，到城里住热闹
父亲说，乡下通火车了
每晚都有火车从村头路过
清明节，我回老家给母亲修坟
陪父亲住了一夜
在细雨中听父亲讲村里的
婚丧嫁娶，生老病死
过十二点了，父亲说
火车快要来了，不到五分钟
我就听见火车的汽笛
翻山越岭，抵达泡桐树掩遮的村庄
父亲说，今夜的汽笛
好像比往常拉得长
父亲说这句话时
语调低沉，语速缓慢
脸上的表情是要挽留住什么
十五瓦的灯光把父亲的背影
印在斑驳的墙上。窗外，雨在淅沥

我眼睛湿润,从那长长的汽笛
听见火车在旷野的孤独
和火车远去后
村庄与父亲的孤单

玻璃杯里的蚂蚁

蚂蚁,是怎么到达玻璃杯里的
我不知道。我看见蚂蚁时
它就在玻璃杯壁上孤独地爬行
它不慌不忙,步伐细碎均匀
它牢记祖先的遗训,它战士一样
坚信,只要不停止脚步
就一定能找到出路
可这一次蚂蚁错了,当它靠近杯口
快要看见广阔的世界,一抬头
就是一阵从未有过眩晕,它掉到了杯底
在我观看蚂蚁的十多分钟里
它选择了三条不同的路线
试图走到出口,但都没有成功
我担心,失败会让蚂蚁感到恐惧
它会不会感到绝望,想到死亡
想到玻璃杯是它的水晶棺材
如果不推倒或打碎杯子
玻璃瞬间的透明就会成为它
永远的黑暗

邻居

出差回来，看见隔壁在搬家
你要搬走了，我问主人模样的中年男子
是搬来，而不是搬走
以后我们就是邻居了
哦，我只哦了一声就没说话了
我在想，是谁搬走了呢
五年来，在黎明或深夜
我很多次听到隔壁用力关门的
声音，但不知道关门的人是谁
也从未去想门后的人在干什么
我出差前的下午
我隐约听见有人敲我家的门
我躺在沙发上，没去开门
现在想想，说不定是用力关门的人
来向我道别

(《羊台山》第08期)

凌春杰的诗（1首）

坂雪岗以西

走出钢筋水泥轻舒声息
越过公车的拥挤
走向遥远的乡村
坂雪岗渐渐从夜色中升起
从躁动走向静谧
装载车卷尘而去
卷走坂雪岗的神秘
月色映着远山
灯光已然昏迷

一辆工程车正在开挖
坚韧地撞击大地
一些铲车支起手臂
思考或者回忆
坂雪岗在削光的豁口
披挂起鲜艳的标语
一座荒芜的丘陵
长出了城市的血管
管道电缆光纤煤气
它们潜藏准备随时发力
平整开阔延伸

勾兑黄土清风

铁皮房尤其辉煌
低矮的窗口
不锈钢的防盗网精神抖擞
在门口瞭望或搭话的工人
惬意打磨黎明的光芒
他们要用奋战 100 天
抒写畅通坂雪岗的传奇
用麦田般的胸怀
收留在城市找不到家的
男男女女

坂雪岗的东部
地铁不动声色地掘进
坂雪岗大道指向城市
通向那座花园最初的故乡
白天浓缩为一座开发的城镇
梦里惊起一片狗吠鸡鸣
坂雪岗以西
已经崛起一座花园
那里发生了一次
漂亮转身

(《羊台山》第 09 期)

白玛的诗（4首）

温暖

这小东西贪图一个凉如水的怀抱
这小东西穿过城市最冷的那堵墙
它的眉心点着朱砂，默背一个作废的电话号码
我爱你，它低声道。险些穿过视线里最冷的那堵墙
当无家的小熊星座被夜空收留
当老迈的收音机送来久远的歌
我爱你，它听不见。它被人群淹没其中
你牵它的手，径自穿过城市里最冷的那堵墙

蓝天

我要去看蓝天
四月的乌云含着泪水
四月的路人两手空空
我要去看蓝天
等不到时光的马匹穿越茫茫黑夜
那无畏的、闪电的老伙计
穿小披风的大英雄
瞧，这个渐瘦的人累了，要去看蓝天

玛雅和白玛

那个心酸的人看看这个又看看那个
一个是明亮的而另一个吐露暗香
究竟哪一个微带毒性？玛雅和白玛
一个生在阴历而另一个出自众神的故土
带着甜蜜，些须往日仇恨，像是醉着
没有安抚、不辨黑白的一天，不可能的逃离
旧事像碎银一样四下埋伏
玛雅和白玛一对姊妹花
哭泣未必使她动容。而回忆却摧毁她的美

绝唱

唱给那无家的小蜥蜴吧
在这七天，唱给那骄傲的小蜥蜴吧
给那恋爱着的秋虫、蛇麻草
给西邻的泥水匠，和他渴望的老婆
充当碎银唱给阴历的算命人
唱给瘦马，一路平安吧
在回想往事的时候，挂彩的时候
月黑风高之日
唱给疾行的鼓手，盲乐师
唱给林妖，含着点点的泪水
就唱给深夜里无畏的小蜥蜴吧
给任性而温暖的小生灵吧

(《羊台山》第 09 期)

梦亦非的诗（长诗节选）

素颜歌（节选）

2

这样的夜晚我想念一个小女孩
偌大夜空想象这枚圆镜
就像她曾梦见过镜中山河
如月的圆镜是否也会想念威尼斯
那些尚在孩提的匠人
他们的意念、禁忌和技术
异域与异质的气息在石英与水银间
有毒地晃荡。小天使
我多希望是那个桥上走过的年轻匠人
遇见时间彼岸的你：像一阵阳光
"她用雨的声音笑，用水草的腰晃动
她在玻璃与透明之间张开一只断琴"
小天使，你的琴声把天空拉得更低
你可以触到它的脸，它的弯曲
但我依然困于你的琴声之镜
无限接近，却又仍未到达……

7

传说还说，我只是不断虚拟你
我追随一个语言中的女孩

小天使，你并非现实或肉身
但你是我的界限：孤岛之水线
那忒修斯的谋杀线索
你隐匿的时辰我恍如牛头怪
从水之迷宫下仰望苍白的天堂
小天使，流水轰鸣着静止下来
它吸纳了阴影、月亮，和更深的叹息
又用沉重和漩涡带走了死亡
"你甚至感觉不到我，就像月亮
不去应和大海的潮涨汐落……"
这种悲凉你不会了解，永远
刺客不会明白弥诺陶洛斯的等待
某些时日里你任由我永远地下降
但精魂却一直回旋着，从水下升起……

10

黑暗和雨水的冬天
山群低伏的冬天
还有一只鸟儿的骨骼
它在疲软中反复睡去
梦见河流、岩穴间的危险
却又从苏醒中
为道德的缺陷而卷曲
想飞的翅膀收敛、酸涩
雨声无边无垠
它因此被隔在温暖与千山之远
"让一只鸟窒息，去掉羽毛吧
剔除血与肉，只剩下轻盈的骨头"

这即是占卜的古老道具
在夜里，用水汽和绒毛
但一夜之雨水
也不曾装满这只空空如也的草巢

12

多少荒谬后才允许我正确一次
多少距离，才可以抓住一滴暮雨
三十年呵，一千里外
看这个魔王怀着残旧的青春
在凤凰城的晚风间
虚假、作恶，看沱江和日落
把你看成一阵虚无……
小天使，我愿用整座抢来的城池
换你琴弦间的酒红一笑
——但这已不是游戏中的剧情
"就像一个卖火柴的小夜叉
其实只是被设计的坏玩笑"
既不属于你，也不属于你的历险
我还是选择学徒身体吧
在凤凰城外的银饰铺中，小天使
慢慢刻画你：那雨水背后的落寞红颜

14

"我往左边看，天果然就黑掉啦
我看天果然就黑掉啦……"
你又不是美杜莎，谁信你的话
冰嘴唇的小天使暗藏蓝色之灵

可以加血、解除石化
用圆月弯刀削下 BOSS 的眉毛
就像飞身删除游戏攻略上的谎言与截图
她想用透明指尖点化出繁花与盛世
她想让刀柄倒转为树木
但不能把我送回相遇之前的十三楼走道
"在你的骄傲中我安心做一个客人
一个卡通人守在你绒线的警戒上"
它不哭、不笑、不闹着吃你炒焦的小青菜
它甚至不指望普洱味的化石剂
小天使，这就是恶魔——
它平静地坐在现实的木凳上

15

多年来从不曾打扰你
我只是把自己埋得更深
把头低入庸碌与幽暗的岁月
小天使，我只保存单色记忆
仍然是南方冬季和植物园
你在热带植物间悄然收起翅膀
用流水笑，用青咖啡果羞涩
一个穿牛仔裤的天使、吹泡泡的精灵
次日，她早已将我删除
——异域诗人不构成她的记忆
"但我要说，我将再次遇见你
也许我将再次遇见你"
这仿佛一个魔幻游戏呵，小天使
日落的大街上你将目击：我薄薄的

冰凉的脸在泪水间裂开
微笑着,散入人海茫茫的晚风……

23

要原谅灌木树皮的剥落
它们在原始资本积累的风中
衰老、一再抱怨
要原谅从爱上刮来的风,
它被灌木丛减速、零乱
最终改变方向与水的初衷
像沙滩上,那些不顾一切的恋爱
要原谅被弄脏的大海
它只在树木的纤维管中剩下梦想
有谁追忆它压于深水底下的激情
"请热爱这海边的珠海、广州
请把城市画成你的落日墓园……"
要原谅冬天里的紫色羊蹄甲
它们怒放得如此不顾一切
小天使,你让我站在海边线上
原谅这个伤害着我的、木质化的时代

42

我已经放下……
像收起青色的旧毛衣
遥遥地,春天亮起来
我将学会一个人散步
暮色降下来
肩头触到它的重量

但枝叶中的灯盏减轻了压力
我将学会随意地行走
去桃花以远的人生
或者一阵吹过就不回来的风里
"我将放弃欲望中的火光
放弃特洛伊和木马"
而我将爱上那些普通的好天气
云在青天，水在瓶呵
像一枝花在雨后，蓦然开放……

57

其实我不曾来过这繁花盛世
更不会路过你们
我不是实有，也不是虚无
像一截小木棒的洁净
几缕白色幽香
或者，蔚蓝尾音过了庭院
我只是你们虚假的错觉
但我不是那具体的事物
我是"像"，而我的爱
那梦中说梦的空花一朵
"请忘记我，我的忧郁
请让我的面容淡化成烟云……"
我不曾来过，也不曾离开
如一阵晚风在语言间失踪
连凉意也不会留下……
是的，连"我"也只是一个譬喻

（《羊台山》第 10 期）

羽微微的诗（5首）

花房姑娘

天堂鸟开了，勿忘我开了
紫色薰衣开了，金色百合开了
美丽的名字都开了
只是不要留意我
我要慢慢想，想好一瓣
才开一瓣

约等于蓝

不可能一开始，就是蓝
要若无其事地泡泡茶，想想别的
打几个电话，或者把屋子里的书收拾好
如果外面不是阴天，就站在阳光下
假装是一株蔷薇，正在微笑

你知道，美好的事物都是慢慢开始的
不可能一开始，就是蓝

一个中年人

　　一个中年人,愿意变甜。愿意有一个秘密
　　像果籽般大小,掉在地上,就长出叶子
　　但保持沉默
　　哪怕是风吹过来,也不说
　　哪怕是春天的风吹过来,也不说

　　一个中年人,羞于甜蜜及无助
　　羞于被比喻
　　关于上面的句子,他只对"保持沉默"
　　感到满意

喜悦

　　关于南方,关于那些漫无边际的事物
　　它们都是我乐意说起的
　　当我无数次地重复,它们是否
　　如我初次提到的那样宁静?
　　当我期待着,当窗外的风带来
　　南方雨季的气息,我乐意再次提及
　　我的黄昏我的山峦我的星光
　　所以我乐意以此期待你的出现,听我说起
　　那些漫无边际的事物,因你的到来
　　而带上轻微的喜悦

前往某地方

你希望我能到你那儿去
有船,有岸,有落日和黄昏
那儿的阳光安静
那儿的星星在半夜
才会小声歌唱
那么多的好时光,仿佛刚刚开始
只等我来,笑得多么好看
你把我行囊里的往事
——扔到窗外,你说:
让所有那些不爱你的
都统统消失吧
你还说:我的姑娘
你正站在,春天的正中央

(《羊台山》第 11 期)

旻旻的诗（组诗节选）

风吹过叶尖（组诗节选）

第十三天
那些剔透晶莹的雪花，翩跹，旋转，侧身
就要飘落到镜子外去了
忧伤的小丑，荒凉的剧院，假寐的椅子
一丝不苟。听我静静朗诵卡罗尔的《镜中世界》
"假如他不再梦到你……"

第三十九天
今夜月色漫过赫拉克利特的河流
夜莺的梦在丁香树上徘徊。我坐在屋顶
……一场突如其来的雪
——那是冬天的手指。我的白房子
开始歌唱，她有洁净的歌声

第五十八天
那些在蓝云杉下嬉戏的泡泡
在夕阳下盘旋，侧身，渐行渐远
——闪着彩虹才有的光芒
亲爱的，她们长得真像爱情
并且越来越像……

第一百一十天
黄昏来临之前,亲爱的
让我们去探望独自跳舞的大海
果实落入水里,贝壳藏到树上
在时间面前,我们是夕阳的孩子
光一样洁净

第一百五十三天
笔直的小径缓缓靠近山巅的月亮
金黄的影子染亮大地和林木
她走遍了岁月中的戈壁高原和山川
雏菊已经开满向阳的山坡
她还没找到预言命运的花冠

第二百零二天
天突然暗了下来,露珠黯然
亡灵轻盈迈过树冠,收集叶子上月光的冷
甚至蚂蚁也不来为我取暖
没有柴薪,没有火石,亲爱的
只有眉清目秀的草她爱过月亮的眼睛

第二百八十五天
坐在薄雾里,看刚醒来的水域
花草在泥土中尽情滋长
小兽明澈的目光攀到最高的树冠
亲爱的,忧伤已经苍老
没有石头比我更安静

第三百二十九天
我一直在和这些生命交谈——
月亮，星星，青草，阳光和孤岛上的芨芨草
找不到岸的空船以及通向天堂的栀子花香
我写下这些词语……她们并不属于我
就像我从没来过。夕阳之下你从没遇到我

第三百三十三天
树影疲惫不堪。岩石展不开眉
离开水域的岁月，我在叶子上沉睡不醒
世界如此苍白。连同你为我盖上的月光
香艳的火焰在黑夜的炉子里消瘦
我是焦渴的鱼。思念午夜喂我清水的人

第三百三十四天
轻轻合上眼，雪在远方认真地下
像我爱你时潸然的泪
死神从不避讳，她举止端庄一路跟随
她醉眼迷离看我的明眸善睐
我们跳舞吧亲爱的，在异域这繁花似锦的河流上

第三百五十九天
你天使般的容颜被四季的手指
一一抚过。黄昏倾斜，我目睹
苍老从你星星一样的眼睛步出
你看见什么了亲爱的。天空熄灭
那些曾经的简单。如今繁复如青草

（《羊台山》第 12 期）

阿翔的诗（2首）

风水诗——再给父亲

父亲看不懂我给他写的那首诗，以致夏天来得特别
特别有些弯曲
触到树梢，就晃动了两下
我想起了他的沉默，小煤球已被火焰熄灭。
风吹着屋顶，发出呼啦呼啦的声响，孩子滚动向房屋
门楣上写着：早晨仅仅是从他开始
他只是一个累坏了的父亲，咽下的东西难以消化。
他不需要一个刮胡刀
每隔三天，漫不经心地摆弄指头
他的下巴就光滑
看起来比他实际的年龄要年轻一些。
他选择了微弱
在屋子的外面浇水，他的孤独开始有了微微的褐色
闻着童话的味道
像从画中诞生又欣然消失在其中的人
练习隐身术，让我看不到父亲
水泡渐渐膨胀，变得透明
植物欣欣向荣。
因此我应该再给他写一首诗，应该在他手心里写下
"乘风则散，遇水则止。""故乡有大美
万物有你的内心。"

阳光从窗口涌入,缓解了他的迟钝症
让他焕然一新。

古纸诗,与友人津渡有关

当你把门打开,一部新著的《山隅集》被抹去光阴的面容
即使这样,我只是坐在那里,在你对面
你说,再撒上一些细盐
有谁早早入睡,儿童远远梦见了古纸,仿佛一尘不染
雨水过后,那边的植物滋长,整整齐齐
所以你选择用树比喻自己
除去色泽,整个下午乌云压境
一会儿就过去了。
你拿起酒杯,你微醉,在古纸复习间歇的一首诗:"她抱着
她的猫,站在门口笑意盈盈
这儿还有六十六米。"
那声音像来自一个深不可测的地方
无辜的儿童被干扰,有那么多眼睛隐藏暗处
你敌不过骗术和恐惧。
回到从前
这空荡荡的屋子里
我独吹风
总觉得远古的人们有时会闻风而动,带回各自的身体
花谢之后就不再有结果
看来我真的是想通了,在六十六米之外
我看见你在散步中踩中陷阱,就掉了下去。

(《羊台山》第 13 期)

孙夜的诗（2首）

提刀而立

昨夜城门起火，需要远水解些近渴
大火冲了天，作三次燃烧，废墟上渗出水迹
我挑起的这场战乱，战局已无法收拾，我要营救的郡主
混乱中眼望别处，高尚得心平气和，我为什么
心乱如麻。我要营救的人。那张票据流失民间
还能不能辨认当时的数字和日期？无法更改的注定的悲伤
色质逐渐退去。火光映照，你居住的阁楼红光满面

巷战还在进行，我冲上去又溃散的兵，无法靠近
我多么需要日常的水。需要为我死去的兵正名
今日的浴血攻占的城堡，我成了你世仇的敌
事后你连发三次诏书，把战祸降到最低，连同我世袭的爵

我只能穿过的那座小镇

今天开始变暖。阳光穿过丛林，留下阴影
那是一座低矮的山。我突然想起了你

我要保守多少秘密？穿越比距离更远的高坡
动物已经散尽，多少年凤凰不栖

抵达总是有些艰难。被湿透的雨夜

我们不需要太高的山峰,满山的树木可以生火
山坡下就是待耕的田。冬天过后就是艳阳天

望不见那座陌生的小镇。红色泥土生出白色炊烟
无法打探我要的消息,满镇讲着我不懂的方言

(《羊台山》第13期)

张型锋的诗（2首）

花园里的蚂蚁

它们用触角开门
在清晨的风中，通过露水光明的隧道
并且保持足够的净洁，在内心
勾勒花香的形状

它们顺着脆嫩的茎
在向上的路上，途中那些
关节处生出的叶子，多好的床铺
却难以留宿它们

如果有短暂的逗留
一定是有迷路的花粉，在成年之前
追逐梦里的青果，不小心把自己
耽搁在爱情的路上

这些参加爱心接力的人
会送她们回去，只是其中一些
沉迷于出走，会偷偷溜掉
它们也不追，就像释放了自由

天色暗了下来，采花贼们

假装得多么平静，好像什么都没做
它们口里含着花蜜，不声不响
原路返回

总有一些花朵在春天重逢

你肯定还会认识她们
这些山茶、连翘、白玉兰
她们克服了隆冬和炎症
在春天刚够到痒痒的时候
来与你见面，手心里
握着香气和花粉

她们早就在唇上
涂抹了春光，在牙齿上
安放了闪电，轻轻地
就咬短了风中的丝线
她们啊，那样手巧
衣服缝补得看不出针脚

你几乎还要固执地相信
去年的她们，都缩回到
枯枝、地皮里去了
再也出不来，你几乎不敢相信
这些失散一冬的姊妹
又重新站在枝桠上
保持灵魂和肤色如一

（《羊台山》第13期）

冷艳的诗（2 首）

夏日小景

我想起
炎炎夏日
浓荫下
点点光斑
被风牵起
跳着优雅的华尔兹
伴奏的舞曲呢
是蝉鸣
而一旁的黑猫
正虎视眈眈地
窥视着

孩子们

三月的阳光
无限温情
庭院里
人类的孩子
和
绵羊的孩子

绕着一棵桐树
嬉戏
我的肚子里
遂怀上了
一窝胖嘟嘟的
诗情

但是,此刻
如果她和它打了起来
我真的不知道
该轻声
把哪个责备

(《羊台山》第 14 期)

兰浅的诗（4首）

苹果

白里透红的苹果
溢着诱人的甜
放进嘴里，细嚼
清香，在舌尖
久久地流淌
每天吃个苹果
不仅为那个疾病远离的乡俗
还想着平安、美好祝愿
让心事悄悄地生长、蔓延
敞开那扇尘封的心窗
静静地散放芬芳
对着佛主，虔诚叩拜
有时，心头会涌上许多愿望
而我终日奔波在人生的旅途
如果佛主显灵实现一些愿望
我却不能千里迢迢
回头，还愿
面对苹果，我只有一个小小的愿
愿朋友、亲人、所有善良的人
平安吉祥！我让苹果的汁
溶进心里，养育希望和梦

同生命一起依偎泥土
在阳光里自由成长
想想那雨湿的小径
想想你影映在长白山天池的身影
不眠之心拍出雪山的弯曲
你带走了半个月亮
小屋、青石巷那么遥远
我的世界，方也不方圆也不圆
现在，我端详果盘里
红通通的苹果，默念
平安即福，平安即福
心突然倾倒，甜甜的苹果汁
溅我一身淋漓的新鲜

鸟

一片树林
就是你栖居的家园
站在拂晓的枝头
柔滑的羽翼还沾着夜的星光
你便迫不及待亮开嗓子
清脆的啼叫穿透云层，朝霞
在你的翘首中渐渐铺满天际
你喜欢空气的爽朗
从不掩饰你的真性情
天空、云朵、花草、树木、河流
和勤劳淳朴的人们

你都视为亲密的伙伴
你为美而咏，为爱而歌
不知疲倦地唱出欢乐和梦想
在你的鼓励下，我心怀敞亮
微笑着，聆听阳光的脚步
经过一夜的休整，走来
精神抖擞
欣欣然，谱写四季的诗章
翻开新历，追赶太阳

风与树

如亲密的老友
不期而遇
风摇曳着树
树渲染着风
一个眼神，半点眉皱
彼此都能读懂

虽是不同的个性
却有一样的胸怀
树扎根土壤，在风的怀抱
枝繁叶茂，滴翠流青
年轮刻着岁月的沧桑
风无影无形，在树阴里
把四季的凄苦与欢乐
诉说……

采茶

　　把序幕拉开
　　让风在落叶间把冬的别离诉说
　　让绿爬满树梢
　　明亮清晨的眸
　　沿着弯弯的小路
　　伸向树林深处
　　渡船鸣笛，向着朝霞起航
　　江风习习
　　鹭鸶在天空的蔚蓝里
　　划出一道优雅的弧线
　　一道彩虹腾空，把两岸
　　山的青翠连接
　　袅袅的烟雨，农家女子
　　走进茶地的五线谱
　　头巾在琴弦上飘飞
　　身影，如烂漫的山花
　　山花香了一条江流
　　歌声醉了整个庄园

（《羊台山》第 15 期）

程鹏的诗（2首）

黎明

黎明透着蓝色
把一群竹树林弄断
三个红色的小狗奓拉着耳
此刻它是一个盛大的铁锅把锅铲叫醒

沿着青石板上了台阶
听到无数的材禾的欢乐声
村庄的艺术家们把宽宽的锄头画满大地
死烂的刺桐花

黎明来到村庄，就像米浆
把一块洗衣石洗得漂了白色的乳房
村中的少女流出桃花
把绸缎撕碎有着河水的产卵

从那边走来，一群勤劳的双手
把万千个声音捣起来，有千只手把柳树吵醒
为着你的远来，一些嘶哑的钢琴声来自森林
是钢琴声把清泉声带到人世间

骑着黎明的白马

和乡村的牛群摇着铜铃
黎明是来到这个没有天空的村庄
四面的山
环绕着稻谷的田野把青蛙的四肢跳出来

黎明是来了，如此上了山头
从远处我却不知道羊群的涌动还是白云的翻涌
我知道是它来了，大地才如此静美
我把羊群赶下了山白云下了天空

黎明如此消失
像一块没有人看过的石碑
蚂蚁们列着仗对
蚂蚁们列着仗对举行最后的告辞

太阳笼罩了整个村庄
光芒是如此神圣
走出村庄的孩子大着胆子
像睡醒了一样从母亲的胎盘里出来充满干净

村庄的味道

从花生的身上我们闻到阳光的味道
它的山子淳朴
它的山女在大山的脚下产卵
滚动在河里的石头，推动着村庄史
一下子从茅草根里闻到土地的味道

甘美，忘了呼吸，刚挣脱泥土的芬芳

从槐树的尖梢梢冒出春天的味道
三月扶犁，从牛的身上就想到农民的汗味
盐的味道，从梁山到大垭口，挑盐的挑夫
我一下想到村庄的三十年，祖辈们的村庄
铺着大青石的小路，从千步梯到万丈岩
坠下山崖的担子

有谁闻到月亮的味道？当河水上升
我闻到洗衣妇的味道，漂白的皂角味
腻子的泡沫味
当山洪咆哮的味道，注入河床的胸怀
我这下看到，稻田被大水带走
从上游漂下的浮木，村民们的命运我闻到

三十年前我就知道命运来临
山村的各种节气，到大年三十的年味
祭祖的猪头，叩拜灶神爷，母亲把香插在猪脚上
神明上有三尺厚土
我闻到母亲们的信仰，从她们补丁上闻到锅巴的味道

从稻田的沉睡中就闻到冬天的味道
被堆在月亮下的谷草，一下看到狗在晒着太阳
它的身上有虱子的味道
但这是我的村庄啊，尽管万物闻到了萧条
银装素裹
从凝结的冰上闻到雪花的美丽

一个村庄需要这些构成
需要特别的味道,它构成一个村史
从这些味道里我才知道它是我的村庄
他交给我一些做人的道理
我一回来,就暖进棉被的味道
这就是家的味道,在村民们的身上

(《羊台山》第 15 期)

叶通的诗（1首）

版画村

一

去时坐车。要拐过几道弯
才能扶住版画村的虫鸣
流水声。她偏安于牛湖
最初的安详不动声色
下车时阳光刚好。我像是听见了
一头水牛在版画里叫道：
"我等你们已经很久了。
这帮身上还冒着黑烟的家伙"

二

田野里有耕作的男女
充满了余晖，面庞比版画
更生动。泥土芬芳
来自大地的呼唤，我为之一震
不必伪装，我也是乡下人
这些年来，背离泥土，背离生命的本质
满身的酒气和铜臭。多么肮脏。

三

我愿意搬到这里

与水塘、碉楼、榕树比邻
瓦全夕阳的宁静
我偶颂经书,不思孔方

我愿意再放低一些
放牛,砍柴,和你
耕种几分菜地
至于那些俏皮的往事
好像眨一眨眼
油菜花便开满了田野

四

整个下午,牛湖的版画村
与我面对面坐着
她一言不发,自顾自晴朗
不时地拿她干净的身体
来诱惑我,直到我惊慌而逃
在返程的车上,看见簇拥的面具
从你们放大的瞳孔里
逃出一副副老锈的镣铐

(《羊台山》第 15 期)

世宾的诗（2首）

小洲村记事

周围是这座城市硕果仅存的湿地
号称万亩果林。除了一条快速干线
这里的夜晚保留了意料中的静谧
清晨的几声鸟鸣
仿佛又回到旧日村庄

经过几次选择，我暂居在这里
离广州城不远的一座古村落
污浊的溪流环绕着，环卫工人
站在汽艇上，像悠然的观光客
诗意地打捞着水面的漂浮物

我在这里住下，如果没有要紧的事
我几乎不想回到城里
多么难得的安静噢
我几乎要爱上这里
我几乎要把这里称为世外桃源

天空

我的诗歌依然要写到天空
如果没有说明,又有谁知道
那一片天空,主要成分
不是明净的空气
而是酸性的水分子、工业的尘

小鸟成群飞过,在低矮的果林上空
它们的肺部,已有些黑了
它们还得飞,在工厂群
有它们充足的粮食
和莫名其妙的死亡

在我们空旷的体内
垃圾和无知的恐慌堆积如山
病毒和瘦肉精沿着血管
一路攀延,它们的红旗
已插遍了所有山头

对于这所有一切,我无法清除
我也不能埋怨,就像面对自己
有毒的躯壳,我时时还满怀激情
顺应它——狂跳的心率

(《羊台山》第 16 期)

马娜的诗(2首)

好觉

他应该睡个好觉
他累了。刚收完一地玉米
玉米棒一样,在拖拉机拖斗里,睡了
一只花背甲虫,爬上他的睡眠
被一声呼噜,吓了一跳
新掰下的玉米棒金黄饱满
他的好觉,金黄饱满
杨树的影子不离不弃
一路上,他没做梦
睡醒了,揉揉眼
已经到家

水缸满了

一开始,我只是一只水杯
后来,我是一只木桶
木桶盛不下了
我就是院里那口盛水的大缸
现在,大缸也快满了
我快满了

你的声音,比去年苍老了许多

小雨时断时续
昆虫把自己的叫声藏在草丛
一个晚上,没说一句安慰的话
没递纸巾
只递给你我的手和衣袖
听人说过,知心的人
是两块挨得最近的石头

(《羊台山》第 16 期)

阿北的诗（2首）

听一支熟悉的旋律

听一支熟悉的旋律
在列车上，是多么惬意
静静地旋转音量
在轰隆轰隆的响声中
灵魂向上升起
声音沧桑而孤寂
窗外的田野、山林、丛木都竖起耳朵
前倾的姿态似在追逐
士为知己死的慨然流露无遗
把身体放平，把心放平
热水壶、窗帘、被褥、床铺
请停止手中的工作，陪伴我
听这支熟悉的旋律
让遥远的世界
在这春天的亲吻和小鸟的啁啾中
更加遥远

我梦到周围有人走来走去

我梦到周围有人走来走去

我也加入了他们的行列
这些有头的没头的奇形怪状的人
在尽情地跳一支奇怪的舞蹈
我努力扭动自己的腰肢
漂亮的列车员也加入了进来
她把嘴唇凑到我的耳边
甜美的歌声直抵心扉
如果可能，我愿这梦一直做下去
我不用再冥想开口的理由
不用再担心拒绝的难堪
在漫长的旅途中，不用再忍受
孤寂的熬煎

(《羊台山》第 16 期)

张守刚的诗（3 首）

二手房

满街贴满了
卖二手房的广告
内容大致相同
只是那些电话号码
挂在不同人的腰间

我想买套房子二手的
里面装满了别人的气味
和影子
住进去就不会
感到孤独
或寂寞

在街上

这些行色匆匆的人啊
这些无所事事的人啊
这些犹豫不决的人啊
这些暗含忧伤的人啊
他们走到一起

使拥挤的大街
变得有些荒凉
我是那个毫无表情的人
我紧紧抱着自己
生怕在人群中
走失

怀念

我不断地怀念
从近处的人
到远方的事
一幕幕一桩桩
撑起我空洞的记忆

这些年里
我从不停止
追逐的脚步
风餐露宿
把自己放在任意一个角落
却留不下痕迹

我常常回过头去看
只看见自己
刚刚出生时的模样

(《羊台山》第17期)

张尔的诗（1首）

未完成的诗，2010年记忆

2010年到来，风蹭开圆月，泄下前所未有的光。
每一颗孤独的流星都因为跳舞而放弃了滑落弧线。
柠檬扑面清香将指针勾向
一年之前：人群中，我几乎望不见她，
那隐形的目光与后排的追灯连成一致的焦点。
又一次，来到外省人的小房间，
旧情人反锁了呼吸道，因而，
更不能在那时，贸然拆散她完整的假期。

这情爱的激流正冲开思想的纽扣。
已注定身不由己，从降生起，直至被
结实的土丘围拢，湮埋，永不留一丝缝隙。
那天，我确已烂醉，正无人收管，
在微弱的风与朦胧的雨滴之间，
奔跑，跳跃，穿梭，
从贫民窟钻进富人区，从荒芜到收割，
从蔓延，至凝成一道永不妥协的漩涡。

所有人都各自回家！
谁会去猜，当我们解冻冷藏太久的心，
纵情做爱时，我竟是她的另一名父亲。

是的，那时她竟如此迫切呼唤，
轻声坐上小女儿的电玩车。
当我回忆起那颤栗美妙，一只沉重的古铜铛，
从忧郁的书架砰然掉落。
爱，也从不曾令我们惊慌失措。

两只乱蹦的小兽，在一平方米内
惶惶相撞，只一瞬间，宛如失火的磁铁吸作一团。
八秒的对视暗通了一生。
那餐台掩护下，秘密的贴近，贴近，
怎不令人窒息。隐于桌下的小爱抚，
慌张暧昧，短而适度，与那盛筵之上，两个人
彼此不露声色：她举杯与年长者频频啜饮，
我佯装痴迷土著少女的烂漫歌声。

细雨浇淋碎步慢跑的长夜，
在豁然通透的大街上，无人预见，
我和她，一阵湿透的持久激吻，
令城市旋转，避雷针捣入流言的泥泞。
当我拢起巨伞，手持它横穿马路，
恰如，一名远古的侠士将爱拦腰抱起，
那宿命的戏剧正步步紧逼，
幽居拨亮了它曾惨淡的红台灯。

整整一夜，皮肤都在唱歌，
摩挲的手掌散着暖，散播着迟来的轻轻低喃。
黎明时，微露抚醒鼾声，
新植的盆栽抽开羞涩新芽。

有人端坐于紫砂茶海，
透出瓷器阴冷的背光。呼吸声蓦然急促，
谁都不说离开，并深谙于窗房紧闭，
节奏的帷幕第四次紧急拉升。

那必然是无与伦比的一天，
无法形容此后，漫漫之途
将如何延续。但我们不由深信，
即使非洲遥远，塞纳河沿岸传来忧虑之音，
这一切才刚刚开始，仿佛什么
都不曾发生。在巨大的空寂中，
一头狮子正踱步来临。

（《羊台山》第 17 期）

秀实的诗（1首）

小调十阕

01 存活
这里没有一个相同的个体，我孤单的存活着
我的触须感觉到你咀唇的爱与恨
而现在，我躲在与生俱来的硬壳里
让日夜慢慢地消逝只因路途是愈来愈难走

02 私语
灯火华丽，焚烧着所有孤寂的余烬
流星划过夜空陨落了所有的明天
贴耳磨鬓地私语着这个漂泊不止的城市
一头昏睡的黑猫匿陷在墙角的暗影中

03 宛平城
我走在一个叫宛平城的古旧小镇
民房和马路都无声无息地在风雨中伫候
记忆是这里的一切，让她安静
我没有忘记在我存在前的耻辱和愤懑
祖父辈们已躺下而我身后烽火连天

04 流星
黑衣的使者抵达彼岸时乐园的灯火正炽热地焚烧

游人的脸上都迷醉着,在不老的预言中狂歌叫喊
灰云背后的天使患病了掉落了魔法棒上的星子
我躺在蓝鲸脊上,隐没了的海平线有流星呼啸掠过

05 迭诗
当一切都随你飘远我把镰刀搁挂起
饲养了二十年的蓝天今早下起雨来
屋前的麦田喧闹着整个山野在躁动
在炉火的灰烬前瑟缩着读我的迭诗

06 鳍鱼
我们挤在一起曝晒阳光或吊悬着
任北风吹干鳞身上所有的悲喜与惘然
眼眶的红色是因为这个命定了的肉身
当白皑皑的盐如雪花飘落时我们已睡去
梦中又回到这不哭不笑的北江

07 吃端州粽子
已经没有私隐只余不同的价目
包藏着的都是相同的黏稠和体温
选择和放弃表明了我们那个犹疑的年代
果腹的欲念在剥落层层的衣叶中递升
如此便足够让一个孤单的寒夜轻轻滑过
若丰腴的体态在清晨中依旧陈展着
在饱食远扬的疲惫中你会否失去色彩

08 写胡永凯画
那些恣意的色块和那些放任的线条

浮动在尘世中诱惑着这里浮泛的灯火
衣袂的多少都掩盖不住窗外那高山流水
在睡梦中有春汛有秋风，也有
夏夜的虫喧与泥土蠕动的不安
悬挂着的是皎皎月色
当花猫如泣如怨的叫声穿过窗帘

09 踏雪寻梅
寻找梅，在漫天风雪中
一个女子的名字叫宇宙苍老
我立在雪地上看时间的静止
色彩逐渐泯灭只余冰冷
这是最后的承诺最后的等待

10 城市组诗
在大学城图书馆内守候天阶夜色渐浓
那些阖上了的灵魂沉睡着千百年的孤寂
寒冷的灯火悬挂起无人知晓的茫然
窗外一个人的城市在谎言和冷酷中渐臻繁华

（《羊台山》第17期）

谭清友的诗（1首）

中午，小憩的搬运工

躺在街边的三轮车上
半页旧报纸
读不散夏天的炎热
但你把报纸上的文字
读成了家乡成群结队的蚂蚁

阳光穿过叶缝偷偷读你
读你那张没有哀怨，沾满尘土的脸
读你厚实的胸肌
读你汗水浸透的平静
也读你皱纹里收藏的风雨

疲惫让你忘记了一切
一声声呼噜，滚落一地
似乎，你是一块坚硬的石头
冷热都难以奈何你
只是，手中还紧捏着那半张旧报纸

（《羊台山》第17期）

王月华的诗（1首）

羊台山之约

老了，就该把折叠的脊骨，打开！
让所有的骨髓坐一次普通舱。今天是风的
飞机上有长铠甲的蚂蚁，拉着手
一个词，去了空中的厕所
然后又回到铠甲内，重新拾起飞翔
今天是气流填空的日子
去深圳女儿家，应该乘着童话写天堂的诗
我还要切下一小块大海
在大浪的一个口袋里发一个短信
无数蓝颜色的文言文，嚼着墨的口香
把自己一本本神话，线装起来
有阴平、有阳平。上声和去声
长着两排稚嫩的羽毛
在飞机的舷窗外溜达，把宇宙吱呀呀推开
星辰开始后退

在深圳，我把原声带京腔，裹上泥
放在花盆底部。早晨，三号线轨道的破折号
放大了天空那个黄色安全帽
后面有全拼的晴雨伞
摩托车斜线冲刺过来，我的造句

后面，躲过了一个川音标点
梦和波涛的倾诉，需要加大油门，快递
女儿没有变成荔枝，但我听到
她的北京话长了鬃毛，有麦草隔音

我曾在宝安区工作过，去福永那边接货
那时泪水不断地发出喊叫
窗子上有血
我想喊醒蚊子，它的肚子圆圆的，生有铜锈
在远处，很远处，大海正一点点缩小
有门，门环是铁的，一串木薯内部闪光
我想到北京北部的大草原
在更清凉的夜色中，一小队星星排着队走过

走在横切面的街上，老鼠钻进了草丛
一个小孩被虫子滴了尿
楼厦间有老人们在玩牌下象棋，白话
从我胸前划过，留下一道划痕
我听到优美音乐，从划痕里哒哒哒一溜小跑
椰子树巨大的枝叶，翻转着阳光，光着脚
喷泉升起，水珠嬉笑出英文字母的光亮
在小区花园边缘，灯杆长鳞，花长鳃
上午的氧气很斯文，慢悠悠地摆尾
很多的树木把羊台山放进海水
有键盘上的浪花住在里面，铺很厚的绿
拍打出月光
诗人们出入梦里梦外，和寓言睡上下铺
你从这边走，情话从月亮后门溜

我看见一缕风在摇动。许多宵夜耸起了眉毛
你真逗,叫猪肚鸡也长脚
我在沙井镇上星村工作的时候,我常常
把星光塞进果皮,表演杂技
秋天,我穿盐的裤子,咸了、腥了
我就开始想家。那时刚下过一场秋雨
手和笔还在发霉

深圳我去过好多地方了,女儿住在关外
很多楼靠住山坡,起起伏伏
钱币在未知的世界里川流不息。小我
之外见大我
今天,我想坐在普通舱里,和普通对接
灰色的云和我一起飞
去女儿的家。盐被分成类
趁这个机会,羊台山上的人还没有变成羊
绿色的大气还没有压垮诗人的梦
我在生命的一个夹缝中,开始研究翅膀
我只能说,深圳给了我这么多盐
盐里有生命迹象存在,就有获奖可能
有小鱼在诱惑,猫潜在水里
在一万米的高空。水的尾巴上
结出一簇珊瑚来
在海流的作用下微微摇摆
现在,可以降落了
我看见大海,走向甘蔗田尽头,蓝色的
捧起一浪一浪的
滚过心脏、天空、诗歌、白话和梦想　　　(《羊台山》第18期)

陈诗哥的诗（2首）

天堂旧书店

欢迎光临，天堂旧书店座无虚席
这片热带雨林瓜藤蔓延
有丰富的风声
从中你会听出拉丁美洲的孤独

请你坐好，手执书卷
明天的秋叶就要落下
书中的日夜与此相等
当你翻动书页，我就会感到
喜马拉雅山的宁静

祷歌

上帝，天父，假如我还没有变得麻木
假如你还能让我歌唱
请准许我请求你
愿你抹干眼泪，平息心中的悲伤
到大地上去旅行

你让一切诞生，也使他们拥有死期
母亲离开母亲，儿子离开儿子
请你保护必死的子女们的信心
灵魂不属于时间
请你默默地完成一切
我还要请求太阳、月亮和众星辰
它们从你来，通晓所有的秘密
我还要请求天上的风、空中的云和落下的雨
光芒在那一刻倾泻
而林间的飞鸟和地上的走兽
你们熟知地上的一切，请告诉我
他们还有几人活着？
我还要召唤你，高山、草原、湖泊和森林
你们是人类的好朋友
请怜悯他们，给他们美好的帮忙
还有鲜花、青草和树叶
还有蟋蟀、青蛙、蚯蚓和蛇
你们懂得关心死者
为死者化妆
还有你，大海里的浪花和河里的鱼
以及所有的生灵
请你们暂时结束流浪
请听我呼告：
他们就要来了，请你们做好准备
他们历经苦难，需要好好休息
等待那天的到来
请死者记住生者的名字
而生者在死者的眼睛里活下去

愿废墟安静
愿你们作见证,请告诉我
上帝之城是怎样一朝建成的

(《羊台山》第 18 期)

乙河的诗（1首）

昆明湖上泛舟想起宫女

绣花布鞋显得艳。从阴历出行
空气里有宫女的胭脂流香
传说诡秘。山乡村野，宫殿长廊
倒影一应成幻。也许有浅笑低吟
船桨一点，支离破碎

若是碰上前朝的水草
就停船靠岸，还她夙愿
还她平民百姓的灶前
一双碗筷
长城的垛口
我从江南来
从居庸关开始进入长城
进入缝隙和砖头颜色
每一个阶梯我都小心翼翼
害怕进入期待的传说
某个冤魂在远处泣

我不敢转身，一转身就缩小
缩小成一粒转瞬即逝的尘埃

凑近城墙上的眼睛
垛口没有开口说，雾气无边
行人扬起手臂往远方指去
看到了什么

(《羊台山》第18期)

严正的诗（1首）

某个半夜：她

与夜晚邻近的是一个生者和他的一首
相对于其他夜晚毫无意义的诗
有裂缝有通道

有在你原来地方的湿性传导
和你的脚呼吸之外一分钟的沉默
它们无形它们还没有完全背叛我
在记忆中复活你睡衣的颜色
背景是剔了骨头的音乐哽在喉咙的酒
你开始转动：这三角形的渴
你明白时间从未被终止
如果你醒来听到鸟叫
对着一片绿油油的草地
会不会记得那块黑色的瘀血悄悄消退
会不会觉得我离你很远
这个世界离你更远更远
时间不重要
时间不重要，你说的时间无非是

两株麦穗，几场雨和
在夜晚流出的电话

某年某月某日,无非是
你梦见那些渐渐被你遗忘的人
你醒来之后继续着你的遗忘

时间不重要
地球是椭圆的旋转球体
它不会留下你的记录

结果,因为,所以,但是
什么都可以记住,什么都可以忘却
我懂得了爱情所没有的懂得
我原谅了爱情所不能的原谅

(《羊台山》第 18 期)

胖荣的诗（2首）

我们从时间经过

此刻，我从昨天经过
烧烤摊已经冰冷
夏日炙热的舌头，已经被啤酒浇灭

前天的小伍登上火车
在异乡的街头轻轻弹唱
陌生人，扔下一枚大前天的硬币

一个月的窗前，换成水泥砖头
一些树木倒下，像一年前的奶奶
苍白的身子

郁闷的事情很多

时间是静止的
只是，我们在不停的路过

摄氏十七度

2003年1月11日，摄氏十七度

厦门的冬天刚好合适，像昨夜

分别时你给我的最后一个拥抱

流浪四方的人在四方流浪
宁化，泉州，厦门，下一站深圳
冬天到春天并不遥远
车窗外，午后的阳光照耀着荒芜的山岗
白骨般的光芒划过我破碎的梦

2011年3月11日，摄氏十七度
深圳的春天刚好合适

流浪四方的人在四方流浪
泉州，厦门，深圳，下一站宁化
多年前在这破碎的梦，像今夜
重逢时体内燃烧的酒精
让我跌跌撞撞，再也无法漂泊

摄氏十七度，一样的温度
一个离开，一个归来

（《羊台山》第18期）

子建的诗（1 首）

冬至

我站在风里喊
没有人听见冬至了
母亲还在深夜的月光下赶路
她怕惊醒别人的梦
就把脚步轻轻地踩在白霜打过的泥土上
而一只黄狗的叫声
吓得母亲躲藏在池塘边的一块石头上
直到
一条水中的鱼把母亲送回家
梅林关
来不及停下脚步就要追着时光的汽笛声
从大地的早晨出发一直走向夜晚
越是拥挤越有漂泊的味道
你不认识我我不认识你
只是站着的时候才会想起那年
我们的青春在这里惶恐不安
我们的爱情在这里擦肩而过

梅林关我曾经在路过的时候
写下一句诗歌：
我属于夜晚的一颗星星

在一扇玻璃窗上
找寻着模糊不清的青春
还有孤独的夜归人

(《羊台山》第 18 期)

艾华林的诗（3首）

红牌工业区

今天我不想说风慕禅
也不想听雨狂啸　此刻
我只想去远方安静地想着
那些卑微的事物遥远的云朵
我写下一些简单的句子和爱
有幸福有泪光悲伤逆流
任风雨随意地吹打着　胡子长了
也懒得去拾割　任梦想自生自灭

我喜欢这样的早晨　阳光四散开来
花儿点缀其间　草丛里闪烁着星光
蚂蚁爬过死尸的躯体　地上有树叶在跑
我快速地将一块面包塞进嘴里
事物与事物之间似乎有着某种隐秘的关联
我和白云拥有同样的内核孤独忧伤
比如树木和泥土　我没有汽车和房子

在工业区的上空有一些乌黑的云还有白鸽
我偶尔也会听到雷鸣般的咳嗽风一不小心
就吹老了故乡　我以为那是父亲
母亲正在生火纳着鞋底

命运掏出了她的红牌　我只有在这样的早晨
才想起上帝给我开的巨额罚单

(《羊台山》第 18 期)

阶梯

一棵树在远方仰望着
空气还算清新
但镜子的光洁度不够
我只能听到它寂静地呼吸
孩子们在追逐中安静下来
我试图靠近它，抱紧一棵树
红牛有保健功能
我不适合做这样抒情的梦
在雨季忘掉那些灿烂的阳光
我做不到
从心里生出的根须
正是我现在所攀登的阶梯

月光山色

月光是一杯清淡的水
命运是一块不可雕琢的
石头。我是一个良善的诗人
也是一个圣洁的猎人

我记录着人间苍茫卑微的底色
我抒写着水天一色的山水
当月光溶入水色
当我还看着别人的脸色
命运强加给我的
我也会许给别人
比如，灿烂的前程
比如，美满幸福的人生
只要心灵纯洁的人，我都祝福他

（《羊台山》第 25 期）

莞君的诗（2首）

时光敲碎了多少屋檐上的瓦片

多少年，老屋的陈年往事
在屋檐瓦片的遮盖下，锈迹斑驳
遥远而模糊，如今人去楼空
仅留下倒塌的几面残垣断壁
瓦片零碎的散落在地
周围的草放纵着压抑的成长

那瓦片上的阳光、雨点、尘埃
炊烟及房屋主人的呼吸
这一切都跟着破碎的瓦片
在时光中，悄然隐退

老屋的往事一生也许都不被我看清
就瞬间消失在回忆之中，冰凉而温暖

时隔多年，往事归于往事
被时光敲碎的老屋，瓦片之下
哪怕最破碎微小的一片
它的存在，对我漂泊的一生何其珍贵

给母亲

母亲，我在远离故乡千里之外的深圳
又一次想起你了，想起你的时候
大风吹过我们那个小小的村庄
善良的母亲，在风中你多么单薄

很多次了，母亲，我想停下来
给你写一封信笺，很简单
里面就说这南方的天气如何如何
再问你和父亲，常因为一些家庭小矛盾
还争个面红耳赤吗？之后你总是哭得很伤心
你多病的身体在这个季节又复发了吗
父亲是不是还那样的忙个不停
饭刚吃完，就开始打盹
他显然困倦、充满疲惫
很多年，他一直都那样
……
母亲，这真是一封多么简单的家书
我却迟迟没有动笔
直到夜更深，一封信
还在深圳这座被水泥钢筋筑起的城市
冰凉的深夜，延续、停顿

(《羊台山》第18期)

董喜阳的诗（2 首）

掏空

黄昏躲进黑暗，发丝隆起
像一座巨大的山丘
可以听见响动，它内心深处的宝藏
在坡脊上滑滚。沙滩上的雾色升起
潮汐掐住了鸟的叫声，它饥饿的讯息
抵达不到远方的一棵树
三月，春暖花开。我想起了多年不见的
海子。它的胡须在膝盖上散落
如我的骨头脱了节
他不和我生活在一起，他在别处乞讨
捧着一卷经书，在异国摆地摊
做一个穷人，我希望是海子进入我
在我心里，如蜡熔化

三月

对视春天已经很久
这些日子衰微的东西由远及近
抠破镜面，也拿不出高贵的黄金
天空被一阵风狂卷起来

像一件外衣。水分渐渐风干
杯中的茶叶,它的叫声击穿
不了坚硬的壁壳
在三月,我如水被倒出来
在空空的器皿里,我的精力枯干
似旷野中的瓦片。把舌头紧紧地
贴在牙床上。我祈祷,在死亡的
尘埃中,并没有我腐朽的气息

(《羊台山》第 18 期)

湘莲子的诗（1首）

一个寓言

第 N 次，寓言挤出门
蛋壳旁站着新孵的小鸡
雨在门外
雨的焦虑

对抗的是伞，对抗
河里的石头
还有屋顶上的瓦片
而桃花将开
桃事将临

我想起它抖落的叶子
在虚伪的次森林里哭
在冰冷的湖滨上
狂笑

那些悬着的冰凌
吊死的种子
无法冻醒的匕首
正雕刻
一枚流血的印章

春水提前烧开了一壶
蛇已出洞，睁开眼
它头一回听见磨刀声
一个流口水的人

(《羊台山》第 19 期)

廖令鹏的诗（2首）

钢筋

他一次又一次扭弯钢筋，好像不知道那是铁做的
看见妻子，那根亭亭玉立的柔软的钢筋
他想编织一顶太阳帽，让她成为古典的贵夫人
他仰头看了看正在建筑的框架
混凝土中埋藏着无数不能再动弹的钢筋
也不可能再发出声音
……他更加卖力地在太阳底下扭钢筋
多像一条粗壮的钢筋。你知道的，他的体内也弯曲着钢筋
环形或者S型，方形或者异形，拉长或者折叠

我想

许多店打烊了，我跟随着一个气质很好的女孩子
一路上扮演着不同方向的路人
若即若离。她没有觉察，有时候屁股扭得很夸张
或者甩甩头发，样子很拉风
我想制造一个理所当然的事故：左手抢她的手提包
右手保护她的身子，后脚不停地追赶前脚
我想在派出所和她紧张而愉快地交谈
我想让自己四分五裂，一部分是歹徒，一部分是英雄

（《羊台山》第 20 期）

李双鱼的诗（2 首）

岁月流转

岁月流转，它不是简单的草本植物
换成了木本植物
未有逆境之时
不得不说听多了钟鸣
现在听听蜂鸣
反而觉得是人间的吵闹落到了实处
阳台上不施化肥的金银花
可泡茶
去小区花园拾掉落的鸡蛋花，亦可
喝茶看花
又看了二十多年前的牡丹牌照相机
起身眺望远处之海
驳杂着船只
飞机时而掠过楼顶
听着这轰鸣
看着那安宁

南瓜诗

一头雾水，抑或山河入梦

草木之灰，含着破碎故土
缠绕来得容易，可萦绕却花了几十年
早该迎头给你浇一桶粪水了
打消你文艺的青
一如几千年的王朝惯例
最后什么都黄了
星空之下，鸡鸣狗吠
沉下心来想想
屋顶上的南瓜
可别将几片旧瓦压碎了
这个国家的大厨
惟一的心结
雨水来得太密，而朋友来得太疏

（《羊台山》第 20 期）

李晃的诗（2首）

浪子的悲歌

春雨刚走，我呵独坐山坡——
叼着太阳那根时隐时现的烟头。
我那勤劳的严父慈母，就躺在身后，
这是两座压在心头已久的青青乡愁。

一只未名的鸟站在身侧哪棵树梢鸣叫，
河流、花朵与牛羊穿胸，款款而过。
阴阳相隔，早已无处可以诉说，
任由泪水凄凄，悄然从脸颊上滑落。

远处细雨如丝，薄雾如纱，青山如黛
油菜花包围的农舍里有我多病缠身的哥哥。
——还有活泼乱跳的小孩，
以及他们年迈力衰的外公外婆。

请原谅我眉头紧锁，却也锁不住缕缕哀愁。
我是最后一个逃离故乡、自我放逐的过客！
——这是我迷人的故园之独特景色。
这也是我尚在泥泞中前进的中国！

广庄的月光
——赠曾社红、马晖晖

那时候流水很美，山花很香，
夜风很柔，那一夜相约广庄。
我们冲出阁楼，踏得公路上
雪粒般的月光沙沙作响。
沿着月光的梯子，扑棱棱的鸟们
长出诗歌的羽毛在故乡练习飞翔。

青春的尾巴很短，道路很长。
当年的飞鸟都跑到城里学会了流浪。
在霓虹灯的热浪中摇滚，
年少的我们几乎迷失了方向。

呆在他人的城市里，内心能不惶惶？
二十年前的广庄的月光啊——
穿过霓虹灯和红绿灯，若山里的
那只豹子，一头闯入深圳的出租房，
与我的灵魂对望。在这炎热的夏日里，
广庄的月光，给浪子带来了些许清凉。

(《羊台山》第 21 期)

萧相风的诗（2首）

重登长城

十一年前我去八达岭
登长城，记忆已无。
城墙上，只记得风很大，
双面夹克被吹得鼓鼓。
十一年前我去登长城，
那时还没有成家和吃苦。
我站在城头喊了一声：
"啊——，我是个好汉！"
风沙阵阵封住了我的嘴，
鄙人忽然想起了什么：
多年后，现在我又来了。
十一年前我去登长城，
我在长城脚下尿了一泡，
为此制造了负罪的青春，
一年一年往台阶上爬。
现在我再次站在城头喊：
"啊——，天地玄黄，
疆土无边，何时归返？"
我掏出手机给嬴政
打去一个长途电话：
"喂，阿政。十一年来

生活已经打败了我吗?"
一个标准的女声回答:
"你所拨打的电话是空号。"

收割

我一挥笔
背后就倒下去一片稻谷
嗳哟,月亮在汗水里
泡得全身发痒

现在是时候
开始了
我遥望着北方的某块稻田
父亲正在后院使劲地磨着一块光

磨刀石还是那样厚
这些年我背着土地干了不少惭愧的事
只能靠回忆
而活着……

田野的风鼓荡起稻草人的空袖
他向我挥手
先生,你好
你已被粮食开除了

谁的笔在流汗

谁又在流血
我爱着，那种新鲜的汁液
流至双手，混杂着粪臭……
家庭老照片
这些人有 80% 不在了：
譬如最左的一位
在六零年吃树皮后饿死了。
过来这一位，男，次子，
照片里 18 岁，他爬手扶拖拉机
摔死的时候刚好 38 岁。
最右边的是大媳妇
去年得直肠癌走了……

总之，各有各的死法。
剩下的两位生者
其中一位，一只脚
已经迈进了阎大爷的门槛；
另一位眼睛斜睨，正在
阅读这首诗歌。

(《羊台山》第 21 期)

蒋逸冰的诗（2首）

大雨倾盆

大雨说来就来
顺着垂直往下的空气
我听到雨敲打窗棂的声音
也带到了地面
那里有葱绿的小草
阔大的落叶和坚硬的水泥地
豆大的雨点一定打疼了大地
要不不会有水花上蹿下跳
不会有水流成河

此刻，我站在七楼的阳台上
看一场久违的大雨
挟着惊雷和闪电
挟着粗暴和不可抗拒
降临人间

大雨连下两天
从早到晚
从天到地
渴望甘霖的人们发出的
强烈的欢呼声

掩盖了几棵小草的哭泣

或许更大的雨
即将来临

清明，凭吊一座山

先是一只小鸟
静静地停在一棵老槐树上
树枝晃动
继而又恢复平静
脚下的红土不知何时开始变得湿润起来
直接的结果是鞋底
越来越厚

青草葱绿，绿树成荫
篮中黄酒在行走间摇摇欲坠
应当像铲除毒瘤一样铲除
这黄土堆四周的杂草与灌木

浇上黄酒吧，再顶上一束鲜花
远处的白云才显得格外安宁
而我在山眼中
山在我心中

（《羊台山》第 21 期）

郭海鸿的诗（2首）

劝说

劝说离弃的人复合如初
劝说背叛者回头是岸
劝说破碎的心挽回憧憬
像开初一样美满
劝说被丢失的道德
归列它的本位，或者
还原给等待救赎的赌徒
劝说口是心非的人
忠于一句真话
劝说一面镜子，请事先照亮自己
劝说久旱不雨的天空
为春天酿造蓄雨的云层
劝说深陷风尘的女子
纯情如初，笑对未来
劝说那匹默默无闻的老马
像初生的牛犊一样奋蹄疾驰

劝说那瓣坠落的梅花
请轻轻地落下
以免弄醒积雪的大地

道路两旁

疾驰的车辆,缓慢的人群
不急不躁的红绿灯
悠闲而锐利的交通警察
张扬的广告牌
由东到西,由南往北
把道路分做两边
风在刮过来,然后刮过去

盛开的美人蕉
路过的人,把目光
分散到道路两旁
都会记住其中的一朵
它是那样的红艳
如同一枚像章
别在城市的胸前

(《羊台山》第 22 期)

郭金牛的诗（2首）

许·白纻裙

许，白纻裙旧些了吗
隔了一小会儿
斜晖悠悠，逝水脉脉。
白苹洲的江水，十七岁半了，没有回头望一下谁

第十件
白纻裙。淡了，薄了，还瘦了一圈

一模一样白纻裙真的更瘦了，每一次
我从湖北来，到外省去
一个人，朝南，想念晋江人氏

白纻裙。乜斜着窗外
多次对着月亮脱下，露出好看的乳房
红的指甲，白的手指，微凉的兰花，朝向北方

许，穿我买的白纻裙，读我写的诗。
在我经过三个省时，她脉脉地乜斜过千帆
乜斜过白苹洲
乜斜过兰陵渡
眼风细细地

我来不及招手。

许·旧照

许，隔着玻璃，藏于往事
镜中的花朵，是救还是推开？
那时
豆蔻花开，而今
花落，人立，于画卷之内

旧时，一封小照和一个姓许的姓氏
一顶海军女式军帽和一本《轻握温柔》的诗集
一个叫做石狮的码头和一艘轮船，
一声汽笛
就像离别时低沉的叫喊

我不愿意离别，那时候
江边桃树和桃花也不愿意离别
风扭动了一下细腰
桃花顾盼

忽然，江边的风景换成了细细的雨丝
好像要哭的样子

离别一米一米地拉长，
它即将拉出我视线以外，我忍不住叫了一声：

许。
桃花应声落了一地
瞬间,一些事情就像桃花一样凋谢了

(《羊台山》第 22 期)

温木楼的诗（1首）

明天，我有一个短暂的旅行

（一）

舒畅的光阴，我一直期待
涂抹了约会的情调。散漫着
明天，我有一个短暂的旅行
告别南方的丽日和温暖，告别
一种旧沙发里破洞的袜子
与报纸相依偎的生活庸常
忽然地，就有一丝痒与痛
那一次，没有对上眼神的抚摸
来来往往的新词汇，在路上
没有谁能真正说清楚
隐褪在漫漫长夜中的霓虹
幻化了谁伸出的挽留

（二）

如果不是赶路，很少瞧见正午的阳光
碰撞的光阴。我没有时间去聆听
地图上一条条红黄绿黑细线串起的地名
每一个村庄，每一个工业区
还有商场，市场……甚至赌场

我经历了从一元钱至十元钱
一百元钱的痛楚与欢呼。那是货币
改变了路上的行程,改变了
在光阴中迂回的青春和梦想

(《羊台山》第 22 期)

徐东的诗(3首)

这样的夜晚

夜晚内部的燃烧多么安静
那种安然使一切喧哗沉淀
不是上升,而是旋转
不是万有引力使我端坐
而是分割之后的存在
浑然一体,独自发光
呼吸神灵供给的空气
度过并不存在的时间
而万物恬然入眠
这样的夜晚甚至否定一切
而一切又重新映现

远处那片树林多么安静

远处那片树林多么安静
露珠多么美丽
不仅是一颗露珠那么美丽
它们全没有记忆
我曾凝视那墨绿色的湿漉漉的树枝
也不曾言语

石子

小小的悲伤像石子
不知道它来自哪里
它满山遍野 有时候
又是孤零零的一粒
它从不说话
仿佛是星光的实体
每一颗都很硬
沉甸甸地躺在心底

(《羊台山》第22期)

居一的诗（1首）

自度

焚香。净手。默念《心经》
光自你诞生
自己照亮自己
哪有什么生老病死
"谷神万岁！"
进入自在之门
无需把心脏吐出来捧在手上
无需肺叶上扫描过激光
大雪纷飞
把繁华的盛夏冷冻在小小的肉体里
以恣意的舞蹈挑战虚空和辽阔

沧海和云雨，种子和玫瑰，美目和歌声
香味、落叶、白发、坟墓，乃自然之大美
胎儿在子宫里成形、微笑、变换体位
逝者在泥土里腐朽，进入蚯蚓和草根的血液
蝼蚁顺天承运，进入冬眠

千般爱恨已经消亡
惟泪水，在穿越漫天大雪

广场上的雪人越长越高
不知冷暖的孩子们天真无邪

(《羊台山》第23期)

依尔福的诗(1首)

对柏拉图《蒂迈欧篇》合乎逻辑的一种解释

从一个物体跳到另一个物体讲故事的人
咬碎自己卵生的壳犹如打字机换行的一种方式

一夫一妻制的倡导者一直试图把海外传教事业推向高潮
把教堂从一座城市搬到海边犹如天堂的
一张空头支票
里面的女人
像我手中拎着的
金丝雀

学会了叙事的基本知识学会在海岸城吸引八方来客
孤注一掷的人
举家来到一座陌生城市
他们准备动用金条对付几个来访的欧洲官员
他们不迷信教条
却喜欢中资机构纯粹的近乎俚语的
翻译机器

一个男人针对水晶体发问这意味着单一性
即孤立性与柏拉图谈论天体造物者白天黑夜
宇宙的永恒性

而夏天遥远的一片混沌
犹如世界是他们不可分离的一部分
当他们因最初的痛苦
而确认一个新的
可怕的
苦难形式

Mickey 和几个朋友来到郊外
她摘下一枚乳房
扔进大海为了饲养那些爬满海岸的乌龟
他们继续前行
泥头车驶过空荡荡的海滨大街
他们愤怒不已
其中之一举起拳头向卡车司机致意

（《羊台山》第 23 期）

梁庄的诗（2首）

蝉蜕

勇敢地埋葬自己
变成瞎子和聋子
适应在黑暗中的生活
在黑暗中挖掘泥土，隐遁了四年
隐遁了自己的歌声和翅膀的光芒
甚至躲开阳光的纷扰
缄默，但我相信真理

没有蝉声的夏天是枯燥的
为了给俗世一点安慰
我愿意再经历一次苦难
——扒一层皮
丢掉金盔铁甲和手铐脚镣
留下开裂的胞衣，这是我的法身
我必须变得俗艳而美丽
呼唤了七天的爱，得以全身而退
真身已死，爱永远活着

永逝

一秒钟,也许更短
一道强光,钻进浓密的丛林
一条斑斓的蝮蛇钻进我的床榻
我不能动弹,等着那一瞬间的裁判

浑身上下检点自己,没有创口
我似乎还是我
只是心中不再有疼
一切远去,一个时代就这样永逝

(《羊台山》第 23 期)

唐成茂的诗（1首）

种满谷物的日记本

我在日记本上画上地图
每一寸土地都是疆域
我把诗歌的种子埋入敌阵
将仇恨化成汪汪之水
淹埋火药和刀剑
唯独留下
庄稼的光芒

父母用割稻麦的手抚摸
我的诗歌和人生
在我的日记本上　父母
与飞鸟交谈　让画眉鸟在大黄狗的浅吠中
低飞　装谷子大麦豌豆的大箩筐
装满欢笑牵着开花的白云和老牛
行走满世界都是和平和情谊

我日记本上的大哥二哥和小弟
在土豆地里挖坑浇粪　他们在
一点点埋葬仇恨和争吵　让长矛和盾牌
都变成农具　让整个村庄都长满
谷物和微笑　让镰刀更加

锋利　让每一条狗都
活得像人　让每一粒种子都
直立行走　让黑夜都保持着
光明的姿势　让一双双布满老茧的手都
沾满阳光和尊严　让所有苍生都
健美而温润
丁香花在夜的深凹处回眸
午夜的丁香花在大街上摇动着这个季节
她用美丽打湿青春洗去尘俗
丁香花叶片上的寂寞被晚风吹落
她灯光下的妩媚晶莹而明丽
我给丁香花的爱情不华贵不优雅
她同样在这激情之夜深情地绽放
我走在花丛中就是不回头
她仍然以最动人的姿势深深爱我

每个人心中都有一株丁香花
在夜的深凹处水淋淋地回眸
我梦中的丁香花香甜可口　像茶喝下去后
命运就在透明的杯子里澎湃汹涌
这个神奇的杯子被我端在手上
我的身世都留有余香
我梦中的丁香花开在大山的脊背上
开在青石板的柔情里
我感觉石板上的抵抗持久而坚定
石板上的爱意热情中也有冷凝

都市的夜繁华而荒凉

行色匆匆的名与利虚情假意的爱与恨
有滋有味没有芬芳
在街头人际关系的荒原
连文字都可能出卖色相
我和丁香花站在一首孤零零的诗里
互相对望和欣赏
因为不留恋百花的暧昧
丁香花保持了一整夜一整夜的
纯洁和高贵

(《羊台山》第 24 期)

艾桦的诗（2首）

我还想去江南

从容的山水慌乱的杨柳岸
我还想去江南
却怕少了徐志摩的笔墨

从容的拱桥慌乱的芦苇荡
我还想去江南
却怕变成那个乾隆

从容的丝绸慌乱的衣袂香
我还想去江南
却怕被阿佳的歌和回眸灌醉

衡山西街口

孩子这里真适合想你
衡山西街口
几株槐树一截石板路
沿五月下旬的雨
走回经年的巷

雁城是别人的城
我是坐高铁来的雁
是喝着酒的雁
是看着戏的雁
山中的石块像钙化的风
成为时间的补丁
斜街是变异的寺庙
兜售过客们的虔诚
孩子这时候我很想你

(《羊台山》第 24 期)

蒋志武的诗（2 首）

故乡，摸不着的情人

体内的暗伤是如此的隐藏
在城市的钢筋水泥里
我的身子越洗越干净
没剩下一粒泥土

而故乡的老院子只留下老人
他们守护着夜半钟声和微弱的光阴
他们在回望村庄的一切，那些远去的
无法回来的青春，那些远离的
儿女的情长

在城市鲜活的楼层里
我剔去全身泥土的表面
这些虚设的光辉
掩盖不住我对故乡的眷念
故乡，一直以来就是我随身携带的情人
像自身的影子，摸不着，遥远
而形影不离

徘徊在城市的街口
故乡，在这个热闹的街上

请允许我买一朵带刺的红玫瑰
赶上这个情人节,允许我
用内心的刺,刺破这个千里的距离
用一朵玫瑰,喊出心中的河流
喊出抑制在心魔上的情感

我站在树下

如果生命像树枝一样盛满绿叶
那么每一条树枝都会向阳光伸展
每一条树枝都会抵挡命运的摇晃
听候树根的指令

我站在树下,夏季的蝉翼
渐入初秋,包围我的有风
有流年的修辞,有绿叶的隐忍
我应该再矜持一点
像在树根下的土壤,在故乡的黑夜里
只为一棵树或者一个脚步停留

站在树下,向远方眺望
远方显得宁静,却蕴含着苦难
树上的鸟巢在风中摇摆
等待我躲进去
摘取风雨中漂泊的梦境

(《羊台山》第 24 期)

柴画的诗（2首）

碑

落在屋顶的雨雪，有些魂不附体，那么想风迟来些。
甚至不要出现在今生余下的时日里。
寂寞多年的煤油灯等着变老，痛，在骨头的缝里。
隔着低矮的石灰墙，没有人知道，幻想多年的，
有四世同堂的老祖母，老祖父
奶奶也是，母亲身不由己。

短街长巷无意切下的
几截身影，有些断章取义有些疼痛难忍
妇孺、老人。这些在村里是被折弯了的隐
那么怀念玉米地、高粱地、红薯地、辣椒地、萝卜地。
远望，这像难以治愈的病根。
渐远，消失在几声牛羊犬吠的不满里。

我，在空了心的村庄里，
怎么也找不到似曾相识的故人。多年后还是轮回
有些洁白的雪不想落下，有些犹豫。
在屋顶，
似一首悲歌，在地上，
就像侵入大地的病。如凿在石碑上的文字，似活着的禅意。

桔

光秃的荒山和破烂的泥墙，那么无遮无挡。
屋外，是谁在桔树上摘拉下一个黄桔子，
那么像漂泊在异乡里，匆忙行走的人。
我禁不住放下肩上的行李，很仔细地端详。

我酷似年幼的孩子，那长风满怀的惊，
印证了朋友在电话或书信里总提到的病因
其实，生于斯长于斯死于斯，也不过是漂泊在故乡而已。
——像佛陀的袅袅梵音。

母亲，已站在屋前的石榴树下。她的眼里我已经成了客人。
此时，我是不可饶恕的罪人，我让含辛茹苦的母亲，
皱纹累累，白发缤飞在村庄里。
苍茫雪地的树，皆无叶、无花、无果，那么像父亲锋利的责备！

(《羊台山》第24期)

袁叙田的诗(2首)

立冬

站在风里以秋的名义
踩着冬的边缘
伸出去的手接不住落叶
时光亦是如此
反倒是忽明忽暗的路灯
把风里那些记起的或没有记起的秘密
捧在手里重温了一遍

我慢慢放开自己
从一口井或者一个烟囱入手
再次潜回老村
系在山腰的月亮
和龅牙的野板栗谈着一年的收成
而一直甜着我童年的那棵老枣树
居然过早地披上了冬装
懒得跟我讲过去的事情

只有奶奶会一如既往地热着饭菜
拉开门闩坐在灶屋里等我回家
从立春到立夏从立秋到立冬
拿着鞋样让如线的时光在她的指缝穿梭

靠近

深夜所有的东西都会向我靠过来
包括温暖和灵魂
他们会以我为中心
像许多的铁屑靠近一个巨大的磁铁
白天他们的速度很慢
一到夜里他们就像饥肠辘辘的人闻到了肉香

其实我也是个饥肠辘辘的人
冷的时候我想靠近家
在外的时候我就想靠近村庄

我是一些事物的中心他们向我靠近
我又向着自己的中心靠近

可有时候我就像一个孤岛
四周是水
别人不能靠近我
我也不能靠近别人

(《羊台山》第 25 期)

拜星月慢的诗（1首）

无法停止一种疼痛

这么多年了
她在我的心里，骨头里并没消失
反而变本加厉起来

冬天来时，她便蛰伏，但睁开眼睛
盯住我的每个动作
春天来时，她就开始涌动
和种子一起发芽成长
在我的体内。我说要荒芜人生
她就像火一样燃烧起来

吞噬了我的惰性和消沉
我说要放弃生活
她就长出锋利的牙齿，紧紧地咬住
我的每一个冲动的念头
我跌倒，爬起；坐下，站直；
她都能应运而生从未息止

谁的锤向我砸来？
身体竟然发出了
钢铁般的鸣响。哦，她已经

把我炼成钢铁般的硬度了
去接近一把刀子
用石磨去接近刀子
石磨在一点一点的憔悴
大智若愚的刀子
掩饰不住
咄咄逼人的锋芒

用风和水去接近刀子
你会看见刀子在风中
铮铮鸣响
你会看见水脆弱的断裂声

若用火去接近刀子
火就会流血
火就会绝望地纠缠着刀子
而刀子磨炼得越发坚韧

刀子也会卷刃
但不会流泪
在刀子卷刃的柔情背后
将会隐藏一触即发的杀机
内心的刀子
这么多年了
到现在我才感知它的蠢蠢欲动
在血液的浸淫中
在骨头里的盐不断磨砺下
内心的刀子已暂显锋芒

但我没想过把它取出来
也没想过用它来伤害任何人

(《羊台山》第 25 期)

黑光的诗（2首）

渐渐老去

沉溺于外部声色，一点点破碎
不知内部有月
有荷叶露珠

拦截飘云
捕风捉影
剩残骸一具，驱车高速公路

大地狭窄
群山拥挤
楼层相叠

玻璃瓶里萤火虫
乘地铁回家
夜色突出

没完没了

这个充满脚手架的大脑
似乎不是生成于我自己

走在大街上，听人声鼎沸
也听它叮叮当当
公交车里移动视屏翻动着广告
不时插进一个动物的笑话
打高尔夫
一杆一杆又一杆
看看周围，无动静
用手把球放进球洞里
拍掌庆祝

事情每天重复
来回握手
肯定否定
温度微妙
街道更替于每一个瞬间
就像念头

晚餐后我走进麦当劳的洗手间
闭门五分钟
直到听见第五次敲门

(《羊台山》第 26 期)

李三林的诗（2 首）

桃子

下午，吃两个桃子。
必须使用刀子。同事如是说。
必须使用刀子。
哦，是、是、是。

我说是。
这么多的是。这么多
从喉咙中涌出的小布尔什维克，
这么多由舌尖反弹而出的顺民。

应允。
集体完成贪婪的使命。
我们，集体的一代，
正从属这样的一代。

像桃子被剥夺固有的属性，
以丰沛的荣耀涂抹我们，
直至，我们成为
面目全非的我们。

而我，

无端将其中一个桃子命名为"党派",
几乎不可能。
另一个,称之为"长老的僧侣",
几乎是成谶的一语。

扔掉刀子。
对不起,我先吃掉一个。
以缩小我喉咙里发痒的疤痕。
接着,吃掉另一个。
将多余的情欲匹配于
一个人体内日益干枯的井——

而桃子还将是桃子。
它们的果核将掩映于其中的愧色,
并求助于我,
来年,从那,长出新的枝条,
新的面目。

因而,
惟有将所有的假想
从这个日常的口角中、
从晦涩的贪婪中
节俭为一种新的使命。

扔掉刀子。
这么的是,这么多
从中涌出的巴赫、反弹而出的肖邦,
用以加固旧的、集体的协奏。

或者是哀鸣。

晚餐之后

晚餐中,要在舌尖上建立一个国家。
而每一个单纯的味蕾中都
驻守着秘密警察——

确实害怕。于是,散步。
站在绿色稻田边,掏出什么,
从体内挤出多余的水分。

我的怪癖,跟着多起来,
转身,背过脸去。
"所有的稻草都是仰面哭泣的稻草。"

一个北方诗人的句子,我沉吟。
某种忧伤,带来新的恐惧。
"迟熟,可以是鸽子衔来宽恕的雨。"

改用自己的。
没有鸽子,连糖果、梅花
同为本已有过的确切。

女人们迈开步子
比男人还大。天黑下来,
男人们沉默了。没有谁愿意照顾瞎子。

(《羊台山》第 26 期)

吕布布的诗（2首）

在乌镇

炎热水乡，一只落后的姬鹟大叫一声，我
看到两株柚子树，被光照亮，果实漏下了。几乎看不见
我攀着树枝，手变绿，衬衫被风划开八月的镇

木篷船慢滑，桨叶裁水
做梦般带着我，水的告别，在崩裂的机器声里提醒
我，倾身丰花月季盛开的窗户

古镇的颜色，桐油浸透的乌木，反复织梭在黎明悬挂的布
子立于石板下蟋影啁啾的巷子
夕阳撕裂，有人买了五片创可贴就很激动

而我的心
像雅致的小药店，摆弄算盘的桌子曾经多么年轻
乌镇一定耗尽了年华

我们鄙视没有水的村庄。坐在镇子的水底
一条腿跨过了窗栏（星星，是一篮篮张岱的心跳
丰富的诗，所有人朗诵同一首）

大多数台阶向下。照片中的人后来发布
温暖的博文，因当日静寂无声的桥上撑开了一把
红色的伞，那是你们的，哀愁

公差途中

仲秋夜，没有月亮。广深高速上的郁闷。
司机掐灭了烟，他怕自己变成一名被观察者，腰际放松
手脚却更加严肃地操纵，在方向学上他付出过十年的流亡。

我已经不知道什么样的音乐适合我。深夜的广播，
奕迅的低音，双簧管和巴松管，声音把睡眠放小
在倾诉与过敏之间，我保持了对每件事不流泪的解释。

脆弱的一面变得如此神经质它本身不能看。
下高速时，也许转错了方向是把带中心性质的地点忽视，
碎石在车轮下，在舌头下的碎石。

怎么在一瞬间改变陈旧的几年，生活
于这颗蓝色的小石头上，从来都是依宇宙默许的
轨道对应每一个夜晚和黎明。今晚没有批判的月亮。

仪表缓慢闪动好像正经历极限。
挡风玻璃之外，北斗星发斜。
对寒意的深厚感情，成为巨大的宽慰。明天上午

还要开半天例会,然后顺路买药,轻飘飘地坐在椅子上
为广阔的短语掉毛。作为一个写诗人,游牧的头脑有粗鲁的
机械性能。

(《羊台山》第 26 期)

憩园的诗（1首）

如果有人进来

松垮的十一月来了，我骨折
待在三楼的一个房间，倾听
每一个路过走廊的脚步声。
门是锁着的，我站在我的世界里
慢慢发酵，希望身体可以发出
酒的味道。这需要一段时间的调整，
你得适应两条腿干的活，转嫁到
一条腿上。尽管你很不喜欢隔着
窗户玻璃看外面的东西。

房子是安静的，我也是。
鸟雀不叫了，女医生呢，没有树叶的树干
我对它没有更多的渴望。
皮肤光滑的女人从望远镜里
发现了我，来到我房间。她有点忧伤，不适应
这里的气味，她要关灯，我不让；
她非要关灯，和我讨论
身体的复杂性。我妥协了，不是适应了她的伤感。
而是，我不说了。这没有什么好说的。

（《羊台山》第26期）

太阿的诗（3首）

父亲，或散步记

还是穿过那个阳光的铁轨桥洞，温度
已比不过中午的热烈，
但酒比任何时候绵长，与眼前的道路一样：
水泥路缓缓向上，与新修的柏油环城路
相接，一块"挡煞碑"在路口，
讲述与己无关的前生来世。
光线渐次暗下来，父亲避开大路，
绕行青草的土路，把背影留给尾随的狗，
我引颈向上，看见墓碑在野花丛中发亮，
灵魂猛自一缩，赶快转移视线，
一湖碧水吸纳瞬间的寒冷。
父亲频频向乡邻熟人寒暄致意，
回到孩提的我，陌生、惊慌，羞于见人。
这并非什么仪式，一次散步而已，
距离上一次火车奔跑了十年。
时间催促归去，一城阑珊灯火
比不上日渐衰败的腿力。
从远方游历回来，等待父亲开口说话，
等待一缕光线照亮眼前的小径，
夏天的丰饶开始咆哮。
我们保持在安全且有感的距离范围内，

树木簌簌有声,他停了
挽住晚风和母亲的叹息,蟋蟀的声音,
在地里、空中、湖水的涟漪中
开始毫无节制的抒情。

一个端午足够,轻松或沉重

端午。故乡。亭午的阳光。
一棵银杏,一棵桂花。
一座五层"文英楼"。一把木制的躺椅。
普希金。穆旦译,1957年版。
"我梦见自己头戴冠冕,成了皇帝。"
沙皇,或楚怀王?

一边是铁轨,一边是锦江(沅水的上游)。
在岸边,头枕五月的青草,
看见光屁股的娃划龙舟,波浪涌向童年,
以及对岸簇新的盘瓠庙,檐角飞龙在天。
屈原鱼儿一样游过来:
"为什么不带艾叶菖蒲回去?"
普希金云彩一般飘过来:
"为什么不高声朗读《自由颂》?"
风被禁锢的季节,白天热,夜里凉,
骨骼咯咯作响。而离骚太短,
曾年的旧诗集在灰尘的角落发亮。

母亲大病初愈,脸色比天气晴好,

乘兴穿过桥洞，探望父亲菜畦里的收获，
辣椒、茄子、南瓜、豆荚、玉米，长势葱茏。
一列火车汽笛声起，从千米之外出发，
驶向千里之外，无需收拾行囊，
一个端午足够，轻松或沉重。

过凤凰，一片烟雨

冻雨之后烟雨，区别在于结冰的道路
溅起烟的往事。年已来过，
拉直的高速公路将河流与两座城的距离扭曲，
不经意一踩油门便错过了蜡梅花、
沉黑的飞檐、水落的石头、失火的酒吧，
沈先生当年初几出发，挤出青石小巷的光，
翻过石羊硝的边墙，从沱江闪入麻阳河，
以屈子的风度看遍岸芷汀兰、包茅遗地？
现在，我倒过来，以隧道的姿态
省略群山，过五溪，越官庄，踏马蹄驿，
直接进入桃花源。曾经的狭义
在丢失了刀枪之后，能否拾起江湖的勇气、
文庙的高香？不曾一次驻足、游荡，
缱绻的云紧锁封闭的城，
在门打开之后，有谁还能记住那块石头，
会说话的石头。一条河流
与所有的河流一样，走向低处；
一条新路与所有的道路一样，走向远处。
这一次错过，就错过了，

一块簇新的绿色道路指示牌,
竖在距离故乡 30 公里处,提前 2 公里警示:
"凤凰",烟雨朦胧了她的脸,
深浅的山,竭尽全力勾勒饱满的乳房。

(《羊台山》第 28 期)

谢亚凡的诗（3首）

这双手

外婆身材娇小
却有一双粗大的手

我睡着时
她的手是温暖的床
我醒来时
她的手撩开光明的天

我一辈子睡在这双粗大的手上
睡在这张温暖的床上
幼小时，在不知不觉的福分中
长大后，在对这福分的记忆里

这双手
那天，从山涧采来无名草根
煎成药、熬成汤
然后一勺一勺
喂到发高烧的孩子嘴中
这病儿
是五岁多的我

这双手
总在光线较好的天井旁
日复一日纳鞋垫、纳鞋垫
扎进去的不是线头
是手腕的痛
是心底的爱
鞋垫上的图案
有故乡的水光山色
和青草红叶
全家十几双脚
带着她的痛她的爱
带着她的祈愿她的挂念
行走在不平坦的生活的路上
外婆说了：
我走得最远，多给几双

云之南

当风铃串起脚步
当衣裳系上云朵
当快乐的传说
随马帮的影子穿过古道

当无名的都为花和木
当有名的都叫阿诗玛

当满地的嘀啾想听就有

不听就无
当舞动的袖像民歌悠长
把心愿播撒

当绿色的山梁,一道道
绣出茶字
当雪峰的溪水,流到桥边
再流到瓷杯

当苍凉有艳丽相陪
当气候被高原遗忘
当村寨和城市
被沉静的天
揽入怀中

当摄影和绘画变成多余
当哀伤和欢乐都是感激
当城郭水边摆上小凳
当你和阳光,和时间
一同歇息

云之南
草木间
经过了
丢弃慌张
融化焦渴

原来

春天是有方位的
幸福是有朝向的

一默如雷

"一默如雷"
它是一幅字
与过去的日子卷在一起
歇在箱底
真心实意地沉默了

有一天
一位朋友想见它
解下丝带
那三四尺的长度
摊开廿年生活与心情的收藏
每个字
重如雷的严厉
轻如雷的倏忽缥缈

我曾在蹲点乡下时挂它
那间旅社简朴得纯粹
静谧得庄严
四个大字下的案头
无数行小字汩汩流淌
那时的我
像笔锋一样清瘦而遒劲

我曾在初有住房时挂它
槐树虚掩楼下的集市
人群在熙攘中浮沉
树叶绿了，黄了，落了
然后季节又绿了
站在窗口的我
因为未赋一词
所以不知忧愁

"一默如雷"是一幅字
毕业时同学书赠
是两个书生执拗的表达
沉默年代漫长
我们并未等待一种轰鸣

(《羊台山》第28期)

楚中剑的诗（1首）

把秋关在门外

思绪站成九月。粗壮的栅栏
在雨滴间潮湿、麻木、阴冷
记忆，开始从第十根木条依次腐烂
视线是铅色的，连同痉挛卷曲的树叶
清凉自天空跌落，沿着脚跟
沿着脚跟一条青蛇缓慢上移

就这样，坐拥一支晚明的曲子
抚摸一个新寡的名字，是你所期待的
丫枝惊惶如刺猬，伸长，庄稼地里
稠密地拥挤，拥挤得没有缝隙
你才感觉消瘦原来这么固执
而刺耳源于一串含糊不清的重音

你必须学会面对现实，你应该知道
那枚嵌入螺纹的刺，该剔除
你也知道这很简单，手到擒来
洗净一滴流入笑容的眼泪
你终于明白幸福同痛苦，繁华与寂寞
其实和戒毒没有两样，鬼怪精灵

雨声很硬,刚好掩盖很轻的脚步
伤痛的影子试图逃遁,却又割舍不开
关于温暖,我真的想不起它的模样
希望回家,希望把秋关在门外
清凉的风吹来,烟花还是散了
丢失的,难道仅是来时的方向?

(《羊台山》第28期)

吴依薇的诗（2首）

发现

我来到这里，秋池未满
天鹅被暗藏，像被放逐的黑夜
银河为彼岸，我观看的繁星如钻石
蝴蝶双飞，不及你在我耳边暖言一句

我就是自以为是的那一个
蛰居在你光阴的湖边上
唱跑调的歌谣，说不标准的普通话
放纵无人知晓的软弱，无知，小性子
我多么愿意这些难以名状的时光很早以前就来过
我多么愿意听你说"嘿，我们重新来"的那一声叹息

你无边无际的想象力，你尖锐的脾气
那是远处的风景，投落在我的心灵
我想象它就是天鹅，对影双舞
而你，是在我手指头留下的那道疤痕

那时，你低下身来
我的目光越过你的春秋
发现外面的世界
那些亮丽的花也能在我的双手盛开

给我起个名字

  找不到适合的笔画
  那些浩瀚的寓意，来了又往
  不在我建造的牌坊上题刻
  火和土分开又组合
  命运正在流转，五行开始变幻
  命格里悬着的那一笔，有待于你的指向

  我要的名字
  每一声呼唤里都有草长莺飞
  秋波流转。声调可以延长到郊外，以及很远
  坐落的村庄和水流。最初的语意待雨
  适合珍藏在湛蓝色的信笺上
  也适合我情人的回首，和深夜的呢喃

  跳起来，落下去，双脚踩到的地方
  可以感知的暖意，芳草还没有萋萋
  五行里透出的经脉，像河流
  流过易经里的卦词在甲骨上
  请让我心安理得，请呼唤我一辈子

(《羊台山》第 28 期)

崔绵的诗（2 首）

去元芬的路上

我清晰地记得，那天我带着几个贫瘠的词
和一些雨滴，走在去往元芬的路上，去见你
相对公交，我更习惯步行，此刻
所有的期待都正在被一点点放大
对于红绿灯，道路两旁的花花草草
对于低洼处的草莓园，雨水浸润的心事
对刚刚经历过的夏天和这个姗姗来迟的秋天来说
都是如此

我在傍晚时分到达，心跳得异常剧烈
看到你正站在佳佳便利店门口，向我招手
你山花般灿烂的笑容，让我坍塌的心瞬间复原
不善言辞的雨水，爱的秘密
打乱了一个男人忧郁的内心
我们低头在街边行走，我把晦涩的诗句交给你
你的双眸里，闪烁着盈盈光芒，照亮我们未知的后半生

我知道你明白一切。去元芬的道路有几条
我们爱着的，只有彼此

上横朗,我是一个动词

从上横朗市场站台下车,我混在人群中
经过社区公园,忍住我的难言之隐
走进某幢某层的某个房间,在四十瓦的灯光下
这样的夜晚,你无法知晓
其实我是一个蓄势待发的动词

不敢想起你,我的故乡,在这小小的秋天里
在一张纸上,我撕不开夜幕,也无法像夜幕中的那只鸟
向着你的方向飞翔。这几年,在上横朗暂住落脚
白天,我也是穿着蓝色工装的人,和他们一样
行色匆匆。只是在夜里,我才显得不安
把我想说的话,轻声说给窗前昏黄的月亮

即使常常加快脚步,即使43码的鞋子
辽阔无边的豫东平原啊,依旧是那么遥不可及
但我一直坚信:在上横朗,我就是一个蓄势待发的动词
总有一天,我会说服那只鸟,陪我一起上路

(《羊台山》第29期)

阿翔的诗（2首）

剧场，黄皮书诗

我们能准确地推断出这本书泛黄的年代
经历过多少次波折，霉味渗进故事的不完整性
而它不断膨胀，我无言以对。

如果不出意外，不外乎就是重温根源，无效的叙述方向。
或者，其中一个回到暗处，好像比现实更具想象力
后面还带有一长串最重要的名单，"连死亡

都成了活着"，我知道这不正确。
施暴忠于愚钝，不然另一虚构是颠倒的，语言的……它
一下子滑入了夸张的闷热，然而

我们视而不见，依然微弱
不能体现滔滔不绝的谎言和对自己的篡改
那时，我看见这一点，耻辱

是我们的。这不免令人狐疑
更不要说小恶俗风格，为了防范魔术师，我们隐匿了
桌布，所以无妨清醒。实在厌烦了一片

废墟感，远处的灯火灭掉了灯

如果没有人指明我的身份,我会听见骨骼往回缩
坐在暮色底,少年的情绪加速了面目黝黑。

回到现在,不单单是臃肿的阅读,说出即沉默
最后获得果然是苦涩,所有阴影
轻过高度,我身居幕后不能转喻这一琐碎的叙事。

剧场,幼稚诗

你的漫游,破败的素描,都源于你的选择。
你不能说别的话,因为承受更多
丰盛的晚餐不能一下子消化

这糟糕并不坏。实在……随处可见
旅游业的兴旺
仿佛时代的朽腐。那时我饮酒过量,言论完全不出意外
扯到了躲迷藏游戏,"哦,幼稚。"
如果这样的无动于衷,令我无妨恍惚

孩子的小忧伤只多一点点,你不能用它占卜凶吉
祷告是有必要的,"但也是空想。"
巨大的厌倦服从着低头弯腰
而生活在虚耗,在深夜,掩盖不住风月滋味

我不应当羞愧。这时候我把自己藏匿起来
你不明白,有黑暗的尽头随其身后
迷茫的眼神收缩,并永不愈合

这些都只是问题。无神论多么特殊
讽喻显得得更咸涩,你看见草木
枯烂了么?正如我是多么幼稚,没有结实的未来
有时风和音乐毫不相干,甚至无需交换
金属品果实

不曾疏远。不人道的事宜教育你时刻清醒
暂且卷入戏剧的白泡沫,写诗是自我治疗
你只能假装相信时间,我假装不必铭记

(《羊台山》第 30 期)

温经天的诗（2首）

老梧桐

我把身躯困在斗室
我相信我能穿越的那道光芒也定然
指引我规避
声音，颜色，表情的歧途
我用笨拙的手指借助它们
登上树叶深处的星辰
绿色的爱意与悔恨
蓝色的涌动和呼吸
速度忽快忽慢，敲打着头颅
与浅层的愚昧。那道光抛亮了这儿：
阴霾的城市。支流和骨头
建筑的斗室里，还有多少衰老的心
在蓄谋大好河山，枕着风声大醉。

冬日书

冬日看雪，也看你娇懒腰肢。
沟壑神秘，但我们更加缺乏水源。
过分的词语是盐，
不溶解堆积两肩。

学会脉脉不念，转身春草亦是明日之雪。
既然分不清季节，何妨回旋？
用乡土之下的墓穴，城市半空的雾霾，
装修每一个此在并自惭于天真誓言。

整个世界改变。变出无数个背叛。
广播里女中音男低音预告修辞过度的
重要事件。我们那时幼小，不懂得
每个人都将溶解于人群里面。

一个头颅，一簇头颅仅仅需要
一个褐色的墨点。古老河流断炊后更多的胃
练习妥协忍耐。人类硬核发动的征战，
后来者转述暗黑之雪。

大雪攻陷青草地，秋叶不必显身，
每个人的心窝都飘零了一片。
我们的时代阀门巨大，
春水禁闭渴望波澜，令我想念你腰肢。

美到窒息方能安度这时代。
成群的灰色的时间兽奔袭，
是否还剩下一个屋围抵御着暴虐？
冬日毕竟只是一个季节，无论，长短。

（《羊台山》第 30 期）

鳞啸的诗（3首）

那个人

　　字里的人都是远行的人。远中取近，再近些
　　就看见月下的影子，叫作倩影，或魅。
　　也有人称孤，坐在自己的灯里念着
　　忠孝两难全……
　　一字字黄豆般，发着弱小的光芒。

　　"人"，他这样教我写：
　　一撇轻，一拉就要重。反之。

大雪

　　瓦蓝、淀青、青蓝，天的颜色
　　退守在羊台山成为树的黑色、雾气的黑色、人的黑色，
　　夜是昼的岸，参商不相见，日复一日。中年男人拿着菜刀
　　走近鱼。它最后的气候，大雪，那白，洗净了一生记忆。

蝴蝶斑

　　雨打在石头上，成洞。泪，流过脸庞成斑

你该爱那些蝴蝶斑
爱它坦白的心
在一天一天望不着边的光景里
想起菊花。种植与酿酒那是浪漫人的事
七元钱一斤的干菊花
曾勒过我的手。我觉得它美
花用它赚来钱的心情也是
没觉得辜负。荒野中的菊，漫不经心如花的青春。

(《羊台山》第30期)

田晓隐的诗（2首）

去西藏登最高的山

在我即将死亡的时刻，我一定要在白天睡觉
要让阳光透过窗户，温暖地照在脚丫上
照着枕边的那些书，照在营养不良的睫毛上
让阳光把我趔趄的痛苦纠正成富有斜度的快乐
我要在阳光只剩一米温暖的时刻起床
仔细地梳洗，枯裂的嘴唇，愤怒的头发
好了。我要带上一瓶酒，一个橘子，一篇《天问》
走上高岗，在云朵的庇护下完成吃，喝，读
然后想一想，想想我的水源和马匹会不会成为孤儿
最后，我慢慢地下山，走到与炊烟一样的高度
把自己的遗言托付给它，然后等一场风
等天黑，等老鹰在温柔的梦乡说起梦话
这时我必将拥身烟火滚滚的流
像结束旅途一样，完成死亡

我在民间反复演绎的动作

夜夜窥探朝天的门
倒空身体，化水无痕
忧伤总在无意间敲打我的窗

转身，就想遗忘拼命退，双手抱胸
后方已没有墙，触及坍塌的警戒线
用鸽子的弧度跌落
误入青绿竹林，看见底层的腐烂、燃烧
顺着竹竿，折身，挽着秋风和霜露向上

（《羊台山》第 30 期）

赵婧的诗（1首）

我温情的北江初恋的北江
——给 wzh

今天，我关闭手机
房子　股票　爱恨情仇
从有手机的那天起
堆积着
堆积着
越来越负重　越来越把
情绪　情操　情欲
混淆与强奸
东拉西扯
身心因流血过多
很早就失去了血性

没有了血性的诗还在源源不断
侵腐广袤的蔚蓝

今天，我关闭手机
把凌乱的头发绾上蝴蝶结
穿上布拉几长裙
音乐在丛林中氤氲
透着干干净净如屋檐滴落的小雨点

滴滴答答
把心都敲碎了

我决定了
午夜时分与你私奔
服从我内心没有任何渴念的
一份浪漫
如果我不关闭手机
我还不知道
初恋还在陪我长大的山的那边
依然如三月的映山红
孤独地绽放
等我
我已经没有什么不可以放弃了
我永远追溯北江边上的一株小草

走到哪
我都能一眼认出北江的气息
两岸错落朴实的庄稼
野鸭子在调情
撑船哥哥晒黑的笑容里
干干净净的一口白牙以及不那么强壮的肩胛
一河锦绣
历练我南方女子
时常需要把泪水与河水
融化一体的哽咽才能更好地收拾心情上路的
都市情怀

在清远的北江
我有机会于白天于黑夜与你独自相处
小雨濡湿我的镜片
我的心脏
这个时候如果是一场大雨
我也不会浪费独处的机会了
没有鸭子没有船也没有了撑船哥哥
灿烂的笑牵我上路
摇动船橹发出吱扭吱扭动听的悠扬
被前方打桩机砰砰乱叫
撕得粉碎
我双手交抱冷
穿过江水酷热的六月直逼心脏最深的位置
一句：好吧
承载太多太多的无奈
洞穿身心无边的激情流淌泛起没有一丁点力量的涟漪

没有人看到我泛光的失落
垂钓夜人关注鱼的踪影
喝啤酒的青年男欢女爱
一株小草陪伴我向逝去的初恋致敬
一株在一群小草中出类拔萃却并不挺拔的小草
现在我真的相信了那个来自安徽的诗人海子
为了姐姐卧轨
他把死去的时间留给荒芜
为初恋的姐姐做一次彻底的放纵
并非常有底气为姐姐做美丽的诗

面对大海春暖花开
那一定是写给初恋姐姐的
姐姐好幸福
今夜清远江边无人陪伴
我温情的北江初恋的北江

已经不可能有太多的机会与你独处
你放逐我漫山遍野没有花香妖娆的个性
又禁锢我精神与行为的不羁
我生活的那个城市缺水
撑船哥哥把丰润牢牢地拴住了远方
飘逸女子的诗行
一直一直
依稀撑船哥哥的干净气质

今晚就在今晚
让怒放的小野花爬满你的小屋
踮起脚尖拿出穷尽一生的勇气
柔弱地叫一声
哥哥
在水一方
江南放牧江北悲恸
一只小鱼
绽放铺天盖地的伤感
以及拼尽全力也够不着的堤岸
身心簌簌眼泪不绝
很湿润
不小心就再也找不到了

太阳已经沉没
暮色逼近
山谷空灵
系不住卑微欲脆又无比坚韧的
朴实人生
夜夜笙歌散落无尽的旷野与
寂寞的浩荡

我告诉过你
天籁的声音只有童音最真实
越是喧哗热闹布满横横竖竖血管
一样的人脉
那份逼真的初恋
越是沉稳像山谷莹莹伟岸的树
每一场欢愉背后
如果不隐藏着空洞与巨大的悲怆
就不可能是真实的
谁都知道欺骗自己比欺骗别人更
简单容易也不需要忏悔
快感很短
忧伤很长很长

要走了么
是的

(《羊台山》第32期)

孙海涛的诗（2 首）

说话

我是一个不习惯高声说话的人
在你们眼中，这是一只温驯的绵羊
我习惯低头做着分内的事
默默忍受着那些厉声的呵斥
以及无礼的、凶狠的目光

在性格和我一样软弱的人群中，我
把头低得更深了
我一次又一次告诫自己：不能对他们大声说话
不要伤害野草，也不要让露珠破碎
不知为何，时间一久
我就被一些人赶了出来
在我的面前，他们骤然间也可以变得强硬

我是一个习惯和自己说话的人
习惯和这些露珠、野花、草芥……
它们完全能够听懂
于是我一再再而三地把头埋向大地
我知道，只有你也把高傲的头低下
你才能够触摸和听懂

这些卑微者的灵魂与声音
它们并非无语，只是习惯了千百年来的沉默
对世界，对无理和暴力的我们
它们，从来生生不息
从来不需要说出任何语言

阳光

阳光照耀，我伸一伸手
阳光满地，我深呼吸
——"我就是那个躲在阴暗里的人"
多么可悲！一个月，两个月
我做着无聊的事情，足不出户

"我已经错过了许多"。孩子们聚集于阳光中
玩耍、奔跑，做着幼稚的游戏
树木肆意舒展着枝叶
花草尽情汲取光线
成长，成长。生命不会再重来
日子不断支取着我
"我真的老了，这心，这颓废……"

一个孩子向我跑过来
那就是我。我已经不能回到从前
但也不能拒绝现在
我能够做的只是

偶尔张开双臂,放开脚丫
那些花草,那些露水与泥土
仿佛都是阳光的孩子

(《羊台山》第 32 期)

莫寒的诗（2首）

远观

告诉守林人，我要占领一片森林
它必须和我保持一个季节的距离
当她迎来漫山遍野的杜鹃时
我还在雪地里追赶调皮的小麻雀
丘陵之上，只需一阵微微的北风
便可将松枝上的冷弄个粉身碎骨
因为一个季节的距离，我只能远观我所热爱的乡土气息
当她在俊俏的腹部上绣上美丽的清荷
我还在古朴的节令中忙于春耕
一亩田地一亩田地的躬身劳作
我身上有一种割舍不断的藕丝，它们不是六月的心乱如麻
草场上的稻香哦，热恋已久的泥人
当她在内敛的枫叶上雕刻一枚愁绪
我还在疯狂的夏日里辗转反侧
这群远道而来的小树苗，我的取景框不偏不倚
正好对准了植物最深处的叶脉

一户人家

我习惯在反复经过的地方逗留片刻

看一户人家默不作声地吃饭
抬头，正午的钟声涌进热浪
我踩下的印痕只是一枚普通的日子
屋檐下的蝉鸣，席卷了盛夏的怜悯
吃饭的时候，他们不需要旁观者
此刻房东不在，我斗胆做一回主
允许他们私吞一些地盘，如此低调的五口之家
本该在树荫下梳理生活的羽毛
本该把多余的时间存起来，放到来年腊月发酵
当微风扫过内心的小溪
时光就是最美的引路者
五口之家能在酷暑里听见清贫里的沉吟
我的身体中也一定会爬满失传多年的藤

(《羊台山》第 32 期)

魏先和的诗（2首）

玉龙雪山

沿着深秋曲折的阳光
我衣冠楚楚地立于雪山之巅
寒风冷冽众人喧闹
我徘徊复徘徊
怎不见我亲爱的狐仙

你忘了五百年前的约定吗
牵手的余温尚在
那时你安静温婉淳朴善良
那时我们一起唱歌跳舞骑马打猎
一起数着天上的星星入睡
一起听茶马古道清脆的叮叮当当
那时无人惊扰，我们简单幸福

是鼎沸的人群让你受到惊吓
还是在熙攘的路口走向了迷途
五百年后，我如期而至
梦中玉龙却已无迹可寻
只见川流不息的来客和日渐消瘦的群山

厚厚的冰川是你眼角终日不化的泪吗

这纷纷扬扬的雪
是不是无法停止的忧伤

你定是在一个无人能扰的地方等我
那里湖光山色，鸟语花香
那里依如纸上岁月，宁静安好

秋天怀乡

有故乡的风穿过南头关、华强北
翻我诗稿，抚我乱发。
一树叶子瑟瑟发抖
惊碎一地旧时光，哦，已是深秋。
父亲的咳嗽沉重，喋喋不休
堂屋的纸灯笼忽明忽暗，神灵保佑。
稻田空空如也，找不见儿时伙伴
书上说：父母在，不远游
老井的水依然清澈
邻家小妹出嫁了
乡间花事已经结束。我并未盛开
一群候鸟又在叽叽喳喳，令人惶惑。
不说了，不说了
且借来大东山的下弦月，陪我沉默。
谁的脚步踉踉跄跄，醉了村庄？
一杯酒，一首歌
一个人的精彩，一个人坚强

（《羊台山》第33期）

陈才锋的诗（2首）

生长的声音

我想走出风，看一些小性子
小情绪窥探我柔软的心事
我就想拾起一块小石子，赶走
多余的你。春的舌尖
颤动出新的味蕾
显然，花草探写了陌生的疆域
积蓄的能力热情高涨
让我捧着时光，甘心
落座。拨开迷雾
想象正在上岸

或许

或许长风可淹没黄沙
跟随一条大江
一次次远行，不归
我不是上山脱俗的人，不用分主谓宾
唯一的椅子说出我也不是客人
我无法找到。原身

在一条蜿蜒的山路上,抵达他的去处
至今下落不明

(《羊台山》第 34 期)

林卫雄的诗（1首）

群体与个体

  天桥人行道车站广场
  节假日的公共场所来来往往的人群
  我如人海里一颗水珠站在拥挤的人群里
  孤寂得即将干枯消逝
  有时我产生一种从未有过的孤独感
  人像在茫茫人海里一叶小舟
  在苍海里随风无限地飘移不能靠岸
  有时候我感觉自己正在消失在海平线上
  又突然嬗变成一群人一个族群
  给人海市蜃楼的幻影
  然后又在拥挤不堪的人群中被压碎
  变成一张脸谱一个身影一个影子
  甚至被拥挤的人群挤成一个失踪者
  彻底地消失在人海里隐匿和丧失自己
  个体到群体　群体到个体在不断转变
  我什么也抓不住抓不牢
  也改变不了自己的一切
  世事未能从头来过选择
  依然是一种奢望去或留
  都撒下一地灰尘

（《羊台山》第34期）

王顺健的诗（2首）

保安小糖蛋

保安小糖蛋喊："大哥
你又直起来了。"
那个头顶着墙的青年
他的白色袜子
早已脏了，鞋脱在一边
小糖蛋要他把腿再弯一点
把屁股抬高，他腿就抖得不停
他咬着牙，嘤嘤地哼
手铐在背后，一闪一闪的
小糖蛋伸手从他裤袋
摸出钱包
看了看说，"谁要你做老大的呢
还直还直！"
一脚踢上他的腿肚
"再蹲点！"巴掌拍在青年的腰上
"肉还怪多的嘛！"又一拳
那个大哥脸向下大哭
后窗里他的同伙全背过脸去
大哥抽筋了，他顶着墙扭起来
他黑黑的五官着火了
骨架一下子塌倒

跪在地上，古怪的表情
变幻着黑色火苗
小糖蛋哈哈笑起来，"装，装！"
他知道——
这种仇恨算不到他头上
似乎有那么一年，他远离过它
为了——南下
南下
一个英俊青年砍另一个英俊的
天亮了，天空的诗也醒来
派出所的后院空落着两双新鞋子
我用脚翻看，"ANTA"安踏牌的
人呢，哪去了？
昨夜我有多困呀
看到一个英俊的保安
在砍一个英俊的青年
我就一阵阵发困，午夜时分
保安用腿砍的，也叫劈
也是一双"ANTA"，一道白光下去
头顶着墙的青年没有预感
他的后背咚的一声，像被劈开
一声"哎哟"，不是他嘴发出的
是从裂开的地方，他年轻
直直地倒下去，他还不会呻吟
"装，装，起来。"
他起不来
被人提了起来，再次倒下
他那双洁白的安踏鞋，移进灯下

……天亮后,我站在后院
看着鞋子,问,"他人呢?"
一个疲惫的保安指指楼上……
在食堂,民警阿辛在打饭
钟所长问他,阿辛说
"抓了六个,只有三个交待了
放风的是个女孩,看到抢三次
在蛇口,她得五十块钱。"
所长问,"都哪里人呀?"
"仁怀的。"
"是你老乡啊。"
阿辛低头吃饭,再没吱声
阿辛喜欢诗,我们聊天时
他也会突然地不吱声

如果有相机

如果有相机
我会悄悄拍下她的侧面
她唇上的绒毛,鼻翼
下巴的俏丽,海鸟滑翔
她只有侧面,我在后窗眨眼睛
她没有听到,不给我正面
我敷衍几句小保安,混进询问室
这会,她似乎睡着了
我看了看疑犯登记簿,最后一行
没有姓名,地址

只填有,"女,哑巴,偷窃。"
她双手反铐在椅子上
只能侧着身,她身体的曲线
她不知道,有多美
她真的不会知道的,这个年龄
十五六岁,需要一个成年男人
让她温暖,成为世界的大多数
可她是个哑巴
小保安说,"我们村有两个哑巴
一个会听不会说,一个啥都不会
去年春节,前一个也死了。"
可如果她不是哑巴呢
十五六岁,会和多数女孩子一样
以死抵抗着妈妈
"都是女人,凭什么管我交男友"
她想一刀捅死她,"跟我斗!"
而她只是个哑巴呀
她用偷的方式和世界对话
或者引人注意
她还是收获了寂静
手铐里的寂静
有时三天,有时十天
有时,一辈子

(《羊台山》第 34 期)

骚风的诗（1首）

城里的月亮

城里的月亮不能照见远古的江湖
不能。不能照见楚国的山河；不能照见我的古国
不能。不能照见屈子汨罗江畔的叹息以及王昭君的边关
不能。不能照见嫦娥舞动的长裙

她不是李白与杜甫的月亮
不是。她遗失芳踪；遗失古战场；遗失了貂蝉的月色
孤独无助。尘埃蒙住脸颊，不能撒下一片清辉
不能。灰淡的天光已不能照见故国的清明

朦胧的月亮。朦胧的月亮不再是赞美的歌谣
不是。阴霾与污垢浸染的天空照见渺小的尘世，照见渺小的我
月光如水的往事，无法浸润现实浩叹与未来
科技与文明堆砌的城市。月亮不能撒下一片清辉

城里的月亮。城里的月亮沐浴在污浊的河流
我欲一睹芳容。姑娘，我再无缘窥见清纯美丽的自然颜色

（《羊台山》第34期）

洪江的诗（2首）

田园的高度

裸露胴体的甘蔗长得比我高
因为它总捏紧阳光的绳索努力攀爬
丰满婀娜的稻穗弯得比我低
因为它比我懂得什么是感恩
我从它们中间走过，觉得十分内疚
我什么都不是，什么都不像
只是一个从田野走过的闲人
田园上没有任何人或作物想闲下来
甚至，根本就没时间理会我
到处都是忙忙碌碌生长的身影
它们要赶在夏季之末兑现金黄的诺言

拔节，生长多么光荣，伟大啊
这田园永恒的主题
这生命原始的供养地
即使拔节的声音那么细小
也常常被记起，令人感动
一亿双手都渴望举起，听从时光的召唤
我眼睛涩涩地从田边小小的角度望去
光线，锄影，吆喝声都比我高
蔗叶上爬行的蚂蚁也高过我

他们每天都忙着塑造这种高度
从种子开始,祈祷它快快长大

为了一种更高的高度
他们每天都在重复一个弯腰的动作
留下更多空间给作物生长,给梦生长
当秋天挪过肥美的身段时
我看见对面高高的山坡,多矮啊

村庄

讲故事的人还弥留在村庄里
他每天让光线从屋里移出来又移进去
时间的脚步变得缓慢,可疑
听故事的人被故事中的情节引向了远方
门槛边泊着一双搁浅多时的目光

南方那种会流油的绿,自始至终
装饰着村庄的本色
数以万吨的绿堆积如山
蜜蜂和蝴蝶总围绕四季飞来飞去
那些空气和水皆可入诗入药

雨季和花期一样漫长
等待充满香甜的味道也充满泥泞
一缕残留的芒果花香总纠缠着心事

它细碎的孤独和静美的细节，那么生动
构成我一万种回家的理由

(《羊台山》第35期)

卢时雨的诗（1 首）

虚构一场雪

如果虚构一场雪
请允许我虚构
披上银装的青松和翠竹
还有在枝头咯咯笑的红梅

我还要虚构
戴上了白帽子的
乡村教堂
宁静的田野
小路上歪歪斜斜的脚印

小木船上戴斗笠的渔翁
他还在江心垂钓
卖炭人，这么冷的天
就让他在家里
守着一盆炉火吧

（《羊台山》第 35 期）

王家有的诗（2首）

又回到东莞

我只是想以更温暖的方式
以更体面的内容
站在路口
喊一声我回来了
并非有意要惊动谁
谁也不要欢迎
这条路变得我无法辨认
我也忘记了它的名字
在东莞二字覆盖的土地上
我一直挥着手
说不出我去了哪儿
说不出与谁告别
我回来了希望这里的人们
当我没有来过
用他们的陌生为我遮盖落魄的样子
一如离开这里
用他们的无语表达了挽留

谜

这里的人们习惯用一种暖色的涂料
把脸描画成又大又绿的草原
入冬以后他们把草原搬到天空
把天空放回大地
让湛蓝湛蓝的飞翔围住高楼
我每天搬一把梯子爬上最高的那朵云
睡上一觉

与那些食草动物一起背对群山
面朝大海用粗壮的脚趾头
思考羊群啃食长得像它们的云朵
它们跑起来像风从垛口出发
整个天空向码头集结
蚂蚁的军队满头大汗搬运一块一块
的道德去补那个垛口

风撕下一块天空的蓝
从背后抢走我的梳子
把我的脸刮乱把我的心情画花
把我的山岗我的九曲羊肠小道
我的门牌号码取走
让我猜到哪里取回我的未来
而那永远是个谜

(《羊台山》第35期)

吴春丽的诗（1首）

我在龙华做普工

我喜欢把一只蜜蜂
上传到微信
将他添加为好友
好日子如蜂　11小时内
手心缠着秒针转动
手背绕着分针驱动
只为责任而舒展眉间的一颗红心
面包在两侧轮流烘烤
绿皮火车在彩虹桥穿越
只需展开十个手指头
就能够得着一个面包的高度
掌心里的痣在翻滚
孩子在远方来电
妈妈跑快点跑快点
拉长在流水线发电
同事们动作放快点再快点
速度再快也够不着
孩子索吻的小脸
速度再快也看不着
油菜花开的故乡

到达车间
有很多种形式
在阅读中向前是其中之一
好日子如诗　15分钟一碗汤
打个饱嗝回到工位
伸个懒腰开始工作
只为责任而舒展眉间的一颗红心
诗歌在两侧轮番轰炸
绿色草原在耳畔边飞越
只需展开一回想象力
就能够得着一篇诗歌的幅度
内心里的笔在打滚
灵感在上空来电
厂妹写下来写下来
厕所内记录闪电
厂妹写出来写出来
速度再快也赶不上
一颗螺丝的发号施令
速度再快也追不上
一转眼就堆货的长拉

隔条拉的工友
相隔并不远
全球通的普通话拉近距离
好日子如梦　7小时内
用方言呼唤小山村的母亲
转过身板回到现实
吃过馒头走进车间

把乡愁挤进潘多拉的盒子
寄存在铁架床的上铺
一件把黑夜变成白天的工衣
只需扛着一麻袋理想
就能够得着一轮圆圆的明月
大龙华的光在闪耀
风火轮在流水线竞技
厂妹加速度呀呵嗨
新 order 在海岸线吆喝
靓妹加速度呀呵嗨
速度再快也比不上
中港牌货车的催货声
速度再快也跟不上
办公室文员用电脑计算工资的键盘声

我喜欢把一轮圆月
上传到 QQ 空间
将她添加进收藏
好日子如家　365 天
手心缠着工位转动
手背绕着文学驱动
只为理想而舒展心间的一颗红心
楼盘在两边打开幸福门
闪光灯在书房打量着读书人
只需迈开一个脚印
就能够得着一个梦想的高度
掌心里的痣在跳跃
日子纤柔用力过猛会闪了老腰

老姐姐你慢点你慢点
新进员工跟不上老员工
老姐姐你等等我你等等我
新来同事复读我昨天的口头禅
速度放慢才够得着
窗外沸腾的阳光
速度放慢才看得见
室内奔腾的马达

(《羊台山》第 36 期)

刘炜的诗（2首）

横岭五区的那轮月亮

我在横岭五区，看到的那轮月亮
就是李白的那轮月亮
与你在许多地方
看到的月亮，是同一轮月亮
我只有这样想着的时候
龙华，才不再孤单
民治，也不再孤单
只有横岭五区的孤单
像深夜的公交站台
越来越重，窗口飘过的女鬼
脚步，比月亮还轻
像跃过屋顶的猫

民治天虹左边的炸酱面摊
五块钱一碗的炸酱面
我吃了半年，不好吃也不难吃
就是图个方便
就像我在民治的梦
与现实，始终没有拌好

悦湖商场楼上的泡脚房

作为一个有信仰的人
我从未对悦湖商场楼上的泡脚房
有过非分之想
一是不想被菩萨责怪
二是不想影响汗水与人民币的信任
我一直认为善良与邪恶
就像是一盆鸳鸯火锅
谁淹没谁,都只是一念之差

深圳北站

从深圳北站上高铁
到上海,再转开往苏北的大巴
就到大丰的家了
这看似简单的行程
却总是被莫名的念头耽搁
衣锦还乡,是心设置的距离
高铁与大巴都无法抵达
人在异乡
我时常用右手模拟火车
左手,模拟故乡
在肋骨上,反反复复地
往返,有时甚至想一根手指
代表一列火车
除夕之夜,让右手的五列火车
同时,抵达左手的故乡

(《羊台山》第 36 期)

朱巧玲的诗（2首）

镜子

镜子里有一条河流，金色的
若有若无，仿佛大提琴里出的
空。镜子里，火车急速驶去
灰霾加速而来
谁还保留清澈的一滴？
谁内心的荒原，还在像花一样开放？
我对自己的发现，是一再而再的
迷途，是异想天开的
天真，是诗句中闪烁其词的虚无
可是，亲爱，我在镜中看到了你
那张布满山水和风声鹤唳的脸
你的写作，是一道闪电，一座秘而不宣的宫殿
是一片海，让那条若有若无的河流
最终有了归属
此时，镜中又多了一份如雪的愁
一段形而上的旅程
你是否会陪我走上这一段
就像劫后余生
走在那种长长的甬道

闪电

 黑夜。一只虎在云中呜咽
 海水低垂,铁轨蜿蜒进入森林,一团团朦胧的影!
 风吹落花瓣,有谁还在千回百转
 徘徊?还是沉在扉页不肯醒来
 檐上的燕子,发出一声呢喃,又坠入了梦境
 一道闪电
 在天空中画着曲线,由浅入深,仿佛一支笔
 "画着惊叹,画着悲欣交集"
 ——可惜我没有精湛的手艺
 为你描摹流水般的深圳时光
 在黑暗中,我仅看见一双瞳孔,幽深一样的井!
 你是否来过?
 "滴着水,淌着金子一样的光"
 我听到虎啸已冲破云层
 那闪电的幸福即将如暴雨倾泻

(《羊台山》第 37 期)

张华的诗（2首）

走吧

你知道的，雨从天明前就开始下了
四摄氏度，呵气成霜
你戴上耳塞
用音乐隔开行人、树和大街
脚步再放慢一点
听完第八首歌，正好到达目的地
这一切你已了然于心，并渐渐生厌
那些花花绿绿的样品寂静无声
它们都冬眠了吧
而你相信了古老的寓言
驿马星动，你说
脚趾头都在想着出走，想着探寻春天

回乡的路如此漫长

为了早一步，再早一步抵达
我在清晨的雨中出发

城市渐行渐远
在三万英尺的高空上

阳光穿透云层
照亮了两千公里外的故乡

从清晨到黄昏
从一段高速路到另一段高速路
数着心跳，丈量归途

一垄垄翠竹掩映在苍松里
成片的芦苇在风中飘荡
斑鸠从林间惊飞
白鹤安然地停驻在田埂上……

那个春暖花开的地方越来越近了
一颗易感的心
掩在车窗外苍莽的暮色后
悄悄碎了好几回

(《羊台山》第37期)

邬霞的诗（4首）

舞

走入跳舞的人群，
随着音乐的节奏，
我挑战身体的柔韧性，慢慢增加了难度，
直到大汗淋漓，每一个毛孔都舒展开来，
身心荡漾在一片欢乐的海洋中；
为了年轻人的青春活力，
为了跳舞这好天赋而感谢上苍……
正这时我突然听见轮椅滚动的声音，
一个漂亮女孩的眼里装满了渴求。

安静下来的时光

我端坐城市一隅。沉静。低头。
和一堆寂寞的书窃窃私语
流水无声，风过无痕。日复一日
安静的时光是最美好的时光
深深的思念是最动人的旋律

背靠沙发。一滴水在无声无息中苍老
与我并无关系。一个人在静谧中飞翔

或者享受孤独。身心的投入逐渐变得
真实,以为自己真的在与书对话,
让人极力想从书本里,找到属于自己的
隐秘气质。

生命之花

多病缠身的爸爸身体
似被掏空了
黄桷兰的香从小就种植在他心里
在异乡与它不期而遇
像与初恋情人重逢
他天天缠着妈妈给他摘花
妈妈踮起脚尖拼命拉树枝
或用伞钩
还专门带凳子去
有时经过树下
妈妈看见一朵也会摘下来
早上去批发市场买菜也不忘摘几朵
爸爸看到它们总是两眼放光
提起摘花　浑身就像充了气的气球
那次摘了许多花
他一次性拿线串了五朵挂在胸前
有的放冰箱里保鲜
有的放厕所里除味
他说这是他的生命之花
他的命

合欢树

爸爸是树干
妈妈是树枝
孩子是树叶
在树干和树枝的养分下
树叶一天比一天葱绿
它们簇拥在一起
直指天空
风吹雨打　电闪雷劈
多疼也疼不到心里去
在阳光下　它们翩然起舞
鸟儿们来栖息时也流露出羡慕

有一天树干遇上了虫子
树枝和树叶在风中颤抖
它们惧怕外来入侵者
可它们从未放弃挣扎
死也要拥抱在一起

(《羊台山》第37期)

唐诗的诗（2 首）

便利帖

  公司的前台文员
  天天和便利帖打交道
  厂商来催款要说老板不在
  客户来了递烟倒茶笑脸相迎
  下班后替老板娘去接孩子

  总务不在上司让她去买文具
  人事不在上司让她去招工
  车间工人不够用又让她去焊线路板
  我不知道他的情人不在时会让她做些什么

  昨天清晨
  她举起一枚便利帖
  如一道闪电
  衣襟潮湿了很久很久

怕光

  天亮之前事物糊涂
  一张饱满的脸，小范围碰触

包括多个崭新的部件,和一些
不规则的个体
美得刚刚好

我们从不约在白天的任何地方
你说阳光下看得见尘埃萦绕,整个肉体
不如避光生长

(《羊台山》第 37 期)

不亦的诗（4首）

春节诗

我认识会下雪的云，如你知道
一种记忆的配方，如何煎熬，解节日的毒

我记得水田结冰时，麻雀不会飞远
解开水车的喉咙，小溪像换了牙的儿歌

那时候，缝纫机是母亲的湘黔铁路，为我缝制
狗毛领子的新棉衣，口袋里藏着大白兔，等父亲的敲门声

我信任所有赶夜路的人，如你知道，睡眠是最深的爱
不得不相信，这似箭的高速公路已切开了地球的重心

而雪人的儿子，还在玩电子游戏，他不认识将下雪的云
只记得一只大公鸡，追着他叫，直到他哭喊如点燃了鞭炮

乡下拜年

就在高速公路的一边，
初犁的黑泥翻出了内脏，
大块地喘息着；经过年前的寒冻

稻茬的根须变得苍白而坚硬，
等待雨水，再次将它们消化。
"天气真好哟，太阳也出来拜年了。"

一只花喜鹊在空荡荡的梨树上跳跃
终于落下，几座坟，红色的爆竹纸屑，
它啄食祭品，警觉的翘尾在不虔诚地磕头，
我们走近，也不离开，似乎知道我手中的砍刀
目标只是旁边菜地的卷心白，我感到失望而欢喜。
不远的远处在烧荒，浓烟里有辣味，飘得越远而越近。

洗掉泥土，手上仍有芹菜和葱蒜的苗香渐渐，
我反复嗅闻，让它们进入酸软的记忆，但不能确定
同学的老父亲所说的二十多年前我来访的模样没变
是不是对我儿子说的，矜持的少年，不矜持地沉默着。
也许遗忘才是最美的记忆，想起来的空白，填满眼前风情：
即使流水影浅，小桥虹瘦；即使油菜花只能开在幻想的风中；
即使不劝酒也已醉；即使回去的路仍需导航仪定位，再聚无期——
但如果时光可以重来，我愿从此开始，不退也不进，只如山。

开始

含苞欲放的黎明，我发现，它里面是黑的
不是因为眼睛，也不是茫然，失望或希望
想听到的无声

不是太阳,尽管太阳已经升起——
很快,几乎来不及醒,我又被注定——
神的一天重新开始

因此

因此我走进光里,像落叶回返枝头
再落一次,落向多刺的语言,陌生时间
遇见不同而同的另一个自己,该如何重叠?

过去给我未来,而未来还给我现在
我是否该相信,每过一天,就能偷生一年?

(《羊台山》第 38 期)

黄国焕的诗(4首)

蝴蝶记

一只蝴蝶在枯枝上眺望
或许还有蚂蚁,以及更小的生命
它们在海岸边寻找阳光
石头长出暖色彩
涛声被半边阴影吞噬
借助风力,蝴蝶升起
远处岛屿如虎口
生命的奥秘自我撕裂
心潮在蓝色摇篮中轻摆
浪打身湿或翩翩坠落
那些虚拟的线条永不闭合
这很残酷,也是必然
有时候,一句未说出的话
会在内心扭曲、折叠
逼出一些类似疼痛的感觉
一道阳光突然砍下
蝴蝶颤动,再次升起
在旋风中一分为二
在暴雨中编排一场舞蹈
这是生命致敬的仪式
也是最后的魔术表演

高脚杯

你看,这一只高脚杯
如果没有红酒在其中回荡
它就空空如也

有时我们对它久久凝视
似乎产生了一种潜在的饥饿

我们太熟悉这样的情景
一个漂亮姑娘,意犹未尽匆忙离席
她似乎曾回头,向我们打开
一个秘密花园的入口
但没人起身。之后,我们继续喝酒

有那么一瞬间
我们自以为生来熟悉的事物
突然陌生。仔细辨认
它甚至会露出狰狞的面目
唉,那些坚不可摧的城堡
居然在暮霭中不堪一击

忧伤是难免的。我们回到了原位
杯酒平静,影子清晰
那些话唠不说话了
那些牛逼的人也有了悲伤

坚强男人相拥而泣

你看，这一只高脚杯
一次次将我们击碎
又一次次，将我们重构

在春天：雨花西餐厅记事

轻音乐催开桃花朵朵
红晕放大，不可避免地
一些秘密会越过高脚杯
以更抽象的方式回到自身
桃花仍是桃花，惨白或燃烧
意识深处的无数次幻想
随雨成水，流向记忆悬崖
虚构和现实频繁切换
清脆声响一次次提醒危险
你曾为此欣喜或悲伤
为此刻及其不偏不倚的偶然性
压低雨水中抽搐的火焰
春天已然来临，大地微微旋转
说 byebye 时来个浅浅的拥抱
没关系，路上积水不多
浑浊的镜像照不出虚空此在
一滴雨水在眼角停留
它马上就要滑落了
你会在转弯处回头吗

像在餐厅里谈到诗歌一样
一个隐喻带来的巨大转折
生发出一场蒙蒙细雨
在春天，所有柔软的事物
都应该拥有诗意的名字
就像这雨中怒放的桃花
你的娇羞，只那么一抹轻红
就让我陷入无边沉默

安静如斯

如果就这样端坐于前
所见沉寂，了无诗意可言
桌面绿藤旧叶留尘
身旁晃影无声
若逝水，可感而无痕
仿若岭南之春，岁已更替
大地新景迟迟不来
两只流浪狗快乐于寥落庭院
枯叶飞向地球发梢
寒风将其吹成狼狈之状
亦有蹁跹之美

起身走向窗口
摇颈动腰或闭目凝神
在呼气与吸气之间
刀光剑影戛然歇息

高山流水，暮霭氤氲
不见艳阳当空照
但有知音自远方携雅兴而来

山林葱郁如常
为何今日久久眺望？
无意争春，山顶木棉
你数出了整整十棵
细雨无声，基督教堂轮廓空蒙
你看见了尖顶清晰的十字架
物之界限明晰澄明
目之所及，安静如斯

（《羊台山》第 38 期）

姜二嫚的诗（1首）

夜行列车

晚上
列车走在湖北
虽然车里的电灯熄灭了
但是外面的风景没有熄灭
外面的雨
外面的灯火
外面的河流
都跟我打招呼
它们不像我们家外面的风景
好几年都不更换
所以我喜欢旅游
我有点睡不着
我跟别人不一样
再说我也想妈妈和小白了
还有我的两只兔子
（注：写诗时作者9岁）

（《羊台山》第39期）

姜馨贺的诗（1首）

天黑了

天黑了
长庚星亮了

河边的小树林黑了
河面亮了

山黑了
萤火虫亮了

学校黑了
满街的孩子们亮了

小区的院子黑了
家和晚饭亮了

深夜22点
中心书城黑了
路边拉二胡
唱豫剧
双目失明的

老爷爷

亮了

（注：写诗时作者 12 岁）

（《羊台山》第 39 期）

人与诗歌的双向"拯救"
——"羊台山·诗版图"读记

◎周思明

浏览"羊台山·诗版图",很自然地,让我联想到了羊台山——也许是缘分吧,2013年我举家从深圳福田迁徙至龙华羊台山麓,这里远离闹市,自然质朴,虽然算不得景色迷人,倒也空气清新,叫人气定心闲。东晋末期南朝宋初期诗人、文学家、辞赋家、散文家陶渊明诗曰:"结庐在人境,而无车马喧。问君何能尔?心远地自偏。采菊东篱下,悠然见南山。山气日夕佳,飞鸟相与还。此中有真意,欲辨已忘言。"确能表达笔者心情。有次携家人去羊台山游玩,无意间瞥见"中国文化名人大营救纪念碑",记述抗战时期邹韬奋、茅盾、梅兰芳、夏衍、何香凝等八百余位文化名人,躲避日军搜捕从敌占区香港逃离后,正是在这里安营扎寨,然后跋涉千里,奔赴大后方。那次大营救,为中华民族、为新中国保存了一大批文化精英,在中国革命历史上具有重大的意义,被茅盾称之为"抗战以来最伟大的抢救工作"。

深圳作为一座青春城市,具有诗歌生长的天然土壤。然而吊诡的是,美丽的诗歌女神相较于音乐、文学、影视、摄影等艺术门类,却一直处于边缘状态,没有引起相关方面和社会公众的重视,处于自发无序的生长势态。究其原因,与这一文学样式本身匮乏商业价值和现在人们急功近利的焦虑心态相关。音乐、文学、影视、摄影容易产生经济效应,有其明显的功利性,自然容易得到各方面的"关爱",而诗歌注重人心灵的提升,一时半会很难看到现实功利性,不能成为文化产业,拉动不了GDP这辆沉重的经济战车,所以企望这只"丑小鸭"受到社会公众和有关方面的关注，似乎有些天真。但近年有媒体向社会发出"诗人在哪里"的调查问卷，调查结果发人深省也令人欣慰：六成受访者认为"诗歌依然重要"，"富裕未必就会带来幸福，而诗意总是伴随美妙与快乐"，"没有面包，难熬今天；没有诗，我们将失去远方"。可见，诗歌对一个城市有多么重要，尤其对压力山大、累觉不爱的现代化大都市，更具有终极关怀的意味。现在的问题是，"诗歌离现实十分遥远"（帕斯）。有鉴于此，由《羊台山》杂志范明、李邵平、孙夜、徐东等人策划主编的"羊台山·诗版图"，某种意义上，就是一场人与诗歌相互间的"营救"——没错，荟萃于此的诗人们，在商业主义气氛甚嚣尘上的时代，以他们对于文化、对于文学、对于诗歌的无限挚爱，营救了诗歌这一类似大熊猫一般的濒危珍稀品种，而诗歌也以自己的独特升华、滋养、抚慰功能，营救了一大群热爱她的作家、诗人和写作者，用一个时髦词表达，这叫"共赢"。

值得欣赏的是，自从呱呱落地之日起，《羊台山》文学杂志就秉承"海纳百川，有容乃大"的理念，坚持自己的文化理想，着力营造诗意氛围，陆续举办、承办了"羊台山"杯全国诗歌大赛、"诗人之夜""诗歌人间""诗歌龙华""羊台山青春诗会"等诗歌活动，呈现出"文韶大浪、诗涌羊台"的文学景观。2011年，《羊台山》"诗版图"栏目应运而生，它从深圳出发，放眼珠三角，每期推介4位深圳诗人的实力诗作，并配评论，从第20期开始至今，陆续发表了60余位诗人的诗歌作品共100余篇。这些诗人们吟诵着时代，表达着心声，以新锐诗人的高度与宽度激情洋溢，为心灵写作，为人民放歌，向时代致敬。

打开《羊台山》"诗版图"，但见诗人队伍高擎诗歌大旗浩浩荡荡结队而来：王熙远、孙夜、唐成茂、赵目珍、李春俊、刘虹、廖令鹏、郭金牛、徐东、谢湘南、郭海鸿、叶耳、唐诗、张型锋、阿翔、温经天、魏先和、程鹏、李双鱼、樊子、阿北、萧相风、邬霞、蒋志武、不亦、王顺健、骚风、朱巧玲、吕布布、憩园、王长敏、谢亚凡、楚中剑、吴依薇、晋东南、崔绵、子建……《羊台山》麾下的诗人们，平均年龄很年轻，正是血气方刚、有着强烈诉说排解欲望的时段，这与深圳这个充满青春激情特质的城市特征也颇相契合。整体上看，《羊台山》"诗版图"的诗作对汉诗传统有着自觉的承接和发展，所收入的作品具有鲜明的艺术个性。不少诗人在整体的浓郁的情感氛围中，巧妙地包容了本真的身世感，经验细节，潜意识冲涌，生命记忆，乃至自我盘诘与争辩，诗人们的语言天赋——冷静的词语塑型与控制能力，和对诗意空间的结构能力，值得注意。其中不少抒情诗还成功地挽留了现代"智性诗歌"的有益成分，运用曲折复杂的现代修辞技艺，以及对生命体验的多方面吟述，避开了以往抒情诗中由于滥情易感，缺乏本真细节经验，意义畛域，从而使诗情最后被蒸发掉的险境。这些饱满、具体而鲜润的诗歌，让我们看到了一个有魅力的本土诗人群体对生存、生命、母语的虔敬和深富原创精神的命名。

王熙远的诗，具有显然的乡土情怀，其诗风朴实厚重，语言平中见奇，意象简洁生动，抒情与叙事并重。孙夜是深圳诗歌界的一员宿将，他把绚丽多彩的内心融入诗的世界，恣意挥毫、任意点缀，用诗打造了一座座生活的雕像。唐成茂的诗歌不晦暗，也不玩语言魔术，他的诗歌多抒写故乡，具有自然朴素之美。袁叙田的《羊台山印象（组诗）》视野开阔，想象丰富，对现实世界及自身的观察、思索颇为深入，带着智性色彩。吴小林的《龙华诗三首》抒写爱情、亲情，诗句简约朴素，有较强的叙事性。吴春丽《我在龙华做普工》，对普工的工作、生活进行写实性描摹，口语的大量运用、歌曲式的段落回还、递进、照应，使整首诗非常适合朗诵与歌唱。刘炜的《民治（组诗）》摄取世俗化意象，连"月亮"都被加上"横岭五区"的前置，涂上人间烟火气息。这些平淡的日常剪影，构成了平凡、灰暗、压抑，却也不乏温暖，抵达了诗歌的高度。依尔福在中西方语言的相互渗透、过滤、提纯方面，创造了更多的可能和结晶。梁庄擅长叙事，短诗《永逝》，短短八行，蛇冰凉的属性似乎暗喻了死亡。拜星月慢的《无法停止一种疼痛》，让疼痛通过内心的细微体验，不断展开揭示和质问。正是在这种生气勃勃的影像和沉郁压抑的情绪之间所构成的巨大张力，给人以近乎窒息的震撼。

　　徐东的诗，简短深刻，耐人寻味，带给我们美的想象。郭金牛的诗，文字深谋远虑，深藏不露，诉说无数关于爱和忧伤的细节和情理，充满艺术的张力和感染力。阿翔和温经天的诗歌，给阅读者和阐释者制造了不小的难题。然而也正因为此，使得批评者反而可在其文本中推理想象。温经天的《老梧桐》是一个隐喻。不亦的诗，《清明》写得精致，与大多数人写清明必写如何的追思故人如何的深切怀念不同，不亦写的是活生生又不乏幽默的人，"但不好送你花，今天是清明"，原本撞车事故的不快，顿时一笑而泯。如果说廖令鹏的诗作具有睿智和言志特征，那陈少华的诗歌就是现实的观照，王成友的诗歌则是灵魂的言说，是对亲情、乡情、梦想的呼唤，《草帽》这首诗歌，抒发一种遥远而深刻的记忆，一种生活的象征，因为那里编织着父亲的青春。郭海鸿《劝说》和《道路两旁》这两首小诗，保持强烈的现场感，充满了现代性味道。柴画的诗歌也是如此，故乡是其重要的书写对象，也是他挥之不去的乡愁。温木楼的诗歌，有风雨的浸染，有思想的气质。更多的是对所生活的城市的记忆和扩展。80后女诗人吴依薇的诗歌具明显女性风格，但给读者的冲击力并不弱。楚中剑的诗歌抒情意味浓厚，语言也较直白，不拘一格。谢亚凡的诗歌看似写风景或写自己，实际都是在写自己，一如古人言："一切景语皆情语"。太阿的诗歌实力较强，无论从写作手法、语言风格、意象塑造等，都达到了相当的水准。

魏先和的《秋天怀乡》表达了一种朴素的情感。故乡的风、父亲的咳嗽、堂屋的纸灯笼、儿时伙伴、老井、邻家小妹，依稀的场景纷至沓来，忽明忽暗，让诗人心有戚戚。王长敏的诗，则体现一种对语言边界探索的努力，表达对生活，对生命的尖锐叩问。艾桦的诗趋于理智，能窥见传统与现代的结合。阿北在《流塘·小事件》诗集中，写出租屋、房东、工业区、拾荒者、摊贩……各种与深圳紧密相关的符号鱼贯而出，在抑郁之处总能读出柔软，以及真诚。读萧相风诗歌，能让人体味到漂泊的沉静和在钢筋混凝土压迫下的对现实生活的反思。崔绵的诗，能将生活中最不容易察觉的内心变化巧妙地嫁接在人们耳熟能详的事物上，开出可圈可点的花朵。逸冰诗歌节奏较慢，随着这种平静的深入，"慢"演变成"轻"，像冰层下水的流动，隔着一层虚无的镜子，思想的雪融化，镜像也越发明彻。李双鱼"诗语言的虫洞技术使我们瞬间抵达了另一个世界、另一副身体。在说明世间万物的方式中，诗歌正是语言方面的虫洞，擅长于带领我们穿越复杂的说明和推理去抵达虚无缥缈的提问"。辚啸的《那个人》《大雪》二首，体制虽短小，却显得隐晦。骚风的《城里的月亮》写了对远古江湖、楚国山河的怀想。他的诗具有哲学的意味。《你看到的或听到的不是真的》《群体与个体》写出都市人与生活的隔膜、人的精神游离。居一的诗，有孩童之真……

阅读"羊台山·诗版图"，让我想到俄罗斯诗人曼捷斯塔姆来。诗人在其《论交谈》一文中说："诗人与谁交谈？一个痛苦的，也是永远现代的问题。"的确，这位著名诗人所说的"诗人与谁交谈"的"问题"是其写作的基础和重要动力，在我看来，《羊台山》"诗版图"的诗人们对于俄罗斯诗人曼捷斯塔姆对"问题"与交谈对象的强调，是深有共鸣的。可以说，问题意识、公众诉求是文学诗歌不可忽视的重要元素。我们生活在资讯膨胀、沟通便利的多媒体信息时代，但吊诡的是，这又是一个内心封闭，彼此客气而隔绝的"陌生人社会"、个体原子化社会。对许多诗人来说，既然彼此置身"个体原子化"中，诗歌就围绕"个我表达"好了。而我以为，正因如此，诗人更需要重新考虑如何使我们的诗歌在公共空间和个人生活空间中开阔地、纵深地穿逐，而不应过度自恋于私人化叙述中的狭隘的"我"。否则，就会日益减缩诗歌的能量，使诗歌失去视野，减少文化推进力，甚至还影响到它的语言想象力、摩擦力、推进力的强度。我这样说，并不意味着我在提倡宏观地处置历史，而是希望才华卓著的诗人们"紧紧抓住个人生活观感的某些瞬间，机敏地闪进历史生存境况，以一个小吟述点，自然而然地拎出更博大的生存情境。今天，有活力、有效的诗歌，应在对个体经验的剖露中，表现出一种在偶然的、细节的、叙述性段落和某种整体的、有机的、历史性引申之间构成的双重视野"。（陈超：《开阔深邃的"个人史"》）阅读这些名以"深圳诗人展"的新诗，从一个侧面印证了一个观点：诗人应当也可以将"个人史"引向深邃和开阔。

审视"羊台山·诗版图"中本土诗人的写作状态，我相信，当对今后深圳乃至当代文学的诗歌创作给予有益启迪和有效推进。诗人博斯凯说过，作为诗人个体无疑要追求有分量的"一"，但不要忘了——"成为一，是自知责任重大"。歌德也认为："健康的努力，借助于从内心迈向外部世界。"文学先哲们希望，诗人们在诗写实践中应该自觉地在个人话语与历史话语，个人化的形式技艺、思想起源和宽大的生存关怀、文化关怀之间，建立一种深入的彼此激活的能动关系；在真切的个人生活和具体历史语境的真实性之间达成同步话语表达，最终提取出在细节的、匿名的个人经验中所隐藏着的更开阔深邃的精神品质。事实上，当代诗坛也好，深圳本土诗坛也罢，不能说没有好诗出现，但个别以娱乐为诉求甚至立志让人读不懂的自我封闭诗写主张及相关作品，是匮乏人道主义精神的。这些诗人诗作，多少忽略了善和爱，对人的生存、权利、尊严、价值，人的自由、幸福和发展，对自由、平等、博爱、和平、宽容、同情等伦理思想和思想体系是麻木的、无知的。一个好的诗人，既不能一味放大作者本人的趣味，也不能只让人听自己的声音。他（她）应该多方养炼自己的人生洞察力，并珍视自己的"艺术初感"，以便能融入作品的内里，对艺术进行形而上的追索，对作品产生"化学反应"。诗人要既能"向内转"，聚焦文本、文体与艺术性，作鞭辟入里的开掘；又能"向外翻"，有宏观的视野，找得到创作的激情情与灵感，若再能通晓界内的现状和全球性的艺术思潮，就更加的好。对照这些条件严格要求，我们的不少本土诗人还有比较明显的差距。有的作者缺乏上述内外的养炼与积累，虽然写了不少东西，其实套用在哪个作品身上都可以。一旦隐去姓名，人们根本看不出是他（她）在写。他们常常什么都写到了，就是没写出作品的个性和深度。从这个意义上说，当下诗歌的失落固然有大环境的原因，但诗人自身的原因，也不能回避。今天的公众早已不满足于以旁观者的身份接近诗歌，他们需要通过欣赏，让诗歌的美与自己的情感世界关联。是否具备直接或间接的关联，几乎是诗歌作品能不能获得场外生命的关键。诗歌，应该具有小我与大我糅合的崇高、悲剧精神；将时代情绪、民族传统与西方文化影响同诗人个人气质的完美契合起来。诗人，不能把目光仅仅投射于自我内心的情怀感受之上，而要放开眼光，关注到更为广袤的土地，让自我忧愁与民族苦难相结合，以现实主义和浪漫主义为主调，杂糅现代主义、象征主义等多元艺术方法，创作出具有深沉、激越、奔放的书写"中国经验"的现代新诗来。

　　拜读"羊台山·诗版图"，让我想到这样一个"常道"：诗歌写作，其实也包括整个文学写作，说到底是一种关乎人性和情感的艺术，所谓"阅尽人间千般事，好诗不过是人情"。此处的人情，在我看来，可以理解为"人性和情感"的集合体。好诗的价值和魅力告诉我们，无论写什么、如何写，都是特定时代特定民族特定人群共通的社会心理、价值观念和审美理想的体现，都是反映人民群众的喜怒哀乐的。中国文学、中国诗歌形式探索的丰富性、广泛性和借鉴他者的勇气，在近30年多年里得到最大程度的释放。但是，也许有些搞文学写作的人并不明白，文学本身、诗歌本身还远不止技巧、语言、结构、形式等元素，它还有更重要的东西，那就是文学精神、诗性灵魂。也就是说，文学是有魂魄的，诗歌也是有魂魄的，这个魂魄不仅仅是形式，更重要的是精神。何为文学精神，何为诗性灵魂？简单说就是真善美的统一。做到真善美并不简单，要与假恶丑进行对抗。我们的生活、我们的时代，其实并不像我们耳熟能详的那样，有些真相、有些真理始终是被遮蔽着的。如同鲁迅杂文《立意》所述，求真、说出真相是要得罪人的。求善，是对人类合理生存方式、和谐生活状态的不断追问，但同时也意味着对恶的反抗，其本身充满着"想要说"和"不准说"的尖锐矛盾与鲜明对立。求美，是对人类美好情感，或者是对人类生存终极意义的展开，这个过程也相当地艰难。今天，我们为什么要在"羊台山"讨论诗歌？我想，这不是一个简单的诗人聚会、文学沙龙，而是要让诗人们觉悟到这样一个问题：我们为什么写诗，写诗给谁看，他们看了以后能够起到什么作用？换言之，当我们谈论新世纪的诗歌写作的时候，我们其实是在谈论一种人文精神、审美精神、存在精神；不强调这一点，诗歌写得再精巧、再隐蔽、再高妙，恐怕也不会有多大影响力。

"羊台山·诗版图"的实践，呈现了这样一个启迪：写诗的意义不在于诗歌艺术本身，而在于提醒人们，我们每个人都是汉语的载体，我们应该用优美的汉语去丰富自己的人生，去赢得广阔的世界。中国文艺美学理论的开山鼻祖刘勰在其著名的《文心雕龙》中，引用"大舜云'诗言志，歌永言'"，此乃最古老也最权威的诗歌定义。用今天话语表述，志即心志、情志，总和着诗家的七情六欲和思想理念；歌则是声乐感知、形态造诣、观赏美学相互作用之艺术。所以，诗可以理解为灵魂交流的工具，它有两个基本特质，一是思想的窗户，另一是艺术的魔方。少了思想，诗则肤浅；没了艺术，断不成诗。检视新世纪诗坛，"梨花体""羊羔体""口水诗"……诗自由到了无法无天的地步，诗歌也同其他一些门类的艺术一样，流于去艺术化、去价值化、去主流化、去历史化的倾向，难怪诗歌最后走到了边缘化。但其实诗歌的风格、走向是呈多元化的，比如我读"羊台山·诗版图"上的新诗，就没有矫情、颓废、随便、口水的感觉。这些诗写得真诚、温暖、悲悯、深情。这些诗之所以可读、可感、可记、可忆，原因无它，就是因为不仅有思想性，也有艺术性，还有个"我"在；是一种"有思想的艺术"或"有艺术的思想"之呈现。孔子曰："不学诗，无以言。"这句话的深度阐释应该是，不要求所有的人都成为诗人，都一定要会写诗；但这并不等于说，我们不需要诗意的熏陶。恰恰相反，我们每一个人心中，一定要有这样的诗情垫底，一定要有"诗意地栖居"的美好情愫和人文诚意。此者，恰如现代京剧《红灯记》中李玉和的一句台词："有这碗酒垫底，什么样的酒，全能对付！"是的，有了优美的诗歌、温暖的诗意垫底，什么样的风刀霜剑、困苦艰辛，咱们不能应对呢？

《羊台山》十年总目录

第一期

创刊词
阳光·绿野·生命
——写在《羊台山》创刊之际/李勇

关注
有寄托，斯有境界，始成高格/周松芳

论坛
关注打工群体的文化权益/杨宏海
小说该在哪里驻足/南翔

阅读
海上世界/吴君
日光下并无新事/徐东
纸船/卫鸦

文坊
空手白狼/凌春杰
清水河边的裙豆/叶耳

交换/那时花开

随缘
桂香园/郭建勋

品味
食物链/柚子

海滩夜语/兰浅

视野
以热爱大地的名义/谢海生

笔谈
论戴斌的"深圳草根文学"/黄玉蓉

绿地
异国乡村散记/海雷

云南日记/朱赤

诗园
乌蒙山区的眼睛/北人

月光流向村庄（组诗）/李邵平

第二期

卷首语
回家的路/谢海生

关注

大正大刚存大意　大爱大美立大成
——北京首都师范大学教授、著名演讲家李燕杰
精彩演讲片断摘录

论坛

城市，谁的城市？我们需要什么样的城市／李子刚

笔谈

点燃一盏"希望的明灯"／章武
文学要成为"国民精神的火光"
——在广东省第七届鲁迅文艺奖颁奖大会上的发言／曹征路
笔墨从一个人的胸襟里来
——以散文写作为例／谢有顺
理想和现实的滞差／徐东

阅读

记北大中文系的几位先生／陈恒舒

文坊

湿地风流／王十月
不再疼痛的翅膀／千里烟

麻花

麻花／刘阿芳

随缘

有祖坟的地方叫故乡／戴斌
长寿镇／邓荔红

宋庄笔记三则/安石榴
竹的故事/熊正红

札记
《大国崛起》的启迪/曹宇昕
都在整长篇/徐一行

乡土
羊台山狗肉/廖虹雷
一对金鸡的传说/戴福才

绿地
行走的风景/宋瑞

诗林
深圳城边/李春俊
韵一样的羊台（外一首）/艾桦
我们/宋瑞/胡少卿

杂志
关于杂志——编辑手记/范明

封二：乡村情歌之喜悦月夜/版画/罗向冰、文/李邵平
封三：乡村情歌之绸缎似的村庄/版画/罗向冰、文/李邵平

第三期

卷首语
山稔子/为民

论坛
现代化的误区:大马路/李子刚

笔谈
追问诗歌的精神来历/谢有顺
腹有气韵品自高/南翔
文体意识自觉与文体革命/汤奇云

视野
打工文学的未来流向/凌春杰

阅读
格列的天空/徐东
附:关于徐东西藏系列小说点评
海戒/王棵

文坊
忍不住想哭/童仝
阿静的爱情/谭秋红
生活的滋味(两篇)/秋妮

随缘
修安者说/安石榴

札记
茶与中国隐逸文人/知洵
身无彩凤双飞翼,心似流星照夜晨/梦杰红

乡土
观麒麟舞,说麒麟事/谢为民
羊台山下的三个把戏佬/戴福才

绿地
成都印象/苦旅

诗林
机台(外一首)/郑小琼
清明节你回乡祭祖/孙夜
主编手记/范明

第四期

卷首语
有容乃大
——写在《羊台山》杂志创刊一周年前/范明

散文
猫事/石舒清
一个人看海/兰浅
嗨,"深圳张叔"!/朱赤
虔贞学校就读记忆
——一篇新闻报道勾起的回忆/谢为民

诗歌
诗三首/梦也
每一位恋人都带走我一部分生命/谢湘南
用电子邮件发送一封秋天给你/萧萧

第五期

卷首语
感悟生活/李勇

小说
陨石/孙夜

散文
客家传统社会村落文化的现代启示
——以粤东围龙屋村为模型的思考/曾祥委
羊台山上的雕楼和山村/戴福才
印象·日本/朱赤

诗歌
中国节气：冬（六首）/吕宗林
别为我在这里等待/程学源

第六期

卷首语
幸福这个词/李春俊

论坛
办好《羊台山》杂志 倡导"新城市文学"/李勇
领悟人文情怀 畅想羊台文化/范明
大浪《羊台山》杂志创刊一周年印象与意义/汤奇云
此心安处是吾乡/赵建坤
《羊台山》创刊一周年研讨暨文学联谊会言论采撷

笔谈
自由而有重量的文体
——关于散文的随想/谢有顺

小说
编外爱人/刘静好
一个人的香山行/马季
小说六题/梦也
校园微型小说四题/萧明光

散文
鸟叫一两声(外一篇)/李敬泽
激情溅活的石头/熊育群

评论
底层需要关注的两面南翔

死亡诗社里的精神觉醒/广涛

乡土
追溯宝安七千年大历史/康少高
千年蚝乡/廖虹雷
永远忙碌的"吴大姐"
——原中共中央政治局候补委员、国务院副总理吴桂贤参观大浪服装基地侧记/朱赤

诗歌
好心人,我把孩子交给您/谢海生
铲雪是一种幸福/吕宗林

第七期

卷首语
原来,爱可以这样
——"5·12"汶川大地震感言/兰浅

笔谈
"底层文学"在新世纪的崛起
——在乌有之乡的演讲/李云雷

小说
麻花客石/舒清
山坡上的桑珠/徐东
小镇幽灵/盛慧
人日/申晨

散文

读城记/谢有顺

穿过玉米林/叶清河

又见雪飘过/李西乡

印在泥土上/游利华

秋色无边/震秀

印象印象/李全毅

长安北去千城在——延安古今散记/谢海生

黑夜中的白马——海子逝世十九周年祭/魏德勇

故乡别来无恙/唐冬眉 申晨 孙夜

乡土

黎明前的激战——"石凹反击战"始末朱赤/谢为民

追溯宝安七千年大历史(接上期)/康少高

诗歌

祈祷奇迹/郑小琼

我要找到你/绿蚂蚁

亲爱的,请记住/范明

睡吧,孩子/李邵平

一切——写在汶川地震四天后/谢亚凡

地震不可怕/张世明

与人民在一起/吕宗林

第八期

卷首语

每个人的星光/李松璋

笔谈

苦难的书写如何才能不失重?
——我看汶川大地震后的诗歌写作热潮/谢有顺
重塑散文的文学品质——熊育群答张国龙博士
网络类型小说拓宽新世纪文学之路/马季

小说

黑洞/孙夜
爱情双实线/徐行者
彩票/韩三省
红尘/曾楚桥

散文

铅华洗尽傲春秋/南翔
那雪一样洁白的栀子花/李娟
母亲的玉手镯/曾天逸
拐弯的夏天/刘鹏凯
我的文学路/徐东
一蓑烟雨任平生——读刘小川《品中国文人》之苏轼/兰浅
故乡别来无恙/唐冬眉 申晨 孙夜
笑语羊台山/戴福才
羊台山赋/孙豪

诗歌

四月的诗(组诗)/李春俊
诗三首/卢卫平
我想去那遥远的西藏/蔡仕伟

第九期

卷首语
大家平安/兰浅

笔谈
中国文化的当下处境——一次演讲/谢有顺
一鹤凌云，智性诗人的人本情怀
——世界著名华文诗人云鹤诗歌走势及作品解读/唐成茂
格格不入，或者短篇小说/李敬泽

小说
美发史/王棵
遍地忧伤/曾野
与爱情无关/杨秀英
三人一条狗/刘小冀

散文
甘棠，甘棠/项丽敏
亡姨逸事/李娟
墙与墙的爱情/袁满才
中北欧杂咏/南翔
穿上旗袍的残酷（外一篇）/走走

乡土
回望大浪
——深圳宝安大浪村村史摘录（之一）/石舒清
旧时大浪素描/谢为民

故乡别来无恙(接上期)/唐冬眉 申晨 孙夜

诗歌
坂雪岗以西/凌春杰
白玛诗歌小辑/白玛

第十期

卷首语
编织希望和记忆/兰浅

笔谈
中国当代文学的有与无/谢有顺
一个深圳土著的改革开放史
——评谢宏的长篇小说《深圳往事》/黄玉蓉
原生态的深圳记忆——关于《深圳往事》/李跃

小说
平安夜/徐则臣
三表叔/黄永健
脏子/云亮
夜空中的白云/徐东
我曾经来过/吴小林
腊月二十九/段作文

散文
想喝一杯葡萄酒(外一篇)/千里烟
阁楼上的小丫/项丽敏
姑娘吉西/张小菊

散文五篇/李西乡
乡下的房子和城里的房子/邓红荔
走回老屋/许小玲
大师远去——北大燕南园怀想/唐冬眉
漫读《西班牙旅行笔记》/曹宇昕

乡土
回望大浪——深圳宝安大浪村村史摘录（之二）/石舒清
深圳民俗文化（两篇）/廖虹雷

诗歌
素颜歌（节选）/梦亦非
向晚（外一首）/杨列

第十一期

卷首语
开拓自己的风景/赵朝龙

小说
穿越霸王谷/赵朝龙
家人三题/阳村
宠物/梦也
铁风筝/毕亮

笔谈
文人与书法/谢有顺
郑小琼：作为一个诗人的多重含义/李少君

散文
途中与你相见之西藏印象/买超
象牙塔之美/李旭强

乡土
回望大浪
——深圳宝安大浪村村史摘录（之三）/石舒清
清末民初深圳几位爱国名人/廖虹雷

评论
盛夏里的对话——文学创作二人谈/朱赤 李邵平

诗歌
羽微微诗五首/羽微微
春的希望（组诗）/小叶
珍藏——致友人/范小月
三月杏花/冷艳

第十二期

卷首语
坚持理想，执着追求
——写在《羊台山》创刊三周年之际/杨宏海

笔谈
经济危机下的文化机遇
——在岭南大讲堂上的演讲/谢有顺
不确定性中的苍茫叩问
——评曹征路的长篇小说《问苍茫》/孟繁华

小说
北京的金山上/张抗抗
满天星/唐成茂
爹的河卡/凌春杰
走失的桑朵/徐东

散文
青海之西，高原之上（组章）/李邵平
深爱你的忧伤/叶耳
烟桥艺雨洒观澜
——春日访陈烟桥故居/郭建勋
又晤螺溪钓艇/蒋冰之
那些山路/魏德勇
途中与你相见（2）/买超

乡土
回望大浪——深圳宝安大浪村村史摘录（之四）/石舒清
考察"黄氏宗祠"忆当年/戴福才
"麒麟师傅"/谢国庆 朱赤

诗歌
风吹过叶尖（组诗节选）/旻旻
沉默的石头（外一首）/余燕双
让一弯新月留住你的笑容（外一首）/张永伦

第十三期

卷首语
关于向日葵/范明

笔谈
《朗读者》给我们的启示/南翔

文坊
逃来逃去/方晓

巨象/甫跃辉

华强北/付关军

童年/庄昌平

芒花开了/陈再见

风流乞丐陈二胡/周家兵

芳草
莲花山的一天/李雨燕

父亲和棋/徐嘉

雨中情/路勇

姐姐/兰浅

去乡村看一场雪/田辉香

母亲，来生做我最美的女儿/黄季红

采访手记
回望大浪（五）/石舒清

札记
从"梁思成的眼泪"到"马未都的收藏"/朱赤

乡土
重阳节与爬山/廖虹雷

诗林
诗三首/胖荣
转身（外一首）/李晃
Ta情组诗/李小惠
草原情歌/刘永新
风水诗（外一首）/阿翔

艺苑
《读》（组照）/赖耕云 刘光
《宏大富丽的布达拉宫》/赖耕云

封面油画：《夜晚的咖啡馆》（局部）/梵高

第十四期

卷首语
生的美好/范明

笔谈
当代人文教育的忧思/谢有顺

文坊
百姓歌谣（上）/赵朝龙
石舒清小说二题/石舒清
我们能否相信爱情/厚圃

芳草
花鸟（外一篇）/梦也
低语/庞华坚
千芳一哭/买超
乡村启示录二则/周松芳
以艺术的名义活着/朱正安
我永远是你的眼睛/方元

札记
思考·纯洁（节选）/徐东

诗林
吴疆诗歌小辑/吴疆
孙夜诗四首/孙夜
花园里的蚂蚁（外一首）/张型锋
秋思/刘满衡
诗歌王国的公主/邹本忠
冷艳诗四首/冷艳

艺苑
绿色家园（李文）/封二
远方（李文）/封三

封面图：《现代梦境》系列之一

第十五期

卷首语
执着与热爱/范明

笔谈
让历史在细节中浮现/南翔

文坊
百姓歌谣（下）/赵朝龙
黑白照片里的母亲/卫鸦
中国红/钟二毛
过年消毒/买超
网络时代/孙豪

芳草
水村纪事/子建
故乡是开在心灵的花朵/陈孝荣
一诗双适，惟有心知/吴俊忠
春去春又回/刘庆芳
大浪星空/刘学伍

札记
我在玉树的日日夜夜/朱赤
羊台山赋/颜其麟
自然美景的绘画，革命精神的赞歌/叶幼明

诗林
兰浅的诗/兰浅
走不出的村庄（组诗）（节选）/程鹏
版画村/叶通
红玫瑰（外一首）/十鼓

艺苑
《世博掠影》之一/王小可 摄（封二）
《世博掠影》之二/王小可 摄（封三）

封面图：《现代梦境》系列之二

第十六期

卷首语
《羊台山》四岁了/南翔

笔谈
文学写作的五大关系/谢有顺
从日常出发，探寻爱与真相/钟二毛

文坊
爹的存款/凌春杰
诗人街/徐东
一句话的行程/李小雪
天梯/付关军
带着姆妈上学/彭亚华
温暖/王静静

芳草
边界（六章）/梦也

书余四章/王十月

亲亲我的故乡（四章）/周大强

诗林
无法命名的时代（组诗）/世宾

村庄真美（组诗）/马娜

散淡（组诗）/偶尔

谢湘南短诗选/谢湘南

列车里只有我一人奔跑（组诗节选）/阿北

天说黑就黑了（组诗节选）/张世明

鸣慧的诗/鸣慧

艺苑
《天路》（封二）/彭鸿杰 摄

《藏地江南》（封三）/彭鸿杰 摄

封面图：《现代梦境》系列之三

第十七期

卷首语
舍不得荒废的精神生活/范明

笔谈
山高峡深，奇观胜景无穷/于浴贤

深圳诗歌的让渡主义/唐成茂

文坊
礼物/毕亮
痒/郑小驴
债事/陈文芳
一亩西瓜/温海宇
温暖的季节/张娟
七寸/唐诗

芳草
三门岛之夜（外一篇）/西篱
短文三章/王廉运
不系之舟（外二篇）/望川
遥想我的祖先/王丽
城里的树（外三篇）/黄琼喻
那些瓜儿/王先佑

札记
城市留白（外一篇）/李全毅
幸福不等于多占/曹宇昕
用身心去体会先贤/李慧

诗林
这个世界，这些日子（组诗）/张守刚
垮不掉的桥/陈朴
火焰（外一首）/郑小琼
冬天就要来（外一首）/王亮庭
未完成的诗，2010年记忆/张尔
一棵表达的树（外一首）/彭俐辉
小调十阕/秀实
中午，小憩的搬运工（外一首）/谭清友

艺苑
全国第五届"群艺杯"
——中国人的面孔摄影艺术展览作品选登
《祈福》赖耕云（封二）
《汗珠》廖志洪
《熟手》潘鲜明（封三）
《胜券在握》/刘光

封面图：《现代梦境》系列之四

第十八期

卷首语
刊首语/格非
羊台山赋/颜其麟
羊台山一瞥/范明

2011·首届"羊台山"诗歌大赛获奖作品
一等奖：
城市的坐标——羊台山/陈再见
羊台山之约/王月华

二等奖：
羊台山诗札/吕艳
游羊台山记（节选）/萧相风
羊台山那串笛音/刘传东
寻韵羊台山（组诗）/侯加阳
诗意羊台山（组诗）/贾旭磊

三等奖：

羊台山印象（组诗）/蒋海洋

在城市的上空呼吸/李有明

羊台山里的声音/李文毅

春天的羊台山/虞晓翔

羊台山，我心中的山（组诗）/杨从彪

行走之旅/赵燕磊

我想做一羽羊台山雀（组诗）/钟生钦

大浪，诗歌里的生活片段/子建（深圳）

坐看羊台山（组诗）/陈于晓（浙江）

羊台山高高的山上是云（组诗）/王兴伟

优秀奖：

金克巴/杜凤雷/杜文瑜/李传军/李智强/陈忠龙/穆学仁/陆承/汪帆/黄秀芳/谢寿国/黄荣东/叶通/徐必常/王亚哲/孙庆丰/李民/赵洪亮/钱大全/丁济民/李文山/吕宗林/刘华明/王小荣/邱荣根/马云飞/张俊/王美英/王太勇/刘小雨/郭建贤/罗松生/施渊/曹志军/王万军/秦江波/王运用/孙豪/李剑飞/何小轩/杨超英/尹和亮/徐小明/吴基军/李江波/蒋志武/姜德生/周大强/魏鸣慧/艾华林

作品选登

在羊台山寻找夕阳的感觉（外二首）/赵朝龙

围着篝火的舞步（外一首）/周光宗

一滴露珠的光芒（组诗）（节选）/鲁绪刚

乡村音韵（节选）/王鹏

田野里还剩下最后一个人/陈亮

致沙漠（外一首）/刘京

潜回（外一首）/蔡交俊

人生（外一首）/葛云彩

农村/徐永春

老家（组诗）（节选）/路志宽
钢轧进了我的诗歌（组诗）/张永伦

深圳80后诗人诗歌方阵
陈诗哥/魏鸣慧/廖令鹏/李双鱼/张型锋/乙河/严正/胖荣/安连权/唐纳/黄浩/张培伟/程鹏/深圳红孩/钰涵/唐诗/子建/梁海洋/阿北/永州冰雨/艾华林/蒋逸冰/莞君/蒋志武/李倩/董喜阳/赖佛花/吕布布/陈再见

封面图：《现代梦境》系列之五
封二、三：第二届大浪摄影比赛金奖作品《春暖大浪》（三幅）摄影：陈奕光

第十九期

卷首语
生如夏花/范明

笔谈
金庸小说与文学的乌托邦精神/谢有顺

深圳作家
呼喊的哑巴/萧相风
变鬼记/陈再见
走不出去/程鹏
招聘儿子/李江波
清白/庄昌平
裂缝/夏子期
文学批评应该成为文学自我救赎的方式/汤奇云

文坊
港湾/走小月

芳草
往事与随想/梦也
后袁庄/温海宇
母亲（外一篇）/张华

乡土
杂谈起名/廖虹雷
清明扫墓随想/戴福才

诗林
时光的碎片（组诗）/李邵平
游韶山（外一首）/白沙
回家（组诗）/蒋逸冰
一个寓言/湘莲子
声音/晋东南

艺苑
《开拓者》/廖志洪（封二）
《层林尽染》《绽放的大地》潘鲜明（封三）

文讯
大浪大船坑舞麒麟入选国家"非遗"名录
谢宏长篇小说《纹身师》出版

封面图：现代梦境系列之六

第二十期

卷首语
音乐的心境/钟华波

笔谈
有一种鸟永远关不住/南翔
石舒清印象/马知遥

文坊
过生/徐东
愤怒/毕亮
儿子/买超
黄皮果/钟国光
双层/陈小染

芳草
穿行在唐诗里/亚男
背山神/陈孝荣
土地和父亲/平原木
少年不知读滋味/易水寒
阳湖/周铁株
乡村低语/吴基军

游记
银滩：沧桑和浪漫/庞白
走进"多彩贵州"/朱赤
面对黄河（外二篇）/郭贵成

我与凤凰的约会/陈爱军

诗宝安
王熙远的诗/王熙远
廖令鹏的诗/廖令鹏
程鹏的诗/程鹏
李双鱼的诗/李双鱼
诗宝安·宝安魂/樊子

艺苑
《苗家客栈》/刘光（封二摄影）
《多彩贵州》/刘光（封三摄影）

文讯
宝安大浪杯时尚节圆满落幕
"部落组合"获金钟奖"最佳音乐表现奖"

封面图：《现代梦境》系列之七

第二十一期

卷首语
在精神的止泊处/范明

文坊
晚了二十年/刘静好
年饭/丁力
女诗人的榆树/许艺
朝着雪山去/甫跃辉

芳草
动静之间/凌春杰
有关生活断片的记录/吴佳骏
临窗/黎杰
失重的山乡秋情/黄家双

笔谈
奔腾年代,以梦为马/蔡东
浸透着时光的歌谣/厚圃

读书
阅读年代/刘元举
博尔赫斯和我/王樽
与黑塞重逢/项丽敏
我的阅读生活(外一篇)/谢宏
指月闲话/买超
女人都爱意大利/张樯
读白居易的诗/宋唯唯

诗宝安
李晃的诗/李晃
阿北的诗/阿北
萧相风的诗/萧相风
蒋逸冰的诗/蒋逸冰
打开诗歌的现实之核/李邵平

艺苑
《八骏图》/彭鸿杰(封二)
《露》《明》/彭鸿杰(封三)

封面图：《现代梦境》系列之八

"读书与生活"增刊目录

卷首语
愉悦/范明

书林漫步
多读书，读好书/张华
风雨雷电中的命运苦旅/嘉男
听雨作为美好的姿势/凌春杰
读孙夜的诗/李云雷
孤独与存在/廖令鹏
守望者的情怀/樊子
有关语言与日常的诗/姜丰
迟子建的秘密/徐东
《罗织经》的悖论/王国华
有那么一个少年的小镇（外一篇）/叶耳
人间烟火/晋东南
零碎的印象/冷艳
我的大学——深圳图书馆/荒木崖

《浪花》两周年集锦

浪花朵朵
村庄的瓦屋顶/陈再见
刘公岛不是玩的/谢亚凡

打工故事

友谊不是玻璃/杨柳
"杯具"和"洗具"/欧卫
我想有个家/钟芳
一生的遗憾/王进明
新版农夫与蛇/罗柳
招聘趣事/胡珊珊
可爱的鸭脖子/红色流苏
初来深圳的日子/付伯承
手机伴我过个年/胡四建
租房/张年武
"黑中介"历险记/汪正东
永不删的短信/龚碧艳

故乡记忆

红烧肉/彭桂仙
童年的春天/尹合亮
沿记忆的偏旁回家/李辉
一样的桃花灿烂/李富强
像拉纤者一样活着/何剑胜
进山/郭翠翠

心灵物语

脸红/黄秀芳
品味孤独/蒋生喜
学会回头/红尘·逐梦
生命是一条河/杨林清
枕头/冯金铃

读书时间
山的那一边/谭秋红
窥书记/金学舜
借阅证/刘雄
善读才能成长/姚述章
半床明月半床书/李西乡

诗歌广场
流水线的日子/唐湘
我们的不安/陈艳
曾经的爱/吴英桥
抚摸打工/余常爱
叫我如何忘记/胡小琴
怀念爸爸/杨雅丽
过些年我已离开这里/崔绵
舟曲坚强/唐林源
写给大姐/子建
走进秋天/夏经盛
诗人的春天/余伊文
站在五楼的阳台/施渊
我是一只跳出树洞的青蛙/陈才锋
你眼里的旧时光/彭利
与子执手/樊秋萍
夜登羊台/谢先莉

艺苑
恬静/赖耕云（封二）
石拱桥下泛扁舟/赖耕云（封三）
半亩闲塘孤舟斜
江南水乡美

第二十二期

卷首语
春天里的浪花/范明

笔谈
小说写作的几个关键词/谢有顺

文坊
黑祥/李云雷
患难情侣/曾文寂/付宇
一头驴的故乡/王凤国
消夜/弋铧

芳草
灰色背景中的绚烂/黄蓓佳
丑娘/凝冰
三个夏天里的三段乐章/刘骅庆
海边人/赵骏枫

浪花
煤黑的黑/郭翠翠
绿皮火车/莫丽娟
听雨（外一篇）/蒋天予

诗版图
郭海鸿的诗/郭海鸿
郭金牛的诗/郭金牛

温木楼的诗/温木楼
徐东的诗/徐东
诗歌所给予的魅力与色彩/叶耳

艺苑
怒放（封二摄影）/廖志洪
羊台山之恋（封二摄影）/何毅
静默的山石（封三摄影）/廖志洪
封面图：《禅》

第二十三期

卷首语
与智者语/范明

笔谈
挽留不住的和难以言说的
——读北岛系列散文"城门开"/王小妮
只有理性能将幽黯照亮/艾云
底层文学：一张日益模糊的面孔/鲁太光

文坊
内陆河/肖江虹
你为何心虚/斯继东
土豆/吴攸
姐妹/陈再见
花间一壶酒/陈东娥

芳草

在开封包公祠/刘中国

孟繁华小记/魏微

深圳单行线（外一章）/朱正安

书话两则/王国华

来自乡村/晓波

夜色/徐向红

浪花

"南漂"母亲/荒木崖

我的爷爷和奶奶/子建

诗版图

眼睛（节选）/赵婧

恋海/夏子

居一的诗/居一

依尔福的诗/依尔福

梁庄的诗/梁庄

不亦的诗/不亦

诗歌的困境与顺境/李双鱼

艺苑

摄影：《夏荷》/李建华

摄影：《新月》/何毅

封面图：《广场》

第二十四期

卷首语
秋晨絮语/范明

笔谈
城乡的纠葛与启蒙话语的困境/李德南

文坊
听盐生长的声音/王威廉
握手/杨遥
长音/王棵
别问我是谁/刘浪
母鸡生了一只小鸭子/李东文
没有人看得见那摊水/毕亮

芳草
晏阳初：乡村的个人编年史/艾云
施战军：永远的少年/魏微

浪花
阿涅丝的减法——读《不朽》有感/莫丽娟

诗版图
唐成茂的诗/唐成茂
艾桦的诗/艾桦
蒋志武的诗/蒋志武
柴画的诗/柴画

2030年，深圳的现代抒情诗/廖令鹏
永远的母亲（二首）/彭俐辉
像许多人那样（外一首）/毛志刚

艺苑
封二摄影：《霭霭暮云横》/蒋冰之
封三摄影：《谧谧林间花》/蒋冰之
封面图：《山果累累》/蒋冰之

第二十五期

笔谈
胜利与奴役：文学的人道主义传统的困境/邓一光
莫言的国——关于莫言获诺贝尔文学奖的一次演讲/谢有顺

文坊
沉睡/郭海鸿
泛流河的女人/宋唯唯
有一个叫颜色的人/徐东

芳草
吴玄：生命中的几个关键词/魏微
祖宗/张舒亚
孙夜诗集《新地址》序/杨争光
云水八章/周公度

读书
男人的史诗——邓一光长篇小说《我是我的神》读后/胡野秋
早年的阅读/于爱成

纯粹的加缪灿烂的阳光/何良
黄卷青灯与我的读书岩——记大学时代我的读书生活/王熙远
看破卡夫卡/齐霁
人物两篇/王国华

浪花
会心而笑——读梭罗的《野果》随感/晓勤
一部奇异的自传/郭干漫
读费孝通的《乡土中国》/晋东南

诗版图
艾华林的诗/艾华林
袁叙田的诗/袁叙田
胖荣的诗/胖荣
拜星月慢的诗/拜星月慢
现实的沉默与诗意的爆发/阿北

艺苑
摄影：《白鹭栖大浪》/陈家芳
摄影：《放飞心情》/刘光

第二十六期

笔谈
言、象、意的挖掘与呈现
——谈韩少功的思想型写作/李德南/王威廉

文坊
月亮照我回家路/张爽

夫妻/娜彧

芳草
生活中的文学/熊育群
才子荆歌/魏微
在丽江的柔软时光里/亚男
人生不相见/李邵平

悦读
生之颤动，灵之喊叫——毛志刚诗集《拯救》序/苗雨时
历史人物二题/王国华
救赎与仁爱——观音乐剧电影《悲惨世界》随感/侯守松

史话
轰轰烈烈的土改运动/朱赤

诗版图
黑光的诗/黑光
李三林的诗/李三林
吕布布的诗/吕布布
憩园的诗/憩园
在现实和词语的一闪念之间/沙马

艺苑
封二摄影：《烟雨竹林》/廖志洪
封三摄影：《红桃闹春》/潘鲜明

第二十七期

笔谈
重新认识乡土资源/谢有顺
"新文学的终结"及相关问题/李云雷

文坊
跳舞的时装/凌春杰
沉睡者/许艺
孤步岩的黄昏/寒郁
生者与死者/高晓枫

芳草
丢失的江南/张夷
红树林啊,红树林/吴晓川
风吹杜甫(组章)/马亭华
星空/孙琦钰

书评
内在的风景,想象的远方
——评徐东短篇小说集《藏·世界》/郑上保
读舒婷的《鞋趣》/水桥

诗版图
诗二首/李清泉
谢湘南的诗/谢湘南
王长敏的诗/王长敏
晋东南的诗/晋东南

毛志刚的诗/毛志刚
让诗为生命增资扩股/李跃

艺苑
封二摄影《人间仙境》/蒋冰之
封三摄影《岁月记忆之旧铃铛》/蒋冰之

第二十八期

卷首语
看山/兰浅

笔谈
梦想的力量
——生态文学亟须的突破与超越/西篱
文学深圳：新凤发声 渐入佳境/周思明
当下80后小说的新状况/李德南

文坊
美发师/易清华
隐身/樊健军
棉织厂/王顺健
拜访郑老师/陈再见

芳草
寂寞梅关/王十月
抒情侧面：小或者更小/陈旭明
不能回家乡/黄金明
在帕米尔冰峰脚下听音乐会/刘元举

书评

在城市的旷野飙车
——读赵婧诗集《我的心也像大海》/杨青松
那些人，那些事
——《他们与她们》编辑手记/戎礼平
让"我"对另一个"我"追问
——关于蒋志武几首诗歌的粗浅分析/祝成明

诗版图

宇安的诗
太阿的诗
谢亚凡的诗
楚中剑的诗
吴依薇的诗
谁解其中味？/晋东南

艺苑

摄影《白鹭》/卢春明
摄影《音符》/何毅

第二十九期

卷首

阅读书香/兰浅

笔谈

小说是生命的学问/谢有顺
技术时代的文学叙事/王威廉

自序：不自欺，也不他欺/艾云

文坊
彼岸处/刘静好
春天里/刘凤阳
安琪的眼睛/徐东

芳草
山水行吟（散文诗八章）/刘虹
旅途时光/翠薇
金庸小说人物姓名考/杨井峰
写作、读书和稿酬/郭志安

悦读
《神巫毛拜陀》开篇的话/王熙远
孙夜：都市里的独语者
——《我需要的七》《新地址》合论/周思明
一个词的城市叫深圳
——读李邵平最新散文诗集《不惑之解》/亚男

诗版图
崔绵的诗
子建的诗
吴英桥的诗
袁华韬的诗
跨越地域意义的诗歌回响/袁叙田

艺苑
摄影：《坝上秋色》/一杰
摄影：《水墨婺源》/一杰

第三十期

卷首
我们都爱美的事物/花痕

文坊
砂子/李惊涛
女工宿舍里的潘安/余同友
丛林法则（外一则）/育邦
荷花巷/韩三省

芳草
大河美丽（外一篇）/刘元举
魏碑的光芒（外二篇）/栾承舟
札记/存朴
群山都知道/张槠
苍绿的老/武稚

悦读
书话三题/易水寒
2013闲书过眼录/买超

诗版图
春天的灵魂（诗二首）/慧儿
阿翔的诗
温经天的诗
辚啸的诗
田晓隐的诗

不能转述的隐喻，或抒情/赵且珍

艺苑
摄影：《江山如画》/舒欣
摄影：《童年时光》/舒欣

第三十一期

卷首
透过树枝/[美]雷蒙德·卡佛

笔谈
民间叙事传统与网络文学创作/吴长青
网络写作与文学阅读/马季

文坊
言午/方方
养鹰的塌鼻子/杨遥
君自故乡来/谭岩

悦读
飞翔的总在云端
　——偶读陈马兴/谢冕
寻找新城市文学的生发点
　——南翔小说集《绿皮车》自序/南翔
征帆，永远不沉
　——《诗影》序/艾克拜尔·米吉提
只要有爱，何处不故乡？
　——读潘灵中篇小说《一个人和村庄》/周明全

都市伦理的深度探询
——论徐东近期都市小说创作/郑润良

芳草
戈壁寻玉（外一篇）/刘洁
土城故事/曾立力
乡村四重奏/卢时雨
过茅山/车桂林

诗版图
葱岭诗篇/李春俊

艺苑
张优灿篆刻作品选/张优灿

第三十二期

卷首
雨中随记/兰浅

笔谈
昆德拉：大师的洞见与盲见/李德南
胡安·鲁尔福/李浩

文坊
小李还乡/石一枫
有房子的女人/曹军庆

芳草
失踪者的旅行/闫文盛

青海的蓝/亚男

峨眉金顶/向天笑

悦读
存在之困与精神之殇

——读曹军庆长篇小说《魔气》/吴佳燕

虞宵散文集《浮萍上的蜻蜓》序/孙夜

撩开市井浮华面纱，探寻人性本真特质

——徐东近期四篇城市生活题材小说给我们的启迪/周其伦

诗版图
我温情的北江初恋的北江——给 wzh/赵婧

刘虹的诗

孙海涛的诗

莫寒的诗

夏子的诗

隐喻和年轻，直白和爱情/王国华

艺苑
摄影：《清风荷韵》/冰之

摄影：《荷塘精灵》/冰之

第三十三期

卷首
过程/兰浅

笔谈

吴君的外省书——论吴君小说/王晓娜

精神家园的焦虑——马永娟散文创作论之二/李惊涛

文坊

爬行/徐东

康宁精神病院的芭蕾/郭金牛

客厅/鲁英

足迹/黄水成

芳草

我以青春荐诗歌——1987年"青春诗会"记忆/杨克

贵湖塘三日/孙夜

轩窗听雨（外一篇）/邢娟娟

还记得第一次阅读的年份吗？（外一篇）/王小二

一场雪，抱住所有的喧嚣（组章）/扎西尼玛

诗版图

王成友的诗

陈少华的诗

魏先和的诗

张三中的诗

用灵魂歌唱/白沙

艺苑

封二摄影：空灵幻化杏花雪之一/廖志洪

封二摄影：空灵幻化杏花雪之二/廖志洪

第三十四期

卷首
爱看书的花匠大叔/乂国锋

笔谈
"中学西渐":重绘世界文学版图的可能性/贺绍俊
碎片时代诗歌何为——2014中国年度诗歌考察/霍俊明
为生灵而写作——南翔小说中写作伦理的新拓展/舒文治

文坊
人间正道/吴君
洗车记/李樯
演葶的爱/刘菡莒
余音/夏凯

芳草
《儒林外史》中的五行八作(外一篇)/易水寒
她的名字叫优雅(外一篇)/方方元
清明,解不开的纽结/宗如明

书话
2014闲书过眼录(一)/买超

诗版图
陈才锋的诗
林卫雄的诗
王顺健的诗

骚风的诗
诗人"抵达他的去处"/谢亚凡
徐煌辉的诗/徐煌辉
未完成的骑士像（节选）/额鲁特·珊丹

艺苑
封面：许丙屯油画《苍翠自何年》
封二：许丙屯油画作品选
封三：许丙屯油画作品选

第三十五期

卷首
六月的秘密/兰浅

笔谈
为"纯文学"祛魅/王十月
猜猜我有多爱你
——漫谈"儿童文学"/王素霞 孔子易
哲思的格调
——王威廉小说集《非法入住》序/吴义勤
精神决绝与灵魂救赎
——读诗人玉上烟诗集《玉上烟诗选》/亚男

文坊
当我看不到你目光的时候/王威廉
烧烤为什么不放糖/也古
一点儿出息都没有/王先佑
唐学慧小小说选/唐学慧

芳草
渡口（外一篇）/陈冬平
孟老的酒事/石一枫
秋风乍起争朝夕/王枣燕
陪妈去东门/蒋研

书话
2014闲书过眼录（二）/买超

诗版图
洪江的诗
卢时雨的诗
饶富强的诗
王家有的诗
诗歌是一种温暖的方式/朱巧玲
把真相搬到现场（散文诗）/陈旭明

艺苑
封面：许丙屯油画《碎影舞斜阳》
封二：阎敏版画作品选
封三：阎敏版画作品选

第三十六期

卷首
生活情愫/翟杰

笔谈

小说是发现真理的一条通道/徐东

文学批评的犀利与哲思

——读蔡东的《深圳文学：生长与展望》/周思明

诗意生活的惑与解

——读李邵平散文诗集《不惑之解》/廖令鹏

文坊

拾易拉罐的小男孩/王剑平

天下熙攘/方晓

眼睛/吕政保

九华山/饶武

芳草

走在三十六巷（外二篇）/黄启键

西部游记二题/尧子

羡鱼休唱钓鱼歌/周铁株

栀子花开（外二篇）/黎乐

仰望星空/刘乐牛

最忆家乡醪糟香/子木

父亲的稻花鱼（外一篇）/余平

田北村的桃子熟了/骆海娟

书话

对乡土宗族"网"的隐喻审视

——读《金翼：一个中国家族的史记》/林颐

《寄居，而往返于一个屋子》读蒋志武的诗歌近作

——题记：他是善良的/杨沐子

诗版图
龙华诗章·羊台山文学奖（诗歌）获奖作品
龙华，龙华/李双鱼
羊台山印象（组诗）/袁叙田
龙华诗三首/吴小林
我在龙华做普工/吴春丽
民治/刘炜
"龙华诗章·羊台山文学奖"获奖诗歌授奖词/费新乾

艺苑
封面：许丙屯油画：《秋歌》
封二：李岳油画作品选
封三：李岳油画作品选

第三十七期

卷首
灰雀/冷艳

笔谈
白石龙大营救：深圳抗战史上壮丽的史诗画卷/刘凯章
论广东地域文化的"本土化"表达/江冰 陈露
《抄家》：精神的高地与沉重的反思/赵丹
从乡土中国到城市中国
——论陈再见的小说，兼论中国当代文学的转型/李德南

文坊
在宝岛的七天七夜/赵剑云
蹲着/张伟明

提审鱼玄机日记/梁超

芳草
我走进了电影里——毕业30周年拾忆/王坤
夜宿龙羊峡/万红金
哦，青鸟/风荷

书话
"月拢沙"，一个诗意而又忧伤的名字
——读钟二毛的《旧天堂》/唐小林
参禅：现代汉语诗歌书写的可能
——夜读居一近作有感/林畅野

诗版图
（女诗人专辑）
朱巧玲的诗
张华的诗
邬霞的诗
唐诗的诗
时光流变中的诗意追寻/张型锋

艺苑
封面：许丙屯油画《秋入望乡心》
封二：《追梦女孩》作者/麦平
封三：《摄影作品二幅》摄影/赵刚；配诗/赵婧

第三十八期

卷首
岁月留痕,文学之旅
——《羊台山》杂志创刊十周年记/范明

笔谈
《大秦帝国》与历史小说写作/谢有顺
现实人生的多维透视
——2015年长篇小说一瞥/白烨
人与诗歌的双向"拯救"
——"羊台山·诗版图"读记/周思明

文坊
盛夏的旅程/弋铧
抄家伙/陈再见
骑粉红色大象/温文锦

芳草
巴黎中餐馆万花楼传奇/周松芳
我的诗歌之路/谢宏
《山村鬼话》小序(外二章)/郭建勋
草木智慧/顾晓蕊
《我的诗篇》,一部催人深思的电影/赵静

书话
2015闲书过眼录/买超

诗版图
不亦的诗
剑兰的诗
黄国焕的诗
杜劲松的诗
致敬生命的仪式
——评不亦、黄国焕、杜劲松与剑兰的诗/孙勇

艺苑
封面：朱慧敏水墨《村里村外》
封二：朱慧敏水墨作品选
封三：朱慧敏水墨作品选

第三十九期

卷首
窗前有棵柳/周灿

笔谈
深圳儿童文学研讨会专题
深圳儿童文学扫描/李国伟
在艺术世界里，做一个高贵的国王/冯臻
"城市文学"侧论三章
中国古代的城市文学的兴起/祝东
"堕落干部"的进城故事/徐刚
当下城市写作的三个问题/李德南

文坊
爱的蔚蓝色/梦也

石龙镇的外甥女/笑笑书生
科员科林/吴东祥
戴希小小说选/戴希

芳草
西安拜见陈忠实先生/齐乙霁
以文祭奠/马虹玫
枯藤之美/陈坤茂

书话
读《詹苾诗选：不必要的愚智》/蒋青林
让一切安静下来！
——走进画家朱慧敏的艺术世界/罗越

民俗
深圳山水深藏独特的风土人情/廖虹雷

诗版图
儿童诗歌专辑
龙华新区"六一"朗诵会作品选

艺苑
封面：朱慧敏水墨：《水边小镇》（局部）
封二：易芳吉花鸟作品选
封三：易芳吉花鸟作品选